CW01022555

COLLECTION FOLIO

Daniel Cordier

Alias Caracalla

Gallimard

© Éditions Gallimard, 2009.

Daniel Cordier est né à Bordeaux en 1920. Maurrassien, il milite à l'Action française. Révolté par l'armistice, il embarque le 21 juin 1940 pour l'Angleterre et s'engage dans les Forces françaises libres le 28 juin. Parachuté en métropole le 25 juillet 1942, il entre au service de Jean Moulin. Après la guerre, il s'oriente vers une brillante carrière de marchand d'art contemporain. Depuis la fin des années 1970, choqué par les mises en cause de Jean Moulin, il a entamé une carrière d'historien-témoin pour défendre sa mémoire. Il est l'auteur de *Jean Moulin, L'inconnu du Panthéon*, de *Jean Moulin, La République des catacombes* et *Alias Caracalla*.

Nous avions « notre » Jacques Inaudi : Cordier, que l'on appelait Alain à Lyon et Michel à Paris. Il ne notait rien : il savait tout. « Bonaventure, n'oubliez pas que le douze du mois prochain on vous attend à Grenoble, place aux Herbes, à neuf heures du matin », et il partait à grandes enjambées, désinvolte, très jeune homme du monde à marier et efficace en diable.

Yves FARGE,
Rebelles, soldats et citoyens.

En 1943, je fis la connaissance de Roger Vailland, dont je devins l'ami. Après la Libération, il m'offrit Drôle de jeu, *récit à peine romancé de notre relation. « J'ai choisi pour votre personnage le pseudonyme de "Caracalla". J'espère qu'il vous plaira. »*

Aujourd'hui, pour retracer une aventure qui fut, par ses coïncidences, ses coups de théâtre et ses tragédies, essentiellement romanesque, ce pseudonyme imaginaire a ma préférence sur tous ceux qui me furent attribués dans la Résistance.

Un des épisodes — véridique — de ce livre m'est cher entre tous.

Vailland m'avait invité pour fêter la fin de ma mission en France, en mars 1944, dans un restaurant de marché noir, à Montmartre :

Le maître d'hôtel proposa des desserts :

« Nous avons ce soir de la pâtisserie : des éclairs, des mokas, des choux à la crème, comme avant la guerre...

— C'est cela, dit Caracalla, apportez des pâtisseries.

— Combien de gâteaux ?

— Beaucoup, de toutes les sortes, une grande quantité, tous les gâteaux que vous avez... »

Car Caracalla n'a pas dépassé l'âge où l'on aime les gâteaux[1].

1. Roger VAILLAND, *Drôle de jeu*, Buchet-Chastel, 1945, p. 94 ; rééd. Hachette, coll. « Le Livre de poche », 1973.

PRÉLUDE

Je suis né le 10 août 1920, à Bordeaux, dans une famille de négociants : les Gauthier, par ma mère, et les Bouyjou, par mon père.

De mon grand-père bonapartiste, je reçus le culte de Napoléon ; de ma grand-mère américaine, la tentation d'une anarchie esthétique ; de mon père, la tolérance et les voluptés de la musique classique ; de ma mère, les sortilèges de l'élégance.

Ma mère divorça lorsque j'avais quatre ans et se remaria avec Charles Cordier. C'était le fils d'un professeur de philosophie, Augustin Cordier, fondateur du *Nouvelliste de Bordeaux*, journal antirépublicain et monarchiste. Mon beau-père, que j'admirais, m'enseigna la passion des automobiles et de la politique. Il m'inculqua également son fanatisme antisémite et maurrassien.

Lorsque j'eus huit ans, mon père, voulant m'arracher à l'influence de l'homme qui lui volait son fils, obtint, après des années de procédure, mon « internement » à Saint-Elme, collège de dominicains sur les bords du bassin d'Arcachon. Le tribunal avait octroyé à ma mère un droit de visite au parloir de deux heures tous les quinze jours. Parcourant l'Europe pour ses affaires, mon père, qui avait le loisir de me faire sortir le dimanche, ne venait jamais. Je ne le voyais qu'aux vacances, partagées, par moitié, avec ma mère.

Je demeurai interne dix ans, durant lesquels je subis une formation strictement catholique, marquée par la crainte de Dieu — maître de mon corps, de mon âme, et surtout de mon éternité. Cette période de censure puritaine fut consacrée au combat désespéré contre le mal, qui s'incarnait à cette époque dans un plaisir consolateur. J'avoue qu'il était plus attrayant, par sa brièveté même, que l'idéal de perfection que les bons pères s'efforçaient de m'inculquer.

L'éclatement de ma famille imprégna mon enfance d'une nostalgie de l'amour perdu. C'est pourquoi, au cours de mon internat, la séquestration du cœur et du sexe provoqua des amitiés sauvages, pour lesquelles ma solitude imposait de transformer l'aimé en esclave. Les mirages de l'amour jalonnèrent mon existence d'ivresses et de larmes, dont il résulta des études chaotiques, aggravées d'expulsions répétées.

Ce méli-mélo d'aventure, d'égarement amoureux et de panique métaphysique forma mon caractère. Il provoqua également réflexions, lectures et discussions de nature contradictoire. Elles s'accompagnèrent de tourments religieux, d'enthousiasmes esthétiques et d'engagements politiques provoqués par des événements imprévus, constituant la trame de ma vie.

En 1937, après mon expulsion du dernier de mes collèges, j'abandonnai toute pratique religieuse. Tandis que je mettais entre parenthèses mes croyances, je me grisais du panthéisme de Gide et des blasphèmes de Baudelaire. À quinze ans, *Les Nourritures terrestres* devinrent l'évangile de ma liberté.

M'éloignant de la religion, je m'intéressai à la politique, du moins à l'activisme effréné que je désignais ainsi. Mes convictions s'ancraient dans des conversations familiales intermittentes, celles avec mon beau-père avant tout. Il s'appuyait sur les écrits de son père, qu'il admirait. Il avait rassemblé nombre de ses articles dans des cahiers qu'il me lisait de temps à autre. Ses aphorismes constituèrent peu à peu le fondement de ce que je n'ose appeler une doctrine. Le postulat en était : « Pour que la France vive, il faut que la République meure ! »

Indiscutable et facile à retenir.

Un autre précepte m'avait d'autant plus frappé que sa répétition le transformait en évidence : « Oui, j'appelle de tous mes vœux un coup d'État, c'est-à-dire un coup de patriotisme et de justice, qui nous débarrasse de la vermine juive et parlementaire et permette aux Français, aux vrais Français, de reprendre leur place à la tête du pays, pour que la France reprenne sa place à la tête des nations. »

Ce bric-à-brac composé d'anecdotes et de jugements catégoriques fut le socle de mes convictions. Aujourd'hui encore, je me souviens, sans risque d'erreur, de quelques-uns des thèmes et arguments que la répétition avait transformés en « vérité ».

La haine de la République était justifiée par la nocivité des droits de l'homme, source de l'individualisme corrupteur. Selon Maurras, l'« anarchie démocratique » avait mis la France à la merci des quatre pouvoirs « confédérés » : protestant, juif, métèque et franc-maçon. En même temps qu'ils provoquaient l'abaissement de la France, ils encourageaient la corruption des hommes et favorisaient un désordre préparant la ruine de la patrie. Ils devaient donc être éradiqués. *A contrario*, la monarchie était le remède absolu — seul le roi rendrait à la France son honneur, son éclat culturel, son ordre naturel et sa place dans le monde, la première.

Quant à l'antisémitisme, corollaire du nationalisme, il était conforté par la preuve « irréfutable » de la trahison du capitaine Dreyfus. Déjà, Augustin Cordier avait écrit au moment de son procès : « Ce qui est en jeu, c'est l'existence de l'armée ; c'est la liberté de conscience, c'est la propriété de chacun et la fortune de tous ; c'est l'existence même de la France ! Si Dreyfus était acquitté, il ne resterait plus qu'à prendre le deuil de notre pays. *Finis Galliae* ! »

Tout enfant, avant même d'avoir ouvert un livre d'histoire, j'étais convaincu des crimes et de la trahison consubstantielle des Juifs, peuple pervers dont l'ambition visait la domination du monde par l'argent. Manœuvré par Satan, il était coupable de la mort du Christ et en subissait la malédiction. Par la suite, je découvris que cet événement était « prouvé » dans mon catéchisme et justifié par les leçons de mes maîtres dominicains.

Au cours de ma quatorzième année, l'émeute antirépublicaine du 6 février 1934 marqua mon engagement militant à l'Action française. À cette occasion, je signai mon bulletin d'adhésion au groupe des Collégiens et lycéens du mouvement.

Mon beau-père me fit lire quelques opuscules de Maurras, dont le premier, *Si le coup de force est possible* (1910), m'enchanta. Il confirmait les axiomes de mon grand-père en démontrant que la force changerait le destin de la France et qu'un complot méthodiquement préparé contre la République pouvait abattre ce régime maudit. Je n'oublierais pas de sitôt ce premier texte de Maurras, conforme à mon goût de la justice par la force.

Du même auteur, *Dictateur et Roi* (1899), plus théorique, m'enseigna la nécessité de remettre à leur place les valeurs fondatrices de toute politique : l'autorité en haut, la liberté en bas. La République les avait inversées, provoquant la ruine de la patrie. Deux autres ouvrages devinrent par la suite les bréviaires de mon activisme : le *Dictionnaire politique et critique* en cinq volumes (1931-1934) et *Mes idées politiques* (1937), qu'il me dédicaça en 1938.

À partir de 1937, mon parcours scolaire s'acheva dans une « boîte à bachot ».

La politique devint dès lors le centre de mon activité. J'avais fondé à Bordeaux, le 1er mai 1936, le cercle Charles-Maurras, qui regroupait une centaine de lycéens et collégiens du département. Avec eux, je formai des équipes de vendeurs qui, tous les soirs, parcouraient le cours de l'Intendance en criant : « *L'Action française* ! » Nous organisions en outre des conférences ou participions aux grandes manifestations royalistes (banquets et meetings) autour de nos chefs admirés : Louis Darquier de Pellepoix, Philippe Henriot et Charles Maurras, le prophète. Les nuits du samedi, nous collions des affiches de propagande ou nous ronéotypions *Le Bahut*, revue mensuelle destinée aux collégiens.

Sur le plan doctrinal, un glissement se produisit : l'irruption dans mes lectures de Thierry Maulnier. Ce jeune normalien avait publié *La crise est dans l'homme* (1932), puis *Demain la France* (1934). Je devins un lecteur fervent de la revue *Combat*, qu'il publia jusqu'à la guerre.

Maulnier prit rapidement une place majeure dans ma pensée. J'aimais son style direct, ses affirmations tranchantes, son goût de l'ordre par la révolution. Mais lui n'évoquait jamais le roi. Sans l'avouer, mon admiration pour Franco, Salazar et Mussolini (la trinité de ma famille) y trouvait son compte. L'ordre et le nationalisme préconisés par Maurras ne s'accomplissaient-ils pas dans le fascisme ? C'était plus jeune, plus dynamique, correspondant mieux à mon tempérament. Toutefois, je continuais encore, avec les Camelots du roi, à brailler « Vive le roi ! » avec l'énergie de l'aveuglement.

La seule rivale de la politique, à cette époque, était la littérature. Ma grand-mère m'avait appris à lire dans les contes d'Andersen, ceux de Perrault, suivis de *Bécassine*, *Bicot*, *Zig et Puce*. À huit ans, j'avais découvert Jules Verne, qui fut le rêve émerveillé de ma jeunesse.

J'ai dit la place d'André Gide. J'avais quinze ans lorsqu'il conquit dans ma pensée une influence paradoxale. Elle fut déterminante dans l'orientation de ma formation. Si Maurras était le maître à penser dans ma famille, Gide y incarnait le mal. Ce ne fut pas pour moi son moindre attrait, et j'adhérai avec d'autant plus d'enthousiasme à ses valeurs religieuses, morales et littéraires.

Mon admiration pour Gide fut sans bornes. À la différence de Maurras, il était mon secret. En lui, je reconnaissais mes aspirations inavouées : les séductions d'un amoralisme d'esthète, l'assouvissement de passions secrètes et contradictoires. Influences d'autant plus fortes que son programme libertaire était transfiguré par une écriture voluptueuse que je mettais au pinacle.

Gide, protestant hédoniste, cultivait ses contradictions et prônait l'individualisme anarchique combattu par Maurras. Je n'éprouvais nul déchirement à ce paradoxe. Au contraire, chacun de ces principes exaltait une tendance extrême de mon caractère : passion de l'autorité et ivresse de la volupté. Parce que je vivais ces doctrines sans états d'âme, elles devinrent complémentaires dans mon existence. J'avais opéré, sans le savoir, ce que les dominicains condamnaient comme un schisme.

Le temps était rythmé par les vacances, que je passais depuis ma naissance au bord de la mer, à Biarritz, chez mes grands-parents maternels, puis à la montagne, chez ma mère, dans la vallée d'Ossau, près de Pau. L'hiver, je faisais du ski ; l'été, de l'escalade. Mes camarades de Saint-Elme, Philippe et André Marmissolle, m'y rejoignaient. Ils devinrent ainsi mes amis les plus chers. À Bordeaux, au cercle, j'avais d'autres amitiés militantes : Yves Carquoy et Henri Blanquat.

Cette existence privilégiée s'acheva, à 17 heures, le 3 septembre 1939, avec la déclaration de guerre de la France et de l'Angleterre à l'Allemagne. Cette année-là, après mon été à la montagne, je préparais à Bordeaux l'oral du bachot, plus attentif aux événements qu'à mes études. Mon beau-père, invalide de la Grande Guerre, était partisan de l'usage de la force contre les Boches : « Ils ne comprennent que la trique. » Pour cette raison, il avait condamné, en 1936, la réoccupation de la Rhénanie par Hitler, puis, en 1938, la « capitulation » de Munich. En septembre 1939, il était naturellement partisan de la guerre à outrance.

Était-ce dû à mon caractère batailleur ? En toute occasion, j'approuvais son bellicisme. Cette position était contraire à celle de Charles Maurras, qui menait campagne en faveur de la paix. Pour la première fois, j'étais en désaccord avec lui, tout Camelot du roi et fanatique de l'Action française que je fus. Pour moi, il était en contradiction avec sa doctrine : n'avait-il pas, en 1933, dès l'arrivée de Hitler au pouvoir, dénoncé le nazisme, réincarnation du « pangermanisme » qu'il appelait à combattre ?

Ses arguments pacifistes n'étaient pourtant pas sans valeur. La guerre ? La France n'était pas prête militairement. J'étais certain qu'il se trompait, parce que j'avais confiance dans l'armée française. Devenue par la victoire de 1918 la première armée du monde, elle était magnifiée dans mes livres d'histoire et aux actualités cinématographiques par des reportages dithyrambiques. Dès la déclaration de guerre, Maurras mit heureusement un terme à ses critiques et rallia l'union sacrée.

Mon nationalisme ombrageux m'imposa de m'engager immédiatement pour défendre la « déesse France ». De surcroît, cela me fournissait une occasion de prouver ma valeur aux anciens combattants. Depuis mon entrée dans ce que je nommais pompeusement « la politique », je me heurtais (ainsi que mes camarades du cercle) à leur mépris : « Quand tu auras fait la guerre, tu pourras parler. » Insupportable ségrégation : je souhaitais devenir, par la guerre, un homme à part entière.

J'avais dix-huit ans, et la majorité était à l'époque à vingt et un ans. Je devais obtenir l'autorisation de mon père, qui refusa. Ce fut l'origine, le jour de l'an 1940, d'une explication atroce : je proclamai ma volonté de rompre avec lui « pour toujours », tandis qu'il me maudissait. Le destin, hélas ! m'entendit : il mourut en novembre 1943, sans que je l'eusse revu.

À la suite de cette rupture, j'allai vivre chez ma

mère et mon beau-père à Bescat, petit village de la vallée d'Ossau. Pour la première fois de mon existence, j'étais libre et vivais en famille. J'ai honte d'avouer que la drôle de guerre fut la période la plus heureuse de ma jeunesse : outre le bonheur d'intégrer une vraie famille, je partageais mon temps entre lecture, ski et politique. C'est ainsi que le printemps 1940 fut marqué par quatre événements pour moi décisifs : le projet d'un journal pour le cercle, la campagne de Maurras en faveur de Pétain, mon premier amour et la débâcle de l'armée française.

Le projet d'un journal n'était pas nouveau. À l'imitation de mon grand-père Cordier, je rêvais d'être journaliste. Bien que d'une vaste inculture, je n'y voyais nulle contradiction. Avec un camarade du cercle Charles-Maurras, Jean Arfel, nous projetions de nous emparer de *Guyenne et Gascogne*, mensuel de l'Action française remplaçant *Le Nouvelliste*. Notre projet fut l'objet d'une longue correspondance. Pendant ce temps, j'assurais, à Pau, la direction du cercle La-Tour-du-Pin, dont le président et les animateurs avaient été mobilisés.

À partir de mars 1940, Maurras entreprit une campagne en faveur de la désignation du maréchal Pétain, ambassadeur de France à Madrid, au poste de président du Conseil. Je m'engageai avec passion pour le soutenir. Le postulat de Maurras était convaincant : la guerre était la fonction des militaires ; pour la gagner, la France devait en confier la conduite au meilleur d'entre eux, le maréchal Pétain, vainqueur de Verdun. Cette campagne, à laquelle je participai avec mon ardeur coutumière, fut interrompue par le début des opérations militaires : le 10 mai 1940, l'Allemagne envahissait la Belgique.

Appartenant à la classe 1940, je devais attendre encore deux mois ma mobilisation. Je piaffais d'impatience.

Un nuage voila cependant l'azur de ces jours parfaits. Dans le courant du mois de mai, Maurras rédigea plusieurs éditoriaux dénonçant l'erreur criminelle d'un éventuel armistice : « Nous disons, nous — Faisons la guerre. À fond. » Bien qu'informé, comme tous les Français, dès l'automne de 1939 des cruautés des Allemands au cours de la destruction de la Pologne, je ne compris pas le pessimisme de cet article : Qui songeait à demander l'armistice ? Pourquoi s'alarmer puisque notre victoire était acquise ?

Pourtant, la conclusion de Maurras ne souffrait pas d'équivoque : si nous voulions échapper à la destruction de la France, la seule solution était de combattre furieusement jusqu'à la victoire, puisque, sans elle, la France serait rayée de l'histoire. Nos vœux furent en partie exaucés : le 15 mai, le maréchal Pétain devenait vice-président du Conseil. Cette première étape vers le pouvoir prouvait que Maurras avait eu raison : la guerre était gagnée.

Quelques jours plus tard, mon enthousiasme belliqueux fut stoppé net : le 20 mai, j'apercevais Domino au ski ; le 30, je faisais sa connaissance. Elle ressemblait, en fuseau, à un garçon, mais c'était une fille au visage orné d'une fossette désarmante, qui préparait son bac au lycée Louis-Barthou de Pau. Saisissement du premier amour et confusion des sentiments : il reléguait à jamais, pensais-je, les passions « impures » des collèges.

Pour marquer ce nouveau départ, je brûlai tous les billets et lettres des garçons que j'avais aimés.

Dès lors, mon temps se consuma dans la rédaction de ses devoirs de français et d'une correspondance débridée. Avec l'amour, la littérature reprenait ses droits tandis que la guerre perdait les siens.

Lorsque, au début de juin, la radio annonça que la classe 1940 serait mobilisée par anticipation, je tombai des nues : La guerre ? Quelle guerre ?

Même au milieu de cet incendie sentimental, une activité me reliait encore à l'actualité politique : la vente de *L'Action française* à la criée. Contre toute attente, le chiffre des ventes grimpa vertigineusement, sous l'effet de l'afflux des réfugiés à Pau ; début juin, nous dépassions tous les records.

J'avais installé sur le mur du salon, à Bescat, une carte des opérations : au gré des communiqués révélant l'ampleur de la retraite, je déplaçai la ligne du front, tracée avec un fil rouge. Le 5 juin, afin de contenir ce fléchissement continu, le général de Gaulle, un inconnu dont j'ignorais jusqu'au nom, était appelé au gouvernement. Obnubilé par Domino, je ne prêtai nulle attention à cette promotion. Une rencontre de hasard m'en révéla toutefois l'importance.

Le lendemain de la désignation du général, mon beau-père m'emmena déjeuner chez un docteur de ses amis, représentant de l'Action française à Oloron-Sainte-Marie, petite ville voisine. Au cours du repas, le docteur nous révéla les qualités et l'importance de la nomination du nouveau sous-secrétaire d'État à la Défense : le général de Gaulle, un spécialiste des blindés, soutenu par Paul Reynaud depuis des années, qui s'était battu depuis 1936 en faveur de la création d'un corps cuirassé. Selon son plan, qui avait été refusé, la France devait être dotée de dix divisions cuirassées en avril 1940.

Le docteur prétendait que le général était monarchiste de tradition familiale et fervent disciple de Maurras[1]. C'est pourquoi, lors de son arrivée au gouvernement, il avait été soutenu sans réserve par *L'Action française*. Notre ami nous montra une photographie publiée par un journal local. On y voyait quelques membres du gouvernement sortant du Conseil des ministres. Au premier rang je reconnus Paul Reynaud, président du Conseil, conversant avec le maréchal Pétain. À l'écart, derrière eux, le général de Gaulle : « Regardez comme il les observe. Avec lui tout va changer. Il ne les laissera pas faire. »

Dans les jours qui suivirent, j'oubliai cette prédiction : il n'y avait nulle place dans ma tête pour le général de Gaulle. Seule Domino occupait mon temps et mon espérance. D'autant que je vivais cette idylle au sein d'un pays imaginaire et invulnérable : vainqueur de la Grande Guerre, puissance des cinq parties du monde, fille aînée de l'Église, modèle de civilisation universelle, perle de l'histoire...

Le 17 juin 1940, le maréchal Pétain brisa cette idole et changea mon destin.

---

1. Le jour de la nomination du général de Gaulle, *L'Action française* rappela que son père était un monarchiste de toujours. Son fils avait suivi l'exemple du père, et sa valeur d'innovation militaire avait été appuyée par Maurras. Homme de Paul Reynaud, il était catalogué à droite. Je n'ai jamais parlé à mes camarades de tout cela et ne sais ce qu'ils en pensaient.

I

DE PAU À BAYONNE

I

PÉTAIN TRAHIT L'ESPÉRANCE

17-21 juin 1940

Lundi 17 juin 1940

Le maréchal Pétain président du Conseil

L'aube annonçait un décor de victoire : ciel glorieux, lumière rose irisant les montagnes, silence griffé par les cris d'hirondelles.

Levé à 7 heures, comme chaque matin depuis l'offensive allemande, je prends mon petit déjeuner au salon avec mon beau-père. Nous écoutons ensemble les premiers bulletins de Radio-Toulouse. C'est ainsi que nous apprenons la démission du ministère Paul Reynaud dans la nuit et la désignation du nouveau président du Conseil des ministres, le maréchal Pétain.

Cet événement tant désiré transforme notre espérance en certitude : la France est sauvée ! Avec le Maréchal, la grandeur de la France triomphe enfin des combinaisons politiciennes. Après l'inexplicable reculade de notre armée ces dernières semaines, l'homme de Verdun, par sa seule présence, brisera la ruée allemande : la Garonne sera une nouvelle « Marne ». La campagne de l'Action française au printemps porte ses fruits. Une fois de plus, Charles

Maurras avait raison : Pétain est le sauveur miraculeux.

Exalté, je grimpe l'escalier en courant et, pour la
première fois de ma vie, entre sans frapper dans la
chambre de ma mère. Elle dort encore. Je m'écrie :
« Le maréchal Pétain devient notre chef ! » Bien que
réveillée en sursaut, elle se dresse, rayonnante : « Tu
vois Dany, je savais bien que Dieu n'abandonnerait
pas la France. Nous sommes sauvés. » Je l'embrasse
tendrement et redescends écouter d'autres nouvelles.
Mais à l'exception de l'avance allemande, qui se poursuit inexorablement vers Bordeaux, il n'y a rien.

Cela n'a guère d'importance : Pétain au pouvoir,
la guerre est gagnée.

Après le départ de mon beau-père pour son usine,
je laisse le poste allumé, espérant plus d'informations
et l'annonce d'une première victoire. Pendant ce
temps, j'établis les comptes de la vente de *L'Action
française* hier : mes camarades m'ont remis 700 francs
en menue monnaie. Chiffre incroyable, jamais
atteint ! Le bénéfice nous permettra d'imprimer des
tracts afin de soutenir l'action de Pétain contre les
défaitistes. Je prépare une lettre pour les message-
ries de Pau, leur commandant trois cents exemplaires du journal pour dimanche prochain. Grisé par
ce triomphe, j'exulte.

En fin de matinée, je rejoins à pied mon beau-
père à l'usine, à trois kilomètres de là. Vers midi, nous
quittons son bureau pour rentrer déjeuner à Bescat.
Tandis que nous sortons du chantier, le chef d'atelier
nous hèle sur le pas de sa porte. Hilare, il annonce :
« Il paraît que ça va mal "là-haut". Le maréchal Pétain

va parler à la TSF à midi et demi. Ils viennent de l'annoncer plusieurs fois. C'est très grave. »

Je suis frappé par son ton goguenard. C'est un Parisien sympathique qui m'a initié à la mécanique. Sans doute attend-il comme nous un miracle de Pétain. Nous sommes impatients d'entendre le premier discours de notre chef : il annoncera certainement une contre-attaque générale. Mon beau-père répète une fois de plus : « Avec lui, il n'y a rien à craindre. Les Boches, il connaît : il les a déjà vaincus. »

Dès notre arrivée à la maison, nous allumons la radio et appelons ma mère, encore dans sa salle de bains. Tous trois debout devant le poste, nous n'attendons que quelques instants avant que le speaker de Radio-Toulouse annonce, à midi et demi pile, le nouveau président du Conseil. Je n'ai jamais entendu la voix du Maréchal, les discours à la radio étant rares et réservés aux seuls hommes politiques.

Dès le premier mot, pourtant, je suis surpris par sa voix chevrotante. Elle ne correspond pas à l'idée que je me fais du chef. L'hommage aux combattants et la pitié pour les réfugiés qu'il exprime d'abord ne me concernent pas. Je guette la phrase annonçant la revanche. Soudain, j'entends ces mots inouïs :

> *C'est le cœur serré que je vous dis aujourd'hui qu'il faut cesser le combat.*

La phrase suivante me fait comprendre le désastre irréversible :

> *Je me suis adressé cette nuit à l'adversaire pour lui demander s'il est prêt à rechercher avec nous, entre soldats, après la lutte et dans l'honneur, les moyens de mettre un terme aux hostilités.*

La guerre est donc finie, irrémédiablement perdue ?

Tandis que ma mère s'affaisse entre les bras de mon beau-père, je me précipite vers l'escalier et monte dans ma chambre afin de dissimuler mes larmes. Jeté en travers du lit, je sanglote en silence.

Ainsi, la France est morte sans que j'aie combattu ! Comment est-ce possible ? Ma patrie, l'orgueil de ma vie, la gloire de l'univers, désignée par Dieu pour défendre sa foi, pour répandre la civilisation, modèle du genre humain... Morte à jamais ?

Je m'accuse de ne pas l'avoir aimée suffisamment, de ne pas lui avoir tout sacrifié puisque je suis en vie tandis qu'elle agonise. Ce malheur absolu me révèle combien j'aime mon pays.

Brusquement, je me dresse : l'information qui m'a terrassé est un cauchemar sans fondement puisque la France est invincible. Les Boches seront impuissants si quarante millions de Français se lèvent contre eux. Il faut soulever le pays d'une fureur sacrée, l'organiser et combattre. Que peuvent quelques centaines de milliers de soldats allemands devant quarante millions de Français résolus ?

Avant toute réflexion, une certitude : Dieu n'a pas abandonné la France ; c'est Pétain qui l'a trahie. Sous le couvert de sa gloire, il a dupé tout le monde, y compris Maurras. Le mythe du « vainqueur de Verdun » s'effondre : trop vieux. Il jette l'éponge alors que la victoire est à portée de main.

Tous les journalistes — et Thierry Maulnier hier encore — l'ont écrit : vaincre est affaire de volonté. N'est-ce pas au Maréchal qu'il pensait en dénonçant les manœuvres de la cinquième colonne ? De même, Maurras a été dupe lorsque, les semaines passées, il a dénoncé d'autres défaitistes partisans d'un armistice. Comme nous avons eu raison, les jeunes, de nous moquer des anciens combattants radoteurs.

Aujourd'hui, nous devons prendre la relève et montrer l'exemple : à nous de délivrer le pays.

Je me lève d'un bond. J'ai hâte de revoir mes camarades du cercle La-Tour-du-Pin. Je ne doute pas qu'ensemble nous sauverons la Patrie, persuadé qu'elle est vaincue parce que j'ai renoncé à m'engager. Dégringolant l'escalier, je traverse la terrasse où mes parents déjeunent. Sans un mot, j'enfourche ma moto en état de transe et dévale le chemin de terre qui traverse Bescat. Je saute sur les nids-de-poule, dirige la machine avec peine. Sur la route de Pau, j'accélère enfin.

Plus j'avance vers Pau, plus je suis impatient de rejoindre la permanence, où je suis sûr que mes camarades organisent déjà la revanche. J'ouvre la porte : la salle est vide. Il n'est pas 3 heures : ils sont tous en classe au lycée. Sur la table, la manchette de *L'Action française* de ce matin : « Non, le Français ne sera pas esclave du Boche[1]. » Conclusion logique du refus d'un armistice par Maurras, le 30 mai.

---

1. Rédigée la veille, une note en deuxième page mettait en garde : « Pas de paix séparée. » « Dans les milieux français on dément l'information selon laquelle l'agence Havas aurait annoncé que la France aurait demandé à l'Allemagne de lui faire connaître ses conditions d'armistice. Cette information avait été publiée par une agence de presse américaine, mais il y a tout lieu de croire qu'elle est d'origine allemande. D'autre part, on dément à Londres les rumeurs selon lesquelles la France envisagerait une paix séparée. Ce sont là des rumeurs complètement fausses et dénuées de tout fondement. Dans les milieux informés de Londres on tient à souligner que ces rumeurs ne sont pas de source anglaise, mais ont pour origine les États-Unis, sous forme de dépêches de Londres et mises en circulation par la propagande allemande. »

Je sors observer la foule place Clemenceau. Les réfugiés sont encore plus nombreux qu'hier. Personne ne pleure, ce qui me choque profondément. Les terrasses des cafés débordent, les magasins sont engorgés. J'ai peine à me déplacer au milieu de cette foule vaquant à ses occupations. Ont-ils entendu le discours de Pétain ?

Cette passivité me révolte et renforce ma volonté d'agir. Mais comment ? Je retourne à la permanence : toujours personne. Je m'assois pour tenter de réfléchir. D'abord un postulat : cette guerre ne peut finir sans moi. Ma mobilisation, le 10 juillet, contribuera, j'en suis sûr, à transformer la défaite en victoire. Rien n'est perdu puisque la flotte, l'empire, l'Angleterre sont intacts. Tous les journaux le répètent. Plus je réfléchis, plus ma première intuition me semble juste. Ce n'est pas l'armée française qui a perdu la guerre, mais quelques militaires et civils « vendus » qui livrent le pays à Hitler, et cette conspiration a pour chef Pétain.

Les vrais Français doivent s'opposer à ce crime. Mais avec quoi barrer la route aux Boches ? Retour au problème immédiat : Comment ? Soudain, l'inspiration : il faut réunir le maximum de jeunes, emprunter les voitures, les fusils de chasse de nos parents et partir sur la route des Landes, à la rencontre des Boches. Préparer des embuscades, détruire les chars, tuer les hommes, et puis sacrifier nos vies à la patrie. Je me souviens du sacrifice glorieux de Jacques Thibault[1] à la guerre de 1914 : pour les êtres vils, sa

1. Roger Martin du Gard, *Les Thibault*, t. VII, « l'été 1914 », Gallimard, 1936. Jacques et Jenny, les héros du livre, révèlent leur amour le jour de la déclaration de guerre, le 3 août 1914. Jacques, après avoir fait un enfant à Jenny, meurt en lançant des tracts pacifistes au-dessus des lignes.

mort fut inutile. Est-ce donc inutile de mourir pour sa foi ?

Surexcité, j'explique mon projet au premier garçon qui pousse la porte de la permanence : Philippe Marmissolle. Demi-pensionnaire, il n'a pas entendu le discours de Pétain. Je lui fais le récit de la trahison. Il blêmit, reste muet, retient ses larmes, puis murmure : « Le salaud ! » Je lui expose mon projet. Il se ressaisit et me regarde ironiquement : « C'est loufoque : du romantisme de pacotille. » Retrouvant son calme, il ajoute : « D'abord, il faut connaître la signification exacte de l'allocution de Pétain, mais aussi ses conséquences. A-t-il ordonné la fin des combats ? A-t-il demandé l'armistice, ce qui est différent ? Ou n'est-ce qu'une feinte pour gagner du temps tout en préparant la poursuite de la guerre ? »

Sa réaction m'irrite : la France coule à pic, et il me propose d'examiner la situation ! Lui non plus n'a rien compris : les événements tragiques exigent une réplique foudroyante. D'autres camarades arrivent. Je recommence mon récit. Chacun offre un visage défait, mais à la différence de Philippe ils sont d'accord pour agir sur-le-champ. Christian Roy, un garçon de Nantes réfugié à Pau, passionné de Maurras, résume la question : « Que faire ? »

Nous revenons au point de départ. Après une discussion interminable, nous décidons d'organiser une réunion publique — une manie des responsables de l'Action française en période de crise — afin d'inciter les jeunes à se grouper pour sauver la France. Cette solution présente un avantage : agir immédiatement, tout en gagnant du temps.

Je rédige un brouillon :

APPEL AUX JEUNES FRANÇAIS

Le traître Pétain demande la paix aux Boches.
Nous leur déclarons la guerre.
 Les jeunes qui veulent bouter les Boches hors
de France doivent se joindre à nous pour les com-
battre.

RASSEMBLEMENT
Haut les cœurs ! La France ne doit pas mourir.

Fier de mon coup de clairon, je lis en enflant la
voix, ne doutant pas que mes camarades seront gal-
vanisés. Un silence gêné accueille la proclamation.
Après un instant, Marmissolle me considère avec
une gentillesse narquoise : « C'est pompier. Les gens
vont rigoler. Tu vas nous faire lapider. » Enhardis,
les uns après les autres se déclarent du même avis,
y compris Roy, qui d'ordinaire m'encourage toujours
amicalement.

Une nouvelle discussion s'engage à partir du
brouillon. Dans la cacophonie, chacun propose ses
modifications. Mot après mot, la correction avance.
À la fin, je lis le nouveau texte :

APPEL AUX JEUNES FRANÇAIS

LES JEUNES font appel à tous ceux de leurs
camarades qui aiment la FRANCE, qui savent
encore ce qu'elle représente et qui veulent SAU-
VER SON ÂME.
 Ils leur demandent de se retrouver dans ce but.
GROUPONS-NOUS
LA FRANCE NE DOIT PAS MOURIR

Tout le monde applaudit, sauf moi : « C'est vraiment nul. Personne ne voudra mourir pour cette lit-

térature à la noix. » Marmissolle me prend le bras :
« Ne t'inquiète pas, on fera passer ton mot d'ordre :
tuer du Boche. »

Le plus dur reste à faire : imprimer les tracts rapidement et trouver une salle de réunions. Nous allons
d'abord salle Pétron, une salle de concerts utilisée
pour nos réunions habituelles. Elle est libre mardi,
mercredi et vendredi. Nous consultons l'imprimeur
Marimpouey, qui édite nos tracts. Il ne peut pas
nous les livrer avant mercredi après-midi, ce qui
exclut de tenir une réunion le soir même. Ce sera
donc vendredi.

Après notre accord, j'ajoute au texte : « Vendredi
soir, à 6 heures, salle Pétron, 14, rue des Cordeliers. »
Il nous semble que la fin de la journée sera favorable à une mobilisation résolue.

L'imprimeur nous donne quelques conseils de mise
en page et choisit, pour la première et dernière ligne,
un caractère gras du meilleur effet. En le quittant,
je regarde ma montre : 7 heures. Je n'ai pas encore
vu Domino. Sans doute est-elle passée à la permanence après mon départ. J'y retourne : personne.
Elle est donc rentrée chez ses parents, où elle ne
m'a jamais invité. Après une hésitation, je renonce,
trop intimidé à l'idée de la relancer.

Avant de regagner Bescat, je dois encore porter
notre texte au *Patriote* et à *L'Indépendant*[1], mais je
n'en ai plus le courage et en charge Christian Roy.
Brusquement, Domino me manque affreusement. Je
voudrais lui parler, me confier, partager avec elle mon
chagrin. Qu'en pense-t-elle ? Plus jeune que moi, elle

1. Le texte parut dans *L'Indépendant* des 20 et 21 juin 1940. *Le
Patriote* s'abstint.

n'a jamais fait de politique. Souffre-t-elle ? Comprend-
elle ?

N'ayant personne à qui confier ma détresse, je
rentre seul à Bescat.

En route, je pense à mes fiançailles. Ont-elles
encore un sens ? Devant l'inconnu du lendemain,
n'est-ce pas un projet fou ? Jamais, je n'en ai parlé
à Domino, ni même à mes parents. Peut-être est-il
prudent d'attendre la tournure des événements avant
de me déclarer.

En arrivant, je remets le brouillon de l'appel à
mon beau-père : « C'est très bien. Mais que comptez-
vous faire ? » Je lui rapporte ma première idée et
l'accueil de Marmissolle et des autres. « Ils ont raison : la guerre, c'est fait pour tuer, pas pour se faire
tuer. Du moins autant qu'on le peut. Ton projet ressemble à celui des francs-tireurs de 1871 : glorieux
mais peu efficace. Contre une armée, il faut une
armée. »

Mon beau-père a raison : ma première idée manquait d'efficacité. L'action héroïque des francs-tireurs
n'a nullement empêché la défaite et l'occupation de
la France en 1871. Il faut inventer une riposte terrible, mais laquelle ?

« D'ici à vendredi, vous aurez le temps de réfléchir. Il faut observer dans quel sens vont évoluer les
événements. » Il tient les mêmes propos lénifiants
que Marmissolle : ont-ils vraiment l'intention de
combattre les Boches ?

Tandis que nous finissons de dîner sur la terrasse,
la radio annonce, pour 9 heures et demie, une déclaration de Paul Baudouin, nouveau ministre des
Affaires étrangères.

Après un bref historique de la situation, le ministre justifie les raisons qui ont conduit Pétain à

demander l'« ouverture de négociations de paix », avant d'ajouter : « Mais il n'a pas pour autant abandonné la lutte, ni déposé les armes. Comme l'a dit le maréchal Pétain, le pays est prêt à rechercher dans l'honneur les moyens de mettre un terme aux hostilités. Il n'est pas prêt, il ne sera jamais prêt, à accepter des conditions déshonorantes, à abandonner la liberté spirituelle de notre peuple, à trahir l'âme de la France. »

Mon beau-père se lève, m'embrasse et me serre contre lui : « Tu vois, je savais bien qu'il ne fallait pas désespérer. Le Maréchal est rusé, c'est un stratège. Je suis sûr qu'il a préparé un piège aux Allemands. Ce sera un coup de théâtre. En attendant, la guerre continue. Cela seul importe. »

Après un moment de silence, il me dit : « Demain, tu devrais aller voir le commandant O'Cotereau, un héros de la Grande Guerre, qui est le président des anciens combattants de l'Action française à Pau. Il a été officier d'active. Sans doute est-il au courant de ce qui se trame. »

Mardi 18 juin 1940

Que faire ?

Avant de quitter Bescat ce matin, mon beau-père me donne rendez-vous pour déjeuner à la *Brasserie des Pyrénées*, proche du bureau des TPR, le service des transports régionaux dont il est actionnaire et qu'il dirige.

Je file à la permanence, où Marmissolle et Roy sont déjà arrivés.

Oublieux de mes accusations d'hier contre le Maréchal, je leur explique avec assurance : « D'une part, Pétain n'acceptera pas n'importe quelle condition. D'autre part, il manœuvre probablement dans le dos des Boches. N'oublions pas que notre flotte, notre aviation et l'empire sont intacts. Avant que les Boches apprennent à nager pour traverser la mer, on a le temps de reconstruire l'armée française. »

Marmissolle m'interrompt : « Tout ça c'est très bien, mais qu'est-ce qu'on fait ? » Comme toujours, il me taquine quand je suis trop péremptoire. Je n'en ai pas la moindre idée.

À 1 heure, je rejoins mon beau-père à la brasserie. Il est tendu : « Je sors de la préfecture. Le préfet a des informations directes par son collègue de Bordeaux. Il semble qu'effectivement Pétain gagne du temps pour manœuvrer. Le gouvernement a décidé de partir pour l'Afrique du Nord. La demande d'armistice devrait retarder l'arrivée des Allemands et permettre d'embarquer une partie de l'armée. »

En l'écoutant, j'ai l'impression de partager des secrets d'État, puisque ces propos ont été tenus par le préfet de Bordeaux, en contact permanent avec le monde politique : Albert Lebrun, le président de la République, loge chez lui.

Mon beau-père poursuit : « Le point noir, c'est l'avance continue des Allemands. Le gouvernement ne doit pas être fait prisonnier. Le préfet estime que, dans deux ou trois jours au maximum, les Boches seront à Pau. Bien sûr, tout cela est confidentiel. Il ne faut pas affoler la population, surtout les réfugiés, qui ont déjà tant souffert. »

Je ne dis rien, médusé par ce que j'apprends.

Il garde le silence un moment, jette un coup d'œil

sur le menu, commande, puis reprend : « Maintenant, les choses sont claires, il faut se décider. Tu dois partir. Il faut que tu partes vite, avant l'arrivée des Allemands. À Bayonne, on trouvera un bateau. Mais il y a une difficulté : le préfet a annoncé un arrêté qui interdit, à partir de demain, la sortie de Pau entre 10 heures du soir et 5 heures du matin. Vendredi, l'interdiction s'étendra à la circulation de tous les véhicules particuliers. Il m'a prévenu afin de me donner un laissez-passer pour Bescat. Tu dois donc partir demain au plus tard. »

L'injonction de mon beau-père met un terme à mes interrogations, même si elle ne correspond pas à mon souhait de tuer du Boche immédiatement. Sentant mon trouble, il me dit : « Regarde la réalité en face : tu n'as jamais tenu un fusil, tu n'as même jamais entendu un coup de canon. Ça fait du bruit ! Maurras nous a prévenus il y a un mois : c'est avant l'arrivée des Allemands qu'il faut agir, après il sera trop tard. Quand ils seront ici, nous serons tous prisonniers. La seule solution pour les combattants c'est d'embarquer pour l'Afrique du Nord afin de rejoindre l'armée française. Quant aux conditions du départ, soit à Pau, soit à Bayonne, tu verras avec O'Cotereau. Il a peut-être organisé quelque chose. Dans ce cas, tu n'auras qu'à suivre la filière. »

Le commandant me reçoit amicalement. Je lui montre mon texte et annonce la réunion prévue vendredi. « Pour quoi faire ? » me demande-t-il abruptement. Je rougis, car je ne sais quoi lui répondre. « Il est peut-être temps d'y penser. Si c'est pour faire une réunion de plus, le temps des parlotes est fini. Voyez où cela nous a conduits. »

Peu sûr de moi, je réplique malgré tout : « Je vais mobiliser les jeunes contre les Allemands. » Il se met à rire : « Pardonnez-moi, mais la guerre n'est pas le tir au pigeon. L'armée française vient d'être battue. Croyez-vous que c'est avec quelques collégiens que vous ferez peur aux Boches ? »

Devant ma mine déconfite, il atténue la rudesse de ses propos : « Votre attitude est généreuse et je n'en attendais pas moins d'un Camelot du roi, mais la situation est désespérée : il faut des idées et des hommes à la mesure du désastre. »

Après un moment de silence, il reprend : « Je n'ai aucune lumière particulière sur ce qui se prépare. Tout va très vite, et nous sommes loin du centre de décision. Vous avez peut-être écouté la radio hier soir : il est clair que le maréchal Pétain n'acceptera pas des conditions déshonorantes. Qui pouvait en douter ? C'est probablement une manœuvre qui s'inscrit dans un plan préparé en cas de refus. »

Il tire alors de son portefeuille une carte de visite, qu'il me tend après avoir griffonné quelques mots : « Présentez-vous de ma part à la caserne Bernadotte, et demandez le colonel Pellier. C'est lui qui commande la place. C'est un vieil ami. Faites-lui passer ma carte. S'il sait quelque chose, il vous le dira, et soyez sûr qu'il ne vous laissera pas tomber. Si vous êtes décidé à servir, je crois que vous ne serez pas déçu par les événements qui se préparent. »

Avec effusion, je remercie le commandant, flatté de l'accueil qu'il m'a réservé, et me rends aussitôt à la caserne Bernadotte.

❖

Je ne suis jamais entré dans une caserne et je n'ai jamais parlé à un militaire en activité, surtout à un officier d'un grade aussi élevé. Je reste cependant confiant : depuis hier, les événements tournent en faveur de nos projets. Plus je m'approche de la caserne, plus je pense être accueilli chaleureusement. Peut-être serai-je félicité ? Ne suis-je pas le représentant de la jeunesse de France et son dernier espoir ?

Autrefois déserte, l'immense esplanade de Verdun, destinée aux manœuvres des soldats de la caserne, offre un spectacle de désolation. Des dizaines d'automobiles rejetées par la débâcle sont coagulées en désordre, à quelques kilomètres de l'Espagne interdite. Parmi les immatriculations de toutes origines, je remarque beaucoup de Parisiens, des Luxembourgeois et surtout des Belges. Les bagages posés sur le sol servent de sièges aux familles. Certains sont allongés sur des matelas, autour de feux. Les visages sont fatigués, tristes et, chez quelques vieux, douloureux. Les plus démunis ne possèdent que leur bicyclette, parfois très vieille. La détresse, plus morale encore que matérielle, est palpable en dépit des costumes du dimanche dont tous sont parés.

Après avoir traversé ce capharnaüm, j'arrive devant la caserne. Le planton m'indique le bureau du colonel, au deuxième étage, à gauche. L'intérieur du bâtiment, avec ses vastes escaliers débouchant sur d'immenses couloirs, me rappelle la tristesse du collège Saint-Genès, à Bordeaux.

Je remets au planton la carte du commandant O'Cotereau. De retour quelques instants plus tard, il me fait pénétrer dans une vaste pièce donnant sur l'esplanade. Assis à son bureau, le colonel Pellier se

lève et me désigne un fauteuil : « Soyez le bienvenu.
Le commandant est un excellent ami. » Je juge au
ton chaleureux de cet accueil et à la manière dont il
insiste sur ces deux mots que le colonel est un sym-
pathisant de l'Action française.

« Je ferai tout ce que je pourrai pour vous aider. »
De ma voix la mieux assurée, différente de celle
dont j'use auprès de mes camarades, je lui dis : « Mon
colonel, je me suis permis de vous déranger à cause
de la situation tragique de la France. » Il m'observe
d'un regard perçant, où je lis sympathie et intérêt.
« Avec quelques-uns de mes camarades, nous voudrions faire quelque chose pour la patrie. J'ai pensé
que vous pourriez peut-être nous aider. »

Il s'enfonce dans son fauteuil et, les bras sur les
accoudoirs, joint ses deux mains : « Hélas, monsieur,
je crains de ne pas être à la hauteur de vos espérances. Vous avez entendu le maréchal Pétain. La France
a demandé l'armistice. La guerre est finie. » Il a lancé
cette phrase comme un ordre du jour, la voix enflée,
d'un ton sans réplique.

Sa réponse est si étrangère à mon attente que je
me permets d'insister : « Bien sûr, j'ai entendu le discours du Maréchal, mais je croyais qu'en dépit de
ses ordres l'armée préparait quelque chose… par en
dessous. » À peine ai-je prononcé ces mots que le
colonel se dresse devant moi, immense et méprisant : « Apprenez, jeune homme, que l'armée française n'a pas de "dessous". Votre devoir est d'obéir
au Maréchal. C'est ce que je vous conseille de faire,
comme tous les Français. »

Il fait signe au planton puis se rassoit, sans me
tendre la main.

Déconcerté par cette rebuffade imprévue et la violence de son adieu, je repense à mes fanfaronnades

de la veille. Que diront mes camarades ? Heureusement, la permanence est à l'autre bout de la ville. J'ai le temps de me remettre.

Quand j'arrive, Marmissolle et Roy, seuls, lisent les journaux. Je leur raconte mot à mot l'entrevue. Ils écoutent attentivement. Loin de se moquer de moi, ils explosent : « C'est un lâche et un vieux con ! Que peut-on attendre de gens qui ont perdu la guerre en un mois ?

— Alors, qu'est-ce qu'on fait ? demande Roy pour la énième fois. Le temps passe. On va finir prisonniers des Boches avant d'avoir bougé. »

Bien que mon beau-père m'ait recommandé le silence sur les confidences du préfet, je leur rapporte la conversation.

« D'accord, nous partons. Mais tu oublies la réunion de vendredi.

— Vendredi, on ne pourra plus quitter Pau. Il faut l'annuler ou la tenir demain. »

Des camarades arrivent. Certains sont partisans de partir ce soir même. D'autres proposent d'avancer la réunion à jeudi et de quitter Pau avant le couvre-feu. Le rendez-vous est à 6 heures du soir. Même si elle dure une heure, il nous en reste deux avant l'interdiction du préfet. Je m'accroche à la réunion, espérant une levée en masse.

« Tu oublies que la convocation est imprimée : elle annonce vendredi, dit Roy.

— Eh bien, on changera le jour.

— Comment ?

— À la main.

— Tu es fou ! Et puis, il y a la salle Pétron. Tu sais bien qu'ils sont occupés jeudi soir.

— J'irai chez Pétron pour négocier avec eux. On trouvera bien une solution. »

Domino arrive, accompagnée d'amies du tennis. Elle parle avec animation à Marmissolle : son regard est brillant, et l'émotion donne à son visage d'enfant l'éclat de celui d'une femme. Elle m'embrasse avec abandon : « C'est très bien. » Elle s'interrompt et me dit brusquement : « Comme je voudrais être un garçon pour partir avec vous. » Je suis bouleversé par sa voix, son regard, son baiser. Heureusement, mes camarades se pressent autour de nous. Ma décision est irrévocable, nous n'avons pas de temps à perdre pour réussir la réunion prévue.

Que faire de ce bonheur qui passe ? J'ai envie d'être seul avec Domino. Nous sortons tous les deux, et je l'emmène au parc Beaumont tout proche.

Je me tais. Après un moment, elle me prend la main : « Je vous comprends. Moi aussi, je suis malheureuse. Mon père a pleuré hier en écoutant Pétain. C'est la première fois que je le voyais en larmes. C'était affreux. Son désespoir... » Elle me confie à mi-voix, avec une douceur inconnue : « Je devine votre souffrance. Je suis avec vous, de tout mon cœur. »

Oubliant les promeneurs, elle se serre contre moi. Curieusement, ces paroles inattendues, au lieu de m'aguerrir, accentuent ma détresse parce qu'elle est désormais partagée par le seul être qui compte dans ma vie. J'admire comment cette enfant — car c'est une petite fille, avec ses richelieus, ses socquettes et sa jupe plissée — invente les mots dont j'ai besoin.

Est-ce la fatigue ou le manque de confiance ? Je n'ai plus la force d'évoquer mon projet de fiançailles, hanté par le drame de Jacques et Jenny, les héros des *Thibault*, que la guerre avait broyés.

Nous marchons longtemps dans les allées, revenant sur nos pas, nous arrêtant parfois pour une étreinte furtive, puis repartant en silence, jusqu'au moment où le carillon d'une église voisine nous avertit qu'elle doit rentrer chez ses parents.

Durant mon retour à Bescat, je suis enveloppé d'une ivresse bienfaisante : jamais nous n'avons été si proches. Au dîner, je n'ai pas envie de m'épancher. Je rapporte seulement mon entretien avec le commandant, puis le colonel. Mon beau-père commente, laconique : « Ça explique pourquoi nous avons perdu la guerre. » Pendant qu'il écoute la radio avec ma mère, je monte me coucher.

Mercredi 19 juin 1940

Le temps du choix

Je vais d'abord à la permanence, où Roy et Marmissolle sont déjà arrivés. Nous lisons les journaux. Seuls *L'Indépendant* et *Le Patriote* sont disponibles. Les autres, dont *L'Action française*, ne sont plus distribués. Les deux feuilles paloises reproduisent des extraits du discours prononcé par Churchill hier, 18 juin, devant la Chambre des communes et retransmis à la radio dans la soirée.

À en croire le titre d'un des journaux, le Premier Ministre est optimiste : « Rien ne saurait détruire la volonté de la Grande-Bretagne de combattre jusqu'au bout et pendant des années s'il le faut. » Je suis frappé par la teneur du discours : « Hitler sait qu'il doit briser notre résistance ou bien mourir. Si nous gagnons la guerre, le soleil de la liberté brillera sur le monde entier. Si nous la perdons, le monde entier, y compris les États-Unis, sera plongé dans les ténèbres d'un nouveau Moyen Âge. »

Il conclut : « Nous remplirons notre devoir. » D'ailleurs, la présidence du Conseil communique : « Le devoir de tous est donc de continuer la résistance. »

En écho au discours de Churchill, le journal résume un appel prononcé à la même heure à la BBC par un général français, ancien sous-secrétaire d'État à la Défense, le général de Gaulle, celui-là même dont le représentant de l'Action française à Oloron nous a révélé qu'il était des « nôtres ».

Le journal mentionne : « De Londres, où il s'est transporté, le général français de Gaulle continue la lutte. [...] Il a adressé un appel à tous les Français [...] se trouvant actuellement en Angleterre ou susceptibles de s'y rendre. » Il confirme, en quelque sorte, le discours du ministre Baudouin à la radio. J'en conclus que l'armée d'Afrique du Nord se mobilise et que Churchill appelle à la rejoindre.

Nous sommes d'autant plus intéressés qu'aucun de nous n'a écouté la radio hier. Nous allons déjeuner ensemble.

Marmissolle me tarabuste : « Nous quittons Pau pour aller où ? » Mon beau-père est resté dans le vague. Il a évoqué Bayonne. En réalité le problème est de quitter Pau, même si nous ignorons ce qui arrivera ensuite. Au bord de la mer, nous devrons trouver un bateau.

Sentant la fragilité du projet, je reste laconique : « On verra bien. » Roy, toujours pratique : « Qui paiera ? » Je ne me suis jamais posé la question :

mes parents ont toujours tout payé. Je regarde ma montre, il est l'heure d'aller chez l'imprimeur. J'ai donné à Bianchi rendez-vous là-bas pour transporter les paquets.

De retour à la permanence, nous ouvrons les paquets de tracts. En ronchonnant, chacun en prend un tas et s'attelle à modifier la date[1]. À 5 heures et demie, il ne reste plus que Marmissolle et Roy. Je me lève pour partir :

« Tu nous abandonnes ?

— J'ai encore du travail. »

Heureusement, ils ne posent aucune question. « À demain, 9 heures, pour faire le point et préparer la distribution. » Je ne sais pourquoi je leur cache un autre rendez-vous, qui n'a rien de galant.

Après le discours de Pétain, Henri Blanquat m'avait téléphoné plusieurs fois. Il avait quitté Bordeaux quelques jours auparavant et se trouvait à Tarbes, où il venait d'être mobilisé. Lui aussi refusait l'armistice. Il ne savait que faire. Je lui exprimai ma haine de Pétain et ma volonté de me battre. « Comment ? » demanda-t-il.

Je lui avais expliqué notre volonté de partir pour rejoindre l'Afrique du Nord[2]. « Viens me chercher, je pars avec toi. » Il n'avait aucun moyen de transport. J'hésitai, car le temps était compté. Après avoir calculé au plus juste, je constatai qu'il restait quelques heures mercredi, en fin d'après-midi. « D'accord, je t'attendrai au *Billard Bleu*, le grand café sur la place Marcadieu, à partir de 6 heures. »

En quittant la permanence, je fonce à moto en

1. Un exemplaire que j'ai conservé montre effectivement le mot « vendredi » rayé, avec, au crayon, le mot « ce » le remplaçant devant « soir ».
2. Il m'avait succédé à la tête du cercle Charles-Maurras.

direction de Tarbes. Je suis à mi-chemin lorsque,
dans un bruit de ferraille, le moteur stoppe. Il m'est
impossible de le remettre en route, les soupapes du
culbuteur ayant sauté. Je traîne la machine jusqu'à
une maison voisine et téléphone à mon beau-père
aux TPR afin qu'il envoie une camionnette pour me
dépanner.

Revenu à Pau, je rentre finalement avec lui à
Bescat. « Qu'est-ce que tu faisais sur la route de
Tarbes ? » Je lui raconte : « Pauvre Blanquat. Je ne
sais s'il pourra venir demain[1]. »

Nous arrivons trop tard pour entendre la BBC.
Ma mère nous dit que le général inconnu n'a pas
parlé. « Il est sans doute déjà parti pour l'Afrique
du Nord », fait observer mon beau-père.

Nous avons à peine fini de dîner que le téléphone
sonne. Ma mère me tend le récepteur : « C'est pour
toi. » « Allô ! Dany ? Ici Fred Anastay. » Le téléphone grésille tant que j'ai peine à l'entendre :

« Est-ce qu'on peut passer en Espagne ?

— Non, la frontière est fermée.

— Et par la montagne ?

— Écoute, Fred : je pars demain soir pour Bayonne.

— J'arrive.

— Rendez-vous avant 7 heures, au bureau des
TPR, à Pau. Tu demandes M. Charles Cordier.

— À demain. »

A-t-il entendu ? Il m'a semblé appeler du bout du
monde. Je sais pourtant qu'il est à Bordeaux. Je suis

---

1. Il ne put venir et ne quitta pas la France. Je le revis à
Toulouse, en septembre 1942 (cf. *infra*, p. 441).

tellement ému d'entendre la voix de cet ami de Saint-Elme, qui est devenu un camarade très cher, que j'en oublie de l'interroger sur les événements qui s'y déroulent. C'est pourtant là que l'avenir se décide.

Dans mon lit, je reste longtemps éveillé. Domino a balayé jusqu'au souvenir de mes premiers amours. Grâce à elle, je sais ce qu'est le grand amour. Du coup, j'ai peine à croire que mon bonheur ait dépendu autrefois de garçons tels que Fred.

Jeudi 20 juin 1940

Une réunion à la cloche de bois

Le soleil se lève sur la vallée tandis que je boucle ma valise : mouchoirs, chemises, caleçons, chandails, chaussettes, affaires de toilette et un costume. J'emporte aussi mon cahier intime, dont je ne me sépare jamais. Comme je suis privé de ma moto, mon beau-père me conduit à 7 heures au car d'Oloron-Pau, qui s'arrête non loin de chez nous.

À la permanence, nous arrivons tous en même temps. Marmissolle avec son sac de montagne : « Je n'ai pas dormi. Je craignais que mon oncle ne s'aperçoive de mon départ très matinal. Je n'ai prévenu personne. »

Je suis content qu'il soit là pour préparer la distribution des tracts. « Il faut diviser les paquets en quatre parts égales. Comme on ne peut pas tout prendre, on reviendra en chercher au fur et à mesure de la distribution. De toute manière, j'espère qu'on sera assez nombreux pour qu'il y ait quelqu'un en permanence ici. Après la distribution, rendez-vous à 3 heures. Il faudra organiser un service d'ordre léger. »

Comme pour la vente du journal, nous avons divisé la ville en quatre secteurs, prévoyant de ne distribuer nos tracts qu'aux seuls jeunes. Nous avons aussi prévu, à partir de midi, de « faire » la sortie du lycée Louis-Barthou et du collège de l'Immaculée-Conception. Comme je n'y suis pas élève, je propose de m'y présenter seul afin d'éviter d'éventuelles représailles de l'administration. « Au point où on en est, réplique Marmissolle, on s'en fout ! »

À 1 heure, je rejoins la *Brasserie des Pyrénées*, où ma mère m'attend déjà. Quelques instants plus tard, mon beau-père arrive, le visage fermé. Il se penche vers moi : « Il y a un coup dur. Le préfet vient d'interdire ta réunion. La salle Pétron sera bouclée par la police. »

En un éclair, je retrouve ma réaction du 17 juin : les autorités ont trahi ; Pétain, le colonel, et maintenant le préfet ! Mon beau-père poursuit à voix basse : « Je viens de voir Verdenal [un avocat de nos amis, ancien combattant et maire de Pau]. Je lui ai raconté ton projet : il nous attend à 2 heures dans son bureau. En principe, il est d'accord pour que tu tiennes la réunion à la mairie. »

Après avoir jeté un coup d'œil sur la carte, il poursuit à mi-voix : « En tout cas, il faut partir ce soir. Demain, il sera trop tard. Le plus simple est de fixer le rendez-vous à 9 heures devant le monument aux morts du 18e régiment, sur l'esplanade de la caserne. Tu annonceras aux jeunes que vous ferez une minute de silence en l'honneur des morts de la guerre. De là, tu les conduiras au garage d'Étigny [le garage des TPR, face au parc du château] ; je ferai préparer plusieurs autobus. Dès qu'ils seront complets, nous partirons pour Bayonne. »

Ma mère écoute en silence, à mon côté, sur la banquette. Je n'ose la regarder, devinant ses pensées. Je voudrais lui manifester mon amour, lui prendre la main, l'embrasser, mais je suis maintenant un homme et je refuse de m'abandonner à ces enfantillages.

Le silence s'installe entre nous. Nous commençons à manger lorsque mon beau-père déclare avec force : « J'espère qu'avec Pétain ça va changer. » À ce nom, ma mère sort de sa réserve : « Ah oui ! Heureusement que nous avons le maréchal Pétain pour sauver la France ! »

À ces mots, je me redresse et lui hurle au visage : « Pétain est un vieux con ! » Ma mère, surprise, tourne vers moi son beau visage attristé : « Oh, Dany ! Comment peux-tu dire une chose pareille ? » Je ne puis soutenir son regard.

Quelques instants plus tard, le maire de Pau nous reçoit dans son vaste bureau ouvrant sur la place Gramont et, au-delà, sur la chaîne des Pyrénées. Bien qu'il soit ami de la famille, je suis impressionné. Il vient vers nous en souriant : « Alors, qu'est-ce que tu nous prépares encore ? » Je lui explique notre volonté de combattre et mon entrevue avec le colonel.

« Ça ne m'étonne pas, dit le maire, c'est une vieille bête. Bonne idée de réunir des volontaires pour les exhorter à rejoindre l'armée en Afrique du Nord. Je souhaite que vous réussissiez. Mais si tu continues comme ça, vous serez tous coffrés. Le préfet est furieux parce que tu n'as pas demandé l'autorisation et que ce n'est pas le moment de faire de l'agitation, même patriotique. Tu aurais dû m'en parler. En tout cas, il a tort de décourager les jeunes qui croient encore à la France. »

Marquant une pause, il me regarde attentivement puis déclare : « Tu peux tenir ta réunion dans le hall de la mairie. Je donnerai des ordres, tu ne seras pas inquiété. La police nationale n'a pas le droit d'intervenir à l'intérieur du bâtiment. Je ne crois pas que le préfet aille plus loin. En tout cas, je suis avec toi, je ne te laisserai pas tomber. À ce soir. »

Il me serre la main avec un sourire paternel et nous raccompagne sur le palier. Mon beau-père rayonne : « Tu vois, ça s'arrange. Je vais tout préparer pour ce soir. Je viendrai ici vers 7 heures pour voir comment les choses se passent. »

J'ai hâte de le quitter. Avant la réunion, j'ai prévu d'embrasser Caroline, la sœur d'amis d'enfance, et Domino. À partir de là, ce sera à la grâce de Dieu.

Je fais un crochet à la permanence afin de prévenir mes camarades de l'interdiction du préfet et du changement de local. Seul Christian Roy est fidèle au poste. Il lit les journaux. Je lui explique les modifications du programme et lui demande de prévenir les autres afin d'organiser un barrage aux deux extrémités de la rue des Cordeliers, dans laquelle se trouve la salle Pétron, et de canaliser le public vers la mairie.

« Je vous rejoindrai à 5 heures.

— J'espère que tu nous trouveras dans la foule, dit Christian.

— Nous serons peut-être seuls.

— Ça m'étonnerait. Tout le monde est intéressé par les tracts. Ce matin, les jeunes nous posaient des questions sur notre programme. Crois-moi, ce sera un événement.

— Dieu t'entende. »

En le quittant, je cours chez Caroline. Elle habite en lisière du parc Beaumont. Quand elle m'ouvre la porte, je perçois un éclat singulier dans son regard, et le rayonnement de son visage me frappe.

Elle m'embrasse gentiment et me dit en baissant la voix : « Il faut que je t'annonce une grande nouvelle : je suis fiancée à Frédéric. »

Je pense à Domino : pourquoi ai-je renoncé ? Se méprenant sur mon silence, elle me dit en riant :

« C'est tout ce que ça te fait ?

— Excuse-moi, c'est l'émotion. Je ne te croyais pas aussi vieille. »

Elle me conduit sur la terrasse, où Frédéric l'attend. Les yeux intelligents de ce grand garçon aux cheveux noirs éclairent un visage de fille, étroit et pâle, d'une expression dure et parfois méprisante. C'est un crac : lauréat du concours général. Je le félicite de sa double performance, triompher au concours et kidnapper Caroline.

« Mais, il ne m'a pas kidnappée, coupe-t-elle vivement. Je l'aime.

— Excuse-moi de troubler ton bonheur, je suis seulement venu t'embrasser avant mon départ. »

Tous deux m'observent avec étonnement : « Quel départ ? » À mon tour, je suis surpris qu'il y ait des jeunes à Pau qui ignorent tout de ce départ préparé par la distribution de trois mille tracts. Pressentant soudain l'incongruité de ma visite, je balbutie : « Mais pour me battre ! » Cette fois, ils me dévisagent, étonnés : « Avec qui veux-tu te battre ? La guerre est finie. »

Un instant, je vacille. Est-il possible que des amoureux traversent la catastrophe finale de l'histoire de France avec une telle insouciance ? J'insulterais toute autre fille que Caroline. Je m'assois pour tenter de leur faire comprendre la gravité des événements.

« C'est vrai, dit Caroline, qu'à la maison mon père est muré dans le silence depuis quelques jours. Maman se cache pour pleurer. Mais ici, tu le sais, nous ne parlons jamais politique. Notre patrie, c'est la montagne. » Elle parle avec l'innocence intacte de notre enfance qui sanctifie son visage de petite fille espiègle.

Comme il me reste peu de temps pour rejoindre Domino, je prends congé, non sans leur lancer : « J'espère que les Boches seront bien gentils avec vous. » Elle sourit toujours, mais le garçon fronce les sourcils :

« Pourquoi dis-tu ça ?

— Mais parce que vous ne semblez pas comprendre que les Allemands sont à Bordeaux et que dans quelques heures ils seront à Pau. La suite de leur conduite est connue par le martyre de la Pologne.

— Tu ne parles pas sérieusement ?

— Ce n'est pas aujourd'hui que j'ai envie de plaisanter.

— Attends-moi, je t'accompagne. »

Frédéric se tourne vers Caroline :

« Je reviens, mais j'ai besoin de parler avec lui.

— Surtout ne l'écoute pas : c'est un fou ! »

Sur ces mots, comme toujours, Caroline plaque deux baisers sonores sur mes joues.

Avec Frédéric, nous remontons lentement les allées du parc Beaumont. La masse des réfugiés a défiguré l'endroit, autrefois désert, aujourd'hui bruyant et sale.

Après m'avoir écouté, Frédéric me demande : « Tu as trouvé un bateau ? » J'ai dit que je n'y avais pas pensé. Où et à qui s'adresser à Bayonne ? Je sais à peine où se trouve le port. Depuis toujours, je fréquente les plages de la côte basque, et nous apercevons au loin les cargos amarrés, au milieu de la zone industrielle du Boucau, non loin de l'embouchure de l'Adour. Jamais nous n'avons traversé le fleuve.

« Sais-tu au moins où tu vas ? » Je suis plus assuré : « Rejoindre l'armée française dans l'empire. » Je parle en forçant le ton pour tenter de reprendre l'avantage. « Qui te dit que l'empire va poursuivre la guerre ? La paix concerne aussi les colonies. La longueur de la traversée te fera débarquer là-bas après la signature de l'armistice. Tu auras bonne mine. Quant à moi, j'ai toujours eu peur du ridicule. »

Avec dédain, il refuse d'avance une invitation que je n'ai pas formulée. Je lui dis : « L'armistice n'est pas certain.

— Mais non, c'est fini, crois-moi. »

Bien qu'après le discours de Baudouin et le communiqué du gouvernement de Londres cela puisse s'examiner, je refuse de discuter. Nous passons devant le lycée. Le temps presse. Je cherche un axiome irréfutable que me souffle *L'Action française* :

« Je n'ai pas envie d'être l'esclave des Boches.

— Qui te parle de ça. Nous ne sommes pas dépourvus d'atouts pour tenir la dragée haute aux Allemands [il ne dit pas les Boches]. Il y a des choses que le monde ne laissera pas faire à Hitler.

— Jusqu'à présent, le monde n'a pas fait grand-chose contre lui.

— Tu n'as pas répondu à ma question : Et si l'empire met bas les armes ?

— Eh bien, il y a l'Angleterre. Churchill a proclamé qu'il se battrait jusqu'à la victoire. »

Il ricane : « C'est mot à mot les promesses de Paul Reynaud. Tu vois où nous en sommes.

— Oui, mais les Anglais sont dans une forteresse.

— Peut-être, mais tu n'y trouveras aucun Français.

— Eh bien, je m'engagerai dans l'armée anglaise. »

Il s'arrête, interloqué : « Tu ferais ça, malgré Dunkerque ? Tu oublies qu'ils ont embarqué leurs troupes et abandonné les Français sur le sable, comme d'habitude. »

J'écume : « Eh bien, j'irai n'importe où, avec ceux qui continuent, au Canada, par exemple. » J'entends à nouveau son rire strident, presque inaudible : « Si tu tiens tellement à te battre, tu auras plus vite fait de t'engager dans l'armée allemande. C'est la seule qui se battra jusqu'au bout, et qui vaincra. »

Nous arrivons place Clemenceau. Il me serre brusquement le bras : « Je te fais marcher. C'est très chic ce que tu fais. Ça a du panache. »

Nous prenons une rue latérale, presque déserte. Il garde le silence. Puis, comme à lui-même : « Il y a des moments dans la vie d'un peuple où le patriote est celui qui témoigne avec sa peau : les volontaires de l'an II, les francs-tireurs de 1870, le 6 février 1934. »

Il hésite. L'ai-je convaincu ? Tandis que nous continuons à marcher, il se reprend : « Mais ce n'est pas pour moi. Nous n'avons qu'une vie. Combien de temps peut durer cette guerre ? Des mois, des années ? Il y a Caroline, mes études : je prépare Polytechnique. Je ne veux pas sacrifier ma famille ni ma carrière sur un coup de tête. La mort ne me fait pas peur, mais je ne veux pas rater ma vie. Même si l'empire et l'Angleterre s'obstinent, ils seront battus. Hitler est invincible désormais. »

Parvenus place Clemenceau, devant le bureau des TPR, nous nous serrons la main en silence et partons rapidement, lui vers Caroline, moi vers Domino.

M'attend-elle ? Dès le coup de sonnette, elle ouvre. Son charme est intact, mais un voile de tristesse lui parcourt le visage. Je la trouve plus désirable encore. Elle m'entraîne dans sa chambre pour la première fois. Dans la pénombre, elle se blottit contre moi. Nous restons là, soudés au-delà des mots.

Dans le salon à côté, la pendule sonne 5 heures. Je dois rejoindre mes camarades rue des Cordeliers. Pourrons-nous quitter Pau ce soir ? Elle se serre plus étroitement contre moi. Aussi délicatement que possible, je l'entraîne vers l'entrée. Elle ouvre la porte. Tendrement enlacés, nous descendons l'escalier. Au rez-de-chaussée, elle demeure sur la dernière marche tandis que je me retourne vers elle pour l'embrasser une dernière fois. Je glisse dans sa main un mot que j'ai griffonné à la hâte pour lui dire adieu : « Je vous aime, Domino. »

Après elle, je passe dire adieu à Moineau, qui habite dans la même rue. Son père, le Dr Bieller, ancien combattant, était un ami de ma famille. Comme Domino, sa fille prépare son bac.

Je l'ai prévenue de mon départ et ne veux pas la quitter sans l'embrasser. Tandis que je lui fais mes adieux, le docteur entre dans sa chambre. « Moineau m'a dit votre volonté de poursuivre la guerre. C'est très chic. » Puis, ouvrant son portefeuille, il en tire un billet de mille francs : « On ne sait jamais, ça peut vous servir avec vos camarades. »

Il referme la porte tandis que j'embrasse une dernière fois Moineau, qui me murmure à l'oreille : « Je regrette de ne pas être un garçon. » Les mêmes mots que Domino.

Arrivé en retard rue des Cordeliers, j'aperçois un attroupement devant la salle Pétron. Philippe est là :

« Ce n'est pas facile. Les gens sont affolés. Ils n'écoutent rien. Je ne sais pas s'ils viendront à la mairie. On indique aux jeunes le rendez-vous au monument aux morts. On fait tout ce qu'on peut.

— Dis aux camarades qu'on se retrouve ce soir à 8 heures, au plus tard, à la permanence. On essaiera de manger un sandwich avant de partir. »

Je le quitte et vais à la mairie où, à ma grande stupeur, la place grouille de monde. Je me fraie un passage à l'intérieur du hall afin de monter chez le maire. Il est 5 heures et demie quand j'arrive dans son bureau. Il me reçoit chaleureusement : « Ça marche, ton truc ! Tu es doué pour les réunions. Quand tu reviendras, je te confierai des tâches. »

Le succès dépasse nos prévisions. Plus de cent personnes sont déjà là, et il en arrive de partout. Presque tous les garçons, parfois très jeunes, sont accompagnés de leurs parents. Dans le hall, le bruit est assourdissant, répercuté par les voûtes. Comment me faire entendre ? Où trouver une place pour qu'ils me voient et m'écoutent ? Monter sur une chaise ou une table ?

Me Verdenal m'en dissuade : « Tu vas être roulé par terre. Installe-toi sur la deuxième ou la troisième marche de l'escalier qui conduit à mon bureau, et surtout essaye d'obtenir le silence. »

Effectivement, de cet endroit, je domine la foule. Le bruit ne cesse d'enfler. J'ai prévu de lancer un appel patriotique rendant hommage aux combattants puis de proclamer « la patrie en danger » avant de terminer aux cris de « Mort aux Boches ! Vive la France ! ». Face à la pétaudière, ce nouveau coup de clairon me semble soudain incongru.

Ceux qui m'entourent me prennent pour un simple curieux à la recherche d'une connaissance. Résigné, je commence par expliquer à mes voisins les plus proches notre projet de départ. Dès que j'ai terminé, les questions fusent :

« Êtes-vous attendus à Bayonne ?

— Avez-vous un correspondant au Maroc ?

— Comment ferez-vous pour ne pas être coulés ?

— Et si l'empire refuse la guerre ?

— Que se passera-t-il si l'Afrique fait la paix ?

— Avez-vous prévu le retour ?

— Que ferez-vous si les Allemands débarquent au Maroc ? »

Une dame distinguée me demande si j'ai réservé des cabines sur le bateau et si je me suis assuré de la qualité de la nourriture. Son fils a l'estomac fragile.

Aux questions les plus saugrenues se mêlent des critiques :

« Comment pouvez-vous faire venir des jeunes gens sans avoir de projet sérieux à leur proposer ? C'est une honte !

— Tout ça, c'est du bluff !

— Quel enfantillage d'annoncer votre départ alors que rien n'est organisé ! On ne se moque pas des gens de cette manière.

— Je suis d'accord si vous me donnez le nom du bateau. »

Déçu par ces réactions, me revient à l'esprit un mot de Paul Valéry recopié la veille dans mon cahier : « Combien de gens sont morts pour ne pas avoir lâché leur parapluie ! »

Il est 7 heures passées, et la foule est toujours aussi agitée. Je distingue Marmissolle, Roy et Bianchi arrivant de la rue des Cordeliers : « Là-bas, c'est fini. La police a dispersé les badauds. Mais ici, quelle foule ! Mais attention, il y a pas mal de cons !

— Qu'est-ce qu'on fait ? demande Roy.

— Faites passer le mot d'ordre à tout le monde : rendez-vous ce soir à 9 heures et demie devant le monument aux morts du 18e sur la place de Verdun pour une minute de silence. Ceux qui veulent partir doivent venir avec leur valise. Maintenant il faut se disperser. »

Tandis que mes camarades s'égaillent, je répète la consigne autour de moi. Surtout la dernière. Et si la police nous arrêtait à la sortie de la mairie ? Dehors, la foule toujours plus nombreuse occupe une partie de la place Gramont.

En quittant les lieux, j'aperçois un groupe de jeunes gens se dirigeant vers la promenade des Pyrénées. Je reconnais Marmissolle et le rattrape. Il me présente aux autres garçons : « Voici l'auteur du tract. Posez-lui vous-mêmes vos questions. » Ils ont à peu près mon âge, à l'exception de l'un d'entre eux, souriant et timide, qui semble avoir quinze ans.

Un garçon à la distance aristocratique s'exprime le premier : « Croyez-vous que ça serve à quelque chose cet "attroupement" ? Vous avez entendu les réflexions. Et encore, ce sont les meilleurs qui sont venus puisqu'ils ont répondu à votre appel. » À son esprit finaud je reconnais un Béarnais.

Une fois de plus j'explique mon projet, le but final, mais aussi ses aléas. La mairie m'a rendu prudent. Tous écoutent attentivement : « Croyez-vous qu'ils seront nombreux ce soir ? » Exaspéré par le scepticisme ambiant, je deviens agressif : « Je l'ignore, mais s'il n'y a que moi devant le monument pour la minute de silence, je quitterai Pau tout seul dans l'autobus. »

Laissant ces inconnus, Bianchi, Marmissolle, Roy et moi-même passons à la permanence prendre nos bagages. Mon beau-père nous y attend. « Je suis venu chercher vos valises. Je les apporterai au garage. »

À 9 heures un quart, nous déambulons tous les quatre aux alentours du monument aux morts. Dans cette partie de l'esplanade bordée de platanes centenaires, la pénombre gagne. J'attends la nuit avec impatience. Quelques garçons munis de sacs de montagne ou de valises rôdent aux alentours.

À l'heure dite, nous sommes plus d'une centaine, rassemblés sans bruit. Quel contraste avec le brouhaha de la mairie ! À haute voix, j'annonce : « Nous allons nous recueillir pour honorer les morts de cette guerre, afin que leur sacrifice ne soit pas inutile. Après la minute de silence, dispersez-vous et suivez-moi individuellement ou par petits groupes. Je vous conduirai au lieu de départ. »

Après nous être recueillis, nous partons, Marmissolle, Roy et moi en tête, suivis des garçons en groupes espacés. Nous descendons jusqu'à la rue d'Étigny et rejoignons la cour du garage des TPR. Au fond, les autobus sont rangés sous les hangars. Mon beau-père nous attend, entouré de quelques chauffeurs. Il s'approche de moi : « Montez vite, en silence. »

Rapidement, quatre autobus sont remplis. Lorsque le premier véhicule met en marche, le bruit me semble si effrayant que je crains que la ville entière ne soit alertée. Lentement, le car traverse la cour, sort sur la chaussée, puis tourne à droite en direction de Bayonne. Nous roulons au pas. Dans le rétroviseur, j'aperçois le second autobus qui nous suit. Soudain, à cent mètres devant nous, un officier casqué balaye la nuit de sa torche électrique. Derrière lui, quelques hommes en ligne, genoux à terre, nous mettent en joue. L'un deux, allongé sur le sol, pointe son fusil-mitrailleur dans notre direction.

« Stop ! » crie mon beau-père, tandis que l'officier se dirige vers nous : « Il est interdit de circuler entre 10 heures du soir et 5 heures du matin. Demi-tour. » Mon beau-père essaye de parlementer : « D'abord, il n'est pas encore 10 heures. Ensuite, l'arrêté préfectoral concerne les voitures particulières, pas les lignes régulières d'autobus. C'est un convoi supplémentaire pour Bayonne. Le maire l'a autorisé.

— Ce n'est pas le maire qui commande à Pau. C'est le colonel Pellier. Si vous avez un laissez-passer, montrez-le. Sinon, rentrez au garage ou je donne l'ordre de tirer. »

J'ai pensé à tout sauf au rendez-vous trop tardif que nous avons fixé et qui nous a mis à la merci de l'interdiction. Effectivement, il n'est pas encore 10 heures. Strictement, nous aurions le droit de passer. Si nous étions dans la campagne, nous pourrions prendre les petites routes détournées que nous connaissons, mais ici, en ville, nous sommes piégés : les soldats nous raccompagnent à l'entrée du garage. Les deux autobus reculent dans la cour et nous commençons à descendre.

J'enrage à l'idée qu'une douzaine de militaires défaitistes, parce qu'ils ont des fusils, tiennent en échec plus d'une centaine de jeunes patriotes.

Que faire des volontaires rassemblés ? Pour la plupart, il leur est impossible de rentrer chez eux. Mon beau-père me prend à part : « Ne t'inquiète pas, on va trouver une solution. Il faut garder la liaison avec tes camarades. Fais passer le mot d'ordre : marcher individuellement le long de la route de Bordeaux. Dès que nous aurons trouvé une solution, nous passerons en voiture pour leur fixer le lieu d'un *nouveau* rendez-vous. » En silence, les uns après les autres, les garçons quittent le garage comme des ombres.

Après avoir fermé les portails, nous restons quelques-uns autour de mon beau-père. D'autres garçons demeurent à l'intérieur des autobus. Peut-être n'ont-ils pas entendu la consigne ? Je m'approche. L'un d'eux me dit : « J'ai entendu, mais je ne retourne pas chez moi. Je n'ai pas prévenu ma mère, et elle ne me laissera jamais repartir demain. »

Un gros garçon jovial me déclare avec aplomb : « De toute manière, cet autobus partira demain pour son service, et j'irai avec lui.

— Vous serez bien avancés si vous vous retrouvez à Lourdes. » Sans se démonter, il me répond presque insolemment : « Vous inquiétez pas, je choisirai celui qui va à Bayonne. »

Décontenancé par cet aplomb, je cours avertir mon beau-père. « Il a raison : c'est la solution ! Présentez-vous demain matin place Clemenceau, au départ régulier du bus de Bayonne. Il n'y a aucune interdiction de circuler dans la journée sur les lignes régulières. Je prévoirai quatre cars supplémentai-

res, et le tour sera joué. Il ne reste plus qu'à prévenir tes camarades. »

Il est presque minuit quand nous partons en voiture vers la route de Bordeaux. Nous roulons lentement, tous phares éteints. La route est libre, ce
qui semble prouver que nous étions tombés dans un
piège, probablement à la suite de la réunion. Après
avoir dépassé les dernières maisons, j'aperçois, en
retrait, l'Enfance heureuse, mon premier internat,
quand j'avais six ans.

Sur les bas-côtés de la route, nous apercevons
quelques garçons qui marchent à la queue leu leu.
Nous nous arrêtons à la hauteur du premier groupe
et sortons la tête pour leur transmettre le rendez-
vous : « Demain matin, 7 heures, place Clemenceau,
au départ de la ligne TPR pour Bayonne. » Nous
renouvelons la manœuvre à plusieurs reprises.
Les groupes deviennent de plus en plus espacés.
Marmissolle remarque tristement : « Dis donc, ils ont
fondu. » Je n'ose me l'avouer, mais il reste à peine
une cinquantaine de garçons.

Nous roulons encore en direction de l'aérodrome,
en vain : la route est déserte. Mon beau-père nous
conduit alors à la permanence. « Je viendrai vous
chercher demain matin à 6 heures et demie. D'ici
là, bonne nuit. » Il me serre contre lui en m'embras-
sant et souffle tout bas : « Mon petit ! » Il est fiévreux,
mais son regard est inflexible.

Vendredi 21 juin 1940

Le Léopold II, *bateau de l'espoir*

Le lendemain matin, les traits tirés, mais toujours attentif, il vient nous réveiller à la permanence. Je me suis levé avant tout le monde afin de me raser. Le local possède un petit lavabo avec l'eau froide. Prisonnier d'une habitude de mon enfance, je ne peux commencer la journée qu'après ma toilette, si courte qu'ait été ma nuit.

La place Clemenceau est à quelques centaines de mètres. N'ayant jamais visité Pau à cette heure matinale, je suis surpris de constater que l'animation est déjà grande, cafés ouverts et terrasses pleines. De loin, nous apercevons, rangé le long du trottoir, l'autobus rouge et noir des TPR. La porte du premier est ouverte, et quelques garçons sont déjà installés à l'intérieur. D'autres attendent leur tour pour monter.

Mon beau-père nous a recommandé de nous asseoir séparément et de ne pas nous parler. Quelques instants avant que je ne rejoigne ces inconnus, il me tire par la veste : « Viens embrasser ta mamie. Elle arrive de Bordeaux. » Je cours avec lui vers notre voiture rangée derrière l'autobus. Il ouvre la portière. Ma grand-mère est assise à l'arrière, toujours élégante en dépit de ses vêtements froissés par le voyage.

Elle a le visage creusé par la fatigue et quelque chose d'un peu hagard dans les yeux, qui me serre le cœur. Le regard attentif qu'elle pose sur moi à cet instant, ce regard qui m'avait vu grandir, qui comprenait tout et qui pardonnait, me bouleverse. Elle m'ouvre les bras : je me penche vers elle et l'embrasse avec la tendre passion que j'aurais eu honte de lui avouer autrefois. Elle a dans la main une petite bourse en daim gris qu'elle met dans ma poche, sans un mot.

Mon beau-père me prend par le bras. Je me détache. Le moteur du car tourne déjà. Le véhicule démarre tandis que mon beau-père s'écrie : « À tout à l'heure ! » Il a prévu de nous accompagner en voiture à Bayonne avec ma mère. Installés, seuls, aux quatre coins de l'autobus, nous sommes dix-sept garçons du même âge. Quelle déception !

La place du Jardin public, à Bayonne, est aussi chaotique que celle de Verdun à Pau. Le car s'arrête devant le café *Au Perroquet*, utilisé comme terminus du TPR. Au son de *Sombreros et mantilles*, un air à la mode chanté par Rina Ketty, mon beau-père nous attend. Ma mère est à ses côtés, élégante et toujours vive malgré la fatigue.

« Asseyez-vous à la terrasse, et prenez votre petit déjeuner », nous dit-il. Il est 10 heures passées. « Je vais m'occuper de trouver un bateau. Ne bougez pas d'ici. » Tandis que les garçons prennent place, il me fait monter dans la voiture et nous partons vers le bureau des Ponts et Chaussées, de l'autre côté de la place.

Nous sommes reçus par l'ingénieur en chef, André Lesbre, qu'il connaît et auquel il explique notre projet. Celui-ci griffonne sur sa carte de visite une recommandation pour le capitaine du port. Avant de quitter le bus, j'ai établi une liste de mes camarades avec leur date de naissance. J'ai découvert à cette occasion que trois d'entre eux ont à peine dix-sept ans, une dizaine dix-huit ans et les plus vieux, dont je suis, dix-neuf ans.

Mon beau-père interroge le capitaine du port pour savoir si des navires partent pour l'Afrique du Nord : « Nous ne sommes pas une agence de voyages ! Aujourd'hui, ils arrivent de n'importe où et partent vers des destinations inconnues. La plupart ne savent même pas s'ils arriveront à bon port. »

Il nous signale quelques cargos amarrés aux quais de la douane : « Je ne sais s'ils accepteront d'embarquer vos jeunes. Ils n'ont pas de cabines et ne transportent pas de passagers. La seule chose que je puisse faire, c'est vous signer une autorisation de quitter la France. Mais attention, vous risquez de vous retrouver n'importe où. J'espère que vous avez des passeports en règle. »

Je lui remets la liste de mes camarades, qu'il fait dactylographier, avant de nous la rendre dûment tamponnée et signée : « Si j'ai un conseil à vous donner, c'est d'aller immédiatement voir les navires. Ils ont tous décidé de partir le plus tôt possible, car les Allemands seront là ce soir. »

Dans la voiture, je lis l'autorisation qu'il nous a remise : « Le commandant de la marine de Bayonne n'a pas d'objection à ce que messieurs (suivent les dix-sept noms) prennent passage sur un navire à destination du Maroc ou de la Grande-Bretagne sous réserve qu'ils soient en règle avec les autorités des pays de destination. »

Sur les quais, le calme des pêcheurs à la ligne contraste avec le chaos qui règne en ville. Devant nous, un cargo noir, le *Léopold II*, d'Anvers. Quelques personnes apparaissent à la dunette et beaucoup de monde s'affaire sur le pont. Au pied de la passerelle, un groupe d'hommes discutent. Mon beau-père réclame le capitaine.

« C'est moi, répond assez brutalement un homme au visage couperosé. Que voulez-vous ?

— Je voudrais vous parler. »

Il nous emmène à l'écart : « Je voudrais savoir si vous pourriez embarquer quelques jeunes gens pour l'Afrique du Nord ? » L'homme nous regarde avec méfiance : « D'abord, je ne connais pas encore ma destination. Ensuite, je suis complet, je ne peux embarquer personne. J'ai seulement quatre cabines qui sont louées, et il y a déjà trop de monde sur le pont. » Il montre son bateau dont la ligne de flottaison rase l'eau.

« Ils ne sont pas lourds, insiste mon beau-père. Peut-être pourriez-vous trouver une petite place sur le pont. Peut-être même dans la cale ?

— Vous n'y pensez pas. Il n'y a pas d'air, et surtout il n'y a rien à manger. »

Mon beau-père comprend aussitôt : « Écoutez, ils apporteront leur nourriture et, bien entendu, ils payent leur passage. »

Long silence. « Dans ce cas, dit enfin le capitaine, toujours aussi désagréable, montrez-moi la liste. Ils sont tous français ? » Je m'empresse de répondre oui. « Dommage, s'ils étaient belges, ce serait plus facile. »

Il compte : « Dix-sept ? C'est impossible. Mon cargo est déjà surchargé, je ne peux en prendre qu'une partie, trois ou quatre, pour vous faire plaisir. » J'observe mon beau-père. Il est tendu, mais impassible :

« Combien voulez-vous par personne ?

— 200 francs.

— Je vous offre 2 000 francs pour huit garçons. »

Le visage du capitaine se détend imperceptiblement.

« Je vous ai déjà dit que je ne veux pas couler
mon bateau.

— 2 500 francs pour la moitié. »

Le capitaine tend brusquement la main à mon
beau-père : « Tope là ! » avant d'ajouter, de nouveau
soupçonneux : « Attention, j'ai bien dit dans la cale,
sans bagage et avec la nourriture.

— C'est d'accord. »

Remontant dans la voiture, mon beau-père rayonne
de sa victoire, tandis que je suis désespéré. Comment
choisir ? C'est facile pour mes camarades, Roy,
Marmissolle, Bianchi, et moi-même ; également pour
Ballère et Laborde, qui travaillent aux TPR. Le maire
de Pau a recommandé le fils d'un de ses amis de
Nantes, Marcel Gouillard. Cela fait sept. Nous devons
sélectionner un nom supplémentaire et éliminer les
neuf autres. Après avoir parcouru de nouveau la
liste, mon beau-père avise le dernier nom inscrit :
Christian Berntsen. Il met le doigt dessus : « Celui-là
doit partir. » Nous l'ajoutons.

Il n'est pas loin de 1 heure lorsque nous retournons au *Perroquet*. Dans la voiture, je m'inquiète :

« Qu'allons-nous faire des autres ?

— T'en fais pas, on va essayer de les faire partir.

— Le capitaine a dit non.

— Il y a non et non. »

Au *Perroquet*, mes seize camarades et moi ne formons plus qu'un groupe qui discute avec animation.

« J'ai trouvé un bateau, annonce mon beau-père.
Je vais vous y conduire en voiture. Nous ferons plusieurs voyages. Vous m'attendrez là-bas avant de

monter à bord. » Il ne souffle mot de la liste. Les cinq premiers s'installent dans la voiture. Une heure plus tard, nous sommes tous au pied de la passerelle.

Le capitaine a disparu. « Attendez-moi, je reviens. » Mon beau-père monte seul à bord, conduit par un marin sur la dunette. Je le vois entrer dans la cabine du capitaine. Le temps passe. Ce dernier a-t-il changé d'avis ? Refuse-t-il de nous embarquer ?

Après une longue attente, mon beau-père, le visage toujours impassible, apparaît suivi du capitaine. Ce dernier l'accompagne jusqu'à la passerelle et le laisse descendre seul. Un lourd silence l'accueille. Je n'ai rien dit des premières tractations, mais chacun se doute qu'il y a des difficultés.

Mon beau-père annonce simplement : « Prenez vos cartes d'identité à la main, et montez un par un. Quand vous serez installés, j'aurai besoin de quatre d'entre vous pour acheter des provisions. » Sur le pont, en haut de la passerelle, le capitaine aidé d'un matelot contrôle les noms des garçons qu'il coche sur la liste.

Je monte en dernier avec ma valise. Mes camarades ont déjà disparu dans la cale. Quand j'y descends à mon tour, je découvre qu'elle est remplie de maïs : le cargo fait la navette entre l'Amérique du Sud et Anvers, son port d'attache.

Lorsqu'il arriva à Anvers, le mois précédent, pour décharger sa cargaison, les Allemands avaient pris la ville. Sans accoster, le capitaine repartit pour Le Havre, puis Brest et Bordeaux : à peine accostait-il dans un port que la capitainerie lui annonçait l'arrivée des Allemands.

Avant de redescendre à terre, je cherche Marmissolle et Roy et fais signe aux deux garçons qui nous ont parlé hier sur la promenade des Anglais, le

« finaud » béarnais Jacques Cullier de Labadie et Joseph Laborde.

Mon beau-père a calculé trois jours de vivres. Nous connaissons tous Bayonne et nous rendons directement aux halles. Le marché est terminé, mais les magasins sont encore ouverts. Nous achetons des sacs de pommes de terre vides pour empaqueter les victuailles que nous portons à la voiture : saucissons, jambons crus, sardines, thon à l'huile, miches de pain, bouteilles d'eau minérale. J'achète quelques plaques de chocolat : j'aime les sucreries.

Le capitaine nous a avertis : « Revenez avant 7 heures. J'appareille ce soir. » À 6 heures et demie, nos provisions sont descendues dans la cale, où je laisse mes camarades pour revenir à terre dire au revoir à ma mère et à mon beau-père, qui attendent sur le quai. Il prend dans son portefeuille un billet de 5 000 francs auquel il joint un minuscule objet enveloppé d'un papier journal : une pièce de 50 dollars en or. « Conserve-la précieusement, et ne l'utilise qu'en dernière extrémité. »

Il me tend une feuille de papier sur laquelle il a griffonné les noms d'André et Philippe de Rousselon. « Ce sont des cousins. Ils ont une propriété près de Casablanca. Dès ton arrivée, va les voir de ma part. » Il joint une autre adresse en Angleterre de la part d'une de nos amies : « On ne sait jamais. »

Pendant ce temps, je n'ose regarder ma mère, qui se tient près de moi. Les garçons, là-haut, accoudés à la rambarde, nous observent. À cause de ces regards, j'embrasse furtivement ma mère. Quand je me penche vers mon beau-père pour lui dire adieu, il me glisse dans la main un morceau de papier. Je grimpe sur la passerelle sans me retourner, pendant que ma mère, d'une voix chaude et caressante, s'inquiète une dernière fois : « Surtout, couvre-toi bien, Dany... »

Les amarres arrière sont déjà larguées et la passerelle remontée. Sur le pont, nous observons la manœuvre tandis qu'après un dernier signe de ma mère mes parents montent dans la voiture, qui démarre. Aujourd'hui, ce n'est plus l'élégance de ma mère qui me fait honte, mais sa tendresse démonstrative. Sur le morceau de papier que mon beau-père m'a glissé, il a griffonné : « Tu te souviens : Bicot ? » En un éclair, je revois la scène.

J'avais six ans, cela se passait dans le fumoir, chez ma grand-mère Gauthier. C'était la première fois que Charly, mon futur beau-père, venait à la maison afin d'être présenté par ma mère à ses parents. J'ignorais tout de cette affaire, mais je sentais bien que cette visite avait quelque chose de singulier et que lui ne ressemblait à aucun des amis qui, tous les jours, déjeunaient ou dînaient chez nous.

Tandis que mes grands-parents prenaient le café, mon beau-père était assis sur le canapé. Installé sur le tapis, je feuilletais un livre.

Charly se pencha vers moi et me demanda gentiment :

« Qu'est-ce que tu lis de beau ?

— C'est Bicot.

— Qui est-ce ?

— Comment, tu ne connais pas Bicot ? Mais alors, tu connais rien ! »

Au milieu des rires, Charly me prit sur ses genoux : « Eh bien, tu vas m'expliquer Bicot. » Conquis par cet intérêt soudain, je lui racontai les aventures des Rantanplan, cent fois lues par ma grand-mère et que je connaissais par cœur. Avec un émerveillement marqué, il écouta mes récits enthousiastes.

« C'est très bien. Tu seras un grand avocat. » Ravi de ce mot que je connaissais — depuis le divorce de ma mère, les procès se succédaient et les avocats encombraient notre vie —, je rejoignis ma gouvernante pour lui annoncer cette prédiction flatteuse.

Les machines se mettent en route avec un bruit sourd. À l'avant, un marin déroule la dernière amarre lorsque, sur le quai désert, une grosse voiture américaine arrive en trombe. Elle stoppe brusquement à la hauteur de la proue : quatre soldats belges bondissent avec leurs sacs et leurs fusils. Laissant les portières ouvertes, ils desserrent le frein et poussent la voiture dans le fleuve, en contrebas. Après quoi, le premier d'entre eux entreprend de monter à bord à l'aide du dernier filin encore amarré. En surplomb, le capitaine hurle : « Ne montez pas ! Je vous interdis ! »

N'en faisant qu'à leur tête, les quatre hommes se hissent à bord les uns après les autres. À l'instant où le quatrième saute sur le pont, la dernière amarre est larguée. Le navire s'éloigne lentement du quai par l'arrière, dérivant vers le milieu du fleuve.

La vue sur Bayonne, avec la citadelle de Saint-Esprit, les flèches de la cathédrale, la masse indistincte des immeubles composant un paysage immuable, est baignée de la lumière chaude et radieuse des vacances d'autrefois.

Nous avançons doucement, portés par le courant de l'Adour. Sur la rive droite apparaît le Boucau, encombré d'usines, dont les hautes cheminées en brique rose se détachent sur l'azur. Quelques cargos débarquent du minerai à l'aide de tapis roulants, tandis que sur les quais de gros camions circulent dans un nuage de poussière. L'atmosphère résonne d'une rumeur indistincte de ferraille broyée, de rails écrasés. Des jets de vapeur déchirent l'air d'appels stridents. Depuis toujours, le Boucau bruisse de la sorte. Aujourd'hui comme hier, des hommes poursuivent leurs tâches, hors du temps.

Sur la rive gauche, la masse sombre de la forêt de Chiberta apparaît, tachée par endroits de somptueuses villas blanches bordant le golf. Plus loin, nous passons devant le sémaphore au pied duquel commence la jetée. Des phares réglementaires balisent la sortie du fleuve.

Alors que des mouettes tourbillonnent au-dessus du navire, les dunes sauvages d'Anglet surgissent à bâbord. Au loin, la plage de la Chambre d'amour : je la contemple intensément jusqu'à la pointe Saint-Martin, où se dresse l'immense phare de Biarritz, encore éteint.

Soudain, sur la jetée que nous longeons, j'aperçois, à quelques mètres de moi, ma mère et mon beau-père, serrés l'un contre l'autre. Je suis à portée de voix. Quelques-uns de mes camarades agitent les bras en un amical adieu. Je croyais mes parents déjà loin, et je suis pétrifié par cette vision imprévue.

Le bateau glisse devant eux. Je demeure immobile, les dévorant des yeux. Incapable de prononcer un mot ou de faire un geste, après les avoir dépassés je tourne la tête pour les contempler, une fois encore. C'est alors que ma mère tend sa main vers moi et agite le petit mouchoir avec lequel, par instants, elle essuie ses yeux.

Tandis que le bateau entre en pleine mer, je vois au loin sa tête s'affaisser sur l'épaule de mon beau-père, qui se confond avec elle.

II

LONDRES

REFUSER L'ESCLAVAGE

21 juin-2 juillet 1940

Vendredi 21 juin 1940

En mer

La « barre » franchie, le navire accélère vers le grand large. Accoudé au bastingage, je regarde la côte s'éloigner. Bientôt, elle n'est plus qu'une découpe bleutée à l'horizon qui emporte mon enfance.

Soudain, les machines s'arrêtent. Lentement, le navire s'immobilise ; un silence étrange succède aux lourdes vibrations. Aucune explication ne nous est donnée. Serrés les uns contre les autres sur le pont, nous attendons impatiemment qu'il poursuive sa route et s'éloigne de Bayonne, sans doute déjà occupée par les Allemands[1].

Avant de descendre dans la cale, je prononce quelques mots à l'adresse de mes camarades inconnus. Je termine par un de ces coups de clairon patriotiques dont j'ai pris l'habitude au cercle : « Dans cette guerre, tant que nous combattrons, rien n'est perdu pour la France. »

Cullier de Labadie, comme la veille, manifeste son

1. En réalité, ils n'arrivèrent que le lendemain.

ironie : « Si la France est sauvée, ce ne sera pas par nous. » Je ne réponds rien. Pourquoi est-il là ?

Je descends dans la cale prendre mon cahier et remonte sur le pont. Assis sur un tas de cordages à la proue, les yeux au raz du bastingage, j'assiste à l'immersion crépusculaire de la côte, qui se confond maintenant avec le ciel. Pourquoi restons-nous si proches du rivage, à portée du phare de Biarritz, dont le faisceau lumineux brusquement allumé nous désigne à la vindicte des Boches ? Sommes-nous en panne ?

Tout va très vite dans ma tête, une question chassant l'autre. Pense-t-elle à moi ? A-t-elle lu ma lettre, aveu d'un éternel amour ? M'attendra-t-elle jusqu'au retour ?

J'ouvre mon cahier. La dernière note, interrompue brusquement, date du 14 juin. À la suite, j'écris au crayon :

Vendredi 21 juin, sur le Léopold II, *9 heures*.
La mer s'est assagie. Le vent fouette mon visage.
Soir de marine d'une poésie sobre, presque sombre. Les Allemands sont à Bayonne. Depuis hier nous attendons impatiemment de partir vers un pays où l'on se bat. De tous côtés, témoignages innombrables de sympathie. Nous sommes dix-sept jeunes qui partent pleins de l'espoir de vaincre. Quand reviendrons-nous ?
Étreinte de l'adieu, et longtemps les mouchoirs, les bras s'agitent jusqu'à ne plus apercevoir qu'un liséré de terre, de sable, de verdure.
La grande aventure.

Est-ce le vent du large, le roulis du bateau ? Une torpeur m'envahit. Je descends dans la cale, où plusieurs de mes camarades dorment déjà. Grâce à ma lampe électrique, je trouve ma valise, dont je tire mon imperméable, que j'étends sur le maïs. M'allongeant à mon tour, je sens le grain mouler voluptueusement mon corps et sombre dans l'inconscience.

Samedi 22 juin 1940

Changement de cap

Ce matin, quittant la cale obscure pour rejoindre le pont, je suis surpris par la lumière éblouissante. Des grappes de passagers dorment à même le pont, à l'avant du navire. J'avise un robinet et fais une toilette rapide sans oublier de me raser. Redescendu dans la cale, je déjeune de pain et de saucisson, le tout arrosé d'eau minérale. Je note dans mon cahier :

> *22 juin. Sur les feuillets apparaît devant moi votre sourire. Nous nous sommes séparés à dix-sept et dix-neuf ans. Quand nous reverrons-nous ? Nous reconnaîtrons-nous ?*

Un marin me hèle du pont supérieur et me fait signe de monter. Il me conduit à la cabine du capitaine. Moins agressif que la veille, celui-ci me salue : « Vous pouvez dire à vos camarades que j'ai décidé de rejoindre l'Angleterre. J'espère y arriver avant les Allemands. » Sans plus d'explication. Je redescends dans la cale pour annoncer cette nouvelle décevante.

J'ai la tête en feu. Nous sommes partis rejoindre l'armée française en Afrique du Nord. Cette subite destination ruine nos projets. Que faire là-bas ? Qui trouverons-nous ? Les rescapés de Dunkerque ? Ne sont-ils pas déjà rentrés en France ? À défaut de l'armée française, serons-nous acceptés dans l'armée britannique ou, mieux, canadienne ? Après la trahison de Pétain, ne nous jetteront-ils pas à la mer ?

Christian Roy se veut rassurant : « T'en fais pas, quand nous serons en Grande-Bretagne, nous trouverons un bateau pour l'Afrique du Nord. L'important est d'échapper aux Boches pour continuer la guerre. »

Je suis surpris par l'absence d'intérêt de tous pour notre changement de cap. Sans le moindre trouble, mes camarades continuent de jouer aux cartes ou de préparer le déjeuner.

Durant la journée, nous déambulons sur le pont. Notre groupe se forme ou se disloque au hasard des affinités et des conversations. Je parle avec Joseph Laborde, qui est mécanicien aux TPR et connaît mon beau-père. Que dire si ce n'est épiloguer sur la défaite qui nous réunit ? J'accuse violemment la République et le Front populaire. Stupeur : il les défend. « Je suis socialiste, dit-il fièrement, et même faucon rouge. »

À l'exception d'André Marmissolle, je n'ai fréquenté aucun marxiste. Que ce garçon quitte la France pour lutter contre les Boches me surprend. Pourquoi veut-il défendre son pays, puisque l'Internationale exige la ruine des patries ?

J'écoute sa réponse avec intérêt : il souhaite combattre les fascistes et les nazis, tueurs de liberté, comme l'ont fait en Espagne les Brigades internationales, avant-garde du prolétariat. « Notre seul espoir, dit-il, est de les détruire. » Je suis moi aussi contre Hitler et le nazisme, mais, en dépit de la « trahison » de Mussolini (qui a déclaré la guerre à la France en pleine déroute, le 10 juin 1940), je suis en désaccord avec Laborde sur sa condamnation du fascisme.

J'écoute toutefois ce garçon sympathique — ce n'est pas un intellectuel, comme Marmissolle — défendre sa cause avec une conviction forgée par l'expérience de la vie. Je remarque que nous sommes très proches sur certains sujets. Par exemple, je partage sa condamnation de l'inégalité sociale, qui m'a révolté lors de mon stage dans les ateliers de mon beau-père. Comment ne pas le suivre dans sa défense des travailleurs et dans la transformation de leur condition ? En l'écoutant, il me semble mieux comprendre la révolte des « misérables ». Avec Laborde, elle s'incarne dans une présence criant l'injustice de la condition ouvrière. Avec André Marmissolle, l'intelligence la transforme en algèbre d'un futur scintillant, mais glacé.

Je découvre par ailleurs une équivoque lexicale : les ouvriers sont pour moi des « pauvres » dignes de respect. Mon devoir est de les aider. Pour Laborde, ils sont des « prolétaires » fiers de l'être. Grâce à eux, l'humanité opprimée sera libérée de l'esclavage de l'argent. La doctrine de l'Action française dit-elle autre chose ?

De notre passionnante conversation, je retiens aussi deux éléments décisifs pour son engagement présent. D'une part, durant l'été 1939, il s'était rendu en Belgique, où se tenait une exposition internationale dans laquelle il avait visité le pavillon allemand. Une gigantesque carte de l'Europe de l'Ouest y était exposée. L'Alsace, les Flandres belges, le nord de la France étaient hachurés de gris. Une ligne courait depuis la Picardie jusqu'à la frontière suisse. « C'était clair, dit-il : ils voulaient tout prendre. »

Lors de la déclaration de guerre, il a eu une certitude : vaincre pour ne pas être colonisé. Laborde a refusé la trahison de Pétain, qui a décidé sans lui de son avenir, et il a choisi de quitter la France et de poursuivre la guerre. Notre revanche est identique.

D'autre part, le 20 juin, entendant un de ses camarades évoquer le projet d'un départ pour rejoindre l'armée d'Afrique, il a retrouvé Ballère, un de ses compagnons du garage des TPR. Son explication me réjouit : Pétain a réussi à coaliser les patriotes contre lui. Pas étonnant que j'éprouve de la sympathie en l'écoutant. Beaucoup d'autres voguent sans doute vers l'Afrique du Nord ou l'Angleterre.

Existe-t-il entre les êtres un lien plus fort que leurs opinions ? Je me suis déjà posé la question à l'égard d'André Marmissolle, que j'admire. Avec lui, rien ne peut être plus fort que l'amitié. Mais avec cet inconnu ?

En milieu d'après-midi, le navire ralentit. Que se passe-t-il encore ? Mes camarades se rassemblent à bâbord. Je les rejoins pendant qu'ils regardent une barque dériver à quelques encablures. Le cargo s'approche lentement. Lorsque nous la surplombons, j'aperçois un homme mort, gisant nu au fond de la barque. Son corps, gonflé comme une baudruche, exhibe un sexe raidi et noir de mazout, comme ses membres, à l'exception du visage.

Je n'ai jamais vu de cadavre. Cette apparition grotesque m'impose l'image des désastres d'une guerre que je fuis. Elle illustre aussi un danger que masquent le temps radieux et l'immensité de la mer. Un long silence nous étreint tandis que le *Léopold II*, poussant les machines, reprend sa route.

Au cours de la journée, je déambule seul sur le pont. Une vérité, occultée par les aléas du départ, s'impose à moi : Maurras a eu raison, hélas ! en acclamant Munich en 1938 et en s'opposant à la guerre en août 1939. La catastrophe finale qu'il a annoncée s'est produite. Un point demeure obscur, cependant : Pourquoi Pétain, sauveur de la patrie en 1917, acclamé par Maurras au mois d'avril pour gagner la guerre, a-t-il changé de camp en acceptant la défaite ?

L'absence d'informations laisse place aux hypothèses. Instinctivement, je suis sûr qu'il a trahi. Mais avant lui, le grand coupable n'est-il pas le Front populaire, qui a désarmé la France ?

Je me souviens d'une phrase de Maurras, recopiée dans mon cahier : « Ou nous abjurerons ces fables menteuses, démolirons ces réalités dangereuses, révélerons la vérité politique et rétablirons la monarchie nationale, ou nous avons de sûres et tristes chances de devoir nous dire avant peu les derniers des Français. » Il a raison : Blum, Cot et Pétain doivent être fusillés sans procès. Responsables de la mort de la France, ils ne peuvent que subir un châtiment à la mesure de leurs crimes.

Je livre mes réflexions à Philippe Marmissolle lorsqu'il me rejoint. Habitué à mes humeurs, il ne se départit pas de son calme. En dépit de ma véhémence, il pense autrement : « La vengeance n'est pas pour demain. Il faudra d'abord rentrer en France. Attends d'être arrivé en Angleterre pour voir comment ça tourne. Tu penses trop à la politique. C'est quand même Gamelin qui était le chef des armées. Il a perdu en quinze jours une guerre qu'il prépare depuis dix ans. Il n'y a pas que les traîtres, il y a aussi les vieux cons. »

Dimanche 23 juin 1940

Compas faussé

Je suis réveillé par les mouvements saccadés du bateau. Dans la cale, nous roulons en tous sens. Que se passe-t-il encore ? Sur le pont, le spectacle est prodigieux : la proue du navire s'enfonce dans des vagues immenses qui jaillissent en gerbes avant de s'abattre sur le pont.

Je descends revêtir mon imperméable, puis remonte sur la passerelle.

Presque tous mes camarades ont le mal de mer. Je suis désolé de les voir dans cet état. À l'inverse, j'éprouve un bien-être surprenant dans le déchaînement des éléments. La nature, aujourd'hui, est à l'unisson des hommes. Elle fabrique un cadre dramatique à la catastrophe qui nous arrache à notre patrie. Rappel salutaire : jusque-là, notre fuite ressemblait à un départ en vacances. Tout n'a-t-il pas été trop facile ?

En fin de matinée, Roy me signale un garçon n'appartenant pas à notre bande. Il est sur le pont, victime lui aussi du mal de mer. Nous allons vers lui. Vêtu d'un costume noir froissé, son visage barbouillé de cambouis, il a un aspect misérable.

André Gheeraert est sténodactylo. Il a dix-sept ans. Ayant fui Amiens à l'arrivée des Allemands, il a traversé la France. Entraîné par la foule des réfugiés, il est arrivé la veille de notre départ, sans argent, et a obtenu de s'embarquer sur le *Léopold II* à condition de travailler à la chaudière. Après deux jours d'une besogne ingrate, aggravée par le mal de mer, il est épuisé. J'explique son cas à mes camarades, et tout le monde l'accueille dans la cale en partageant nos provisions.

Après le déjeuner, je remonte à l'air libre et demeure seul tout l'après-midi.

Une fois de plus, le remords me ronge : si je m'étais engagé dès septembre 1939, la France aurait gagné. Malgré mon départ, cette mauvaise conscience persiste : je dois me « racheter ». L'exil incarne le premier acte de ma pénitence.

À la réflexion, je ne regrette pas l'Afrique du Nord. À Londres, je retrouverai Maurras et l'équipe de *L'Action française*. Leur présence en Angleterre facilitera mon projet de journal pour les jeunes : c'est l'occasion ou jamais.

De temps à autre, un marin passe devant moi. L'un d'eux s'arrête : « Le capitaine vous demande. » M'accrochant à l'échelle, je monte vers le poste de pilotage. « Nous sommes en retard. Nous n'arriverons que demain. » La tempête en est-elle la cause ?

« En faisant le point pour établir notre position, j'ai découvert que nous faisions route vers l'Amérique. Un des soldats belges a installé son fusil-mitrailleur sur le toit du poste de pilotage pour défendre le bateau en cas d'attaque aérienne. Depuis le départ, le compas est faussé. J'ai rectifié le cap, et nous marchons désormais droit au nord. Nous arriverons à la pointe de la Cornouailles. Bonsoir. »

En redescendant, je rencontre Christian Berntsen,

grand jeune homme dégingandé que j'ai appris à connaître. Son élégance raffinée, sa gentillesse et son humour me séduisent. D'origine danoise, il est né à Paris d'un père diplomate et a beaucoup voyagé. Rien ne l'étonne. J'envie son flegme. En sa compagnie, j'ai l'impression d'effectuer une croisière de luxe.

Je lui répète l'information du capitaine, qui me semble inouïe. Berntsen, flegmatique, me regarde : « Eh oui, ce sont des choses qui arrivent. » Heureusement, d'autres garçons partagent ma perplexité lorsque je leur annonce que nous avons failli débarquer à New York.

Lundi 24 juin 1940

Signature de l'armistice

Noté dans mon cahier :

> *24 juin. Temps de victoire, mer d'un bleu insaisissable. Au loin, dans une buée d'espoir : la terre. Après la journée d'hier, si sombre pour les estomacs, c'est une résurrection. Hier soir, nous étions cinq à dîner, ce matin nous étions quinze, et maintenant nous sommes dix-sept, au complet, pour chanter à plein cœur les refrains de la France.*

Au départ, je ne connaissais que mes camarades de l'Action française. Au cours du voyage, j'ai fait connaissance avec les autres.

Cullier de Labadie m'intrigue. J'ai dit notre rencontre après la réunion de l'hôtel de ville. Sa vive intelligence, assortie d'une ironie désabusée, m'avait agacé. En conversant avec lui sur le bateau, je découvre sa réserve mystérieuse, sa finesse de jugement et sa culture étendue. Il parle peu, mais toujours à propos.

Ce matin, je le questionne sur les raisons de son départ. Généralisant hâtivement, j'affirme avec fougue : « Nous nous sommes tous levés pour sauver la France. » Il me considère avec un sourire exaspérant et manifeste son désaccord. À l'exception de Berntsen, Laborde et Marmissolle, je n'ai pas eu d'échange véritable avec les autres. Lui si, et il a raison.

Depuis le départ, il a parlé aux uns et aux autres. Il m'étonne par la sûreté de son jugement sur ces garçons dont je confonds encore les noms. Peu à peu, j'abandonne ma prévention. Sous son aspect assuré se cache une timidité teintée de réserve aristocratique.

« Tu es enthousiaste, me dit-il, et tu t'imagines que les autres te ressemblent. Tu te trompes. Le discours patriotique que tu as débité le soir du départ était ridicule. Je n'ai pas voulu te faire de la peine, mais si nous n'avions pas été aussi perdus après avoir tout quitté, tout le monde t'aurait ri au nez. Tu ne t'en rends peut-être pas compte, mais tu es le seul que ses parents ont accompagné. Certains sont partis de chez eux sans prévenir personne. »

Après un instant de mutisme partagé, il reprend : « Notre seul lien est le silence. Toi, tu te crois déjà à Verdun. Eux vivent depuis trois jours sur le maïs, ignorent ce qui les attend en Grande-Bretagne et se demandent ce qu'ils vont faire là-bas.

— Crois-tu qu'ils veuillent rentrer en France ?

— Ça dépendra des circonstances de notre arrivée, de notre cohésion là-bas, de la force du respect humain : ne pas se dégonfler devant les autres lors de la signature de l'engagement. »

Puis, après un nouveau silence : « On a tant de difficulté à savoir qui on est et ce qu'on veut à notre âge. Il n'est pas surprenant qu'on ne comprenne rien aux autres. »

Je ne réponds pas, craignant de passer pour un hurluberlu à ses yeux. Un marin me tire d'embarras en me hélant de la passerelle.

Il est environ 5 heures de l'après-midi. Après une courte attente, le capitaine sort de la cabine et m'annonce que l'armistice est signé entre la France et l'Allemagne, pas encore avec l'Italie. Je ne comprends pas l'intérêt de cette information, qui ne me concerne plus. L'abdication imposée par Pétain n'est pas un événement, même si elle consacre le plus radical désastre de l'histoire de France.

Le capitaine me déclare qu'il a entendu avant-hier, 22 juin, sur la BBC, un certain général de Gaulle lancer un appel à la guerre à outrance : Est-il toujours ministre de Pétain ? Il ne sait me répondre. C'est en tout cas à la fois la preuve qu'en dépit de l'armistice l'empire poursuit les hostilités et le signal que nous attendons tous.

Je rapporte aussitôt la nouvelle à mes camarades. Ils sont sur le pont, hypnotisés par la lente apparition de la terre. Spectacle plus extraordinaire en cette heure que mes informations inconsistantes.

À mesure que le bateau avance, je distingue des falaises, puis des prairies semées de maisons blanches. Je ne reconnais pas le paysage de la Grande-Bretagne, triste, pluvieux, noirâtre, décrit par mon professeur d'anglais, il est vrai d'origine écossaise. Au contraire, j'aperçois une côte verdoyante dorée par le soleil. Dans la lumière dansante de l'été, elle rayonne d'un charme semblable à celui de la côte basque.

Et si l'Angleterre n'était pas la sombre caricature honnie depuis mon enfance ? Le capitaine m'a indiqué le nom de ce port aux maisons minuscules : Falmouth.

En fin d'après-midi, le cargo jette l'ancre au milieu de la rade. Après une longue attente, une vedette des autorités portuaires accoste et repart quelques instants plus tard avec les papiers de bord. S'ensuit une interminable attente. Et si les Anglais refusaient de nous accueillir ?

Je me souviens de scènes pénibles, à Pau, après l'annonce de la capitulation du roi des Belges. Dans la rue, les passagers des voitures immatriculées en Belgique étaient insultés. La population refusait de les héberger, de les nourrir et se jouait d'eux en ricanant. Certains se vantaient de leur vendre 5 francs une carafe d'eau du robinet : le prix d'un repas !

Ce 24 juin, jour de mon arrivée en Angleterre, la trahison de la France à son égard est consommée. Nous sommes allés à Munich ensemble, nous avons déclaré la guerre conjointement et juré de ne jamais agir séparément : les Français sont non seulement des vaincus, mais des parjures.

Pour échapper à la rancœur de notre trahison, je place mes espoirs dans l'armée britannique, qui, comme en 1918, a sans aucun doute besoin des soldats français pour vaincre les Boches.

Un détail me rassure : de jeunes Anglais nus à bord de canoës vernis tournent autour du navire, agitant les mains en signe de bienvenue. En comparaison de la panique de Bayonne, la décontraction des baigneurs britanniques semble un mirage. Est-il possible que l'Angleterre ignore la guerre, alors même qu'elle peut être attaquée et vaincue d'un instant à l'autre ?

Philippe me fait remarquer que nous sommes à l'extrémité occidentale de la grande île, dont la côte est parsemée de stations balnéaires. C'est l'époque des vacances, et ces garçons insouciants n'ont probablement jamais vu de bateau de réfugiés. Il ne doit pas en être de même à Londres, envahi par les soldats de Dunkerque.

Malgré ce divertissement, notre déception est vive lorsque le capitaine nous annonce, en fin d'après-midi, que nous devrons passer à bord une nuit supplémentaire.

Sur le pont, accoudés à la rambarde, nous sommes distraits par le ballet des embarcations toujours plus nombreuses qui nous entourent. Nous scrutons les quais au loin, où nous discernons camions et automobiles et, derrière une digue, les cheminées des navires encombrant le port.

Gouillard me glisse : « Gauguin aurait fait de ce spectacle un chef-d'œuvre. » Je m'étonne. Je ne connais de l'artiste que de mauvaises reproductions en noir et blanc. Sachant Gouillard peintre, j'opine prudemment.

Mardi 25 juin 1940

Falmouth

Ce matin, après ma toilette, je change de costume. J'espère l'arrivée d'une vedette qui nous délivrera.

Je me trouve par hasard à côté d'un homme élégant descendu de la passerelle avec une grosse valise en cuir fauve ressemblant à celle que mon père utilisait dans ses voyages. Il me regarde avec sympathie :

« C'est votre premier voyage en Grande-Bretagne ?

— Oui. Je suis surpris de la ressemblance du paysage avec le Pays basque.

— Vous êtes basque ?

— Non, mais depuis ma naissance je passe l'été chez mes grands-parents à Aguilera.

— Nous étions voisins alors : je passais les miennes à Arbonne.

— Peut-être connaissez-vous les Borotra ? Jean était un camarade d'enfance de ma mère.

— Moi aussi, je suis un ami de Jean Borotra. J'habite à Pouille quand je suis là-bas. Comment s'appelle votre mère ?

— Gauthier.

— Mais alors, vous êtes le fils de Janette ! »

Je rougis, soudain gêné par sa familiarité avec cette jeune fille inconnue qui n'était pas encore ma mère et dont il était l'ami. « Ah, Janette ! fait-il rêveusement. Vous pouvez être fier d'avoir une mère aussi séduisante. »

Je ne sais que répondre tant je suis bouleversé par cette évocation imprévue, à cette minute et en ce lieu. Heureusement, une vedette anglaise approche du *Léopold II*, et Maurice Schwob, c'est son nom, se dirige vers l'échelle de coupée en quête d'informations.

Les officiels anglais s'enferment dans la cabine du capitaine.

Depuis ce matin, nous sommes impatients de quitter le navire. Je n'ai pas oublié les rumeurs antibritanniques propagées à Pau avant mon départ, décrivant la barbarie des Anglais à Dunkerque, où ils empêchaient les soldats français de monter à bord de leurs embarcations. Ils n'hésitaient pas, disait-on, à couper les mains de ceux qui tentaient de s'accrocher.

Après une nouvelle attente interminable, une vedette anglaise nous débarque par petits groupes à proximité du bureau d'immigration.

Dans les locaux de la police, je remplis une fiche de débarquement (destinée aux « réfugiés de Hollande et de Belgique ») et présente ma carte d'identité, avant d'être interrogé minutieusement. N'ayant ni visa ni passeport, je suis étonné de m'entendre demander le but de mon voyage. Je réponds « m'engager dans l'armée française » et demande la manière de contacter le général commandant les troupes françaises. Mon interrogateur l'ignore.

Il me rend finalement la moitié de ma fiche de débarquement. C'est un permis provisoire pour entrer au Royaume-Uni, à condition de n'y exercer aucune profession sans l'accord du ministère du Travail et de quitter le royaume au plus tard à la date indiquée par le secrétaire d'État...

Les formalités accomplies, nous sortons avec nos sacs et nos valises et nous retrouvons dans la rue principale, qui descend en pente douce vers une vaste place, devant le port.

La rue est bordée de boutiques ressemblant à des maisons de poupée peintes de couleurs vives (rouge, vert, bleu) et ornées de grosses lettres en bois sculpté et doré. Notre groupe marche au milieu de la chaussée, déserte à cette heure. Les vacanciers sont à la plage. De rares automobiles stationnent le long du trottoir. Je suis frappé par le luxe des tableaux de bord en bois précieux et des intérieurs en cuir rouge ou vert.

Au bas de la rue, une vaste tente est dressée sur une pelouse. Nous y sommes accueillis par de vieilles dames parlant un français raffiné. Avec une attention maternelle, elles nous conduisent devant un immense buffet garni de *pies*, de toasts, de puddings. Nous avons épuisé nos provisions depuis la veille et sommes affamés. Et si le peuple anglais était moins hostile aux Français que ne l'affirme Maurras ?

Après cette collation, dont la gentillesse qui l'accompagne n'est pas le moindre réconfort, le personnel de sécurité du port nous conduit à la gare. Dans les rues, quelques estivants aux vêtements bariolés déambulent paisiblement.

Les autorités nous installent dans des compartiments cossus aux sièges capitonnés qui ressemblent aux premières classes françaises. Ce n'est pourtant pas un train de plaisir : aux deux extrémités du couloir, des soldats montent la garde, baïonnette au canon.

Vers 6 heures, le train démarre. La campagne

défile, verte, soignée comme un jardin. J'observe les paysans travailler, vêtus de costumes propres et coiffés de chapeaux de feutre. Les bourgs traversés présentent le même décor pimpant qui m'a frappé à Falmouth.

Après les nuits passées sur le maïs, celle-ci, dans les confortables fauteuils du train, paraît enchanteresse.

Mercredi 26 juin 1940

Anerley School [1]

À notre arrivée à Londres, tôt ce matin, des autobus nous attendent à la gare Victoria. Ils nous transportent dans la banlieue, à Anerley School, vaste collège de sourds-muets transformé en centre d'hébergement.

Pénétrant à pied dans la cour principale, enca-

---

1. En dépit de l'ouvrage définitif et historiquement exemplaire de Jean-Louis Crémieux-Brilhac, *La France libre. De l'appel du 18 Juin à la Libération* (Gallimard, 1996), le vécu au jour le jour des volontaires qui composèrent le bataillon des chasseurs de la légion de Gaulle n'a pas été raconté. Le seul témoignage public est celui d'Yves Guéna, dans *Le Temps des certitudes* (Flammarion, 1982). D'une écriture forte, il en trace un portrait juste et émouvant, hélas très court. Plus étoffés, les journaux d'autres camarades, Beaugé, Dupont, Huchet, Missoffe, Silvy, sont demeurés confidentiels. J'ai été frappé en lisant, depuis 1980, les journaux qui m'ont été confiés de la similitude des sentiments, en dépit de nos origines si différentes, qui animaient notre troupe squelettique. Les quelques centaines de garçons qui, après le désastre de la France, avaient choisi ce combat désespéré étaient liés par une lame de fond mentale qui fut, durant quatre ans, et depuis lors, le ciment inaltérable de leur fraternité. J'ai rédigé ce livre en hommage à ces garçons de moins de vingt ans, témoins qui se firent, aujourd'hui oubliés par l'histoire.

drée par de hautes façades en brique, j'ai l'impression de revenir à Saint-Elme. J'observe toutefois dans les détails une richesse inconnue en France : coquetterie des décors, entretien des bâtiments rutilants, propreté maniaque des rues et des lieux publics. Le contraste est plus sensible encore avec les constructions délabrées des campagnes françaises et les rues noircies de nos villes.

Parqués dans une vaste salle à l'entrée de l'école, nous sommes de nouveau interrogés par les autorités anglaises. « Quel est le but de votre voyage ? » Que répondre, sinon la vérité ? « Je suis un volontaire, non un réfugié », dis-je avec fierté, aussitôt douché par l'impassibilité glaciale qui accueille ma réponse.

Afin de connaître les conditions de notre réclusion et de notre avenir, nous demandons à Berntsen, qui parle couramment l'anglais, d'aller aux nouvelles après son interrogatoire. À son retour, il nous informe des horaires du réfectoire, de l'emplacement d'un bureau de change et d'une boutique où l'on peut se procurer friandises, cigarettes, objets de toilette, journaux, etc.

De son côté, Cullier de Labadie, toujours pratique, a découvert des lavabos et des douches, dont nous avons le plus grand besoin. Après notre enregistrement et une rapide visite médicale à l'infirmerie, on nous assigne, au premier étage, un ancien dortoir entièrement vide.

Nous y déposons sacs et valises et abandonnons deux d'entre nous pour les surveiller. Nous descendons nous laver et nous restaurer à tour de rôle, puis remontons relever nos camarades.

Je profite de la présence de tous dans le dortoir pour annoncer une bonne nouvelle : pendant que nous attendions d'être interrogés, Maurice Schwob, qui ne nous avait pas quittés (nous avons été seulement séparés des Belges), m'a annoncé qu'il serait libéré dans la soirée puisqu'il avait un passeport et un visa en règle. Il m'a demandé si nous accepterions de l'aider dans les opérations de change.

Chaque réfugié a le droit de changer l'équivalent de 20 livres au taux avantageux de 176 francs par livre, soit 3 520 francs. « Si vos camarades et vous-même ne possédez pas le montant autorisé, pouvez-vous compléter pour moi quelques livres à ce taux ? » Je calcule le montant des sommes en possession de chacun, inscrit sur la fiche rédigée à Bayonne. Total : 18 300 francs pour les dix-sept garçons, soit un peu plus de 1 000 francs en moyenne pour chacun. Nous pouvons donc changer 17 000 francs pour Schwob. Pour nous remercier, il verse après les opérations 2 000 francs de commission à notre cagnotte, que je répartis entre mes camarades, privilégiant les plus démunis.

Mes démarches me permettent de visiter le collège et de prendre contact avec ses occupants. Il grouille d'une population hétéroclite de plus de trois mille réfugiés : nous ne sommes pas les seuls à fuir la France. Au repas de midi, au milieu d'une interminable file d'attente, je profite de l'occasion pour engager la conversation avec quelques-uns d'entre eux, en particulier les jeunes.

Depuis Bayonne, nous, les dix-sept, vivons repliés sur nous-mêmes, concentrés sur un but unique : faire la guerre. Naïvement, nous avons cru en arrivant ici que tous les réfugiés d'Anerley partageraient notre idéal. Quelques heures suffisent à nous détromper. Cela tient en partie à la nationalité des internés, qu'un premier coup d'œil ne nous avait pas permis de discerner.

L'un d'entre nous, nommé Tritschler, arrivé depuis quelques jours, dresse un rapide état des lieux : « Il y a relativement peu de Français, cinq cents environ, presque tous des adolescents, étudiants pour un bon tiers. Les étrangers, lorsqu'ils sont belges et hollandais, sont en général plus âgés que nous, entre trente et quarante ans, beaucoup d'hommes de la mer, marins de commerce ou pêcheurs. Ils ont pour la plupart suivi les troupes lors de l'évacuation de la poche de Dunkerque. Mais on rencontre aussi des Juifs de toutes nationalités et de tous âges, en majorité d'Europe centrale, et bon nombre de républicains espagnols qui s'étaient réfugiés en France et étaient rassemblés dans les camps du Sud. Peu de femmes, sauf parmi les Juifs et les Espagnols. »

La plupart des hommes souhaitent travailler en Angleterre, et quelques-uns partir au Canada ou en Amérique. Quant aux femmes, certaines ne sont intéressées que par l'amour, ce qui les rend entreprenantes, spécialement à l'égard des jeunes. Henri Beaugé, jeune Breton, lui aussi arrivé quelque temps auparavant, m'en fournit l'explication : « Il paraît que les quelques femmes du camp sont les prostituées des bobinards de Brest et de Cherbourg. De bonnes filles, d'ailleurs, qui sont prêtes à s'engager. »

J'apprends que la majorité des garçons, presque tous français, hésitent sur leur destination ou souhaitent rentrer en France. Le premier que j'interroge pour savoir s'il a des informations sur le général qui organise une armée française, me répond : « Pour quoi faire ? Perdre de nouvelles batailles ? » Je me récrie : « Mais non, pour préparer la revanche. » Ma réplique a le don de transformer son ricanement en mépris. Comme la plupart de ses camarades, il espère rentrer en France « dès qu'on y verra plus clair », ce qui lui semble imminent puisque Pétain a signé l'armistice hier. Pourquoi donc est-il venu ici ?

Selon Beaugé, les interventions du maréchal Pétain, dont la presse anglaise se fait l'écho, ont un effet considérable : « Si le "redressement moral" n'est pas lié à la poursuite du combat, il risque fort de désarmer tous ceux qui pourraient et voudraient s'engager. » Il a repéré la source d'une position plus radicale : « Il s'est formé dans le camp un petit groupe qui se dit le "parti démocrate d'Anerley". J'ai évoqué devant eux la possibilité de servir dans les armées anglaise ou canadienne, à moins que l'"affaire de Gaulle" ne se précise. J'ai essuyé des regards de commisération. »

Heureusement, il y a des exceptions. Quelques volontaires souhaitent s'engager dans l'armée britannique ou dans l'armée canadienne. La raison invoquée est généralement la suivante : « Il vaut mieux gagner la guerre dans une armée alliée que d'être battu à nouveau dans une armée française reconstituée. De toutes les manières, ce sont les Anglais qui ont l'argent et les armes. »

Beaugé a également remarqué que des informations propagées dans le camp sont relayées et légitimées par certaines autorités françaises : « Mme Bilcocq s'occupe de la Croix-Rouge et est, je crois, la femme du consul de France à Londres. Elle circule à travers les groupes et engage elle-même la conversation. Elle affirme que de Gaulle est prétentieux, qu'il veut nous embarquer dans une affaire louche et qu'il n'a l'appui de personne. Je lui ai demandé : "A-t-il déjà des cadres ? Y a-t-il quelqu'un qui le représente ? Pouvez-vous nous mettre en rapport avec lui ?" Devant mon insistance elle m'a pris le revers du veston et m'a dit : "Voyons, mon petit, vous connaissez Blum ? — Les journaux en ont largement parlé ces dernières années. — Eh bien, c'est la même chose[1]". »

Le soir, il me tarde de revoir mes camarades pour recueillir leurs impressions. Ils me confirment que la majorité des garçons ne sont pas des volontaires. Afin de me rasséréner, Berntsen me tend le *Daily Mail* d'hier (25 juin), qui a publié une interview du général de Gaulle avec sa photo en première page. Il m'en traduit des passages : « Mon seul désir est de sauver la France de Hitler. [...] Si la Grande-Bretagne est attaquée et qu'elle tient bon, cela suffira à mon avis pour permettre l'organisation d'une résistance quelque part en France. » Je ne comprends pas bien ces derniers mots : pourquoi une résistance en France ? pour devenir prisonnier des Allemands ?

Nous apprenons que *Le Journal officiel* a publié un décret d'annulation de la promotion au grade de général de De Gaulle, qui se voit placé à la retraite par mesure disciplinaire. Si c'est vrai, il n'est donc plus général dans l'armée d'active. À mes yeux, c'est plutôt un honneur d'être dégradé par le traître Pétain.

Pour finir, le *Daily Mail* cite un extrait de son appel du 24 juin :

> *Ce soir je dirai simplement, parce qu'il faut que quelqu'un le dise, quelle honte, quelle révolte, se lèvent dans le cœur des bons Français. [...] Mais si cette capitulation est écrite sur le papier,*

1. Henri Beaugé a raconté ses aventures dans un livre de souvenirs, *Volontaires de la France libre*, publié à compte d'auteur.

innombrables sont chez nous les hommes, les
femmes, les jeunes gens, les enfants qui ne s'y rési-
gnent pas, qui ne l'admettent pas, qui n'en veulent
pas.

Quel réconfort après les conversations avec les
défaitistes d'Anerley ! Il prouve que les réfugiés parqués dans l'école ne représentent nullement les
quelques Français qui, après le discours de Pétain,
ont refusé la trahison et se préparent à lutter par
tous les moyens contre les Boches.

Bien que le journal reste muet sur l'Afrique du
Nord, les nouvelles qu'il donne de l'armée française
en Syrie, dont Weygand a pris la tête, concrétisent
nos espérances. L'empire et la flotte, en dépit de
l'armistice, n'ont pas dit leur dernier mot. Grâce
aux informations du *Daily Mail*, de Gaulle a enfin un
visage et notre engagement une réalité : Cet inconnu
exprime notre credo.

Toutefois, rien n'est simple : la Syrie est lointaine
et les stimulantes nouvelles de Londres ne répondent
pas à ma question : comment joindre de Gaulle et
où ? Depuis mon arrivée, les autorités anglaises, inter-
rogées par Berntsen, affirment ne rien savoir de ses
agissements et ne fournissent aucune explication
sur les conditions et la date de notre élargissement.

Maurice Schwob a promis de s'occuper de nous
dès qu'il serait libre. Mais quel est son pouvoir ? À
l'image de Philippe Marmissolle, qui attend placidement — « Tout a une fin », répète-t-il —, mes autres
camarades ne sont pas inquiets outre mesure. Les
rares volontaires d'une légion française que nous
rencontrons, tous bretons, ne savent rien de plus
que les informations que nous avons lues dans les
journaux anglais.

Après ce premier contact avec la population du camp, nous nous préoccupons d'organiser notre nouveau dortoir.

Allons-nous, comme à Pau, coucher à même le plancher ? Nous avons conscience d'appartenir à une équipe soudée dans une aventure spécifique. Perdus dans la foule des réfugiés, nous avons une histoire commune et l'habitude de vivre ensemble.

Nous nous mettons en quête de lits. Notre exploration nous conduit dans une réserve pleine de châlits pliants que nous commençons à déménager. Certains réfugiés, nous ayant aperçus, tentent de s'y opposer. Tandis que notre déménagement se poursuit par la force, ils menacent de se plaindre. Nous les insultons copieusement et poursuivons l'aménagement de notre dortoir.

Je note dans mon cahier avant de m'endormir :

> *Curieuse sensation de la non-valeur du temps — un passé qui s'est déchiré avec le départ du bateau — un avenir auquel je ne peux donner une forme ni un sens — se laisser emporter par les heures.*

Jeudi 27 juin 1940

Déserter ou rentrer en France ?

J'apprends en fin de matinée que le consul de France à Londres organise, dans la cour principale, un rassemblement des Français. Il y a foule. Après avoir obtenu le silence, il communique les ordres du gouvernement de Bordeaux : les personnes ayant quitté la France sans autorisation doivent rentrer immédiatement sous peine de sanctions. Il réclame nos pièces d'identité et nous demande de nous inscrire sur la liste de rapatriement rédigée par un de ses collaborateurs.

Comme nos conversations l'ont laissé pressentir, les réfugiés se ruent autour de lui afin d'être rapatriés. Nous sommes révoltés par le nombre de jeunes qui s'inscrivent. Tous posent des questions, qui entrent en résonance avec celles du 20 juin, à Pau : « Un bateau est-il retenu ? Aura-t-on des cabines séparées ? Sera-t-on nourris ? »

Quand le consul en a terminé, je m'approche pour l'interroger sur les conditions d'engagement dans la légion du général de Gaulle. Il me toise et répond avec aigreur : « Vous n'avez pas entendu ce que j'ai dit : le gouvernement du maréchal Pétain a donné l'ordre à tous les Français qui se trouvent en Angleterre de rentrer en France ?

— Mais ceux qui veulent continuer la lutte contre les Allemands, que doivent-ils faire ?

— Mais monsieur, la guerre est terminée, la France a signé l'armistice !

— Peut-être, mais moi je veux combattre. Je ne rentrerai pas. Mes camarades et moi avons eu trop de mal à rallier l'Angleterre. Il n'est pas question de repartir.

— Dans ce cas, sachez que vous êtes hors la loi. Vous serez considérés comme déserteurs et jugés en tant que tels. »

N'ayant jamais vu de consul en chair et en os, je ne me sens nullement impressionné et deviens provocant : « Ça m'étonnerait. Tous les patriotes sont à Londres. Je suis sûr que Maurras et les hommes de l'Action française nous ont précédés. »

Stupéfait, il me regarde comme s'il voyait un fou : « Maurras est un bon Français. Il soutient de son autorité la politique du maréchal Pétain, qui n'est autre que celle de la France. De Gaulle n'est plus général ; il passera en conseil de guerre pour désertion. C'est un politicien, partisan du Front populaire et entouré de Cot, Daladier et Blum, lequel vient de débarquer à Londres pour former un gouvernement avec les communistes. »

Persuadé qu'il ne s'agit que de mensonges, je lui tourne le dos et m'éloigne sans répondre. De Gaulle n'a-t-il pas démenti toute « ambition politique » ? Ce que j'ai appris à Oloron et lu dans *L'Action française* exclut toute collusion avec la racaille du Front populaire[1].

Après cette algarade, dont je ne regrette pas la violence, je réfléchis aux conséquences : Quel est le pouvoir d'un consul ? A-t-il le droit de me rapatrier de force ? À défaut de certitude, il est urgent de quitter Anerley, qui risque de devenir un piège. Surtout, il faut joindre de Gaulle.

Accompagné de Berntsen, je vais à la pêche aux informations. Au bureau d'accueil du collège, on ignore son existence. Les articles du *Daily Mail* que nous exhibons laissent les autorités de glace. Nous n'avons, hélas ! aucun moyen de nous renseigner à l'extérieur ; nous sommes prisonniers : pas de téléphone et sorties surveillées par des soldats en armes. Notre seul lien, à sens unique, avec la Grande-Bretagne est la presse.

1. Cf. *supra*, p. 21.

Je me souviens tout à coup que mon beau-père m'a donné l'adresse à Londres de Mme Zonneveld, confiée à lui par une de nos amies. Je lui écris aussitôt :

> *Madame,*
> *Je m'adresse à vous de la part de Mlle France de Guéran. Je suis un jeune étudiant français qui vient avec ses camarades pour s'engager et pour se battre. Nous avons fui la France malgré les ordres stricts du gouvernement. Nous avons été accueillis à Falmouth très chaleureusement et avec des marques de sympathie dépassant de beaucoup ce que nous osions espérer. Malheureusement, depuis deux jours, je suis dans un centre d'accueil qui ressemble singulièrement par les visages qui s'y montrent à un camp de concentration. D'après les bruits qui circulent j'en ai pour quelques jours d'attente. J'aurais une joie infinie de pouvoir rencontrer, ne serait-ce que pendant quelques instants, un visage qui soit autre que celui des gardes ou des émigrés. Je n'ose vous dire mon abattement.*
> *Je vous aurais une reconnaissance infinie si vous pouviez venir me voir seulement quelques minutes. Je m'excuse de cette demande qui enfreint toutes les règles du savoir-vivre, mais les circonstances exceptionnelles que nous traversons vous donneront peut-être l'indulgence nécessaire pour accomplir cette étrange démarche.*
> *En m'excusant de ce mot, je vous prie de recevoir, Madame, mes hommages respectueux.*

Cette affaire réglée, et ayant déjeuné, je n'ai rien d'autre à faire que de me reposer. Hanté par le souvenir de Domino, je raconte sur une page entière de mon cahier nos derniers rendez-vous.

Vendredi 28 juin 1940

Point de vue d'exilé

Incapable de réfléchir ou de lire, je note une phrase de La Fontaine résumant ce que je n'ai plus la force de penser : « L'absence est le plus grand des maux. »

J'enrage de ne recevoir aucun signe de l'extérieur : de Schwob, de Mme Zonneveld ou, mieux encore, d'un envoyé du général de Gaulle. Pourquoi ce dernier demeure-t-il invisible et silencieux ? J'envie les nombreux volontaires qui rejoignent son quartier général, à en croire le *Daily Mail*, qui ne révèle pas son adresse, hélas ! D'ailleurs, qu'en ferais-je puisque nous sommes prisonniers ?

J'éprouve aussi la crainte d'un retour inopiné du consul de France, assortie des mêmes interrogations : Quels sont ses pouvoirs ? A-t-il une autorité administrative sur les ressortissants français ? Les garçons mobilisables dépendent-ils de lui ? Peut-il nous embarquer de force ?

J'en discute avec Philippe, qui, aussi ignorant que moi, se veut rassurant. Il ne croit pas qu'un diplomate ait la moindre autorité sur un citoyen français à l'étranger. En tout cas, il se récrie lorsque je lui annonce que, dans l'hypothèse d'une intervention musclée, je réclamerai la citoyenneté britannique : « Toi qui accuses les Anglais de toutes les perfidies, quelle conversion ! Depuis ton arrivée, tu n'as pas de mots assez élogieux à l'égard de la perfide Albion. »

Je me rebiffe : « Il n'y a aucune contradiction : aujourd'hui les Anglais sont le seul espoir de battre les Boches. De toute manière, avec de Gaulle, nous serons intégrés dans l'armée anglaise. Je ne vois pas ce que mon projet a de ridicule.

— Ils ne t'accepteront pas. Tu ne parles même pas l'anglais. Tu devrais plutôt te préoccuper du débarquement des Allemands.

— L'Angleterre est invulnérable. »

Il me rappelle que je proclamais, il n'y a pas si longtemps, la même chose au sujet de l'armée française. « Les Allemands sont à Bayonne, simple étape sur la route de Gibraltar », ajoute-t-il négligemment.

Samedi 29 juin 1940

La légion française

Le hasard veut que, ce 29 juin, le *Daily Mail* nous apporte quelques éclaircissements. L'article du journal est intitulé « Invasion : sommes-nous prêts ? » En dépit de mon anglais de potache, je comprends la question avec d'autant plus d'acuité que, désormais, ma survie est liée à celle des Anglais.

Tandis que nous sommes dispersés dans le collège, quelqu'un annonce, dans l'après-midi, un envoyé du général de Gaulle. Un lieutenant français attend les volontaires, seul, dans un coin de la cour centrale. Quelques instants plus tard, une cinquantaine de garçons l'entourent.

Le lieutenant nous parle. Contrairement au consul, plutôt sympathique et cordial avant notre affrontement, il se montre distant et antipathique. Non seulement il ne fait aucun effort pour obtenir notre engagement, mais il ne semble guère désireux de recruter des volontaires.

Il nous annonce que le gouvernement anglais a reconnu la légitimité de De Gaulle comme chef des Français de Grande-Bretagne, mais il insiste sur les trois options offertes par les Anglais : rentrer en France ; nous engager comme travailleurs dans les usines anglaises ; rejoindre la légion française qui se constitue.

Heureusement, sa frilosité dissuasive n'a aucun effet sur les jeunes Français : « Je vais prendre les noms des volontaires qui acceptent de s'engager sous les ordres du général de Gaulle. Que ceux qui refusent sortent du rang. » Personne ne bouge.

Il sort un papier de sa poche et, debout, griffonne les noms. La totalité des présents se fait inscrire. La seule défection est, hélas ! Celle d'André Gheeraert, qui déclare préférer poursuivre ses études au Canada que se battre. Furieux d'avoir été dupés pendant la traversée et d'avoir nourri un déserteur, nous le chassons du dortoir sans même nous concerter.

Je note dans mon cahier :

> *On nous a réunis dans la cour. Le gouvernement de Gaulle est formé. Une légion française se constitue. Nous sommes engagés volontaires. Un courant de discipline commence à parcourir ce camp où l'anarchie était maîtresse et nous divisait. Dans une* Marseillaise *sans grandiloquence, jeune, franche, généreuse dans sa fraternité, c'est*

*l'âme de la France qui a pris son vol, une âme
farouche dans sa résolution de vaincre.*

Rassuré par mon « engagement », qui m'intègre
dans l'armée française, j'imagine qu'il me protégera
de la hargne du consul. J'ai atteint mon but : je suis
un soldat. Il n'y a plus qu'à guetter le retour du lieutenant.

Aujourd'hui, je sens une nette amélioration de
mon état : je reprends goût à la lecture des journaux.

Dans le *Daily Mail*, un gros titre barre la une :
« L'Angleterre soutient de Gaulle ». C'est la confirmation des assurances du lieutenant. Berntsen me
traduit une information importante : « Le gouvernement britannique a décidé de reconnaître le général
de Gaulle en tant que chef de tous les Français
libres (*Free Frenchmen*), où qu'ils se trouvent, décidés
à le rejoindre pour soutenir la cause des Alliés. »

Cette nouvelle, qui donne un sens à ma vie, est
entachée par l'annonce du cessez-le-feu en Tunisie
ordonné aux troupes françaises par le général
Mittelhauser au nom du maréchal Pétain. Le gouverneur général avait pourtant annoncé son intention de résister. Il est vrai que, si le consul dit vrai,
Maurras, qui, le 30 mai, avait stigmatisé un armistice comme le suicide de la nation, a été le premier
à rallier Pétain.

Depuis Bayonne, je n'ai ouvert aucun des deux
livres que j'ai emportés de Bescat. L'arrachement à
mon cadre de vie, à mes amis, à ma famille m'empêche de fixer mon attention. Seules les informations
concernant de Gaulle et Pétain m'intéressent.

Dimanche 30 juin 1940

La messe au camp

Un des résultats inattendus de la défaite est mon impérieux besoin d'assister à la messe. Du temps des ventes de *L'Action française* sur le parvis des églises, je me gardais d'y pénétrer, pour ne pas être confondu avec les croyants moutonniers que je méprisais.

Le thème du sermon est « Nous vaincre nous-mêmes » : « Au lieu de commencer par récriminer contre les "grands", ne devons-nous pas récriminer contre nous-mêmes ? Que de lâcheté, d'abandon, de négligence nous avons cultivés, et dont nous nous sommes glorifiés ! »

La phrase cruelle de Maurras me revient en mémoire avec toute son exigence : « Vive la France — mais c'est un optatif — vivra-t-elle ? Nous n'en savons rien. Cela dépend de qui ? De nous. Avons-nous été assez fiers de la France ? »

Cet écho du passé me semble à cet instant indéchiffrable. Après l'arrachement brutal à ma jeunesse, mes convictions et mes activités me sont aussi lointaines que Bescat l'est de Londres. Je pourrais dire sans parjure : Le roi, pour quoi faire ? Au milieu du chaos provoqué par le désastre, la seule priorité est la guerre, et surtout la victoire.

Lundi 1er juillet 1940

Rumeurs et projets

Pour égayer nos soirées, certains réfugiés ont pris l'initiative d'organiser des petites fêtes avec des chanteurs improvisés[1].

En dépit de l'impatience de s'évader du camp, chacun organise son existence comme il le peut. L'hébétude du premier jour se dissipe, mais la résignation gagne. J'envisage de rédiger un article sur les jeunes Français et la France. Je note dans mon cahier :

> *On s'est habitués à cette vie que le premier jour nous jugions intenable : cinq jours que nous traînons sans être malheureux[2].*

L'attente d'une place au réfectoire, la lecture des journaux et les discussions sur les rumeurs contradictoires meublent les journées.

---

1. Henri Beaugé note dans *Volontaires de la France libre* : « Le soir, après le dernier repas de la journée, une veillée s'organise dans la cour. Quelques artistes, improvisés mais souvent au talent certain, conteurs ou chanteurs, nous donnent une représentation. Je ne peux, en particulier, m'empêcher d'éprouver une certaine émotion lorsque ce grand pêcheur hollandais aux cheveux blond-roux nous chante si bien *Rose de Picardie*, chanson qui évoque les combats de la Grande Guerre dans le Nord. »

2. En recopiant aujourd'hui ces griffonnages, je remarque qu'à partir de cette période j'avais abandonné, sauf en évoquant Domino, le « je » tant choyé depuis Gide, en faveur du « nous », représentant le groupe puis l'ensemble des volontaires, dont aujourd'hui encore je ne me distingue pas.

Mardi 2 juillet 1940

« *Changement de crémerie* »

Je note dans mon cahier :

> *Il faut se connaître soi-même, quand cela ne servirait pas à trouver le vrai, cela au moins sert à régler sa vie, et il n'y a rien de plus juste (Pascal).*

Malgré ma fatigue non pas physique, mais cérébrale, les souvenirs familiaux, les préoccupations morales et politiques émergent progressivement des limbes.

Au-delà des citations d'écrivains modèles qui meublent ma mémoire, c'est à toute heure du jour que je rejoins Domino. Plaisir romantique de lui écrire des lignes qu'elle ne lira peut-être jamais.

Ce bain de nostalgie bienfaisante est interrompu brusquement aujourd'hui. Après avoir dîné très tôt, la centaine de volontaires (sur plus de trois mille réfugiés) est appelée à descendre dans la cour avec sacs et valises. On nous annonce que nous allons rejoindre un centre où sont rassemblés les volontaires de la légion de Gaulle.

À 7 heures et demie, nous partons à pied pour la gare.

III

OLYMPIA HALL

2-10 juillet 1940

Mardi 2 juillet 1940

Londres loin des clichés

Du train qui me conduit à Londres avec mes camarades, j'ai la surprise d'apercevoir des Anglais, hommes, femmes et enfants, agiter les mains aux fenêtres
des maisons de brique bordant la voie. Ils nous sou-
rient en criant des paroles inaudibles.

Savent-ils que nous sommes français ? Méritons-
nous cette haie d'honneur de l'amitié ? Ce peuple
généreux nous pardonne notre trahison. Leur sympathie est si spontanée, si générale qu'elle me semble naturelle. Jour après jour, je constate que mes
préventions à son égard, dont mon éducation m'a
imprégné, étaient peut-être justifiées dans le passé,
mais certainement plus aujourd'hui.

À la gare Victoria, des autobus nous attendent et
nous transportent non loin de Hyde Park, à l'Olympia
Hall, vaste bâtiment d'acier et de verre où se tiennent des expositions temporaires. Dans le bus qui
traverse Londres, je découvre cette capitale si souvent
évoquée par mon père et dont les bâtiments de

brique offrent quelque ressemblance avec Toulouse, en plus étrange et en plus riche.

Je guette l'image familière du Tower Bridge et de la tour de Londres, dont mon père m'a rapporté autrefois un album à la couverture ornée d'un hallebardier en costume rouge et noir du XVIᵉ siècle.

Les passants, pour la plupart en civil, déambulent avec cette insouciance qui m'a tant frappé à Falmouth. Comment est-ce possible ? Ai-je fait un cauchemar en France ? Et toujours cette question qui me hante depuis mon arrivée : l'Angleterre est-elle en guerre ?

Nous traversons d'immenses parcs plus touffus que le jardin public de Bordeaux. À la nuit tombée, nous débarquons devant une grille ouvrant sur une ruelle s'enfonçant entre deux immeubles. Nous avançons en désordre avec nos balluchons.

Au fond de la ruelle, à droite, une immense porte coulissante ferme le bâtiment. Un gardien la fait glisser sur ses rails, découvrant l'intérieur plongé dans la pénombre. Surpris et intimidés par les ténèbres, nous pénétrons en silence au cœur de l'édifice. Lorsque le gardien allume, le sol, les piliers et les murs en ciment brut apparaissent dans une pauvre lumière ; ils évoquent les décors des films expressionnistes allemands de mon enfance.

Après quelques minutes, je commence à distinguer aux étages quelques garçons en chemise qui se penchent sur les balustrades et regardent notre groupe avec curiosité. Quelques-uns agitent les bras, d'abord en silence, puis, avec force, les cris fusent comme des mots de passe dans la nuit : qui sommes-nous ? d'où venons-nous ? J'entends « Brest », « Le Conquet », mêlés à des noms propres inaudibles qui sombrent sans écho dans l'obscurité.

C'est bien suffisant pour comprendre qu'eux aussi sont des volontaires de la légion de Gaulle. Étonnés, après quelques hésitations, nous levons les bras à notre tour. Pour la première fois, nous rencontrons un groupe de volontaires tels que nous.

Gagnés par l'émotion, nous voudrions étreindre un à un ces inconnus que nous rejoignons dans la fraternité de l'exil. Tout d'un coup, comme on jette une amarre en arrivant au port, nous entonnons *La Marseillaise*. Notre chœur enfle et monte aux étages, scellant un pacte d'honneur avec ces camarades que le destin a choisis pour combattre et peut-être, un jour, mourir ensemble[1].

Le gardien nous fait monter au deuxième étage, où se trouvent quelques-uns des garçons qui nous hélaient tout à l'heure. Pendant qu'on nous distribue des paillasses, des groupes se forment, des conversations s'engagent : la plupart d'entre eux viennent de Bretagne. Certains garçons se connaissent par l'usine ou l'école et manifestent aussitôt la complicité bruyante d'une rentrée des classes.

---

1. J'ignorais à l'époque ce que mes camarades — et davantage encore ceux qui nous accueillaient — avaient pu éprouver ce soir-là. On imagine quelle fut mon émotion quand je reçus, le 13 décembre 1944, le témoignage de Pierre Soubigou, un de ces garçons, qui décrivait en termes semblables aux miens le sentiment qu'il avait éprouvé en nous voyant arriver : « L'Olympia a été une étape importante dans le regroupement des volontaires. Je me souviens de l'arrivée d'un contingent de plusieurs centaines de gars, arrivant un soir dans la pénombre de la grande nef du bâtiment. Massés dans les étages, nous les interpellions. D'où venaient-ils ? Qui étaient-ils ? Dans ce brouhaha, rapidement une certitude s'était dégagée : ils étaient moins seuls, moins perdus, et soudain, spontanément, nous avons chanté *La Marseillaise*. Ce fut un moment très fort, c'était sans doute la première manifestation de notre communauté volontaire *Free French*, qui ne s'est pas démentie par la suite. »

Mercredi 3 juillet 1940

Dispersion des dix-sept

Le lendemain matin, contrairement à Anerley, où l'on pouvait dormir toute la journée, nous sommes réveillés dès 6 heures.

Après une rapide toilette à l'eau froide, des officiers de toutes armes se préoccupent de nourrir les jeunes affamés que nous sommes : distribution de couteaux, assiettes, verres, fourchettes, etc. Le petit déjeuner est monté à l'étage par deux volontaires : tasse de thé au lait et *apple pie*, nourriture exotique que j'ai appréciée à Falmouth.

Excepté nos paillasses, il n'y a aucun mobilier à l'étage. L'un d'entre nous apporte une chaise et une petite table pliante, devant laquelle s'assied un jeune sous-lieutenant décoré de la Légion d'honneur. Il écrit nos noms et nous demande l'arme de notre choix.

Je n'y ai jamais réfléchi, mais j'admire l'infanterie, « reine des batailles », parce que la lecture des *Croix de bois*[1] m'avait convaincu que le héros absolu était un fantassin et que la guerre se gagnait dans les tranchées. Je n'ai aucune hésitation.

L'officier me remet une feuille ronéotypée énumérant les conditions d'engagement dans la légion de Gaulle. Grâce à ce papier, j'ai pour la première fois une information sur mon avenir. Comme l'a dit le lieutenant d'Anerley, les Britanniques ont signé, le 28 juin 1940, avec de Gaulle un accord lui reconnaissant le commandement de tous les éléments militaires français sur le territoire britannique.

---

1. De Roland Dorgelès, prix Fémina 1919.

La feuille précise que les militaires souhaitant
« continuer à lutter contre l'ennemi seront constitués
en un corps de volontaires français comportant des
forces terrestres, navales et aériennes ». Les volontaires civils, dont je suis, « reconnus aptes à servir,
seront admis dans ce corps ». Une clause m'intrigue : « Les volontaires s'engagent pour six mois. Leur
engagement est renouvelable. » Les Anglais croient-
ils que la guerre sera finie dans six mois ? Veulent-
ils tester notre valeur au combat ? Pourquoi cette
restriction qui ne couvre pas la durée de la guerre ?
Une autre clause me semble inutile : « La possibilité
d'acquérir la nationalité anglaise ou la nationalité
canadienne sera assurée à tout moment aux volontaires. » Les Anglais croient-ils que nous renonce-
rons à notre nationalité, alors même que nous nous
engageons pour la conserver ?

Après mon inscription, je descends au rez-de-
chaussée afin de passer une visite de santé dans
une infirmerie improvisée. En sortant de l'examen
— positif —, j'avise le bureau du vaguemestre.
Surprise ! un paquet de livres envoyé par Schwob
m'attend, ainsi que des vivres expédiés par Mme
Zonneveld. Dans une lettre, celle-ci m'explique que
les visites étant interdites à Anerley, elle n'a pas pu
venir me voir. Elle termine en me donnant son
numéro de téléphone et m'enjoint de l'appeler dès
ma première sortie. Son paquet contient des confitures, un cake et une boîte de cent cigarettes Players,
dont la dimension extrême m'étonne.

Au colis de Schwob (*Vol de nuit*, de Saint-Exupéry,
Le Songe, de Montherlant) est jointe une lettre dans
laquelle il me redit le plaisir de notre rencontre et
m'invite à déjeuner. Il ne manque pas de me deman-

der de transmettre à mes camarades son amical souvenir.

En remontant à l'étage, je tombe sur Alain Rödel, un de mes camarades de classe de Saint-Elme. Incroyable surprise ! Je ne l'avais pas revu depuis quatre ans. Mon plaisir de rencontrer, en ces circonstances, ce témoin du passé n'est pas moins grand que le hasard qui nous rassemble.

Il me raconte son départ et son arrivée jusqu'ici.

Alors qu'il était en vacances dans la propriété de son grand-père, dans les environs de Bordeaux, un de ses camarades était venu le voir à motocyclette, le 22 juin, pour lui faire ses adieux :

« Où vas-tu ?

— Les Boches arrivent. Je quitte la France pour me battre.

— Où ?

— Je ne sais pas, là où me conduira un bateau. »

Sans la moindre hésitation, Rödel embrassa son grand-père et enfourcha la moto de son ami. Tous deux foncèrent sur Bayonne, pour découvrir que les derniers bateaux étaient partis. Le capitaine du port leur signala un navire polonais qui embarquait des soldats à Saint-Jean-de-Luz.

Arrivés là-bas, ils achetèrent des capotes militaires à des soldats perdus qui traînaient sur le port. À l'embarcadère, derrière la place Louis-XIV, ils se faufilèrent dans une chaloupe qui chargeait des passagers. Conduits à bord de l'*Ettarik*, qui mouillait en rade, ils débarquaient deux jours plus tard à Plymouth et venaient d'arriver à l'Olympia.

« Y a-t-il d'autres camarades de Saint-Elme ici ?

— Tout est possible ! »

Avant de nous séparer, je lui donne rendez-vous ce soir à la cantine.

Tout le monde étant inscrit sur la liste du lieutenant, nous sommes libres. Les uns, allongés sur leurs
paillasses, lisent, écrivent, rêvassent ; d'autres discutent ou déambulent, désœuvrés, alentour.

J'emboîte le pas de l'un d'entre eux, qui a découvert
un escalier conduisant sur la terrasse de l'Olympia.
Sortant de la pénombre, dans laquelle nous vivons
depuis hier, je suis ébloui par la lumière intense de
cette matinée de juillet.

De l'autre côté de la rue se dresse un grand immeuble en brique à la façade découpée de pignons baro-
ques. D'autres immeubles, de dimensions différentes
mais de style analogue, s'alignent jusqu'au coin
d'une rue s'enfonçant vers la ville. Notre terrasse est
la plus haute du quartier. Londres, réduit aux toits
et à la verdure, s'étend à perte de vue.

Dans le lointain, quelques clochers signalent le
centre de la ville. Aux pieds de l'Olympia, des autobus
rouges à impériale s'arrêtent lentement pour prendre quelques passagers et repartent à gauche, vers
le centre, ou à droite, vers la banlieue.

Après le déjeuner, les officiers nous rassemblent
pour nous indiquer nos affectations et le nom de
nos officiers. J'appartiens à la section du lieutenant
Saulnier. Je dois le rejoindre au deuxième étage
avec ma paillasse et ma valise.

Nous sommes environ quatre cents jeunes en civil,
ce qui provoque un immense désordre.

Après m'être installé au hasard des places libres à

côté d'autres volontaires, je prends soudain
conscience que je suis séparé de mes camarades du
Léopold II. Certains ont choisi l'artillerie, d'autres
les chars ou l'aviation. Moi qui croyais que le groupe
formé à Pau resterait soudé jusqu'à la victoire...

Je note dans mon cahier :

> *3 juillet. Brusquement appel. On nous forme
> en sections : trois dans la cavalerie, Roy, Rödel,
> Bianchi ; trois dans l'aviation ; les deux Moureau,
> Labadie, Philippe (dans les chars Laborde) brus-
> quement séparés.*
>
> *[...] Cette séparation brutale défiant nos volon-
> tés me fait comprendre bien des choses : la gran-
> deur de notre geste, la difficulté de l'entreprise, sa
> durée — son but fatal, à moins d'un miracle : la
> mort — jusqu'à présent j'y avais pensé avec la cer-
> titude d'en sortir, ce soir je réalise.*

Philippe Marmissolle vient m'avertir qu'il a fait
ses bagages et qu'il part. Le choc est d'autant plus
intense que je comprends qu'il va quitter l'Olympia
dans l'instant. Heureusement, je demeure avec trois
garçons du groupe, Berntsen, Bott et Montaut, qui
ont choisi l'infanterie et dont les paillasses sont voisines de la mienne.

Après notre installation, le lieutenant Saulnier rassemble pour la première fois sa section. Souhaitant
connaître ses hommes personnellement, il nous fait
défiler devant lui. Assis derrière sa petite table, il
note nos noms sur un carnet.

Depuis mon arrivée en Angleterre, le mien, que

l'on me fait répéter à tout propos, est copieusement estropié. Lorsqu'il m'interroge, j'épelle pour gagner du temps : « B-O-U-Y-J-O-U[1] ».

Après la soupe de 5 heures, nous sommes libres. J'ai oublié Rödel et descends à la cantine pour retrouver Philippe. Remonté à mon étage avant l'extinction des feux, à 9 heures, j'ai le temps de noter :

> *3 juillet. J'aurais voulu, pour la dernière rencontre, la dernière entre nous avant longtemps, prononcer des paroles merveilleuses, qui résument ce que fut notre amitié depuis dix ans. Finalement je t'ai retrouvé assis seul à une table et nous avons discuté sur des riens.*
>
> *[...] Vraiment ce soir, ça y est : nous sommes embrigadés, je l'ai senti à la mélancolie qui m'étreint. Si je n'étais pas si proche de mes camarades, peut-être des larmes.*

Jeudi 4 juillet 1940

Mers el-Kébir

Réveil à 6 heures : toilette sommaire, paillasses repliées et alignées, *apple pie* et thé.

À 8 heures, les exercices commencent. Nos chefs de groupe nous enseignent l'école du soldat (garde-à-vous, alignement, marche au pas cadencé, demi-tour, etc.). À tous les étages, l'immense bâtisse

---

1. M'entretenant avec Saulnier le 13 mai 1995, je lui déclarai : « C'est drôle que tu te souviennes de moi lorsque je me suis présenté pour m'inscrire à l'Olympia. — Il faut dire que c'était assez original : "Comment vous appelez-vous ? — B O U Y J O U." Je m'en souviens comme si c'était hier. »

résonne des mêmes commandements, suivis du martèlement des pas de la troupe.

Rapidement, un nuage de poussière s'élève du sol, obscurcissant la lumière des veilleuses : nos premiers pas provoquent une tempête. À demi asphyxiés, nous poursuivons en tapant rageusement des pieds.

À la pause de midi, une rumeur circule : les Anglais ont coulé la flotte française. Cela nous paraît si incroyable que nous mettons ça sur le compte de la cinquième colonne. Le lieutenant Saulnier nous confirme ce qu'il a entendu à la radio et lu dans les journaux ce matin même : la flotte britannique a fait feu sur les navires de guerre français réfugiés à Oran, faisant plusieurs centaines de morts. Il est inquiet pour son frère, enseigne de vaisseau sur l'un des bâtiments.

L'information, objet de toutes les conversations pendant le déjeuner, jette la consternation. Presque tous les Bretons ont un parent ou un ami dans la marine et sont les plus affectés et les plus virulents. L'Angleterre n'y est pas aimée, et un mot circule de bouche en bouche : « Les salauds ! » L'inquiétude atteint son paroxysme quand ils posent la question : « Si les Anglais déclarent la guerre à la France, serons-nous prisonniers ? »

Cette tragédie n'a pas le même effet sur moi et me laisse sinon indifférent, du moins sans rancune. L'anxiété du départ de Philippe, l'absence de Domino, la séparation d'avec ma famille sont bien pires pour moi. Et puis il n'y a aucun marin dans ma famille.

Je connais par cœur les griefs contre les Anglais : Maurras et ma famille me les ont assez rabâchés. Ne sont-ils pas nos ennemis de toujours (Du Guesclin, Jeanne d'Arc, Napoléon) ? J'ai changé d'avis après

leur accueil à Falmouth. J'estime, sans rien connaître des circonstances, que si la marine française
avait rallié l'Angleterre, comme c'était son devoir,
elle serait aujourd'hui intacte et glorieuse. Une fois
de plus, je maudis Pétain.

Les Bretons ont quelque difficulté à reprendre
l'exercice. Le cœur n'y est plus. Tout le monde a
hâte d'en savoir plus. À 5 heures, au moment de la
soupe, les officiers fournissent des précisions : des
navires ont été coulés et mille deux cents marins
tués. Ils assurent que ce désastre sera sans conséquence sur les relations franco-britanniques et notre
statut.

Les Bretons ne s'en montrent pas moins très
remontés : « On a besoin d'eux, mais quels salauds ! »
s'écrie l'un. Un camarade, qui partage cette rancœur, se montre plus modéré : « Il ne faut pas
confondre la marine anglaise et les Britanniques.
Les premiers veulent en finir avec la France dans
un "Trafalgar *bis*", les autres partagent avec nous
leur chocolat et leurs filles pour consoler nos malheurs. »

Un troisième revient au drame du 3 juillet : « Il
n'y a pas que Mers el-Kébir. J'ai reçu une lettre de
mon frère, il est sur le *Courbet*, à Portsmouth. Les
soldats britanniques ont pris d'assaut son bateau
alors que l'équipage était encore couché. Ils ont fait
descendre tout le monde à quai. C'est une honte !
Il va rentrer en France. Si ça continue, j'en ferai
autant. »

En désaccord avec eux, je constate que je ne suis
pas le seul à approuver les Anglais et à condamner
la marine française.

Vendredi 5 juillet 1940

Bon pour le service

Je commence la journée par ma première corvée : balayage de la chambrée. Après quelques exercices dans la poussière, le reste de la matinée est consacré au conseil de révision. Je l'ai déjà passé en France au mois de janvier : bon pour le service.

À midi, avant de rompre les rangs, Saulnier nous avertit que les volontaires ne sont acceptés dans la légion de Gaulle qu'à partir de dix-huit ans. Il ajoute qu'ayant perdu son carnet, il nous demande de refaire nos fiches. Les plus jeunes, comme Christian Berntsen et Yves Guéna, sont catastrophés mais profitent de la perte opportune du carnet pour modifier leur date de naissance.

Sur la dizaine qui triche, Leroux est d'un rose si poupin que Saulnier s'exclame : « Mon vieux, la date que tu me donnes n'est pas crédible. On croirait que tu viens de faire ta première communion. » Comme le garçon se met à pleurer, le lieutenant ajoute : « En toute conscience, je ne peux inscrire un mensonge aussi gros[1]. »

Dans l'après-midi, Saulnier nous annonce une inspection des recrues par le général de Gaulle demain matin. L'information chauffe notre enthousiasme, et la journée brille d'un prodigieux regain de la discipline militaire. En quelques heures, nous voulons tout apprendre et prouver au Général que nous sommes des soldats à part entière.

---

1. Le lieutenant Saulnier me confia, après la guerre, que la perte de son carnet avait été un subterfuge pour permettre aux volontaires de modifier leur date de naissance. Ceux jugés trop jeunes furent enrôlés dans les cadets de la France libre.

Après la soupe, je monte sur la « terrasse », où je reste longtemps, m'efforçant de réfléchir à l'accélération brutale des événements. Quinze jours déjà que je suis « prisonnier », sans pouvoir sortir. Avant de m'endormir, je griffonne en pensant à Philippe :

> *Peut-être est-ce une bonne chose d'être séparés — tu représentes tout mon passé. Nous n'avons plus le droit de penser à autre chose qu'à la France, désormais notre seule préoccupation. Il faut vivre aujourd'hui comme il faudra mourir demain, pour elle seule. Il nous faut une âme forte, épurée, fière, tendue vers l'unique but de la victoire.*

Samedi 6 juillet 1940

De Gaulle, cet inconnu

Depuis 6 heures du matin, l'Olympia est transformé en ruche. Tout doit être prêt à 9 heures pour la visite du Général.

Après un nettoyage en règle, nos officiers, dès 8 heures, nous forment en U au rez-de-chaussée. Ils rectifient l'alignement, vérifient nos réflexes du « garde-à-vous, repos » tout neuf. Nous sommes conscients qu'un événement décisif se prépare.

Nous avons appris par nos officiers que de Gaulle avait parlé plusieurs fois à la BBC pour annoncer la poursuite de la guerre. Aucun d'entre nous ne l'a entendu. À Anerley, j'ai lu ses interviews et, pour la deuxième fois, regardé sa photo. Ma curiosité de le voir n'en est que plus vive.

Le hasard veut que je me trouve face à l'entrée par laquelle nous sommes arrivés quatre jours auparavant. J'ai été placé au premier rang de la section parce que mon costume — j'en possède deux — est moins défraîchi que ceux de mes camarades. Beaucoup ont quitté la France en rentrant de la plage, en espadrilles, sans veste ni le moindre balluchon, et l'on ne nous a pas encore distribué de tenue militaire. Je suis un des rares volontaires à posséder une chemise propre et une cravate.

À 9 heures précises, la porte piétonne, découpée dans l'immense porte coulissante, s'ouvre. Le mur blanc du bâtiment voisin, éclairé par le soleil, fait jaillir un faisceau de lumière crue dans la pénombre de l'Olympia.

Pendant que le colonel Magrin-Verneret ordonne : « À vos rangs, fixe ! », un officier apparaît. Son corps se découpe en ombre chinoise sur le fond lumineux. Il est mince et démesuré. En franchissant la porte, il se baisse légèrement à cause de son képi. Il s'avance lentement vers nous, suivi d'un jeune gradé, puis s'immobilise dans l'alignement des sections et salue.

C'est le général de Gaulle.

Il est vêtu d'une longue vareuse recouvrant partiellement sa culotte de cheval. Sous ses *leggings*, ses jambes trop longues semblent bien fragiles pour supporter un corps aussi massif : il me fait penser à un héron.

Je n'ai jamais vu de général « en vrai ». Ceux dont les journaux publient les portraits m'ont toujours paru vieux. De Gaulle, lui, est plus jeune, mais son aspect bizarre est accentué par sa voix aux intonations étranges :

Je ne vous féliciterai pas d'être venus : vous avez fait votre devoir. Quand la France agonise, ses enfants se doivent de la sauver. C'est-à-dire poursuivre la guerre avec nos alliés. Pour honorer la signature de la France, nous nous battrons à leurs côtés jusqu'à la victoire. Notre armée sera française, commandée par des chefs français. Vous voyagerez beaucoup, car il faut que, dans toutes les batailles, le drapeau de la France soit au premier rang. Ce sera long, ce sera dur, mais à la fin nous vaincrons. N'oubliez jamais l'exemple des Français qui, dans notre histoire, ont sacrifié leur vie pour la patrie. Vous devez être dignes de leur sacrifice. Dans les moments de découragement, rappelez-vous qu'« il n'est pas besoin d'espérer pour entreprendre, ni de réussir pour persévérer ».

Accompagné par le colonel Magrin-Verneret et son officier d'ordonnance, il se dirige à sa droite pour faire lentement le tour de nos sections. Tandis que je fixe au loin la porte d'entrée afin de conserver la rigidité du garde-à-vous que l'on nous enseigne, il entre dans le champ de mon regard. Passant devant moi, sévère, hautain, immense, il me scrute d'un regard de prophète, puis continue son inspection.

Revenant à sa place, il nous salue d'un large geste, effectue un demi-tour et se dirige vers la petite porte, qu'il franchit en fléchissant à nouveau les jambes. La porte se referme ; le mur blanc disparaît : c'est fini. Sa visite a duré quelques minutes à peine.

Le colonel commande « repos » et nous laisse à la disposition de nos officiers, qui nous annoncent quartier libre pour la journée.

Je demeure sur place, abasourdi. Désormais, mon chef est cet homme froid, distant, impénétrable, plutôt antipathique.

Dans un brouhaha de récréation, chacun échange ses impressions. Ignorant tout de l'armée, dont je ne connais les pratiques qu'à travers les romans, ma déception est immense. En écoutant mes camarades, spécialement ceux qui ont fait leur préparation militaire, je reste sans voix : où sont la chaleur, la complicité, l'enthousiasme des Camelots du roi ? Je pense à l'accueil que nous auraient réservé Philippe Henriot ou Darquier de Pellepoix...

Après avoir retrouvé Philippe à la cantine, je lui confie ma déception. Il se moque de moi : « Tu es toujours le même romantique incorrigible. De Gaulle n'est pas venu pour diriger une colonie de vacances : il a harangué ses soldats. Tu as la nostalgie des hommes politiques qui nous berçaient de discours trémolos. Où nous ont-ils conduits ? Si nous voulons vaincre, il faut changer de style. De Gaulle me plaît parce qu'il dit la vérité : ce sera dur, ce sera long, à la fin nous vaincrons. Que veux-tu de plus ? »

C'est l'avis de la plupart de mes camarades[1]. Sans doute ont-ils raison.

1. Ce que j'écrivis dans mon cahier après cette visite ne dit mot de mes déceptions et reflète l'enthousiasme général, en particulier ma conversation avec Marmissolle. Exemple des difficultés que rencontre l'historien pour atteindre à la vérité du passé. Yves Guéna résume ainsi cette visite : « Il cherchait à expliquer plus qu'à entraîner — et d'ailleurs nous étions déjà ralliés —, développant avec calme et hauteur ses arguments, loin de ces aboiements à quoi se résume pour beaucoup de militaires l'éloquence. Le ton était exempt de toute familiarité ; il n'y perçait nul soupçon de

✧

Ce soir, nous avons quartier libre à l'intérieur de l'Olympia. C'est l'occasion de mieux nous connaître. Des groupes se forment à la cantine, parfois dans les étages autour de la paillasse de quelques-uns, parfois même dans les escaliers. Grâce à nous, ce bâtiment sinistre est repeint aux couleurs de la jeunesse.

À mesure que je fais connaissance avec ces garçons, je découvre que la majorité des volontaires sont des Bretons du Finistère, en particulier de Brest. Ils se composent de deux groupes, sensiblement du même âge : les élèves du lycée et les apprentis de l'Arsenal. Beaucoup se connaissent.

Quelle différence avec l'atmosphère d'Anerley ! Les garçons regroupés à l'Olympia sont des combattants volontaires, pas des réfugiés. S'y reflètent l'ardeur de la jeunesse et le bonheur du devoir accompli. Notre seule interrogation est la date du face-à-face avec les Boches.

Aujourd'hui, nous n'avons rien d'autre à faire que passer le temps en chantant, en jouant aux cartes ou en discutant interminablement des causes du désastre, mais aussi, plus allègrement, de la permission de demain.

Aucun d'entre nous ne connaît Londres. Beaucoup fondent de grands espoirs sur l'innocence des petites Anglaises. Les plus enjoués, et donc les plus bruyants, sont les apprentis et les ouvriers, de plain-pied avec

---

complicité avec ceux qui étaient là et qui épousaient sa querelle ;
nulle trivialité non plus, ni dans l'argumentation ni dans l'exorde,
rien qui ressemblât à "on les aura" ou à "je compte sur vous". »

la vie. J'envie leur faculté d'adaptation : tout leur paraît simple, le travail comme les filles.

Certains des volontaires ont quitté la France avec un jeune frère, de quinze ou seize ans, sans prévenir leurs parents. Ils découvrent aujourd'hui que cette décision engage leur vie. Les lycéens, principalement des non-Bretons, sans relations, mènent une existence solitaire, repliée, parfois mélancolique. C'est le cas des dix-sept.

Avant de descendre à la cantine, je remarque un garçon accoudé à la balustrade qui surplombe le hall. Petit, rond, massif, c'est un de mes voisins de paillasse. Depuis mon arrivée, je ne lui ai pas adressé la parole. À cet instant, il semble perdu dans une contemplation précise.

Croyant qu'il observe quelque chose au rez-de-chaussée, je l'interroge : « Rien de particulier, dit-il en montrant les groupes en contrebas. Je pense aux mots du Général sur la victoire : combien d'entre nous y seront présents ? » Surpris par des pensées si proches des miennes, je lui dis : « Cette éventualité me hante depuis la déclaration de guerre. »

Il s'appelle François Briant et a été novice chez les pères blancs. Il a mon âge, à trois mois près. Je lui fais part de ma surprise qu'un futur missionnaire choisisse de continuer la guerre au lieu de profiter de l'armistice pour terminer les études qui doivent le mener à sa mission sacrée : « Pourquoi es-tu parti ?

— Mais pour la même raison que toi : parce que les Boches arrivent et que je suis un homme libre.

— Je ne suis pas prêtre.

— Moi non plus, pas encore. »

Il a quitté la Bretagne le 19 juin avec d'autres garçons sur un chalutier qui les a conduits à Plymouth.

Dirigés sur Londres, ils ont été internés à Anerley. Je m'exclame : « Nous nous sommes côtoyés durant huit jours sans jamais nous rencontrer, pas même lors du transfert à l'Olympia ! »

Est-ce son aspect débonnaire, sa parole maîtrisée ? Il se dégage de lui une sérénité bienfaisante, rare durant cette période où aucun d'entre nous n'est véritablement dans son assiette. Calmement, il m'interroge : « D'où viens-tu ? » Je lui raconte Bayonne, les Belges, le maïs.

« Tu es basque ?

— Non, pourquoi ?

— L'an dernier, j'ai participé à un camp scout à Hendaye. C'est un des plus beaux souvenirs de ma vie. »

À ces mots, j'ai l'impression d'être avec lui depuis toujours : il est sans doute le seul Breton à connaître ma vraie patrie. Ce lien mythique transforme aussitôt ma sympathie en complicité.

Dimanche 7 juillet 1940

Escapade à Piccadilly

À 9 heures, je retrouve Briant à la messe, dans le hall, où une prière en commun est prononcée pour les morts de la guerre et pour la résurrection de la France. Philippe Marmissolle est à côté de moi.

Lorsque, à la fin de la cérémonie, nous chantons le cantique familier (« Dieu de clémence, Dieu d'espérance, sauvez, sauvez la France au nom du Sacré Cœur »), je n'ai pas besoin de fermer les yeux pour me retrouver dans la chapelle de Saint-Elme, enivré d'encens et de fleurs. En dépit du passage du temps, je reconnais les mots qui ont insufflé en moi l'amour de la patrie. À cette époque, je n'en comprenais pas le sens. En ce dimanche d'exil, la foi réactivée de mon enfance m'impose la certitude d'être l'instrument d'un destin préparant la résurrection de la France.

Contrairement à ce que j'avais craint, Philippe Marmissolle et ses camarades engagés dans l'aviation demeurent à l'Olympia. Le soir, on nous octroie une permission. Nous décidons, Philippe et moi, de fêter notre première soirée de liberté.

À 5 heures, nous sortons. À la porte de l'Olympia, un sous-officier nous distribue un papier ronéotypé comportant notre nom et l'adresse de l'Olympia. Il nous indique aussi que les autobus qui s'arrêtent devant l'entrée conduisent directement à Piccadilly Circus. Le bruit court à la cantine qu'il s'agit du cœur de Londres, lieu de perdition et de bonne fortune.

Vue de l'impériale, la ville défile comme un film, en sens inverse de notre arrivée. À mesure que nous avançons, elle m'apparaît différente de celle entrevue il y a cinq jours. Est-ce la liberté ?

Bien que la circulation soit clairsemée, les autos sont de plus en plus luxueuses à l'approche du centre. Passionné de voitures, je repère un nombre impressionnant de Rolls Royce conduites par des chauffeurs en livrée, m'évoquant Biarritz.

Nous longeons Hyde Park, où, à ma surprise, les gens sont installés dans des transats posés au milieu du gazon, tandis que d'autres sommeillent ou flirtent, allongés sur le sol. Tous profitent du soleil de cet été glorieux, tandis que d'élégants cavaliers caracolent dans les contre-allées. En bordure du parc, j'observe les résidences luxueuses, alternant avec de vastes immeubles en brique aux architectures composites. On est loin du décor en pierre de taille de Bordeaux. Les portiers d'hôtels en uniforme chamarré semblent les gardiens d'un culte spécial.

Nous suivons Piccadilly Street, passons devant le Ritz monumental, puis le receveur, qui nous a repérés, cligne de l'œil : « Piccadilly Circus, *next*. » Sans comprendre, nous savons que nous sommes arrivés.

Devant nous, au milieu d'une place, s'élève un monument protégé de sacs de sable gainés de bois. J'apprends qu'il recouvre une statue d'Éros gambadant. Descendant du bus, je m'apprête à jeter mon ticket sur le sol lorsque je remarque l'incroyable propreté du trottoir et de la chaussée. Honteux, je le remets dans ma poche.

Tous les civils sont coiffés de feutres de formes diverses, parfois de chapeaux melon, mais la plupart portent des « Éden », aux bords roulés et ourlés d'un tissu, qui sont aussi à la mode à Bordeaux.

Quelques soldats en permission déambulent, mais leur allure nonchalante relève plus d'un pittoresque de week-end que d'un paysage de guerre. La qualité du drap de l'uniforme et la coupe de leur pantalon, identique à celui des civils, m'étonnent. Même parmi les jeunes, nous sommes presque les seuls à nous promener tête nue.

Avançant vers la place animée, je constate qu'elle est le carrefour vers lequel convergent six avenues. La foule nonchalante et visiblement heureuse se presse vers les cinémas, les théâtres et les nombreux dancings des alentours. N'étaient les monuments ensevelis sous des sacs de sable et les plaques rouge et blanche signalant les *shelters* (« abris »), il n'y aurait aucune trace du conflit, encore moins dans le spectacle de la foule.

Nous achetons quelques journaux. Ne parlant qu'un anglais de collège, nous restons perplexes devant les gros titres. Vers 6 heures, nous songeons à dîner, car nous devons être rentrés à l'Olympia pour l'appel de 9 heures, et le trajet dure environ une demi-heure.

Après avoir déambulé dans les rues avoisinantes à la recherche du *Soho* que mes camarades évoquent avec gourmandise, nous avisons un restaurant italien, *Pinoli's*, à la façade avenante. Il est encore vide à cette heure, mais les garçons, qui parlent tous français, acceptent de nous servir rapidement. Ce sont les premiers « Londoniens » avec lesquels nous communiquons.

À notre surprise, ils ne se montrent nullement concernés par la guerre et n'ont pas la moindre idée des événements. Des amis leur ont téléphoné pour leur apprendre que la France avait capitulé. L'un d'eux a cru comprendre à la radio que les Anglais continuaient seuls la guerre. Admiratif de Churchill, il nous affirme que l'Angleterre unanime se mobilise pour repousser l'invasion dont Hitler l'a menacée. Le reste des informations est un peu confus : ils ne sont pas sûrs que le maréchal Pétain ait déclaré la guerre à l'Angleterre, mais affirment que les Français ont bombardé Gibraltar, ce que nous ignorions.

Comme nous manifestons notre surprise devant l'atmosphère paisible de la population, un des garçons réplique : « Ici vous n'êtes pas en Italie [il est napolitain]. C'est ça le flegme britannique (rires). Les Anglais n'ont pas fini de vous étonner. De plus, ce sont les vacances. Les Londoniens sont aux bains de mer ou à la campagne, les marins dans les ports, et les soldats à Aldershot[1]. Pour la guerre, il faut attendre. Que voulez-vous faire de plus ? Les Anglais ne peuvent pas prier Dieu toute la journée pour qu'il nous donne la victoire... » Un rire général souligne, sans méchanceté, la naïveté des Français.

Le menu unique est à 3 shillings et 9 pence. Je fais le calcul : 30 francs selon le change ; c'est le double des restaurants que nous fréquentions en France. Qu'importe, n'avons-nous pas mérité quelques excès ? Le menu en vaut la peine : saumon fumé, potage, sole, tournedos, soufflé. Nous dévorons notre repas, le premier véritable depuis quinze jours. Pour fêter notre engagement, la liberté et la victoire future, nous commandons une bouteille de médoc à 2 shillings, soit 20 francs, et achevons le repas par un verre de cognac et un cigare...

Après le dîner, il est trop tôt pour rentrer à l'Olympia. Nous achetons un plan de la ville et remontons Regent Street puis Oxford Street jusqu'à Hyde Park. Ébloui par la profusion de magasins et d'articles inconnus, je cherche un spécialiste des postes de TSF. Je voudrais en acheter un fonctionnant sur piles. En France, toutes les radios sont branchées sur le secteur et de dimensions imposantes. Quelques années auparavant, j'avais vu à Bordeaux, chez un de mes camarades, un poste de la grandeur d'une boîte à cigares et marchant à piles, que ses parents lui avaient ramené de New York.

Dans Oxford Street, nous découvrons un immense magasin ultramoderne : His Master's Voice (la voix de son maître). Les vitrines exposent les dernières nouveautés : albums à couverture brune enfermant

1. Ville de garnison de la côte méridionale où étaient regroupées les forces armées britanniques.

des disques à étiquette rouge pour les classiques ou pochettes en papier aux étiquettes aubergine pour le jazz.

Dans le coin d'une vitrine, j'aperçois l'objet de mes convoitises : un poste portatif plus grand que celui de Bordeaux, mais fonctionnant sur *batteries* : 15 livres (2 600 francs), une somme considérable, qui correspond à la moitié de ce que m'a donné mon beau-père.

Coupé du monde depuis deux semaines, je suis prêt à tous les sacrifices pour renouer avec une habitude familiale : connaître le monde au jour le jour. Le magasin étant fermé le dimanche, je reviendrai demain.

Lundi 8 juillet 1940

De Gaulle à la BBC

Ma seule idée : acquérir le poste de TSF afin d'écouter la BBC, comme nous le faisions à Bescat. Je retourne seul à His Master's Voice. Après mon achat, je rentre immédiatement à l'Olympia.

Je convie mes camarades de paillasse à la « première » : après quelques tâtonnements, nous entendons la BBC en anglais. Un peu plus tard, le speaker annonce le programme en français et présente le général de Gaulle. Sa présence inattendue provoque parmi nous un silence immédiat. Assis autour de l'appareil, nous écoutons le Général. Des camarades qui jouaient aux cartes, reconnaissant sa voix singulière, se joignent à nous.

Il évoque Mers el-Kébir, dont nous avons entendu les commentaires vengeurs colportés par des camarades ayant un frère ou un ami dans la marine. Que peut dire de Gaulle pour calmer l'émotion, et parfois la fureur, comme chez les Bretons, provoquée par ce désastre sans se brouiller avec les Anglais ?

Notre curiosité est à son comble lorsqu'il explique la tragédie. N'est-il pas trop tard pour l'évoquer ? Cinq jours se sont écoulés : est-il bien nécessaire de retourner le couteau dans la plaie ?

Dès les premiers mots, je comprends mon erreur. Est-ce la franchise du propos, la hauteur de vues, la noblesse de ton ou l'explication loyale des problèmes posés par l'alliance avec les Anglais ? J'admire l'audace de cet homme, qui exprime sans concession, non pas notre réaction passionnelle, mais le point de vue de la France. Sa parole ne traduit pas une opinion, mais une politique.

Je remarque cependant que ma première réaction, minimisant l'événement et condamnant la marine de Darlan, que mes camarades ont jugée simpliste, n'est pas si éloignée du point de vue exposé par le Général : « Plutôt que de voir nos bateaux utilisés par des Allemands, je dis sans ambages qu'il vaut mieux qu'ils aient été détruits. »

Ce discours-programme nous apporte enfin les arguments justifiant notre attitude patriotique :

> *Les Français dignes de ce nom ne peuvent méconnaître que la défaite anglaise scellerait pour toujours leur asservissement. [...] Nos deux grands peuples demeurent liés l'un à l'autre. Ils succomberont tous les deux ou bien ils gagneront ensemble. [...] Quant à ceux des Français qui demeurent encore libres d'agir suivant l'honneur et l'intérêt de la France [...], ils ont pris une fois pour toutes la résolution de combattre.*

Je suis bouleversé par ce discours, dont la qualité du fond égale celle de la forme. Pour la première fois, j'entends de Gaulle définir les éléments d'une doctrine de la France libre.

L'exposé sans chaleur qui m'a tant choqué lors de sa venue parmi nous, prend, à la lumière de la tragédie de Mers el-Kébir, une grandeur digne du langage de la France. J'y reconnais ma propre détermination, tout en sachant que j'aurais été bien incapable de la formuler de la sorte[1].

Mardi 9 juillet 1940

Dîner chez les Zonneveld

Après une journée d'« école du soldat », durant laquelle nos progrès sont aussi impressionnants que les nuages de poussière de plus en plus opaques qu'ils provoquent, je rejoins Philippe Marmissolle pour une nouvelle sortie en ville.

Les Zonneveld m'ayant invité à passer les voir à 8 heures, je demande à Philippe de dîner tôt, à 6 heures et demie. Nous choisissons le *Scott's*, un restaurant près de Piccadilly, dont la carte, que nous avons remarquée lors de notre première permission, propose d'authentiques steaks anglais.

---

1. À compter de ce soir-là, je devins un inconditionnel du Général. Cette passion s'acheva en 1947, à la naissance du RPF (Rassemblement pour la France). Je n'étais plus un soldat, et de Gaulle n'était plus mon chef. Mes positions européennes et mondialistes m'éloignèrent de lui. Ai-je besoin d'ajouter que l'homme de la France libre restera jusqu'à ma mort le symbole de la liberté et du courage qu'il fut durant ces cinq années ?

Le restaurant est au premier étage. À cette heure, il n'y a personne dans la vaste salle. Philippe choisit une table près de la fenêtre, face à la rue, d'où l'on voit la statue de Nelson, perchée sur la colonne de Trafalgar Square. Le repas britannique nous paraît plus raffiné que celui de *Pinoli's*. Décidément, à Londres, la défaite prend des allures de victoire...

Afin de ne pas être en retard à mon rendez-vous, j'abandonne mon camarade, saute dans un taxi et montre l'adresse écrite au chauffeur. Depuis ma première sortie, j'ai compris que je ne parlais pas le même anglais que les Britanniques.

À l'heure dite, je sonne à la porte d'un luxueux immeuble. Les Zonneveld habitent au troisième étage. Les fenêtres de l'appartement cossu plongent sur un jardin paysagé. Le mari et la femme s'expriment dans un français châtié. Leur accueil est familial.

Ils ont de nombreux amis en France, dont Mlle de Guéran, qui avait communiqué à ma mère leur adresse, et dont ils sont anxieux d'avoir des nouvelles. Je suis incapable de leur en donner, puisque je ne connais pas cette amie de mes parents.

Le mari, immense et paisible, est relativement silencieux. Sa femme, élégante et volubile, parle pour deux. Le mari m'explique qu'il est hollandais et sa femme américaine, ce qui fait d'eux des Londoniens de souche...

Comme je les ai avertis au téléphone que je devais être rentré à 9 heures à l'Olympia, ils me prient de passer immédiatement à table. Panique : je n'ai pas compris qu'ils m'invitaient à dîner. Je tente de fuir sous le pavillon de la politesse : je ne veux pas déranger. Croyant mon refus de pure forme, ils insistent et nous passons à table.

Ce qui aurait dû être une fête est un supplice. Pour

ne pas les décevoir, je m'efforce de goûter à tous les plats d'un repas conçu spécialement pour un exilé affamé.

En dépit de ma gêne gastrique, je tâche de faire bonne figure et les interroge sur la vie à Londres, le caractère du peuple anglais, les raisons de leur amabilité envers les Français, leurs ennemis héréditaires et qui les ont trahis. À la fin, j'avoue ma surprise devant l'atmosphère de vacances qui semble régner partout, alors qu'ils sont la prochaine cible, et peut-être la prochaine victime de Hitler.

M. Zonneveld prend la parole en premier : « Depuis longtemps, vous n'êtes plus des ennemis puisque l'Entente cordiale, passionnément vécue en Grande-Bretagne, a tout effacé. Vous oubliez que les souffrances de la guerre de 1914 ont créé des liens inaltérables. » Je balaie cet argument en me souvenant des récits de mon beau-père sur l'« inutilité » de l'armée anglaise. J'évite les mots blessants qu'il utilisait, mais déclare que c'est l'héroïsme des soldats français qui a empêché les Allemands d'envahir la Grande-Bretagne, de l'Angleterre jusqu'à l'Écosse.

Mme Zonneveld relaie alors son mari : « Ils ont quand même perdu sept cent mille hommes. » Elle ajoute : « Quant à Jeanne d'Arc, vous semblez oublier que ce sont les Français qui l'ont livrée aux Anglais et que c'est un évêque français qui l'a condamnée à mort. Napoléon, lui, a choisi d'être leur prisonnier alors qu'il pouvait s'évader vers l'Amérique. Vous découvrirez qu'il est très populaire ici. Son buste orne l'intérieur de nombreux Britanniques : ils n'ont pas intérêt à rabaisser l'ennemi qu'ils ont vaincu ; où serait leur mérite ? »

Son mari confirme ce que m'ont dit les serveurs de *Pinoli's* : « Vous arrivez à l'époque des vacances.

Il fait beau, pourquoi les Anglais n'en profiteraient-ils pas ? À quoi bon devancer le malheur ? Ne vous fiez pas aux apparences : les Britanniques ne ressemblent pas aux Français, ils ne "gesticulent" pas. Ils ont à leur tête Winston Churchill, un chef intraitable. C'est peut-être un original, mais, vous pouvez me croire, il ne cédera jamais. Autour de lui, certains ministres, Chamberlain et Halifax, sont prêts à négocier. Ils n'ont pas sa détermination, ni le même caractère. N'oubliez pas que la Grande-Bretagne n'a jamais été envahie depuis mille ans. »

Même si mon double dîner me met à la torture, je suis touché par leur accueil et le foyer qu'ils m'offrent dans ce pays inconnu. Chez eux, je retrouve les manières et la culture de ma famille. Je découvre aussi, pour la première fois de ma vie, une façon sympathique d'évoquer la France et les Français, qui n'exclut pas une distance critique. Mais ne suis-je pas souvent moi-même plus violent encore pour dénoncer la bêtise, la crasse et la lâcheté des Français ? Les Zonneveld se gardent de mes outrances. Je perçois toutefois dans leur réserve polie un jugement sévère à l'égard des Français, dans lequel je suis englobé.

De retour à l'Olympia, je découvre que les préoccupations de mes camarades sont assez différentes des miennes. Jean-Pierre Missoffe, fils d'un amiral, a profité de sa permission pour aller avec son frère, Dominique, à l'ambassade de France, qu'ils ont trouvée fermée : les relations diplomatiques sont rompues depuis le 4 juillet. Ils se montrent soucieux : « Nous avons l'impression que le gouvernement français va déclarer la guerre à l'Angleterre. C'est ce qui peut nous arriver de pire. Pour quel parti opteront nos familles ? »

Cette interrogation dramatique me révèle la chance que j'ai eue de quitter la France en accord avec mes parents. Je plains sincèrement ceux qui sont partis sans revoir les leurs, comme Laborde, Gouillard, Roy et mes autres camarades du *Léopold II*.

Beaucoup des volontaires n'ont pas de ces états d'âme. Avec un flair incroyable, ils retrouvent à Londres leurs habitudes : bars, filles, etc., autant d'occasions d'explorations amoureuses et de prouesses sexuelles. Autour de Piccadilly, les prostituées ont fière réputation : elles sont françaises. François Jacob en profite avec bonheur.

Briant fait exception. Il est allé frapper à la porte d'un couvent, dont les cérémonies l'ont enchanté. Il les raconte avec l'émotion de sa foi.

Mercredi 10 juillet 1940

Un bataillon de chasseurs

Ce matin, branle-bas de combat : nous sommes rassemblés au rez-de-chaussée. Le capitaine Hucher, officier de chasseurs alpins, annonce la formation d'un bataillon de chasseurs. La section du lieutenant Saulnier, la mienne, devient la 3e section de la 1re compagnie, elle-même commandée par le capitaine Lalande, chasseur alpin également[1].

1. Les officiers appartenaient aux 6e et 13e bataillons envoyés en Norvège en 1940. Sur les 737 chasseurs présents en Angleterre au moment de l'armistice, seuls 37 y restèrent. Le lieutenant Dupont,

Nous remontons à l'étage, où notre nouveau capitaine distribue des questionnaires et veut nous rencontrer personnellement. La matinée est consacrée à ces entretiens. Heureusement, l'ordre alphabétique me place au début. Le capitaine occupe la petite table utilisée par Saulnier le premier jour. Je me présente à lui, toujours en civil, mais au garde-à-vous.

Le capitaine Lalande, grand, au visage d'athlète, hâlé, a vingt-cinq ans. Il rayonne d'un charme de jeune premier. Dans l'Olympia, nous l'avons tous vu déambuler avec la souplesse d'un félin et nous imposer, par son âge, le modèle d'un frère aîné. Sa Légion d'honneur gagnée en Norvège en fait l'exemple du héros que je rêve de devenir.

Le lieutenant Saulnier est un jeune saint-cyrien à peine plus âgé que moi. L'aspect juvénile de son visage contraste avec l'autorité que lui confère sa carrure de rugbyman.

Entraîneurs d'hommes, nos officiers sont bien décidés à nous transformer en une troupe d'élite.

Après cette réorganisation, nous poursuivons notre entraînement. Aujourd'hui, il ne pourrait être plus réussi, tant nous avons la volonté d'être parfaits. Grâce à la nouvelle identité militaire que nous avons acquise — sauf par nos vêtements —, chacun mani-

---

appartenant au 6e BCA (bataillon de chasseurs alpins), cantonné à Trentham Park avec la Légion et les troupes revenant de Norvège, avait pris l'initiative, à la fin du mois de juin, de regrouper 170 jeunes venus de France et de les faire habiller par les Anglais. Le lieutenant Dupont, le capitaine Hucher et le capitaine Lalande avaient décidé de constituer à l'Olympia une unité de chasseurs à pied, à défaut d'alpins, afin de conserver au bataillon ses traditions et sa spécificité. Pas assez nombreux pour former un bataillon complet, nous avions cependant réussi à constituer trois compagnies : la 1re, à laquelle j'appartenais, était commandée par le capitaine Lalande ; la 2e, par le capitaine Dupont, et la 3e, par le lieutenant Sthal.

feste un surcroît de perfection dans l'exécution des ordres.

Les arrivées quotidiennes de volontaires attisent notre curiosité. Au hasard des bavardages, nous en apprenons davantage sur leur origine.

J'envie un groupe arrivé dimanche dernier : ils sont déjà en uniforme anglais. Ils étaient deux cent trente jeunes fuyant Brest lors de l'arrivée des Boches. Ils ont accompagné les chasseurs à Trentham Park et ont formé l'embryon d'un bataillon de chasseurs. La plupart ont quitté la France au gré des opportunités, souvent dans un tel dénuement que le lieutenant Dupont a demandé aux Anglais de les habiller décemment.

Tous ont connu la guerre (bombardements de Brest, routes encombrées de réfugiés, incendies, panique des civils...) et un parcours semé d'embûches. Je suis un des rares à n'avoir rien vu de la guerre. Admiratif, j'écoute ces récits pittoresques qui me dévoilent un aspect de la défaite, mais aussi des motivations à s'engager que j'ignore.

C'est aussi la première fois que je partage, à égalité, la vie de paysans, d'ouvriers, d'employés. J'envie leur assurance : ils sont déjà des hommes. Je le constate à la manière dont ils parlent des filles : « Elles n'ont qu'une idée : se faire baiser. » En comparaison, mon amour pour Domino est celui d'un enfant.

Au gré des rencontres, les rares militaires ralliés[1]

---

1. Sur les 19 000 militaires réfugiés en Angleterre, il n'y eut que 900 « légionnaires », dont 37 chasseurs alpins et 7 officiers, les autres ayant choisi de rentrer en France (*cf.* Jean-Louis Crémieux-Brilhac, *La France libre, op. cit.*, pp. 86-93).

à de Gaulle nous racontent leurs aventures et leurs espoirs. Ceux qui nous en imposent le plus sont les chasseurs alpins des 6e et 13e bataillons, qui ont participé aux opérations de Narvik, en Norvège : la plupart d'entre eux ont obtenu la croix de guerre. Combien de temps me faudra-t-il pour leur ressembler, devenir un soldat, me battre, être décoré ?

Que les civils disparates d'Anerley rentrent en France est peut-être compréhensible, même si je les condamne. Mais des soldats, qui ont l'honneur d'appartenir à une armée française victorieuse en Norvège et ont l'occasion de poursuivre immédiatement la lutte, quelle trahison ! Comment, à leur retour, oseront-ils affronter le regard du peuple français prisonnier des Allemands ? Incompréhensible égarement.

Cette désertion explique, au-delà des mots, la complicité sans calcul, la fièvre amicale qui s'est instaurée entre les volontaires de l'Olympia dès notre arrivée. Aucun d'eux ne m'a demandé pourquoi je m'étais engagé chez de Gaulle. Je ne les ai jamais interrogés non plus. C'est pour nous tous une obligation aussi naturelle que de vivre.

IV

DELVILLE CAMP

11 juillet-26 septembre 1940

Jeudi 11 juillet 1940

Des Français chez les Canadiens

Nous quittons l'Olympia. Au fil des jours, j'ai compris qu'il contenait la totalité de l'armée du général de Gaulle.

Après la matinée consacrée au nettoyage, nous laissons les locaux plus propres que nous ne les avons trouvés. Nous voulons montrer aux Anglais à qui ils ont affaire.

L'après-midi, des bus nous conduisent à Victoria Station. À une heure de train vers le sud, nous descendons à Cove. Je n'ai jamais vu une gare aussi petite et coquette. Peinte de couleurs vives, elle ressemble à un gros jouet.

En rangs par trois, chargés de valises ou de balluchons, nous traversons le bourg. Une fanfare britannique nous précède, jouant *La Madelon*. Sur la route, les gens s'arrêtent, nous saluent joyeusement. Nous marchons au pas vers Delville Camp, à deux kilomètres de Cove.

Nous découvrons bientôt l'ensemble des *barracks*, construites autour d'une place centrale bitumée, le *parad ground*. Quel contraste avec la sinistre caserne de Pau. La *barrack* affectée à notre section est meublée, comme toutes les autres, de lits en fer, dont les matelas, repliés, sont couronnés d'un sac de couchage et de couvertures. Claire et gaie, notre chambrée aux murs blancs est inondée de soleil. Nous ne pouvons imaginer dénouement plus heureux après la « séquestration » de l'Olympia. Elle possède des toilettes, des douches et même deux salles de bains avec eau chaude... Luxe babylonien après trois semaines de minces filets d'eau froide.

Je note dans mon cahier :

> *Chambrée très sympa, enfin un lit, la nuit tombe. Enfin de l'air, des fenêtres par où la lumière qui n'est pas l'éclairage électrique pénètre ad libitum.*

Depuis mon départ de France, j'ai appartenu à deux équipes : les dix-sept du *Léopold II* et les trente-six de la section Saulnier. Comme à l'Olympia, Berntsen, Bott, Montaut et moi nous installons côte à côte. Briant est à deux lits du mien.

Ce soir, après la soupe, pendant que nous rangeons nos affaires avant le couvre-feu, Briant se jette littéralement à genoux au pied de son lit pour faire sa prière. Au bruit de la chute, nous nous retournons. Un bref instant, la chambrée hésite quant à l'attitude à adopter envers ce que d'aucuns pourraient considérer comme une provocation. Je suis surpris par l'audace de ce geste ostentatoire. Qu'en pensent les autres ? En dépit de l'intolérance de la jeunesse, personne ne fait la moindre remarque.

Vendredi 12 juillet 1940

Première journée au camp

À la cantine, je m'installe à côté de Briant et le félicite de son courage. Me fixant d'un regard innocent, il me répond : « Ce n'est pas une question de courage, puisque ma foi est le sens de ma vie. Que puis-je faire d'autre que de vivre comme un exemple ? »

Je pressens qu'outre la passion du Pays basque et des curiosités voisines sur la spiritualité, nous avons le goût des livres, de la métaphysique et des discussions.

Ma section découvre enfin le rythme de l'armée. Pour la première fois, les exercices se déroulent — toujours en civil — en plein air. Gymnastique au réveil, école du soldat et du groupe prennent un développement nouveau.

Je mesure la transformation opérée depuis huit jours : l'apprentissage de quelques figures simples (ordre serré, pas cadencé, etc.) a imposé une cohésion à notre groupe disparate. Nous vivons la fin soudaine de la tension subie depuis le 17 juin.

À la fin de l'après-midi, je suis exténué. Après la soupe de 5 heures, je me réfugie dans la chambrée déserte. Mes camarades ayant eu la curiosité d'explorer immédiatement les ressources de Cove, je profite du silence et de la douceur de cette soirée d'été. Suprême raffinement avant la nuit, je me prélasse dans un bain d'eau chaude, luxe oublié depuis Bescat.

Samedi 13 juillet 1940

Philippe et Domino

L'entraînement intensif ne me laisse aucun répit
pour réfléchir. Ce soir, seul de nouveau sur mon
lit, je me complais dans une rêverie hantée par les
absents.

Incorporés dans des armes différentes, les dix-sept
sont éparpillés aux quatre coins du camp. Philippe
Marmissolle et Rödel, à l'artillerie, de l'autre côté
du *parad ground*, sont les premiers à me rendre visite.

Pour une raison que je discerne mal, mes relations
avec le premier se sont compliquées depuis notre
arrivée en Angleterre. Dans notre existence nouvelle,
nous sommes les seuls témoins réciproques de
notre passé. Depuis Saint-Elme, je subis le charme
des Marmissolle. Sans doute André possède-t-il sur
moi l'ascendant d'une intelligence associée à l'éclat
d'une jeunesse érigée en séduction. Il n'en va pas de
même avec Philippe. Réservé, silencieux, son intelligence se manifeste par des remarques laconiques,
où l'humour se marie au bon sens. Son silence le
pare d'un charme corrupteur.

Au collège, je n'ai eu de cesse de chercher à le
séduire, attiré par sa grâce mystérieuse, dont le symbole irrésistible est une fossette mutine : lorsqu'il
sourit, son visage rayonne d'une innocence espiègle. En dépit de l'ambiguïté de mes sentiments, nos
relations ont toujours été faciles. Les escalades en
montagne, en compagnie de ses frères, les ont encore
approfondies.

Depuis notre départ, je suis rassuré par sa présence : le passé est toujours vivant, et puis il y a

Domino entre nous. Il me l'a présentée parce que son amie était une camarade de classe de Domino. À Londres, j'ai vécu l'annonce brutale de son départ comme un déchirement d'autant plus vif qu'il m'a semblé ne pas en être affecté. Je n'en souffre que davantage. Comme tous ceux que j'aime, je considère qu'il est à moi. Bien que son départ soit reporté et sa section proche de la mienne, notre intimité s'est distendue sans que j'en soupçonne la cause.

À Delville, du fait de la géographie du camp, les choses semblent soudain s'aggraver. Hier, il m'a annoncé à nouveau son départ. Aujourd'hui, il m'a écrit une longue lettre, dans laquelle il se confie librement, comme jamais auparavant. Malheureusement, il écrit ce que je refuse d'entendre : mon affection est un carcan, et il a besoin de liberté. Un détail n'est pas sans importance : il a quitté Pau sans avertir son oncle, et il est sans argent. Depuis le départ, je partage avec lui tout ce que je possède. Il m'avoue ne pas supporter cette dépendance.

Sa réaction m'est tellement insupportable qu'elle accroît encore la distance entre nous.

Dimanche 14 juillet 1940

De Gaulle au cinéma

Le camp de Delville est mitoyen de celui de Morval. C'est là que la demi-brigade de la Légion étrangère a été installée après son ralliement à de Gaulle.

À l'aube de ce 14 Juillet, les légionnaires ont quitté le camp pour défiler à Londres. En compagnie de quelques fusiliers marins, ils sont la seule troupe en

« état de marche » du Général. La 1re compagnie et la 2e, dont je fais partie, n'iront à Londres qu'après déjeuner.

Quand nous arrivons à Victoria Station, nous trouvons la gare décorée de drapeaux français. Nos officiers nous conduisent en rangs par trois vers le New Victoria Theater, un cinéma jouxtant la gare. Sur le court trajet, une haie d'hommes et de femmes se presse autour de nous. Nous avons quelque peine à nous frayer un passage au milieu de cette foule chaleureuse et criant : « Vive de Gaulle ! Vive la France ! »

Tandis que je passe devant deux jeunes Françaises qui me touchent presque, j'entends l'une d'elles s'exclamer en se penchant vers son amie : « Comme ils sont jeunes : on dirait des enfants. » Prononcées par ma famille, de telles paroles m'auraient révolté ; aujourd'hui, elles m'émeuvent aux larmes.

Nous entrons dans le cinéma, où le Général nous a invités à une matinée récréative. Nous montons vers les mezzanines, où se rassemble la légion de Gaulle.

Le Général pénètre dans la salle à 2 heures précises. Nous nous levons tandis qu'il s'installe au premier rang, entouré de nos officiers. Après avoir enlevé son képi, il se lève et se tourne vers nous :

> *Le 14 Juillet, symbole de la liberté, est aujourd'hui un jour de deuil pour la France trahie. Pour les Français qui veulent rester libres, unis dans la volonté de libérer la patrie, il demeure le symbole de l'espérance. Refusons l'affliction et la résignation d'une bataille perdue. Je vous ai conviés à fêter notre volonté d'être fidèles à la France.*

Hier soir, j'ai écouté avec mes camarades son discours commémoratif du 14 Juillet. J'ai aussi lu le texte qu'on nous a distribué ensuite. J'ai été saisi par certaines formules d'une grandeur tragique, écho de trois discours précédents.

Je commence d'apprécier son style oratoire. Il se refuse, comme le dit Philippe, les « trémolos » de banquet. D'un discours à l'autre, il éclaire des raisons de mon choix auxquelles je n'ai pas songé. Mon refus instinctif de la capitulation n'a d'autre contenu que celui du rejet émotionnel de l'esclavage. De Gaulle, lui, bâtit une doctrine du refus :

> *Au fond de notre abaissement, ce jour doit nous rassembler dans la foi, la volonté, l'espérance.*
>
> *Dans la foi, car nous savons qu'une bataille perdue, une faillite des dirigeants, une capitulation signée, ne scellent pas le destin du pays.*
>
> *Dans la volonté, car la résistance française continue et s'étendra [...].*
>
> *Dans l'espérance, car le monde est grand. Nous sommes sûrs que les mêmes moyens qui permirent à l'ennemi, hier, de l'emporter, permettront, demain, de le battre.*
>
> *Le 14 Juillet 1940 ne marque pas seulement la grande douleur de la patrie. C'est aussi le jour d'une promesse que doivent se faire les Français. Par tous les moyens dont chacun dispose, résister à l'ennemi, momentanément triomphant, afin que la France, la vraie France, puisse être présente à la victoire.*

L'homme qui dessine cette volonté d'avenir est mon chef. Cet après-midi, il est à quelques mètres devant moi. Est-ce parce qu'il nous a demandé de

nous asseoir pour l'écouter et qu'il est seul debout ?
Est-ce parce qu'il est nu-tête, ou que, dans le regard
qu'il fixe tour à tour sur chacun d'entre nous, je
déchiffre une bienveillance paternelle ? Il me paraît
plus humain, métamorphosé.

Certes, le personnage demeure sévère, distant, autoritaire, mais dans l'intimité de ce théâtre rococo, il
offre simplement à de jeunes exilés qui pourraient
être ses fils une séance de cinéma. À défaut d'être
sympathique — j'ai appris que cela n'avait guère de
sens pour un militaire —, il me semble proche. Cet
après-midi, nous sommes davantage ses enfants que
ses soldats.

Après son discours, nos applaudissements — les
premiers à son égard — prouvent que, quels que
soient le lieu ou le ton de sa harangue, nous sommes
dévoués à une cause que, seuls, nous avons choisie.
Désormais, il l'incarne pour nous.

Un carnet de bal, de Julien Duvivier, est un film
célèbre, dont je connais par cœur nombre de reparties. Je l'avais découvert pour la première fois à
Bordeaux, en compagnie de mon père. Certaines
scènes qu'il avait aimées, celles où joue Marie Bell,
le rendent brusquement présent.

Depuis notre rupture, je pense rarement à lui.
Aujourd'hui je m'interroge : comment vit-il l'humiliation de la défaite, lui qui a tant souffert de la Grande
Guerre ? Bien qu'il ne soit pas un militant des anciens
combattants et n'affiche jamais ses décorations, je
sais combien il a été meurtri par la déclaration de la
guerre de 1939, qui annulait le sacrifice de ses camarades, vingt ans seulement après le grand carnage

patriotique. Habite-t-il toujours à Bordeaux ? S'est-il réfugié en zone libre ? A-t-il appris mon départ ? J'espère secrètement qu'il approuve mon engagement.

Ces questions sans réponse se confondent avec les répliques des acteurs. Dans l'obscurité, j'oublie les événements de ces dernières semaines, jusqu'aux raisons qui m'ont poussé à m'expatrier : pourquoi donc suis-je à Londres, dans ce cinéma de quartier, à regarder un film que je connais par cœur ?

À la fin de la séance, en même temps que les lumières s'allument, un orgue jaillit de la fosse d'orchestre. Les variations brillantes qu'interprète l'organiste ressemblent à celles qui, jadis, accompagnaient joyeusement les sorties de messe, le dimanche.

Le départ du Général brise l'enchantement.

Nous nous rendons à pied à White Hall, l'hôtel de ville, sur lequel flotte le drapeau français. Comme à Falmouth, des dames accompagnées de jeunes filles nous distribuent une savoureuse collation. En fin d'après-midi, nous traversons Londres à pied, salués par les passants, jusqu'à Victoria Station.

Bien que fatigué, je contemple du train avec attendrissement ce paysage qui ne m'est plus étranger. Qui l'eût cru ? L'Angleterre est devenue ma seconde patrie[1].

---

1. J'ai vécu cette conversion sans jamais l'analyser, tant d'autres expériences ou évolutions intellectuelles m'ont occupé l'esprit les mois suivants. Si, aujourd'hui, je devais l'expliquer, je dirais que l'expérience quotidienne des relations avec les Britanniques, la communauté de nos buts (« vaincre les Boches » et libérer la France), peut-être aussi la perfection d'un été enivrant, se sont conjuguées pour que la réalité anéantisse les abstractions polémiques de mon éducation.

La commémoration de la fête nationale, empreinte d'une présence familiale incarnée par de Gaulle, a resserré les liens de notre étroite communauté. Nous sommes apparus pour la première fois, en public, pour ce que nous sommes : les volontaires de la dernière chance, les soldats de l'alliance franco-britannique.

Hélas, elle met aussi en évidence l'effectif dérisoire de notre armée de la revanche.

Lundi 15 juillet 1940

L'habit fait le moine

Grand jour pour la 1re compagnie : les Anglais nous distribuent uniformes et trousseaux.

Nos vêtements civils affichaient nos différences sociales. Ceux qui possédaient un costume, une cravate, étaient coupés de ceux qui avaient quitté la France en bras de chemise et sans bagage. Cette discrimination me choquait parce que nous étions tous les croisés d'un même idéal.

Malgré mon bonheur de revêtir l'uniforme, j'éprouve un sentiment ambigu. D'un côté, il est la marque d'un combattant à part entière, de l'autre il prolonge mes douze années d'uniforme dans les internats religieux.

La séance d'habillage se déroule en trois temps. Nous ôtons nos vêtements dans une salle où les officiers nous demandent de faire un paquetage de toutes les affaires civiles que nous souhaitons conserver. Nous passons ensuite sous la douche, munis de savon noir, puis pénétrons, nus, dans le magasin

d'habillage. Un sous-officier anglais préside à l'opération. Il observe chacun d'entre nous de haut en
bas et de bas en haut, puis hurle à la façon de l'armée
britannique un groupe de chiffres et de lettres correspondant à notre taille, qu'il estime à vue d'œil.
Étonnant : la plupart du temps son calcul est exact.

À l'uniforme s'ajoute un trousseau complet de sous-
vêtements et d'accessoires (brosse à dent, blaireau,
rasoir, peigne, brosse à cheveux, couteau, fourchette,
bouteille d'eau, gamelle, paquet de pansements, pèlerine antigaz, masque à gaz, casque, toile de tente,
sac marin et sac Bergam, dont nous sommes responsables et ne devons jamais nous séparer).

À aucun moment, nous ne manifestons de regret
pour l'uniforme des bidasses français, à la dégaine
caricaturale. Au contraire, l'anglais est fort élégant,
bien coupé dans un drap d'excellente qualité. Il se
compose d'un blouson serré par une ceinture et
d'un pantalon muni d'une vaste poche plaquée sur
la jambe gauche. Les chaussures en cuir noir, mon-
tantes et à bout arrondi, doivent être cirées. J'ai
remarqué dès mon arrivée en Angleterre combien la
tenue des soldats britanniques était soignée, avec
ces surprenants souliers dont l'éclat rivalise avec des
« vernis ». Je n'ai rien vu de tel en France, même
chez les civils. Je découvre bientôt que leur éclat
vient d'un savoir-faire minutieux : brûlage du cuir à
la flamme d'une bougie, salivage sur toute la chaussure, suivi du passage d'une crème de qualité, long
séchage et, pour finir, polissage musclé.

Vêtu de cet équipement élégant et pratique, mon
seul regret est l'absence du casque français, remplacé
par celui de l'armée anglaise. J'envie les légionnaires, coiffés, eux, de celui des « poilus », immortalisé
par les photos, les films et les monuments de la

Grande Guerre. Nous avons droit à un lot de consolation : on nous distribue les bérets des chasseurs
alpins, ainsi que leur écusson brodé d'un cor jon-
quille. Nos officiers les ont récupérés sur le stock de
l'expédition de Norvège demeuré en Grande-Bretagne.
Enfin, le mot « France », brodé en blanc sur fond
kaki, doit être cousu sur les manches du blouson
afin de nous distinguer des pays alliés et des domi-
nions.

L'après-midi est consacré au rangement de notre
équipement militaire, ainsi qu'au paquetage civil que
nous devons conserver séparément. Je range le mien
dans ma valise installée sous mon lit.

La transformation de mes camarades relève de la
fantasmagorie. Jusque-là, leur physionomie était inséparable des vêtements qu'ils portaient. Maintenant
que l'uniforme a aboli toute distinction, il ne reste
qu'un visage émergeant de cette étiquette sociale. Il
n'en prend que plus de relief, tandis que les corps
s'unifient, enveloppés par le drap kaki.

Pour la première fois, je comprends la raison d'être
de l'uniforme. Ce n'est qu'après quelques jours que les
différences reparaîtront. Rapidement, il se moule
sur la singularité des habitudes corporelles.

Au rapport du soir, la section prend une allure
martiale dont nous sommes très fiers.

Mercredi 17 juillet

Vive la paie !

Je ne me suis jamais préoccupé de la manière dont j'allais survivre en exil. J'ai toujours vécu sans préoccupation matérielle, ma famille pourvoyant à tout. Je n'ai pas non plus réfléchi au prix de l'existence que je menais, tant elle me semblait naturelle. Mes parents ne parlaient jamais d'argent. Je n'imaginais pas qu'un jour je devrais « gagner ma vie ».

Cette insouciance explique mon désintérêt pour les études, dont je ne comprenais pas l'utilité : j'avais sous les yeux l'exemple de mon grand-père Gauthier, qui vivait confortablement sans avoir jamais travaillé. Il possédait immeubles et propriétés, passait ses week-ends à la chasse, l'hiver sur l'étang de Biscarosse, l'été sur sa « pinasse » du bassin d'Arcachon.

Tandis que je me préparais à l'imiter, personne ne m'avait détrompé. Pourquoi aurais-je changé en arrivant en Angleterre ? Quelle n'est pas ma surprise lorsqu'on nous distribue notre solde, calculée à partir de notre engagement, le 1er juillet ! Quinze jours, soit 1 livre et 30 shillings. C'est la première fois de ma vie que je reçois une somme d'argent que j'ai « gagnée ».

J'en tire une grande satisfaction, car je découvre qu'elle a une valeur très différente de celle offerte par mes parents. Ne sortant pas et dépensant peu à la cantine, c'est une somme importante, qui s'ajoute au reste du pécule de mon beau-père.

Après l'uniforme, la paie marque mon intégration définitive dans l'armée, la vraie vie.

On nous attribue aussi un *Soldier's Service and Pay Book*, sur lequel notre solde est enregistrée, à côté d'autres renseignements, comme nos dates de promotion et notre situation sanitaire. Aucun d'entre nous n'ayant de papiers en règle, ni pour la plupart de passeport, le *Pay Book* devient notre seule pièce d'identité en Angleterre.

Il est accompagné de recommandations : nous en sommes personnellement responsables (*personally responsible*) et devons toujours le porter sur nous (*always carry*) afin de le produire à la requête des autorités militaires. Sur la page de garde, un « avertissement » (*all ranks*) est imprimé en lettres grasses : il énumère les règles de sécurité, comme de ne jamais avoir de discussion sur les questions militaires avec toute personne étrangère à l'armée (*be on your gard and report any suspicious individual*).

À l'occasion de l'établissement de ce document, nos supérieurs nous ont proposé de changer de nom. Cela concerne les volontaires craignant pour la sécurité de leur famille. C'est l'occasion pour moi de modifier mon état civil, ce dont je rêve depuis longtemps.

Au collège, mes professeurs et mes camarades estropiaient souvent mon nom difficile à prononcer parce que peu commun. Mon père en était fier parce que nous étions les seuls en France à le porter. Mais il y avait, pour moi, une raison plus impérieuse. Dès mon enfance, ma grand-mère Gauthier se moquait de ce patronyme imprononçable. L'identification à mon beau-père, substitut de mon père dans mes admirations d'adolescent, me poussait à adopter son nom.

Vers l'âge de dix-sept ans, j'avais fait imprimer des cartes de visite au nom de Cordier-Bouyjou.

Mon père les avait découvertes et m'avait rappelé sans acrimonie que mon nom authentique était le sien, Bouyjou. Il ne m'avait pas interdit d'utiliser le nom de ma mère, à condition de respecter l'ordre légal de présentation : Bouyjou-Cordier.

En Angleterre, grâce à l'offre de nos supérieurs, j'ai enfin réalisé mon vœu, sous le prétexte de ne pas mettre en péril mon père, qui vit en zone occupée : pour la première fois de ma vie, les deux noms sont accolés dans un document officiel[1].

Jeudi 18 juillet 1940

À quoi rêvent les plantons ?

Je suis désigné pour effectuer mon premier tour de garde, cette nuit, dans le local de la compagnie. Installé dans la pièce attenante au bureau du capitaine Lalande, mon rôle est de l'alerter par téléphone en cas de communication urgente.

La tâche n'est pas absorbante, mais il m'est interdit de dormir. Depuis l'installation dans le camp, nous vivons dans l'attente d'une invasion allemande. Pour occuper ma solitude, et n'ayant pas pris mon cahier, j'écris sur une feuille de papier du bureau ma « lettre » quotidienne à Domino.

Les thèmes n'ont pas beaucoup changé depuis mon départ : regret de ne pas avoir su lui exprimer mon attachement, tristesse de notre séparation, espoir du retour, fidélité éternelle...

---

1. Rapidement, je n'utiliserais plus que le second. Mon père mourut en 1943. À mon retour dans ma famille, en 1944, mon beau-père m'offrit de m'adopter. En 1946, je devins par décret Daniel Bouyjou-Cordier.

Romantique par nature, littéraire par curiosité, immature en toute occasion, je lui affirme qu'elle est le seul but de mon existence. Comment puis-je oublier que l'amour de la patrie m'a imposé de partir en sacrifiant ma passion pour elle ? Même si les deux sentiments sont de nature différente, je ne peux nier que le premier l'a emporté sur l'autre.

N'est-ce pas un remords que je psalmodie depuis lors ?

Depuis l'Olympia, je rencontre souvent Alain Rödel. Après la soupe, il a pris l'habitude de me raccompagner à ma *barrack*. Nous bavardons de tout et de rien, cherchant parfois à imaginer les réactions à la défaite de nos camarades de Saint-Elme.

Aujourd'hui, j'évoque Fred Anastay, qui ne m'a pas rejoint à Pau comme prévu. A-t-il trouvé un bateau à Saint-Jean-de-Luz, un passage par l'Espagne[1] ? A-t-il été arrêté par les Allemands ?

« Il avait une patience d'ange, me dit un soir Rödel.

— À quoi fais-tu allusion ?

— Tu as oublié ce que tu lui as fait subir ? Tu le torturais. Il acceptait tout en souriant, même au bord des larmes. »

Je rougis. C'est la première fois qu'un camarade évoque ce passé que je croyais secret. Brusquement, je me souviens que Rödel nous avait surpris un jour,

---

1. Cf. *supra*, p. 42. Après la Libération, j'appris qu'il avait traversé les Pyrénées en 1943 et s'était engagé dans l'aviation en Afrique du Nord.

en classe, alors que nous étions tous les deux seuls. Fred était assis, les jambes pendantes, sur un pupitre, tandis que je le frappais avec une règle sur ses genoux nus. En dépit de la souffrance visible, je n'obtenais pas le moindre gémissement de sa part, ce qui m'incitait à frapper de plus en plus fort. Seule la fin de la récréation avait marqué celle du supplice.

Rödel n'a rien oublié. En revanche, il ignore tout de Domino. Comment lui faire comprendre que mon passé de collégien solitaire est révolu et qu'aujourd'hui j'aime la plus belle fille du monde ? Le reste a-t-il jamais existé ?

Un soir, Rödel m'annonce : « Il faut que tu viennes dans ma *barrack*. Il y a un type qui t'intéressera. Il ne partage pas tes opinions, mais il est passionnant : c'est un professeur de Toulouse qui a écrit un livre savant.

— Un professeur ? Ce n'est pas ma tasse de thé.

— Tu as tort. Bien qu'il soit universitaire, il est très gentil. »

Quelques jours plus tard, je traverse le *parad ground* pour rejoindre Rödel. Sa *barrack* est presque vide. Assis sur un lit, entouré de quelques volontaires, un homme bavarde.

Rödel me présente : « Mon ami, Daniel Cordier. » L'homme me tend la main avec un regard amical : « Raymond Aron. »

Je suis étonné par son grand âge : il a au moins 35 ans.

La discussion n'a rien d'original : Fallait-il demander l'armistice ou partir en Afrique du Nord ?

Commencée à Anerley, répétée à l'Olympia, elle se poursuit à Delville Camp. Aron, attentif, écoute les arguments des uns et des autres. Nous étions tous partisans du transfert de l'armée en Afrique du Nord afin de poursuivre la guerre. Aron explique que la question essentielle n'est pas celle que nous posons, puisqu'il n'y avait pas, selon lui, d'autre solution pour la France que le départ en Afrique du Nord et la guerre jusqu'à la victoire.

Il expose l'incapacité des militaires à préparer la guerre de mouvement faute d'imagination dans le choix des armes et des stratégies, la démission des milieux politiques, qui ne représentaient plus rien au moment où il fallut décider de la survie de la nation. Enfin, on ne devait pas négliger le défaitisme des milieux bourgeois et capitalistes, qui craignaient par-dessus tout le danger communiste.

Accessoirement, Raymond Aron condamne le rôle néfaste de l'information. Muette jusqu'au dernier jour sur l'ampleur de la catastrophe, elle a laissé le pays dans l'ignorance du désastre, empêchant toute réaction populaire. À ses yeux, le symbole de ce désastre est la présence d'un seul général à Londres — « à titre temporaire », révèle-t-il —, qui a choisi, parmi toute l'armée française, l'unique attitude conforme à l'honneur et surtout à l'intérêt de la France.

« Il y a un mois que Pétain a demandé l'armistice. Les Allemands occupent la moitié du pays. Nous sommes ici une poignée de volontaires. L'armée française qui stationnait en Grande-Bretagne a rejoint avec armes et bagages le Maroc. Pourtant, c'est ici que se joue l'avenir de la liberté, de la démocratie. »

Il répond longuement à nos questions, à nos inquiétudes, d'une voix toujours égale. Sa simplicité et son style oral maîtrisé transforment les ténèbres en lumière. Je suis subjugué, mais ne dis mot, intimidé par ce débat serein auquel je ne suis guère habitué. Captivé, je me promets de revenir.

Peu avant l'heure de l'appel, le « vieux sergent » — c'est ainsi que je l'entends désigner — formule le pronostic que nous attendons tous : « Si Hitler ne débarque pas ici et n'est pas vainqueur cet été, il perdra la guerre. Mais la victoire n'est pas pour demain. En attendant, il n'y a pas d'autre voie que de préparer la bataille, ni d'autre issue que la victoire. »

Mot pour mot, c'était la thèse de Maurras avant son incompréhensible volte-face. Sans oser le dire à Rödel, je suis persuadé qu'Aron est maurrassien. Il a certes évoqué la démocratie, mais sans doute est-ce une formule oratoire.

Les deux jours suivants, je retourne voir Rödel à la compagnie des chars, où je le trouve immanquablement en train de bavarder avec Raymond Aron. Le professeur est le contraire de la caricature d'un intellectuel : simple, direct, courtois, empreint d'une gentillesse naturelle qui le rend attentif aux autres. Il m'accueille toujours avec un large sourire. Peut-être l'uniforme qu'il porte le rapproche-t-il de nous.

Curieux de tout et de tous, il me pose, un soir, la question rituelle entre nous : comment ai-je gagné l'Angleterre ? Une fois de plus je raconte mon départ de Bayonne, mes origines bordelaises — il a lui-même enseigné à Bordeaux pendant que j'y finissais mes études. Je ne saurais dire pourquoi « j'oublie » de mentionner mon activisme à l'Action française, dont je suis si fier. Sans doute parce qu'il m'intimide.

Intéressé par mon équipée, il évoque son propre départ de Toulouse à moto, balayant ainsi mes dernières préventions (je suis un passionné de moto). Il n'en faut pas plus pour que s'établisse entre nous une profonde connivence. Comme Rödel, il a embarqué à Saint-Jean-de-Luz sur le *Batorik*, bateau polonais. La variété de sa conversation, ses ressources inépuisables, sa clarté dans l'expression suscitent mon admiration sans réserve.

Sa vie dans le camp n'est pas la nôtre. Enfermé dans un bureau, il gère la comptabilité de la compagnie des chars. Il en est lui-même navré puisque, malgré son « grand âge », il s'était engagé, comme nous tous, pour se battre.

Le soir après la soupe, il aime se promener dans le camp ou dans la campagne environnante avec les quelques fidèles qu'il a séduits. En dehors de la moto et de Saint-Jean-de-Luz, un autre comportement nous rapproche : le goût de l'examen de conscience, le culte du doute. Plus inattendu, il nous questionne sur tous les sujets, comme si nous possédions d'instinct un savoir qui lui échappait.

Afin d'exister avantageusement à ses yeux, je lui signale que j'apprécie son talent d'écrivain : « J'ai lu avec passion votre livre *La Révolution nécessaire*. » Sans marquer d'étonnement, il répond : « C'est un ouvrage de mon cousin Robert. Cela ne rabaisse en rien la qualité de l'ouvrage, que j'apprécie comme vous. » Il ajoute : « Pour ma part, je suis plus modestement historien. »

Comprenant ma bévue, je rougis et tente de me rattraper en lui révélant que je connais aussi son livre *La Philosophie de l'histoire*, dont j'avais lu un compte rendu élogieux dans *Combat*. Surpris, il me regarde attentivement : « Ça vous a intéressé ? » Je rougis à nouveau. Il comprend que je ne l'ai pas lu et, sans un mot, change de sujet.

En fin de journée, j'écoute tous les jours la BBC sur ma radio. Beaucoup d'entre nous ne s'y intéressent pas, préférant se plonger dans la vie anglaise. Est-ce l'éloignement de mon pays, ma vie à l'étranger ? Les informations venant de France m'apparaissent fades, sans consistance. Elles me semblent appartenir désormais à une autre histoire.

J'ignore presque tout des hommes et des péripéties qui ont imposé l'armistice à Bordeaux et des événements survenus par la suite. J'ai appris, il y a quelques jours, que le gouvernement s'est installé à Vichy. Le gouvernement de la France est, pour nous, à Londres : il s'appelle de Gaulle. Pourtant, presque aucun d'entre nous n'a entendu l'appel du 18 Juin du général de Gaulle.

Aron semble connaître le Général, du moins son œuvre. Il nous révèle que ce spécialiste des blindés était le seul à comprendre les exigences de la guerre moderne, ignorées par les chefs qui ont gagné la Grande Guerre, à commencer par Pétain et Weygand, responsables de l'impréparation de cette guerre et du désastre.

La réunion de l'Assemblée nationale à Vichy, le 10 juillet, a voté les pleins pouvoirs à Pétain. Le lendemain, il a aboli la République, ce qui m'a rempli de joie.

Dimanche 21 juillet 1940

Corvée de charbon

Une des premières corvées dans le camp est celle du charbon. Nous devons le charger dans un entrepôt à l'extérieur, puis le livrer aux cuisines.

Lorsque Saulnier demande des volontaires, toute la chambrée lève le bras[1]. Je suis choisi, avec deux camarades. Toute la journée, nous sommes occupés à cette tâche inconnue. À 5 heures, pour la soupe, nous ressemblons à des ramoneurs.

Avec mes deux acolytes, boute-en-train de l'arsenal de Brest, nous sommes commandés par le caporal-chef Yvon Morandat, rescapé de Norvège. Comme ses camarades ralliés à la légion de Gaulle, c'est un mythe vivant. Réserviste comme nous, il révèle un comportement peu militaire, se faisant obéir grâce à son humeur espiègle, qui nous enchante.

Morandat parle librement de tout, nous questionne sur nos antécédents, curieux surtout de nos opinions politiques. Mes camarades sont socialistes, partisans du Front populaire. L'un d'eux est un ardent militant de la SFIO[2]. Depuis Laborde, je suis vacciné contre ces horreurs.

Pendant que nous chargeons le charbon dans un camion, le caporal-chef les écoute raconter leurs souvenirs de grèves et de combats en faveur des congés payés, conquis grâce au Front populaire. Vient mon

---

1. Ce détail, qui est demeuré présent dans ma mémoire, est significatif de ce que furent notre fanatisme et notre unité : il en fut ainsi durant les premiers mois. À partir de novembre 1940, la vie militaire reprit progressivement ses droits.
2. Section française de l'Internationale ouvrière.

tour. Morandat se montre surpris lorsque j'avoue que j'appartenais aux Camelots du roi et que Charles Maurras était mon maître : « Pourquoi es-tu venu ici, puisque l'Action française a rallié Pétain et que Maurras est la caution du nouveau régime ? » Il m'est facile de répondre à la première question : « Je refuse l'esclavage des Boches. » Quant à ma motivation réflexe, je n'ose évoquer l'« amour de la patrie », par crainte du ridicule devant mes camarades de l'Internationale...

Je ne connais l'engagement actuel de Maurras que par bribes. Les informations de la BBC sont succinctes, et je n'ai encore jamais entendu prononcer son nom accolé à celui de Pétain. L'affirmation de Morandat est-elle exacte ? Fin juin, le consul de Vichy l'a déjà affirmé. En tout cas, il n'est pas à Londres. Ma première déception passée, Maurras demeure mon guide. Par qui pourrais-je le remplacer ?

« En tout cas, je suis sûr que Maurras était contre l'armistice.

— Je peux t'affirmer que lui et son équipe ont emboîté le pas à Pétain et tirent à boulets rouges sur de Gaulle et les Anglais.

— Même s'il n'est pas à Londres, je sais que de Gaulle est un de ses disciples. Et puis, pour préparer le retour du roi, Maurras est sans doute plus utile à Vichy qu'ici.

— Il est possible que de Gaulle ne soit pas républicain, mais en tout cas il n'a jamais rien dit ni écrit en faveur de la monarchie. »

Manquant de munitions pour ce qui concerne les opinions de De Gaulle, je ne réplique rien.

Mes camarades ont arrêté de travailler et me considèrent avec une sorte de stupeur, comme si j'étais un énergumène. Depuis que j'ai rejoint l'Angleterre, c'est ma première embardée politique. Jusque-là, je n'ai guère mentionné mes opinions, sauf pour dénoncer les carences de la IIIe République, la trahison des parlementaires et l'incapacité des militaires, ce qui n'est guère original. Tous, nous sommes d'accord sur ce point. Au-delà de ce commun dénominateur, chacun conserve ses opinions par-devers lui et ne s'en ouvre qu'entre amis sûrs, comme je le fais avec Philippe.

J'ai envie d'effacer cet incident pour ne pas troubler l'entente qui règne entre nous depuis le premier jour. Après un silence, je proclame : « L'important est de vaincre les Boches et de rentrer chez nous. Après on verra. » Jusqu'au soir, chacun fait silence sur le sujet.

Retournant dans la chambrée, l'un des deux ouvriers, dont le lit est dans la rangée opposée, me prend en aparté : « Je ne comprends pas pourquoi, avec la vie heureuse que tu menais en France, tu es venu en Angleterre risquer ta peau contre les Boches ? » Cette phrase me serre le cœur : elle laisse entendre que, s'il avait été riche, il ne serait pas ici.

Le lieutenant fait diversion en entrant dans la chambrée. Il nous annonce l'accélération de notre instruction : nous devons être prêts à combattre dans un mois, au plus.

Rien ne peut nous réjouir davantage. Cette nouvelle stimule notre application dans l'apprentissage de la guerre. Nous allons tous à la cantine fêter cette annonce qui rapproche le jour de la vengeance.

Je note dans mon cahier :

> *21 juillet. Nous commençons vraiment la guerre. Dans un mois, il faut que nous soyons [prêts], alors ça barde.*

Dans la *barrack*, à l'exception d'un ch'timi, de Berntsen, de Montaut, de Bott et de moi, tous les autres sont bretons. La majorité d'entre eux habite Brest ou les environs. J'observe une solidarité de terroir, que je n'ai jamais connue à cause de la dispersion de ma famille, brouillant les pistes entre la Gascogne, le Pays basque et le Béarn.

Après quelques semaines de cohabitation, je comprends que la différence entre nous n'est pas seulement de classe ou de culture, mais de caractère. Je suis habitué, depuis toujours, au verbe coloré du Sud-Ouest, accompagné d'une convivialité souriante. Les Palois René Bott et André Montaut, dont l'exubérance naturelle contraste avec le sérieux des Bretons, en sont l'exemple vivant.

Une certaine rugosité de leur part m'a surpris au début. Il me faut du temps pour m'y habituer et découvrir, jour après jour, les qualités de leur caractère inébranlable. À mesure que je les pratique, je me sens en sécurité à l'idée de combattre à leur côté : ils ne plieront jamais. Avec eux, je suis sûr de vaincre.

Un soir, un sujet futile et imprévu provoque un premier accrochage. Après la soupe, nous sommes quelques-uns à jouer aux cartes ou à converser dans la chambrée. Briant, passionné de scoutisme, me raconte les détails du camp qu'il a effectué l'année précédente à Hendaye en compagnie de scouts bretons, et dont il m'a déjà confié le souvenir ébloui.

Au cours de la conversation, je lui demande s'il connaît *Bécassine au Pays basque*. Cette bande dessinée poétique était le mythe de mon enfance. Sur le lit, en face de moi, Léon, un jeune paysan breton affairé à lustrer ses chaussures en chantonnant, se redresse au nom de Bécassine et m'apostrophe vivement : « Qu'est-ce qu'elle t'a fait Bécassine ? Elle t'emmerde ! » Je proteste, mais il réplique avec violence : « Tu as tort de croire que les Bretons sont des cons. Ils sont plus intelligents que toi.

— Je n'ai jamais dit ni pensé que les Bretons ne sont pas intelligents.

— Tu parles de Bécassine, c'est la même chose. Tu méprises les Bretons. C'est une insulte, une invention de Juifs comme toi pour ridiculiser les Bretons. Les Bretons vous emmerdent, et ils vous le prouveront.

— Mais je ne suis pas juif.

— Peut-être, mais tu es parisien, c'est la même chose. On vous aura. »

À côté de moi, Berntsen, qui n'a dit mot durant l'altercation, s'amuse visiblement. Avec son flegme habituel, il intervient : « Écoute, il faut avoir pitié de Cordier, il est le seul Parisien ici, alors que nous sommes tous bretons. Ce n'est pas de sa faute s'il est juif. »

Incrédule sur ce que j'entends, je regarde Berntsen dont les yeux brillent de malice. Sans se démonter, il allume la radio : le carillon de Big Ben annonce les informations de la BBC, qui mettent un terme à ce dialogue absurde.

En faisant chorus contre moi, la chambrée m'a fait découvrir une blessure incompréhensible mais profonde dans l'honneur des Bretons. Jamais plus durant la guerre je n'évoquerai ma chère Bécassine.

Vendredi 26 juillet 1940

La tragédie du Meknès

Nous apprenons qu'avant-hier soir, 24 juillet, le bateau français le *Meknès*, quittant l'Angleterre, a été coulé par les Allemands. Il était chargé de mille cinq cents soldats et civils français ayant choisi de rentrer en Afrique du Nord. On compte quatre cent cinquante noyés. C'est ce même bateau qui avait amené en Angleterre les chasseurs alpins de Norvège et quelques-uns de mes camarades bretons !

Comme après Mers el-Kébir, je n'ai aucun chagrin pour les morts. Leur défection est impardonnable : je regrette seulement qu'ils ne se soient pas tous noyés. Leur refus de combattre pour délivrer la France mérite le châtiment suprême[1].

Je note dans mon cahier :

Faire la guerre n'est plus que cela : attendre. Attendre la relève, attendre les lettres, attendre la soupe, attendre le jour, attendre la mort... et tout cela à son heure : il suffit d'attendre (Roland d'Orgelès [sic]).

1. Deux de nos camarades, Beaugé et Boiley, reconnurent un matin sur le *parad ground* un sergent qu'ils avaient rencontré à Anerley School. Lors de la visite du consul de Vichy, il avait demandé son rapatriement d'urgence à Casablanca et avait refusé de s'engager dans la légion de Gaulle. Revenu à Londres après le naufrage, il imita la plupart de ses camarades et signa l'acte d'engagement qu'on lui proposait. Fin juillet, ils arrivèrent à Delville Camp. L'histoire fit le tour du camp, et ils furent désignés sous le sobriquet de « Mecs-Nénès ».

Dimanche 28 juillet 1940

Alerte et instruction

Ce soir, nous vivons notre première alerte aérienne.

Delville Camp est situé à deux kilomètres à vol d'oiseau de la piste d'envol de l'aérodrome militaire de Farnborough. Depuis notre arrivée, nous entendons le va-et-vient des avions atterrissant à notre gauche ou décollant à notre droite. C'est une cible de choix pour les Allemands.

Pour la plupart d'entre nous, c'est le baptême du feu. Les officiers nous font sortir de nos *barracks* et rejoindre, en rangs et en silence, les tranchées creusées aux abords immédiats par les Canadiens. Cela nous rappelle que l'Angleterre est une forteresse assiégée et que notre première mission est de la défendre.

Loin de la capitale, le décor champêtre propice aux grandes vacances et le temps radieux de l'été 1940 nous masquent la réalité dramatique. Sous le commandement d'officiers souvent aussi jeunes que nous, notre entraînement a des allures de « grand jeu ».

C'est pourquoi les bombes qui arrosent la campagne alentour nous paraissent inoffensives. C'est ça la guerre ?

Mardi 30 juillet 1940

« En cas d'accident »

À la suite du recensement de notre bataillon, les officiers nous demandent l'adresse de nos familles ou de la personne à prévenir, « en cas d'accident ».

À cette occasion, j'écris une lettre, courte et sans grandiloquence. Je remercie ma mère de m'avoir donné la vie que je sacrifie à la France ; ma grand-mère pour l'enfance heureuse qu'elle a protégée ; mon beau-père parce qu'il m'a permis de choisir mon destin en quittant la France.

Tandis que je lègue mes affaires à ma famille, je prescris à ma mère de remettre mon journal à Domino. Je n'ose lui avouer que ma dernière pensée serait pour cette jeune inconnue... C'est ce que j'écris à Domino dans une lettre accompagnant celle à mes parents.

Cet après-midi, l'âme du bataillon rejoint durant quelques heures son passé, en France.

Mercredi 31 juillet 1940

Delville, quotidien de l'exil

Cadre immuable de mon existence : à 6 heures, le clairon me réveille tandis que mon chef de groupe, le sergent Goudenove, entre dans la chambrée en criant : « Debout là-dedans ! » Il arpente l'allée centrale en secouant nos lits.

Les chasseurs désignés la veille pour la corvée de « jus » s'habillent en hâte et partent aux cuisines

chercher pain et café. Pendant ce temps, après
avoir plié couvertures et matelas, nous nous précipitons aux lavabos pour une toilette sommaire.

Revêtus d'un flottant et d'un tee-shirt pour l'instruction physique, nous avalons le casse-croûte. Le
sergent nous entraîne alors à la queue leu leu courir
entre les *barracks*, en sautant par-dessus les
tranchées-abris. Après dix minutes à ce rythme,
nous revenons nous changer afin d'être au pied de
nos lits à 7 heures en tenue d'exercice.

Cette première séquence de la journée s'effectue
dans la bousculade : certains chasseurs couchés tardivement éprouvent quelque difficulté à s'éveiller.
Pour moi au contraire, c'est un moment euphorique :
l'internat m'a habitué à me lever et à me coucher
tôt. Le miracle se répète chaque jour.

À 7 heures précises, le lieutenant pénètre dans la
chambrée pour l'inspection. Nous attendons au garde-
à-vous au pied de nos lits, équipés pour l'exercice.
Saulnier, complexé par son visage d'adolescent, prend
un air sévère en passant lentement dans l'allée centrale. J'appréhende qu'il ne remarque quelque oubli.

Au coup de sifflet, la 3e section se forme devant le
baraquement puis, au pas cadencé, rejoint la 1re compagnie sur le *parad ground*. Le capitaine Lalande nous
salue, tandis que le lieutenant de semaine ordonne :
« Présentez armes ! »

Le chef de bataillon Hucher arrive enfin à 8 heures.
Après la présentation des trois compagnies, l'entraînement commence.

Depuis mon arrivée à Delville, le programme a
évolué. L'école du soldat (alignement, pas cadencé,
etc.) commencée à l'Olympia s'est achevée rapidement. Elle est relayée par l'école de groupe, qui

organise la cohésion de douze hommes au cours d'une action efficace.

Le sergent Goudenove, mon chef de groupe, se dépense sans compter. Quant à Saulnier, il s'est mis en tête de faire de nous la meilleure section du bataillon. Nous obéissons avec une ardeur qui étonne nos officiers, tant nous sommes stimulés par la perspective d'une bataille prochaine.

De la vie militaire, j'ignore tout, à l'exception de ce que m'ont appris mes lectures sur la Grande Guerre. Je ne me suis encore jamais posé de questions sur la façon de transformer un civil en soldat. C'est la découverte permanente d'une activité épuisante, mais accompagnée de joies intenses.

Nous quittons le camp dans la fraîcheur des matins, déambulons sur les chemins sablonneux alentour, traversons des bois de pins, truffés de buissons de genêts. Le silence n'est troublé que par nos conversations. Dans la chaleur et la lumière de cet été rayonnant, les manœuvres évoquent les promenades du dimanche à Saint-Elme, d'autant plus que, les premiers temps, elles s'effectuent sans équipement et sans arme. La chaleur aidant, nos officiers nous conduisent, non loin du camp, au bord d'un lac pour nous baigner.

Les marches, assez courtes au début, nous entraînent vite loin du camp : dix, vingt, trente kilomètres... Nous découvrons dans cette poétique campagne un piège imprévu : les bornes kilométriques et les poteaux indicateurs ont été enlevés par crainte des parachutistes. Il en va de même des noms des gares et des villages.

Lorsque, par malheur, nous nous égarons, les paysans, villageois ou clients des pubs isolés refusent de nous indiquer la direction de notre camp, qu'ils feignent d'ignorer. Bien que la population fraternise sans réserve avec les populaires *Free French*, la moindre question sur l'orientation à l'intérieur du pays les rend soupçonneux.

En dépit de cet inconvénient, j'admire le civisme de ce grand peuple, la spontanéité de son comportement, le respect des consignes de sécurité, qui sont autant de manifestations de sa volonté farouche de défendre l'île. Cette mobilisation générale est couronnée par celle des « vieux », qui prennent leur rôle très au sérieux au sein de la *Home Guard*[1].

Mon admiration augmente encore lorsque je me rends compte des vertus de cette armée, au hasard de nos manœuvres. Elle se montre fort disciplinée et superbement équipée d'engins robustes et neufs, dont la nouveauté m'étonne.

Au gré de nos marches, nous découvrons les champs plantés de poteaux antiplaneurs, les routes barrées de rails antichars, de chicanes, de barbelés, tandis que les blockhaus en construction contrôlent les croisements et transforment le pays en camp retranché.

Les exercices s'achevant à midi, nous rentrons au « pas de route » jusqu'aux environs du camp. Avant d'y pénétrer, la section s'arrête pour reformer ses rangs. Sous l'œil critique de Saulnier, nous mettons l'arme sur l'épaule pour pénétrer au pas cadencé dans Delville, tandis que la sentinelle nous présente les armes.

À la cantine, nous profitons de la nourriture fran-

---

1. Officiellement appelée LDV (*Local Defence Volunteers*), la British Home Guard était une milice de défense regroupant pendant toute la durée de la guerre un million et demi de volontaires inaptes au service militaire, principalement en raison de leur âge. Elle devait seconder l'armée régulière en cas d'invasion du pays.

çaise abandonnée par l'expédition de Norvège. Je
cède ma part de vin rouge — imbuvable pour un
Bordelais —, d'autant qu'il semble trafiqué et
dégage parfois des effluves d'éther. Après déjeuner,
nous avons une heure de liberté, que nous passons
à la cantine ou dans la chambrée, avant de reprendre l'exercice à 2 heures.

Le programme de l'après-midi se déroule à l'intérieur du camp : maniement d'armes sur le *parad
ground*, étude du règlement ou de l'armement, exercices d'alerte avec masque à gaz et pèlerine anti-
ypérite, entretien de l'armement ou apprentissage
de chansons de marche.

À 5 heures, le clairon sonne la soupe, et le bataillon
rejoint la cantine. Après quoi, des groupes se forment selon les affinités. Certains flânent à l'intérieur
du camp pour profiter de la douceur de cet été
« méditerranéen ». D'autres assistent à la séance
quotidienne de cinéma ou se rendent à Cove.

Je fais partie des rares chasseurs que la fatigue
ou la nostalgie retiennent au camp. Je me promène
seul ou avec des camarades ou bien m'allonge sur
mon lit dans la chambrée.

Lorsque je suis incapable de fixer mon attention
sur un livre ou de griffonner sur mon cahier, j'écoute
la TSF ou rêvasse. Mes camarades extérieurs à la
section (Cullier de Labadie, Rödel, Marmissolle et
d'autres) viennent souvent me voir ou m'invitent
dans leur *barrack*.

Je traverse alors le *parad ground* et pénètre dans
la *terra incognita* qui regroupe l'artillerie, les chars
et le train des équipages. Bien que j'y rejoigne des
amis d'enfance, le milieu dans lequel ils vivent m'est
étranger : la 3e section de la 1re compagnie marque
les limites de mon univers.

Jeudi 1er août 1940

Tête-à-tête avec de Gaulle

Quinze jours après l'invitation du général de Gaulle au cinéma, nos supérieurs nous annoncent sa visite au camp en compagnie d'un général anglais. Elle nous paraît le signe avant-coureur des promesses de nos officiers : la poudre va parler.

Après l'inspection du défilé devant le Général, cinq volontaires de notre section sont appelés au PC du commandant Hucher : Briant (père blanc), Gouvernec (séminariste), Léon (cultivateur), Podeur (saint-cyrien) et moi (journaliste). Le Général souhaite nous rencontrer individuellement.

À l'heure dite, nous attendons dans la petite pièce attenante au bureau. Briant entre le premier. Dans ma tête, tout se bouscule : correction de ma tenue, salut en claquant les talons, formule de présentation cent fois répétée : « Chasseur Cordier, 1re compagnie, 3e section, à vos ordres mon général ! » Je crains de trébucher sur les mots ou de les énoncer en désordre, pis encore d'en oublier les termes exacts. En dépit de mes efforts, je n'ai pas le temps de mettre de l'ordre dans ce tohu-bohu : « Suivant ! » annonce le secrétaire. Alphabétiquement, c'est moi.

En entrant dans la pièce, je découvre le général de Gaulle assis derrière une petite table. Est-ce le même homme qui, il y a quelques instants, nous regardait défiler avec hauteur ? Comme au Victoria Theater, il est tête nue, massif, le regard inquisiteur, les mains posées devant lui sur la table. Je suis terriblement intimidé, alors que je ne l'étais pas à l'Olympia ou sur le *parad ground* tout à l'heure. Ce terrifiant tête-à-tête est la plus grande épreuve de ma vie : j'oublie pourquoi je me trouve devant lui.

Dans un état somnambulique, tout s'enchaîne mécaniquement : salut, claquement des talons, formule. Bien que son visage demeure inerte, j'entends « Bonjour, Cordier » et m'éveille brusquement. Mieux encore : il me regarde avec une attention bienveillante.

« Que faisiez-vous en France ? » Je n'ose annoncer le titre ronflant de journaliste dont je me pare depuis mon arrivée en Grande-Bretagne :

« Étudiant, mon général.

— Quelle discipline ?

— Journalisme.

— Quand êtes-vous arrivé en Grande-Bretagne ?

— Le 25 juin, mon général.

— Pourquoi vous êtes-vous engagé ?

— Pour libérer la France.

— Avez-vous un souhait à formuler ?

— Combattre le plus tôt possible, mon général.

— Ne vous inquiétez pas, votre vœu sera exaucé. Nous nous reverrons bientôt. Au revoir, Cordier. »

Dans une extase identique à celle des apôtres écoutant la parole du Christ, je reçois celle du Général. Puis je rentre brusquement dans la réalité, mais l'épreuve n'est pas à son terme. La manœuvre, récemment apprise, qu'un soldat doit exécuter pour sortir d'une pièce sans tourner le dos à son supérieur tout en le saluant une dernière fois m'apparaît plus risquée que l'escalade du pic du Midi d'Ossau par la face nord. De nouveau, je l'exécute dans un état second.

Durant le retour au baraquement, je ne comprends

plus pourquoi j'avais été déçu par la froideur du Général à l'Olympia. Je découvre au contraire une sollicitude amicale : parmi tant d'autres, il s'est souvenu de mon nom ! Je cours presque pour rejoindre la chambrée et claironner cet événement mémorable.

François Briant m'a devancé. Entouré et questionné par tous, il raconte, avec calme et simplicité, sa comparution devant de Gaulle : son déroulement est identique à celui que j'avais cru unique. Interrogé à mon tour par mes camarades, je joue la modestie :

« Qu'est-ce qu'il t'a dit ?

— Oh, ce qu'il demande à tout le monde : il m'a demandé ce que je souhaitais.

— Et qu'as-tu répondu ?

— Ce que tout le monde répond : me battre le plus tôt possible. »

Vendredi 2 août 1940

Légionnaires d'un film d'aventures

Le camp de Morval jouxte Delville. Les noms des deux camps ont été choisis en souvenir de deux villages français où les troupes sud-africaines avaient combattu durant la Grande Guerre. La 13e demi-brigade de la Légion étrangère y est installée.

Des barbelés nous séparent des légionnaires, comme le serait un camp de louveteaux d'un bagne. Spectaculairement décorés, on dirait qu'ils s'efforcent tous de ressembler aux personnages de films, mythes de l'héroïsme et des amours tragiques. Pour nous, ils demeurent les modèles inaccessibles du courage.

Le colonel Magrin-Verneret commande les deux camps formant la 1re brigade de la Légion française. Il exhibe lui-même une panoplie de décorations qui impose l'admiration. Quand il passe, en boitant légèrement, nous sommes béats et tremblants.

Parfois, après la soupe, nous nous promenons le long de la clôture des deux camps. Désœuvrés, nous humons un parfum d'aventure. Nous observons les légionnaires bronzant au soleil, torse nu, et admirons leurs tatouages, qui nous semblent le comble d'une inaccessible virilité.

Attirés par notre jeunesse, certains d'entre eux s'approchent et racontent, à travers le grillage, des aventures rocambolesques qui nous enfièvrent. D'autres nous regardent avec un mépris persifleur qui fouette notre désir de les égaler.

Cette vision romanesque de la Légion masque une réalité cruelle. L'un de nous, Mahé de la Villeglé, raconte avec humour l'expérience dont il vient d'être l'acteur à l'occasion de la visite du général de Gaulle.

Sa section avait été chargée de monter la garde à l'entrée du camp de Morval pour remplacer les légionnaires. Certains d'entre eux, incarcérés au poste de police, s'estimèrent humiliés d'être gardés par des « bleus ». Lorsque le lieutenant Labaume, officier de jour, vint inspecter le poste, ils l'insultèrent copieusement. Le lieutenant fit appel à la légion pour ramener l'ordre. Le colonel Magrin-Verneret vint en personne et piqua une grosse colère. Désignant les jeunes chasseurs, il dit aux agités : « Ce sont des militaires, comme vous. »

Il fit conduire les légionnaires récalcitrants dans une pièce d'environ quatre mètres sur six, dont il confia la garde renforcée au groupe de la section Labaume : fusil-mitrailleur devant la porte, sentinelle

du côté des impostes. « Si ça bouge, vous tirez »,
dit-il à Villeglé. Celui-ci nous raconte la suite :

« J'étais au fusil-mitrailleur. À l'intérieur, ça
menait une sarabande infernale. Nous n'avions pas
encore été au pas de tir, et nous étions donc très
gênés de nos personnes. Sur ma droite, Lossec
veillait, armé d'une "canne à pêche" [ancien modèle
de fusil qui nous équipait]. Soudain, je le vois
épauler. Au bout d'un temps interminable, il tire.
Silence immédiat et définitif. Lorsque nous avons
porté la soupe, les légionnaires avaient une espèce
de considération pour nous. Le plus ennuyé était
Lossec. À l'imposte en face de lui, un individu le
narguait, lui faisant des grimaces épouvantables :
pour qu'il reste tranquille, Lossec avait épaulé et
visé à côté. Mais son inexpérience et le ballant de
la "canne à pêche" l'avait fait tirer à quelques centimètres de la tête de son tortionnaire, qui n'avait
pas demandé son reste, admirant la précision du
tir. »

Dimanche 4 août 1940
Retour de l'enfant prodigue

Depuis mon assistance à la messe à Anerley School
j'ai attendu quarante jours pour en tirer la conclusion. Enfin hier, j'ai accompli l'acte d'allégeance
d'un catholique : après trois ans de bravade, je me
suis confessé dans la petite chambre aux murs blancs
de l'aumônier militaire. Confession du plus grave
des péchés de mon existence : l'apostasie.

Enfin réconcilié avec Dieu et moi-même, je communie aujourd'hui dans la béatitude d'une pureté reconquise.

La foi militante de nombreux chasseurs accompagnée de celle de nos officiers m'encourage. Le capitaine Lalande et le lieutenant Dupont, entre autres, sont présents à la messe. Ce dernier a acquis une réputation de sainteté parce qu'il manifeste un dévouement de boy-scout à l'égard de sa compagnie, mais aussi parce qu'il place notre croisade dans la perspective d'une rédemption chrétienne.

Je peux écrire moi aussi dans mon cahier :

> *J'engage toutes mes forces et toute ma vie à ce seul but : refaire une France libre et chrétienne. [...] Je promets à Dieu de réaliser dans ma vie un christianisme intégral et de rétablir l'ordre chrétien en France.*

J'ajoute :

> *Seigneur donnez-moi la force de combattre ; la victoire est à vous seul.*

Lundi 5 août 1940

Le drapeau de la liberté

Trois semaines après notre arrivée, un mât est installé au centre du *parad ground* afin d'exécuter le salut aux couleurs. J'ignore cette cérémonie, à laquelle je n'ai jamais assisté. Intense moment de fierté : tandis que nous présentons les armes, le drapeau français monte au son du clairon, lentement, le long du mât.

À l'exception du 14 Juillet, notre existence depuis notre arrivée se déroule au milieu des drapeaux anglais. Aucun symbole dans le camp ne signale notre nationalité. Seules les cocardes des avions de l'aérodrome voisin me donnent l'illusion d'être en France. Nous sommes enfin chez nous : la France de l'honneur, et non plus des exilés apatrides.

Vendredi 9 août 1940

Les Boches débarquent ?

Comme souvent, je me couche tôt. Plongé dans mon premier sommeil, je n'entends pas l'appel de 9 heures. Une demi-heure plus tard, je suis réveillé en sursaut par le lieutenant Saulnier qui parcourt l'allée centrale, secouant les lits et criant : « Debout ! Rassemblement dans cinq minutes en tenue de campagne ! »

Quelle heure est-il ? 9 heures et demie ! Dehors, c'est le début du crépuscule : j'ai dormi une demi-heure. Bien qu'ensommeillé je mobilise mon énergie pour m'équiper, persuadé qu'à cette heure, ce ne peut être que le rendez-vous attendu avec les Boches. Enfin ils débarquent ! Nous allons nous battre, côte à côte, en compagnie des troupes britanniques, qui, depuis des semaines, manœuvrent sur les mêmes terrains que nous.

Quel sera notre objectif ? Peut-être devrons-nous défendre l'accès au camp ? La proximité de l'aérodrome de Farnborough me fait croire que nous aurons à combattre des parachutistes.

Quelques minutes plus tard, rassemblé sur le *parad*

ground dans un ordre parfait, le bataillon s'ébranle en silence. Attentifs aux ordres transmis à voix basse, nous entrons dans les bois environnants, terrain de nos exercices quotidiens. Après quelques kilomètres, le lieutenant nous déploie sur une ligne de front, chaque chasseur ayant un secteur précis à surveiller.

Le sergent Goudenove m'installe sur un talus en surplomb, allongé sur le sable, au milieu des broussailles, d'où je dois observer un chemin faisant une courbe devant moi. La nuit nous enveloppe maintenant. La soirée a la douceur de celles du Pays basque.

Peu à peu mes yeux s'habituent à l'obscurité. Je scrute ardemment le secteur indiqué. Le temps passe dans un tel silence que je me crois bientôt seul au milieu des landes. Suis-je abandonné par mes camarades ? Je suis si excité à l'approche du danger que je n'ai plus sommeil : le moindre froissement de feuillage me dresse sur le qui-vive.

Je suis d'autant plus accroché à mon fusil que je n'ai jamais tiré un coup de feu de ma vie. Nous ne sommes pas encore allés au stand de tir : il n'y a que quelques jours qu'on nous a distribué nos armes avec quelques cartouches. Nos officiers nous ont simplement appris, en vue d'alertes éventuelles, à serrer fortement la crosse de notre arme contre notre joue afin de ne pas recevoir de « claque » lors de la mise à feu.

Une étoile filante illumine lentement le ciel. Je formule le vœu qui me hante : « Faites que nous nous aimions toute la vie. » Une nouvelle étoile troue l'obscurité : « Je voudrais tuer au moins un Boche ce soir. »

Soudain un cri fuse non loin de moi qui me fait sursauter. Les Boches ?

Le lieutenant est devant moi et crie : « Fin de

l'alerte ! Rassemblement de la 3e section derrière moi. » Comme un écho, l'ordre se répète de proche en proche. Des ombres se lèvent de tous côtés, reformant la section derrière le lieutenant, dressé au milieu du chemin.

Notre retour est plus silencieux encore que notre arrivée : frustration d'un rendez-vous manqué. Nous avons cru naïvement au bonheur de la guerre, quand ce n'était qu'un exercice de nuit. Les félicitations que nous adresse le lendemain le commandant Hucher nous sont de piètre consolation.

Samedi 10 août 1940

Les vingt ans d'un proscrit

En rentrant dans la chambrée, aux alentours de minuit, nous n'avons plus sommeil. Nous reprenons espoir en échangeant nos impressions : cet exercice préparatoire prouve que le vrai débarquement allemand s'effectuera les prochains jours. Chacun expose sa théorie avec volubilité.

Tandis que Berntsen écoute la TSF, Briant grignote une barre de chocolat et Léon astique ses chaussures... Je prends mon cahier pour noter ce que je suis seul à savoir : depuis minuit, j'ai vingt ans. Pour marquer ce jour, je recopie une phrase de De Gaulle :

Ne valent, ne marquent, ne comptent que les hommes qui savent penser, vouloir, agir au rythme précipité de la catastrophe qui nous mène.

Lundi 12 août 1940

Désigné chauffeur, une planque

Courant août, notre section est dotée de trois camionnettes Peugeot récupérées sur le stock de l'expédition de Norvège. Ma vie en est modifiée.

Je suis l'un des rares volontaires à posséder un permis de conduire. Je suis donc affecté au véhicule attribué à mon groupe, avec pour mission de l'entretenir. À l'occasion de certains exercices d'ensemble de la compagnie, je transporte le groupe. Je dois aussi faire l'instruction d'apprentis conducteurs, expliquer le fonctionnement du moteur, les pannes courantes, etc.

Avant de nous lancer sur les routes, périlleuses à cause de la conduite à gauche, j'emmène mes élèves en forêt. Dans les parties débroussaillées, je les entraîne à manœuvrer entre les arbres. Comment n'ai-je pas laissé une aile ou une partie de la caisse dans ces figures ? Sans doute est-ce le secret des innocents.

Sur la route du départ ou du retour, nous croisons des convois de véhicules anglais tout-terrain flambant neufs. Les soldats anglais nous font des signes amicaux au passage, bien qu'ils soient surpris par l'aspect rachitique de nos camionnettes, dont seul le camouflage signale l'usage militaire. À elles seules, elles symbolisent le naufrage de la France.

Mardi 13 août 1940

Piqûre mortelle ?

Nous sommes vaccinés au TAB[1]. Les légionnaires nous ont assuré que la piqûre pouvait être mortelle. Il y a de quoi s'inquiéter.

Après l'avoir reçue, comme mes camarades, je rentre dans la chambrée, peu rassuré, et me mets au lit, guettant l'issue fatale. Dans ce lieu toujours animé, un silence inhabituel s'est appesanti jusqu'à l'arrivée du lieutenant Saulnier, venu aux nouvelles.

Stupéfait de nous voir allongés sur nos lits, il s'écrie : « Pourquoi êtes-vous couchés ? » Nous n'osons lui expliquer les raisons que nous avons peur de nous avouer à nous-mêmes. L'un de nous finit par révéler la vérité. Il s'esclaffe : « Si vous croyez ces contes à dormir debout, la guerre n'est pas gagnée. Essayez de comprendre : on vous recommande de ne pas boire d'alcool le jour de la piqûre parce que l'alcool peut provoquer des réactions négatives. Pour le reste, profitez de cette journée de repos sans faire d'excès. »

Il n'a pas besoin de le répéter. Avant même qu'il ait quitté la chambrée, tout le monde s'agite en tous sens...

---

1. Vaccin antityphoïde et paratyphoïde A et B.

Jeudi 15 août 1940

Entendu à la radio

Le journal du camp ronéotypé distribué fin juillet a changé de titre à notre demande. Il est devenu *Nouvelles de France et du monde*, puis *Bulletin d'informations des volontaires français*.

La présentation n'a pas changé : état de la bataille aérienne en cours, informations sur les préparatifs d'invasion allemande, sur l'occupation allemande en France, le régime de Vichy, ses mesures administratives et policières, etc.

Au fil des semaines, la BBC offre un « Quart d'heure français », résumant les principales informations. De surcroît, une émission quotidienne de cinq minutes, « Honneur et patrie », est réservée au porte-parole de la France libre, le lieutenant Schumann.

Au cours de ces émissions, des civils et des militaires interviennent sur tous les sujets. Bien que ces interventions soient souvent intéressantes, mes camarades et moi sommes scandalisés à cause de leur parti pris « de gauche ». J'ai repéré les plus fanatiques : René Cassin, Henri Hauck, André Labarthe et Jules Romains.

Le 19 juillet, j'ai été outré qu'un journaliste, Jacques Duchesne, se soit exprimé publiquement ainsi : « Je comprends très bien le cas des Français qui estiment qu'ils doivent rentrer et qui rentrent [en France]. » J'y vois un complot fomenté par le consul de Vichy, cherchant à rameuter les derniers lâches.

Le 3 août, René Cassin s'est exclamé : « Ce n'est quand même pas parce que l'état-major a mal pré-

paré son affaire depuis quelques années et que des
généraux se sont trompés que la République se
trompe depuis soixante-dix ans. » Au nom de qui
parle-t-il ? Je n'ai pas tout quitté pour la République
ni pour sauver l'honneur perdu par la démocratie :
c'est pour la France, et la France seule.

Dimanche 18 août 1940

Première punition

Une fausse note rompt l'harmonie de la discipline.

Notre lieutenant, après nous avoir appris les premières figures militaires (alignement, distance, marche au pas, demi-tours, etc.), nous enseigne le salut
militaire. Ces exercices font partie du programme
de l'après-midi, que nous effectuons sous un vaste
hangar, à l'abri du soleil.

Je découvre à cette occasion que le salut militaire,
d'apparence naturelle quand les autres le pratiquent,
est d'une exécution délicate. Saulnier, après en avoir
expliqué les différentes phases, divise la section par
groupes de deux chasseurs se faisant face. Alternativement, chacun de nous doit commander et corriger la position de son vis-à-vis. François Briant et
moi (toujours l'alphabet), nous retrouvons face à
face. La figure triangulaire du salut exige une position précise de la main par rapport à l'avant-bras, du
front par rapport à la main, de la tête par rapport
aux épaules, etc. C'est un acte grave de reconnaissance hiérarchique.

Toutefois, lorsque nous nous saluons mutuellement
avec le sérieux adéquat, ce salut nous paraît soudain

ridicule : notre complicité cause notre perte. Après deux ou trois tentatives disgracieuses, durant lesquelles nous nous regardons droit dans les yeux, j'observe dans son regard je ne sais quelle lueur malicieuse. Est-ce la fatigue ? Le bonheur de cet après-midi d'été ? J'exécute le mouvement de plus en plus incorrectement, le coude trop haut ou trop bas, la main trop extérieure... Je ne suis pas le seul en difficulté. Observant les contorsions plus ou moins comiques de mes voisins, j'éclate soudain d'un rire nerveux. Briant, semble-t-il, n'attendait que ce signal pour partir, lui aussi, d'un rire irrépressible.

Le lieutenant Saulnier se précipite vers nous en hurlant : « Vous me copierez, chacun, cinq cents fois "Je ne dois pas rire durant les exercices". » Dégrisé par cette algarade, je suis pétrifié, autant par crainte d'avoir déçu mon chef que de lui avoir offert une fausse image de ma volonté de servir. C'est la première punition infligée dans notre section. La honte !

Après la soupe, tandis que les autres partent à Cove, assis tous deux à la table de la chambrée, nous commençons notre triste calligraphie ligne par ligne. En dépit de notre application, nous en exécutons moins de la moitié le premier soir. Le lendemain, après la soupe, tandis que nous reprenons notre pensum, le lieutenant entre en coup de vent dans la chambrée. Tout le monde se fige dans un garde-à-vous impeccable. Il vient vers nous, réclame notre travail inachevé, jette un coup d'œil, déchire les feuilles en nous conseillant de ne pas recommencer, puis sort sans un mot.

Jeudi 20 août 1940

Les Allemands dans le ciel

Depuis le 12 août, des nuées d'avions survolent la région à très haute altitude. Toute la journée, les chasseurs Hurricane ou Spitfire décollent de l'aérodrome de Farnborough, face au camp.

Là-haut, ils deviennent des points brillants qui, dans un carrousel géant, désorganisent les formations allemandes. Parfois, une fumée noire désigne une victime qui tombe en vrille avant de s'écraser dans une lointaine explosion d'où jaillit un nuage noir. Les combats se déroulent aux plus hautes altitudes. Ne pouvant identifier le vainqueur, il est difficile de se réjouir. Seul signe de victoire : les bombardiers allemands font soudain demi-tour.

Tous les soirs, les résultats des combats sont proclamés à la BBC et le lendemain dans le bulletin du camp. J'apprends que la bataille d'Angleterre a commencé le 12 août, quand la Luftwaffe a inauguré les bombardements massifs en détruisant une dizaine d'aéroports. Le 15 août, quarante avions allemands ont été descendus tandis que les Anglais en ont perdu vingt-sept.

Depuis le 8 août, le total des pertes allemandes se monte à quatre cent quarante et un appareils, ce qui incite Hitler à commencer le blocus de l'Angleterre en coulant systématiquement tous les navires, même les neutres.

Samedi 24 août 1940

L'officier anglais

Au cours du rassemblement du 22 août, le capitaine Lalande nous a annoncé la visite d'un officier général britannique au camp de Morval. Il doit arriver aujourd'hui, à 11 heures. Ces inspections périodiques d'officiers britanniques deviennent une routine qui stimulent nos progrès.

Je comprends pourquoi, depuis une semaine, nous passons nos journées sur le *parad ground* à perfectionner le maniement des armes, le pas cadencé, l'arrêt, le départ, etc. Ces exercices exigent une cohésion parfaite. En les réussissant, nous avons conscience d'appartenir à un corps animé d'une volonté unique. Nous espérons infliger à l'officier anglais une leçon de perfection *Free French*.

Depuis ce matin, après un branle-bas fiévreux, nos officiers murmurent qu'il s'agirait du chef de l'état-major général de l'Empire britannique en personne. Il nous fait l'honneur d'une visite pour nous intégrer dans les dispositifs des plans de bataille.

Nous n'avons pas besoin de ce prétexte pour vouloir prouver aux Anglais que nous sommes dignes de leur accueil. Plus résolue encore est notre volonté de leur montrer que nous sommes l'armée française reconstituée par le général de Gaulle.

Le lieutenant Saulnier fait une ultime inspection avant le départ pour Morval, où s'effectue la revue. Malgré son regard inquisiteur sur nos tenues, nos chaussures et nos armes, il ne trouve rien à redire.

Le bataillon se forme sur le *parad ground* de Delville : « Fusil sur l'épaule, droite ! En avant, marche ! » Pour rejoindre Morval, nous devons sortir de Delville, descendre sur la route de Cove, puis remonter dans le camp voisin et rejoindre le rassemblement des légionnaires, fusiliers marins et troupes de chars et d'artillerie.

Dans chaque section, les plus grands sont au premier rang, suivis par les autres en ordre de taille décroissant. Je me trouve avec Briant au milieu de mon groupe. Malgré tout, dans l'intervalle, entre les camarades installés devant moi, je peux observer les allées et venues de nos officiers. Je ne veux surtout pas rater l'arrivée du général anglais.

La voix du colonel Magrin-Verneret retentit : « Garde à vous ! Armes sur l'épaule, droite ! » tandis que s'élève la sonnerie « Aux champs ».

Un silence inouï submerge le camp. Au loin, j'entends les commandements se succéder en cascade. Nous sommes plus d'un millier. Le capitaine Lalande commande à son tour : « Présentez armes ! » Le bruit sec des deux cents fusils claque comme un coup de feu.

Immobile, j'aperçois, arrivant sur ma droite, le képi du général de Gaulle... Nous sommes raidis dans une immobilité de bronze afin qu'il soit fier de présenter son armée à l'invité britannique avançant à ses côtés.

Celui-ci, marchant lentement, entre dans mon champ de vision. Stupeur : George VI, roi d'Angleterre, se tient à trois mètres devant moi. Petit, élégant, un teint de brique, il passe comme au ralenti devant nous, regardant chacun avec une attention souriante. J'aurais voulu lui crier ma reconnaissance pour l'accueil amical de son peuple.

« Reposez armes ! » J'entends le claquement de la

compagnie suivante qui, en écho à la nôtre, répète la manœuvre.

Tout a été si bref. Était-ce un rêve ? Était-ce vraiment le roi George ? Mes camarades demeurent aussi figés que moi. Pourtant, lorsque le souverain est passé devant nous, j'ai senti un frémissement imperceptible parcourir nos rangs.

Nous devons attendre une heure avant de laisser éclater notre fierté : le roi d'Angleterre chez nous ! Notre excitation est telle que la cantine est transformée en taverne. Tout le monde crie en même temps. Certains, cependant, refusent le délire collectif et affichent ostensiblement leur indifférence : « Il n'y a rien d'extraordinaire : il nous rend la politesse. Nous l'avons reçu à Paris, c'est la moindre des choses qu'il nous accueille chez lui. »

En dépit de ces esprits forts, personne n'est insensible au jugement que le colonel Magrin-Verneret a porté lors de notre présentation au roi : « Voici les chasseurs : ils sont fanatiques. » Une citation à l'ordre de l'armée nous aurait moins honorés que ce mot-là. Nos chefs ont compris à qui ils avaient affaire.

Dimanche 25 août 1940

Adieu à Philippe

Après le déjeuner, Philippe Marmissolle vient passer l'après-midi dans la chambrée. Ma TSF diffuse du jazz et des variétés. J'ai découvert ici des nouveautés de cette musique et suis conquis par le succès de l'été anglais, *Begin the Beguine*, répété plusieurs fois par jour dans des enregistrements différents.

Parmi d'autres inconnus, il y a Bing Crosby, Vera Lynn, une femme qui chante le lancinant *We'll Meet Again*. Paroles appropriées s'il en est puisque ce sont mes dernières heures avec Philippe. Plusieurs fois depuis notre arrivée en Angleterre, j'ai cru à une séparation définitive avec lui. Cette fois, c'est sûr : il a reçu son équipement colonial et ses vaccins.

Lorsque le silence s'établit entre nous, je suis saisi d'une sorte de vertige. Il est le seul avec qui je peux évoquer Domino. Après un moment, il interrompt ma réflexion, comme s'il avait suivi mes pensées :

« Je me demande ce que fait Monique en ce moment ?

— Sans doute est-elle au tennis avec Domino, comme nous en avions l'habitude tous les quatre.

— Oui, mais aujourd'hui que nous sommes partis, quels sont les deux autres ? »

Ce doute sacrilège, dont je suis incapable d'apprécier l'humour, me fait mal.

« Elles doivent faire un simple.

— Comme tu es naïf avec les filles : un de perdu, dix de retrouvés !

— Tu oublies les circonstances de notre départ. J'ai confiance en Domino. *We'll Meet Again.* »

Déplorant ma naïveté, il abandonne et évoque son frère André, dont il est sans nouvelles et qui ne semble pas avoir rallié la Légion française. Il craint qu'il ait été fait prisonnier avec leur autre frère, Henri.

Nous avons entendu parler de la « ligne rouge » qui découpe la France en deux zones, mais nous en ignorons le tracé. Angoulême et Pau sont-ils en zone occupée ? Nos familles sont-elles prisonnières ? Il partage mon inquiétude.

Il revient brusquement à sa préoccupation initiale : « Tu as raison, j'ai tort de m'inquiéter à propos de Monique. Je pense à un projet que je pourrais préparer dans ma nouvelle affectation : que dirais-tu de faire notre vie à quatre aux colonies ? Ce serait un objectif excitant après la guerre. Partir de zéro, avec une terre à défricher, mettre en valeur des territoires où nous aurions tout à faire. Il me semble qu'à nous deux nous pourrions tout entreprendre et réussir. »

En écoutant sa voix soudain passionnée, observant son visage énergique, je comprends avec étonnement qu'il a minutieusement réfléchi à ce programme de Robinson dont il n'a soufflé mot. Si le projet d'être associé à lui pour la vie dans le but d'accomplir une œuvre grandiose me semble naturel, il ne l'est pas moins de partager ce bonheur avec Domino.

En revanche, je suis moins enthousiaste pour les colonies, dont l'immensité mystérieuse me semble menaçante.

« Pourquoi ne pas s'installer en France ?

— Ah non, jamais ! Après la débandade des Français, leur lâcheté, il n'est pas question de revenir. Puisque nous sommes seuls dans le malheur, nous serons plus forts en bâtissant notre bonheur dans la solitude. Là-bas, personne ne viendra le voler[1]. »

Philippe ignore l'heure de son départ. Nous dînons ensemble à la cantine. Il fait encore jour quand je le raccompagne, lentement, à la porte de son cantonnement.

1. Philippe Marmissolle tint parole. Après avoir combattu à Bir Hakeim, où il reçut la croix de la Libération, il participa au Débarquement puis s'installa au Mexique, où il se maria. Il y mourut en 1977. Il est enterré à Mexico.

Nous n'avons plus rien à nous dire. Durant le dîner, insensiblement, le silence se glisse entre nous. L'émotion de notre séparation est usée par ses faux départs. Arrivés devant la porte de sa *barrack*, nous nous arrêtons. Spontanément, nous nous embrassons. C'est la première fois depuis notre première rencontre à Saint-Elme. Je m'éloigne sans me retourner.

Lundi 26 août 1940

France, *quotidien français*

Deux jours après la visite du roi George, le premier numéro du quotidien *France*, imprimé à Londres, est distribué dans le camp.

En première page, une grande photo montre le souverain, accompagné du général de Gaulle, passant devant le premier rang de notre compagnie. Nos officiers en sont très fiers : la présentation des armes est parfaite.

Cette preuve de la présence du roi devient pour nous une image fétiche : les soldats britanniques à qui nous avons conté l'événement doutent de notre récit, parce que la plupart d'entre eux n'ont jamais reçu une telle visite. Ils nous jalousent.

La photo est accompagnée d'un texte du Général, définissant la mission qu'il nous a confiée :

> *Aucun Français n'a le droit d'avoir aujourd'hui d'autre pensée, d'autre espoir, d'autre amour, que la pensée, l'espoir, l'amour de la France.*
> *Mais quoi ? La patrie a succombé sous les armes. Elle ne renaîtra que des armes.*

> *Ceux qui voudraient croire ou faire croire que la liberté, la valeur, la grandeur, pourraient se recréer sous la loi de l'ennemi sont des inconscients ou des lâches.*
> *Le devoir est simple et dur. Il faut combattre.*

De Gaulle nous a compris : il exprime notre volonté d'absolu. Son *imprimatur* garantit la pureté doctrinale de notre légion.

La parution du journal change ma vie : je suis de nouveau relié au monde par une habitude familiale. Chaque jour, après l'exercice, je guette l'heure de la distribution. Je commence à mesurer l'importance de toutes les parties du globe dans l'évolution de la guerre, notamment des États-Unis, dont dépend la survie de la Grande-Bretagne. Je prends également conscience de l'existence des pays de second ordre, Roumanie, Bulgarie, Yougoslavie, Grèce, devenus des enjeux stratégiques.

La France mobilise ma curiosité. Grâce à la « Revue de presse », ne citant que des journaux français, et bien qu'elle soit réduite, comparée à celle de *L'Action française*, je reprends mes habitudes. À travers les citations d'articles, j'essaie de comprendre l'évolution des Français, celle du gouvernement, des partis politiques ou des problèmes pratiques d'une existence quotidienne impossible à imaginer.

Malgré tout, depuis quelques semaines, la France s'éloigne. Elle perd sa densité.

Jeudi 29 août 1940

Départs, encore une fois

Je ressens le départ de Philippe plus violemment encore que l'arrachement à ma famille sur les quais de Bayonne. Peut-être parce qu'elle ranime la plaie de ce premier départ, si lente à cicatriser ; peut-être aussi, plus simplement, parce qu'il est mon seul ami.

J'envie les Bretons partis en groupe et poursuivant leur existence, entourés de camarades. Ils sont gardés de la nostalgie. En permanence, ils évoquent passé, famille, amis, aventures, Brest et la Bretagne, comme on touche un grigri pour se prémunir contre le chagrin de l'exil.

Est-ce le départ de Philippe ? Ce dimanche, allongé sur mon lit, je ne peux me concentrer de toute la journée.

Je ne suis pas le seul chasseur à déplorer ce départ : notre petite armée s'ampute des trois quarts de ses effectifs. Le camp de Morval est vidé ainsi que les *barracks* situées de l'autre côté du *parad ground*.

Rödel, mon plus ancien camarade de Saint-Elme, est parti lui aussi, ainsi que quelques garçons du *Léopold II* : Bianchi, Laborde et les frères Moureau.

Il y a aussi Raymond Aron, dont le départ aggrave ma solitude. Bien que notre relation n'ait duré que quelques semaines, j'ai le sentiment de le connaître depuis toujours.

Samedi 7 septembre 1940

Londres à nouveau

Première permission de vingt-quatre heures. Dans le train de Cove, je retrouve le confort qui m'a surpris à mon arrivée. Deux mois déjà !

Lorsque les premières maisons de la capitale apparaissent, mes camarades, debout aux fenêtres, poussent des clameurs : « Le feu ! le feu ! » J'aperçois au loin, dans la lumière du crépuscule, un brasier colossal. Le ciel est en flammes... À la gare Victoria, des voyageurs impassibles nous expliquent qu'un bombardement dévastateur a eu lieu, dont la cible était les docks.

Je prends un taxi, qui me dépose chez les Zonneveld. En traversant la ville, rien ne me paraît anormal. La foule du samedi soir se rue vers les plaisirs.

Les Zonneveld ont préparé ma chambre. Je découvre que j'ai déjà oublié le confort des moquettes, des draps soyeux et d'une salle de bains, dont le luxe, ce soir, m'intimide. J'hésite à l'utiliser tant je crains de salir. L'existence spartiate que je mène depuis mon arrivée m'ouvre les yeux sur la vie privilégiée de ma jeunesse.

Mes hôtes manifestent une joie touchante. C'est l'occasion d'évoquer la France, qu'ils connaissent bien, et la vie d'autrefois. Soirée heureuse.

Après le dîner, je me retire dans ma chambre et note dans mon cahier :

Reçu chez les Zonneveld — le home *anglais. Deux mois que je n'ai pas dormi dans des draps, que je n'ai pas pris un petit déjeuner au lit. Cette sensation si voluptueuse et déjà si ancienne, si perdue : fermer sa porte, être seul, seul avec un silence sympathique, plein de souvenirs et de mélancolie. Ce soir, que d'évocations — tellement que je n'ai pu dormir. Alors près de la veilleuse, dans cette ambiance de rêve, soie rose, longs rideaux qui tombent mollement, paravent, tapis moelleux, fleurs, meubles, lustres, un cher souvenir a pris forme : vous êtes là, souriante, avec ce sourire mélancolique, et cette adorable fossette.*

Tout à coup, les sirènes hurlent. M. Zonneveld frappe à ma porte en me demandant de descendre au *shelter*. Devant mon refus initial — à Delville, les alertes répétées ne modifient nullement nos habitudes —, il m'assure qu'à Londres c'est une obligation.

Je descends à contrecœur. Nous nous installons dans un abri confortable où tout le monde se connaît. La veillée se transforme en réunion mondaine. Certains ont apporté des jeux de cartes, d'autres des livres. Comme il est interdit de fumer, quelques-uns ont pris leurs précautions avec des bouteilles de gin ou de whisky.

L'alerte cesse à minuit. Je retrouve mon lit avec une volupté d'autant plus grande que les Boches m'ont volé des heures précieuses. Je m'endors comme une pierre. Peu avant 8 heures, je m'éveille. J'ai la surprise d'entendre frapper doucement à la porte. C'est la *maid* qui m'apporte le plateau du *breakfast*.

Durant mon séjour, les Zonneveld ne savent quoi inventer pour me distraire. Ils me conduisent d'abord à la cathédrale Saint-Paul — ébréchée par les bombes — pour assister à une messe solennelle. Bien qu'elle soit de rite protestant, le mari me rassure : « En Angleterre, Dieu n'a pas de préjugé. »

Afin de me présenter la capitale sous son aspect le plus attrayant, ils m'emmènent déjeuner au Savoy. Ce nom, je l'ai connu grâce à mon père : c'était son hôtel préféré lors de ses séjours à Londres, d'où il me rapportait les derniers disques de Jack Hylton dirigeant l'orchestre de l'hôtel.

Après déjeuner, profitant du temps estival, nous traversons Trafalgar Square à pied et nous promenons dans le *Mall* jusqu'à Buckingham. Ils me font admirer les gardes coiffés des hauts bonnets à poil, « empruntés » aux grenadiers de Napoléon, après Waterloo.

Après avoir traversé Hyde Park, nous rentrons pour prendre le thé. C'est la première fois que je participe à cette... cérémonie. Je ne me souviens pas d'avoir jamais dégusté un thé aussi parfumé. Il tranche radicalement avec celui, imbuvable, pollué par le lait, en usage à la cantine.

Nous venons d'achever le *five o'clock tea* lorsque les sirènes rugissent à nouveau. Il est trop tard pour que je descende aux abris. En dépit de l'alerte, M. Zonneveld me propose de m'accompagner aussitôt à la gare.

Sur le quai à destination de Farnborough, je retrouve des camarades qui m'informent que le départ est retardé à cause de l'alerte. Des soldats de la Home Guard canalisent le public vers les passages souterrains servant d'abris. La gare se remplissant, les abris sont complets.

Au camp, l'appel du soir est à 9 heures. L'heure passée, je suis saisi d'angoisse. Je connais l'infamante sanction : après cette heure-là, un soldat est considéré comme déserteur. Remâchant mon malheur, je n'entends plus le bruit des bombes. Perdu au milieu de cette foule placide, je me vois le crâne rasé, condamné à la prison pour la durée de la guerre.

Mes camarades ne semblent pas s'inquiéter des conséquences de notre retard. Avec l'aurore, le bombardement cesse enfin. À 8 heures, le train démarre. Nous arrivons au camp à 10 heures passées.

Lorsque nous nous présentons au poste de garde, l'officier de service enregistre nos explications, non sans quelque scepticisme, et déclare : « Vous serez fixés sur votre sort ce soir par vos officiers. En attendant, rejoignez immédiatement votre section pour l'exercice. »

Le soir, lors du rassemblement du bataillon pour la descente des couleurs, le commandant Hucher s'adresse aux retardataires du matin : « Compte tenu des circonstances exceptionnelles, je ne prendrai aucune sanction. Dorénavant, les permissionnaires pour Londres devront, quoi qu'il arrive, prendre leurs précautions afin de rentrer au camp pour l'appel du soir. Aucun retard ne sera toléré, les sanctions prévues seront appliquées. »

Mercredi 11 septembre 1940

Premier tir

Notre entraînement militaire se poursuit tout l'été avec frénésie. Nos officiers ont l'ambition de créer une unité d'élite capable de participer au combat lors du débarquement des Allemands. Les rumeurs et les discours de Churchill l'annoncent depuis des semaines.

Dès que nous avons su démonter et remonter nos

armes les yeux bandés, nous avons été conduits au champ de tir. C'est pour moi une grande satisfaction de réussir de meurtriers groupements de balles.

Les manœuvres deviennent complexes et nous conduisent chaque semaine de plus en plus loin du camp. Nous exécutons maintenant des marches d'endurance de trente à quarante kilomètres en tenue de campagne, c'est-à-dire avec tout l'équipement sur le dos. J'entonne avec mes camarades les chants que l'on nous a appris. Ont-ils une vertu magique ? Nous oublions la fatigue.

Aujourd'hui, la section est épuisée : la charge des sacs est devenue insupportable. Pour la première fois, mes chers Bretons vacillent, deviennent muets. Je ne sais la rage qui me saisit, mais alors que je suis moi-même au bord de la chute, je me redresse et enchaîne l'un après l'autre les chants les plus populaires que nous connaissons. Les autres suivent. En rentrant, je m'effondre sur mon lit de camp.

Après un bref répit, mes camarades se changent pour sortir, réveillés de leur torpeur par la perspective des petites Anglaises. C'est alors que le lieutenant entre, se dirige vers mon lit et me félicite : « Bravo pour votre endurance, Cordier. Pour vous récompenser, vous avez une permission de minuit. » Je suis très fier de cette distinction. Pourtant, après son départ, je me déshabille et me mets au lit. Tandis que mes camarades partent à Cove pour danser, je rejoins le néant.

La BBC annonce que Churchill va prononcer un important discours dans la soirée, à 6 heures et demie. Briant, Guéna, Montaut et moi l'attendons autour de la TSF. Comme d'habitude, Berntsen traduit.

Le Premier Ministre évoque d'abord les batailles aériennes et les bombardements en cours. En dépit de l'infériorité numérique de la Royal Air Force, il annonce des pertes allemandes de trois contre un, pour les appareils, et de six contre un, pour les pilotes.

Il décrit ensuite les préparatifs maritimes et terrestres des Allemands en vue de l'invasion de la Grande-Bretagne, prévue pour la semaine prochaine. Il insiste sur la conduite attendue des citoyens : « Chaque homme, chaque femme doit donc se préparer à faire son devoir, quel qu'il soit, avec un orgueil et un soin particuliers. »

Après avoir proclamé sa confiance dans la capacité de tous, il termine en appelant chaque homme valide à se battre sur chaque pouce de terrain, dans chaque rue de chaque village : « C'est avec une confiance religieuse, mais certaine, que je dis : "Dieu défendra le droit." »

Berntsen ne traduit pas mot à mot ce long et solennel discours, mais nous en indique le sens général. À la fin, nous le pressons de nous répéter exactement la dernière phrase : « Il a dit que ce serait très dur, que l'on ne pouvait prévoir quelle serait l'issue, mais que si l'on repoussait l'invasion on gagnerait la guerre pour les générations à venir[1]. »

Le doute émis par Churchill me surprend. Pourquoi une telle crainte, alors que chaque jour je suis témoin

---

1. Berntsen avait donné une traduction fidèle de l'ensemble du discours, mais non le sens exact de la péroraison de Churchill. Celui-ci avait évoqué les épreuves de la guerre « dont on ne saurait prévoir aujourd'hui la fin, ni les duretés ». Il s'agissait donc du « terme » de la guerre, non de son « issue ».

de la qualité de l'armement foisonnant de l'armée britannique, sans parler de la bonne humeur et de la surprenante discipline des soldats ? Pourquoi annoncer un avenir incertain ?

Comme toujours, nous échangeons nos impressions. Certains observent qu'une fois de plus Churchill, comme tous les Anglais, dit la vérité et reconnaît la faiblesse de l'Angleterre. Nous sommes doublement étonnés : qu'on dise la vérité en politique et qu'on annonce, à la veille de l'invasion, qu'on est le plus faible sur le plan militaire.

Nous autres, Français libres, sommes considérés par les Allemands comme des francs-tireurs : si nous réchappons à la mort au combat, il n'y aura pas de captivité puisque nous serons condamnés à mort en cas de victoire allemande. Il n'est pas non plus question de rentrer en France. De Gaulle a formulé pour nous la seule alternative : revenir en vainqueurs ou jamais.

Quelques-uns de mes camarades, de droite comme moi, sont favorables au régime de Vichy, tout en condamnant la capitulation et l'attentisme à l'égard de l'Allemagne. Nos actes d'engagement mentionnent la possibilité de prendre la nationalité canadienne et de vivre au Canada. Aucun d'entre nous n'ose examiner cette hypothèse dans ses ultimes conséquences.

Un soir, après la soupe, pendant que quelques-uns d'entre nous jouent aux cartes, Briant, Berntsen, Léon, Podeur et moi sommes assis face à face sur deux lits. Nous discutons avec un chef de groupe, le sergent-chef Schmidt, rallié de Norvège. Outre sa gentillesse, sa compétence et son intelligence, il est décoré de la croix de guerre de 1939-1940. Nous lui faisons raconter ses exploits.

Après son récit, écouté religieusement, la conversation dérive vers notre vie après la guerre, le choix d'une profession, la fondation d'une famille, etc. J'expose ma crainte de devenir un « ancien combattant », insupportable donneur de leçons. Je souhaite que nos enfants ne soient pas les victimes du mépris que les soldats de la Grande Guerre nous ont infligé.

En dépit de ma véhémence, il n'y a pas de discussion : mes camarades sont d'accord à l'unisson.

> *Jeudi 12 septembre.* Jack *[A. Daudet]* : « *Ces cervelles bric-à-brac où il y a de tout mais où l'on ne trouve rien à cause du désordre, de la poussière et aussi parce que tous les objets sont cassés, incomplets, incapables du moindre service.* »

Je recopie cette phrase dans mon cahier parce qu'elle décrit le chaos de ma tête. Depuis mon arrivée en exil, je me sens écartelé entre une doctrine politique inadaptée aux circonstances, la volonté de réorganiser mes idées et la fatigue des tâches quotidiennes qui absorbent toute mon énergie. La torpeur de mon cerveau n'est éveillée que par la musique, les lectures faciles ou la rêverie.

Je m'accroche à l'espoir d'une semaine de vacances dans l'isolement, qui m'autoriserait à tout remettre à plat, tout reprendre à zéro.

Mercredi 18 septembre 1940

Trahison du journal France

Dans le *France* du jour, un article en l'honneur de
Léon Blum met le feu aux poudres. À nos yeux, c'est
une provocation fomentée par la tendance Front
populaire du journal.

C'est Freudiguer, qui appartient à une autre
section, mais dont j'ai découvert les sympathies
pour l'Action française, qui attire mon attention à
la cantine sur cet article. Intitulé « L'internement
de Léon Blum », il tente de prouver que le dirigeant socialiste est un patriote ayant accompli son
devoir de chef de gouvernement malgré les attaques incessantes des communistes et de la droite
réactionnaire. Il n'est nullement responsable de
l'impréparation militaire et de la catastrophe qui l'a
suivie.

Pour justifier la défaite, le journal livre son explication : « Nous n'étions pas unis. Ce fut la cause profonde de la défaite. [...] Lorsque viendra le moment
de reconstruire le pays libéré de l'envahisseur, il
faudra reprendre la vraie tradition française qui est
notre gloire. » L'usurpation des termes « tradition
française », notre idéal, pour glorifier l'œuvre de
Léon Blum, nous fait bondir.

Si nous sommes contre toute soumission à
l'Allemagne et donc contre la collaboration, beaucoup d'entre nous, surtout parmi les lycéens, approuvent les réformes de Vichy imposant une morale à
la vie publique autour des valeurs d'ordre et de patrie.
Nous ne pouvons que nous réjouir que la France

entreprenne enfin la rénovation de ses institutions selon les principes nationaux[1].

Au lieu d'approuver cet effort effectué au milieu des ruines du désastre, le journal ne cesse de le caricaturer et d'exalter la démocratie dont les miasmes et la perversité ont conduit le pays aux abîmes. Le divorce est total entre le journal et les volontaires, ou du moins d'une bonne partie d'entre eux.

J'évoque la question avec Briant. Même s'il ne partage pas ma véhémence, il se montre d'accord avec mes idées : nous faisons la guerre pour libérer la France non seulement des Boches, mais également des démagogues et généraux battus.

De Gaulle, tournant le dos au passé, vient de l'affirmer à la radio : les Français libres établiront un ordre national contre les folies républicaines. Gonflé à bloc par ce programme d'avenir, je préconise de crier notre désaccord au journal, dans une lettre-manifeste[2].

Voici des extraits de cette lettre :

> *Monsieur le Rédacteur en chef,*
> *C'est bien tardivement, et je le regrette, que ma lettre vient se joindre aux nombreuses missives qui, j'en suis sûr, ont précédé la mienne. Il s'agit de l'article sur Léon Blum paru le mercredi 18 sep-*

---

1. Ce témoignage ne prétend pas résumer l'histoire du bataillon. Ce sont les souvenirs de ce que j'ai vécu dans les limites de ma section.

2. Ce travail dura plus longtemps que prévu et fut interrompu une semaine plus tard par le déménagement à Camberley. Ce fut donc beaucoup plus tard que la lettre fut expédiée. Cependant, elle arriva à bon port puisque, en 1993, au cours d'une campagne de recherches aux Archives nationales, je découvris dans le dossier du journal *France* une lettre du directeur Gombault dans laquelle il se plaignait du ton de cette missive.

tembre 1940 dans votre journal, je dis bien votre journal, car il n'est pas question pour un légionnaire de soutenir cette feuille qui, depuis le premier numéro, n'a pas su exprimer le moindre de nos sentiments à l'égard de la France, de nos chefs, de ceux qui sont restés loin de nous.

Par vos articles et vos émissions radiophoniques agrémentées des chevrotements du patriotard internationaliste J. Romains, la pythonisse Tabouis, l'acrobate P. Cot et autres, vous n'avez pu jusqu'ici tromper qu'un petit nombre de vos lecteurs. Le passé étant, pour nous tous, lettre morte, nous avions abandonné toute polémique, soit par la parole, soit par l'écrit.

Des hommes n'ayant aucun sens de l'honneur, aucun scrupule, aucun sens moral, trahissant le passé de la France, ses héros, ses morts et les plus récents, ceux de 14[-18], ont livré le pays sans défense à l'envahisseur victorieux. De ces hommes nous nous efforcions, par un accord tacite, de ne jamais parler. Pour l'instant, il nous faut agir et réparer les fautes dont nous ne sommes nullement responsables, mais que nous prenons à charge, pour avoir, dans un avenir plus ou moins proche, la fierté de nous dire français.

Comment faire ?

Par les armes. Alors, depuis deux mois, nous nous efforçons de toute notre force et de toute notre raison de devenir des soldats. Aucun répit, aucune joie. Un seul but nous absorbe : une France libre, heureuse, rayonnante.

Et voilà que, malgré la retraite où nous nous étions isolés afin de travailler à l'abri de tout ce qui aurait pu entraver notre marche vers la réussite, la boue que nous avions fuie a rejailli sur

*nous. Cette exhumation a eu l'honneur de deux
colonnes en deuxième page de votre journal. Elle
nous a été plus que pénible : cruelle. [...]*

*Le général de Gaulle disait : « Ne valent, ne
comptent que les hommes qui savent agir aux
rythmes de la catastrophe qui nous entraîne. »
Nous découvrons qu'il y a des hommes qui
comptent, puisqu'ils ont un journal à eux, et qui
pourtant ne savent pas agir au rythme qui nous
emporte. Ils n'ont pas compris. Ils sont sourds.
Ils continuent leur rêve insensé au milieu de la
tourmente.*

*C'est un plaidoyer pour [Léon] Blum, ce sont
des critiques incohérentes et systématiques sur le
gouvernement de Vichy, c'est hier soir le rappel
scandaleux d'une date ignorée de tous : l'anniversaire de la fondation de la Ire République. Nous
aurions pu espérer que* France, *journal d'information, nous tienne au courant des nouvelles de
France et d'ailleurs, nous donne des communiqués, des extraits de presse, le tout objectivement,
c'est-à-dire sans commentaires tendancieux. Mais
nous voilà repartis dans la polémique la plus nuisible, celle des réhabilitations. Vous pleuriez l'autre
jour au sujet de l'incarcération de Torche-Zay[1],
aujourd'hui sur celle de Blum, réclamant l'indulgence, à nous qui demandions, avant de quitter
notre pays, sa peau. [...]*

*Pourquoi j'écris cette lettre ? Parce que j'estime
que ceux qui n'ont rien fait pour préparer la catastrophe qui nous ruine, et qui vont donner leur*

---

1. Ancien ministre de l'Éducation nationale du Front populaire, emprisonné par Vichy. Il avait écrit dans sa jeunesse qu'il
« conchiait le drapeau français ».

vie pour racheter des fautes qu'ils n'ont pas com-
mises, ont le droit d'exprimer leur mépris à ceux
qui, par un moyen quelconque, veulent ressusci-
ter ce qui fit notre déshonneur. [...]

Mardi 24 septembre 1940

Engagement dans les FFL

Après l'envoi des couleurs sur le *parad ground*, le
commandant Hucher nous informe que nous serons
appelés individuellement au bureau du bataillon
pour signer notre engagement dans les Forces françaises libres, nouveau nom de la légion française.

Nous sommes d'abord surpris, car nous croyions
l'avoir signé à Anerley School, le 28 juin. Au cours
de la matinée, je comparais devant un capitaine
inconnu, qui me fait prendre connaissance du statut dans lequel je m'engage à « servir avec honneur,
fidélité et discipline dans les FFL pour la durée de
la guerre en cours ».

Je suis choqué que le formulaire que je dois signer
soit daté du 24 septembre 1940, et non du 28 juin.
Intimidé par le capitaine, je n'ose rien dire. Revenu
dans la chambrée, je découvre que cette date factice
fait l'objet de toutes les conversations et que chacun
la juge révoltante. Puisque nous avons tous signé en
juin, pourquoi falsifier aujourd'hui la date de notre
engagement ? Premiers des rebelles, nous sommes
fiers d'avoir eu le mérite singulier d'être condamnés à mort par Vichy. Au nom de quoi maquiller la
vérité ?

Le soir, après l'ordre de dispersion de la section,

nous nous plaignons auprès du lieutenant Saulnier[1] :
ils nous ont volé trois mois !

Nous sommes sans nouvelles de nos camarades
partis le 1er septembre pour l'Afrique.

Le temps passe, tout entier absorbé par l'accélération de l'entraînement et surtout par l'annonce,
mi-septembre, d'un déménagement dans un nouveau
camp. Les préparatifs représentent un surcroît de
fatigue.

Soudain, en écoutant la BBC, j'apprends la destination de nos camarades : Dakar. Je pense à Aron,
Laborde, Marmissolle, Rödel et les autres.

Les nouvelles sont mauvaises. En dépit du ralie-
ment de l'AEF[2], l'expédition a échoué devant Dakar.
Après des échanges de coups de canon qui ont fait
des blessés et des morts, le Général s'est retiré afin
d'éviter une effusion de sang entre Français. Nous
écoutons Maurice Schumann plus attentivement que
d'habitude : « Sachez que, devant Dakar, le général
de Gaulle et ses compagnons ne combattent qu'un
seul ennemi : Hitler. » Après un historique de cette
affaire — engagée pour arracher nos colonies à
l'Allemagne —, il s'exclame : « Le général de Gaulle
a déjoué cette atroce manœuvre. »

La phrase est claironnante, comme d'habitude,

---

1. Il faut croire que notre revendication fut assez unanime dans
le bataillon puisque, quelques semaines plus tard, nos actes d'engagement furent modifiés par un ajout de l'intendant militaire,
M. Menguy. Ainsi du mien : « La signature de cet acte d'engagement a été retardée par des circonstances inévitables. Les services
du volontaire Bouyjou-Cordier Dany ont commencé le 1er juillet
1940. »
2. Afrique équatoriale française.

mais ce soir-là elle masque un échec. De plus, le sort de l'expédition n'est pas clair : se poursuit-elle ou de Gaulle a-t-il définitivement abandonné ?

Le lendemain, le journal *France* n'est guère plus explicite. Il titre : « C'est le Reich que les Forces libres combattent à Dakar ». Deux lignes au-dessous, on lit : « Les opérations se poursuivent sur la côte d'Afrique. » Elles ne seraient donc qu'en partie remises ?

Le même jour, la BBC dévoile certains détails. Devant Dakar, de Gaulle a envoyé des plénipoten-tiaires dans une barque arborant le drapeau blanc. Le gouverneur Boisson, obéissant aux Allemands et à Vichy, a ordonné de tirer, blessant deux d'entre eux : le capitaine de frégate Thierry d'Argenlieu, premier aumônier des FFL, et Becourt-Foch, le petit-fils du maréchal.

Pierre Bourdan analyse ce drame : la propagande de Vichy et de l'Allemagne veut persuader les Français que les Allemands ne s'intéressent pas à Dakar et que seuls les Anglais ont décidé de s'empa-rer de la ville afin d'agrandir leur empire « avec une poignée de mercenaires français ». Il ajoute : « En réalité, il s'agit de la plus grande entreprise de pillage jamais tentée par l'Allemagne. Dakar est la clef de l'Atlantique et de l'Afrique, qui ouvre une partie de la domination du monde. C'est pour ça que de Gaulle l'a assiégé. »

Jeudi 26 septembre 1940

Intermède en ville

L'armée canadienne souhaite récupérer Delville Camp, qui lui appartient. Après trois jours d'astiquage et de revue permanente, nous prenons notre dernier repas dans la cantine afin de pouvoir effectuer le récurage et laisser le camp dans l'état de propreté où nous l'avons trouvé.

À déjeuner, je retrouve les *pies* qui ont fait ma joie à Falmouth et à l'Olympia. Elles ont l'avantage de pouvoir être dévorées sans assiette ni couverts et n'ont d'autres déchets que leur emballage.

Dans l'après-midi, nous quittons Delville en camionnette pour Camberley, gros bourg à une douzaine de kilomètres de là.

Les Anglais nous installent provisoirement dans un des quartiers de la ville. Nos cantonnements s'échelonnent le long de la rue, curieusement appelée *The Avenue*. Cette zone résidentielle est située à droite de la route nationale Southampton-Londres, face à l'immense parc de Sandhurst, l'école des cadets anglais, équivalent de notre Saint-Cyr.

Mon groupe est affecté à Bryn-Teg, où nous logeons à trois, quatre ou cinq par pièce. Nos paillasses, comme à l'Olympia, sont posées à même le sol. Mes compagnons n'ont pas changé : Briant, Berntsen, Guéna, Montaut et Bott.

Le bataillon est réparti dans ces villas en brique, ornées de portes vertes, rouges ou bleues, décorées d'un marteau en cuivre. Elles possèdent toutes un jardin, où nous profitons de ce jour radieux d'automne.

Une des extrémités de la rue rejoint d'autres quartiers résidentiels, tandis que l'autre descend vers la route de Londres. Nous utilisons le Drill Hall, vaste bâtiment néogothique, comme cantine et salle de jeu ou de conférence.

Ce soir, la BBC annonce : « Les forces alliées massées devant Dakar ont décidé de se retirer. »

Cet échec définitif est dû à la trahison du gouverneur et non à notre faiblesse : « Nous avions les moyens de gagner, mais de Gaulle a refusé une lutte meurtrière entre Français[1]. »

L'attitude criminelle de Boisson à Dakar confirme ce que je pense de Pétain : le valet des Boches.

---

1. Les jours suivants, l'expédition disparut des journaux et des ondes. Il fallut attendre le 8 octobre pour en avoir un compte rendu plus complet, dans le discours prononcé aux Communes par Churchill : « L'opinion que nous avons de De Gaulle a été rehaussée par tout ce que nous avons vu de sa conduite dans des circonstances particulièrement difficiles. Le gouvernement de Sa Majesté n'a pas la moindre intention d'abandonner sa cause jusqu'à ce qu'elle soit devenue — comme en vérité elle deviendra — la cause de toute la France. »

V

CAMBERLEY

26 septembre-30 octobre 1940

Jeudi 26 septembre 1940
Dîner d'apparat

Il ne doit pas y avoir grand monde ce soir à la cantine : curieux de ce bourg inconnu, nous sortons pratiquement tous. Adieu les bains chauds du soir et la lecture au son de la radio !

Dès 5 heures, du fait de la proximité de Sandhurst, l'élite militaire britannique irrigue Camberley pour une joute d'élégance dans laquelle rivalisent aussi bien les hommes de troupe que les sous-officiers et officiers de toutes armes du Commonwealth.

C'est un honneur pour nous d'être installés au cœur du dispositif militaire de la Grande-Bretagne. De plus, grâce à cette position exceptionnelle, la bourgade compte un nombre impressionnant de pubs, *fish-and-chips* et restaurants de toutes catégories, sans compter cinémas et dancings.

Pour fêter ce que je considère comme la première étape vers le « front », j'invite Briant au restaurant de l'hôtel. Nous avons tout notre temps puisque, partout, le dîner est servi à 6 heures.

Cette fois, le centre est proche de nos logis. Nous profitons ainsi jusqu'à la dernière minute de l'animation de la cité. Il y a dans l'allure des garçons et le regard des filles quelque chose qui ne trompe pas : ici aussi c'est la guerre, camouflée sous des dentelles.

En dépit de cette soirée d'exception, nous sommes au pied de notre paillasse lorsque, à 9 heures, le lieutenant commence sa visite par le rez-de-chaussée : « Silence à l'appel, garde à vous ! » Ce commandement familier a ce soir une curieuse résonance dans les chambres minuscules où la carrure de rugbyman de Saulnier lui occasionne quelque gêne pour se mouvoir.

Vendredi 27 septembre 1940

La vie continue

En dépit du nouveau décor, nous jouons le même rôle qu'à l'ordinaire. Le sergent Goudenove nous réveille à 7 heures, mais le rassemblement des groupes pour la gymnastique se fait dans la rue. Nous courons sur le macadam, moins agréable que la terre de Delville.

Le parcours d'aujourd'hui nous permet de découvrir les rues avoisinantes. Nous ne connaissons, depuis hier, que la route nationale qui mène au centre-ville. La toilette est sommaire : un long lavabo en tôle planté au beau milieu du jardin, avec quelques robinets d'eau froide.

Après une rapide inspection des sections alignées le long de la rue par le commandant Hucher, nous partons au pas cadencé, l'arme sur l'épaule. Empruntant la route nationale, nous passons devant les sentinelles étonnées de Sandhurst. Le lieutenant, comme tous nos officiers, est d'autant plus exigeant que nous sommes livrés pour la première fois à la curiosité des Britanniques.

Pour faire l'exercice, nous nous dirigeons vers la forêt, à deux kilomètres du centre. Nous croisons nombre de voitures sur la nationale. À mesure que nous traversons la ville, les passants se font plus nombreux sur les trottoirs. Habitués à la vie militaire de la cité, ils ne s'arrêtent pas pour nous regarder. En dépit de leur discrétion, ils nous voient : nous n'avons pas besoin de Saulnier pour être au meilleur de notre forme.

Nous avons atteint le dernier stade de notre instruction : exercices de combat défensif, assauts, exercices de compagnie ou du bataillon entier.

À l'étonnement et à la fierté de nos officiers, nous avons acquis, en trois mois, les connaissances exigeant le double en temps de paix. Le secret de notre zèle tient dans la promesse de notre engagement au combat dès que nous serions prêts. Cet objectif nous fouette. Partout et toujours, nous sommes volontaires pour les mêmes tâches rebutantes. Notre seul objectif, depuis notre arrivée en Grande-Bretagne, est la vengeance.

À midi, nous rentrons plus fatigués que d'habitude : à notre marche d'une douzaine de kilomètres s'est ajouté l'aller-retour, arme à l'épaule, au pas cadencé et sur le macadam !

Pour me détendre, à défaut du bain chaud de 5 heures, j'accompagne mes camarades dans l'exploration des magasins et des pubs, sous les regards émerveillés des jeunes filles et les attentions touchantes de la population. Notre extrême jeunesse, dont nous sommes inconscients, n'est pas la moindre raison de l'accueil familial des Anglais. En nous voyant liés à leur sort, ils pensent naturellement à leurs fils mobilisés et comprennent la cruauté de l'exil.

Pour ce qui nous concerne, la pudeur de notre âge nous interdit de parler de la douleur permanente de l'arrachement à nos familles, et plus encore de nous en plaindre.

Dimanche 13 octobre 1940

Saint-Tarcisius

Depuis notre arrivée à Camberley, j'accompagne Briant à la messe, dans la petite église de Saint-Tarcisius. Les Évangiles, que je connais par cœur depuis Saint-Elme, prennent ici une résonance nouvelle. Au-delà de leur qualité littéraire, à laquelle seule j'étais sensible jusqu'alors, c'est l'armature morale qu'ils proposent qui m'attire aujourd'hui.

Depuis le début, nous avons la chance d'avoir près de nous de jeunes aumôniers qui comprennent notre situation. L'un d'eux a publié dans *France* un texte dans lequel il expose les raisons religieuses et patriotiques de son engagement dans la France libre :

> *Un Français digne de ce nom ne peut se rési-*
> *gner à voir sa patrie piétinée et déchirée par*
> *l'envahisseur. Il sait que sa patrie est un don de*
> *Dieu, qu'il doit la défendre tant qu'il a une possi-*
> *bilité de continuer la lutte et jusqu'au sacrifice de*
> *sa vie inclusivement. Voilà ce que pensent les*
> *jeunes qui m'entourent et aussi les moins jeunes,*
> *ceux qui, comme votre serviteur, en sont à leur*
> *deuxième guerre.*

La seconde raison qu'il avance concerne la doctrine nazie. Je me rends soudain compte qu'elle n'a
été déterminante ni pour moi, ni pour mes camarades, et que la plupart d'entre nous l'ignoraient :

> *Le nazisme a été formellement condamné par*
> *le pape Pie XI. Ce qui fait le dynamisme de ce*
> *mouvement, c'est une fausse mystique qui est*
> *profondément antichrétienne. La preuve en a été*
> *suffisamment fournie. C'est cette mystique, cen-*
> *trée sur un homme qui se fait adorer comme un*
> *demi-dieu, qui fait la force apparente et provi-*
> *soire du mouvement nazi. C'est aussi ce qui fera*
> *sa perte, car on ne lutte pas impunément contre*
> *le Christ.*

Toutefois, un passage concernant Pétain me
heurte :

> *Nous comprenons les immenses difficultés qu'a*
> *rencontrées le maréchal Pétain et nous continuons*
> *à le respecter. Nous ne jugeons personne.*

Si, pour ma part, je juge Pétain et même le méprise, la majorité de mes camarades n'a pas entendu son discours du 17 juin.

Avant-hier, j'ai lu dans *France* le texte d'un volontaire s'adressant à son père : « Le vainqueur de Verdun a fait son devoir en 1916 et, pour cela, la reconnaissance des hommes de ma génération lui sera toujours due. » Je reconnais les mots prononcés par mon beau-père avant mon départ.

Même à la BBC, j'ai entendu, le 15 août, Jacques Duchesne affirmer, en analysant un discours de Pétain : « Personnellement, je ne peux pas écouter le maréchal Pétain sans éprouver du respect et sans être naturellement ému. J'ai vu Pétain venir remonter le moral des troupes pendant la dernière guerre, en 1917. »

Sans doute a-t-il sauvé la France à l'époque, mais le 17 juin 1940, à midi et demi, il l'a trahie. Une des raisons de mon admiration pour de Gaulle est sa condamnation identique à la mienne : « Le maréchal Pétain porte la terrible responsabilité d'avoir sollicité et accepté les abominables armistices. »

Mercredi 23 octobre 1940

Une lettre de France

Nous avons effectué ce matin une des plus longues marches de notre entraînement : plus de trente kilomètres. Partis à 8 heures, nous sommes rentrés à 4 heures, épuisés. Je suis affalé sur ma paillasse lorsque le vaguemestre, passant de chambre en chambre, me lance une lettre. Mme Zonneveld m'en expédie de temps à autre, avec quelques livres accompagnés de friandises.

L'arrivée d'une lettre de France est, pour tous, une joie exceptionnelle. L'heureux destinataire la partage avec ses camarades qui, pour la plupart, ne reçoivent aucune nouvelle. C'est mon cas à présent.

La lettre a un aspect inhabituel : sa bordure forme des hachures tricolores et une bande de la censure occupe tout un côté : *opened by examiner 1065*. Au dos, je lis le nom de l'expéditeur : George Higgins, le mari américain d'Aimée Borotra, avec qui j'ai effectué tant de courses en montagne. Il vivait au Pays basque. Est-il rentré en Amérique ? Peut-être m'envoie-t-il des nouvelles de ma famille.

J'ouvre l'enveloppe avec émotion. Elle contient une double page de papier à lettres beige, celui-là même sur lequel ma mère m'écrivait à Saint-Elme. Mon beau-père et ma grand-mère y ont ajouté quelques lignes. La lettre est datée du 19 septembre, un mois déjà. J'espérais un mot de Domino : rien. Je me console, puisque je peux désormais lui écrire par l'entremise de mes parents.

Mon beau-père a écrit le premier. Il m'indique que notre vieil ami Bill Higgins est effectivement sur le point de quitter le pays et qu'il a reçu une lettre expédiée de Londres par Abadie (ouvrier aux TPR) disant que nous étions tous ensemble et en bonne santé. De son côté, « après bien des angoisses », il avait pu savoir, par un agent d'assurances maritimes, que le *Léopold II* était arrivé à bon port.

Il poursuit par des informations intéressantes sur la nouvelle organisation du pays : « Ici nous sommes dans la zone libre, qui s'arrête à Orthez [trente kilomètres de Pau], et, malgré les difficultés, dont la plus grave est la limitation de plus en plus sévère de l'essence, j'ai pu maintenir l'activité de l'usine et celle des autobus, ce qui permet de vivre et de faire vivre tous ceux qui étaient employés. »

Ma grand-mère Gauthier vit avec eux. Par contre, mon grand-père, habitant Bordeaux, n'a pu leur rendre visite à Noël, comme chaque année, « les autorisations pour circuler entre la zone libre et la zone occupée étant très difficiles à obtenir ».

Voici la suite :

> *Nous attendons maintenant l'hiver, qui sera dur pour tous. Je suis allé il y a quelques semaines à Biarritz et à Bayonne. C'est affreusement triste d'y voir les Allemands installés nombreux, raflant tout avec leur « Reich-Mark-Occupation » au cours imposé de 20 francs. Si les Français méritaient une leçon, celle-ci est vraiment terrible. La France, pour son passé et la civilisation qu'elle représente, ne peut demeurer dans sa situation actuelle. Heureusement le relèvement moral et intellectuel se fait. Il est la condition essentielle du salut, aucun autre mouvement n'ayant de sens et ne pouvant être atteint sans celui-là.*

Je perçois dans cette phrase une critique du mouvement de De Gaulle. Ma grand-mère écrit à la suite, répétant son espoir de me revoir bientôt.

Les mots de ma mère ressemblent à ceux qu'elle m'envoyait à Saint-Elme :

> *Comment es-tu mon petit ? Ne fais-tu pas des imprudences ? L'hiver va arriver, méfie-toi du froid, couvre-toi bien et surtout fais bien attention pour ta gorge qui est fragile. Tout de suite*

*mets des gouttes dans le nez dès que tu sens la
moindre menace de rhume.*

Dans ce jour pluvieux de l'exil, ces conseils déri-
soires prennent un sens bouleversant. Mes yeux
s'embuent tandis que ma gorge se serre. Ces mots
de toujours expriment, sous le masque de la bana-
lité, ce qu'aucun autre ne saurait dire plus passionnément : l'irréductible amour de ma mère.

Elle m'informe enfin de ses relations avec la mère
de Cullier de Labadie et les parents de Berntsen,
dont la famille est repartie chez elle, en zone occupée. J'en avise aussitôt mes camarades.

La lettre à peine achevée, j'en recommence la lecture, craignant quelque oubli et voulant prolonger
l'illusion de revivre les heures d'autrefois.

Une ombre me hante, cependant : mon beau-père
m'a annoncé que les Boches habitaient notre villa
d'Aguilera ; je ne pense qu'à ça. Je les vois occupant
ma chambre. Ma pensée dérive ensuite de pièce en
pièce : la chambre de ma grand-mère en face de la
mienne, celle de mes parents à côté... Depuis la
capitulation, un Boche souille, dans mon lit, toutes
les nuits, un bonheur disparu.

Je passe la soirée à répondre à mes parents et,
bien sûr, à rédiger une longue lettre à Domino. Elle
résume celles que je griffonne chaque jour : « Je
pense à vous — Vous me manquez — Je vous aime
— Attendez-moi. »

Au réveil, je confie à mon cahier :

24 octobre. Ne jamais s'attacher à quoi que ce soit au point d'en être prisonnier.

Lundi 28 octobre 1940

Semaine cruciale

Ces derniers jours ont installé la France au premier rang des informations. Cela a commencé le 24, avec *France* titrant sur quatre colonnes : « Hitler dicte ses ordres à Laval ». Selon le journal, la radio de Vichy a annoncé leur rencontre en prétendant que c'était « l'événement le plus important depuis l'armistice ».

En dépit de son titre racoleur, *France* ne dit mot des entretiens. Toutefois, une conférence de presse du ministre des Affaires étrangères, Baudouin, laisse entrevoir l'esprit dans lequel Laval les aborde. Voici ce qu'il aurait dit :

> *Si la France est disposée à collaborer avec l'« Europe continentale », c'est parce que la France a été envahie trois fois en un demi-siècle et qu'elle a trop souffert, à cette occasion, pour ne pas désirer ardemment une paix dans la justice. Notre nouveau régime, en France, donnera son appui sans réserve à une véritable organisation de l'Europe. C'est dans cet esprit de collaboration internationale avec tous les pays que la France se prépare à reconstruire son économie.*

Le lendemain, *France* barrait de nouveau sa une d'une information hideuse : « Hitler a vu Pétain ».

Le journal, ignorant le contenu des conversations et les accords, en était réduit aux hypothèses rassurantes : « Il est probable que ni Laval ni Pétain n'ont eu jamais l'intention de déclarer la guerre à l'Angleterre. »

Les journalistes imaginent que les rôles se partagent entre les deux hommes : libération du territoire pour l'un, ordre moral pour l'autre : « Laval est une caricature de Thiers, et Pétain une copie de Mac-Mahon. »

Depuis l'armistice, les conditions d'une paix entre la France et l'Allemagne sont évoquées périodiquement dans les dépêches d'agence : l'Allemagne annexe l'Alsace et la Lorraine et récupère le Cameroun et le Togo ; l'Italie exige Nice, la Côte d'Azur, la Tunisie et Djibouti ; l'Espagne veut le Maroc et l'Afrique occidentale. Nul besoin d'être dans le secret des chancelleries pour bâtir de telles hypothèses. Avec un peu d'imagination, la lecture des discours des chefs italiens et allemands le révèle suffisamment.

Le 26, *France* titrait : « Seconde capitulation ». Conclusion du communiqué de Vichy : « La position de la France et son avenir dépendront dans une large mesure de cette entrevue historique. » Le *New York Times* croit, lui, à la signature d'un accord sanctionnant ces concessions territoriales. Commentant des informations de Berne, il souligne le peu de probabilités que la France déclare la guerre à la Grande-Bretagne.

Aujourd'hui, *France* publie un texte rédigé à Brazzaville par le général de Gaulle, dans lequel il annonce la création du « Conseil de défense de l'empire ». Il l'a fait au cours d'une grandiose manifestation de fraternisation entre les armées alliées, la France libre, la Belgique et la Grande-Bretagne. C'est notre première institution en forme de gouvernement :

> *Prenant acte du fait que les Français libres constituent désormais l'unique recours de la patrie, moi, leur chef, j'organise aujourd'hui un Conseil de défense de l'empire. Ce Conseil exercera au nom de la France, sur tous les territoires français qui combattent ou qui combattront, tous les pouvoirs d'un gouvernement de guerre [...].*
> *Officiers français, soldats français, citoyens français, des chefs infâmes sont en train de livrer l'empire intact de la France. Debout et aux armes !*

Nous n'en avons pas fini avec les coups de théâtre.

À la suite de cette proclamation solennelle, de Gaulle a publié une ordonnance sur les conditions de l'exercice des pouvoirs publics. Son article 2 stipule que les pouvoirs dévolus au chef de l'État et au Conseil des ministres seront exercés par de Gaulle, assisté du Conseil de défense, formé par lui : « Ces pouvoirs s'exerceront conformément aux dispositions législatives appliquées en France avant le 23 juin 1940. »

Une fois de plus, de Gaulle apporte la réponse nécessaire à la clôture de cette semaine honteuse.

Mercredi 30 octobre

Projet misérable

Pétain, à la suite de l'entrevue avec Hitler, a prononcé aujourd'hui même un discours radiodiffusé
dans lequel il annonce un projet misérable confirmant que la capitulation a bien été une trahison. Le
voile est levé :

> *On a examiné la collaboration entre nos deux
> pays. J'en ai accepté les principes. C'est avec
> honneur et pour maintenir une unité de dix siè-
> cles dans le cadre d'une activité constructive de
> l'ordre européen nouveau que je m'engage
> aujourd'hui dans la voie de la collaboration.*

En corollaire, il définit sa doctrine :

> *Supprimer les différences d'opinions, réprimer
> les révoltes dans les colonies, c'est-à-dire les ral-
> liements à de Gaulle.*

Afin que les Français n'ignorent rien de ses intentions et de leur devoir, il conclut :

> *Je vous ai parlé comme un père, aujourd'hui je
> vous parle comme un chef. Suivez-moi.*

Ce discours est le second, après celui de l'armistice, dont je suis le témoin. Moins tragique que le
premier, il est — si possible — plus abject encore,
le premier engendrant le second.

Maurice Schumann, s'adressant aux Français, déclare ce soir à la BBC : « Vous n'avez plus le choix entre une paix honteuse et le combat. Vous avez le choix entre le combat pour l'Allemagne et le combat pour la France. »

Une fois de plus, Schumann et de Gaulle donnent un accent héroïque à notre réaction spontanée. Depuis cinq mois, une doctrine de la revanche s'élabore, qui fournit de justes arguments à nos passions.

VI

OLD DEAN

31 octobre 1940-4 août 1941

Jeudi 31 octobre 1940

Le bataillon dans ses meubles

Il n'y a qu'un mois que nous sommes installés à
Camberley lorsque le commandant Hucher nous
annonce notre départ pour un nouveau camp.

Pour être dignes de la tradition des chasseurs,
nous devons, une fois encore, laisser nos cantonnements à l'état neuf. Nous en avons l'habitude : c'est
la troisième fois depuis l'Olympia.

Après le récurage de Bryn-Teg et le nettoyage du
jardin, nous partons à pied vers Old Dean Camp, à
la sortie de Camberley, sur la nationale de Londres. Au bout de deux kilomètres, nous pénétrons
dans la forêt, non loin de la route. Dans une clai-
rière desservie par un chemin de terre, un chantier apparaît, masqué jusque-là par l'épaisseur de
la forêt.

Au milieu d'un marécage de boue noire émergent
de nombreuses *huts* (cabanes) demi-cylindriques en
tôle ondulée. Chacune doit héberger les douze hommes d'un groupe. Le camp, en cours de construc-

tion, est installé sur un éperon dominant la forêt qui s'étend à perte de vue.

Nous arrivons sous une pluie diluvienne. Les trois *huts* attribuées à la section Saulnier sont situées en bordure du plateau, au nord du camp : ce sont les plus exposées aux intempéries. Le contraste avec notre arrivée à Delville est déprimant : reflet fidèle de cet automne noyé.

Le réfectoire et la cantine ne sont pas encore construits. Nous devons prendre nos repas dans notre *hut*. Deux d'entre nous sont de corvée, à tour de rôle, pour aller chercher nos repas aux cuisines. Dès l'arrivée, on nous distribue des bottes afin d'épargner nos chaussures que, depuis des mois, nous nous efforçons de polir à l'égal de celles des Anglais.

Le camp n'ayant pas encore l'électricité, nous nous éclairons à la lampe à pétrole et nous chauffons au poêle central brûlant du coke. Les toilettes, les lavabos, les douches, à l'eau froide, sont à l'extérieur.

Faisant contre mauvaise fortune bon cœur, nous ne manifestons aucune déception : c'est la guerre. Nos compatriotes demeurés en métropole sont plus malheureux que nous, sans parler des prisonniers.

L'intérieur du camp, à cause de la boue et de l'absence de *parad ground*, est impraticable. Je comprends aussitôt que nous continuons l'instruction dans les bois alentour. Le site est des plus sauvages. Pour ceux qui, comme moi, aiment la nature, ce sera un bonheur.

En dépit de ses inconvénients, le camp présente un avantage : installé au milieu de la forêt, nous n'aurons plus à défiler au pas cadencé, l'arme sur l'épaule, au départ et au retour de nos exercices.

Ce soir, je note dans mon cahier :

> *Jeudi 31 octobre. Quitté Bryn-Teg, [notre]*
> *petite villa de Camberley ; installation dans un*
> *camp à côté de cette ville ; baraque en tôle où la*
> *pluie et le vent jouent le souffle mélancolique des*
> *soirs d'hiver, où le cœur est au chaud pendant*
> *que tout frissonne ; tristesse d'un hivernage*
> *d'exil.*

Vendredi 1ᵉʳ novembre 1940

Honneur aux morts

Nous assistons ce matin, dans une *hut* transformée en chapelle, à la messe de la Toussaint.

La fête des morts est l'occasion de sermons évoquant la condition précaire de l'existence et donc l'urgence d'être en règle avec Dieu. Depuis des mois, la mort ne m'apparaît plus comme une hypothèse littéraire, mais comme un avenir prochain.

Cet après-midi, une prise d'armes en l'honneur des morts de Norvège est organisée, suivie d'un défilé sur la route extérieure. Le colonel Raynouard, notre nouveau chef de camp depuis le départ de Magrin-Verneret, n'est pas avare de compliments. Il estime notre bataillon « à la hauteur de la réputation que se sont acquise au cours de notre histoire les bataillons de chasseurs français ».

Lundi 11 novembre 1940

Manifestation à Paris

Les bombardements que nous subissions quotidiennement à Delville ou Camberley se poursuivent à Old Dean et nourrissent notre expérience quotidienne. Le danger se rapproche[1].

Si j'envisage ma fin inéluctable avec sérénité, j'éprouve parfois une sorte d'apitoiement à la perspective de disparaître si jeune. C'est un des thèmes de mes discussions avec Briant. Les événements nous rapprochent tout autant que les interrogations métaphysiques et morales. Cela n'empêche nullement ce dernier de manifester son attachement à la vie par un humour ravageur.

L'anniversaire de l'armistice de 1918 tombe un lundi. Cela nous vaut, après le défilé sur la route du camp, une journée de congé, occasion de rejoindre en pensée nos parents : les pères de la plupart d'entre nous ont fait la Grande Guerre.

Le séjour dans la boue d'Old Dean, bien que sans danger, nous permet de comprendre ce qu'ils ont enduré. Nous les admirons aujourd'hui plus encore que dans notre enfance parce que nous ne les confondons pas avec les anciens combattants « scrogneugneu » qui nous méprisaient.

Depuis mon enfance, cet anniversaire commémoré par une messe des morts dans mes différents

---

1. Une dizaine de cadets anglais, nos voisins, ont été tués au cours d'un bombardement.

collèges a toujours été empreint de tristesse, à cause des blessés, des gueules cassées. Aujourd'hui, cette journée est plus terrible encore : à Paris, les Boches ont annexé le Soldat inconnu, scellant l'inutilité du million et demi de morts de la guerre de 14-18.

Vendredi 29 novembre 1940

Mauvaises nouvelles

Grâce à *France* et à la BBC, nous avons découvert que des milliers d'étudiants parisiens de toutes tendances politiques ont pris, le 11 Novembre, tous les risques pour manifester autour de l'Arc de triomphe, appliquant les mesures réclamées par de Gaulle et répétées par Schumann à la BBC la veille. Les Allemands ont tiré. Il y aurait eu des morts parmi les étudiants et plus d'une centaine d'arrestations.

Le commentaire de Jacques Duchesne à la BBC, que nous pouvons lire aujourd'hui dans *France*, révèle les craintes des hommes de Vichy :

> *Derrière cette folle bravoure, ils sentent bien qu'il y a tout un pays qui se lève. Ils devinent le travail qui se fait parmi vous. Ils s'aperçoivent que, peu à peu en France, il n'y a plus de partis, il n'y a plus de classes, il n'y a plus que les chefs et les soldats ; une armée immense, une armée abandonnée, mais qui va combattre, parce qu'elle a compris maintenant pourquoi elle*

devait combattre. Les jeunes gens du 11 Novem-
bre ce sont en vérité les premiers morts de cette
guerre.

   Pourtant nous vous supplions d'attendre ;
nous avons besoin de vous pour l'avenir. Restez
prêts ; ne dites rien, ne craignez rien ; le signal
viendra ; vous combattrez.

Ce fait d'armes aiguillonne notre impatience : ces
jeunes Français désarmés se battent et nous, surentraînés, croupissons dans l'inaction.

Toutes nos pensées se portent vers Paris, le
Quartier latin et la place de l'Étoile. Comme
Duchesne, tout chasseur d'Old Dean peut s'écrier :
« Nous disons à la France qui les pleure : le rêve
pour lequel ils sont morts, nous le réaliserons. »

Nous apprenons par une allocution du général de
Gaulle à la BBC qu'il est rentré d'Afrique il y a quelques jours. Honneur suprême, il a eu immédiatement un entretien de quarante minutes avec
Winston Churchill :

   Il est maintenant établi que si des chefs indi-
gnes ont brisé l'épée de la France, la nation ne se
soumet pas au désastre[1].

---

1. À notre surprise, nous découvrîmes dans *France* que les chefs
avaient été transformés en « indigènes ». Un fou rire s'empara de la
hut quand nous comprîmes qu'il s'agissait d'une coquille. À partir
de cette date, nous désignâmes les hommes de Vichy sous le sobriquet de « chefs indigènes ».

Ce discours ne donne pourtant pas matière à rire. Il nous confie une mission propre à dresser notre orgueil :

> *Oui, la flamme de la Résistance française, un instant étouffée par les cendres de la trahison, se rallume et s'embrase. Et nous-mêmes, les Français libres, nous avons le glorieux devoir et la suprême dignité d'être l'âme de la Résistance nationale.*

À la question « Qui sommes-nous ? », de Gaulle répond comme toujours avec lyrisme :

> *Nous sommes une armée, et une armée de volontaires [...] parce que tous, sans exception, nous n'avons qu'un but : servir. Chacun de nous est un homme qui lutte et qui souffre — oui qui lutte et qui souffre — non pour lui-même, mais pour tous les autres.*

Nous sommes touchés de découvrir que de Gaulle, qui accomplit seul la tâche à laquelle les élites françaises ont renoncé, comprenne notre idéal et le proclame à la face du monde.

Il annonce des résultats réconfortants : notre armée compte trente-cinq mille hommes, un millier d'aviateurs, vingt vaisseaux, soixante navires marchands, des territoires en Afrique, aux Indes, dans le Pacifique, des associations de soutien dans tous les pays du monde, des ressources financières croissantes, des journaux et des postes émetteurs.

Au fil des mois, nous avons appris certaines de ces nouvelles par bribes, mais nous ignorions ce que nous représentons. Dans les moments de faiblesse, nous nous imaginions que la légion de Gaulle se composait des seules centaines de soldats rassemblés à Old Dean[1].

Ce discours ne contient pas seulement des encouragements matériels. Le Général y esquisse, sinon un programme, du moins une perspective d'avenir pour la France dans laquelle notre place, celle des Français libres, est réservée :

> *Que voulons-nous ? D'abord, combattre. [...] Une telle guerre est une révolution, la plus grande de toutes celles que le monde a connues. Ce que nous apportons, nous, les Français libres, d'actif, de grand, de pur, nous voulons en faire un ferment. Nous, les Français libres, entendons faire lever un jour une immense moisson de dévouement, de désintéressement, d'entraide. C'est ainsi que, demain, revivra notre France.*

Il y a longtemps que nous n'avons vu le Général. Sa dernière visite, à Morval, remonte au 24 août. Comprend-il notre attente ? Des Français libres se battent en Érythrée, en Libye. Nous brûlons de les rejoindre.

On nous annonce son inspection prochaine. Les exercices s'intensifient encore. Souhaitant donner au camp un aspect accueillant, le commandant Hucher ordonne de décorer l'intérieur de nos *huts* dans le style des provinces françaises.

---

1. Le chiffre de trente-cinq mille nous parut considérable. Nous ignorions encore que l'armée d'armistice de Vichy comptait cent mille hommes, plus l'armée d'Afrique, la flotte française (la deuxième du monde) et que l'Empire français avait rallié Vichy...

Au terme d'un concours, les meilleurs seront récompensés. Notre groupe est saisi d'une passion frénétique pour cette entreprise. Il faut d'abord choisir un thème, à la fois original et confortable. Chacun propose son idéal du bien-être. Plusieurs suggèrent de transformer la *hut* en *pub*. Finalement, Yves Guéna, foisonnant d'idées, propose d'en faire un rendez-vous de chasse en en tapissant l'intérieur avec les troncs de bouleaux qui prolifèrent dans la forêt alentour.

La réalisation est plus délicate que nous ne l'imaginions : les troncs de cette espèce sont particulièrement étroits, alors que la surface à couvrir nous paraît démesurée. Ce défi stimule notre ardeur.

Après quelques jours de travail acharné, le résultat est à la mesure de nos espérances. Comme il s'agit d'un concours entre provinces françaises, nous baptisons la nôtre « Bretagne », ce qui en fait le symbole d'un camp où vivent 80 % de Bretons.

En cours de réalisation, nous visitons les *huts* voisines afin de découvrir d'autres projets et l'état de leur avancement. Bien entendu, nous les jugeons pitoyables et ne doutons pas d'être les vainqueurs...

Jeudi 5 décembre 1940

Mort du bataillon

Le futur *parad ground* étant toujours impraticable, nos officiers nous rassemblent sur le terrain de sport avoisinant, où le Général nous passe en revue. Sur la route maintenant bitumée d'accès au camp, nous défilons ensuite devant lui.

De Gaulle est accompagné du général Petit, du colonel Angenot et de son aide de camp, le capitaine de Courcel, que nous avons déjà vu à ses côtés à l'Olympia. Après la dispersion, nous rejoignons notre *hut*. Le grand moment arrive.

Au pied de nos lits, anxieux, nous attendons le Général. Soudain, dans l'encadrement de la porte ouverte, Saulnier paraît : « À vos rangs, fixe ! » De Gaulle entre, salue et, sans un mot, avance lentement entre la rangée de lits.

Il scrute chacun de nous, comme à l'Olympia, avec le magnétisme d'un hypnotiseur. Son visage sévère demeure impassible. A-t-il remarqué notre décoration ? Avant de sortir, il se retourne : « Je vous félicite, c'est très sympathique ; on se croirait au Canada. »

Ces mots nous confortent dans notre orgueil : nous sommes les meilleurs !

Dès son départ, nous sortons dans la bousculade pour le rassemblement. Dehors, nous rejoignons les autres groupes, les interrogeons à la ronde, sûrs de notre victoire : « Que vous a-t-il dit ?

— Il nous a félicités : "C'est sympathique." »

Dégrisés, nous réalisons que nous sommes pareils aux autres.

Après la visite des *huts*, on appelle, dans chaque section, les élèves qui préparent les grandes écoles afin de les présenter au Général. Nous sommes curieux de connaître son avis sur le bataillon.

Le grand Podeur nous rapporte ses propos :

Jeunes gens, la France a besoin de vous pour encadrer les troupes noires que nous mobilisons en Afrique. Vous vous êtes entraînés en vue du combat aux échelons modestes de la hiérarchie.

*Il vous faut maintenant devenir les chefs dont
nous avons besoin. Le bataillon de chasseurs va
se transformer en pépinière d'officiers, sous-
officiers et techniciens. Vous serez les grains de
la moisson prochaine. Les cadres de la France
nouvelle, c'est vous ; le grain, c'est vous.*

Ainsi, de Gaulle, dont nous attendions l'ordre de
rejoindre nos camarades sur le champ de bataille
de Libye, annonce la mort du bataillon ! Nos rêves
de gloire s'écroulent.

Foudroyante, la rumeur se propage, confirmée
par d'autres camarades et surtout par le lieutenant
Saulnier. Pour beaucoup, dont moi, c'est un vrai
chagrin : nous pensions que le bataillon était le
corps franc de la France éternelle.

Nous avons atteint une cohésion fraternelle qui
surprend même nos supérieurs : « Un bataillon plein
de fanatisme, même en face de ces vieux légionnaires rompus à tant de combats », selon le commandant Hucher. Nous-mêmes en avons conscience
dans les manœuvres : le goût de la perfection est en
accord avec la volonté de nos officiers d'être un
corps d'élite.

Vendredi 6 décembre 1940

Élève aspirant

Le rêve s'achève dans la mélancolie, pour ne pas
dire plus. Les effectifs sont redistribués dans différentes compagnies : élèves aspirants, sous-officiers,
spécialistes mécanique, transmissions, éléments por-

tés, etc. Cette dernière recueille les chasseurs sans formation.

L'égalité entre les volontaires disparaît, alors que nous la vivions comme une marque distinctive de la légion de Gaulle. Hélas ! la hiérarchie fondée sur la disparité sociale et le niveau d'études nous divise à nouveau.

Ceux qui sont sélectionnés pour devenir des officiers rejoindront, à la fin du peloton, ceux qui ont été nos maîtres. Ce n'est pas sans tristesse que nous prenons conscience de nous préparer à devenir les « supérieurs » de ceux qui ont été fraternellement nos égaux.

Je ressens cette transformation comme une injustice. Notre engagement de « hors-la-loi » a fait de nous des condamnés à mort, condition idéale d'une fraternité égalitaire. Au contact du paysan Léon ou des ouvriers de l'arsenal de Brest, j'ai découvert des qualités d'énergie, d'endurance, dont je ne me doutais pas.

Dois-je ajouter que mes dernières années scolaires ont été un cauchemar, dont la guerre m'a sauvé ? Je me suis engagé dans l'armée pour me battre, non pour recommencer des études que je réprouve. Jamais, depuis juillet 1940, je n'ai été rebuté par les servitudes de l'armée, bien qu'elles soient parfois exténuantes : elles ont l'avantage de n'exiger aucune qualité intellectuelle.

C'est ce que j'expose respectueusement au lieutenant Saulnier aujourd'hui, après qu'il a lu, devant notre chambrée, la liste des élèves aspirants, dont je fais partie. Le lieutenant me regarde comme si j'étais devenu fou :

Vous vous êtes engagé pour servir la France.
Dans l'armée, on obéit. Votre cas, comme celui
de vos camarades, a été examiné. C'est dans le
rôle d'officier que vous rendrez à la France les
meilleurs services. Vous pouvez disposer.

Je claque les talons et salue respectueusement
pour lui prouver ma reconnaissance d'avoir fait de
moi un soldat, mais aussi qu'en dépit de ma déception j'accepte volontairement la discipline qu'il m'a
inculquée.

Pour les élèves officiers, la journée se passe à
déménager. Nous changeons de *hut* et nous installons de l'autre côté du *parad ground*, enfin achevé,
dans un ensemble de *huts* destiné au peloton.

Samedi 7 décembre 1940

Déménagement

La réorganisation commence : nous pataugeons
dans la boue gluante toute la journée. Heureusement, un seul jour suffit pour changer de *hut*, de
camarades, de chef.

J'appartiens désormais à la 3ᵉ compagnie, celle
des élèves aspirants, dirigée par le lieutenant Sthal.
Différent du capitaine Lalande, il affiche une
réserve permanente, qu'il tient sans doute de son
ministère de pasteur dans le civil. Ma section, la 4ᵉ,
est commandée par un officier de chasseurs ralliés
de Norvège, le lieutenant Dureau.

Dans la *hut* qui nous est affectée, construite dans
une partie moins éventée du camp, je suis entouré

de quatre camarades de l'Olympia : Briant, Guéna, Léon et Podeur. Instinctivement, nous choisissons de rester groupés et nous installons dans des lits voisins de l'entrée.

D'autres camarades, Beaugé, Loaec, Boilley et Carage, venus de la compagnie Dupont, s'établissent au fond. Depuis six mois, nous manœuvrons ensemble et prenons nos repas à la cantine. Le soir, les chasseurs, particulièrement les Bretons, visitent leurs camarades d'une chambrée à l'autre.

Cette rupture inopinée me fait prendre conscience des liens invisibles mais tenaces que notre entraînement accéléré a créés entre les inconnus que nous étions il y a cinq mois. Des amitiés sont nées (Beaugé, Carage, Daruvar, Kœnigwerter, Loncle, Vourc'h...), mais l'esprit de la compagnie n'est plus tout à fait le même : nous nous retrouvons davantage « entre soi », jeunes gens d'un même milieu scolaire et social.

De surcroît, la section compte désormais moins que l'individu, puisque nous préparons un concours. Sur les cent vingt élèves de départ, une vingtaine seulement deviendront aspirants.

Dans les exercices et les manœuvres que nous poursuivons, une nouveauté de taille apparaît : à tour de rôle, nous commandons pour apprendre à diriger les trente-six hommes d'une section. À quoi s'ajoutent devoirs et leçons. Je vis le temps de ce peloton comme une régression vers les études honnies ; ce sont les pires moments de mon exil.

Mardi 24 décembre 1940

Noël avec de Gaulle

Le général de Gaulle vient passer la veillée de Noël avec nous. Après quoi, nous aurons droit à une permission d'une semaine.

Cette visite, pour flatteuse qu'elle paraisse, impose un travail supplémentaire à quelques-uns d'entre nous : pour égayer la soirée, le colonel Raynouard a décidé de monter un spectacle. On a questionné quelques chasseurs pour choisir ceux qui y participeraient.

J'ai beau ne rien entendre à l'art dramatique, le lieutenant, connaissant mes goûts littéraires, me demande d'établir un lien entre les chansons et les sketches présentés par mes camarades. Je dois raconter des histoires ou réciter des poèmes de mon choix. J'accepte pour les histoires, mais crains que mes auteurs préférés (Baudelaire, Rimbaud, Verlaine) ne soient par trop sévères pour cette soirée de divertissement.

De Gaulle aime-t-il la poésie ? Je penche pour Raoul Ponchon et les textes de chansonniers que j'ai entendus à Paris avec mes parents. J'en connais certains par cœur.

La soirée est annoncée pour 9 heures dans le nouveau foyer inauguré à cette occasion. De Gaulle est accompagné du général Spears, dont la femme, depuis toujours, commande de jeunes et jolies volontaires aux petits soins avec nous : cantine, bibliothèque, correspondants, etc. Depuis notre arrivée, leur gentillesse dispense aux sans-famille que nous sommes une douceur féminine qui nous manque cruellement.

Une petite estrade supporte la scène, séparée des spectateurs par deux éléments de menuiserie. Le Général est installé au milieu du premier rang, accompagné du général Spears et entouré de nos officiers. Les chasseurs sont assis derrière eux.

Après un premier sketch de Missoffe, mon tour arrive. Je suis pris de vertige : de Gaulle est à deux mètres devant moi. Je m'avance sur la scène, en pull-over, sans cravate, ni béret, ni salut, ni garde-à-vous, follement intimidé : moi qui veux en découdre avec les Boches, ne suis-je pas capable d'affronter le regard du chef que j'ai choisi ?

J'ai réservé « La donneuse de lait », un poème de René Dorin, pour le finale du spectacle. Je tente de donner le meilleur de moi. Afin de ne pas trébucher dans ma récitation, j'essaie de fixer mes camarades au fond de la salle. Mais, involontairement, mon regard erre parfois sur les officiers du premier rang et sur de Gaulle lui-même, et je le vois se mettre à rire, lui aussi, sans retenue !

Après la représentation, tandis que nous nous rhabillons dans une petite pièce derrière la cantine, la porte s'ouvre brusquement. Un commandement retentit : « À vos rangs, fixe ! » Avant que nous comprenions, le Général est parmi nous.

À moitié déshabillés, nous effectuons un garde-à-vous rigide plutôt pittoresque : « Je vous félicite, c'était parfait ; merci à vous tous de nous avoir fait oublier la guerre. »

Le colonel nous présente séparément. À mon tour, il me serre la main : « Bravo Cordier ! Je me souviendrai de "La donneuse de lait". » Les grognards de Napoléon pouvaient-ils être plus fiers lorsque l'Empereur leur pinçait l'oreille ?

Avant la messe de minuit, nous avons le temps d'aller préparer le réveillon, que nous avons décidé de passer dans la *hut*.

À minuit, nous nous retrouvons dans la salle des fêtes transformée en chapelle. L'autel est dressé à l'emplacement de la scène. Le Général est assis au premier rang, entouré de nos officiers, et nous derrière eux. Aucune messe n'a été plus émouvante pour moi et sans doute pour tous. Ce soir, en dépit de nos uniformes, nous ne sommes plus que des enfants éperdus de nostalgie. De Gaulle, à lui seul, incarne nos familles.

Après la messe, nous nous égaillons dans la nuit pour rejoindre nos *huts* respectives. Nous avons accumulé victuailles et boissons pour cette longue veillée. Pourtant, en dépit d'une gaieté factice, le cœur n'y est pas. Dès le dîner achevé, nous gagnons nos lits en silence et, d'un accord tacite, éteignons la lumière : chacun a hâte d'être seul avec ses souvenirs.

C'est la première fois depuis ma naissance que je passe Noël loin de ma mère et de ma grand-mère. Il en va de même pour mes camarades, dont certains n'ont pas dix-huit ans. Cet événement symbolique marque la rupture décisive avec notre passé.

Après cette journée éprouvante, je souhaite dormir. Impossible. Le passé me hante. J'imagine mes parents regroupés autour de la table à Bescat. Je vois si bien ma chaise vide qui tourne le dos à la cheminée où flambent de larges bûches que, silencieusement, je fonds en larmes.

Demain, je ne serai pas le seul à éviter les regards de camarades qui auront, comme moi, « visité » leur famille.

Lundi 6 janvier 1941

Vacances en exil

Le jour de l'an, j'ai obtenu ma deuxième permission d'une semaine, à Londres. Les Zonneveld m'ont invité de nouveau pour les fêtes.

Plus encore qu'en septembre, leur appartement m'est apparu d'un confort féerique, après les semaines glacées d'Old Dean. En dépit de quartiers en ruine, Londres demeure bien vivant.

Mes hôtes ne savaient qu'inventer pour me distraire. Chaque jour, nous visitions de nouveaux quartiers, dont ils m'expliquaient l'intérêt historique : Tower Bridge, Hampton Court, les églises, les maisons anciennes, les cimetières...

Nous déjeunions dans des restaurants célèbres (*Café Royal*, *Claridge*, *Ritz*). L'après-midi ou en soirée, nous allions au concert à l'Albert Hall ou à Covent Garden.

Ces amis chers se comportent en parents attentifs. Le fort accent américain de Mme Zonneveld m'enchante, corsant ses reparties parfois cocasses. Au cours d'une de nos conversations, alors que j'affirmais que Dieu favorise la victoire de la

France, elle lança : « Les hommes sont si méchants que Dieu est dégoûté de tout le monde. »

Mardi 7 janvier 1941

Retour au camp

Mes vacances s'achèvent. C'est la première fois que je suis séparé aussi longtemps de mes camarades. Le plaisir du retour me révèle la place qu'ils occupent dans mon existence ; non seulement les intimes, comme Briant ou Guéna, mais tous les autres. Au départ, nous étions liés par notre serment de venger la France. Avec le temps, un sentiment secret, encore plus exigeant, nous unit : la solitude de l'exil.

Mercredi 8 janvier 1941

La France libre

Briant a rapporté de ses vacances deux numéros de la revue *La France libre*, dont le premier est paru au mois de novembre. Il pense qu'elle est éditée par notre mouvement, bien qu'elle ne soit pas en vente dans le camp.

J'ai lu quelques semaines auparavant dans *France* un article du directeur, André Labarthe, expliquant qu'elle serait consacrée à la bataille d'idées et à la défense de valeurs. Nous connaissions déjà son nom par ses discours à la radio, qui l'ont rendu impopulaire parmi nous à cause de ses références systématiques à la gauche et au Front populaire. Le rédacteur en chef, René Avord, nous est inconnu.

Le premier article que je lis est une « Chronique de France » décrivant la vie quotidienne du pays. L'auteur explique que le découpage du territoire a transformé un pays riche en pays pauvre, la richesse étant au nord confisquée par les Allemands.

L'article donne beaucoup de chiffres : près de deux millions de soldats prisonniers en Allemagne, autant de démobilisés, trois millions et demi de réfugiés rapatriés en zone occupée, trois mille cinq cents ouvrages d'art détruits, 90 % de brèches dans les voies ferrées, 80 % des circuits électriques détruits...

L'article conclut :

> *Dépouillés de matières premières et même de nourriture, accablés par le chômage, les Français sont progressivement contraints par la technique hitlérienne d'accepter une collaboration qui dissimule la pure et simple intégration de la France dans l'économie de guerre germanique.*

Les « responsabilités de la guerre », sujet occulté dans la France du désastre, mais omniprésent dans les conversations entre camarades, sont aussi examinées par *La France libre*. Nous nous réjouissons d'apprendre qu'un procès est en préparation. Comme l'écrit la revue :

> *Elle [la France] a lieu de maudire ceux qui n'avaient pas su lui forger des armes, mais non de rougir d'avoir combattu pour la liberté de l'Europe.*

Un autre article, « La capitulation », signé par René Avord, traite du problème qui en découle. Je n'ai encore rien lu sur ce sujet. Quelles manœuvres, tractations, trahisons y ont conduit ? La première question de René Avord n'est autre que celle que nous nous posons en vain depuis six mois :

> *Par quelle aberration, sous le coup de quel malheur, les ministres ont-ils décidé et le peuple accepté de sacrifier les dernières armes de la France à l'illusion d'un accord loyal entre soldats ? [...] Et pourtant, quelle n'eût pas été la gloire de la France si, tout entière occupée, elle avait refusé d'abdiquer.*

Hitler ayant eu le dernier mot, l'auteur nous rappelle à nos certitudes : « Les pays vaincus dans la future guerre européenne seront rayés de la carte du monde. »

Dimanche 12 janvier 1941
Guy Vourc'h

Quelques semaines après le début du peloton, je lie connaissance avec Guy Vourc'h récemment arrivé parmi nous. Je sympathise aussitôt avec ce garçon légèrement plus âgé que moi, d'une vive intelligence, stimulée par l'humour, et d'une insatiable curiosité.

Vourc'h est auréolé de la gloire de s'être « évadé » de la France occupée. Il y a quelques semaines seulement, en compagnie de cinq camarades, il a dérivé dix jours en mer sur une pinasse, sans essence ni vivres. Ils ont été repêchés *in extremis* par les Anglais au cours d'une tempête, non loin de Bristol.

Nous fêtons leur arrivée au camp. Par leur entremise, c'est la première fois que nous avons des nouvelles directes et récentes de la France occupée. Ils nous racontent le comportement des Allemands, mais aussi la vie des Français : difficultés matérielles, rationnement, chômage.

Je lis parfois dans *France* que des communistes sont arrêtés pour distribution de tracts ou que la police a découvert des imprimeries clandestines. Mais ces informations sont si elliptiques qu'elles suscitent diverses interprétations.

Grâce à Vourc'h, je peux questionner un témoin sur la vie quotidienne des jeunes, leur intérêt pour la guerre, pour Pétain, de Gaulle... Le plus réconfortant est d'appendre qu'il y a une vraie résistance aux Allemands en France, qu'on y espère la victoire anglaise et la nôtre et que les Français ont confiance dans la légion de Gaulle.

D'après ce qu'il dit, cette résistance est surtout une attitude morale de la population, qui isole les collaborateurs et crée le vide autour des Boches.

Je m'imaginais la résistance sous la forme d'une guérilla, telle que les Espagnols l'avaient pratiquée contre Napoléon. Transposée dans la France de 1940, cela signifiait pour moi que des trains sautaient et que les Boches étaient assassinés un à un.

Vourc'h explique que le travail des résistants consiste surtout à recueillir des renseignements militaires pour informer les Français libres et les Anglais, ainsi qu'à aider les prisonniers évadés et les avia-

teurs alliés dont les avions ont été abattus. Cette
activité ne signifie pas grand-chose pour moi. En
dépit de ma déception, ce que je retiens de son
témoignage est l'approbation des Français.

Au-delà du lien moral qui unit tous les volontaires, je partage immédiatement avec Vourc'h des
passions communes : la politique et la littérature.

Sur la première, nous nous opposons. En dépit
de ses convictions de droite, il réprouve, comme
Briant, mon admiration pour Maurras et surtout
mon fanatisme : « Maurras plaide en faveur de
Pétain et est par-dessus tout anglophobe. Toutes les
occasions sont bonnes pour attaquer les Anglais et
plus encore de Gaulle, qu'il qualifie de traître. »

Dans la revue de presse des journaux français
publiée dans *France*, je n'ai jamais rien lu de tel. Je
me rebiffe : « Même s'il approuve Pétain, je doute
qu'il attaque de Gaulle, que *L'Action française* a
soutenu avant tout le monde. Maurras est antialle-
mand, il a toujours réclamé la division de l'Allemagne
et ne peut que souhaiter notre victoire.

— Tu te trompes : Maurras propage la doctrine
qu'il a inventée de "la France seule", dont le slogan
orne quotidiennement la manchette du journal. Il
espère que l'Allemagne et l'Angleterre s'épuiseront
mutuellement et qu'au moment d'une paix de compromis la France bénéficiera de cette usure pour
s'imposer comme arbitre. Pour lui, la mort de la
République grâce à la "divine surprise" de l'arrivée
de Pétain est une victoire inespérée et le seul événement qui compte. »

Nos échanges, au cours desquels le ton monte parfois, ne modifient en rien nos relations confiantes. La charte non écrite des volontaires des FFL (sacrifier nos vies pour libérer la France) nous permet non seulement de dépasser les querelles subalternes, mais d'accepter les conditions rebutantes de la vie à Old Dean, aggravées par la rigueur exceptionnelle de cet hiver anglais.

À l'occasion de la prise de Bardia, en Libye, le 5 janvier, Churchill a rendu hommage, à la radio, aux Français libres combattant aux côtés des Britanniques. Les FFL ont joué un rôle important dans la bataille, au cours de laquelle il y a eu des milliers de prisonniers italiens.

Hélas, ces bonnes nouvelles sont endeuillées par la perte de notre sous-marin, *Le Narval*.

Les photos publiées dans *France* montrent la remise d'un drapeau en Libye et d'un défilé des FFL sur le champ de bataille. Elles fouettent notre impatience : quand irons-nous les rejoindre ? Impatience d'autant plus grande qu'en ce début de peloton, notre participation à la guerre nous semble inaccessible.

Mercredi 22 janvier 1941

De Gaulle écrivain

La neige couvre les terrains de manœuvres sur notre plateau éventé. La température est polaire.

Cours, lectures, devoirs se succèdent. À l'inverse de ce que je craignais, j'éprouve un certain plaisir dans l'apprentissage des problèmes de commandement et d'organisation des manœuvres. Le lieutenant Dureau nous fait connaître la pensée militaire du général de Gaulle. Pendant une semaine, il désigne à tour de rôle un élève pour lire les différents chapitres de *Vers l'armée de métier*, publié en 1934, que personne parmi nous ne connaît.

Désigné pour inaugurer la série, je suis immédiatement séduit par le rythme des phrases, le choix du vocabulaire, l'ampleur oratoire, que met en valeur la lecture à haute voix. Je le place d'emblée parmi les classiques que je vénère, tel Bossuet.

Je demande au lieutenant de bien vouloir me prêter le livre, qu'il me confie en me recommandant d'en prendre soin : c'est le seul exemplaire du camp. Il est réservé aux officiers. Je le dévore avec enthousiasme, notamment le chapitre consacré à Napoléon, dont je comprends mieux le génie militaire. Après l'éclipse maurrassienne, je redeviens, comme mon grand-père, un de ses admirateurs.

Samedi 8 février 1941

Loisirs et musique

Les canalisations du camp ont gelé. Durant quelques jours, les douches ne fonctionnent plus, ce qui dégrade encore nos conditions de vie.

Nous avons deux permissions de minuit par semaine. Pour échapper à l'hostilité des éléments, nous allons, de temps à autre, à Camberley prendre un repas entre amis dans un des meilleurs restaurants de la ville, le *Cambridge*.

Mais l'évasion suprême s'effectue par la musique et la lecture. Grâce à mon poste de TSF, j'assouvis en partie la première, mais pas assez à mon goût. Dans une boutique de Camberley, j'ai remarqué un phonographe portatif Columbia vendu à un prix abordable (12 livres, soit un peu plus de 2 000 francs). Je m'y rends pour l'acheter, ainsi que quelques disques.

Le choix n'est guère étendu, mais la sélection — à cause des cadets de Sandhurst, anciens d'Oxford et de Cambridge — est de qualité. J'ai la chance de trouver *Navarra*, de Granados, que ma mère, férue de musique espagnole, avait découvert à Madrid où elle avait fait ses études, ainsi que *L'Invitation à la valse*, de Weber, et les *Rhapsodies hongroises*, de Liszt, que mon père m'a appris à aimer.

Je choisis également la sonate *Au clair de lune*, de Beethoven, et des *Nocturnes* de Chopin que je jouais au collège. J'aurais pu choisir d'autres titres, mais, sans l'avouer, c'est mon passé plus encore que la musique que je souhaite « entendre ». Mon goût a depuis évolué vers Debussy, Ravel et Stravinsky.

Ce soir, pressé d'étrenner mes emplettes, je remonte au camp sans avoir dîné. J'espère que mes camarades seront de sortie, car j'ai envie d'être seul pour ce pèlerinage aux sources.

La chance me sourit : seul Briant est sur son lit, occupé à lire. Notre intimité fait de cet ami une partie de moi. Dès les premières notes de *Navarra*, la chambrée est emplie du soleil de mon Midi. Je crois entendre ma mère à Bescat, qui, souvent, l'après-midi, se mettait au piano pendant que je lisais sur la terrasse. Au milieu de la froidure bri-

tannique, le miracle opère toujours : quelques notes
de musique et je m'évade.

Avec les disques de Liszt et de Weber, c'est un
tout autre passé qui surgit : celui de la vie avec mon
père, que j'ai, depuis ma rupture, rayé de ma vie. Le
pouvoir de la musique brise ma rancœur. Je note
dans mon cahier :

> *Je revis la vie antérieure sans prisme aucun. Je*
> *pense à mon père, mon père vieilli : n'ai-je pas*
> *commis une injustice ?*

Lors de mes rares sorties, je prends l'habitude
de passer à la boutique de disques. Un jour, la
chance me sourit : je tombe sur *Boris Godounov*, de
Moussorgski, interprétée par Chaliapine, qui a bouleversé mon enfance.

À mon retour dans la chambrée, Loncle et Briant
deviennent mes victimes consentantes pour écouter
avec moi cette musique déchirante. Après avoir
remonté le phonographe et leur avoir expliqué mon
intérêt pour ce disque, qui fut, à sept ans, à l'origine de ma passion pour la musique, j'éteins la
lumière et demeure debout devant le phonographe.
Durant quelques minutes, je réintègre mon passé.

Peu après, des camarades nous rejoignent : le
phonographe appartient désormais à la chambrée,
et chacun peut choisir son disque favori.

Les semaines suivantes, des enregistrements fort
différents s'empilent sur la table, évoquant d'autres
strates de ma mémoire : le Hot Club de France,
avec Stéphane Grappelli, que j'avais découvert en
1936 chez Enrique Pradilla, à Biarritz, Louis

Armstrong et Duke Ellington, auxquels m'avait initié, en 1937, Coujolle, fils d'un marchand de couronnes mortuaires à Bordeaux.

J'achète également des disques d'orchestres de jazz et de chanteurs inconnus en France : Artie Schaw, Benny Goodman, Lionel Hampton, Frank Sinatra... Ils deviennent la musique préférée de la chambrée.

Lundi 10 mars 1941

Pensées pour Jacques Thibault

Depuis le début du peloton, nous avons le sentiment que nos officiers, excepté pour les cours et les devoirs, ne savent quoi faire de nous et nous occupent à des « bricoles », car nous sommes surentraînés.

En neuf mois, notre volonté de rejoindre les champs de bataille nous a fait brûler les étapes, à la surprise de nos supérieurs. Ils ne répondent rien à nos interrogations de plus en plus pressantes sur notre avenir, même si eux semblent assurés. Mais de quoi au juste ?

Je pense au destin de Jacques Thibault. Je ne me doutais pas, à l'époque de ma découverte, en 1934, du livre de Roger Martin du Gard, que mon existence le rejoindrait sur un point : celui d'une rupture brutale avec sa famille, son milieu, la France. Les obstacles que j'ai vaincus pour défendre mon idéal, d'une certaine façon, ressemblent aux siens. Sa mort solitaire et inutile condamne-t-elle mon avenir ?

Mon admiration pour l'auteur fait de moi un missionnaire : Briant cède finalement à mes objurga-
tions. À la fin du livre, il est horrifié par la mort de
Jacques, barricadé dans l'athéisme. « Je me
demande parfois si ce n'est pas le destin que tu
ambitionnes ? » D'une certaine manière, il n'a pas
tort.

Les ouvrages que je lis et relis sont ceux qui
m'offrent les morceaux d'un miroir. Parmi beaucoup d'autres, je m'identifie à Jacques Thibault. Je
suis fasciné par son militantisme révolutionnaire
communiste de l'été 1914, alors même que je le
combats par mon engagement politique. Comble du
paradoxe : j'ai relu le livre en janvier et février 1940,
quand je n'avais qu'un but : participer à une guerre
que Jacques réprouvait.

Je ne m'attarde pas à ces contradictions : les
idées sont de peu d'importance puisqu'un même
fanatisme nous habite, un même besoin d'absolu. Il
est mort pour sa cause, comme je m'apprête à me
sacrifier pour la mienne.

Mi-avril 1941

Un grand frère nommé Stéphane Hessel

Guy Vourc'h m'annonce qu'un garçon vient
d'arriver de France : « Je suis sûr qu'il te plaira. Il
faut que tu le rencontres. » La pause de midi en
fournit l'occasion.

Vourc'h m'emmène de l'autre côté du camp, près
de mon ancienne *hut*, attribuée maintenant aux
nouveaux engagés. Les uniformes français que nous

rencontrons révèlent une constellation d'armes : aviation, chars, infanterie… Lorsque j'entre, chaque volontaire s'affaire autour de son lit pour ranger ses affaires.

Vourc'h me conduit au fond de l'allée centrale. Un garçon légèrement plus âgé que moi est assis sur une caisse de munitions, le dos appuyé à la cloison, absorbé dans la lecture d'un petit livre. Il lève la tête. Vourc'h me présente : « Daniel Cordier, Stéphane Hessel. »

Je ne saurais dire pourquoi je suis intimidé malgré son sourire de bienvenue. Il n'a encore rien dit, mais le charme de sa présence rayonne. Je suis conquis dans l'instant : « Que lisez-vous ?

— *Paludes*. Vous aimez Gide ?

— C'est mon libérateur. Mais *Paludes* est un des rares livres que je n'ai pas lus.

— Je vous le prêterai. Ce n'est peut-être pas son meilleur, mais le plus curieux assurément.

— Si nous déjeunions ensemble ? » propose Vourc'h.

Hessel a la voix caressante, aux inflexions rieuses. Son humour agrémente un savoir dont quelques minutes de conversation me permettent de mesurer l'étendue. Son caractère grave et enjoué m'évoque André Marmissolle, le cynisme en moins. Quand nous parlons des Allemands, il ne dit pas « Boches » mais « nazis ». Aucun de mes camarades ne prononce ce mot, que seul *France* imprime régulièrement. Je ne puis m'empêcher de préciser : « Les nazis ne sont pas les seuls criminels ; le peuple allemand tout entier est maudit.

— Croyez-vous ? »

Il y a dans ces mots, dans son regard moqueur, une sévérité imperceptible, m'incitant à la prudence. Son intonation insinue un doute dans mon assurance. Après tout, je ne connais rien de l'Allemagne et me contente de répéter, comme sur bien des sujets, ce que j'ai entendu dire par ma famille, leurs amis et, bien sûr, Maurras.

Afin de protéger ma retraite, je fais appel à son autorité suprême : « En tout cas, c'est ce que pense Maurras.

— Ah ! Maurras, évidemment. »

C'est alors que Vourc'h, qui n'a dit mot, se jette à la traverse : « Il faut que je te dise que Cordier est royaliste.

— C'est ce que j'avais cru comprendre. » Nous éclatons de rire.

Hessel a rejoint de Gaulle pour combattre. En 1940, il a participé à des opérations sur le front avec les corps francs. Cette information, lancée au détour d'une phrase, m'étonne tant il paraît jeune. Peut-il être déjà un « ancien combattant » ? Je ne sais ce qui me touche le plus : qu'il ait déjà combattu ou qu'il en parle avec le détachement d'une expérience insignifiante.

Jeudi 24 avril 1941
Un message du passé

Sept mois après ma lettre à mes parents, je reçois la réponse, par le même canal. Ma joie est identique, mais ma déception plus grande : toujours rien de Domino. Je comprends mal ce silence après que ma mère m'a dit lui avoir remis mes lettres.

Elle me transmet également le souvenir de toutes ses amies, dont certaines m'ont vu naître, ainsi que de notre fidèle Anna, maîtresse femme qui dirige la maison depuis mon enfance : « Elle ne peut se consoler de ton départ ; elle m'a dit avoir le même chagrin que si c'était son fils. » Elle me donne aussi des nouvelles de mon ami Henri Blanquat, membre actif du cercle Charles-Maurras de Bordeaux : « Il est dans un camp de jeunesse des environs. Il est venu déjeuner à la maison. »

Mon beau-père, après s'être inquiété de mon silence et de la rigueur de l'hiver, me donne des informations plus détaillées sur la famille. Mon grand-père est enfin venu de Bordeaux passer la Noël avec eux. Malheureusement, son laissez-passer n'a pas été renouvelé :

> *Je vais le voir à peu près tous les mois [à Bordeaux] en allant m'occuper des autobus et des clients des carrières. Là-bas la vie devient difficile. Les voraces se sont abattus sur tout ce qui se mange et s'utilise. Ils raflent tous les magasins pour envoyer chez eux. Ce qu'ils n'ont pu enlever et n'enlèveront jamais, c'est ce qui fait le cœur même de la France. Ayant repris conscience d'elle-même au moment où, après cent cinquante ans de dénaturalisation méthodique, elle saignait d'être brutalement et matériellement dénationalisée. Cette réaction lui a donné une dignité dans l'épreuve, une foi dans l'avenir, une force de vie et un moral auxquels les Allemands ne comprennent rien. Ils s'attendaient à l'effondrement et à la pagaille alors qu'ils assistent à un resserrement de l'unité nationale autour du vieux chef qui a rallié tout le monde et a fait en sept mois*

*une France, là où il n'y avait que confusion et
désordre de partis ayant définitivement submergé
tout sens national.*

*Pinglé [un des collaborateurs de mon beau-
père] est ici le chef des jeunesses de la Légion
des combattants de 1939-1940. À ce titre, il a
demandé à prendre en main les jeunes non
encore combattants. C'est évidemment de ce
côté qu'est l'avenir et c'est chez les jeunes qu'il
faut travailler le plus. Là, tu aurais pu rendre de
gros services, et Pinglé regrette bien que tu ne
sois pas là pour l'aider.*

*L'heure va sonner de la grande offensive et
nous la voyons arriver avec angoisse. Elle est
nécessaire car il ne peut y avoir de décision
sans elle, mais nous pensons avec inquiétude à
tous les dangers que tu vas courir. Sois bien
prudent ; ceci ne veut pas dire sois peureux ou
lâche, mais cela veut dire ne néglige aucune précaution, évite tous les dangers inutiles. Les
beaux gestes ne sont pas les manifestations
romantiques qui ne conduisent à rien, mais les
gestes qui, en échange du danger qu'ils peuvent
comporter, entraînent des avantages certains en
vue du but à atteindre.*

*Songe que nous sommes sans doute beaucoup
plus près de la fin que tu ne crois et qu'il faut
être là pour la fin. Cette fin-là doit être le commencement d'une France nouvelle déjà en gesta-
tion ici.*

De cette longue missive, je ne retiens qu'une
chose : mon beau-père prêche la prudence ; en
clair, il me conseille de me *planquer*. Cette blessure
ne cicatrisera jamais. Me demander d'imiter les

hommes qui, dans les guerres, survivent et profitent de la victoire des morts ? Comment lui, héros de la Grande Guerre, grand invalide, peut-il s'abaisser à de tels préceptes alors que c'est grâce à lui que je participe à la revanche ?

Cet homme que j'admirais, qui a supplanté mon père dans un cœur d'enfant et dont j'ai adopté les idées politiques : quelle déception ! Mon indignation est si forte que je ne réponds pas et interromps définitivement notre correspondance[1]. À son égard, quelque chose s'est brisé définitivement en moi.

Je griffonne quelques lignes elliptiques sur mon cahier, en m'arrêtant, comme toujours, aux limites non pas de la vérité, mais du compréhensible, afin de me protéger. Seul Philippe aurait pu entendre ce nouveau secret de famille, seul il aurait pu comprendre et me consoler. Où est-il mon cher Philippe en cet instant où j'ai tant besoin de lui ?

Lundi 5 mai 1941

Sergent armurier

Les résultats du peloton sont enfin proclamés : je suis nommé sergent ainsi que Briant, Carage, Griès, Loncle, Kerjean, Léon et Leroux. Deviennent aspi-

---

1. Relisant cette lettre aujourd'hui, j'ai peine à comprendre ma réaction d'alors. Concernant la guerre, elle n'exprime rien d'autre que les craintes de tous les parents sachant leur enfant en danger : la guerre est le calvaire des familles. Ce n'était pas tant l'inquiétude que les conseils de prudence qui me révoltaient. Je n'étais plus un enfant. Mon départ de France avait instauré un nouveau statut : celui d'un homme libre, qui n'acceptait aucune limitation à sa liberté.

rants Beaugé, Boilley, Loaec, Podeur, Daruvar et Vourc'h.

Je suis nommé armurier du bataillon. À ce titre, j'ai la responsabilité des armes et des munitions. Mon beau-père serait comblé d'apprendre cette nomination considérée comme une sinécure. Je la juge honteuse.

Mon prédécesseur me fournit l'inventaire en me souhaitant bonne chance. Il ne souffle mot des problèmes liés à la « sinécure », mais semble heureux de passer la main.

Ce premier jour, je vérifie le nombre exact des armes dont j'ai hérité. Pour les mortiers, c'est facile : ce sont des pièces importantes, de même que les mitrailleuses entreposées près de mon bureau. En revanche, pour les fusils, je dois faire le tour des chambrées et vérifier un par un les numéros des fusils présents dans les râteliers.

Je demande au lieutenant Dupont l'autorisation d'effectuer ce contrôle pendant les heures des repas afin de ne pas déranger mes camarades. Je prends soin d'y inclure les armes du poste de garde. Contrôle terminé, il manque dix fusils ! Novice, je m'accuse d'une erreur. Je recommence avec une attention scrupuleuse, ne souhaitant pas marquer ma prise de fonction par une faute aussi conséquente. Stupéfaction : après ce nouveau comptage, il y en a trois de trop !

Je cours voir mon prédécesseur pour qu'il me donne la date de son dernier inventaire : « Je n'ai rien vérifié et t'ai transmis la liste que l'on m'a remise il y a deux mois. » C'était le sous-officier en titre, parti pour l'Afrique au mois de mars, qui l'avait constituée, et mon prédécesseur n'était qu'un intérimaire.

Un détail me surprend : depuis notre arrivée à

Delville, chaque fusil a été attribué à un chasseur, avec un numéro correspondant. Je m'en ouvre au lieutenant Dupont, qui me répond : « Faites une inspection. Chaque chasseur vous présentera son arme, et vous vérifierez par vous-même son numéro. »

Je consigne donc le bataillon dans les chambrées durant l'après-midi. Coup de théâtre : pas un seul fusil n'est entre les mains de son dépositaire attitré ! De surcroît, je ne trouve ni 390 fusils comme la première fois, ni 403 comme la deuxième, mais 397...

J'en découvre finalement assez rapidement la cause : durant les pauses que les chasseurs effectuent au cours des manœuvres de compagnie ou de bataillon, ils forment des « faisceaux ». Au coup de sifflet du lieutenant, tout le monde se précipite pour prendre son arme. Les premiers se servent au hasard, et les derniers partent avec celles qui restent.

Concernant les variations du nombre d'armes, disons qu'elles relèvent du mystère de l'armée... Dans les jours qui suivent, j'aurai beau multiplier les contrôles dans les chambrées ainsi que durant les exercices, il y en aura chaque fois trop ou pas assez[1].

---

1. Le jour où mon successeur vint prendre les consignes, je lui remis mon inventaire. Tout était en ordre. Je commençai à examiner chaque dossier en détail avec lui lorsqu'il m'arrêta : « Inutile de perdre son temps à ces paperasses : avec toi je suis tranquille ; tu nous a tellement embêtés avec tes contrôles que je suis sûr que ce sont les inventaires les plus exacts de la France libre. » Accablé par ce compliment trompeur, je feignis la modestie : « Il ne faut jamais se fier aux apparences. »

Dimanche 11 mai 1941

En l'honneur de Jeanne d'Arc

Périodiquement, nous sommes invités dans les villes anglaises pour défiler à l'occasion d'une fête, d'un anniversaire ou de la remise d'un drapeau.

Aujourd'hui, c'est la fête de Jeanne d'Arc — anniversaire de l'attaque allemande de l'année dernière —, et nous sommes désignés pour défiler dans Londres : les régiments du roi nous accueillent dans les Wellington *barracks*, près de Buckingham Palace.

L'amiral Muselier, qui préside la cérémonie, nous remet les drapeaux destinés aux unités de la marine, de l'aviation et des régiments d'Afrique. Les aspirants forment la garde d'honneur autour du lieutenant Labaume. Quant à moi, je suis désigné chef de groupe. À ce titre, et pour la première fois, je commande, pour de vrai, douze chasseurs. C'est également la première fois que nous défilons derrière notre drapeau, qui nous est remis devant la statue du maréchal Foch.

La cérémonie se déroule sous une pluie de cendres. Le bombardement de la nuit précédente a été le plus terrible que Londres ait connu. De 9 heures du soir à 4 heures du matin, par vagues successives, l'aviation allemande a détruit des quartiers entiers. Les autobus qui nous transportent ont quelques difficultés à se frayer un passage parmi les décombres.

Au dépôt central de la France libre, il y a eu deux morts et quinze blessés. Partout, le déblaiement donne lieu à une activité fébrile des militaires. Quant aux civils, ils vaquent à leurs occupations, *as usual*. On annonce un millier de morts.

Sur notre passage, le public est un peu moins nombreux que d'habitude, mais il nous manifeste une identique ferveur.

La messe solennelle qui suit, dans la cathédrale catholique de Westminster, est présidée par le cardinal Hinsley. Son adjoint fait un sermon émouvant en français, rappelant la réponse de Jeanne d'Arc à la question « Dieu aime-t-il les Anglais ? » : « De la haine de Dieu pour les Anglais, je ne sais rien, mais il veut qu'ils quittent la France et retournent chez eux. » Paradoxe de l'histoire : ce sont nous autres Français qui appelons les Anglais à venir « chez nous » pour « bouter » les Allemands hors de France !

Le lieutenant Dupont tire les conclusions de cette journée : « La France ne se relèvera qu'après avoir demandé à Dieu le pardon de ses fautes. La France ne sera grande, forte et belle que chrétienne. Nous voulons Dieu dans la patrie et dans la famille. Nous voyons bien où le reniement de sa foi a conduit la France. Elle est maintenant à genoux : qu'elle en profite pour prier, pour bien prier, et qu'elle se remette à la lutte avec confiance. Avec l'aide de Dieu, l'impossible n'existe pas ; Jeanne d'Arc l'a bien prouvé. Notre fête nationale, désormais, ne doit plus être le 14 Juillet, mais le jour de la fête de Jeanne d'Arc. »

Nombre d'entre nous le pensent.

Jeudi 12 juin 1941

Le moral à zéro

J'ai dit que la création du peloton avait jeté la consternation parmi le bataillon à cause de la déchirure des amitiés. Sa fin ruine aujourd'hui mon moral.

Pour la première fois de ma vie, je m'approche par moments du désespoir. Après la rupture de l'été 1940, je ne comprends plus mon engagement dans cette armée, tant mon activité est devenue dérisoire. J'ai tout quitté pour venger la patrie, et, après un an d'espérance et de dur labeur, je me retrouve à former de jeunes recrues.

L'exil et l'inaction composent un cocktail détonant. Je ressens la seconde comme une injustice. Je ne suis pas le seul. J'en parle au capitaine Dupont, sous les ordres duquel je sers maintenant, et lui fais part de l'état déplorable du moral de mes camarades et du mien.

Il y a ceux qui vivent au jour le jour dans l'inconscience, et ceux qui connaissent le prix de ce qu'ils ont abandonné et la grandeur exigeante de la cause pour laquelle ils se sont engagés. J'estime que nous avons besoin de savoir ce que nous faisons en Angleterre après la fin du peloton et de l'entraînement.

Dupont est un officier modèle qui, depuis juillet 1940, cherche à faire de nous des vainqueurs. Mon aveu le gêne. Il s'interroge : A-t-il failli en ne nous expliquant pas notre mission ? Il me révèle que les sentiments que j'expose n'ont rien d'exceptionnel. Ce sont ceux d'une troupe au repos et qui s'ennuie : « Ne vous inquiétez pas, tout cela est provisoire. Dès que nous partirons au combat, non seulement le moral reviendra, mais nous serons capables de nous surpasser. »

Comme tous mes camarades, j'admire Dupont tout autant pour l'efficacité de son commandement que pour son exigence morale de chrétien. Toutefois, cette conversation me déçoit. J'ai le sentiment qu'il n'a pas compris mes critiques et qu'il tente seulement de me consoler. Que peut-il faire d'autre puisqu'un non-dit les motive : la destruction du bataillon après la visite de De Gaulle ?

Nous seuls pouvons guérir de la nostalgie qui nous ronge. Chacun invente un remède selon son caractère : lectures, musique, permissions, flirts.

Ceux qui, comme moi, ont été promus sergents jouissent d'une existence privilégiée. Si les baraquements de sous-officiers où nous sommes désormais installés ne sont guère plus confortables que ceux des chasseurs, la vie quotidienne y est transfigurée : les inspections sont terminées, et nous sommes libres d'aménager la *hut* à notre guise. De plus, nous prenons nos repas au mess, où l'ordinaire est sans commune mesure avec celui de la troupe. L'élévation substantielle de notre solde nous débarrasse en outre des soucis financiers. Enfin, nous sommes libres de nos soirées.

Dimanche 22 juin 1941

L'Allemagne envahit la Russie

Michel Carage m'a proposé de passer un week-end à Bournemouth, sur la côte. Le printemps chaud de cette année favorise notre escapade.

Nationaliste comme moi, ce nouveau complice possède une autre grande qualité : il est beau, et sa

voix profonde ajoute au charme d'un être heureux.
Avec lui, les filles tombent sans résistance. Une fois
qu'il a fait son choix, les autres se rabattent sur les
faire-valoir qui l'accompagnent.

C'est ainsi que j'ai été conquis par une jeune
Anglaise au style de « vierge italienne », qui, le temps
d'un week-end, m'a fait oublier Domino. C'est la
première fois depuis notre séparation. Érosion du
temps...

La longueur du trajet de retour en train me permet de lire les derniers numéros de *France*. Après les
anniversaires des 17 et 18 juin, une actualité nous
concerne au premier chef : la lutte des Français
libres pour conquérir la Syrie contre les Français de
Vichy. Cette douloureuse affaire arrive à sa conclusion. De jour en jour, on annonce la progression des
Alliés vers Damas, puis l'encerclement de la capitale
syrienne.

À côté de ces informations majeures, des dépêches
plus ou moins crédibles des agences d'Ankara ou de
Stockholm font état d'une tension germano-russe.
Périodiquement, ces révélations sensationnelles apparaissent entre les gros titres : « Rupture des relations américano-allemandes », « Entrée en guerre
des États-Unis », « Traité de paix entre Vichy et les
Allemands », etc. Je n'y prête guère attention, car
elles disparaissent rapidement ou sont démenties.

De retour à Old Dean, j'apprends par la BBC que
l'Allemagne a envahi la Russie ce matin, à 5 heures
et demie. C'est pour nous tous une énorme surprise,
un événement aussi considérable que la déclaration
de guerre de septembre 1939.

Maurice Schumann commente l'extraordinaire nouvelle :

> *La France libre, gérante provisoire du patrimoine matériel et moral de la nation, se réjouit de voir l'oppresseur de nos foyers et l'envahisseur de nos terres acculé à cette suprême folie : la guerre sur deux fronts, sans compter la guerre d'Afrique.*

Selon lui, Hitler met en œuvre le projet de guerre à l'Est qu'il a exposé dans *Mein Kampf*, sans oublier l'objectif qu'il s'efforce d'atteindre : « Anéantir la France, anéantir son peuple et jusqu'à son histoire. »

Schumann expose la raison politique immédiate de l'entreprise :

> *Peut-être espérait-il [Hitler], en redevenant soudain le champion de la croisade antibolchevique, semer aux États-Unis et dans l'Empire britannique assez de confusion pour obtenir une paix de compromis qui scellerait l'asservissement de l'Europe et de la France mais lui épargnerait son châtiment. Cette manœuvre, les Alliés l'ont déjà ruinée.*

La campagne de Russie pose à tous un problème délicat. Il est utile pour les Alliés que Hitler se tourne vers la Russie afin de relâcher la pression sur l'Angleterre. Mais, pour la plupart d'entre nous, il n'y a aucune différence entre le communisme et le nazisme.

Lundi 23 juin 1941

Duel à mort

Je dévore les commentaires de *France*. Une énorme manchette résume l'information : « Agression nazie contre la Russie ». L'éditorial met en perspective les enjeux de l'agression :

> *En 1940, l'absence de la Russie rendit possible l'écrasement de la France après celui de la Pologne. L'entrée en scène de la Russie, à l'été 1941, est un élément décisif dans le duel à mort où les Alliés sont engagés.*

À la BBC, Churchill explique la nécessité de l'incroyable volte-face politique que représente la nouvelle alliance. Un passage de ce long discours me captive :

> *Le régime nazi n'est pas différent des pires formes du communisme. Il est dépourvu de tout principe ; il n'a que les appétits et le goût de la dépravation humaine. Personne n'a été plus que moi l'adversaire du communisme ; je ne retire rien de ce que j'ai dit depuis vingt-cinq ans, mais tout cela disparaît devant le spectacle qui s'offre à nos yeux.*

L'aveu rassurant de Churchill répond à mes réticences : le communisme est pour moi comparable au nazisme dans la destruction de nos valeurs, en particulier du christianisme. Nous sommes nombreux à le penser : aider les Russes à vaincre les Boches,

n'est-ce pas risquer de tomber sous leur dépendance ?

La position pragmatique de Churchill répond à
ce dilemme. Même s'il ne le dit pas, nous espérons
que les deux monstres se détruiront l'un l'autre et
que leur ruine consacrera la victoire des Alliés.

Quelques jours plus tard, le numéro de juillet de
La France libre me fait comprendre que l'avenir de
la guerre dépend moins des idéologies en conflit que
des forces matérielles et des positions stratégiques
en présence.

L'analyse de « Strategicus » est éclairante. Par
cette attaque de grande envergure contre l'URSS,
l'Allemagne vient peut-être de commettre une erreur
décisive. Cependant, personne n'est en mesure d'évaluer la puissance militaire russe. Les soldats soviétiques sont d'une combativité exceptionnelle, mais
l'industrie nationale sera-t-elle capable d'entretenir
l'équipement d'une armée de dix millions d'hommes en cas de conflit durable ?

L'objectif des Allemands est de neutraliser l'Armée
rouge et, grâce à l'exploitation des territoires conquis,
de résister aux États-Unis, sinon jusqu'à la victoire,
du moins jusqu'à la « partie nulle ». Les Anglo-
Saxons se trouvent, grâce à ce pari risqué de l'état-
major allemand, face à une occasion qu'ils doivent
saisir sans hésiter : toutes leurs forces dans la
bataille changeront le cours du destin.

Cette analyse optimiste pointe l'importance de la
résistance de la Russie dans la stratégie générale.
En revanche, elle est accablante pour mon avenir
immédiat : mon seul espoir d'action reposait sur

une invasion imminente de l'Angleterre. Si fou soit Hitler, il n'attaquera pas l'Angleterre cette année.

Samedi 5 juillet 1941

Un avenir de combattant

Je bénéficie d'une nouvelle permission d'une semaine, que je compte passer à Londres en compagnie de Louit, un des dix-sept, que je n'ai pas revu depuis longtemps.

En attendant l'heure du départ, je tue le temps en lisant, sur mon lit, dans la *hut*. Soudain arrive Briant, guilleret. Il m'entraîne à l'écart : « Ça y est, je vais me battre.

— Quand ?

— Dans quelques jours.

— Où ?

— En France. »

Je suis interloqué. Lui qui supporte avec angélisme les aléas de notre existence, qui calme mes désespoirs ; c'est lui qui réussit l'évasion dont nous rêvons tous ! « Comment as-tu fait ?

— Grâce à un de mes camarades scouts de Londres, j'ai rencontré un officier des services secrets de la France libre, le BCRA[1], qui m'a proposé de m'engager dans le service pour des missions en France.

— Pour faire quoi ?

— Je ne sais pas. On ne pose pas de question dans ce service. Je sais seulement que c'est pour combattre les Boches. » Lui ne dit pas « tuer ».

---

1. Bureau central de renseignements et d'action, créé en juillet 1940 à Londres par André Dewavrin, alias le colonel ˙Passy.

Venant d'un autre, je croirais à une galéjade, tant cette histoire est invraisemblable dans la prison où nous sommes détenus. Je n'en reviens pas de la facilité d'une telle mutation. Mon camarade Henri Beaugé a posé sa candidature auprès du général de Gaulle lui-même pour accomplir une telle mission mais ne l'a pas encore obtenue. Il se morfond, comme nous tous, au camp.

« Acceptent-ils d'autres volontaires ?

— Je ne sais pas, mais je peux demander. L'officier est encore là. Est-ce que tu veux le voir ?

— Quelle question ! »

Briant m'offre peut-être la chance que je n'espérais plus. Depuis le discours de Pétain, le 17 juin 1940, je n'ai pas vécu un aussi grand trouble.

Après un moment d'éternité, Briant revient, serein comme toujours : « Il est d'accord pour te voir.

— Quand ?

— Tout de suite : il t'attend à l'entrée du camp. »

À l'extérieur du camp, après le poste de garde et à l'écart dans la forêt, j'aperçois un capitaine des chasseurs alpins en uniforme bleu marine, enveloppé d'une grande cape.

Intimidé, je salue à six pas, claquant les talons aussi fort que possible. Il me tend la main et se présente. C'est le capitaine *Bienvenue[1]. Il me demande depuis quand je suis en Angleterre, de quelle région de France je suis originaire, enfin si je suis volontaire pour n'importe quelle mission en France.

À la dernière question, je réponds un « oui » suppliant, tant je souhaite le convaincre. Toutefois, je n'ose le questionner sur le type de mission qu'il me

1. Raymond Lagier.

confierait. Briant m'a bien prévenu : un service secret, c'est d'abord un secret.

Le capitaine inscrit mon nom sur une liste et me congédie en me recommandant de ne souffler mot de notre rencontre à quiconque. La France libre est si pauvre en hommes que l'ex-bataillon de chasseurs, dépecé, est le seul réservoir dans lequel tous les services espèrent recruter des volontaires. Le colonel Raynouard s'oppose à ce débauchage qui fait fondre ses troupes jour après jour. Si ˙Bienvenue nous a rencontrés à l'extérieur du camp, c'est parce que tout recrutement est interdit à l'intérieur.

Jusqu'à mon départ en permission, ce soir, je ne tiens plus en place. Après cette rencontre, j'entraîne Briant dans la campagne pour parler librement. Grâce à lui, j'ai enfin un avenir de combattant. Impassible, comme à son habitude, il tempère mon ardeur : « J'y croirai quand nous serons officiellement mutés. En attendant, si nous rêvons trop, nous risquons une atroce déception. Ils vont examiner notre dossier : avons-nous les qualités requises ?

— Comment peux-tu dire une chose pareille ? C'est la chance de notre vie. Il n'y a aucune raison que nous soyons refusés. Ils ont besoin de têtes brûlées pour organiser des commandos, débarquer clandestinement, attaquer les Boches, détruire des batteries de canons, peut-être des bateaux, que sais-je, tout faire sauter. »

Cette fougueuse anticipation n'est pas de mon cru. Je l'ai lue hier dans un discours de Staline publié par *France* :

> *Dans les régions occupées par l'ennemi, il faut former des détachements de partisans à cheval et à pied, des groupes de destruction pour lutter*

contre les unités de l'armée ennemie, pour attiser la guérilla en tous lieux, pour faire sauter les ponts et les routes, détériorer les communications téléphoniques et télégraphiques, incendier les forêts, les dépôts, les convois.

À Londres, en compagnie de Louit, nous couchons au YMCA, en face de Big Ben. Je ne peux dormir, mais ce n'est pas à cause du carillon de l'horloge extraordinaire, qui fait trembler la chambre tous les quarts d'heure. Maintenant que se profile la chance de ma vie, ces vacances tant désirées ne m'intéressent plus.

À vrai dire, depuis ma rencontre avec le capitaine *Bienvenue, je suis inquiet : et si ma mutation arrivait durant mon absence ? J'ai fait jurer à Briant, en lui indiquant mon adresse à Londres, de tout faire pour m'alerter.

Mercredi 9 juillet

Sentiments et convictions

Hier soir, je suis tombé sur Yvon Morandat, en civil, dans un restaurant de Soho, *Chez Georges*, cantine des Français libres en permission. Il avait quitté le camp à la fin de l'été de 1940, et je croyais qu'il était parti en Afrique. Ma surprise est aussi vive que mon plaisir.

Ce garçon sympathique et rieur, aussi peu militaire que possible, m'a expliqué qu'il s'occupait du

Service du travail de la France libre sous la direction d'Henri Hauck. À ce nom, j'ai bondi : c'est, avec Labarthe, une des bêtes noires des chasseurs à cause de ses émissions à la BBC destinées aux ouvriers français. Il écrit aussi parfois des articles de la même encre dans *France*.

Habitué depuis Delville aux violences de mes diatribes, Morandat n'a pas paru pas étonné outre mesure lorsque je lui ai fait part de ma colère : « Il faut que tu le rencontres pour lui dire ce que tu as sur le cœur. Tu verras, il est sympathique et sera très intéressé par tout ce que tu racontes. »

Aujourd'hui, je suis dans le bureau de Hauck.

Je lui répète l'indignation de mes camarades et de moi-même à l'écoute de sa propagande « rouge ». Malgré mes accusations, il me considère avec sympathie et m'interroge sur mon itinéraire politique. D'abord surpris, il souligne que Maurras a choisi l'armistice et Pétain parce que ce dernier a abattu la République : « Vous semblez oublier que la raison de notre combat, c'est la liberté et que seule la démocratie en est le garant. Cela vous semble un non-sens, mais réfléchissez-y : c'est le socle de votre engagement, sinon vous seriez allé rejoindre Maurras à Vichy. »

La discussion est inégale, mais notre entretien est animé, quoique toujours courtois. Il m'invite à le revoir lors de prochaines permissions[1].

1. En dépit de l'humour qu'Henri Hauck manifesta ce jour-là, notre rencontre l'avait affecté plus qu'il n'avait paru. À la suite de ma visite, il écrivit, le 7 août, une lettre au professeur René Cassin que j'ai retrouvée dans les archives (382 AP 31) : « J'ai l'honneur de porter à votre connaissance qu'il y a environ quatre semaines, j'ai reçu la visite du sergent Cordier, des Forces françaises libres (qui, depuis, me dit-on, a été promu au grade d'aspirant). Le sergent Cordier m'a dit qu'il tenait à se faire auprès de moi l'écho des sen-

En quittant Hauck, je rejoins Morandat dans son bureau. Je lui explique que j'ai été sensible à l'accueil très amical de Hauck, mais que je ne lui ai pas caché le fossé qui séparait les dirigeants de Londres des volontaires d'Old Dean. Peut-être Yvon a-t-il quitté Delville trop tôt. Le moral était différent à cette époque, sauf sur un point : en dépit d'opinions disparates, nous ne nous étions pas engagés dans les FFL pour sauver la République. Je fais appel à ses souvenirs de chasseur en m'étonnant qu'il n'ait pas informé ses supérieurs de leur mentalité.

---

timents d'un grand nombre de ses camarades, qui sont, semble-t-il, profondément choqués des articles qui paraissent parfois dans *France* sous ma signature, et des causeries radiodiffusées que je fais dans les émissions du matin, destinées aux travailleurs français. Il a ajouté, tout en se défendant de partager à cet égard les vues de ses camarades, que beaucoup d'entre eux ne rêvaient que de me "jeter à l'eau". J'ai fait observer au sergent Cordier que les articles que j'ai publiés dans *France* n'avaient jamais contenu que des idées qui devraient être communes à tout le mouvement de la France libre, et qui, en tout cas, sont celles du général de Gaulle, et que mes causeries radiodiffusées sont régulièrement soumises à l'approbation de la direction des services politiques. D'autre part, sans prendre au tragique les menaces assez ridicules dont il s'était fait le messager, je lui ai communiqué un certain nombre de documents venant de France, et qui prouvent que le peuple français qui résiste aux Allemands et au gouvernement de Vichy, est animé de ce patriotisme démocratique que les jeunes volontaires de Camberley condamnent avec tant de violence. Je l'ai mis en garde contre le danger qu'il y aurait à ce que les Français libres, qui continuent la lutte sur la terre étrangère, se trouvassent moralement et politiquement coupés des millions d'ouvriers et de paysans qui, sur le sol de la patrie, combattent le même ennemi. Je n'ai pas jugé utile, à ce moment, de porter à votre connaissance les propos du sergent Cordier : je ne portais sur les opinions des volontaires de Camberley, dont le sergent Cordier s'était fait le porte-parole, qu'un jugement indulgent et amusé. Mais j'ai appris que, la semaine dernière, à la suite d'un article relatif à l'assassinat de Marx Dormoy par les cagoulards au service de la Gestapo, le journal *France* a reçu d'un volontaire des FFL une lettre contenant des menaces de mort. Il semble donc que le danger

J'avais constaté, au cours de nos discussions au camp, que lui-même n'était pas de notre bord, sans que cela suscite de tension entre nous. Je suis surpris que Hauck m'ait opposé les discours du Général puisque, comme nous, il condamne avec intransigeance les errements de la République.

Avec Morandat, les sentiments priment sur les convictions. Sans se départir jamais de sa bonne humeur méridionale, il m'invite à déjeuner et me prie lui aussi de le revoir lors de mes permissions à Londres.

Le centre des Français libres nous a distribué, à la demande de Morandat, des billets autorisant la visite de certains monuments. C'est ainsi que nous assistons à une séance de la Chambre des communes.

Nous visitons d'abord le palais de Westminster, gravement endommagé par les bombardements. C'est la première fois que j'entre dans ce temple de la démocratie, pour lequel je n'exprimais en France

---

soit plus grand que je ne l'imaginais : il règne dans les FFL un état d'esprit qui me semble des plus dangereux. Non seulement certains volontaires — sans parler de certains officiers — n'ont pas encore compris que, comme le rappelait le général de Gaulle dans son récent discours de Beyrouth, cette guerre est une guerre idéologique, la guerre de la liberté contre la tyrannie, mais encore entretiennent parmi nos troupes une mentalité fasciste qui s'apparente à celle de Vichy, et qui ne peut que servir les hommes de Vichy. Cette propagande me semble trop persévérante et trop méthodique pour ne pas être systématiquement organisée, et je suis personnellement convaincu qu'une cinquième colonne travaille dans nos rangs au profit des hommes que nous combattons. C'est pourquoi, je me permets de vous signaler la visite du sergent Cordier, en vous demandant de bien vouloir ouvrir une enquête sur les faits qu'elle m'a révélés. »

que sarcasmes. Bien que Philippe Kœnigswerther[1] m'ait averti en riant que le bâtiment était du faux gothique construit au XIXᵉ siècle, je suis impressionné par l'architecture exubérante et la richesse de la décoration de la Chambre des lords, dans laquelle se sont réfugiés les membres de l'autre Chambre anéantie par les bombardements.

De la tribune du public, au premier étage, quelques spectateurs nous entourent : nous avons une vue panoramique sur les débats.

Je vois Churchill à son pupitre, obligé de se défendre face à une meute d'interlocuteurs rageurs. Je suis indigné que le Premier ministre, auquel l'Angleterre doit sa liberté, soit mis en cause par des parlementaires irresponsables. Cela me confirme dans mon opinion sur la « perversité du principe démocratique ».

Vendredi 11 juillet 1941

Politique d'abord

Revenu au camp, je n'ai qu'un objectif : connaître la réponse du BCRA. Je me jette sur Briant ; il est sans nouvelles du service.

Le capitaine *Bienvenue nous a-t-il oubliés ? Se méfie-t-il des blancs-becs sans formation spéciale ? Je me console en racontant mes vacances « parlementaires » et mes conversations avec Morandat et Hauck.

1. Camarade du peloton vivant en Angleterre. Volontaire radio du BCRA, il fut capturé en France par les Allemands, torturé et assassiné.

Je note dans mon cahier :

> *11 juillet. Vieux représentant du Front popu.*
> *Rien à faire de ce côté-là, mais prendre de plus en*
> *plus conscience du rôle que nous aurons à jouer*
> *dans la restauration de la France par les Français,*
> *et des vrais.*

L'après-midi, je répète mon exposé aux camarades de la *hut* voisine, dont je regrette le départ d'Yves de Daruvar. J'avais souvent avec lui des conversations sur l'avenir de la France. Il avait appartenu à la compagnie Dupont. Bien qu'il ait passé, à Paris, le concours d'admission à l'École d'outre-mer, il n'avait que dix-neuf ans. Je me reconnais en lui : il fait partie des garçons qui veulent changer le monde.

Notre complicité est née lors de nos ablutions matinales. Comme moi, il fait une toilette complète avant de commencer la journée et, comme moi aussi, fuit la bousculade. Redoutant la ruée des camarades, le matin, à 6 heures, nous étions toujours les premiers dans la grande salle aux cinquante lavabos.

Dès le premier jour du peloton, je l'avais trouvé torse nu en train de se débarbouiller. Nous étions en décembre, et la température avoisinait 0 °C. Il ne changea jamais ses habitudes durant ce rude hiver durant lequel le camp était enseveli sous la neige.

Toujours enthousiaste et d'une gaieté enfantine, il me faisait part de ces riens quotidiens qui constituent la vie d'élève officier. Avec le temps, cet agrégat s'appelle l'amitié.

Au fil des jours, j'ai découvert que nous avions des idées et des goûts communs, mais il possède une maturité qui ravale mes tentatives au rang de rêveries puériles. Il réfléchit pour résoudre les problèmes difficiles de la vie sociale. C'est autour du relèvement de la France et de l'Europe, des projets d'organisation d'« équipes » dirigeantes que notre entente s'est scellée.

Dès la fin des études, il a quitté le camp avec le contingent d'aspirants. C'est alors que j'ai mesuré la place qu'il avait prise dans mon esprit, et pas seulement au vide que j'éprouve lors de mes ablutions, désormais solitaires.

La discussion avec mes camarades révèle une fois de plus notre accord unanime pour critiquer la IIIe République. Sur ce point, depuis un an, il n'y a rien de nouveau, non plus que dans notre aspiration à refaire la France. Mais comment ?

Je suis d'autant plus ouvert à une remise en question de mes convictions que j'ai compris depuis quelque temps la nécessité de rompre avec l'esprit de parti. En pratique, c'est difficile. Un vieux réflexe nationaliste et autoritaire, dû à mon passé qui recoupe mon caractère, fait toujours violemment irruption au cours des discussions.

Soirée moins exaltante :

> *Fin de jour orageux, tonnerre chaleur moite où torse nu je suis enveloppé de moiteur — Cafard — Dépression.*

Dimanche 13 juillet 1941

Le colonel *Passy[1]

Briant a passé une journée à Londres. À son retour, il m'a transmis une convocation de *Bienvenue : le capitaine m'attend aujourd'hui au 10 Duke Street.

Dix fois je lui ai demandé de me redire sans rien omettre les recommandations qu'on lui a faites. Heureusement, Briant garde son calme : il ignore tout des raisons de ma convocation.

Ce matin, je soigne ma toilette afin de faire la meilleure impression. Arrivé très en avance au BCRA, je juge comme un présage favorable que le planton soit au courant de mon rendez-vous. Il me fait attendre dans une petite pièce donnant sur la rue.

À 3 heures, le planton ouvre la porte et me fait signe de le suivre. Nous longeons un étroit couloir au bout duquel il frappe à une porte et annonce « le sergent Cordier ». J'entre et me trouve soudain devant un colonel. « Je suis le colonel *Passy », me dit-il sans se lever de son bureau. Je le salue réglementairement en claquant les talons.

Il semble plus âgé que nos officiers, bien qu'il ait je ne sais quoi d'enfantin dans son visage. Son regard d'acier me scrute avec la volonté de percer les apparences. Une feuille est posée devant lui : « Le capitaine *Bienvenue me signale que vous êtes volontaire pour accomplir des missions en France ?

— Oui, mon colonel.

— Avant de donner mon acceptation, je tiens à préciser deux points sur lesquels vous devrez réfléchir en votre âme et conscience. »

1. André Dewavrin.

Le colonel se lance alors dans un long monologue : « De votre conduite dépendra la vie de vos camarades. Vous n'avez pas le droit de la mettre en jeu. La guerre clandestine que nous conduisons en métropole n'est pas celle pour laquelle vous avez été préparé. Elle se vit seule et sans uniforme. La règle exige que vous n'ayez là-bas que peu de contacts avec vos camarades ou vos chefs, seulement pour les questions de service. De plus, il vous est interdit de revoir vos amis d'autrefois et encore plus votre famille. Vous n'aurez pas le réconfort moral, que vous apporte l'armée régulière, d'être entouré à toute heure par vos camarades de combat. Vous vivrez seul, prendrez seul vos repas, etc. Vous entrez en solitude. Pas de dimanche, de samedi, pas de permission. Vous êtes au front vingt-quatre heures sur vingt-quatre, parce que la police et la Gestapo vous traqueront jour et nuit. Vous pouvez être arrêté à tout moment. Ces deux conditions, solitude et danger permanent, sont très dures à supporter : votre mission aggrave l'isolement puisque vous serez en exil dans votre pays. »

Après une pause, il reprend : « Ce n'est pas tout. Si vous êtes arrêté, il y a une autre différence avec l'armée régulière : votre situation sera dramatique. Lorsque vos camarades de l'armée sont faits prisonniers en campagne, ils sont internés dans un camp sous la protection de la Croix-Rouge et des accords de Genève, qui leur garantissent la vie sauve. Quelles que soient les conditions de leur internement, elles sont sans commune mesure avec celles que vous réserve la Gestapo. Pour le soldat en campagne prisonnier, la guerre est finie. Pour vous, commence une tragédie. Aussitôt arrêté, vous serez interrogé et torturé afin d'obtenir les renseignements que vous

possédez. À ce moment précis, la vie de vos camarades est entre vos mains, ainsi que la réussite ou
l'échec de notre action. Les tortures peuvent durer
longtemps. Le capitaine *Bienvenue vous remettra à
votre départ une capsule de cyanure qui, si vous
craignez de ne pas supporter la douleur, vous assurera une mort instantanée. Si vous ne la prenez pas,
vous aurez deux probabilités après l'interrogatoire,
être fusillé ou être expédié dans un camp de travail
en Allemagne. »

Nouvelle pause : « Je ne sais si vous vous repré-
sentez la dureté de ce type de combat clandestin.
Avant de vous engager, je vous demande d'y réfléchir
en toute conscience pour savoir si vous vous sentez
apte. Si vous doutez de vos capacités, il est encore
temps de retirer votre candidature. Ce n'est nullement honteux, mais la preuve de votre lucidité et de
votre honnêteté intellectuelle. »

Quand il a fini, il se tait et paraît m'observer avec
moins de sévérité. Il me semble même discerner
une certaine bienveillance dans son regard. Elle me
surprend et m'incite à lui répondre d'une manière
moins hiérarchique : « Mon colonel, lorsque je suis
arrivé en Angleterre, il y a un an, c'était pour me battre et participer à la reconquête de la France. J'avais
19 ans et n'avais pas la moindre idée de la vie militaire. Aujourd'hui, j'en connais les difficultés et les
devoirs. À l'époque, je décidai de sacrifier ma vie
pour laver la honte de la défaite et de la capitulation. Je n'ai pas changé d'avis. »

Tout en parlant, je me rends compte que mon
discours manque de sobriété militaire. Comment le
convaincre de ma détermination ? Il me fixe, scru-
tant mon visage.

Comme il se tait, je poursuis : « Avec mes camarades, nous avons attendu l'invasion de l'Angleterre afin d'en découdre avec les Allemands. Nos officiers nous ont promis que nous partirions nous battre dès que nous serions prêts techniquement. Nous avons fait ce qu'on nous a demandé, entraînement puis peloton. Un an après mon engagement, je suis toujours ici. Pour cette raison, je suis volontaire pour m'engager au BCRA. Même si j'ignorais ce que vous m'avez appris, je suis prêt à tout pour servir au poste pour lequel vous me jugerez apte. Je ferai tout, mon commandant, pour être digne de votre confiance, si vous me faites l'honneur de me l'accorder. »

L'ai-je convaincu ? Son visage demeure impassible. Il se lève : « Vous aurez bientôt de mes nouvelles. » Il me serre la main et me reconduit à la porte. Ce geste inhabituel dans l'armée me laisse bien augurer de cet inquiétant examen.

Dans le train qui me ramène au camp, je tourne et retourne tout ce que je viens d'entendre. Le colonel *Passy m'a révélé que nous serions en civil, seuls, sans repos, attendant l'arrestation, la torture et la mort. Sans doute par manque d'imagination, je ne suis pas terrifié par ces évocations.

Suis-je courageux ? Comment le savoir ? Je n'ai jamais affronté un danger. L'alpinisme ? Ce n'est dangereux que pour les imprudents. Ce dont je suis sûr c'est qu'au cours des escalades je n'ai jamais eu le vertige.

Le colonel *Passy en a trop peu dit pour que je puisse réellement évaluer mes réactions. De la guerre, je ne connais que les bombardements de Londres. J'ai eu peur le premier jour, dans mon lit, mais je n'ai pas tremblé et ne me suis ni évanoui ni enfui. Depuis, c'est devenu une habitude.

Mais quel rapport y a-t-il entre un bombardement et la torture ?

Vendredi 25 juillet 1941

Une faille de mon antisémitisme

Lors d'un séjour à Londres, Morandat me raconte une histoire en vogue qui circule chez les *Free French* : « Un Juif et un Breton discutent. Le Juif constate : "Dans l'armée de De Gaulle, il n'y a que des Juifs et des Bretons. — Oui, répond l'autre, mais les Bretons sont en Libye et les Juifs à Londres". » Cette histoire, quand je la rapporte au camp, fait bien rire mes camarades et me rappelle un événement qui s'est déroulé à Delville il y a un an.

Le soir du premier départ de nos camarades pour l'Afrique, à la fin d'août 1940, j'ai exprimé à Briant mes regrets de voir partir Raymond Aron. Après un moment de silence, Berntsen, qui lisait sur son lit voisin et connaissait mon antisémitisme, me dit avec ce sérieux où perçait son humour habituel : « Mais ton nouvel ami est juif ! »

Je réagis fort mal à cette insinuation : « Comment le sais-tu ?

— Parce qu'il s'appelle Aron. »

Il mettait le doigt sur une faille de mon antisémitisme : contrairement à ma famille ou à mes amis, lorsqu'on prononçait un nom ayant une consonance biblique, je ne m'exclamais jamais : « Bien entendu il est juif » ; « Encore une vieille noblesse bretonne », etc. En dépit de mon éducation, je n'avais jamais attaché aucune importance aux patronymes : c'est par moi-même que j'entendais juger de la valeur des hommes.

Mes amis politiques me le reprochaient : « Tu n'es pas un véritable antisémite. » Effectivement, c'était une faille. J'en voulus à Berntsen de me le rappeler.

Dans le cas présent, Aron comme Maurice Schwob étaient pour moi des hommes qui avaient tout sacrifié pour sauver l'honneur de la France. D'une certaine façon, ils avaient plus de mérite d'abandonner leur situation et leurs biens que les jeunes volontaires, qui n'offraient que leur vie. C'était ce qui les distinguait des Français défaitistes.

Aron était un homme sensible, cultivé, sans rapport avec la racaille apatride combattue avec raison par l'Action française... Ne voulant pas me reconnaître battu, je répliquai furieux : « De toute manière, c'est mon ami.

— L'un n'empêche pas l'autre », me dit-il, goguenard.

Je fus exaspéré par son attitude, qui faisait apparaître une contradiction dans ma conduite. Ma grand-mère se plaisait à la souligner lorsque mon grand-père, antisémite militant, vantait les qualités de son meilleur ami... juif. « Oui, répondait-il, mais il n'est plus juif puisqu'il est mon ami ! »

J'abandonnai la discussion, blessé qu'il insinuât, somme toute, que mon nouvel ami ne fût pas un *vrai* Français. De surcroît, j'enrageais d'être tombé dans sa provocation puisque je savais qu'il me taquinait.

Mercredi 30 juillet 1941

Que faire ?

Je note dans mon cahier :

> *Un de ces après-midi où je ne sais que faire*
> *— désœuvrement — tout reprendre, ne rien finir...*
> *Je ne sais où aller, que faire, le cœur écartelé,*
> *l'âme chavirée, visions dans les nuages, souve-*
> *nirs qui paraissent faux, vague appel à l'impossi-*
> *ble plaisir, fuyant je ne sais quel désespoir.*

Lundi 4 août 1941

Une bonne nouvelle ne vient jamais seule

Hier, Briant m'a entraîné hors de la *hut* avec un air de conspirateur : « C'est pour le 10. » Il n'a pas besoin de m'en dire plus.

Pleurs de joie : je suis accepté au BCRA ! Simultanément, j'apprends ma nomination au grade d'aspirant. En dépit de mon indifférence pour les hiérarchies militaires, je suis fier de cette promotion inattendue, peut-être parce qu'elle me semble imméritée[1].

Aujourd'hui, je me rends à Londres pour commander un uniforme neuf chez Austin Reed, dans

---

1. J'ai découvert en lisant les *Mémoires de guerre* du général de Gaulle la raison de cette rapide prémonition : en découvrant le petit nombre de reçus, 20 sur 80, du peloton, de Gaulle adresse à son état-major une note indiquant qu'il n'avait pas demandé des saint-cyriens, mais un encadrement pour les troupes noires d'Afrique. Le résultat fut une nouvelle promotion.

Regent Street. Un rayon du magasin est spécialisé dans la coupe d'uniformes français. Après avoir pris des mesures, le tailleur me demande mon nom. S'exprimant dans un français châtié, il m'interroge : « Cordier, de Pau ? »

Surpris par cette question que personne ne m'a jamais posée, je réponds par l'affirmative. Il m'explique qu'il a été le directeur d'Old England à Pau, où il taillait tous les costumes de mon beau-père depuis 1925. Ayant quitté la France quelques jours après moi, il a revu ma mère qui, en pleurant, lui a raconté mon départ. Elle lui a demandé d'essayer de me retrouver en Grande-Bretagne et de lui envoyer des nouvelles.

Cette conversation inattendue me bouleverse. Brusquement, un lien charnel s'établit avec ma famille et avec la France. J'ai envie de pleurer.

VII

VOLONTAIRES DU BCRA

10 août 1941-17 juin 1942

Dimanche 10 août 1941

Second anniversaire en exil

Hier soir, j'ai invité à dîner Cullier de Labadie, puis je suis rentré au camp sous la pluie pour préparer mes bagages.

À minuit passé de 3 minutes, j'ai griffonné dans mon cahier pour saluer mes vingt et un ans :

> *Toujours cette idée de la vieillesse où l'on ne peut plus se permettre « tout ça » [l'amour] au moment où la peau se racornit, les rides se creusent, toujours cette monomanie.*

Le rendez-vous est fixé non loin du poste de garde, dans la forêt où j'ai été présenté au capitaine *Bienvenue. Deux camionnettes nous attendent. J'ai la surprise de retrouver dix autres camarades : Denviollet, Griès, Kerjean, Loncle, Montaut, Orabona, Piet, Rouxin, Schmidt et Vourc'h.

Fidèles aux consignes du capitaine, aucun d'entre nous ne s'est confié.

À Camberley, nous prenons un train, où deux compartiments nous sont réservés. Notre accompagnateur anglais nous annonce un voyage de quelques heures, mais n'en révèle pas la destination.

Je prends soudain conscience de l'irréversibilité de mon choix et découvre, non sans une paradoxale nostalgie, que mon ardeur à quitter Old Dean a masqué la rupture de bien des liens affectifs : Carage, Louit, Cullier… Ils ne savent rien de mon départ, à l'exception de Guéna, à qui je l'ai annoncé, mais en lui cachant mon affectation.

Cette première année d'exil a été rude, mais il n'en demeure, par la grâce de la rupture, qu'un passé de rires et d'amitiés. Je ne regrette rien. Après ces derniers mois d'inaction démoralisante, il n'est que temps de quitter cette prison.

À Manchester, puisque telle est notre destination, d'autres camionnettes nous attendent. Nous roulons quelque temps dans la campagne puis arrivons à Ringway : STS[1] 51.

Dirigée par les Britanniques, Ringway est une école d'entraînement des parachutistes installée dans un élégant château de brique au squelette de pierre. Entouré d'un parc mystérieux, il rayonne d'un charme de grandes vacances.

Un sergent anglais nous conduit à notre dortoir et annonce le programme de demain : gymnastique au réveil, suivie, dans la matinée, du premier vol en avion. Les jours suivants, nous devrons effectuer

---

1. *Special Training School.*

cinq sauts en parachute, obligatoires pour obtenir notre brevet.

Ma surprise est totale. J'ai quitté Old Dean avec l'espoir de rejoindre immédiatement la France, mais je ne me suis jamais interrogé sur le mode de transport. Depuis que je proclame ma volonté d'affronter les situations extrêmes, mon désir est exaucé : l'aventure est au rendez-vous, même si ce n'est pas celle que j'espérais.

Lundi 11 août 1941

Baptême de l'air

Nous n'avons guère le temps de goûter au charme de la propriété. Dès 7 heures ce matin, nous sommes pris en main par un instructeur. Si nous avions eu quelques doutes sur l'efficacité de l'armée britannique, la leçon de gymnastique qu'il nous inflige nous convaincrait du contraire.

En dépit d'une année d'entraînement intensif, elle nous broie les muscles : de retour dans nos chambres, nous y passons le reste de la matinée, disloqués sur nos lits.

Cet après-midi, perclus de douleur, nous marchons avec peine pour rejoindre notre avion. L'instructeur nous fait allonger à plat ventre autour de la trappe afin d'observer le sol à diverses altitudes : nous devons nous habituer à évaluer les distances d'atterrissage. Aucun de nous n'est jamais monté en avion.

Le spectacle est impressionnant. À deux mille mètres, la terre me paraît déjà loin. Redescendus après ce baptême de l'air, nous effectuons encore quelques exercices sous un hangar. Une trappe identique à celle de l'avion y a été construite, entourée d'un échafaudage sur lequel nous montons par une échelle.

Assis au bord du trou en forme d'entonnoir, les mains appuyées sur le rebord, les jambes pendantes, nous devons sauter en nous projetant au milieu d'une forte poussée des mains. Trois mètres plus bas, nous atterrissons sur un épais matelas. Curieusement, je suis plus anxieux d'effectuer cet exercice ne présentant aucun danger qu'à la perspective de sauter dans le vide. À tel point qu'après le dîner, étant retourné au hangar pour m'entraîner seul, j'ai peur de me lancer dans le vide et redescends, penaud, par l'échelle.

Mardi 12 août 1941

Premier saut

Après une gymnastique identique à celle d'hier, nous montons dans l'avion avec nos parachutes. Pour ce premier saut, le pilote nous largue à deux mille mètres afin de nous donner le temps de nous habituer à manœuvrer le parachute en tirant sur les suspentes.

Notre groupe est au complet. De par l'ordre alphabétique, je monte le premier dans l'avion et suis le dernier à sauter : attente interminable, que les conditions de vol transforment en torture. Afin de nous larguer avec précision au-dessus du terrain, l'avion ne lâche qu'un seul parachutiste à la fois.

Après avoir ralenti, il accélère brusquement,

reprend de la vitesse et de l'altitude et effectue un cercle au-dessus de la campagne avant de repasser à l'aplomb de l'aérodrome. Le vieux Whitley, bimoteur à hélices dans lequel nous sommes entassés, tremble de toute sa carcasse dans un bruit assourdissant. À l'intérieur, le mélange d'huile, d'essence et de graisse chaude dégage une odeur écœurante. Le moment le plus éprouvant est le ralentissement, lorsque l'avion se cabre avant de retomber, au hasard des trous d'air.

Ballotté comme une feuille morte, j'ai les mains moites et l'estomac barbouillé. Afin de ranimer mon courage, je récite à haute voix — personne ne peut m'entendre — des vers de Verlaine : « Voici des fruits, des fleurs et des branches et puis voici mon cœur qui ne bat que pour vous. »

Mon tour arrive enfin. Je m'assois au bord de la trappe ; le *dispatcher* est agenouillé sur le côté opposé, le bras levé. Quand il l'abaisse en criant *Go* ! la lumière rouge du plafonnier passe au vert : je dois sauter. Les deux mains appuyées sur le sol de l'appareil, je pousse violemment selon la consigne.

Je tombe comme une pierre dans le trou central pour me retrouver aussitôt malaxé dans un tourbillon d'air. Brusquement, ma chute est freinée par l'ouverture du parachute. Arraché au bruit et aux odeurs, le contraste est absolu.

Je flotte dans un silence séraphique, sensation que je n'ai approchée qu'au sommet des montagnes, après les affres de l'escalade. La peur fait place à l'extase. Je me balance doucement dans l'air raréfié au-dessus d'un vaste paysage. Il n'y a pas de vent, et je touche le sol en douceur, debout sur mes pieds.

Ce n'est donc que ça ?

Mercredi 13 août 1941

Deuxième saut

Pour le deuxième saut, nous montons à cinq cents mètres. Revanche de l'alphabet, je suis le premier à me lancer et me retrouve hors de la carlingue un instant seulement après y avoir pénétré. Le parachute ouvert, il me semble descendre plus rapidement qu'hier.

Je lève la tête : l'ouverture de mon parachute est défectueuse. Une suspente est passée au-dessus de la corolle en soie, la coupant en deux et formant deux ballonnets jumeaux. En manœuvrant avec les harnais, j'essaie de la faire glisser pour permettre au parachute de s'ouvrir complètement.

Tandis que je m'agite le nez en l'air, je ressens un choc foudroyant qui fait tournoyer le paysage autour de moi : accaparé par ma manœuvre, je n'ai pas vu le sol arriver en trombe, et je suis tombé sur le dos. Légèrement étourdi, je parviens à me relever et à retenir mon parachute qui, poussé par le vent, m'entraîne à vive allure. Je m'en tire avec quelques contusions.

Dimanche 17 août 1941

Inchmery

Les troisième et quatrième sauts se sont déroulés sans histoire, mais le cinquième s'est effectué à deux cents mètres, hauteur normale d'une opération de largage en France. Le vent était si fort ce jour-là que j'ai été déporté hors du champ d'aviation bordé par un bois.

Ayant atterri sur un arbre, j'ai dégringolé de branche en branche, heureusement freiné par mon harnais. Ma combinaison a été déchirée par une branche morte, qui a blessé ma jambe droite. Après quelques rétablissements, je suis parvenu à me dégager.

J'ai rallié en clopinant l'aérodrome, où une voiture est venue me chercher pour me conduire à l'infirmerie du camp. J'ai demandé à l'instructeur : « Ma blessure va-t-elle retarder mon départ en France ?

— Ne vous inquiétez pas. Vous avez le temps de guérir et de vous blesser encore. »

Humour anglais ?

Notre stage terminé, nous partons en train vers le sud. Les camionnettes familières nous attendent non loin de Southampton. Après avoir contourné un château, puis un lac et traversé le bourg de Beaulieu, nous roulons dans une campagne plate et boisée. Quelques kilomètres plus loin, le convoi ralentit et bifurque dans une allée bordée de cyprès centenaires.

Devant nous surgit une vaste demeure anglo-normande bâtie au centre d'un parc en bordure de mer : Inchmery[1].

Hélas, notre groupe se divise : les aspirants sont logés dans la maison, et les sous-officiers dans les communs. Griès, Kerjean, Loncle et moi nous instal-

---

1. Elle faisait partie de l'immense propriété voisine des Rothschild, qui l'avaient prêtée à la France libre.

lons au premier étage, dans une chambre agrandie d'un bow-window dominant la mer. Au rez-de-chaussée, un vaste salon, occupant la même situation, est transformé en mess des officiers. Les portes-fenêtres ouvrent sur un gazon planté d'arbres immenses conduisant au rivage.

Après la tôle ondulée et la boue d'Old Dean, ce confort oublié abolit tout regret. Seule ombre au tableau : les sous-officiers, dont mon cher Briant, n'ont pas le droit de venir chez les officiers. Heureusement, nous sommes libres de les rejoindre chez eux.

Nous apprenons que, chaque soir, une camionnette part à 5 heures pour Beaulieu et rentre à 9 heures avec les permissionnaires. Plus ou moins régulièrement, nous soupons ensemble au restaurant de l'hôtel *Montagu's Arms*.

La station est dirigée par les Français, représentés par le lieutenant Vignes, héroïque Béarnais. Seul Britannique parmi nous, le lieutenant Robert Seeds, officier de liaison, est irlandais. Ce grand garçon d'aspect juvénile ressemble aux adolescents d'Oxford ou de Cambridge, héros de la Royal Air Force, dont les visages héroïques illustrent les journaux.

Son père, ancien ambassadeur à Moscou, a pris sa retraite à Lymington, dans une propriété des environs. Un mouchoir en cachemire dépasse de sa manche gauche : j'y vois le comble de l'élégance insulaire.

Seeds, très cultivé, se montre curieux de tout. Pourtant, un détail me surprend : son français de bon aloi est truffé d'expressions argotiques qu'il prononce avec un fort accent marseillais : pendant la drôle de guerre, il était officier de liaison des troupes britanniques stationnées à Marseille.

Nous sympathisons sans tarder.

Un jour qu'il critique les anciens combattants britanniques, je lui explique combien les jeunes Français sont dépréciés par leurs aînés qui ont participé à cette tragique aventure. Il m'écoute en riant : « Heureusement la guerre est enfin arrivée. » Après un silence : « J'ai été vachement déçu. » Son accent marseillais d'Oxford fait le reste.

Lundi 18 août 1941

Qu'est-ce qu'un saboteur ?

Le lieutenant Vignes est chargé de nous donner une formation d'instructeur en armement et de saboteur tous azimuts. Il dirige la station, nom donné par le SOE (*Special Operations Executive*) aux propriétés qui nous accueillent pour l'entraînement, d'une poigne de fer.

Âgé d'environ vingt-cinq ans, il s'exprime avec un accent bigourdan qu'il manie avec art. Trompe-la-mort héroïque, il a commandé un corps franc sur le front de l'Est en 1939. Plusieurs fois blessé, il est décoré de la croix de guerre avec palmes et d'une Légion d'honneur, qui nous éblouit.

Dès notre arrivée, il nous réunit sur la pelouse. Entouré de deux instructeurs, il nous explique qu'il va nous préparer à notre mission, mais ne souffle mot de sa nature. Il ajoute que nous sommes ici pour nous entraîner au combat et non pour batifoler comme des collégiens : nous devons donc abandonner nos habitudes de paresse et de désordre. Ça commence bien pour des évadés de la dernière chance...

Ce stage imprévu d'une durée indéterminée est une nouvelle déception, car il va retarder d'autant notre départ. Toutefois, personne ne pose la question qui nous hante tous : quand ? Les instructeurs et Vignes lui-même semblent ignorer notre rôle précis et notre destination.

Le lieutenant décrit les grandes lignes du programme : interception de correspondances de la poste ; photographie de documents ; écoute de conversations téléphoniques ; sabotage de transformateurs, écluses, barrages, ponts, voies de chemin de fer ; destruction de camions, wagons, locomotives, avions ; organisation d'atterrissages et de décollages d'avions dans la nature ; fracture de portes et fenêtres ; éventration de coffres-forts ; exécution de marches nocturnes à la boussole à travers champs ; franchissement de rivières à la nage ; meurtre au poignard ou au pistolet silencieux de sentinelles, soldats ou officiers allemands...

La plupart de ces opérations doivent s'accomplir seul.

Cet apprentissage peu orthodoxe précise les contours de notre mission, annonçant même, selon les plus optimistes, la bataille prochaine. Notre moral remonte d'un coup. Nous retrouvons un peu de la fièvre de l'été de 1940.

Jeudi 28 août 1941

Lettre d'Yves Guéna

La première lettre que je reçois d'Old Dean, à mon nouveau code postal, m'est adressée par Yves Guéna.

Hélas ! il me fait part du jugement négatif de mes camarades sur les dix volontaires du BCRA.

En le quittant, je lui avais menti en lui annonçant ma mutation au service politique de Londres. Il a cru que je m'étais « planqué » :

> *Je ne te jette pas la pierre comme trop de gens le font ici. Mais une activité de ce genre ne me plaît point. Tu prépares le second acte, soit ; mais laisse-moi préparer le premier. Évidemment, je comprends qu'intelligent et actif comme tu l'es, tu aies cru devoir quitter le troupeau idiot qui se fait tuer sans savoir pourquoi.*
>
> *Mais je suis persuadé que notre présence ici est surtout un geste qui doit être mené jusqu'au bout pour conserver toute sa valeur. Je suis peut-être trop jeune ou trop naïf, mais que vaut la vie sans une mystique qui l'élève ?*
>
> *Je ne t'oublierai pas Dany, mais je sais que tu lutteras pour réaliser ce que j'avais rêvé. Pense un peu à moi en sachant que mon amitié te demeure acquise[1].*

Kerjean, Loncle, Denviollet et les autres, auxquels je transmets le jugement de nos camarades, ne s'embarrassent pas de nuances : « Ne t'inquiète pas, ils sont jaloux. » Je connais trop l'exigence morale de Guéna pour savoir que ce n'est pas sa motivation.

---

1. Venant d'un camarade que j'estimais et dont j'étais l'ami, ce jugement m'avait chagriné, bien qu'il n'ébranlât en rien mon choix. Redécouvrant cette lettre aujourd'hui, elle attise un regret : si c'était à refaire, je ne le referais pas. Je m'étais engagé pour « tuer du Boche ». Hélas, je n'en ai tué aucun. Je n'ai pas fait la vraie guerre. Peut-être est-ce une raison pour laquelle, avant 1977 et ma défense de Jean Moulin, je ne l'ai jamais évoqué.

Il dit vrai, et je suis triste de l'avoir déçu. Néanmoins, je ne lui réponds pas.

Nous commençons les cours par l'apprentissage des armes individuelles : couteau, revolver, mitraillette. Cela nous change des fusils-mitrailleurs, mitrailleuses, obusiers et armes à longue portée. Maintenant, il s'agit de corps à corps.

Dans la lutte clandestine, le couteau à cran d'arrêt est l'arme de base : il a l'avantage du silence. Notre cible privilégiée est constituée par les sentinelles allemandes qui protègent les lieux de nos attaques : kommandanturs, gares, ponts, aérodromes, etc.

Nous nous entraînons aux arts martiaux afin de neutraliser en silence les hommes que nous devons égorger. Dans une guerre souterraine, tous les coups sont permis. Nous nous en apercevons durant les exercices de nuit, lorsque nous jouons tour à tour le rôle d'une sentinelle ou d'un combattant : en dépit de la fiction, ça fait mal.

Nous apprenons également à manier un revolver avec silencieux, que nous pouvons utiliser à l'intérieur, mais avec le risque de déclencher une alarme.

Les mitraillettes, inconnues dans l'armée régulière, nous fascinent. Américaines d'origine, elles ont le chargeur circulaire des armes utilisées par les gangsters à l'époque de la prohibition, à Chicago. Elles sont destinées aux opérations lourdes : parachutages de matériel, transports d'armes, évasions. Dans ces opérations extrêmes, nous n'aurons parfois d'autre issue qu'une bataille rangée face à la gendarmerie, la police ou la Gestapo.

En comparaison, les écoutes téléphoniques sont

un jeu d'enfant. Quand elles s'effectuent en rase campagne, les risques sont limités. Il s'agit de grimper au sommet d'un poteau téléphonique, chaussés des crampons spéciaux des électriciens, puis, attachés par une ceinture, de brancher des écouteurs sur les lignes. Nous entendons alors la fulguration crépitante des mots, émiettés dans le fil de fer. En ville, en revanche, il est plus difficile de ne pas se faire repérer et d'établir un branchement discret dans les boîtes de dérivation.

La traversée de rivières à la nage, nos vêtements enveloppés dans une toile de tente poussée devant nous, nous ramène aux manœuvres conventionnelles auxquelles nous sommes déjà entraînés.

Il en va de même des exercices de nuit simulant les parachutages ou les atterrissages d'avion. Dans les deux cas, nous devons baliser les terrains à l'aide de lampes de poche, tandis que nous en utilisons d'autres pour effectuer, vers les avions, les signaux en morse. Après le parachutage, nous nous exerçons à retrouver les conteneurs éparpillés sur de vastes étendues souvent boisées. Nous devons également faire atterrir en plein champ un Lysander, petit monoplan maniable effectuant les liaisons entre l'Angleterre et la France clandestine, avec deux passagers, du courrier et du matériel de guerre.

Toutes ces opérations sont déclenchées par la BBC, qui passe un message convenu, répété à trois reprises, matin, midi et soir. L'opération doit se dérouler en quelques minutes : après avoir livré matériel et passagers sans arrêter le moteur, puis embarqué colis et passagers, l'avion s'envole aussitôt.

Compte tenu du vrombissement des appareils, à 2 heures du matin, au ras des arbres dans la campagne, la rapidité dans l'exécution est notre seule sécurité. Lorsque nous sommes parachutés, nous devons nous débrouiller seuls : enterrer notre parachute à l'aide d'une petite pelle et rallier, à pied, la gare la plus proche.

Tous ces exercices se déroulent en temps réel, la nuit, en civil, à nos risques et périls, au cas où nous serions repérés par la MP (*Military Police*)[1]. Selon nos instructeurs, ces exercices doivent devenir de purs réflexes.

Mardi 21 octobre 1941

Les risques du métier

Après quelques semaines d'entraînement, nous abordons la séquence la plus délicate : le sabotage, couronnement de notre stage. L'instructeur nous exhorte à la prudence, tant la manipulation d'explosifs peut se révéler dangereuse.

L'enseignement comporte deux volets : théorie (distinguer les différents types d'explosifs, composition, effets) et pratique (expériences dans le parc avec divers matériaux).

La vedette de cet armement spécial est le plastic, qui a la consistance et la couleur du mastic : insensible aux chocs, il est parfait pour les parachutages, le transport et les manipulations. Sa divisibilité infinie facilite en outre grandement sa mise en place. Nous expérimentons d'autres explosifs : la dynamite

---

1. Nous étions munis d'un laissez-passer destiné aux forces britanniques, expliquant que nous étions des parachutistes à l'entraînement. À l'école, nous portions nos uniformes, de même que pour tous les exercices nocturnes dans les champs et bois environnants.

et, surtout, l'étrange nitroglycérine : une seule goutte tombant sur le sol explose comme un pétard d'enfant.

Dans le parc, un segment de rail identique à celui d'une voie ferrée nous permet de nous initier aux différentes façons de placer nos charges. Pour les faire exploser, nous enfonçons le détonateur au centre de l'explosif. Le crayon-minute est composé d'une ampoule de fulminate de mercure, traversée par un fil d'acier retenu par un ressort bandé qui commande le détonateur. Avant de placer la charge, nous devons écraser l'ampoule entre nos doigts afin que le fulminate entre en contact avec le fil. En un temps programmé, il le ronge, libérant le ressort du détonateur, qui frappe une amorce et fait sauter l'explosif.

Le plus délicat est l'évaluation du temps nécessaire à la rupture du fil. En dépit des étiquettes sur le crayon-minute indiquant la durée de la mise à feu — de quelques minutes à plusieurs heures —, celle-ci demeure incertaine. Lorsque les charges sont appliquées sur certains objets (transformateur, barrage, locomotive), le temps qui précède l'explosion n'a aucune importance. En revanche, lorsqu'il s'agit du passage d'un convoi de camions ou de trains, le succès dépend de la coïncidence exacte de la mise à feu avec leur passage.

Un des exercices prévus pour attaquer notre morceau de voie ferrée exige que nous soyons embusqués derrière un muret séparant le parc et la terrasse de la maison. Au coup de sifflet nous devons, chacun à notre tour, courir vers les rails situés à deux cents mètres : placer le plastic, loger le crayon, écraser l'ampoule, puis regagner notre cachette.

Chacun de nous a une manière particulière d'escalader le muret. Certains prennent leur élan et sautent à pieds joints, d'autres jettent une jambe après l'autre. Quant à moi, je l'effectue en deux temps : je place mon pied sur le sommet du muret puis, prenant appui sur ma jambe, passe de l'autre côté.

J'ai souvent effectué l'exercice sans encombre. Mais cette fois — est-ce la fatigue ? la distraction ? — je calcule mal mon élan, et seule l'extrémité de ma chaussure touche le rebord du muret. Lorsque je veux prendre appui, mon pied glisse, et mon genou racle la bordure en brique, ouvrant la cicatrice du saut en parachute.

Je saigne abondamment. Je suis d'abord conduit à l'infirmerie d'Inchmery, où l'on m'asperge d'eau oxygénée, puis le lieutenant Seeds me fait accompagner à l'hôpital de Lymington. Après avoir saupoudré la plaie de sulfamides, le chirurgien me recoud sur plusieurs centimètres, et j'en suis quitte pour quatre jours d'hôpital. Grâce aux calmants, je ne souffre nullement. J'ai même le bonheur d'être dorloté par des nurses aux petits soins pour cette curiosité : un *Free French*.

Je me garde bien de leur avouer l'origine de ma blessure.

Après plus de trois mois passés à Inchmery, je commence à entrevoir ma future mission. Toutefois, je ne saisis pas bien le lien entre interception du courrier, atterrissages d'avions et plasticage de locomotives. Afin de mieux comprendre l'action clandestine, je scrute les informations relatées par *France*. Cette tentative pour déchiffrer mon destin exige beaucoup d'imagination tant les renseignements sont rares et laconiques.

Des entrefilets révèlent périodiquement l'arrestation de communistes après des distributions de tracts. Mais les communistes sont des militants politiques préparant la révolution bolchevique, et je ne les considère pas comme des patriotes anti-Boches.

Les attentats d'octobre 1941 contre des officiers allemands ressemblent plus à mes projets et à notre entraînement. Malheureusement, le prix à payer par la population est cruel. D'ailleurs, après la mise à mort des otages de Bordeaux et de Châteaubriant, le général de Gaulle a condamné les attentats. Pour la première fois, je suis en désaccord avec sa pitié : la guerre est cruelle, et pour vaincre, il faut tuer ou se faire tuer.

Le numéro de novembre 1941 de *La France libre* publie des photographies de tracts de résistants. La revue les présente « comme des journaux clandestins qui circulent en zone occupée ». Ils ressemblent aux tracts que nous éditions à l'Action française.

Quatre titres sont reproduits : *La France continue*, *Les Petites Ailes de France*, *Valmy* et *Liberté*. La propagande qu'ils distillent vise le pillage de la France, la barbarie allemande et la honte de l'occupation. À vrai dire, je ne comprends pas l'intérêt d'épiloguer sur les conditions de vie des Français : pourquoi vouloir les convaincre que les Allemands sont leurs ennemis si, après un an d'occupation, ils ne l'ont pas encore compris ?

La France libre cite des articles critiques de « la gabegie de l'Administration vichyste ». Un paragraphe condamne les lois antisémites :

> *Les nouvelles dispositions décrétées par Vichy contre les Israélites français ont soulevé le dégoût des honnêtes gens. Car, dans sa quasi-totalité, le peuple de France conserve le respect de la personne*

*humaine, le sentiment de la justice et de l'injustice ;
il est convaincu que l'État doit, avant tout, demeurer fidèle à ses engagements et qu'un gouvernement ne peut d'un simple trait de plume remettre
en question aujourd'hui la fortune et la dignité,
demain peut-être la vie même d'un certain nombre de membres de la communauté nationale, dont
certains furent de vaillants combattants des guerres
de 1914-1918 et 1939-1940.*

Valmy, du 14 juillet, a sorti un numéro spécial
consacré à l'apologie de la République et de la
Révolution que je combats. La quatrième photo de
la revue reproduit le n° 10 de *Liberté* du 1er octobre
1941. C'est le « journal » le plus récent et, par conséquent, celui qui exprime les préoccupations actuelles des patriotes.

Une pensée du maréchal Pétain est placée en
exergue : « Je hais les mensonges qui nous ont fait
tant de mal. » Comment peut-on reproduire sans
commentaire dans un journal résistant la pensée de
ce vieux fourbe ? Paradoxalement c'est le seul des
quatre journaux à sonner le tocsin dans un article
intitulé « Notre combat ». J'y reconnais les certitudes qui nous animent :

*Les heures décisives approchent, celles où, par
notre courage, notre clairvoyance, notre résolution, nous sortirons de la honte de la défaite et de
l'asservissement pour nous retrouver libres et fiers.
[...] Toute notre force résidera dans notre
organisation. Elle est affaire non seulement des
chefs, mais de tous, puisque chaque adhérent
forme un maillon de notre grande chaîne.*

Pour la première fois, j'y reconnais la conception belliqueuse qui donne un sens à ma mission. Ce journal est probablement imprimé par des agents du BCRA, qui organise en France des commandos non pour un débarquement, mais pour édifier une armée à l'intérieur du pays.

Cela explique le rôle d'instructeur auquel Vignes nous prépare. J'aurais voulu en discuter avec mes camarades, mais, fidèles aux consignes et en dépit de notre intimité, nous n'abordons jamais les questions concernant nos missions.

Samedi 15 novembre 1941

Qu'est-ce que la France libre ?

Si l'action clandestine de la Résistance en France est difficile, pour ne pas dire impossible, à imaginer, je connais les progrès de la France libre, dont nous sommes les fondateurs, grâce aux déclarations périodiques du général de Gaulle.

Le 23 septembre, nous avons appris par *France* la création du Comité national français (CNF), acte fondateur d'un gouvernement légitime de la France en exil. De Gaulle et son armée assurent, depuis la capitulation, la permanence de la France sur les champs de bataille. Malheureusement, c'est à Vichy que se pressent les ambassadeurs du monde entier.

Avec le CNF, dont nous ne comprenons pas pourquoi la création a tant tardé, Vichy n'existe plus : la France c'est nous.

❖

Aujourd'hui, nous sommes invités à l'Albert Hall, à Londres.

La réunion est organisée par l'association des Français de Grande-Bretagne, qui, depuis l'armistice, s'est ralliée au général de Gaulle. Je découvre à cette occasion l'immense rotonde utilisée comme salle de concerts. Construite par la reine Victoria en bordure de Hyde Park, elle ressemble aux cirques antiques.

Nous sommes placés à l'écart de nos camarades, sur les gradins supérieurs, parmi les civils appartenant à l'association. Le parterre est occupé par les délégations de l'infanterie, de la marine et de l'aviation. La tribune foisonne de drapeaux tricolores.

Sous les projecteurs, de Gaulle fait son entrée, entouré des membres du CNF. Pourquoi nous a-t-il invités ? Sa réponse fuse dès les premiers mots :

> *Ce que nous sommes ? Nous sommes des Français de toute origine, de toute condition, de toute opinion, qui avons décidé de nous unir dans la lutte pour la liberté du pays. [...]*
>
> *Il est plaisant d'observer que les Français libres sont jugés, le même jour, à la même heure, comme inclinant vers le fascisme, préparant la restauration d'une monarchie constitutionnelle, poursuivant le rétablissement intégral de la République parlementaire, visant à remettre au pouvoir les hommes politiques d'avant-guerre, spécialement ceux qui sont de race juive ou d'obédience maçonnique, ou enfin poussant au triomphe de la doctrine communiste. Quant à notre action extérieure, nous entendons les mêmes voix déclarer, suivant l'occasion, ou que nous sommes des anglophobes dressés contre la Grande-Bretagne, ou que nous*

*travaillons de connivence avec Vichy, ou que nous
nous fixons pour règle de livrer à l'Angleterre les
territoires de l'Empire français à mesure qu'ils se
rallient.*

Je mesure en l'écoutant mon ignorance des
calomnies de nos adversaires. Bien qu'elles soient
mensongères, le Général juge bon d'y répondre.
Indirectement, il répond également à nos vœux en
précisant la doctrine de la France libre, autrement
dit les raisons de notre combat :

> *L'article 1er de notre politique consiste à faire
> la guerre, c'est-à-dire à donner la plus grande exten-
> sion et la plus grande puissance possible à l'effort
> français dans le conflit. [...] Sa grandeur est la
> condition* sine qua non *de la paix du monde. Il
> n'y aurait pas de justice si justice n'était pas ren-
> due à la France. [...]*
>
> *Si l'on a pu dire que cette guerre est une révo-
> lution, cela est vrai pour la France plus que pour
> tout autre peuple. Une nation qui paye si cher les
> fautes de son régime politique, social, moral, et
> la défaillance ou la félonie de tant de chefs, une
> nation qui subit si cruellement les efforts de désa-
> grégation physique et morale que déploient contre
> elle l'ennemi et ses collaborateurs, une nation
> dont les hommes, les femmes, les enfants, sont
> affamés, mal vêtus, mal chauffés, dont deux mil-
> lions de jeunes gens sont tenus captifs pendant
> des mois et des années dans des baraques de pri-
> sonniers, des camps de concentration, des bagnes
> ou des cachots, une nation à qui ne sont offertes,
> comme solution et comme espérance, que le tra-
> vail forcé pour le compte de l'ennemi, le combat*

entre ses propres enfants et ses fidèles alliés, le repentir d'avoir osé se dresser face aux frénésies conquérantes de Hitler, et le rite des prosternations devant l'image du Père la Défaite, il serait puéril d'imaginer, dis-je, que cette nation soit autre chose qu'un foyer couvant sous la cendre. Il n'y a pas le moindre doute que de la crise terrible qu'elle traverse sortira, pour la nation française, un vaste renouvellement.

En entendant la précision avec laquelle de Gaulle condamne le passé républicain aussi bien que le présent de Vichy et décrit l'avenir, j'ai l'impression d'assister à la naissance d'un chef. Ce jour-là, il apporte les réponses que nous avons été incapables d'imaginer, mais vers lesquelles nous tendons passionnément :

Quant aux bases de l'édifice futur des institutions françaises, nous prétendons pouvoir les définir par conjonction des trois devises qui sont celles des Français libres. Nous disons : « Honneur et patrie », entendant par là que la nation ne pourra revivre que dans l'air de la victoire et ne subsister que dans le culte de sa propre grandeur. Nous disons : « Liberté, égalité, fraternité », parce que notre volonté est de demeurer fidèles aux principes démocratiques que nos ancêtres ont tirés du génie même de notre race et qui sont l'enjeu formidable de cette guerre pour la vie ou la mort. Nous disons : « Libération », et nous disons cela dans la plus large acception du terme, car si l'effort ne doit pas se terminer avant la défaite et le châtiment de l'ennemi, il est d'autre part nécessaire qu'il ait comme aboutissement, pour chacun des

*Français, une condition telle qu'il lui soit possible
de vivre, de penser, de travailler, d'agir, dans la
dignité et dans la sécurité. Voilà l'article 3 de notre
politique. La route que le devoir nous impose est
longue et dure. Mais peut-être le drame de la
guerre est-il à son point culminant ?*

En une heure de discours, de Gaulle a défini notre
raison d'être et nos objectifs politiques. Cela mérite
réflexion parce que la France, c'est nous.

Lundi 17 novembre 1941

*Le capitaine *Georges*[1]

France publie intégralement le discours d'hier,
nous donnant l'occasion de l'étudier à loisir.

Au mess des officiers, une discussion passionnée
s'engage. La présence du capitaine *Georges n'y est
pas étrangère : il fait partie de la 1re compagnie de
parachutistes et, depuis quelques jours, est parmi
nous pour se remettre d'un accident qui a failli lui
coûter la vie : son parachute s'est ouvert à moitié, et
il est tombé sur la tête.

Il lui en reste des séquelles, qui se manifestent par
un regard étrangement fixe, accompagné parfois
d'un silence sidéral. Il se lève alors brusquement de
table et arpente la salle à manger pour s'arrêter soudain face au mur opposé. Il le scrute minutieusement comme s'il y déchiffrait un secret. Puis, apaisé,
il revient s'asseoir, comme si de rien n'était, et nous
captive par sa conversation brillante.

1. René-Georges Weill.

Il doit avoir une quarantaine d'années — la vieillesse commence pour nous aux alentours de 25 ans, l'âge de nos capitaines ! — et est auréolé d'un prestige de combattant. Nous ignorons son passé civil, mais ses propos révèlent une connaissance du Tout-Paris littéraire et politique, sur lequel il est intarissable. Nous l'aimons d'autant plus qu'il n'a jamais excipé de son grade ou de son âge pour imposer des idées qu'il défend avec passion et loyauté.

Il ne nous a pas accompagnés à Londres, mais à la seule lecture du discours, il montre une compréhension de la pensée du Général bien supérieure à la nôtre.

La discussion porte sur deux points essentiels : la condamnation de la IIIe République et le rétablissement de la démocratie. J'ai dit et redit que, depuis plus d'un an, le premier point est parmi nous un leitmotiv unanime. Quant au second, le général de Gaulle enjambe pour la première fois les buts de guerre pour proclamer « nos » buts de paix. Ne nous engage-t-il pas au-delà de notre volonté ?

La discussion s'enflamme brusquement. Le capitaine *Georges estime que, si la IIIe République comportait des « dysfonctionnements », la catastrophe finale n'est pas imputable aux politiques, mais aux militaires, bousculés piteusement sur le champ de bataille.

Nous sommes globalement d'accord avec cet argument, exposé par de Gaulle dès juin 1940, mais nous refusons d'exonérer les politiques de leur responsabilité, spécialement ceux du Front populaire, les vrais coupables. Nous les condamnons sans appel, réclamant un procès avec mise à mort dès la Libération. La demi-douzaine d'aspirants que nous sommes le répètent en chœur.

C'est alors que le capitaine *Georges expose « son » histoire de la IIIe République, qui nous laisse bouche bée. La connaissance qu'il en a est sans commune mesure avec la nôtre.

Chacun s'exprime à son tour. Après avoir écouté ma diatribe contre la République et mes arguments en faveur d'un « régime fort », le capitaine change de ton : « Il me semble, mon cher Cordier, qu'il y a quelque contradiction dans votre argumentation. Pour juger de Gaulle, la République et Vichy, il faut partir de l'armistice. Nous avons choisi la seule voie compatible avec le patriotisme en rejoignant le camp de la lutte à outrance. Ce sera l'honneur de notre vie. »

En dépit de la distance qui nous sépare, je remarque combien nous sommes attentifs aux paroles du capitaine. Même Seeds, qui s'abstient d'intervenir dans les problèmes franco-français, écoute : « Je suis frappé que vous ne tiriez pas les conséquences de votre engagement, ce que de Gaulle a fait à votre place dans son discours d'hier. Vous, Cordier, comment n'êtes-vous pas étonné — je devrais dire révolté — du fait que Maurras, qui vous a enseigné le nationalisme le plus intégral, celui qui fonde le salut de la patrie comme couronnement de sa doctrine, non seulement ne soit pas à Londres auprès de De Gaulle, mais au contraire se soit rallié au Maréchal, qui a trahi la France ? Maurras prétend qu'il l'a sauvée par la Révolution nationale. Il y a là une contradiction dont vous devez sortir : ou Maurras a raison d'approuver l'armistice et la politique de Pétain, et dans ce cas que faites-vous ici ? Ou vous avez raison de lutter sous les ordres de De Gaulle pour libérer la France, et dans ce cas Maurras et Pétain sont des traîtres. Après plus d'un an de réflexion, il est temps de choisir. Le discours du Général vous en offre l'occasion. Si vous attendez la Libération, vous risquez quelques désillusions. »

*Georges exprime ce que je sens confusément depuis des mois. J'oscille au gré des événements ou de mes nostalgies. Je n'ai jamais eu le loisir (ou la volonté) d'ajuster mes convictions politiques aux présupposés de mon engagement militaire. Mais le chaos de mes opinions n'est-il pas un alibi pour éviter une prise de conscience dont je redoute les conséquences ? Le discours du Général me pousse dans mes retranchements. Le capitaine a raison : il est temps de mettre mes idées en accord avec mes actes.

Samedi 29 novembre 1941

Aveuglement ?

Mes camarades s'absentent parfois le samedi, où nous sommes libres de partir dès midi. Certains vont à Londres, d'autres dînent à Beaulieu. Seeds en profite pour passer le week-end dans sa famille, à Lymington.

Le capitaine *Georges et moi sommes seuls à dîner. Comme souvent, il est enjoué, parle de tout et de rien. Paris surgit souvent dans sa conversation. Il aime la poésie, citant de-ci de-là des poètes que j'ignore : Artaud, Eluard.

Pour me maintenir à flot, j'évoque l'ineffable impression que m'a faite la découverte de *Madame Bovary*, lu il y a quelques jours. Amusé par mon enthousiasme, il me dit : « Il y a mieux encore,

L'Éducation sentimentale. Il ne se passe rien dans ce roman, mais si vous n'êtes pas trop impatient, je crois qu'il vous plaira parce qu'on y traverse les incertitudes de l'amour et le vagabondage du désir. C'est bouleversant, même pour un passionné comme vous.

— Connaissez-vous un bon exposé critique de l'œuvre de Flaubert ?

— Lisez Thibaudet. Comme toujours, il est un peu ennuyeux, mais il ne dit jamais de grosse bêtise. De plus, vous connaissez l'auteur.

— Vous faites allusion aux "Idées de Charles Maurras", je suppose.

— Je vous ai vu le lire attentivement ces jours derniers. Il y a longtemps que vous l'admirez ? Êtes-vous sûr de bien connaître ses idées ? »

Je perçois dans cette question une gentillesse qui me touche : il abandonne la confrontation pour la confidence. Je lui raconte à grands traits ma famille royaliste et mon activisme à Bordeaux : « Je suis reconnaissant à Maurras d'avoir apporté un ordre profane dans ma vie. Il a remplacé celui de l'Église.

— En vous écoutant, j'ai le sentiment de visiter une œuvre d'art. C'est la force de Maurras d'avoir imprimé à sa doctrine la cohérence d'un poème classique. Je comprends que vous soyez séduit, comme beaucoup d'esprits remarquables que j'ai rencontrés. »

Flatté par ce compliment imprévu, je suis désarmé. « Cependant, reprend-il, ce qui me frappe c'est qu'un garçon comme vous... » — il hésite sur la qualification, que j'attends avec appréhension — « disons indépendant, insoumis parce que original, puisse adopter une doctrine aussi contraignante, mais surtout aussi éloignée de son caractère et d'une certaine manière de son tempérament. Je me demande si vous ne vous aveuglez pas sur vous-même ? »

Je me souviens d'une conversation avec André Marmissolle dénonçant mes contradictions. *Georges poursuit dans les termes mêmes d'André : « Ce que vous semblez ignorer, c'est que vous êtes un émotif, un romantique et que votre vie est réglée selon votre imagination fantasque, vos coups de foudre, vos enthousiasmes, et non, comme vous semblez le croire, par une sagesse tempérée par la raison. On vous aime pour votre caractère primesautier. Je crois que c'est un service à vous rendre que de vous faire prendre conscience que la doctrine de Maurras n'est pour vous qu'un alibi. Elle vous rassure, en imprimant à votre pensée et à votre vie une unité, une cohérence qu'elle n'a pas et qui, à mon avis, est incompatible avec votre caractère. Devenez ce que vous êtes. C'est votre charme. Sinon, attendez-vous à des échecs répétés. »

Il sourit amicalement en énonçant ces vérités que je soupçonne et dont j'ai honte, tant elles révèlent mon impuissance à changer. Je lui suis reconnaissant de sa franchise dépourvue de malice.

Mardi 2 décembre 1941

Lettre à Charles Maurras

Trois jours ne se sont pas écoulés depuis ma conversation avec le capitaine *Georges que je décide de rompre avec Maurras. Dans mon cahier, je lui écris une lettre imaginaire :

Vous avez créé le culte de la déesse France, mais la seule action politique de votre vie a été un reniement de votre doctrine en écrivant « l'armistice nous a apporté un bienfait ». Comment pouvez-vous continuer à vivre après cette trahison ? [...]

Il n'y avait plus d'autre solution, dites-vous : « Encore quelques jours de combat et la France se serait disloquée. » Si tous les Français avaient pensé comme vous, il y a longtemps que la France n'existerait plus. Oubliez-vous Corneille ? Faut-il redire les mots du vieil Horace ?

« N'eût-il que d'un moment retardé la défaite,
Rome eût été du moins un peu plus tard sujette. »

Ces vers posent la vraie question : à la signature de l'armistice, n'y avait-[il] plus un seul avion ? Tous les bateaux étaient-[ils] coulés ? Nos munitions épuisées ? Nos villes rasées ? Tous les Français étaient-ils morts les armes à la main ? Non. Et vous osez dire que nous avons été battus. Dites plutôt que nous avons été trahis. Que vous avez trahi. Au nom de quoi ? Au nom de la « France seule » ? Dérision : vous savez bien que la France n'existe plus quand elle est dépecée par l'ennemi.

Dans un moment de lucidité, pensez à vos militants, aux morts pour la liberté ! Découvrez-vous, Charles Maurras, l'honneur français n'est pas mort parce que vous avez trahi.

Ce soir, la rupture est consommée. Il a fallu plus d'un an pour que, lentement, l'attachement à mon idole se transforme en mépris.

Toutefois, ma condamnation de l'homme Maurras

épargne le doctrinaire, et je reste persuadé, en dépit de Hauck, de *Georges, que la grandeur de la France ne peut revivre que par l'ordre monarchique.

Lundi 8 décembre 1941

Les aléas du sabotage

Un communiqué laconique de la BBC annonce que des avions japonais ont bombardé, à Hawaï, la flotte américaine et coulé des bateaux de guerre. Une bataille navale est en cours. Roosevelt déclare la guerre au Japon ! De Gaulle a tout prévu : six mois après la Russie, l'Amérique nous rejoint dans la guerre. La victoire est à portée de main.

Après la joie, revient mon inquiétude : aurai-je le temps de combattre ?

Durant le *breakfast*, pressés autour de ma TSF, nous attendons des informations détaillées. L'appel de nos instructeurs nous oblige à commencer les exercices.

Après mon hospitalisation, le mois dernier, j'ai trouvé au mess, au retour d'Inchmery, un nouveau venu, Henri Pichard, aspirant artilleur de vingt-trois ans qui effectue un stage accéléré pour partir en France.

En juillet 1941, il a réussi à s'évader du Maroc, où il avait été mis aux arrêts après une tentative d'embarquement vers l'Angleterre. Après avoir parcouru cent cinquante kilomètres à pied lors d'une deuxième tentative, il a atteint Tanger et, le 1er août 1941, débarqué en Angleterre.

Il a été récupéré par le BCRA, qui cherche désespérément des volontaires et recrute les nouveaux arrivants après les interrogatoires de sécurité.

Afin de rattraper notre programme, il suit des cours spéciaux. Aujourd'hui, après une démonstration du crayon-minute par son instructeur, c'est à son tour d'essayer. Il écrase l'ampoule de fulminate entre ses doigts, mais avant d'avoir le temps de l'enfoncer dans le pain de plastic, le détonateur explose, lui arrachant trois doigts et le blessant à la jambe. Il est transporté en catastrophe à l'hôpital de Lymington.

L'atmosphère est pesante au mess des officiers.

Nous avons tous effectué à plusieurs reprises cette opération délicate. L'instructeur nous a avertis des caprices du crayon-minute. Nous sommes consternés pour notre camarade, mais également inquiets parce que personne ne connaît la cause de l'accident : défectuosité du matériel ou fausse manœuvre ?

Mardi 9 décembre 1941

Accident stupide

Vers 11 heures ce matin, alors que nous suivons, dans la salle d'étude, un cours théorique sur les explosifs, nous entendons soudain une explosion dans le parc. Les dix élèves d'Inchmery sont pourtant présents dans la pièce.

L'instructeur regarde à l'extérieur et pousse un cri horrifié. Nous nous précipitons et voyons Seeds arriver à grands pas du fond du parc, brandissant son bras gauche, au bout duquel apparaît un moignon sanguinolent.

Après un garrot à l'infirmerie, il est conduit d'urgence à l'hôpital. C'est peu dire que nous partageons ce chagrin en famille.

En quelques semaines, je me suis attaché à ce personnage « exotique ». Nous avons parfois des empoignades d'autant plus passionnées que, cherchant à masquer mes lacunes, je m'accroche à quelques certitudes de bric et de broc dont il se moque. Je suis à ses yeux l'exemple même de l'arrogance et de l'étroitesse de l'esprit français.

Notre complicité affective me permet d'accepter ses critiques sans ciller. Je vérifie d'ailleurs leur justesse en maintes occasions. En partie grâce à lui, je mesure mon inculture et le désordre de mon esprit. Pour formuler ses critiques, Seeds attend toujours que nous soyons seuls, après dîner en général. En présence de mes camarades, il vante au contraire les qualités de mon travail.

Chaque jour, je vais voir Seeds à l'hôpital de Lymington. Souvent, il est entouré de jeunes filles élégantes et rêveuses. Toutes parlent un français subtil. Leur beauté, le raffinement de leur conversation me font découvrir l'aristocratie à laquelle Seeds appartient, sans y faire jamais allusion.

Un jour, il me confie les conditions de son accident. Pour rédiger son rapport sur les causes de la catastrophe dont Pichard a été victime, il a voulu les reproduire telles qu'il les avait décrites : « J'ai écrasé l'ampoule et attendu la minute réglementaire en tenant le crayon en l'air. Il a explosé après quelques secondes seulement. J'ai ainsi eu la preuve d'une malfaçon. » Il ajoute : « Je l'ai tenu de la main gauche en prévision d'un accident possible. »

Comment un garçon aussi intelligent a-t-il pu accomplir un acte aussi stupide ? Peut-être est-ce la forme suicidaire de l'héroïsme britannique.

À l'occasion de mes visites à l'hôpital, je rencontre aussi Pichard dans la chambre voisine.

Son moral est intact. Il attend impatiemment sa sortie de l'hôpital pour achever son entraînement et partir en mission. Passionné de littérature, il vit au milieu des livres.

Un jour, il tient à la main *La Nausée*, d'un certain Jean-Paul Sartre. Depuis peu, son nom ne m'est pas inconnu. Parmi les livres du mess, j'ai remarqué *Le Mur*, que je n'ai pas lu. Je l'interroge : « Comment est-ce ?

— Passionnant. Figure-toi que je l'ai eu comme professeur de philosophie au Havre. La classe était suspendue à ses lèvres. Pourtant, à quelques exceptions près, personne ne s'intéressait à la philosophie. Il est très laid, mais les filles sont folles de lui. »

Ces mots enflamment ma curiosité. À mon retour à Inchmery, j'ouvre *Le Mur*. Est-ce la mise en condition de Pichard ? Je suis ébloui par ces nouvelles au ton surprenant (« Érostrate », « L'enfance d'un chef »). J'achève le livre en un jour.

Lundi 15 décembre 1941

« *À mon commandement* »

Nous avons parcouru toutes les étapes de notre programme. Vignes, pour l'ultime vérification de nos compétences, multiplie les exercices « grandeur nature ». Il s'efforce de nous plonger dans les conditions de notre mission en France.

Ces exercices concernent principalement l'utilisation des explosifs au cours de l'attaque d'objectifs ennemis. Vignes nous fixe, la nuit de préférence, des missions précises plus ou moins éloignées d'Inchmery. Par exemple, faire sauter tel pylône à haute tension, telle station émettrice, etc. L'objectif est désigné au dernier moment. Comme en mission, nous devons être capables d'improvisation.

Les soirs d'opération, deux ou trois fois par semaine, la paisible New Forest est parcourue par des ombres discrètes.

Pour expliquer nos activités suspectes — en particulier les explosions, dont le parc retentit nuit et jour —, les autorités britanniques ont fait croire aux habitants alentour que les militaires d'Inchmery étaient spécialistes de la mise au point de missiles.

Toujours le même schéma : après une marche d'approche plus ou moins longue, nous arrivons près de l'objectif désigné. Le site est gardé par des sentinelles ; nous devons les neutraliser sans éveiller leur attention. L'un après l'autre, nous sommes désignés pour ce rôle ingrat. Craignant de recevoir un mauvais coup, nous sommes sur nos gardes, ce qui complique la tâche des assaillants. Dans la réalité, l'attention d'une sentinelle fléchit au cours de la nuit. L'heure propice se situe entre 2 et 4 heures du matin. Pourtant, la plupart du temps, nous sommes surpris.

L'attaque d'un convoi est plus périlleuse. Au cours de nos exercices, nous devons faire sauter les camions d'un convoi transportant des munitions. Nous les attaquons en rase campagne, de préférence au milieu d'une côte. La technique est simple. Nous nous dissimulons sur le bas-côté de la route. Au moment où l'instructeur nous désigne le « camion victime », nous surgissons à la vitesse du convoi et nous jetons sous l'arrière du camion en nous accrochant avec la main gauche au pont arrière. Traînés sur le sol, nous plaçons l'explosif avec la main droite. Aussitôt fait, nous lâchons prise pour nous redresser et nous jeter dans un fossé ou derrière un talus.

L'opération doit se dérouler à une vitesse extrême afin d'éviter de nous faire écraser par le camion suivant ou d'être abattus par l'aide conducteur de ce véhicule. Enfin, nous devons échapper à l'explosion quasi instantanée en devançant l'alerte qui immobiliserait le convoi.

Un exercice moins dangereux, mais plus fatigant, concerne le déraillement des trains. Vignes fixe une portion de rail à faire sauter sur la ligne de chemin de fer traversant la New Forest. Loin d'Inchmery et de la voie ferrée, la camionnette du camp nous lâche dans la nature. Le lieutenant nous remet une carte et une boussole pour nous diriger. Le but de l'exercice est de placer la charge de plastic avant le passage d'un train imaginaire, dont Vignes fixe l'heure précise à 3 h 10 du matin. À tour de rôle, nous sommes le chef ou l'un des deux équipiers.

❖

Ce soir, je suis le chef d'une équipe composée de Briant et Griès. J'ai tout dit de Briant. Griès est un garçon doux et intelligent, avec qui je m'entends à merveille. Il parle parfaitement l'anglais, un atout si nous nous égarons.

Les conditions météo ne sont pas extrêmes : l'humidité est supportable et la demi-lune diffuse une lumière suffisante pour nous repérer.

Vers 10 heures, la camionnette nous dépose à une quinzaine de kilomètres de la voie ferrée : autour de nous, une plaine quadrillée de prairies et de champs ; aucun obstacle à l'horizon, du moins apparemment. J'ai cinq heures pour réussir le sabotage. À une moyenne de quatre kilomètres à l'heure, c'est plus que nécessaire. Vignes a signalé l'objectif en traçant un point rouge sur la carte.

À l'aide de notre lampe de poche, nous examinons la possibilité d'un raccourci en ligne droite. Seuls des marais nous séparent de la voie ferrée. Nous pouvons les contourner, mais il faut ajouter trois kilomètres, c'est-à-dire une heure environ. Comme je ne veux pas risquer un retard, nous décidons de traverser les marais.

Briant, toujours en forme, s'exclame : « Ça va cailler ! » Sa physionomie benoîte contraste avec ce ton argotique. Griès marche en tête avec la boussole, Briant suit avec la lampe. Je ferme la marche avec la carte.

Par crainte de perdre du temps dans les marais, nous marchons à vive allure. Trois heures plus tard, nous les atteignons sans encombre. Après vérification de notre position, nous constatons que nous sommes exactement dans l'axe de l'objectif.

Nous pénétrons dans les marais sans mot dire.

L'eau glacée s'infiltre dans nos chaussures. Après une heure de marche environ, Griès s'enfonce brusquement au-dessus du genou et s'arrête net. Est-ce un trou, un fossé, un cours d'eau ? Avec nos couteaux, nous taillons quelques joncs et, chacun de notre côté, sondons les alentours.

Il semble que nous pataugions dans une sorte de cours d'eau. Que faire ? Je suis partisan de continuer tout droit. Malheureusement, nous ne connaissons ni la profondeur, ni la largeur, ni la longueur de ce ruisseau, imprécis sur la carte. En tant que chef d'équipe, je me dois d'affronter la difficulté. Je remplace donc Griès en tête. Nous avançons pendant longtemps sans que le niveau baisse.

Il est 2 heures du matin : il ne nous reste qu'une heure pour atteindre l'objectif, soit approximativement quatre kilomètres. C'est jouable, à condition de couper droit devant et de marcher d'un bon pas. Gonflés à bloc, nous sommes déterminés à surmonter tous les obstacles et à terminer à la nage au besoin. Rapidement, j'ai de l'eau jusqu'à la taille.

Malgré tout, j'avance résolument, environné d'un parfum de menthe sauvage que dégagent les plantes froissées sur notre passage. Cela me semble de mauvais augure. Je me trompe : j'ai soudain le bonheur de sentir l'eau redescendre le long de mon corps. J'accélère la cadence.

Progressivement, le sol durcit sous nos pas. Il est 2 heures et demie passées quand nous atteignons la bordure d'une prairie. Il reste deux kilomètres à parcourir. Au pas de chasseur, ce n'est pas impossible. En un tournemain, nous sommes nus, essorons chaussettes, caleçons, chemises et pantalons et vidons l'eau boueuse de nos chaussures.

Heureusement, nous touchons au but dans les

temps : le moral est au zénith. Briant, excellent mar-
cheur, prend la tête du groupe et nous entraîne à
vive allure. Au bout d'un champ, la voix ferrée
apparaît devant nous. Sans un mot, nous nous mettons à courir et, après quelques instants, trouvons
la marque tracée par Vignes sur le ballast pour
l'emplacement du pain de plastic.

L'endroit est désert. Nos montres indiquent 3 heures un quart. Hélas ! la camionnette, symbole du
train, est déjà passée, ramassant nos camarades
arrivés dans les temps. Nous plaçons cependant le
plastic afin de signer notre passage.

En étudiant la carte pour rentrer, nous réalisons
qu'Inchmery se trouve à douze kilomètres par la
route, soit trois heures de marche sans faire de pause.
Nous devrions y arriver au lever du jour.

Avant de repartir, humiliés, las et glacés, nous
dévorons en silence nos sandwichs. Vers 4 heures,
nous repartons d'un pas alerte afin de nous réchauffer. Il est 7 heures passées lorsque nous entrons à
Inchmery.

Nos camarades, en short, commencent leur gymnastique devant la maison. Nous nous présentons
au lieutenant, qui s'exclame en nous apercevant :
« Vous avez deux minutes pour vous changer et
nous rejoindre ici. »

Vendredi 23 janvier 1942

Adieu Inchmery

En fin de matinée, les mêmes camionnettes qui
nous ont conduits à Inchmery il y a cinq mois vien-

nent nous chercher pour nous déposer à la gare de Lymington. Une nouvelle page de notre exil se tourne. Nous ignorons notre destination, mais personne n'en souffle mot.

Tandis que la camionnette quitte lentement le domaine, je le regarde s'éloigner avec mélancolie ; j'y ai été heureux. Je noterai dans mon cahier :

> *J'abandonne ici le seul bonheur de ma vie.*
> *Jamais je ne retrouverai une telle existence.*

Ce cadre a été propice à l'oubli de l'exil. Notre nouveau grade l'a transformé en un havre de paix, isolé du bruit, des bombardements, de la guerre même. Le silence n'y était troublé que par le ressac de la mer et, parfois, le vent du large.

J'y ai apprécié la petite bibliothèque, constituée par les dons d'amis anglais, mais aussi d'ouvrages abandonnés par les stagiaires avant leur départ. Ils ont alimenté mes interrogations et mes conversations avec Briant, jusqu'à ce matin de la fin de décembre où il a brusquement disparu. Tous, nous avons observé la consigne du secret : il est parti en mission, sans mot dire. À mon désarroi, j'ai mesuré la place qu'il occupait.

Après son départ, je me suis rapproché de Xavier Rouxin, un camarade de juin 1940, qui a appartenu à la compagnie du lieutenant Dupont. Je ne puis imaginer plus grand contraste. Patriote exalté, il rêve d'une France au-dessus de tout que nous construirons ensemble. Cependant, son caractère m'inquiète parfois. Mon assiduité près de lui est-elle justifiée seulement par la France au-dessus de tout ?

Samedi 24 janvier 1942

Les techniques du secret

Le départ d'Inchmery marque-t-il le début de nos missions ? Une fois de plus, nous sommes déçus : train, camionnette, nous couchons ce soir dans une nouvelle propriété, pour un autre stage. Il s'agit cette fois de l'apprentissage des codes. Nous quittons l'encadrement des Français pour entrer dans une école britannique appartenant au SOE.

Nous débutons par la forme la plus élémentaire des messages secrets : l'écriture invisible (produit chimique, carbone, citron, etc.). C'est facile et divertissant. L'utilisation des codes est beaucoup plus complexe. Ils servent à chiffrer différents textes : instructions, rapports, documents transportés par avion ou télégrammes envoyés par radio.

La technique consiste à mélanger des lettres dans une première opération afin de disloquer les mots et les phrases, puis à les recomposer par groupes de cinq lettres, que l'on superpose en colonnes. Seule leur longueur diffère : huit cents lettres ou plus pour les rapports, cinquante environ pour les télégrammes. Cette différence a pour but de limiter la durée de nos émissions.

Le codage et le décodage exigent une attention sans faille. C'est un travail précis et fastidieux. Une seule lettre oubliée en cours de manipulation rend tout le message incompréhensible. Ce n'est pas catastrophique pour les télégrammes que l'on répète rapidement à la demande du destinataire. Mais après avoir malaxé à deux reprises huit cents lettres ou plus dans les instructions de Londres, il est beaucoup plus grave de découvrir que le texte ne « sort » pas et demeure illisible. D'autant qu'un doute subsiste sur l'auteur de la faute : l'expéditeur ou le destinataire ?

Pour l'apprentissage, la jeunesse est un atout. Après trois semaines, nous devenons des champions de ces opérations minutieuses.

Mercredi 18 février 1942

La vie de château

Le chef de la station nous réunit : allons-nous être parachutés en France ? Il nous annonce que nous déménageons pour apprendre les transmissions radio.

En présence des instructeurs anglais, nous ne pouvons manifester notre déception. Mais dès que nous nous retrouvons seuls, c'est l'explosion. Aucun responsable n'a encore évoqué cette technique, qui, à nos yeux, n'a aucun rapport avec la guerre, ni avec notre engagement au BCRA. Nous accusons le capitaine *Bienvenue de duplicité.

Nous sommes d'autant plus ulcérés que nos camarades d'Old Dean, que nous avons abandonnés à leur triste sort au mois d'août 1941, ont quitté l'Angleterre depuis trois mois. Sans doute combattent-ils quelque part en Afrique.

Comme mes camarades, j'ignore tout du morse et de la radio. Combien de temps me faudra-t-il pour devenir opérationnel ? Six mois ? Un an ? La guerre sera terminée depuis longtemps. Que faire d'autre ? Changer d'arme ? Pour rejoindre marins ou aviateurs, qui, eux, se battent quotidiennement, il faudrait recommencer un long apprentissage. Retourner chez les chasseurs ? Dans quelle unité ? Le bataillon a été dissous, et j'ignore où se trouvent mes camarades.

Condamné à poursuivre la voie choisie et mon apprentissage jusqu'à son terme, je n'ai d'autre solution que de redoubler de zèle dans l'espoir de raccourcir les délais.

Thame Park se trouve dans la ville de Thame, dans le comté d'Oxford. Ce vaste château du XIXe siècle est occupé depuis la guerre par le SOE et dirigé par un truculent capitaine écossais. Il y a installé une école internationale préparant tous les opérateurs radio de l'Europe occupée : Belges, Français, Hollandais, Norvégiens, Polonais, Tchèques, etc.

À notre arrivée, le directeur nous informe du programme : apprentissage du morse, procédures d'émission et de réception des messages, démontage, remontage et dépannage des postes émetteurs-récepteurs.

Après quelques jours fort occupés, nous oublions notre déception. Bien que ce nouveau stage retarde une fois de plus notre départ, il est captivant. Surtout, il nous offre, en territoire occupé, une liberté absolue : au milieu des Boches, nous restons en contact permanent avec l'Angleterre.

Nous sommes affectés aux classes correspondant à notre degré de connaissance du morse. Certains d'entre nous, peu nombreux, étaient des spécialistes des transmissions avant la guerre. Ils sont d'autant plus rares que chaque arme en a un besoin urgent et s'oppose à leur débauchage par les services secrets. Ceux qui ont été recrutés par le BCRA, en général dès leur arrivée en Angleterre, n'apprennent que les procédures britanniques. De Cheveigné est dans ce cas. Houbigant, Denviollet, Kerjean, Loncle, Montaut et Piet ont reçu à Old Dean un début d'instruction dans les transmissions. D'autres, comme Rouxin et moi, commençons de zéro. Pour nous encourager, le directeur nous assure que c'est la dernière étape de notre parcours et que, dès que nous serons opérationnels, nous partirons en mission.

Ce n'est pas pour demain. Cette technique exige du temps et de la patience.

Nous vivons à Thame Park dans un confort cinq étoiles. Le mess des officiers du château est un immense salon ouvrant sur une vaste terrasse et le parc de mille cinq cents hectares.

Au premier plan, un bassin versaillais fait miroiter les ciels changeants du printemps. Les jours de grand bleu, un système de jets d'eau perfore la surface pour retomber en pluie scintillante. Les canards et les cygnes jouent en permanence un ballet dont nous cherchons à déchiffrer les figures. Pour nous dégourdir les jambes durant les pauses, nous déambulons inlassablement au milieu des arabesques de verdure.

Dans le vaste sous-sol, les Anglais ont aménagé une confortable salle de cinéma où, chaque soir, plusieurs films nouveaux sont projetés jusque tard dans la nuit. Mais la vraie détente est fournie par nos sorties à Oxford, où nous allons parfois dîner en bande. Les camionnettes anglaises y font une navette quotidienne de 5 heures à minuit.

À cette vie, où des plaisirs variés couronnent des

journées studieuses, s'ajoute une immense consolation : je retrouve Briant, qui y achève un stage commencé dès son départ d'Inchmery. Cela m'indique
le temps de formation d'un radio expérimenté : deux
ou trois mois.

Deux de mes nouveaux camarades deviennent
vite des amis : Maurice de Cheveigné et Denis Rake.

Cheveigné est un Parisien de mon âge, né au mois
d'août comme moi. Après avoir interrompu ses études, il a été obligé de gagner sa vie comme apprenti
à l'usine Breguet, en région parisienne. À l'approche des Allemands, il a été évacué à Toulouse avec
le personnel.

Refusant l'armistice, il a décidé, avec des camarades, de rejoindre l'Angleterre en passant par
l'Espagne. Interné au camp de Miranda, il a rejoint
Londres dès sa libération. Après avoir végété à Old
Dean, il a été recruté par le BCRA grâce à sa qualité
de radioamateur. C'est un virtuose du « tititi-tatata ».

Nous ne sommes pas dans la même classe, mais
la dizaine de Français égarés au milieu d'une centaine
d'étrangers est naturellement solidaire. Son humour,
sa gentillesse, son charme en font un compagnon
idéal, toujours prêt pour l'aventure. Joli garçon, il
sait en outre jouer de ses avantages auprès des petites Anglaises, qui en raffolent.

Avec Denis Rake, mes relations sont d'une autre
nature. Seul de tous les élèves, c'est un « vieillard »
d'une quarantaine d'années. De plus, il appartient
au SOE, dont nous sommes les invités dans ses
écoles. Britannique né d'une mère française, il
s'exprime dans un français plus châtié que le nôtre.

Sa gaieté effervescente, son regard provocant, sa séduction d'une autre époque effacent son âge. C'est toutefois pour d'autres raisons qu'il me captive : il a été danseur dans les ballets de Covent Garden et a parcouru le monde.

Seul parmi nous, il a un passé, qu'il raconte avec détachement et cocasserie. La mission périlleuse qu'il a choisie révèle la complexité qui l'habite. Nous sortons souvent ensemble. Un soir d'épanchement, il me confesse le drame de sa vie : il a été marié, a eu un fils ; sa femme est morte dans un accident d'automobile. Comme c'est lui qui conduisait, il a été accusé d'homicide. Pour surmonter cette épreuve infamante, il a choisi de s'enraciner dans une inaltérable joie de vivre.

Au fil des « permissions », il se confie. Avec le temps, la sympathie se transforme en amitié. Sa bohème, d'apparence heureuse, masque une existence compliquée, dramatique même. À la suite du scandale de la mort de sa femme, il s'est exclu de la vie sociale. D'après ce que je comprends à demi-mot, il a choisi délibérément une existence d'« irrégulier ». Elle lui permet, aujourd'hui, de s'extasier publiquement devant les jeunes Polonais et Norvégiens de notre école, dont certains sont l'incarnation sculpturale de la beauté juvénile. L'un d'eux, en particulier, qu'il compare au soleil, lui arrache des exclamations pâmées. Je comprends mal son extase. C'est un élégant jeune homme proche de la trentaine : autant dire que je ne fais aucune différence avec lui... Même en écarquillant les yeux pour participer à son émoi, je ne distingue rien qui justifie ce chavirement[1].

---

1. Rake a raconté sa mission dans *Le Chagrin et la Pitié*, de Marcel Ophüls, film dans lequel il joue son propre rôle. Envoyé à

Entre Rake et Cheveigné, ma vie à Thame Park est à l'opposé de la réclusion d'Inchmery. Je continue de lire beaucoup, mais je n'ai plus le temps de tenir mon journal. Hors mon travail, qui me passionne, je prends goût au vagabondage.

Jeudi 7 mai 1942

Dans la nature

La vitesse à laquelle nous transmettons les messages révèle la mesure de nos progrès. Après deux mois, mon professeur les juge satisfaisants. Sans doute le désir de m'évader d'Angleterre m'a-t-il fourni l'énergie d'accélérer l'apprentissage.

La dernière étape du stage consiste à tester nos qualités dans la nature, au plus près des conditions réelles de la France. Pour ce faire, nous sommes envoyés seuls dans des villes anglaises inconnues, où nous devons vivre soit chez des particuliers, soit, ultime épreuve, à l'hôtel. Le but de cette vérification est d'effectuer des émissions-réceptions sans nous faire repérer par nos propriétaires ou surprendre par la police anglaise, en particulier durant les transports de l'appareil.

Dès que nous quittons Thame Park, nos seuls liens avec nos supérieurs sont les télégrammes que nous leur expédions.

Habillés en civil, nous transportons notre appareil

Paris comme radio, il est tombé amoureux d'un officier allemand. Malheureux de le trahir en cachant sa mission, il a décidé de révéler la vérité à son chef du SOE, Buckmaster, qui a « compris » et l'a fait rentrer en Angleterre.

dans une mallette assez lourde. Dès que nous débarquons dans la ville désignée, nous prenons contact
avec un membre de l'organisation au point de rencontre communiqué, avec l'heure, sa description et
le mot de passe. C'est lui qui nous fournit l'adresse
de notre lieu de travail. Après cette rencontre, nous
devons transmettre le lieu et l'heure de notre installation. Au cours du séjour, il nous faut rassembler
des informations sur nos conditions de travail.

Cette fois, le thème de mon séjour est l'occupation
de l'Angleterre par les Allemands. Ayant réquisitionné
toutes les industries, ils préparent leur machine de
guerre en vue de la dernière bataille contre les
États-Unis. Je dois donc rassembler le maximum
d'informations sur les troupes d'occupation (nombre, emplacements et lieux des services de sécurité),
informer la centrale sur les industries de la ville, les
travailleurs au chômage, l'activité des communistes,
les lieux où la police effectue ses contrôles ou ses
arrestations, etc. D'autres demandes de renseignements me sont expédiées chaque jour par radio.

Le jeune couple qui m'héberge habite la banlieue
de Manchester. Ils ont un garçon de cinq ans qui joue
bruyamment toute la journée dans la maison, ce qui
couvre le bruit de mes émissions. Dans ma chambre, je cache mon poste sur le toit de l'armoire. En
cas de visite inopinée en cours d'émission, le dessous
du lit est une solution de secours.

La centrale m'a communiqué des « contacts » à
prendre en ville avec des inconnus. Ils dissimulent
leurs messages dans les toilettes publiques, celles
de cafés ou d'hôtels, ou encore derrière les tableaux
d'un musée. Une fois en possession du message, je
le code et l'expédie selon les procédures apprises.
On m'a remis un *schedule* (horaire de travail), dans

lequel sont indiqués les jours et heures d'écoute de la *Home Station*. Après l'entraînement intensif de Thame Park, cela semble un jeu d'enfant.

Les apparences sont trompeuses, car la police britannique, le contre-espionnage et les voitures gonio traquent les espions allemands. De surcroît, le gouvernement répète que la sécurité de l'île dépend de la vigilance de chaque citoyen. Dans l'état d'esprit où se trouve la population, on devine que des garçons étrangers de vingt ans qui parcourent l'Angleterre en civil paraissent suspects.

Le SOE a annoncé à ma famille d'accueil un jeune *Free French* en convalescence. Ma première émission est une épreuve. Après avoir installé l'antenne en travers de la pièce, allumé le poste à l'heure dite et recherché le signal en morse sur les ondes, ma tête est vide : j'ai tout oublié ! Pourtant, à Thame Park, j'ai répété mécaniquement la procédure des dizaines de fois.

Lorsque, après avoir lancé « en l'air » mon indicatif, j'écoute la réponse, je n'entends qu'un brouillard d'émissions radio inaudibles. J'ai le sentiment de me noyer. Je suis convaincu que personne n'écoute, car je n'arrive pas à distinguer, parmi l'inextricable fouillis des cliquetis, celui qui m'est destiné.

Soudain, je reconnais l'indicatif de la *Home Station* qui m'accuse réception. Tout s'enchaîne ensuite facilement, et je retrouve d'un coup toutes mes habitudes. Je passe le message que j'ai préalablement codé avec les informations réclamées sur les conditions de mon arrivée. Après quoi, je réceptionne deux télégrammes, que je décode aussitôt.

L'un d'eux me désigne la Manchester Art Gallery (musée de la ville) comme point de départ de ma mission. Je dois récupérer un message caché derrière un petit tableau accroché à l'entrée d'une des salles du musée, sur le mur de droite. Comme tous les musées, celui-ci est désert et possède peu de gardiens, sans parler des contrôles vidéo ni des alarmes électroniques, inexistants.

Je m'y rends le matin, dès l'ouverture. Après avoir traversé les salles silencieuses, je trouve facilement le tableau derrière lequel est dissimulé le message caché. Je rentre chez mes hôtes et code un télégramme, que j'expédie aussitôt. Je reçois en échange un autre télégramme à décoder et à porter au musée dans une autre salle, derrière un autre tableau.

Bien que ce ne soit que ma seconde visite dans un musée, je ne regarde rien, soucieux d'accomplir ma mission. Lorsque j'ai fini ma transmission, il est 3 heures. J'ai l'après-midi pour tenter de recueillir en ville les informations réclamées.

D'après un plan de la ville, je situe facilement les bâtiments que l'on m'a signalés comme étant ceux de l'armée allemande. À ma surprise, ils correspondent à ceux de la police. J'écarquille les yeux pour tenter de glaner des informations sur le personnel, les voitures, les secrétaires, etc.

Le résultat n'est guère consistant, mais je rédige quand même deux télégrammes, que je transmets lors de mon contact, à 2 heures du matin. Heureusement, j'ai emporté un réveil qui ne me quitte pas depuis que je suis officier.

En réponse, la *Home Station* désigne de nouveaux

lieux où déposer de nouveaux messages. Elle me réclame en outre différentes informations sur des usines situées en banlieue. Les jours suivants consistent en des variantes de ces exercices. Est-ce parce que je suis en permanence sur mes gardes ? Mon séjour se déroule sans incident et retrouve l'aisance des exercices d'école. Finalement, je franchis sans accroc toutes les épreuves. Je suis content de moi.

J'ai tort. Le jour de mon départ, je me rends une dernière fois au musée pour chercher un ultime message. Tout à coup survient un gardien qui me dévisage aimablement : « C'est curieux comme les Français aiment ce tableau : vous êtes le sixième à venir tous les jours. » J'acquiesce en souriant, tout en maudissant l'humour britannique.

Je n'ai plus qu'à rentrer à Thame Park sans me faire remarquer. Cela fait également partie de l'épreuve. Les Britanniques ne badinent pas avec les espions, et leur surveillance invisible est d'une grande efficacité. Cheveigné a été arrêté au cours d'un contrôle dans une gare et emmené au commissariat avec son poste.

Les émissions radio alternent avec des exercices de sécurité, spécialement la filature. Alternativement, je suis le chasseur et le gibier : suivre ou être suivi.

L'exercice consiste à surveiller des inconnus, femmes ou hommes, que mon correspondant me désigne dans la rue. Je dois les suivre dans leurs déplacements, noter leurs rencontres, décrire les interlocuteurs qu'ils croisent et les lieux où ils séjournent (restaurants, cafés), puis rédiger un rapport.

Mon premier « client » est un homme aux cheveux

blancs. Il porte une grosse moustache, fume la pipe
et est habillé d'un costume à carreaux voyants. Toute
la matinée, je le file sans me faire remarquer.

Vers la fin de l'exercice, fixée à midi, le vieil homme
rencontre, à un croisement de rues, une personne à
qui il demande du feu. Stupeur, l'inconnu est identique au premier : même âge, même moustache,
même pipe, même costume ! Je ne peux m'approcher sans donner l'alerte. Heureusement, leur contact
est bref, et je peux continuer à suivre mon homme
jusqu'au rendez-vous fixé avec l'instructeur.

Je fais un compte rendu plein d'autosatisfaction,
avant de découvrir qu'après la rencontre des deux
hommes je suis reparti avec *l'autre*. Seul un détail
les différenciait, auquel je n'ai prêté aucune attention :
leurs chapeaux étaient ornés d'une petite plume
rouge, mais mon « client » la portait à droite et son
sosie à gauche.

Je découvre au cours de nombreux autres exercices que l'attention ne doit jamais se relâcher,
sauf à commettre des fautes plus ou moins graves.
J'apprends aussi qu'il est plus ardu de suivre
quelqu'un sans se faire remarquer que d'être
conscient de sa propre filature.

Samedi 23 mai 1942

Thame Park for ever ?

Sur le chemin de retour d'un de mes exercices, je
m'arrête à Londres pour rencontrer le capitaine
*Bienvenue. Je ne l'ai pas revu depuis quelque temps
et souhaite lui faire respectueusement part de mon

impatience : puisque ma formation de saboteur et de radio est achevée, qu'attend-il pour m'envoyer en France ?

Je suis d'autant plus impatient que certains de mes camarades ont disparu : Brault, Cheveigné, Houbigant, Kerjean, Piet. Leur départ silencieux signifie qu'ils sont partis en mission. Pourquoi pas moi ? Si je suis nul et que le BCRA ne veuille plus de moi, je prie le capitaine de me renvoyer à mon corps d'origine. Au moins, je rejoindrais mes camarades chasseurs quelque part au « front ».

Le capitaine écoute mes doléances. Quand j'en ai fini, il me dit, impassible : « Votre tour viendra. Vous êtes prévu dans les prochains départs. Préparer votre trousseau civil pour la France : deux costumes, quatre chemises, six caleçons, douze mouchoirs, quatre paires de chaussettes, deux paires de chaussures et un imperméable. »

Il me répète les consignes de sécurité : « Faites attention à ne conserver aucune étiquette anglaise. Le capitaine Piquet-Wicks [officier de liaison britannique avec le BCRA] vérifiera tout en détail au moment de votre départ. Portez-les tous les jours afin de les "patiner". Vous serez prêt à répondre au premier appel. Lorsque vous aurez tout préparé, vous pourrez prendre quelques jours de vacances, vos dernières en Angleterre. Profitez-en bien, car vous n'aurez plus l'occasion de vous reposer avant longtemps. » Je l'embrasserais !

Il m'explique que les opérations aériennes au cours desquelles nous sommes parachutés se déroulent sur une période de huit jours avant et après la nouvelle lune. Je vérifie le calendrier lunaire et découvre avec joie que je partirai autour du 13 juin. Autant dire demain.

Vendredi 5 juin 1942

Temps perdu

Quelques jours plus tard, équipé de pied en cap, j'appelle le capitaine : « J'ai suivi vos instructions, je suis prêt.

— C'est très bien, vous pouvez partir en vacances. Reposez-vous.

— Mais la nouvelle lune est dans huit jours.

— Et alors ?

— Ne m'avez-vous pas dit que je faisais partie du prochain départ ? »

Sa voix se durcit soudain : « Écoutez, mon vieux, faites ce qu'on vous dit, et partez en vacances. Le reste, je m'en occupe. » Puis il raccroche.

Cette fois, j'ai la certitude que je ne partirai jamais.

Que faire ? Résigné, je pars en vacances, comme il me l'a conseillé, à Torquay, dans le sud de l'Angleterre. Pour éviter la galère, j'emporte *À la recherche du temps perdu*, titre prémonitoire s'il en est.

Mercredi 17 juin 1942

Retour à Londres

De retour à Londres, je me suis installé dans la pension de famille de Cromwell Road. À ma surprise, j'y retrouve mon cher Briant, que je croyais en France !

Bien que je ne lui pose aucune question, cela me

réconforte de n'être plus seul à gémir. Lui aussi attend impatiemment les ordres du capitaine. Ce soir, second anniversaire de la défaite de 1940, nous sommes partagés tous les deux entre l'excitation de notre départ et le noir souvenir du désastre.

Plus la guerre dure, plus je suis écartelé entre mes anciennes convictions et mon engagement, qui en est la négation. Ce déchirement ressemble à la lutte entre le bien et le mal à l'intérieur d'une conscience religieuse.

J'entends le rire de Briant que j'aime tant : « Tu oublies que, dans l'expérience religieuse, tu es seul responsable vis-à-vis de Dieu. Tes actes concernent la seule éternité. En politique, tes actes influent sur des millions de gens. C'est devant eux que tu es comptable de tes erreurs. Ils ne sont pas Dieu, ils n'ont aucune raison de te pardonner. »

Souvent, chez Briant, je sens une grande sévérité à mon égard. Je me demande si cela ne frôle pas parfois le mépris.

VIII

REVOIR LA FRANCE ?
18 juin-24 juillet 1942

Jeudi 18 juin 1942
Anniversaire de l'espérance

Ce matin, le téléphone sonne dans ma chambre.
C'est le capitaine *Bienvenue : « J'ai une bonne nouvelle pour vous. » Mon cœur bat à rompre : partir,
enfin !

« Vous êtes invité à l'Albert Hall ce soir, à 6 heures, pour écouter le général de Gaulle. Mettez-vous
en uniforme. »

Depuis 1941, le Général convoque périodiquement à l'Albert Hall quelques centaines de volontaires basés en Angleterre. Les discours qu'il prononce
en ces occasions jalonnent l'histoire de la France
libre : chaque fois, il y trace le programme d'une
nouvelle étape vers la victoire.

Ce soir, « 725ᵉ jour de la lutte du peuple français
pour sa libération », comme l'annonce le calicot
peint au-dessous de l'estrade, nous commémorons
le deuxième anniversaire de l'appel du 18 Juin, le
seul discours du Général qu'aucun volontaire n'a
entendu.

Comme d'habitude, l'hémicycle est occupé par

des Français habitant la Grande-Bretagne, des délégations des différentes armes et quelques volontaires du BCRA. *Bienvenue nous a demandé de ne pas revoir nos anciens camarades. Il nous fait entrer les derniers et nous installe aux places habituelles, dans les loges.

Les membres du Comité national français (CNF) arrivent, précédés par le Général, et gagnent l'estrade. Je ne reconnais que le professeur René Cassin, à cause de sa barbe.

Après l'ouverture de la séance par Maurice Schumann, notre porte-parole à la BBC, le général de Gaulle s'approche du micro. Je ne l'ai pas « revu » depuis novembre 1941. Il énonce d'abord ses thèmes familiers : passion pour la France, condamnation de Vichy, organisation de la vengeance, place de la France libre dans la libération nationale : en un mot, notre raison d'être.

Un passage de son discours évoque les journaux clandestins, *Combat*, *Franc-Tireur* et *Libération*.

Depuis quelques mois, de Gaulle esquisse une politique de la Libération : refaire la France avec tous les Français, c'est-à-dire accepter toutes les oppositions pour que la nation puisse vivre dans sa force et sa grandeur. Cela implique l'alliance avec les communistes, qui, sur le plan international, s'incarne par la présence de l'URSS dans le camp allié.

Cela choque mes convictions à cause du danger de révolution future, même si je suis maintenant d'accord avec le Général pour la condamnation de la politique de Maurras : « La France seule était un crime, car cette guerre était un choix, et l'on ne pouvait mettre sur le même plan les Allemands et les Anglais. »

Le Général est bouleversant lorsqu'il évoque les

batailles de mes camarades, dont la plus récente,
Bir Hakeim, est la gloire de la France libre :

> *Alors, notre tâche finie, notre rôle effacé, après
> tous ceux qui l'ont servie depuis l'aurore de son
> histoire, avant tous ceux qui la serviront dans
> son éternel avenir, nous dirons à la France, sim-
> plement, comme Péguy : « Mère, voici vos fils,
> qui se sont tant battus[1]. »*

J'applaudis mon chef avec l'enthousiasme de ma
jeunesse. Par la magie de son verbe, il m'arrache aux
morosités de l'exil, à ma rage de ne pas combattre.

Avant la fin de la cérémonie, je sors avec le groupe
du BCRA afin d'éviter nos anciens camarades.
Dehors, il fait jour. Je propose à Briant de nous promener dans Hyde Park pour profiter de la douceur
des premiers jours de l'été.

Tout en marchant dans les allées peuplées d'amoureux, de promeneurs attardés et de cavaliers, nous
tentons de nous souvenir de certaines formules du
discours. Nous sommes transportés par l'exorde, et
spécialement la diction singulière du Général :

---

1. J'ignorais ce jour-là que ce discours anniversaire était le testament de notre épopée. Ce fut, en effet, avec mes camarades de
1940, notre dernière réunion de Français libres. Quelques jours
après, notre mouvement changeait de nom pour devenir la France
combattante. Un an plus tard, le 1er juin 1943, il était dissous, et de
Gaulle devenait, avec le général Giraud, coprésident du gouvernement d'Alger. L'aventure solitaire des volontaires de 1940 s'ache-
vait avec le retour de l'armée française dans la guerre. Lorsque, en
mai 1944, je rentrai à Londres après avoir achevé ma mission, je
ne connaissais plus personne au BCRA. Nous étions à peine une
douzaine de rescapés de juin 1940, remplacés par quelques centaines d'officiers de l'armée d'armistice, qui occupaient les postes :
nous les méprisions pour leur lâcheté.

Chamfort disait : « Les raisonnables ont duré.
Les passionnés ont vécu ! » Voici deux ans que
la France, livrée et trahie à Bordeaux, continue
cependant la guerre, par les armes, les territoires,
l'esprit de la France combattante. Pendant ces deux
années, nous avons beaucoup vécu, car nous som-
mes des passionnés. Mais aussi, nous avons
duré. Ah ! que nous sommes raisonnables !

Cette dernière phrase, surtout le « Ah ! » théâtral de
De Gaulle, nous la prononçons à l'unisson, en imitant
sa voix caverneuse. Elle nous fait rire comme des
enfants. Tout en déambulant, nous la répétons à voix
haute. Elle devient notre mot de passe[1].

Vendredi 19 juin 1942

La guerre est-elle finie ?

Cloué à Londres, je vis depuis des semaines des
vacances sacrilèges. Le monde est à feu et à sang, et
je me veux un volontaire de l'extrême. Pourtant, mes
seules activités sont le canotage sur la Serpentine et
les dîners dans les palaces au son d'orchestres de
danse.

Nos soirées au cinéma, au concert, au théâtre

1. Dans les jours qui suivirent, nous trouvâmes souvent l'occasion de nous exclamer : « Ah ! que nous sommes raisonnables ! »
— faisant sonner le « Ah ! » comme un cri d'espérance. Cette familiarité moqueuse avec notre chef peut paraître irrespectueuse. En
réalité, elle était notre lien secret avec de Gaulle et le ressort de
notre discipline. Nous l'admirions avec une affection — pourquoi
ne pas le dire ? — que nous aurions eu honte d'avouer. Bien que
nous fussions devenus des hommes, nous étions encore prisonniers de la pudeur ombrageuse des enfants.

précèdent un sommeil paisible, préparant un lendemain de *farniente*. Cette vie faussement comblée
provoque une érosion intérieure : je me désagrège.
D'autant plus que les journaux annoncent l'ouverture
prochaine d'un second front : visite de Churchill à
Moscou et à Washington, accord Molotov-Eden, etc.

Anthony Eden, ministre des Affaires étrangères, a
déclaré aux Communes, à propos de son voyage à
Moscou : « Un plein accord a été réalisé sur les
tâches urgentes à entreprendre en vue de la création d'un second front en Europe en 1942. » 1942 !
Nous sommes mi-juin : c'est donc pour demain ! Le
quotidien *France* joue un rôle majeur dans l'établissement de ma certitude.

Tout a commencé le 27 mars par le récit d'un raid
britannique sur Saint-Nazaire. Le détail de cette
opération occupe la première page du journal : deux
cent cinquante hommes, soutenus par la marine et
l'aviation, ont détruit une cale sèche pour sous-
marins. Une partie de la population s'est soulevée.

Cela s'est passé durant mon stage à Thame Park.
Je suis persuadé que j'ai été entraîné pour ce type
d'opération. Marque-t-il le début de la reconquête
de la France ? Enfermé dans mon obsession d'en
découdre, je lis : « Depuis que Staline a déclaré qu'il
était possible de gagner la guerre en 1942 si les Anglo-
Saxons constituaient un deuxième front en Europe
[…], si la guerre peut être gagnée en 1942, aucun
sacrifice n'est trop grand. »

Le 4 mai, la BBC avait diffusé une émission de
Jacques Duchesne, commentant les paroles de l'amiral américain Harold Stark, commandant des forces navales américaines dans la zone européenne :
« Je suis en faveur d'un second front, ou d'un troi-

sième où que ce soit et dès que nous serons en mesure de prendre l'offensive. »

Non seulement la presse britannique commente ces paroles, mais elle fait campagne pour « l'établissement d'un second front à l'ouest de l'Europe le plus tôt possible ».

Quelques jours plus tard, la BBC avait diffusé un avis n° 1 — « Français, évacuez les zones interdites sur les côtes » —, suivi, ce 19 juin, d'un avis n° 2 — « Les régions côtières de la zone occupée risquent de plus en plus de devenir le théâtre d'opérations de guerre » —, se terminant par : « Faites tout pour préserver votre sécurité, les armées de la libération auront besoin de vous. Nous vous donnons l'assurance formelle que, lorsque l'heure sera venue de faire appel au concours actif du peuple français dans son ensemble, vous en serez prévenus. »

Ce ne peut être un hasard.

Avec la « disparition » silencieuse, semaine après semaine, de mes camarades radios de Thame Park, ma certitude se renforce.

De Gaulle résume la situation :

> *C'est beaucoup à la guerre d'avoir gagné les premières batailles, mais la dernière décide de tout. Elle se livrera en France. Qui peut nier que la bataille de France soit chaque jour un peu plus probable malgré les victoires de l'ennemi ?*

Obsédé par mon avenir, je ne m'intéresse qu'à ces perspectives radieuses, d'autant plus que *France* met l'accent sur les difficultés de Hitler et de ses alliés.

L'accumulation de projets d'offensives mirifiques entretient une tension passionnée dans l'esprit des volontaires.

Briant partage mon impatience : « Notre rôle sera très important au moment du Débarquement. Nous appartiendrons certainement aux corps francs qui combattront sur les arrières des Boches. Toi qui veux en découdre, tu seras servi ! »

Cette interprétation optimiste produit sur moi l'effet contraire. Elle ressemble trop aux discours lénifiants du capitaine.

Mardi 23 juin 1942

Coup d'envoi

Pendant mon *breakfast*, je reçois un appel du capitaine *Bienvenue : « Venez me voir immédiatement. »

Je saute dans un taxi et me présente au 10 Duke Street : « Vous serez parachuté avec Ayral et Briant dans la nuit du 25. » Coupant court aux effusions avec une feinte rudesse, il ajoute : « Reposez-vous et dormez bien, vous en aurez besoin. »

En le quittant, j'ai la tête en feu. Je dispose d'une journée entière pour préparer mon départ : je rentre à pied à l'hôtel.

Des idées saugrenues se bousculent. Je m'accroche à cette seule image : « sauter » en France dans le silence de la nuit. Je vais enfin savoir qui je suis. Avec mes camarades, je n'en ai jamais parlé. Sous le masque de la fanfaronnade, suis-je le seul à me poser cette question ?

Mercredi 24 juin 1942

Pacte avec la Résistance

Je téléphone aux Zonneveld pour les avertir que je déposerai chez eux mes papiers personnels dans le courant de l'après-midi. Après quoi, je prépare ma valise, ainsi que les bagages (sac marin et cantine), que je laisserai à la consigne du BCRA. Elle contient, outre mes uniformes militaires, mon poste de TSF, mon phonographe, mes disques ainsi que mes livres, compagnons de solitude.

À leur poids, je mesure la durée de mon exil !

Dans son bulletin du soir, Schumann annonce que de Gaulle a conclu un pacte d'avenir entre la France combattante du dedans et celle du dehors. D'après ce que je comprends, ce programme transforme notre croisade patriotique en combat pour la démocratie.

Rien ne m'oblige à suivre le Général dans ce domaine, mais je n'ai rien à lui opposer. Involontairement, c'est l'heure de vérité. Au-delà du devoir de combattre l'ennemi, le Général propose un pacte liant la France libre à la Résistance :

> *Une victoire qui n'entraînerait pas un coura-*
> *geux et profond renouvellement intérieur ne serait*
> *pas la victoire. Un régime moral, social, politique,*
> *économique a abdiqué dans la défaite après s'être*
> *lui-même paralysé dans la licence. Un autre, sorti*
> *d'une criminelle capitulation, s'exalte en pouvoir*

personnel. Le peuple français les condamne tous les deux. Tandis qu'il s'unit pour la victoire, il s'assemble pour une révolution.

Nous voulons que l'idéal séculaire français de liberté, d'égalité, de fraternité soit désormais mis en pratique chez nous de telle sorte que chacun soit libre de sa pensée, de ses croyances, de ses actions, que chacun ait, au départ, dans son acti- vité sociale, des chances égales à celles de tous les autres, que chacun soit respecté par tous et aidé s'il en a besoin.

Briant triomphe : « Tu vois, de Gaulle est sans ambiguïté. Il refuse le régime coupable de la défaite.

— C'est la deuxième partie que je ne trouve pas rassurante.

— Pourquoi ?

— De Gaulle ne prononce pas le mot, mais il annonce le retour de la République.

— J'ai l'impression que tu habilles ta pensée avec de vieux oripeaux sans avoir conscience qu'ils sont désormais un déguisement pour l'homme que tu es devenu. Comme nous tous, tu as changé. Y crois-tu encore ? Je pense que tu n'as jamais vraiment réglé ton conflit entre Maurras et Gide. Si tu veux mon avis, tu n'as jamais été maurrassien : tu es un anar- chiste viscéral. »

Il me regarde avec cette indulgence amusée qui marque la pudeur de son affection : « Ou plutôt un protestant ! »

Je suis désarmé par cette tirade imprévue, qui m'évoque, par sa lucidité, sa franchise et son affec- tion, celles, lointaines, d'André Marmissolle et rejoint celle du capitaine *Georges à Inchmery.

À quoi bon tricher ? Je sais qu'il dit vrai. Comme

l'atteste mon journal, jour après jour, insensiblement, par saccades, j'ai changé.

Jeudi 25 juin 1942

*Nom de code *Bip.W*

Malgré les conseils de *Bienvenue, j'ai peu dormi
cette nuit. Éveillé avec le jour, je suis prêt longtemps
avant le rendez-vous. D'habitude, j'envie le flegme
de Briant. Je suis rassuré de le voir dans un état
d'excitation semblable au mien.

C'est aujourd'hui un douloureux anniversaire : en
1940, tandis que j'abordais l'Angleterre en émigré
démuni, l'armistice était signé.

Après avoir déposé mes affaires à la consigne, je
frappe à 8 heures à la porte du capitaine. En entrant,
j'aperçois un dossier posé sur son bureau : « Vous
serez parachuté près de Montluçon en compagnie
de Briant et d'Ayral. Paul Schmidt [un camarade de
1940], dont le nom de code est *Kim, vous réception-
nera. Votre mission est d'être le radio et le secrétaire
de Georges Bidault. »

Je pâlis en entendant ce nom : *L'Action française* n'a
cessé de dénoncer ce démocrate populaire comme
un des responsables de la décadence française.
Durant la guerre civile espagnole, il a été partisan
des « rouges » contre Franco.

La capitaine *Bienvenue, surpris de mon silence,
m'en demande la raison. J'explique mon désarroi.
« Mais de quoi parlez-vous ? réplique-t-il. Il n'y a que
deux camps : les patriotes et les traîtres. L'urgence
aujourd'hui est de rassembler du bon côté les
Français de toutes opinions. »

Il m'explique ensuite ma mission : « Georges Bidault dirige une agence de presse clandestine, le Bureau d'information et de presse. Le nom de code de Bidault est donc *Bip et le vôtre *Bip.W. Si l'un des officiers de liaison avec les mouvements a besoin de vous pour effectuer des opérations de parachutage ou de sabotage, vous serez aussi à sa disposition. Voici vos faux papiers d'identité (permis de conduire, carte d'alimentation au nom de Charles Daguerre, journaliste), ainsi que vos numéros de codes français et anglais et votre *schedule*. »

*Bienvenue m'explique que Schmidt a préparé notre opération et nous attend ce soir sur le terrain. Il me conduira chez Bidault. Auparavant, il nous présentera à *Rex[1], représentant du général de Gaulle en France et chef des agents du Service action en mission. En ce qui concerne mes relations avec le BCRA, c'est à lui que j'obéirai.

« Dès votre première rencontre, vous lui remettrez en main propre cette grande enveloppe. Elle contient les directives et le budget du mois de juin. Ne vous en séparez sous aucun prétexte. Avant le dîner, vous la placerez sous votre chemise, car les Anglais doivent ignorer ce que vous transportez. Si, à l'arrivée, vous êtes en danger, détruisez immédiatement ce courrier. »

Il ajoute : « Une voiture vous conduira à Cambridge, où vous aurez quartier libre tout l'après-midi. Détendez-vous : vous allez vivre une nuit blanche, et il faut que vous soyez en forme à l'arrivée. Je vous rappelle que votre mission est secrète. Vous ne devez en parler à personne, même pas à vos coéquipiers. Je viendrai dîner ce soir avec vous à Cambridge. »

---

1. Jean Moulin.

Il me confie à l'un de ses adjoints, qui me désigne, sur une carte d'état-major, le lieu de mon parachutage et me remet une boussole et une carte afin de rejoindre Montluçon par mes propres moyens, dans le cas où les aviateurs manqueraient la cible. Je dois y prendre le train pour Lyon.

Il me remet également une adresse de secours pour contacter Schmidt si je me perds après l'atterrissage.

Dans la rue voisine, une voiture nous attend. Je rejoins Ayral et Briant. Jamais un voyage à travers la campagne anglaise ne m'a procuré autant de bonheur. Comme le ciel, je suis radieux. Quant à mes camarades, ils jubilent.

La voiture nous dépose au centre de Cambridge. Notre accompagnateur nous désigne un café sur la place, en face du King's College : « Rendez-vous ici à 6 heures. »

Ayral ayant fait ses études dans cette ville-musée, il nous guide parmi les monuments et les universités fréquentées par des étudiants en tenue estivale. Seuls nos vêtements nous distinguent d'eux. L'atmosphère insouciante de cette population bigarrée ne dépare pas celle de l'Angleterre des soldats : avec nous, elle a vingt ans cette année.

Pour nous promener sur les canaux, Ayral propose de louer un *punt*, bateau à fond plat propulsé à l'aide d'une perche. Bien que nous soyons les seuls à parler français, personne ne nous remarque : au milieu de cette jeunesse internationale, notre âge garantit notre anonymat.

À la fin de la journée, nous nous séparons pour

dîner. Nos missions différentes exigent des officiers traitants spécifiques.

À l'hôtel-restaurant, je retrouve *Bienvenue, accompagné du capitaine Piquet-Wicks. Ce restaurant, le meilleur de Cambridge, affiche le charme démodé du luxe britannique, qui m'a conquis dès mon arrivée en Angleterre.

Dans la vaste salle à manger, un public de vieilles Anglaises, accompagnées d'élégants compagnons et de quelques étudiants désinvoltes, forme un contraste savoureux avec le clandestin que je suis devenu. Depuis deux ans, l'armée ne m'a jamais aussi bien traité : parmi les mets raffinés, je déguste un homard à l'américaine.

*Bienvenue et Piquet-Wicks rivalisent d'attention et de gentillesse. Il n'est à aucun moment question de ma mission, mais de la vie mondaine à Londres, des films, des pièces, de l'opéra...

Piquet-Wicks m'annonce après dîner qu'il me conduira seul à l'aérodrome et dirigera les derniers préparatifs. Le capitaine *Bienvenue, comme tous les officiers du BCRA, est interdit sur la base secrète des parachutages en France. Avant de me quitter, il me donne ses dernières recommandations : « Vous ne serez jamais assez prudent. Ne cherchez pas à jouer au héros, ça n'intéresse personne. Votre seul devoir est de durer. Je serais heureux de vous revoir vivant. »

Après cet encouragement flatteur, je rejoins Ayral et Briant dans un baraquement de l'aérodrome, en compagnie de Piquet-Wicks.

Nos équipements sont présentés sur le sol : une carte de France imprimée sur un carré de soie, des

plaques en caoutchouc mousse destinées à être placées sur le corps afin d'amortir les chocs de l'atterrissage et, au milieu, la combinaison bariolée des
parachutistes, constellée de poches.

La plus grande, placée sur la cuisse gauche,
contient des repas concentrés permettant de survivre dans la nature ; une autre, sur la cuisse droite,
mon revolver, un magnum fascinant comme un jouet
neuf ; une poche en longueur, située sur la manche
de l'avant-bras gauche, est destinée à un couteau à
cran d'arrêt.

Piquet-Wicks nous remet solennellement une capsule enveloppée de caoutchouc de la dimension d'un
gros cachet : elle contient une pilule de cyanure.
Nous devons la conserver sur nous en permanence.

Le colonel ʻPassy m'a révélé que la guerre sans
uniforme avait un prix : arrêté, je serais torturé. Mon
seul courage sera le cyanure. De toute manière, je
suis sans illusions : depuis mon engagement, j'ai la
certitude que je n'en reviendrai pas.

Mon poste de radio, le nouveau Mark II[1], est
entouré de caoutchouc mousse et placé au centre
de ma valise, entre mon costume et mon linge.

Piquet-Wicks, aidé de quelques femmes soldats,
vérifie une dernière fois mon trousseau pour s'assurer qu'il ne conserve aucune étiquette britannique.
Je suis habillé d'une veste en tweed beige, d'un pantalon de flanelle gris et arbore un mouchoir en soie
à dessins cachemire rouge et brun : depuis mon

1. Le plus petit poste émetteur-récepteur du monde et le premier
de ce type expédié en France.

enfance, je suis vêtu de la sorte. Pourtant, cela ne me dénonce-t-il pas, même sans étiquette ? Ce souvenir d'Oxford et mes chaussures d'un coloris orange et d'une forme unique fabriquées chez Tricker's, dans Jermyn Street, estampillent, à eux seuls, le style britannique.

Les soldats emportent nos valises pour les accrocher entre les harnais de nos parachutes, au-dessus de nos têtes. Chacun, l'esprit ailleurs, s'efforce de paraître enjoué.

Vers 11 heures, à la nuit tombée, un signal du commandant de bord annonce nos adieux aux soldats qui nous ont aidés. Nous traversons la piste seuls jusqu'à l'appareil. C'est un Whitley bimoteur, à la carlingue vide, identique à celle de notre entraînement.

J'aperçois dans les bois, autour de la piste, quelques avions postés comme de grosses bêtes noires à l'affût. La soirée est encore chaude, et j'étouffe sous mon pull-over. D'autant que, sous ma combinaison, j'ai revêtu mon imperméable, sorti de ma valise afin d'y placer mon poste.

Notre *dispatcher* nous installe à même le sol, attache nos harnais aux œilletons de la paroi et nous donne un jeu de cartes.

✧

Les moteurs vrombissent, et l'avion commence à rouler, nous secouant comme des sacs. Dans un vacarme assourdissant, nous décollons abruptement.

La hauteur des hublots, au-dessus de nos têtes, occulte la vue. Au plafond, une veilleuse s'allume, et nous commençons une partie de cartes tandis que l'avion prend de l'altitude. Sous l'œil amusé du *dis-*

patcher, nous jouons au poker, un jeu dans lequel Briant, le père blanc, ne se montre pas le moins acharné.

En plein ciel, le froid nous saisit : l'officier apporte une Thermos et nous offre du thé.

La partie flambe. À tour de rôle, nous crions de joie ou de dépit, sans nous entendre à cause du vacarme. Soudain, la lumière s'éteint. L'avion plonge brusquement, tandis que des éclairs illuminent les hublots. Est-ce un orage ?

Nous nous cramponnons à nos harnais pour ne pas rouler les uns sur les autres. L'officier se penche vers nous en hurlant « *Flak*[1] ! » L'avion vire à gauche, puis à droite, remonte, plonge de nouveau. J'éprouve une panique animale. Même au plus fort des bombardements de Londres, je n'avais pas ressenti la peur. Cette nuit, cerné de projectiles et secoué comme un fétu dans un avion-cercueil, je suis persuadé que mon compte est bon : je serai mort à la guerre, sans l'avoir faite.

J'invoque Dieu, promets un pèlerinage à Lourdes, une conversion éternelle, à condition d'accomplir ma mission et de mourir vengé. Prière impuissante à m'apaiser jusqu'à la minute où, le calme brusquement rétabli, l'avion poursuit sa route comme si de rien n'était.

Alors que nous quittons les abords dangereux de Rouen, la veilleuse s'allume de nouveau. Le *dispatcher* nous apporte un autre jeu de cartes, une autre

---

1. Abréviation de *Flakartillerie*, la défense antiaérienne allemande.

tasse de thé. Nous reprenons la partie interrompue, mais le cœur n'y est plus. Nous n'avons plus la force de crier ni même de tricher.

La semi-obscurité me rassure : personne ne peut distinguer les traces du séisme intérieur qui m'a ravagé.

Peu de temps me semble s'être écoulé quand l'officier vient nous avertir de nous préparer à sauter. L'avion ralentit et commence à descendre. Lorsque le *dispatcher* ouvre la trappe, un air tiède pénètre dans la carlingue. Il nous fait asseoir, jambes pendantes, autour du trou ; au plafond, la lumière rouge s'allume.

Ayral doit sauter le premier, Briant ensuite et moi le dernier. Au contraire de l'entraînement, je n'éprouve aucune crainte. J'ai hâte d'entrer dans la bataille.

Comme le largage s'exécute à basse altitude (250 mètres), j'aperçois les détails du paysage. Après avoir survolé un bois et quelques champs, je distingue une ferme, dont la porte est surmontée d'une applique éclairée. Dans la cour, un chien lève la tête en aboyant. Nous sommes si proches que je crois l'entendre.

J'observe le bras levé du *dispatcher* et le plafonnier : lorsqu'il passe au vert, son bras s'abaisse, et Ayral doit sauter. De toute mon attention, je fixe le signal lumineux pendant qu'à faible altitude l'avion tourne, avec des soubresauts. La veilleuse demeure désespérément rouge. Nous descendons, remontons au-dessus de la ferme. À un moment, je vois un homme en sortir et regarder en l'air.

Après une attente interminable, le *dispatcher* croise les deux bras, signifiant la fin de l'opération. Tandis que l'avion reprend rapidement de l'altitude, il nous aide à regagner nos places, accroche nos harnais aux œilletons de la carlingue et referme la trappe.

Il est 3 heures du matin. Il nous faut quitter la France avant l'aurore. Il nous explique en hurlant qu'il n'y avait au sol aucun des signaux lumineux convenus.

J'ai tout envisagé, sauf ce piteux échec. À cause du bruit, je ne peux exprimer mon accablement. L'officier éteint la veilleuse et nous fait signe de nous installer sous les couvertures. Allongé, la fatigue est plus forte que ma détresse et je m'endors d'un coup.

J'ai perdu toute notion du temps lorsque je suis réveillé brusquement par le *dispatcher*, qui me secoue en riant. La lumière du jour éclaire la carlingue. Il me fait signe de me lever et de le suivre. La porte du poste de pilotage est ouverte. J'entre.

À travers la vitre du cockpit, l'Angleterre apparaît à mes pieds. L'avion descend lentement au-dessus d'un paysage décoloré. Un soleil blanc immense apparaît en bout de piste.

En quittant l'avion, je n'ose affronter le regard des hommes et des femmes qui, quelques heures auparavant, m'ont entouré avec sollicitude parce que je partais vers une bataille risquée.

Le succulent *breakfast* qu'ils nous offrent, la gentillesse qu'ils manifestent en riant, comme si tout s'était déroulé normalement, nous remettent d'aplomb. Briant, toujours philosophe, me console : « Ne t'en fais pas, la prochaine fois sera la bonne. »

Une voiture nous reconduit à Londres, mais la campagne anglaise a perdu son charme. Arrivé au BCRA, je suis presque réconforté de revoir le capi-

taine *Bienvenue. Malgré tout, je le harcèle de questions, mais il ignore les causes de notre échec.

« Quand partons-nous ?

— Peut-être y aura-t-il une autre opération avant
la fin de la lune. »

L'espoir d'un prochain départ m'incite à ne pas
reprendre mes affaires au BCRA ni mes cahiers
déposés chez les Zonneveld. Je récupère seulement
mon poste de TSF pour écouter la BBC.

Nous nous installons dans un nouvel hôtel, en
bordure de la Tamise, au cœur de la City. Mon existence paresseuse reprend à Londres, identique à
celle que j'ai quittée hier. Je deviens un rentier de la
guerre !

❖

Jeudi 2 juillet 1942

Les prières de Briant

Briant me propose la visite du quartier Saint-
Pancrace : la gare gothique, toute en briques roses,
comme la plupart des édifices britanniques ; l'église
reproduisant les statues grecques du Parthénon ; la
tombe de William Blake. Il admire ce poète dont
j'ignore l'œuvre, mais dont le nom m'est familier
grâce au *Journal* de Gide. Il y mentionne un livre
que je n'ai pas lu, mais dont le titre m'a fait rêver :
Le Mariage du ciel et de l'enfer.

La lumière joyeuse contraste avec le but de notre
visite. Bien que le cimetière romantique, où Blake est
enterré, soit enclavé parmi les immeubles modernes, nous changeons de siècle. Au cours de mes

voyages en Grande-Bretagne, j'avais aimé les cimetières de campagne, parsemés de dalles, dressées verticalement sur le gazon entourant des églises si différentes des nôtres. À Oxford, je m'arrêtais toujours à l'entrée de l'hôtel *Randolph* pour contempler les pierres tombales moussues qui enserrent d'une couronne mélancolique l'église voisine. Le dépouillement janséniste de ces lieux contraste avec la Chartreuse, vieux cimetière de Bordeaux où ma famille est enterrée et où les monuments rivalisent d'orgueil.

J'aurais souhaité reposer en ce lieu poétique. Non à cause du voisinage de Blake, mais du gazon qui le recouvre et du désordre des vieilles dalles alentour. Nous nous promenons, flânant de l'une à l'autre, tout en déchiffrant quelques noms inconnus. L'éclat de la lumière parant les ruines récentes de Londres impose la mort dans nos conversations.

Puis, à la recherche d'un restaurant, nous déambulons en silence dans les rues avoisinantes.

Alors que nous sommes installés dans un confortable *Lyon's*, j'éprouve le besoin de me confier : « J'ignore tes sentiments dans l'avion, l'autre soir. Je n'avais pas compris le mot panique. Peut-être fut-ce l'effet de la surprise ? Chez le dentiste, je veux être averti de la douleur. Elle est moins aiguë quand je m'y prépare. Au contraire, l'inattendu m'effraie, le pire devient possible puisque j'ignore la durée, le risque, etc. »

Il m'écoute en me fixant de ses yeux bruns où se lisent l'innocence et la droiture. Comprend-il ce que je tente de lui expliquer ? « Je me demande si je n'avais pas plus peur que toi, du moins d'après ton récit. »

Je suis bouleversé par cet aveu sans fard. Avec

d'autres camarades, je parade, claironne n'importe quel paradoxe pour masquer ma timidité, plus généralement mon ignorance. Avec Briant, je cherche un secours pour comprendre ce moi chaotique et souffrant.

Je lui explique que la *Flak* m'a fait le même effet que le désastre de 1940. Les canons allemands m'ont jeté, suppliant, au pied du Christ parce qu'il est mon *correspondant* auprès d'un Dieu justicier. Sous le choc, j'ai renié, sans fierté, la révolte méthodique de mon adolescence : la peur de l'enfer m'a ramené au bercail ; lamentable !

« Je te comprends, me dit Briant, et je te plains pour la souffrance que tu endures. Souvent je prie pour toi. » Je suis interloqué par cette révélation. Je n'imaginais pas avoir une telle place dans sa vie. Il insiste : « Je voudrais te rassurer : tu n'es pas seul au monde à douter, à t'interroger. » Il hésite : « À te révolter. C'est une situation que les prêtres connaissent aussi. Certains sont plus éprouvés que les laïques. Mais ils n'ont pas le droit de s'appesantir sur leur propre malheur puisqu'ils ont choisi d'aider les autres à rencontrer Dieu. »

Il y a quelque chose d'étrange dans son regard, d'habitude si limpide, comme un secret qu'il retient. Je suis avide de l'entendre, mais j'évite de poser les questions qui me hantent : A-t-il douté ? A-t-il éprouvé le vertige du néant, de l'absurdité de la vie, de l'absence de Dieu, de l'imposture du Christ ? Je garde le silence.

Il semble pourtant me comprendre : « Si c'est ça que tu veux entendre : au fond, je ne suis jamais sûr de rien. C'est pour cela qu'il est exaltant d'offrir sa vie sur un risque incalculable. Dans le choix que je fais, je ne regrette rien. » Briant ajoute avec une certaine solennité : « Rassure-toi, si tu vas en enfer, je t'y rejoindrai. »

Venant de lui, ce n'est pas une vaine promesse.

Vendredi 10 juillet 1942

Le martyre des Polonais

Tandis que l'espoir du second front se renforce, survient en Pologne un événement tragique.

France annonce quatre cent mille Polonais assassinés par les Allemands. Ce chiffre monstrueux émeut Briant, qui me communique l'article. Depuis des mois, je découvre chaque jour, dans la rubrique « Résistance et répression », les hécatombes systématiques opérées par les Allemands en Hongrie, Bulgarie, Norvège, Hollande, Belgique, France. Tous ces pays ont leur contingent de fusillés, mais deux d'entre eux se distinguent dans le palmarès de l'horreur : la Pologne et la Yougoslavie.

Les Yougoslaves sont les vedettes de la résistance armée. Les journaux estiment à trois divisions leurs rebelles attaquant l'armée allemande. Le héros de la rébellion est le général Mihailović, glorifié dans tous les articles, discours et conférences et à la BBC. Il est devenu pour nous le symbole de la libération de l'Europe captive.

La Pologne, elle, est le symbole du martyre des peuples vaincus. Chaque jour, la litanie des morts s'allonge. Par dizaines, centaines, milliers, les résistants polonais sont emprisonnés, déportés, massacrés.

Le 1er juillet, au cours de l'émission « Les Français parlent aux Français », Jean Marin a révélé que, depuis le début de l'occupation allemande, sept cent mille hommes, femmes et enfants polonais ont été exécutés. Les exécutions de masse s'effectuent généralement à la mitrailleuse. L'émission révèle aujourd'hui une nouveauté : « Les Allemands utilisent des chambres à gaz qu'on appelle, même en Allemagne, les chambres de Hitler. »

Mardi 14 juillet 1942

De Gaulle dictateur ?

Alors que je déjeune seul *Chez George*, une de mes cantines londoniennes, je vois arriver Guy Vourc'h, dont je suis sans nouvelles depuis mon entrée au BCRA. Nous avons effectué nos stages de parachutisme ensemble, puis il a disparu, sans doute envoyé en France.

Il est accompagné de Guy Hattu, qu'il me présente comme le neveu de Georges Bernanos. Tous deux travaillent à Radio-Gaulle, une petite station pirate censée émettre clandestinement en France occupée. Je l'ai écoutée quelquefois et ai apprécié la violence des attaques contre Vichy et les Boches, qui tranche avec le ton gourmé de la BBC.

Comme chaque fois que je rencontre un ancien camarade d'Old Dean, je suis muet sur mon activité, révélée par mon costume civil. Ils ne me posent, cependant, aucune question.

La conversation court sur les petites Anglaises, l'évolution de la guerre, les nouvelles de France et la vie du mouvement. Ces dernières semaines, nous rayonnons de la gloire de Bir Hakeim.

Bien que Vourc'h ait assisté, le 17 juin, au rassemblement de l'Albert Hall, je ne l'ai pas remarqué. Nous commentons le discours prononcé par le Général. Je résume mon sentiment en citant la réflexion d'un de mes camarades : « Ce qu'il y a de bien avec de Gaulle, c'est qu'il est d'accord avec nous ! »

J'ai la surprise de voir le visage de Vourc'h se fermer : « Comment peux-tu dire une chose pareille. Tu es tombé dans le piège de la propagande. Cet homme est un menteur uniquement préoccupé de sa gloire. C'est un Machiavel qui ne croit pas un mot de ce qu'il dit. Sa seule ambition est d'établir son pouvoir personnel en France grâce à la victoire des Alliés. »

Quel coup de tonnerre ! Jamais, je n'ai entendu un tel sacrilège. Aucun d'entre nous n'aurait osé parler du « grand Charles » sur ce ton. Depuis juillet 1940, comme la plupart de mes camarades, ses discours sont ma pensée.

Curieusement, notre interprétation est contradictoire : là où je crains la République, Vourc'h hurle à la dictature. Quoi qu'il en soit, j'admire mon général pour sa défense de la grandeur et des intérêts de la France. Vourc'h prétend que ce n'est qu'une façade : « Tu ignores la vérité sur les complots d'état-major et ce qu'ils préparent pour la France. Demande à Hattu, il t'expliquera qui est de Gaulle. »

Hattu est un officier de marine fidèle à l'amiral Muselier. Il y a quelques mois, j'ai appris par *France* le départ de l'amiral du Comité national français mais n'y ai guère prêté attention. La marine est pour moi une *terra incognita*. Au cours d'un de ses séjours à Londres, Briant a eu connaissance d'un affrontement dramatique entre le Général et l'amiral. Personne n'en connaît les détails, et son récit m'a laissé indifférent.

Hattu est plus explicite : « L'affaire est grave. L'affrontement entre l'amiral et de Gaulle n'est pas d'ordre privé, mais politique. À ce titre, il engage l'avenir. Les Britanniques ont décerné au Général le titre de "commandant en chef des Forces françaises libres". En septembre 1941, de Gaulle a créé le Comité national français et s'est octroyé la présidence de cette institution. Puisque le CNF est considéré comme le gouvernement légitime de la France, tous les problèmes devraient être discutés avec les commissaires nationaux. Or il n'en est rien. De Gaulle se conduit en maître absolu. Il accuse Pétain d'être un dictateur, mais il prendra sa succession. »

Ni mes camarades ni moi n'avons réfléchi à la différence entre le rôle de commandant en chef des FFL et celui de président du CNF. Dans l'état désespéré de la France, ce distinguo nous semble vain. C'est ce que je tente d'expliquer à Hattu : « Notre devoir est de libérer la France ; après on verra.

— Après il sera trop tard.

— Ce qui a perdu la France républicaine, c'est de ne pas avoir un chef qui l'incarne et la dirige. Maintenant qu'elle en a trouvé un qui la conduit à la victoire, je m'en réjouis.

— D'abord, nous ne nous battons pas pour un "chef", comme tu dis, mais pour la République et pour la France.

— La France, oui ; la République, non !

— C'est une attitude fasciste ! Pourquoi es-tu là ?

— Je ne suis pas fasciste, mais la République a conduit la France au désastre le plus radical de son histoire. C'est un fait. Je ne sais pas de quel régime elle a besoin, mais en tout cas pas de la "démocrassouille" qui l'a ruinée. Je suis un soldat, et j'ai trouvé en de Gaulle un chef qui commande et qui pense français. Pourquoi ne pas l'avouer : je l'admire. »

Je ne suis pas loin d'injurier mes camarades. Hattu est le plus agressif, car entre Vourc'h et moi s'interpose l'amitié. Cela n'empêche pas ce dernier de lancer : « Non seulement le Général ne sacrifie rien, mais il utilise la France comme marchepied pour son ambition. Plus grave encore, son expérience politique est nulle. Il nous a brouillés avec les Américains, qui nous méprisent. À plusieurs reprises, il a failli se séparer des Anglais. Churchill ne veut plus le voir après la guérilla qu'il a menée contre lui en Syrie. Tout cela risque de mal finir pour notre mouvement et pour la France. »

Je trouve sacrilèges ces critiques haineuses. Lorsque Vourc'h croit bon d'ajouter, en criant presque, que « de Gaulle, c'est Franco », je lui réponds du tac au tac : « Tant mieux ! »

Par-devers moi, je reconnais que ces critiques posent, d'une façon plus urgente que je ne le croyais, le problème de l'après-guerre et du régime de la France. Ne sachant plus quoi répondre, je demeure silencieux.

« Si tu ne nous crois pas, reprend Vourc'h, il faut que tu rencontres René Avord, le rédacteur en chef de *La France libre*. Nous prendrons rendez-vous pour toi. Il connaît à fond les questions politiques. Il t'expliquera. »

Pourquoi refuser ? Depuis un an, je lis attentivement ses articles. J'admire son honnêteté, sa lucidité, son intelligence. Je leur communique le numéro de téléphone de mon hôtel.

Vendredi 17 juillet 1942

Un revenant de la France libre

J'ai reçu un message de René Avord m'invitant à déjeuner aujourd'hui.

Quand j'entre dans le bureau de la revue, l'homme à l'œil malicieux qui se lève et vient à moi la main tendue n'est autre que Raymond Aron, le « vieux sergent » de Delville Camp ! « Bonjour Cordier, je suis heureux de vous revoir. »

Je le croyais en Afrique ; que fait-il là ? Il m'interroge sur les raisons de mon séjour à Londres en civil. À cause de son « grand âge », je suis sûr de lui et lui avoue mon prochain parachutage en France. J'enchaîne aussitôt sur les propos calomnieux de Hattu et de Vourc'h. Il me dévisage presque durement et me dit : « Malheureusement, ils disent la vérité. » Hauck, Vourc'h, Hattu, maintenant Aron : sont-ils devenus fous ?

Aron ajoute d'autres exemples à ceux entendus hier, mais la conversation conserve la sérénité d'une démonstration géométrique. Elle n'en est que plus troublante.

Il m'explique d'abord la culpabilité de Vichy, celle de Pétain, débordé par la logique de l'armistice imposant la collaboration. Je reconnais au passage des faits ou des arguments qu'il a développés devant moi ou que j'ai lus dans ses articles : « Nous sommes dans le camp opposé à celui des fascistes et des nazis. Nous combattons pour la liberté. Pour la rétablir, il n'y a pas d'autre régime que la démocratie. »

En dépit de sa courtoisie, je dirai même de sa gentillesse à mon égard, il m'intimide. Je me garde de l'interrompre, trop conscient de l'immensité du savoir qui nous sépare. De plus, ses démonstrations sont toutes de bon sens. Ses évidences subtiles désarment la contradiction. Pourtant, je crois être plus séduit par la vivacité de son intelligence, que par ses arguments proprement dits.

Ne voulant pas le décevoir, je hasarde : « Et les communistes, l'Union soviétique ? Ne vont-ils pas confisquer la victoire ?

— Ne brûlons pas les étapes. Sans l'URSS, nous n'avons aucun espoir de vaincre. Évidemment, il y a un danger pour l'avenir. Tout dépendra des Américains, de leur capacité à débarquer rapidement et d'occuper l'Europe avant l'armée rouge. Si la politique ne comportait aucun aléa, où serait l'intérêt de vivre au présent ?

— Croyez-vous que le Débarquement soit imminent ?

— Qui vous le fait croire ?

— Les journaux ne parlent que de ça. J'ai tellement envie de participer à la Libération ! Un débarquement immédiat ruinerait ma mission.

— Si ce n'est que ça, ne vous inquiétez pas : vous aurez le temps de tuer plein d'Allemands. »

De bout en bout, l'entretien est d'une invariable courtoisie. Il me raccompagne à la porte : « Puisque vous retournez en France, je vous demande un service pour la liberté : dites aux résistants qu'à la Libération, ils devront s'opposer par tous les moyens aux ambitions du Général. Sinon, ce sera une catastrophe pour la France. »

Quoique consterné par ce que j'entends, je me garde de rien laisser paraître. Je ne comprends pas ce déchaînement passionnel de la part d'un homme aussi raisonnable.

Après cette nouvelle conversation déroutante, j'ai besoin de revoir Briant. Comme il est trop tôt pour qu'il soit à l'hôtel, je me promène dans les rues de Londres, ainsi que je le fais depuis des semaines.

Sur la Tamise, des petits bateaux virevoltent au milieu de gros navires. Sur la rive opposée, l'immense usine en brique, dont les colossales cheminées figurent un temple renversé, composent un paysage étrange, dont la contemplation m'apaise.

Lorsque je retrouve Briant pour le dîner, il n'est pas étonné par les propos que je lui rapporte. Ses opinions politiques, si elles ne sont pas étrangères aux miennes sur certains points, n'ont jamais leur caractère extrême. Elles sont fondées sur d'autres principes, relèvent d'une autre culture.

Grâce à ses activités au sein des scouts de Londres, il rencontre des camarades de toutes les armes, même ceux qui travaillent dans les bureaux londoniens.

« Les marins sont des gens à part, me dit-il posément. Ils s'imaginent qu'il n'y a qu'eux. Ils se trompent. L'armée de De Gaulle c'est nous, pas eux ! Je ne suis pas inquiet. Après ce qu'il a fait en 1940, il ne se laissera pas manœuvrer. C'est un dur. Je ne vois pas les anciens politiciens prendre sa place à la Libération. Tout le monde les condamne. Il l'a répété, il y a quelques jours à la BBC. »

Trop atteint moralement pour argumenter, j'en accepte l'augure.

Vendredi 24 juillet 1942

Dernière journée de liberté

Au cours d'une visite de routine au BCRA, le capitaine *Bienvenue m'annonce : « C'est pour demain. »

Depuis mon retour, je vis avec pour tout bagage la valise que j'emporterai en mission. Le rituel du départ est en tout point identique au précédent : *briefing* au BCRA, voyage en automobile, journée de *punt* à Cambridge, dîner avec Piquet-Wicks, homard, consignes, pilule : la routine.

Comme la première fois, nous décollons vers 11 heures. Dans l'avion, nous nous lançons à nouveau avec Ayral et Briant dans une partie de cartes. Seule différence, nous jouons avec le détachement de vieux parachutistes effectuant une mission sans surprise. Même lorsque la *Flak* nous tire dessus, ma peur est différente : une péripétie certes inconfortable, mais sans plus. Le mois dernier, le détonateur de ma panique a été l'imprévu.

Vers 2 heures du matin, la trappe s'ouvre. Le *dispatcher* nous fait asseoir au bord du trou, tandis que le signal rouge s'allume. Je suis impatient de sauter, et toute peur a disparu.

Ayral puis Briant ont disparu dans la trappe. Brusquement, le rouge passe au vert : le bras du *dispatcher* s'abaisse. Comme un somnambule, j'accomplis les gestes tant de fois répétés : les mains posées sur le bord du trou, je pousse vers l'arrière et tombe mollement dans le vide.

Happé par un tourbillon d'air chaud, je plonge dans le silence étoilé de la nuit. Mon parachute s'ouvre pendant que l'avion s'éloigne. Soudain, je suis plaqué au sol. Heureusement, j'ai atterri sur une touffe d'ajoncs.

J'en suis encore à me relever, protégé des épines par ma combinaison, lorsque je suis rejoint par deux garçons rieurs : « Rien de cassé ? » Ils m'aident à m'extraire des touffes épineuses puis à me débarrasser de mon parachute. Après avoir placé mon revolver et mon couteau dans les poches de ma veste, j'enlève ma combinaison et récupère ma valise tombée à mes pieds.

Je me débarrasse de mon imperméable et ôte mon pull-over, surpris par la chaleur de la nuit, plus intense que celle de l'été britannique ; j'étouffe. En deux ans, j'ai déjà oublié la douceur des nuits d'été en France. Autour de nous, des ombres courent en tous sens pour ramasser les conteneurs dispersés. Est-ce le bruissement des insectes, la douceur de cette nuit désaccordée à la scène qui s'y déroule ? J'ai le sentiment d'être l'acteur d'un rêve.

Soudain, j'aperçois Paul Schmidt qui vient à ma rencontre[1]. Il me pousse en compagnie de Briant

---

1. Le 8 octobre 1990, le général Mairal-Bernard me transmit la note suivante : « Vous avez été parachuté le 26 juillet 1942 sur le terrain de Coursage, près de Montluçon (10 km au sud-ouest). L'équipe de parachutage comprenait : Tronche (chef de la COPA), Kaan, le Dr Billaud, Favardin et Ribière. Tous sont décédés sauf Ribière, dont le frère Henri fut fondateur de Libé Nord. Ribière se souvient très bien de ce parachutage, qui a été marqué par un incident. L'un de vos amis [Jean Ayral] serait arrivé sur la tête et le Dr Billaud l'aurait soigné. Vous avez été hébergé chez M. Vimal, employé SNCF qui habitait avenue de Néris, à Montluçon, entre deux ponts de voies ferrées, celle de Montluçon à Lyon et celle de Montluçon à Clermont, et à proximité de la voie Montluçon-Eygurde. M. Vimal est décédé. Pour Pierre Kaan, professeur de phi-

dans une auto stationnée dans un chemin en contre-bas. Elle démarre lentement, tous feux éteints. Nous avançons au milieu d'un paysage éclairé par une lune de théâtre.

Silencieux sur la banquette arrière, nous sommes aux aguets. Instinctivement, j'ai plongé la main dans la poche de ma veste, serrant la crosse de mon revolver. J'observe les bas-côtés du chemin, qui rejoint bientôt une route goudronnée. Après quelques kilomètres, les premiers immeubles de Montluçon apparaissent.

Arrivés dans les faubourgs, nous nous arrêtons devant une maison, où nous sommes accueillis par un couple de quinquagénaires. Un doigt sur les lèvres, ils nous font signe de les suivre au premier étage.

Dès qu'ils se retirent, Briant pose son revolver sur la table de nuit et se met à genoux au pied du lit pour faire sa prière. Je vais me brosser les dents puis m'allonge sur le lit. Je suis à moitié endormi lorsqu'il s'installe à mes côtés.

Les lueurs de l'aube glissent à travers les persiennes. Il est 4 heures du matin.

---

losophie au lycée de Montluçon, vous voudrez bien trouver ci-joint deux articles écrits le 18 juin 1982 pour célébrer sa mémoire. »

III

LYON

IX

*REX, MON PATRON

26 juillet-17 août 1942

Dimanche 26 juillet 1942

Un dimanche à Montluçon

Lorsque nous nous réveillons, la grosse fatigue de
la nuit ne résiste pas à l'excitation du retour au pays.
Mon premier geste est d'aller à la fenêtre. Nos hôtes
nous ayant recommandé de ne pas ouvrir les volets,
c'est à travers les persiennes que je découvre une
avenue déserte qui, une centaine de mètres plus loin,
passe sous un aqueduc.

Nous achevons notre toilette lorsque la maîtresse
de maison frappe à la porte et nous convie au petit
déjeuner. En dépit de ma curiosité, j'applique la règle
de la clandestinité recommandée par *Bienvenue : *no
question*.

Ma mission commence. Je suis conscient des risques extrêmes pris par ce couple paisible qui nous
héberge. Pourtant, au milieu du cadre petit-bourgeois
de la salle à manger, du style rutilant de la chambre,
il est difficile de croire au danger.

Le mari nous informe qu'une certaine *Claudine[1]

---

1. Anne-Marie Bauer.

a prescrit que nous demeurions toute la journée dans notre chambre. Cette consigne me déçoit : je brûle de visiter la ville, mais surtout de contempler les visages des Français, qui me sont devenus, en 1942, aussi étrangers que ceux des Anglais en 1940.

Cette *Claudine, qui dispose de ma liberté, est étudiante. Agent de liaison de Schmidt, elle est responsable de notre sécurité. Dès demain, elle doit nous conduire à Lyon.

Ce dimanche 26 juillet est le premier anniversaire de l'assassinat, par la Cagoule, de Marx Dormoy, maire socialiste de Montluçon et ancien ministre de l'Intérieur du gouvernement de Front populaire. La population, majoritairement socialiste, entend manifester sa fidélité à cet homme respecté, tout en protestant contre le crime et la dictature de Vichy. Les gendarmes ont quadrillé la ville afin de prévenir tout incident. La fierté avec laquelle notre hôte évoque cet homme politique me fait penser qu'il est lui-même socialiste.

Je ne suis pas suffisamment débarrassé de mes préjugés politiques pour apprécier le paradoxe de la situation : mon départ en Angleterre sous le pavillon de l'Action française me conduit, deux ans plus tard, à revenir en France sous la protection de la SFIO. Trajectoire d'autant plus surprenante que l'éloge du même Dormoy, paru entre-temps dans le journal *France*, avait suscité de ma part une réaction au vitriol.

Depuis ma conversation avec le capitaine *Bienvenue, je me résigne à ce nouveau clivage. C'est d'autant plus facile ce matin que le couple nous manifeste, par mille gentillesses, une admiration flatteuse, quoique nullement justifiée. Notre départ, en juin 1940, nous a permis d'échapper aux malheurs des Français, et, depuis lors, nous n'avons accompli d'autre exploit que d'être libre.

Le petit déjeuner est mon premier repas en métropole. Je teste les restrictions alimentaires, dont j'ai lu quelques détails dans les journaux de Londres : le pain de son humide, au goût de moisi, la confiture écœurante et le breuvage noir à l'amertume étrangère au café.

Afin de ne pas déranger nos hôtes, nous remontons dans notre chambre faire notre lit et nettoyer le cabinet de toilette. De la fenêtre, nous voyons l'avenue s'animer. À cette heure, hommes et femmes, fleurs à la main, marchent au milieu de la chaussée vers la ville. La circulation est nulle.

De temps à autre, des cyclistes dépassent les piétons, les gratifiant parfois d'un salut complice. Autant que je puisse en juger, il n'y a rien de misérable dans cette foule, qui ressemble à celle de n'importe quelle ville de province un dimanche matin.

Assis dans les fauteuils, nous n'avons rien d'autre à faire qu'à tuer le temps en conversant, comme nous le faisons depuis deux ans. La présence de Briant à mes côtés me protège du dépaysement.

J'ai demandé un journal à notre hôte. Curieux de lire *L'Action française*, je n'ose la lui réclamer. Il me prête *Le Progrès de l'Allier*, un des journaux locaux. Nous avons toute la journée pour l'éplucher.

L'essentiel des informations est d'intérêt local. Toutefois, celles concernant l'étranger et la guerre sont surprenantes. J'apprends, par exemple, qu'Anthony Eden, le ministre britannique des Affaires étrangères, vient de déclarer : « Nous jouons nos dernières cartes. » Quand a-t-il dit cela ? Je n'ai jamais rien lu de tel dans les journaux anglais, dont j'ai pu vérifier qu'ils ne mentent pas : aussi prolixes sur leurs défaites que sur leurs victoires.

La propagande naïve, bien à la française, du *Progrès de l'Allier* ne correspond nullement à la situation de l'Angleterre. Elle nous fait rire : nous renouons avec les mensonges de la drôle de guerre (Hitler malade, mourant, etc.).

Je suis avide d'informations sur la France. Le commentaire de l'élection de Pierre Laval à la tête de l'Union des maires de la Seine en est une, et scandaleuse, après ses vœux pour une victoire allemande, entendus à la BBC.

Tout aussi révoltant est l'hommage à Pétain du poète Lucien Boyer :

> *Pour le voir tel qu'il est il faut que le temps passe*
> *Et que notre blessure effrayante s'efface.*
> *Si quelques égarés ont des mots malheureux,*
> *C'est qu'ils ne le voient pas : il est trop grand*
> *pour eux.*

L'emphase avec laquelle Briant déclame ces vers à voix haute en accentue le ridicule. J'éprouve une rage identique à celle du 17 juin 1940, renforcée aujourd'hui par cette déclaration de l'amiral Abrial, « héros de Dunkerque », proclamant à Lyon : « L'Angleterre s'efforce de créer la division entre les Français et a cherché à détruire notre flotte avec l'aide des traîtres. »

Des traîtres, nous, les Français libres ?

À déjeuner et à dîner, nous avons partagé le repas de nos hôtes : poulet grillé, pommes sautées, salade et fruits. Nous étions étonnés de la qualité et de l'abondance des plats, contrastant avec la médiocrité du petit déjeuner. Comme nous félicitions notre hôtesse, elle répondit : « Malheureusement, ce n'est pas tous les jours comme ça. Aujourd'hui, c'est dimanche. Et c'est aussi une fête puisque vous êtes là. »

Ce soir, ma timidité a disparu. Pour ce qui est de nos hôtes, le succès de la manifestation en faveur de Dormoy les rend loquaces et les incite à nous raconter cette journée mémorable.

La tombe du maire assassiné a été couverte de fleurs, au milieu desquelles trônait une couronne du parti socialiste clandestin. Nos hôtes regrettent de n'avoir pu assister à cette cérémonie, interdite par Schmidt pour les besoins de notre sécurité, mais des amis la leur ont racontée.

Mis en verve, le mari nous apprend le succès des fêtes du 14 Juillet en zone libre. Les manifestations, organisées par les mouvements de résistance, ont rassemblé des foules énormes : cent mille personnes à Lyon et à Marseille ; quarante mille à Toulouse ; vingt mille à Saint-Étienne. Est-ce vrai ?

J'ai entendu, à Londres, Maurice Schumann décrire celle de Toulouse, qui, transfigurée par son verbe, avait des allures d'épopée. Le récit sans apprêt de notre hôte, ici, dans la clandestinité, est plus émouvant encore. Il évoque en termes simples et forts la fierté qu'il tire de ce sursaut, qui, à Marseille, a provoqué des bagarres, fait des blessés et, murmure-t-on, des morts.

Dans cette petite salle à manger, où nous parlons à voix basse, j'éprouve la certitude de la victoire.

À la fin du dîner, nos hôtes nous annoncent qu'un

courrier[1] viendra nous chercher à 7 heures demain
matin afin de nous conduire à Lyon par le train.
Ils ne nous posent aucune question sur notre vie en
Angleterre ou notre mission en France. De notre
côté, nous ne leur demandons pas non plus de nouvelles de notre camarade parachuté, Jean Ayral, dont
nous avons été séparés hier.

Il fait encore jour lorsque nous remontons dans
notre chambre. Nous apercevons, sous notre fenêtre,
les derniers manifestants revenant du cimetière.

Lundi 27 juillet 1942

Dans le train pour Lyon

L'impatience de partir et le désir de marcher dans
une ville française nous réveillent dès l'aube.

De la France, nous n'avons encore vu que deux
images : quelques arbres dans la nuit campagnarde
et un segment d'avenue enjambé par un pont. Nous
brûlons d'arpenter les rues, de regarder les magasins,
d'observer les gens, en un mot de revoir notre pays,
non comme des émigrés honteux, mais comme
l'avant-garde de l'armée de la Libération.

À l'heure dite, *Claudine vient nous chercher. Elle
a un visage rieur taché de son. Nous la suivons à
pied vers la gare, nos valises à la main. Elle nous a
recommandé de ne rien garder de compromettant
sur nous, et nous nous sommes séparés à regret de
nos armes, cachées au fond des valises.

Le train de Lyon part à 8 heures. Nous avons une

1. J'entendais pour la première fois ce mot, qui désigne un agent
de liaison dans la Résistance.

heure pour prendre le petit déjeuner. *Claudine nous fait asseoir à la terrasse d'un café, face à la gare. Nous sommes les premiers clients.

Le garçon, après nous avoir servis, se met à bavarder avec la caissière derrière nous. Tandis que nous mangeons, il lui explique avec force détails qu'un fermier des environs a été réveillé dans la nuit de samedi par le bruit terrifiant d'un avion qui rasait le toit de sa maison. Croyant qu'il allait s'écraser, il est sorti dans la cour et a vu trois parachutistes descendre les uns après les autres, entourés d'autres parachutes. Le temps de rentrer pour avertir sa femme, le ciel était vide, et l'avion avait disparu. Au lever du jour, les gendarmes sont venus l'interroger puis ont fouillé sa ferme et les champs alentour. Après un silence, le garçon ajoute, plus bas : « J'espère qu'ils sont bien planqués. »

Je sens mon cœur battre plus vite. Malgré la dernière phrase, je n'ose regarder Briant de peur qu'un signe nous trahisse. Je suis persuadé que les clients ont compris que nous étions les parachutistes en question et qu'ils vont alerter la police. Je regrette seulement de m'être séparé de mon revolver[1].

---

1. Quelque soixante-sept ans plus tard, cet état d'esprit doit paraître incompréhensible au lecteur. Je me dois de rappeler la condition physique et psychologique exceptionnelle des agents du BCRA : nous avions vingt ans et, depuis deux ans, nous subissions un entraînement intensif avec toutes sortes d'armes : fusil, mitrailleuse, mortier. Depuis un an, nous étions spécialisés dans le tir au revolver et à la mitraillette, que nous exécutions quotidiennement. Dire que nous souhaitions les utiliser pour de vrai rend mal compte de notre état d'esprit. Nous étions focalisés sur un seul but : « tuer du Boche ». Cette expression revient comme une litanie dans ce livre, mais elle est exacte, je devrais dire impérieuse. Parmi nos prières, c'était la plus fervente. Surentraînés comme nous l'étions, une bataille rangée avec la police nous apparaissait comme un sport. De plus, elle serait la preuve que nous faisions enfin la guerre.

En réalité, la terrasse s'emplit de voyageurs qui ne se gênent pas pour évoquer le succès de la manifestation d'hier, sans prêter attention à notre présence. À mon soulagement, pas un ne fait allusion aux parachutistes.

Lorsque le train entre en gare, nous sommes entraînés par la foule. Dans la bousculade, nous montons dans un wagon archicomble. Je ne sais comment *Claudine a pu trouver trois places assises dans un compartiment.

Les porte-bagages étant saturés de valises, nous abandonnons les nôtres à l'entrée du wagon, près du soufflet. À l'arrêt suivant, inquiet qu'on nous les vole, je me poste dans le couloir afin de les surveiller de loin. Un jeune soldat est assis sur la mienne : quelle meilleure garantie de protection ?

Les voyageurs de notre troisième classe ont beau être endimanchés, Briant et moi sommes habillés très différemment. Après l'arrêt de Saint-Étienne, la porte du compartiment s'ouvre brusquement sur deux policiers en civil, qui réclament les papiers d'identité. Je n'ai pas imaginé que l'épreuve des faux papiers serait aussi proche.

Quand le policier prend ma carte, je retiens mon souffle et me répète mon nouvel état civil : « Charles Daguerre, journaliste, né le 10 août 1920 à Péronne. » Mon seul alibi est à toute épreuve : une journée de vacances chez des amis à Montluçon.

J'ignore en revanche le nom et l'adresse de mon « correspondant » à Lyon. *Claudine ne m'en a rien dit. De surcroît, je n'ai nulle part de domicile vérifiable. Tout cela n'est-il pas trop fragile ? Pendant que le policier examine ma carte d'identité, le temps s'éternise, et je sens ma fin proche. Je suis sûr qu'il lit, en filigrane, la vérité sur mes papiers : « Daniel Cordier, parachuté le dimanche 26 juillet, à 2 heures du matin, près de Montluçon. »

Il relève la tête, scrute mon visage et, me semble-t-il, hésite imperceptiblement. En dépit de mon émotion, je le regarde sans ciller et suis aussi surpris que soulagé lorsqu'il me tend la carte en me remerciant. Il parcourt rapidement celle de Briant, la lui rend sans un mot, puis referme la porte coulissante[1].

Le silence qui s'est installé dans le compartiment lors de l'irruption des policiers se prolonge. Pourtant, les femmes et les hommes qui nous entourent n'ont nullement l'allure de conspirateurs. Que craignent-ils ?

Lorsque les conversations reprennent, nous n'entendons aucun commentaire sur cette intrusion. Les uns évoquent des affaires de famille, d'autres les problèmes de ravitaillement, les difficultés de logement, etc. ; pas un mot non plus sur la politique et la guerre. Je me rabats sur le paysage, que je dévore des yeux. Hélas, cette région m'est inconnue, et les vallons et les bois qui défilent ne m'évoquent rien.

Nous arrivons à Lyon dans l'après-midi. *Claudine nous conduit à pied sur l'autre rive du Rhône.

Après avoir pénétré dans un immeuble moderne, elle s'arrête devant un appartement en rez-de-

---

1. Je me suis toujours demandé si le policier n'avait pas découvert la vérité. Ma carte était si neuve, mon costume si étranger, pour ne rien dire de mes chaussures, qui, à elles seules, me dénonçaient. À moins que notre extrême jeunesse et notre accoutrement nous aient fait classer dans la catégorie des fils à papa ou des familles de marché noir. En tout cas, dès lors qu'il ne m'arrêtait pas, ce n'était pas la peine de contrôler longtemps les papiers de Briant, identiques aux miens.

chaussée. J'ai hâte de me cacher. Elle sonne, longuement ; personne n'ouvre. À la suite de *Claudine,
nous ressortons et nous installons sur un banc, au
milieu de la vaste place voisine. Elle s'éloigne pour
aller téléphoner.

Dans la solitude de cet espace inconnu, je découvre que je n'ai jamais imaginé les conditions matérielles de ma mission. Des lieux aussi paisibles que
ce cadre provincial — des enfants jouent à la marelle
dans un coin de la place, tandis que des matrones
devisent sur un banc, non loin de nous — me semblent soudain receler des dangers invisibles. Ce n'est
pas le champ de bataille héroïque dont je rêve depuis
deux ans.

J'observe Briant du coin de l'œil. Égal à lui-même,
il est serein. Sans nous concerter, nous demeurons
silencieux — et sur nos gardes. Nous attendons
longtemps.

Lorsque *Claudine paraît enfin, nous rejoignons
ensemble la porte d'entrée au moment même où une
dame arrive. Elle nous fait entrer prestement. C'est
la propriétaire : petite, dodue, vêtue d'un tailleur
prince-de-galles ; sa veste trop longue recouvre presque entièrement une jupe trop courte. Je suis
étonné par cette silhouette ridicule. À son bras, elle
porte un sac à main d'une grandeur inusitée, ressemblant à un sac de voyage ; sans doute la nouvelle
mode.

Elle nous offre sa chambre, tout aussi rutilante
que la première. Comme chez nos hôtes précédents,
les patins sont de rigueur. Fanfreluches, poupées et
bibelots ornent le lit et les murs. Ici, l'unique fenêtre donne sur une cour intérieure. La dame nous
recommande de ne pas ouvrir les volets, de ne pas
quitter la chambre, de ne faire aucun bruit et, sur-

tout, de ne pas répondre à la sonnette de la porte d'entrée. Bien qu'elle s'efforce de paraître aimable, elle est visiblement terrorisée.

Elle sort faire quelques emplettes puis nous prépare un repas frugal, qu'elle partage avec nous. Elle parle peu et garde quelque chose de pincé. Quel contraste avec l'accueil bon enfant et plein de considération du couple de Montluçon !

Après avoir placé nos postes émetteurs sous le lit et nos revolvers sur la table de nuit, nous nous couchons tôt.

Mardi 28 juillet 1942

Séquestrés à Lyon

Avant de partir à son travail, ce matin, non sans nous avoir renouvelé ses recommandations, notre dame nous a préparé un repas froid pour le déjeuner.

Dans l'après-midi, quelqu'un sonne. Décidés à nous défendre, nous saisissons nos revolvers. Derrière la porte, une voix fluette dit tout bas : « Ouvrez, c'est *Claudine. » Bien qu'il me semble la reconnaître, nous ne bougeons pas, craignant un piège.

Après un long moment, les pas s'éloignent. Quand elle revient dans la soirée en compagnie de notre hôtesse, elle nous confirme que c'était elle. Malgré sa déception de ne pas nous avoir rencontrés, nous sommes satisfaits qu'elle ait pu constater que nous respections la consigne.

Le plus important est le rendez-vous avec Paul Schmidt qu'elle nous transmet, fixé à demain matin sur la grande place à côté de l'appartement.

Mercredi 29 juillet 1942

Premier déménagement

Il fait déjà très chaud, en fin de matinée, lorsque je me risque hors de l'appartement. De nouveau, je suis saisi par l'inquiétude d'être épié de tous côtés. Aussi suis-je rassuré de voir Schmidt arriver du pas rapide qui m'est familier. Il fait fonction auprès de *Rex d'officier de liaison[1] avec Libération, un des grands mouvements de la zone libre.

Il m'aborde avec sa gentillesse coutumière et me fixe de ses yeux bleus, naïfs et chaleureux : « Comment trouvez-vous votre hébergement ?

— Parfait, mais il me tarde d'agir. Pourquoi cette réclusion forcée : le danger est-il si grand que nous ne puissions nous promener, acheter les journaux ?

— Votre hôtesse est alsacienne. Elle est volontaire pour vous accueillir, mais est terrorisée par votre présence. Les gens n'ont pas l'habitude. Elle est la seule parmi les résistants qui ait accepté de vous héberger. »

Sans transition, il annonce le coup d'envoi de ma mission : « *Rex veut te voir. Rendez-vous demain, à 2 heures de l'après-midi, place Bellecour, sous la queue.

— La queue ?

---

1. Les officiers de liaison étaient des officiers du BCRA auprès d'un mouvement de Résistance chargés d'organiser les parachutages, le stockage des armes et leur utilisation, ainsi que les sabotages et les attentats. Ils étaient parfois appelés « organisateurs ».

— Au milieu de la place, la statue équestre de Louis XIV, la queue du cheval. »

Schmidt ignore l'identité de *Rex. Il sait seulement, comme moi, qu'il est le représentant du général de Gaulle en France et le chef des agents du BCRA.

Avant de nous quitter, il ajoute : « Vous déménagez cet après-midi. *Claudine vous conduira chez un couple de Parisiens qui vous hébergera pour quelques jours. »

Je rentre rejoindre Briant à l'appartement et lui annonce notre prochain départ, puis saisis un livre sur une étagère : *Le Blé en herbe*, de Colette, dont je n'ai jamais rien lu. Le récit m'intéresse à cause de l'âge des protagonistes. Loin du danger, je m'évade dans l'univers enseveli de mon adolescence.

J'ai presque fini le roman lorsqu'un coup de sonnette m'avertit de l'arrivée de *Claudine. J'émerge du récit des tentatives amoureuses des protagonistes pour me replonger dans la réalité des conciliabules à voix basse, portes et fenêtres closes.

Sur le plan de Lyon confié par Schmidt, *Claudine nous désigne le lieu de notre nouvel hébergement. Il est situé sur la rive opposée du Rhône, à hauteur du parc de la Tête-d'Or, à la périphérie de la ville. Pour s'y rendre, il faut traverser Lyon dans sa longueur.

Pour les marcheurs aguerris que nous sommes, c'est un court trajet, même chargé de lourdes valises. Notre problème est leur contenu : courrier codé, énormes liasses de francs et de dollars, postes émetteurs, revolvers... Afin d'assurer notre sécurité, nous glissons les armes dans nos poches, en dépit des protestations de *Claudine. Nous estimons qu'en cas de contrôle, mieux vaut tirer dans le tas et tenter le tout pour le tout plutôt que de nous laisser arrêter. Après tout, si les policiers ne sont pas trop nombreux, nous avons une chance d'en réchapper.

Après avoir quitté l'appartement, nous longeons les quais déserts et traversons le Rhône. Au loin, nous apercevons les tramways passer les ponts à grand bruit. Comme à Montluçon, il y a très peu d'automobiles. En approchant du centre, nous observons la foule des piétons qui se presse aux arrêts de trams.

Même sur les quais, au bord de l'eau, la chaleur est suffocante. Nos valises deviennent de plomb. Après un moment, le parc de la Tête-d'Or apparaît au loin, sur la rive opposée, avec ses hautes frondaisons. Parvenus à sa hauteur, nous quittons les quais et nous engageons dans une suite de larges escaliers, au sommet desquels nous obliquons dans une ruelle déserte, la rue Philippeville.

Au numéro 7, nous sonnons à une porte encastrée dans un mur délabré. Une très belle jeune fille au regard ardent nous ouvre : « J'espère que vous avez fait bon voyage et que vous n'êtes pas trop fatigués pour commencer vos vacances.

— Merci, oui, euh non... C'est juste qu'il fait un peu chaud. »

Nous montons quelques marches et entrons dans l'appartement. Elle ferme la porte, se retourne vers nous et met un doigt sur ses lèvres. Nous la suivons au salon, qu'une grande table au milieu transforme en salle à manger.

Un lit à deux places occupe l'alcôve. Les boiseries

anciennes sont peintes en gris, et un Mirus masque le rideau de la cheminée. Deux hautes fenêtres s'ouvrent sur un petit jardin en contrebas, dont un figuier centenaire bouche en partie la vue. La jeune fille nous explique à voix basse que la propriétaire habite l'appartement du dessous et que des locataires occupent l'autre côté du palier : « Dans la cage d'escalier, on entend tout. »

À cet instant entre une dame de grande allure : « J'ai demandé à ma fille de vous accueillir comme si vous étiez des camarades. C'est plus naturel. » Elle nous désigne le lit : « Voici le lit de ma fille. Vous dormirez ici tous les deux. Suzette couchera dans la cuisine, où nous avons mis un matelas. »

Saisit-elle mon regard errant sur le mobilier hétéroclite et les rideaux défraîchis ? « Nous sommes des réfugiés parisiens. Mon mari dirige le service étranger de la Société générale. Depuis l'armistice, nous sommes installés ici parce que la banque s'est repliée à Lyon. Il est très difficile de s'y loger. » En dépit de ce cadre modeste, l'accueil de ces deux femmes rayonne d'une douceur familiale. J'ai l'impression de rentrer à la maison.

Dans ce logis provisoire, nous devons, selon le règlement, camoufler aux regards de tous postes et revolvers. Nous demandons la permission d'effectuer le démontage du manteau de la cheminée. Ce travail nous permet de faire la connaissance de M. Moret, notre hôte. Petit homme au regard déformé par de grosses lunettes, il nous révèle ses dons de bricoleur.

Je cache provisoirement les instructions et l'argent destinés à *Rex derrière des livres rangés en haut d'une bibliothèque murale. Je suis bien conscient de l'inefficacité de ce camouflage en cas de perquisition, mais je m'efforce de me conformer aux consignes du BCRA.

L'appartement n'est pas dénué de ressources pour des clandestins. Nos hôtes nous montrent un escalier descendant directement au jardin, au fond duquel une porte ouvre sur une impasse inaccessible à partir de la rue Philippeville. On ne saurait trouver mieux pour s'évader.

Mme Moret nous prie d'accepter de dîner avec sa famille. C'est une aubaine, car nous aurions été en peine de trouver un restaurant dans ce quartier inconnu. En outre, nous n'aurions pas su utiliser nos tickets d'alimentation, suscitant peut-être la méfiance des serveurs ou des clients.

Les Moret ont la nostalgie de Paris et de leur vaste appartement, boulevard Malesherbes, qu'ils évoquent à tout propos. Suzette, leur fille, suit des cours de décoration. De temps à autre, elle fait allusion à des camarades parisiens qu'elle a retrouvés à Lyon, et avec lesquels elle sort ou organise des surprises-parties. Je constate que depuis mon départ, en 1940, la vie des jeunes de mon âge n'a guère changé. Tandis qu'elle parle avec animation de son existence, j'observe ses traits réguliers, empreints d'une séduction qu'avive un regard décidé. Grande, au corps harmonieux, à l'image de sa mère, elle ne paraît pas avoir plus de vingt ans.

Après dîner, nos hôtes se retirent, et nous nous couchons rapidement. En dépit de la gêne que nous éprouvons d'avoir chassé la belle Suzette de son lit, nous nous endormons avant même de nous souhaiter bonne nuit.

Jeudi 30 juillet 1942

Rex, cet inconnu[1]

En attendant la présentation à *Rex, j'ai hâte de visiter la ville et de reconnaître mon « champ de bataille ».

Avant le rendez-vous, je dois retourner rue Philippeville afin de prendre le courrier et l'argent. Mme Moret me confie une clef et nous indique le numéro du tramway qui conduit aux quais puis au centre-ville. Nous sommes à quelques minutes de la place Bellecour. Dans le tram, j'observe les passagers : employés rejoignant leur travail, ménagères allant faire leurs courses. Lyon, avec ses grands immeubles et ses rues rectilignes, coupées de vastes places, ne manque pas de noblesse.

Abandonnant le tram à hauteur de l'Opéra, nous

1. Pour désigner les acteurs de la Résistance, j'avais le choix entre plusieurs solutions : utiliser leur véritable identité, ajouter à cette identité leur pseudo ou utiliser seul leur pseudo le plus connu. C'est ce dernier parti que j'ai choisi, au risque de provoquer des difficultés de lecture. En dépit de ce défaut, j'ai retenu cette présentation parce que la clandestinité était un mystère et que les pseudos étaient son bouclier. Pour aider à distinguer les noms véritables des pseudos, j'ai fait précéder ces derniers d'un astérisque. Je n'ai pas jugé bon de recourir aux pseudos pour certaines personnalités célèbres avant-guerre et engagées dans la Résistance, ni pour mes camarades d'Angleterre, Français libres comme moi, que le hasard a voulu que je retrouve à Lyon ou à Paris. Enfin, lorsque les noms des résistants m'étaient connus pour une raison ou une autre, j'ai opté pour employer ces noms de préférence aux alias, car cela rend bien compte de la réalité que nous vivions, qui obligeait à jongler en permanence avec quantité de noms, réels ou fictifs. Deux tables placées en fin de volume fournissent les conversions dans les deux sens entre pseudos et noms. Il me semble que ces partis pris restituent avec véracité l'atmosphère ténébreuse de ce théâtre tragique.

déambulons dans les rues de la République et de l'Hôtel-de-Ville, que les Moret nous ont indiquées comme les principales artères commerçantes. Effectivement, la foule encombre les trottoirs. Je regarde avec curiosité les passants et les consommateurs aux terrasses des cafés. Les visages fermés, souvent renfrognés, le manque d'exubérance, la retenue générale, la tristesse des vêtements sont-ils dus à la défaite, aux restrictions ou au caractère des habitants ? Les railleries de M. Moret à l'égard des Lyonnais rendent crédible cette dernière hypothèse. Bien que nous soyons en été, le gris et le noir dominent, imprimant à la foule une allure terne. Le contraste avec Londres est total : comment rivaliser avec une foule de soldats de vingt ans représentant tous les pays d'Europe, gonflés par l'espérance de la victoire ?

Il est midi. Schmidt nous a indiqué un restaurant dans une petite rue jouxtant la place de la République. Nous nous installons dans une grande salle triste, aux proportions ingrates, d'autant plus misérable que je la compare avec le restaurant cossu de mon dernier dîner, il y a trois jours, à Cambridge. Après avoir composé notre repas sur un menu ne comportant que des légumes, nous passons la commande et posons notre fausse feuille d'alimentation à côté de nos assiettes. Le garçon y découpe sans sourciller les tickets correspondants. Je suis maintenant certain que nos faux papiers font l'affaire !

En dépit de cette victoire, il nous faut en rabattre lorsqu'il nous sert les plats : légumes et fruits sont immangeables, et le pain est encore plus visqueux que celui de Montluçon. Je comprends sur l'instant ce que les repas raffinés offerts par nos hôtes leur ont coûté de sacrifices. Après ce triste déjeuner, le pire de mon existence, un doute m'envahit : Ai-je mal interprété les renseignements de Schmidt ? Ne nous sommes-nous pas égarés dans une infecte gargote ?

Nous décidons de prendre notre café à une terrasse non loin de là. Le breuvage amer qu'on nous sert ressemble à ceux que nous avons bus partout depuis notre arrivée. Du moins sommes-nous à l'air libre, entourés de l'animation de la foule. La place offre une perspective de la rue de la République à la place Bellecour.

Afin de ne pas être en retard, j'abandonne Briant et lui donne rendez-vous aux environs de 4 heures, au même endroit. Au cas où je serais retardé, nous convenons de nous retrouver le soir chez les Moret. Briant me révèle que son nom de code est *Pal.W. Je retourne rapidement rue Philippeville pour récupérer le courrier et l'argent destinés à *Rex. Je les cache sous ma chemise, boutonne soigneusement ma veste et me rends, en tramway, place Bellecour.

Arrivé en avance, je m'assois sous les platanes qui ombragent un coin de la place immense et déserte. De là, tout en guettant l'arrivée de Schmidt, j'aperçois Louis XIV, le cheval… et sa queue.

Dès que je le vois s'approcher, je me lève, et nous nous rejoignons devant la statue. Muet sur notre destination, il me conduit par la rue de l'Hôtel-de-Ville vers la place des Terreaux. La lumière brûle les yeux. Tout au long du parcours, une odeur nauséabonde monte des caniveaux. Ici, comme à Bordeaux, les salles de bains et les cuisines déversent les eaux usées directement dans la rue.

De temps à autre, des tramways passent à vive allure. Quand ils ralentissent, les crissements aigus de leurs freins d'acier déchirent nos tympans. Ce bruit lancinant évoque mon enfance, quand le fer-raillement des trams, la nuit, traversait mes rêves et le silence du dortoir de mon dernier collège.

Derrière l'hôtel de ville, nous montons de larges escaliers et nous engageons dans des passages voû-tés reliant les maisons. Schmidt me signale cette spécificité lyonnaise, appelée « traboules » : « Elles sont pratiques pour la sécurité. La plupart des immeubles ont plusieurs sorties. »

Après avoir traversé un square désert, puis longé la rue Imbert-Colomès, nous nous arrêtons devant un immeuble vétuste dont il ouvre la porte. Nous montons un escalier de pierre orné d'une rampe en fer forgée, rappelant celle de notre maison familiale, à Bordeaux. Au deuxième, il sonne trois coups. À l'inté-rieur, j'entends qu'on ferme une porte, puis des pas étouffés. Une dame aux cheveux blancs ouvre, s'efface sans mot dire et pousse la porte du salon, vaste pièce faiblement éclairée par de nombreuses fenê-tres aux volets clos. La fraîcheur de la pénombre contraste avec la canicule extérieure.

Au milieu de la pièce, un homme est assis dans un fauteuil. Penché sur une chaise installée devant lui, il consulte un dossier. À notre arrivée, il tourne la tête, se lève et vient vers nous en souriant.

« Je vous présente *Bip.W » », dit Schmidt. *Rex — c'est lui — me tend la main. « Avez-vous fait bon voyage ? » Surpris par cette question, j'acquiesce, pré-occupé par un détail protocolaire : est-ce un civil ou un militaire ? À tout hasard, je me redresse dans une position voisine du garde-à-vous.

*Rex est vêtu d'une veste de tweed et d'un pantalon de flanelle grise. Son élégance discrète, son visage hâlé d'un retour de vacances reflètent la joie de vivre. Il tranche avec les personnes côtoyées depuis mon arrivée, dont les traits accusent fatigue, soucis et privations. Je sors du dessous de mon pull-over la grosse enveloppe contenant le courrier et l'argent du BCRA : « Le capitaine *Bienvenue m'a demandé de vous la remettre en main propre.

— Si vous êtes libre à dîner, rejoignez-moi à 7 heures au *Garet*, un restaurant dans la rue du même nom, près de l'Opéra. Vous trouverez sur le plan. »

Sans doute n'est-ce là que pure politesse. Sans attendre ma réponse, il se tourne vers Schmidt en le priant de s'asseoir près de lui. Je comprends que je peux disposer et quitte la pièce tandis que les deux hommes commencent leur entretien. Ma présentation a duré quelques instants à peine. Il n'est pas 3 heures.

Que faire dans cette ville inconnue en attendant le dîner ? Mon rendez-vous avec Briant est à 4 heures. J'ai une heure devant moi. Je redescends vers la place des Terreaux et m'assois à la terrasse d'un café afin de consulter mon plan. Je trouve facilement la rue Garet, qui commence derrière l'Opéra, non loin de là.

Depuis mon parachutage, j'ai attendu avec impatience cet instant de liberté : être seul pour découvrir la France de la défaite. Notre promenade du matin avec Briant n'a guère été concluante. Je veux flâner, pénétrer dans les magasins, déchiffrer l'invisible de cette ville. Malheureusement, livré à moi-même, ma curiosité s'efface devant la peur : je me sens perdu. Je viens certes d'arpenter les rues avec un sentiment de sécurité, mais la présence de Schmidt y était pour quelque chose. Ma solitude, au contraire, rend la ville menaçante.

Les jours passés cloîtrés chez les gens apeurés qui nous ont hébergés ont nourri les germes d'une panique[1]. En fait d'exploration solitaire, j'ai hâte de rejoindre François Briant : sa présence exorcisera les menaces invisibles.

J'arrive au *Café de la République* longtemps avant l'heure. Il m'y attend déjà. Je lui explique mon brusque désarroi : « J'ai l'impression que les passants m'observent avec suspicion. Je m'attends à tout moment à les entendre crier : "Au parachutiste !"

— J'ai éprouvé la même chose après ton départ. Je ne savais où aller. »

Pourquoi avons-nous peur ? Loin de retrouver mon pays, je ne suis plus chez moi en France. En Angleterre, j'étais un homme libre, à l'unisson d'un peuple combattant. À Lyon, en cette fin de juillet 1942, le pire est au coin de la rue. Peut-être sommes-nous conditionnés par les mises en garde de "Bienvenue, qui nous a rebattu les oreilles avec les dangers de la clandestinité.

Pour échapper aux regards, nous décidons de nous réfugier dans un cinéma jusqu'à l'heure du dîner. Non loin du café, une affiche nous indique que *Ramuntcho*, un film de René Barberis avec Louis Jouvet et Françoise Rosay, est projeté dans une salle voisine. Nous entrons. Coïncidence : cette histoire d'amour se déroule au Pays basque. Je me réjouis à

---

1. Tous les agents de Londres eurent à affronter ce dilemme : sortir en ville pour s'aguerrir, alors que, pour sortir, il fallait être aguerri. La séquestration, en dépit de ses inconvénients, était une protection contre les imprudences involontaires.

l'avance de faire mieux connaître à Briant ces lieux de mon enfance que j'ai souvent évoqués devant lui. Malheureusement, le film est insipide et ne montre que brièvement mes paysages d'autrefois. Mon esprit divague.

Je suis inquiet du rendez-vous avec *Rex. Pourquoi veut-il me rencontrer seul puisque ma mission est déjà fixée ? Je suis de nouveau préoccupé par le titre que je vais lui donner : « Monsieur » risque de le froisser si c'est un militaire ; si c'est un civil, quelle est sa fonction ? Intimidé lors de la présentation, je n'ai pas fait attention au titre que lui a donné Schmidt.

Sur l'écran, le drame se noue : Ramuntcho, au retour de son service militaire, découvre la trahison de Gatcha, sa fiancée. Soudain mon cœur bondit : Domino n'a pas répondu à la seule lettre que je lui ai adressée d'Angleterre, à l'automne de 1940. Pourquoi ? Pense-t-elle encore à moi, après deux ans d'absence ? Quand la salle s'éclaire, l'heure du dîner approche. J'abandonne Briant et remonte lentement vers la rue Garet en inspectant les vitrines de la rue de la République.

Avant 7 heures, j'entre au *Garet*, petit restaurant à la devanture peinte en faux bois. Je m'installe sur la banquette de la table jouxtant la porte : en cas de danger, l'évasion sera plus facile. Quelques instants plus tard, *Rex apparaît. Il me désigne la chaise en face de lui et s'installe sur la banquette.

Détendu, aimable, il me tend un menu. Après l'expérience du déjeuner misérable avec Briant, j'ai faim et crains un nouveau repas de théâtre. *Rex, après avoir commandé des saucisses aux lentilles pour deux, sort sa carte d'alimentation et réclame la mienne pour y découper les tickets. « Que voulez-vous boire ?

— Je ne bois jamais de vin.

— De l'eau minérale ?

— Du Perrier. » Je ne sais pourquoi je réponds ça. Il me regarde sévèrement : « Il ne faut jamais prendre de l'eau gazeuse pendant les repas. C'est mauvais pour l'estomac. » Puis, sans transition, il me pose quelques questions relatives à mon installation à Lyon et me demande à brûle-pourpoint : « Il y a longtemps que vous étiez là-bas ?

— Depuis le 25 juin 1940.

— Vous étiez mobilisé ?

— Non, mais le 17 juin, après avoir entendu le Maréchal annoncer la capitulation, j'ai décidé de combattre les Boches.

— Mais la guerre était finie.

— Non, c'était une trahison. » Ce mot l'intrigue visiblement. Il me fixe avec curiosité, sollicitant une explication. Il n'y a personne dans le restaurant et, loin du comptoir, nous pouvons parler librement.

Afin de lui faire comprendre ma réaction au discours de Pétain, je lui décris les campagnes de Charles Maurras, au printemps de 1940, en faveur d'un gouvernement militaire dirigé par Pétain. J'y avais participé activement, puisque mon maître expliquait que seul le vainqueur de Verdun pourrait conduire la France à la victoire.

Prudemment, mais assez haut pour être entendu, *Rex m'interrompt : « Vous lisiez *L'Action française* ? » Je lui raconte ma famille royaliste, mon adolescence de militant, mon admiration pour Maurras. Pendant que je parle, il commence à dîner tout en m'observant avec bienveillance. Il écoute autant avec ses yeux qu'avec ses oreilles. Une lueur malicieuse éclaire souvent son regard. C'est la première fois qu'un homme de son rang et de son âge — approximativement celui de mon père — s'intéresse à mon passé.

Mis en confiance par cette écoute amicale, je m'abandonne à ma faconde méridionale et m'enhardis d'autant plus que l'attention qu'il me manifeste me fait croire qu'il a peut-être quelque sympathie pour mes convictions. Je raconte mon engagement politique à la Noël de 1933, à cause du scandale Stavisky. Ma déception, le 6 février 1934, après l'échec des Camelots du roi pour abattre « la Gueuse ». J'évoque aussi le cercle Charles-Maurras, que j'avais créé à Bordeaux, en 1936 ; *Le Bahut*, revue ronéotypée composée avec mes camarades ; les réunions et les banquets où Philippe Henriot et Darquier de Pellepoix, tribuns envoûtants, chauffaient ma haine contre un régime abject.

Me sentant écouté, j'explique à *Rex comment j'ai surmonté les difficultés du problème des liaisons avec les adhérents, la politique étant interdite dans les lycées et les collèges, spécialement religieux, dont la majorité des élèves étaient internes. J'évoque les ruses de Sioux pour faire de la propagande et du recrutement ; les tracts que nous entrions clandestinement et que nous faisions passer de l'un à l'autre ; la répression quand nous étions surpris (conseil de discipline, mise à la porte). Plus c'était difficile, plus j'étais heureux et acharné. Je n'ajoute pas que c'était le bon temps, quoique je ne sois pas loin de le penser.

Enfin, je lui raconte ma révolte devant la trahison de Pétain, mon départ programmé de Pau, le *Léopold II*, ma déception de ne pas retrouver à Londres Maurras et l'Action française, le déshonneur de son ralliement au Maréchal et mon engagement dans la légion de Gaulle, dont j'avais appris qu'il était, comme moi, monarchiste.

Tout en mangeant, *Rex ne me quitte pas des yeux. En même temps, il surveille par-dessus mon épaule l'entrée du restaurant. À aucun moment, il ne m'interrompt. Quand j'ai terminé, il garde le silence, me fixe d'un regard attendri, puis me dit, comme se parlant à lui-même : « En vous écoutant, je comprends la chance que j'ai eu d'avoir une enfance républicaine. » Sans attendre de réponse, il enchaîne avec le récit de ses propres souvenirs, stimulé peut-être par le besoin de me rejoindre à travers sa jeunesse. Il me décrit l'éducation rigoureuse et l'exemple civique donnés par son père, ses batailles en faveur de la République et contre le césarisme des Bonaparte et le retour de la monarchie.

Pour finir, il insiste sur sa croisade en faveur de Dreyfus : l'« Affaire » a été l'honneur de sa vie et il a eu le bonheur d'assister au triomphe de la vérité et à la réhabilitation du capitaine. « La vérité a toujours le dernier mot », ajoute-t-il. Sans oser le contredire, je pense en moi-même : « C'est curieux, il n'a pas l'air de savoir que Dreyfus est un traître. » Mais au fond, je ne suis pas choqué. Durant les mois passés en Angleterre, j'ai entendu plusieurs camarades dire la même chose, et je me suis abstenu d'en débattre avec eux.

Depuis la débâcle, l'affaire Dreyfus, pierre angulaire des convictions familiales, a perdu pour moi de son actualité, pour ne pas dire de sa réalité. Avec la capitulation, la hiérarchie de mes convictions s'est modifiée du tout au tout, et ma seule pensée est maintenant d'écraser les Boches. Le reste s'est désintégré dans la poussière de la catastrophe.

Au cours de ce dîner, j'éprouve un sentiment nouveau. *Rex raconte une autre enfance, d'autres opinions, d'autres engagements, sans que cela m'étonne ou me choque. Peut-être subis-je involontairement son ascendant, un alliage de charme et d'autorité que j'ai ressenti dès l'abord. J'éprouve en tout cas physiquement en sa compagnie la fraternité de notre espérance, qui, en dépit de tout, nous lie dans le refus de l'Occupation. Lorsqu'il parle, son visage expressif et volontaire s'anime et son regard intelligent m'entraîne malgré moi, bien que ses propos soient empreints d'une passion contenue[1]. Sa voix, au timbre mélodieux et mat, fait chanter certains mots, qu'il orne d'un sourire espiègle.

Un détail de son visage m'intrigue, bien que je ne l'aie pas remarqué de prime abord : sous la mâchoire, du côté gauche, un trou étoilé, identique à une cicatrice de mon beau-père, à la même place, trace d'une blessure d'éclat d'obus reçue à Verdun. *Rex semble avoir le même âge. A-t-il lui aussi été blessé au cours de la Grande Guerre ? Je suis ému par cette ressemblance, car j'ai toujours considéré la cicatrice de mon beau-père comme la signature élégante de l'héroïsme.

Racontant son enfance, *Rex évoque des prome-

1. Jean Moulin est immortalisé par la photo de Marcel Bernard. C'est un instantané exécuté durant les vacances de décembre-janvier 1940. Il était allé se promener avec son ami Bernard dans le jardin public de Montpellier, où vivait sa mère. Souhaitant donner une photo à cette dernière, il avait demandé à Bernard de prendre quelques clichés. Comme il n'existe pas d'autre photo de Moulin dans la Résistance, celle-là est devenue une icône et a créé un mythe de héros clandestin. Quand j'ai fait la connaissance de Jean Moulin, durant l'été de 1942, il portait effectivement un chapeau, comme tous les hommes de cette époque, ou une casquette, mais il n'avait évidemment ni manteau ni écharpe.

nades à bicyclette, le canotage sur les rivières, les baignades au bord de la mer, le chant assourdissant des cigales, les nuits chaudes et parfumées d'un pays ensoleillé, au ciel d'azur barrant l'horizon d'une mer scintillante. Il met dans ce récit tant de vivacité juvénile que je suis emporté loin de Lyon, de la hiérarchie et de la Résistance. Je suis sous le charme. J'ignore quelle France il fait surgir, car il ne cite aucun nom. Pourtant, sa description me rappelle un voyage en compagnie de ma famille, au bord de la Méditerranée, il y a une douzaine d'années.

Parlant toujours, il évoque son père, qui, d'après ce que je comprends, écrivait dans des journaux, publiait des articles dans des revues et avait rédigé nombre d'ouvrages. Sans doute était-il écrivain. Les termes admiratifs et tendres qu'il utilise pour le décrire me surprennent, moi dont les relations avec mon père ont été compliquées et, finalement, dramatiques. À la fin du repas, *Rex se tait, le temps d'allumer une cigarette. L'éclair de l'allumette, l'âcre senteur des Gauloises oubliée en Angleterre réveillent l'atmosphère de ma petite enfance : mon grand-père m'apparaît soudain.

Quelques secondes plus tard, tout s'efface. *Rex m'explique que son père a défendu ses idées au sein d'assemblées où il a siégé une partie de sa vie. J'imagine qu'il était député, peut-être ministre. Ces confidences me font penser que c'était un personnage important de la IIIe République. Il y a d'ailleurs dans l'allure de *Rex lui-même, dans son élocution, une autorité sans familiarité et une prestance que j'ai déjà observée chez un ami de ma famille, Henri Lilaz, député des Basses-Pyrénées.

« Jusqu'à sa mort, ajoute *Rex, il a toujours fait face. Rien ne le rebutait quand il s'agissait de la justice et de la liberté. Il a combattu sans faiblir, bien que, souvent, au milieu de l'hostilité générale. Vous verrez : le sacrifice de sa vie pour la liberté, c'est le baptême des républicains. »

Après une pause, il change de sujet et m'interroge sur les officiers que je connais au BCRA. Je nomme le capitaine *Bienvenue, chef du Service action, qui était mon supérieur direct, et le colonel *Passy, mon chef de corps, qui dirigeait le service et que j'avais rencontré deux fois avant mon parachutage. La minceur de mes connaissances vient du fait que les volontaires sélectionnés pour les missions en France sont tenus à l'écart de l'état-major pour des raisons de sécurité : en cas de chute, nous ignorons tout. Mon grade modeste m'a empêché de surcroît de fréquenter les hauts responsables du BCRA ou de la France libre.

D'une certaine manière, sa question prouve qu'il n'est jamais allé à Londres[1]. Cherchant à étoffer mon personnage, j'ajoute : « Il existe là-bas une revue, *La France libre*, dont le rédacteur en chef, René Avord, est un de mes amis. En réalité, il s'appelle Raymond Aron. C'est un grand professeur, qui a écrit un livre décisif sur la philosophie de l'histoire. » Déception : le visage de *Rex ne marque aucune surprise. Je poursuis, moins assuré, et relate ma rencontre, en juillet 1940, dans un camp militaire, avec ce grand esprit, néanmoins républicain : « Bien que mes opinions soient à l'opposé des siennes, j'ai été conquis par son intelligence. Il ne cède jamais rien de ses convictions, mais argumente aussi longtemps que nécessaire pour convaincre avec patience ses interlocuteurs.

---

1. Jean Moulin était allé à Londres le 20 octobre 1941 et y avait séjourné jusqu'au 1er janvier 1942.

Pour moi, qui ne conçois la politique que sous forme
de polémiques ponctuées de pugilats, c'était une révélation. Pourtant, avant mon départ, j'ai été affecté
par son attitude antigaulliste.

— Ah oui ?

— J'ai du mal à comprendre son opposition au
Général.

— C'est la démocratie : débattre et choisir. » Cela
ressemble à un credo : le ton est sans réplique.

Il fait nuit lorsque nous quittons le restaurant. Le
Rhône est au bout de la rue. Nous longeons les quais
en direction de la gare Perrache. À la hauteur de la
place Bellecour, nous prenons une rue peu éclairée,
parallèle au quai. Il s'arrête devant la porte d'un
immeuble, non loin de là. « Regardez bien le nom
de la rue et le numéro de l'immeuble. J'habite au
premier étage, chez Mme Martin. Venez ici demain
matin, à 7 heures. Je vous garde avec moi : vous serez
mon secrétaire. Bonsoir. »

Avant que j'aie saisi les conséquences de cette
déclaration, il me tend la main et entre dans la maison. La porte de l'immeuble se referme dans un bruit
sourd[1].

Rex habite au 72 rue de la Charité. Je consulte
mon plan et découvre que le parc de la Tête-d'Or,
en face duquel vivent mes hôtes, se trouve dans la
direction opposée, mais que le trajet est simple : il
suffit de suivre les quais. Je rentre à pied. La ville

---

1. Je ne pris pleinement conscience qu'à la Libération de l'honneur que me fit Jean Moulin ce soir-là. Je dois ajouter que, durant
l'année où j'ai travaillé sous ses ordres, jamais il ne fit la moindre
allusion à mes convictions. Les avait-il oubliées ?

silencieuse, engourdie dans la moiteur nocturne, surplombe le fleuve qui miroite en contrebas.

Je suis effrayé par le dernier mot de cette soirée. J'ai été désigné par le BCRA pour travailler sous les ordres de Georges Bidault. Ma mission a été longuement et soigneusement préparée depuis des mois. Pourquoi *Rex la transforme-t-il inopinément ? Je redoute la réaction de mes supérieurs. Que vont dire *Bienvenue et *Passy ? Vais-je être blâmé, rappelé à Londres, renvoyé du BCRA[1] ?

1. Englué dans l'interminable fin de mon adolescence, j'ignorais que cette rencontre devait bouleverser ma vie. C'était une de ces chances exceptionnelles que l'on rencontre parfois sans les saisir. Aujourd'hui, plus que mon aveuglement puéril, c'est le choix de Jean Moulin qui me surprend, surtout à cause de ses opinions politiques, que j'ai découvertes en travaillant sur sa biographie. Comment ce militant du Front populaire, conscient des dangers mortels de l'Occupation, qu'il avait éprouvés dans ses fonctions de préfet à Chartres, put-il me retenir après le récit provocant de ma jeunesse politique ? Je n'avais pas vingt-deux ans et n'avais jamais affronté le danger ; mes propos étaient d'un écervelé, puisque l'Action française était devenue une citadelle de l'antigaullisme. Certes, la France libre, la Résistance étaient des coalitions, où toutes les convictions et croyances étaient représentées et travaillaient en bonne intelligence. Mais Moulin, par la fonction qu'il m'offrait, m'installait au cœur de son existence, puisque je devins l'unique résistant à connaître ses domiciles. Autant dire qu'il livrait sa liberté entre mes mains. Je ne suis d'ailleurs pas le seul à m'en étonner. En 1989, Bernard Pivot me demanda : « Pourquoi Jean Moulin vous a-t-il choisi comme secrétaire ? » Je lui fis cette réponse, sans doute la plus ridicule de ma vie : « Parce que c'était lui, parce que c'était moi. » J'aurais dû dire la vérité : je ne m'étais pas posé la question, et Jean Moulin ne m'en donna jamais la raison. Sans doute me choisit-il faute de mieux. Parmi les hypothèses possibles, j'ai lu que Moulin aurait utilisé mes opinons d'extrême droite de l'époque comme alibi : « Le hasard avait présenté à Moulin un jeune homme plein de qualités et qui, en outre, pouvait droitiser son image. » C'était ingénieux, dans la mesure où cela répondait aux polémiques de l'après-Libération, mais anachronique. C'était attribuer à Moulin, en 1942, une intention de modifier une réputation politique supposée auprès de la Résistance. Or, ce n'est pas ainsi qu'il était perçu

Tout en ruminant ces sombres pronostics, je longe le Rhône. Arrivé en vue du pont Morand, derrière l'Opéra, j'aperçois dans l'eau la lumière des réverbères qui danse sur le fleuve. Je me penche un instant sur le parapet et suis brusquement bouleversé par des réminiscences : la Garonne, le pont de pierre, Bordeaux, ceux que j'ai quittés il y a deux ans, et dont je suis sans nouvelles.

À regret, je m'arrache à la nostalgie et poursuis ma déambulation au milieu de la ville endormie, ruminant de craintives pensées. Tout est désert, les tramways remisés : un silence moite enveloppe la cité.

Lorsque j'entre furtivement dans la chambre-salle à manger de l'appartement de la rue Philippeville,

---

à l'époque par celle-ci. Cette accusation, inventée en 1950, ne fut soutenue que par un seul de ses chefs : Henri Frenay. En 1942, la sélection des résistants — même s'il y avait davantage de communistes à Libération qu'à Combat ou à l'OCM — ne s'opérait pas en fonction de critères politiques anciens. Après la lune de miel de 1942, les chefs des deux zones s'opposèrent à Moulin en 1943 à cause de sa fidélité au général de Gaulle, dont il appliquait strictement la politique. Ce fut le cœur du conflit. La fonction qu'il m'attribua me semble relever d'un autre critère, qui tient à la maigreur des effectifs du BCRA en France. Au hasard des arrivées — je fus le troisième radio parachuté pour l'équipe de Jean Moulin —, il choisit un volontaire engagé dans la France libre dès juin 1940. Du moins est-ce ce que je déduisis par la suite. Tous, nous étions très jeunes, autour d'une vingtaine d'années, sans attache en France, ignorant la véritable identité de Moulin et son passé. C'était pour lui une sécurité pour le cas où nous serions arrêtés. Enfin, et surtout, nous étions des soldats mobilisés à son service vingt-quatre heures sur vingt-quatre. Ce n'était pas le cas des résistants. Il a donc sélectionné, comme tout homme politique ou fonctionnaire d'autorité l'aurait sans doute fait, un jeune homme qu'il pourrait former selon ses habitudes et sa volonté.

Briant dort déjà. Après m'être déshabillé, je m'allonge à ses côtés. Comme il ouvre un œil, je ne peux me retenir de lui raconter la décision de *Rex. Je parle à voix basse pour ne pas réveiller nos hôtes. Il me répond laconiquement : « Ne t'inquiète pas. Il sait ce qu'il fait. »

Mon sommeil est court et agité. Au beau milieu de la nuit, je trouve la solution salvatrice : refuser la proposition et rejoindre Bidault, selon les ordres du BCRA. Au matin, je quitte la maison rasséréné et monte dans le premier tramway pour Perrache.

Vendredi 31 juillet 1942

*Secrétaire de *Rex*

À 7 heures précises, je sonne trois fois à la porte de l'appartement. Le silence qui suit me paraît interminable. *Rex ouvre et me fait entrer dans sa chambre, qui donne sur la rue. Au fond de la pièce, dans un coin, se dresse un lit-bateau ancien, recouvert d'un édredon bariolé. Entre les deux fenêtres, une table et une chaise jouxtent un fauteuil Voltaire. Les fenêtres sont ornées de lourds rideaux à fleurs. En face, de l'autre côté de la rue, on aperçoit un terrain vague et, au-delà, le Rhône.

*Rex s'assoit sur la chaise et me désigne le fauteuil : « J'espère que vous avez bien dormi.

— Non, pas très bien.

— Pourquoi donc ? »

Intimidé par son regard et plus encore par l'inversion protocolaire exigeant qu'il s'installe dans le fauteuil et moi sur la chaise, je sens se dérober les explications soigneusement préparées. Néanmoins, je rassemble mon courage et me lance : « Votre proposition m'a plongé dans la confusion.

— Vous ne voulez pas travailler avec moi ?

— Ce n'est pas la raison, mais on m'a confié une mission, et je n'ai pas le droit de la modifier sous peine de sanction. »

Visiblement soulagé, il se met à rire : « Ne vous inquiétez pas, j'en fais mon affaire. Je préviendrai Londres. » Il n'a pas haussé le ton et, bien que fort aimable, je sens que cette phrase met un point d'arrêt à mes états d'âme.

Sur la petite table se trouvent un bloc de papier blanc, quelques crayons et la grande enveloppe que je lui ai remise la veille. Il me la tend : « Elle contient deux millions. Déposez-les en lieu sûr, si possible chez des résistants de cœur, mais étrangers à l'action. Vous trouverez également les instructions de Londres. Décodez-les. Vous me les rapporterez ce soir, à 7 heures. »

*Rex me confie alors son code, ainsi que sa clef[1]. Comme je note le texte, il ajoute : « Apprenez-le par cœur, et brûlez votre papier afin de n'en conserver aucune trace. » Il s'agit d'un poème extrait des *Amours jaunes*, de Tristan Corbière, que je ne connais pas. Il précise : « Pour Londres, je m'appelle *Rex. C'est à ce nom que télégrammes et courriers sont adressés. Mais pour les résistants, mon pseudonyme est *Régis. Il faudra que vous en choisissiez un vous-même. Votre nom de code *Bip.W ne concerne que le service de Londres, et celui figurant sur votre carte d'identité doit rester inconnu de vos camarades. »

---

1. Nombres et poèmes permettant de composer la grille de décodage.

Il remet au lendemain de m'expliquer ce que seront mes tâches auprès de lui.

Je retourne chez les Moret et n'ai guère le temps d'épiloguer sur ma véritable mission : j'ai hâte de cacher l'argent — une fortune ! —, dont la responsabilité m'inquiète. Je ne connais personne à Lyon. Les Moret sont certainement des « résistants de cœur », mais ma présence chez eux prouve qu'ils ne sont pas « étrangers à l'action ». En attendant mieux, je dissimule le paquet derrière le rideau de la cheminée et m'installe dans la salle à manger, que mes hôtes absents laissent à ma disposition.

Dans les instructions de Londres, il y a deux blocs à décoder : le premier de sept cent quarante lettres, le second de huit cents. Durant les exercices en Angleterre, je n'ai jamais travaillé sur un ensemble aussi considérable. Le décodage exige une attention sans faille. Après avoir recopié l'indicatif, 16438, j'établis la grille du code à l'aide du poème dicté par *Rex. Le relisant pour en extraire les lettres, je suis étonné par sa médiocrité, qui augure mal des goûts littéraires de mon nouveau patron. Sans doute ne s'intéresse-t-il pas à la littérature.

Heureusement, je jouis d'une mémoire quasi instantanée. Après deux lectures, je le retiens :

> *Prends pitié de la fille-mère,*
> *Du petit au bord du chemin...*
> *Si quelqu'un leur jette la pierre,*
> *Que la pierre se change en pain.*

Est-ce le délai qu'il m'a fixé ? La tâche me paraît insurmontable. Craignant de ne pas achever mon travail à temps, je ne déjeune pas. En dépit de tentatives répétées, je ne parviens pas à faire « sortir » le bloc de sept cent quarante lettres. Croyant à une étourderie de ma part, je recommence plusieurs fois. En vain. Je suis d'autant plus anxieux de cet échec qu'il s'agit d'un paragraphe consacré à l'action militaire : le BCRA prescrit à *Rex de contacter d'urgence une personne dont le nom, l'adresse et le mot de passe demeurent indéchiffrables, rendant les instructions sans objet.

Heureusement, les autres chapitres n'offrent aucune difficulté. Une fois le décodage achevé, je recopie l'ensemble et découvre, pour la première fois, une partie de la mission de *Rex. Le mystère demeure sur la personnalité des chefs des mouvements, masqués par des pseudonymes inconnus. Quant à la modification de ma mission, je suis rassuré :

> Bip.W que nous vous envoyons comme radio de Bip [Bidault] pourra, si vous le jugez préférable, vous servir en même temps de radio personnel, tant pour l'action militaire que pour l'action politique.

*Rex n'a donc pas totalement outrepassé ses droits.

La lecture des instructions m'est une extraordinaire révélation. Jamais, depuis mon incorporation au BCRA, le capitaine *Bienvenue ni quiconque ne m'a expliqué quoi que ce soit du fonctionnement de la Résistance, si ce n'est le danger permanent que constitue la police de Vichy en zone libre et de la Gestapo en zone occupée. Le pacte du 23 juin proposé par le Général aux mouvements de résistance m'avait fait croire qu'à côté d'une armée clandestine — annexe des Forces françaises libres — existaient des mouvements politiques analogues aux partis d'avant-guerre : communistes, Croix-de-Feu, Action française, etc.

Les instructions m'apportent des informations stupéfiantes sur l'autonomie de la Résistance à l'égard de la France libre. Je découvre que les mouvements ne possèdent ni cohésion ni discipline. À tel point qu'un certain *Nef, alias *Charvet[1], est considéré comme peu sûr et que *Rex a toute latitude pour « réduire son appui financier ». J'apprends aussi que le dénommé *Bernard[2] souhaite distinguer l'action militaire de « l'action révolutionnaire ». Le BCRA, indécis sur cette question, demande à *Rex de trancher. Quant à Franc-Tireur, mon service ignore s'il s'agit d'un journal ou d'une organisation militaire.

Plus étonnant encore, la France libre dit ne pas connaître les publications gouvernementales de Vichy (annuaire de la préfectorale, de l'X, de Centrale, etc.). Aussi le BCRA demande-t-il à *Rex de lui détailler le personnel de l'Administration, des préfectures, de l'armée, de l'industrie, etc., « sur qui [il] pourr[ait] compter lors de l'action générale ». Il n'est nulle part question d'un quelconque « baroud » correspondant à ma qualification militaire, ce qui me déçoit beaucoup.

Malgré tout, j'espère obtenir une place correspondant à ma spécialité dans le programme d'action « prérévolutionnaire » proposé par le BCRA. Parmi les actions envisagées, il prévoit des « actes terroristes mineurs » et des attentats : exécutions de colla-

---

1. Le capitaine Henri Frenay.
2. Emmanuel d'Astier de La Vigerie.

borateurs, de traîtres et d'Allemands en civil. Peut-
être *Rex m'a-t-il choisi pour diriger, au sein de son
secrétariat, une section spéciale terroriste ?

Le courrier contient une lettre personnelle d'André
Diethelm, commissaire national à l'Intérieur, à *Rex.
Diethelm est une figure de la France libre, dont le
journal *France* a souvent publié la photo. Il a rang
de ministre, ce qui est considérable à mes yeux. Il
donne à *Rex du « Bien cher ami » et termine ainsi :
« Il est inutile, je pense, de vous redire toute notre
affectueuse confiance et nos remerciements pour
votre œuvre. Bien amicalement, et peut-être à bientôt. »

Cette dernière phrase me laisse perplexe. *Rex va-
t-il quitter la France pour s'installer à Londres ? Je
peux le craindre puisque, au début de sa lettre,
Diethelm dit espérer que *Rex ne soit pas encore
appelé à de trop « hautes destinées ». Cela signifie-t-il
sa nomination au Comité national ? M'obligera-t-il
à l'accompagner à Londres ?

Inquiet du médiocre résultat de mon travail, je
retourne chez *Rex à l'heure dite. Surprise ! Loin
de me réprimander, il s'en prend aux « gens de
Londres » : « Cet incident n'est pas le premier : c'est
inacceptable ! Ils n'ont aucune excuse, étant donné
les conditions dans lesquelles ils travaillent. » Il me
demande de réclamer par télégramme un résumé
du texte indéchiffrable.

Après avoir parcouru rapidement les instructions,
*Rex me les rend : « Conservez les papiers dont j'ai
besoin. Vous les rapporterez lors de la rédaction de
mes rapports. Archivez-les chez une personne sûre,

sans activité dans la Résistance. Je vous indiquerai les télégrammes et rapports à détruire. » Il ajoute : « Nous avons rendez-vous avec *Bip, votre "ancien" patron. Avez-vous choisi un pseudonyme ? » Ayant oublié, je me décide sur-le-champ pour *Alain, en souvenir d'André Marmissolle, qui m'avait fait aimer le philosophe dont je lisais à Bescat, avant mon départ, *Propos sur le bonheur*.

*Rex me conduit dans un petit bar sur les quais de la Saône, non loin du pont Bonaparte. Assis sur une banquette, un homme parcourant un journal attend. *Rex me présente. Petit, rond, courtois, Georges Bidault, alias *Bip, est empreint d'une onction ecclésiastique évoquant les dominicains, professeurs de ma jeunesse. Pour la première fois, j'entends prononcer *Alain, mon nouveau nom. Je suis étonné du naturel avec lequel *Rex l'utilise.

« J'espère que vous ne m'en voudrez pas d'avoir confisqué votre jeune collaborateur. Je suis harcelé par les tâches subalternes, et j'ai besoin d'un secrétaire. Mais je ne vous oublie pas et m'occupe de vous trouver un radio. » À la manière dont Bidault acquiesce, je peux vérifier que *Rex n'est pas seulement le patron des agents de Londres, mais que ses décisions ont valeur de commandement. Il refuse de s'asseoir : « J'ai un rendez-vous. » Puis, s'adressant à Bidault : « Je vous laisse avec ce jeune homme pour organiser au mieux nos liaisons. »

Bidault règle sa consommation puis m'entraîne vers le pont Bonaparte : « Êtes-vous libre à dîner ? » Pour la deuxième fois, je suis étonné de cette prévenance d'hommes « âgés » à laquelle l'armée ne m'a guère habitué.

Nous traversons le pont Bonaparte. La soirée est encore chaude, mais mes peurs s'éloignent. Je suis heureux d'accompagner un homme — j'allais dire un camarade — aussi simple. Il me conduit dans un bistrot du vieux Lyon, près de l'église Saint-Nizier. Comme *Rex la veille, il me questionne sur mon exil britannique et surtout sur le Général : que sais-je de lui et de son entourage, du conflit avec Muselier, de la différence entre le mouvement de la France libre et les FFL, de la revue *La France libre*, qu'il semble connaître, de la BBC, d'Aron, de Labarthe, de Schumann ?

Bidault se montre curieux de détails que je suis parfois bien en peine de lui fournir. Il est avide également de comprendre l'état d'esprit et la vie des jeunes volontaires des FFL : Comment avons-nous vécu ces années d'exil ? Que connaissons-nous de la France vaincue, du gouvernement de Vichy ? Quels ouvrages parviennent en Angleterre ? À la différence de *Rex, qui m'a écouté sans broncher, Bidault m'interrompt sans cesse. Je découvre que, du fait de mon appartenance aux FFL, ma « valeur » dans la Résistance dépend de mes révélations.

Contrairement à *Rex, également, il ne dit mot sur sa famille, sa vie, ni même ses opinions politiques. Muet sur son existence, il est intarissable et franchement drôle quand il évoque la politique de Pétain, les magouilles de Vichy, les ruses de Laval, les dérives de l'opinion publique, etc. Je retrouve chez lui la férocité tant admirée de Léon Daudet.

Au cours de la conversation, il reparle de De Gaulle et de son « pacte » avec la Résistance. Il me confie qu'un certain *Francis[1] a été chargé de le diffuser. Rentrant en France après un séjour à Londres, ce syndicaliste s'est montré très critique envers le caractère « dictatorial » du Général : « Quelle est la vérité sur de Gaulle ? » Pour la première fois depuis mon arrivée, j'entends prononcer son nom. J'essaie de lui faire comprendre ce que j'éprouve, ce que j'ai compris, compte tenu de mes récentes découvertes londoniennes : « Il y a deux blocs en exil : d'une part, les soldats du Général, dont je fais partie, pour qui il est, mieux qu'un chef, un père, et l'état-major londonien, composé en partie d'opposants, qui dénoncent son "fascisme".

— La France libre et la Résistance cumulent les défauts des minorités révolutionnaires, dont les trotskistes sont le modèle. Elles n'acceptent aucun cadre légal et sont déchirées par des conflits burlesques. Vous connaissez la définition du trotskisme : "Un militant, c'est un parti ; deux, un congrès ; trois, une scission." Moins on est nombreux, plus on croit à l'absolu que l'on veut imposer, symbole d'un individualisme outrancier. L'effondrement de l'autorité légitime exacerbe les ambitions. Chacun estime qu'il a autant de chance que son voisin de l'emporter. C'est ce qui se produit entre les chefs des mouvements : ils veulent tous prendre la tête de la Résistance. »

Je me garde de lui dire que je ne comprends rien à sa comparaison avec les trotskistes puisque, dans les FFL, il n'y a qu'un chef : de Gaulle. À la fin du dîner, je suis conquis. Bidault ne ressemble en aucune façon aux caricatures de *L'Action française*. Je ne sais pourquoi mes anciens « maîtres » le haïssent

---

1. J'ignorais qu'il s'agissait de Christian Pineau, dirigeant de la CGT et fondateur du mouvement Libération-Nord.

tant. Au point de familiarité où nous sommes, je lui pose la question. Elle ne l'étonne pas : « La politique, c'est la guerre ; seule importe la victoire. Il faut écraser l'adversaire. » Me regardant malicieusement, il ajoute : « Maurras est sourd. Sans doute n'ai-je pas une voix assez puissante pour qu'il m'entende. »

En rentrant rue Philippeville, je me rends compte que, comme *Rex la veille, Bidault n'a pas parlé de barrages qui sautent, de trains qui déraillent, de Boches qu'on assassine. C'est pourtant le but de ma mission ! L'allusion aux ambitions des chefs ne m'intéresse guère : je n'ai tout de même pas été parachuté en France pour faire la conversation avec de vieux messieurs...

Samedi 1er août 1942

Qu'est-ce qu'un secrétaire ?

Ce matin, j'apporte à *Rex les plis relevés dans sa boîte à lettres de la rue Victor-Hugo. La plupart sont rédigés sur le même modèle : nom de l'expéditeur inscrit en haut à gauche de la feuille (« De X à Régis »), tandis que la date est indiquée sur le côté droit. Le message, en style militaire, est bref. Il commence et s'achève sans formule de politesse : demande de rendez-vous, présentation de budget, projet de texte, organisation de réunion, envoi de tracts, journaux, etc.

Après avoir lu ces billets, *Rex griffonne des réponses que je mets sous enveloppe. Il me prescrit d'apprendre par cœur les adresses des boîtes et les noms de leurs propriétaires, ainsi que ceux des destinataires des billets. Il me demande aussi d'avoir ma propre boîte afin de ne pas surcharger la sienne[1]. Comme je demeure silencieux, il ajoute, comprenant sans doute mon embarras : « Les "mouvements" vous en fourniront une. » N'ayant encore rencontré aucun représentant de ces fameux mouvements, je n'ose lui demander où et quand je les contacterai. Sans doute d'autres membres de son secrétariat s'en chargeront-ils.

Il m'explique ensuite mes nouvelles fonctions : je dois organiser et maintenir toutes les liaisons avec les responsables des mouvements, les officiers de liaison des zones libre et occupée, ainsi qu'avec les différents services (faux papiers, parachutages, etc.) et les opérateurs radio, qui sont le seul lien permanent avec Londres. Il me prescrit en outre de recruter en priorité une dactylo pour taper la correspondance. Elle évitera les erreurs de lecture des télégrammes et des rapports envoyés, tout en protégeant l'anonymat des rédacteurs. Je dois l'installer dans un bureau, où elle travaillera seule. Personne ne doit connaître son adresse. Son unique liaison avec l'extérieur sera un courrier, que je dois recruter également.

La correspondance s'effectuera par l'intermédiaire de boîtes. Lyon en est richement pourvu, car les immeubles n'ont pas de concierge. Les propriétaires de ces boîtes me confieront une clef afin que moi-même ou mon courrier relève les plis plusieurs fois par jour. Mon courrier devra être en relation permanente avec ceux des mouvements. Je maintiendrai la liaison avec les chefs des services et les

1. Les mouvements et leurs dirigeants possédaient tous des boîtes à lettres prêtées par des résistants de base et dispersées dans toute la ville. Le travail des agents de liaison était de les relever.

adjoints des chefs des mouvements auxquels *Rex
me présentera. En collaboration avec eux, je devrai
organiser les réunions et transmettre les instructions.

« Vous conserverez les fonds envoyés par Londres
chez des gens sûrs et les distribuerez selon mes
indications. Tenez-en soigneusement le relevé en
indiquant la date, la personne à qui vous les remet-
tez et le destinataire. Tous les mois, vous joindrez
ce relevé au courrier de Londres. » *Rex m'indique
également les boîtes des radios et des officiers de
liaison, avec lesquels il me demande de prendre
rendez-vous immédiatement.

Pour ma propre sécurité, je dois en outre trouver
une chambre indépendante et quitter au plus tôt les
résistants qui m'hébergent. Il ne me cache pas que
c'est un véritable tour de force à Lyon, engorgé depuis
l'armistice par les réfugiés. Il me conseille de lire
les annonces des journaux et de consulter les agences. Je lui avoue qu'à l'exception de mes hôtes je ne
connais personne à Lyon. Il répète : « Ne vous tra-
cassez pas ; j'ai demandé aux mouvements de vous
aider. Ils m'ont promis de vous fournir appartement,
bureau, boîte et personnel. »

Enfin, il me recommande la prudence. Ses conseils
ressemblent aux ultimes instructions du capitaine
*Bienvenue : « Ne vous fiez pas à une sécurité appa-
rente et trompeuse. Vous ignorez qui vous côtoyez
dans les tramways, les rues ou les restaurants : un
simple mot peut vous perdre. Quant aux éventuelles
filatures, vérifiez bien avant vos rendez-vous de n'être
pas suivi : descendez et montez dans les tramways
en marche, rebroussez chemin brusquement dans
les rues, etc. Mais on vous a enseigné tout cela en
Angleterre, n'est-ce pas ? »

Du lundi au samedi, *Rex demeure à Lyon. Je dois venir chez lui tous les matins à 7 heures et le revoir le soir (éventuellement pour dîner), ainsi qu'à midi si nécessaire. Il insiste sur l'obligation de changer souvent mes lieux de rendez-vous et d'être ponctuel : avant d'arriver, je dois observer de loin les abords et ne jamais attendre plus de cinq minutes au même endroit. Lors de mes rendez-vous avec les résistants, je dois prévoir un « repêchage », le même jour ou le lendemain, en cas d'empêchement. Avant notre rendez-vous du matin, je dois relever sa boîte, décoder les télégrammes de la nuit, acheter quelques journaux (*Le Figaro*, *Le Temps*, *L'Action française*, *Le Progrès* et *Gringoire*) et les parcourir, afin de lui signaler les événements ou articles importants.

En cas de nécessité, je peux le joindre le dimanche par l'intermédiaire de *Claudie[1], son courrier personnel, avec qui je maintiendrai un contact quotidien durant ses absences. *Rex m'annonce qu'il me présentera à *Frédéric[2], son représentant en zone occupée, avec qui je devrai également établir une liaison permanente.

« Sur les fonds que vous conserverez, vous prélèverez chaque mois 1 200 francs pour votre salaire. Pour les extras, vous me communiquerez vos notes de frais[3]. » À l'exception de son « adjoint » en zone occupée et de son courrier personnel, il n'a mentionné personne d'autre. J'ai peine à croire que je serai seul pour accomplir le travail prescrit.

Profitant de l'évocation de son courrier, je lui demande quand il me présentera aux autres mem-

---

1. Jean Choquet.
2. Henri Manhès.
3. Une dactylo gagnait à l'époque environ 800 francs par mois.

bres du secrétariat : « Mais mon secrétariat, c'est vous ! » Cet homme, que le capitaine *Bienvenue m'a présenté comme le « grand patron », le chef de la Résistance et, en quelque sorte, un de Gaulle *bis*, est donc seul pour exécuter les tâches subalternes ! Qu'est-ce donc que la Résistance pour vivre dans une telle précarité ? Et sa sécurité ? Ne dispose-t-il d'aucune garde rapprochée ?

Je me hasarde : « Pour protéger les émissions radio ou les réunions, il faut tout de même, selon les consignes des Anglais, un minimum d'hommes armés.

— Il y a deux manières d'envisager la sécurité : soit celle d'un affrontement permanent exigeant des hommes armés en nombre suffisant pour abattre les policiers, rarement nombreux ; soit redoubler de prudence et n'avoir jamais d'armes sur soi, ni bien sûr de garde du corps. J'ai choisi la seconde. »

À mon air perplexe, il sent la nécessité de s'expliquer : « Si vous êtes pris dans une rafle — elles sont en général destinées à lutter contre le marché noir — ou si vous êtes arrêté au cours d'une réunion, il vaut mieux avoir prévu des issues de secours pour vous enfuir et n'avoir aucun document compromettant sur vous. Une bataille rangée n'est jamais gagnée d'avance. Pour ma part, je ne suis pas armé dans la rue ou durant mes rendez-vous, ni protégé nulle part. Partager un secret à plusieurs multiplie les présences autour du lieu de rendez-vous et comporte plus de risque d'indiscrétion qu'une vigilance de tous les instants. »

Il ajoute une dernière instruction : je devrai l'accompagner à chacun de ses rendez-vous muni des documents dont il aura besoin, que je lui remettrai au dernier moment. Il m'indiquera le lieu exact du rendez-vous, et je devrai aller chercher la personne pour l'y conduire. « Quant à vous, je vous demande de ne jamais être armé dans vos déplacements. Pour les "radios", mais aussi les officiers, lors des opérations de parachutage ou de transport d'armes, et les saboteurs, il en va bien entendu autrement. » Si déconcertante que me paraisse la déclaration de *Rex, je me garde de tout commentaire. Depuis deux ans, j'obéis.

Durant cette première matinée de travail, il ne manifeste aucunement la distance hiérarchique existant dans l'armée. En dépit de la netteté de ses consignes et de ses ordres — dont j'ai compris, d'après le ton, qu'il ne convenait pas de les enfreindre —, il conserve la courtoisie naturelle que j'ai remarquée avant-hier, lors de notre dîner. Au gré de mes premières rencontres et des humeurs de *Rex, un point demeure toutefois obscur : j'hésite toujours sur sa profession. La précision de ses consignes me fait croire ce matin que *Rex ne peut être qu'un militaire, évidemment un général. Comment vit-il ? Il ne m'en a rien dit[1].

---

1. C'est à l'usage que je découvris la complexité de sa vie. Il avait organisé deux existences parallèles, l'une officielle, sous sa véritable identité, l'autre clandestine, munie de faux papiers, dont il changeait en diverses occasions. Si je connus cette dernière dans l'exercice de mes fonctions, en revanche j'ignorais tout de la première. Ce n'est qu'après la guerre que j'en appris les détails par sa sœur. Domicilié officiellement à Saint-Andiol, où il avait pris sa retraite de préfet, il était inscrit à la mairie, où il obtenait ses cartes d'alimentation. Il y faisait acte de présence au moins tous les quinze jours, ainsi qu'à Montpellier, où habitaient sa mère et sa sœur. À partir de l'automne de 1942, il se rendit quelquefois à Nice, où, sous son véritable nom, il avait ouvert la galerie de tableaux Romanin. Cette existence officielle n'était connue que d'une seule personne, Jean Choquet, qui maintenait le contact avec la Résistance par mon intermédiaire. Ce fils d'un ancien collaborateur de Moulin à la préfecture d'Amiens était son courrier personnel avec le secrétariat. Il était le fusible entre ses deux vies. Choquet habitait

Une fois qu'il a fini, il me demande de me rendre demain à Annecy, chez un certain François de Menthon. Il habite un château construit au bord du lac, à quelques kilomètres de la ville. Je dois organiser avec lui une « liaison permanente », selon la formule consacrée. *Rex me dit qu'il est rapporteur du CGE[1]. Sans m'éclairer sur le rôle de cet organisme, il m'indique verbalement le lieu et la date de la prochaine réunion et me confie l'ordre du jour manuscrit que je dois soumettre à de Menthon afin de recueillir ses observations.

Il part dans l'après-midi et sera de retour demain à 7 heures du soir. Je devrai l'attendre à l'extérieur de la gare Perrache, devant la sortie principale.

Avignon, où il gardait la bicyclette avec laquelle Moulin rejoignait Saint-Andiol, à dix-huit kilomètres de là. Elle lui permettait d'effectuer le trajet à n'importe quelle heure du jour et de la nuit, sans attirer l'attention. Je rencontrais Choquet quotidiennement. Lorsque Moulin séjournait à Lyon, Choquet apportait des nouvelles de sa famille ou de sa galerie. Inversement, lorsque Moulin était chez lui, Choquet lui apportait le courrier préparé à Lyon. Avant tout, Jean Moulin devait conserver un contact quotidien avec ses trois officiers de liaison avec les mouvements envoyés par Londres : Raymond Fassin, pour Combat, Hervé Monjaret, pour Franc-Tireur, et Paul Schmidt, pour Libération. Georges Bidault était, avec eux, son plus proche collaborateur. C'était la première personne qu'il rencontrait lors de ses retours à Lyon, afin d'avoir une revue de la presse collaborationniste de zone occupée et des renseignements sur les coulisses de Vichy et les écoutes de la radio anglaise ou suisse. Bidault l'informait également de la vie interne des trois mouvements de zone libre, en particulier Combat, où il siégeait au comité directeur.

1. Comité général d'études, premier organe central de la Résistance, constitué par Jean Moulin en avril 1942. François de Menthon y siégeait sous le pseudonyme de *Tertius.

Après l'avoir quitté, je cherche un café pour m'asseoir afin de consulter le plan de Lyon et repérer les rues où je dois porter les plis. Quand j'ai terminé mon pointage, je m'aperçois que les adresses sont éparpillées dans une sorte de quadrilatère bordé par la Saône et le Rhône et représentant le centre de la ville, de la place des Terreaux à la gare Perrache. Cet itinéraire mord parfois sur les deux rives.

Le reste de la matinée, je cours d'une rue à l'autre. Ignorant le numéro des tramways desservant mes destinations, je marche jusqu'à l'épuisement et perds beaucoup de temps dans mes recherches. Malgré tout, j'achève mon travail en début d'après-midi. Revenu près de la place Bellecour, dont l'immensité désertique me rassure, je déjeune dans un bouchon de la rue voisine des Marronniers. J'ai trouvé cette rue par hasard lors de mes pérégrinations, en remarquant qu'elle était occupée par des bistrots à l'aspect engageant.

N'ayant rien à faire jusqu'au lendemain, je flâne le reste du jour. Depuis mon premier rendez-vous avec Schmidt, j'ai repéré au coin de la place Bellecour la vaste librairie Flammarion. Les librairies me sont toujours apparues comme des lieux enchantés dans lesquels j'aime à passer des heures à feuilleter des livres, découvrir des auteurs inconnus ou rêver devant des titres que je ne lirai jamais.

Suivant un rite immuable, j'examine d'abord les vitrines, regardant chaque livre exposé, accompagné parfois de comptes rendus élogieux et d'une photo de l'auteur. Puis, j'entre et vogue à l'intérieur du magasin. Après avoir parcouru les livres politiques et les romans, je feuillette les ouvrages de poésie. Ici, les vitrines sont dédiées aux nouveautés. Dans l'une d'elles, un gros bouquin tient la vedette : *Les*

Décombres, de Lucien Rebatet. Un panneau de coupures de presse élogieuses annonce que sa parution est un événement. L'auteur ne m'est pas inconnu : il avait rédigé des articles dans deux numéros spéciaux de *Je suis partout* consacrés aux Juifs. J'avais été captivé, dans le dernier, de 1939, par son long article sur l'affaire Dreyfus, qui était dans le ton de ce que j'entendais dans ma famille.

Les autres vitrines présentent des ouvrages d'auteurs familiers : Giono, Mauriac, Montherlant, Valéry, etc. Décidé à renouer avec mes habitudes, j'entre dans le magasin. Spécialisé dans les livres neufs, il n'a malheureusement pas le charme désordonné des bouquinistes. Je me dirige vers la table où se dresse une pile des *Décombres*. Après avoir sauté la préface, j'attaque la première page. Emporté par la prose torrentielle, je parcours la seconde : les images cocasses le disputent à la cruauté des jugements. Mon goût pour la polémique est comblé. Du coup, les autres ouvrages perdent toute saveur. Je paie et traverse la rue pour m'asseoir sous les ombrages de la place Bellecour. Saisi par la lecture, j'oublie tout le reste.

C'est la confession d'un homme ayant vécu l'agonie et la mort de la IIIe République. Il est d'autant plus familier des événements et des personnages qu'il a été le secrétaire de Maurras. La méchanceté d'un titre de chapitre, « L'inAction française », révèle que ce dernier n'était en rien un homme d'action et que le coup de force n'était pour lui qu'une figure de style. *Les Décombres* se révèlent déterminants dans ma rupture avec les idées maurrassiennes. J'admets pour la première fois les défauts et les erreurs de la doctrine, ainsi que l'anachronisme qui me hante sous une forme nébuleuse : la monarchie est une utopie morte[1].

Absorbé par ma lecture, je manque d'être en retard au rendez-vous avec François Briant. Nous avons décidé de dîner ensemble parce que, demain, il part tôt rejoindre ses fonctions, dont j'ignore tout.

En m'asseyant à côté de lui, je suis encore dans un état somnambulique. Je lui explique ma découverte et lui lis à haute voix les portraits drolatiques que Rebatet trace de Bernanos et de Mauriac. Briant est un inconditionnel de Bernanos, qu'il m'a fait découvrir. Quant à Mauriac, nous avons communié avec ferveur dans la lecture de *Thérèse Desqueyroux* et de *La Vie de Jésus*. Un personnage différent de celui que nous admirons surgit des *Décombres* :

> *L'homme à l'habit vert, le bourgeois riche, avec sa torve gueule de faux Greco, ses décoctions de Paul Bourget macérées dans le foutre rance et l'eau bénite, ses oscillations entre l'eucharistie et le bordel à pédérastes qui forment l'unique drame de sa prose aussi bien que de sa conscience, est l'un des plus obscènes coquins qui aient poussé dans les fumiers chrétiens de notre époque. Il est étonnant que l'on n'ait même pas encore su lui intimer le silence.*

---

1. Comme je le compris beaucoup plus tard, il en va des idées comme des hommes : la conscience de leur trahison rompt d'un coup leur emprise. Quant au temps nécessaire pour s'en accommoder, c'est une tout autre histoire.

Je surveille Briant du coin de l'œil et suis heureux de l'entendre s'abandonner à la joie physique de « notre » rire. Sa pudeur accepte ce lien sans réserve. Il excuse tout, à la seule exception de mes doutes religieux périodiques.

Souhaitant que notre séparation demeure une fête dans notre mémoire, nous cherchons un bon restaurant. Dans ce Lyon inconnu, nous ne possédons aucune adresse du fameux « marché noir ». Je n'ose retourner dans le restaurant de *Rex, bien qu'il soit proche. On y mange certes à sa faim, c'est-à-dire très bien par rapport aux gargotes que j'ai essayées, mais bien que mon patron n'ait rien dit, je devine que chaque résistant doit organiser son propre réseau de lieux de rencontre, de cafés ou de restaurants, qu'il s'agit d'oublier en les quittant. Quant aux bouchons que j'ai découverts, je ne les juge pas dignes de nos adieux.

Dans une petite rue près de la place de la République, nous entrons au hasard dans un restaurant dont l'aspect élégant nous semble de bon augure. La chance nous favorise : nous dînons beaucoup mieux qu'à notre faim.

Nous évoquons nos impressions sur notre retour en France. Pour la première fois, Briant est plus catégorique que moi, notamment sur la pauvreté des foules que nous côtoyons : tous les produits sont des ersatz de mauvaise qualité, et partout les gens font la queue devant des magasins à moitié vides. Désignant mon livre : « Le papier est de mauvaise qualité, comparé aux ouvrages britanniques ou même à ceux d'avant-guerre. » Il a raison sur certains aspects de l'existence, mais je suis moins catégorique. Après quelques jours à Lyon, en dépit de la tristesse ambiante, je suis plutôt rassuré : l'existence y est normale, à quelques détails près. Il me regarde fixement : « Si tout est comme "avant", pourquoi avons-nous peur ? » Son regard refuse tout mensonge, et je ne réponds rien.

Depuis deux ans, nous partageons la même aventure ; si je suis en France, c'est grâce à lui. Son frère, dont il est sans nouvelles depuis longtemps, se bat quelque part en Afrique. Tour à tour, mes camarades de 1940 ont disparu de ma vie. Briant, seul, demeure avec moi, pour quelques heures encore. Nous sommes trop jeunes et trop pudiques pour manifester la mélancolie de cette séparation.

Dimanche 2 août 1942

Mes deux patrons

Tôt éveillés, nous sommes les premiers à faire notre lit, nettoyer le salon et user du minuscule cabinet de toilette afin de le libérer pour nos hôtes. Nous demandons à M. Moret de nous aider à déplacer le Mirus afin de récupérer le poste et le revolver de Briant. Il boucle sa valise quand la sonnette retentit. *Claudine l'attend à la porte. Surpris, nous n'avons pas le temps de nous faire nos adieux. Mais qu'ajouterions-nous aux souvenirs égrenés la veille ? Il me quitte sur un dernier regard. Nous n'avons pas besoin de nous serrer la main pour connaître l'attachement de nos cœurs.

En silence, sa valise à la main, Briant descend les quelques marches de l'entrée. Il ne se retourne pas. Le regardant partir, j'ai brusquement conscience que nous ne nous reverrons peut-être jamais.

Le cœur serré, je dois remplir ma mission de
« facteur » pour le fameux François de Menthon, qui
habite le château d'Annecy. Je file à la gare, achète les
journaux et m'installe dans un compartiment bondé.
Mes compagnons de voyage sont différents de ceux
du train de Montluçon. Le temps radieux incite la
zone libre à partir en vacances : familles en tenue
estivale, enfants jouant dans le couloir. Au fur et à
mesure que je m'éloigne de Lyon, je découvre des
paysages de montagne qui m'évoquent les Pyrénées.

L'Action française me déçoit : Léon Daudet est
mort ; Maurras en vacances, et peut-être aussi
Thierry Maulnier. Quelle est la cause de la léthargie
du journal ? Est-ce le prix de la trahison ? Ma déception est si aiguë que je ne comprends plus mon
ivresse d'antan. Pour chasser les blessures de la
nostalgie et de la séparation, je me plonge dans la
lecture des journaux français. *Le Figaro* et *Le Temps*,
que je ne lisais pas avant-guerre, parviennent à
éveiller en moi un vague intérêt.

J'arrive en fin de matinée à Annecy et me rends
immédiatement au château de Menthon, au bord
du lac. Accueilli par une dame, je lui communique
le mot de passe : « Je viens de la part de Régis. »
Lorsqu'elle me fait entrer dans le vaste bureau, je
comprends qu'il s'agit de Mme de Menthon. Le
maître de maison se lève et m'invite aimablement
à m'asseoir. C'est un homme de grande taille au
visage avenant, dont les lunettes ne masquent pas
l'éclat du regard. Est-ce le ton de sa voix, ses manières ? Pour d'autres raisons qu'avec Bidault, je me
sens en confiance, même s'il n'est pas familier.

Menthon écoute le message oral de *Rex et me
donne son accord pour la date de la réunion proposée pour la semaine prochaine. Il consulte l'ordre

du jour, réfléchit et apporte quelques remarques. Il me le rend, puis me raccompagne cérémonieusement à la porte. Ma visite a duré quelques instants : nous n'avons pas échangé vingt mots. Est-ce cela la Résistance ?

Revenu en ville, je constate que le train pour Lyon ne part qu'en fin d'après-midi. J'ai le temps de déjeuner et de flâner. Après le repas, je m'assois sur un banc, au bord du lac. Dans l'après-midi, je rentre à Lyon. Cette journée de vacances, au milieu des cris d'enfants, des jeux et des ballons, dans l'atmosphère paisible du bord du lac, a éradiqué mes peurs. Pour la première fois, je me sens intégré à la foule nonchalante. Dans cette province reculée, je ne reconnais pas le pays que j'ai quitté sombrant dans le chaos, deux ans auparavant.

L'arrivée à Lyon-Perrache marque le retour à la réalité, c'est-à-dire à la crainte : je suis un nomade, un clandestin, un hors-la-loi. La délicatesse des Moret ne change rien à ma condition de proscrit. Au contraire, en me faisant sentir l'absence de ma famille, elle accuse l'irrémédiable rupture.

J'arrive en avance au rendez-vous de 7 heures avec *Rex. Pour éviter de flâner trop longtemps dans la gare, je m'assois dans un des cafés de la place Carnot. À l'heure dite, je guette le patron devant la sortie principale. Il m'a demandé de le suivre à distance, mêlé à la foule, afin de vérifier qu'il n'est pas suivi.

Ne l'ayant rencontré que quatre fois, je crains de ne pas le reconnaître. Effectivement, je ne le remarque pas tout de suite. Il est perdu dans la cohue des voyageurs chargés de lourdes valises. C'est lorsqu'il passe devant moi que je l'identifie soudain à son teint hâlé et à l'espèce de moue du menton qu'il arbore. Je comprends ma surprise : aujourd'hui, il porte une casquette pied-de-poule alors que j'attendais l'homme au chapeau de feutre de notre première rencontre.

Il descend l'escalier monumental surplombant la place. Je le suis avant de le rejoindre à l'intérieur d'un café. Je lui rends compte de ma mission et lui remets le texte corrigé par Menthon enveloppé dans un journal. Il se lève et me demande de l'attendre tandis qu'il part le consulter aux toilettes. Nous rejoignons ensuite Georges Bidault au restaurant.

Au cours du dîner, je comprends mieux leurs relations. Existent entre eux une sympathie et une complicité évidentes, en dépit de leurs différences de caractère et de culture, non moins évidentes. Bidault est volubile. Lorsqu'il décoche un trait cruel à l'égard des journalistes, des écrivains ou des hommes politiques, il le fait suivre d'un air contrit digne d'un homme d'Église. Parmi ses nombreuses cibles, je suis surpris de reconnaître les chefs des mouvements.

*Rex conserve avec lui une courtoisie qui est dans sa manière d'être, tout en manifestant une fermeté catégorique sur certaines questions. Bidault ne se départit jamais d'une sorte de déférence à son égard, bien étrangère à la gentillesse qu'il me manifeste. Cela confirme ma première impression : *Rex est le patron.

Lundi 3 août 1942

Premier rendez-vous avec des résistants

Ce matin, je sonne chez *Rex à 7 heures et lui remets, entre autres, un télégramme du BCRA annonçant la nomination d'André Philip au poste de commissaire national à l'Intérieur. J'ignore tout de Philip, arrivé en Angleterre après mon départ de Londres. *Rex me dicte la réponse, faisant grand cas de cet inconnu, mais regrettant de ne pas avoir été prévenu « pour préparer le terrain » auprès des mouvements. Il espère, pour l'unité de la Résistance, que « les amis de Philip » auront le triomphe modeste.

Que signifie cette mise en garde ? En dépit de ma curiosité, je ne pose aucune question. Mon travail est d'exécuter les ordres, non de percer les secrets de la Résistance. « Après l'avoir codé, vous le déposerez dans la boîte de *Kim.W. » J'ignore lequel de mes camarades radios se cache sous ce pseudonyme. *Rex me fixe ensuite quelques rendez-vous avec des responsables de mouvements : le premier, à 2 heures, place Carnot, près de la gare Perrache, où il doit me présenter *Frédéric, son représentant en zone occupée ; le deuxième place Bellecour, à 4 heures, « sous la tête », avec *Lebailly[1], secrétaire général de Combat ; le troisième, avec lui, à 5 heures, au coin du pont Bonaparte.

À l'heure dite, j'attends *Rex au pied de l'escalier monumental de la place Carnot. Quelques instants plus tard, il m'entraîne, à l'angle de la place, au café *La Normandie*. Un homme à la crinière blanche

1. Jean-Guy Bernard.

attend au fond de la salle. Il se lève tandis que nous approchons. « Je vous présente mon jeune secrétaire », dit *Rex. Il ajoute la phrase rituelle sur les liaisons, puis nous plante là et repart.

*Frédéric est un homme brusque. C'est le plus âgé des résistants que j'aie rencontrés jusqu'alors. On sent le baroudeur : visage buriné, voix catégorique, regard impérieux. Son style est radicalement opposé à celui de *Rex. De loin, on pourrait le prendre pour le chef ; de près, il est trop agité.

Le départ de *Rex me met mal à l'aise. Même si *Frédéric se montre aimable, je perçois un halo d'insécurité autour de lui : il parle trop fort. Il me demande l'adresse de ma boîte et m'informe que les rendez-vous, qu'il réclame par écrit, se dérouleront toujours dans ce café. Il connaît le patron : « Il est des nôtres. » Durant ses séjours à Lyon, il descend constamment à l'hôtel voisin, où il est également connu. En cas d'urgence, il me donne sa boîte à Paris. Il vient à Lyon au moins une fois par mois et me préviendra toujours afin d'organiser ses rencontres avec *Rex. « C'est un vieil ami. » Je suis surpris d'une telle confidence et me demande quelles peuvent être les relations entre des personnalités aussi dissemblables.

Je prends congé et me lève. Tandis que je m'éloigne, il lance à haute voix à mon intention : « Surtout n'oubliez pas l'adresse de ma "boîte" à Paris. » Pour la sécurité, c'est réussi ! J'espère ne pas le rencontrer trop souvent.

Pour mon prochain rendez-vous, j'ai du temps. Je consulte mon plan et constate que la rue Victor-Hugo, toute proche, conduit en droite ligne de la place Carnot à la place Bellecour. Je m'y rends à pied. À 4 heures, « sous la tête », je vois *Rex arriver en expliquant quelque chose au jeune homme tête nue qui l'accompagne. Je me dirige vers eux. Il me présente : « *Alain, mon jeune secrétaire, avec qui vous organiserez la liaison avec moi. » Il nous quitte : « N'oubliez pas : 5 heures. »

Je m'éloigne en compagnie de *Lebailly dans la direction opposée. La jeunesse de ce garçon aux cheveux roux et à la démarche énergique tranche avec l'âge canonique de ceux que j'ai rencontrés jusque-là. Je me sens rassuré. Je commençais à craindre que la Résistance ne soit un asile de vieillards. Toutefois, en dépit de son air décidé, mon interlocuteur ne correspond pas à l'image que je me suis formée d'un clandestin : trop bien habillé peut-être. En tout cas, avec lui, je me sens en sécurité. Il semble être mon aîné de trois ou quatre ans.

Je ne sais pourquoi, je ne considère pas *Claudine ni les Moret comme des résistants. Peut-être parce que je crois naïvement qu'un résistant est nécessairement un homme à « tout faire sauter ». *Lebailly, lui, est de la trempe de mes camarades de la France libre. Cela me semble de bon augure puisque j'attends tout de lui : *Rex ne m'a-t-il pas dit qu'il me fournirait locaux et personnel ? Je ne suis pas déçu. D'un ton décidé, il promet de satisfaire promptement mes demandes : courrier, chambre, bureau, ainsi que la clef de voûte du secrétariat, une dactylo.

Nous prenons rendez-vous pour la fin de la semaine. Cette rencontre fait naître en moi un extraordinaire sentiment d'euphorie : je crois vivre le premier jour de ma mission.

❖

En fin d'après-midi, je rejoins *Rex au coin du pont Bonaparte, que nous traversons. Nous avons rendez-vous chez Paul Bastid. *Rex m'indique simplement que, sous le pseudo de *Primus, il est membre du CGE. J'ignore toujours ce qu'est le CGE.

Après quelques pas cours Adolphe-Max, nous montons à l'étage. *Rex sonne à la porte. Bastid ouvre lui-même. Nous traversons une entrée spacieuse et entrons dans un vaste salon meublé à l'ancienne. Avec lui, la Résistance passe de l'âge des parents à celui des grands-parents. Chauve, la moustache noire, il m'observe d'un regard insistant. Son élégance surannée et ses guêtres blanches me rappellent mon aïeul paternel, qui était une des rares personnes à Bordeaux à arborer cette curiosité vestimentaire. Je déduis de son grand âge que le CGE doit être le Comité directeur de la Résistance.

Je vais de surprise en surprise. Je n'ai jamais imaginé que les dangers permanents de la clandestinité puissent être affrontés par d'autres que des combattants de mon âge, chefs et troupes confondus. En Angleterre, le capitaine Lalande, commandant ma compagnie, avait vingt-cinq ans, le capitaine *Bienvenue et le colonel *Passy guère plus.

*Rex explique ma fonction comme à l'accoutumée, mais ajoute cette fois un compliment dont je me rengorge : « Vous pouvez lui faire entièrement confiance. » Sans doute cette garantie est-elle exigée eu égard aux hautes fonctions de notre interlocuteur — « un ancien ministre », m'a-t-il soufflé sur le palier.

Nous nous asseyons. *Rex me demande l'ordre du jour corrigé par François de Menthon et le lui communique. En présence de Bastid, il manifeste une déférence inconnue jusque-là. Notre interlocuteur serait-il le chef de l'armée clandestine ?

*Rex rappelle à Bastid une question qu'il lui a posée sur le projet des socialistes de constituer un comité politique composé de personnalités de la IIIe République et destiné à devenir, à la Libération, une sorte de conseil politique du Général. Il ajoute : « Qu'en pensent vos amis ? Comme je vous l'ai dit, je m'y suis opposé. Le CGE est d'ailleurs né de mon refus. Nous sommes tombés d'accord sur l'"indécence" [il marque une hésitation dans le choix du mot] d'un tel contrôle de la Résistance par des hommes qui, même s'ils sont les victimes de Vichy, ont créé ce régime autoritaire par leur vote et n'ont rien fait pour organiser la riposte.

— Je suis moi aussi réticent à l'idée d'un tel comité, mais il convient de distinguer entre les parlementaires qui se sont jetés dans les bras de Pétain et les "quatre-vingts" qui ont refusé la confiance à son gouvernement. On compte aussi des opposants à Pétain parmi les parlementaires qui ont quitté la France sur le *Massilia* afin de résister en Afrique du Nord. Retenus de force là-bas, ils étaient absents lors du vote. Enfin, parmi les parlementaires repentis, il y a des partisans du "oui" qui estiment avoir été trompés.

— Certes, ces hommes n'ont pas démérité, mais tout ça n'est qu'une bouée de sauvetage pour tenter de laver du déshonneur l'Assemblée nationale de juillet 1940. Ils demeurent une minorité non représentative. »

Je comprends que la question qui divise les deux hommes ne concerne pas les parlementaires, que *Rex reconnaît comme honorables, mais la survie des anciens partis qu'ils représentent. Bastid s'explique davantage sur ses intentions : « Seul le parti communiste a eu l'habileté d'accomplir une volte-face en juin 1941. Il n'empêche que, chez lui comme ailleurs, on trouve des résistants, des attentistes et des collaborateurs.

— Les socialistes résistants tentent de rassembler les débris de la SFIO, mais je doute du résultat. Le cas de Philip est exceptionnel. C'est un homme courageux. Comme vous, mon cher ministre, il n'a rien cédé de son idéal et s'est battu dès le premier jour. Il est juste qu'il représente la gauche, dans un sens large, auprès du Général.

— J'y suis comme vous favorable. La gauche autour du Général n'est pas pour déplaire aux républicains.

— Les partis ont trahi la République. Aucun n'a participé à la création de la Résistance. Vous êtes bien placé pour le savoir. Je souhaite que vous meniez une enquête pour connaître la conception des parlementaires sur les modalités du changement de régime à la Libération. Il ne faut à aucun prix que les Alliés deviennent des occupants.

— Ne vous inquiétez pas. La légitimité démocratique appartient à l'Assemblée nationale de 1940, toujours légale. Dès le débarquement, de Gaulle aura le devoir de la convoquer afin qu'elle vote la confiance à son gouvernement. Mes collègues et moi-même avons d'ailleurs envoyé, il y a quelque temps, un projet dans ce sens au Général.

— Il est impossible que l'Assemblée qui a trahi la République soit celle qui cautionnera la légitimité de l'homme qui l'a sauvée.

— Il ne s'agit pas de réunir toute l'Assemblée de juillet 1940 à Vichy, mais seulement les membres absents lors du vote, associés aux parlementaires qui ont voté contre Pétain, ainsi que ceux qui militent dans la Résistance. Éventuellement, on pourrait, comme l'ont proposé les socialistes, réunir un

"conseil des Anciens" composé de quelques personnalités au-dessus de toute compromission : Blum,
Reynaud, Mandel, peut-être Herriot et Jeanneney.

— Je doute que le Général accepte cette formule.
Il récuse la tutelle d'hommes qu'il juge responsables, d'une manière ou d'une autre, du désastre, et
surtout de l'accession de Pétain au pouvoir.

— Il est impossible de laisser un général, soit-il
victorieux, s'installer dans l'exercice solitaire du
pouvoir. »

Je suis au comble de la surprise. Est-ce cela la
Résistance : des conversations de salon ? Tout me
semble si simple : puisque de Gaulle a sauvé l'honneur et la liberté et qu'il est le seul à maintenir la
France en guerre, il a l'autorité morale pour gouver-
ner. Pourtant, la partie me semble soudain loin
d'être jouée. Aron, Hattu et Vourc'h avaient-ils raison de se méfier du Général ? Ils auraient été com-
blés d'entendre les propos de Bastid.

Bien que cet entretien soit limité aux questions
de principe, il est clair que les deux hommes envisa-
gent les choses différemment. Pour *Rex, la situation
est simple : après le Débarquement, la Résistance
devra neutraliser le Maréchal et son gouvernement
et contrôler l'Administration en changeant les têtes
(préfets, directeurs et secrétaires généraux des ministères et des grands services). Après le départ des
Allemands, pour prévenir un vide politique et éviter
l'anarchie ou les tentatives de prise de pouvoir, les
chefs de la Résistance devront constituer un exécutif provisoire. Les forces militaires de la Résistance
seront commandées directement par le Général. Ce
gouvernement provisoire siégera à Vichy.

Pour Bastid, l'urgence est ailleurs. À la Libération,
l'Assemblée nationale devra être convoquée afin de

légitimer de Gaulle par un vote de confiance. Il s'oppose donc au projet de *Rex et le lui dit : « Les mouvements de résistance sont un rassemblement d'hommes courageux, mais qui n'ont aucune doctrine. En dépit de ce qu'ils croient, ils n'ont d'autre légitimité que celle de la libération de la France, pour laquelle ils se sont constitués. Le seul qui possède une vision cohérente de l'avenir est *Charvet. Mais vous savez comme moi qu'il n'y a pas si longtemps il souhaitait imposer la Révolution nationale sous l'égide du maréchal Pétain, dont il admirait l'idéal politique. C'est donc un homme imprévisible. »

Aux yeux de Bastid, les partis sont seuls garants de la démocratie : « Je crois savoir que c'est l'opinion de Léon Blum. » Je perçois de l'agacement chez *Rex, qui réplique vivement : « C'est l'opinion de tous les républicains : il n'y a pas de démocratie sans partis. Le problème est que les partis de la IIIᵉ République ont trahi leur mission à Vichy le 10 juillet. Il est impossible que les hommes qui ont bradé la République à Pétain octroient au Général une légitimité qu'ils ont perdue et que celui-ci possède depuis son appel du 18 Juin 1940.

— Il n'en demeure pas moins que l'on ne peut accepter le règne d'un général, après celui d'un maréchal.

— Ce sera une des fonctions du CGE que de proposer une formule de transition. Elle me semble d'autant plus simple que le Général ne cesse de revendiquer, depuis novembre 1940, l'héritage de la IIIᵉ République. Il a promis solennellement de le rendre intact au peuple dès la première réunion de l'Assemblée élue après la Libération. Personnellement, je serais partisan, durant la période de transition, de proposer au Général le nom de quelques personnalités représentatives des principales tendances de l'opinion pour étoffer son gouvernement. Ils deviendraient les garants démocratiques du passage de l'ancien au nouveau régime. »

Après un silence, *Rex reprend : « N'oubliez pas — je le répète parce que certains républicains l'ignorent — que, pour le Général, la République n'a jamais cessé d'exister. Si vous ne le connaissez pas, je vous communiquerai le manifeste de Brazzaville. Il devrait apaiser de ces craintes qui vous honorent. »

*Rex en vient enfin au but de sa visite : la nécessité d'une enquête dans les milieux parlementaires afin de mieux cerner les perspectives politiques de la Résistance. Il propose à Bastid de débattre du résultat au cours d'une réunion du CGE, puis de préparer des conclusions pour le Général. L'ancien ministre acquiesce.

Je remarque qu'au terme d'un débat courtois mais souvent épineux, *Rex a eu le dernier mot. Au sortir de l'appartement, il me prescrit de me rendre à Royat pour convoquer Alexandre Parodi à la prochaine réunion du CGE. Il en est membre sous le pseudonyme de *Quartus. Je dois, comme pour François de Menthon, lui soumettre l'ordre du jour pour avis et modification.

Mardi 4 août 1942

Soldat de la liberté

Après mon voyage à Annecy, je m'étais interrogé sur les raisons d'un aussi long et fastidieux déplacement dans le seul but de porter une convocation :

simple facteur, en somme. Que de temps inutilement perdu ! Deux ans d'entraînement militaire sont-ils indispensables pour accomplir cette tâche à la portée d'un enfant ? En dépit de ces réflexions désabusées, je commence à prendre goût à ces voyages, qui me mettent, dans les gares et les trains, au contact de la France de Vichy. Cette fois, je pars pour Clermont-Ferrand.

Sortant de la gare vers midi, je prends un tramway jusqu'à Royat à l'adresse indiquée. Je suis accueilli par des huissiers qui montent la garde au premier étage d'un bâtiment officiel. Je demande M. Alexandre Parodi et remplis une fiche au nom de M. Régis. Quelques minutes plus tard, une porte s'ouvre et un homme de l'âge de *Rex me fait entrer dans un vaste bureau. Il montre le même mélange de courtoisie et d'autorité que mon patron.

Je lui explique le but de ma visite et lui remets l'ordre du jour du CGE, sur lequel il effectue, comme François de Menthon, quelques corrections avant de me le rendre. Lui non plus ne pose aucune question. Après m'avoir reconduit à la porte, il me remercie d'un regard complice et d'une chaleureuse poignée de main. La brièveté de cette entrevue me laisse le temps de visiter la ville avant de repartir. Contrairement au charmant Annecy, Clermont-Ferrand ressemble à Lyon : même chaleur étouffante, même tristesse des immeubles noircis, même aspect renfrogné des habitants.

Fidèle à la tradition familiale, je visite Notre-Dame-du-Port, que je trouve fort triste, comme le reste. Puis, retournant au centre de la ville, je m'installe à la terrasse d'un café pour lire jusqu'à l'heure du départ.

Le soir, en arrivant à Perrache, j'ai terminé *Les Décombres*. Dans la dernière partie du livre, de nombreux thèmes m'ont révolté : admiration inconditionnelle des nazis, mépris des anglophiles, propagande en faveur de la collaboration afin de créer une Europe fasciste, etc. Je n'ai jamais lu un livre aussi malsain, véritable négation de « ma » guerre. Je repense à Hauck, qui m'a, le premier, démontré que la liberté dont j'ai choisi d'être le soldat n'est compatible qu'avec la démocratie.

Jeudi 6 août 1942

Paul Schmidt, mon camarade

Après une semaine de travail, je suis un peu désorienté par mes nouvelles fonctions. Je ne peux croire que ma mission consiste à faire le facteur au sein d'une organisation invisible et incompréhensible. Schmidt, dont j'ai découvert le rôle majeur lors de mon parachutage, est la seule personne qui puisse m'éclairer.

Afin d'organiser nos liaisons, comme l'a prescrit *Rex, je l'invite à déjeuner par un billet : « 1 heure, place Bellecour, sous la queue. » À l'heure dite, je le vois arriver. Il semble heureux de me revoir et m'entraîne dans un bistrot place Morand. Le patron nous fait entrer dans une arrière-salle où nous sommes seuls. Décidément, les restaurateurs sont le socle de la Résistance.

Parmi mes camarades d'Angleterre, Schmidt est un des plus glorieux : il fait partie des « trente-sept » de l'expédition de Norvège qui ont rallié la France libre. Il a été mon premier chef de groupe, et je l'admire parce qu'il a été décoré au combat. Légèrement plus âgé que nous, il se distingue par sa gentillesse, sans rien céder de la discipline. Avant-guerre, il militait au PPF (Parti populaire français) de Jacques Doriot. À l'Action française, nous avions suivi avec le plus grand espoir la naissance de ce mouvement issu d'une scission du parti communiste. Nous espérions qu'elle marquerait le premier jalon de la Révolution nationale grâce au « peuple » reconquis.

Lors de mon parachutage, j'ai apprécié sa parfaite organisation et envié son autorité sur tous. Quand il m'a présenté à *Rex, j'ai constaté sa proximité avec lui. Il incarne la guerre totale dont je rêve. J'espère qu'il va pouvoir m'aider à bâtir le secrétariat du patron. « Alors, comment trouves-tu la Résistance ? me demande-t-il.

— Je n'y comprends rien.

— Si ce n'est que ça ! À part *Rex, personne n'y comprend rien. »

Schmidt éclate de rire. Comment un de nos grands patrons peut-il rire d'une telle situation ? « Réfléchis : si le BCRA nous envoie ici pour organiser la Résistance, c'est qu'elle n'existe pas. D'abord, la Résistance, c'est très peu de monde : ça ressemble à la France libre. En Angleterre, notre armée est squelettique parce que les Français sont indifférents. Pétain leur répète qu'ils sont battus, mais que l'honneur est sauf. Pourquoi veux-tu qu'ils prennent des risques ? Leurs seuls soucis sont de manger et de survivre. »

Revenant à ma préoccupation première, je lui fais part de mon inquiétude pour mon travail : je ne connais personne à Lyon, à part deux contacts, *Lebailly, de Combat, et *Brun[1], de Libération : « Heureusement, ils m'ont promis de m'aider.

---

1. Jacques Brunschwig-Bordier.

— J'espère que tu ne les crois pas. Ils ont trop de difficultés à trouver pour eux-mêmes des locaux et du personnel pour te fournir quoi que ce soit. Il faut que tu comprennes leur situation : beaucoup sont mariés, ont des enfants, un métier. Ils font de la résistance en dehors des heures de bureau. Pour certains, c'est du snobisme. La plupart d'entre eux vivent d'ailleurs sous leur véritable identité.

— Mais alors, comment fais-tu ?

— J'essaie d'organiser ce foutoir en dehors d'eux, car, en plus, ils sont dangereux ! Ce n'est pas facile. Au lieu de penser à la guerre, les chefs et beaucoup de résistants s'occupent de politique. Ce qui les intéresse, c'est d'imprimer des journaux, distribuer des tracts, préparer leur avenir politique. J'ai beaucoup de mal à obtenir des contacts militaires. Méfie-toi. Ce que veulent les chefs, c'est établir un contact avec Londres pour nous court-circuiter et obtenir directement les liaisons, les armes et l'argent. En ce moment, ils cherchent à débaucher mon radio.

— Incroyable !

— Ce ne sont pas des soldats du Général, surtout les chefs. Tu t'en apercevras rapidement. Ils veulent demeurer les maîtres de leurs troupes.

— Et pour les locaux, le personnel ?

— Ils ne te fourniront rien. Un conseil : débrouille-toi tout seul.

— Mais comment ?

— En construisant tout à partir d'un seul contact. Tu as les Moret, ils sont épatants. Essaye d'obtenir d'eux ce dont tu as besoin. »

Que peuvent faire les Moret, exilés à Lyon, pour m'aider ? C'est déjà extraordinaire qu'ils acceptent de m'héberger avec désintéressement et courage. *Rex ne perd-il pas son temps à préparer le rétablissement de la République, quand les Allemands sont maîtres de la France ?

Vendredi 7 août 1942

Un secrétaire à la dérive

Bien que je n'aie recruté aucun courrier, je développe peu à peu mon travail à Lyon. Je rencontre *Rex et Bidault tous les jours, mes camarades Fassin et Schmidt ou leurs adjoints plusieurs fois par semaine. Je relève et distribue les lettres dans les boîtes des mouvements, des services et des radios. La nuit, je code et décode télégrammes et rapports.

Dès les premiers jours, *Rex m'a fait participer à la plupart de ses rencontres[1]. Durant nos dîners, je languis après mon travail en attente, que je suis obligé de rattraper la nuit, sur mon sommeil. Il ne m'a pas encore expliqué la raison de cette habitude[2]. À mesure que je prends mes fonctions, je découvre que les mouvements et les services communs subissent une expansion accélérée, imposant un nombre croissant de personnel et de tâches. Toutes exigent des liaisons rapides et fréquentes, aussi vitales que malaisées. Dans ce domaine, la Résistance vit au

1. Ces entretiens politiques qui éveillent aujourd'hui la curiosité des historiens m'impatientaient au plus haut point.
2. Il ne me l'expliqua jamais. Peut-être voulait-il simplement un témoin à ces entretiens. Les relations de plus en plus conflictuelles avec les chefs semblaient le justifier. N'est-ce pas cependant lui prêter un souci de la postérité qu'aucun de nous n'avait dans le feu de l'action ? Sans doute avait-il besoin d'avoir auprès de lui le responsable de toutes ses liaisons. L'efficacité de sa mission en dépendait à une époque où toute communication téléphonique était interdite : j'étais en quelque sorte le « portable » de Moulin.

XVIIIe siècle, au temps de la correspondance par porteurs. Sans eux, elle serait paralysée[1].

Aujourd'hui, je distribue pour la première fois quelques sommes d'argent. *Rex m'a indiqué ce matin les montants et les personnes à qui je dois les remettre : *Lebailly pour Combat et Menthon pour le CGE. Je suis heureux de constater la diminution du tas de billets cachés derrière le Mirus de ma chambre. En cas de coup dur, c'est toujours ça que la police ne volera pas.

Toujours amical, *Lebailly m'annonce, comme l'a prédit Paul Schmidt, qu'il ne peut me procurer ni locaux ni personnel, mais qu'il continuera d'en chercher. Ma déception se double d'une inquiétude : le ramassage des boîtes aux lettres, les rendez-vous, les codages, les journées en chemin de fer et les repas avec *Rex dévorent mon temps. Bientôt les heures de la journée et de la nuit n'y suffiront plus. Je crains que le patron ne découvre mon incapacité à m'organiser.

Un soir, je confie ma perplexité à Mme Moret.

---

1. On le constatait chaque fois que des courriers ou des secrétaires étaient arrêtés : il fallait plusieurs jours pour renouer les liens. Certes, des rendez-vous de « repêchage » étaient prévus, mais ce serait attribuer rétrospectivement à l'activité clandestine une efficacité qu'elle n'avait nullement que de croire à la perfection de son fonctionnement. De ce point de vue, certains documents et plus encore les « souvenirs » peuvent donner l'illusion d'une machine strictement réglée. C'est oublier les conditions précaires de notre activité : nous tentions de tenir en échec la police de Vichy et la Gestapo, qui possédaient, l'une et l'autre, des instruments efficaces d'investigation et de répression. Les cent mille résistants arrêtés sur trois cent mille homologués prouvent la fragilité de notre organisation.

Aurai-je plus de chance qu'avec Schmidt ? Celle-ci réfléchit et me dit : « J'ai peut-être quelqu'un. C'est une réfugiée alsacienne qui travaille au Secours national, dans mon service. Je ne connais pas ses opinions, mais je m'en doute un peu puisqu'elle a fui son pays. En tout cas, elle est farouchement anti-allemande. Elle est rapide, intelligente et travaille à la perfection. Si elle accepte de prendre ce risque, elle sera parfaite. »

*Rex m'a confié ce matin, avant son départ, un rapport manuscrit à dactylographier. Je ne peux évidemment confier à n'importe qui la frappe d'un document aussi confidentiel.

Samedi 8 août 1942

Courrier n° 9

Sans attendre la réponse de Mme Moret, je m'attelle au codage du courrier n° 9. Pour être sûr de l'achever à temps, je préfère ne pas déjeuner et conserver la fin de l'après-midi pour flâner. Plus encore que les conversations que j'entends autour de *Rex, son rapport me permet d'avancer dans la compréhension des mystères de la Résistance.

L'essentiel est consacré à la nécessité d'informer les mouvements de l'état du monde. *Rex réclame pour lui-même l'envoi d'une documentation afin de briser l'ignorance dans laquelle il vit — par prudence, il ne possède pas de TSF. Il a établi à Londres un modèle, composé d'extraits de la presse anglaise et américaine et des bulletins d'information anglais et français. Ce détail me frappe : contrairement à ce que j'ai cru, il a travaillé à Londres. C'est donc un Français libre. Peut-être est-il un des commissaires dont *France* mentionne régulièrement les noms : Cassin, Dejean, Diethelm, etc. Une question demeure : pourquoi ne connaît-il personne au BCRA ?

Le rapport m'informe des problèmes militaires auxquels les mouvements sont confrontés et des difficultés rencontrées par *Rex avec les chefs. La Résistance paramilitaire est en crise. Les chefs refusent la fusion, qui a pour but de constituer une armée secrète unique soumise à une seule autorité. Surprenante indiscipline qui, selon *Rex, s'oppose à la volonté des militants et des cadres inférieurs. Il stigmatise l'attitude des chefs, embourbés dans une « querelle de boutique », qui éloigne les éléments nouveaux, notamment les chefs militaires, dont la Résistance manque cruellement : « Ces militaires de haut-rang n'entreront que dans une formation unique en prise directe avec les chefs de la France combattante. » L'action de *Rex dans cette affaire ne m'apparaît pas clairement : d'un côté, il indique qu'il s'est « opposé à toute tentative de fusion para-militaire », mais, d'un autre côté, il confirme que c'est « le but ultime à atteindre ».

De Gaulle a donné des ordres : pourquoi les chefs ne les exécutent-ils pas ? Selon *Rex, les troupes échappent aux chefs. « Dans un certain nombre de villes, malgré nous, malgré les chefs, la fusion s'est pratiquement réalisée. » Si l'armée clandestine n'existe pas, pourquoi *Rex réclame-t-il des armes en grande quantité ? « Une section dotée simplement d'une mitraillette d'instruction est une section qui s'augmente en quantité et en qualité d'une façon prodigieuse. » Je m'étonne qu'il parle de « section » puisqu'il avoue lui-même qu'il n'existe qu'une horde d'individus reliés par des liens indéfinissables. Je remarque qu'en dépit de son autorité naturelle et de son titre, il éprouve quelque difficulté à se faire obéir des résistants.

Vers 5 heures de l'après-midi, j'ai achevé une grande partie du codage de ce long rapport. Mme Moret revient du marché. Elle a rencontré la jeune Alsacienne dont elle m'a parlé, et l'a invitée à déjeuner demain. En principe, celle-ci est d'accord pour travailler avec moi : « Vous aurez le temps de vous faire une opinion. »

Pour me détendre, je descends sur les quais. Subitement, j'ai envie de flâner à la librairie Flammarion. Je prends aussitôt le tramway, qui me dépose près de la place Bellecour. Je me dirige vers l'entrée de la librairie lorsque j'entends une voix rieuse me glisser à l'oreille : « Que fais-tu ici ? » C'est un camarade d'Angleterre, que je reconnais avant même de me retourner : Maurice de Cheveigné.

Cette coïncidence inouïe me transporte en même temps qu'elle me gêne. Les consignes du BCRA sont formelles : interdiction de rencontrer nos camarades en mission, sauf sur ordre de Londres. Depuis le départ de Briant, je vis dans une solitude que je n'ai encore jamais connue. En dépit d'une foule de rencontres, je n'ai d'intimité avec personne. Sans me laisser le temps de réfléchir, il enchaîne : « Conseille-moi. J'ai du temps libre et ne sais quel livre choisir. » Heureux de faire partager mes goûts, j'entre avec lui dans la librairie. Très jeune, il a renoncé à ses études, mais son intelligence primesautière et son caractère espiègle, sa curiosité de la vie et des autres sont plus attrayants que toute culture.

Que lui conseiller ? Les classiques, gangrenés par l'ennui scolaire, lui font peur. De toute façon, ces auteurs anciens sont trop étrangers à ses préoccupations. Après une hésitation, je reviens à mes premières idoles et lui conseille *Les Thibault*. Pour marquer l'importance que j'attache à notre surprenante rencontre, je décide de lui offrir l'œuvre complète.

Il est 7 heures. « Viens dîner avec moi, dit-il. J'ai trouvé un petit bistrot sympa où l'on mange bien pour pas cher. Je crois que j'ai tapé dans l'œil de la patronne. Elle me fait un prix. » Dragueur impénitent, il séduit les femmes par la seule certitude de leur plaire. Son aspect adolescent les rassure : le diable est dans la place avant qu'elles se méfient.

Le restaurant est situé non loin de là, place Gailleton. Chemin faisant, il me raconte son existence depuis sa brusque disparition d'Oxford, au mois de mai de 1942. Il avait été parachuté *blind*, c'est-à-dire sans comité de réception, et était devenu le radio de *Salm[1]. Son nom de code est donc *Salm.W. *Salm est un agent du commissariat à l'Intérieur. Cet ancien prisonnier, évadé vers la Russie puis engagé dans les FFL en septembre 1941, est rentré en France, où, à Lyon, il a réintégré officiellement sa vie familiale et sa situation professionnelle d'avant-guerre. Par mesure de sécurité, Cheveigné ne le rencontre jamais et communique avec lui par l'intermédiaire de sa boîte. Il lui a demandé d'organiser, seul, son existence, mais lui alloue une substantielle mensualité de 5 000 francs.

Livré à lui-même, il a déniché grâce aux petites annonces une chambre de domestique dans le centre. Il y vit et y effectue ses émissions, ce qui est, une fois de plus, contraire aux règles de sécurité. Ne

1. Jacques Soulas.

connaissant personne à Lyon, il n'a pu trouver de lieu plus convenable pour travailler. Son *schedule* prévoit trois contacts par semaine avec la *Home Station* anglaise, chacun d'une vingtaine de minutes.

Nous arrivons place Gailleton, face au pont de l'Université, qui, de l'autre côté, débouche sur la faculté de droit. Le restaurant, chez *Colette*, comporte deux salles au plafond bas et aux poutres apparentes. L'une d'elles est occupée par un vaste comptoir, derrière lequel la jeune et opulente patronne, l'œil aguicheur, nous accueille avec un sourire de connivence. Je pénètre enfin dans le monde du « marché noir », dont le steak frites me fait l'effet d'un plat gastronomique.

Sa liberté lui pèse. Respectueux des consignes, il refuse de courir les filles, son passe-temps favori en Angleterre. Il déjeune et dîne seul tous les jours. Le reste de la journée, il se promène et va au cinéma ou bronze à la piscine. Je suis stupéfait par sa disponibilité, qu'il cherche à meubler par la lecture. Pendant ce temps, j'accomplis seul de plus en plus difficilement les tâches prescrites par ˟Rex. Je veux en savoir plus : « Et les Français, comment les trouves-tu ? » Il me regarde surpris : « Ils s'en foutent et ne pensent qu'à bouffer. Et puis les Boches ne sont pas ici. Ça leur permet de croire qu'ils ne sont pas des lâches. J'ai toujours pensé que les Français étaient des cons... sauf les filles. » Il rit. Sa présence retrouvée met du soleil dans mon exil.

Après dîner, je le quitte à regret pour achever le codage du courrier et lui dis : « Pouvons-nous dîner après-demain ensemble ?

— Quand tu veux, mais pourquoi après-demain ?

— C'est mon anniversaire. Je serais heureux d'être avec toi.

— C'est amusant, le mien c'est demain.

— Pourquoi ne m'en as-tu rien dit, ça m'aurait fait plaisir de t'inviter.

— Mais tu as fait mieux : tu m'as offert *Les Thibault* ! »

Dimanche 9 août 1942

Chef du secrétariat ?

En compagnie de Suzette, je vais à la messe dans la petite église Saint-Eucher, non loin de la rue Philippeville. Cette courte promenade auprès d'une fille plus jeune que moi est un romantique alibi pour le voisinage. Nous formons un couple au-dessus de tout soupçon : des amoureux qui ne conspirent qu'à leur bonheur. Pour assister à la cérémonie, Suzette porte un élégant tailleur. En ces temps de pénurie, elle l'a coupé dans un tissu de lin blanc, qui, sous l'effet conjugué de l'absence de bijou et d'un soleil caressant, sublime l'éclat de sa jeunesse. Je ne suis pas insensible à la fierté rebelle de son visage, surtout lorsqu'elle me regarde avec une effronterie tempérée de tendresse.

Pour la première fois depuis mon départ de France, je vis dans la proximité d'une jeune femme. Sa personnalité est fort différente de celle de Domino ; le lien qui m'attache à elle et à sa famille également, puisque ma liberté est entre leurs mains. Pourquoi la présence de Domino s'est-elle estompée depuis mon arrivée à Lyon ? N'est-elle pas désormais à portée d'un voyage en train ? Je ne peux me cacher que Suzette, en plus de sa beauté, possède à mes yeux

l'aura des révoltés, mais l'interdit formel du BCRA
est pour moi une barrière plus infranchissable que
la Manche.

À la sortie de l'église, le temps est radieux. Au-delà
des escaliers commence le parc de la Tête-d'Or, que
je ne connais pas encore. Pourquoi ne pas s'y promener avec Suzette ? Je chasse ce projet à regret,
car le travail m'attend rue Philippeville. Une fois
rentré, je l'expédie pour être libre à midi.

Dès l'arrivée de la jeune Alsacienne[1] au déjeuner
chez les Moret, je suis conquis. Elle est menue et
petite, en dépit de talons rehaussés. Mais avec son
visage expressif, son regard ardent, sa poignée de
main énergique, elle respire la franchise et la volonté.
Je lui pose quelques questions sur son passé. Elle
est mariée et plus âgée que moi. Secrétaire dans
une entreprise de Sainte-Marie-aux-Mines, elle a fui
sa région, occupée par les Allemands.

Je lui explique son travail — dactylographier télégrammes, lettres et rapports, tenir la comptabilité
et m'aider à chiffrer et déchiffrer les textes échangés avec Londres — et lui promets un bureau dès
que *Lebailly me l'aura procuré. Je n'ai plus vraiment d'illusions, mais cultive un prestige de chef.
« En attendant, pouvez-vous travailler chez vous ? »
Elle accepte d'autant plus facilement que son mari,
attaché comme elle au service des réfugiés alsaciens,
est absent toute la journée.

Comme elle est d'accord sur tout, je tente d'obtenir
davantage : « Connaissez-vous une personne sus-

1. Laure Diebold.

ceptible de nous prêter sa boîte ou qui accepterait de servir d'agent de liaison ?

— Je suis une étrangère à Lyon, et je n'ai confiance en personne pour ce genre d'activité. Quand dois-je commencer mon travail ?

— Aujourd'hui, si c'est possible. »

Elle accepte. Je cours prendre dans ma cachette le rapport de *Rex : « Pouvez-vous le taper pour ce soir ? » Il est 3 heures de l'après-midi. « Facilement. » Sa réponse me grise : désormais, rien n'est impossible. Avant de la quitter, je lui demande de choisir un pseudo. « *Mado », répond-elle aussitôt. Je lui annonce qu'elle touchera, comme moi, 1 200 francs par mois. Elle rougit : « Je ne fais pas ça pour l'argent.

— Je sais bien, mais il faut vivre, et vous n'aurez pas d'autres ressources. »

Enjoué par cette recrue inespérée, je suis heureux ce soir de retrouver *Rex. J'ai l'impression d'être enfin un peu utile à la Résistance. Je lui annonce l'embauche d'une dactylo et ajoute aussitôt, afin de prévenir toute question sur la sécurité : « C'est une Alsacienne qui a tout perdu. Elle hait les Allemands[1]. J'ai apporté votre rapport, qu'elle a tapé, afin que vous jugiez de la qualité de son travail. »

Il m'écoute sans mot dire et saisit le journal dans lequel j'ai glissé le rapport. À son retour des toilettes, il me dit : « C'est parfait. Vous le confierez à *Sif[2] sous enveloppe fermée pour l'expédier à la prochaine lune. » Après avoir réglé nos consommations, il part à pied dans la nuit. Je suis déçu par son manque d'enthousiasme à ce que je considère comme une prouesse.

1. Devant *Rex, je n'osais pas dire les Boches.
2. Raymond Fassin.

Rue Philippeville, Mme Moret m'annonce une autre bonne nouvelle : Suzette a une amie qui prend des leçons de piano avec un professeur acceptant d'aider la Résistance. Décidément, Schmidt a raison : les Moret sont des magiciens.

Lundi 10 août 1942

Nouvelle recrue

Au sixième étage du 27 rue de la République, je frappe à la porte de Mme Bedat-Gerbaut, le professeur de piano signalé par Mme Moret. Une dame d'une quarantaine d'années m'ouvre, enveloppée d'un châle espagnol qui accuse l'expression de son visage étroit au teint mat, encadré d'une chevelure en forme de macarons masquant ses oreilles.

Je lui explique le rôle central des boîtes aux lettres dans la clandestinité. Elle accepte immédiatement de prêter la sienne. Craignant qu'elle ne soit inconsciente du danger, je précise : arrestation, peut-être torture, déportation. Lucide sur les risques, c'est une femme déterminée. Je pousse mon avantage : parmi ses relations, quelqu'un accepterait-il d'être agent de liaison ? D'abord évasive, elle me dit penser à quelqu'un, un garçon, mais n'est pas sûre. Déjà comblé par ces miracles répétés, je n'insiste pas. En deux jours, j'ai l'embryon d'un secrétariat : une dactylo et une boîte.

J'arrive en retard place Gailleton, où Cheveigné flirte déjà avec la patronne. Le restaurant est vide :

le soir, les clients dînent tardivement. Colette, toujours souriante semble à notre service.

C'est le troisième anniversaire que je fête loin de ma famille. J'ai pris mon parti de ces fêtes sans cadeau ni tendresse. Étrangement, je ne me sens pas triste ce soir : j'ai changé. De surcroît, je suis en mission depuis quinze jours. Bien que cela ressemble parfois à des vacances, je participe symboliquement à la guerre. C'est un commencement. Et puis, aujourd'hui, je ne suis pas seul.

L'espèce de gaieté charnelle qui affleure des gestes de Cheveigné, sa démarche féline, son charme juvénile, sont un barrage au raz de marée nostalgique dont je suis coutumier. Dès notre première rencontre, au printemps de 1942, j'avais perçu que sa désinvolture n'était pas de la frivolité, mais une sécurité : son sourire est une défense ; il tient à distance un désespoir secret installé au cœur de sa vie. A-t-il jamais pleuré ?

Nous achevons de dîner : « Samedi, je t'emmène à Vienne, au théâtre antique. C'est mon cadeau d'anniversaire. » Il jubile de me déconcerter. Certes, je voyage beaucoup depuis mon arrivée, mais jamais à « mon compte ». Je me demande vaguement si j'en ai le droit. Mon centre opérationnel est à Lyon. Puis-je le quitter sans autorisation ? Remarquant sans doute mon manque d'entrain, il se fait pressant : « Toi qui aimes la littérature, on joue *Phèdre*, de Racine[1].

1. Dans ses Mémoires, Maurice de Cheveigné écrit que nous avons vu *Antigone*. Je garde pour ma part un souvenir vivace du *Phèdre* de Racine. De plus, s'il s'agissait d'*Antigone*, ce ne pouvait être la pièce de Jean Anouilh, puisque, bien qu'écrite en 1942, elle ne fut créée qu'en 1944. Est-ce la tragédie de Sophocle ? Je ne l'imagine pas interpétée par la Comédie-Française pendant la guerre. Et s'il s'agit de *La Thébaïde* de Racine, pourquoi s'en souvient-il comme d'*Antigone* ?

Je ne connais pas, tu m'expliqueras. » Comment
refuser ? Son invitation me rappelle nos escapades
d'Oxford.

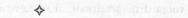

Lors de ma rencontre avec Schmidt, il y a quelques jours, je lui ai demandé la boîte de Raymond
Fassin, avec qui *Rex m'a prescrit d'organiser des
contacts rapides. Officier de liaison de Combat,
peut-être sera-t-il plus bavard sur son mouvement
que Schmidt sur Libération. Fassin est un camarade du BCRA que j'ai connu à Inchmery, où il était
arrivé quelques jours après moi pour suivre l'instruction. Comme il était maurrassien, nous avions
sympathisé. Il nous avait quittés avant Noël. Plus âgé
que nous, c'était un blond autoritaire qui s'imposait
naturellement. Nous retrouver en opération instaure
une nouvelle fraternité.

Il m'a donné rendez-vous à déjeuner dans un restaurant de la place des Terreaux. Je viens d'arriver
lorsqu'il entre. Comme Schmidt, il connaît le patron
et me fait changer de table pour nous installer à
l'écart. L'objet du rendez-vous est rapidement réglé :
sa boîte est au centre de la ville, non loin de l'Opéra.
De toute manière, sa secrétaire est en permanence
à Lyon et répondra à mes demandes.

Ensuite, il se confie. Il semble excédé. Parmi les
difficultés qu'il rencontre dans son travail, ses voyages en zone libre tiennent une place de choix : il
prépare les parachutages de la Résistance militaire.
Ces opérations sont compliquées par la recherche
de terrains adéquats, la lenteur des homologations
par les Anglais et la réalisation incertaine des opérations. Il vit sous pression. J'envie son activité,

indispensable à la Résistance, pour laquelle j'ai été également formé. Toutefois, cet homme méticuleux et méthodique est exaspéré par l'« aventurisme » des résistants. « Tu verras », me lance-t-il rageusement. Effectivement, avec *Lebailly, incapable de me fournir quoi que ce soit, j'en ai eu un « aperçu ».

Je lui raconte mes déboires : « Ne perds pas ton temps : débrouille-toi tout seul. » Je commence à connaître le refrain ; c'était déjà le conseil de Schmidt, comme de *Rex. « Mais fais attention : ils sont dangereux ! Ils ne sont pas du tout préparés à la clandestinité et se croient en temps de paix : ils parlent à tort et à travers. Si tu ne te méfies pas, tu n'en as pas pour longtemps avant d'être coffré. Depuis six mois que je suis là, c'est une hécatombe autour de moi.

— Mais l'armée clandestine, le Débarquement ? À Londres, on ne parlait que de ça.

— Tu plaisantes, j'espère. Le BCRA est loin. Ici, il n'y a que des brouillons de projets, des parlotes, et rien d'autre. Nous vivons au milieu d'une France au mieux indifférente, au pire hostile. Les gens qui nous entourent ont peur. Tu t'en apercevras rapidement. Ils ne veulent pas d'histoires. Nous héberger pour une nuit les empêche de dormir pendant une semaine. Quant à l'installation d'un poste de radio, c'est comme si nous leur demandions de mettre un drapeau anglais à la fenêtre !

— Mais tout de même, les mouvements ? Le Général fonde de grands espoirs sur eux pour détruire l'armée allemande.

— Il faut que tu fasses la part de la propagande. De Gaulle ne va quand même pas proclamer à la BBC qu'ici tout le monde s'en fout ! Les mouvements, ce n'est pas l'Action française clandestine ; ce sont des patriotes qui bravent le danger pour tenter de faire quelque chose ensemble. J'ai la chance de m'occuper du plus fort et du mieux organisé de tous : Combat. Quand je constate le bordel qui y règne, je plains sincèrement Schmidt de s'occuper de Libération. Pour couronner le tout, *Charvet, le chef de Combat, est un militaire que je soupçonne d'être fasciste. Heureusement, il s'oppose à Libération, qui est carrément une annexe du Front populaire. »

Si je n'apprends rien de nouveau sur l'organisation de la Résistance, j'ai toutefois la confirmation des lamentations de Schmidt. La Résistance m'impose la sagesse de Saint-Elme : « Aide-toi, le ciel t'aidera ! »

Vendredi 14 août 1942
Avec *Rex et Bidault

Ce soir, j'accompagne *Rex chez *Georges*, à côté de Perrache. Nous dînons avec Georges Bidault. Les restaurants où il m'entraîne d'habitude sont des bouchons lyonnais sympathiques, intimes, exigus. Celui-ci, sans être luxueux, déploie un vaste espace au décor démodé et au plafond art déco. Nous nous installons à l'écart des quelques voyageurs encombrés de valises.

L'objet de la rencontre est la coexistence des mouvements rivaux : Libération, Combat et Franc-Tireur, dont les chefs sont respectivement *Bernard, *Charvet et *Lenoir[1]. *Rex se montre soucieux d'institutions pour canaliser cette anarchie de courage : Les mouvements doivent-ils être coordonnés ou

1. Jean-Pierre Lévy.

unifiés, et sous quel statut vis-à-vis de la France libre ? La question est posée dans un télégramme d'André Philip, que j'ai déchiffré ce matin, annonçant à *Rex son intention de créer un Comité directeur des mouvements, composé de leurs représentants et dont *Rex serait le président : « Donnez votre avis, notamment sécurité. »

*Rex souhaitant connaître l'opinion de Bidault, ce dernier lui répond : « J'ai approuvé votre demande de voyage à Londres pour *Charvet et *Bernard. Il est indispensable que l'avenir de la Résistance soit décidé par de Gaulle. De mon point de vue, l'existence des mouvements dépend de leur allégeance au Général et de leur discipline gaulliste. On en est loin !

— Je ne saurais trop vous approuver, mais êtes-vous sûr de *Charvet ? Il a été longtemps admirateur du Maréchal et militant de la Révolution nationale. Je reçois des mises en garde contre lui d'hommes respectables.

— Vous avez raison. Les opinions de *Charvet sont, disons, fluctuantes, quand ce n'est pas contradictoires. Il est à la fois autoritaire et brouillon. En dépit de sa violence caractérielle, il a une excuse : c'est un militaire. L'armée n'est pas l'école de la démocratie. La sagesse de nos législateurs lui interdit d'ailleurs la politique.

— Il a certes des excuses, mais je crains ses foucades.

— C'est probablement le plus ancien chef de mouvement et un remarquable organisateur. Mais vous connaissez son manifeste fondateur, sorte de proclamation d'autorité sur toute la résistance aux Allemands. Excepté les communistes, personne ne s'est proclamé aussi nettement rival de De Gaulle.

— C'est bien cette rivalité qui m'inquiète.

— Vous semblez minimiser la légende de De
Gaulle. *Charvet est d'autant plus violent avec vous
et au sein de son état-major qu'il ne peut rien révéler de ses sentiments à ses militants. Imaginez qu'il
exprime dans son journal ses critiques à l'égard du
Général et de ses services ! Il perdrait toutes ses
troupes, qui, elles, sont composées de « gaullistes »
inconditionnels. Il en va de même dans tous les
mouvements.

— Je suis d'accord avec vous, mais le problème
demeure : Faut-il créer un Comité directeur ?

— Je crois qu'il est nécessaire de créer un Comité
de coordination sous votre présidence. Il me semble
que vous aurez ainsi un instrument de contrôle
pour contenir les écarts des uns et des autres. Un
Comité directeur, c'est autre chose : cela implique
une fusion des mouvements, et je ne suis pas sûr
que ce soit possible actuellement pour les militants,
à cause des divisions politiques. Quant aux chefs,
étant donné leur rivalité...

— Quand j'observe leur conduite lors de nos réunions informelles, je redoute de leur conférer un
caractère institutionnel. Ils n'ont aucune pratique
du débat démocratique, ni du respect de certaines
règles protégeant l'efficacité. C'est l'individualisme
du tous contre tous. Seul leur importe le triomphe
des ego, pas les résultats. Tous les éléments sont réunis pour une tragédie. »

*Rex éviterait-il ces inconvénients avec une autre
organisation ? Il ne le croit pas. En les consultant
séparément, il a plus de facilité à imposer les directives du Général. Les fonds qu'il distribue lui semblent l'argument suprême, puisque les chefs ne
vivent que grâce aux subsides de la France libre. Du

point de vue de la sécurité, *Rex estime dangereux l'organisme préconisé par Philip. Il revient à sa préoccupation centrale : l'étape décisive est la fusion des éléments paramilitaires dans une même armée secrète. C'est pourquoi il a proposé le voyage de *Charvet et *Bernard à Londres. Les chefs en discutent depuis des semaines sans jamais conclure. L'urgence est là.

Bidault écoute *Rex en silence. Il ne répond rien ; sans doute parce que, dans ce dernier exposé, le ton et les arguments du patron sont différents. Il exprime son expérience quotidienne et affirme la décision d'un chef. Bidault saisit la nuance et se tait.

Le dîner touche à sa fin. *Rex ajoute : « J'ai envoyé un rapport concernant les questions militaires. Si vous êtes d'accord avec mon projet, pouvez-vous expédier de votre côté un télégramme à Londres dans le même sens ? En tant que chef du BIP[1] et membre du Comité directeur de Combat, on vous écoutera. Bien entendu, je ne vous demande pas de modifier votre conception sur le Comité de coordination. Il est bon que Philip entende des convictions différentes. » Bidault acquiesce avec déférence[2].

---

1. Bureau d'information et de presse.
2. Tandis que Jean Moulin me donnait ses instructions pour organiser une nouvelle réunion avec les chefs des mouvements, Georges Bidault rédigea rapidement sur un bloc de papier un télégramme pour Londres que je devais remettre à Gérard Brault après dîner : « Charvet et Bernard demandent venir ensemble à Londres en vue conclusion nouveau statut mouvement résistance. [...] Impossible maintenir statu quo — Inconvénient particulièrement éclatant — Querelles dans les emplois, gaspillage hommes et ressources, découragement et surtout abstention d'excellents éléments qui ne comprennent pas à quoi correspondent division des efforts et rivalités des organismes. Non seulement loyauté mouvements résistance pour de Gaulle indiscutable [...] mais force et existence même de ces mouvements dépendent d'abord

Samedi 15 août 1942

« Phèdre »

Au milieu de l'après-midi, je rejoins Cheveigné à Perrache. Il m'a persuadé de partir tôt afin d'avoir le temps de visiter Vienne et de dîner avant le spectacle. Dès l'arrivée, il me conduit devant le temple d'Auguste et Livie. Je n'ai vu aucune ruine romaine depuis la Maison carrée et les arènes de Nîmes : j'avais onze ans ; c'était il y a onze ans. Comme il est interdit d'évoquer notre passé avec nos camarades, je regrette de ne pouvoir partager ma nostalgie.

Toujours à l'affût, Cheveigné déniche un restaurant de marché noir. Malgré un dîner gourmand, nous arrivons en avance au théâtre. Nous voulons profiter du spectacle qu'offre le monument romain : « Treize mille places ! me dit-il.

— Tu es déjà venu ?

— Non, mais il y a les bouquins ! »

---

clarté et fermeté de leur allégeance à de Gaulle. Résistance viable en France que dans discipline gaulliste. Tout mouvement qui tenterait éluder cette existence serait aussitôt éliminé. » Moulin poursuivit ses consultations les jours suivants, et, le 18 août, je codai trois câbles pour Philip, dont le suivant de Moulin : « Ne crois pas opportun création comité directeur mouvements raison sécurité, efficacité. Est indispensable pour moi être en rapport constant et direct avec chacun des chefs mouvements [...]. À la suite des tractations, câble commun vous a été transmis pour départ simultané Bernard et Nef ['Charvet]. [...] Quoi qu'il en soit faire confiance à esprit de collaboration sincère Liber [Libération] et Lifra [Combat]. Nef malgré erreurs commises, de bonne foi, loyauté et dévouement absolu [...]. »

Décidément, cet aimable compagnon m'étonnera toujours : il confesse n'avoir rien lu, mais connaît par cœur le guide sur Vienne.

Malgré mon enthousiasme préalable pour la pièce, la déclamation de Fanny Rostan, de la Comédie-Française, ne répond pas à mon attente. À plusieurs reprises, je décroche. Les acteurs n'en sont pas seuls responsables : les scènes d'amour m'évoquent Domino. Jamais le dialogue de Phèdre et Hippolyte ne m'a paru aussi cruel. Je n'écoute plus, emporté loin de la foule étrangère, loin de Cheveigné même. Je voudrais prendre le train, arriver à Pau à l'improviste, la surprendre... Les longs applaudissements, la foule qui se lève pour partir brisent un soge exquis.

Cheveigné juge la reine : « Hippolyte est un con ! Phèdre est pas mal du tout, j'aurais dit oui tout de suite. Il a de la chance d'être désiré : moi, les femmes, je dois les séduire. Cela dit, aucune ne résiste ! » J'envie son expérience, moi qui n'en ai aucune et ne compulse que des chimères.

Lundi 17 août 1942

Turbulences dans la Résistance

Après déjeuner, *Rex a rendez-vous dans la banlieue de Lyon. Le tramway nous dépose au terminus. Nous continuons à pied par des rues désertes, bordées de jardins entourant des maisons basses. Au fond d'une impasse, il s'arrête devant un portail monumental aux piliers de pierre de taille. Je lui remets les papiers qu'il m'a confiés. Il me donne rendez-

vous à 6 heures, au même endroit, pour les récupérer après la réunion.

À l'heure dite, il sort seul. Il me rend divers
papiers et m'entraîne d'un pas rapide vers la station
lointaine. Après un moment de silence, il explose :
« Ils sont irresponsables ! Chaque minute, nous
risquons d'être arrêtés. Malgré ça, ils discutent
interminablement de faux problèmes, alors que les
solutions sont de bon sens. Ça ne peut plus durer !
J'en ai assez ; assez ! » Je reste sans voix. Depuis mon
arrivée, j'ai toujours observé chez *Rex l'humeur égale
d'un homme mesuré. Quelle métamorphose !

Me prenant à témoin, il se déchaîne : « Depuis
des semaines, la discussion s'engage par un tour de
table sur l'ordre du jour : la fusion des organisations
paramilitaires. Chacun exprime son point de vue
sur les nouvelles structures, l'organisation de l'état-
major, le rôle du commandement, les avantages et
les inconvénients de telle ou telle formule. Tant bien
que mal, nous parvenons à un accord. *Charvet, qui
est malin, prend des notes, pendant que *Bernard
fume cigarette sur cigarette et que *Lenoir répète mot
à mot ce que tout le monde a déjà compris. Quand
tous les arguments sont épuisés et que la réunion
touche à sa fin, *Charvet propose un texte qu'il a
rédigé au cours de la séance. *Bernard, accroché à
sa cigarette, n'a pris aucune note et déclare qu'il n'a
pas d'objection à faire mais qu'il ne peut signer sans
l'avoir soumis à son Comité directeur. "Libération,
dit-il en regardant *Charvet, est un mouvement
démocratique." Celui-ci, blessé par l'allusion, se
rebiffe : "Vous voulez dire que Combat ne l'est pas ?"
Brusquement la tension monte. Je m'efforce de calmer l'antagonisme caractériel des deux hommes.
Inutilement, d'ailleurs, puisque l'ordre du jour est

épuisé. *Bernard confirme son accord de principe et annonce qu'il apportera la réponse définitive à la prochaine réunion. Quelques jours plus tard, la séance s'ouvre par une déclaration de *Bernard, toujours la même : son comité refuse le projet. La discussion reprend alors au point où elle avait commencé à la séance précédente. Cette fois, c'est fini ! J'en ai assez de cette comédie. Je ne veux plus discuter avec eux. Je vais les expédier à Londres, et le Général se débrouillera[1]. »

Cette philippique n'a rien de surprenant après les rapports que j'ai codés et le tour d'horizon d'hier avec Bidault. Seul le ton coléreux est nouveau. Pour le reste, les désaccords me sont maintenant familiers. À mesure que *Rex s'exprime, je discerne mieux le rôle de chacun des chefs et les mouvements qu'ils représentent. Leur personnalité et leur tactique se dévoilent. Progressivement, les problèmes opposant la Résistance et la France libre deviennent concrets.

Dans le tramway presque vide qui nous ramène en ville, *Rex ne desserre pas les dents. Je me garde de rompre le silence et le suis sans mot dire quand il descend devant l'Opéra. Lorsque nous rentrons rue Garet, je comprends qu'il me garde à dîner. Il est 7 heures quand nous nous installons aux mêmes places que la dernière fois. Pareillement, le restaurant est vide.

---

1. Je fus si effrayé par la véhémence de ce monologue qu'il est resté gravé, presque mot à mot, dans ma mémoire. Je n'ignore pas que les mémorialistes ont toujours cette croyance naïve. C'est vrai pour les dialogues que je reconstitue tels qu'ils me viennent et dont je suis sûr du sens général, mais naturellement pas du mot à mot. Mais il y a souvent une phrase dont je ne doute pas — même si je peux me tromper — que ce sont les mots mêmes qui ont été prononcés. C'est le cas ici pour la dernière (cf. aussi *infra*, pp. 704 et 888).

Tandis que je consulte le menu, il fait son choix, commande notre dîner, puis continue de fumer en silence. Depuis la sortie de la réunion, il allume une cigarette avec l'autre. Jamais il n'a tant fumé. On nous apporte les hors-d'œuvre, qu'il mange sans mot dire. Après un moment, il me considère longuement. Son regard brun s'adoucit, et son visage retrouve la régularité qui en fait le charme : « Il faut que vous compreniez les causes de mes difficultés. Dans toute guerre de coalition, la solidarité doit être sans faille. Des politiques antagonistes, des stratégies contra-dictoires, des chefs en désaccord, et c'est la déroute assurée. Pour une fois, le Maréchal a raison : "Français, vous avez la mémoire courte". »

Tout en parlant, il redevient lui-même. À nouveau danse dans son regard cette lueur amusée qui m'a tant séduit, ici même, il y a quelques jours. Après un nouveau silence : « Vous êtes-vous intéressé à la guerre d'Espagne ? » Quel rapport ? Avec mes parents, j'ai salué le triomphe de Franco. D'un geste, je réponds évasivement. Je comprends que, comme souvent, sa question n'attend aucune réponse. Après avoir allumé une nouvelle cigarette, il reprend : « Ce n'est pas Franco qui a gagné la guerre ; ce sont les républicains qui l'ont perdue. »

Je me félicite de mon silence : sa version n'est pas du tout celle de Maurras, ni par conséquent la mienne. « Régime légal de l'Espagne, la République n'a pas été capable, en présence du danger, de scel-ler la coalition des citoyens. Tout le monde luttait contre tout le monde. La défaite des républicains est due à l'anarchie ; la victoire de Franco, à la discipline. La maladie de la Résistance est celle des républicains espagnols. Les chefs des mouvements devraient y prendre garde. »

Brusquement, il sort un stylo de sa poche et griffonne un télégramme « urgent » qu'il me remet. C'est la première fois que *Rex évoque la Résistance « des chefs » et me confie ses difficultés. Depuis mon arrivée, je suis son subordonné. Ce soir, je deviens son interlocuteur, peut-être même son confident, si ce n'est un mot trop prétentieux pour ma modeste fonction[1]. Je comprends mieux le rôle de *Rex : à la fois ambassadeur, arbitre et patron. Pourtant, bien des détails m'échappent encore. Je mesure combien la partie est rude entre lui et les chefs. En dépit du Général, qui lui délègue ses pouvoirs, ils sont maîtres du terrain et des troupes. Pourra-t-il vaincre leur particularisme ?

---

1. Depuis lors, cependant, nos relations changèrent, même si, dans le cadre de mon travail, la hiérarchie et son exigence de perfection ne furent pas modifiées.

X

LA RÉSISTANCE DES CHEFS

18 août-28 septembre 1942

Mardi 18 août 1942

Courrier n° 10

Ce matin, *Rex me confie un nouveau rapport à coder. Maintenant que je comprends mieux le fonctionnement de la Résistance, la tâche est moins ingrate, et je suis stimulé par la curiosité.

Ce courrier n° 10 me révèle nombre des problèmes essentiels que *Rex doit résoudre. Je remarque avant tout qu'il règle ma situation auprès du BCRA : « Ayant pour l'instant à la disposition de mon groupe un nombre suffisant de radios, j'utilise personnellement BX10 pour le secrétariat. » Ouf ! Je suis couvert. Quant au reste, le rapport me surprend. Sa mise en forme administrative filtre si bien les scories de l'humeur que la mésentente dont j'ai été le témoin se trouve diluée dans une rhétorique optimiste. Contrairement à ce qu'il écrit, l'accord entre les chefs n'est nullement acquis.

Il m'apparaît que *Rex, ayant épuisé les arguments et les procédures, feint d'avoir obtenu un accord, alors qu'il espère que l'autorité du Général l'imposera. Grâce à ce détail, mon déchiffrage des mouvements est complet. J'ai compris que *Nef est le chef de Combat ; il s'agit de la même personne que *Charvet. Ce nom, qui revient souvent dans les rapports et dans la conversation de *Rex ou de Bidault, m'intrigue depuis que ce dernier a mentionné les rumeurs de fascisme qui courent sur son mouvement.

« Je persiste à croire, écrit *Rex, dans la loyauté et le dévouement de *Nef. Il a certes commis des erreurs, notamment lors de ses contacts avec Pucheu. Mais il a toujours agi de bonne foi. Il est même allé au-delà des désirs des autres mouvements et des miens propres, en prenant nommément parti dans son journal contre La Laurencie[1]. Son attitude est parfaite à l'heure actuelle dans le cas de Giraud[2]. »

Pourquoi *Charvet a-t-il rencontré Pierre Pucheu, le secrétaire d'État à l'Intérieur de Vichy, bourreau des résistants ? *Rex ne le dit pas. Toutefois, il le lave de toute accusation. J'en déduis qu'il s'agit d'une calomnie propagée par la police afin de diviser les résistants.

Au fil des jours, *Charvet apparaît cependant comme un trublion. Est-ce son caractère, ses opinions, l'esprit de Combat ou l'ensemble ? De Libération, je ne connais que *Brun, avec qui les rencontres sont cordiales, bien que sans résultat à l'égard de mes demandes.

Parmi les projets exposés par *Rex, l'un répond à une question du BCRA et m'intéresse personnellement : l'organisation « de l'action révolutionnaire et des cellules révolutionnaires ou professionnelles ».

1. Ancien représentant du maréchal Pétain à Paris.
2. Après son évasion spectaculaire de la forteresse du Königstein, le général Giraud avait pris contact avec les Américains et refusé son ralliement à de Gaulle.

Il est d'accord sur les équipes spéciales, chargées de faire de « l'action terroriste dès à présent de façon très étudiée et dans un but de propagande ». Pour une fois, les chefs de Combat et de Libération approuvent.

J'apprends l'existence à Libération de cellules, ou sizaines professionnelles, composées le plus souvent d'éléments syndicalistes actifs et sûrs. Elles sont destinées à maintenir l'esprit syndicaliste, agir comme organe recruteur, faire acte de propagande et, le cas échéant, participer à des opérations révolutionnaires de caractère militaire. D'où la nécessité d'orienter les militants vers deux organismes différents : ceux menant une action politique et ceux jouant un rôle militaire, comme occuper ou détruire l'intérieur d'une centrale téléphonique ou d'une usine d'armement. Ceux-là seront versés dans une organisation militaire et devront « se soumettre à la stricte discipline ». En conséquence, *Rex demande aux mouvements d'organiser ou de renforcer des équipes spéciales d'action terroriste.

Ce rapport me fait reprendre espoir en ma mission : *Rex voudra certainement contrôler ces groupes. J'espère que mes qualités d'instructeur et de saboteur me rendront indispensable dans la préparation de ces opérations, peut-être même dans leur commandement.

Mercredi 19 août 1942

Crise des transmissions radio

À l'occasion de l'expédition et de la réception des câbles de *Rex, je découvre le dysfonctionnement du réseau radio : il ne ressemble nullement à l'efficacité imaginée lors de mon apprentissage en Angleterre. Personne ne m'a expliqué l'organisation des liaisons radio en France, ni la place que j'y occuperai, et ce n'est qu'au dernier moment que le capitaine *Bienvenue m'a révélé ma fonction et le nom de code de mon chef.

Je m'informe auprès de *Rex des causes de ce désordre. Il l'ignore et me demande d'enquêter afin de lui proposer des solutions. Comment se fait-il qu'il n'a jamais eu de radio personnel, comme il me l'apprend, alors que le BCRA en a attribué un à Bidault, qui n'est pas le « grand chef », et à *Salm, simple agent politique et qui l'utilise fort peu ? Mais voici le pire : deux radios destinés, l'un à Fassin, l'autre à Bidault, sont indisponibles — *Sif.W[1] et moi. Fassin m'a expliqué que *Sif.W était déprimé et qu'il avait demandé son retour en Angleterre. *Rex, afin de conserver un agent de Londres qu'il apprécie, a proposé au BCRA de l'utiliser comme officier de liaison auprès de Franc-Tireur. Quant à moi, comme on l'a vu, il m'a affecté à son secrétariat.

Je comprends une évidence : seul Gérard Brault, le radio de Schmidt, a réussi à prendre contact avec la *Home Station* britannique, et seul il écoule tout le trafic du BCRA de la zone libre. Le 14 août, Londres

1. Hervé Monjaret.

a prescrit à Bidault, auteur des plus nombreux et plus longs télégrammes, de réduire son trafic au profit de celui des opérations aériennes ou maritimes, afin de soulager Brault. Le service a en outre prescrit la prise de contact de Jean Holley et moi-même...

Lorsque Bidault m'a communiqué ce télégramme comminatoire, j'ai craint le pire : le capitaine *Bienvenue doit être furieux contre moi parce qu'il ignore les causes de mon silence. Le courrier de *Rex, le justifiant, n'est pas encore parti.

Pour me remplacer auprès de Bidault, un opérateur radio dont j'ignore le nom, a bien été recruté en France, mais la *Home Station* refuse de travailler avec lui, parce qu'elle n'accepte que les opérateurs formés en Angleterre aux procédures britanniques. Quant à Holley, le radio de *Léo, il essaie sans succès depuis des mois de prendre contact avec la *Home Station*.

*Rex, agacé par cette inexplicable défaillance, m'a demandé de rencontrer *Léo afin d'y remédier. Bien que je sorte de mon domaine — *Léo est un agent politique —, je lui ai proposé un rendez-vous afin de débloquer la situation. Maurice de Cheveigné, un des meilleurs radios de la France libre, aurait pu mettre fin au gâchis, mais notre rencontre fortuite est un secret, et je ne peux en parler à personne, surtout pas au patron. Il ferait pourtant un radio idéal pour *Rex : par sa seule virtuosité, il serait capable de remplacer plusieurs d'entre nous.

Pendant que je mène mon enquête, un événement imprévu occupe tous les esprits : le débarquement, dans la nuit, de soldats canadiens à Dieppe. Je suis persuadé qu'il s'agit de l'avant-garde de l'armée de libération.

Lors de mon rendez-vous du matin avec *Rex, j'exulte. Il douche aussitôt ma flamme : « Je ne crois pas à une action d'envergure, mais plutôt à une tentative pour tâter les défenses allemandes et les tromper sur le véritable lieu du Débarquement futur. »

Le débarquement a duré neuf heures. Selon les Allemands, « il a échoué, avec des pertes sanglantes pour l'adversaire [...] ; quatre mille cinq cents prisonniers ; trois torpilleurs, deux contre-torpilleurs et deux transports coulés ; quatre-vingt-quinze avions manquants et vingt-six chars ». *Rex ajoute, avant de passer aux choses « sérieuses » : « Ne cultivez pas vos déceptions. Rien ne changera avant plusieurs mois : les Alliés ne sont pas prêts, la Résistance encore moins. » Je n'ose lui demander pourquoi, depuis le début de l'année, on évoque en Angleterre l'imminence d'un second front et ne réponds rien.

Conséquence immédiate du débarquement de Dieppe, Barthélemy, le ministre de la Justice de Vichy, a fait approuver un projet de loi par lequel seront punies « de la peine de mort les personnes utilisant des appareils d'émission radio britannique à des fins contraires à l'intérêt national ». Cela complique la prospection, déjà décevante, des lieux d'émission et le recrutement d'opérateurs, dont je suis chargé.

Selon les prescriptions de *Rex, je dois impérativement quitter les Moret. Depuis mon arrivée, j'ai cherché en vain une chambre et désespère d'en trouver, lorsque la chance me sourit. Après les festivités du 15 août, M. Moret, toujours débrouillard, me montre une annonce pour une petite chambre, rue Sala. Indépendante de l'appartement du propriétaire, la porte ouvre directement sur un palier de l'immeuble. L'affaire est conclue à 500 francs de loyer par mois. La pièce est située à égale distance de la gare de Perrache et de la place des Terreaux, périmètre de mes activités, et à quelques enjambées de la chambre de *Rex, rue de la Charité.

*Rex quittant Lyon ce soir, j'en profite, après l'avoir accompagné à la gare, pour déménager. Chez les Moret, je récupère ma valise, qui contient tous mes biens, ainsi que, dans la cheminée, des documents, ma radio et mon revolver. Je réfléchis à l'heure propice pour mon transfert.

Je dois traverser Lyon jusqu'à la place Bellecour, et, je ne sais pourquoi, le risque me semble plus palpable que lors de mon arrivée. Peut-être parce que je suis seul. J'hésite entre plusieurs tactiques lorsque Suzette entre dans la pièce, les bras chargés de draps et de couvertures qu'elle jette sur le lit : « Si vous voulez, je peux transporter votre valise. » La sécurité interdisant qu'elle connaisse ma nouvelle adresse, je décline son offre : « Merci beaucoup, mais ce n'est pas le rôle d'une jeune fille.

— Vous avez tort. Comme tous les garçons, vous croyez que vous faites tout mieux que les filles. Ce n'est pas vrai : les femmes ont l'avantage sur les hommes de passer inaperçues. Plus elles sont jeunes, moins elles sont soupçonnables. »

Désarçonné par cette sortie, je reconnais derrière la fille ravissante et toujours serviable un caractère indomptable. En d'autres circonstances, elle m'aurait exaspéré, mais aujourd'hui elle a raison. *Claudine ne doit pas être beaucoup plus âgée qu'elle, et pour-

tant son activité dans la Résistance ne m'a pas surpris. Alors pourquoi cette hésitation à l'égard de
Suzette ? Coupant court à mes réflexions, elle ajoute
sans ciller : « Vous avez un rôle trop important à
jouer pour transporter des valises avec des revolvers et risquer de vous faire arrêter pour rien.

— Avez-vous l'autorisation de votre père ?

— D'abord, ce n'est pas mon père. Ensuite, je suis
assez grande pour choisir seule mon devoir. »

L'enfant sage qui, le dimanche, m'accompagne
pieusement à la messe n'est décidément pas une jeune
fille en fleur. Je pose une condition : elle transportera
ma valise en tramway jusqu'à la gare Perrache et,
de là, reprendra le tram 7, qui s'arrête à quelques pas
de la rue Sala. Je monterai à Perrache dans le même
tramway et, après avoir récupéré ma valise, descen-
drai à ma station tandis qu'elle poursuivra sa route.
Je fixe l'opération à la fin de l'après-midi.

Tout se passe comme prévu. Bien avant l'heure
de dîner, je suis enfin chez moi. Pour la première
fois j'habite seul. Quand je ferme la porte à clef, je
découvre un sentiment nouveau de liberté : personne
ne m'observe ni ne m'espionne ; je suis enfin mon
maître. J'installe dans la penderie mon costume et
mon imperméable et, dans la commode, mouchoirs,
caleçons, pull-over, chemises et cravates. Près de la
fenêtre, sur des rayonnages encastrés, je dispose
toute ma bibliothèque : *Ci-devant* et *Les Décombres*.

En dépit de son étroitesse, la pièce me paraît
spacieuse tant les meubles sont fonctionnels : un lit
d'une place contre le mur, une table et une chaise
près de la fenêtre, au milieu un fauteuil crapaud. Face
à l'entrée, scellé dans le mur, un petit lavabo, sous
lequel est glissé un bidet mécanique masqué par un
rideau ; derrière la porte, la penderie. Repeinte et

tapissée de neuf, la pièce est claire et propre avec
son parquet ciré. Les rideaux à fleurs l'illuminent
d'une gaieté rare à Lyon.

Seul problème : où cacher mon poste émetteur et
mon revolver ? Il n'y a aucune cachette efficace
dans cette chambre. Tout est visible et à portée de
main. Je me remémore les instructions : « Choisir
un lieu que la police n'aura pas l'idée de fouiller. »
J'ai le choix entre deux places : sous le lit ou sous le
fauteuil, dont le volant traîne au ras du sol. M'imaginant que le fauteuil serait examiné en dernier,
parce que trop évident, je bloque le poste entre ses
quatre pieds à roulette : en déplaçant le fauteuil, il
restera coincé. Je décide de placer mon revolver
entre le matelas et le sommier, même si c'est risqué.
Seul avantage : il est ainsi accessible à tout instant.
Enfin, je glisse la microphoto de mon *schedule* entre
les pages des *Décombres*. Bien que ces mesures soient
purement illusoires, je suis satisfait d'obéir aux
consignes du BCRA.

Avant mon départ de la rue Philippeville, Mme
Moret m'a lancé une invitation : « Nous serions très
heureux, mon mari et moi, de vous avoir à dîner
samedi soir. » Comme ce samedi-là Rex est absent,
j'ai accepté.

En les quittant, je passe à ma boîte relever le
courrier. J'y trouve un mot de Paul Bastid m'invitant
à venir chez lui à 6 heures. Comme toujours, c'est
urgent.

À 6 heures, je pénètre dans le grand salon, un de
mes premiers souvenirs de la Résistance. Je retrouve
avec lui cette politesse gourmée qui m'a tant surpris

après deux ans de vie militaire. Il a une information urgente à transmettre à *Rex : le CGE a été choqué par les déclarations d'un envoyé de la France libre, *Rondeau[1] : « Il nous a déclaré qu'il était le seul représentant politique du général de Gaulle en France, que *Rex avait usurpé un titre qui lui appartenait à lui seul et que la création du CGE était contraire aux ordres du Général. Le saviez-vous ? » Je l'ignore parce que *Rex lui-même l'ignore.

« Le Comité souhaite connaître la mission exacte de Roques auprès de la Résistance et ses relations avec *Rex. De toute façon, nous souhaitons que cette déclaration intempestive cesse immédiatement. Cette agitation est nuisible à la cohésion si difficile de l'ensemble. » Je l'assure que *Rex sera informé rapidement et que je le rencontrerai à nouveau très prochainement.

Jeudi 20 août 1942

*Qui est *Léo ?*

*Léo, l'inconnu que *Rex m'a demandé d'aller voir, m'a fixé rendez-vous à la sortie de la gare des Brotteaux. Signe de reconnaissance : *Le Temps*. Quelle n'est pas ma surprise de voir arriver le caporal-chef Yvon Morandat, de Delville Camp ! Pourquoi ce garçon inoffensif et bon enfant est-il la bête noire de *Rex ? Je ne l'ai pas revu depuis plus d'un an et suis aux anges de retrouver ce camarade sympathique, qui avait dirigé, en juillet 1940, ma première corvée de charbon.

1. Philippe Roques, ancien chef de cabinet de Georges Mandel.

Le but de notre rencontre est d'établir le contact entre Jean Holley, son radio, et la *Home Station*. Le plaisir de nos retrouvailles ne tarde pas à prendre le pas sur la raison de notre rencontre. Morandat m'invite à déjeuner. Comme il n'est pas midi et que j'ai du temps devant moi, j'accepte volontiers. Il m'entraîne, non loin de la gare, dans un surprenant bistrot en forme de rocaille.

Comme Fassin, Cheveigné et Schmidt, nous sommes des Français libres, et nous nous exprimons en toute liberté. Toutefois, je ne souffle mot du jugement hostile de *Rex à son égard. A-t-il commis une faute ? À table, nous oublions son radio. Connaissant sa faconde, je sais que, sans poser de questions, je serai bientôt au courant de tous les secrets de la Résistance.

J'apprends effectivement que *Bernard s'appelle Emmanuel d'Astier de La Vigerie et qu'il est le chef de Libération, alias *Liber. Ancien officier de marine, journaliste, il a été maurrassien et antisémite, avant d'évoluer vers le socialisme. *Nef est un autre pseudo du capitaine *Charvet, de son vrai nom Henri Frenay, officier d'active et chef de Combat, dont le nom de code est Lifra. Quant au chef de Franc-Tireur, ou Tirf, il s'appelle Jean-Pierre Lévy et a pour pseudonyme *Lenoir.

Je m'étonne que Libération ait deux officiers de liaison : Schmidt et Morandat lui-même. « Mais je ne suis pas officier de liaison. En tant qu'ancien syndicaliste, j'ai obtenu de Londres une mission auprès des syndicats de zone libre pour les rallier à de Gaulle[1]. » Je remarque que, comme nous tous,

---

1. Il possédait toutefois aussi une fonction d'organisateur et préparait des opérations de départ par avion ou bateau.

Morandat continue à dire de Gaulle, à ses risques et périls. Après son parachutage à l'automne de 1942, ses camarades syndicalistes d'avant-guerre l'ont mis en relation avec d'Astier de La Vigerie. Celui-ci lui a proposé d'entrer au Comité directeur de son mouvement, parce que Libération est constitué, en grande partie, de syndicalistes CGT tendance Jouhaux, avec qui d'Astier avait négocié un accord pour rallier ses troupes.

Il a également traité avec le CAS, le Comité d'action socialiste clandestin, qui regroupe des membres de l'ancien parti SFIO : « C'est au titre de syndicaliste "gaulliste" que *Bernard m'a demandé de faire partie du comité directeur du mouvement. » Je l'écoute avec une attention mêlée d'inquiétude. Je suis déconcerté de constater qu'un mouvement de résistance entier est constitué de rouges du Front populaire, responsables de la débâcle. Sans doute cette réflexion muette se lit-elle sur mon visage. Il s'interrompt : « Je me souviens de tes opinions d'avant-guerre. J'espère que tu as évolué. En France, c'est le peuple qui résiste, et le peuple est à gauche. »

Ma sympathie pour Morandat et mes nouvelles fonctions m'interdisent de répondre. Dois-je avouer que je n'en ai même plus envie ? Moi qui ai tant bataillé pour mon idéal, je me tais. Confusément, je perçois que je ne suis pas seul à évoluer et que des changements profonds ébranlent la France. Morandat suit-il le cheminement de ma pensée ? « Tu verras, en combattant avec le peuple, tu l'aimeras. Tu partageras son idéal. Je te connais : tu es un homme de liberté. » Veut-il me séduire ? N'y a-t-il pas d'autre parti que ceux de gauche pour défendre la liberté ?

Changeant brusquement de sujet, je l'interroge sur les mouvements : « Pourquoi tant de désaccords ?

— Mais perce, politiquement, ce sont des adversaires. »

Morandat est impitoyable envers Frenay : « Pour moi, c'est un fasciste. Certes, c'est le fondateur d'un des premiers mouvements de résistance, mais n'oublions pas qu'il appartenait au Deuxième Bureau de l'état-major de Vichy et qu'il a recruté ses premiers adhérents parmi les membres de l'armée d'armistice. De nombreux cadres de la Résistance le soupçonnent de continuer de travailler avec le Deuxième Bureau. Cette méfiance s'est transformée en certitude lorsqu'on a appris, au début de 1942, qu'il avait rencontré Pierre Pucheu à Vichy. Beaucoup de militants ont rompu avec lui, même à l'intérieur de son mouvement. D'Astier de La Vigerie a crié à la trahison et abandonné les pourparlers en vue d'une coordination des deux mouvements. Moi-même, j'ai refusé de lui serrer la main pendant des semaines. *Rex m'ayant demandé de me réconcilier avec lui en m'assurant de sa bonne foi, j'ai accepté à regret. »

J'objecte timidement que Bidault, qui n'a jamais été fasciste, dirige aussi Combat. Il marque son incrédulité : « Il est leur otage. D'ailleurs, il ne siège à leur comité directeur qu'à cause de ses amis démocrates, François de Menthon et Pierre-Henri Teitgen, qui l'y ont fait entrer au début de l'année. Frenay et lui se détestent.

— Et la guerre dans tout ça ?

— Mais c'est "ça", la guerre ! Les résistants ne sont pas des soldats qui se battent pour libérer le territoire, ce sont des citoyens, c'est-à-dire des hommes libres. Ils ne sont au garde-à-vous devant personne. La majorité d'entre eux veulent faire la révolution et liquider Vichy. »

Une discussion politique sur le fond avec Morandat

me semble prématurée. Durant le déjeuner, il ne parle guère de *Rex. J'en suis soulagé : je crains qu'il ne souhaite connaître mon jugement sur l'action qu'il mène ou, pire, qu'il me révèle son identité. Autant je suis curieux de celle des chefs, autant je préfère ignorer la sienne ; en cas d'arrestation, je ne pourrai rien dire.

Avant de nous quitter, nous évoquons le problème de Jean Holley. Morandat me révèle les raisons de son silence, non avouées à *Rex : depuis son arrivée, il a perdu son *schedule*. Il faut donc en obtenir un nouveau de Londres, ce qui prend du temps. Mais cela n'a pas l'air de l'inquiéter outre mesure. Il me quitte en riant : « Nous nous reverrons bientôt : il faut que je te prenne en main ! »

Samedi 22 août 1942

Dîner chez les Moret

C'est la première fois que nous sommes réunis tous les quatre. Bien que nos relations soient très libres, mes hôtes ont toujours fait preuve de la plus grande discrétion. L'intimité du repas nous rapproche. Ils évoquent leur existence d'avant-guerre. Au fil de la conversation, le passé ressuscité nous entraîne loin de cette chambre d'exilés et de mes alarmes permanentes.

Mme Moret a passé la matinée à confectionner un « festin » composé d'un poulet accompagné de quelques légumes frais et d'une pâtisserie. Elle marque sa volonté d'honorer la France libre et de Gaulle à travers un de ses modestes représentants : ma présence prouve que la liberté n'est pas un rêve. Elle doit avoir l'âge de ma mère. J'écoute avec curiosité ses récits, en particulier l'évocation d'un long séjour aux Indes : les temples noirs d'Ellora, la ville de Poona, au sud de Bombay, où Suzette est née, les fêtes mythiques qui s'y déroulent, les éléphants rayonnant comme des dieux et les maharadjahs...

Bien que détendu et confiant, je ne souffle mot de mon passé ni de l'objet de ma mission. Les Moret ne me posent d'ailleurs aucune question. M. Moret raconte son expérience à Lyon, sujet intarissable, repris par sa femme et Suzette : kaléidoscope burlesque de la vie provinciale, dont ils souffrent tout en se moquant.

Nous en sommes au dessert lorsque Mme Moret me dit affectueusement : « Charles [c'est le prénom figurant sur ma fausse carte d'identité], je dois vous avouer quelque chose. Quand vous êtes arrivé le premier soir, mon mari et moi avons été choqués : nous avons cru que vous étiez juif. C'était pour nous une provocation inutile de la part de Londres que d'offrir ainsi des armes à la propagande allemande. Vous savez qu'elle martèle que la France libre est le repaire des Juifs qui ont fui la France pour sauver leur vie. » Peut-être mon visage révèle-t-il plus de dépit qu'il n'est convenable, car elle ajoute aussitôt : « Rassurez-vous, après quelques jours nous avons compris notre erreur : vous ne vous conduisez pas du tout comme un Juif. » Et tout le monde de rire, sauf moi, qui esquisse un sourire feint.

Encouragé par cette confidence extrême, j'évoque la France libre, la vie des camps. Ils m'écoutent comme un oracle. J'explique la politique du Général, fondée sur la condamnation de la capitulation de Pétain et de Vichy. Mme Moret me coupe sèchement :

« Ce n'est pas ce que de Gaulle a fait de mieux.
Qu'aurions-nous fait sans le Maréchal ? Beaucoup
de Français qui haïssent les Allemands en veulent à
de Gaulle à cause de ça et ne le suivront jamais. »

Oubliant les convenances, j'élève la voix : « Il a eu
raison : Pétain est un misérable ; c'est un vieux
con ! » J'ai à peine lâché le mot que le visage de
Mme Moret s'empourpre : « Oh Charles ! Comment
pouvez-vous dire une chose pareille ? » Le ton de sa
voix, soudain brisée, exprime plus de désolation
que de colère. Je reconnais sur son visage le regard
et la tendre inflexion de ma mère lorsque j'avais
prononcé, mot pour mot, devant elle cette condamnation lors de notre dernier repas à Pau. Cet écho
bouleversant brise net ma colère. Ne sachant que
faire, je garde le silence. Mme Moret reprend : « De
toute manière, le Maréchal a sauvé la France à
Verdun, et ça personne ne le conteste ! » J'apprends
qu'elle est la fille d'un officier supérieur ami de
Pétain. Son culte pour le Maréchal fait partie des
reliques familiales.

Je ne réponds rien. Pourtant, même sur ce point,
les journaux de Londres m'ont révélé le défaitisme
de Pétain durant la Grande Guerre, si bien que je
ne crois plus à la fable du « sauveur de la France ».
Pour rétablir l'harmonie, je dérive sur la description
de ma nouvelle installation et leur renouvelle ma
reconnaissance et mon regret de les quitter. De son
côté, Mme Moret s'efforce de faire oublier sa disso-
nance : « J'espère que vous reviendrez souvent. Vous
êtes l'enfant de la famille, et vous pouvez tout nous
demander, pour la cause. » À dire vrai, je ne suis
plus sûr que nous servions la même cause.

Dans le tramway qui me ramène « chez moi », je
regrette mon éclat inutile et le malaise qu'il a créé

entre nous. Néanmoins, je ne comprends pas comment cette femme courageuse, si dévouée à la Résistance, peut admirer Pétain. Je tire toutefois une leçon de ce pénible incident. Le capitaine *Bienvenue m'a mis en garde contre mon sectarisme d'avant-guerre : le BCRA ne m'a pas envoyé en missionnaire de la France libre afin de convertir les « infidèles » pétainistes. Je dois accepter sans broncher leurs opinions comme celles des résistants et accomplir aveuglément ma mission. « Garde à vous ! » Ce commandement a un sens précis dans l'armée, or j'accomplis une mission militaire.

Dimanche 23 août 1942

Balade d'été en Avignon

Avant son départ, *Rex m'a demandé de me rendre en Avignon pour prendre contact avec *Bar.W, qui n'est autre que mon camarade Xavier Rouxin, parachuté peu de temps avant moi : son patron vient d'être arrêté. *Rex, informé par le BCRA, souhaite le récupérer à son service. Depuis mon arrivée, c'est une joie de retrouver les camarades d'Angleterre, qui maintiennent en France la solidarité singulière de la France libre.

Ne connaissant pas Avignon, je suis curieux de visiter le palais des Papes et de contempler le pont mythique de la chanson de mon enfance. J'y arrive vers 1 heure de l'après-midi. D'après le plan de la ville, mon camarade habite assez loin de la gare. L'éducation familiale m'impose de ne jamais me présenter chez les gens aux heures des repas. J'ai donc une heure et demie environ pour flâner dans les rues bordées de maisons anciennes, aux toits de tuiles romaines. En marchant, je reconnais le charme oublié des échoppes et des vieilles demeures borde-laises.

À l'heure dite, quittant la vieille ville, j'entre dans un quartier moderne, composé de villas entourées de jardins. Au numéro indiqué, je pousse le portail et sonne. Une jeune fille vient m'ouvrir. Je prononce le mot de passe. Elle demeure interdite et me fait entrer dans un vaste salon décoré de meubles anciens de qualité : « Je vais prévenir maman. » Je me tiens debout au milieu de la pièce lorsqu'une dame élé-gante y pénètre. D'un geste, elle me fait asseoir tout en me regardant fixement. Je décèle une dureté dans sa voix, qui contraste avec l'affabilité de son visage : « Vous êtes un camarade de Xavier ?

— Oui.

— Il a été arrêté hier après-midi, ici même. »

Mon sang reflue, et je deviens livide. Je me lève brusquement en balbutiant : « Merci de votre accueil. » On m'a enseigné en Angleterre que des souricières étaient installées sur les lieux des arresta-tions. Brusquement, j'ai la certitude d'être cueilli par la police à la sortie. Où fuir pour me mettre en sûreté ? J'ai observé en arrivant qu'il n'y avait qu'une seule entrée sur la rue. Heureusement, je n'ai sur moi aucun papier compromettant. Malgré tout, je sors de la maison le cœur battant, décidé à prendre tous les risques afin d'échapper à la police. Je regrette d'avoir laissé mon revolver à Lyon.

Dehors, la rue est vide. Comme dans toute ville du Midi, le dimanche, à cette heure, les gens font la sieste, tous volets clos. Loin de me rassurer, cela me paraît suspect. Dans quelle maison les policiers se sont-ils cachés, prêts à bondir et à m'arrêter ? Attentif au moindre indice, je m'efforce de marcher posément. Je me dirige vers la gare avec l'intention de monter dans le premier train en partance pour Lyon. Je me rassure en pensant que mon billet de retour est dans ma poche.

Après un trajet à pied qui me semble interminable, j'arrive sans encombre à la gare en dépit de mes alarmes. Malheureusement, aucun départ n'est prévu avant 5 heures. Je m'installe au buffet, espérant me fondre dans la foule des voyageurs. En quittant cette maison « brûlée », j'ai, pour la première fois, appliqué les règles de sécurité enseignées en Angleterre : changer de trottoir, tourner brusquement dans une rue, revenir sur mes pas, etc. Je suis à peu près sûr que personne ne m'a suivi. Malgré tout, je reste sur mes gardes. Comme on me l'a également appris, j'attends que le train démarre pour monter, afin d'être le dernier voyageur en partance. Quand il accélère, je souffle un peu. Avec la vitesse, je retrouve enfin la sécurité. À tout hasard, je demeure debout près de la portière afin d'être prêt à sauter en marche.

L'arrestation de Rouxin me bouleverse. À l'idée de la prison, de la torture, ma gorge se serre et mes souvenirs jaillissent. Notre apprentissage dans les propriétés anglaises, nos interminables conversations du soir, au cours desquelles nous refaisions le monde à partir de nos projets d'avenir pour la France ; nos interrogations sur l'existence du mal, en contradiction avec la bonté de Dieu ; notre foi en la victoire, parfois voilée d'un doute : lequel d'entre nous serait absent ?

Je réfléchis aux imprudences commises depuis mon arrivée. Je suis obligé de constater qu'à mesure que les craintes des premiers jours se sont dissipées les précautions enseignées à Londres m'ont semblé inutilement compliquées, dignes des romans d'espionnage. Peu à peu, je me suis persuadé que, n'étant pas un clandestin, mais un soldat, je n'en avais que faire. J'observe chez mes camarades d'Angleterre une même liberté avec les consignes de sécurité. Le temps estival, les trains envahis par les familles en vacances, les enfants jouant sur les plages nous rassurent au-delà du raisonnable.

Ce soir, dans ma petite chambre de la rue Sala, je me sens encore plus seul et demeure longtemps éveillé.

Lundi 24 août 1942

Le général Delestraint

Les télégrammes et les rapports que je reçois prouvent que la fusion des mouvements avance. Le dernier obstacle tient au choix d'un commandant en chef. Henri Frenay, avec son caractère, sa compétence et ses gros bataillons, en revendique la direction, mais les autres chefs s'y opposent. Pour résoudre ce problème, il faut un chef extérieur aux mouvements.

*Rex a d'abord pensé au général de Lattre de Tassigny, qui commande la région militaire de Montpellier. Il m'avait envoyé à Antibes chez le commandant Vautrin, une de ses relations et ami du général, afin de lui apporter un message oral : Pouvait-il organiser une rencontre entre *Rex et de Lattre en vue de lui offrir le commandement de l'armée secrète. Vautrin approuva son choix : « Ce serait un formidable coup de fouet pour l'armée clandestine, mais aussi pour de Gaulle. »

Lorsque je revins le voir quelques jours plus tard
à Antibes, Vautrin déchantait. Il me demanda de
transmettre à *Rex le refus de De Lattre : « Il obéit
au chef de l'armée française, qui est le maréchal
Pétain. Si un jour il passe à la Résistance, ce sera
sur son ordre. De Lattre représente l'esprit de l'armée
d'armistice. C'est un leurre de croire qu'elle bougera
tant que le Maréchal n'en aura pas donné l'ordre. »

Vautrin me demanda d'attirer l'attention de *Rex
sur un point important à ses yeux : « De Lattre se
montre extrêmement critique à l'égard des mouvements, dont l'esprit lui semble trop politisé : en
clair, trop à gauche. C'est un soldat. Il refuse tout
engagement politique. » Quand je communiquai à
*Rex le message et le commentaire de Vautrin, il se
montra déçu, mais pas du tout surpris.

Après cet échec, Frenay proposa de sonder le général Giraud. Deux membres de Combat qui le connais-
saient personnellement, Menthon et *Lorrain[1], lui
rendirent visite séparément. Ce fut un échec : Giraud
refusait de commander l'armée clandestine « gaulliste » ; son projet était de prendre la tête d'une
insurrection militaire nationale à l'occasion du
Débarquement allié en France.

Quand j'apportai à *Rex le mot de François de
Menthon, il lâcha laconiquement : « C'est l'opération
La Laurencie qui recommence, en plus dange-
reuse[2] ! » À la suite de ces échecs répétés, Frenay

---

1. Claude Bourdet.
2. Le général de La Laurencie avait été nommé ambassadeur
de Vichy à Paris. Après avoir démissionné à la fin de 1940, il
s'était tourné vers la Résistance et avait accepté l'aide financière
des Américains. C'est ainsi qu'il avait entrepris de rallier Frenay
et d'Astier de La Vigerie à son projet de fédération d'une Résistance
hors de contrôle de De Gaulle. Ceux-ci refusèrent à l'automne de
1941.

soumit à *Rex le nom du général Charles Delestraint.
À la suite de quoi, il décida de m'envoyer en reconnaissance à Bourg-en-Bresse, où il habitait.

Quand j'arrive par le train, en début d'après-midi,
la chaleur est torride. Quittant la gare, je marche
dans les rues désertes jusqu'à l'adresse indiquée :
une sorte de faubourg regroupant des petites maisons d'un étage. Je sonne : une ravissante jeune fille
aux yeux pervenche m'ouvre. Je prononce le mot de
passe, et elle me fait entrer dans un salon décoré
de meubles anciens quelconques, plongé dans la
pénombre.

Quelques minutes plus tard, un petit homme en
civil aux cheveux blancs entre dans la pièce. Il me
tend la main. Est-ce le général ? De ma vie, je n'en
ai vu qu'un en chair et en os : de Gaulle, qui ne sourit jamais, même quand il tend la main. Je suis
déconcerté par la gentillesse de l'accueil de ce vieux
militaire. J'ai l'impression de voir mon grand-père
Gauthier.

Je lui explique le but de ma visite : organiser un
rendez-vous avec *Rex le 28 août prochain, à Lyon.
Il accepte aussitôt et me demande de venir le chercher, après déjeuner, au buffet de la gare Perrache ;
je le conduirai alors au rendez-vous, dont j'ignore
encore le lieu.

Comme je me lève pour prendre congé, il me
demande aimablement de rester assis : « Vous
avez bien quelques instants ? » Paternellement, il
me questionne sur la manière dont j'ai rejoint la
Résistance. Je lui indique que j'arrive de Londres ;
il paraît intéressé : « Savez-vous que j'ai connu de

Gaulle avant vous ? Il était colonel sous mes ordres. »
J'ai peine à croire que ce vieillard inoffensif ait pu
commander mon chef, visionnaire intraitable, à la
grandeur inaccessible !

Comme le général Delestraint paraît heureux de
bavarder et prêt aux confidences, je me hasarde à
lui demander : « Comment était le général de Gaulle
quand il était jeune ?

— Il n'était pas si jeune que ça à l'époque. Il avait
toujours des ennuis avec ses supérieurs à cause de
son arrogance et de ses théories militaires. Il fut
bloqué au grade de colonel jusqu'à ce que Weygand
le nomme, fin mai 1940, général de brigade à titre
temporaire. »

J'ignorais ce détail. Comme mes camarades, j'avais
la certitude que de Gaulle était général depuis toujours, puisque, pour nous, il était né à Londres.
« C'était une forte tête, reprend le général. Quand il
estimait avoir raison, il ne pliait jamais. Il défendait
une doctrine révolutionnaire sur l'utilisation des
blindés et, à l'égard de ses supérieurs, manifestait le
style altier qu'il utilisait dans ses livres pour défendre ses idées. Ça n'a pas facilité sa carrière. Nous
avions des rapports d'estime. Personnellement, je
n'ai jamais eu à me plaindre de lui. »

Lorsqu'il me demande mon arme et mon grade,
j'annonce fièrement : « Lieutenant. » Bien que je
ne sois que sous-lieutenant, ce n'est qu'un demi-
mensonge, puisque c'est bien mon grade d'agent en
mission. Me raccompagnant cérémonieusement, il
ajoute d'une voix claironnante, en ouvrant la porte :
« Dites au représentant du général de Gaulle que je
serai heureux de faire sa connaissance. »

Sur le chemin de la gare, je ne pense plus au
rendez-vous du 28 août, mais aux yeux myosotis du

visage enfantin qui m'a accueilli. J'ai quitté la maison sans la revoir. Quel âge peut-elle avoir ? Une vingtaine d'années peut-être ? L'âge n'est pour rien dans sa carnation transparente, sa chevelure blonde et la tendresse rieuse de son expression. Accompagnera-t-elle son grand-père à Lyon pour lui servir d'alibi ? Peut-être le général la confiera-t-il à ma garde pendant son entretien avec *Rex ? J'échafaude un début de stratagème…

Mardi 25 août

*Retour de *Rex*

À son retour du Midi, je ne dis rien à *Rex des révélations de Morandat. Je lui parle simplement des difficultés techniques que rencontre Holley et lui propose, en attendant, de recevoir moi-même son *schedule* et de le remplacer auprès de lui tout en commençant mes propres émissions. « Attendez d'avoir étoffé votre secrétariat, me répond-il. Vous n'avez ni courrier ni bureau. Installez-vous d'abord ; après, on verra. » *Rex a raison : chaque chose en son temps.

Je lui transmets la réponse positive du général Delestraint pour le rendez-vous du 28. Il me demande d'organiser la rencontre. Je ne connais à Lyon que deux personnes ayant un appartement, Mme Moret et Mme Bedat-Gerbaut. Dans la boîte de cette dernière, je trouve un billet laconique : « Pouvez-vous monter me voir. Merci. » Sa boîte est-elle brûlée ?

Arrivé sur le palier, j'entends à travers la porte le déchiffrage hésitant d'une partition musicale :

elle donne une leçon. Je sonne ; le piano s'arrête ;
elle m'ouvre. Toujours aussi sereine, elle me fait
entrer dans sa chambre, dont elle ferme soigneusement la porte : « Le garçon dont je vous ai parlé
accepte le travail que vous m'avez indiqué. Si vous
voulez le voir, je l'inviterai ici. »

Je l'aurais embrassée tant cette nouvelle me fait
plaisir. Cette recrue va me permettre enfin d'organiser
mes journées, devenues harassantes. Je lui demande :
« Êtes-vous sûre de lui ?

— Je ne l'ai jamais rencontré, mais je donne des
leçons à sa sœur Dominique, une élève douée, très
bien élevée. Il s'appelle Hugues Limonti et est ouvrier
chez Berliet. Il s'est mutilé volontairement la main
afin d'échapper à la Relève[1] en Allemagne. »

Ce détail est pour moi un certificat de résistance.
Je lui fixe un rendez-vous et lui demande si elle
accepterait d'héberger des réunions. Elle acquiesce,
en me demandant de sa faible voix : « Prévenez-moi
seulement un peu à l'avance, à cause des leçons. » Du
coup, j'augmente encore mes exigences : Accepterait-
elle aussi d'héberger des agents de passage ? Avec la
même placidité, elle accède à cette nouvelle demande
comme à la chose la plus naturelle du monde.

En la quittant, je ne suis plus le même. Comme
chaque fois que j'obtiens un petit succès, j'ai besoin
de le transformer en exploit. J'ai l'impression d'être
devenu un grand chef et de maîtriser enfin la situation.

---

1. Instituée le 22 juin 1942 par Pierre Laval, la Relève consistait
en un échange de trois travailleurs français partant pour l'Allemagne
contre le retour d'un prisonnier.

Vendredi 28 août 1942

La doctrine du Maréchal

Je retrouve le général Delestraint à 2 heures et demie au buffet de Perrache. Me souvenant de sa liberté de langage, je crains de prendre le tramway avec lui. Malheureusement, c'est notre seul moyen de transport : étant donné son grand âge, je ne peux lui proposer de le conduire à pied au rendez-vous.

Arrivés devant l'immeuble de Mme Bedat-Gerbaut, je lui indique l'escalier et l'étage et le laisse rejoindre °Rex. Ce dernier m'a demandé de l'attendre à partir de 5 heures au *Café de la République*, non loin de là. J'en profite pour exécuter une demande du BCRA, qui a réclamé à °Rex d'expédier à Londres les discours du Maréchal, ainsi que quelques ouvrages de propagande de Vichy. Le centre de propagande du Maréchal est installé dans un grand magasin désaffecté, précisément face au *Café de la République*. Après avoir examiné les immenses vitrines, dans lesquelles sont présentés, en vrac, tracts, livres et affiches, je me décide à pénétrer, en dépit du malaise, en « territoire ennemi ».

Le lieu est désert, à l'exception des vendeuses. Une aimable jeune femme s'approche pour me demander ce que je désire. Parmi les nombreuses productions disposées sur des tréteaux, je choisis les discours complets du Maréchal, ainsi que divers ouvrages de propagande et des opuscules sur la Révolution nationale. Ma solitude dans ce magasin me réjouit : elle est la preuve que le régime et sa doctrine ne soulèvent pas l'enthousiasme des foules. L'empressement des vendeuses témoigne de leur désœuvrement. Le contraste est saisissant avec la librairie Flammarion, bondée en permanence, où les vendeurs, harcelés, se montrent plutôt désagréables.

Comme il n'y a pas de papier d'emballage ni de sac, je sors les mains chargées de mes acquisitions et traverse la rue. En attendant *Rex, je m'installe à la terrasse du café pour les parcourir. Je commence par le discours de Pétain du 17 juin 1940. Relisant pour la première fois la phrase annonçant l'armistice (« C'est le cœur serré... »), j'entends encore la voix chevrotante du Maréchal et revois ma mère s'abattant sur l'épaule de mon beau-père pendant que, bouleversé, je laissais éclater ma rage. Deux ans après, ma haine est intacte.

Dans maints discours, je suis surpris de trouver la qualité du style, le ton catégorique et les formules « romaines » que j'apprécie tant chez de Gaulle. Les orientations économiques, sociales et politiques me sont familières : exaltation de l'ordre, de l'autorité, du mérite, condamnation de l'argent, de l'incompétence, de la corruption... Comment ne pas approuver ?

*Rex arrive d'un pas alerte et me dit, regardant la pile d'ouvrages : « Bravo pour vos emplettes ! Grâce à vous, nous allons faire une propagande efficace ! » Il ajoute, m'observant d'un air moqueur : « Il faut vaincre l'ignorance. C'est parce que les Français ne connaissent pas la bonne doctrine qu'ils sont pessimistes. Nous allons changer tout cela. » Comme souvent, il s'amuse.

Ayant déjà réglé ma consommation, je me lève pour le suivre ; c'est une règle qu'il m'a apprise : payer immédiatement afin de pouvoir quitter les cafés à la moindre alerte. Nous rentrons chez lui en suivant les quais pratiquement déserts. « Vous établirez un contact permanent avec *Vidal, mais soyez prudent pour deux : le général a des progrès à faire en matière de sécurité. Je crois que nous avons trouvé le militaire dont nous avions besoin. Malgré son âge, il est prêt à tout. »

Je me suis habitué aux soliloques de *Rex après des entretiens ou des réunions. J'ai compris qu'il n'attendait de moi aucune réponse. Ses monologues sont parfois suivis de longs silences. Connaissant ses projets et ses préoccupations, j'essaie d'en suivre les méandres muets. Il paraît soucieux. Quand nous approchons de chez lui, il marmonne : « Il n'y a pas de doute : la solution est là-bas ! » Je sais que « là-bas » signifie de Gaulle, sur lequel il compte pour conclure la négociation difficile qu'il poursuit sur l'unité et le commandement de l'armée secrète.

Dans sa chambre, il se met à rédiger plusieurs textes. Installé dans le fauteuil à ses côtés, je reprends ma lecture des discours de Pétain. Quand il a fini, il me tend quelques feuillets : « Faites partir ces câbles le plus tôt possible. À demain. »

Je dîne rapidement avant de rentrer rue Sala. J'ai une dizaine de télégrammes à coder : presque une nuit de travail. En découvrant le premier télégramme, je comprends la joie de *Rex. Son entrevue avec Delestraint est une réussite : il accepte le commandement des organisations paramilitaires des mouvements, sous réserve d'un inventaire de la situation et de l'accord personnel du général de Gaulle.

Par ailleurs, il envisage de créer une double organisation, l'une consacrée au noyautage de l'armée d'armistice, l'autre à l'organisation des groupes militaires des mouvements. Bien qu'il s'agisse d'un homme de Combat, *Rex soutient sa nomination, à condition qu'elle soit effectuée par de Gaulle : « Il serait souhaitable que le général de Gaulle, s'il est d'accord sur la personnalité de *Vidal [Delestraint], désigne lui-même, en fixant ses attributions, ce général comme chef des organisations militaires et paramilitaires des Forces françaises combattantes dans la zone non occupée. »

Cette phrase rejoint la conception de la Résistance comme « annexe de la France libre » qu'ont tous les agents du BCRA. Je retrouve en outre dans le télégramme un des leitmotive de ces derniers jours : *Rex compte sur de Gaulle pour imposer la fusion des groupes paramilitaires à la Résistance des chefs. En dépit de l'optimisme de son dernier rapport, il avoue que des « divergences de vues » subsistent entre Frenay et d'Astier de La Vigerie.

Une autre affaire, évoquée par *Rex depuis des semaines dans plusieurs télégrammes, semble sur le point d'aboutir : le départ de l'ambassadeur Massigli à Londres. La France libre marque un intérêt persistant pour cette recrue, aucun diplomate de haut rang ne l'ayant rejointe. Cette infirmité est d'autant plus regrettable que le Général s'est séparé de Maurice Dejean, commissaire national aux Affaires étrangères, à la suite d'un désaccord. René Pleven assure l'intérim. Depuis juin 1940, de Gaulle a besoin d'hommes représentatifs et connus des Alliés. Massigli, dont *Rex et Bidault semblent faire grand cas, est-il vraiment connu ?

En tout cas, il hésite depuis des mois, et c'est une victoire pour *Rex de l'avoir convaincu de partir. Il pose toutefois comme condition sa nomination au poste de commissaire aux Affaires étrangères. Ce chantage me révolte : comment faire confiance à un homme dont le marchandage révèle l'absence de conviction ? J'espère que de Gaulle refusera ce marché, qui ne semble pourtant pas heurter *Rex.

Les deux derniers télégrammes sont tout aussi importants. Une fois de plus, *Rex condamne l'échec de Morandat auprès des syndicalistes : visiblement, il veut se débarrasser de mon camarade, qui, si j'en juge par notre conversation, n'est pas conscient de sa disgrâce. Outre ma sympathie personnelle, j'ai quelque difficulté à croire à sa nocivité.

Depuis quelque temps, un autre agent, *Rondeau, a fait son apparition. Je l'ai découvert grâce à l'avertissement de Paul Bastid[1]. Les résistants mis en cause s'en sont émus. Comme Morandat et *Salm, il appartenait au commissariat national à l'Intérieur. J'ai relaté ses propos contre *Rex et sa prétention à être seul qualifié pour traiter les questions politiques.

Irrité par ce désordre, *Rex provoque l'épreuve de force : « Les seules difficultés sérieuses que je rencontre dans ma tâche viennent des agents gaullistes. Si la question n'est pas réglée rapidement, j'aurai le regret de vous demander de me relever de mes fonctions. Le désordre est à son comble. Herriot a été touché par dix-neuf agents gaullistes. Je me suis personnellement tenu dans la limite de ma mission. Le seul personnage politique que j'ai rencontré est Paul Bastid, mon ancien professeur. »

Cette dernière phrase m'éclaire enfin sur la différence d'âge entre les deux hommes, mais aussi sur la déférence que *Rex marque à son égard. Quant à la propre mission politique de mon patron, je suis

---

1. Cf. *supra*, p. 392.

surpris par l'étroitesse de ses limites. J'avais cru comprendre qu'il était le seul représentant personnel du Général en France. À ce titre, n'est-il pas responsable des questions techniques, administratives, militaires et politiques ? Lors des entretiens auxquels j'assiste, il traite de tous les problèmes, y compris politiques.

Codant ce câble, je constate pour la première fois que sa mission est menacée. En offrant sa démission, ne prend-il pas un risque inutile ? Et si Londres le prenait au mot ? Est-il sûr de sa position auprès du Général ?

Dimanche 30 août 1942

Premier courrier

Bien que *Mado soit devenue la pierre angulaire de mon secrétariat, mes voyages deviennent une surcharge insupportable à mesure que les rendez-vous se multiplient à Lyon. Je perds des heures dans le train pour transporter un pli, attendre une réponse ou transmettre une consigne orale. Est-il indispensable d'être un officier de la France libre pour accomplir une telle besogne ?

*Rex m'a plusieurs fois rappelé qu'il ne tenait qu'à moi d'embaucher les collaborateurs dont j'avais besoin, non sans préciser que l'exécutant de ces basses besognes, connaissant les noms et les adresses des chefs de la zone libre, aurait le pouvoir de décapiter la Résistance. En clair : je ne pouvais déléguer cette tâche d'apparence modeste à personne.

Chaque jour, sauf le dimanche, je me lève à 6 heures et commence par relever les boîtes de *Rex et la mienne. Au retour, j'achète journaux, pain ou biscottes pour son petit déjeuner et, à 7 heures, je sonne chez lui. Selon l'importance du courrier, nous travaillons une heure ou plus. Puis il organise sa journée selon ses rendez-vous ou ceux que j'ai pris pour lui. Il n'en note aucun et compte sur ma mémoire : je suis son agenda.

Quand je le quitte, commence la noria des rendez-vous, qui s'échelonnent jusqu'au soir : officiers de liaison (Schmidt, Fassin, Morandat), radio (Brault), adjoints des chefs de mouvements (*Lorrain, *Brun, *Lebailly, *Claudius[1]), membres du CGE (Bastid et Menthon, en particulier). Il y a aussi des plis en plus, des résistants de la zone nord, des syndicalistes, etc. S'y ajoutent les distributions d'argent, l'organisation des rendez-vous ou des réunions, etc. Tout cela à pied ou en tramway. Je déjeune et dîne avec l'un de mes interlocuteurs ou avec *Rex, selon ses ordres. En rentrant chez moi, dans la soirée ou la nuit, je travaille au codage et au décodage. J'en ai pour jusqu'à minuit ou plus tard, selon le volume des documents reçus ou à expédier.

Mal nourri, je commence à éprouver une fatigue qui ressemble à celle de mes débuts de soldat dans la France libre. Je travaille dans l'urgence, mais la multitude des précautions à prendre freine l'exécution des tâches. Pourtant, je suis loin d'appliquer à la lettre les règles de sécurité. Chaque soir, je me répète en m'endormant que je dois trouver des assistants sans délai.

C'est dire mon impatience, ce dimanche, lorsque je rencontre chez Mme Bedat-Gerbaut Hugues Limonti, le garçon dont elle m'a parlé. Je suis d'abord étonné :

---

1. Eugène Claudius-Petit.

il ne ressemble pas à un ouvrier. Sobrement vêtu, plutôt élégant, il est petit et corpulent. Il m'inspire immédiatement confiance, en dépit du contraste entre son visage énergique et la mollesse de sa poignée de main.

Je lui explique que son travail consiste à me remplacer dans une partie de mes tâches, lui indique le rôle de *Mado et la nature de ses relations avec elle : porter et récupérer deux fois par jour les textes à taper. Leurs rendez-vous s'effectueront à l'extérieur : il doit ignorer l'adresse de son domicile. Il devra aussi relever les boîtes plusieurs fois par jour. Je lui demande de s'enquérir d'amis sûrs, qui accepteraient de prêter les leurs ou de conserver des archives compromettantes (en chaque occasion, je m'efforce d'étendre mon réseau squelettique). Il aura par ailleurs des rendez-vous quotidiens avec les secrétaires ou courriers des mouvements.

Pour ma part, je le rencontrerai au minimum quatre fois par jour : le matin, avant et après mon premier rendez-vous avec *Rex, c'est-à-dire à 6 h 30 et vers 8 heures, puis à midi et le soir, ou parfois plus tardivement selon les exigences du patron.

Je l'interroge sur son état civil : « Souhaitez-vous devenir clandestin et vivre avec de faux papiers ?

— Comme j'habite chez mes parents avec ma jeune sœur Dominique, je préfère garder ma véritable identité.

— Quand êtes-vous libre ?

— Immédiatement.

— Tenez, voici les clefs de mes boîtes. Je vous présenterai à *Mado lors de mon rendez-vous de midi. Vous vous appellerez désormais *Germain. »

Je lui transmets les règles de sécurité en insistant pesamment sur le risque des filatures, multiplié par ses contacts nombreux : les courriers et les radios sont les fusibles de la Résistance. Nous convenons que nos rendez-vous auront lieu, par commodité, place Bellecour. Peut-être est-ce une erreur, puisque la Résistance entière s'y retrouve à toute heure du jour.

Lorsque je lui annonce que son salaire sera de 1 200 francs par mois, comme celui de *Mado ou le mien, il a la même réaction qu'elle : « Mais, c'est trop !

— Attendez d'avoir travaillé pour savoir ce dont vous avez besoin. L'argent ne doit pas être un problème. Je veux que vous ne manquiez de rien. La Résistance, ça use. En cas d'arrestation, il faut tenir le coup. Vous devez vous nourrir correctement, c'est un devoir et c'est coûteux. »

Lundi 31 août 1942

Découverte d'une feuille clandestine

Je trouve parfois dans mes boîtes des journaux clandestins, dont le nombre augmente en cette fin d'août. Je reconnais les exemplaires photographiés dans *La France libre* : leur format (une feuille de papier machine) les fait ressembler aux revues des collégiens.

Le premier journal que j'apporte à *Rex est *Le Populaire*, sous-titré « Organe du Comité d'action socialiste ». Est-il toujours le périodique de la SFIO, dont les trois flèches rouges étaient pour moi naguère le symbole de l'ennemi ? Le parti s'est-il transformé en mouvement de résistance ? La lutte contre la

Relève préconisée par Laval (trois travailleurs contre un prisonnier) fait l'objet de l'éditorial : « Pas un homme de plus ». Les articles traitent de sujets divers : compte rendu détaillé des manifestations du 14 Juillet (« Le peuple s'est prononcé »), réflexions à l'usage des militants (« Comment rebâtir la République »), dénonciation de Pétain et de son régime (« Un homme ? Une élite ? Non, le peuple ! »).

J'apprends qu'André Philip, qui a rallié de Gaulle, est député socialiste du Rhône et résistant. Maintenant qu'il est devenu commissaire national, *Rex est-il à ses ordres ? Depuis mon parachutage, je suis quotidiennement confronté à un vocabulaire politique nouveau, véhicule d'une autre façon de penser. Bien que cette dernière me soit en partie étrangère, je m'y familiarise inconsciemment.

Dans *Franc-Tireur*, l'éditorial titré « Complice de la trahison » raconte la carrière de Pétain depuis 1934. Il révèle le complot du désarmement de la France d'avant-guerre jusqu'à l'installation du régime de Vichy et dénonce « toutes les horreurs commises ces jours derniers contre les malheureux Juifs ». Je jubile : les crimes de Pétain sont trop rarement dénoncés. Une pensée cruelle me traverse : Le faire lire à Mme Moret ? J'y renonce, ne voulant pas la froisser.

Dans un entrefilet à propos des manifestations du 14 Juillet, j'apprends que « beaucoup d'ouvriers et de gens du peuple » ont crié « Vive la République ! ». Le journal ajoute : « Certes, le régime républicain défunt n'était pas sans tare, sans responsabilités [...]. À nous de faire cette fois une vraie République, meilleure et plus belle que l'ancienne. » J'apprécie cet article, mesurant au passage le chemin que j'ai parcouru : j'accepte la République nouvelle, à condition de condamner la précédente.

Une autre fois, je reçois deux numéros de *Libération*, l'un de la zone libre, l'autre édité en zone occupée. Un éditorial commun affirme que *Libération* est l'artisan de l'« unité des deux résistances » et que l'« unité de la France invaincue » se fait sous l'« égide » du général de Gaulle, dont les mouvements « reconnaissent l'autorité ». Je dois rêver ! Comment des résistants qui combattent d'arrache-pied les directives de *Rex peuvent-ils écrire de telles contre-vérités ? Je ne suis pas au bout de mes surprises.

Dans *Combat* et *Libération* (zone libre), un même communiqué m'informe que « les bruits les plus divers et les plus calomnieux circulent au sujet de leurs relations ». Sans doute est-ce une retombée de l'affaire Pucheu, que m'a révélée Yvon Morandat. Il ajoute qu'ils poursuivent les mêmes buts, sont animés du même idéal et « reconnaissent le général de Gaulle comme chef et symbole de la Résistance en France ». Pour lever toute équivoque, *Libération* va même jusqu'à titrer un article : « Les troupes du général de Gaulle sur le sol de la patrie ».

Dans *Combat*, un titre-programme marque avec encore plus d'éclat son adhésion à de Gaulle : « Tous avec de Gaulle, premier résistant de France ». À grand renfort de citations, le journal affirme que le Général adhère à l'idéal républicain et qu'il souhaite une République rajeunie « de fond en comble par l'épreuve » : « [A]vec lui, le pays retrouverait une République ardente, humaine, véridique. » Oui, je rêve.

Mardi 1ᵉʳ septembre 1942

Imprudence à tout-va

Ce soir, je dîne avec Paul Schmidt. Je lui dis sans tarder ce que j'ai sur le cœur : « Ça fait un mois que je suis en France, et je suis sidéré par les imprudences dont je suis quotidiennement le témoin. Les résistants sont fous ! Nous finirons tous en caisse. Si le BCRA savait ce qui se passe, il n'enverrait plus aucun agent.

— Tu as mis un mois à t'en apercevoir ?

— Non, j'avais peur à chaque rendez-vous, mais je n'osais pas en parler.

— Et maintenant tu fais comme tout le monde, comme moi ! Les prudents ne "rentrent" pas dans la clandestinité. Crois-tu que nous n'étions pas fous pour nous engager, en juin 1940, avec de Gaulle ? C'est parce qu'il n'y a personne dans ce que l'on appelle pompeusement la Résistance que nous sommes tous imprudents. »

Il a raison, je me conduis comme les autres militants : tous mes rendez-vous se tiennent place Bellecour ou place des Terreaux, comptant sur la démesure de la place pour me rendre invisible[1],

---

1. Ce n'était pas faux puisqu'il n'y eut là aucune arrestation. Cela prouve aussi que la chance était souvent au rendez-vous. J'y rencontrais Jean-Guy Bernard, Claude Bourdet, Jacques Brunschwig-Bordier, Paul Schmidt, Raymond Fassin, etc. La proximité du *Progrès de Lyon*, repaire de nombreux responsables — Georges Altman, Pierre Corval, Yves Farge —, et les cafés alentour étaient une facilité utilisée par tous. Cette imprudence généralisée économisait notre temps. J'avais constaté que les garçons et les filles, adjoints ou secrétaires appartenant aux mouvements, vivaient, comme moi, dans une improvisation permanente. Tous, y compris les agents de la France libre, ignoraient les consignes de sécurité des Britanniques

mes déjeuners et dîners dans les mêmes restaurants.
Pis, je n'y fais même plus attention. Parfois, je
m'interroge pour savoir ce que *Rex penserait de
moi s'il connaissait ma « vraie vie ». C'est ma seule
crainte, plus prégnante que celle du BCRA ou même
de la police.

Dès le retour du patron, nous dînons avec
Georges Bidault, qui m'avait réclamé un rendez-
vous d'urgence avec *Rex : « C'est très grave. » Les
propos de Bidault justifient l'urgence. Depuis le
début du mois d'août, et tout récemment encore,
les 23 et 24 août, des Juifs d'origine étrangère sont
arrêtés et expédiés en Allemagne. À Lyon même,
des événements se déroulent, sans que j'en reçoive
le moindre écho.

Selon ses correspondants à Vichy, l'opinion — dans
la mesure où elle est informée par le bouche-à-oreille
ou les radios étrangères — commence à s'émouvoir.
Mgrs Saliège, archevêque de Toulouse, et Théas,
évêque de Montauban, ont fermement condamné
cette répression dans leurs lettres pastorales, lues
en chaire par les curés des diocèses.

Bidault communique les textes à *Rex, qui en
prend connaissance : « Par leur courage, ils rachè-
tent la conduite des autres.

— Vous voyez, dit Bidault, il ne faut jamais
désespérer, même de l'Église. »

---

et du BCRA. J'ajoute que, du fait du nombre dérisoire de nos
forces, la Résistance se serait pétrifiée si nous les avions appliquées. Seul Jean Moulin les respectait scrupuleusement : peut-être
parce qu'il était le plus vieux.

On signale, en zone occupée, quatre mille enfants juifs rassemblés à Pithiviers et Drancy. Les Allemands ont ordonné de les expédier en Allemagne après leur avoir enlevé leurs papiers d'identité. Bidault ajoute qu'en dépit des protestations du grand rabbin de France et du pasteur Boegner, Vichy va céder aux Allemands. En l'écoutant, je me souviens que, quelques jours auparavant, une information parue dans *Le Populaire* évoquait les mesures antisémites de la zone occupée : les policiers français avaient arrêté des familles entières en séparant les hommes, les femmes et les enfants. Ce rapt d'enfants est à mes yeux la preuve de la barbarie « teutonne »[1].

L'archevêque de Toulouse a raison de condamner les auteurs de ce crime et de prêcher la tolérance à l'égard des Juifs pendant l'Occupation. Je me sens concerné personnellement : la guerre des nazis impose à un chrétien de pardonner à ces hommes d'avoir été déicides.

Bidault signale à *Rex l'action du père Chaillet, qui, avec d'autres religieux, n'hésite pas à prendre tous les risques pour sauver les enfants. Ce jésuite est le fondateur du journal clandestin *Témoignage chrétien*. Il a recueilli des centaines d'enfants, qu'il a placés dans des couvents ou des établissements charitables. Le préfet du Rhône, Angeli, hostile à ce sauvetage, a menacé Chaillet d'emprisonnement. L'affaire a pris des proportions nationales, puisque le cardinal Gerlier, archevêque de Lyon, primat des Gaules, est intervenu en personne auprès du chef de cabinet de Bousquet, secrétaire général de la police à Vichy. L'adhésion du cardinal Gerlier au maréchal Pétain lui confère une autorité qu'on ne peut négli-

---

1. Il s'agissait des rafles du Vél'd'Hiv de juillet 1942.

ger. En réponse à sa requête, le préfet Angeli a
envoyé le père Chaillet en résidence forcée à Privas.

*Rex écoute attentivement. Aux noms d'Angeli
et de Bousquet, qu'il semble connaître, il réagit :
« Rassurez-vous, le courage des lâches a des limites.
Même dans l'Administration. Compte tenu des relations privilégiées de l'Église avec le régime, je ne
crois pas qu'Angeli fasse arrêter le père Chaillet. Le
scandale serait public et les raisons injustifiables,
vis-à-vis d'une opinion jusqu'ici indifférente, mais
troublée par les rumeurs et finalement hostile à ces
arrestations. N'oublions pas que les Français sont
certes antisémites, mais modérément. »

Bidault informe *Rex qu'il a télégraphié ces informations à Londres : « J'espère qu'ils vont dénoncer
publiquement les bourreaux. Jusqu'à présent, ils
sont restés plutôt silencieux à la BBC. Seul André
Labarthe semble avoir compris cette tragédie. »
Bidault cite quelques phrases, dans lesquelles je
reconnais le lyrisme fiévreux de Labarthe, dont
j'aimais les articles :

> *La France est une chambre de torture, la France
> serait la fosse aux Juifs ! [...]*
> *Devant la déportation, le Juif doit trouver un
> refuge, une cachette partout en France. Les
> Juifs de France sont placés sous la sauvegarde
> des Français. Quand le pouvoir ou l'État trahit
> le peuple, il doit monter en ligne.*

*Rex commente laconiquement : « Ça ne m'étonne
pas de cet homme engagé dans tous les combats
pour l'honneur.

— J'espère qu'il a amorcé une campagne qui va
s'amplifier.

— Nous devons être prudents dans la propagande : il ne faut pas qu'on accuse le Général de faire la guerre pour les Juifs. En revanche, il faut les aider concrètement et tout faire pour s'opposer à leur déportation : en les libérant des camps de regroupement, en sabotant les transports, en créant des chaînes d'aide et de refuge.

— Théoriquement, tout le monde est d'accord, mais, pratiquement, seule une infime minorité accepte de se dévouer aux causes perdues.

— Ça tombe mal parce que les deux chefs de mouvement sont en attente de départ pour Londres. Leur esprit est occupé par le problème de l'armée secrète. Pourtant, il faut absolument intervenir. La Résistance ne peut demeurer indifférente devant cette tragédie. Je vais étudier la question avec *Charvet [Frenay]. »

Je constate que Bidault et *Rex sont d'accord sur le déshonneur du crime de Vichy, mais pas sur l'intervention des mouvements : *Rex veut agir immédiatement, tandis que Bidault estime que les mouvements n'en ont pas les moyens, en admettant qu'ils en aient la volonté : « Hélas, ne vous leurrez pas : la bonne volonté se brise contre l'impuissance. »

Je raccompagne *Rex pour notre rituelle promenade d'après-dîner. La chaleur accablante et la tension du travail de la journée sont retombées. Je le sens détendu, même si la fatigue se lit parfois sur son visage. Il m'entraîne au bord du fleuve. Après 8 heures, le quai comme la ville sont déserts. Nous sommes libres de nous exprimer sur tous les sujets, à condition de ne pas élever la voix. Traversant le pont de la Guillotière, il aime s'accouder au parapet pour contempler le Rhône, comme si celui-ci charriait la réponse à ses interrogations.

Ce soir, *Rex demeure songeur. Je sais qu'il pense aux Juifs. Après un moment, faisant allusion aux bourreaux, il ne peut s'empêcher de lâcher : « Quels salauds ! » C'est la première fois que j'entends un gros mot dans sa bouche. Comme je ne sais que répondre, il reprend : « Vous joindrez les lettres pastorales au prochain courrier. Il faut tout faire pour répandre la vérité sur ces crimes. Il faudrait une lame de fond pour réveiller l'opinion et arracher ces malheureux à leur sort. Hélas, que pouvons-nous ? C'est dans une telle occasion que la Résistance révèle son impuissance. »

Il reprend les termes mêmes de Bidault, et je sens dans sa voix une profonde indignation[1].

Je le quitte la mine sombre au coin de la place Raspail et rentre chez moi, troublé par l'importance que les deux hommes accordent à ce drame. Ni l'un ni l'autre, me semble-t-il, ne sont juifs. À Londres, excepté le journal *France*, qui publiait parfois des informations concernant le sort des Juifs en Europe, notamment en Pologne, personne n'évoquait la question. Même Raymond Aron n'a rien écrit à ce sujet, ou alors n'y ai-je pas prêté attention par manque d'intérêt.

Parmi les papiers remis par *Rex à joindre au courrier, je trouve les lettres des évêques dont il a

---

1. Que pouvaient les mouvements pour arrêter la tragédie ? Ignorant les moyens dont ils disposaient, je n'avais aucune idée à l'époque des représailles possibles contre Vichy ou les Allemands. En tout cas, il n'en fut plus question. Ce soir-là, cependant, j'étais étonné que Moulin ne fût pas au courant des événements que Bidault lui révélait.

signalé le courage. Après avoir chiffré les télégrammes, j'ai envie d'en prendre connaissance[1]. Mgr Saliège écrit : « Les Juifs sont des hommes, les Juives sont des femmes. Les étrangers sont des hommes, les étrangères sont des femmes. Tout n'est pas permis contre eux [...]. Ils font partie du genre humain. Ils sont nos frères comme tant d'autres. C'est ce qu'un chrétien ne peut pas oublier. »

Ma famille et le collège m'avaient élevé dans une autre attitude : les Juifs étaient différents de nous parce qu'ils étaient maudits : c'étaient des déicides qui avaient crucifié le fils de Dieu, des monstres de cupidité et d'ambition, dont le seul but était la domination du monde. Séparé depuis si longtemps de mon milieu, je n'avais plus d'opinion bien claire à leur égard. Seul demeurait un réflexe familial : existe-t-il un complot international ? les Juifs sont-ils coupables ?

Ce soir, les événements me troublent au plus haut point. Avant d'avoir trouvé la réponse, je m'endors brusquement.

Jeudi 3 septembre 1942

Un espion d'autrefois

Dans le courrier de juin, le BCRA avait demandé à *Rex de prendre contact avec un certain *Crib[2],

---

1. On annonçait aux Britanniques les mauvaises nouvelles concernant le réseau de renseignements Ali (arrestations du radio et des membres du réseau, saisie de toutes leurs archives). Codant ces dramatiques nouvelles, je me demandais lequel de mes camarades était l'opérateur arrêté.
2. René Simonin.

agent du Deuxième Bureau de Vichy. Rentré en France, installé dans son village de Poligny, il s'était mis à la disposition de la France libre, qui en faisait grand cas. *Rex, faute de temps, n'ayant rien fait, le BCRA l'avait relancé et, finalement, *Rex avait demandé à la BBC de diffuser un message annonçant mon arrivée : « Oncle Gustave ira voir son neveu le jeudi 3 septembre. »

Dans le train, je commence la lecture de *Ci-devant*, d'Anatole de Monzie, que je n'ai pas encore eu le temps d'ouvrir. *Crib m'attend à la gare. Il est tout ridé et me paraît plus vieux que *Rex. Son accueil prévenant et sa disponibilité souriante me le rendent immédiatement sympathique et proche. Il manifeste toutefois sa surprise en considérant mon jeune âge pour régler des questions à son avis fort graves. Il n'a pas tort : je suis totalement ignorant des sujets dont il m'entretient. Pour le rassurer, j'abats mon joker : je suis un agent de Londres. Ce label me pare immédiatement d'un âge canonique.

Il m'invite à déjeuner dans un restaurant où il est visiblement connu, appelant le patron par son prénom et tutoyant les serveurs. Je fais en sa compagnie le meilleur repas depuis mon arrivée, un véritable festin. Je vérifie au passage ce qu'on répète à Lyon : les gens de la campagne ne subissent aucun rationnement.

Volubile, *Crib me raconte quelques-unes de ses missions d'autrefois, accomplies comme agent du Deuxième Bureau. J'ai devant moi un authentique espion[1] ! De temps à autre, il cite en baissant la voix et en me faisant un clin d'œil complice les noms

---

1. Si l'on songe à ce qu'était à l'époque l'aura des services secrets, on comprendra mon admiration naïve.

d'agents ou de chefs du service de renseignements du Deuxième Bureau et même de l'Intelligence Service. J'ignore évidemment tout de ce catalogue prestigieux. À mesure qu'il raconte ses exploits, je me sens de plus en plus insignifiant. Ne sachant que répondre, je me réfugie, comme d'habitude, dans de vagues borborygmes.

Après le déjeuner, il m'emmène chez lui pour inventorier ses possibilités d'action au sein de la Résistance régionale. Je comprends alors que mon silence l'a convaincu de ma compétence et de l'importance de ma mission auprès de lui. Sans doute attribue-t-il ma réserve aux ruses d'un vieux briscard, et non à l'ignorance d'un blanc-bec.

*Rex m'a clairement signifié qu'il ne souhaitait pas le rencontrer, mais que je devais faire l'inventaire de ses propositions pour les communiquer à l'un des officiers de liaison. Tel est le but de mon voyage. *Crib m'expose un certain nombre de projets et de possibilités militaires.

Je repars gonflé d'importance. C'est ma première véritable mission, et j'apporte à *Rex de nombreuses ouvertures militaires, lui évitant un contact sans intérêt à ses yeux.

Malgré le recrutement miraculeux de mes deux assistants, les liaisons demeurent un problème tant les contacts se multiplient : je suis obligé de constater que je reste à la traîne. Je dois embaucher à tout prix de nouveaux courriers pour la province, la zone occupée et Lyon même. Je pourrais aussi être remplacé pour la distribution quotidienne de fonds. Mais où trouver mes recrues ?

J'ai soudain l'idée de frapper un grand coup : reprendre contact à Bordeaux avec mes anciens camarades du cercle Charles-Maurras. C'est un réservoir de garçons en qui j'ai toute confiance. Grâce à eux, je recruterai immédiatement plus de personnel que je n'en ai besoin et pourrai même en distribuer à Schmidt et Fassin !

Je songe d'abord à deux amis intimes : Blanquat et Carquoy, qui me permettraient de reprendre contact avec tous. Je continue à croire qu'à l'exception de Maurras et de son équipe tous les adhérents de l'Action française, en particulier les jeunes Camelots du roi, ont rallié la Résistance. De Gaulle n'a-t-il pas donné l'exemple ?

Par mesure de sécurité, je demande à M. Moret d'écrire à mes deux amis une « carte interzone » adressée à Bordeaux (zone occupée), en indiquant son adresse[1]. Il leur annonce qu'un camarade de Dany (le diminutif utilisé par ma famille et mes amis) souhaite les rencontrer afin de leur transmettre de mes nouvelles.

Quelques jours plus tard, j'ai la joie de recevoir par le même canal un mot de Blanquat posté de Toulouse. Il donne son adresse et dit attendre le messager. Paul Schmidt m'a dit que cette ville était un centre effervescent de la clandestinité. J'en déduis que Blanquat est résistant, tout en poursuivant ses études de droit.

Je considère aussitôt mes problèmes comme résolus et projette d'aller à Toulouse dès que *Rex s'absentera pour un week-end.

---

1. Les cartes interzones étaient imprimées sur des formulaires, obligeant à la brièveté.

Presque tous les soirs, je rencontre Schmidt ou Fassin pour régler des questions de travail : argent, courrier, parachutages, répartition des hommes, difficultés avec les mouvements, etc.

Un soir, Schmidt me demande de loger pour la nuit un aviateur anglais abattu dans le nord de la France. Grâce à une chaîne d'évasion, il gagne Perpignan afin de traverser à pied les Pyrénées. Je marque mon étonnement : « Tu sais bien qu'il est interdit de mélanger les activités. Les chaînes d'évasion, c'est une chose, notre mission en est une autre. Je ne peux pas prendre de risques avec les gens traqués.

— D'accord, mais on ne peut laisser crever les gens dans la rue sous prétexte des consignes de Londres, qui ignore tout de nos conditions de vie. À Lyon, les gens ont peur et refusent de les héberger. Ce sont nos camarades, quand même ! Nous avons des devoirs envers les Anglais : qu'aurions-nous fait sans eux, en 1940 ? »

Schmidt ajoute : « Ils sont trois : j'en ai pris un, j'ai réussi à caser l'autre chez *Claudine ; pour le troisième, je n'ai personne. Il est 7 heures, et je n'ai que toi. » Mécontent de cette entorse aux règlements — que, dans d'autres domaines, je viole chaque jour sans scrupule —, j'accepte de mauvaise grâce. Héberger un aviateur anglais, c'est un risque maximal : facile à repérer en cas d'arrestation, il risque de livrer ses hôtes.

Furieux du chantage au fait accompli de Schmidt, je lui fais promettre de ne rien dire au patron, bien persuadé que si *Rex l'apprenait il me renverrait à Londres. Ce n'est pas la première fois que je lui cache quelque chose. Je ne me sens pas fier, d'autant moins que c'est aussi mon premier désaccord avec ce proche camarade depuis juin 1940.

Nous prenons rendez-vous ce soir même, à 9 heures, devant la librairie du coin de la rue Victor-Hugo et de la place Bellecour. Quand j'arrive, j'aperçois un grand jeune homme absorbé dans la contemplation de gravures exposées dans la vitrine. Je n'ai pas besoin qu'il tienne *L'Action française* à la main pour reconnaître mon aviateur anglais, tant il est l'archétype même des grands garçons à la peau de fille et aux cheveux blonds qui peuplent la RAF, après avoir hanté les collèges d'Oxford ou de Cambridge.

Je crains que la police ne surgisse d'une porte cochère et que le piège ne se referme sur nous. Mes objets compromettants (documents, poste de radio, revolver) sont rue Sala. Pour éviter une catastrophe, j'ai convenu avec les Moret qu'en cas d'arrestation j'indiquerais leur adresse comme domicile. Les grosses sommes d'argent que j'y dépose peuvent se justifier par sa profession de banquier.

J'approche de mon aviateur tout en observant les environs, heureusement déserts. Quand j'arrive à ses côtés, il me paraît immense. À voix basse, je murmure *good evening*. Malgré le danger, je suis heureux de prononcer ces deux mots qui me transportent dans le passé récent où l'Angleterre était ma patrie. Il me regarde avec des yeux d'enfant. Nous parcourons en silence les quelques centaines de mètres qui nous séparent de ma chambre. Avant de monter à l'étage, je lui fais signe de garder le silence, car sa porte ouvre directement sur le palier.

Ce soir, encombrée d'un visiteur, elle me semble minuscule. Il m'aide à tirer le matelas de mon lit et à l'installer contre la porte d'entrée. Puis il s'étend tout habillé et s'endort d'un coup. Je pense aux écoles anglaises et au stage de parachutiste entouré d'aviateurs si semblables à lui. Je m'installe à ma table de travail pour commencer le décodage fastidieux des câbles de la journée. Absorbé par mon travail, j'oublie mes craintes.

Lorsque mon réveil sonne, à 6 heures, mon aviateur sursaute. Je lui explique à voix basse qu'il peut rester là jusqu'à son rendez-vous avec Paul Schmidt, qu'il doit rejoindre devant la librairie où je l'ai rencontré. Celui-ci le conduira à Perrache pour prendre le train avec ses camarades jusqu'à Perpignan, où un passeur les attend.

Je lui montre, à côté du réchaud, le « café » et les biscottes que j'ai préparés. Pendant que je termine ma toilette, il se rendort. Sans lui dire adieu, je quitte ma chambre à 6 heures et demie pour mon premier rendez-vous avec *Germain. Me hâtant vers la place Bellecour, je pense à ce garçon que je ne reverrai jamais et dont j'ignore tout : il a traversé ma vie dans l'intimité confiante d'une nuit, sans rompre ma solitude.

Vendredi 4 septembre 1942
Rex, mon seul patron

Depuis que *Rex a menacé de démissionner, je guette, non sans crainte, la réponse de Londres. Je décode enfin le câble dans lequel la France libre confirme l'autorité exclusive de *Rex sur tous les agents en mission : « Avez pouvoir pour fixer la

mission Rondeau, indépendamment de toutes instructions reçues par lui au départ. » Ce dernier
doit même lui rendre compte de la gestion des
19 000 dollars qu'il a reçus à son départ de Londres.

Mes craintes étaient donc vaines. J'aurais dû me
souvenir du mot de Briant cherchant à calmer mon
inquiétude après que *Rex m'avait choisi comme
secrétaire : « Ne t'inquiète pas, il sait ce qu'il fait. »

*Rex m'a demandé de lui trouver une nouvelle
chambre, la sienne étant « brûlée ». Faute de lieu
de rendez-vous depuis plusieurs mois, il y a reçu
des responsables de la Résistance, dont souvent
Georges Bidault. La multiplication des rendez-vous
et des réunions est de plus en plus périlleuse. Pendant des semaines, les chefs des mouvements lui
ont promis un local et des boîtes, sans donner suite,
bien entendu. Il s'est donc décidé à leur révéler la
boîte de sa propriétaire, ainsi que le nom sous lequel
il a loué sa chambre : Joseph Mercier.

Le plus imprudent est la divulgation de son adresse.
Depuis lors, il a trouvé la nouvelle boîte qu'il m'a
donnée. Mais certains résistants continuent de lui
déposer des lettres à l'ancienne. Un jour, j'ai recueilli
une lettre carrément adressée à *Rex ! Il inventa ce
jour-là pour sa propriétaire une explication plus ou
moins crédible : un surnom affectueux utilisé par
ses intimes.

Alors qu'il m'informe de cette situation, je suis
très inquiet pour lui, mais me garde, bien entendu,
de tout commentaire. En mon for intérieur, j'ai du
mal à admettre que le grand patron soit à la merci
de bavardages et viole les règles de sécurité les plus

élémentaires. Connaissant la difficulté de dénicher le moindre cagibi à Lyon, je lui offre de permuter avec ma chambre, moins grande, mais plus centrale, et surtout isolée de l'appartement du propriétaire. Il refuse : il ne veut pas se protéger en me faisant courir des risques inutiles.

La nouvelle adresse de *Rex doit demeurer secrète. Comme je ne peux demander à M. Moret de m'aider, je prospecte les agences. La plupart des logements qu'on me propose sont sordides et, surtout, loin du centre. De surcroît, dans les quartiers périphériques, pratiquement déserts, on est plus facilement repéré que dans le centre-ville, toujours grouillant de monde.

Après plusieurs jours de recherches débouchant sur des échecs répétés, je commence à désespérer, d'autant que je gaspille ainsi un temps précieux. *Rex manifeste de son côté quelque impatience devant mon impuissance. Un jour d'abattement, la chance me sourit. Pour la énième fois, je rends visite à une petite agence, non loin du pont de la Guillotière, dont la directrice me signale une « perle rare ». Je n'y prête guère attention, tant j'ai entendu de promesses de ce type. J'ai tort.

« Elle n'a qu'un défaut, me dit-elle : la personne demande 500 francs. C'est beaucoup plus cher que les autres.

— Ne vous inquiétez pas, mon patron est un artiste. Si ça lui plaît, il paiera. »

Officiellement je suis le secrétaire de M. Joseph Marchand, artiste peintre décorateur. Rassurée, elle me conduit à un immeuble situé à l'angle du square Raspail et de l'avenue Gambetta. Il possède deux entrées : l'une sur la place, l'autre sur l'avenue. Elles desservent plusieurs escaliers. L'aspect labyrinthique de l'intérieur me rassure. L'appartement est au deuxième étage à gauche ; la chambre à louer est celle de la propriétaire, Mlle Labonne. Cette dernière conserve pour elle le salon, où elle vit et travaille : elle ajuste des cols de fourrure sur des manteaux de femme. La chambre, en longueur, ouvre directement sur l'entrée commune et les commodités. Lumineuse, ensoleillée, elle surplombe le vieux pont de la Guillotière et le Rhône.

De l'autre côté du fleuve, l'Hôtel-Dieu, majestueux bâtiment du XVIIe siècle, se dresse sur les quais, surmonté, au-delà des toits barrant l'horizon, par la colline de Fourvière, elle-même couronnée par l'église Notre-Dame. On ne peut rêver paysage plus stimulant pour un peintre...

Quelques jours plus tard, je présente « M. Marchand » à Mlle Labonne. À la vue de cet homme élégant et d'apparence convenable, sa joie est à la mesure de la crainte qu'elle dut éprouver quand j'avais annoncé un artiste. En présence de *Rex, je remarque quelques défauts de la chambre qui m'avaient échappé : elle est exiguë, et le lavabo, scellé dans le mur, est installé dans la pièce même ; une grande armoire à glace contre la cheminée ne laisse qu'un étroit passage avec le lit, qui lui fait face ; enfin, elle est bruyante, à cause des tramways qui ralentissent sous les fenêtres en franchissant le dos-d'âne du pont, puis accélèrent en ferraillant.

Malgré tout, *Rex semble satisfait : « C'est très bien. Et puis le paysage est déjà un tableau. » La propriétaire lui propose de préparer son petit déjeuner avant de partir au marché, à 7 heures. En plus du compliment de *Rex, j'ai une autre raison d'être content : le changement d'adresse ne modifie en rien mes habitudes puisque, de chez moi, la distance

demeure la même pour notre rendez-vous matinal.
Quant à la sécurité, je suis rassuré par la foule de
piétons occupant en permanence le pont et ses
alentours. Il est simple d'y circuler anonymement,
contrairement à la rue de la Charité ou à la rue Sala,
toujours désertes.

*Rex, après avoir défait sa valise et rangé, dans
l'armoire à glace, quelques affaires, me confie sa carte
d'identité et sa carte d'alimentation : « Vous irez
m'inscrire à la mairie. » En lisant « Joseph Marchand,
artiste peintre », je pense à l'un de mes oncles,
d'origine espagnole, Perico Ribera : il était peintre
et vivait à Saint-Jean-de-Luz. Il venait souvent déjeuner chez mes grands-parents, près d'Aguilera. Lorsque ma famille parlait de lui en ma présence, elle
baissait la voix. Ma grand-mère hésitait à l'inviter avec
ses dernières conquêtes, tant elle avait été échaudée
par l'arrivée de femmes toujours différentes et toujours trop excentriques pour le standing de ses réceptions. Afin d'éviter tout faux pas, elle ne le recevait
qu'aux repas de famille. Bien que les tableaux que
nous possédions de lui fussent d'inoffensifs paysages du Pays basque, Ribera avait une réputation
sulfureuse de Don Juan. Elle entretint durant ma
jeunesse le fantasme d'un métier inavouable.

C'est pourquoi je ne comprends pas que *Rex
choisisse une profession si voyante et certainement
suspecte aux yeux de la police. Elle me paraît sans
rapport avec la prudence qu'il manifeste en toute
occasion. Alors que je me permets de lui en faire la
remarque, il rit de ma naïveté : « Détrompez-vous,
mon cher *Alain, le plus voyant est toujours invisible.
Personne ne soupçonnerait Picasso d'être un espion. »
Ignorant qui est Picasso, je me tais, comme d'habitude.

Depuis cette remarque, je regarde *Rex avec d'autres yeux. Son teint hâlé, son élégance désinvolte ne trahissent-ils pas le style d'un Don Juan ? Cette idée m'effleure sans que je m'y attarde. Pourtant, je suis obligé d'admettre que, si son visage ne ressemble en rien à celui, buriné, de mon oncle, il y a dans leur allure, dans leur charme, une certaine parenté.

Lundi 7 septembre 1942

Les Alsaciens-Lorrains chez de Gaulle

Le BCRA n'a pas répondu à ma demande de *schedule* pour Jean Holley. De ce fait, ce dernier ne peut toujours pas prendre contact avec la *Home Station*. Londres a multiplié les admonestations. Ainsi, le 1er septembre :

> *En première urgence. Faites régler question contact des postes de Léo.W [Holley], Sif.W et Bip.W [moi-même]. Ne comprends pas qu'aucun des postes ne réussisse à prendre contact. [...] Poste Kim.W [Brault] ne peut continuer à assurer seul tout le trafic qu'il est indispensable ralentir au minimum.*

Comme solution provisoire, le BCRA a proposé à *Rex d'utiliser l'excellent radio de *Salm, mon camarade Maurice de Cheveigné. *Rex m'a demandé d'organiser un rendez-vous avec *Salm et de communiquer à Londres un mot de passe pour préparer cette rencontre. En revanche, *Rex n'a pas répondu au sujet du silence des trois radios. Le BCRA est donc revenu à la charge auprès de Bidault en lui demandant de réduire son trafic « jusqu'à contact de Bip.W », ajoutant : « Pourquoi Bip.W ne prend-il pas contact ? » Visiblement, le capitaine *Bienvenue ignore ma nouvelle affectation. En porte à faux avec le BCRA, qui me croit toujours radio de Bidault, et non secrétaire de *Rex, je commence à m'inquiéter.

Quand j'apporte le câble à *Rex, il me demande de préparer une réponse. Le soir, je lui remets un texte rédigé avec Paul Schmidt dans lequel nous expliquons que, depuis un mois, nous essayons de prendre contact aux heures indiquées : « Les postes anglais n'émettent pas ou sur mauvaise fréquence. À ces heures, impossible à poste Kim d'entendre poste émetteur anglais. Nombreux messages à ce sujet échangés entre poste Kim et anglais. Aucun résultat. »

Dans ce télégramme, je n'ai pas osé répéter ma nouvelle affectation déjà annoncée par *Rex dans son courrier du mois d'août. Je suis soulagé de voir que *Rex, après avoir lu le câble, ajoute une ligne de sa main, sans doute pour justifier mon silence auprès de mes supérieurs. Au lieu de cela, je lis avec inquiétude : « Voulez-vous demander aux Anglais s'ils se moquent de nous ? Il faut en finir avec l'incompétence des bureaux ! »

En vue de son prochain départ pour Londres en compagnie des chefs des mouvements, *Rex effectue de nombreux déplacements en province. Il voyage de terrain en terrain après des échecs répétés d'opérations aériennes ou maritimes. Durant ses absences, je croule sous le travail. De plus, je n'ai recruté aucun courrier et suis toujours seul responsable de toutes les liaisons.

Lors d'un passage de *Rex à Lyon, j'ai organisé chez Mme Bedat-Gerbaut une première rencontre entre lui et Me Paul Kalb, qui représente les réfugiés alsaciens-lorrains.

J'avais établi ce contact par le biais de Mme Moret. Durant mon séjour chez elle au mois d'août, elle m'avait demandé de venir la voir à son bureau. Elle travaille au Secours national, installé au rez-de-chaussée de l'Hôtel-Dieu, sur les quais du Rhône. De la chambre de *Rex, je voyais la porte d'entrée de son service. Sous cette étiquette rassurante, plusieurs des services secrets de Vichy y logent, sans autre lien que la commodité. Elle travaille directement sous les ordres du capitaine Courbaud, appartenant au Deuxième Bureau de Vichy. Elle en est très fière, car c'est lui qui a organisé et réussi l'évasion du général Giraud.

Lorsque je lui ai rendu visite, elle m'a fait entrer dans une petite pièce, dont elle a fermé la porte avant de me confier, à voix basse : « J'ai un service à vous demander. Me Kalb, une des personnes avec qui je travaille, est un Alsacien, avocat et représentant de ses compatriotes réfugiés, expulsés et évadés. Il souhaiterait établir une liaison avec un agent de Londres. J'ai pensé que vous pourriez le rencontrer et organiser quelque chose avec lui.

— Je n'ai aucun titre pour rencontrer votre ami et encore moins pour établir une liaison avec la France libre. En revanche, je peux en parler à mon patron. »

N'ayant jamais entendu parler de ce Me Kalb dans la Résistance, j'estimais cette invitation sans intérêt. Néanmoins, pour lui faire plaisir, je la transmis

le soir même à *Rex. À ma surprise, il répondit :
« Organisez l'entrevue le plus rapidement possible. »
À cette époque, Kalb était à Vichy. La rencontre eut
lieu au début de septembre. C'était un des premiers
rendez-vous tenus chez Mme Bedat-Gerbaut. Non
sans appréhension, j'y conduisis Me Kalb, que *Rex
vint rejoindre quelques minutes plus tard.

Après l'entretien, *Rex me fixa rendez-vous devant
un magasin de décoration faisant l'angle de la rue
de la République et de la rue Ferrandière. Arrivé en
avance, je pus contempler les vitrines d'une exposition de Jean-Gabriel Domergue, mon peintre préféré.
À vrai dire, c'était un des rares dont je connaissais,
avant la guerre, non seulement le nom, mais les
œuvres, du moins leurs reproductions : elles illus-
traient — en couleurs, rareté à l'époque — les
articles de *Paris-Magazine*, revue pornographique
circulant sous le manteau au collège. Les nus étroits,
filiformes et ondoyants de jeunes femmes, souvent
coiffées d'un chapeau valorisant la sensualité de
leurs corps asexués, me troublaient.

Pour la première fois, je voyais ses tableaux « en
chair et en os ». Après avoir examiné l'ensemble,
mon regard se fixa sur un petit tableau exposé au
centre de la galerie. À mes yeux, il résumait le génie
du peintre. Hypnotisé, j'entrai demander le prix :
5 000 francs, une fortune ! Je ressortis et l'observai
à nouveau avec l'intensité du regret. Absorbé dans
ma contemplation, je ne remarquai pas l'arrivée de
*Rex. Tandis qu'à côté de moi il regardait l'objet de
mes désirs, j'entendis : « Je ne savais pas que vous
étiez un amateur d'art… éclairé ? Vous avez bon
goût. Elle est "souhaitable" ! »

Démasqué, je rougis. Il m'entraîna vers la place
Bellecour : « Bien entendu, je parle du modèle. La

peinture, si tant est que l'on puisse appeler ainsi cette illustration, est exécrable. Si vous aimez les nus, regardez plutôt Titien, Rubens, Renoir. Quels que soient vos goûts, ce sont les chairs les plus troublantes de l'art. Rubens est peut-être le plus extraordinaire dans la transparence et la douceur des chairs. »

De ces artistes, dont je connaissais le nom, je n'avais vu que des reproductions en noir et blanc, fort étrangères à l'excitante couleur de Domergue. Sans transition, *Rex me dit : « Vous remercierez Mme Moret. Me Kalb est une recrue très utile pour le Général. C'est un remarquable conseiller pour rallier les Alsaciens-Lorrains. Gardez le contact. Quant à Mme Bedat-Gerbaut, on ne peut imaginer mieux pour les rendez-vous. » J'exultais. Dans ma reconnaissance, Mme Moret atteignait au zénith !

J'abandonnai *Rex chez lui et me précipitai chez elle à l'Hôtel-Dieu pour lui transmettre les félicitations du « patron » et l'interroger sur l'éventualité d'autres relations d'une telle qualité. En attendant, par son intermédiaire, j'établis avec Me Kalb une liaison permanente. Premier résultat de ce succès, *Rex me demanda d'organiser un rendez-vous avec le député d'Alsace Robert Schuman, qu'André Philip lui avait demandé d'envoyer à Londres pour s'occuper des questions concernant également les Alsaciens-Lorrains.

Depuis mon arrivée, j'ai maigri de quelques kilos ; je vis sur les nerfs. Le marché noir est trop cher pour ma mensualité. Je survis grâce à Cheveigné, qui se moque gentiment de moi : « Tu attends quoi, d'être mort pour en parler ? Il ne te mangera pas. »

Ce soir, je traverse la place Bellecour avec *Rex, qui, justement, m'interroge : « Comment se porte votre équipe ?

— Pas très bien.

— Pourquoi ?

— Parce que notre budget est insuffisant. Le marché noir est hors de prix. De plus, mes camarades ont besoin d'un vestiaire, en particulier de chaussures, et surtout *Germain, qui est ouvrier. »

*Rex ne me laisse pas achever et reprend sa marche : « Prenez chaque mois ce dont vous avez besoin pour vivre. Nous ferons les comptes à la fin pour voir ce que vous dépensez[1]. »

Dimanche 13 septembre 1942

Courrier n° 14

*Rex me donne à coder un nouveau rapport. Il reprend en détail certains renseignements sur la situation des Juifs, dont Bidault l'a informé, puis développe les informations que je lui ai apportées après ma rencontre avec *Crib. Comme toujours, j'en apprends beaucoup sur l'activité des mouvements, ainsi que sur les entrevues avec le général Delestraint et Me Kalb.

Ce dernier s'est engagé à communiquer toutes les informations qu'il obtiendrait auprès de ses compatriotes récemment évadés. Il s'agit d'une ouverture

---

1. À partir de cette soirée, je lui soumis les dépenses du secrétariat. Nous étions trois à cette époque. Quelques mois plus tard, nous fûmes une douzaine. Jamais il ne fit la moindre observation sur le montant des dépenses qui grossissaient en conséquence.

précieuse sur une province difficilement accessible. *Rex l'a interrogé sur la qualité de la propagande de la BBC en direction des Alsaciens-Lorrains. Kalb l'estime satisfaisante dans l'ensemble. Toutefois, il souhaite que l'on énonce plus fréquemment de vibrantes affirmations sur la victoire des Alliés et le retour de la province à la France.

Me Kalb recommande également de ne pas exagérer les émissions en dialecte, car les Alsaciens se flattent de parler français. Il juge nécessaire de prouver la désaffection des Alsaciens et Lorrains à l'égard de Pétain et de Vichy. De ce fait, la BBC devrait insister sur leur attachement indéfectible à la France combattante.

Samedi 19 septembre 1942

*Rencontre *Rex-*Salm*

Depuis que *Rex m'a demandé de rencontrer *Salm, il m'a fallu plus d'un mois pour organiser le rendez-vous, bien que tous deux soient des agents du commissariat à l'Intérieur, habitent la même ville et soient reliés à André Philip par radio. En réalité, ils ne se connaissent pas, non plus qu'ils ne savent quelle est la mission de l'autre[1]. Le commissariat à l'Intérieur, après quelques mois d'existence, avait

---

1. Si incroyable que cela puisse paraître, cette situation était la conséquence du respect par Moulin des règles de sécurité édictées par les Britanniques et le BCRA. Si ces mesures avaient été appliquées par tous, la Résistance aurait été paralysée, car les rendez-vous urgents auraient dû obtenir l'accord de Londres. La plupart du temps, elles furent donc allègrement violées. Ma rencontre avec Maurice de Cheveigné en est un exemple.

jugé que la mission de *Salm était sans intérêt. Du moins, telle qu'il l'accomplissait. C'est pourquoi, le 14 août 1942, Philip avait proposé à *Rex de mettre *Salm sous ses ordres.

Afin de préparer cette rencontre, le même télégramme réclamait d'urgence une adresse et un mot de passe pour organiser la prise de contact. Du fait de la saturation du trafic, ce télégramme n'arriva que trois semaines plus tard, le 5 septembre. Trois jours auparavant, le 2, je reçus un télégramme répétant celui du 14 août et rappelant que *Salm possédait un « bon radio », en contact permanent avec la *Home Station*. Il proposait donc de le mettre au service de *Rex.

Après avoir déchiffré le câble, mon premier mouvement fut d'avouer à *Rex que j'avais retrouvé *Salm.W (Maurice de Cheveigné) depuis un mois et que nous déjeunions ou dînions ensemble plusieurs fois par semaine. Par son intermédiaire, il pouvait donc rencontrer immédiatement *Salm, son patron. Cependant, par crainte de sanctions, je préférai garder le silence, redoutant que cet aveu ait des conséquences imprévisibles pour nous deux.

Durant cette période, *Rex était parti sur la Côte d'Azur en compagnie de Jean-Pierre Lévy dans l'attente du sous-marin qui devait les conduire à Londres. La liaison quotidienne avec mon patron était assurée par Yvon Morandat, organisateur de l'opération. Le 5 septembre, je fis transmettre à *Rex les deux câbles du BCRA. Je ne reçus sa réponse qu'une semaine plus tard, le 12 septembre. Il me demandait d'expédier à Londres l'adresse et le mot de passe du rendez-vous avec *Salm. J'indiquai la famille Morin, 55, rue Molière, que *Germain venait de recruter : ils nous prêtaient boîte et appartement.

C'était la première fois que nous l'utilisions. En outre, *Rex annonçait dans son télégramme qu'il n'utiliserait pas *Salm pour la liaison avec Franc-Tireur, comme le BCRA le lui proposait, puisqu'il avait déjà attribué cette mission à *Sif.W, l'ancien radio de Raymond Fassin. En ce qui concerne *Salm, il avait l'intention de lui confier des missions ponctuelles dans le cadre de la coordination des mouvements. Quant à son radio, Cheveigné, *Rex acceptait de le récupérer à son service afin de soulager Brault, surchargé.

Huit jours plus tard, le 16 septembre, je reçus un câble confirmant que *Salm prendrait rendez-vous d'urgence avec *Rex. Tandis que le lendemain, 17, un nouveau câble réclamait la répétition du mot de passe indéchiffrable contenu dans le télégramme du 12.

De telles péripéties rythment quotidiennement, à tous les niveaux, l'existence des résistants, dont la difficulté majeure est de communiquer entre eux et avec Londres.

Finalement, *Rex rencontre *Salm ce 19 septembre. Après le rendez-vous, il me remet un câble :

> *Me suis mis d'accord avec lui [*Salm] pour utiliser son radio EEL [*Salm.W, alias Cheveigné] afin de soulager Sif.W. EEL très mal installé dans chambre garnie où il loge et émet, pour émission prolongée, a besoin installation sérieuse.*

*Rex m'ayant demandé d'organiser un contact quotidien avec Cheveigné, je lui révèle enfin notre amitié d'Angleterre. *Rex me donne l'ordre de lui trou-

ver rapidement un local pour ses émissions : « Veillez
sur lui, nous en avons grand besoin. » Je me garde
de lui avouer que je n'ai pas encore trouvé de bureau
pour *Mado, ni de local pour héberger les agents
de passage, ni même pour préparer mes propres
émissions.

Mardi 22 septembre 1942

« *À bout de ressources* »

Schmidt me demande d'héberger une nouvelle
personne pour la nuit. Je me rebiffe : « Une fois suffit : c'est non ! » Il m'explique qu'il s'agit d'un Juif.
Depuis quelques jours, il est sollicité par des camarades qui ne savent que faire d'hommes traqués et à
bout de ressources. Schmidt a besoin de moi, au
moins pour une nuit : « Les Juifs sont encore plus
difficiles à caser que les aviateurs. »

Ai-je le droit de refuser ? Que valent les règles de
sécurité face au devoir ? Je finis par fixer notre
rendez-vous loin de ma chambre, à l'arrêt du tram
n° 7, devant Perrache. Comme toujours, je choisis
L'Action française comme signe de reconnaissance.
Je demande à Schmidt que ce dangereux locataire
me suive sans m'aborder, d'abord en montant seul
dans le tram qui nous déposera près de chez moi,
puis jusqu'à ma chambre. Cette précaution déjouera
peut-être une éventuelle filature.

À l'heure tardive du rendez-vous, le tramway est
presque vide. De loin, j'observe mon hôte. Quel
contraste avec le jeune pilote anglais dont la mine
insolente tranchait sur la grisaille lyonnaise ! Ce
jeune homme, avec son visage triste et ses vêtements

froissés, ne diffère pas de la population que je côtoie quotidiennement. Il a une trentaine d'années, peut-être moins, et est aussi brun que l'Anglais était blond. Son regard attachant et réfléchi inspire sympathie et confiance. Pourtant, je n'oublie pas qu'en dépit de son apparence inoffensive ce garçon met en péril mes fonctions.

Comme prévu, je descends le premier ; je l'entends me suivre dans la rue, heureusement déserte. Avant d'entrer dans l'immeuble, je change de trottoir et ouvre la porte, qu'il referme sans bruit. Arrivés dans ma chambre, tout se déroule comme avec mon précédent visiteur. Le matelas installé sur le sol, il s'allonge tout habillé et s'endort d'un coup.

Je ne peux m'empêcher de l'observer avant de me mettre au travail. Il ne ressemble nullement aux caricatures de *Gringoire* ou de *Je suis partout*. Où sont sa bedaine, son opulence, sa morgue ? Est-ce là le type d'homme qui menace l'âme de la France ? En réalité, je n'ai jamais rencontré « le » Juif caricaturé par la haine de mes anciens amis politiques. J'aurais aimé lui parler, connaître son histoire, affirmer ma solidarité contre la honte de Vichy. Mais je dois respecter son secret et surtout achever rapidement mon travail nocturne.

Assis à ma table, l'esprit ailleurs, je peine sur l'alphabet en désordre d'un câble auquel j'essaie de donner sens, mais je n'ai pas le courage d'achever mon travail. Je me déshabille et me couche en silence[1].

---

1. Le lendemain soir, à mon retour, j'eus la surprise de découvrir mon lit soigneusement fait, la vaisselle nettoyée et, sur ma table, un petit carré de papier sur lequel l'inconnu avait tracé d'une écriture élégante : « Merci ».

Samedi 26 septembre 1942
Recrutement à Toulouse

La recherche de locaux est devenue tout aussi urgente que le recrutement de volontaires pour étoffer mon secrétariat. La réponse favorable de Blanquat, mon ancien camarade de l'Action française, m'a incité à le rejoindre à Toulouse.

Je lui ai envoyé un télégramme lui annonçant « la visite du messager de Dany » ce week-end, durant lequel *Rex attend toujours son départ pour Londres sur le terrain. Avant la guerre, j'étais souvent venu dans cette ville avec mes parents. Le rose de ses façades en brique la pare d'un charme joyeusement entretenu par la foule des étudiants encombrant rues et cafés.

J'arrive par le train en début d'après-midi. J'ai annoncé ma visite pour 7 heures : j'ai le temps de suivre les traces de mon passé. À mesure que j'avance vers la place du Capitole, l'architecture me paraît familière. L'accent chantant me plonge dans l'univers sonore de mon enfance : celui d'une France singulière n'appartenant qu'à moi. Je veux revoir la basilique Saint-Sernin, souvent visitée avec ma mère. Je suis curieux de la comparer avec les églises d'Angleterre. Elle me paraît plus vaste et surtout infiniment plus émouvante. Est-ce l'étroitesse de la nef tout en hauteur, l'obscurité alentour ? Je déambule lentement et suis enveloppé par cette présence invisible et totale, qui est le socle de ma foi.

Après une longue promenade, je sonne chez Mme Baysoselle. Une dame avenante et replète m'accueille.

Prévenue de ma visite, elle m'indique que Blanquat
doit arriver d'un instant à l'autre. En attendant, elle
me fait entrer dans la chambre qu'elle lui loue. C'est
une pièce spacieuse, décorée de quelques meubles
chinois et surtout d'un lit démesuré. Connaissant la
passion de Blanquat pour les filles, je ne doute pas
qu'il possède là un champ de manœuvre à toute
épreuve.

Je m'installe dans un fauteuil et commence à parcourir mon journal lorsque j'entends une clef tourner dans la serrure et des pas dans l'entrée. La porte
de la chambre s'ouvre : c'est lui. Il s'arrête net sur le
seuil et me contemple avec stupeur. Il me croyait à
Londres et attendait mon « messager ». Il répète
plusieurs fois : « Ça par exemple ! » Nous nous
embrassons avec force tapes dans le dos pour masquer notre émotion.

Nous ne savons que dire tant notre bonheur est
intense. Nous sommes séparés depuis plus de deux
ans : à notre âge et dans ces circonstances, c'est une
vie. Il recule pour mieux m'observer, me scrute
comme s'il était pris soudain d'un doute sur mon
identité : « Tu n'as pas changé.

— Toi non plus. »

Il porte toujours les mêmes lunettes, qui donnent
à son visage une expression studieuse. Il a aussi
conservé son regard malicieux annonçant des gau-
drioles ponctuées d'éclats de rire.

Par où commencer quand tout est à dire ? Nous
sommes muets de bonheur. « Devine qui habite avec
moi ? me dit-il.

— Sans doute un harem ! »

Il rit bruyamment. Ce rire sonore ressuscite toute
notre amitié : la politique, les discussions passionnées, le cercle... « Mais non : Carquoy ! » C'est à

mon tour de chavirer. Yves Carquoy est un de mes amis d'enfance. Ma mère a été au couvent avec la sienne. Au cours de notre adolescence, l'Action française nous a rapprochés dans une commune espérance et un combat ardent.

Carquoy partage avec Blanquat le goût des filles et avec moi celui de la politique et de la montagne. L'été, il venait à Bescat et nous allions camper tous les deux dans des lieux escarpés. « Que faites-vous à Toulouse tous les deux ?

— En 1940, il faisait son service militaire à Montpellier. Après l'armistice, il a demandé son transfert à Toulouse pour achever son temps. Les nouvelles lois l'y autorisaient. Je l'ai rejoint par hasard, après avoir été nommé délégué à la propagande du Maréchal pour la Haute-Garonne. »

Bigre ! Ce doit être une « couverture » pour une activité clandestine. Connaissant mon camp, Blanquat n'a-t-il pas marqué son plein accord pour recevoir mon envoyé imaginaire ? Comme s'il percevait mon flottement, il lance d'un ton joyeux : « Allons dîner. Carquoy est de service ce soir et rentrera tard.

— Connais-tu un bon restaurant ? C'est moi qui invite. »

Tandis que nous déambulons dans les rues, nous parlons d'une voix claironnante, comme avant-guerre. En sa compagnie, c'est comme si j'étais soudain libéré d'une présence invisible : la peur. Au restaurant, les tables ont beau être suffisamment éloignées pour nous permettre de parler librement, je reste sur mes gardes. Comprenant mon regard circonspect, il me rassure : « Avec moi, tu ne risques rien. » Quand il m'interroge sur ce que je fais en France, je lui réponds néanmoins que nous en parlerons chez lui.

Je le questionne sur la vie de nos anciens camarades de l'Action française. Il m'informe qu'après
l'armistice le cercle a fusionné avec l'association
des étudiants dans un nouveau mouvement. Paul
Courcoural, ancien collaborateur de mon grand-père
Cordier, a poursuivi sous l'Occupation la publication de *Guyenne et Gascogne*. Jean Arfel est devenu
l'étoile montante de l'organisation à Bordeaux. Il écrit
maintenant sous le pseudonyme de Jean Madiran.

Je me souviens bien de la participation efficace
d'Arfel à la vie du cercle, où son intelligence et sa
passion doctrinale faisaient merveille. J'ai toujours
cru qu'il serait destiné à un rôle de premier plan
dans le journalisme politique. Blanquat douche
mon enthousiasme : « Il soutient Pétain à fond. »

Je ne dis rien. À mesure qu'il parle, je prends
conscience que je suis le seul militant du cercle à
avoir rallié de Gaulle et la Résistance. L'exemple de
la double fidélité de Mme Moret, vécue sans déchirement, me fait espérer malgré tout le recrutement
de mes deux camarades. Cette femme patriote n'est-
elle pas la preuve qu'en 1942 on peut être à la fois
pétainiste, vichyste et gaulliste ?

Blanquat suit-il le cheminement de ma pensée ?
Brisant le silence, il lâche : « Sais-tu que j'ai revu
tes parents ? » Étrangement, j'avais oublié la lettre de
1941 dans laquelle ma mère m'informait de sa visite.

« Tu es allé à Bescat ?

— Non, ils sont installés à Pau, où ils ont acheté
un appartement, au *Gassion*[1]. »

Révélation cruelle. À l'instant où ma mère redevient présente, l'obligation de la situer dans un décor

---

1. Un des anciens palaces de Pau qui avait fermé durant la crise
des années 1930 et avait été vendu par lots en appartements.

inconnu désintègre son image : mon souvenir est prisonnier de Bescat ; ailleurs, elle n'est qu'un fantôme insaisissable.

« Pourquoi ont-ils déménagé ?

— Ils n'ont pas déménagé. Ils ont conservé Bescat, mais comme il n'y a plus d'essence ils ne peuvent habiter dans la vallée d'Ossau. »

Notre maison, ma chambre sont donc intactes, comme l'espérance. Je pourrai y dormir à nouveau, caresser les chiens, embrasser ma mère... Au-delà du patriotisme de vengeance, c'est là mon but de guerre. Deux heures de train à peine me séparent de mes parents. À cet instant, je voudrais tant les revoir, mais le BCRA l'interdit formellement. Ce qui me sépare d'eux est en réalité mon absence d'avenir. Lorsque je pense à mes parents, j'ai la certitude de ne jamais les revoir. Les risques permanents de la clandestinité ne laissent aucun espoir raisonnable d'en sortir.

Après dîner, nous retournons chez Blanquat par les rues désertes. En chemin, il m'annonce tout à trac, d'un ton faussement détaché : « Ils m'ont parlé de Domino. » Je ressens cette indiscrétion comme une trahison. Mes parents ne connaissent ma liaison avec elle que par la lettre de l'automne de 1940 que je leur avais demandé de lui transmettre. Mes sentiments nostalgiques s'y étalaient sur deux pages, mais je n'ai reçu aucune réponse de Domino.

Blanquat, devinant le choc de cette évocation, reprend, hésitant : « Je ne croyais pas que ce serait moi qui te raconterais tout ça. Tu sais mon amitié ; ce ne serait pas honnête de te le cacher ! » Il parle de plus en plus lentement : pourquoi ces précautions ? qu'y a-t-il à cacher ? « Pardonne-moi de te le dire... » Je sens mon sang se vider : Est-elle morte ?

« Ils ne lui ont pas transmis la lettre que tu lui avais écrite. »

Ce n'est donc que ça ! Pourquoi faire tant de mystère pour une lettre oubliée ? Il s'arrête, m'obligeant à le regarder : « Tu ne me demandes pas pourquoi ? Elle s'est mariée parce qu'elle attend un enfant. » Je tourne la tête brusquement et accélère le pas. Je ne veux pas qu'il aperçoive mon désarroi. Mes yeux restent secs, mais ma gorge est tellement nouée que je crains de ne plus jamais parler. Je suis reconnaissant à Blanquat de rester silencieux jusqu'à notre retour chez lui.

Peu de temps après notre arrivée, Carquoy arrive en sifflotant : encore invisible dans l'entrée, je reconnais là sa bonne nature. Pourtant, lorsqu'il pousse la porte de la chambre et m'aperçoit parlant avec Blanquat, il s'arrête, pétrifié. Puis, sa vitalité reprend le dessus, et il se jette dans mes bras : « Je te croyais en Angleterre ! » hurle-t-il de sa voix de stentor.

Je dois avoir l'air terrorisé en lui montrant la porte. « Ne t'inquiète pas, ici tu ne risques rien. » Comme pour me prouver qu'il ne ment pas, il sort de sa poche un énorme revolver qu'il jette négligemment sur le lit. Quelle imprudence pour un résistant de se promener dans la rue avec une arme aussi voyante !

« Quand j'ai appris que tu étais à Londres, j'ai cru qu'on t'avait retenu comme otage ou comme prisonnier. Dis-moi, sérieusement, qu'est-ce que tu foutais là-bas ? » Je résume mon aventure : de Gaulle, les chasseurs, ma mission. Malgré moi, je ne peux évoquer ce passé récent sans une certaine émotion. Je découvre soudain qu'en dépit de leur affectueuse curiosité ils sont hostiles à mon engagement.

J'ai à peine fini que Carquoy lance vivement :
« Tous les Juifs et leurs amis du Front populaire
sont partis à Londres pour se planquer. Ce sont des
lâches ! Ils sont à l'abri avec leur fortune et attendent de rentrer dans les fourgons de l'étranger. Mais
cette fois, il n'y aura pas de retour ; nous les empê-
cherons de nuire à la France. » Il ajoute qu'il vient
de participer à une rafle de Juifs.

À cet instant, je pense à mes camarades chasseurs qui se battent en Libye, à ceux qui sont en
mission avec moi, à Rouxin arrêté, à ce Juif traqué
qui, en toute confiance, a dormi dans ma chambre.

« C'est de la propagande ! répliqué-je rageusement.
Comment pouvez-vous croire à de pareils mensonges ? En Angleterre, la quasi-totalité des Français
libres sont des Bretons : ils sont engagés dans toutes
les batailles. Quant aux Juifs, ce sont des innocents
pourchassés par Vichy, dont les évêques eux-mêmes,
et celui de Toulouse en particulier, ont condamné
la politique à leur égard. »

La réplique ne se fait pas attendre : « Et Schumann,
s'exclame Blanquat en riant, c'est un Breton ?

— Quel que soit le nombre de Juifs dans la France
libre, ils ont le droit de se battre, en tant que Français,
pour la liberté de leur patrie, puisque les Français
de métropole, eux, sont assez lâches pour ne rien
faire.

— Tu ne serais pas un brin naïf ? Les Juifs ne se
battent pas : ils t'envoient au casse-pipe. Tu finiras
au trou. »

Nous avons autrefois bataillé en commun ; nous
étions tous des patriotes. Aujourd'hui, notre passion
est intacte, mais notre idéal diverge. La priorité
n'est plus d'étrangler la Gueuse mais de libérer la
France. J'ai trop besoin de leur collaboration pour

ne pas tenter de les convaincre. Je me jette alors dans une déclaration solennelle : « Vous me connaissez. Comment pouvez-vous croire que je me serais engagé dans cette aventure si la France libre était la horde abjecte que vous décrivez. Je vous conjure de me croire, je n'ai pas changé. De Gaulle est l'un des nôtres ; il faut gagner la guerre ! »

Leur réplique me laisse peu d'espoir : « Si les démocraties gagnent, dit Blanquat, il sera trop tard pour nous défendre contre les Juifs. Le Maréchal est peut-être gâteux, mais il fait du bon travail. Il nous débarrasse du "peuple élu", ce chancre mortel. »

Ai-je été trop naïf ? En venant ici, je n'ai pas imaginé une seconde un tel désaccord entre nous. Pourquoi ne comprennent-ils pas que l'obligation première est de nous débarrasser des Allemands ? *L'Action française* l'a écrit le 17 juin 1940. Pourquoi ne voient-ils pas que ce sont les Boches qui tiennent la France en esclavage, et pas les Juifs ? Choqué par leur antisémitisme, ma conclusion est sans appel : il y a des innocents à sauver ; ce n'est plus un débat, mais une urgence.

La discussion se poursuit fort avant dans la nuit, chacun de nous restant sur ses positions. Au petit matin, le sommeil nous réconcilie dans le grand lit.

En me réveillant, je me rends compte que je ne leur ai pas avoué l'objet de ma visite. Au petit déjeuner, je leur fais raconter leur existence, leurs projets d'avenir. Afin d'éviter un affrontement stérile, je porte le débat sur un autre plan : « Quel que soit le régime qu'on donnera à la France après la guerre, nous sommes d'accord au moins qu'il faut libérer le pays.

Tant que durera l'Occupation, il est impossible de construire quoi que ce soit de durable.

— Tu crois vraiment que les Alliés vont gagner la guerre, que la Russie victorieuse va nous apporter la liberté ? »

Ce n'est pas le moment de leur avouer ma propre inquiétude à ce sujet : « Je n'ai pas changé d'opinion vis-à-vis du danger communiste, mais si nous voulons gagner la guerre, nous ne le ferons qu'avec eux.

— Et après ?

— Après, on verra.

— N'est-il pas plus raisonnable de laisser se déchirer les communistes et les Boches ? Grâce à la neutralité garantie par Pétain, nous aurons la chance d'être arbitres de la paix. »

Je reconnais la thèse des attentistes. Pour moi, ce ne sont que des mots, et j'enrage de voir mes amis s'engouffrer dans cette impasse : « La France n'existera que si elle fait la guerre au côté des vainqueurs ; or les vainqueurs seront les Américains. »

Nous ne sommes pas en phase, et la discussion s'éternise. Je décide d'en brusquer le dénouement : « Nous sommes au moins d'accord pour liquider les Boches. C'est ce que je fais en ce moment : Voulez-vous travailler avec moi ? » À ma surprise, je constate que ma question les heurte moins que je ne le craignais. Ils me semblent juste indécis. J'en profite pour les inviter à déjeuner. Je compte sur le cadre public du restaurant pour brider les éclats de la discussion.

Une fois dans l'arrière-salle du *Bar Hic*, Carquoy est le premier à répondre franchement : « Je regrette, mais c'est non. Pour l'instant, je termine mon service dans la police, puis je rentre à Bordeaux terminer mes études de médecine. J'ai déjà perdu assez de temps dans ces guignolades ! »

Pour d'autres raisons, Blanquat parvient à la même conclusion : « Je crois en la politique du Maréchal. Elle permettra à la France de se relever et d'être plus forte pour poser ses conditions lors de la victoire éventuelle des Alliés ou des Allemands. C'est un fait. »

J'ai dormi entre un policier et un propagandiste de Vichy. Si *Rex savait ça… Comme nous sommes éloignés ! Dans la fonction modeste que j'occupe, j'ai le devoir de trouver des locaux et de recruter courriers et collaborateurs pour faire fonctionner le secrétariat du patron. Force est de constater qu'ici, à Toulouse, j'ai échoué.

Je m'efforce de ne pas manifester ma déception, lorsque soudain, de concert, ils me proposent leur aide : « En tout cas, tu n'es plus seul.

— Nous pouvons t'aider pour n'importe quoi. Entre nous c'est comme autrefois. »

Saisissant la balle au bond, j'accepte leur offre : « Je vis avec des faux papiers fabriqués à Londres. Pouvez-vous m'obtenir une vraie carte d'identité sous un faux nom ?

— Rien de plus facile, répond Carquoy, visible-ment satisfait d'adoucir nos désaccords. Je vais t'en faire une en moins de deux. »

Nous nous rendons tous les trois au vieux Photomaton des Galeries, puis Carquoy file à son commissariat pendant que je l'attends avec Blanquat dans un café. Quand il me rapporte ma nouvelle carte flambant neuve, je vais détruire aux toilettes celle de Londres. Le faux Charles Daguerre devient le vrai Charles Dandinier. J'attribue à ce morceau de carton la vertu protectrice d'un scapulaire : grâce à lui, je deviens invulnérable.

Ils m'accompagnent à la gare, où nous nous séparons sur une accolade mélancolique. Dans le train bondé, j'ai l'impression d'avoir passé un dimanche en famille. Pourtant, que de déconvenues ! En dépit de la chaleur de nos retrouvailles, je ne reconnais plus mes amis. Et quant à Domino, ce n'est pas la réalité qui s'effondre, mais une rêverie romanesque, bâtie depuis deux ans sur une étreinte et quelques baisers[1].

Lundi 28 septembre 1942

Le fils du grand Copeau

À Lyon depuis deux mois maintenant, j'ai fait la connaissance hier de *Salard, personnage extraordinaire. Second de D'Astier de La Vigerie, il remplace *Brun, avec lequel j'assure d'ordinaire la liaison avec Libération. *Brun est un homme pressé, silencieux et distant : nous échangeons nos papiers en marchant, fixons notre prochain rendez-vous et nous séparons aussi rapidement que nous nous sommes abordés. Le contraste est d'autant plus saisissant avec *Salard.

Dès le premier mot du premier rendez-vous, il m'a tutoyé : c'était la première fois qu'un résistant me parlait de la sorte, même parmi les plus âgés. Entre Français libres, c'est la règle depuis le premier

---

1. Domino, Yves Carquoy et Henri Blanquat sont des noms d'emprunt. Si j'ai choisi de ne pas révéler leur véritable identité, c'est par respect pour nos amitiés d'enfance.

jour, mais avec les résistants, même les plus jeunes, cela m'aurait semblé incongru. Jamais je n'ai tutoyé aucun des membres du secrétariat. J'étais d'autant plus indisposé par sa familiarité qu'il était âgé — la trentaine. Je le vouvoyai donc. « Qu'as-tu appris dans l'armée ? me répondit-il. Je t'emmène déjeuner : tu vas te régaler. »

Il est grand et enveloppé ; un sourire séducteur éclaire son visage. « Il y a longtemps que tu es à Lyon ? » D'abord glacé par son indiscrétion, je ne tardai pas à découvrir qu'il était peut-être le plus intelligent des résistants que je connaissais, du moins selon mes critères (je jauge l'intelligence à la culture littéraire). Pointant du doigt les journaux que j'avais sous le bras, il reconnut *L'Action française*. « Que dit Maurras aujourd'hui ? » Je rougis : je ne l'avais pas lue. Bien que la revue de presse fasse partie de mes fonctions, je dois avouer que sa lecture est devenue un calvaire : les campagnes contre de Gaulle et la Résistance, l'hostilité aux Alliés, la dénonciation des Juifs, tout m'est devenu insupportable, cruel même.

Au milieu des journaux repliés se trouvait un livre. Il lut le titre sur le dos : *Les Thibault*, *Épilogue*. C'est le dernier volume de la série que j'ai achetée pour Maurice de Cheveigné. « Ça te plaît ? » Agacé par ses indiscrétions répétées, je cherchai une repartie qui restaurât la distance entre nous : « Prodigieux ! C'est *Guerre et Paix* plus... » Il me coupa : « Tu crois ? » Je me lançai dans des explications passionnées : Jacques, idole de mon adolescence, révolté contre sa famille, voulant changer le monde, libérer les pauvres, arrêter une guerre d'exploiteurs. Salard écoutait attentivement. Ne sachant rien de moi, il se méprit : « Tu milites à gauche ? » Il semblait vouloir toujours avoir le dernier mot. Excédé, je criai presque : « Non, mais l'art transcende les opinions. »

L'arrivée dans son « bouchon » marqua une pause dans la montée de la tension. Après avoir commandé, toujours sur mes gardes, je cherchai à prendre l'avantage en évoquant un livre qu'il ne connaissait certainement pas : « Martin du Gard n'a pas écrit que *Les Thibault*. Il a aussi publié un livre choc, *Jean Barois*.

— Je connais bien Roger Martin du Gard. D'une certaine manière, c'est un père pour moi. »

Coup de théâtre : j'avais en face de moi quelqu'un qui parlait à mon idole, vivait dans son intimité ! Oubliant ma réaction première, je l'aurais embrassé. Mais qui est-il donc, me demandai-je, pour avoir de telles relations ? Cette question, on ne la pose jamais dans la Résistance.

La seule personne que je peux interroger est Yvon Morandat : il sait tout et dit tout. Effectivement, lorsque je le rencontre, aujourd'hui : « C'est mon successeur à la direction du journal *Libération*. C'est un type épatant, tu peux avoir toute confiance.

— Qui est-ce ?

— Comment, tu ne sais pas ? C'est le fils du grand Jacques Copeau : le Vieux-Colombier, la *NRF*, Gide, tout le bazar. Tu verras, il est très simple, c'est un bon vivant. »

Incroyable ! Il vit dans le milieu que j'admire par-dessus tout et dont Gide est le grand prêtre. Ma curiosité est si grande que je n'ai plus qu'une idée : le revoir.

❖

Ma tentative avortée auprès de mes anciens amis donne à mes camarades d'aujourd'hui tout leur prix. J'en ai la preuve en rejoignant ce soir Cheveigné chez *Colette*. Je suis aussi heureux de le revoir que si j'avais failli le perdre. À travers lui, je mesure la force du lien qui m'unit à tous mes compagnons de la France libre : le secret de notre solitude calomniée nous soude en une famille. Refusant la fatalité, c'est avec eux que j'ai donné sens à ma vie.

Cheveigné ne s'intéresse guère à la politique, ou plus exactement à ce théâtre de passions que j'appelle « la politique ». Son attitude est simple : refus d'une société dont il se sent exclu pour des raisons qui me sont inconnues. Aucune violence ne manifeste ce refus. Élégant en toute circonstance, il s'exprime sans vulgarité. Son arme absolue est une dérision qui m'agace parfois. Sans doute des problèmes familiaux ou professionnels l'ont-ils meurtri.

Il parle rarement de lui. Son caractère décalé se traduit par un nihilisme joyeux. J'envie cette liberté dont je me sens incapable. Il construit sa vie sur l'amitié et l'amour et considère l'existence comme une fête improvisée. S'il combat « les Schleus », comme il dit, c'est parce qu'ils ont gâché la fête. Près de lui, je prends la mesure de mes préjugés insolubles, de mes contradictions bourgeoises, et j'en souffre. Aurai-je le courage, un jour, d'être moi-même ? Sais-je même ce que cela signifie ?

XI

EN L'ABSENCE DU PATRON

8-30 octobre 1942

Jeudi 8 octobre 1942

Un fantôme de la IIIe République

À la fin du mois d'août, Londres a accepté la venue d'Emmanuel d'Astier de La Vigerie, Henri Frenay et Jean-Pierre Lévy et demandé à °Rex de se joindre à eux. D'Astier et Frenay sont partis le 17 septembre en sous-marin. Depuis lors, Lévy et °Rex espèrent leur départ sur des terrains successifs, dont les opérations finissent toutes par être annulées.

Jusqu'au 30 septembre, ils ont attendu leur envol pour Londres au *Goujon friand*, une auberge isolée proche de Mâcon, non loin de la Saône. L'opération ayant échoué, ils sont partis à la fin du mois sur la Côte d'Azur, où un sous-marin devait venir les prendre dans la nuit du 3 au 4 octobre. Après quelques jours d'attente vaine, une autre opération aérienne fut montée dans le Nord, avant d'être elle aussi annulée.

Resté seul durant cette période, j'étais responsable de toutes les liaisons. Heureusement, après deux mois de rodage, mon travail est devenu une routine, même si ce mot n'est sans doute pas approprié à la Résistance, où les conditions et le rythme du travail sont continuellement bouleversés par les malentendus, la surcharge de besogne et les arrestations.

L'expérience m'a appris la difficulté de maintenir des contacts radio avec l'Angleterre aussi bien que des liaisons avec Paris ou la province, les services et les mouvements à Lyon et dans la zone libre. La tâche consistant à obtenir l'accord des chefs sur n'importe quel sujet est simple dans ses objectifs, mais laborieuse dans sa réalisation[1].

À mon retour de Toulouse, le 27 septembre, j'avais trouvé dans ma boîte quantité de papiers et télégrammes adressés à *Rex. Il m'avait prescrit de ne le rejoindre que pour des affaires urgentes. Dans ce cas, je devais lui apporter les informations au *Goujon friand*. C'était le cas d'un télégramme que je décodai ce matin-là :

> *Demander par personne sûre — Herriot —*
> *qu'il adresse à André Philip qui sera octobre*
> *Amérique lettre où affirme solidarité avec de*
> *Gaulle. Lettre ne sera montrée qu'au seul président Roosevelt.*

Je pris le train après le déjeuner et arrivai dans l'après-midi au *Goujon friand*. En dépit de la saison tardive, l'hôtel vivait encore dans une atmosphère de vacances, bien étrangère aux turbulences de la

---

1. C'est peut-être l'aspect de la Résistance le plus malaisé à comprendre aujourd'hui. À l'époque du portable et de l'Internet, il est difficile de se représenter le mur invisible isolant des clandestins qui se côtoyaient en permanence. Il fallait plusieurs jours, dans le meilleur des cas, pour se rencontrer dans la même ville, parfois à quelques maisons de distance. La Résistance se déroulait comme un film au ralenti. Cette lenteur, source de confusions, eut souvent des effets dramatiques.

clandestinité. Quand je demandai « M. Marchand »,
la patronne me répondit qu'il était sorti pour dessi-
ner et me désigna une direction dans la campagne.
J'y trouvai *Rex, coiffé d'un béret et vêtu de sa canadienne, occupé à faire des croquis au bord de la
rivière. Quand il me vit arriver, ses traits se figèrent :
seule une affaire grave justifiait ma présence. Je le
rassurai en lui résumant le câble reçu de Londres.
« Décidément, me dit-il après l'avoir lu, ils me prennent pour Shiva. Comment veulent-ils que j'attende
mon départ sur le terrain et que j'organise une rencontre avec Herriot ? »

Il m'entraîna vers l'hôtel. L'exigence du Comité
national l'agaçait d'autant plus qu'il semblait avoir
« une dent » contre Édouard Herriot : « J'ai peu
d'espoir de le décider à partir. C'est un velléitaire.
Pour lui, la parole vaut l'action. Quand il aura trouvé
une formule brillante pour soutenir le Général, il
s'estimera quitte. Il n'a jamais été gaulliste. Il y a
peu de chance qu'il le devienne. Je comprends les
raisons pour lesquelles le Général a besoin de lui :
c'est une caution républicaine vis-à-vis des Alliés.
Mais il n'a pas renoncé à son ambition politique : il
prépare son rôle pour la Libération. »

Dans sa chambre, je lui communiquai l'ensemble
du courrier. Il me confia sa réponse — il tentait de
« faire toucher Herriot » — et me remit une lettre
pour Bidault : « Portez-la-lui avec le câble de Londres.
Qu'il fasse le nécessaire, c'est urgent. Quand il aura
une réponse, apportez-la-moi immédiatement. »

Le reste de ses directives concernait la répartition
de l'argent devant arriver par l'avion qu'il attendait.
Raymond Fassin me remettrait la somme à conserver chez les Moret une fois que les montants qu'il
m'avait fixés avant son départ auraient été distri-

bués. Il me recommanda de garder le contact avec les seconds des chefs de mouvement (*Lorrain, Copeau, *Claudius) et de lui câbler à Londres en cas de difficulté.

Sur sa table de nuit, je remarquai le premier tome des *Mémoires* de Caillaux, qui venaient de paraître. Ignorant tout de cet homme, dont Léon Daudet n'avait jamais manqué de rappeler la trahison pendant la Grande Guerre, je m'étonnai en silence de l'intérêt de *Rex pour ce « misérable ». Il surprit mon regard et dit : « Il avait les dons d'un destin éclatant. Parfois les circonstances ne sont pas au rendez-vous. On a été injuste envers lui, comme souvent en politique. » Il ajouta, faisant allusion à un événement que j'ignorais : « Personne ne nous fait autant de mal que nous-mêmes. »

Puis, se levant : « *Sif [Fassin] vous préviendra de mon départ. N'oubliez pas d'adresser aussitôt les lettres que je vous ai confiées à leurs destinataires. » Bien qu'il fût plus détendu qu'à Lyon, je n'osai lui raconter mon fiasco de Toulouse.

Dès mon retour à Lyon, je déposai une demande de rendez-vous dans la boîte de Bidault. Rentré chez moi, je codai la réponse de *Rex.

Vendredi 9 octobre 1942

Colère contre Morandat

Georges Bidault n'était pas venu au rendez-vous. Peut-être n'avait-il pas relevé sa boîte ou n'était-il pas disponible. Ce n'est que ce soir que nous nous retrouvons à son bistrot du pont Bonaparte.

Après avoir lu le câble et la lettre de *Rex, il sourit : « J'ai reçu tout à l'heure un télégramme du BCRA me demandant également de prévenir Herriot. Je fais le nécessaire, mais il est difficile de communiquer avec lui : il est surveillé. Quant à le décider à partir, ce ne sera pas aussi facile que l'imagine le Général. »

*Rex doit revenir à Lyon dans l'attente d'une nouvelle opération d'enlèvement. Morandat me transmet l'ordre d'attendre le patron à la sortie de Perrache.

Quand je retrouve *Rex, il manifeste son dépit contre lui : « Comme d'habitude, il a tout raté. J'ai perdu un temps précieux. Je pars le 19 par une opération préparée par *Sif. Dorénavant, c'est vous qui organiserez les liaisons avec vos courriers. Je ne veux plus dépendre de quiconque. Depuis huit jours, je suis coupé du monde. C'est inadmissible ! »

Je constate avec inquiétude qu'il n'a rien reçu de ce que je lui ai expédié. Où est passé le courrier ? Pour la première fois, nous avons été totalement isolés. J'ai surtout une appréhension au sujet des sommes distribuées aux mouvements en son absence : une erreur me serait fatale.

Heureusement, *Mado a conservé les documents originaux et fait une copie de toutes les lettres et de tous les reçus. Le dossier que je lui présente est en ordre. Le télégramme que *Rex me remet pour se plaindre de Morandat au BCRA révèle les véritables raisons de son irritation, qui n'est pas seulement due à la rupture des liaisons :

> *Opération maritime manquée — Suis obligé de constater une fois de plus Léo a agi avec grande légèreté — Avait convoqué contrairement à mes instructions 3 personnes sur nombre qu'ai été*

obligé de commander in extremis — Fait plus grave
par suite mauvaise organisation ses liaisons
nous a fait manquer embarquement 4 octobre —
Brugère qui avait eu difficulté à décider renonce
actuellement départ.

Je ne suis nullement surpris de sa colère. Heureusement, Morandat fait office de paratonnerre : j'avais
craint d'en être la cible. Au point où il en est, le
pauvre ne risque plus rien. Mon euphorie est de
courte durée : avec quel agent vais-je pouvoir organiser les liaisons quotidiennes lors de la prochaine
opération ? Ne pouvant révéler la retraite de *Rex à
personne, même pas à *Germain, je crains de passer
mes journées dans le train.

Samedi 10 octobre 1942

Courrier en retard

Ce samedi est consacré au courrier en retard.
*Rex prépare son prochain départ, répondant à la
question pour laquelle je suis venu le voir sur le terrain :

Compte personnellement partir avec chef Tirf
par opération aérienne à dater 19 octobre. Réponse
très urgente à Léo chargé opération et moi-même.

Après son dîner avec Bidault, il me donne un autre
câble :

Faisons Bip [Bidault] et moi demander à Herriot
si fermement disposé partir — Dans affirmative

*mettrai sur pied et organiserai refuge secret —
Préparation nécessitera certain temps — Néces-
saire envisager opération maritime spéciale —
Vous tiendrai au courant.*

En attendant la nouvelle opération, *Rex repart
dans le Midi ce soir même. Son courrier personnel,
*Claudie, maintient la liaison[1].

Mardi 13 octobre 1942

Premiers contacts radio

En dépit de l'interdiction de *Rex, je décide d'effectuer quelques émissions afin de soulager mes camarades Brault et Cheveigné. C'est après tout conforme

---

1. Durant les jours suivants, Jean Moulin s'occupa de la mise sur
pied de la galerie de tableaux modernes qu'il voulait ouvrir à Nice.
Au cours de ses prospections du mois de septembre 1942, il avait
trouvé, 22, rue de France, à Nice, un magasin appelé *La Boîte aux
bouquins*. Le 5 octobre, lendemain de l'embarquement raté, il avait
écrit à Mme Louis : « Je pense qu'il serait bon d'ouvrir la galerie
vers le 15 ou dans la dernière quinzaine du mois. Je compte sur
vous pour que tout se passe bien et discrètement. » Ce en quoi il
était optimiste. De retour à Nice, le 9 octobre, il versa, le 12, un
acompte de 10 000 francs sur le droit au bail. Si j'ai relaté minutieusement les péripéties de ce départ, comme précédemment pour
les rendez-vous ou les problèmes de radio, c'est qu'il est exemplaire
des difficultés vécues au jour le jour dans la Résistance. Il en allait
de même pour tout : les liaisons avec Londres ou avec la zone
occupée et entre les chefs, la diffusion des instructions, la préparation des réunions et, chaque jour, la vie même. La légende égare
aujourd'hui le lecteur, qui ne connaît que l'aspect romanesque de
nos tâches. Je suis toujours frappé par les représentations actuelles
qui occultent les difficultés de la vie quotidienne de la Résistance,
peureuse, sans éclat, ou ne leur donnent pas leur véritable importance. Elles sont transfigurées par un romantisme de roman
d'espionnage, fort éloigné de la misérable réalité.

aux ordres du BCRA, qui continue de réclamer ma mise en service.

C'est mon premier contact radio. Comme les autres opérateurs, je n'ai aucun local pour cela. J'ai d'abord songé à Mme Bedat-Gerbaut, mais Cheveigné y a déjà effectué quelques émissions, et il me paraît dangereux de multiplier les risques. Quant aux Moret, l'isolement de leur maison facilite une localisation par la gonio, plus rapide qu'à l'intérieur d'un groupe d'immeubles.

Prenant en compte le risque supplémentaire de transporter mon émetteur à l'autre bout de la ville, je renonce, et, après bien des hésitations, décide d'émettre à partir de ma chambre. Son isolement relatif dans la maison garantit une certaine sécurité, bien que ma porte sur l'escalier soit un handicap. Heureusement, j'entends monter et descendre les habitants peu nombreux et peux m'arrêter à temps. Une nouvelle fois, je viole une règle britannique : ne jamais émettre à partir de son logement. Faute de mieux, Brault et Cheveigné font de même. Ce n'est pas une excuse, mais je me sens moins seul : ce soir, je tente ma chance.

Bien que je n'aie aucun vis-à-vis dans la rue, je ferme fenêtres et rideaux avant d'installer l'antenne intérieure en travers de la pièce. Je pose mon poste sur une chaise, loin de la porte, et vérifie les heures de vacation indiquées par mon *schedule*.

Un peu avant l'heure prescrite, j'allume le poste et branche le cristal[1]. N'ayant pas touché à mon poste depuis cinq mois, je suis ému d'exécuter pour la première fois en France ces gestes simples que j'ai tant répétés en Angleterre. Mon cœur bat si fort

1. Diode réglée sur une longueur d'onde prédéterminée.

que j'ai la certitude d'être en danger. Je pose mon revolver sur le lit, décidé à ne pas me laisser arrêter sans jouer mon va-tout.

À l'heure prévue, je frappe mon indicatif, puis passe sur réception. J'éprouve, comme à Manchester, une sorte de vertige en entendant le crépitement des « titis-tatas » plus ou moins rapides, dansant au milieu de la sphère sonore. Mon cerveau est incapable de reconnaître aucun signal identifiable. Une nouvelle fois, j'envoie mon indicatif « en l'air », c'est-à-dire sans avoir établi de liaison avec la *Home Station*, et retourne en mode réception.

Le chaos sonore semble s'organiser. Je commence à distinguer des indicatifs différents, sans toutefois reconnaître parmi eux celui de la *Station*. Inquiet de son silence, je crois à une erreur de ma part. Je vérifie l'heure de la vacation, la longueur d'onde, mon indicatif, puis repasse sur émission en lançant à tout hasard un troisième appel. Peut-être suis-je tombé sur un opérateur absent ou ensommeillé ? Une nouvelle fois, je passe sur écoute. Stupeur : faiblement, mais distinctement, la *Station* me répond. Instant prodigieux : je suis au « front », aux côtés des combattants de tous les pays. La guerre commence enfin.

Dans l'allégresse, je passe mes câbles et en reçois un de Londres. Peut-être suis-je en communication avec mon ancien instructeur... Pendant que je transcris la suite de sons irréguliers, je suis transporté à Thame Park. Je revois le plateau avec le thé au lait, que les Anglais nous servaient tous les jours à 10 heures durant la pause, et me souviens des quolibets avec lesquels nous accueillions ce breuvage douceâtre.

C'est alors que j'entends à regret le signal annonçant la fin de la vacation.

Je m'arrache à ce trouble incongru : la journée n'est pas finie. Je dois décoder le télégramme reçu et l'ajouter au courrier de *Rex. En son absence, Raymond Fassin a été désigné comme représentant de la France libre. Il centralise toutes les opérations aériennes et a autorité sur tous les agents du BCRA. De son côté, Georges Bidault est responsable des questions politiques et du renseignement. Je dois le rencontrer tous les jours.

Jeudi 15 octobre 1942

Grèves en banlieue

Bidault m'annonce que des grèves ont éclaté hier dans la banlieue de Lyon : aucun train n'est parti de la gare Saint-Paul, et les grèves s'étendent aux ateliers d'Oullins, ainsi qu'au dépôt des machines de la Mouche. Elles ont été provoquées par l'affichage d'une liste d'ouvriers réquisitionnés pour partir travailler en Allemagne. Bidault me confie le câble annonçant cette extraordinaire information, que je transmets aussitôt à Maurice de Cheveigné.

La grève s'étend aujourd'hui hors de Lyon. Bidault souhaite rencontrer Morandat pour connaître la position du MOF (Mouvement ouvrier français) afin de diffuser ses consignes dans la presse clandestine et à la BBC. Malheureusement, je suis sans nouvelles de lui depuis quelques jours. Compte tenu de la gravité de la situation, Bidault me demande de tenter de le joindre immédiatement. Il insiste également pour que je demande à *Rex de rentrer d'urgence à Lyon. Je lui explique qu'il attend son départ pour

Londres depuis des semaines et qu'il ne peut négliger ce dernier espoir.

Tout à son projet, Bidault ne m'écoute pas. Au contraire, il cherche à me convaincre de la gravité des événements. Les grèves prennent un tour insurrectionnel à la suite des arrestations de nombreux ouvriers. L'absence de mot d'ordre de la part des mouvements est périlleuse pour les grévistes, d'autant que les chefs sont absents (Frenay et d'Astier sont à Londres depuis un mois).

Plus encore, le silence de la France libre, à laquelle Bidault expédie chaque jour des câbles que je dépose chez Brault, l'alarme. Je suis surpris de son inquiétude, car je suis plutôt réconforté par la réaction des cheminots : ne révèle-t-elle pas que les Français refusent collectivement la politique d'esclavage de Vichy ?

J'espère une insurrection. Bidault ne partage pas mon point de vue : « La Libération n'est pas pour demain, et le rapport de force joue contre nous. Tout va à vau-l'eau. Si cette manifestation n'est pas contrôlée, elle peut finir en carnage. Il ne faut jamais abandonner la foule à ses passions. Aucun responsable n'est à Lyon alors que les décisions à prendre engagent l'avenir. »

Je ne suis nullement convaincu. Bidault me paraît brusquement très vieux, pusillanime. C'est la guerre, que diable, le temps de tous les risques ! À quoi bon les précautions ? Il faut foncer. J'ai confiance en l'improvisation. Tout en condamnant sa prudence, je me garde de lui répondre. D'ailleurs, Lyon est calme.

Mon appréhension à moi est d'un autre ordre : modifier l'emploi du temps du patron n'est pas une mince affaire. J'ai bien sûr la possibilité technique de le faire revenir. Mais que se passera-t-il si les événements se révèlent sans conséquence ? *Rex ne risque-t-il pas de m'accuser de céder à la panique, de prendre des initiatives irréfléchies ? Depuis deux mois, il fait montre envers moi de la plus grande courtoisie. Il est certes exigeant, ne souffre aucun retard dans l'exécution de ses ordres, mais il n'a jusque-là formulé aucune critique et me laisse la liberté d'organiser mon travail à ma guise.

Je sais néanmoins que le jour où je commettrai une faute...

Cet après-midi j'ai prévu une nouvelle vacation. J'en profite pour expédier les derniers télégrammes de Bidault. En retour, j'en reçois un, que je déchiffre aussitôt :

> *Raison échec opération maritime retardons votre venue lune novembre pour éviter croiser Nef [Frenay] et Bernard [d'Astier] — Ceux-ci seront accompagnés par envoyé spécial du Général qui vous apportera instructions complètes.*

À la suite, le BCRA informe *Rex de l'accord entre les deux chefs sur les directives établies par la France libre. L'opération maritime du 19 est donc annulée, et Morandat rentre à Londres en novembre avec un Lysander. Le télégramme conclut :

> *[...] lui rappelons que reçoit ordre de vous.*

J'ai enfin une raison irréprochable pour réclamer le retour de *Rex à Lyon. Je rédige aussitôt un billet, que je remets le soir même à *Claudie : « Votre départ est annulé. Tout le monde a besoin de vous ici pour contrôler une situation chaotique. Rentrez d'urgence. »

Vendredi 16 octobre 1942

*Rex de retour à Lyon

Ce matin, le courrier de *Rex m'apporte la réponse : « Attendez-moi ce soir 16 octobre comme d'habitude. » Il s'agit du train de Nice arrivant à 7 heures à Perrache. Mon euphorie fait place à une crainte diffuse : notre liaison n'a-t-elle pas trop bien fonctionné ? Ai-je eu raison de le faire rentrer précipitamment à Lyon ? Les deux derniers mots de mon billet m'apparaissent comminatoires, maintenant qu'il a « obéi » : on ne parle pas ainsi à son patron ! Malheureusement, il est trop tard pour rien modifier.

La chance comme le malheur n'arrivant jamais seuls, un autre billet, de Morandat celui-là, répond enfin à ma demande de rendez-vous : « D'accord le 16 à 10 heures près de la poste. »

Après avoir expédié mes rendez-vous du matin, je cours le rejoindre. Dès qu'il m'aperçoit, il m'entraîne vers les quais du Rhône, qui lui semblent plus sûrs pour parler : « Ça barde ! Je crois que tout va sauter. Les Boches sont foutus ! » Excité, il lance alentour des regards circonspects : « Il faut que je me planque ; j'ai les flics aux trousses ! » Il m'explique qu'il a été arrêté il y a une quinzaine de jours et qu'il évite de revenir à Lyon : « Une bêtise ; j'ai été pris dans une rafle du marché noir. Heureusement, je n'avais rien sur moi. Mais il faut que je fasse attention. »

Il ajoute, à brûle-pourpoint : « Où est *Rex ? J'ai absolument besoin de le voir.

— Il attendait une opération, mais elle est annulée. Il rentre ce soir. Je croyais que tu étais au courant.

— Mais non, j'ai moi-même un embarquement prévu sur la côte ! J'ai absolument besoin de le rencontrer d'urgence. C'est très grave. »

Il m'explique qu'il a été informé des grèves sur son terrain d'opération et qu'il est rentré précipitamment à Lyon, où il a aussitôt organisé des réunions avec les meneurs syndicalistes et les seconds des mouvements. Il a fait imprimer des tracts, lancé des mots d'ordre, etc. Morandat m'expose ensuite un plan assez confus. Son obsession est la grève générale : « Ce coup-ci, ça y est ! Je n'aurais jamais cru que ce soit possible en zone libre, avant le Débarquement. Laval a bien travaillé pour nous. La Relève est une trouvaille de génie pour réveiller la France et mobiliser les ouvriers contre Vichy et les Boches. »

Je lui transmets la demande de rendez-vous de Bidault : « D'accord pour la semaine prochaine. Je ne peux pas quitter mes gars. Je veux voir *Rex d'urgence. » Sans rien lui promettre, je lui donne rendez-vous demain matin et le quitte pour rejoindre Bidault.

Lui aussi est sur le qui-vive : « Il faut que *Rex revienne. Il y a des risques de désordre ; tout peut basculer. » Quand je lui annonce le retour de *Rex ce soir même, son visage s'éclaire : « Dites-lui que je l'attends pour dîner, comme d'habitude. » Je lui transmets la réponse de Morandat, reportant son rendez-vous d'une semaine : « Il se moque de moi ! Il me rendra compte de cette insolence. » Bidault retrouve

son sourire lorsqu'il me confie quelques câbles à
expédier : « À ce soir. »

Avant d'attendre *Rex à Perrache, je rencontre
Schmidt pour lui communiquer le télégramme
concernant la préparation de l'opération d'enlèvement de Morandat. Il a les traits tirés : « Brault a
été arrêté. »

J'éprouve physiquement la présence du danger.
Soudain, les promeneurs, les couples sur les bancs,
tout me paraît suspect. Afin de vérifier notre sécurité, nous marchons en silence vers les rues avoisinantes. Désertes, elles nous protègent des menaces
invisibles. Brault a été arrêté hier en pleine émission. Douze agents de la Gestapo escortés de trois
policiers français ont cerné et investi son immeuble,
à Caluire. Averti par sa propriétaire, il a conservé son
calme, fidèle à lui-même. N'ayant aucune issue
pour fuir, il a émis en clair le mot « police ».

Schmidt espère que la police française l'internera
provisoirement dans une prison de la zone libre,
mais il ignore le lieu où il est détenu[1]. Il l'avait choisi
personnellement pour cette mission, avait été parachuté avec lui et était devenu son meilleur ami. Il
est bouleversé parce qu'il se sent responsable du
désastre. Brault, pour nous deux, incarne juin 1940,
Delville Camp, Camberley, notre passé : c'est le
deuxième camarade arrêté.

Dans les écoles anglaises, nous avions découvert
sa force de caractère au moment de la formation du

---

1. Arrêté à Lyon le 15 octobre, Gérard Brault fut incarcéré à
Castres, d'où il s'évada le 29 juin 1943.

peloton : ses qualités humaines et ses diplômes lui avaient valu une promotion devant le conduire au grade d'officier en Afrique. Il refusa : il était venu pour se battre contre les Allemands en France, sur le lieu du crime. Résultat : il avait eu la « boule à zéro » et écopé de dix jours de prison. Après quoi, il s'était engagé chez les parachutistes. À l'époque, son geste m'avait paru dément. Comme mes camarades, j'espérais partir en Afrique pour me battre, puisque c'était le seul champ de bataille actif. J'avais choisi le retour clandestin en France pour accélérer la revanche. Aujourd'hui, il est tombé ; j'admire en bloc son courage modeste.

Constat technique de Schmidt : « Il écoulait un trafic trop important. Libération n'a jamais pu trouver un local pour ses émissions. Ça devait finir comme ça. » Notre condition commune ne mérite aucun commentaire. Le travail continue ; rien ne doit nous en distraire. Comme après chaque coup dur, notre volonté de tuer du Boche est redoublée.

Pour préparer les futures opérations, Schmidt réclame, lui aussi, un rendez-vous urgent avec *Rex. En me quittant, il me demande de lui annoncer l'arrestation de Brault, qu'il va s'occuper de retrouver afin de le faire évader. Il ajoute : « J'ai pris toutes les mesures de sécurité. »

Il me tarde de revoir *Rex. Ces dernières semaines m'ont paru interminables. J'ai dû prendre, seul, quantité d'initiatives : rendez-vous, règlements financiers, réponses à Londres, émissions et réceptions radio. Quand il est à Lyon, j'ai l'impression que sa présence me protège.

Après ce difficile intermède, je le retrouve avec bonheur à la sortie de la gare. Après lui avoir expliqué les raisons de mon appel urgent, je constate qu'il ignore tout des grèves. Je brosse à grands traits ce que j'ai compris des informations contradictoires que j'ai reçues. Hélas, je ne peux lui fournir tous les détails qu'il me réclame : « La situation évolue rapidement. *Bip [Bidault] suit de près les événements. *Léo [Morandat], bien qu'éloigné, s'est tenu informé. L'un et l'autre souhaitent vous voir rapidement. »

Sur le chemin de notre rendez-vous à dîner avec Bidault, je lui raconte mon entrevue avec Schmidt. Quand j'ai fini de parler, j'observe *Rex. Ses traits sont impassibles, mais je perçois une sorte de révolte intérieure contre ces coups de l'ennemi. Après un court silence, il lâche : « Dites à *Salm.W [Cheveigné] d'interrompre ses émissions durant quelques jours. » Je lui signale que, dans ce cas, nous serons isolés de Londres, en plein mouvement de grèves. Bien que j'ignore sa situation, je me permets de lui suggérer d'utiliser provisoirement François Briant comme radio.

Je précise qu'il est nécessaire de l'installer à Lyon parce qu'il est impossible, dans l'état squelettique du secrétariat, de le joindre tous les jours à Clermont-Ferrand. « D'accord, préparez son installation ici. » *Rex ajoute : « Les mouvements sont incapables de tenir leurs promesses et sont responsables de cette catastrophe. » Devant l'état désastreux des transmissions, la sévérité de *Rex à l'égard des mouvements m'est d'un grand réconfort. Comme nous tous, il est anxieux de la fragilité des liaisons avec Londres : « Apportez-moi demain votre rapport sur l'état réel des transmissions radio. »

Leur fragilité n'est-elle pas la meilleure définition de l'état des mouvements ?

Lorsque nous arrivons au restaurant, Bidault nous attend au fond de la salle, plongé, comme à son habitude, dans la lecture d'un journal. Son visage reflète une gravité nouvelle. Dès qu'il aperçoit *Rex, il se lève pour lui offrir sa place sur la banquette et s'assoit en face de lui. *Rex me fait prendre place à ses côtés. Bidault commence à raconter les événements d'Oullins, du moins ceux dont il a connaissance.

J'ai la tête ailleurs. Ma journée harassante ne m'a pas laissé le temps de réfléchir à l'arrestation de mon camarade Brault. Comme tous les coups durs, c'est un rappel à l'ordre : depuis mon arrivée, l'urgence des tâches quotidiennes a aboli les règles de sécurité. Après cet événement cruel, les mesures draconiennes enseignées par les Anglais perdent de leur ridicule. *Rex a raison : le véritable danger réside dans l'absence de danger visible.

Ma première préoccupation urgente est d'installer Briant à Lyon et de lui trouver un lieu d'émission. Je pense aussi aux grèves, invisibles dans les rues de Lyon. *Rex lui-même est arrivé sans encombre par le train. L'excitation de Bidault et Morandat serait-elle exagérée ? De temps à autre, des bribes de conversation, ou plutôt du monologue de Bidault, forcent mes préoccupations : « Les communistes cherchent à profiter de la situation. Ils poussent à des décisions extrêmes (armement des ouvriers, transformation des usines en forteresses). Il ne semble pas que leur rôle ait été déterminant à l'origine. »

Il évoque les tracts édités à cette occasion par les mouvements, cosignés par le parti communiste et le Front national. *Rex écoute attentivement, puis demande : « Pourquoi le Comité d'action socialiste est-il absent ?

— Je l'ignore. Tout est anarchique. Il semble que ce soient des initiatives de la base, s'opposant au départ en Allemagne des ouvriers désignés, qui aient tout déclenché. À partir de là, aucun représentant des mouvements ne s'est manifesté, aucun plan n'a été concerté. Comme toujours, le parti communiste en profite pour se placer. Il faut reconnaître que ses militants sont d'une autre envergure que ceux des mouvements. Ils ont une formation politique et savent où ils vont.

— Et le Front national ?

— J'ignore les raisons de sa signature au bas des tracts.

— Il faut s'informer sur son organisation, ses dirigeants et leurs objectifs. Naturellement, les communistes sont les maîtres d'œuvre de ce mouvement. *Gaston[1] a souhaité que je rencontre un de leurs dirigeants pour préparer la commémoration de Valmy. Comme vous le savez, j'ai refusé. Les communistes poursuivent dans la clandestinité leur tactique de noyautage. »

De la masse des informations qu'il a reçues, Bidault extrait quelques éléments qui lui semblent essentiels : le mouvement de grève n'a pas de meneur « homologué », mais la réaction de solidarité des cheminots est unanime. Un orateur ouvrier, après avoir rappelé que la grève a toujours été un mode de libération de la classe ouvrière, a proclamé qu'elle

---

1. Georges Marrane.

était maintenant « l'instrument de la libération nationale ». Les gardes mobiles ont enfoncé les portes de l'usine, mais, bien que menotté, l'orateur a continué : « Pour vous prouver que les temps ont changé, je demande aux gardes mobiles qui viennent d'arriver de se mettre au garde-à-vous pendant que vous, camarades, chanterez *La Marseillaise*. » Ce qui fut fait sur commandement du capitaine des gardes mobiles.

« Un détail va vous amuser, continue Bidault. Le préfet Angeli est venu sur place pour rechercher les meneurs. Un cri général lui a répondu : "Il y a mille deux cents meneurs !" » Pour le reste, Bidault n'a que des informations fragmentaires et de seconde main : « Il semble qu'on aille vers la grève générale. Le représentant de Vichy est venu pour calmer le jeu. On lui a demandé la libération des cent cheminots arrêtés, la cessation des convois pour l'Allemagne et l'augmentation des rations de pain. Il a tout promis, ce qui risque de démobiliser les cheminots. »

Il ajoute : « Une fois encore, ce qui manque depuis le début ce sont des consignes. J'ai envoyé des informations à Londres cette semaine. » Puis, se tournant vers moi : « Je ne sais si elles ont pu être expédiées. » Je l'assure qu'une bonne part d'entre elles sont parties par le poste de Cheveigné, mais que j'ignore quels câbles demeurent en suspens après l'arrestation de Brault.

« Il faut à tout prix que les mouvements reprennent la situation en main, continue Bidault. C'est difficile en l'absence de *Charvet et *Bernard. De toutes les façons, il faut de gros moyens financiers afin de prouver une solidarité qui ruine la répression. » *Rex lui demande : « Préparez-moi un papier sur cette affaire pour demain. Je rédige mon rapport à Londres. Il faut qu'il parte le 19. »

Après le dîner, je communique à *Rex le lieu et l'heure de sa rencontre avec Morandat. Avant de nous séparer, il confirme notre rendez-vous du matin chez lui. C'est la première fois que je le vois demeurer à Lyon un week-end.

*Germain me remet trois télégrammes reçus par Briant, auxquels il a joint l'adresse d'une boîte pour communiquer directement avec lui. Après l'arrestation de Brault, c'est une consolation de le sentir proche à nouveau.

Avant de me coucher, je décode les câbles. Ils contiennent deux bonnes nouvelles : le BCRA met Cheveigné à la disposition de *Rex et lui attribue ses deux postes émetteurs destinés à la zone occupée. En outre, il annonce l'arrivée de *Nestor, un instructeur pour l'entraînement des radios recrutés sur place. La politique des Anglais changerait-elle enfin ?

Samedi 17 octobre 1942

Des nouvelles de Londres

De bon matin, j'apporte les câbles à *Rex, qui, après les avoir lus, se réjouit : « Londres prend conscience du point faible de notre dispositif : la radio. Si l'on n'y remédie pas immédiatement, nous sommes menacés d'asphyxie. Mais il faut du matériel : soyez sans illusions, nous dépendons entièrement des Anglais.

Sont-ils d'accord pour nous aider autant qu'ils le disent ? »

Ce doute me surprend : ne devons-nous pas tout aux Anglais depuis 1940 ? Il est vrai que j'avais remarqué certaines « piques » de leur part au cours de conversations avec le capitaine *Bienvenue. Est-ce plus grave ?

Un des câbles que je remets à *Rex annonce l'arrivée d'André Manuel, alias *Marnier[1], l'envoyé spécial du Général. *Rex me demande d'expédier au BCRA l'adresse où il pourra le rencontrer. J'indiquerai les coordonnées de Mme Bedat-Gerbaut. Je lui communique ensuite la note que j'ai préparée avec Cheveigné sur le réseau radio en y ajoutant les critiques de Schmidt et Fassin. Le rapport est évidemment périmé en ce qui concerne le travail de Brault, dont il est ironique et cruel de lire : « Son trafic a été extrême durant la période du manque de matériel. A repris un trafic normal. »

Depuis le premier jour, je suis frappé de l'attention palpable avec laquelle *Rex lit le moindre papier : il ne laisse rien passer. Cette fois, la note sur la radio le concerne directement. Nous y signalons, entre autres, les câbles arrivant avec un retard de deux à quatre jours, parfois plus, et réclamons un trafic plus rapide. Nous mentionnons également les négligences dans le trafic : retards ou absences dans les prises de contact ; temps mort entre le signal de fin de message et la reprise de contact ; malentendus dans la prise de nouveaux rendez-vous et les heures de travail.

J'insiste sur l'urgence de changer tous les indicatifs, « poste » et « personnel » ayant été repérés par

1. André Manuel.

la gonio : « J'espère qu'après l'arrestation de *Kim.W [Brault], nos réclamations inciteront nos correspondants à prendre nos critiques au sérieux. » J'ajoute un avertissement plus général : « Les radios en ZO [zone occupée] demandent que tous ceux avec lesquels ils travaillent se souviennent des conditions très particulières de leurs correspondants et qu'ils évitent dans la mesure du possible négligences, lenteurs, retards, etc. »

*Rex me rend la note : « Vous la joindrez au prochain courrier. J'espère qu'ils vont en tenir compte. Le seul remède est l'envoi de matériel pour organiser un circuit de postes fixes permettant d'organiser une rotation des émissions. C'est la seule manière de diminuer la durée de chacune et de protéger la sécurité des opérateurs. Les radios ne risqueront plus les arrestations au cours du transport de leur poste. » J'admire qu'il comprenne si vite la difficulté des liaisons radio, lui qui n'y connaît rien.

Il griffonne ensuite un câble pour annoncer l'arrestation de Brault : « Expédiez-le quand vous le pourrez », me dit-il avec une sorte de résignation dans la voix.

Après avoir achevé mon travail, je rejoins Cheveigné à déjeuner chez notre chère *Colette*. Chacune de nos rencontres — désormais officielles — m'est une parenthèse à la fatigue d'une journée.

Il arrive en dansant. Son exubérance m'attriste, le jour même où je dois lui annoncer l'arrestation de Gérard Brault et l'arrêt de toutes les émissions. « Je les ai eus », me dit-il mystérieusement. Préoccupé, ce mot n'éveille pas ma curiosité, d'autant qu'il ne fait aucun commentaire. Durant le déjeuner, il me semble sous pression.

Nous attendons de nous retrouver dans la rue pour parler du service. Depuis quelques jours, la patronne est transformée : un homme partage sa vie. Durant le repas, elle et lui, qui viennent visiblement d'abandonner leur lit à regret, s'embrassent et se caressent avec tant d'ardeur qu'ils nous transforment en voyeurs. Son jeune amant affecte l'air avantageux d'un homme dont l'emprise est absolue sur sa conquête. Réfugié du Nord depuis l'armistice, il doit avoir une trentaine d'années. Colette nous apprend qu'il est inspecteur de police. Elle peut donc se livrer en toute impunité au marché noir et nous servir à gogo des steaks ou des pâtisseries, qui, en ces temps de pénurie, sont non seulement hors de prix, mais hors la loi.

Du coup, nous sommes nous aussi protégés des vérificateurs du marché noir, toujours dangereux : la police qui les accompagne embarque généralement tous les clients. Yvon Morandat vient d'en être la victime. Nous estimons que notre allure d'étudiants décontractés est notre meilleure protection. Nous sommes conscients néanmoins que nous devons redoubler de prudence. Le repas me semble interminable tant j'ai hâte de connaître les raisons de son exubérance.

Dès que nous sommes dehors, marchant le long des quais, Cheveigné se confie : « Hier, après dîner, j'ai eu une vacation trop longue, à cause du nombre de télégrammes en retard de Bidault. Je travaillais la fenêtre ouverte. Tout à coup, j'entends des voitures qui s'arrêtent devant l'immeuble : portières qui claquent, piétinement de chaussures à clous, cris rauques en allemand. Je me penche et aperçois

des voitures avec des policiers qui en sortent comme
des fous. Je débranche le poste, replie l'antenne et
place le tout au-dessus de mon armoire. Je me déshabille et m'étends à poil sur mon lit en m'absor-
bant dans un roman policier. À peine suis-je allongé
qu'on frappe furieusement à la porte. Je me lève et
ouvre dans cette tenue. Bousculé par deux hommes
qui font irruption dans la pièce en criant "police",
je m'étends sur le lit avec mon livre tandis qu'ils se
penchent à la fenêtre. Me prend une idée folle : je
bande et commence à me branler ! Si tu avais vu les
Schleus ! Ils n'osaient pas me regarder, gênés comme
des filles devant un garçon tout nu prenant son plaisir. Marrant, non ? »

Il me regarde intensément, heureux de ma stupeur :
« Après avoir soulevé mes livres sur la table, ouvert
l'armoire et examiné la cheminée, ils sont sortis au
moment précis où j'ai aperçu un morceau du fil
de mon antenne qui pendouillait sur le côté de
l'armoire ! Après leur départ, je me suis mis à trembler. Quand ils ont claqué la porte du bas, j'avais
débandé ! J'ai emporté immédiatement le poste chez
Mme Bedat-Gerbaut, de crainte qu'ils ne reviennent
fouiller la maison à fond. »

Au fil du récit de son aventure, son visage est
devenu grave : derrière le masque espiègle, je perçois la peur. « C'est plus dur que de sauter en parachute », ajoute-t-il avec son rire d'enfant, signal de
son insouciance retrouvée. Comme avec Briant et
mes autres camarades d'Angleterre, je me sens
protégé par sa présence : à deux, nous sommes
invulnérables.

Après un silence, il ajoute mystérieusement :
« Viens me chercher ce soir à 11 heures. »

J'ai passé une partie de l'après-midi à coder des télégrammes. Ce soir, je rejoins *Rex à la brasserie *Georges* pour un dîner avec Robert Lacoste, un syndicaliste de la CGT que *Rex a choisi pour devenir membre du CGE. Je dois organiser avec lui une liaison régulière à Thonon, où il est percepteur.

En compagnie de *Rex, j'aime venir chez *Georges*. Spectacle permanent et renouvelé : les voyageurs se succèdent, solitaires, en couple, en famille, tous pressés, entourés de bagages ou d'enfants jouant entre les tables. Cette salle en courant d'air ressemble à tout sauf à un haut lieu de la conspiration. Le brouhaha se perd dans la haute voûte et forme une houle indistincte brouillant les conversations.

Je m'installe à une table rencognée. Quelques minutes plus tard, *Rex arrive, accompagné d'un homme jovial et rond, Robert Lacoste. Selon un rituel invariable, nous commandons le repas, tout en découpant les tickets d'alimentation correspondants. *Rex a toujours un mot aimable pour les serveurs. La manière dont il me conseille tel ou tel plat ressemble plus aux relations d'un père attentif qu'à la complicité de « terroristes », selon la terminologie de Vichy.

L'absence des mouvements dans les grèves en cours et l'initiative des communistes pour récupérer les militants l'exaspèrent. Comme souvent, c'est Bidault qui lui a appris ce qu'il sait de cette affaire. Lacoste accuse Morandat d'incompétence. Celui-ci étant sur le départ, je comprends qu'il cherche déjà un remplaçant.

Je remarque que *Rex ne critique pas Morandat, selon son habitude, mais au contraire énumère ses réussites. Il rappelle ses efforts pour créer le Mou-

vement ouvrier français (MOF) et le succès qu'il a
obtenu le 1er Mai, moins net malheureusement que
le 14 Juillet, à cause du refus des communistes de
se rallier. L'organisme était en sommeil parce qu'il
était en instance de départ lorsque les grèves ont
éclaté, d'où le flottement dans l'orientation du mouvement et les risques de dérive sous la coupe des
communistes.

J'observe Lacoste : il a l'apparence d'un bon vivant
sympathique. Lorsqu'il répond à *Rex, il me regarde
de temps à autre, comme si cette conversation me
concernait. J'y suis sensible, car ce n'est pas toujours le cas avec d'autres responsables. *Francis,
par exemple, bien que syndicaliste, est méprisant.
Je n'ai jamais rencontré quelqu'un d'aussi infatué
de lui-même.

« Que pensez-vous de la situation ? » demande
*Rex. Lacoste déplie tranquillement sa serviette,
puis le regarde dans les yeux : « Explosive et imprévisible. » Sans doute cherche-t-il un effet. *Rex
demeure impassible. « Vous savez peut-être qu'à
l'heure où nous parlons se tient une réunion entre
divers représentants des mouvements et du parti
communiste pour lancer un appel à la grève générale. Je ne sais ce qui sortira de ces palabres. »

*Rex me semble écouter avec une attention plus
soutenue qu'hier. Pourtant, à quelques mots près, le
diagnostic est identique. Lacoste est un homme de
terrain : il a le pouvoir de modifier le cours des événements. Je sens entre *Rex et lui un accord muet.
Lacoste explique l'opposition entre les syndicalistes
et les mouvements, les premiers refusant d'être dirigés par les seconds. Le défaut du MOF est, selon
lui, d'avoir créé un nouveau syndicat en éliminant
les anciens syndicalistes. Son échec (car pour lui,

c'en est un) tient avant tout au manque de liaison avec les états-majors des mouvements. Ce discours rejoint les critiques de *Rex à l'encontre de Morandat. Mais *Rex ne commente pas.

Robert Lacoste propose une solution : former avec les syndicalistes une section autonome de la Résistance, soumise directement à l'autorité du Comité national de Londres. En leur nom, il entend rester maître de son action, mais obtenir des moyens qui ne soient pas ridicules. Il insiste sur la nécessité de maintenir le contact entre les ouvriers partis en Allemagne, victimes de Vichy, et ceux demeurés en France.

Son analyse est rythmée comme les pages d'un livre : il n'y a aucun raté dans son élocution ; les mots sont choisis, les phrases balancées. Son absence de flamme et d'improvisation m'ennuie. Bidault, lui, avec ses trouvailles littéraires, ses méchancetés irrésistibles et sa cocasserie, est toujours captivant. Visiblement, *Rex ne partage pas ma sévérité, et je m'étonne de le voir intéressé par ce discours insipide. Je sens même une connivence entre lui et Lacoste. Une hypothèse me saisit : et si *Rex était un dirigeant important de la CGT ?

Lacoste présente son projet à partir de la situation actuelle, qui n'est pas brillante : peu de cadres syndicaux, et des ouvriers physiquement fatigués par la sous-alimentation. Son programme consiste à étoffer les cadres, recruter des militants, des jeunes en particulier, et chercher dans les mouvements ceux qui peuvent s'intéresser à la vie syndicale. Je découvre que derrière le bouillonnement révolutionnaire de ces derniers jours, tout reste à faire et que Morandat masque le néant de son action derrière le lyrisme de ses déclarations. Lacoste, ennuyeux, affronte, lui, une situation concrète. Pour accomplir la tâche qu'il se fixe, il souhaite la création de journaux et de tracts afin de maintenir une liaison, à l'imitation des communistes : informer, mais d'abord éduquer.

Après l'avoir écouté, *Rex expose son point de vue : lui aussi a un projet. Il propose la création d'un organisme léger, spécialement consacré à la Relève, au-dessus des mouvements, des syndicats et des partis : en quelque sorte un état-major qui dirigerait les opérations de solidarité et les initiatives.

Ce projet apporte une nuance de taille aux espérances des mouvements et, sans doute, des syndicats : « Il ne s'agit pas de subventionner les grèves, mais de secourir ceux qui en sont les victimes directes. Dans certains cas particuliers, il faut apporter des secours temporaires à ceux qui désirent se soustraire par leurs propres moyens à la réquisition. » Ce subside peut sembler dérisoire à ceux qui attendent tout de De Gaulle ; il correspond hélas aux maigres, très maigres finances de la France libre.

Je perçois une certaine déception chez Robert Lacoste. Imperturbable, le patron poursuit en souhaitant un « Comité directeur, composé d'un représentant du MOF, dirigeant les débats, et d'un représentant de chacun des mouvements » (Combat, Franc-Tireur, Libération et le parti communiste). « Naturellement, ajoute-t-il avec un sourire engageant, si ce projet vous intéresse, vous serez le représentant du MOF et la seule autorité reconnue qui tranchera en dernier ressort. »

Lacoste semble satisfait : « Je serais heureux de vous apporter mon concours si vous croyez que je peux vous être utile. » En dépit de divergences évidentes, il souhaite clairement un accord avec *Rex :

ce dernier a vu juste. On est loin de l'affolement provoqué quelques jours auparavant par l'explosion anarchique de la grève et par la mainmise des communistes. Il est vrai que Frenay et d'Astier de la Vigerie, les deux « trublions » de la Résistance, sont à Londres ; de ce côté-là, *Rex a la paix.

Plus j'observe mon patron dans ses relations avec les responsables, plus je constate l'emprise de son autorité. Elle consiste en un mélange de curiosité, de gentillesse et de respect des convictions de ses interlocuteurs, prouvant qu'ils sont compris. Je crois que ce mélange de simplicité et de compassion fait tout son charme. Une fois de plus, il opère : Lacoste accepte de jouer le jeu, satisfait du projet de *Rex de mettre entre les mains d'un « professionnel » du syndicalisme ce qui était dans celles d'un « amateur ».

La rencontre est terminée. En sortant, *Rex prononce la phrase rituelle : « Voyez avec *Alain l'organisation des liaisons les plus sûres et les plus rapides. » Puis, se tournant vers moi : « À demain. »

J'ai hâte de rentrer chez moi : je suis épuisé. Plusieurs fois j'ai voulu expliquer à *Rex la perte de temps que représente ma présence à ses rendez-vous et surtout à ses dîners ; je n'ai jamais osé. Face à lui, je me « dégonfle ». Conditionné par deux ans de discipline militaire, je respecte la hiérarchie : je suis un petit soldat aux ordres.

Ce soir, je suis particulièrement soucieux de constater que les invitations de *Rex disloquent l'organisation de ma journée. J'ai encore rendez-vous avec Cheveigné à 11 heures place des Cordeliers, au centre de Lyon. Comme ce n'est pas très loin, je choisis de m'y rendre à pied pour prendre l'air.

Avant d'arriver à l'Opéra, je bifurque vers la place des Cordeliers. Je suis exact au rendez-vous, non loin de sa chambre, dont j'ignore l'adresse. Je le vois arriver chargé d'un volumineux sac de montagne. Mystérieux, il ne dit mot de notre destination, ni de ce qu'il attend de moi : « On va traverser le Rhône sur la passerelle. Il n'y a personne ; nous serons tranquilles. » Je suis habitué à son caractère espiègle, mais, à cette heure tardive, je ne peux croire qu'il s'agisse d'une farce.

Le silence alentour est impressionnant. Au milieu de la passerelle faiblement éclairée il s'arrête, scrute les environs et attend quelques secondes. Je l'aide à se dégager du sac. Il l'ouvre et, après en avoir extrait un volumineux paquet, s'approche de la rambarde et le jette dans le fleuve. En dépit de son volume, le paquet semble léger et tombe lentement avant de toucher l'eau. Nous nous penchons pour le suivre des yeux jusqu'à ce qu'il soit englouti dans un tourbillon. Cheveigné referme posément le sac, qu'il remet sur son dos : « Merci de ta présence. À demain. »

Exaspéré par cette pantomime inutile et le temps précieux que j'ai gaspillé, je lui en veux et le lui dis. Il me regarde avec sa mine espiègle : « C'était mon parachute. »

Dimanche 18 octobre 1942

Rapport de *Rex

Je me présente chez *Rex avec moins de documents qu'à l'ordinaire. L'absence de Frenay et de D'Astier plonge les mouvements dans une sorte de léthargie. De surcroît, après l'ordre de *Rex d'arrêter les émissions radio, il n'y a plus de télégrammes.

*Rex achève son petit déjeuner lorsque j'arrive. L'essentiel des papiers que je lui présente concerne l'Armée secrète (AS). Il en prend connaissance avec cette attention particulière qui donne à son regard une consistance étrange, comme si les mots défilaient dans ses yeux avant de s'imprimer dans son cerveau. C'est la première fois qu'il reçoit des rapports aussi détaillés sur l'AS. Deux d'entre eux sont rédigés par *Mechin[1], le chef d'état-major. Ils concernent la nature de l'organisation et les problèmes de l'AS. Le second est un état statistique des troupes. Les chiffres correspondent à l'impression que je ressens depuis mon arrivée : l'AS est squelettique et non opérationnelle, faute de volontaires, d'organisation, d'armement.

La troisième note, rédigée par *Lebailly, concerne « le rôle et l'esprit de l'AS ». Ces observations sont le résultat de discussions, amorcées depuis longtemps, dont je n'ai jamais entendu parler. Jusqu'à présent, j'ai eu peu de relations avec les militaires de la Résistance, et mes conversations avec Schmidt et Fassin expriment surtout le mépris à l'égard des prétentions militaires des mouvements. Elles ne

1. François Morin.

concernent que les parachutages, l'armement ou tel ou tel sabotage, ainsi que les incidences politiques des difficultés d'organisation de leurs missions. Tous deux sont littéralement déchaînés contre les états-majors et les militants de la Résistance qui sèment d'embûches leur travail.

Avant de remettre les rapports à *Rex, j'en ai pris connaissance, comme d'habitude. Parfois, après me les avoir rendus pour destruction ou archivage, il me pose abruptement des questions à leur sujet, me demandant de lui rappeler tel ou tel point précis. Je me dois d'y répondre en détail. J'ai rapidement compris que, dans le travail, il n'admettait aucune approximation.

Le problème est posé dès la première phrase de *Lebailly : « Ce qui frappe au premier abord, c'est l'absence de précision quant au rôle de l'AS et, au moment de son intervention, quant à sa préparation matérielle et morale. » Tout est dit de ce que j'ai compris par d'autres voies depuis mon arrivée.

Il note que les « éléments actifs » de la Résistance se trouvent sur une voie de garage. Il souligne que sa participation nécessaire à la Libération ne consiste pas en la lecture d'un journal clandestin accompagnée de quelques activités de propagande : « C'est en luttant qu'on devient combattant. » L'AS doit être « convaincue d'avoir une mission politique intérieure, celle de rétablir un régime de liberté ». Pour *Lebailly, ce programme ne peut être réalisé qu'« en luttant dès maintenant et les armes à la main, en plein jour, contre les forces de Vichy ». Reconnaissant dans ces préceptes l'idéal des Français libres, je suis heureux que ce garçon sympathique soit aussi proche de mes espérances.

Son texte est catégorique. Une occasion se présente : il faut empêcher par la force le départ des travailleurs requis pour l'Allemagne et s'opposer aux arrestations massives des Alsaciens-Lorrains. « Le peuple a aujourd'hui des ennemis, mais il n'ose rien entreprendre contre eux : c'est à nous de le faire si nous voulons avoir quelque prestige vis-à-vis de lui. »

En me rendant le texte pour le joindre au courrier, *Rex interrompt ma réflexion secrète : « Ce n'est pas faux, mais il faut d'abord organiser l'Armée secrète, au lieu d'épiloguer sur son utilisation, et effectuer la fusion dont, à l'exception de *Charvet, ils ne veulent pas. J'espère que le Général les mettra au pas. » Comme toujours, je suis surpris par la rapidité avec laquelle il prend connaissance du texte.

Il me fixe rendez-vous chez lui à 4 heures de l'après-midi afin de prendre le rapport qu'il prépare pour Londres.

Je file chez *Mado pour lui demander de venir à cette même heure au coin du pont de la Guillotière, où je lui remettrai la moitié du rapport à coder. J'effectuerai sur l'autre moitié le même travail et le lui apporterai aussitôt achevé. Le rapport doit être tapé avant 7 heures afin que je le remette à Schmidt pour l'« opération » qui doit avoir lieu demain, 19 octobre.

Toujours calme et souriante, *Mado me regarde de ses grands yeux limpides, qui apaisent ma nervosité : « Ne vous inquiétez pas, tout sera prêt. »

Je retourne en ville, où j'ai rendez-vous avec *Germain. Je lui ai demandé depuis le premier jour de m'attendre, même en cas de retard considérable.

Cette exigence va à l'encontre des mesures de sécurité, mais, dans la pratique, mes rendez-vous se déroulent rarement comme prévu. Je dois donc garder un espacement entre eux.

Afin de ne pas le mettre en danger, je lui ai prescrit de se tenir éloigné du lieu de notre rencontre, tout en surveillant les abords avant de me rejoindre. Le coin du pont Bonaparte est désert quand j'arrive. Un instant plus tard, il est près de moi, sans que je sache d'où il est sorti.

Avant 4 heures, je n'ai rien à faire. Tout en déambulant, je profite de l'occasion pour bavarder un peu avec *Germain. Les grèves des cheminots m'exaltent ; j'admire le courage des manifestants. Pourtant, ce n'est pas à mes yeux la « vraie » Résistance, laquelle est militaire. Néanmoins, il s'agit de la première protestation civile et publique contre Vichy et les Allemands.

*Germain a entendu parler dans sa famille des grèves en banlieue. J'en profite pour exprimer un sentiment dont Morandat a été le déclencheur : « Heureusement qu'il y a les ouvriers pour résister. S'il n'y avait que des bourgeois, la France serait collaboratrice[1]. »

Nous marchons côte à côte. Sans modifier son allure, il répond calmement : « Vous vous faites des illusions sur les ouvriers. Ils sont aussi lâches que les autres. Si vous les aviez vus en 1940, c'était honteux. Ils étaient contents de la défaite parce que ça embêtait les patrons. » Il ajoute : « Si vous connaissiez ce milieu, vous auriez une autre opinion. Vous

1. J'oubliais évidemment les manifestations qui émaillèrent le refus de la population, notamment des étudiants, les 8 et 11 Novembre 1940, ainsi que les 1er Mai, 14 Juillet, etc.

n'avez pas dû rencontrer beaucoup d'ouvriers dans votre vie. »

Je m'arrête, interloqué par ce que je ressens comme une insolence. Silencieux, *Germain sourit sans forfanterie. Je devrais le féliciter d'une franchise dont je ne serais peut-être pas capable. Je rougis légèrement en reprenant la marche, puis change de sujet.

À l'heure convenue, je confie à *Mado la partie du rapport concernant l'arrestation de Gérard Brault, la vie des mouvements et l'organisation de la manifestation du 11 Novembre. Celle que j'ai codée me fournit quelques détails que *Rex n'a pas communiqués à Georges Bidault.

Dans son jugement à l'égard d'Herriot, je reconnais certains de ses propos laconiques et méprisants : « Étant donné les résultats de ses contacts, j'estime qu'il convient de le laisser à ses méditations solitaires tant qu'il n'aura pas mieux compris où est son devoir. » Dans un paragraphe, je découvre l'activité de *Rex en zone occupée, dont je ne connais que des bribes grâce aux confidences de *Frédéric. Si le Débarquement a lieu sur les côtes de la Manche, c'est la zone occupée qui jouera le rôle décisif sur les arrières des Boches. L'Armée secrète en zone libre servira-t-elle à quelque chose si loin des opérations ? Le problème est qu'en zone occupée il ne semble pas y avoir de projet d'AS. *Rex reste muet sur ce point.

En fin d'après-midi, j'apporte le rapport codé à Schmidt et rejoins *Rex au restaurant. Nous sommes les premiers. Bidault arrive avec une note sur les grèves pour la joindre au courrier. Il nous apprend que la BBC a passé une information sur l'arrivée en zone libre de la Gestapo, mais rien sur la grève des cheminots, en dépit de plusieurs télégrammes qu'il a expédiés. Peut-être s'agit-il de ceux remis à Brault.

Il ne comprend pas que Maurice Schumann ait incité les Français à suivre les « consignes d'action », puisque de Gaulle reste muet alors que les ouvriers attendent de sa part des appels à la grève générale. Du coup, Bidault est pessimiste : si Vichy ne commet pas d'erreur, tout rentrera dans l'ordre. « C'est une occasion décisive de perdue pour la Résistance. »

*Rex lui fait part de sa rencontre avec Morandat ce matin : « Il est débordé par les événements. Comme d'habitude, il vibrionne, et tout le monde ignore ce qui s'est réellement passé. » Le mécontentement de *Rex porte sur un point précis : il a financé le MOF pour regrouper et diriger la Résistance syndicaliste. Or le MOF est absent des grèves.

Au-delà de cet échec, *Rex s'inquiète du retour en force du parti communiste et de son épigone, le Front national. Morandat a été incapable de lui expliquer pourquoi leurs signatures étaient mêlées à celles des mouvements. Il s'indigne de surcroît d'une manœuvre puérile : « Les tracts adressés aux "patrons français" ne comportent pas la signature du parti communiste, mais seulement celle des trois mouvements, à la différence de ceux destinés aux ouvriers, où elles figurent toutes. Prennent-ils les patrons pour des imbéciles ? »

*Rex estime que les tracts devraient être tous signés des seuls mouvements ou tous avec le PC et le

Front national : « Ce n'est pas en louvoyant qu'on ralliera le patronat au combat patriotique. » Il ajoute : « La situation étant ce qu'elle est, il faut agir en conséquence[1]. » Je connais bien cette réaction : après un mouvement d'humeur polémique qui semble l'apaiser, il formule une conclusion pragmatique. Il suffit de le savoir et d'attendre.

Après dîner, nous rentrons à pied. Je profite de sa décontraction pour lui communiquer un projet que je mûris depuis quelque temps : acheter une bicyclette, ce qui me ferait gagner beaucoup de temps dans mes déplacements. J'estime le coût à 3 000 francs, plus du double de mon ancien salaire. *Rex me donne aussitôt son accord et me félicite de cette excellente idée.

Le lendemain, j'en parle à M. Moret, mon pourvoyeur de tout à Lyon. Habitué du marché aux puces, où il trouve toutes sortes d'objets utilitaires devenus rares, il est le seul à pouvoir m'aider. Quelques jours plus tard, il déniche une belle occasion au prix indiqué.

Mon existence est transformée : je vole d'un quartier à l'autre de la ville dans les plus brefs délais, doublant mes possibilités d'action. Cela équivaut au moins à un courrier supplémentaire[2].

1. La grève des cheminots fut suspendue le 15 octobre, après intervention du ministre des Transports. Le mouvement reprit ailleurs, notamment dans la métallurgie, avant de s'achever le 17 octobre.
2. Malheureusement, en moins d'une semaine elle me fut volée alors que je l'avais laissée sans surveillance pendant quelques secondes seulement pour relever une boîte. Cet incident me laissa interdit. Il confirmait les avertissements répétés des Anglais : « Ne

Dimanche 25 octobre 1942

Un radio accuse Londres

*Rex n'ayant pas levé l'interdiction des émissions radio à Lyon, toutes les opérations aériennes et maritimes du mois d'octobre sont annulées. Morandat n'a donc pas pu partir comme prévu. Aucun courrier n'est expédié, et nous ne recevons ni directives, ni argent, ni armes.

En discutant avec Fassin et Schmidt des difficultés rencontrées par les opérateurs au cours de leurs émissions, je leur ai suggéré d'établir un rapport complétant celui que j'ai rédigé avec Cheveigné. J'ai bon espoir que l'autorité d'un chef d'opérations, pour qui le trafic radio est vital, brisera l'indifférence de Londres.

Fassin me remet son rapport aujourd'hui : « À mon départ, il m'a été bien précisé que la liaison radio était extrêmement importante. Je crois avoir fait de mon côté tout ce qui était dans mes possibilités pour l'assurer, malgré des conditions de plus en plus difficiles, conditions dont on ne semble pas se rendre compte outre-Manche. »

Suivent les griefs techniques communiqués par *Sif.W, son radio, que le BCRA a déjà lus dans tous les rapports qui lui ont été adressés. Il dénonce la carence des services, qui n'ont pas été capables, après plusieurs mois, de mettre en route Jean Holley,

---

vous fiez pas au sentiment de sécurité de la vie quotidienne : à partir de votre arrivée en France, vous êtes en danger. » Quand je vins, le lundi matin, chercher Moulin à la gare, je lui avouai mon aventure. Visiblement agacé par mon étourderie, il dit simplement : « Achetez-en une autre. » Ce que je fis.

alias *Léo.W, et s'insurge contre la consigne de bloquer le trafic sur un seul opérateur, facilitant ainsi le repérage des voitures gonio. Il insiste sur la difficulté d'utiliser pour ce travail des résistants, c'est-à-dire des personnes sans profession : « Ceux qui se trouvent sans situation définie sont aujourd'hui traqués et exposés à l'envoi en Allemagne. » Il ajoute : « Un emplacement pour les postes est difficile à trouver et délicat à utiliser. Il y a parfois des voisins curieux, que les allées et venues inquiètent. Il y a aussi des enfants, des malades. Nous ne sommes pas installés en pleine nature, dans un endroit idéal et choisi par des techniciens comme vous pouvez l'être. »

La *Home Station* est ensuite visée : inexpérience des opérateurs, manque de ponctualité aux rendez-vous : « C'est inadmissible ! Que nos câbles soient indéchiffrables, cela se conçoit, car ils sont rédigés très souvent dans des conditions dont vous n'avez pas idée, dans des salles d'attente de gare, les W.-C. des trains, etc. Que des gens assis dans des bureaux et ayant à côté d'eux le téléphone pour communiquer leurs ordres ou en recevoir fassent les mêmes erreurs, nous le comprenons difficilement. De plus, les fautes d'orthographe et les lettres ratées fourmillent. »

La conclusion est celle de tous les radios : « Les transmissions ne marchent pas, et cela vous est presque entièrement imputable. » Cette responsabilité s'étalait déjà dans un télégramme reçu par Briant il y a quatre jours : après une semaine, le BCRA ignorait encore l'arrestation de Brault et les consignes de sécurité données par *Rex.

Ce câble « très urgent » demandait à Jean Ayral (*Pal), seul à posséder un radio en contact, de mon-

ter une opération pour assurer le retour de Frenay
et d'Astier et l'enlèvement du général François d'Astier
de La Vigerie[1] et de Jean-Pierre Lévy. Enfin, le service donnait des ordres irréalistes :

> *Accélérez prise de contact des nouveaux postes*
> *de Sif et de Léo au besoin par Bip.W.*

Cela fait maintenant deux mois que *Rex a signalé
qu'il m'utilisait comme secrétaire... *Rex est exaspéré par ce genre de directives du BCRA ne correspondant à aucune réalité : « Cela ressemble au
"cadavre exquis" surréaliste : chacun ajoute un projet en ignorant celui de son partenaire. »

Lundi 26 octobre 1942

*Volonté de *Rex pour les radios*

Parmi les papiers que *Rex me confie ce matin pour
les faire taper, il y en a un qui concerne la nouvelle
organisation de la radio : « Pour rétablir un trafic à
peu près normal. » Il prévoit l'organisation de six
réseaux, dont un pour lui. Dans ce chaos traqué dans
lequel se débattent les radios, ce serait un miracle :
je doute de son fonctionnement, car je ne vois pas
où se trouvent les opérateurs capables de faire marcher l'ensemble, encore moins les postes dont nous
manquons.

---

1. Frère d'Emmanuel, il était général de corps aérien, chargé
du commandement des forces aériennes sur le front nord. Il
rejoignit finalement Londres en novembre 1942 et devint adjoint
au commandant des Forces françaises libres, puis commandant
des troupes françaises en Grande-Bretagne.

La fin de la note est précédée du titre « Très important ». Le premier paragraphe s'adresse aux membres du BCRA :

> *1. En raison de la restriction apportée dans le trafic, il est indispensable que vos messages ne soient pas continuellement surchargés par des questions secondaires. Trop de vos câbles, notamment, ne concernent que des erreurs commises par nos services dans le numérotage, ce qui implique des rectificatifs multiples qui d'ailleurs ne présentent aucun intérêt.*

Les deuxième et troisième paragraphes sont destinés aux Anglais, dont je souhaite ardemment qu'ils « comprendront » :

> *2. Il est capital que les opérateurs chargés de la réception en Angleterre soient strictement exacts aux heures de contact prévues. Des retards inadmissibles de l'ordre de 20 ou 30 minutes se produisent trop souvent.*
> *3. N'utilisez que des manipulants très expérimentés, ce qui est loin d'être le cas. Tout ce qui précède a pour but de réduire au minimum les délais pendant lesquels nos opérateurs sont exposés. Il ne faut jamais perdre de vue les conditions difficiles et dangereuses dans lesquelles ils travaillent.*

En me remettant la note, ˙Rex me dit : « J'espère que les Anglais vont finir par admettre la honte de leurs radios et qu'ils prendront des mesures. »

Vendredi 30 octobre 1942

Préparation du 11 Novembre

*Rex prépare la commémoration du 11 Novembre. Il espère qu'après celles du 1er Mai et du 14 Juillet, le souvenir de la Victoire aura une résonance exacerbée dans la France humiliée de 1942. Il ne doute pas que les anciens combattants se joindront aux résistants pour manifester leur hostilité à l'Allemagne en souvenir de la mort aussi héroïque qu'inutile de leurs camarades.

Il a eu à ce sujet de nombreux entretiens avec les responsables des mouvements et des syndicats afin de déterminer, dans les villes de la zone libre, l'emplacement de chaque manifestation et de préparer le texte commun qui doit être lu à la BBC.

Aujourd'hui, ce texte est prêt et, coupant court aux arrêts des émissions qu'il a ordonnés, il me demande de le faire transmettre par radio. Le voici :

> *14 Juillet, 11 Novembre, fêtes de la Liberté et de la Victoire.*
>
> *En masse, il y a quatre mois, vous avez célébré le 14 Juillet, en masse vous célébrerez le 11 Novembre contre l'ennemi et les traîtres.*
>
> *La France s'affirmera ce jour-là contre le Boche, contre Vichy, avec de Gaulle dans le souvenir de la victoire, dans la certitude de la victoire.*
>
> *Patriotes, le 11 Novembre, à partir de midi, sur les lieux habituels du rassemblement, vous prononcerez la volonté unanime de la France.*

J'observe que, sur les mots au moins, il a cédé à l'usage des résistants en utilisant le mot « Boche ».

Il reste une dizaine de jours avant la commémoration. Parmi les câbles « urgents », celui-ci l'est au premier chef. Pourtant, lorsque je l'apporte à Cheveigné, celui-ci renâcle : il ignore quand il pourra l'expédier avec un minimum de sécurité. Je choisis de le donner à Briant, pourtant saturé par les câbles des opérations de novembre et ceux de Georges Bidault, en exigeant qu'il lui donne la priorité.

*Rex a invité Robert Lacoste à dîner ce soir, car la première réunion du Comité central de la Résistance ouvrière (CCRO), dont la création a été annoncée il y a quelques jours en remplacement du MOF, est prévue demain. Dans cette perspective, Lacoste propose que le CCRO impose des mots d'ordre se substituant aux directives anarchiques des mouvements. Il souhaite que, seul, il soit qualifié pour lancer les consignes générales d'action contre la Relève.

Dans ce but, il propose à *Rex de créer un comité de cinq membres : un représentant de l'ancien MOF pour diriger le comité, un de chacun des mouvements (Combat, Franc-Tireur, Libération) et un du parti communiste. Cette proportion doit être identique dans les organismes régionaux, départementaux et d'entreprises. Ils constitueront des bureaux de résistance ouvrière (BRO), dont la tâche, précise et limitée, sera d'assurer l'exécution stricte des consignes du CCRO. Lacoste a prévu de créer sept BRO régionaux en zone libre. Leur secrétariat sera confié à un représentant du MOF.

*Rex donne son accord au projet. Néanmoins, une discussion s'engage sur les organisations représentées dans le comité. Il s'inquiète de l'absence des socialistes. « Dans la mesure où Libération a passé un accord avec eux, répond Lacoste, et où André Philip, *Violette[1] et moi-même faisons partie du comité directeur, notre présence équilibrera la prééminence des communistes sur les socialistes. Si nous accordons une place à ces derniers, les communistes en réclameront une pour le Front national. Vous m'avez dit l'autre jour que vous n'en vouliez à aucun prix. Dans ces conditions, le statu quo est préférable. Je me fais fort d'obtenir l'accord du Comité d'action socialiste.

— Il est toujours préférable d'avoir le parti communiste comme interlocuteur plutôt qu'une de ses "succursales". Toutefois, attendez-vous à des réclamations.

— Quoi qu'on fasse, les socialistes se sentent toujours défavorisés et les communistes jamais représentés équitablement. »

Lacoste fixe deux objectifs au CCRO pour combattre la Relève : l'action et la solidarité, toute autre activité lui étant interdite. Cela ne suscite aucun commentaire de *Rex, si ce n'est le contenu réel de la solidarité : financer les grèves ou secourir les grévistes ? Il s'ensuit un marchandage entre les deux hommes. Si les mouvements semblent satisfaits du budget alloué par *Rex, les syndicats en réclament davantage.

« Jusqu'où pouvez-vous vous engager financièrement à l'égard des grévistes ? demande Lacoste.

— Le Général est pauvre ; il vit avec les subsides des Anglais. Nous ne pourrons jamais rivaliser avec les Britanniques dans le domaine financier. C'est la force du SOE [*Special Operations Executive*] dans ses

---

1. Pierre Viénot.

tentatives de séduction des mouvements. Selon moi, c'est une question à étudier au cas par cas avec les **BRO**. Il est évident qu'il faut apporter des secours temporaires à ceux qui se soustraient à la réquisition. Mais nous ne pouvons les transformer en "retraités" de la Relève. Il faut les prévenir qu'il ne saurait être question de prendre durablement en charge leur entretien. Nous pouvons seulement les aider dans leur refus de partir, par exemple en leur "payant un voyage". »

Lacoste ne cache pas sa déception devant la misère des secours proposés par *Rex. A-t-il reçu d'autres offres ? À l'inverse, moi qui connais l'état de la caisse, je me demande comment *Rex va pouvoir tenir ses promesses. Ce dernier se veut cependant rassurant : « Je vais faire mon possible pour intéresser les syndicats anglais et américains à la lutte contre la Relève afin qu'ils contribuent substantiellement à votre budget. »

*Rex joue une partie importante. Il a réussi à éliminer Morandat, dont le retour à Londres est programmé pour la prochaine lune. Robert Lacoste est désormais seul à la tête du CCRO. Fort du million de francs que je lui ai remis sur ordre de *Rex, il peut mettre sur pied la direction du nouvel organisme.

*Rex poursuit ainsi sa politique de contrôle des mouvements ouvriers par les syndicalistes eux-mêmes. Le CCRO régénéré devra s'imposer comme la seule organisation de lutte contre la Relève. L'opération est délicate dans un milieu syndical divisé par la scission CGT-CGTU, provoquée par le pacte germano-soviétique.

*Rex a suggéré à Lacoste de faire des ouvertures à Léon Jouhaux, secrétaire général de la CGT, qu'il estime être seul capable d'œuvrer à la réunification de l'ancien syndicat. L'Intelligence Service l'avait aussi compris et lui avait promis de financer son syndicat. Afin de déjouer la manœuvre, *Rex a promis dans les jours suivants à Jouhaux une mensualité de 200 000 francs pour la zone libre et de 300 000 francs pour la zone occupée, « sous réserve de reconnaissance du général de Gaulle » et « de bonne entente avec les syndicats chrétiens ».

Cette réunification des syndicats des deux zones devrait permettre à *Rex d'assurer le contrôle des grèves futures par les mouvements.

Je suis le témoin quotidien de cette négociation difficile. Cela me permet de franchir une étape décisive dans mon évolution politique. Elle me révèle combien mes camarades et moi sommes privilégiés d'être pris en charge depuis deux ans par la France libre et à quel point la situation des résistants métropolitains est misérable en comparaison. Je pense aux militants plus âgés, mariés, avec des enfants et sans travail. De quoi vivent-ils dans la France de 1942 ? Leur situation doit être désespérée.

J'emporte de cette soirée un souvenir cruel. Ce n'est plus, comme avec les chefs de la Résistance, un affrontement idéologique sans rapport avec l'ordinaire de leur existence, mais une démarche de solidarité en direction des laissés-pour-compte de la société. Cela mérite de ma part plus qu'une réflexion : un engagement.

Une évidence me saute aux yeux : la gauche, que j'ai tant combattue, incarne seule l'espoir de changer leur condition.

XII

DE GAULLE, LA FIN ?

6 novembre-13 décembre 1942

Vendredi 6 novembre 1942

La radio rétablie

Au cours de notre déjeuner, Cheveigné m'annonce qu'il a expédié, les 4 et 5 novembre, tous les câbles en souffrance. Il a refusé, pour des raisons de sécurité, d'accepter en retour ceux de Londres. Dans notre situation dramatique, ce demi-échec est une réussite.

À défaut de connaître les directives du BCRA, celui-ci sera informé des causes de l'état catastrophique des transmissions. Je reprends espoir. D'autant que, dans la soirée, je trouve dans ma boîte un paquet de télégrammes reçus à Clermont-Ferrand par Briant : sans doute ceux-là mêmes refusés par Cheveigné.

En les décodant, je profite le premier d'une heureuse nouvelle : le BCRA propose à *Rex d'utiliser pour son trafic les deux postes en possession de Briant — ce que nous faisons déjà sans avoir averti Londres. J'ai l'illusion que cette autorisation « officielle » débloquera définitivement la situation.

Les autres télégrammes du BCRA sont moins exaltants. Ils interdisent, entre autres, la transmission des câbles de Bidault. Je prévois une sévère réaction de sa part, excédé qu'il est par les obstacles techniques qu'on ne cesse de lui opposer : « La carence de Londres est scandaleuse. Vous en êtes le témoin, vous qui partagez nos risques pour rassembler les informations de toute nature. »

Autre mauvaise nouvelle : à cause du mauvais temps, la RAF n'a pu ramener Frenay et d'Astier en France. Leur retour est reporté à la prochaine lune. Seule éclaircie : les Anglais tenteront d'effectuer en novembre le programme des parachutages annulé en octobre.

Quant à moi, le BCRA m'informe du pire : il n'a pas reçu les câbles de *Rex du début du mois fixant l'heure et les lieux des commémorations du 11 Novembre. Résultat, le BCRA a décidé — probablement en accord avec Frenay et d'Astier — d'organiser la manifestation en contradiction totale avec les horaires proposés par *Rex. Le service fixe à 7 heures du soir les rassemblements devant les monuments aux morts des villes de la zone libre, alors que *Rex avait prescrit que les manifestations commencent à midi, sur les lieux mêmes de celles du 14 Juillet. Le patron est une fois de plus victime des défaillances des transmissions.

Ce soir, je lui communique ces mauvaises nouvelles. Agacé, il me dit : « J'espère qu'ils tiendront compte de mes demandes, *in fine*. » Il griffonne un câble de rectification : « Essayez de l'expédier d'urgence. » Rentré chez moi pour le coder, je vérifie mon *schedule* : par chance, j'ai un contact dans la soirée et décide de le transmettre moi-même. Nous sommes à cinq jours de la manifestation : tout peut être sauvé.

Samedi 7 novembre 1942

Contretemps

Ce matin, *Rex quitte Lyon dans la matinée et refuse que je l'accompagne à Perrache : « À demain soir, comme d'habitude. »

Je ne suis pas mécontent de son départ prématuré parce que, en son absence, je suis sûr d'honorer mes rendez-vous, toujours plus nombreux. Sa présence représente un risque d'« impromptus » perturbateurs : déjeuner ou dîner, accompagnement à des réunions, rendez-vous imprévus, etc., qui désorganisent mon agenda.

Au cours de la matinée, je prévois d'effectuer quelques versements, puis de déjeuner avec Cheveigné chez *Colette*. Auparavant, j'ai un rendez-vous urgent, à midi et demi, avec *Lorrain. L'urgence prétendue de son billet ne m'impressionne guère. J'ai compris que, dans la Résistance, tout est urgent parce que rien n'est traité à temps.

Il a fixé notre rencontre derrière l'Opéra, loin, hélas, du restaurant de Cheveigné : éloignement d'autant plus gênant que *Lorrain est souvent en retard. Effectivement, je piétine sur les quais, tout en observant, de loin, les arcades sous lesquelles nous avons rendez-vous. Lorsqu'il arrive, aux alentours de 1 heure, avec une demi-heure de retard, il m'aperçoit, vient vers moi et m'entraîne le long des quais : « Il faut que je voie *Rex immédiatement.

— Il est parti ce matin et rentre demain soir.

— Pouvez-vous le joindre rapidement ?

— Je crains que non. »

Je ne peux lui révéler que, les jours où *Rex quitte Lyon, le rendez-vous du soir avec son courrier est annulé et que je n'ai aucun moyen de le contacter, sauf à me rendre moi-même en Avignon pour rencontrer *Claudie, son agent de liaison. C'est certes possible, mais dans ce cas tous mes rendez-vous de l'après-midi sont annulés. Cette urgence en vaut-elle la peine ?

Il paraît contrarié : « Quand pourrai-je le rencontrer ?

— Lundi matin au plus tôt. C'est vraiment urgent ? »

Il réfléchit et ajoute : « Dites-lui que j'ai eu une conversation avec le colonel de Linarès, le chef d'état-major de Giraud. Il m'a prévenu que des opérations militaires étaient en préparation. Giraud a déjà quitté la France. Peut-être est-ce le prélude à un Débarquement dans le Midi. »

Cette nouvelle, que j'attends depuis si longtemps, me laisse incrédule, peut-être à cause du contraste entre son énormité et notre paisible promenade dans le froid sec d'un hiver précoce : ciel bleu à l'horizon du Rhône ; spectacle de Lyonnais impavides vaquant à leurs occupations prosaïques…

À peine remis de ma surprise, je songe à l'Armée secrète, informe et sans armes. *Lorrain devine-t-il ma pensée ? « Dites à *Rex que Linarès a promis de nous livrer des armes entreposées par l'armée d'armistice. Il faut qu'il le rencontre d'urgence pour négocier avec lui. »

Je lui fixe rendez-vous pour lundi matin, à 9 heures : « Pas avant ?

— Impossible : *Rex est occupé demain soir. » C'est à demi vrai : il n'a qu'un dîner avec Bidault.

Lorsque les événements ou les affaires en cours

l'exigent, la soirée se prolonge fort tard. Je suis d'autant plus ferme dans ma réponse qu'à mesure que *Lorrain se confie, son « tuyau » me semble peu sérieux. Depuis mon arrivée en France, les résistants annoncent périodiquement un grand chambardement à Vichy ou la libération prochaine de la France. Sur bien d'autres sujets, aussi, j'ai découvert que les résistants rêvent à voix haute.

Je file rejoindre Cheveigné chez *Colette*. J'y arrive très tard : « J'étais inquiet : toi, si ponctuel ! » Ce n'est pas *Germain, victime de mes retards accumulés, qui me ferait un tel compliment.

Après ma rencontre avec *Lorrain, j'admire comment, en changeant d'interlocuteur, je change d'univers : avec lui, je me débats dans le magma des mouvements ; avec Cheveigné, je suis à Oxford, Thame Park, à une époque vécue dans l'impatience du départ. Aujourd'hui, elle a la valeur mythique du temps passé, le bonheur des affres oubliées.

Et puis je suis sûr de me divertir. Mon attachement à lui me rend d'autant plus malheureux ce jour-là de ne pouvoir lui communiquer la « grande nouvelle » que je viens d'apprendre. Mais est-ce vraiment une grande nouvelle ?

Dimanche 8 novembre 1942

Déjeuner de fête

L'absence de *Rex autorise une grasse matinée : je me lève à 7 heures ! Volupté de la paresse... Pour le reste, je travaille comme à l'ordinaire : la Résistance ne connaît aucune vacance. Toutefois, délivré de la pression du patron, je me consacre paisiblement à la mise à jour des comptes et de mon travail, tout en expédiant quelques rendez-vous de routine.

Une des tâches les plus délicates du secrétariat est la distribution des fonds. Comme elle devient quotidienne et que les montants sont de plus en plus élevés, j'ai décidé, en dépit de l'interdiction du BCRA, de constituer une réserve d'argent liquide dans ma chambre : elle m'évitera la perte de temps d'un « ravitaillement » quotidien.

J'ai puisé hier soir chez les Moret une semaine d'avance dans leur Mirus. Je peux préparer ce dimanche la répartition entre les mouvements, les syndicats, l'armée, les services, la zone occupée, etc. Comme *Rex me l'a prescrit, je note — pour Londres — sur une feuille de papier dates et initiales des bénéficiaires. Les lieux de rendez-vous ne sont pas mentionnés afin d'éviter une catastrophe, en cas de saisie des papiers[1].

À 1 heure, je rejoins Cheveigné devant un restaurant près de la place de la République. Nous y déjeunons les jours de fermeture du bistrot de la place Gailleton. Au moment où j'approche, il arrive au loin. Lorsqu'il m'aperçoit, il se met à danser, faisant un V avec les doigts. Ce n'est guère rassurant. Bien que la rue soit déserte, je suis alarmé par sa conduite excentrique : les Boches l'ont-ils repéré de nouveau en cours d'émission ?

« Ils ont débarqué ! crie-t-il en s'esclaffant.

---

1. Une grande partie de ces notes se trouvent encore dans les archives du BCRA. André Dewavrin (*Passy) en a publié quelques-unes en 1950 dans son ouvrage *Souvenirs*, t. III, *Missions secrètes en France (novembre 1942-juin 1943)*, Plon, 1951.

« — Chez Mme Bedat-Gerbaut ?

— Mais non, patate : en Afrique du Nord, les Américains !

— Quand ?

— Cette nuit. »

Stupéfaction ! Moi qui, par ma fonction, suis au centre de toutes les liaisons, premier informé des télégrammes et rapports qui circulent entre Londres et les mouvements, je suis peut-être, ce matin, le seul à Lyon à ignorer une information que nous attendons tous depuis juin 1940. Il est vrai que, par prudence, je n'ai pas de poste de TSF chez moi, comme *Rex me l'a prescrit. Cheveigné a plus de chance : sa logeuse, qui ignore son activité clandestine, est venue le réveiller aux aurores pour lui annoncer l'événement, l'invitant dans son salon pour écouter les informations de la radio nationale.

Mais alors, *Lorrain a raison : le rendez-vous est urgent ! N'ai-je pas commis une énorme bévue en ne me rendant pas en Avignon avertir *Rex ? Mais pourquoi les télégrammes que j'ai reçus n'annoncent-ils pas ce débarquement, assorti des directives du Général ? Pourquoi la seule information connue en France l'est-elle par le canal des sbires de Giraud ?

La joie est cependant la plus forte, celle d'une attente enfin comblée et réclamant des détails. Nous marchons le long du quai afin d'éviter les éventuels excès de langage au restaurant. Cheveigné n'en sait malheureusement pas beaucoup plus. La radio a seulement annoncé que l'armée de Vichy se battait sur les plages afin de rejeter les Américains à la mer...

Nous nous dirigeons vers le restaurant. Dès l'entrée, nous sommes rassurés : tout le monde est hilare et, d'une table à l'autre, on ne parle que de ça. Malgré tout, afin d'éviter toute imprudence, nous écoutons sans mot dire. Après un moment, notre bonheur l'emporte, et nous cédons à la joie collective, communiant avec les plus exaltés dans l'idée qu'un débarquement aurait lieu ce soir même en France. Nous sommes certains que l'armée d'armistice se prépare à envahir la zone occupée : nous l'imaginons même en route pour Paris. Emportés par l'allégresse générale, nous divaguons.

Peu à peu, je me calme. Il me semble plus raisonnable de croire que le Débarquement aura lieu prochainement sur les côtes de la Manche : l'opération des commandos à Dieppe, il y a quelques semaines, n'en était-elle pas le signe précurseur ? Nous le croyons tous, à l'exception notable de *Rex. Cheveigné, quant à lui, opte pour le Sud, avec un argument de bon sens : la flotte française est concentrée à Toulon, attendant le signal pour écraser les Boches. *Lorrain lui-même m'a affirmé que c'est là que serait porté le coup décisif : les Américains y débarqueront pendant que notre marine, soutenue par l'armée d'armistice, attaquera les Italiens. J'oublie qu'en ce moment même elle se bat férocement contre les Alliés.

Cheveigné ignore tout de l'Armée secrète. Je me garde de lui révéler l'inanité de ces bandes inorganisées et désarmées. Ces informations relèvent de ma fonction, et, en dépit de notre amitié, la frontière est infranchissable, même aujourd'hui.

Quelle que soit la suite des événements, il est essentiel que *Rex soit en contact rapide et permanent avec le BCRA. À son retour, il aura certainement des câbles à expédier. Je fixe donc à Cheveigné un rendez-vous ce soir, à 11 heures, avec *Germain.

J'examine ensuite avec ce dernier la possibilité de doubler la liaison quotidienne avec Briant (à Clermont-Ferrand) en envoyant un courrier supplémentaire : les événements nous imposent d'expédier et recevoir rapidement la masse des câbles qu'ils suscitent. Je demande à *Germain de dîner dans un restaurant où je pourrai le rejoindre à une heure tardive afin qu'il porte à Cheveigné les câbles que je lui remettrai. Soupant moi-même avec Bidault et *Rex, j'ignore à quelle heure je serai libre.

Rentré chez moi, je dépouille le courrier que *Germain m'a remis et rédige quelques réponses avant de rejoindre *Rex à Perrache.

Avec Cheveigné, nous nous sommes comportés ce matin comme si les Américains étaient déjà à Lyon. En attendant *Rex à la gare, je suis dégrisé. Je me souviens des pataquès télégraphiques concernant la préparation des manifestations du 11 Novembre et reprends pied. J'ai un peu trop tendance à parer l'avenir des perfections dont le présent est dépourvu.

Je suis vaguement inquiet de ne pas avoir pris au sérieux l'information sensationnelle de *Lorrain : n'aurais-je pas dû organiser un rendez-vous avec *Rex dès son arrivée à Perrache ? Perdu dans mes pensées, je manque de le rater à la sortie de la gare. Le froid s'abat comme un fauve sur la région. *Rex a revêtu sa canadienne et son béret : parmi la foule des voyageurs, je mets du temps à le reconnaître.

Comme nous entrons dans un café des alentours, il me dit, rayonnant : « Préparons la prochaine étape. » Quand je l'informe du rendez-vous réclamé par *Lorrain, sa réplique est cinglante : « Son colonel aurait pu faire cette offre plus tôt ! Si ses supérieurs, au lieu de nous ignorer et même de nous combattre, avaient rallié le Général, l'Armée secrète serait aujourd'hui opérationnelle. Peut-être ont-ils compris leur conduite criminelle et vont-ils se racheter ? »

Il ajoute, sévère, à mon endroit : « Lorsque des responsables vous demandent un rendez-vous urgent avec moi, vous devez bouleverser mon agenda. Nous sommes en guerre : vous devez comprendre la gravité de notre situation et prendre des initiatives en conséquence. Ne recommencez pas ! » Sa voix est méconnaissable, tranchante, sans appel : je suis atterré par l'étendue de ma négligence. Je n'ai pas le temps d'épiloguer, car il enchaîne, se plaignant que personne, parmi les mouvements, n'ait obtenu le moindre indice sur cette opération, bien qu'ils ne manquent aucune occasion de se targuer de leurs antennes au sein de l'armée d'armistice ou de leurs contacts avec Giraud.

Quant à lui, c'est à l'heure du déjeuner, chez des amis, qu'il a appris le débarquement par la radio nationale. *Rex est impatient de rencontrer Bidault, qui écoute la BBC, Alger et les radios étrangères et qui dispose de renseignements glanés à Vichy même. Quand nous rejoignons ce dernier au restaurant, il a rajeuni. Toute la journée, il s'est dépensé sans compter pour connaître les réactions de l'entourage du Maréchal, du gouvernement, de l'armée. *Rex lui demande à brûle-pourpoint : « Quelles sont les consignes du Général ? »

Bidault, d'abord surpris de la question — « Le Général n'est pas intervenu à la BBC et n'a donné aucune consigne » —, retrace ensuite cette journée historique telle qu'il l'a vécue.

Vers 3 heures du matin, la personne chargée d'écouter la BBC en permanence a capté une suite de messages des autorités anglaises et américaines annonçant le débarquement sur les côtes d'Afrique du Nord de forces américaines appuyées par la marine et l'aviation britanniques, placées sous le commandement d'un général américain inconnu, Eisenhower. Celui-ci, s'adressant à la population, a précisé que ses troupes venaient « en amies pour faire la guerre contre vos ennemis », ajoutant : « La guerre est entrée dans la phase de la Libération. »

*Rex l'interrompt : « A-t-il été fait mention des Forces françaises combattantes ?

— Non.

— Peut-être sont-elles tenues en réserve pour une opération directe sur Dakar ou sur les côtes de la France ? »

Selon Bidault, un autre porte-parole a mis en garde les auditeurs : « Le moment n'est pas encore venu de faire appel au peuple français dans son ensemble. »

Après avoir réfléchi, *Rex estime qu'il est trop tôt pour saisir le cours des événements. L'armée de Vichy est-elle capable d'écraser les Américains et de verrouiller la tête de pont ? Pour ce qui concerne les mouvements, il se dit persuadé que, dans leur état présent, ils sont incapables d'aider les Alliés.

Il en vient à se demander si l'objectif de ces derniers n'est pas d'éliminer de Gaulle. Le départ de Giraud, son refus de rencontrer le représentant du Général ne prouvent-ils pas que tout est préparé depuis longtemps ? Pour la première fois, il évoque les difficultés de De Gaulle avec les Américains et les Britanniques : depuis l'armistice, Roosevelt ne cesse de le dépeindre en « apprenti dictateur ».

Comme toujours, je ne dis rien, mais je pense à mes camarades d'Old Dean. Ils seraient horrifiés, comme je le suis, d'entendre de telles accusations contre notre chef. Bidault va dans le sens de *Rex en lui rappelant que Camille Chautemps et surtout Alexis Leger[1], homme d'influence à Washington, mènent depuis l'armistice une féroce campagne contre le Général.

Selon *Rex, cela n'augure rien de bon : « Les Américains ont toujours traité avec Vichy ; ils continuent. Si Darlan leur livre la flotte, Giraud l'armée et le Maréchal la France et l'empire, l'avenir du Général et de la Résistance est sombre. » Il ajoute : « Tout dépend de la rapidité des Américains à conquérir l'Afrique et de la riposte des Allemands. »

Il est persuadé que le général Giraud est l'homme des Américains et que son projet est de devenir le chef de la Résistance européenne. Il conclut : « Il est d'autant plus impératif que les mouvements fassent bloc derrière le général de Gaulle. Ils doivent envoyer un message aux Américains pour les convaincre que c'est le seul chef de la Résistance. »

Se tournant vers Bidault, il clôt la discussion : « Êtes-vous libre à déjeuner demain ? » Il propose de se retrouver chez *Georges*, à 1 heure. Il me demande ensuite d'établir une liaison permanente avec Bidault et d'organiser tous les soirs un dîner de travail : « N'oubliez pas de changer de restaurant ! »

J'indique à Bidault que je relève la boîte de Mme Bedat-Gerbaut un quart d'heure avant ma ren-

1. Marie-René Alexis Saint-Leger Leger, dit Alexis Leger, diplomate, plus connu sous son nom de plume Saint-John Perse.

contre du matin avec *Rex, ainsi qu'à midi. Si besoin est, il peut me fixer rendez-vous au *Café de la République*, à deux pas de là, pour que je le conduise immédiatement à *Rex.

Le retour place Raspail en compagnie de *Rex est des plus mélancoliques : il reste muet. Après un long moment, il murmure : « Heureusement, le pire n'est pas toujours sûr. » Je le laisse à ses réflexions, puis lui rappelle les difficultés de notre trafic radio avec Londres, sans parler de la lenteur des liaisons intérieures. Je lui demande son accord pour que Cheveigné prenne des contacts *blind*, c'est-à-dire uniquement en écoute.

« Êtes-vous sûr qu'il ne risque rien ? » Je lui explique que si la *Home Station* expédie les câbles de cette manière, la gonio ne peut repérer l'opérateur radio qui les écoute. Je me garde toutefois de lui avouer que, depuis la perquisition des Boches, Cheveigné travaille chez Mme Bedat-Gerbaut.

Comme je propose à *Rex d'épauler Cheveigné en effectuant moi-même quelques émissions, il me considère durement : « Ce n'est pas le moment de prendre des risques. » Il se mure ensuite dans le silence. Quand nous approchons du pont de la Guillotière, il me serre la main sans un mot et s'éloigne rapidement. Il n'est pas loin de minuit. *Germain m'a-t-il attendu ?

Le restaurant où nous devions nous retrouver est fermé. Je suis déjà sur le retour vers la rue Sala lorsqu'il débouche d'une porte cochère voisine, efficace, ponctuel et toujours souriant. Je l'admire : il risque sa liberté et sa vie sans états d'âme, transportant à longueur de journée lettres, argent, postes de radio, armes, paquets, dont il ignore tout. Le moindre d'entre eux peut le conduire en prison, à la torture et à la mort. Cet inconnu inébranlable que j'ai appris à respecter est un exemple. Ce soir plus que jamais, il anéantit mes états d'âme.

Lundi 9 novembre 1942
Les paroles du Général

J'ai hâte de rencontrer *Rex ce matin, tant je suis excité par les informations apportées par *Germain : il vient de recueillir dans ma boîte le texte du discours prononcé la veille par de Gaulle, que Bidault y a déposé tôt.

Le Général a parlé à la BBC durant notre dîner : « Le peuple rassemblé dans la Résistance n'attend que l'occasion pour se lever tout en entier. » Comme cette éloquence à la Danton est étrangère à la réalité française au milieu de laquelle je vis. Même le mot d'ordre « Aidez les Alliés » me semble utopique. Après l'avoir lu, *Rex n'a plus de doute : « Le Général est sur la touche : il joue le jeu, mais la partie est loin d'être gagnée. »

Il parcourt les journaux : « J'ai sous-estimé Herriot. Son refus de me rencontrer, imitant celui de Giraud, est provoqué sans doute par une promesse politique de la part des Américains. Pour écarter le Général, Roosevelt est capable de tout. À ses yeux, le président Herriot est la meilleure caution républicaine pour remplacer le Maréchal. Il ne négligera rien pour le débaucher. Il est sans doute préférable à l'"État français", mais la République d'Herriot n'est pas l'avenir de la France. »

*Rex ajoute : « J'espère que les mouvements tiendront bon autour du Général et comprendront enfin qu'il est le seul garant de la République. » Je n'en crois pas mes oreilles : la Résistance pourrait donc hésiter entre Pétain et de Gaulle ? Bien que réservé, comme d'habitude, je ne peux m'empêcher de réagir : « Comment les mouvements pourraient-ils préférer Pétain, l'homme de la capitulation, à de Gaulle, le solitaire de la Résistance, qui a sauvé l'honneur de la France ?

— Pour la majorité des Français, l'honneur de la France n'est pas une politique. »

Au déjeuner avec Bidault, ce dernier apporte des informations. En Afrique du Nord, la bataille fait rage. La radio annonce que l'amiral Darlan a conclu une suspension d'armes à Alger, mais que les combats se poursuivent partout ailleurs. Quelle en sera l'issue ? *Rex est serein : « Les Américains n'attaquent que lorsqu'ils sont sûrs de gagner. L'armistice d'Alger est le commencement de la fin. Mais que fait Darlan avec les Américains ? »

Je suis révolté par le camouflet infligé à de Gaulle, et plus encore par la trahison de l'armée d'armistice, qui tire sur nos alliés. Moi qui d'ordinaire n'ose pas intervenir devant *Rex et Bidault, aujourd'hui, pour la première fois, j'exhale ma haine de Pétain : « Oui, vraiment, dès le premier jour j'ai eu raison : c'est un vieux con ! » Même s'ils ne se récrient pas en entendant mes propos au fer rouge, je sens qu'ils ne partagent nullement mes foucades. Heureusement, l'heure est à l'indulgence à mon égard. De mon côté, je suis prêt aux pires imprudences de langage tant je suis sûr d'exprimer le sentiment de mes camarades d'Angleterre.

*Rex tente de comprendre l'imbroglio de la situation. Il est soucieux d'élaborer une stratégie pour renforcer la cohésion de la Résistance et assurer l'autorité de De Gaulle — seul gouvernement légitime de la France, selon lui — à l'égard des Alliés et sur les chefs des mouvements. Quant à l'Armée secrète, elle est sans organisation, sans armes, sans chefs : « Voilà le résultat de leurs palabres ! »

Devant Bidault, *Rex développe le postulat de sa politique, but de cette rencontre inhabituelle. Si le Général est l'honneur militaire de la France, il est aussi le seul espoir de la démocratie. Roosevelt manifeste son ignorance de la situation européenne en soutenant Darlan et Pétain, tandis qu'il évince le Général, qui en est le champion depuis 1940.

« Quel aveuglement ! » s'exclame *Rex. Bidault acquiesce : « J'espère que *Bernard [d'Astier] et *Charvet [Frenay] auront enfin compris.

— Je l'espère aussi, mais j'en doute. Ils sont obnubilés par leur promotion personnelle. »

Pour *Rex, le débarquement en Afrique du Nord a révélé publiquement le vrai problème que de Gaulle doit affronter face aux Alliés : celui de sa légitimité à représenter la France, et non une poignée de patriotes courageux. Dans ce domaine, la caution des mouvements, si tant est qu'elle existe, face à un Giraud ou à un Darlan est nulle.

« J'ai réfléchi cette nuit : il faut voir les choses comme elles sont. Les Alliés ont la plus grande méfiance à l'égard des mouvements. Dans le meilleur des cas, ils les jugent inefficaces et squelettiques.

Aujourd'hui, ce dont le Général a besoin c'est du soutien de représentants de la nation. »

*Rex a préparé un message affirmant la légitimité du Général. Les parlementaires, même s'ils se sont déshonorés à Vichy, peuvent se révéler utiles : « Il est urgent de prouver aux Alliés qu'ils commettent une faute en négociant avec des suppôts de Vichy. Je veux les convaincre de l'allégeance des vrais républicains au Général. Celle de Léon Blum n'est pas la moindre. »

Bidault manifeste une certaine réticence : « Ne craignez-vous pas de remettre en selle des formations et des hommes déconsidérés depuis l'armistice ? Le silence des radicaux, de l'Alliance démocratique, de la Fédération républicaine et d'autres est assourdissant, vous le savez mieux que moi.

— Vous connaissez ma condamnation sans appel de l'attitude des parlementaires. Aujourd'hui, il s'agit d'une opération de sauvetage : tout est bon pour sauver la liberté. Les gouvernants du monde entier ne connaissent de la France que quelques étiquettes de partis et quelques vedettes : Blum, Herriot, Marin, Reynaud, etc. Ils sont plus représentatifs à leurs yeux que le Général, fût-il un héros de la liberté. La signature que je réclame n'engage l'avenir d'aucune manière. Il appartiendra aux Français, à la Libération, de désigner les nouveaux partis et les hommes de la Résistance qui les représenteront.

— Sans doute avez-vous raison, mais, à la faveur de l'opération que vous tentez, les partis vont certainement monnayer leur caution.

— C'est pourquoi le message doit être envoyé sans le moindre délai. »

Il a choisi six anciens partis : communiste, socialiste, radical, démocrate populaire, Alliance démocratique (Reynaud) et Fédération républicaine (Marin).

« Pour les démocrates populaires, je vous soumettrai le texte. N'êtes-vous pas leur représentant le plus respectable ?

— Trop aimable.

— Je rencontrerai Paul Bastid pour le Parti radical. Ce dernier a une liaison avec Laniel, représentant de l'Alliance démocratique.

— Si vous êtes d'accord, j'irai voir Louis Marin directement à Vichy. »

*Rex acquiesce. Bidault reprend : « Restent les socialistes et les communistes.

— Puisqu'ils appartiennent à la Résistance, je n'aurai aucune difficulté à obtenir leur signature.

— Je ne serais pas si optimiste : seul le Comité central peut vous accorder la signature du parti ; or il est à Paris. Ce sera long, et puis avec eux c'est toujours mystérieux et compliqué.

— Entre Darlan, Giraud et le Général, les communistes n'hésiteront pas. En dépit de leurs erreurs passées, ils comprendront où est leur intérêt : il serait surprenant que Darlan libère leurs députés internés en Algérie. Pour moi, il n'y a aucune ambiguïté : seuls les mouvements représentent légitimement la France. Croyez-moi, les parlementaires seront fiers qu'après leur conduite à Vichy la Résistance se soucie encore d'eux. »

*Rex trace à grands traits le contenu du message qu'il a écrit : félicitations aux Alliés pour la libération de l'AFN ; reconnaissance de Giraud comme chef militaire ; affirmation du Général comme « chef incontesté de la Résistance » ; condamnation du ralliement des traîtres militaires et politiques ; remise de l'autorité gouvernementale au général de Gaulle. Il ajoute : « J'ignorais le rôle de Darlan quand je l'ai rédigé. Même si cela se confirme, c'est un traître. Nous devons le condamner. »

Bidault approuve le texte. Peut-être en s'abstenant de le corriger, contrairement à son habitude, est-il conscient de la nécessité de l'expédier de toute urgence ? *Rex souhaite aussi qu'il adresse aux Alliés, « à titre personnel », un télégramme plus polémique : Pourquoi la République n'est-elle pas rétablie à Alger ? Pourquoi le préfet et le maire d'Alger, nommés par Vichy, sont-ils toujours en fonction ? etc. « N'hésitez pas à crier au scandale[1]. »

Après avoir quitté le restaurant, *Rex me remet son message pour le faire dactylographier, daté d'aujourd'hui : « Apportez-m'en dix exemplaires demain matin. » Je file aussitôt chez *Mado et lui demande de me les faire parvenir dans la soirée par le biais de *Germain.

Mardi 10 novembre 1942

Dans l'« expectative »

Depuis le débarquement, les « événements » sont devenus l'unique sujet de nos conversations entre camarades. Notre ignorance des faits précis fouette notre imagination. Pour tous, c'est l'époque des hypothèses. Une question, surtout, focalise craintes et indignation : Pourquoi de Gaulle n'est-il pas à Alger ?

*Rex résume ce matin ce que nous pensons tous plus ou moins clairement, en particulier sur le choix

---

1. Georges Bidault fit expédier le 15 novembre deux télégrammes en ce sens.

de Darlan, qui semble être devenu le seul interlocuteur des Américains : « Darlan n'est pas Giraud : c'est un vieux routier de la politique. Il a négocié avec Hitler la collaboration militaire de la France et, aujourd'hui, l'arrêt des combats avec les Américains. Talleyrand n'aurait pas désavoué. »

Je lui communique un télégramme que Cheveigné a capté *blind*. Déception : c'est le résumé du discours de De Gaulle prononcé l'avant-veille. Seule nouveauté, le message s'achève par des mots d'ordre :

> *Concentration nécessaire dans le plus bref délai possible à l'intérieur de la France combattante sur bases suivantes :* primo, *libération de l'ennemi et des traîtres —* secundo, *restauration intégrale de la souveraineté nationale sur territoire métropolitain — Gardez expectative.*

Cette dernière phrase s'adresse à *Rex.

À la BBC, Maurice Schumann a appelé les Français à manifester le 11 Novembre, associant les consignes de *Rex à celles de la France combattante : « Rassemblement à midi dans les deux zones et défilé l'après-midi jusqu'à 7 heures en zone libre. » Schumann met en garde les résistants contre une impatience patriotique. Il répète l'avertissement diffusé précédemment : « Attention, l'heure de l'insurrection nationale n'a pas encore sonné. »

Contrairement à la BBC, les journaux de Lyon que j'apporte à *Rex diffusent l'interdiction par Vichy de toute manifestation le 11 Novembre. « Ça m'étonnerait que les Français y renoncent si facilement ! » C'est sa seule réaction. Visiblement, il pense à autre chose.

Mercredi 11 Novembre 1942

*Rex compagnon de la Libération

La journée commence sous les meilleurs auspices. J'ai reçu plusieurs télégrammes, dont l'un concerne *Rex :

> *Êtes compagnon Libération, je dis compagnon Libération — amicales félicitations de tous.*

En le déchiffrant, j'éprouve un sentiment de fierté, comme si cette distinction me concernait. En quelques mois, *Rex a forcé mon admiration. Il est devenu un être mythique, tout en faisant partie de mon intimité. En dépit de son autorité catégorique, sa gentillesse et son humour y sont pour beaucoup. J'envie son assurance, sa présence et plus encore l'intelligence avec laquelle il débrouille les problèmes politiques les plus inextricables. J'admire aussi la patience et la ténacité avec lesquelles il surmonte les obstacles.

Sans doute m'intimide-t-il encore, puisqu'il est le patron, mais cela ne m'empêche pas d'évoquer avec lui de plus en plus souvent maint sujet dont je suis curieux. Je ne prétends pas qu'il existe une intimité entre nous, mais je ne crains plus de lui parler d'autre chose que de mon travail. La distinction que la France libre lui attribue est la confirmation glorieuse de mon opinion sur lui. Elle prouve que de Gaulle a reconnu, lui aussi, les mérites dont je suis le témoin.

Je n'ai jamais rencontré de « compagnon » en chair et en os. *Rex est le premier. Comment lui manifester ma fierté ? Bien qu'il soit d'une courtoisie sans faille, la hiérarchie marque entre nous une frontière invisible. Cette distinction l'éloigne plus encore : il est tout, je ne suis rien. Sous le secret des pseudonymes (*Rex, *Régis, *Max), il n'est pas seulement le patron auquel j'obéis, mais le modèle à qui je souhaiterais ressembler.

Depuis le premier jour, ne sachant quel titre lui donner, je n'en prononce aucun. Il m'est impossible d'utiliser ses pseudonymes sous forme de prénoms, car une telle familiarité me paraîtrait inconvenante à son endroit. Je souhaite cependant marquer ce grand jour d'un souvenir, afin de lui prouver mon attachement.

À 7 heures du matin, les magasins sont fermés. Je ne saurais d'ailleurs quoi choisir. Faute de meilleure idée, j'entre dans la boulangerie-pâtisserie située au bas de son immeuble ; la patronne me connaît. Je me risque à lui demander des produits interdits : un croissant et une brioche. Son visage se ferme, soudain méfiant. Pour la décider, je murmure : « C'est pour un anniversaire. » Après un silence de pierre, elle répond évasivement : « Je vais interroger le patron. » Elle revient avec les deux pâtisseries encore chaudes, qu'elle a enveloppées dans un vieux journal.

Heureux de la surprise que je prépare pour *Rex, je grimpe allègrement les deux étages. N'osant révéler le contenu du télégramme avant qu'il en ait pris lui-même connaissance, je le mets en évidence au-dessus de la liasse de papiers. Après l'avoir lu, il murmure : « Il y a des choses plus urgentes à télégraphier en ce moment. Quand je pense qu'ils mettent en jeu la vie d'un radio pour ça ! »

Décontenancé, j'enchaîne néanmoins par la phrase que j'ai soigneusement ciselée : « Permettez-moi de vous féliciter de tout mon cœur pour ce grand honneur que vous méritez tant. » Je suis si ému que je bafouille en lui offrant croissant et brioche. Il lève la tête avec surprise devant cette modeste attention et m'observe. Son regard a changé. Je comprends que sa réaction bourrue masque l'intense émotion qu'il refuse d'avouer.

Sans répondre, il enchaîne la lecture des autres télégrammes. L'un d'eux annonce que, grâce à la présence de Frenay et d'Astier de la Vigerie à Londres, l'organisation de la Résistance progresse : le général Delestraint est nommé commandant en chef de l'armée secrète de la ZNO[1]. En outre, un Comité de coordination y est créé, composé des chefs des trois mouvements sous la présidence de *Rex.

Sa désignation à ce poste éminent prouve que le patron a, dans la France libre, une position plus solide que je ne l'ai cru : la création du Comité transforme son autorité en pouvoir. C'est à l'intérieur d'une institution qu'il exercera dorénavant son arbitrage : deux voix contre une à chacun des chefs lui permettront de maîtriser les affrontements de ces derniers. C'est pourtant un autre aspect de cette information qu'il commente : « J'espère qu'ils n'ont pas entortillé le Général. »

Le document le plus décisif à ses yeux est le message expédié par Frenay à *Lorrain concernant les événements en cours. Après l'arrivée de Giraud en Algérie, Frenay est partisan de l'entente entre Giraud et de Gaulle, parce que ce dernier « a donné toutes les garanties démocratiques ». Il ajoute : « La position morale prise par de Gaulle de refuser l'armistice et l'acceptation tacite de cet armistice par Giraud

---

1. Zone non occupée.

donnent droit à de Gaulle d'assurer la direction d'ensemble. » *Rex commente : « Il est divertissant d'entendre *Charvet [Frenay] juger les autres à l'aune de la démocratie. Il semble que Londres lui ait imposé une cure de gaullisme. »

Pour finir, je lui remets le texte qu'il a demandé de taper en dix exemplaires. Comme toujours il le relit soigneusement. Après que *Mado me l'eut remis, j'avais admiré la simplicité et la force de ces quelques paragraphes. Dans le dernier d'entre eux, *Rex affirme aux Anglais et aux Américains l'exigence de toute la Résistance : « Nous demandons instamment que les destins nouveaux de l'Afrique du Nord libérée soient au plus tôt remis entre les mains du général de Gaulle[1]. »

*Rex me demande d'expédier le texte aux neuf groupes qu'il a choisis : les trois mouvements de résistance de la zone sud ; le Mouvement ouvrier français (MOF) et cinq partis politiques : la SFIO, le Parti démocrate populaire, la Fédération républicaine, le Parti radical et le parti communiste. Il ajoute : « Distribuez-les en toute priorité. Je les ai prévenus. »

Nous sortons : « Gardez un contact permanent avec *Salm.W. Il faudra expédier les résultats de la manifestation dès ce soir pour que Schumann les annonce demain. Après le débarquement en Afrique, les Français doivent prendre leur destin en main. »

Depuis mon retour en France, je n'ai assisté à aucune manifestation organisée par la BBC. Yvon

---

1. Le général de Gaulle n'arriva à Alger que le 1er juin 1943, après sept mois de refus de la part des Alliés.

Morandat m'a décrit celle du 1er mai 1942 comme
« une émeute ayant submergé la France ». Il est
vrai qu'au moment des grèves d'octobre, il a prédit
« une insurrection générale ». Sa suite en quenouille
m'a appris la valeur toute relative de ses pronostics.

*Rex m'a prescrit d'éviter les lieux prévus pour les
manifestations : la consigne est valable pour tous
ses collaborateurs. Intérieurement, je regimbe :
notre sécurité mérite-t-elle cette punition ?

Au cours de la matinée, je transmets l'ordre à
Cheveigné, qui me répond : « Je m'en fous, je veux
voir ça. Je ne vais quand même pas rater la libération de la France !

— C'est le patron qui l'ordonne.

— Il n'en saura rien. Je te raconterai tout, et toi
tu ne diras rien parce que tu es mon ami.

— Et les télégrammes ?

— Ne t'inquiète pas, ils arriveront avant toi. »

Quoi qu'il dise ou fasse, je suis désarmé par son
insolence. Certes, je commets moi-même journelle-
ment des imprudences, mais elles sont imposées par
la pression de ma charge. Aujourd'hui, il me serait
impossible de transgresser un ordre de *Rex, même
s'il n'en savait rien. Je considérerais une telle insu-
bordination comme une trahison ; cet homme qui
ignore tout de moi ne m'a-t-il pas manifesté depuis
le premier jour une confiance sans réserve[1] ?

Après notre matinée studieuse, nous sortons pour
nous restaurer. Un bruit inusité, sorte de gronde-

---

1. J'oubliais que je l'avais déjà trahi deux fois, en hébergeant un
aviateur anglais puis un Juif.

ment suivi d'un bruit de pas cadencés, hache soudain notre conversation. Des chars suivis d'un bloc de soldats débouchent devant nous : à quelques mètres, les Boches !

Mon sang ne fait qu'un tour. *Rex regarde en silence. Instinctivement, nous nous arrêtons au bord du trottoir. Cette armée victorieuse, dont j'ai vu d'innombrables photographies en Angleterre, est tout à coup sous mes yeux, triomphante. Je suis saisi d'une haine aussi irrépressible qu'impuissante.

Je pense à mon travail : j'ai l'impression physique qu'un piège se referme. Depuis un mois, les voitures gonio allemandes et la police de Vichy nous pourchassent. J'ai cru que c'était le pire, mais aujourd'hui, ce n'est plus au milieu des Français — indifférents ou hostiles, mais français — que nous allons opérer, mais des Boches, cruels et implacables.

Les conséquences de cette présence imprévue tourbillonnent dans ma tête : Comment voyager, circuler en ville sans être fouillés à tout instant ? Comment déjeuner avec *Rex et les autres sans être repérés et dénoncés ? Comment transporter nos postes radio et faire nos émissions ?

Abandonnant *Rex un moment, je rentre rue Sala vérifier que mon matériel est bien caché. La rue est déserte, comme à l'accoutumée. J'observe la fenêtre de ma chambre : rien ne paraît suspect. N'est-ce pas un piège ?

En pénétrant dans l'immeuble, je m'attends presque à rencontrer la Gestapo. J'imagine qu'elle a déjà découvert code, revolver et radio et qu'elle a tendu une souricière pour m'arrêter, me torturer. J'évite de faire claquer la porte de la rue en la refermant et prends des précautions avant de monter dans ma chambre. Arrivé sur le palier, j'entrouvre doucement la porte, prêt à la refermer brusquement et à m'enfuir : il règne dans la petite pièce un silence douillet. Je suis surpris et heureux de m'y retrouver seul. Comme d'habitude.

Dès le débarquement en Afrique du Nord, *Rex a envisagé l'occupation de la zone sud, mais rien n'a été prévu pour faire face à cette éventualité. En Angleterre, avec mes camarades, je m'étais souvent interrogé sur la difficulté de vivre clandestinement et d'organiser une insurrection militaire dans un pays occupé par les Boches. Le journal *France* et la BBC évoquaient régulièrement rafles, arrestations massives, prises d'otages et patriotes fusillés. Les villes occupées étaient, selon l'image que je m'en faisais, transformées en prisons grâce au quadrillage policier. Sans doute était-ce la raison pour laquelle le BCRA nous envoyait en mission en zone libre[1].

*Rex exigera certainement que je lui soumette un projet pour renforcer la sécurité du secrétariat. Mais comment ? Pour *Mado, ma secrétaire, il n'y a rien à modifier. Elle travaille seule à son domicile, ignorée de tous. Elle est donc à l'abri des indiscrétions. Cependant, en tant qu'Alsacienne, elle court le risque d'être rapatriée de force. De plus, son mari, alsacien lui aussi, travaille comme agent de liaison

---

1. J'ignorais que la branche « renseignement » avait des réseaux en zone occupée.

pour le Deuxième Bureau de Vichy : n'est-il pas vulnérable après l'équipée de Giraud en Algérie ?

Depuis quelques semaines, j'ai relancé auprès des mouvements la recherche d'un local où *Mado pourrait travailler seule. En dépit des promesses répétées de *Lebailly, Copeau et *Claudius, je n'ai rien obtenu. L'occupation de la zone sud va-t-elle bousculer les mouvements ?

Je dois veiller à ce que Briant, Cheveigné et moi-même ne prenions pas le risque d'être arrêtés à l'occasion d'un transport de postes de radio, si petits soient-ils. Toutes les valises focalisent l'attention des agents du ravitaillement traquant le marché noir à la sortie des gares.

Jusqu'à présent, *Germain a échappé au pire. Qu'en sera-t-il avec les Allemands ? Je lui ai attribué ces tâches dangereuses, dont le transport de valises, car, s'il est arrêté, je suis sûr de son silence. Mais dans cette hypothèse, toutes les liaisons seraient rompues et le chaos s'installerait, comme après chaque arrestation au sein des mouvements.

Je confie une fois de plus ma perplexité à *Rex. « Sans les mouvements, me répond-il, je ne puis rien faire.

— Malheureusement, depuis mon arrivée, ils ne tiennent aucune de leurs promesses. Ils ne m'ont rien procuré : aucun personnel, aucun local ! Tout ce que j'ai trouvé, c'est par moi-même. »

Surpris par ma véhémence, il me considère un instant, puis ajoute sans plus d'émotion : « Eh bien, continuez ! »

Mes inquiétudes sur l'aggravation du danger occultent les vraies questions : Pourquoi les Boches sont-ils à Lyon ? L'armée d'armistice a-t-elle repris les hostilités ? Il n'y a eu aucun combat en ville, et nous n'avons entendu aucune explosion. D'ailleurs, les troupes défilent l'arme à la bretelle.

Quand je rejoins *Rex au restaurant, il écoute Georges Bidault lui fournir les dernières informations. La réaction du patron est inattendue : « L'avantage de cette occupation est la fin de l'équivoque de Vichy : la situation est sans échappatoire. Désormais, la France est allemande. Empêchons Alger de devenir vichyste. »

Dans la perspective des manifestations, je n'ai pris aucun rendez-vous cet après-midi. Comme *Rex me l'a prescrit, je m'éloigne du centre et me rends rue Philippeville, où je trouve Mme Moret soucieuse : les chefs du Deuxième Bureau viennent de quitter la France, laissant à Lyon une antenne légère sous la direction du capitaine Courbeau, son chef.

Que vont devenir, sans aucune protection, les Alsaciens-Lorrains avec les Allemands à leurs trousses ? Elle rapporte les bruits circulant à Vichy : Weygand et quelques officiers ont supplié Pétain de partir. Une fois de plus, il a refusé parce qu'il s'entête à « partager le malheur des Français ». Elle s'indigne que les calomniateurs prétendent qu'il ait peur de monter en avion.

En dépit de l'ultime trahison de Pétain, elle continue d'admirer son « sacrifice ». Comme tous les pétainistes, elle répond d'avance à mes critiques : « Que voulez-vous qu'il fasse ? Il est si vieux. Ce n'est pas facile de protéger les Français. Il fait ce qu'il peut. Tant qu'il sera là, nous ne serons pas abandonnés au bon plaisir des Boches. D'ailleurs, vous voyez bien qu'il a eu raison de signer l'armistice puisque l'Afrique du Nord est libre et que l'armée française reprend le combat interrompu. »

Depuis le malheureux dîner du mois d'août, j'évite de répondre : à quoi bon faire souffrir les êtres qu'on aime ? De surcroît, depuis notre rencontre, elle manifeste avec modestie un courage intraitable. Je profite de ma visite pour la sonder sur le problème qui me hante : le recrutement de personnel. « Vous savez, me dit-elle d'un air las, ils sont tous pour la liberté, mais aucun ne veut prendre de risque pour la conquérir ! Ce n'est pas le jour de l'entrée des Allemands à Lyon qu'ils vont commencer. »

Cette pique innocente me fournit l'occasion de sceller affectueusement notre complicité. Suzette, qui s'est jointe à nous à la fin de la conversation, m'annonce qu'elle connaît parmi ses camarades parisiens un étudiant en médecine qui pourrait peut-être travailler avec nous. Il s'appelle Jean-Louis Théobald.

Jeudi 12 novembre 1942

Nouvelles d'un revenant

*Germain m'apporte une lettre de François Briant. Depuis son départ de Lyon, ma solitude est habitée par Maurice de Cheveigné. Mais je ne peux oublier ma complicité avec Briant, dont l'amitié est d'une autre nature : c'est un camarade de juin 1940 ; nous avons partagé l'exil durant deux ans ; effectué de bout en bout notre entraînement côte à côte.

Notre proximité ne s'est jamais démentie, en dépit de nos différences ou même de nos oppositions sur des points de doctrine. Peut-être est-ce mon dernier « ami d'enfance », maintenant que la coupure de notre mission a transformé notre exil londonien en passé.

Écrite la veille de Clermont-Ferrand, sa lettre me procure une joie sans pareille[1] :

> *Mon cher Dany,*
>
> *Un funeste début de journée ! J'ai été réveillé ce matin par des commandements allemands, juste sous ma fenêtre, de plusieurs camionnettes militaires qui se vidaient de leurs occupants. Cela m'a donné un grand froid, ce qui n'est pas pour réchauffer la température : cette ville est une glacière. Ne crois pas pour autant que j'y vive à l'état larvé. Ce serait indigne de moi. Je m'entretiens honorablement. Je déplore seulement qu'à Lyon tu n'aies pas les mêmes facilités. Puisse ta santé ne pas s'en ressentir.*
>
> *Depuis longtemps je me demandais si jamais*

1. Je la cite intégralement car, après plus de soixante ans, elle est toujours imprégnée de l'impérissable tremblement de l'amitié. De surcroît, elle constitue un document vivant sur l'état d'esprit des agents du BCRA en mission. C'est un instantané irremplaçable de nos sentiments, jugements et préoccupations pour un lecteur d'aujourd'hui. J'ai raconté les conditions de notre séparation à la fin de juillet, après deux ans de vie commune. Je lui devais mon engagement au BCRA et la plongée dans les aléas de la clandestinité. Aujourd'hui, elle est devenue un extraordinaire document. D'abord, parce qu'il y eut très peu d'échanges épistolaires entre les agents du BCRA en mission ; ensuite, parce qu'elle témoigne de la vie que nous menions, de notre jugement sur les Français et de la nature des sentiments qui unissaient les Français libres. Après avoir revu quelques-uns d'entre eux depuis le début de mon travail d'historien, je puis dire que le temps n'a pas eu de prise sur la complicité affectueuse de nos attaches anciennes. Ce document présente l'immense mérite d'être vrai dans ses mots, dans sa vision, dans ses sentiments sur le vif, sans le prisme, hélas déformant, de la mémoire et d'une langue qui a évolué au cours de la vie et ne traduit plus qu'imparfaitement les nuances de l'expérience d'autrefois.

je pourrais t'écrire et avoir de tes nouvelles. Aussi te dire ma joie de ta carte du mois dernier, fortement atténuée, il est vrai, par la sombre nouvelle que tu m'annonçais. Pauvre Orabonna[1] ! Pendant plusieurs jours j'en ai été obsédé. Avoir tant rêvé d'un retour et songer que son premier contact avec la terre de France aura été un contact de mort. C'est vraiment cruel. Et quelle mort ! Isolé, sans amis et peut-être sans avoir repris connaissance. Tu as sans doute entendu parler de la conduite odieuse du maire du village où il a été enterré : la coupe jusqu'à la lie ! Au moins repose-t-il en terre de chez nous. Il n'est pas de meilleure méditation sur la mort que sur celle de ses amis.

Et toi, que deviens-tu ? On me dit que tu es très occupé ! J'ai appris tes déboires cyclistes. Tu reviens cher, dis donc. Lis-tu un peu ? Et le fruit de tes observations et jugements sur les gens et les faits ? Tout se précipite actuellement. Est-ce un pas vers le dénouement ? Je serais tellement heureux de m'entretenir avec toi de tout cela. Une lettre, c'est si court. Ah ! si jamais je pouvais un jour me rendre à Lyon… Je connais ta boîte aux lettres : je te ferais signe.

Actuellement, je me déplace beaucoup ; nécessité du métier. Sais-tu que je suis inscrit à la faculté de droit de Strasbourg ? Étudiant en droit, c'est tout ce que je pouvais faire. Et tu comprendras tout de suite que je suis le plus irrégulier et le plus fantasque des étudiants en droit.

Je lis un peu. Actuellement je suis dans Les

---

1. Il s'agit d'un de nos camarades qui s'était tué lors de son parachutage le mois précédent. Son parachute était resté accroché à l'avion et son corps frappait la carlingue. Lorsque les Anglais s'en aperçurent, ils coupèrent les cordes, mais trop tard.

Hauts de Hurlevent (*au bout de cinquante pages j'ai failli fermer le livre, mais maintenant je m'y intéresse*). C'est du tragique intérieur, qui a peut-être son équivalent chez nous en Bernanos, dont j'ai lu à peu près tous les romans. L'ensemble du bouquin me trouve réfractaire. Il recueille pourtant tous les suffrages. La psychologie me paraît puérile, bien que les caractères soient fortement en relief et la trame romanesque. Peut être ai-je le tort de ne chercher dans les livres que je lis que des conflits purement intérieurs...

Avant-hier j'ai entendu le P. ; sujet de la conférence : « Pascal, génie français ». Un peu trop sommaire peut-être, mais tu te serais certainement délecté. Je t'en parle parce que j'ai eu là le mot d'une question qui me tracassait depuis quelque temps : je me demandais si le renoncement total impliquait le renoncement à l'intelligence et aux plaisirs intellectuels. Le Seigneur en effet n'a jamais dit « Bienheureux les intelligents ». Et je ne suis pas loin de mettre à mal cette intelligence ! Et cite cette fameuse parole de Pascal, que je me souviens bien avoir lue jadis et que tu dois connaître, des trois ordres de grandeur de la nature : l'ordre physique, l'ordre de l'intelligence et l'ordre de la charité, ce dernier étant le premier, et une différence insurmontable les séparant les uns des autres puisque différence de nature.

J'en ai conclu qu'il y a soumission de l'ordre inférieur à l'ordre supérieur, mais qu'en aucun cas la plénitude de l'ordre supérieur n'affectait l'ordre inférieur, puisque de nature différente. Je ne sais pas si j'ai raison.

Me voici de nouveau acclimaté après plus de trois mois. Ce qui me coûte le plus à certains *moments c'est l'isolement. Je ne sais si tel est ton cas. Je recherche le bruit, la foule, la masse, les salles de spectacle. Et puis j'ai été déçu. Le Français est définitivement devenu froussard, ou timoré. Je note toutefois qu'il commence à se réveiller.*

Je continuerai la prochaine fois.

Mon cher Dany, mes amitiés, avec l'espoir de te lire,

François.

Cette lettre rend présente son absence et pose avec acuité la question latente à l'égard de tous mes camarades d'Angleterre, mes seuls camarades : Les reverrai-je un jour ?

Vendredi 13 novembre 1942

La Résistance soutient de Gaulle

Durant le dîner avec Bidault, *Rex examine à nouveau les adhésions à son « manifeste ». Il n'est qu'à moitié satisfait. Il a obtenu immédiatement l'accord des trois mouvements. Le nouveau groupe syndical formé par la CGT et les syndicats chrétiens a compris le but de l'opération. Avec les représentants des partis, c'est plus délicat.

Le Comité d'action socialiste voudrait monnayer une place pour le groupe afin de travailler à égalité avec les trois autres mouvements. Pour le Parti radical, *Rex attend une réponse de Bastid, qui tente de le faire signer par Herriot. Il a envoyé un ami de Louis Marin à Vichy pour obtenir son accord, mais c'est un homme difficile. Le seul à être d'accord dès le premier jour est Bidault. Pour les communistes, Fernand Grenier a indiqué qu'il devait réclamer l'accord de Paris.

Je n'ose avouer à *Rex qu'en dépit de sa parfaite courtoisie, j'ai l'impression qu'il n'obtiendra rien des communistes tant que la situation de De Gaulle ne sera pas réglée à Alger. Mais je me trompe peut-être et garde le silence.

En principe, *Rex revoit demain les représentants du Comité d'action socialiste, du Parti radical et du groupe Marin et me demande de rencontrer le représentant du parti communiste. Bidault demeure en arrière : « Je vous avais prévenu ; les porte-parole des groupes qui n'existent plus sont les plus difficiles.

— Peut-être, mais j'ai confiance : c'est pour eux une occasion unique de rappeler leur existence après deux ans d'oubli. Il ne s'agit pas de leur offrir un avenir contre leur passé, mais de rappeler qu'ils ont existé. Il n'y a rien à négocier.

— Ne croyez-vous pas qu'ils exigeront une contre-partie à leur signature ?

— Sans doute, mais je ne leur donnerai rien pour l'avenir. Je crois qu'ils céderont. Quel que soit le moment, les politiques sont toujours compliqués : ils attendent un résultat. »

Finalement, seuls les communistes sont incertains. *Rex me demande de les revoir rapidement.

Samedi 14 novembre 1942

Darlan, l'« expédient provisoire »

Depuis une semaine, il est malaisé de distinguer la vérité parmi les rumeurs foisonnantes. Aujourd'hui, le flou se dissipe. Nous apprenons par Bidault puis par les journaux que l'amiral Darlan est devenu le seul chef reconnu de l'empire et des forces françaises. Depuis trois jours, au nom du maréchal Pétain « empêché », il assume une autorité de fait sur l'Empire français et contrôle les organismes administratifs de Vichy. Le régime du Maréchal change de capitale, la Résistance aussi : pour les Américains, elle quitte Londres pour Alger. Suprême dérision !

Pendant que *Rex achève sa toilette, je lui lis les titres et quelques articles de la presse matinale. Il écoute en silence. Après s'être habillé, il s'assoit pour prendre son petit déjeuner.

Tout autant que la promotion de Darlan, il juge celle de Giraud scandaleuse. *Rex a déjà répondu à mon étonnement : « Darlan trahit depuis longtemps : il est disqualifié. Giraud, c'est plus grave. Il n'est pas compromis dans la politique de Vichy puisqu'il était prisonnier en Allemagne. Son évasion l'a transformé en héros. C'est une carte inespérée pour les Américains. Aujourd'hui qu'il est chef des armées, il incarne une force militaire incommensurable avec les FFL. »

Il termine son ersatz de café et ajoute : « Il possède un autre avantage aux yeux des Américains : il est ignare en politique, à l'opposé de Darlan, qui est le symbole du cynisme. » Songeur, il s'enferme

ensuite dans le silence. N'osant le déranger, je regarde
par la fenêtre.

Il reprend, à mi-voix : « Il est regrettable qu'au
moment où le Général a besoin des chefs des mouvements, les plus cabochards d'entre eux soient à
Londres et assistent à sa déconfiture. Je leur fais
confiance pour exploiter la situation. »

De Gaulle est-il donc fini ? À mesure que les jours
passent, les Américains révèlent leurs sentiments à
son égard : s'ils doivent débarquer prochainement en
France, il est manifeste qu'ils « s'arrangeront » avec
Pétain. Quel crime ! De Gaulle a prouvé une fidélité
sans faille aux Alliés en ressuscitant l'armée française
pour combattre à leurs côtés. Calomnié, vilipendé,
condamné à mort par Vichy, il est aujourd'hui supplanté par le pire de ses chefs : Darlan, symbole de la
collaboration, l'homme qui a proposé à Hitler de
mettre les soldats français à ses ordres pour combattre les Alliés !

Je comprends mieux désormais les révélations de
*Rex à propos de la condamnation de De Gaulle par
Roosevelt.

Dans la journée, *Lorrain rencontre *Rex pour lui
révéler l'équipée du général de Lattre de Tassigny,
seul officier de l'armée d'armistice à avoir tenté de
résister lors de l'arrivée des Allemands en zone sud :
il a quitté ses casernes pour s'établir dans les montagnes. Il a été abandonné en cours de route par
son état-major et ses troupes, et les gendarmes l'ont
piteusement arrêté. Un membre de Combat qui le
connaît lui a offert de s'évader, après avoir ligoté

ses gardiens. De Lattre a refusé, déclarant faire
confiance au Maréchal pour lui rendre justice.

*Rex commente : « Le syndrome de 40 a encore
frappé ! »

J'ai organisé pour cet après-midi son rendez-vous
avec le colonel de Linarès au parc de la Tête-d'Or.
Curieusement, Giraud est parti sans le prévenir, lui,
son chef d'état-major. Pis, il n'a aucun moyen de le
rejoindre à Alger. *Lorrain l'a désigné à *Rex comme
un otage de qualité.

*Rex a compris le parti que de Gaulle pourrait
tirer de cette situation humiliante. Après sa rencontre avec le colonel, le télégramme qu'il me confie
révèle son projet :

> *Ai montré erreur criminelle Giraud n'avoir pas
> rallié de Gaulle immédiatement et conséquence
> catastrophique pour unité Résistance et avenir
> du pays.*
>
> *Semble avoir compris et envisage accord et
> même venue général de Gaulle en Algérie.*

*Rex doit ce succès au moyen de pression qu'il
possède pour échanger le départ du colonel à Londres
contre la « reconnaissance » du Général. Il me prescrit de joindre Fassin pour préparer ce départ : « Il
est indispensable qu'il rencontre le Général dans les
plus brefs délais[1]. »

---

1. Au moment de son départ effectif, quelques jours plus tard,
Jean Moulin souligna dans un télégramme comment il devait être
accueilli à Londres : « Tous mouvements et partis unanimes derrière général de Gaulle demandent la plus grande fermeté à l'égard

*Rex a négocié avec Linarès la remise aux mouvements d'armes stockées par l'armée d'armistice, remise qui était l'objet premier de la précédente rencontre du colonel avec *Lorrain. Il a obtenu que les chefs de l'armée d'armistice annulent l'ordre de Laval exigeant leur livraison aux Allemands.

La quantité et la qualité de ces armes sont une aubaine pour les mouvements, comparées à celles, symboliques, du matériel parachuté irrégulièrement et à grands risques :

> [...] ai obtenu livraison par son Deuxième Bureau plusieurs milliers mitrailleuses et fusils pour armer troupes Lifra, Liber et Tirf dans région lyonnaise.

*Rex me demande d'examiner avec Schmidt la façon de récupérer les archives abandonnées dans l'appartement du colonel. Il l'a quitté dès l'arrivée des Allemands à Lyon en y laissant quelques documents d'état-major : recherché par la Gestapo, il craint de retourner chez lui. Le télégramme de *Rex s'achève sur un autre sujet : « Grand merci pour distinction — Pensez à collaborateurs. »

Cette dernière phrase révèle l'estime du patron pour sa petite équipe.

---

de l'envoyé général Giraud qui doit faire acte d'obédience. » Linarès rencontra effectivement de Gaulle et sembla convaincu par les arguments du Général. Revenu à Alger auprès de Giraud, il rallia, hélas ! les vues de celui-ci.

Dimanche 15 novembre 1942

Réunion d'état-major

En dépit du manque d'information sur les événements de Londres, *Rex s'inquiète en permanence de la situation imprévisible, et selon lui périlleuse, du Général.

Après la décision d'adresser un message aux Alliés — qui n'est pas encore parti, faute de n'avoir pas recueilli toutes les signatures —, il décide, sans attendre le retour de Frenay et d'Astier de la Vigerie, la constitution d'une armée secrète unique, sous le commandement du général Delestraint.

La première réunion de l'état-major, composé de spécialistes militaires des mouvements, se tient aujourd'hui dans le nouveau local trouvé par *Rex, à l'angle de la rue Sala et de la rue Victor-Hugo, mis à sa disposition par France d'abord (mouvement de résistance limité à des cadres) : il abrite une agence d'architectes dirigée par Georges Cotton.

Élégamment meublé et lumineux, le local a un aspect cossu, bien différent des logements exigus dans lesquels nous vivons et travaillons. La salle de réunions et le bureau du directeur, à l'angle des deux rues, sont réservés à *Rex. Le va-et-vient du personnel et des clients de l'agence garantit notre sécurité.

La réunion a un autre objectif : l'intégration de cadres de l'armée d'armistice, dont l'Armée secrète manque cruellement. Les entretiens de *Rex avec le colonel de Linarès lui ont révélé la nécessité de créer des structures militaires plus étoffées pour les troupes des mouvements et de la Résistance, adéquates à la reprise des combats. À cet effet, *Rex présente le général Delestraint aux responsables des mouvements. Cette réunion marque symboliquement le passage des bandes plus ou moins organisées à un ensemble cohérent.

C'est après cette réunion que Delestraint signera son premier ordre du jour : « L'instant est proche où nous pourrons exercer notre action. L'heure n'est plus aux atermoiements. Je demande à tous une stricte discipline, une attitude véritablement militaire. »

Mardi 17 novembre 1942

Silence des communistes

*Rex m'a prescrit de garder un contact permanent avec *Gaston, représentant le parti communiste en zone sud, afin d'obtenir le plus tôt possible sa signature pour le message aux Alliés.

Les premières fois que je l'ai rencontré, il y a une huitaine de jours, j'avais peine à croire que ce père tranquille fût un chef communiste. Avec sa moustache de vigneron, son pantalon de velours côtelé, aux chevilles serrées par des pinces à vélo, il affichait l'allure débonnaire du vieux métayer de mon grand-père.

Ce n'était pas ma seule cause d'étonnement : il était le seul responsable des mouvements à posséder une bicyclette, qu'il traînait toujours avec lui. Sourcilleux sur la sécurité, il changeait le lieu de nos rendez-vous à chacune de nos rencontres et les fixait dans des endroits excentrés, en général sur les quais du Rhône et de la Saône, en tout cas loin

du quadrilatère familier des résistants « professionnels ».

Aujourd'hui, il répète la réponse que j'entends
depuis notre première rencontre : « Je n'ai toujours
rien reçu de Paris. » Sans doute lit-il la déception
sur mon visage : « On voit que vous êtes jeune :
vous êtes impatient ! La guerre ne se gagnera pas
en un jour. » Je n'ose lui avouer que mon irritation
reflète celle de *Rex, qui, selon ses critères, doit être
aussi bien jeune...

Après avoir rejoint *Rex, je lui communique la
nouvelle réponse négative de *Gaston. Sa réaction
est prévisible : « C'est toujours la même chose avec
les communistes lorsqu'il ne s'agit pas d'une de
leurs initiatives. Ce retard est un prétexte pour ne
pas prendre parti dans une affaire incertaine. Ils n'ont
jamais reconnu le Général et demeurent fidèles à la
politique hégémonique du parti[1]. Ils attendront de
connaître le vainqueur pour se rallier. »

Après avoir réfléchi, il change de ton : « Je me
passerai d'eux : expédiez le texte après avoir supprimé leur nom[2]. » Je communique aussitôt le câble
à Cheveigné, qui l'expédie le soir même.

C'est la deuxième fois depuis les grèves d'octobre
que j'observe la présence des communistes dans la

<hr />

1. Cette remarque de Jean Moulin révèle l'étanchéité de la communication des agents de la France libre, puisqu'elle était prononcée dans la période même où les communistes négociaient avec
de Gaulle l'envoi d'un de leurs représentants à Londres. Il est vrai
que cela avait lieu à Paris, par l'intermédiaire d'un agent du service
de renseignements appelé Gilbert Renault (colonel *Rémy).
2. Le retard dans la réponse du parti explique pourquoi la signature de celui-ci est absente du manifeste de Moulin.

Résistance. Dans les FFL, je n'en avais pas rencontré, même si le journal *France* évoquait souvent la répression dont ils étaient victimes en métropole.

À Lyon, bien qu'on ne les voie jamais, je sens dans les conversations entre résistants qu'ils inquiètent. Il y a seulement seize mois qu'ils sont entrés — par effraction — dans la Résistance. Le mois dernier, leur appel à la grève, proclamé dans des tracts, avait pris de vitesse les mouvements ; à la suite de quoi, *Rex avait choisi de renforcer son contrôle sur le mouvement ouvrier en créant le CCRO (Comité central de la Résistance ouvrière).

Aujourd'hui, après le double exil de De Gaulle, quel poids les communistes ont-ils auprès des Britanniques et des Américains pour que *Rex juge bon de les utiliser ? Pour ma part, je n'en perçois pas la nécessité. Au contraire, leur « homologation » dans la Résistance n'hypothèque-t-elle pas inutilement l'avenir ?

Ces questions me rappellent celles que nous nous posions en Angleterre, en juin 1941, lors de l'intégration de l'URSS dans la coalition alliée.

Jeudi 19 novembre 1942

Le retour des chefs

Après bien des aléas, Frenay et d'Astier sont rentrés en France dans la nuit du 17 novembre par un Lysander qui enlevait le général d'Astier de La Vigerie et le colonel de Linarès. L'opération a été préparée par Raymond Fassin, que je rencontre ce matin pour recevoir une partie du courrier de Londres.

Il est très remonté contre le général d'Astier.
Inconscient du danger, celui-ci est arrivé en taxi
dans la zone où s'effectuait l'opération. Il est descendu sous son vrai nom dans le meilleur hôtel.
Lorsque Fassin l'a rappelé à la prudence, il l'a traité
avec une insolence toute hiérarchique, menaçant de
signaler sa conduite à Londres.

Fassin me dit qu'il refusera dorénavant de monter des opérations permettant « à de tels guignols »
de s'évader de France.

Vendredi 20 novembre 1942

Instructions de Londres

Au lendemain de leur atterrissage, *Rex a rencontré les deux chefs de mouvement, qui lui ont
remis les instructions du commissaire à l'Intérieur.
Ce sont les secondes qu'il reçoit depuis celles que je
lui ai apportées moi-même en juin, il y a cinq mois.

*Rex m'a donné rendez-vous aujourd'hui à l'inté-
rieur de l'église Saint-Nizier. Ce lieu sombre et
désert aux multiples recoins est idéal pour échanger
des papiers en toute sécurité. À l'heure convenue, il
arrive, tenant sous son bras un paquet enveloppé de
journaux : « Ce sont des lettres du Général : mettez-
les en sécurité et attendez mes ordres. »

En sortant de l'église, il entame un monologue :
« Il y a des lettres destinées à Herriot, Jeanneney,
Jouhaux, etc. C'est l'entourage du Général qui lui a
demandé de les rédiger. J'y ai jeté un coup d'œil :
ses conseillers sont irresponsables, spécialement
quand ils lui suggèrent d'utiliser des termes pressants

afin de convaincre les destinataires. Le Général a certes besoin des caciques de la République, en ce moment particulièrement, mais pas à n'importe quel prix. »

Nous arrivons place des Terreaux : « Si les politiques sont assez immoraux pour oublier où est leur devoir et assez sots pour ne pas reconnaître leur intérêt, il sera toujours temps de les appâter avec ces lettres. Ils les conserveront précieusement et s'en serviront le moment venu pour exiger des places qu'ils n'ont pas méritées. Conservez-les dans vos archives jusqu'à ce que je vous donne mes instructions. »

En le quittant, je rentre chez moi pour trier les papiers qu'il m'a remis et dont je ne conserve que les instructions à décoder. Après quoi, je vais déposer les lettres de De Gaulle chez Mme Moret. Hélas, avec le froid, elle a allumé le Mirus, ce qui m'oblige à cacher les archives sous le lit de Suzette.

Le courrier n° 15 du 16 novembre est volumineux. Depuis quatre mois, les instructions se sont accumulées dans les services de Londres faute d'avoir pu être expédiées. Celles d'aujourd'hui en sont la synthèse, rédigée après le débarquement en Afrique[1], mais avant l'entrée des Allemands en zone sud.

---

1. J'ai retrouvé dans les archives les instructions successives de juillet à octobre qui n'avaient pu être expédiées faute d'opérations aériennes. Sur de nombreux points, le texte de l'instruction n° 15 avait été remanié. En particulier sur un point : au mois de juillet 1942, la France libre avait reçu des informations sur un coup d'État de Jacques Doriot pour prendre le pouvoir à Vichy. André Philip demandait à Jean Moulin de prévoir d'installer à Vichy, lors du débarquement allié, un gouvernement composé de résistants et de représentants politiques.

Le rédacteur s'y montre prudent, conscient de surcroît qu'elles risquent d'être dépassées sur certains points[1]. Il laisse à *Rex le soin de les adapter à la situation réelle. C'est d'ailleurs le sens de la lettre à mon patron du Général, qui lui donne toute latitude dans l'application des mesures à prendre. Je suis impressionné de tenir entre mes doigts un autographe de De Gaulle et fier de servir l'homme à qui il écrit : « Je tiens à vous redire que vous avez mon entière confiance et je vous adresse toutes mes amitiés. »

Je commence le décodage. Malheureusement, en dépit de mes efforts, le chapitre I et l'annexe I demeurent indéchiffrables. Comme toujours, c'est une perte de temps irritante : parce que je crains d'avoir commis une faute d'inattention, je dois recommencer plusieurs fois la procédure avant d'y renoncer. Heureusement, ce travail fastidieux n'émousse pas ma curiosité. Je suis frappé du ton et de certains détails des directives, qui me laissent à penser que la guerre, enfin, va commencer.

Le chapitre consacré à la réorganisation du personnel radio me concerne directement. Il indique, pour la première fois, l'organigramme des agents du BCRA en mission sous les ordres de *Rex, sept personnes au total : trois officiers de liaison (ils organisent les opérations aériennes et maritimes, le stockage et la distribution des armes, l'instruction militaire et les sabotages), un saboteur et trois radios.

Faisant volte-face, les Anglais acceptent enfin d'utiliser les opérateurs recrutés et formés par nos soins

---

1. J'ai découvert aux Archives nationales le manuscrit autographe de ces instructions : il est entièrement de l'écriture de Pierre Brossolette (*Brumaire) pour la partie politique.

aux procédures britanniques. Pour appliquer ces consignes, le BCRA annonce le parachutage de *Nestor[1]. Enfin, le service propose un nouveau plan de répartition de ce personnel, dont *Rex demeure seul juge.

Jusqu'à présent, les opérateurs radio étaient affectés à un seul agent, dont ils portaient l'indicatif, suivi de la lettre W. Le nouveau plan du BCRA regroupe les radios dans un service commun, indépendant des officiers de liaison, afin d'assurer leur dispersion géographique, améliorant d'autant la sécurité.

Chaque opérateur aura à sa disposition, non pas un poste unique, comme actuellement, mais une batterie de trois postes, ce qui évitera les transports, le même quartz étant utilisé sur n'importe quel poste. En outre, les Britanniques nous promettent quarante-huit postes en tout, soit l'équivalent de seize batteries, avant la fin de l'année. *Nestor, le nouvel instructeur, devra donc recruter et former seize opérateurs.

Ce projet me paraît fabuleux, comparé aux trois malheureux postes servis par Cheveigné, Briant et Holley. Malheureusement, ce plan mirobolant ne modifie en rien la situation actuelle, qui est catastrophique, même si le service annonce le parachutage d'un quatrième opérateur, *Frit.W[2].

*Sif.W sera affecté aux opérations aériennes ; Holley au trafic de Bidault ; Cheveigné et moi au Comité de coordination et à *Rex personnellement.

Un paragraphe, intitulé « Observations de détail », me concerne :

---

1. Je ne devais pas tarder à découvrir qu'il s'agissait de Jean Loncle, un de mes camarades d'Old Dean, en octobre 1940.
2. Un autre camarade d'Old Dean, Georges Denviollet.

Nous regrettons que vous ayez distrait de suite Bip.W au bénéfice de votre bureau. La Home Station — *et c'est justifié — demande de grandes précautions dans l'instruction clandestine des radios et tient à les tester d'une manière sérieuse. Car souvent, même les radios instruits en Angleterre font des fautes de sécurité. Or Bip.W est considéré comme un excellent instructeu*r.

Je suis flatté par ce jugement, tout en constatant que le BCRA n'admet toujours pas le détournement opéré par *Rex et qu'il m'a à l'œil. Grâce à la nouvelle organisation qu'il propose, je devrais réintégrer mes fonctions de radio et de saboteur.

Les transmissions radio, pour fondamentales qu'elles soient, ne sont qu'un volet de la mission de *Rex. Les chapitres importants sont consacrés à l'action politique et militaire. Cela commence par une mesure que le patron appréciera : la neutralisation de Morandat (*Léo) :

Léo, qui vous a causé de nombreuses difficultés, doit revenir ici d'urgence. Nous verrons s'il y a lieu de le faire repartir sur de nouvelles bases[1].

L'essentiel est ailleurs : comme les transmissions, l'occupation de la zone sud exige une nouvelle organisation de la clandestinité, d'où une série de questions posées par Londres : Comment les institutions créées en l'absence des chefs des mouvements, de

---

1. Yvon Morandat repartit pour Londres par l'avion qui apportait ces instructions, dont la dernière rédaction datait du 16 novembre.

septembre à la mi-novembre, pourront-elles fonctionner avec l'occupation allemande, notamment le Comité de coordination et l'Armée secrète ? Ce comité présente-t-il des « risques excessifs » pour la sécurité des chefs ? Faut-il procéder à une « décentralisation radicale de l'action » ?

Dans ce domaine, comme dans les autres, *Rex a toute latitude pour apporter les solutions appropriées. Le BCRA ne lui fixe que « l'ordre d'urgence des problèmes » : constitution de l'Armée secrète et intensification de l'action politique et de la propagande. On lui prescrit de « hâter le plus possible » la venue en Angleterre des personnalités politiques et syndicales réclamées par le général de Gaulle.

Une autre prescription destinée au patron m'intrigue : « Votre action demeure limitée à l'ancienne ZNO. » Est-ce la réponse à son courrier du mois d'octobre détaillant ses activités en zone occupée ? Que signifie cette mise en garde ? *Rex n'a-t-il pas reçu un câble du BCRA il y a quelques jours lui notifiant d'utiliser Ayral et son radio Briant pour établir la liaison avec ses groupes de zone occupée ?

Chacun des courriers de Londres m'apporte des informations inédites. Ces nouvelles directives me permettent de comprendre un peu mieux la place que *Rex occupe dans le dispositif général de la France libre : « Vous êtes et vous restez le représentant du Comité national français dans la ZNO. »

Les instructions précisent qu'il devient président du Comité de coordination réunissant les trois mouvements et qu'il a toute liberté pour maintenir des contacts avec les hommes politiques désireux de collaborer « à la libération du territoire et à l'établissement de nouvelles institutions libres dans notre pays ».

Je ne me suis pas trompé : *Rex est l'homme le plus important de la France libre après de Gaulle, et il a tous pouvoirs pour préparer la libération politique.

L'ensemble de ces instructions est couronné par trois pages, datées du 29 octobre, concernant l'action militaire : elles sont signées « Général de Gaulle, commandant en chef des Forces françaises combattantes ».

En les décodant, je découvre qu'elles concernent notre objectif initial : la libération militaire du territoire. De Gaulle lie le déclenchement des opérations clandestines au Débarquement des forces alliées en France. Aucune action d'envergure de l'Armée secrète (AS) ne peut être envisagée actuellement :

> *L'AS évitera d'engager dans des opérations de caractère désespéré des effectifs et des cadres d'élite qui risqueraient d'être anéantis prématurément. Par contre, les cellules professionnelles et les groupes francs doivent être à même d'agir à tout moment.*

Ce n'est pas une révélation : les faibles effectifs des mouvements exigent cette mesure conservatoire sous peine de voir fondre l'AS dans des actions désordonnées. D'où le corollaire : « L'action de sabotage déjà commencée sera poursuivie. » Les stations électriques doivent être attaquées en première urgence.

De son côté, de Gaulle écrit :

> *La mission de l'Armée secrète est de paralyser la marche allemande par une action générale*

déclenchée au moment opportun après le Débar-
quement allié.

À ce moment-là seulement, le plan A préparé par
le BCRA devra entrer en action. Il prévoit neuf
dispositifs simultanés : exécution des traîtres ; destruction des voies ferrées ; sabotage du matériel
automobile ; destruction des dépôts d'essence ; sabotage des stations électriques ; attaque des dépôts
d'armes et de munitions ; attaque des PC allemands ;
actions de guérilla ; saisie des aérodromes.

L'ordre d'exécution sera transmis au commandant
en chef en France (le général Delestraint) et aux
commandants de région. En cas de défaillance des
transmissions, l'opération pourra être déclenchée à
l'initiative du commandement en France. Outre les
transmissions radio ordinaires, les exécutants seront
avertis et commandés par des phrases conventionnelles passées à la BBC.

En dépit du pessimisme que m'inspire l'anarchie
de la Résistance, il me semble ce soir que mon activité tristement « bureaucratique » prépare des len-
demains « guerriers ».

Samedi 21 novembre 1942

Inconscience de la paresse

Dès mon réveil, je porte à *Rex ces longues instructions, dont il prend connaissance minutieusement. De temps à autre, il manifeste une réaction, par
exemple sur le rétablissement de la ligne de démarcation : « Ils n'ont pas conscience que, face à l'occu-

pation totale du territoire, la Résistance doit être nationale. »

Je le conduis à la gare en fin d'après-midi, puis file à un rendez-vous avec Raymond Fassin : il me remet 10 millions de francs et 30 700 dollars en billets, ainsi que la fin du courrier. Cela représente une nuit entière de travail de décodage.

Je souhaite dîner rapidement avec Cheveigné afin de préparer avec lui l'expédition des derniers câbles de *Rex, après quoi je porterai l'argent chez les Moret et rentrerai chez moi. Comme il est tard et que je crains que les restaurants ne soient fermés, j'invite Cheveigné au *Garet*, le bistrot de *Rex. C'est une faute contre la règle, mais il est trop tard pour dîner chez la lointaine *Colette*.

Je mets l'argent dans une des poches de la sacoche de ma bicyclette et mon imperméable dans l'autre. Fort de l'expérience du vol de la précédente, je la pose à côté de l'entrée du restaurant et l'attache à la descente d'une gouttière avec une chaîne verrouillée par un cadenas.

Avant d'entrer, j'hésite à prendre la sacoche avec moi. Elle représente un gros risque : les contrôleurs économiques, obsédés par le marché noir, vérifient tous les paquets des clients dans les restaurants. Comment justifier une telle somme en billets de banque, dont une partie en monnaie étrangère ?

Depuis que je dîne ici avec *Rex, il n'y a jamais eu la moindre alerte au marché noir et le patron me connaît. Je prends donc le paquet de billets avec moi, tandis que j'abandonne la sacoche trop voyante avec mon imperméable. « De toute manière, dit Cheveigné en se moquant de mes hésitations, avec ta chaîne et ton cadenas, les voleurs emporteront le bistrot avec ton vieux clou. »

Nous dînons rapidement. J'ai hâte de mettre le magot en sûreté : plus d'un mois du budget de toute la Résistance ! Quand nous ressortons une heure plus tard, la gouttière est toujours là, mais le vélo a disparu : quel choc ! Je regarde hébété la place vide, comme si j'avais le pouvoir de le faire réapparaître. Je l'ai pourtant accroché devant la porte du bistrot, dans une rue passante, largement éclairée... Je vacille à l'idée de la catastrophe évitée de justesse.

Rentré rue Sala, je n'y pense plus, absorbé par le fastidieux déchiffrage d'une nuit de travail, suivie d'une journée entière le dimanche. Tout doit être terminé avant le retour de *Rex.

Dimanche 22 novembre 1942

« *Vous irez à pied* »

Ce soir, à 7 heures et demie, je l'attends comme d'habitude à la sortie de la gare et le suis. Tandis qu'il amorce la descente du grand escalier dominant la place Carnot, je le rejoins dans la demi-obscurité.

Après les salutations d'usage, je lui annonce *mezzo voce* le vol du vélo : « Vous me l'avez déjà dit !

— Oui, mais là, c'est le nouveau. »

Il s'arrête et me regarde : « Eh bien, vous irez à pied ! » Puis il dégringole l'escalier sans un mot. Au silence qui suit, je mesure l'ampleur qu'aurait prise ma disgrâce si j'avais perdu le vélo... et l'argent.

Mardi 24 novembre 1942

Alerte aux radios

Je suis occupé à vérifier avec Cheveigné que les nouvelles mesures de sécurité de la radio sont adaptées aux dangers de l'occupation de la zone sud lorsque je reçois quatre télégrammes du BCRA destinés aux radios.

Ils nous informent que la ZNO (« zone non occupée », qui conserve donc son ancien nom) est divisée par les Boches en quatre secteurs de contrôle radiogonio. Le premier PC est installé au casino de Charbonnières, près de Lyon ; le deuxième dans les environs de Marseille ; le troisième à Montpellier, « dans un hôtel que les Allemands ont réquisitionné en 1940 » ; le quatrième à Pau, « dans l'hôtel réquisitionné par les Allemands dans les faubourgs de la ville ».

Enfin, trente-quatre membres de la Gestapo, accompagnés de trois techniciens radio, sont installés à l'hôtel Albert-Ier, à Nice. Ils disposent de douze voitures spéciales, équipées des instruments les plus modernes. La première mesure de sécurité préconisée par le BCRA est de les détruire dans les garages.

Nous devons faire étudier les dispositions intérieures des différents PC par les groupes francs en vue d'effectuer simultanément les quatre opérations. Étant donné les descriptions de Fassin et de Schmidt sur l'état des groupes francs des mouvements, il y a peu d'espoir de neutraliser les voitures gonio. Jusqu'à présent, ils ont attaqué des objectifs spectaculaires, mais faciles : kiosques à journaux, vitrines de magasins collabo, etc. Il en va tout autrement de cette opération de survie, véritable acte de guerre.

Comme souvent dans ses instructions, le BCRA manifeste son ignorance de l'état réel des moyens des mouvements. J'imagine que les propos emphatiques de Frenay et d'Astier durant leur séjour à Londres l'ont persuadé de l'efficacité de leurs forces militaires.

En dépit de leurs prétentions imaginaires, les mouvements sont incapables d'effectuer la moindre action de guérilla. Le résultat de cette impuissance a été, parmi d'autres, l'intrusion de la Gestapo chez Cheveigné et l'arrestation de Brault.

Depuis lors, rien n'a été tenté.

Vendredi 27 novembre 1942

*Rencontre *Rex-Manuel*

Cette journée marque une étape dans l'histoire de la Résistance : la première réunion du Comité de coordination. Elle doit se tenir cet après-midi dans la propriété de Louis Martin-Chauffier, à la périphérie de Lyon.

Auparavant, *Rex a rendez-vous avec le commandant Manuel chez Mme Bedat-Gerbaut afin de recevoir les dernières instructions du Général. À la fin de notre rendez-vous du matin, il me demande de m'y rendre afin d'éviter tout cafouillage au moment de l'arrivée de celui qu'il appelle « le commandant ». Je n'ose lui avouer ma crainte que le BCRA n'ait pas reçu mon télégramme avec l'adresse et le mot de passe destiné à son « envoyé spécial ». Il a été rédigé après l'arrestation de Brault, durant la période d'arrêt des transmissions, et le BCRA n'en a pas accusé réception.

Mme Bedat-Gerbaut, que j'ai prévenue de ce rendez-vous important, me reçoit vêtue d'une robe élégante que je ne lui connais pas. L'appartement a un air de fête inhabituel. À peine ai-je pénétré dans le salon, égayé d'un gros bouquet de fleurs, la sonnette retentit d'un coup bref. Ce ne peut être *Rex, qui sonne toujours deux fois. J'ai peine à croire que ce soit l'« envoyé spécial », puisqu'il n'est pas 9 heures. Je me prépare au pire lorsque j'entends Mme Bedat-Gerbaut dire, le plus naturellement du monde, après avoir ouvert la porte d'entrée : « Avez-vous fait bon voyage ? »

Une voix nuancée d'un accent « d'ailleurs » répond avec courtoisie, tout en baissant le ton : « L'orage se lève à l'horizon. » C'est le commandant Manuel !

Avant que je prenne conscience de ce pataquès, la porte du salon s'ouvre. Un homme élégant entre et me tend la main en souriant. Chauve, il paraît plus vieux que *Rex. Bien qu'il soit d'aspect peu militaire, je me mets au garde-à-vous et me présente : « *Bip W.

— Je m'en doutais », dit-il sans se départir de son sourire.

Ouf ! Le BCRA a reçu mon télégramme. Deux coups de sonnette successifs interrompent ma gêne. *Rex entre dans le salon et se dirige vers le commandant, qu'il semble connaître.

Je m'apprête à me retirer : « Vous pouvez rester puisque les instructions concernent l'organisation des transmissions. » Puis se tournant vers Manuel : « Je vois que vous avez fait connaissance. » Se rappelant sans doute les différents télégrammes à mon sujet, il prévient toute observation : « J'ai détourné

*Bip W de sa mission, car j'étais seul et prisonnier de besognes subalternes. J'avais besoin d'un collaborateur de confiance. Qui mieux qu'un des volontaires que vous m'avez envoyés en était digne ? Du moins parmi ceux du BCRA. » Je ne sais si Manuel comprend l'allusion visant les envoyés du commissariat à l'Intérieur, au premier rang desquels le malheureux Morandat.

« Merci de votre appréciation flatteuse des volontaires du BCRA. Cependant, comme nous vous l'avons télégraphié, nous regrettons que *Bip.W n'exécute pas sa mission de radio en plus de sa fonction auprès de vous, car c'est un excellent radio. »

Cet éloge que j'ai déjà lu dans les instructions est sans doute destiné à exercer une pression sur *Rex afin de l'obliger à me rendre à ma mission d'origine. La réponse dilatoire de *Rex me rassure : « Il effectue des émissions de temps à autre pour ne pas perdre la main. Pour le reste, "à la guerre comme à la guerre" !

— Bien entendu ! »

Durant ce bref échange, j'observe que le commandant, s'il est tout aussi déférent que Bidault à l'égard de *Rex, ne recule pas. Sa réponse, pour cordiale qu'elle paraisse, ne règle nullement ma situation, qui demeure en suspens.

*Rex s'avance au milieu de la pièce en désignant un siège au commandant, puis s'installe en face de lui tandis que je pose les instructions sur un guéridon à ses côtés et m'assois à l'écart.

Au cours des rencontres, il m'est interdit de prendre des notes, mais j'écoute avec la plus extrême attention, car *Rex m'interroge ensuite souvent sur un mot ou une formule qui l'ont frappé, mais dont il ne se souvient qu'imparfaitement. Il use d'ailleurs de plus en plus de cette facilité, sans doute parce qu'il a observé que je possède une mémoire quasi instantanée, qu'il s'agisse de textes ou d'entretiens. Ce jour-là, plus encore que d'habitude, je ne dois pas perdre un mot de leurs échanges.

Qui est le commandant Manuel, que je n'ai jamais rencontré à Londres ? A-t-il une autorité équivalente à celle du colonel *Passy ou de *Rex en France ? Il m'est difficile d'en juger. La relation entre les deux hommes paraît cordiale, mais pas aussi intime que celle avec Bidault.

Manuel explique, tout en sortant sa blague à tabac et en bourrant sa pipe, qu'il vient inspecter les réseaux de renseignements de la zone sud. Il existe une interférence entre leur activité de renseignement militaire et les questions politiques, laquelle doit cesser. Sur le terrain, les agents du BCRA hésitent entre le renseignement et l'action parce qu'ils sont sollicités par les résistants dès que ceux-ci découvrent leur appartenance à la France combattante. Cela crée des difficultés avec les Britanniques, très stricts sur ce point : pas de politique dans le renseignement.

Tout en écoutant le commandant, *Rex sort son paquet de gauloises et allume sa première cigarette.

Sans transition, Manuel aborde l'objet de la rencontre. Il a été convoqué par de Gaulle, à l'occasion de la signature de son ordre de mission : « Le Général m'a demandé de commenter la lettre qu'il vous a adressée et de vous expliquer les péripéties du séjour de *Bernard [d'Astier] et *Charvet [Frenay]. "Surtout, a-t-il ajouté, dites à *Rex qu'il a toute ma confiance et qu'il peut modifier mes directives selon l'évolution des événements." Il m'a demandé également de fixer avec vous une date pour un voyage à Londres afin que vous lui rendiez compte du fonctionnement du Comité de coordination et de la situation de la Résistance après le débarquement en Afrique du Nord. »

*Rex profite de cette ouverture pour lui expliquer que, sans attendre la réunion des chefs, les instructions lui semblent irréalistes au moins sur un point : les consignes imposant l'adhésion des résistants de tous bords aux trois principaux mouvements. « C'est méconnaître l'individualisme outrancier des chefs, dit-il. C'est déjà un miracle d'avoir obtenu la fusion de leurs groupes paramilitaires. »

*Rex propose de coordonner d'abord l'action des trois principaux mouvements, en espérant que les « petits » en subiront la force centrifuge. Manuel explique que la décision du Général en faveur du Comité de coordination est le résultat d'un compromis. Louis Vallon, responsable de la section NM[1], en avait proposé la création. D'Astier avait donné son accord pour un tel comité réglant les questions administratives et politiques, à condition que les journaux demeurent autonomes. À la suite, Frenay avait confirmé son accord, tout en souhaitant que ce soit un homme de Combat qui préside ce nouvel organisme.

Cette proposition fut refusée par d'Astier, au prétexte que les troupes de Libération n'étaient pas des soldats, mais le peuple en armes et qu'il prendrait, le jour venu, possession des instruments de travail

---

1. La section « non militaire » du BCRA avait été créée à l'été de 1942 pour traiter les questions politiques, interdites par nature au BCRA. Cette section s'occupait des problèmes politiques de la Résistance en liaison permanente avec le commissariat à l'Intérieur, conduit par André Philip. Elle était dirigée par Louis Vallon, socialiste arrivé de France depuis peu.

(usines, banques, etc.). Nul ne devait se tromper d'objectif : la Résistance préparait la Révolution.

Si Frenay était d'accord sur une « révolution », ce n'était pas celle de d'Astier. Il souhaitait mobiliser non le peuple en armes, mais une armée, qui, pour être « secrète », serait constituée de commandos encadrés militairement. C'est pourquoi il en revendiquait le commandement, ce que d'Astier refusait, déclarant que ses propres troupes resteraient autonomes.

*Rex l'interrompt : « Je suis surpris que *Charvet [Frenay] ait revendiqué le commandement de l'Armée secrète, puisqu'il était d'accord pour accepter la désignation du général *Vidal [Delestraint] à ce poste. » Manuel répète que Frenay, au début de son séjour à Londres, n'acceptait pas l'autorité de Delestraint. Pour le convaincre, il a fallu des négociations difficiles.

« Heureusement, Louis Vallon est un socialiste de choc et un maître du compromis. Il a proposé plusieurs solutions. Finalement, il a rédigé un projet en reprenant celui du Comité de coordination des mouvements qu'André Philip vous a soumis et dont vous deviendrez le président avec une voix prépondérante, tandis que le général *Vidal serait le commandant en chef de l'Armée secrète. Le Général a ensuite reçu les deux chefs. À la sortie, ils ont accepté. Avec lui, les discussions ne traînent pas en longueur : il explique, l'interlocuteur répond, il décide, et l'on se sépare. »

Manuel regrette que les services de Londres n'aient pas rédigé de compte rendu de la rencontre : « Le paragraphe que vous jugez inacceptable a été le prix de leur accord ; ils ont voulu être les seuls mouvements reconnus par la France combattante comme représentants de toutes les résistances ; les seuls à recevoir argent, radios, armes. C'est un atout de la France libre. Le Général vous laisse tout pouvoir pour définir le cadre de l'application. »

Manuel décrit ensuite l'état d'abandon du général de Gaulle après le Débarquement en Afrique du Nord. Contrairement à ce que l'on aurait pu croire, Frenay a été son soutien le plus actif au cours de la crise ouverte par la nomination de Darlan. Il s'est même proposé pour aller à Alger négocier avec Giraud, mais de Gaulle a finalement refusé ses services[1] : personne à Londres n'a oublié l'affaire Pucheu. De surcroît, de Gaulle entend négocier, à son heure, sur son terrain, et à ses conditions.

« Cela dit, ajoute Manuel, il ne faut pas se masquer la gravité de la situation. Au regard de la crise actuelle, les escarmouches passées avec Churchill sont des pantalonnades. La France combattante n'a jamais été aussi proche de sa disparition. Les Français antigaullistes de Londres jubilent. Ils sont si aveuglés par leur haine du Général qu'ils souhaitent le succès de Darlan, auquel ils sont prêts à se rallier. »

Selon lui, les Américains sont les seuls maîtres du jeu depuis que les Anglais ont perdu la direction des opérations militaires. Churchill, pour la survie de la Grande-Bretagne, est de plus en plus à la remorque de Roosevelt et ne peut rien lui refuser. C'est une des causes de ses relations cyclothymiques avec de Gaulle.

En dépit de son estime pour lui — affirmée authen-

---

1. Les documents m'ont révélé qu'un voyage à Alger d'Henri Frenay et Emmanuel d'Astier de La Vigerie avait en effet été envisagé.

tique par son entourage —, rien ne prouve que, le jour venu, il ne l'abandonnera pas sous la pression des Américains et de leurs services.

« Le plus grave, dit Manuel, est que *Charvet et *Bernard ont pris conscience que la légitimité internationale du Général dépendait de la caution de la Résistance intérieure, et donc d'eux-mêmes. Heureusement, ils avaient signé les instructions. Mais malgré cela, la veille de leur retour, ils ont voulu remettre en cause leurs engagements et ont exigé que l'argent leur soit directement adressé, et non à vous. Devant le refus du BCRA, ils ont réclamé le dépôt chez un notaire de l'équivalent d'un mois de budget. En cas d'arrêt des opérations, il leur serait distribué automatiquement. Quant à *Charvet, sous prétexte de l'inexpérience du général *Vidal, il a exigé de prendre immédiatement le commandement de l'Armée secrète. Heureusement, *Bernard a réitéré son refus, et nous n'avons pas eu à intervenir. Je vous plains d'avoir à négocier avec un homme aussi imprévisible.

— Merci de m'avoir éclairé sur ce séjour. Dans quelques heures, je les rencontre pour la première séance du nouveau Comité. Grâce à vous, ils ne m'auront pas à l'intimidation ! De toute manière, l'antipathie caractérielle entre *Bernard et *Charvet a peu de chances de se dissiper. Le tout est d'en "jouer" dans l'intérêt de la Résistance et celui du Général.

— En tout cas, je tiens à vous répéter que vous avez l'entière confiance du général de Gaulle et qu'en toute occasion il endossera vos initiatives. »

Manuel a d'autres rendez-vous avant son départ, ce soir, sur la Côte d'Azur pour rencontrer les chefs des réseaux de renseignements. Son retour à Lyon est prévu pour le 5 décembre. Avant de nous quitter, je dois encore organiser avec lui un rendez-vous pour cette date.

Je lui propose le restaurant *Chez Georges*, qui me semble le plus sûr pour ce genre de rencontre. Je dois également prévoir une liaison permanente avec lui. Question délicate parce qu'il se déplace presque tous les jours. J'indique au commandant la boîte de Mme Bedat-Gerbaut, tandis qu'il me confie celle d'un de ses agents à Lyon. En cas d'urgence, je peux le joindre, en prévoyant toutefois un délai de vingt-quatre heures pour la réception.

*Rex lui demande pour finir d'examiner avec moi le problème des transmissions. Manuel répond qu'à son retour, après l'inspection des réseaux radio et des services de renseignements, il aura une meilleure connaissance des difficultés du trafic clandestin. Il examinera alors avec moi l'état du réseau de *Rex.

D'un mot, j'essaie de l'alerter : « Ça marche très mal, faute d'un correspondant au BCRA. Personne n'écoute nos critiques techniques parce que personne là-bas n'est responsable.

— Vous avez raison ; c'est pourquoi nous nous reverrons plus longuement à mon retour pour tenter d'y remédier. »

Je lui demande la permission de rester dans l'appartement après son départ. J'ai prévu de vider les cendriers et d'ouvrir la fenêtre pour effacer notre « occupation tabagique ». Mme Bedat-Gerbaut entre au salon avant que j'aie commencé mon travail réparateur, mais ne fait aucune remarque.

✧

Après déjeuner, j'attends *Rex à l'arrêt du tramway devant l'Opéra. J'ai eu le temps de lire quelques
articles de journaux, en particulier « L'Adieu aux
étoiles », d'Henri Béraud, paru dans *Gringoire*. Il ne
s'agit pas, contrairement à ce que j'ai cru naïvement,
d'une condamnation du Maréchal, mais d'une mise
au pilori des États-Unis.

Lorsque *Rex me rejoint, je suis sous le coup de
l'indignation : « Je vous ai apporté l'article de Béraud
d'aujourd'hui. Comme d'habitude, c'est une infamie. »

*Rex le parcourt rapidement et me le rend, tandis
que nous montons dans le tramway. Le visage impassible, il ne dit mot. Sans doute réfléchit-il à la discussion qui se prépare au Comité de coordination :
Béraud n'est pas à l'ordre du jour. Je m'enflamme
cependant : « J'espère qu'il paiera cher cette trahison.
Il est d'ailleurs déjà puni : il a perdu sa plume. »

Visiblement agacé, *Rex me considère d'un œil
froid : « Ce n'est pas mon avis, et pour le critiquer,
faudrait-il avoir son talent. » Je rougis. Que s'est-il
passé ? J'ai tenté de faire partager à *Rex ma rancœur
à l'encontre d'un polémiste que j'admirais autrefois.
Étais-je sincère ? N'ai-je pas caricaturé mes sentiments d'aujourd'hui afin d'exorciser ceux du passé ?
*Rex a raison, Béraud n'a rien perdu de sa verve
corrosive. A-t-il perçu le côté artificiel de mon indignation ? Du moins est-ce ainsi que j'interprète sa
réponse cinglante.

Durant le trajet, j'évite de le regarder ; à l'arrivée,
je le suis en silence. Nous nous retrouvons dans une
rue déserte. Je profite de notre marche le long des
jardins arborés pour lui remettre le journal dans
lequel se trouvent divers documents. Avant d'arriver
devant le grand portail aux piliers de pierre de la
propriété, il me dit : « Attendez-moi ici à 6 heures. »

Sans me regarder, il se hâte vers le portail, tandis que je m'éloigne, soucieux de lui avoir déplu.

Le soir venu, j'attends *Rex là où il m'a quitté. Le temps passe ; il ne vient pas. En toute autre circonstance, je me serais inquiété, car il est d'une absolue ponctualité. Après la conversation avec Manuel, je me doute toutefois que la réunion a dû s'éterniser.

Pour éviter de stationner, j'entreprends le tour du pâté de maisons. À l'un de mes passages, je le vois sortir du parc et me dirige vers lui. La fatigue et la tension marquent son visage. Il m'entraîne vers la station lointaine.

Après ce genre de réunion, il a besoin d'exercice : marcher, respirer et, surtout, exprimer librement ses pensées : « Ils n'ont pas changé. Quel dommage que le Général ne les ait pas gardés à Londres ! C'était l'idée de *Francis : il avait raison. Tout marche mieux ici quand ils sont absents[1]. »

Hors de lui, *Rex se tait quelques instants, avant de fulminer à nouveau : « Comme prévu, *Charvet souhaite récupérer "son" armée. Heureusement, *Bernard et *Lenoir [Lévy] ne veulent de lui à aucun

---

1. Christian Pineau (*Francis) était un syndicaliste socialiste, fondateur du journal *Libération zone nord*, dont il a rédigé seul les premiers numéros. Ayant fait le voyage à Londres en avril 1942, il avait demandé à de Gaulle un texte assurant les socialistes de sa volonté de rétablir la démocratie en France. Hostile aux mouvements de zone sud, ceux en particulier d'Henri Frenay, soupçonné de sympathie avec Vichy, il avait suggéré dans un rapport à Londres de l'expédier là-bas et de l'y conserver. Moulin s'était opposé à cette mesure antidémocratique, mais, les mois suivants, il lui arrivait de s'interroger sur l'efficacité de cette solution à ses problèmes.

prix. Mais ils se retrouvent tous dans un semblant d'accord pour prétendre contrôler toutes les résistances. »

Après un nouveau silence que je me garde d'interrompre, il change de sujet : « J'espère que *Marnier [Manuel] saura convaincre les socialistes de mettre en sourdine leur projet de création d'un Comité exécutif. La situation est assez compliquée comme ça ! Il n'est pas question de ressusciter les partis. À l'exception des communistes et des socialistes, ils sont tous en léthargie : qu'ils le restent ! »

Comme d'habitude, il s'apaise en marchant. Finalement, nous prenons le tramway pour rentrer à Lyon. Place Raspail, je lui communique le courrier relevé l'après-midi. Il contient une information expédiée par Georges Bidault : ce matin, à 8 heures, dans toutes les casernes de Lyon, le personnel militaire a été gardé à vue pendant une heure par l'armée allemande, puis, sans préavis, renvoyé dans ses foyers.

*Rex encadre une partie du texte : « Expédiez-le en priorité. »

Une fois de plus, je suis surpris qu'un événement aussi considérable puisse se dérouler non loin de moi sans que je m'en aperçoive : toute la journée, j'ai quadrillé Lyon à pied et rencontré des interlocuteurs de tous bords. Personne n'a soufflé mot de cette humiliation nationale : jusqu'à cet instant, j'ignorais que l'armée française n'existait plus.

*Rex rédige à la suite quelques télégrammes concernant la réunion du Comité. Dans l'un d'eux, il transmet l'exigence formulée par les mouvements concernant le refus de Vichy de libérer les prisonniers politiques français après l'occupation de la zone sud :

Mouvements insistent pour qu'otages PPF [Parti populaire français] et SOL [Service d'ordre légionnaire] soient pris en Afrique du Nord leur sort étant conditionné par celui réservé à nos camarades emprisonnés en ZNO.

Samedi 28 novembre 1942

Sabordage à Toulon

À 7 heures, je sonne chez *Rex. Je lui apporte une nouvelle effrayante parue dans les journaux : hier, à 5 h 25 du matin, la flotte française s'est sabordée à Toulon. L'amiral de Laborde a appliqué les ordres donnés en juin 1940 par l'amiral Darlan.

*Rex commence sa toilette, signe qu'il a dû se coucher tard. À l'annonce du sabordage, il s'arrête, le visage barbouillé de savon, et réclame les journaux, qu'il étale sur le lit. Ses traits manifestent stupeur et incrédulité : « Comment des officiers français ont-ils pu faire ça ? C'est un crime contre la France ! Le dernier que peut commettre Vichy, après tant d'autres. Les misérables ! »

Il retourne à sa toilette : « Si les Français ne comprennent pas maintenant que le Maréchal est un traître, c'est à désespérer du patriotisme ! » Comme il achève de se raser, je lui annonce que *Germain m'a remis le texte du discours du Général prononcé la veille à la BBC et envoyé par Bidault : « Que dit-il ? »

Je n'ai pas eu le temps d'en prendre connaissance et le découvre en lui en faisant la lecture à voix

basse, comme toujours, à cause de la présence de
Mlle Labonne dans le salon :

> *La flotte de Toulon, la flotte de la France vient
> de disparaître. [...]*
> *Ce malheur, qui s'ajoute à tous les malheurs,
> achève de la blesser et de la rassembler — oui, de
> la rassembler — dans la volonté unanime d'effa-
> cer par la victoire toutes les atroces conséquences
> du désastre et de l'abandon.*
> *Vaincre, il n'y a pas d'autre voie, il n'y en a
> jamais eu d'autre.*

Instinctivement, j'ai baissé la voix en lisant ces
dernières lignes ; *Rex s'est penché vers moi pour
écouter la fin.

À 7 heures et demie, Mlle Labonne frappe à la
porte pour apporter une cafetière de faux café. Elle
a l'air chavirée : « Vous avez entendu ? La flotte française est totalement détruite. Après l'empire, c'est
vraiment la fin. »

*Rex opine. Elle marque une pause, puis ajoute :
« Heureusement qu'il nous reste le Maréchal. Tant
qu'il sera là, la France sera sauvée ! » À ces mots
sacrilèges, que j'ai entendus si souvent, même de
bouches amies, le visage de *Rex demeure inexpressif,
à l'exception d'un bref demi-sourire, qui peut être
interprété comme une approbation ou du mépris.

En nous quittant, elle ajoute : « Il faut continuer
à vivre ; je vais au marché. N'oubliez pas de donner
deux tours de clef en partant. » Cette phrase rituelle
amuse *Rex : « Nous sommes peut-être les gardiens
d'un trésor... »

Pendant qu'il déjeune, il m'indique les sommes à
distribuer aux services et aux mouvements, puis me

demande de le rejoindre demain, en fin d'après-midi, place Raspail. Je dois lui apporter la fin des instructions afin qu'il en prenne connaissance avant notre dîner avec Bidault.

Dimanche 29 novembre 1942

Arrêt de travail

Le vol de mon vélo et de mon imperméable a eu une conséquence imprévue sur mes pérégrinations, alors qu'un froid polaire s'est abattu sur Lyon. J'ai passé mes journées à galoper dans les rues, vêtu de mon costume estival, tandis que la froidure m'envahissait. Hier, j'ai senti mon dynamisme fléchir et crains, en quittant *Rex, d'avoir contracté un rhume.

Ce dimanche, je frissonne et éprouve une fatigue inaccoutumée. En me rasant, je découvre dans la glace un visage décoloré. Est-ce la grippe ? Jamais de ma vie, je ne me suis senti aussi mal. Je descends acheter un thermomètre dans une pharmacie de garde et remonte chez moi.

La température élevée m'inquiète, d'autant qu'elle me fait découvrir ma solitude : personne ne connaît mon adresse. Que vais-je devenir sans téléphone, coupé du monde et sans soins ? Je décide de m'organiser avant d'être cloué au lit : seuls les Moret peuvent m'aider. Je dois me rendre chez eux tant que je suis encore valide.

Je pense aux rendez-vous de la journée et à celui du soir avec *Rex et griffonne un message lui indiquant mon malaise et mon installation chez les Moret, dont je lui donne l'adresse. Je me traîne

jusqu'à sa boîte du square Raspail et fais de même
avec *Germain, lui demandant de me rejoindre là-
bas dès réception de mon billet.

De plus en plus mal, je me hisse dans un tramway.
Je claque des dents lorsque j'arrive rue Philippeville,
dont les grands escaliers épuisent mes dernières
forces. Quand Suzette ouvre la porte, elle pousse un
cri : « Charles, qu'avez-vous ? » Ses parents, encore
à table, se lèvent et m'aident à atteindre son lit, sur
lequel je me laisse tomber. M. Moret court chercher
un docteur du quartier.

« C'est une jaunisse ; spectaculaire, mais heureusement bénigne. Dans quelques jours, vous serez
debout, à la seule condition de rester bien au chaud. »
Il prescrit une diète et quelques médicaments. Par
chance, le Mirus près du lit de Suzette flambe depuis
quelques jours.

Jusqu'alors ma seule crainte était l'arrestation ;
aujourd'hui, c'est d'être alité. Rendez-vous, papiers et
codes valsent dans ma tête. La fonction que j'occupe
est vitale pour *Rex : *Germain, *Mado et Suzette
vont-ils pouvoir accomplir seuls toutes les tâches
pour lesquelles nous ne sommes jamais assez nombreux ?

Lundi 30 novembre 1942

Le service continue

Ce matin, vers 6 heures, tout le monde dort encore
lorsque la sonnette retentit. Bien que j'aie demandé
à *Germain de venir dès que possible chez les Moret,
je m'inquiète : à une telle heure, ce ne sont pas des
amis qu'on s'attend à voir à sa porte.

Il fait encore nuit. La porte sur la rue est en contre-bas de la maison, mais le mur surélevé entourant le jardin en masque la vue. Après une hésitation, Suzette, dont la jeunesse, l'assurance, la beauté désarment les soupçons, va ouvrir. Elle laisse la porte de l'appartement entrebâillée afin que je puisse tenter de m'enfuir en cas de danger.

Je suis rassuré d'entendre la voix aux lentes inflexions lyonnaises de *Germain se plaindre du froid. Je suis heureux de le revoir et prends pleinement conscience de la place qu'il occupe dans ma vie. Bien des camarades que je désigne du nom d'amis, n'ont pas une telle importance : ma liberté est entre ses mains et, depuis que nous travaillons ensemble, ma confiance en lui n'a jamais été déçue.

Je lui explique la situation et lui demande de venir me voir trois fois par jour. Puis je prépare des mots afin de décommander mes rendez-vous et annonce à tous mon indisponibilité pour quelques jours. Je précise que le secrétariat fonctionne comme d'habitude, à l'exclusion de la distribution des budgets. Mes correspondants pourront continuer de m'adresser le courrier pour *Rex, qui lui sera transmis, tandis que certains de mes contacts seront assurés par *Germain.

Reste à faire parvenir à *Rex les documents que je reçois, puisqu'il ne possède plus de boîte personnelle et que personne ne doit connaître son adresse. A-t-il trouvé mon billet ? Viendra-t-il ? Heureusement, les papiers que m'apporte *Germain ce matin ne sont pas urgents.

M. Moret rallume le Mirus à côté de mon lit avant de partir à sa banque. La veille, il a trouvé quelques fagots à prix d'or. Ne supportant pas de n'être pas lavé, et surtout rasé, je décide, en dépit de la fatigue, de me lever pour faire ma toilette ; je ne tiens pas debout ; Suzette est obligée de m'apporter une cuvette sur le lit.

Vers 8 heures, deux coups de sonnette retentissent : *Rex. Tandis que Suzette descend lui ouvrir, j'essaie de me lever pour l'accueillir debout, mais je retombe sur le lit. Honteux de cette faiblesse, je crains de passer pour ridicule.

Dès qu'il entre dans la chambre, je lui explique mon état, dont j'ai honte. Je l'assure, contre toute évidence, que je reprendrai mon service dans l'après-midi. Son visage manifeste l'expression attentive et bienveillante qui m'a tant frappé lors de notre premier dîner. Il avance une chaise, tandis que Suzette nous laisse seuls.

« Interdiction de sortir, a dit le docteur. Il fait très froid. Soyez prudent, car une rechute serait désastreuse : n'oubliez pas que j'ai besoin de vous. » Aucun remède ne peut mieux hâter ma guérison que de tels mots, prononcés sur un ton qui n'est pas celui du service.

*Rex se penche vers moi et me tend un petit paquet enveloppé dans un morceau de journal : sa ration de sucre. « Vous en aurez plus besoin que moi. Il faut boire beaucoup et très chaud. Lorsque vous sortirez, surtout mettez votre manteau.

— Hélas, je n'en ai plus.

— Mais il faut en acheter un immédiatement ! Inscrivez-le sur votre note de frais. Et puis il faut vous nourrir mieux que vous ne le faites. Vous êtes encore un enfant. Notez-le également ! » Croit-il que je puisse grandir encore ?

Honteux de ma défaillance — un soldat n'est jamais malade —, je lui explique que les liaisons seront assurées par *Germain et que toutes les boîtes seront

relevées. Quant à nos communications personnelles, je lui propose d'installer une boîte en face de
chez lui, dans le bureau de Mme Moret à l'Hôtel-
Dieu, là-même où il a rencontré Mᵉ Kalb. Il pourra
y déposer ses ordres et ses télégrammes. Je l'assure
que je ferai tout pour que le service se déroule normalement.

*Rex me considère avec une indulgence amicale
et ne fait aucun commentaire.

Dimanche 6 décembre 1942

Un visiteur de marque

Les jours passent ; je reste cloué au lit. Grâce au
dévouement de Mme Moret, Suzette et *Germain,
les tâches les plus urgentes s'effectuent presque
normalement. Bien que sans force, je reprends mes
esprits, mais dois attendre la fin de ma convalescence avant de retourner rue Sala, où il n'y a aucun
chauffage et même pas de cheminée.

Alors que *Rex est reparti dans le Midi vendredi
soir, *Germain m'a apporté hier matin une demande
de rendez-vous urgent de la part de *Frédéric. De
passage à Lyon, il avait manqué *Rex et devait rentrer lundi à Paris. Comme il voulait impérieusement
me rencontrer, je n'avais d'autre solution que de lui
révéler l'adresse des Moret. Une heure plus tard,
*Germain glissait un billet dans sa boîte.

Ce dimanche matin, *Frédéric se présente à
8 heures : il réclame le budget du mois de décembre
destiné aux mouvements de zone nord avant de
repartir à Paris le soir même. *Rex ne m'a laissé

aucune instruction ; or c'est un homme précis, qui n'abandonne rien au hasard.

*Frédéric n'est pas un inconnu, et j'ai l'argent. Mais il s'agit de sommes considérables : plusieurs centaines de milliers de francs. Comme j'hésite, il se fait pressant, puis hausse carrément le ton. Craignant un esclandre dans cette maison aux cloisons de papier, je lui fais signe de parler moins fort.

Pour l'apaiser, je lui propose d'envoyer *Germain à Paris lui apporter les fonds dès demain, après le retour de *Rex. Qu'ai-je dit ? Il estime cette solution humiliante et hurle presque : « *Germain n'a jamais franchi la ligne de démarcation : bardé de monnaies étrangères d'origine injustifiable, il sera pris par les Allemands ! »

S'arrêtant net, il me scrute du regard : « Vous n'avez pas confiance en moi. Vous savez pourtant que je suis le représentant de *Rex à Paris. De plus, je suis un de ses amis d'avant-guerre. » Après le vol de ma deuxième bicyclette, je ne peux plus commettre d'erreur, d'où ma perplexité. Pour sortir de l'impasse, je me résous à croire que cet officier de la Légion d'honneur ne peut mentir.

Je me lève. Dans la cuisine, je soulève le double fond de la poubelle, que M. Moret a aménagée en coffre-fort, et compte les sommes demandées. En possession de son magot, *Frédéric savoure son triomphe et se fait magnanime : « La Résistance n'est pas une administration. Nous sommes en guerre, que diable ! Il faut que chacun prenne des initiatives et assume ses responsabilités. » C'est mot pour mot la critique que *Rex m'a adressée pour mon absence d'initiative à l'égard de *Lorrain.

« À la semaine prochaine. J'espère que vous me reconnaîtrez ! »

✧

Ce soir, quand Mme Moret apporte mon bouillon de légumes, elle me dit en riant : « La propriétaire a été très impressionnée par la visite que vous avez reçue ce matin. Elle m'a dit, admirative : "C'est un monsieur qui a grande allure : il est décoré de la Légion d'honneur ! Le camarade de Suzette doit être quelqu'un d'important pour que des gens comme ça viennent lui rendre visite. Il est pourtant si jeune." »

Ce dernier mot m'inquiète plus qu'il ne me flatte. Sans doute mon visage révèle-t-il un souci, car Mme Moret ajoute aussitôt : « Je lui ai répondu que cette visite n'avait rien d'extraordinaire et que cet officier à la retraite était votre oncle, inquiet de vous savoir malade. Pour la rassurer tout à fait, j'ai dit que je supposais, à cause de vos fréquentes visites ici, que vous étiez amoureux de ma fille. »

Ces mots innocents cherchant à m'apaiser me gênent plus qu'autre chose : j'y vois une intrusion dans ma vie sentimentale. J'ai tort. Tout vaut mieux que des soupçons sur mon activité clandestine.

Lundi 7 décembre 1942

*Revoir *Rex*

À 8 heures, ce matin, *Rex est devant moi, avec une nouvelle ration de sucre. Il demande de mes nouvelles et scrute mon visage. Je suis obsédé par le trésor dilapidé : que va-t-il dire ? Je profite de sa gentillesse attendrie pour tout avouer.

À la fin, il me félicite de mon initiative. D'un coup, ma convalescence s'achève : je me sens pratiquement guéri.

Je lui communique le courrier que m'a apporté *Germain. Il m'indique les réponses à faire aux uns et aux autres puis m'annonce son désir de dicter à *Mado un rapport exigeant une mise en page spéciale. Il s'agit de la présentation typographique de son commentaire des documents recueillis chez Linarès par Schmidt. Il souhaite la guider durant la dictée.

Je propose de lui communiquer l'adresse de *Mado en banlieue, mais il refuse, préférant qu'elle vienne travailler demain matin dans l'appartement des Moret.

Mardi 8 décembre 1942

La vie reprend ses droits

*Mado, prévenue par *Germain, arrive en avance. Elle est légèrement fardée. Comme Mme Bedat-Gerbaut il y a quelques jours, cette coquetterie la rajeunit. Tandis qu'elle s'inquiète de mon état — « Vous n'étiez déjà pas si gros » —, un coup de sonnette l'interrompt : *Rex entre.

C'est la première fois qu'il rencontre *Mado. Elle a installé sa grosse Remington sur la table de la salle à manger. Aussitôt, il commence à dicter ses commentaires. Au fur et à mesure, il lui indique l'ordre de la présentation et les passages des documents du colonel de Linarès à recopier en italique. Excellente secrétaire, elle s'exécute sans la moindre hésitation.

Après avoir achevé une page, *Rex la relit puis félicite *Mado pour la qualité de son travail. Pendant ce temps, je trie le courrier apporté par *Germain. Quand *Rex a fini, il me demande de l'accompagner.

C'est ma première sortie. Tandis que je m'emmitoufle dans un manteau prêté par M. Moret, *Mado nous quitte. Nous la retrouvons sur les quais, à l'arrêt du tramway. Lorsqu'il stoppe, nous montons tous les trois dans la remorque vide. Je suis debout à l'arrière avec *Rex, tandis que *Mado s'installe à l'avant. Feignant de nous ignorer, elle contemple attentivement un paysage qu'elle connaît de longue date.

*Rex me donne ses instructions pour la semaine. Il veut d'abord revoir *Francis, dont il vient d'apprendre l'évasion durant son transfert de la prison de Montpellier au camp d'internement de Saint-Paul-d'Eyjeaux[1]. Il me demande ensuite de préparer une réunion le 11 décembre avec les socialistes de Marseille. Il espère les convaincre de surseoir à leur initiative de comité politique, qu'il juge dangereuse pour l'avenir de la Résistance.

Tout en parlant, il regarde *Mado à la dérobée. Menue sur ses hauts talons, coquette, bien maquillée, son visage volontaire est au mieux de son éclat. Quand le tram s'arrête à l'Opéra, il se penche vers moi, tandis qu'elle s'apprête à descendre : « Si elle est arrêtée, croyez-vous qu'elle tiendra le coup ?

— J'en réponds comme de moi-même. »

Je suis fier de chaque membre de ma petite

1. Christian Pineau (*Francis) devait partir pour Londres faire un compte rendu de sa mission en compagnie de Jean Cavaillès. Ils avaient été arrêtés sur une plage près de Narbonne, où ils attendaient un sous-marin pour l'Angleterre, mais s'étaient évadés séparément, le premier en novembre, le second fin décembre, et étaient revenus à Lyon.

équipe, dont j'observe tous les jours le dévouement sans limites. C'est dire ma surprise offusquée que le patron puisse douter de leur courage.

Après avoir quitté *Rex place Bellecour, je dois bien m'avouer que j'ignore la réponse à sa question, qu'elle concerne *Mado, *Germain, Suzette ou moi-même. De plus, à l'inverse de *Germain, je connais peu cette jeune femme discrète. Seule garantie : je suis sûr de mon instinct. Mais est-ce bien sérieux dans la Résistance ?

Depuis qu'elle travaille avec moi, je la rencontre de temps à autre pour lui apporter les papiers à dactylographier ou certaines parties de rapports à coder. Elle est rapide, disponible à toute heure et tous les jours de la semaine. Mon équipe a tacitement souscrit à cette règle : ni dimanche ni vacances, tout pour le secrétariat.

Jamais *Mado ne s'est plainte de ces tâches, dont une partie s'effectue le dimanche et qui, en semaine, l'obligent souvent à veiller le soir aussi tard que moi. Il en va de même de Mmes Moret et Bedat-Gerbaut. Toutes font preuve de dévouement et d'un patriotisme identique à celui de mes camarades de la France libre.

Néanmoins, en garantissant le courage de *Mado sous la torture, je me suis engagé imprudemment. Comme tous les résistants, j'ignore le sort exact qui nous sera réservé en cas d'arrestation et, surtout, quelles seront nos réactions. Nous savons juste que nous risquons la prison, la torture, peut-être la mort.

Depuis l'arrivée de la Gestapo en zone sud, nous nous attendons au pire. C'est quoi, le pire ? Faute de temps pour y penser, notre avenir demeure vague, même s'il justifie une vigilance permanente.

En Angleterre, déjà, nous évoquions cette éventualité : en cas d'arrestation, aurions-nous le courage de résister aux interrogatoires musclés ? Certes, le BCRA nous a demandé de « tenir seulement quarante-huit heures » afin que nos camarades aient le temps de prendre des mesures de sauvegarde. Mais quarante-huit heures, c'est combien de temps, au juste, sous la torture ?

En fait, je ne me suis jamais attardé à ces questions, trop conscient de leur inutilité. Depuis mon parachutage, je ne quitte jamais ma pilule de cyanure, bien décidé à la croquer pour ne pas me déshonorer. C'est en tout cas mon intention[1].

Mercredi 9 décembre 1942

La veuve Pupuna

Pendant ma jaunisse, j'ai eu quelques conversations avec M. Moret au sujet des locaux de travail, d'émission ou d'habitation, qui manquent toujours cruellement. Depuis quatre mois, il épluche les petites annonces.

Un jour, il m'a montré l'une d'elles, découpée dans *Le Nouvelliste* : le propriétaire d'un appartement de quatre pièces, à côté de la place des Terreaux, cherchait un locataire et annonçait qu'il passerait la journée du 9 à Lyon. Les personnes intéressées étaient

---

1. J'espère qu'on me croira si j'avoue avoir été plus sûr des autres que de moi.

invitées à se présenter au troisième étage du n° 11 rue des Augustins.

Je m'y présente en fin de matinée. Le propriétaire lui-même ouvre la porte sur un décor de grand guignol : le couloir et les pièces avoisinantes sont encombrés d'emballages variés empilés jusqu'au plafond — poubelles en fer, vieux journaux, cartons remplis de cendres, de mâchefer, de bouteilles vides et de boîtes de conserve ouvertes.

Les détritus forment dans l'appartement un véritable labyrinthe, à travers lequel je me faufile jusqu'au salon. Là m'attend un autre spectacle : les tiroirs des tables et des commodes sont ouverts, leur contenu s'étale sur les meubles ou jonche le sol. Il se compose de photos d'hommes et de femmes en maillot de bain, tous âges confondus.

Détail piquant : les seins des femmes et le sexe des hommes sont « améliorés » de gros traits de crayon rouge ou bleu. Ces photos sont accompagnées de centaines de lettres de tous formats et de toutes écritures, répandues également sur les sièges et sur le parquet : je marche sur les archives de Barbe-Bleue...

Une pénombre dramatique enveloppe ce décor de film expressionniste. J'ai l'impression de pénétrer dans la grotte Malampia décrite par Gide dans *La Séquestrée de Poitiers*. Est-ce l'appartement d'un fou, d'un criminel ?

Le propriétaire m'explique d'un ton détaché que sa locataire — car c'est une femme — est une certaine veuve Pupuna. Elle refuse depuis dix ans de payer son loyer. Il a tout tenté pour l'expulser, mais elle est protégée par son grand âge et les lois édictées après l'armistice. Depuis des mois, elle ne sort pas de l'appartement, craignant de ne pouvoir y rentrer. Elle vit recluse grâce à des « réserves » qu'elle a accumulées pour un long siège. Évidemment, elle ne descend plus ses poubelles, dont le contenu encombre les pièces.

Le propriétaire me raconte comment il a pu mettre un terme à cette situation burlesque. La veuve Pupuna se faisait livrer sur son palier par un épicier ami l'essentiel des produits nécessaires à sa survie. Après plusieurs tentatives infructueuses d'un huissier venu l'expulser, le propriétaire imagina un stratagème.

Un matin, à 7 heures, le représentant de la loi se présenta en imitant la voix du laitier. Méfiante malgré tout, la dame refusa d'ouvrir. L'huissier, après avoir installé bruyamment une bouteille de lait devant sa porte, demanda à son collaborateur de redescendre seul l'escalier en parlant fort ; il demeurait pour sa part sur le palier, le dos collé au mur.

Après que la porte de la rue eut claqué avec fracas, la veuve Pupuna, rassurée, ouvrit pour prendre la bouteille de lait. L'huissier bondit aussitôt, la repoussant à l'extérieur. La police, avertie par son collaborateur, récupéra quelques instants plus tard la dame en peignoir sur le palier, gesticulant et les injuriant.

L'appartement, enfin libre, est à louer en l'état. Le propriétaire repart le soir même à Clermont-Ferrand. Il demande 600 francs par mois. C'est incroyablement bon marché pour un grand appartement de trois pièces, puisque c'est le prix de ma petite chambre rue Sala. Seul inconvénient, outre la saleté malodorante, il est en piteux état.

Le propriétaire veut signer le bail aujourd'hui même. Comme il attend d'autres visiteurs, il me prie de revenir le voir en fin d'après-midi pour connaître sa réponse. En me raccompagnant à la porte, il me montre d'un geste las les photos éparpillées : « C'était une entremetteuse... »

L'appartement occupe la moitié du deuxième étage, entre cour et rue. L'absence du propriétaire en fait un lieu idéal pour nos activités. De plus, sa grande dimension, pour nous qui vivons dans des meublés exigus, est inappréciable.

Je suis excité par cette découverte ; les projets se bousculent dans ma tête. Je l'utiliserai comme lieu à tout faire : hébergement des agents de passage, des aviateurs alliés ou des Juifs traqués, et même, en cas d'urgence, pour effectuer des émissions radio.

Tout le reste de la journée, je ne cesse d'y penser : ai-je une chance d'être choisi comme locataire ? J'arrive en avance au rendez-vous, en fin d'après-midi, tant je suis impatient : « Je vous attendais, m'annonce le propriétaire. Tous ceux que j'ai vus me paraissent peu dignes de confiance. Je suis sûr qu'avec vous je n'aurai aucun ennui[1]. »

Fou de joie, je suis prêt à tout : en quelques minutes, je dépose une caution en argent liquide entre ses mains, signe le bail et règle trois mois de loyer d'avance, en échange de quoi il me remet la clef.

Je cours chez les Moret pour leur annoncer mon « triomphe ». Dans un fou rire, je leur décris l'état alarmant du lieu. Suzette, qui écoute — bien que je lui aie dit que ce n'était pas une histoire pour jeune fille —, me propose de le remettre en état en exerçant ses talents de décoratrice.

Je calme son ardeur : il est un peu tôt pour parler

---

1. Après mon départ pour Paris, le 25 mars 1943, André Montaut s'installa dans l'appartement. Il y fut arrêté le 25 juillet par la Gestapo, qui retourna tout, défonçant les planchers, vidant les placards, etc. Je n'ai jamais revu le propriétaire.

de décoration ; il s'agit avant tout de nettoyage, ou plus exactement de désinfection. Prête à tout pour la « cause », elle me convainc de sa qualification.

Je finis par lui confier la clef en lui recommandant d'être prudente et surtout d'oublier cette adresse après avoir rénové l'appartement. Pendant les travaux, qui aurait soupçonné cette jeune fille élégante et jolie de remettre en état un repaire de « carbonari » ?

Jeudi 10 décembre 1942

*Les projets de *Francis*

Après son évasion et son arrivée à Lyon, *Francis a demandé de rencontrer *Rex. C'était ma première tâche de convalescent que d'organiser leur rencontre : facile, puisque seule Mme Bedat-Gerbaut pouvait les accueillir.

J'ai donc fixé à *Francis rendez-vous ce matin. La prison ne l'a pas amélioré : bien qu'amaigri, il est toujours aussi méprisant. Il reprend à son compte, sous un autre nom, le projet de Comité exécutif défendu par les socialistes.

Après sa longue conversation avec lui, *Rex a prévu de déjeuner avec André Manuel. Quand je le rejoins au restaurant, il a son visage des mauvais jours : les traits tirés et fumant plus que de raison.

Dès l'arrivée de Manuel, il l'interroge sur l'ordre de mission de *Francis. Le commandant révèle qu'il en possède deux différents : l'un politique, du Général, qui l'a chargé de remettre ses lettres à Blum, Jeanneney, Mandel, Reynaud, etc. ; l'autre militaire, du BCRA, qui lui demande de créer et de diriger un réseau de renseignements.

Manuel rappelle que *Francis est un homme de la zone nord, où il a publié, en novembre 1940, *Libération*, un des premiers journaux résistants, rédigé entièrement de sa main. Malgré le titre identique à celui de d'Astier de La Vigerie et même s'ils partagent l'idéologie socialiste, les deux hommes ne sympathisent pas.

*Francis a été arrêté en septembre 1942. Sa mission militaire est désormais achevée, et, depuis son évasion, il a abandonné la direction des réseaux de renseignements à son beau-père. Il est donc libre de toute obligation vis-à-vis de la France combattante. Aussi a-t-il repris à son compte des contacts politiques et syndicaux en zone sud.

Fort de ces précisions, *Rex relate leur entrevue, au cours de laquelle *Francis s'est montré surpris que la réorganisation de la direction de la Résistance ne lui attribue aucune fonction.

En retour, Manuel fait part à *Rex des relations du BCRA avec *Francis avant son arrestation : « Lors de son premier voyage, il nous a demandé de lui confier une mission d'organisation politique concernant les deux zones, tandis que vous seriez cantonné dans une mission purement militaire auprès des mouvements. Nous n'avons pas donné suite à sa demande et lui avons confirmé que vous seul représentiez le Général avec tous pouvoirs sur la zone sud. Au cours de son séjour à Londres, il nous a semblé prétentieux et surtout soucieux de jouer un rôle de premier plan dans la Résistance. »

*Rex complète le tableau. *Francis a repris le projet des socialistes et de *Froment d'un comité politique regroupant mouvements, partis et syndicats.

*Rex justifie de nouveau son veto : « La Résistance est l'armée des martyrs. Je refuse d'y introduire des partis politiques qui se sont déshonorés en juillet 1940 et ont disparu. Par ailleurs, les Français ont évolué. Autour de quelle idéologie formeront-ils les nouveaux partis ? Tout le monde l'ignore. Seuls les mouvements de résistance de différentes tendances ont droit à la parole. »

Il demande à Manuel d'user de son autorité pour faire entendre raison à *Francis et aux socialistes. Le commandant est dubitatif : *Villiers[1] a refusé toute négociation au sujet de son propre projet de Comité exécutif de la Résistance et poursuit ses consultations en vue de sa formation.

Manuel espère seulement que la réunion qu'il a organisée demain entre *Rex et le groupe *Froment mettra un terme à ces divergences de vues.

Vendredi 11 décembre 1942

Réunion avec les socialistes

La réunion prévue avec *Froment et ses adjoints, les jeunes avocats marseillais *Danvers et *Brémond et le colonel *Veni, chef des groupes paramilitaires du réseau, accompagné de *Tourne[2], ancien député, se tient chez le député socialiste du Nord Raymond Gernez.

J'accompagne *Rex et Manuel dans les vieilles rues derrière la place des Terreaux. Nous pénétrons

1. Daniel Mayer.
2. Respectivement Gaston Defferre, André Boyer, le colonel Vincent et Eugène Thomas.

dans un immeuble ancien. L'appartement possède de hauts plafonds et des pièces spacieuses.

Le propriétaire nous fait entrer dans sa chambre. Des chaises sont installées autour d'un guéridon. Un lit se dresse dans une alcôve. Derrière un paravent, j'observe une table de toilette avec un pot à eau dans sa cuvette en porcelaine décorée.

À l'exception de Gernez et *Danvers, je ne connais personne. Bien que je corresponde depuis quelque temps avec *Froment, je le découvre parmi les participants[1]. Comme d'habitude, *Rex, après m'avoir présenté, demande aux uns et aux autres d'organiser après la séance des liaisons rapides avec lui par mon intermédiaire.

C'est l'assemblée la plus nombreuse à laquelle j'assiste. Je n'ai participé jusque-là qu'à des repas ou des rendez-vous limités à une ou deux personnes. Aujourd'hui, il s'agit d'une réunion exceptionnelle, avec plusieurs hommes politiques n'appartenant pas à la Résistance homologuée.

Aucun ordre du jour n'a été préparé, et il n'y a pas de présidence. Comment *Rex va-t-il se faire entendre ? Je m'installe en retrait, face à *Brémond, *Danvers, *Froment[2], *Rex et Manuel, tandis que Gernez, *Tourne, *Veni et l'autre Froment me tournent le dos.

Au cours des présentations, j'observe attentivement les participants. *Rex et Manuel en connaissent quelques-uns. Détendu, *Rex a un mot aimable

---

1. Au moment des présentations, il y eut un instant de confusion parce que deux « Froment » se côtoyaient : Boris Fourcaud, le « nôtre », chef d'un réseau de renseignements du BCRA sous le pseudonyme de *Froment, et un sénateur socialiste prénommé Édouard dont c'était le véritable nom.

2. Boris Fourcaud.

pour chacun. Lorsque tous sont assis, Manuel donne la parole à *Rex. Celui-ci leur souhaite la bienvenue à Lyon, comme si c'était lui qui les invitait — je sais pourtant que, jusqu'à la demande transmise par Manuel, il avait toujours refusé de les rencontrer.

*Rex précise l'objet de la réunion : examiner la place du réseau *Froment dans la Résistance, ainsi que le projet de Comité exécutif proposé par le CAS (Comité d'action socialiste). Il rappelle qu'il a déjà étudié avec *Froment, au mois de juin, un projet similaire, qu'il a refusé. Sa position n'a pas changé : l'objectif des résistants est l'organisation de la libération militaire de la France ; sur le plan politique, le Comité national français présidé par le général de Gaulle représente la France. Il faut tout faire pour renforcer sa légitimité, c'est-à-dire fédérer les résistances pour en faire un mouvement national. C'est le sens de la création du Comité de coordination, destiné à diriger la zone sud.

*Rex rappelle que le rôle du CGE (l'ancien Comité général des experts, rebaptisé « Comité général des études ») est de préparer l'épuration administrative, la nomination du nouveau personnel et les mesures d'urgence à prendre au moment de la Libération, ainsi que l'étude d'institutions nouvelles.

Il confirme que le Général a demandé à tous les groupes de résistance indépendants des trois principaux mouvements de zone sud d'y verser leurs militants. C'est le cas du groupe *Froment. *Rex souhaite qu'il accepte les instructions du Général et rejoigne le mouvement de son choix.

*Rex parcourt l'assemblée du regard. Sans s'adresser à aucun participant en particulier, il formule une question : « Je vous demande de m'éclairer sur un point que j'ai quelque difficulté à comprendre :

Quelle est la nature des relations entre le CAS et le réseau *Froment ?

— Le CAS a une activité de propagande politique, lance *Danvers. Le réseau *Froment, lui, possède un réseau de renseignements, un groupe paramilitaire et un journal, *Le Populaire*[1]. Il est né en même temps que les autres : Pourquoi n'est-il pas considéré comme un mouvement ? »

*Tourne suit attentivement l'échange et demande la parole. D'un ton agressif, il dénonce l'injustice des directives de Londres : « Les trois grands mouvements sont constitués en majorité de militants socialistes auxquels Léon Blum a prescrit de s'engager. Pourtant, les socialistes ne sont représentés, en tant que tels, dans aucun organe de direction.

— Le ratio que vous indiquez est contesté par les mouvements, réplique *Rex. Je vous exhorte à l'union, gage de l'efficacité des luttes contre l'occupant. Dans une armée, le chef commande, les troupes obéissent ! »

*Tourne se renfrogne. Il fait signe qu'il veut répondre. Les derniers mots de *Rex, prononcés avec fermeté, ont modifié l'atmosphère. Je ressens physiquement qu'une volonté commune soude les socialistes : *Rex est brusquement isolé. Sans doute perçoit-il lui-même ce changement. Son visage se ferme.

Dès qu'il a achevé une cigarette, il en allume une autre et aspire longuement une bouffée. *Tourne

---

1. Ces trois éléments étaient les conditions pour être reconnu comme mouvement par le BCRA, du moins en zone sud. Plusieurs mouvements destinés à l'action en zone nord (Ceux de la Libération, Ceux de la Résistance et l'OCM) n'avaient pas de journaux. Ils furent néanmoins considérés par la suite comme des mouvements.

martèle qu'il ne réclame le sacrifice de personne, mais exige son dû pour le parti socialiste, traité en paria : « Je suis scandalisé qu'il n'ait pas sa place dans le nouveau Comité de coordination. Le Général doit nous donner la place que nous méritons. »

*Danvers prend le relais, mais avec une flamme plus sympathique. Avec *Brémond, il est le plus convaincant des assistants : « Philip est un résistant de la première heure. Il a voté contre Pétain en juillet 1940. C'est lui qui apporte sa légitimité au comité de Londres. La Résistance sera socialiste ou ne sera pas ! Ce n'est pas autour des valeurs de la droite nationaliste et cocardière que la France se refera, mais à partir de celles du Front populaire.

— Il serait plus exact, coupe *Rex, de dire que la Résistance sera républicaine ou ne sera pas. » Les assistants s'agitent sur leurs chaises. Ils ne semblent nullement convaincus. Dans ce milieu, le nom du Général, même associé à la démocratie, n'est pas un sésame politique.

*Danvers prend un air débonnaire : « Pourquoi les trois chefs de la zone sud dirigent-ils seuls la Résistance ? Il y a quelque malhonnêteté à nous demander de légitimer de Gaulle et de nous refuser de participer à l'orientation politique de la Résistance.

— Vous parlez de malhonnêteté, réplique *Rex. Je veux croire qu'il ne s'agit que d'une incertitude de vocabulaire. Vous oubliez les circonstances dramatiques qui conduisent à l'effacement de la France combattante. Au moment où le régime de Vichy retrouve une honorabilité en rejoignant le camp allié en Afrique du Nord, la Résistance doit faire bloc.

— Ce n'est pas en rejetant les anciens partis que la Résistance sera plus forte, répond *Danvers. Je m'étonne que vous affirmiez que les partis soient sans troupes. Et le parti communiste ? Comment l'intégrez-vous dans la Résistance que vous appelez gaulliste ?

— Le parti communiste n'est pas à l'ordre du jour. En zone sud, il est de peu de poids, et le Front national est inexistant.

— Vous vous contredisez : vous demandez leur caution à tous les partis pour légitimer de Gaulle ; s'ils ne représentent rien, pourquoi les solliciter ? »

Selon *Danvers, *Rex escamote un détail capital : les mouvements ne se sont développés que grâce aux sommes considérables qu'il leur distribue. Elles leur offrent les moyens de publier des tracts, des journaux, d'entretenir agents de liaison, secrétaires et responsables et d'être présents dans tous les départements. Les partis, eux, se sont reconstitués grâce au dévouement de leurs cadres et de leurs militants, sans aucun secours matériel de De Gaulle. Il insiste sur ce fait. Après la Libération, comme l'a bien analysé Léon Blum, les mouvements disparaîtront dès qu'ils ne recevront plus de subsides. À moins que *Rex n'ait le projet de les transformer en parti unique...

*Rex est attentif à cet argument, que j'ai déjà entendu.

*Danvers attire son attention sur l'absence de doctrine des mouvements : leur programme n'est constitué que des miettes mal assimilées de celui des socialistes. Ils ont fabriqué un salmigondis de propositions démagogiques, tandis que leurs dirigeants ne sont pas élus par des militants, mais cooptés : la clandestinité s'oppose aux discussions publiques, à la tenue de congrès. Enfin, les dirigeants n'ont aucune expérience des mécanismes de la vie démocratique. Leur façon de discuter, ou plutôt de commander, ressemble à celle des partis fascistes.

Emporté par son éloquence, *Danvers transforme son exposé en réquisitoire. Il entame un procès à propos des campagnes de dénigrement de Frenay contre les partis politiques, qui, selon lui, « inquiètent tous les démocrates ». L'Armée secrète, qu'il a créée et commandée, représente un véritable danger fasciste : « N'oubliez pas que c'est contre ces pratiques et ces doctrines que la Résistance s'est dressée. »

*Danvers a à peine prononcé ces mots que *Rex monte à l'assaut : « Je ne vous laisserai pas porter un jugement outrageant sur l'un de nos camarades de la Résistance les plus courageux. Ce sont avec de telles calomnies que l'on a détruit la vie démocratique française. Je me battrai contre le retour de tels procédés. » *Rex ajoute : « Soyons clairs, *Charvet est un des pionniers de la Résistance ; il a créé et dirigé un des mouvements les plus efficaces de toute la Résistance ; il mérite à ce titre notre estime. Qu'il ait pris des positions parfois aventureuses politiquement, que son caractère autoritaire agace ses camarades, qu'il soit souvent incommode, c'est possible. Mais dans les moments difficiles qu'a traversés la France combattante, il a été sans tache. Que ce soit vis-à-vis du général de La Laurencie, du général Giraud ou de Darlan aujourd'hui, il a toujours fait preuve de loyauté sans faille à l'égard de De Gaulle. Je vous rappelle que lorsqu'il a reconnu s'être trompé sur le Maréchal, sa condamnation publique de Vichy a été sans appel. Ce n'est pas sans mérite de sa part, puisqu'il est militaire, qu'il admirait Pétain et qu'il fut partisan de son régime. »

Quant à l'Armée secrète, bien que Frenay en soit

le créateur, *Rex précise qu'elle résulte de la fusion des trois mouvements. Le général Delestraint en est le chef indépendant, nommé par de Gaulle : elle n'appartient pas à Frenay et ne pourra jamais se transformer en parti politique.

« Je n'accepte pas que vous accusiez *Charvet [Frenay] d'être un fasciste, conclut-il. C'est à la fois faux et nuisible à la cohésion de la Résistance. Pour la qualité de nos relations, je préfère oublier ce que j'ai entendu. »

Je suis étonné de l'âpreté du patron à défendre Frenay. J'ai encore à l'oreille les critiques acerbes qu'il a maintes fois formulées devant moi en des termes d'une violence identique à celle de *Danvers. Pourquoi le défend-il aujourd'hui avec tant de vigueur ? Lorsque Bidault formule des remarques bien plus acides, *Rex sourit.

D'autant que les attaques de *Danvers ne sont pas vraiment calomnieuses : à l'exception des militants de Combat, pour qui Frenay est un « grand chef », tous les responsables des mouvements ou les agents de la France libre dénoncent un fasciste. *Danvers me semble donc bien modéré en comparaison d'un Copeau ou d'un Fassin. Si le mot fasciste indispose *Rex aujourd'hui, n'est-ce pas une revanche sur les concessions qu'il a dû faire au cours de la discussion ?

Un lourd silence suit l'algarade. Sans doute incite-t-il *Danvers à détendre l'atmosphère. Il regarde *Rex amicalement et lui dit, sur un ton où perce la complicité en même temps qu'une certaine déférence : « J'espère que vous ne m'en voudrez pas de manifester ma surprise d'entendre un homme comme vous défendre aussi passionnément un homme comme lui ! »

En dépit de la volonté évidente de *Danvers de

retrouver un ton plus apaisé, l'épais silence persiste. Est-ce une façon de reconnaître la stature du patron ou son statut d'« homme » du Général ? Une autre interprétation est possible, rejoignant mes propres interrogations : *Rex est-il un homme politique connu pour ses engagements partisans ? Mais lesquels ? Je ne peux croire que son attachement à la République, que je constate mois après mois, paraisse « extraordinaire » dans cette assemblée de socialistes. Alors ? Est-il simplement « gaulliste », dans le sens que j'ai découvert dans la Résistance, c'est-à-dire l'homme de De Gaulle ? Il ne s'en cache pas. Quoi d'autre ?

*Rex rompt le silence... et les armes : « Cette réunion de deux heures a trop duré. Je remercie le commandant Manuel de l'avoir organisée et les socialistes d'être venus à Lyon. Ces débats ont été positifs. Nous nous reverrons bientôt. » Personne ne semble acquiescer à l'avis de *Rex, mais tous paraissent résignés.

Tandis que le patron échange quelques mots avec *Froment et *Brémond, qui sont peu intervenus, je recueille les adresses des uns et des autres pour établir mes liaisons à Lyon et à Marseille. Mes problèmes m'apparaissent triviaux en comparaison de ceux évoqués au cours de la réunion ; ils n'en sont pas moins réels. Marseille est loin et exige des courriers supplémentaires. Comment vais-je les recruter ?

*Rex m'appelle ; nous sortons les premiers.

Nous déambulons dans les petites rues du vieux Lyon. *Rex ne dit mot. Il marche d'un pas rapide au milieu de la chaussée.

Sur les quais de la Saône déserts, il ralentit le pas et se met à parler, ou plutôt à soliloquer à voix haute : « Tout ce qu'ils disent n'est pas inexact. Ils ont raison sur deux points : la reconnaissance par la France combattante et leur financement ont donné aux mouvements leur envergure. S'ils sont récalcitrants, je vais devoir contrôler les fonds. Ils ne peuvent tout de même pas vivre des subsides du Général et contester en permanence ses directives ou sa politique ! »

Nous arrivons place Bellecour : « Organisez une réunion avec *Marnier [Manuel] et Bidault demain matin, rue Victor-Hugo, à 9 heures. Nous irons déjeuner ensuite. »

Samedi 12 décembre 1942
Quelles institutions pour la Résistance ?

La réunion a pour objectif de faire le point sur les problèmes politiques, qui, depuis le 8 novembre, accaparent les esprits. Les conciliabules avec les uns et les autres imposent une conclusion. *Rex commence par résumer les débats.

L'origine de ce désordre est la création par Londres du Comité de coordination, ayant autorité sur toutes les résistances. Les anciens partis politiques, léthargiques depuis l'armistice de 1940, s'agitent : le Débarquement en Afrique du Nord a réveillé les ambitions. À l'approche de la libération du territoire, le pouvoir semble à portée de main...

De surcroît, la volonté de Frenay de commander l'Armée secrète tout en étant membre du Comité enflamme craintes et polémiques. Le monopole des mouvements sur la direction militaire et politique de la Libération fait craindre le pire : l'apparition d'un grand parti de la Résistance, réplique des partis fascistes contre lesquels tous s'élèvent. D'où le projet de comité politique du groupe *Froment-*Danvers, du Comité d'action socialiste de *Villiers et du Rassemblement national français de *Francis.

Ces projets ont en commun la volonté de regrouper dans une institution unique des représentants des partis politiques, des mouvements et des syndicats. Tous prétendent représenter la France résistante ; tous sont antiallemands ; tous préparent le remplacement du régime de Vichy par la République ; tous militent pour une épuration afin de constituer un gouvernement de transition ; enfin, sous une forme ou sous une autre, tous prétendent s'imposer comme conseil politique au Général.

Bien entendu, ils reconnaissent son autorité, mais, comme le fait observer *Rex, « en dépit de leurs déclarations, quand une assemblée décide de représenter la nation sans avoir été élue, c'est rarement pour offrir le pouvoir à un homme qui lui est étranger ».

Le patron est conscient que le débarquement en Afrique du Nord a bouleversé les conditions de la Libération ; ne serait-ce qu'à cause du rôle primordial des Américains, puisque les Français attendaient jusque-là tout des Anglais.

Depuis l'armistice, la rupture politique s'incarnait dans de Gaulle ; à présent sa légitimité est niée au profit des hommes de Vichy. « En clair, commente *Rex, le représentant de la nation, lors du Débarquement en France, sera le maréchal Pétain. C'est à ce défi que nous devons répondre. »

L'analyse de *Rex lance la discussion : quelle est

la solution ? Selon Manuel, le BCRA ne peut intervenir auprès de *Francis pour mettre un terme à
son initiative : « Dès son arrivée à Londres, il y a dix
mois, nous avons constaté son ambition politique,
son désir de jouer un rôle de premier plan. L'autorité du service se limite au chef du réseau de renseignements. Le fondateur de Libération a donc toute
liberté pour réaliser son projet, et nous ne pouvons
nous y opposer.

— Et le groupe *Froment-*Danvers ? demande *Rex.

— Vous avez constaté sa volonté d'être reconnu
comme mouvement de résistance, avec tous les
avantages que cela comporte. Vous avez entendu
également sa menace de retirer ses militants des mouvements. Dès sa formation, nous avons combattu son
activité politique, mais notre autorité sur lui a les
mêmes limites que sur *Francis.

— La force du CAS, intervient Bidault, tient à l'aval
de Léon Blum. Il a lui-même expliqué au Général son
désir de ranimer les anciens partis puisque, selon
son slogan, il n'y a "pas de démocratie sans parti".
C'est avec lui que vous avez des difficultés parce
qu'il s'appuie sur le reliquat de la SFIO, qui n'est
pas négligeable. »

*Rex est d'accord avec ces analyses : ses rencon-
tres, dont celle de la veille, l'ont conduit au même
constat. « J'attire néanmoins votre attention, précise-
t-il, sur un détail qui m'a frappé : tous leurs projets
sont imprécis quant aux rapports avec le Général.
Partis et mouvements disent reconnaître sa repré-
sentativité et son autorité sur l'Armée secrète, mais
ils revendiquent leur indépendance politique. Ce n'est
que naturel dans une république ; encore faut-il
conquérir la liberté pour rétablir la démocratie. Face
à Giraud et aux Américains, nous ne pouvons com-

mettre la moindre erreur si nous ne voulons pas nous retrouver avec un régime de Vichy champion militaire de la Libération ! »

Après une pause, il ajoute : « *Brémond semble le seul à le comprendre. Tout en étant socialiste, il est en désaccord avec *Villiers. Son postulat est que Résistance égale gaullisme. Il propose d'ailleurs qu'un chef désigné par le général de Gaulle soit président d'office du Comité. »

*Rex annonce finalement qu'il a esquissé une solution : « Quand on est plus faible que l'adversaire, il faut le surprendre. Je vais proposer au Général la création d'un conseil politique calqué sur les projets que vous connaissez. Ce n'est pas l'idéal, mais en créant une institution conçue par la France combattante, on pourra peut-être éviter le pire. Le Général en conservera la direction. Les mois à venir vont être périlleux pour lui : il faut à tout prix qu'il garde le contrôle de la Résistance. Nous n'avons pas le choix des moyens ! »

Bidault ne semble pas convaincu et reste opposé au retour des partis, du moins précocement : « Nous hypothéquons l'avenir. Vous-même, dit-il en fixant *Rex du regard, vous vous y êtes toujours opposé.

— Croyez-vous, lui répond *Rex amicalement, que l'élimination du Général et la mainmise des Américains sur la Résistance soient préférables ? Ce sont eux qui ont l'argent, les liaisons et les armes. »

Manuel manifeste une autre crainte : « Ce ne sera pas facile de convaincre de Gaulle de réhabiliter les partis.

— Le Général est réaliste, coupe *Rex. Le pouvoir exige des concessions : il faut parfois reculer pour vaincre. C'est un stratège, il comprendra. »

Bidault, résigné, lance de son côté : « Préparez-vous

à une grosse colère de *Charvet ! » *Rex s'en amuse :
« J'aurai droit à une nouvelle encyclique. Ce ne sera
ni la première, ni la dernière. » C'est le mot de la fin.

Je raccompagne *Rex jusqu'à chez lui. « Venez
demain après-midi, je vous donnerai le rapport que
je vais rédiger. Vous devrez le coder dans la nuit
afin qu'il soit prêt lundi pour le début des opérations de la nouvelle lune. »

Est-ce à cause de l'automne ? Le drame d'Alger a
ouvert une période de désarroi, aggravée ces derniers jours par la triste lâcheté de Gide et Valéry,
mes maîtres révérés. *Rex avait demandé à *Lorrain
de les contacter afin d'obtenir leur adhésion à de
Gaulle. L'initiative de *Rex agitait un grand espoir,
et je ne doutais pas que ces deux gloires deviendraient les recrues les plus spectaculaires de la
France libre.

Quelle ne fut pas ma déconvenue lorsque je transmis leur refus à *Rex : Gide, parce qu'il estimait avoir
atteint l'âge où les engagements sont clos ; Valéry,
parce que Pétain l'avait accueilli sous la Coupole et
qu'il jugeait inélégant d'apporter une caution à son
adversaire, même s'il se disait de tout cœur avec de
Gaulle.

Ces défections m'ont scandalisé. Mes camarades
chasseurs, ceux de la Résistance offrent leur vie
pour la victoire. D'autres offrent leur « cœur »…
impuissant.

Dimanche 13 décembre 1942

Le bonheur avec Cheveigné

Depuis le débarquement, mon travail et ma vie subissent une mutation. *Rex multiplie rendez-vous, rapports et réunions, et les difficultés des transmissions m'accaparent. Durant ma maladie, j'ai pris conscience du développement accéléré des correspondants et des services. De nouvelles liaisons se sont ajoutées avec les chefs syndicalistes et les hommes politiques, quelquefois à longue distance, comme pour les socialistes de Marseille.

Du coup, le travail dévore mon existence, si tant est qu'il ne le faisait pas auparavant. Je n'ai plus le temps de déjeuner et me contente d'avaler des rondelles de tomate entre deux tranches de pain humide et brun, auquel je ne m'habitue pas.

Mes rendez-vous chez *Colette* avec Maurice de Cheveigné se sont espacés depuis sa rencontre avec *Simon[1], le chef du réseau d'évasions Brandy, que *Rex finance par mon intermédiaire.

En panne de transmissions radio, *Simon m'a demandé de l'aide. Je lui ai envoyé Cheveigné, qui a profité des relations de *Simon à la campagne pour multiplier ses lieux d'émission. De plus, il lui a permis de quitter sa chambre en l'hébergeant, avec quelques camarades de son réseau, dans la maison qu'il loue près du parc de la Tête-d'Or. C'est un avantage pour la sécurité des transmissions, mais un vide supplémentaire dans ma vie.

De temps à autre, je prends encore mon petit

1. Maurice Montet.

déjeuner avec Cheveigné et, le dimanche, partage parfois un repas en sa compagnie. Durant ces instants, où nous revivons un bonheur nostalgique, j'ai l'impression de partir en vacances. Grâce à notre imagination et à nos souvenirs, nous changeons de temps et de lieu. Au moment de nous séparer, nous sommes surpris de nous retrouver à Lyon, que nous n'avons quitté qu'en pensée.

Ces rencontres m'apportent un autre dépaysement : je suis curieux de connaître son opinion sur les projets politiques de la Résistance. Son insouciance, sa joie de vivre dynamitent le cadre rigoureux auquel je suis habitué. Même si je suis parfois agacé par sa puérilité, je me garde bien de le manifester tant ces instants en apesanteur m'apportent du réconfort.

Ce dimanche, je lui demande à brûle-pourpoint : « Que penses-tu des partis politiques de la IIIᵉ République ? » Il me regarde avec des yeux ronds : « Toi qui admires _Les Thibault_, tu as la réponse : rien n'a changé. Les partis bourgeois ont trahi la France, et les partis ouvriers le peuple. Il n'y a pas besoin de les anéantir : ils ont tous disparu. »

Comme il ne lit ni tract ni journal clandestin, n'écoute pas plus que moi la BBC et n'a aucun lien avec les mouvements, il ignore forcément les remous qui agitent la Résistance en ce début d'hiver. « Oui mais, après la Libération, imagine qu'ils reprennent le pouvoir.

— Eh bien, ils seront écrasés par la Révolution. Nous seuls avons le droit de diriger la France. De Gaulle l'a dit dans le papier que tu m'as fait lire [la charte de juin 1942]. Où est le problème ? Nous avons les armes ; nous serons les maîtres.

— Tu vas un peu vite. Actuellement, c'est Darlan

le maître, et quant à nous, nous sommes doublement hors la loi : à Vichy et à Alger.

— Tu te poses trop de questions : pourquoi
cherches-tu à te faire peur ? Tu sais bien qu'à la fin
nous gagnerons. Fais comme moi : "Occupe-toi
d'Amélie !" » C'est le titre d'une pièce de Feydeau
qu'il affectionne et qu'il a détourné pour en faire une
de ses expressions favorites, signifiant : « Laisse courir ; tout va bien ; passe à autre chose », ou encore :
« On n'y peut rien : ne gâchons pas notre jeunesse. »

Sa philosophie est aussi simple qu'exigeante. Il
accepte la vie comme elle s'offre et les êtres tels qu'ils
sont. À son contact, ma part d'anarchie gidienne
reprend le dessus, et tout devient évident. Malheureusement, ça ne dure qu'un instant, et mon « jan-
sénisme » revient à la charge, car pour ce qui est de
ma fonction, c'est le contraire de l'anarchie : en dépit
de mes insuffisances, il faut que ça marche !

Dans un éclair, j'imagine *Rex entendant cette
conversation. Je me demande parfois s'il se doute
que « je est un autre »...

En observant la bonhomie de Cheveigné, je suis
assailli de doutes : ma fonction a-t-elle la moindre
importance ? Et si la paperasse au milieu de laquelle
je me débats, toutes ces réunions et ces conversations
n'étaient qu'un théâtre d'ombres ? Et si les dangers
encourus ne servaient à rien ? Dans ces instants de
chavirement, la Résistance m'apparaît comme un
bazar insensé. Comment pourrions-nous être prêts
pour le jour J ? *Rex lutte contre tous, mais aura-t-il
le dernier mot ?

Quand j'entends les sarcasmes de Cheveigné sur
les bureaucrates de la Résistance, je me réjouis de
son ignorance de mes activités : il me mépriserait.
Dans mes trop rares instants de lucidité, j'ai honte.

D'autant plus que lui, au moins, fait la guerre : la plus grande partie du trafic radio passe entre ses mains. N'est-ce pas là son secret : il est heureux parce qu'il fait la guerre ?

Je sonne chez *Rex à 4 heures cet après-midi. Mlle Labonne est sortie. Nous sommes donc libres de parler sans chuchoter. Il n'a pas terminé son rapport et reprend sa place devant la petite table ; son cendrier déborde.

Sa chambre possède un Mirus semblable à celui des Moret, mais, faute de bois, sa propriétaire ne l'allume jamais. Souvent, *Rex conserve son manteau. C'est pourquoi il fume tant : il lutte contre le froid.

Depuis ce matin, il a travaillé sans désemparer. Le nombre de feuillets qu'il me tend est impressionnant. Pendant qu'il achève son rapport, je lis ses pages attentivement afin de vérifier que les indications qu'il me destine sont lisibles : il biffe les mots ou phrases à coder et les remplace par un numéro.

Je n'ai jamais eu de difficulté avec ses textes, parce que son écriture élégante est parfaitement lisible. De plus, ses exposés sont rédigés d'un trait, sans la moindre rature. Aujourd'hui, pour la première fois, la première page est tellement surchargée de corrections qu'il la recopie pour la rendre lisible. C'est une longue introduction consacrée aux répercussions en France des événements d'Afrique du Nord. Il retrace la déception que nous avons tous vécue, expliquant que les résistants ont perdu foi dans la démocratie américaine parce que « l'esprit de la charte de l'Atlantique » est foulé au pied au profit d'une politique « réaliste ».

Pour dissiper ce malaise, *Rex demande aux Alliés de conserver à la guerre son caractère libérateur : « Comment lutter contre l'enrôlement de la jeunesse française dans la nouvelle croisade allemande qui se prépare si nous ne pouvons lui promettre autre chose qu'une mouture française du régime hitlérien ? »

Il fait observer que le peuple de France, avec sa simplicité et sa clarté de vue habituelles, « se demande si, après la revalorisation de Pétain et de Franco, celle de Mussolini n'est pas envisagée favorablement dans certains milieux anglo-saxons et si la guerre pour la Libération n'aurait pas pour effet de consolider les régimes mêmes contre lesquels la lutte s'est engagée ». Résumé alarmant de ce que nous pensons tous.

Revenant à sa mission, il fait le point sur les différentes activités de la Résistance : Armée secrète ; fusion des mouvements ; décentralisation régionale ; service des opérations aériennes ; comité des experts ; propagande.

À propos du service radio, il réitère sans ménagement nos plaintes, en particulier l'absence fréquente d'opérateurs anglais à l'écoute dans la *Home Station*. Quant aux erreurs de chiffrage, je suis soulagé qu'il prenne notre défense, et même qu'il contre-attaque en dénonçant l'impossibilité de déchiffrer des parties entières du dernier courrier du BCRA.

Il se plaint également du retard de plus d'un mois de télégrammes aux informations périmées : « Il faut songer à la vie que mènent nos radios. Il est criminel de les utiliser à des besognes autres qu'urgentes et officielles. »

Dans la suite du rapport, il présente incidemment son projet de conseil politique. Il expédie le rôle du

Comité de coordination en quelques lignes et insiste sur le conseil, qu'il présente comme un organisme indispensable pour rassembler les résistances refusant d'être embrigadées par les mouvements. Il reprend à son compte un postulat que j'ai entendu chez les socialistes : « Les mouvements ne sont pas toute la Résistance. »

Il précise toutefois que ce nouvel organisme n'aurait qu'un rôle de conseil et que la direction de l'action relèverait des seuls résistants. J'admire son habileté diplomatique face aux instructions qu'il a reçues pour imposer lui-même une institution non programmée par la France combattante.

J'en suis là de ma lecture lorsqu'il me remet son dernier feuillet en me demandant de faire quelques courses pour le lendemain. Au bas de la dernière phrase de son rapport autographe, je trace quatre mots : « benzine, saucisson, pain, cigarettes[1]. »

Après avoir chiffré, rue Sala, la moitié du rapport, je sors vers 8 heures. Je me restaure à la brasserie du *Café de la République* tout en lisant les journaux, puis rentre rapidement achever le codage.

Au cours de cette tâche, le temps se délite. À un moment, je sais qu'il est minuit passé parce que je n'entends plus le tintamarre des tramways se croisant rue Victor-Hugo. Ma chambre n'étant pas chauffée, je m'engourdis à mesure que la nuit avance tandis que je lutte contre le sommeil qui m'envahit.

---

1. On peut lire cette commande aujourd'hui encore sur l'exemplaire conservé aux Archives nationales.

Je mets mon manteau sur mes épaules et couvre mes jambes avec une couverture.

Quand j'ai fini, vers 2 heures du matin, je me glisse tout habillé sous mon édredon.

XIII

LA BATAILLE
DU CONSEIL DE LA RÉSISTANCE

14 décembre 1942-12 février 1943

Lundi 14 décembre 1942

Rex juge Pierre Cot

Ce matin, réveillé en sursaut par mon réveil, je l'écoute longtemps avant de me lever tant j'ai peur du froid. J'allume mon réchaud pour l'eau du rasage, ce qui dégourdit un peu l'atmosphère.

À 6 heures et demie, j'apporte le rapport codé à *Germain en lui recommandant de le déposer au plus tôt chez *Mado : elle a quatre heures pour le taper. Je lui fixe un rendez-vous à midi avec le courrier de Schmidt, qui doit l'emporter sur le terrain. À 7 heures, je sonne deux coups chez Mlle Labonne.

*Rex achève sa toilette. Comme à l'habitude, je lui lis les papiers remis par *Germain et signale quelques articles de la presse de Vichy et des journaux clandestins. Lorsque j'ai fini, il est prêt, tandis que Mlle Labonne frappe à la porte, apportant son faux café. J'ai posé sur la table les achats qu'il m'a prescrits. Tandis qu'il découpe une rondelle de saucisson, il arrête son geste et me dit avec douceur : « Mangez-vous suffisamment ? Il faut vous nourrir avec soin, sinon vous ne tiendrez pas le coup. N'oubliez pas que vous êtes convalescent. »

Il tourne le dos à la fenêtre, dont la lumière m'éclaire brutalement. Qu'a-t-il observé sur mon visage pour manifester cette soudaine attention ? Ai-je si mauvaise mine ? Il n'y a certes qu'une semaine que j'ai repris mes fonctions, mais je suis un soldat, que diable !

Je suis touché par sa gentillesse, comme chaque fois qu'il s'adresse à moi au-delà de ma fonction. Ses mots m'enveloppent et me ramènent vers le passé : la tendre vigilance de ma grand-mère, si lointaine aujourd'hui. À l'habitude, ma réponse se perd dans quelques borborygmes. Mon embarras, dès qu'il s'approche de ma vie privée, a le don de l'amuser. Son regard prend alors cet air malicieux que je connais bien.

Que répondre ? Non, je ne mange pas à ma faim, faute de temps ; j'ai froid, comme tout le monde ; et, malgré la présence intermittente de Cheveigné et de Briant, je suis loin des miens, de mes camarades de la France libre ; parfois, je me sens désespérément seul. *Rex ne peut rien y changer.

Sitôt mes jérémiades formulées, j'en ai honte. Ma condition n'a rien d'exceptionnel ; je la partage avec tous mes camarades du BCRA en France. Nous sommes des volontaires, et aucun d'entre nous ne se plaint. De surcroît, la place que j'occupe auprès de lui est un honneur.

*Rex et moi attendons le tramway devant l'Opéra : nous nous rendons à Collonges pour une réunion du Comité de coordination. Dans le cours de notre conversation, *Rex en vient à évoquer la défaite, qu'il explique par un ensemble de défaillances humaines, politiques et militaires. Ayant lu en Angleterre des ouvrages sur le sujet, j'ai la certitude d'en connaître au moins une et m'enhardis à l'exposer.

« Pierre Cot, dis-je d'un ton vigoureux, est un des principaux responsables de la défaite. C'est un misérable traître : il a livré nos avions aux républicains espagnols, nos secrets militaires aux Russes et a saboté le réarmement en détruisant notre industrie. J'espère qu'il sera fusillé à la Libération. »

Tout en débitant mes imprécations, je perçois dans son regard une colère contenue, qui vire soudain au mépris : « Pierre Cot est un patriote courageux. C'est un héros de la Grande Guerre. Engagé à dix-sept ans, il a terminé lieutenant et a été décoré de la Légion d'honneur sur le champ de bataille. On lui rendra justice le moment venu. » Il ajoute : « Quand on ignore tout d'une question, on se tait. »

Sa dernière phrase a le tranchant de la guillotine. Heureusement, le tramway arrive. Nous montons en silence. Debout dans un coin, je n'ose le regarder. Durant le parcours, lui-même ne dit mot. Décontenancé par la violence de sa réaction, je m'interroge : Pourquoi cet homme, qui, dès notre première rencontre, a écouté avec bienveillance mes opinions « extrêmes » et qui m'a fait confiance en dépit de leur aveu, se formalise-t-il face à la vérité ? Une vérité que je partage avec mes camarades d'Angleterre ; en dépit de nuances, tous les volontaires sont d'accord sur ce point, confirmé d'ailleurs par les ouvrages que j'ai lus sur la défaite : durant la bataille de France, il n'y eut aucun avion dans le ciel. C'est un fait.

L'homme responsable de cette carence n'est-il pas un traître ? Avoir été un héros de la Grande Guerre ne l'excuse en rien : Pétain n'en est-il pas un, lui aussi ? Nous savons tous que de Gaulle a refusé l'engagement de Pierre Cot dans la France libre, à la suite de quoi il s'est « planqué » aux États-Unis. Enfin, nous avons appris par les journaux qu'il n'a même pas eu le courage de se constituer prisonnier en France afin de s'expliquer devant les juges de Riom.

Seul contre tous, *Rex défend pourtant Pierre Cot. Pourquoi[1] ?

À notre arrivée devant la propriété, je lui remets les documents. Je retourne ensuite dans le centre afin de préparer un rendez-vous entre le colonel *Veni et le général Delestraint, qui souhaite évaluer les possibilités militaires des socialistes. Je dois rencontrer également *Villiers, qui désire un rendez-vous avec *Rex pour motiver la création d'un Comité exécutif, dont il est l'ardent propagateur.

Durant mon retour en ville, je réfléchis à l'accrochage avec *Rex. Je ne comprends toujours pas la cause de sa colère. Ayant rejoint Delestraint, je ne m'attarde pas à chercher la réponse.

---

1. Ce n'est qu'après la Libération que j'appris par Pierre Meunier que Jean Moulin avait été l'ami de Pierre Cot. En 1936, Moulin était son chef de cabinet au ministère de l'Air du cabinet Blum.

Mercredi 16 décembre 1942

Le problème des institutions

Le débarquement en Afrique du Nord a posé à
*Rex de nouveaux problèmes, qu'il doit s'efforcer de
résoudre. Parmi ceux-ci, les institutions à mettre en
place à mesure de la libération du territoire le préoccupent. Il en discute lors de dîners avec Georges
Bidault.

Ce soir, ils s'interrogent tous deux sur la méthode
à employer pour renforcer l'exécutif, qui a fait preuve
de tant de faiblesses avant l'armistice. Faut-il rétablir un régime parlementaire, style IIIᵉ République,
ou inventer un régime présidentiel proche du modèle
américain ? Dans la première hypothèse, doit-on
renforcer les pouvoirs du président du Conseil, en
cantonnant le président de la République à un rôle
de symbole de l'unité nationale ? « Dans ce cas, dit
*Rex, il faudra choisir un intellectuel comme pré-
sident. »

Après un temps, il ajoute : « Son rôle politique
sera aussi effacé que celui de ses prédécesseurs, mais,
après ces années misérables, la France aura besoin
de retrouver son éclat culturel. Pourquoi pas Paul
Valéry ? Peut-on espérer mieux pour le rayonnement
de la France ? » Bidault ne répond pas. Cela me paraît
pourtant une solution pleinement justifiée, tant est
grande mon admiration pour l'écrivain, en dépit de
son refus de s'engager dans la Résistance parce qu'il
est le collègue de Pétain à l'Académie française.

*Rex, sans doute conscient de la fragilité de cette
hypothèse esthétique, en formule une autre, plus
« musclée » : « Dans le monde difficile de l'après-

guerre, ne faudra-t-il pas, à l'inverse, concentrer la réalité du pouvoir en une seule main, afin d'obtenir plus d'efficacité dans la conduite de l'État ? C'est le modèle américain : un président chef de l'exécutif, contrôlé par un Parlement qui ne peut toutefois modifier sa politique, même si ses votes sont négatifs. Cela permet d'appliquer une politique cohérente durant quatre ans : autorité, stabilité, libertés garanties. »

Cette fois Bidault se récrie : « C'est certes un régime efficace et raisonnable, mais je crains que les Français n'aient pas oublié Bonaparte.

— Je n'ai pas de goût particulier pour les généraux, surtout ceux qui font de la politique. Mais la France a eu beaucoup de chance d'avoir rencontré un général qui n'ambitionne pas le rôle de Bonaparte, même pas celui de Boulanger. À l'inverse, les parlementaires de la IIIe République ont trahi leur devoir. »

Bidault approuve : « En tout cas, la réduction du nombre des partis est indispensable.

— Il faudrait regrouper les courants de pensée en deux grands blocs idéologiques, à la manière des Américains et des Britanniques : démocrates et républicains ou conservateurs et travaillistes.

— Quelle que soit la solution, il ne faut plus tolérer l'impuissance. »

Jeudi 17 décembre 1942

Suzette fait des miracles

Suzette me donne rendez-vous rue des Augustins. Le court laps de temps écoulé depuis qu'elle a voulu remettre à neuf l'appartement de la veuve Pupuna me fait craindre qu'elle ait renoncé. En chemin, je me reproche d'avoir cédé à sa gentillesse impétueuse : j'ai perdu une semaine pour rien. J'aurais été mieux inspiré d'engager une entreprise de nettoyage.

J'en suis là de mes réflexions quand j'arrive sur le palier et sonne. Lorsqu'elle ouvre la porte, ma surprise est à la mesure de l'inquiétude qui l'a précédée : l'appartement est nettoyé de fond en comble, propre et lumineux ; les parquets sont grattés, les peintures refaites, et un papier clair est collé sur les murs ; électricité et gaz sont rétablis ; les meubles sont cirés, et, suprême délicatesse, une fleur est plantée dans un vase du salon, en signe de bienvenue.

Suzette rit de toute sa jeunesse en m'intimant l'ordre de m'essuyer les pieds sur le paillasson tout neuf. J'ai honte de mes doutes et l'embrasse chaleureusement. Après cette démonstration, je juge qu'elle est capable de tout et lui demande d'acheter couteaux, fourchettes, cuillères, verres, assiettes, casseroles...

Bien que nous prenions tous nos repas au restaurant, je prévois une sécurité supplémentaire : celle de pouvoir dîner quelquefois entre nous. Quelle détente de ne plus se méfier des voisins et de parler librement ! Je trouve ce lieu tellement sympathique que j'envisage un instant de m'y installer. Malheureusement, il est trop grand pour moi et trop excentré pour mes déplacements.

Samedi 19 décembre 1942

L'amateur de poèmes

Ce samedi, je vais chercher *Rex au bureau de France d'abord, au coin de la rue Sala, à cent mètres de chez moi.

Le patron est de bonne humeur : il a passé l'après-midi avec André Manuel. J'ai observé leur complicité, faite de vues communes sur l'organisation et la conduite de la Résistance, ainsi que sur la vision politique de l'avenir. Je me demande toutefois si leur lien le plus profond ne vient pas d'un certain sens de l'humour, dans lequel ils communient véritablement.

*Rex m'entraîne dîner non loin de là, rue Vaubecour, dans un de ses bistrots favoris, *Le Coq au vin*. Pour nous y rendre, nous empruntons la rue Sala et devons passer devant l'immeuble où j'habite. J'hésite à le lui révéler. La consigne est formelle : nos domiciles sont secrets. Mais lui, dont l'existence à Lyon ne recèle aucun mystère pour moi, n'a-t-il pas le droit de connaître le mien, n'est-il pas mon patron ? En cas de nouvelle maladie, il saurait où me joindre.

Arrivé à la hauteur de l'immeuble, je lui montre l'étage où je vis. À ma surprise, il me dit : « J'aimerais voir votre chambre. » Sa réponse inattendue m'inquiète brusquement : dans quel état l'ai-je laissée ? Heureusement, ma formation militaire et les consignes de sécurité m'imposent chaque matin de la quitter après l'avoir nettoyée et rangée : en cas de perquisition en mon absence, je pourrais ainsi la déceler à mon retour.

Je m'efface pour le laisser entrer dans la pièce,

que j'observe d'un œil nouveau : ma chambre est plus petite que la sienne, plus coquette cependant, quoique modestement meublée d'un lit étroit, d'une table et d'un fauteuil. Son seul défaut : l'immeuble d'en face l'assombrit.

« La rue est tranquille, me dit-il. Vous êtes au calme pour travailler. » Pense-t-il aux tramways qui, devant sa chambre, ferraillent sur le pont de la Guillotière jusque tard dans la nuit ?

Seuls les quelques livres achetés depuis mon arrivée révèlent ma présence. Je les ai rangés sur un rayonnage encastré dans le mur, près de la fenêtre. Curieux, il examine les titres : il y a là mes auteurs de toujours, Pascal (*Les Pensées*), la Bible, Rimbaud (*Une saison en enfer*), quelques ouvrages de Valéry qui viennent de paraître et que je lis dans le train (*Variété*, *Tel quel*, *Mauvaises pensées et autres*, etc.), et aussi des nouveautés : *Ci-devant*, de Monzie, et, le plus voyant par son épaisseur, *Les Décombres*, de Rebatet.

*Rex le désigne du doigt : « Qu'en pensez-vous ? » Dois-je lui révéler mon opinion ? Depuis notre premier dîner, j'ai découvert que *Rex était non seulement républicain, militant des droits de l'homme, admirateur de la Révolution française et de gauche, mais encore défenseur de Cot et de Dreyfus. Depuis lors, toutefois, il n'a jamais fait allusion à mes opinions. Les a-t-il oubliées ?

Comme j'ai trop de respect pour lui pour mentir, je lui révèle le plaisir éprouvé à la lecture du début : « Si l'on aime la polémique, c'est un chef-d'œuvre. J'ai lu en Angleterre plusieurs récits de la défaite. Aucun ne ressemble à ce torrent d'imprécations. Rebatet possède le talent dramatique pour faire revivre le plus grand désastre de notre histoire. »

Mon enthousiasme semble l'amuser. Je n'ai pas le temps de lui faire part de mon dégoût pour le pronazisme affiché dans la suite du livre qu'il sort déjà du rayonnage les *Morceaux choisis* de Valéry : « Vous aimez Valéry ? » Je confesse que si j'ai une passion pour ses essais, il n'est pas mon poète préféré. J'admire Apollinaire, Baudelaire, Rimbaud, Péguy. Je connais par cœur nombre de leurs poèmes, alors que, de Valéry, je n'ai retenu aucun vers.

« C'est pourtant le plus grand ! » coupe-t-il avant de s'élancer sans aucune gêne :

> *Soleil ! soleil !... Faute éclatante !*
> *Toi qui masques la mort, Soleil, [...]*
> *Tu gardes les cœurs de connaître*
> *Que l'univers n'est qu'un défaut*
> *Dans la pureté du Non-être !*

Je suis médusé : je n'ai jamais entendu réciter de poèmes de Valéry. La voix chaude et familière de *Rex me révèle la splendeur de ces vers, qui m'apparaissent pour la première fois dans tout leur éclat. Je suis envahi par un ruissellement de lumière. Comme nous sommes loin de la guerre ! Je regrette d'être obligé de l'accompagner au dîner tant j'ai hâte d'être seul pour relire ces vers surprenants, qui m'avaient rebuté autrefois.

J'observe *Rex : il tourne le dos à la fenêtre, l'épaule appuyée contre la bibliothèque ; son visage rayonne. Je n'aurais jamais cru qu'il pût être bouleversé par un poème. La poésie, consolation ultime de ceux qui n'ont qu'un pied dans la vie, est liée aux rêveries de mon adolescence. Qu'est-elle donc pour lui, apparemment heureux de vivre et jouant avec aisance son rôle dans l'existence ?

Je lui explique que, pour une raison inconnue, j'ai abandonné la lecture des poèmes depuis mon arrivée en Angleterre. Depuis deux ans, je leur préfère les romans. Seuls Baudelaire et surtout Rimbaud échappent à cette indifférence. Depuis la découverte de ce dernier durant mon adolescence, je suis obsédé par *Une saison en enfer*.

En quittant ma chambre, il lance dans l'escalier : « C'est très sympathique. » Qu'aurait-il dit s'il avait su que cette pièce d'apparence paisible était une poudrière : j'ai caché dans la penderie une partie du budget en coupures étrangères, sous le fauteuil mon poste de radio et sous le matelas mon revolver...

Il ajoute : « Parmi vos Valéry, je n'ai pas vu *Regards sur le monde actuel*. Vous n'aimez pas ?

— Je ne l'ai pas lu.

— Il contient peut-être ses meilleurs essais. Je vous recommande particulièrement "La Liberté de l'Esprit" et "L'Europe". Tout est dit sur les problèmes que nous affrontons. Lisez aussi "La Dictature" et "Le Progrès". Je suis sûr que vous aimerez sa clarté, après laquelle nous courons tous et qui ordonne la complexité du monde. » Je comprends mieux pourquoi il a songé à en faire un président de la République.

Depuis six mois que je vis aux côtés de °Rex, je mesure la finesse de son jugement, l'étendue non seulement de ses connaissances, mais aussi de sa culture artistique et historique, en particulier sur la Révolution. Les dîners avec Bidault sont, malgré leur longueur, un plaisir chaque fois renouvelé. En ces occasions, il a un partenaire dont l'humour, parfois grinçant, relance constamment le débat. Comparé à ce brillant journaliste, je suis conscient de faire piètre figure. Cependant, lorsque nous sommes ensemble, il n'a pas l'air de remarquer mon inculture. Inexplicablement, il semble heureux de s'entretenir avec moi des sujets les plus imprévus, et parfois les plus savants. Il est vrai qu'il s'agit le plus souvent de monologues.

Notre dîner marque la fin de la récréation. Il revient au sujet de ses inquiétudes : les transmissions radio.

Je constate que les problèmes demeurent sans solution. Londres a envoyé du renfort, avec Loncle et Denviollet. Mais si une amélioration se fait sentir, le retard est tel et le trafic a tant augmenté que le mieux passe inaperçu. En France, nous vivons loin de l'ordre parfait qu'on nous a enseigné en Angleterre : « C'est le foutoir ! » comme dirait Cheveigné.

Je profite de l'harmonie ambiante pour exposer les questions qui me hantent. Le mois de décembre marque un nouveau départ pour la WT[1], la radio clandestine. L'envoi par Londres des deux camarades d'Old Dean (Denviollet, destiné à Franc-Tireur, et Loncle, chargé d'enseigner les procédures de Londres aux opérateurs recrutés sur place) est le résultat du changement de politique des Britanniques.

L'arrivée de mes camarades fait espérer des transmissions efficaces. J'avoue toutefois que mon véritable espoir réside dans *Panier, ami de Manuel, ingénieur spécialiste des transmissions. Il attend son

---

1. *Wireless Transmission* (« transmission sans fil, ou « radio »). C'est Maurice de Cheveigné qui inventa l'expression, en octobre-novembre 1942.

départ pour Londres, où il doit proposer au BCRA une nouvelle organisation des chaînes radio[1].

À la fin du repas, *Rex m'annonce son départ pour Londres, programmé pour la lune de janvier. Il me demande de prévoir une liaison radio quotidienne entre lui et les responsables des mouvements, des partis, des syndicats et, surtout, des services : SOAM[2] et secrétariat en particulier.

J'en profite pour énumérer, une fois de plus, les difficultés de la radio clandestine : manque d'opérateurs, en dépit des nouveaux arrivants, mais aussi manque de matériel et de lieux d'émission. Comme d'habitude, il m'interrompt : « C'est votre affaire. » Comme d'habitude aussi, son visage se ferme.

Après l'avoir quitté au coin du pont de la Guillotière, je rentre rue Sala. Dans la nuit glacée de Lyon désert, je repense à ma découverte d'une passion de *Rex que j'ignorais : la poésie. Elle me permet de lever un voile sur ce charme diffus que j'ai éprouvé dès notre première rencontre et cette façon abandonnée de rire dont rayonnent les êtres libres.

Cet homme exigeant dans le travail est aussi l'être sensible et délicat qui mémorise des vers : occupation insensée pour un homme d'action, obsédé par l'efficacité. Cela explique sans doute sa liberté d'allure, sa curiosité polyvalente, ses propos insolites. Sa

---

1. Effectivement, en janvier 1943, Jean Fleury (*Panier) fut nommé « inspecteur national des transmissions de l'action » en France. Grâce à son autorité, la radio connut, à partir de l'automne de 1943, un fonctionnement normal, qui fit des prouesses jusqu'à la Libération.

2. Service des opérations aériennes et maritimes.

connaissance de l'art, de la peinture en particulier, aurait dû m'alerter. Mais je suis trop ignorant de cette histoire-là, singulièrement des œuvres, pour comprendre l'emprise qu'elles peuvent exercer sur une vie. L'absence d'intérêt de *Rex pour la musique m'a fait conclure trop rapidement au béotien.

Après être rentré chez moi, je sacrifie comme chaque soir, en attendant l'anéantissement du sommeil, à une habitude de mon adolescence catholique : l'examen de conscience. Je m'en veux d'avoir laissé croire à *Rex que j'admirais sans réserve *Les Décombres*.

Cette période n'est pourtant pas celle des lamentations. Elle est marquée par le recrutement d'un jeune Belge, Joseph Van Dievort, rencontré par *Germain. Il a choisi le pseudonyme de *Léopold. Il accepte d'effectuer la liaison Paris-Lyon. Quelle aubaine ! *Frédéric l'a réclamée à plusieurs reprises, et j'ai été incapable de l'établir, faute de personnel. Par ailleurs, depuis ma jaunisse et l'aménagement de l'appartement de la veuve Pupuna, j'utilise de plus en plus Suzette. Son dévouement sans limites, son intelligence et, je l'avoue, sa beauté se jouent des obstacles.

En dépit de son caractère tranché, que je taquine souvent, elle est devenue avec *Mado et *Germain la clef de voûte du secrétariat. À mes yeux, elle appartient au style « Jeanne d'Arc », plaisanterie qui a le don de l'exaspérer : « Ça ne vous déplairait pas qu'une femme se fasse rôtir pour vous, n'est-ce pas ? Soyez malheureux, mon ami, je n'appartiens qu'à la France et ne me ferai tuer que pour de Gaulle ! »

En ces occasions, elle me regarde effrontément de ses yeux perçants, qui ne cillent jamais. Ai-je besoin d'ajouter que sa beauté n'en est que plus brûlante ?

Est-ce l'approche des fêtes ? Nous vivons sous pression : rendez-vous et réunions se multiplient en accéléré.

En plus de *Léopold, deux nouveaux courriers ont été recrutés par *Germain : Laurent Girard et Georges Archimbaud[1]. Mais le travail augmentant à proportion que le secrétariat s'étoffe, le temps de chacun d'entre nous suffit à peine à la tâche : il manque toujours une ou deux personnes, et autant de locaux.

Le rapport du 14 décembre et les documents réunis pour Londres n'ont pu partir à cause du mauvais temps : toutes les opérations ont été annulées[2].

Noël approche, le troisième depuis mon départ de France. À cette occasion, je souhaite manifester mon attachement au patron. Que lui offrir ? Il a l'âge de mes parents, à qui j'ai l'habitude de faire une surprise pour Noël : cravate, briquet, stylo… Malheureusement, ces objets appartiennent à une intimité qui ne me semble pas de mise avec lui. Un livre ? Mais lequel ? Un roman ? J'hésite entre *La Chartreuse de Parme* et *Crime et Châtiment*. Compte tenu de sa culture, il les possède certainement. Et puis un roman n'est pas un livre de chevet : pourquoi

1. Ne les ayant rencontrés qu'une fois, le jour de leur engagement, je n'ai pas souvenir de leurs pseudos.
2. Ils ne partirent que par l'opération du 28 janvier 1943.

pas le *Journal* de Gide ? Mais n'est-ce pas trop personnel ?

Après sa visite dans ma chambre, les *Poésies* de Valéry s'imposent. Gallimard vient d'en publier une édition reliée blanc et or par Bonnet, que je trouve fort élégante. Même si *Rex a récité « Ébauche d'un serpent », ce n'est pas la preuve qu'il connaît tous ses poèmes par cœur. Peut-être aimera-t-il les avoir près de lui pour entretenir, comme je le fais avec Rimbaud, une complicité de toujours.

Mardi 22 décembre 1942

Pupuna, personnage mythique

François Briant étrenne l'appartement. C'est l'occasion, après cinq mois de séparation, de dîner sur place et de nous retrouver, pour un soir, insouciants comme en Angleterre.

Je le fais rire aux dépens de la dame Pupuna, qui devient pour nous deux un personnage mythique — et pour lui une fidèle de Belzébuth. Une ombre assombrit toutefois nos retrouvailles : la situation critique de la France libre et de De Gaulle face aux Alliés. Nous communions dans la crainte d'une mise à l'écart du Général.

Nos camarades résistants sont révoltés et, pour certains, découragés par le triomphe de l'amiral Darlan. Peuvent-ils comprendre le lien singulier qui nous soude au « Grand Charles » ? Pour les meilleurs d'entre eux, le soutien à de Gaulle est une reconnaissance de son héroïsme clairvoyant ; pour nous, volontaires de juin 1940, c'est un secret de famille.

J'explique à Briant que la crise provoquée par le débarquement a cristallisé en moi une frontière, désormais infranchissable, entre deux convictions : avant, il y avait Maurras et la monarchie ; aujourd'hui, c'est de Gaulle et la République. Sous la pression des événements, un glissement inconscient s'est produit : de Gaulle incarne désormais le chef idéal, représenté autrefois par le roi.

Je n'en éprouve aucune nostalgie ; mieux, je vis cette situation comme naturelle. Sans doute mon séjour en France m'a-t-il révélé une réalité fondatrice que ma famille m'avait apprise à nier : la Révolution a eu lieu il y a cent cinquante ans, et la France est devenue républicaine. Si de Gaulle et *Rex sont républicains, ça ne peut être un mal !

Notre soirée s'achève sur l'évocation des problèmes de radio. Briant éprouve des difficultés dans ses émissions en zone sud à cause des quartz de son poste, préréglés pour émettre de Paris. Il en avait reçu de nouveaux à Clermont-Ferrand afin de pouvoir émettre de cette ville. En revanche, à partir de Lyon, ses émissions sont aléatoires.

Pour améliorer son travail, je lui prête les miens, qui fonctionnent parfaitement.

Jeudi 24 décembre 1942

Un Père Noël poétique

Cette veille de Noël, en fin de matinée, *Rex me donne rendez-vous rue Victor-Hugo. Je lui apporte les papiers reçus depuis notre rencontre matinale, tandis qu'il m'annonce son départ ce soir et son retour dimanche : « Comme d'habitude. »

Il m'interroge sur mes projets pour le réveillon. Je lui avoue qu'avec Briant nous avons prévu de dîner ensemble exceptionnellement, bien que nous enfreignions les règles de sécurité. Il me considère avec bienveillance : « Vous souhaiterez à votre camarade un bon Noël de ma part. Par les temps qui courent, je n'ose dire joyeux Noël. » Il semble hésiter : « Soyez prudents ! »

Nous allons nous séparer lorsque je me décide à lui donner mon cadeau. Malgré sa courtoisie, je suis toujours intimidé dès lors que je sors du cadre de nos relations hiérarchiques. Surpris, il ouvre le paquet tandis que je bégaye : « Permettez-moi de vous offrir ce souvenir en témoignage de mon attachement. »

Quand il aperçoit le titre, il me regarde d'abord d'un air de reproche amical, puis son visage s'éclaire : « Il ne fallait pas. Pourquoi faire ça ? Je suis très touché par votre attention. Grâce à vous, je vais passer un Noël poétique. » Avec le temps, j'ai compris la réserve, je dirais même la pudeur sentimentale de *Rex ; sa reconnaissance ne se transforme jamais en effusion. Au-delà des mots, il est toutefois visiblement heureux de cette attention inattendue.

Après son départ, je rentre chez moi afin de mettre à jour les codages et préparer les textes à dactylographier par *Mado. Dans la soirée, j'ai rendez-vous avec Briant, avec qui je dois assister à la messe de minuit à Saint-François, près de la place Bellecour. C'est le troisième Noël que nous passons ensemble.

Je le retrouve à l'église, comble. En dépit du froid glacial de la nef, la ferveur des prières et des cantiques n'en souffre pas. Je reconnais ceux de mon enfance.

Tout en chantant, ma mémoire est assaillie de souvenirs : Saint-Elme, Bescat, mes grands-parents Gauthier. Sont-ils venus, à Noël, auprès de ma mère, selon leur habitude ?

Involontairement, ma mémoire dérive vers Domino, sans m'attarder toutefois. La présence de Briant fait resurgir le souvenir du premier Noël d'exil, passé ensemble à Old Dean. Dans quelle partie de l'Afrique mes camarades de la France libre combattent-ils aujourd'hui ? Sans nouvelles d'eux depuis plus d'un an, je suis certain ce soir que, malgré l'éloignement, nous sommes tous réunis par-delà les mers, les déserts et le temps. Ensemble, comme autrefois : même ceux dont j'ignore la mort.

À la fin de la messe, malgré le froid, je m'attarde parmi les inconnus liés dans l'espérance. Est-ce à cause de l'odeur de l'encens, présence capiteuse de mon enfance ? Les orgues déchaînées saluent le bonheur du mystère accompli.

En sortant de l'église, nous traversons la place Bellecour pour dîner à la brasserie du *Progrès,* où nous avons réservé nos places. Les nombreux clients sont sans doute là depuis longtemps, car il fait chaud quand nous entrons dans la salle. Nous commandons des huîtres et des saucisses. Mon monologue intérieur commencé durant la messe se transforme en discussion. Nous évoquons le réveillon d'Old Dean, où de Gaulle était venu passer la soirée parmi nous.

Briant parle de son frère, dont il est sans nouvelles. L'Afrique est grande. À l'instar de nos camarades chasseurs, a-t-il rejoint les champs de bataille de Libye ? Il en parle comme distraitement, sans émotion, selon son caractère réservé. Pourtant, à l'évocation de ce cher absent, je mesure à sa voix combien cette séparation lui est cruelle.

À mesure que nous prononçons des noms, nos camarades deviennent présents, comme au premier jour, avec leurs humeurs, leurs foucades, et puis le rire de nos vingt ans. Curieusement, nous n'imaginons pas que « leur » guerre puisse tuer. Sans doute parce que nos camps d'entraînement anglais faisaient figure d'épilogue « sportif » à nos années de collège, nous préparant à un match décisif, tout au plus. Sans doute aussi parce que la tragédie est quotidienne pour nous aussi : nos camarades du BCRA en mission disparaissent les uns après les autres, sans autre trace que la blessure qu'ils laissent dans nos cœurs.

Lorsque Briant m'annonce, en fin de soirée, son affectation comme radio du BOA[1], à Paris, je ressens son prochain départ comme une fatalité.

Après dîner, malgré le bonheur nostalgique qui rôde autour de nous, nous avons envie de dormir. Le sommeil, même dans l'insécurité, est notre seul répit et, au-delà de tout, notre véritable fête.

Rentrant seul chez moi, je mesure que ce réveillon a été moins triste que celui de 1940. Le temps et l'éloignement ont-ils eu raison des démons de mon passé ? Suis-je gagné par l'oubli ? Ou est-ce parce que je vis en France, et non plus en exil ? Pourtant, je me sens plus isolé encore à Lyon qu'en Angleterre. La pensée que je suis à quelques heures de train seulement de mes parents me taraude cette nuit plus que d'habitude.

J'ai dit l'interdiction de revoir nos familles. Ce n'est pas l'envie d'un aller-retour à Pau qui me manque : qui le saurait ? Mais je sais trop que le bonheur égoïste que je volerais ainsi serait à jamais terni par

---

1. Bureau des opérations aériennes.

l'angoisse qu'auraient mes parents de connaître ma mission en France et le danger permanent de ma condition. J'espère que l'absence de nouvelles de moi dans laquelle ils sont depuis mon départ d'Angleterre rend leur inquiétude diffuse. Ils ignorent tout de mon existence, et c'est mieux ainsi. Voilà pourquoi chaque tentation de les revoir est neutralisée par un besoin symétrique de les protéger et m'incite à ne rien faire.

Une fois de plus, je me résigne.

Vendredi 25 décembre 1942

Matinée à l'Opéra

Cheveigné souhaite que nous allions au spectacle pour marquer ce jour spécial entre tous. Après avoir consulté les programmes, nous nous décidons pour *La guerre de Troie n'aura pas lieu*, de Jean Giraudoux, qu'une troupe parisienne joue à l'opéra de Lyon. J'ai invité Suzette à se joindre à nous pour la remercier de son inlassable dévouement.

De notre loge du premier étage, nous pouvons contempler la salle bondée. À cause du malheur des temps, certaines répliques semblent d'une actualité provocante. Elles font hurler et applaudir le public comme à guignol. Nous sommes à mille lieues de l'Occupation et, grâce au génie de Giraudoux, retrouvons l'insouciance de nos âges.

Dimanche 27 décembre 1942

L'avenir du Général

Je brûle de revoir *Rex. Non pour lui raconter mon Noël, mais pour le questionner sur l'assassinat de Darlan, il y a trois jours.

« Le meurtre n'est pas une arme politique », me répond-il à son retour, avant d'ajouter, hésitant : « En l'occurrence, aucun d'entre nous ne s'en plaindra. » J'accueille la nouvelle avec triomphe : de Gaulle sera à Alger d'un jour à l'autre[1]. Ce n'est pas une espérance, mais une certitude.

*Rex douche mon optimisme : « C'est maintenant que les difficultés commencent. Je vous l'ai déjà dit, Giraud est "respectable". Il doit tout aux Américains et fera ce qu'ils attendent de lui. L'avenir du Général s'éloigne. »

Je suis curieux de connaître l'opinion de Georges Bidault, avec lequel nous dînons ce soir. Comme d'habitude, il a écouté les radios et n'ignore rien du déroulement du drame, heure par heure. Il nous révèle le nom de l'assassin : Fernand Bonnier de La Chapelle, un garçon de vingt ans. D'emblée, il est pour moi un héros de la Libération et le symbole de notre aventure. J'envie sa bravoure et regrette de ne pas avoir assassiné Darlan de mes mains.

Bidault et *Rex ont un autre point de vue : Bonnier est un assassin, et seul les intéresse le général Giraud. *Rex répète ce qu'il m'a dit en arrivant. Ce pronostic ne convainc guère Bidault, qui semble modérément optimiste : « Politiquement, c'est un niais. De Gaulle n'en fera qu'une bouchée. »

---

1. Il y arriva le 1er juin.

*Rex demeure un moment silencieux : « Je sou-
haite que vous ayez raison, mais les bouchons au fil
de l'eau sont insubmersibles. Ce qui importe aux
Alliés, c'est d'avoir un homme qui applique leur
politique. La raideur du Général les insupporte.
Giraud leur obéira, et ce n'est pas le Conseil impé-
rial qui désignera de Gaulle comme chef du gouvernement. » Il ajoute : « Il est essentiel que le Général
connaisse l'état de la Résistance : je vais me rendre
à Londres. »

Jeudi 31 décembre 1942

Clôture du cauchemar

Depuis le 11 Novembre, de nombreux journaux se
sont sabordés : à Lyon, il ne reste que *Le Nouvelliste*
et, pour la presse parisienne repliée, *Paris-Soir* et
L'Action française.

Les Fêtes ne ralentissent nullement mon travail,
d'autant que la Résistance connaît une période
enfiévrée. *Rex en est conscient et demeure à Lyon.

Paul Schmidt et sa femme m'ont invité avec Jean
Loncle pour le réveillon du Nouvel An : imprudence
rarissime, qui nous eût valu une sanction si elle
avait été connue du BCRA. Depuis juin 1940, nous
sommes entre Français libres et ne nous quittons pas.

Bien que nos camarades résistants partagent travail et risques avec nous et soient devenus des amis,
ils demeurent étrangers au lien spécial qui unit les
volontaires de Londres. Nous serions bien en peine
de définir la frontière invisible qui nous sépare d'eux.
Est-ce notre douloureux exil ? Une sorte d'exclusive

à l'égard du grand Charles, qui n'appartiendrait qu'à nous ? Nous incarnons la France libre, à nos yeux la Résistance légitime, bien que nous n'utilisions pas ce mot en Angleterre, parce que nous étions d'abord des rebelles. Seuls parmi les résistants, nous connaissons le Général : nous l'avons rencontré, avons participé à la constitution de son armée et à l'élaboration de sa doctrine, devenue l'emblème de notre combat et qui nous a façonnés.

De leur côté, les chefs et responsables des mouvements marquent leur différence en nous désignant, le plus souvent avec mépris, comme « les gens de Londres » : autrement dit des émigrés, des planqués, des non-combattants. À l'inverse, nos jeunes et plus proches collaborateurs s'affirment clairement « gaullistes ».

Quant à nous, nous sommes persuadés d'être bien autre chose, et bien plus, que des gaullistes : nous sommes les soldats du Général, raison pour laquelle rayonne entre les Français libres une confiance spéciale qui, en toute occasion, abolit distance et secret.

Une autre différence avec nos collaborateurs de la Résistance est que, contrairement à nous, qui vivons avec de faux papiers dans des chambres de rencontre, toujours sur le qui-vive, ils ont partout l'impression d'être en sécurité, vivant sous leur véritable identité au sein de leur famille.

Assurément, il s'agit d'une sécurité trompeuse, mise à mal par leur activité de résistants, qui les conduit, hélas, à de folles imprudences suivies d'arrestations.

Comme avec Briant à Noël, en ce soir de réveillon de Nouvel An chez Schmidt, le bataillon de chasseurs nous revisite, et avec lui l'Olympia Hall, Delville Camp, Old Dean, la première rencontre avec de Gaulle, le drapeau français hissé au mât du *Parad Ground*, la visite du roi George...

Mais à ma grande surprise Briant n'est pas parmi nous : Schmidt m'apprend qu'il a été arrêté au lendemain de Noël sur la ligne de démarcation et qu'il a écopé de plusieurs semaines de prison. Je ne sais ce qui l'emporte de la tristesse de cette nouvelle ou de la joie d'une conséquence aussi bénigne. Schmidt achève de me rassurer : « Ils ne l'ont pas identifié, sans quoi tu penses bien qu'il ne s'en tirerait pas à si bon compte. »

Schmidt raconte ensuite comment il a rencontré *Rex, par hasard, au cours de son entraînement de parachutiste. Ils ont même joué aux échecs ensemble (*Rex l'a battu) ! Celui-ci lui a demandé de lui raconter la Norvège, le ralliement à de Gaulle d'une poignée de chasseurs alpins, etc. Schmidt était étonné qu'un homme de son âge ignorât les débuts de la France libre et l'histoire de son noyau fondateur, le bataillon de chasseurs. Nous croyions tous naïvement que la France entière nous connaissait, ne serait-ce qu'à cause de notre condamnation à mort par Vichy pour désertion.

Ce passé nous semble ce soir très éloigné, ne serait-ce que parce qu'il appartient désormais à l'histoire. Que sont devenus nos officiers : Dupont, Lalande, Saulnier ? Ils se battent probablement en Afrique. Pour nous, ils sont déjà des héros.

Schmidt nous révèle ce que lui a confié un jour le commandant Hucher, le chef de notre bataillon : dans toute sa carrière, il n'avait jamais rencontré de recrues de notre qualité : « Ils exécutent avant d'être commandés. »

Tout au long de la soirée, nous faisons revivre un autre monde : ce passé qui nous semblait interminable, et parfois douloureux, quand nous le vivions et qui nous apparaît ce soir embaumé de la nostalgie d'une période enchantée de notre jeunesse.

Vendredi 1er janvier 1943

La routine et l'espérance

À cause du couvre-feu, je dors chez Schmidt. Heureusement, il habite un grand appartement et possède quelques couvertures.

Je lui ai demandé un réveil pour rejoindre, à 6 heures, la rue Sala avant mon premier rendez-vous avec *Germain : pour nous, c'est une journée comme les autres. *Rex, demeuré à Lyon, m'attend comme d'habitude place Raspail.

Avant de monter chez lui, j'ai l'idée de lui apporter quelques friandises pour marquer ce jour singulier, porteur de nos espérances. Cette fois-ci, la boulangère ne fait aucune difficulté : je suis un récidiviste. Quand *Rex ouvre la porte, je cache soigneusement le paquet derrière mon dos pour le lui offrir dans sa chambre : heureusement, Mlle Labonne est en vacances.

Mes vœux sont à la limite de l'indiscrétion : « Au triomphe de votre mission ! » Ce mot n'est pas exagéré ; il s'agit bien de gagner une bataille contre les mouvements et leurs alliés. Il ne proteste pas : « Je vous souhaite, mon cher *Alain, de rester fidèle à vous-même. »

*Rex marque rarement sa satisfaction et moins encore se répand en compliments : intraitable pour lui-même, il l'est aussi pour les autres. Ayant l'habitude de ses litotes, je suis au comble du bonheur : ses mots elliptiques valent pour moi une citation à l'ordre de l'armée !

Sans s'attendrir plus que de coutume, il pose sur la table l'ersatz de café qu'il a préparé lui-même et commence son petit déjeuner pendant que je lui rends compte du courrier. Ce matin, l'essentiel du travail consiste à établir le budget des mouvements et les sommes à distribuer immédiatement.

Nous retrouvons Bidault pour déjeuner. Je lui apporte sa première mensualité de l'année : 150 000 francs. Il rit en la recevant : « Merci de ce somptueux cadeau de Nouvel An ! » Ce n'est cependant pas l'argent qui fait l'objet de la conversation, mais l'analyse des événements en cours.

Nous admirons l'héroïsme des Russes qui luttent victorieusement contre les Allemands encerclant Stalingrad. Bidault manifeste un regret : « Ma seule réserve, c'est que la victoire renforcera la dictature communiste. » *Rex enchaîne : « Souhaitons que les Alliés n'arrivent pas trop tard. »

Les deux hommes me paraissent bien pessimistes : ni l'un ni l'autre ne semblent croire à un Débarquement prochain en France. Pourquoi ? « Parce que c'est long, dit *Rex, et compliqué à préparer et que les Russes n'ont pas encore détruit l'armée allemande. » Une course de vitesse est engagée entre les Alliés : « S'ils occupent l'Europe avant les Anglo-américains, ce sera catastrophique », ajoute-t-il. Bidault acquiesce. Je n'ose rien dire, mais pense qu'ils se trompent tous les deux.

Après avoir couru toute la journée d'un rendez-vous à l'autre pour distribuer le « magot », j'éprouve dans la soirée une grande fatigue : j'ai dormi quelques heures à peine la nuit précédente. Mais il y a autre chose : j'ai envie d'être seul.

Pour la première fois depuis mon départ de France, je pense intensément à mon père à l'occasion du Nouvel An, anniversaire de notre rupture. La déchirure, loin de s'estomper, est toujours présente. Vit-il toujours à Bordeaux ? Lui qui parcourait l'Europe pour ses affaires, comment a-t-il organisé sa nouvelle vie sédentaire ?

Parfois, au long de ces deux dernières années, je me suis interrogé : il avait des amis en Angleterre et venait souvent à Londres avant-guerre ; n'est-il pas arrivé en 1940 par l'un des derniers bateaux quittant Bordeaux ? Lorsque j'étais en permission, cette pensée me traversait parfois comme un éclair : et si, dans un restaurant, il arrivait soudain ? Après ma nomination d'officier, je me suis ruiné pour dîner au *Savoy*, son hôtel préféré durant ses séjours londoniens. Peut-être...

Les critiques de ma grand-mère Ady, qui le haïssait à cause de son divorce avec ma mère, m'avaient éclairé sur sa vie intime ; tout enfant, elle m'avait fait partager sa rancune. Sans bien en comprendre la signification, je savais qu'il était un « homme à femmes », sans avoir jamais pu vérifier cette rumeur. En tout cas, lorsque je le rejoignais durant les vacances, nous étions toujours seuls à la maison, comme au théâtre ou en voyage. J'en déduisis, sans doute hâtivement, qu'il aimait la solitude.

Ma rupture, en janvier 1940, le Jour de l'an, avait occulté une vérité décisive : la place essentielle qu'occupait la musique — avec la littérature — dans mon existence, je la lui devais. En particulier la passion du chant, qu'il pratiquait lui-même avec une voix prenante de baryton. Un des premiers disques que j'achetai à Londres, chez His Master's Voice, dans Oxford Street, était l'œuvre de Hugo Wolf : c'était en souvenir de ceux qu'il avait rapportés d'un de ses voyages, avant la guerre.

Ce soir, je ne puis lire durant mon dîner solitaire. Après avoir traversé un Lyon silencieux et glacé, je me mets au lit et m'endors brusquement.

Samedi 2 janvier 1943

Tir de barrage urgent

Lorsque j'arrive chez *Rex ce matin, il me tend un long télégramme : « Expédiez-le de toute urgence. » Les difficultés de la radio ne le concernent visiblement pas.

J'en prends connaissance durant le chiffrage. *Rex souhaite se rendre à Londres pour faire son rapport. Il souhaite que son adjoint *Frédéric y aille aussi. Il indique que, sous sa direction, *Frédéric a effectué un travail intéressant auprès des groupes de la zone nord, dont il donne les noms, ainsi que de nombreuses personnalités : préfets, trésoriers généraux, commissaires de police, hauts fonctionnaires, personnels des TCRP (Transports en commun de la région parisienne), hauts dirigeants de la SNCF, cheminots, employés des ministères, dont celui des Finances.

Le plus important est contenu dans les cinq dernières lignes :

> *Essentiel être très prudent dans nouveaux contacts avec dirigeants ayant eu déjà déboires avec agents gaullistes et qui en principe ne veulent avoir affaire qu'à moi ou Frédéric — Essentiel aussi qu'arrivée nouveau délégué n'apparaisse pas comme coupure ou désaveu.*

La dernière phrase est capitale :

> *Nécessaire enfin considérer possible suppression ligne de démarcation et unité commandement résistance deux zones.*

Si les deux zones sont supprimées, Paris redevient la capitale de la Résistance. Vais-je rester seul à Lyon quand il sera à Paris ?

Dimanche 3 janvier 1943

*Manuel, allié de *Rex*

À déjeuner, le commandant Manuel et *Rex évoquent leur prochain départ pour Londres.

Les opérations de la nouvelle lune commencent le 6 janvier. Elles doivent enlever *Rex et Delestraint sur un des terrains de Raymond Fassin, tandis que *Fréderic et Manuel attendent, à la même date, une opération du service de renseignements du BCRA. Les quatre hommes devraient arriver simultanément à Londres.

Simultanément, une troisième opération est préparée activement, qui doit emmener *Francis, accompagné de *Brémond et de *Froment, afin d'exposer au Général leur projet d'organisation de la zone libre. Du fait des aléas des opérations, *Rex craint que *Francis et ses camarades n'arrivent les premiers, voire les seuls à destination. Il estime — Manuel est de son avis — qu'il serait catastrophique que *Francis soumette son projet de « rassemblement national » au général de Gaulle avant qu'il expose le sien.

*Francis poursuit en effet activement ses consultations sur son projet, en dépit des critiques de *Rex, qui a maintes fois dénoncé cette initiative qu'il estime dangereuse. La création d'une assemblée souveraine aux mains des résistants serait à ses yeux susceptible de s'opposer un jour au Général. Raison qui l'a décidé à proposer la création d'une assemblée sous sa direction.

Manuel tente de le rassurer avec son vieil argument : de Gaulle est contre le retour des partis et se méfie des assemblées. *Rex lui rappelle qu'à la suite des événements, le Général pourrait être conduit à l'accepter à cause de sa situation précaire depuis deux mois. Une telle assemblée serait une manière de prouver aux Alliés l'adhésion des résistances. Pour cette raison, *Rex estime que c'est au Général d'imposer une telle institution à la Résistance afin de la contrôler.

Il interroge Manuel : « Comment neutraliser *Francis ? » Le commandant lui propose d'envoyer un télégramme au BCRA recommandant la vigilance à son égard. Après l'accord de *Rex, Manuel rédige le texte immédiatement et le lui soumet : Londres ne doit prendre aucune décision « organique » sans consulter *Rex. Manuel condamne en outre l'action de *Francis comme incompatible avec l'autorité du Comité de coordination de la zone sud et conclut : « Voyage *Francis ne s'impose pas. »

Il profite de cette « exécution » pour confirmer que les activités de Morandat sont suspectes et ont failli aliéner la CGT. Il signale enfin que les contacts de *Rex en zone nord sont très importants et que Londres ne peut y envoyer que des personnalités de premier plan.

En conséquence, Manuel suggère de laisser l'organisation des mouvements en zone nord aux mains de *Frédéric, l'adjoint de *Rex. Après avoir relu le câble, *Rex ajoute une phrase, au début : « Suis complet accord avec texte de *Marnier [Manuel] ci-après. » Témoin de la conversation ayant précédé le câble, j'admire une fois de plus la manœuvre de *Rex.

*Rex évoque ensuite une circulaire du CAS (Comité d'action socialiste), que je lui ai apportée ce matin, accompagnée d'une lettre de *Villiers. Ce dernier lui a adressé son texte daté de demain, 4 janvier, par courtoisie, afin qu'il en prenne connaissance avant tout le monde. Destiné aux représentants des mouvements, partis et syndicats ainsi qu'à ceux de la France combattante, il propose d'organiser une réunion le 20 janvier autour d'un ordre du jour concernant la création du Comité exécutif de la Résistance française.

Début décembre, *Rex avait expliqué au groupe socialiste de *Froment le danger de cette initiative, parallèle à celle de *Francis. Cependant, tous avaient persévéré sans états d'âme. *Rex s'était résigné à prendre à son compte la réalisation de ce projet, à condition qu'il soit créé et contrôlé par le Général.

Une fois de plus, il demande à Manuel (négociateur-né, devenu une sorte d'adjoint politique de *Rex) d'intervenir auprès des socialistes du CAS pour annuler la réunion du 20.

« Je ferai mon possible, lui répond Manuel, mais les socialistes résistants sont d'abord des résistants ! D'autant qu'ils sont soutenus par Léon Blum, dont de Gaulle a besoin. Je n'ai pas de conseil à vous donner, mais je me demande si ce n'est pas le moment de brusquer les choses en annonçant, par une circulaire analogue à celle du CAS, la création d'un "conseil politique" par la France combattante. Faites comme eux, expédiez-leur un manifeste ! Le général de Gaulle choisira. »

Il ajoute : « En tout cas, comptez sur moi pour appuyer votre projet à Londres. » *Rex ne laisse rien paraître : « À votre retour, je vous communiquerai le texte. »

Je rentre dans ma chambre pour coder le télégramme de Manuel et, sans le faire taper par *Mado, l'apporte à Cheveigné en fin d'après-midi.

Mardi 5 janvier 1943

Les aléas de la clandestinité

*Rex achève son petit déjeuner lorsque je sonne. Il est tendu : « Elle a commis une énorme bêtise. » Il désigne du doigt la cloison derrière laquelle vit Mlle Labonne, puis ouvre la porte de l'armoire à glace : « Cette idiote a fait le ménage et a jeté un vieux paquet de gauloises dans lequel j'avais laissé trois ou quatre cigarettes. »

Je suis stupéfait par la violence de sa réaction pour si peu. Remarque-t-il ma surprise ? Il m'explique, toujours vindicatif, qu'elle a pris l'initiative inacceptable d'ouvrir son armoire : « Je suis chez moi dans cette chambre ! » Je reste dubitatif. Les cigarettes sont certes une denrée rare — et il fume beaucoup —, mais je me suis toujours débrouillé pour qu'il n'en manque jamais.

« Contrairement à ce que vous croyez, ce n'est pas insignifiant : j'avais caché dans le double fond du paquet deux billets de 500 dollars, en cas d'urgence. C'est une catastrophe ! » Je ne parviens pas à comprendre qu'il se montre si affecté par ce qui, à l'aune des drames de la Résistance, m'apparaît insignifiant : que représentent 1 000 dollars comparés aux sommes considérables qu'il reçoit et dont il est maître absolu ?

Je me permets de le lui dire : « J'apporterai deux nouveaux billets et l'incident sera clos.

— Ne parlez pas à la légère de l'argent de l'État ! Il ne m'appartient pas, et je l'ai perdu. »

Sa réaction confirme son comportement invariable dans la gestion des fonds qui lui sont envoyés. Il les répartit lui-même en fonction des prévisions des services et des mouvements. S'agissant de ses propres besoins, il est parcimonieux : il voyage en 3e classe, prend ses repas dans des bouchons, et même s'il veille à ce que nous ne manquions de rien, les dépenses de ses services et du secrétariat sont aussi limitées que les siennes.

Sa réaction au vol de ma seconde bicyclette était déjà révélatrice de ces principes : il était scandalisé par mon gaspillage de fonds publics ; je m'étais conduit de façon irresponsable en ne surveillant pas une bicyclette qui ne m'appartenait pas, et il avait tenu à en faire un exemple.

La perte des 1 000 dollars représente environ deux

mois du budget du secrétariat. Toute la matinée, j'en mesure l'importance à son attention flottante durant notre travail : bien qu'aucun détail ne lui échappe, il n'est pas à la question.

Jeudi 7 janvier 1943

*Un ami nommé *Dupin*

À mesure que le secrétariat se développe, l'augmentation des papiers, des rendez-vous et des réunions s'accélère depuis le retour de Frenay et de d'Astier de La Vigerie.

Nous sommes maintenant sept personnes qui sillonnent Lyon du matin au soir, sans compter les voyages fastidieux en province. Mes contacts personnels ont doublé début décembre, et ceux que je ne peux déléguer à personne sont de plus en plus nombreux.

La création de services et l'arrivée de journalistes, d'hommes politiques et de syndicalistes créent des problèmes nouveaux : l'encombrement des rendez-vous et des réunions.

Conscient du danger, *Rex cherche à modérer cet emballement et à se délester des liaisons. La lenteur des communications et l'absence d'adjoints l'obligent néanmoins à faire acte de présence partout à la fois. Résultat : la multiplication de tout surmultiplie les dangers.

Ce matin, il m'annonce qu'il a recruté un collaborateur pouvant le décharger d'une partie de ses contacts avec la zone occupée : « Vous avez rendez-vous ce soir avec lui, à 7 heures, derrière l'Opéra, au coin du pont Morand et du quai Saint-Clair. Organisez une liaison quotidienne avec lui. »

Il fait un froid humide lorsque j'arrive au rendez-vous. Un petit homme attend, emmitouflé dans un gros pardessus, coiffé d'un feutre gris, le regard aux aguets derrière les loupes de ses lunettes. Dans la pénombre, il m'aborde, *L'Action française* à la main : « Je m'appelle *Dupin, comme dans Edgar Poe. » Ses yeux vifs trahissent une intelligence en éveil.

Il n'est pas toujours facile d'expliquer le choc affectif qui se produit parfois lors de l'abordage d'une autre existence : est-ce une attirance partagée, une écoute, une adhésion sans retenue ? En tout cas, ce soir, nous sommes amis dès le premier mot.

« Êtes-vous libre à dîner ? » Je ne suis pas surpris de cette invitation, que je souhaite inconsciemment, mais embarrassé : elle est tout sauf naturelle entre « résistants », même à l'intérieur de notre équipe soudée. Je lui réponds sans réfléchir : « Si ce n'est pas trop long, car j'ai beaucoup de travail ce soir. » Pourquoi cette précision : depuis des mois, mes soirées ont-elles d'autre objet que le travail ?

Nous nous dirigeons vers une brasserie de la place des Terreaux où il y a peu de monde le soir. « Je vous connais déjà, me confie-t-il en chemin ; nous nous sommes rencontrés à Montluçon, le soir de votre parachutage. J'étais sur le terrain avec *Kim [Schmidt]. » Cette révélation me fait l'effet d'une indiscrétion. Dans la clandestinité, elle signifie danger.

Je suis sur mes gardes. Jamais je n'ai dit à personne comment ni où je suis arrivé en France. De rares responsables des mouvements m'ont questionné sur ma vie en Angleterre, mais personne ne m'a interrogé sur mon parachutage, pas plus que sur le

fonctionnement des transmissions ou du secrétariat.
Cet accord tacite protège notre sécurité.

Tandis que nous nous installons, il poursuit :
« Je suis professeur de philosophie au lycée de
Montluçon. Par mes fonctions je connais beaucoup
de monde. Nous étions inquiets le soir de votre arrivée à cause de la manifestation du lendemain[1] : la
police quadrillait la ville, ce qui rendait particulièrement périlleuse l'opération de parachutage. Quand
nous en avons eu connaissance, il était trop tard pour
la décommander. »

Ma gêne s'accroît : il m'est désagréable qu'un
inconnu soit au courant de cette affaire. Il y a cinq
mois que je suis rentré en France ; tant d'activités,
de rencontres, d'événements se sont interposés
depuis lors que mon retour est devenu intemporel.
Comme s'il ne percevait pas mon malaise, il continue : « Heureusement c'est une ville à majorité socialiste, qui a pratiquement basculé tout entière dans
la Résistance. Hier, il y a eu des manifestations à la
gare pour empêcher le départ d'un train d'ouvriers
pour l'Allemagne : la foule s'est couchée sur les voies
aux cris de "Vive de Gaulle ! À mort Laval !" »

Je lui rappelle la raison de notre rendez-vous :
établir une liaison quotidienne. *Dupin me remet
un document : « C'est le compte rendu de la manifestation des cheminots. Je dois me rendre en zone
nord pour quelques jours afin de revoir des amis qui
peuvent servir la Résistance. Je souhaite rencontrer
*Rex pour prendre ses instructions. »

À nouveau, je suis contrarié par cette demande :
lorsque *Rex me confie d'établir une liaison perma-

---

1. À la mémoire du maire socialiste Marx Dormoy, assassiné par
Vichy.

nente avec un responsable, c'est en général pour
éviter de multiplier ses rencontres avec lui.

En dépit de ces couacs, notre attirance est irrésistible. Est-ce son âge, sa tournure d'esprit, sa culture ?
Au cours du dîner s'instaure entre nous une confiance
familiale, différente de celle que je peux avoir avec
les autres responsables. Je crois que je reconnais en
lui le style de la France libre : cet intellectuel ne
rêve que plaies et bosses.

Il me raconte son entrée en résistance, après l'appel
de Pétain, le 17 juin 1940. La nuit de ce jour sinistre,
sa honte l'a jeté dans la rue où, muni d'un bâton
de craie, il a tracé en grosses lettres sur les murs
de Montluçon : « À bas Hitler ! » Cri désespéré de
l'impuissance dont il se sentait déjà prisonnier.

Il y a longtemps que je n'ai entendu le récit de ces
journées tragiques. En Angleterre, à tant rabâcher
nos histoires, nous avions épuisé le sujet et ne parlions plus de « ça » depuis longtemps. Absorbés
comme nous l'étions par les tâches militaires, ces
récits maudits avaient rejoint les épaves du passé
dans les hauts-fonds de la mémoire. À Lyon, perdu
dans le mystère de cette ville noyée de pluie, de froid
et de tristesse, je sens en l'écoutant se ranimer les
sentiments poignants que j'avais moi-même vécus
au milieu du décor féerique d'un été sans tache.

Il évoque sa traversée de la France de juin 1940,
seul, à bicyclette, vers un port de l'Atlantique pour
embarquer sur un navire en partance. Arrivé à
Bordeaux après l'armistice, il a vu les bateaux à quai,
interdits de quitter le port. Il me dit son désespoir
de ne pouvoir partir, puis l'affreux retour, dans des
trains bondés, à Montluçon où il avait laissé sa
famille, ses quatre filles.

Son engagement dans « ce qui ne s'appelait pas

encore la Résistance », précise-t-il, ne fut pas immédiat. Les premières recherches de volontaires partageant son refus ont été décevantes. Puis vint la création des premiers groupes d'action et sa découverte de Libération et de l'équipe de Schmidt.

En l'écoutant, je reconnais ce besoin d'engagement physique qui m'a entraîné, depuis deux ans, à utiliser mon corps comme instrument de la vengeance. *Dupin commença par distribuer des tracts, collecter des renseignements, recruter des volontaires. Après quelques mois d'inventaire des bonnes volontés, il a souhaité combattre les armes à la main et participer à la revanche par la violence.

Je découvre que, sous la sérénité du philosophe, se cache un être frémissant qui souffre dans sa chair des malheurs du pays, et du monde. Il veut le changer au péril de sa vie. N'était-ce pas aussi notre volonté à tous, en Angleterre ? Lui possède en plus l'expérience. Moi qui n'en ai aucune, je suis ému par son enthousiasme programmé.

Tel est Pierre Kaan — puisqu'il me révèle son nom à la fin du repas, en même temps que son origine juive, enfreignant une nouvelle fois les règles de la clandestinité —, que j'aime ce soir sous le pseudonyme romanesque de *Dupin.

Toujours prodigue de confidences, il me raconte son engagement, en 1920, dans le nouveau Parti communiste français, sa participation à la rédaction de *L'Humanité*, ses déceptions, puis sa démission quelques années plus tard ; sa volonté enfin, en compagnie de camarades, dont Boris Souvarine, de défendre l'idéal socialiste contre celui corrompu par les Soviétiques, jusqu'à la trahison du pacte germano-soviétique.

Lorsque je le quitte, beaucoup plus tard que prévu,

j'espère que les obligations du travail nous rappro-
cheront bientôt : il fait partie des quelques rares
résistants, comme Bidault ou Copeau, avec qui
j'éprouve spontanément une authentique fraternité.
Je reconnais en eux l'intraitable orgueil des *Free
French*.

Vendredi 8 janvier 1943

Bastid et les institutions clandestines

J'apprécie les rendez-vous chez Paul Bastid. Non
seulement il est mon premier souvenir de résistance, mais il fait montre à mon égard d'un accueil
à l'ancienne : je retrouve chez lui l'urbanité vis-à-vis
des gens simples que j'aimais chez mon grand-père
Gauthier, exemple insurpassable de courtoisie tous
azimuts. Ma grand-mère Ady ne manquait jamais
de le lui reprocher : « Mon pauvre ami, tu t'imagines
que les gens t'aiment en retour : ils cherchent à profiter de toi ! »

*Rex vient le consulter sur la forme juridique à
donner au « conseil politique » qu'il a soumis à de
Gaulle.

Bastid, après avoir félicité *Rex de son initiative,
s'explique : « Vous connaissez mon action. J'ai toujours cru que l'ancien personnel parlementaire, dans
ses meilleurs éléments, aurait un rôle à jouer lors
du Débarquement. Cela dit, permettez-moi de faire
une remarque technique sur votre projet. Les représentants désignés ne doivent pas être les mandataires
des partis ; assemblée d'individus, oui ; fédération
de partis, non. »

Auprès de Bastid, *Rex manifeste une écoute particulière. Il intègre ses critiques avec la même courtoisie que les suggestions qu'il approuve : « Je suis d'accord avec vous sur le principe, mais l'urgence est chez les Alliés. À leurs yeux, hormis quelques rares personnalités connues internationalement, ce sont les étiquettes de partis qui sont une référence politique. »

Bastid poursuit son exposé : « Croyez-moi, il y a danger d'une nouvelle féodalité. Je pense que le projet présenté par mon groupe de parlementaires à de Gaulle il y a quatre mois demeure valable : convocation, à la Libération, des rescapés de l'Assemblée du 10 juillet et remise légale du pouvoir au Général au cours d'une séance solennelle. Cela seul permettra d'assurer la continuité de la légalité républicaine. »

Sans se départir de son attitude respectueuse à l'égard de Bastid — *Rex l'appelle « mon cher ministre » —, il ne cède pas un pouce : « Je ne voudrais pas que vous entreteniez trop d'illusion sur ce projet, que nous avons déjà évoqué : vous négligez le caractère du Général. N'oubliez pas qu'il a condamné publiquement le vote de l'Assemblée de Vichy et que, seul, il a revendiqué l'héritage de la République, dont il s'estime le gérant provisoire. Seul encore, il a solennellement proclamé sa volonté de rendre la parole au peuple français. » *Rex ajoute : « C'est un homme d'écoute, mais on ne lui impose pas de solution préfabriquée. Je crois en sa parole, c'est pourquoi je suis ici. »

Lorsque nous le quittons, Bastid ne trahit rien de ses sentiments. Je ne peux deviner la conclusion qu'il tire de cette mise en garde, dont la formulation respectueuse n'amoindrit pas le refus catégorique.

✧

J'abandonne le patron, qui a rendez-vous avec Yves Farge[1] et le retrouve au dîner.

Ce soir, il me demande de prendre contact avec ce dernier au sujet d'un projet qu'il lui a soumis : créer une citadelle de la liberté au milieu de la France occupée. Le lieu choisi est le massif du Vercors. J'entends ce nom pour la première fois.

« Avant d'envoyer le général *Vidal [Delestraint], me dit *Rex, je voudrais votre avis sur le sérieux de cette entreprise. Il faut toujours se méfier des journalistes. »

Inquiet de la confiance qu'il me fait pour une mission de cette envergure, je me demande si je serais à la hauteur et lui en fais respectueusement la remarque. Sa réponse est sans réplique : « Quand j'observe ce dont furent capables, en 1940, les officiers brevetés, je ne doute pas que les réservistes dont vous faites partie soient de meilleurs juges pour organiser la rébellion. »

Il m'annonce son départ dans l'après-midi et son retour dimanche[2].

---

1. Membre de Franc-Tireur, journaliste au *Progrès de Lyon*.
2. Une note retrouvée dans les archives de la police de Nice fait état de sa présence dans cette ville le samedi 9 janvier 1943 : « L'intéressé se trouve actuellement à Nice, hôtel Franck. » Le préfet avait annoté : « Pas d'objection particulière M. Moulin qui s'est déclaré antigouvernemental ; a été mis à la retraite et fait en pratique de l'agriculture. »

Dimanche 10 janvier 1943

Toujours le Conseil politique

*Rex me remet une suite à son rapport du 14 décembre. En le codant, je découvre une fois de plus un des traits de son caractère : la ténacité. Il demande à Londres de lui faire parvenir d'urgence son accord ou bien ses remarques à propos du « conseil politique », qu'il a proposé dans le rapport de décembre. (Il semble ignorer que, faute d'opération, ce texte n'est pas parti.)

Il signale qu'il poursuit ses consultations et qu'il est en pourparlers avec des représentants de divers partis : « J'ai besoin d'être appuyé par votre autorité, soit de connaître les objections de principe que vous auriez à élever à ce sujet. »

Je souris en découvrant qu'il profite de cette demande pour déclencher une attaque supplémentaire contre *Francis, lequel poursuit ses propres négociations en vue de faire aboutir son projet : « [Il risque] de faire échouer tous les efforts difficiles que je fais en vue de l'unité morale et matérielle de la Résistance. Ces négociations politiques font paraître absolument désordonnée l'action politique des forces gaullistes. »

Quant à l'arrivée éventuelle de *Francis à Londres, il enfonce le clou : « Le voyage ne semble pas absolument nécessaire, surtout si l'on considère le peu de place dont nous disposons pour les opérations d'enlèvement. »

À la fin de cette philippique feutrée, il croit bon de souligner : « J'ajoute que je n'ai sur le plan personnel rien à reprocher à *Francis, qui est loyal et courageux. » Heureusement !

Dans un autre câble, *Rex définit l'ordre de départ des personnes à enlever : chez Fassin, partiraient *Rex et Delestraint ; chez *Sif.B, *Frédéric et *Panier ; chez Schmidt, Jules Moch, Édouard Bonnefous, Henri Queuille ; enfin chez *Frit, Me Kalb, le général Revers et le colonel Kientz.

La fin du câble concerne mon travail : il signale que, durant son absence, *Salm, que Londres a mis à sa disposition depuis trois mois, assurera l'intérim. Il l'a déjà présenté aux membres du Comité de coordination, et le secrétariat et ses courriers seront à sa disposition.

Cela me réconforte de savoir que je ne serai pas seul durant l'absence de *Rex.

Depuis sa décision, le 12 décembre 1942, de créer un conseil politique fédérant les résistances, *Rex a multiplié les rencontres et les explications auprès des intéressés, mais sans résultat.

L'opposition des mouvements est systématique : ils refusent en bloc le retour des partis politiques et des parlementaires de tous bords. Pour eux, seuls les volontaires ayant combattu pour la liberté seront dignes de diriger la France après l'avoir sauvée.

*Rex rédige le projet de manifeste suggéré par Manuel. Il me le communique pour le faire dactylographier et distribuer à quelques responsables, dont il souhaite l'avis.

Ce texte révèle son évolution et les modifications du projet, en raison des oppositions qu'il a rencontrées. L'absence de réaction de Londres le gêne, mais, avec le concours de Manuel, qui se fait fort d'appuyer son initiative auprès de De Gaulle, il franchit un nouveau pas.

Je découvre comment, en un mois, le projet a pris de l'ampleur à partir du postulat de son premier rapport : « Les mouvements de résistance, si forts soient-ils, ne sont pas toute la Résistance. Il y a des forces morales, des forces syndicales, des forces politiques qui se sont maintenues en dehors des mouvements, mais qui doivent jouer et joueront un rôle dans la libération du pays et dans la mise en place de ses nouvelles institutions. »

La présentation de ce manifeste en neuf paragraphes numérotés a la clarté d'une démonstration géométrique. Il débute ainsi :

> *1. Les mouvements, avec leurs éléments neufs et trempés par deux années de lutte, constituent la partie axiale et dynamique de la Résistance.*
> *2. Ils ne peuvent prétendre être toute la Résistance. Mais ils sont qualifiés pour l'organiser et assurer la concentration des moyens.*

Les mots, dans leur rigueur, ont la force d'une mécanique de précision. *Rex reprend sous une forme épurée les arguments des socialistes eux-mêmes : la Résistance est ultraminoritaire en France. Pour libérer et reconstruire le pays, il faut élargir le cadre des mouvements à tous ceux qui ont milité hors d'eux : « [Il est] donc nécessaire de prévoir une représentation large de la Résistance. »

Cette action doit prendre la forme d'un conseil, où figureront :

> *A. Les personnalités représentatives des mouvements.*

B. Les personnalités représentatives des partis politiques résistants.

C. Les personnalités représentatives des forces ouvrières résistantes.

Le manifeste donne trois recommandations : les deux zones seront représentées ; il n'y aura aucune place pour « ceux qui hésiteraient devant les solutions révolutionnaires qui s'imposent » ; les membres ne siégeront pas par « délégation » et ne seront pas pourvus de « mandats impératifs ».

Au septième paragraphe, *Rex fixe les tâches du conseil, qui sont d'« arrêter un certain nombre de principes », tandis qu'un « organisme d'exécution » devra les traduire en actes.

En passant au paragraphe suivant, je découvre un flottement de vocabulaire : alors que, jusque-là, il a désigné cet organisme sous le nom de « conseil », *Rex l'appelle « comité ».

Le dernier paragraphe établit la liste des partis et syndicats pouvant prétendre à être représentés et énumère les sept partis dont j'entends parler depuis un mois[1]. La présence dans la Résistance d'« éléments du PSF (Parti social français) nuance Vallin » me semble injustifiée à cause de sa situation « officielle » à Vichy.

---

1. Comité d'action socialiste, parti communiste, Parti démocrate populaire, éléments de l'Union républicaine et démocratique (nuance Marin), éléments du Parti radical, éléments du Parti social français (nuance Vallin), éléments de l'Alliance démocratique (nuance Reynaud).

*Rex m'a prescrit de distribuer le manifeste le plus rapidement possible à quelques privilégiés dont il attend les remarques : Menthon, Bastid, Bidault et Manuel. Je le porte directement chez *Mado afin qu'elle le tape en quatre exemplaires. Le texte tenant sur une seule page, je n'ai pas longtemps à attendre.

Je dépose dans la boîte de Manuel son exemplaire et porte à Paul Bastid le sien. Son accueil est égal aux précédents. Seule différence, les guêtres de toile blanche ont fait place, pour l'hiver, à un modèle en cuir noir.

Bastid est le seul résistant — mais est-il un résistant ? — dont je connaisse le domicile à Lyon : invulnérable, il semble planer au-dessus du danger. Comme chaque fois que j'entre dans ce vaste appartement chauffé — le seul à ma connaissance —, j'ai l'impression de pénétrer dans un pays neutre où la guerre s'épuise. Je ne serais nullement surpris si j'y croisais un membre de ma famille.

Confortablement assis en face de lui, j'attends son verdict : « Dites à *Rex que je suis satisfait qu'il souligne le refus de délégation des partis et de mandats impératifs et que j'approuve son projet, à ceci près : quand il désigne les futurs membres comme des "personnalités représentatives des partis politiques", ne craint-il pas d'être piégé par les mots ? »

Il me confirme qu'il communiquera à François de Menthon son exemplaire : « Nous l'examinerons à la prochaine séance du CGE, les 23 et 24. Nous pouvons fixer dès maintenant un rendez-vous pour rencontrer *Rex ensuite. » Il m'indique le 25 janvier, « ici même, dans l'après-midi ».

Je me garde de lui signaler que, ce jour-là, *Rex sera sans doute à Londres. Si l'opération d'enlèvement réussit, il sera toujours temps de décommander.

✧

J'apporte ce soir même au restaurant où nous avons rendez-vous avec Bidault son exemplaire. Il le parcourt pendant que *Rex me donne ses instructions pour demain et que je lui indique ses prochains rendez-vous, dont celui du 25. Il ne fait aucun commentaire. A-t-il oublié son départ prochain ?

Le temps de choisir notre menu, Bidault a terminé l'examen du manifeste. Lui qui a toujours un visage avenant se rembrunit : je sens que quelque chose le heurte. Ses relations avec *Rex sont telles qu'en dépit de sa liberté de parole tout est simple entre les deux hommes.

« Comme toujours, commence Bidault, l'essentiel est dit : cela me rappelle les proclamations de Bonaparte. Mais, si vous me le permettez, cher ami, peut-être faudrait-il... [il hésite, cherche un mot facile à entendre pour *Rex] l'adoucir un peu. »

Bidault est en désaccord avec le style impérieux de *Rex : « Je vous dis cela parce que les chefs des mouvements sont à vif. Vous leur proposez de se dessaisir du pouvoir absolu qu'ils ont conquis avec le sang des militants. Ils ont la volonté non pas de représenter, mais d'incarner la résistance de la nation. Pour vous, c'est une nécessité politique de les contrôler, et vous avez raison. En réalité, ils sont déjà en état d'insurrection. »

*Rex écoute. Avec le temps, j'ai compris que les réactions de Bidault, membre du comité directeur de Combat, lui permettent d'ajuster sa conduite à la « sensibilité » des chefs des mouvements, dont l'opposition larvée ou frontale l'exaspère.

Après ce simple travail d'explication, je sens Bidault

soulagé : « Il faut tenir compte de l'état du patient, dit-il en souriant.

— Évidemment, réplique *Rex, mais, face à Giraud, il ne faut pas aggraver la confusion. Vis-à-vis des socialistes, des communistes et des mouvements, le Général est le chef de la Résistance et doit s'imposer à ce titre.

— Je suis d'accord sur le fond, mais la formulation est peut-être... [nouvelle hésitation] un peu "carrée".

— Lisez-le à loisir et proposez-moi les "adoucissements" [*Rex souligne d'une inflexion de voix] que vous estimerez nécessaires. Il faut sortir de l'ambiguïté et des vaines discussions qui paralysent l'action. Les mouvements doivent comprendre que s'ils n'organisent pas leurs militants pour le jour J ils seront balayés politiquement, et la République se reconstruira sans eux.

— Rassurez-vous, je ne parlais que de forme. Toutefois, permettez-moi une remarque immédiate. Pourquoi introduire le PSF moribond, qui n'est plus que le masque du colonel de La Roque en perdition ?

— Le commandant *Marnier [Manuel] m'a informé du grand cas que fait *Brumaire[1], à Londres, des dissidents nuance Vallin pour rallier les éléments du centre droit, qui seront utiles à la reconstruction politique. Vous connaissez mes opinions : à mes yeux, là n'est pas l'avenir de la France, et encore moins celui de la Résistance. »

Sur ces paroles *Rex informe Bidault des prochaines rencontres avec Menthon et Manuel, dont il souhaite recueillir les remarques, puis nous nous séparons.

---

1. Pierre Brossolette, membre du BCRA avec le grade de commandant.

Mardi 12 janvier 1943

Manuel juge le manifeste

Hier, *Rex a rejoint le général Delestraint sur le terrain. Il a toutefois prévu de rentrer chaque jour à Lyon jusqu'à son départ.

Durant ce mois de janvier hivernal, le choix d'un restaurant est délicat : soit une salle déserte et glacée, avec peu de clients et la facilité de converser librement, soit un bouchon surchauffé par la foule des convives, mais où tout échange est impossible.

La bonne moyenne est *Chez Georges*, dont la masse des voyageurs en attente de départ entretient une température convenable, tandis que l'immensité des lieux permet de s'isoler en toute sécurité. C'est la raison pour laquelle je le choisis régulièrement pour ses invités.

Ce soir nous dînons avec Manuel, qui rend compte à *Rex de son séjour dans le Midi. Il y a rencontré *Danvers, *Froment et *Brémond, en instance de départ avec *Francis.

Les nouvelles sont mauvaises. Ils emportent un vaste courrier destiné aux socialistes londoniens — en particulier Félix Gouin, l'envoyé de Léon Blum —, ainsi que les différents projets de comité de la Résistance afin de les soumettre à de Gaulle.

Manuel s'est heurté à une fin de non-recevoir : ils sont totalement braqués contre les mouvements, qui refusent de les accepter parmi eux. C'est originellement la position de Léon Blum, qui dénonce la différence de traitement entre les communistes, acceptés officiellement, et les socialistes, présents dans les mouvements à titre individuel seulement.

C'est une bataille qu'ils sont décidés à mener jusqu'à la reconnaissance officielle du parti socialiste. La conclusion du commandant tient en une phrase : « C'est dire l'urgence de votre manifeste. »

Après un temps, *Rex répond sur le fond : « Une partie de la solution tient au déroulement des opérations d'enlèvement. Nous avons déjà compris le danger d'une présence à Londres de *Francis avant notre arrivée. Toutefois, nous devons tenir compte d'obstacles non négligeables : selon ce que vous m'avez rapporté des intentions du Général, il refuse tout ce qui ressemble au retour des partis. La campagne de *Brumaire, en septembre, que vous m'avez révélée, n'a pu que le conforter. » Il ajoute : « Un autre élément, plus déterminant peut-être, est le refus du retour des anciens partis par les mouvements. Les différents comités socialistes se briseront sur cet écueil. Seul le Général a autorité pour leur faire accepter l'inacceptable, et encore... Je poursuis donc mes consultations et serais heureux de connaître vos objections au texte que je vous ai adressé.

— Au sein de la confusion actuelle, c'est une prise de position sans ambiguïté. Ce n'est pas son moindre mérite. »

Je suis heureux qu'il ait remarqué la justesse du ton que Bidault estimait « trop carré ». Il est vrai que ce dernier est un résistant, et à ce titre mieux à même d'apprécier les réactions épidermiques des chefs.

Manuel poursuit : « La participation des forces ouvrières à côté des partis et des mouvements me semble une innovation qui renforce la légitimité du conseil : la nation est ainsi représentée, sans doute pour la première fois dans l'histoire, dans la variété de ses composantes. La présence du PSF (nuance Vallin) me semble une nécessité. Mais attendez-vous à déchaîner les socialistes contre vous. Quand vous viendrez à Londres, je vous ferai communiquer les comptes rendus du comité Jean-Jaurès, où *Brumaire lui-même s'est fait malmener : c'est dire ! De toute manière, vous aurez ce dernier contre vous. Il condamne le retour des partis, qui, selon lui, ne sont plus que des étiquettes sans signification. Il a d'ailleurs l'ambition de créer un grand parti gaulliste qui occuperait tout le territoire politique. Vous vous doutez de la place qu'il s'y réserve. »

Comme toujours, *Rex écoute les objections puis intervient : « C'est le Général qui tranchera. Le choix est aujourd'hui sans ambiguïté : ou les socialistes mettent en œuvre un des trois projets de comité, et le contrôle des résistances échappera au Général ; ou les mouvements s'isolent dans un comité de coordination interzone, avec les risques d'un conflit permanent avec de Gaulle ; ou encore ce dernier impose une direction commune au kaléidoscope des Résistances. Je souhaite le convaincre de cette dernière solution. »

Jeudi 14 janvier 1943

Exigences politiques de la Résistance

*Rex est reparti sur le terrain lorsque Bidault me demande de passer un câble urgent. En le codant, je reconnais la conclusion d'une de leurs dernières conversations.

Bidault relate une exigence du CGE, qui n'a aucune

liaison directe avec Londres : il estime que, sous peine de « confusion irrémédiable des esprits », un accord de la France combattante avec Alger exige l'exclusion de certains personnages : Chautemps, Flandin, Pucheu, Peyrouton, etc.

Je ne suis nullement étonné de cet oukase. Depuis le débarquement du 8 novembre, c'est un thème récurrent dans les conversations de l'ensemble des résistants, Français libres compris. Beaucoup d'hypothèses peuvent être envisagées autour de la conclusion d'un accord entre de Gaulle et Giraud, sauf le retour des hommes qui ont trahi la République. C'est d'ailleurs la difficulté soulevée par le projet de conseil politique de *Rex.

C'est alors qu'un danger surgit inopinément. Bidault a appris en écoutant la BBC que Fernand Grenier, ambassadeur du parti communiste, est arrivé à Londres le 12 janvier. Il s'agit d'un des représentants en zone libre avec lesquels *Francis avait rédigé le manifeste du futur comité politique.

Pour bien faire comprendre l'importance de cette information imprévue, je dois rappeler ma découverte progressive de la place occupée par le parti communiste dans la résistance de la zone sud.

Yvon Morandat m'avait raconté les initiatives de Frenay et de d'Astier durant l'été de 1942, au cours de la prise de contact avec *Gaston, le représentant du parti, d'où avait résulté un 14 Juillet d'unité nationale. Comme je l'ai rapporté, *Rex lui-même avait rencontré *Gaston début novembre afin d'obtenir la signature du parti (qu'il n'avait pas obtenue) sur le télégramme destiné aux Alliés afin de légitimer de Gaulle.

La reconnaissance du Général par le parti, qui passait par l'envoi d'un représentant à Londres, posait cependant un problème nouveau : celui du rôle du Front national dans la Résistance. J'avais lu ce nom à plusieurs reprises dans les rapports de *Rex, mais je n'en connaissais que le délégué, qu'il refusait de rencontrer.

Lors d'un déjeuner avec Bidault, *Rex avait abordé la question du statut du Front national : « C'est amusant que vous l'évoquiez aujourd'hui, avait répondu Bidault, car il sollicite ma participation à son comité directeur en zone libre.

— Existe-t-il véritablement ou est-ce une de ces "enseignes" que le parti affectionne pour ratisser large ? Connaissez-vous son organisation, ses objectifs ? »

Bidault n'en savait pas grand-chose, sinon qu'il se présentait comme un rassemblement ouvert à tous les patriotes, sans exclusive politique. Ses premiers renseignements prouvaient qu'il s'agissait d'une organisation fantôme du parti puisque son secrétaire général et son encadrement étaient communistes.

« Comme toujours, dit *Rex : c'est un mouvement en trompe l'œil, une manœuvre dans laquelle le parti excelle. Mais que représente-t-il au juste ?

— Peu de chose en zone sud, mais j'ignore ce qu'il en est en zone nord. Leur secrétaire est une femme, Madeleine Braun. L'adhésion publique du parti à de Gaulle va lui procurer une légitimité qu'il ne se fera pas faute d'exploiter. »

*Rex était visiblement agacé de ne pouvoir contrôler ce mouvement, dont la seule action avait consisté jusque-là en la signature d'un manifeste lors des grèves d'octobre.

Il interrogea Bidault à nouveau : « Pouvez-vous infiltrer un informateur dans leurs rangs pour en savoir plus ?

— Je n'ai pas encore donné ma réponse à
Madeleine Braun. Si vous le souhaitez, je peux
entrer au comité directeur : c'est le moyen le plus efficace de découvrir les coulisses d'un mouvement. »

*Rex donna son accord.

Samedi 16 janvier 1943
*Tous contre *Francis*

Manuel et Frédéric ainsi que *Rex et Delestraint
font chaque jour le va-et-vient entre leur terrain de
départ respectif et Lyon. Dans les rencontres auxquelles j'assiste, j'entends toujours quelques mots
pour dénoncer l'action de *Francis.

Aujourd'hui, le commandant Manuel me remet
un câble au sujet des opérations aériennes en cours.
Il se termine par ce qui est devenu un leitmotiv :

> *Action Francis ici très néfaste. Vous demande
> rien faire sans Rex ou moi.*

*Francis est arrivé hier à Londres, mais Manuel
l'ignore.

Lundi 18 janvier 1943
Espoirs pour la radio

Après ses conversations avec les chefs des réseaux
de renseignements puis avec *Rex et moi, Manuel
avait réclamé de vérifier par lui-même le déroulement

des émissions radio. J'ai demandé à Maurice de Cheveigné de participer à cette expérience, qui a eu lieu hier.

Par malchance, l'opérateur de la *Home Station* était excellent, et le télégramme de cent trente-deux groupes est passé sans difficulté. J'enrageais parce que ce n'était pas du tout ce que Cheveigné voulait prouver.

Heureusement, un incident a révélé nos difficultés. Au milieu de l'émission, il a été interrompu par un brouillage local très violent. Toutefois, la *Home Station* entendant parfaitement, Cheveigné a continué d'émettre. Résultat, la *Home Station* reçut le câble.

Cheveigné décida d'effectuer une émission en présence du commandant dès le lendemain, c'est-à-dire aujourd'hui.

Bien que la réception soit parfaite, le contact dure une heure et demie, contre vingt minutes autorisées, les Anglais estimant que le danger d'être repéré augmente rapidement au-delà. La raison de l'excessive durée de l'émission vient de ce que la *Home Station* exige un accusé de réception tous les vingt groupes.

Ensuite, se plaignant d'être brouillée, elle clôt la séance en envoyant le signal QSF bien que Cheveigné lui indique qu'il reçoit parfaitement. Les câbles ne sont donc pas transmis.

Manuel, édifié, félicite Cheveigné de sa démonstration : « À mon retour à Londres, je ferai tout pour vous aider. Mais n'ayez pas trop d'illusions ; nous n'avons aucun pouvoir sur les Britanniques, sauf dans le domaine du renseignement militaire. »

Jeudi 21 janvier 1943

Libération et révolution

Le numéro de *Franc-Tireur* que je reçois ce matin m'intéresse particulièrement : j'y reconnais la formulation d'idées que je commence à apprivoiser depuis quelques mois.

D'abord, j'aime la condamnation précise des vichystes d'Algérie : « On ne défend pas la liberté avec des complices de la tyrannie. » Cette évidence pour nous est loin d'être une vérité en Afrique du Nord, puisque de Gaulle est toujours exilé à Londres.

Une autre affirmation me fait plaisir, qui concerne les volontaires de la France libre en mission en France : « Par de Gaulle et ses hommes, la patrie n'a jamais été absente du combat pour la résurrection nationale et pour la liberté. C'est le gaullisme qui nous permettra de prendre notre place à la victoire et à la paix, dans l'estime de nos Alliés et le respect de tous les peuples. »

Dans un autre article, je reconnais l'état de mes convictions : « Nul ne croit plus que les institutions politiques et économiques seront demain ce qu'elles étaient hier. [...] Car il ne s'agit plus de réformes, mais d'une totale refonte du régime, faute de quoi la misère, le chaos, le désordre et le massacre seront sur le monde pour des décades. »

Avant de repartir sur le terrain, *Rex me confie deux câbles à expédier d'urgence :

Rex et Vidal [Delestraint] sur terrain Sif 21-11 parfait état. Attendent départ depuis dix jours. Faire impossible pour les enlever cette lune.

Le second câble est motivé par la nouvelle dont je l'ai informé : *Francis, *Froment et *Brémond sont partis le 15 janvier à Londres, tandis que lui est toujours en attente. D'où la conclusion du câble :

Suis entièrement d'accord avec Marnier [Manuel] au sujet Francis. Comité coordination et moi-même faisons toute réserve sur proposition et action politique Francis et Froment.

Il se termine par ce que *Rex répète dans tous ses câbles :

Attends toujours avec lune exceptionnelle sur terrain Sif C parfaitement utilisable et très au-dessus niveau terrain submergé Saône. Fin.

Mardi 26 janvier 1943

En route pour le Vercors

*Rex parti sur le terrain, je dois exécuter un de ses ordres : examiner les possibilités militaires du Vercors.

Tôt ce matin, je me retrouve avec Yves Farge dans un compartiment glacé du train Lyon-Grenoble. J'ai déjà rencontré à plusieurs reprises cet homme d'humour et de passion en compagnie de Georges Altman, lui aussi journaliste au *Progrès* et militant à

Franc-Tireur. Nous avons sympathisé, bien que l'un et l'autre dépassent la quarantaine.

Par certains côtés, Farge me fait penser à Copeau : toujours prêt à la critique des hommes et des événements, qu'il raconte avec drôlerie. Il est intarissable sur la vie politique à Vichy et les relations avec les Allemands, qu'il semble connaître en détail.

Avec sa crinière grise et ses grosses lunettes, il exprime une générosité communicative, qui me rappelle certains camelots du roi. Sa « foi » n'est cependant pas la même : militant-né, son tempérament en fait un libertaire intégral.

Les propos enflammés de cette authentique force de la nature évoquent la libération du peuple, la solidarité planétaire, la lutte à mort contre l'oppression et en faveur de l'émancipation des pauvres, et plus précisément l'abolition de la misère par la violence, c'est-à-dire la révolution.

Son lyrisme à la Danton, son engagement total incarnent la pureté des rebelles. Avec lui, je prends conscience des passions des hommes de 1789. Farge est de la race de ceux qui ont lancé le peuple à l'assaut de la Bastille. Il incarne pour moi cette France inconnue, que je n'ai rencontrée qu'au travers des caricatures de *Je suis partout* et de la panique qu'elle suscitait dans mon milieu.

Il me fascine : d'une certaine façon, je le comprends mieux que *Rex. Dès l'instant de notre rencontre, nous étions de plain-pied, sans barrière ni hiérarchie. Je ne connais pas son rôle exact au sein de Franc-Tireur, mais, si j'en juge par ses propos iconoclastes, il ne me paraît pas celui d'un chef.

En l'écoutant, je vis la misère des hommes, l'injustice du monde, le crime de l'argent. Si curieux que cela paraisse, je me reconnais dans ses oukases sans nuances qui imposent la lutte avant la réflexion. Je retrouve la révolte de mes quinze ans contre un milieu, le mien, qui s'accommode du pire parce qu'il en profite[1].

En cette fin de janvier, le froid est rigoureux, et nous sommes seuls dans le compartiment glacé : c'est durant l'été que les gens ont la bougeotte. Bien que Farge ne semble pas trop en souffrir, nous tapons des pieds de temps à autre pour ne pas geler. En dépit de ma gabardine et de ma jeunesse, je souffre et le félicite de son endurance.

« Je n'ai aucun mérite, répond-il. Ma famille est très pauvre et, durant ma jeunesse, nous n'avions pas de quoi nous chauffer. Pour manger durant les fêtes, j'allais à Marseille, à l'Armée du salut. Il fallait chanter les cantiques : je les connais par cœur. »

Il n'y a pas que l'engagement dans son existence, mais aussi l'art, qui, pour lui, n'est pas sans lien avec la politique. Pour moi, ce sont deux mondes séparés : l'un appartient à la vie intime, puisqu'il est source de plaisir ; l'autre est un devoir imposé au citoyen. Farge évoque avec la même ferveur un peintre, Giotto, dont je n'ai aperçu que quelques reproductions en noir et blanc dans mes livres d'histoire : « C'est le premier artiste occidental à avoir libéré la peinture. Parce qu'il appartenait au peuple, il a su traduire la simplicité et la noblesse des hommes face au destin. Quand nous aurons écrasé les maca-

1. C'est probablement grâce à Yves Farge que je pus tourner définitivement la page du maurrassisme, même si je n'en étais pas conscient à l'époque.

ronis, nous irons tous les deux voir ses fresques à
Padoue et à Assise. »

La simplicité de ce résistant, sa vérité chaleureuse invitent à réfléchir à la morgue des puissants,
à l'imposture des nantis, mais également à la bonté
des humbles, de ceux qui, depuis la naissance de
l'homme, sont rejetés dans les ténèbres extérieures.

« Giotto, dit-il, est un peintre de soupe populaire
qui exprime la fraternité des hommes. Si ça vous
intéresse, je vous donnerai un livre que j'ai écrit sur
lui. Vous l'aimerez parce que vous êtes un pur. » Cette
épithète flatteuse m'est adressée pour la première
fois : elle aurait surpris mon confesseur. Suis-je « un
pur » ? J'en doute. Mon éducation religieuse, ma
conscience malheureuse, mes confessions anxieuses,
tout me persuade du contraire. J'ai plutôt l'impression de causer, à moi seul, tout le chagrin de Dieu...

En tout cas, le compliment me prouve que ma
sympathie est partagée. Il ne m'est pas indifférent
de sentir l'amitié chaleureuse de cet homme désin-
téressé, que je considère, lui effectivement, comme
un être pur.

En dépit de l'inconfort, le voyage me semble trop
rapide.

Une voiture nous attend à la gare. Ce n'est que la
deuxième fois, depuis le soir de mon parachutage,
que j'utilise une automobile. Ce privilège exorbitant
me donne une impression de puissance et d'invul-
nérabilité, tant son usage me semble incompatible
avec la clandestinité.

Nous sortons de la ville. En face de nous, au bout
de la plaine, une muraille noire barre la droite du

paysage : « Le Vercors », nous dit notre guide. Je comprends, en le voyant, le sens du projet d'en faire une forteresse.

Après avoir roulé quelques kilomètres sur une route déserte, nous la quittons pour prendre un chemin à travers champs. Peu après, nous nous arrêtons devant une ferme isolée.

Dans la grande salle où l'on nous fait entrer, un chevalet affiche une carte d'état-major, tandis que d'autres cartes sont étalées sur une table immense. Un capitaine de chasseurs alpins, accompagné de plusieurs civils, nous accueille. Coïncidence heureuse de rencontrer ici le représentant d'une arme à laquelle je suis fier d'appartenir.

Nous nous asseyons. L'officier explique son projet de transformer le Vercors en citadelle et d'y créer des aérodromes pour accueillir les troupes aéroportées lors du débarquement sur la côte méditerranéenne. L'opération permettra de prendre les Allemands à revers dans la vallée du Rhône.

Vient ensuite l'explication technique. Plusieurs routes conduisent au plateau. Il désigne sur les cartes les coupures à effectuer afin d'isoler le massif et de le rendre imprenable : « Le plateau est habité par des paysans, explique-t-il. Il faudra recruter quelques centaines de jeunes volontaires qui vivront sur le pays, à condition que les Anglais parachutent armes et équipements, en priorité des canons antiaériens pour se protéger contre toute attaque allemande. Si nous avons suffisamment d'armes lourdes, les Allemands ne pourront pas nous déloger. »

Présenté avec l'enthousiasme de la jeunesse, allié à la précision de l'homme de terrain, le projet paraît facile à réaliser et d'une efficacité redoutable.

L'officier semble avoir l'âge du capitaine Lalande,

avec lequel il a un air de famille : dynamisme, force contenue, intégrité du devoir. Il me regarde droit dans les yeux : « Le Vercors sera l'échec des Allemands et deviendra le symbole de la victoire. » Je remarque que, comme *Rex, il ne dit pas « Boches ».

Je suis conquis tout autant par le résultat théâtral que par la facilité d'exécution : un seul saboteur suffit pour diriger les opérations. Je pose quelques questions sur l'importance des troupes allemandes cantonnées à Grenoble, sur les ressources en nourriture et sur le nombre de volontaires nécessaires. La table est ensuite débarrassée, et l'on nous sert un repas frugal mais amical.

Parmi les civils présents, je fais connaissance avec Pierre Dalloz, le concepteur du projet, dont Farge a parlé à *Rex. Montagnard chevronné, il connaît le massif en détail et a la plus grande certitude sur l'efficacité de son plan. Le repas est joyeux : nous levons nos verres à l'écrasement des Boches.

Le capitaine est sûr de l'entreprise, qui ne présente, selon lui, aucune difficulté majeure. La seule inconnue est le recrutement. Selon ses premiers sondages, personne n'accepterait la dureté et le risque de cette vie clandestine armée. Il suggère que la France combattante décrète une mobilisation de volontaires.

J'ignore tout d'une telle possibilité, mais assure prématurément à mes hôtes que *Rex l'obtiendrait sans peine. Le capitaine conclut : « Si nous avons l'argent et les armes, je m'engage à recruter des "volontaires". »

Nous repartons enthousiastes. Bien qu'il fasse encore plus froid, la nuit, dans le train, je me sens regonflé par ce projet. Le compartiment désert nous permet de rêver à haute voix : l'avenir de la

Résistance est là. Sans doute y a-t-il dans mon adhésion immédiate à cette entreprise une raison inconsciente : participer enfin à la guerre. Je me vois déjà à la tête d'une équipe de saboteurs, mettant finalement en pratique mes mois d'apprentissage.

C'est oublier un peu vite la situation réelle de *Rex. Certes, j'ai pu organiser le secrétariat qu'il m'a commandé, mais si je suis arrêté, il n'y a personne pour me remplacer.

À mon retour, je retrouve *Rex, qui attend toujours son départ. Je lui rends compte de mon expédition et lui fais part de la proposition de Dalloz d'installer, sans attendre le débarquement, une station émettrice dans le Vercors. *Rex me demande de rechercher un technicien radio afin d'en étudier la possibilité : « Elle deviendrait la véritable radio de la France libre. »

Concernant le problème des volontaires, il me dit : « C'est une occasion pour les mouvements de montrer leurs troupes. S'ils ne sont pas capables de mobiliser une compagnie de volontaires pour aménager le Vercors, ce sera la preuve que l'Armée secrète n'existe pas. En attendant, versez 20 000 francs à *Bessonneau [Farge] pour ses frais. »

*Rex est visiblement saisi par le projet.

L'attente du départ s'éternise.

Bien que Manuel soit abrupt et parfois bourru, il s'est toujours montré aimable dans nos relations. J'y suis sensible à cause de mes fonctions subalternes, d'autant qu'il en va rarement de même avec les chefs de la Résistance ou d'autres résistants. *Francis et Jules Moch, par exemple, manifestent une condescendance méprisante à l'égard de mon extrême jeunesse, à moins que ce ne soit de mon rang modeste.

Le voyage de *Rex à Londres a trois objectifs : la nomination du général Delestraint à la tête de l'armée secrète de la zone sud ; la création du Conseil de la Résistance ; le contrôle des mouvements de zone nord, abandonnés à eux-mêmes par le BCRA, qui se contente d'utiliser leurs capacités de renseignement.

Ne possédant aucune liaison entre eux, ces mouvements ne peuvent envisager la coordination de leur action. Par ailleurs, n'ayant pas de contact avec Londres, ils ne bénéficient d'aucun soutien financier. Ils n'ont donc pas pu se développer à l'égal de ceux de la zone sud.

*Rex avait commencé d'en aider quelques-uns par l'intermédiaire de *Frédéric. On a vu que, contrairement à la proposition d'André Philip, il envisageait entre ces mouvements une organisation plus souple que celle adoptée en zone sud.

Prévenu par Manuel de l'envoi prochain en zone nord de *Brumaire, *Rex a décidé d'aller à Londres (au moment où de Gaulle a réclamé sa venue) afin de faire barrage à ce projet. Dans la perspective du départ de *Frédéric et Manuel à sa place en cas d'échec de son opération d'enlèvement, plusieurs séances de travail se sont tenues avec Manuel.

Au cours du dîner de ce soir, Manuel expose son plan : suggérer à de Gaulle la nomination de *Rex comme son représentant personnel pour toute la France : « C'est la seule manière d'obtenir la fin des chevauchements entre les agents de Londres dont vous vous plaignez. Vous savez bien que les uns et les autres se présentent comme "seuls" représentants du Général, alors qu'ils n'en ont ni le titre ni la fonction. » C'est mot pour mot la formule de *Rex.

Enfin, *Rex souhaite avoir un adjoint en permanence dans chaque zone. Il propose *Frédéric pour la zone nord et demande de trouver à Londres le personnel complémentaire.

Durant cette mise au point, qui occupe tout le dîner, je m'étonne du choix de *Frédéric, un homme qui lui ressemble si peu et manque de la plus élémentaire prudence. Son aspect théâtral donne l'impression qu'il est en représentation permanente, et quant à ses paroles, proférées d'une voix de stentor, la moindre d'entre elles pourrait perdre toute la Résistance.

Pourtant, le hasard privilégie cette solution. Tandis que *Rex se morfond sur son terrain, la précaution de faire enlever *Frédéric sur un autre terrain est récompensée de succès ; en effet, il s'envole avec Manuel dans la nuit.

Heureusement, *Rex a confié à ce dernier le courrier considérable accumulé depuis fin novembre.

Mercredi 27 janvier 1943

Les mouvements enfin unis

Depuis deux mois, *Rex travaille à l'unité des mouvements de zone sud. Aujourd'hui, enfin, il peut annoncer l'aboutissement de ses efforts : le Comité de coordination prend le titre officiel de « Comité directeur des Mouvements unis de la Résistance [MUR] ».

Les trois journaux subsistent sous leur forme actuelle, mais avec la même manchette : « Un seul chef, de Gaulle, un seul combat pour les libertés ».

La fusion a pour corollaire la centralisation. Le Comité directeur est composé de trois services : Affaires politiques, dirigé par Emmanuel d'Astier de La Vigerie ; Affaires militaires, par Henri Frenay ; Renseignements et Sécurité, par Jean-Pierre Lévy. *Rex conserve la présidence avec une voix prépondérante.

Un peu plus d'un an après son retour de Londres, il a enfin réussi à unifier les mouvements de zone sud, comme de Gaulle le lui avait prescrit. Étant donné la nature rebelle des mouvements, c'est un succès à double tranchant ; *Rex en est conscient.

À Georges Bidault qui le félicite, il répond : « C'est indispensable à l'efficacité des combats. Mais maintenant que ces individualistes sont obligés de partager le pouvoir, j'en serai peut-être la première victime : leur refus du conseil politique risque, hélas, d'être plus efficace. »

Malheureusement, cette réussite est entachée d'un désastre que nous venons d'apprendre : Jean Holley, Jean Loncle et un radio formé en France, Marcel Lenclos, ont été arrêtés par la Gestapo à Annecy, le 20 janvier[1]. Ils devaient aller proposer au BCRA un système d'écoute *blind* mis au point par Loncle.

Dans le câble par lequel *Rex annonce cette catastrophe à Londres, il affirme que j'assure la succession provisoire de Loncle comme chef de la WT. Avec quels opérateurs radio ?

---

1. En réalité, ils furent arrêtés par la police italienne.

Samedi 30 janvier 1943

Avec Bidault, comme autrefois

Depuis le retour définitif de *Rex du terrain, nous avons repris nos dîners à trois avec Bidault. Les deux hommes paraissent heureux de cette habitude renouée tandis que je pleure une liberté perdue, celle de me coucher moins tard.

Après les nouvelles apportées par Bidault sur les réactions des chefs de mouvement à l'égard du Comité directeur des MUR, ils abordent le manifeste du conseil politique. Bidault est le dernier des consultants de *Rex. Il a prévu d'en rédiger une nouvelle mouture demain, dimanche, profitant de cette rare journée de semi-liberté pour mettre à jour les questions en suspens.

*Rex lui fait part des remarques des membres du CGE, en particulier de leur volonté de créer un vaste parti de gouvernement. Bidault se montre plus que réservé : « Je ne sais si vous avez remarqué une contradiction dans la déclaration du Comité d'action socialiste : ils reconnaissent la nécessité d'un gouvernement autoritaire présidé par le Général, car ils estiment qu'il est le seul à pouvoir affronter les difficultés matérielles qui suivront la Libération ; mais, dans le même temps, ils réclament la création d'un comité des forces politiques, pour lui apporter leur concours. »

*Rex griffonne quelques notes, mais ne répond rien. Bidault poursuit : « Par ailleurs, le projet de *Francis énumère cinq propositions définissant les objectifs qu'il se fixe. Je crois qu'il serait mobilisateur que vous présentiez les vôtres. » *Rex continue de noter et d'écouter avec une attention particulière.

Bidault achève : « Vous n'obtiendrez pas que les socialistes abandonnent leur projet de comité. Il faut que vous les preniez de vitesse par une démonstration convaincante. Pardonnez la liberté de mes réflexions, mais je souhaite que vous réussissiez et qu'on en finisse avec le désordre actuel, lourd de dangers. »

*Rex paraît détendu, enjoué même — si toutefois ce mot convient à la situation dramatique à laquelle il est confronté : « Merci, comme d'habitude, de vos remarques. Elles vont dans le sens de la clarté et des précisions de mon nouveau texte. En vous écoutant, je pensais à quatre principes fondateurs : "contre les Allemands ; contre les dictatures ; pour la liberté ; avec de Gaulle".

— C'est l'accent d'un appel aux armes : bravo ! »

Est-ce la reprise des habitudes ou l'approbation politique de Bidault ? En raccompagnant *Rex, je crois ne l'avoir jamais senti aussi détendu : il sourit même en me souhaitant bonne nuit.

Dimanche 31 janvier 1943

Manifeste du Conseil politique

*Rex rédige le texte définitif de son nouveau manifeste. Tenant compte des remarques des uns et des autres, cette ultime version gagne en ampleur et en précision. Dès le premier paragraphe, il reprend le postulat des socialistes niant aux mouvements l'exclusivité de représenter la Résistance.

Il ne craint pas d'affirmer en leur nom : « Les mouvements ne prétendent pas être toute la Résistance », ce qui est le contraire de ce que j'entends à longueur de journée. Face aux mouvements en état de rébellion, *Rex tire le premier coup de canon — d'Austerlitz ou de Waterloo ?

Pour étoffer sa déclaration, il ne craint pas de préciser : « Les représentants de la France combattante sur le sol français pensent que l'heure est venue de sonner le rappel de toutes les forces vives de la nation. » Oublie-t-il que, sur les quatre représentants de Londres, *Rondeau affirme que *Rex est un imposteur sans aucune mission politique, *Francis a lancé son propre projet, *Brumaire est férocement opposé aux anciens partis, et Manuel, qui est le seul d'accord, est aussi le seul à n'avoir aucune mission politique ?

Le troisième paragraphe du manifeste, consacré aux représentants des partis délégués dans le Conseil, a subi un correctif décisif : il ne s'agit plus de « personnalités représentatives », mais de « personnalités résistantes ». En conséquence, le quatrième paragraphe insiste sur les qualités civiques exigées par les mouvements : « [Il] est nécessaire que tous les groupes qui y seront représentés prennent l'engagement de procéder dans leur sein aux épurations indispensables. » Du coup, le PSF de Vallin disparaît : tant mieux !

La fin du manifeste énumère les quatre objectifs que les formations choisies doivent accepter :

> *Contre les Allemands et leurs alliés par tous les moyens et notamment les armes à la main !*
> *Contre les dictatures et particulièrement celle de Vichy, quel que soit le visage dont elle se pare !*

Pour la liberté !
Avec de Gaulle dans le combat qu'il mène pour
libérer le territoire et redonner la parole au peu-
ple français !

Le manifeste se termine par une phrase aux allures d'ultimatum :

Nous vous serions obligés d'examiner ces pro-
positions dans le plus bref délai et de nous faire
connaître si votre groupement entend y donner
son adhésion.

C'est la première fois que je lis une telle mise en
demeure entre résistants. Après tant de discussions,
*Rex veut conclure.

❖

Il me demande de faire dactylographier le manifeste à dix-sept exemplaires et de le remettre aussi
vite que possible en main propre aux destinataires.
Joindre les partis politiques n'est pas une mince
affaire. Je commence par le plus facile : les responsables des mouvements. Le hasard veut que *Lorrain
soit mon premier « client ».
Il jette un coup d'œil rapide et commente d'une
phrase : « C'est une déclaration de guerre ! » Il ne
saurait être plus concis, ni plus sincère. Avec cet
homme d'une froideur congénitale, j'ai toujours
éprouvé une distance infranchissable, en dépit de
son éducation de qualité. Cela présage une suite
mouvementée.
Heureusement, le deuxième responsable à se présenter est Copeau. Depuis notre première rencontre,

il y a trois mois, nous sommes devenus amis. Il est déjà loin le temps où son tutoiement me choquait. Nos relations sont simples, il suffit de l'écouter : il est toujours drôle et passionnant. Lyon s'étant transformé en annexe du pôle Nord, nous nous sommes donné rendez-vous dans un bistrot. Il lit attentivement le manifeste, puis le relit méthodiquement : « Je suis d'accord, mais tu diras à ton patron que c'est de la dynamite. J'espère qu'il est conscient qu'il déclenche un tremblement de terre. C'est un homme intelligent et courageux, mais il joue à quitte ou double avec les mouvements. S'il perd, il sera K.-O. pour longtemps. »

Je ne réponds rien : pour moi, *Rex est invulnérable. Après le couplet de *Lorrain, l'effet du manifeste se précise, même si je préfère le style de Copeau.

Mon interlocuteur suivant est Jean-Pierre Lévy. Cordial, comme toujours, il n'en est pas moins dubitatif : « Le moment est mal choisi : de Gaulle a besoin des mouvements. Ce papier va déclencher la guérilla. Est-ce bien habile politiquement ? »

Avant de rencontrer politiques et syndicalistes, je dois attendre leur réponse à ma demande de rendez-vous.

Lorsque je retrouve *Rex à dîner, je lui transmets les remarques des uns et des autres. J'aurais préféré lui rapporter des propos plus amènes. Sous une forme ou une autre, les résistants sont contre.

Ce n'est pas la première fois que je me fais l'interprète de leurs jugements, mais en répétant leurs propos, pour moi sacrilèges, j'ai l'impression de le trahir. Mon admiration inconditionnelle pour le patron n'accepte aucune critique. Afin d'en amortir l'effet, je commence par Lévy, suivi de Copeau et achève avec *Lorrain.

La réaction du patron est inattendue : « J'espère que cela ne vous émeut pas ? » Comme si j'avais mon mot à dire dans ses affaires !

Mardi 2 février 1943

À qui appartient l'Armée secrète ?

Le départ de Manuel ne modifie en rien la situation de la Résistance : l'exaspération s'accroît entre les chefs et *Rex, ou plus exactement entre *Rex et Frenay.

Après la fusion des mouvements, deux questions demeurent en suspens : le commandement de l'Armée secrète et la création du Conseil de la Résistance. C'est plus qu'il n'en faut pour aigrir les relations. Depuis son retour de Londres, Frenaymène campagne contre le général Delestraint afin de récupérer le commandement de l'Armée secrète. Heureusement, à Londres, d'Astier s'y est opposé ainsi que Lévy afin de protéger un équilibre fragile entre les groupes paramilitaires des différents mouvements.

Lors de mes rencontres avec leurs responsables, chacun d'eux, à l'exception de ceux de Combat, m'a confié que Frenay n'avait pas l'envergure pour exercer cette fonction. À plusieurs reprises, j'ai entendu que son grade de capitaine était un handicap, même dans la Résistance, pour briguer la fonction de commandant en chef : les officiers supérieurs ne badinent pas avec la hiérarchie.

N'osant demander à *Rex la raison de cet argument qui m'étonne dans la clandestinité, où les rangs volent en éclats et où le caractère et le courage remplacent la compétence homologuée, je m'en étais ouvert à Copeau. « Bien que *Charvet [Frenay] soit "breveté", me dit-il, son grade n'est pas assez prestigieux dans la Résistance pour commander à des colonels ou à des généraux, même ceux de l'armée d'armistice. »

J'objectai que Leclerc et Kœnig, également capitaines, avaient obtenu à Londres des promotions fulgurantes dues à leur mérite : « Alors pourquoi pas *Charvet ? » Copeau éclata de ce rire malicieux qui en fait un complice si proche : « Notre capitaine a un problème : son intelligence. Quand tu le connaîtras, tu comprendras. »

Dimanche 7 février 1943

Rencontre *Rex-*Brumaire [1]

*Brumaire est arrivé le 27 janvier en zone sud par l'opération qui a enlevé Manuel et *Frédéric. N'ayant pu attendre *Rex à Londres, il lui avait fixé rendez-vous à l'adresse envoyée à Londres — chez Mme Bedat-Gerbaut —, dès qu'il serait arrivé.

Bidault a communiqué à *Rex quelques renseignements sur sa personnalité : les deux hommes avaient passé le concours d'agrégation d'histoire ensemble ;

---

1. Pierre Brossolette (*Brumaire) était arrivé le 6 février en zone sud. Il rédigea un rapport le 8 février, dans lequel il indiquait avoir rencontré Jean Moulin. La rencontre eut donc lieu entre ces deux dates.

Bidault avait été reçu premier devant *Brumaire. Tout en étant des adversaires politiques (*Brumaire au *Populaire*, socialiste, et Bidault à *L'Aube*, démocrate populaire), tous deux ont soutenu les républicains espagnols, refusé Munich et choisi la Résistance.

Les positions fracassantes contre les anciens partis prises à Londres par *Brumaire durant l'automne de 1942 et publiées dans *La Marseillaise* (hebdomadaire de la France libre dirigé par François de Quillici) ont été utilisées par Frenay et d'Astier à leur retour pour torpiller le projet de Conseil de la résistance de *Rex.

Le patron s'attendait au pire. D'où sa surprise en découvrant un homme charmeur. Selon le récit qu'il en fait à Bidault le soir même, *Brumaire a écouté attentivement et loué ses initiatives politiques. Il n'a rien objecté à l'exposé de *Rex sur la nécessité de réintégrer les anciens partis au sein de la Résistance, sous peine de les voir s'organiser indépendamment hors de la France libre, et peut-être contre elle.

*Brumaire a paru ébranlé par le danger représenté par un Conseil de la Résistance, organisme représentatif, capable de concurrencer auprès des Alliés les institutions de la France libre. Il a révélé à *Rex que *Francis, *Froment et *Brémond avaient exposé leur projet à de Gaulle après l'échec d'Anfa[1].

*Rex lui a expliqué qu'il reprenait à son compte un projet de Frenay d'instituer un comité de coordination unique entre les deux zones, dont le siège

---

1. Conférence tenue à l'hôtel *d'Anfa*, sur la colline du même nom à Casablanca, du 14 au 24 janvier 1943, à laquelle participèrent de Gaulle, Giraud, Roosevelt et Churchill.

serait à Paris, et qui serait l'exécutif du Conseil de la Résistance.

*Brumaire a marqué son désaccord, parce que l'évolution des mouvements est profondément différente dans les deux zones. Il a ensuite communiqué à *Rex les informations de *Rémy selon lesquelles le Front national en zone sud était bel et bien un mouvement de résistance grâce aux FTP (Francs-Tireurs et Partisans), sa branche militaire. Ce que *Rex a infirmé, *Gaston l'ayant assuré qu'ils n'étaient que le groupe paramilitaire du parti communiste.

Le patron a donc insisté sur sa volonté d'écarter le Front national de cette représentation, estimant qu'il ne fallait pas donner dans une manœuvre massive de noyautage. *Brumaire a alors raconté l'arrivée de Fernand Grenier à Londres en tant que représentant officiel du parti communiste. L'accueil sans réserve du général de Gaulle avait laissé croire que le parti placerait ses troupes sous son commandement. Mais cette reconnaissance officielle des communistes n'avait fait que stimuler les autres représentants des partis présents à Londres, notamment Vallin (PSF), Philip (socialistes) et Antier (Parti agraire et paysan français), qui réclamaient le même traitement.

En dépit de nuances et de certaines réticences, *Rex estime que le contact avec *Brumaire a été fructueux. Bidault semble plus réservé : « Méfiez-vous, c'est un agité, comme beaucoup d'intellectuels. Certes, il n'a jamais hésité à prendre des positions courageuses contre Munich et l'armistice et pour la Résistance, mais c'est un ambitieux. J'ignore ce qu'il a fait à Londres, mais vous pouvez être sûr qu'il cherche un rôle majeur. Durant le Front populaire, il ne s'est jamais remis d'avoir été tenu à l'écart de toute fonction gouvernementale par Léon Blum. »

Entendant ce détail, je me souviens du jugement de Manuel sur *Brumaire, qu'il avait confié à *Rex : il l'avait connu avant-guerre brillant, drôle, mais dévoré d'ambition et méchant. Il avait informé *Rex qu'en dépit de son intelligence exceptionnelle et du manque d'hommes représentatifs dans la France combattante, de Gaulle ne lui avait jamais offert de poste à ses côtés, ni même à l'intérieur de la France libre.

Il aurait probablement rejoint une unité combattante avec son grade de capitaine ou serait retourné en France dans la Résistance si le colonel *Passy ne l'avait pris à ses côtés au BCRA. Bidault conclut : « Les intellectuels ne sont préparés ni à l'administration des choses ni au gouvernement des hommes. Pour agir, il ne faut pas trop réfléchir. » *Rex sourit.

Après le dîner, il me remet un télégramme : Bidault, *Brumaire et *Rex sont d'accord sur un objectif : faire triompher le général de Gaulle. Le patron assure ce dernier, au nom des groupes politiques et résistants, de la « fidélité absolue du peuple français », ajoutant : « Celui-ci n'admettra jamais concessions incompatibles principes sacrés pour lesquels il lutte. »

Mercredi 10svrier 1943

Bas les masques[1]

L'enlèvement de *Rex et Delestraint est prévu pour la lune commençant le samedi 13 février. *Rex ne

---

1. La date de cette réunion est un exemple des errements de la

peut s'absenter sans offrir un interlocuteur qualifié aux chefs des mouvements.

J'ai dit qu'il avait envisagé de faire de *Salm son représentant, mais, après son départ manqué de janvier, il a pris conscience qu'il offrait à la résistance des chefs une cible facile : *Salm ignore tout des relations conflictuelles avec eux. Le patron estime par ailleurs son caractère trop conciliant et craint des initiatives risquant de mettre en péril son statut de président du Comité directeur des MUR qu'il a imposé aux mouvements.

Il choisit donc une autre procédure et décide de me présenter comme son agent de liaison avec Londres durant son absence. Lorsqu'il m'en informe, je lui fais remarquer respectueusement que mon jeune âge risque de m'attirer les quolibets de ces hommes que je considère comme des durs à cuire ; de plus, je n'exerce aucune fonction d'autorité et ne suis qu'un exécutant.

*Rex balaye mes objections : « Vous êtes mon secrétaire ; à ce titre, vous êtes au centre des liaisons et le seul à connaître les affaires en cours. » Est-ce suffisant ? Effrayé par la responsabilité de ces contacts, je me rends compte que, pour la première fois, je me permets de discuter ses ordres.

« N'oubliez pas, reprend-il, que vous possédez la caisse et distribuez les fonds. Aux yeux des mouve-

---

mémoire, aux conséquences fausses puisque la causalité est bouleversée. Henri Frenay la fixe au 26 février 1943 : du coup, son sujet principal devient les maquis, puisque ceux-ci sont devenus un enjeu essentiel après la création du STO, le 16 février. Même réflexion pour la réduction des budgets par Jean Moulin à son départ pour Londres, le 13 février 1943. Le manque de fonds reçus de Londres ce mois-là confirme le maintien du budget du mois précédent, alors qu'il aurait dû être augmenté.

ments, votre importance est plus grande encore, puisque vous êtes le chef de la WT : sans vous, ils n'ont aucune liaison avec Londres. En politique, il n'y a que des rapports de force. Croyez-moi, dans ce domaine vous êtes le "patron". Vous vous en apercevrez rapidement. »

Le sachant avare de compliments, sa confiance me fait plaisir. Mais en dépit du sourire qu'il esquisse en prononçant les derniers mots, je ne suis toujours pas rassuré par cette mission risquée.

*Rex décide de profiter d'une réunion du Comité directeur qu'il préside aujourd'hui pour me présenter avant son départ.

Lorsque nous entrons dans la grande salle à manger, deux hommes discutent debout. Près de la fenêtre, Henri Frenay et Emmanuel d'Astier de la Vigerie — ce sont eux — m'accueillent avec condescendance. Seul Jean-Pierre Lévy, assis à l'écart et que je connais déjà, se montre amical. Sans doute sont-ils choqués par ma jeunesse.

En me serrant la main, Frenay grommelle : « La Résistance est tombée aux mains d'un enfant de troupe ! » La cigarette aux lèvres, d'Astier, sans un mot, me tend une main molle.

*Rex explique les raisons de ma présence. Souhaitant, à Londres, demeurer en contact étroit avec eux, il a prévu une liaison radio aussi fréquente que le permette la gonio allemande. De plus, par mon intermédiaire, les mouvements recevront leur budget habituel.

La rencontre avec les mystérieux chefs de la Résistance rassasie ma curiosité. Je découvre, en chair et en os, des hommes qui n'étaient jusque-là que les noms et pseudos d'une algèbre politique. Depuis des mois, les commentaires de *Rex ont créé des personnages imaginaires, devenus familiers. Correspondent-ils à leurs modèles ?

Chacun me communique sa boîte personnelle ; je leur donne la mienne, ainsi que les heures les plus favorables pour me joindre quand ils le souhaitent. *Rex me fixe rendez-vous en fin d'après-midi. Je m'apprête à quitter la salle lorsque Frenay lui conseille de me garder : il craint que les allées et venues autour de la propriété ne paraissent suspectes.

La séance peut donc commencer. Assis à côté de *Rex, je peux observer les chefs à loisir. Ils m'apparaissent fort différents de l'image construite, même si je reconnais dans leur propos, leur visage, leur élocution, les gestes qui les accompagnent le reflet exact de leur caractère.

L'ordre du jour est consacré à la désignation d'un chef unique assurant la direction des MUR dans les six régions de la zone libre. *Rex préside. Trop occupé par mes tâches, je ne l'ai jamais imaginé dans ce rôle étranger à nos relations. De son existence, je ne partage que les repas, en général avec un invité, ou quelques réunions de responsables, comme celle avec les socialistes. Aujourd'hui, je le vois dans la plénitude de sa fonction.

Il donne la parole à Frenay. Je suis surpris par les qualités d'orateur de ce dernier : élocution facile, verbe imagé et surtout chaleur humaine, qui impose une écoute sympathique. Toutefois, il masque mal sa volonté de puissance : il n'ouvre pas un débat ; il impose une conclusion. Bref, il s'exprime en chef.

À sa gauche, sur un côté de la table, d'Astier de La Vigerie, tout en fumant, écoute, rêveur, sans rien dire. Négligemment assis de biais sur sa chaise, un coude appuyé sur la table, tenant une cigarette entre deux doigts de son autre main, il tire nonchalamment des bouffées et renvoie la fumée au plafond. De temps à autre, il crayonne sur une feuille un mot ou un signe.

*Rex donne la parole à Lévy. Plus jeune que Frenay, il n'a ni sa raideur ni son autorité. Il s'exprime lentement avec une sorte d'hésitation, ayant parfois une élocution embarrassée, qui donne à ses paroles une sincérité émouvante.

En désaccord avec les propositions de Frenay, il conteste leur bien-fondé. En particulier, il se plaint de la place médiocre accordée à Franc-Tireur dans la répartition des postes de responsabilités. Pour remplacer certains responsables, il propose quelques noms que tout le monde note.

Le tour de table s'achève par d'Astier. Distant et ennuyé, il répond qu'il a pris note des propositions de Frenay, auxquelles il réclame quelques modifications. Il annonce qu'avant de donner une réponse définitive, il devra consulter son comité directeur. Je ne sais pourquoi, à cet instant, je croise le regard de *Rex. L'espace d'un éclair, je reconnais dans ses yeux la lueur amusée qui m'est familière. Je me retiens de sourire tant je sais ce que *Rex pense de cette réponse rituelle.

Le tour de table n'a guère pris de temps. Je comprends que les nominations des chefs régionaux ne sont que le prélude à un plus vaste débat sur les problèmes liés à la fusion des mouvements, dont le commandement militaire de l'Armée secrète est, depuis des semaines, le plus épineux et le centre de tous les entretiens.

Je découvre finalement que le véritable objet de

la réunion est la formation du conseil politique de la Résistance, dont les participants ont posé le manifeste devant eux. Je sais que les partis et syndicats que *Rex a rencontrés ont donné leur accord de principe, mais qu'il attend toujours celui des mouvements.

*Rex explique, comme je l'ai vu faire avec Bidault, Manuel, Bastid, Teitgen, Menthon et d'autres, la nécessité pour les résistances de faire bloc autour du Général, après l'échec d'Anfa. Une fois de plus, je l'entends répéter qu'il est la seule chance de la République. Le choix de Darlan puis de Giraud par les Alliés et leur opposition à de Gaulle obligent d'intégrer les anciens partis dans la lutte commune afin de les convaincre qu'il représente la France.

Après son exposé, *Rex redonne la parole à d'Astier responsable des questions politiques du Comité. Il ne modifie pas sa réponse pour autant, s'exprimant avec intelligence et nonchalance, dans un langage châtié de salon : « Je n'ai pas répondu à votre papier [le mépris est perceptible] parce que j'en condamne les termes. Que veut dire "les mouvements ne sont pas toute la Résistance" ? Avez-vous imaginé la stupeur des militants devant cette formulation inexacte et scandaleuse ? Avez-vous pensé à ceux qui ont choisi la lutte contre les Allemands au premier jour de la défaite ? »

Est-ce une menace ? D'Astier regarde successivement Frenay et Lévy, quêtant leur approbation : « Il n'y a qu'une Résistance, celle qui veut libérer la France les armes à la main, c'est-à-dire nous seuls. Tout le reste n'est que manœuvre politicienne d'avant-guerre, dont nous ne voulons plus. Le but évident en est la reconquête d'un pouvoir que les parlementaires ont livré à Pétain. Ayant disparu après cette forfaiture, ils abandonnent leur prudente retraite parce que la Libération approche. Il est inacceptable qu'on leur livre la Résistance comme un marchepied pour leurs ambitions. Je suis opposé à ce projet sous toutes ses formes et le dirai au général de Gaulle. »

Bien qu'il s'exprime d'une voix soyeuse, la menace est audible. À mesure de son déroulement, la réunion m'apparaît très différente de celles auxquelles j'assiste habituellement : elles ont le caractère informel d'entretiens au cours desquels *Rex cherche à obtenir, par démonstration et persuasion, l'accord de son interlocuteur. Aujourd'hui, il s'agit d'un débat dont je comprends que l'enjeu est l'autorité dont il est investi, puisque sa politique est condamnée.

Droit sur sa chaise, il écoute attentivement des propos offensifs et redondants. Rien ne paraît sur son visage des sentiments provoqués par la véhémence de Frenay, l'opposition flegmatique de Lévy ou les récriminations de d'Astier. De temps à autre, il note un mot sur un feuillet.

Sans répondre à d'Astier, qu'il remercie pour la clarté de sa position, il donne la parole à Frenay, impatient, raide sur son siège, qui n'a cessé de griffonner des notes sur des papiers étalés devant lui. Il rappelle d'abord à *Rex qu'il a déjà répondu au projet au cours de conversations particulières. Il tient à répéter devant ses camarades — prononcé à sa manière, ce mot signifie rivaux — son opposition absolue à la résurrection des anciens partis, qui appartiennent à un passé condamné. Il affirme que les résistants s'opposeront catégoriquement à leur renaissance.

Frenay veut bien admettre que de Gaulle — il ne dit jamais le Général, à la différence des autres —

ait besoin de leur soutien, mais rien n'empêche les responsables des partis de lui apporter leur appui à titre individuel. Non seulement la Résistance ne deviendra jamais leur alliée, mais sera un obstacle sur leur chemin de reconquête du pouvoir.

« Chaque jour, explique-t-il, les résistants paient le prix pour parler au nom de la France. Nous avons des droits, celui de nos martyrs : nous ne laisserons pas confisquer la victoire par des hommes déchus. D'ailleurs, le général de Gaulle est d'accord avec nous. Relisez la charte du mois de juin, ses discours sur les "sépulcres blanchis". Vous prenez une initiative qui va à l'encontre de ses intentions et de ses projets. Nous ne vous laisserons pas faire. »

Le ton de sa voix s'élève, devient plus dur, comminatoire, menaçant à la fin. Je suis gêné d'être le témoin de cette scène. Certes, je commence à connaître les oppositions au Conseil de la Résistance proposé par *Rex, mais je n'ai jusque-là entendu personne s'adresser au patron sur ce ton. J'ai cru que la courtoisie et l'ouverture de *Rex aux autres le protégeraient de tant d'acrimonie.

Le visage de *Rex se durcit : sa mâchoire est contractée, et je le vois blêmir légèrement. À ma surprise, c'est d'une voix presque enjouée qu'il s'adresse à lui : « Merci, mon cher *Charvet de votre franchise, qui ne m'étonne pas de vous. Peut-être la passion vous entraîne-t-elle dans des bravades inutiles. Vous avez raison, il y va de l'avenir de la France et de ses institutions. Mais n'est-ce pas notre raison d'être à tous ? Rassurez-vous, je comprends votre passion et ne tiendrai pas compte des écarts de langage auxquels elle vous entraîne. »

Cette dernière phrase est prononcée du ton

moqueur que *Rex utilise parfois pour désamorcer des situations conflictuelles.

Frenay se cabre : « Je ne retire rien de ce que j'ai dit, ni dans le fond, ni dans la forme. J'y ai beaucoup réfléchi, contrairement à ce que vous suggérez. Je vous ai expliqué aujourd'hui ma détermination.

— Je vous en donne acte, réplique *Rex. Nous allons écouter maintenant notre camarade *Lenoir [Lévy], dont je ne doute pas qu'il ait, comme toujours, des suggestions pertinentes à formuler. »

Comme je l'ai dit, la manière de s'exprimer du chef de Franc-Tireur est un élément pacificateur. Je retrouve dans sa spontanéité celle des conversations de *Rex. Il annonce qu'il ne partage pas les termes excessifs employés par Frenay — une expression de mépris passe fugitivement sur le visage de ce dernier —, tout en étant d'accord avec son exposé et avec celui de d'Astier.

Il rappelle que nous luttons pour la même cause et que nous devons nous entendre, y compris sur le Conseil de la Résistance. « Franc-Tireur, dit-il, a toujours lié la lutte contre les Allemands au retour de la République. Le mouvement et son journal ont dit et répété qu'ils souhaitent que le Général soit l'homme de cette résurrection. Il y a certainement une solution, et je souhaite un accord sur ce point. »

Son intervention détend l'atmosphère. *Rex me semble baisser la garde : « Comme toujours, notre ami *Lenoir est la voix de la sagesse. Il a raison : pourquoi dramatiser ? Ensemble, nous trouverons une solution à une situation de fait. »

Frenay sent le danger et s'insurge : « Il s'agit d'un choix politique. La Résistance est-elle capable de rénover, seule, les mœurs et les institutions de la République ou bien a-t-elle besoin des fantômes de la faillite ? La révolution, c'est nous ! Je le répète : je suis en complet désaccord avec votre projet. Il faut l'abandonner. »

Dans sa lancée, Frenay expose un autre argument : « L'unité de la Résistance se fera non grâce à votre projet, mais par la création d'un comité de coordination interzone rassemblant les mouvements de zone sud et de zone nord. Vous m'avez d'ailleurs donné votre accord. L'avez-vous oublié ? »

Loin d'exploser, *Rex répond d'un ton apaisé, mais déterminé : « Je regrette que nous n'ayons pu avoir une discussion constructive autour de ce projet. J'aurais souhaité le présenter au Général avec votre assentiment ; mieux, avec votre participation. Je l'informerai de votre refus, tout en lui demandant d'approuver mon projet. »

D'Astier exploite aussitôt l'avantage marqué par Frenay : « Le Général sera informé directement de notre désaccord, qui est un désaveu. La Résistance, c'est nous ! Personne ne lui imposera ce qu'elle refuse. »

*Rex est-il certain de convertir le Général à ses idées ? En tout cas, il ne réplique rien. Se tournant vers Frenay, il lui demande s'il a de nouvelles propositions pour la lutte armée. Celui-ci lui répond, soudain calmé : « Il faut accentuer notre action. Nous ne faisons rien contre les hommes de Vichy. L'assassinat de Darlan est un exemple à suivre. Je vous propose de nous attaquer à Pierre Laval. Il faut recruter dans nos mouvements des "hommes torpilles" pour cette opération. »

D'Astier acquiesce : « Après Darlan, nous devons terroriser Vichy, en France même. » Tout le monde semble d'accord. Après tant de divisions, assisterais-je enfin à l'unanimité. Contrairement à *Rex et à

Bidault, les chefs des mouvements considèrent l'assassinat comme une politique.

Avant de clore la séance, *Rex leur demande à nouveau de garder avec moi un contact permanent après son départ. C'est alors que Frenay propose à *Rex de le raccompagner. Le patron me confie ses papiers et me fixe rendez-vous au *Garet* pour dîner.

À l'heure prescrite, j'attends *Rex, qui arrive très en retard, le visage fermé. Je devine que l'entretien avec Frenay a exacerbé les tensions de l'après-midi.

Il n'attend pas de commander le dîner : « Comment avoir moins de sens politique que cet homme ! Il se prend pour un fin stratège parce qu'il a découvert le mot "révolution", dont par ailleurs il ignore la réalité. La Résistance n'arrive pas à s'organiser. Même son armée, dont il est si fier, n'est qu'une troupe de papier… »

Après un instant, il reprend : « Il ne comprend rien à l'affaire Giraud. Il s'imagine qu'à lui seul il le convaincra de rallier le Général et de rétablir la République ! Depuis l'unité des mouvements et sa nomination aux Affaires militaires, il se prend pour le chef de la Grande Armée. »

Au bout d'un moment, il semble se calmer : « La clandestinité ne prépare guère à une carrière de tribun. La résistance des chefs se précipite au-devant de grandes déceptions. Je crois ne pas me tromper en disant que *Charvet fera peur aux électeurs : il est trop catégorique et dominateur. »

Le contrôle de soi qu'il a affiché au cours de la réunion, masquait une tempête intérieure. Au cours du dîner, il réitère les consignes qu'il m'a données avant le faux départ de janvier. La radio l'inquiète. Il répète l'ordre de maintenir à tout prix une liaison quotidienne avec Londres.

Il me regarde. Mon visage reflète sans doute la pensée que je n'ose formuler : « Je veux bien, mais c'est impossible. Le seul radio qui vous reste est *Salm.W [Cheveigné]. » Comme il me questionne, je ne peux que lui répéter les explications que je formule depuis des mois : nous manquons de postes, de quartz et de radios formés. « J'en parlerai là-bas. En attendant, débrouillez-vous ! »

Changeant de sujet, *Rex aborde les questions financières. Il m'indique les budgets à distribuer, selon une liste qu'il griffonne sur un coin de nappe. « J'ignore la somme que vous recevrez lors de cette lune ni si elle correspondra au budget que j'ai demandé. Lorsque *Sif [Fassin] ou *Kim [Schmidt] vous la remettront, faites les comptes. Retirez d'abord 4 millions, que vous garderez en réserve : mettez-les en sûreté. S'il reste une somme suffisante, vous réglerez les mouvements selon les nouveaux montants que voici. Sinon, vous distribuerez un budget identique à celui de janvier. Si les fonds que vous recevrez sont moins importants, diminuez chaque mouvement d'un pourcentage égal afin d'avoir suffisamment d'argent pour tout le monde. »

« À ce propos, ajoute-t-il, *Claude[1] m'a demandé un rendez-vous. Je ne veux le voir à aucun prix. C'est un héritage de *Léo [Morandat]. Vous lui verserez son budget, mais c'est un intrigant. Examinez ses propositions : ce sont toujours des offres de service pour des affaires mirobolantes et louches. Méfiez-vous, il va essayer de vous entortiller. »

---

1. Marcus Ghenzer, ami de Morandat.

À la fin du repas, il griffonne à nouveau sur un papier qu'il a sorti de sa veste. C'est une liste d'une dizaine de noms, accompagnés de pseudonymes inconnus. « J'ignore la situation à Londres. Si vous avez besoin de me communiquer des informations confidentielles, utilisez ces pseudos, que nous sommes seuls à connaître. Je ferai de même si j'ai un message important à vous communiquer. »

Je lis dans l'ordre :

> *Rex = Richelieu ; Alain = Talleyrand ; Frédéric = d'Assas ; Brumaire = Marat ; Roussin [Bidault] = Pelletier ; Combat = Navet ; Libération = Chou-Fleur ; Franc-Tireur = Candide ; Salm = Dandy*[1].

Je ne sais ce qui me fait le plus plaisir : qu'il me juge digne d'un tel secret ou qu'il me gratifie du nom d'un personnage mythique. Mon rôle auprès de lui aurait-il l'importance que j'attribue à l'ex-évêque machiavélique ?

Comme presque tous les soirs, nous traversons Lyon jusqu'au pont de la Guillotière. Au moment de nous séparer, il me serre la main : « Soyez sage ! »

---

1. J'ai retrouvé cette liste autographe aux Archives nationales dans les papiers de Jacques Bingen. Elle se trouvait avec la reconstitution manuscrite de son projet du 1er février 1943 en faveur du CNR. Je n'avais jamais oublié la liste des pseudos, dont je me rappelais quatre : ˚Richelieu, ˚Talleyrand, ˚Navet et ˚Chou-Fleur, en croyant que les deux derniers désignaient Henri Frenay et Emmanuel d'Astier de La Vigerie personnellement.

Vendredi 12 février 1943

Déjeuner avec un inconnu célèbre

Relevant ma boîte une dernière fois, hier, j'ai trouvé un billet de Bidault : « Demain 12, à 12 heures, rendez-vous devant la gare des Brotteaux. » Heureusement, à cause du départ de *Rex sur le terrain, j'ai supprimé mes déjeuners afin d'être libre pour toute éventualité.

À l'entrée de la gare, je vois arriver Bidault la mine réjouie, ses éternels journaux sous le bras. « Je vous ai réservé une surprise : nous déjeunons avec *Brumaire. J'espère que ça vous intéressera[1]. » Comment n'aurais-je pas été curieux de cette rareté : un normalien, dont Thierry Maulnier, mon idole, était l'archétype ?

Il m'entraîne, non loin de là, dans un petit restaurant. Tandis que nous nous asseyons, un petit homme cambré au visage osseux, au regard perçant et aux lèvres légèrement méprisantes nous rejoint. Il s'assoit à la place laissée libre, face à Bidault, qui tourne le dos à la fenêtre.

Lorsqu'il me reconnaît à côté de celui-ci, son visage s'anime d'un imperceptible froncement : *Bip.W, l'insoumis du BCRA, à côté de Bidault, son ancien patron qu'il a délaissé…

Il n'a pas revu Bidault depuis la défaite. Néanmoins, *Brumaire ne perd pas son temps en considérations générales et entre dans le vif du sujet : « J'ai

---

1. La formulation trop flatteuse cachait une autre réalité. Je suppose qu'en l'absence de Jean Moulin Georges Bidault, connaissant les foucades de Pierre Brossolette (*Brumaire), tenait à avoir un témoin afin de parer à tout débordement.

passé la matinée avec *Charvet. Il est déchaîné contre notre "ami". Celui-ci m'avait prévenu : arguments biaisés, opinions girouettes. Heureusement, j'ai eu le temps de le pratiquer "là-bas" ! »

Il explique que le Général estime que Frenay est un atout important : l'ordre est donc de le ménager. Le capitaine est l'inventeur du Comité de coordination interzone. « Je croyais que c'était une idée de *Rex, lâche Bidault. Il me l'a présentée comme une nécessité pour fédérer tous les mouvements de la métropole.

— Cette union ne tient pas compte des différences importantes qui existent entre les deux zones. Les mouvements de zone nord sont dispersés et souvent sans contact avec Londres ; même chose pour les forces paramilitaires, qui sont sans inventaire et désorganisées. À l'inverse les mouvements sont unifiés en zone sud, de même que l'Armée secrète. »

*Brumaire en vient à l'autre projet de *Rex, le conseil politique : « *Francis et *Brémond l'ont déjà proposé au Général en janvier. Après l'humiliation d'Anfa, celui-ci a pensé que cette nouvelle institution pouvait être un atout contre Giraud. Qu'en pensez-vous ? »

Depuis l'arrivée de *Brumaire, je sens Bidault sur la réserve — bien que, de ma place, je ne le voie pas de face. Son accueil de *Brumaire est cordial, mais il ne parle guère, ce qui n'est pas dans ses habitudes.

« Ce n'est pas à vous, répond Bidault, que je vais apprendre que le passage de l'idéal à la réalité n'est satisfaisant dans aucun domaine, à commencer par la politique. Le paradoxe de la situation veut que *Rex soit férocement contre le retour des anciens partis et de leurs parlementaires, à l'exception des hommes d'appareil insérés dans la Résistance. »

Il explique que *Rex a toujours condamné sévèrement les parlementaires ayant trahi la république à Vichy : « Peut-être ignorez-vous que c'est un républicain de choc, prêt à mourir pour ses idées. Il l'a prouvé. Sa vie est la République, son credo les droits de l'homme. »

*Brumaire écoute attentivement : « Est-il gaulliste ?

— Je ne lui ai jamais posé la question, mais ses actes répondent pour lui : il a imposé l'autorité du Général sur les mouvements, et maintenant il souhaite l'étendre aux hommes politiques et aux syndicats. Son intégrité morale en fait un homme d'une loyauté insoupçonnable. Est-ce suffisant pour être gaulliste ? » Je sens une nuance moqueuse dans la voix de Bidault.

En dépit de sa complicité avec *Rex, dont je suis le témoin quasi quotidien, je n'ai jamais soupçonné que son admiration — le mot n'est pas excessif — soit aussi passionnée : c'est comme s'il se faisait son défenseur, bien que rien dans les paroles de *Brumaire ne ressemble à une attaque.

Revenant au conseil politique et au projet de *Francis — précédé par les socialistes — de redonner une place prépondérante aux anciens partis dans la Résistance, Bidault souligne que, selon *Rex, « l'initiative doit venir de De Gaulle, sans quoi la fédération des partis et des mouvements risquerait de s'effectuer contre lui ». « C'est la hantise de *Rex, ajoute-t-il. Il est convaincu, tout comme moi, que cette institution n'est pas la solution idéale, mais c'est un fin politique et un homme de caractère. Il a adopté ce projet parce qu'il n'y a, à ses yeux, pas d'autre solution pour sauver de Gaulle, tout en stoppant la dérive politique des résistances. »

*Brumaire ne répond pas directement : « Il est

regrettable qu'il ne se soit pas trouvé à Londres, car c'est là-bas que de Gaulle a besoin d'être sauvé, et d'abord de son entourage. » Il se livre alors à l'un des plus cruels jeux de massacre que j'aie jamais entendus sur les dirigeants de la France libre : cela me fait penser aux articles de Léon Daudet dans *L'Action française*.

*Brumaire décrit l'un après l'autre les commissaires, qu'il juge plus nuls les uns que les autres : Cassin, Dejean, Diethelm, Muselier, Pleven. Il a visiblement un compte à régler avec ce dernier, dont il se plaît à souligner la lâcheté et la nullité permanentes. Il décrit Dejean en perpétuel état de trahison à l'égard du Général. Diethelm, lui, est un espion de Vichy à peine déguisé. Enfin Schumann est le comble du grotesque, avec son élocution pompeuse d'acteur de boulevard.

Le colonel *Passy, mon chef de corps, est le seul à réchapper du massacre. *Brumaire n'a pas de qualificatif assez élogieux pour exalter son action : « Sans lui, la France combattante aurait sombré depuis longtemps. C'est le seul homme intelligent et clairvoyant. »

En écoutant *Brumaire, j'ai le cœur serré. Je ne peux croire que mes chefs, qui entourent de Gaulle depuis le premier jour, dont les portraits et les propos s'étalent quotidiennement dans le journal *France* et qui incarnent notre rébellion, soient, comme le dit *Brumaire, « de pauvres types ».

Bidault écoute en silence. Quand *Brumaire en a terminé avec ses imprécations, il revient aux difficultés rencontrées par le projet de conseil politique de *Rex. Il explique qu'il a lui-même longtemps hésité sur la formule. Il avait d'abord pensé à la réunion des représentants de « familles spirituelles », laissant

ainsi ouvert l'avenir. Mais l'Afrique du Nord a bouleversé les urgences. Aujourd'hui, il importe avant
tout de faire reconnaître de Gaulle comme seul chef
de la Résistance française. Il faut donc l'imposer
dans le contrôle de la vie politique en France, qui
ne se limite pas aux mouvements de résistance.

*Brumaire intervient : « Certes, mais quelle valeur
pensez-vous que les Alliés attribuent au soutien
d'un troupeau de fantômes ? Vous savez comme moi
que seuls les communistes et peut-être les socialistes représentent des partis politiques résistants en
tant que tels. Les autres ne sont que bavards apeurés et ambitieux.

— Sans doute, mais ce sont les seuls hommes que
les Alliés connaissent. N'oubliez pas qu'ils ont été
élus et qu'ils sont les représentants légaux du peuple français.

— On ne refera pas la France avec ce carnaval de
la trahison. Seul le gaullisme représente l'avenir.
André Philip et les hommes de bon sens sont d'accord
pour la création de ce vaste parti à la frange des
communistes, d'une part, et à celle des nationalistes, d'autre part, dans lequel les socialistes, toujours
compliqués, s'intégreront.

— Ce n'est pas la conception de *Villiers.

— Je veux bien, mais que représente-t-il ?

— Les socialistes résistants.

— Peut-être, mais en dernier ressort, c'est de
Gaulle qui doit être le chef de la Libération. Il est le
seul capable d'éviter le chaos. »

Je suis passionné par cet échange en apparence
consensuel, mais dont je ressens chaque fausse
note. Comment ne pas être d'accord avec le postulat
de *Brumaire, celui-là même, sous une forme ou sous
une autre, de *Rex, de Bidault et de tous mes cama-

rades ? Admirant l'agilité intellectuelle de *Brumaire, je ne comprends pas la méfiance de Manuel et Bidault à son égard. Peut-être sont-ils jaloux de son brio à l'emporte-pièce.

Il m'apparaît de plus en plus clairement que mes camarades de la France libre et moi-même ne sommes pas des « résistants ». Notre mission est avant tout technique : nous devons faire fonctionner des services pour lesquels nous sommes en nombre insuffisant et mal équipés. Mais ces discussions oiseuses me laissent un goût amer : quel temps perdu pour la vraie guerre !

XIV

SOLITUDE DE *BIP.W

14 février-24 mars 1943

Dimanche 14 février 1943

Seul face à la Résistance

*Rex est-il parti ? C'est ma première pensée au réveil. Dans cette hypothèse, une question m'obsède : Comment communiquer quotidiennement avec lui ? J'ai hâte de rencontrer Raymond Fassin, qui a monté l'opération et avec qui j'ai rendez-vous dans la matinée.

Lorsque je le rejoins place Bellecour, je comprends à son visage apaisé que *Rex, enfin, s'est envolé : « Vers 2 heures du matin », précise-t-il avant de me remettre un paquet enveloppé d'un vieux journal : « *Rex m'a demandé de te le remettre. »

Le paquet contient 8 millions en billets : la caisse est renflouée ! Fassin me demande où il doit faire déposer le matériel radio arrivé par la même opération — trois postes, des lampes de rechange, etc. — et me propose de déjeuner avec lui demain afin d'examiner la question des liaisons radio, primordiale selon lui pour préparer les prochaines opérations aériennes. Je m'abstiens de lui demander pour qui elles ne sont pas primordiales.

Il tire de sa poche une enveloppe : « Ce sont les ordres de *Rex. » Pressé comme à son habitude, il me quitte pour d'autres rendez-vous.

Je rentre aussitôt chez moi, impatient de cacher l'argent, mais aussi de découvrir le contenu des trois feuillets. J'ai beau en recevoir quotidiennement de *Rex depuis des mois, ceux-ci sont particuliers : ils contiennent ses ultimes recommandations avant l'inquiétante séparation[1] :

> *Samedi 15 heures,*
> *J'ai entendu à 1 h 15 aujourd'hui certaine phrase [13 février à la BBC] qui m'oblige à repartir [sur le terrain] avant de vous avoir vu et je m'en excuse.*
> *Ci-joint un certain nombre de plis à remettre.*
> *N'oubliez pas Claudie lundi, à l'heure habituelle, au « Jardin des Muses ».*
> *Vous lui remettrez ce qui lui revient. Vous le convoquerez également pour dans huit jours et ainsi de suite. Sans qu'il sache rien, vous lui remettrez enfin, à la fin du mois, 3 500 F.*
> *À la même date, vous irez de même porter 300 F à ma logeuse. Elle a déjà un acompte de 100 F pour mars.*
> *Merci et bien vôtre,*
> *Max.*

---

1. Le hasard a voulu que je les conserve avec d'autres archives. Si je les cite ici intégralement — dans l'ordre chronologique de leur expédition —, c'est parce qu'ils représentent les instantanés des tâches que j'exécutais sous ses ordres et qu'ils révèlent le ton de nos relations. Les récits que j'ai reconstitués sont, en dépit de tout, plus ou moins ornementés par l'imagination et l'oubli. Ces billets sont la voix authentique de Moulin, sans la déformation du temps. Ils me paraissent d'autant plus précieux que, parmi les milliers de billets que les résistants échangèrent entre eux durant l'Occupation, fort rares sont ceux qui survécurent aux destructions.

Mon cher Alain,

Sur le terrain, je fais cet ultime mot pour vous rappeler que les quatre partants par l'autre voie [opération maritime] (20 fév.) sont :

1. D'Aragon ex-chef départemental C [Combat] ; et délégué par les 3 mvs [mouvements].

2. Suffren, dit Fabius.

3. Marin ou qq. le représentant.

Tenez le contact avec C.

En ce qui concerne Frédéric, si vous le voyez à son passage dites-lui de prendre contact avec FT [Franc-Tireur], qui a des choses intéressantes à lui dire (liaisons, contacts, etc.).

*Et si possible avec Éric [*Crib].*

Encore bien vôtre,

MX.

Samedi soir,

Mon cher Alain,

Deux mots en hâte pour vous dire que, lorsque ce mot vous sera remis, nous serons partis.

Je vous rappelle que j'espère que « tout va bien entre cour et jardin[1] ».

Pour Champdieu [Georges Cotton, chef de France d'abord], qu'il fasse le nécessaire auprès des mts [mouvements]. Mais je n'ai pas eu le temps d'en parler.

Pour le Témoignage [chrétien], d'accord [versement du budget].

Pour Dujardin, d'accord également.

---

1. Phrase lue à la BBC signifiant son arrivée à Londres.

Ci-joint un pli pour Claudie.
Faites renouveler ma carte d'alimentation.
Prévenez Salm.
J'ai eu des échos très désagréables avec Jean
Boyer dit Jean Biche [en réalité, c'est l'inverse :
Jean Biche, dit Jean *Boyer] qui va de région en
région dévoilant le nom de tout le monde, y com-
pris le mien et se couvrant de titres et de rôles
qu'il n'a pas. Très dangereux. Je le signale là-bas.
J'ai prévenu Bernard [d'Astier]. Rappelez-le à FT
et C qui sont d'ailleurs au courant puisque C m'a
déjà écrit plusieurs fois à son sujet.
Il faudrait pouvoir le prévenir qu'il ait à rester
tranquille, sans que cela vienne de nous.
Merci encore, mon cher Alain, pour votre
bonne collaboration et mes affectueux souvenirs,
MX.

Les derniers mots de ce billet devraient me rassurer sur le jugement de *Rex à mon égard : ils tra-
duisent, dans son style retenu, les sentiments que
j'éprouve pour lui en des termes plus « effervescents ».
Ce matin, pourtant, je ne considère qu'une chose : il
est parti et je suis orphelin.

Depuis sept mois, c'est la première fois que je me
retrouve seul à Lyon, sans le moindre secours. On
sait que, durant ses absences précédentes, notre
liaison demeurait quotidienne avec le terrain où il
attendait son départ. En cas d'urgence, je pouvais le
rejoindre en une heure de train. Ce matin, il est à
Londres : inaccessible exil puisque notre seul lien
dépend d'une radio pour le moins intermittente.

Et puis, il y a la meute des chefs.

Heureusement, je déjeune avec Maurice de
Cheveigné, qui saura me remonter. De tous les ser-

vices, la radio est le seul qui, pour une raison ou pour une autre, fonctionne mal, peut-être parce qu'il est le plus exposé. Ma désignation à la tête de la WT a paré au plus pressé, mais elle ne change rien à la réalité : la quasi-totalité du trafic est écoulée par Cheveigné, comme auparavant par Brault. Comment échapperait-il au désastre ?

L'obligation d'un contact permanent est plus pressante encore depuis le départ du patron : est-il possible de remplacer mes rendez-vous quotidiens avec lui par une liaison radio ? J'en doute.

Durant le déjeuner, ce sont ces différentes possibilités que j'examine avec Cheveigné. Nous avons décidé de mettre en route les huit *blind schedules* que nous avons reçus. Cette solution permet d'écouter Londres dans une totale sécurité. Je suis donc quasiment assuré de recevoir les ordres de *Rex.

Le problème est que je dois aussi lui répondre et l'informer du fonctionnement des services : là résident mes craintes. Nous décidons avec Cheveigné que je l'aiderai dans ses émissions en cas d'urgence, oubliant que ces « cas » ne sont pas l'exception, mais la règle depuis des mois. Débrouillard, intelligent et virtuose du morse, il est mon seul espoir. De l'avis de tous, c'est, avec Brault, le meilleur des radios envoyés par le BCRA. Depuis l'arrestation de ce dernier — dont j'ai quelquefois des nouvelles par Schmidt : tentatives d'évasion qui, jusqu'à présent, ont échoué —, il assure seul la liaison avec Londres.

Grâce au réseau de postes qu'il a installé à la campagne, il jouit d'une relative sécurité, mais avec cependant un inconvénient : la nécessité d'une navette quotidienne avec lui, afin d'apporter les télégrammes à expédier et de récupérer ceux qu'il a reçus.

Heureusement, *Germain a embauché un nouveau courrier, Georges Archimbaud, que j'affecte à cette tâche. De mon côté, avec mon poste de la rue des Augustins, je transmettrai à *Rex les télégrammes les plus urgents.

Lundi 15 février 1943

Déjeuner avec Fassin

*Rex a désigné Raymond Fassin chef des agents du BCRA. À ce titre, il doit vérifier la qualité de notre travail, dont les transmissions. Fassin est un camarade de la France libre, même s'il est le plus vieux d'entre nous, et nous n'avons jamais eu le moindre problème avec lui. Il était aviateur, et je ne l'ai connu que quelques jours dans une école de formation de saboteurs.

Quand il arrive, il est remonté contre les mouvements. En fait, ce pluriel désigne le seul Combat, dont il est aussi l'officier de liaison. Depuis ma prise de fonction, il n'a pas de mots assez durs pour condamner son désordre et son inaction.

L'euphorie manifestée hier sur son visage ne concernait pas seulement la réussite de l'opération de *Rex. Fassin avait également organisé un sabotage. « Tu te souviens des voitures radio-gonio que Londres nous a signalées par télégramme à Charbonnières ? Elles ont sauté à l'heure où *Rex quittait la France. »

L'incrédulité se lit sans doute sur mon visage, tant les mouvements annoncent parfois des opérations mirifiques qui, renseignements pris, s'avèrent des vantardises. Il ajoute : « C'est nous qui l'avons fait. »

Il me raconte, ravi, que depuis l'arrivée des voitures radio-gonio, il a réclamé aux mouvements de les détruire afin de protéger nos transmissions. Combat a d'abord répondu que c'était « quasi impossible », puis « d'intérêt secondaire », enfin qu'« on verrait ». Après ces refus, Fassin a demandé au saboteur récemment envoyé à Franc-Tireur de s'en occuper.

Résultat : après enquête révélant la configuration des lieux, deux voitures radio-gonio stationnant devant l'hôtel *Terminus*, le siège de la Gestapo à Lyon, ont été détruites samedi 13, à 7 heures et demie du soir. Fassin ajoute, joyeux : « Ce n'est qu'un début ! » Lui, au moins, je lui fais confiance.

Fort de ce résultat, il aborde la question des groupes francs des mouvements et m'explique qu'ils doivent être réorganisés : « Je devrais même dire "organisés". » Il a réclamé au BCRA des instructions à leur sujet. Mais, n'ayant jamais obtenu de réponse, il a suggéré à *Rex de faire désigner un responsable par le nouveau Comité directeur des MUR. Celui-ci recevrait ainsi de Londres des instructions précises. Fassin espère un résultat rapide afin d'exécuter davantage de sabotages des nombreuses voitures gonio en circulation.

Il enchaîne pour se plaindre, comme *Rex lui-même, des transmissions. Lors de la dernière lune, il a reçu, avec quinze jours de retard, un câble de Londres pour des opérations aériennes en préparation et vient d'apprendre qu'un de ses propres câbles avait mis le même temps. Résultat, des opérations aériennes, déjà en nombre insuffisant, ont dû être annulées.

« Peux-tu m'expliquer, me demande-t-il, pourquoi les transmissions sont bordéliques ?

— À cause du manque d'emplacements, de quartz, de postes et d'opérateurs.

— Mais n'avons-nous pas reçu du personnel de Londres, depuis l'automne ? Et Franc-Tireur, n'a-t-il pas reçu *Frit.W [Denviollet] ?

— C'est vrai, mais ils sont déjà arrêtés ! Pour assurer la liaison radio avec les mouvements, *Bip [Bidault] et *Rex, il n'y a plus que *Salm.W [Cheveigné], qui travaille comme un fou. » Je lui explique que ce dernier a mis au point une nouvelle organisation à la campagne et que nous allons l'étendre grâce au matériel livré hier. Il installera de nouveaux emplacements, qui le protégeront contre la détection. J'ajoute : « Il faut absolument recruter ou former des radios ; or c'est difficile et long.

— Tu répètes toujours la même chose.

— Mais parce que c'est toujours la même chose : chaque jour, c'est la guerre des radios. Il y a de la casse. Pour l'instant, nous sommes battus. Le jour où Londres comprendra nos réclamations et fera pleuvoir les postes, nous gagnerons. C'est le but du voyage en Angleterre de *Panier [Jean Fleury]. Avec lui, tout devrait changer !

— Espérons que tu dis vrai », conclut Fassin. Puis il me quitte, plus pressé que jamais.

J'aurais aimé lui parler des partis politiques, de l'avenir de la République. Comme moi, il a milité à l'Action française. J'aimerais savoir où il en est. Sur ce point, Londres ne peut rien pour nous.

Mardi 16 février 1943

Premières nouvelles du patron

Selon les instructions de *Rex, je rencontre *Frédéric, arrivé à Lyon hier. Il me remet les courriers du BCRA, y compris la lettre de De Gaulle adressée personnellement à *Rex. Il est plus exalté qu'à l'ordinaire ; son séjour à Londres l'a visiblement dopé.

Dès ses premiers mots, il me prend de haut : « Pourquoi *Rex est-il parti ? » — comme si j'étais responsable de son départ ! Il me raconte sa tentative, sur le terrain même, pour l'en empêcher.

Excédé, je lui réponds sèchement : « *Rex cherchait en vain depuis des mois à rejoindre de Gaulle : il est parti cette nuit-là parce qu'il en avait l'opportunité. Ce n'est pas compliqué à comprendre. »

Je ne vais tout de même pas lui avouer que son propre voyage à Londres, en janvier, n'avait été qu'un pis-aller : *Rex, dans l'incertitude de son départ, avait besoin d'un porte-parole auprès du Général, et *Frédéric valait mieux que rien. Sa connaissance de la zone nord pouvait empêcher le Général de prendre, sous l'influence de *Brumaire, des décisions malencontreuses quant à l'organisation de la Résistance.

« Je ne comprends pas pourquoi il est parti, répète *Frédéric. J'ai vu le Général ; lisez la lettre qu'il lui adresse. Il a toute sa confiance et tous les pouvoirs pour les deux zones. Il n'a rien à faire "là-bas". C'est ici que l'avenir se joue. C'est ici qu'il doit combattre *Passy et *Brumaire, sur lesquels je sais tout ! »

Selon son habitude, il crie les noms propres. Connaissant ses habitudes déconcertantes, je lui ai donné rendez-vous non pas dans « son » café habituel, mais sur les quais de la Saône, à hauteur de la gare Perrache, où ils sont déserts. Il n'a d'ailleurs pas manqué d'accuser le coup : « Pourquoi se voir au milieu des courants d'air ? »

Il ne résiste pas au plaisir de raconter son voyage dans cette forteresse assiégée qu'est l'Angleterre. Extasié par le spectacle de la rue, le courage de la population, l'accueil de Jacques Bingen, chef de la section politique du BCRA, dont Manuel a déjà parlé à *Rex avec la familiarité d'un ami.

Sur de Gaulle, qui l'a reçu personnellement, il est intarissable. Je suis toutefois choqué de la manière cavalière avec laquelle il évoque le Général : « Je lui ai fait remarquer qu'il se trompait. » J'entends cette remarque comme une profanation. Assurément, *Frédéric n'est pas des nôtres : il lui manque l'attachement jaloux et respectueux d'un Français libre.

Par moments, je ne comprends pas un mot de son monologue torrentiel, si ce n'est qu'il ne diffère pas de ceux qu'il tient sur la résistance de la zone nord.

Avant de me quitter, il me demande d'envoyer d'urgence un télégramme à *Rex, lui transmettant ses amitiés et lui annonçant une information explosive : il a la possibilité de faire évader le général Doyen, l'ancien chef de la commission d'armistice, ainsi qu'Édouard Herriot, tant espéré par de Gaulle.

Rentré chez moi, j'expédie mon premier télégramme à *Rex, pour lui rendre compte de cette entrevue : « Dire si seriez intéressés par général Doyen que pouvons faire évader d'Évaux et Herriot éventuellement nécessité coordonner enlèvement rapidement. »

Avant de me coucher, je ne résiste pas à la curiosité de lire la lettre de De Gaulle à *Rex, dont le Général n'attendait pas la venue après le voyage de *Frédéric :

> [...] *Votre immense tâche est en excellente voie. [...] Je suis sûr qu'une autorité accrue vous permettra de développer encore plus votre action. Vous avez toute ma confiance. Nous approchons du but. Voici l'heure des plus durs efforts. [...]*
> *Croyez, mon cher Ami, à mes sentiments profondément dévoués.*

Tout y est. Je comprends mieux *Frédéric : *Rex avait-il besoin de partir ?

Mercredi 17 février 1943

*Télégramme de *Rex*

Le premier billet que je trouve dans ma boîte ce matin est de Fassin. Il m'annonce que « tout va bien entre cour et jardin » : le mot de passe que *Rex m'a communiqué a été lu hier soir à la BBC, indiquant que le patron est bien arrivé.

Je reçois d'ailleurs son premier câble aujourd'hui : « De Rex à Alain ». Il me confirme les noms des résistants que je dois faire partir par opération maritime. Pour Louis Marin, il me demande d'examiner avec Frenay si son enlèvement par avion est possible au cours de la prochaine lune : « Général y tient beaucoup. »

J'adresse immédiatement à Frenay un billet pour le rencontrer vendredi.

✧

Ce soir, je consulte l'ensemble des documents envoyés par Londres et décode les instructions à *Rex. Je constate au déchiffrage que ses pouvoirs deviennent nationaux et sont étendus à la zone nord :

> 2. — Sur le plan politique, *ces attributions comprennent le monopole de l'action politique au nom de la France combattante.*
>
> 3. — Sur le plan militaire, *Rex sera le Président d'un Comité de coordination de ZO analogue à celui qui existe déjà en ZNO.*

À mesure que je déchiffre ces instructions, je comprends difficilement la nouvelle organisation, qui semblait très simple dans le projet de *Rex :

> *[Le Comité directeur des MUR] coiffant les deux comités de coordination assurera la représentation des groupements de résistance, des syndicats et des partis politiques.*

Il était prévu que ce Comité de direction aurait un nombre de membres limité, de l'ordre de huit, et qu'il ne pourrait donc contenir un représentant de chaque parti et de chaque groupement de résistance.

Je découvre à la fin ce qui me dérange dans cette nouvelle organisation de la Résistance :

> *Le Comité de direction forme l'embryon d'une représentation nationale réduite, conseil politique du général de Gaulle à son arrivée en France.*

Sans connaître ce texte d'André Philip, *Rex a eu raison d'aller exposer ses principes, qui sont plus simples que ceux de Londres. Tous les partis et syndicats existants doivent être représentés.

Pour finir, je jette un coup d'œil aux lettres remises par *Frédéric, mais dont il a oublié à Londres les noms des destinataires. Deux d'entre elles m'intéressent : celle dont je présume qu'elle est adressée à Léon Blum et celle au Comité central du parti communiste.

À l'ancien chef du gouvernement du Front populaire, le Général adresse une longue lettre, fort différente dans le ton de celles à Ceux de la Libération ou à Paul Bastid. Le parti socialiste a-t-il tant d'importance dans la Résistance ? Lui qui se plaint, après avoir poussé ses adhérents à s'y engager, de ne pouvoir obtenir la place qui lui revient de droit. Le Général ignore-t-il ce détail ?

En tout cas, on voit dans la lettre à Blum le grand cas qu'il fait de la personnalité de ce dernier : « Nous connaissons ici votre admirable fermeté. Nous n'ignorons ni vos luttes, ni vos épreuves. »

Il ne cache rien de ses problèmes politiques, dont il sait que son interlocuteur est digne de les comprendre :

> *La Libération approche. Elle se fera dans des conditions équivoques et difficiles, du fait de la politique « d'apaisement » de nos alliés. Ce qui se passe en Afrique du Nord pourrait même être un danger si ceux qui mènent le jeu d'Alger n'étaient pas de simples sots et si notre pays n'avait pas dans ses profondeurs choisi une fois pour toutes la liberté et la République. Toutefois, il faut*

s'organiser pour la Résistance, non seulement dans le présent mais encore dans l'avenir.

Ces mots reflètent élégamment mais fermement la situation du Général. Mais pourquoi une lettre aussi exceptionnelle, qui dépasse de loin les quelques lignes que le Général écrit à d'autres hommes politiques ? Il a besoin de Blum, de sa dignité, de son rayonnement international :

Nous comprenons très bien qu'à mesure que point l'aurore, il soit normal et même souhaitable que la Résistance — tout en demeurant unie et cohérente — se teinte et se nuance des tendances politiques traditionnelles et diverses.

Après avoir affirmé que les cadres politiques deviennent un élément essentiel dans le rassemblement du peuple pour l'action, le Général expose son projet, objet véritable de la lettre :

C'est pourquoi nous souhaitons la formation à l'intérieur du pays d'un organisme concret, groupant sous le signe unique de la lutte pour la patrie et pour la démocratie, les représentants des partis, du moment que ces partis sont, en tant que tels, en action de combat. Les représentants s'y trouveraient aux côtés des chefs des organisations de résistance actuellement existantes. Le tout serait lié au Comité national et constituerait bien la « France combattante ».

Le Général détaille ensuite son projet :

*Il apparaîtrait sur le sol national une autorité
provisoire de la France combattante, susceptible
de s'opposer aux tentatives de division et de confusion que ne manqueront pas de tenter certaines
équipes alliées avec le concours de leurs clients
français.*

Ces trois dernières lignes me prouvent, s'il en
était besoin, que j'ai eu raison de choisir de Gaulle
depuis le premier jour. Ma curiosité est plus vive
encore à l'égard du parti communiste : Comment le
Général peut-il le soumettre à son autorité alors
qu'il prétend rassembler toute la Résistance dans le
Front national ?
   Le texte est si assuré que je ne doute pas un instant que de Gaulle parviendra à étendre son pouvoir sur ces hommes qui reviennent de loin :

*L'arrivée de Fernand Grenier, l'adhésion du
parti communiste au Comité national qu'il m'a
apportée en votre nom, la mise à ma disposition,
en tant que commandant en chef des Forces
françaises combattantes, des vaillantes formations de Francs-tireurs que vous avez constituées
et animées — voilà autant de manifestations de
l'unité française, voilà une nouvelle preuve de
votre volonté de contribuer à la Libération et à la
grandeur de notre pays. Convaincu que votre décision apporte une contribution importante à l'intérêt national, je vous en remercie sincèrement.
[...] De grands efforts, de grands sacrifices vous
seront demandés après tous ceux que les membres de votre parti ont déjà consentis au service
de la France.*

Comme mes camarades de la zone sud, j'ignore
les conditions du voyage de Grenier à Londres. Mes
quelques rencontres avec le représentant communiste ne m'avaient pas convaincu qu'il souhaitait
une « adhésion » aussi complète que le formule de
Gaulle. Désormais, je ne doute pas de l'adhésion
des communistes à la France libre, sinon de Gaulle
ne pourrait écrire :

> *Je suis certain que les représentants que j'ai*
> *désignés trouveront chez les responsables du Parti*
> *communiste français une volonté de coopération*
> *poussée jusqu'à l'esprit de sacrifice et la même*
> *loyale discipline qui existe déjà à l'intérieur de*
> *vos organisations. Mes représentants vous feront*
> *part des décisions prises ici et auxquelles Fernand*
> *Grenier a participé.*

La conclusion abrupte emporte l'adhésion :

> *L'heure des plus durs efforts approche. [...] Je*
> *sais que la France combattante peut compter sur le*
> *Parti communiste français.*

Pendant le dîner, je lis quelques journaux.
L'annonce est générale : Vichy publie une loi insti-
tuant le Service du travail obligatoire en Allemagne.
Elle s'adresse aux garçons de vingt et un à vingt-
trois ans. Les classes 40, 41 et 42 sont appelées[1].

---

1. La loi sur le STO du 16 février 1943 mobilisait les classes nées
entre le 1er janvier 1920 et le 31 décembre 1922 pour partir travailler en Allemagne.

C'est la première fois que j'ai l'occasion de me réjouir d'avoir fait établir ma fausse carte d'identité en France, avec comme date de naissance le 21 janvier 1917. Ouf !

Jeudi 18 février 1943

La Résistance continue

Ce matin, j'expédie à *Rex un télégramme exigeant plusieurs réponses.

D'abord, Raoul Dautry, l'ancien ministre, qui est d'accord pour son départ à Londres, « si accord donné directement à Marnier [Manuel] sur topo emporté ».

Je signale mon versement de 900 000 francs aux montagnards du Vercors au titre de la Relève pour cinq cents personnes. Je spécifie cependant : « Si pas d'accord versement représentera deux versements[1]. »

Ensuite, c'est Jules Moch, recherché par la Gestapo, que j'essaie de faire partir par Denviollet. Ayant reçu l'argent de Londres, je demande à *Rex de me confirmer si je dois payer les mouvements « [...] sur nouvelle base — Liber 2,5 millions — Combat 4,2 millions ». Ultime question : « [...] que peut-on faire pour étudiants refusant application nouveau décret ? »

En fin de journée, je rencontre Farge pour lui remettre le premier versement promis par *Rex. Il

---

1. En réalité, les comptes quotidiens que je tenais indiquent 1 167 000 francs versés aux montagnards ce jour-là. La différence tient sans doute à la somme de 267 000 francs déjà prévue pour eux.

jubile parce qu'il croit à cette base aérienne en France, installée dans le Vercors, inattaquable par les Allemands. Il me parle du projet d'un émetteur pour lequel je dois interroger *Rex : « De toutes les manières, les Boches sont cuits. Les Français sont en train de se soulever. Vous allez assister à la libération prochaine. »

Je me demande s'il n'est pas un peu optimiste. Si les premières nouvelles que j'ai glanées aujourd'hui sur le nombre de jeunes qui refusent de partir travailler en Allemagne se confirment, alors peut-être... Mais pour aller où ?

Vendredi 19 février 1943

Face à face avec Frenay

Henri Frenay m'a fixé rendez-vous sur les quais de la Saône, loin de la place Bellecour.

Dès qu'il arrive, je lui transmets le message de *Rex. « Je ne crois pas que Marin acceptera, me dit-il après l'avoir lu. Il est trop vieux. De plus, comme le Maréchal, il n'est jamais monté en avion. » Mais à peine a-t-il prononcé trois phrases qu'il s'emporte déjà : « Le Général n'a pas besoin de ces vieilles potiches ! L'avenir politique de la France, c'est la Résistance ! et son honneur, l'Armée secrète ! »

Il marque un temps, puis ajoute, provocant : « Vous pouvez le répéter à qui de droit. » Nouvel arrêt, puis le voici presque aimable : « Je vous communiquerai la réponse de Marin par *Lebailly. » Enfin, sans transition : « N'oubliez pas le reliquat du budget. »

Je l'informe que j'ai rendez-vous en début de

semaine prochaine avec *Lebailly pour le lui remettre.

Après l'avoir quitté, j'ai l'impression d'être resté au garde-à-vous durant toute la conversation. Cela confirme l'impression de notre première rencontre : le pire est devant moi.

Je rejoins Farge, toujours aussi chaleureux. Il vient aux nouvelles pour le Vercors. Je lui répète ce que j'ai entendu dire au patron : « Je crois qu'il faudra quelques jours pour obtenir l'accord des Anglais.

— Vous avez l'air soucieux. Rien de grave, j'espère ?

— Le patron est parti.

— Ne vous inquiétez pas. Je suis là et je vous aime bien. *Bip [Bidault] aussi, vous le savez. »

Passant du coq à l'âne, il me dit : « Vous avez lu les journaux sur le STO ? Cela devrait nous donner un coup de pouce pour le Vercors. Nous en reparlerons. »

Après avoir pris rendez-vous pour la semaine prochaine, nous nous quittons. En s'éloignant, il me lance : « En cas d'urgence, vous connaissez ma boîte. »

Samedi 20 février 1943

*Retour de *Rex !*

Depuis le départ de *Rex, Fassin et surtout Schmidt sont des appuis précieux face à la Résistance. Certes, j'ai l'argent et la radio, mais eux ont les opérations : c'est le lien indispensable avec Londres. Je les rencontre tous les jours, et, de temps à autre, nous déjeunons ensemble. Aujourd'hui, c'est avec Schmidt.

Il semble plus détendu que d'habitude. Il me raconte que c'est le résultat de la nouvelle organisation : la création du Comité de coordination et la fusion de l'AS : « Ces changements ont rendu inutile le rôle que nous avions en tant qu'agents de liaison des mouvements : tant mieux ! Alors que *Bernard [d'Astier] m'évitait auparavant, maintenant il me revendique comme seul intermédiaire accrédité. Autrefois, mes demandes de rendez-vous étaient sans réponse ; à présent, Libération veut me voir. »

Je suis heureux de ce renversement : je me souviens trop bien de ses plaintes à l'encontre de Libération, qui l'ignorait. « *Bernard, ajoute Schmidt, a réalisé l'importance de l'Armée secrète avec la fusion des forces militaires. Libération n'apporte presque rien et surtout rien d'organisé. »

Je lui marque mon plaisir de cette revanche. « Merci, me dit-il. Mais je redoute l'heure des combats. Les mouvements sont incapables de remplir les missions qu'ils ont acceptées. Le plus triste, ce n'est pas le manque d'hommes, mais qu'ils n'aient pas su organiser ces hommes. »

Schmidt me donne quelques exemples de la confusion générale qui règne à Toulouse : « Il y avait un état-major commandant plusieurs bataillons. Le 11 Novembre dernier, il a disparu au grand complet vers l'Espagne, plus calme. Le nouveau colonel envoyé par Libération a découvert avec effroi que plus rien n'existait dans la région. »

Ignorant les détails de ces organisations, j'affiche

ma stupéfaction et manifeste un doute : « Mais mon pauvre, c'est partout pareil, me répond-il. À Limoges, que je connais bien, rien n'est organisé. Ce sont de braves types, mais sans envergure. Ils souffrent d'un égoïsme assez curieux : ils sont francs-maçons. Quand on interroge le chef sur leurs effectifs, il évoque un chiffre invérifiable. »

Ce n'est pas la première fois que je l'entends râler et maudire les gens avec lesquels il travaille : pour lui, seule la France libre est organisée et héroïque. C'est aussi mon avis, mais nous sommes en mission en France, et si les résistants ne ressemblent ni de près ni de loin aux Français libres, nous sommes néanmoins chargés de préparer ensemble la Libération.

Schmidt me regarde, les yeux brillants : « Je suis sûr que tu penses comme moi. Ceux qui disent qu'ils possèdent une armée sont des clowns. » Il rit. Même si la Savoie et Lyon ont son indulgence parce qu'on tente de saboter des voitures gonio, sa conclusion est sans nuances : « Il n'y a pas d'armée organisée dans la clandestinité. »

C'est la première fois que Schmidt me parle longuement de ses fonctions et, surtout, qu'il me donne tant de détails sur sa mission. Certes, entre Français libres, il n'y a pas de secret, mais en le quittant je suis triste de constater que tant d'espoirs et d'efforts aboutissent au néant.

Ce soir, je reçois un câble de *Rex qui m'annonce son retour. Ça me remonte le moral !

Il me demande de préparer son passage en zone nord. Par ailleurs, je dois demander à *Frédéric de

rejoindre Paris pour rencontrer *Brumaire et *Passy.
Il ajoute : « Frédéric devra assurer mes cantonnements, carte identité et alimentation faux je dis
faux nom. »

Sans répondre à son message, je lui signale en
retour l'activité militaire de Giraud en Corse, ajoutant : « Se dit seul qualifié pour représenter la
Résistance du peuple français. »

Cela fait huit jours aujourd'hui que *Rex est parti.
Son absence m'a révélé une Résistance inconnue :
*Rex existe par l'argent qu'il distribue. Je le décou-
vre aujourd'hui parce que, depuis le départ du patron,
je suis plus qu'un simple exécutant : je dois choisir
et parfois trancher.

Dimanche 21 février 1943

André, mon camarade

Après déjeuner, je me rends au bureau en marchant
tête baissée. Au qui-vive permanent dans lequel nous
vivons, s'ajoute, depuis une semaine, une responsabilité à laquelle je fais face difficilement.

Absorbé par mes tourments, je ne vois pas, sur le
trottoir opposé, l'homme qui traverse la rue pour venir
à ma rencontre : « Pa'don, monsieur, connaissez-vous
un bain public dans le qua'tier ? » Ce défaut de pro-
nonciation est celui d'André Marmissolle, mon camarade de Saint-Elme. Je lève la tête : c'est lui !

Après tant de complicité partagée au collège, à la
montagne, à Bordeaux, trois ans ont passé. Nous
nous jetons dans les bras l'un de l'autre : « Que fais-
tu ici ?

— Et toi ? »

Je l'entraîne dans un café de la place des Terreaux toute proche et lui raconte brièvement mon aventure : notre départ de Bayonne avec son frère Philippe, notre engagement dans la légion de Gaulle, le départ de Philippe en Afrique et, après deux lettres de lui, l'absence de nouvelles, mes classes dans les chasseurs, mon choix des services secrets, mon entraînement dans les écoles anglaises et mon parachutage en France en juillet 1942.

André, mobilisé en 1939 dans l'aviation, se trouvait en Afrique du Nord lors de la défaite. Rentré à Paris, il y a poursuivi ses études universitaires de philosophie. Il y a fait la connaissance d'un camarade, aviateur comme lui. Tous deux ont décidé de rejoindre l'armée d'Afrique en passant par l'Espagne. Après des mois de recherche et de fausses espérances, il a trouvé une filière par Perpignan. Arrivé à Lyon il y a une heure, il repart le soir même.

Je tente de le dissuader : « Pourquoi partir alors que tu peux être si utile ici, où tout est à faire ? Reste avec moi, tu combattras tout de suite.

— Si j'étais seul, je te dirais oui sur-le-champ, mais j'ai rendez-vous avec mon camarade ce soir à la gare. Je vais lui en parler. S'il est d'accord nous resterons tous les deux. » Rendez-vous est pris, à 8 heures, au buffet de Perrache.

En le quittant, j'éprouve pour la première fois avec autant d'intensité la plaie béante du désastre : ma vie broyée par les événements. Je ne pleure pas, fier de m'être évadé de l'âge où l'on se laisse aller. Je suis seulement saisi de la poignante nostalgie d'un passé qu'André incarne à lui seul.

Tout l'après-midi, j'expédie les affaires courantes,

incapable de me concentrer sur mon travail. Le
cœur n'y est pas. Je suis impatient de le retrouver.

J'arrive en avance au buffet : personne. En les
attendant, je commence à dîner, m'efforçant de
m'intéresser aux journaux que je traîne avec moi.
L'attente s'éternise : toujours personne. Je dois partir à la fermeture afin d'être rentré chez moi avant
le couvre-feu.

J'en conclus qu'ils ont choisi la vraie guerre, celle
où l'on connaît sa valeur face à l'ennemi, où l'on
gagne des médailles en tuant d'autres hommes. Tout
en déplorant le départ d'André, qui referme ma solitude, je l'approuve secrètement : la guerre qu'il a
choisie est celle que je regrette. Ma déception est
d'autant plus cruelle que j'interprétais notre rencontre
fortuite comme un signe du destin : prodigieuse
coïncidence de nous retrouver dans une ville d'un
million d'habitants, que ni l'un ni l'autre ne connaissions auparavant et dans laquelle il venait de débarquer...

Rentré chez moi, je me sens plus seul que jamais.
Il fait froid dans ma chambre tandis que j'entame
une nouvelle nuit de travail.

Lundi 22 février 1943

Mme Moret arrêtée

Ce matin, Suzette, le visage défait, vient au rendez-
vous avec *Germain : « Ma mère a été arrêtée. » Les
Allemands l'ont cueillie quai Saint-Vincent avec les
officiers du Deuxième Bureau et quelques Alsaciens.
Je demande à Suzette de ne plus retourner rue
Philippeville, où M. Moret continue de vivre.

« Je n'ai pas besoin de quitter notre appartement, me répond-elle. Ils sont déjà venus et n'ont rien trouvé. Vous connaissez la prudence de mon beau-père. Je n'ai jamais rien caché là-bas et n'allais jamais quai Saint-Vincent. »

Suzette a toutes les qualités : c'est un vrai « caillou ». Quand elle a pris une décision, rien ne peut la faire changer d'avis. De guerre lasse, j'accepte parce que nous sommes saturés de travail, que les locaux manquent et qu'elle est la plus dévouée de mon équipe.

Je m'inquiète toutefois pour le « magot ». Heureusement, *Germain a déniché un couple de retraités sympathiques, les Valette, qui habitent au centre de Lyon : ils acceptent de n'avoir aucune autre activité que de cacher l'argent.

Mardi 23 février 1943

Réalité d'une absence

Les jours passent sans anicroche. Je rencontre comme d'habitude les uns et les autres et me rends compte que j'ai exagérément grossi les difficultés provoquées par l'absence de *Rex. Après tout, ce n'est pas si compliqué que ça !

Cette impression rassurante m'est confirmée par le début de son câble du jour : il donne son accord au départ du général Doyen et de Herriot et confirme que Manuel et Massigli « insistent » pour la venue de Dautry à Londres.

Si *Rex est d'accord pour le versement effectif aux montagnards, il me prescrit une rétention dans la distribution des fonds : « Pour mouvements même somme que janvier. » Il ne dit rien de son retour, mais je l'attends d'un jour à l'autre pour s'expliquer avec les chefs des mouvements.

Jeudi 25 février 1943

Maquis en formation

Depuis le départ de °Rex, les événements connaissent une accélération foudroyante. Une foule de garçons requis par la loi du 16 février 1943 sur le travail obligatoire en Allemagne désertent et fuient les villes pour se cacher dans les montagnes. Mon espoir fou est en train de se réaliser[1] !

C'est le sujet de conversation de tous les résistants : grâce à eux, l'insurrection approche. Enfin ! Tous les renseignements que je glane prouvent que le mouvement s'amplifie et que la Résistance est en train, grâce à Vichy, de mobiliser des troupes de jeunes[2].

Une sorte de fièvre belliqueuse s'empare de nous. Lors de mes rendez-vous avec Fassin, Schmidt et les responsables des mouvements, je reçois les informations par bribes. Les agents du BCRA jubilent : le Débarquement est pour demain...

---

1. Cloué à Lyon, je ne pouvais partager le destin de ces jeunes, dont on me disait qu'ils occupaient la Savoie, l'Isère, le Puy-de-Dôme. J'aurais voulu être sur le front avec eux. Dans les rues de Lyon, courant d'un rendez-vous à l'autre, écoutant à longueur de journée des hommes qui se plaignaient parce que je ne les aidais pas, j'étais révolté par mon impuissance.
2. En réalité, entre 625 000 et 700 000 requis allèrent travailler en Allemagne, où 35 000 moururent ; le STO provoqua certes la naissance des maquis, mais seuls 10 % des réfractaires au STO les rejoignirent.

Vendredi 26 février 1943

Les montagnards à la BBC

Ma rencontre avec Farge aujourd'hui est euphorique. Il a entendu hier, à la BBC, la phrase conventionnelle annonçant l'accord de De Gaulle pour
réaliser le projet du Vercors. « Ça arrive à point : les
hommes dont nous avons besoin pour organiser le
réduit viennent à nous pour échapper au STO. Nous
avons beaucoup de chance, Laval nous envoie les
troupes que nous désespérions de rassembler. »

La réussite du Vercors me concerne au premier
chef : non seulement j'y ai ma place, mais la vraie
guerre va commencer. Mon optimisme est de courte
durée. Je reçois ce même jour un télégramme personnel m'interrogeant sur deux des postes expédiés
en novembre : Gudgeon et EEL Red.

Le BCRA est inquiet parce que je leur avais
demandé, le 6 décembre, d'écouter EEL, que j'avais
déclaré inutilisable ; même chose, le 13 février,
pour Gudgeon. Or ces deux postes émettent. Je
comprends leur inquiétude : cette contradiction ne
masque-t-elle pas un danger ? Les postes sont-ils aux
mains des Allemands ou, pire, utilisés par un radio
« retourné » ? Comme ils appartiennent à Maurice
de Cheveigné, je me promets de l'interroger.

Afin qu'il n'y ait pas d'erreur dans la distribution
du budget du mois de mars, j'informe *Rex du montant de chaque destinataire d'après les chiffres que
chacun m'a donnés ces jours derniers. Je n'ai pas
l'argent, mais l'espère par la prochaine opération.

*Frédéric m'a averti de prévoir 1,5 million pour la zone nord. Quant à la zone sud, une augmentation considérable m'a été demandée par rapport au budget distribué ce mois-ci : Combat, 4,2 millions ; Libération, 2,5 millions.

Qu'en pense *Rex, lui qui m'a télégraphié il y a quatre jours pour confirmer que je devais donner aux mouvements « même somme que janvier » ?

Samedi 27 février 1943

L'état-major de Giraud en danger

J'ai été contacté par le commandant Henri, de l'état-major de Giraud, qui me demande d'expédier un télégramme au colonel de Linarès, avec lequel il n'a aucune liaison. Il signale sa situation dramatique : « [...] impossible prolonger séjour mailles se resserrent autour Henri et Kientz provoquer enlèvement extrême urgence. »

Il demande des ordres pour protéger leur organisation de renseignements en Alsace. C'est là un exemple de câbles que des organismes étrangers au BCRA, ayant perdu leur liaison avec les Anglais, les Polonais ou Alger, me demandent d'expédier ou de recevoir pour eux, ce qui accroît d'autant notre trafic. J'y mets une condition : les textes doivent être donnés non codés.

J'attends toujours le retour « prochain » de *Rex. Il est parti depuis deux semaines et m'a annoncé son

retour il y a dix jours. Je redoute de nouveaux affrontements avec les chefs des mouvements à propos de
leurs budgets.

Je suis d'autant plus déçu en décodant, parmi
d'autres, un message de *Rex dans lequel il m'annonce
l'échec d'une double tentative de retour et son report
à la prochaine lune. Le Lysander devait aussi ramener le général Delestraint. La seule bonne nouvelle
est pour le réseau Brandy[1], dont *Rex me demande
de lui « avancer tous fonds nécessaires ».

Le mot « Amitiés », qui, pour la première fois,
figure dans un télégramme, m'apporte une piètre
consolation à ce désastre.

La nouvelle lune est le 6 mars, dans une semaine,
mais je sais d'expérience que les opérations Lysander
sont plus aléatoires encore que les parachutages :
outre les problèmes de visibilité et d'accueil de
l'équipe de réception, l'atterrissage exige davantage
de mesures de sécurité — surtout pour de telles personnalités — que les simples largages.

Conclusion, je vais devoir affronter les « chefs »
sur la pire des questions : l'argent. L'information que
je leur apporte concernant la lecture de leurs
journaux à la BBC ne me paraît pas de nature à
compenser leur déception.

---

1. Réseau d'évasion conçu par le lieutenant d'aviation Christian
Montet (*Martell), parti pour l'Angleterre en décembre 1941.

Mercredi 3 mars 1943

L'insurrection est pour demain

Je reçois d'abord un câble de *Rex pour *Frédéric, dont il est sans nouvelles. *Rex lui demande de rejoindre d'urgence la zone nord, car « Arquebuse [*Passy] bien arrivé ZO avec nouvelles instructions arrêtées d'accord avec Max [*Rex] ». *Frédéric étant déjà parti, cela ne me concerne plus.

Enfin, *Rex me demande de verser 500 000 francs à Ali, un réseau de renseignements dont j'ignore tout. Je suis effrayé de verser une telle somme à des inconnus, tant j'ai peu d'argent pour la Résistance.

Je me souviendrai longtemps de ce jour : tout le monde me demande d'expédier des câbles à Londres pour avertir que c'est peut-être la fin de la Résistance si elle n'est pas aidée ; ou le début de la victoire si des armes et de l'argent sont envoyés en masse.

*Rex n'a rien prévu avant son départ et demeure muet, tandis que je me fais insulter par les mouvements : comment ai-je l'affront de me réfugier derrière l'absence d'ordres, alors que la Libération commence ? Plus que jamais, je suis un traître.

Afin de m'inciter à leur verser l'argent qu'ils réclament, les adjoints des chefs, *Lorrain et Copeau, me montrent les télégrammes expédiés à Londres par leurs chefs. *Lorrain, que je vois d'abord, m'en fait voir un qui signale la prise de maquis par un groupe d'ouvriers désignés pour la déportation :

> [...] *pouvons largement développer cet exode et créer groupe francs-tireurs pour action immédiate. Demandons deux millions mensuels et*

envois massifs armement — Réponse urgente.
Signé Nef [Frenay].

Copeau, lors de notre rendez-vous, me montre les
télégrammes envoyés aujourd'hui par les Mouvements
unis de la Résistance à de Gaulle :

> *[...] français déportés considèrent abandonnés*
> *par Alliés réfugiés Alpes, Massif central, Cévennes,*
> *Jura — Organisons mouvements sommes arrêtés*
> *moyens financiers ridicules. [...] Sans grands*
> *moyens action organisation réfractaire déporta-*
> *tion passera mains communistes votre autorité*
> *opinion française complète sera rapidement sapée*
> *si ne manifestez pas par notre intermédiaire dans*
> *lutte Libération commencée. [...] Si nos appels*
> *inutiles ordonnerons action désespérée à outrance.*

Sans que j'y prenne garde, les jours précédents
étaient annonciateurs de cet excès de violence et
d'incertitude.

Schmidt me montre un télégramme de Libération
adressé au général de Gaulle par Frenay ce même
jour :

> *[...] en deux mois attend votre mot d'ordre*
> *résistance totale et violente — Avons décidé pas-*
> *ser je dis passer action immédiate — Avons espoir*
> *entraîner mouvements unanimes désobéissance*
> *et révolte. Demandons aide argent et armes.*

Est-ce parce qu'il est le dernier responsable de la
journée ou à cause de sa modération ? En tout cas,
cette fois, je me mobilise et décide d'expédier moi-
même un télégramme à *Rex pour attirer son atten-

tion sur une situation bien différente de celle qu'il a connue avant de partir :

> *Situation évolue façon imprévisible depuis 8 jours. Déportation intensive des jeunes et des ouvriers vers l'Allemagne. Menacent d'anéantissement les Mouvements ZNO et ZO ainsi que l'AS. Tous hommes jusqu'à trente et un ans et ouvriers tout âge touchés par nouvelles mesures.*

Je termine par l'information décisive :

> *[...] intention par mouvements utiliser incessamment effectifs et matériels disponibles.*

Je l'expédie sur mon poste afin qu'il arrive aujourd'hui même.

Jeudi 4 mars 1943
La politique n'est plus au rendez-vous

Je me rends chez *Salm pour lui poser la question de *Rex, reçue hier, concernant *Frédéric, dont il est sans nouvelles.

Je n'ai pas revu *Salm depuis quinze jours. Effrayé de m'avoir invité chez lui, il m'a demandé de ne plus le déranger, sauf en cas d'extrême urgence. Il a repris, sous son vrai nom, sa situation d'avant-guerre aux Câbles de France. Sa vie de famille lui interdit, me dit-il, d'être aussi actif qu'il le souhaiterait. Je comprends mieux pourquoi il a abandonné Cheveigné à lui-même.

Comme il ignore tout des opérations aériennes, des transmissions et, en général, du fonctionnement de la Résistance, je suis surpris que *Rex lui confie une mission pour laquelle il n'a aucune compétence. Quoi qu'il en soit, le câble de *Rex me transmet un ordre, que je dois exécuter.

*Salm m'accueille dans un grand salon meublé à l'ancienne. Lorsque je lui communique le télégramme du patron, il marque son étonnement : « Ces contacts sont longs, difficiles et surtout périlleux. Avant son départ, *Rex m'a mis au courant de ses conversations, mais je ne sais pas si je puis lui être utile. Je suis très occupé par ma profession. Je vais examiner ce que je peux faire. Venez me voir la semaine prochaine. Pour les affaires importantes, je vous conseille d'attendre le retour de *Rex. »

La Résistance m'a appris à ne m'étonner de rien, tant les coups de théâtre se succèdent rapidement. Malgré tout, je ne peux qu'être choqué par de tels propos de la part d'un « agent » de Londres. Je crains que *Rex ne se montre incrédule lorsque je lui en rendrai compte.

Je quitte *Salm en m'excusant de l'avoir « dérangé »[1]. Le soir même j'en parle à Bidault. Il ne le connaît pas et ne fait aucun commentaire. Je vérifie avec lui la liste des personnes que *Rex m'a demandé de faire partir, ainsi que celle des partis qui n'ont pas encore désigné leurs représentants : trois sur cinq, l'Alliance démocratique, les radicaux et le parti communiste.

Je télégraphie à *Rex pour lui annoncer la réponse négative définitive de Louis Marin pour partir à

---

1. Quand je revis Jacques Soulas (*Salm) une semaine plus tard, il m'annonça qu'il déclarait forfait.

Londres. Les socialistes ayant finalement désigné
Le Troquer, je lui demande l'autorisation de verser
à ce dernier 400 000 francs pour la zone nord et lui
signale que je m'occupe d'obtenir les noms des autres
représentants.

Avec l'accord de Bidault, je poursuis mon enquête
en rencontrant de nouveau Bastid pour les radicaux
et *Gaston pour les communistes. Je suis curieux de
ces relations avec les « hommes politiques », dont j'ai
tant rêvé avant guerre et qui me sont aujourd'hui
imposées par mes fonctions. Chacun dans un regis-
tre propre me dévoile un visage de la politique dont
j'ignore tout : celui du pouvoir.

Fatigué par cette journée éprouvante, j'ai hâte de
rentrer chez moi pour effectuer les derniers codages. C'est compter sans mon ultime rendez-vous, dans
la soirée, avec M. Moret place des Terreaux.

Il m'attend en compagnie d'un inconnu. Approchant dans la pénombre, je reconnais André Montaut,
un des dix-sept du *Léopold II*, en juin 1940 :
« chasseur-radio » lui aussi, il a été parachuté en
mai 1942. Ce soir, il est là, devant moi, souriant, tel
que je l'ai connu à Pau, puis dans les camps et les
écoles anglaises !

Arrivé ce matin à Lyon, il ne sait où loger. Je le
conduis rue des Augustins en attendant de lui trouver un logement, puis nous dînons ensemble. J'ai
hâte de connaître son odyssée.

« J'ai été choisi par le capitaine *Georges, alias *Mec
pour devenir son radio, d'où mon indicatif *Mec.W. »
*Georges a pour mission d'établir une liaison avec
le parti communiste et les FTP. Un camarade du

BCRA leur a conseillé d'emporter avec eux du thé et des coupons de tissu afin d'obtenir, en France, certaines facilités. Le jour de leur arrivée à Paris, en sortant de la gare, des agents du contrôle économique ont ouvert leurs valises et découvert ces denrées du marché noir. Ils se sont enfuis, abandonnant tout, puis se sont séparés après avoir convenu d'un rendez-vous le soir même.

Lorsque Montaut est arrivé, à 7 heures, à la station de métro Grenelle, il a aperçu au loin *Mec, qui, cerné par des hommes en civil, se débattait. Soudain, il le vit s'écrouler : il venait d'avaler sa pilule de cyanure ! Montaut, n'ayant aucun autre contact à Paris, alla se réfugier dans sa famille à Pau, où, grâce à des relations à la mairie, sa situation put être régularisée. Il dut toutefois effectuer son service dans les chantiers de jeunesse.

Pendant le dîner, je l'observe : il n'a pas changé. Il est toujours d'une gaieté insouciante, tempérée par un regard noir et velouté qui fait toute sa séduction. Il me raconte son aventure avec une simplicité amusée : pour lui, elle n'a rien d'extraordinaire.

Je ne résiste pas à la curiosité : comment va ma mère ? Quand il a revu mes parents, en mai 1942, ils étaient sans nouvelles de moi depuis longtemps. Pour les rassurer, il leur avait masqué la vérité : j'étais toujours en Angleterre, j'avais trouvé un poste dans des bureaux à Londres.

« Pourquoi ne nous écrit-il pas ? avait demandé ma mère.

— C'est interdit dans les services secrets.

— Mais Londres est bombardée !

— Non : c'est de la propagande des Boches. Il est à l'abri, ne vous inquiétez pas. »

À un moment donné, mon beau-père lui avait dit : « C'est curieux ; ça ne lui ressemble pas de travailler dans un bureau.

— Ce sont les hasards de la guerre. On l'a nommé dans ce service ; c'est un soldat, il obéit. »

Je suis bouleversé par ses confidences, comme je l'ai été avec Blanquat il y a six mois.

À son tour, Montaut m'interroge sur nos camarades. En dépit du secret, je lui révèle les noms de ceux qui travaillent avec moi, Fassin et Schmidt, et lui annonce l'arrestation de trois camarades d'Angleterre : Brault, Holley et Loncle.

Ça ne le décourage pas : il est venu pour combattre et n'a qu'un seul désir, reprendre sa mission interrompue depuis dix mois. « Ne t'inquiète pas, lui dis-je. Dès demain tu seras au travail. »

Vendredi 5 mars 1943

État « insurrectionnel »

Autant l'enquête sur les représentants des partis au Conseil de la Résistance est stimulante, autant la décision de *Rex de ne pas augmenter le budget des mouvements aiguise les conflits.

Depuis plusieurs jours, Fassin, *Sif.W et Schmidt m'informent des départs de plus en plus massifs de jeunes requis vers les montagnes (Savoie, Haute-Savoie, etc.), à la suite de la promulgation, le 16 février, du STO.

Farge lui-même me l'a rappelé hier : les chefs des mouvements prennent conscience de la foule des jeunes qui refusent la loi de Vichy et des possibilités offertes par cette masse informe.

Le premier chef qui répond à mon billet est d'Astier de La Vigerie. Il me désigne un lieu loin du centre et compliqué d'accès. Dès le premier mot, il comprend l'importance de la décision de *Rex et me coupe la parole. Grand, racé, il est empreint d'une grâce nonchalante dont il use en habile stratège. Je me demande toujours durant nos rencontres si même il me voit, tant j'ai la sensation en le quittant de ne pas exister à ses yeux.

« Dans les circonstances où nous sommes, me dit-il, c'est un crime, il n'y a pas d'autre mot. La France est en état d'insurrection et les Alliés vont débarquer ; nous avons besoin de tout, d'argent, d'armes, et *Rex coupe les vivres ! C'est trop : je vais demander à de Gaulle qu'on en finisse avec cette incompétence ! » Craint-il de dire devant moi « son incompétence » ?

Il me remet le texte d'un câble adressé à *Rex sur l'état insurrectionnel :

> *Situation grave pays vidé rapidement hommes — Seul salut résistance totale — Mettons tout en œuvre mais souhaitons votre retour rapide avec moyens argent et promesses concrètes armes — Pays mûr je dis bien mûr pour résistance violente si soutenu mot d'ordre précis [...] prochaine libération — Organisation en groupes francs des récalcitrants à la déportation — Laisser faire déportation fait jeu communisme.*

Il a rédigé un autre télégramme adressé au général de Gaulle :

Tout délai à aider mouvements à former réduits et assister réfractaires désorganisera résistance, déconsidérera FFC [Forces françaises combattantes] et entraînera lutte intérieure. Stop. Dans ce cas pays vidé ne participera pas à guerre et condamnera ses chefs et alliés au profit communisme.

Ma rencontre avec d'Astier n'est qu'une escarmouche à côté de l'accueil que me réserve Frenay. Il m'a invité à le rejoindre sur les quais de la Saône, non loin de notre premier rendez-vous.

Lorsque je lui communique l'ordre de *Rex de lui verser un budget identique à celui de janvier, il ne se contient plus : « Ils sont fous ! Veulent-ils assassiner la Résistance ? Choisir, pour nous étrangler, le moment où l'insurrection commence est un crime. S'ils veulent l'épreuve de force, ils l'auront ! *Rex veut nous avoir à sa botte ; il se trompe. Je n'ai pas besoin de lui pour trouver l'argent de la bataille. »

Bien que je me sois préparé à tout entendre, je reste médusé lorsqu'il ajoute : « Je sais que vous avez de l'argent : je vous ordonne de le verser à la Résistance. J'ai besoin de 2 millions et d'un armement massif. » Je connais ses éclats, que *Rex m'a maintes fois relatés, mais je ne suis pas le patron : mon devoir est de subir en silence. Je ne réponds donc pas.

Frenay sort un carnet et, sur le rebord du parapet, griffonne un câble pour *Rex : « J'espère que vous ne le censurerez pas. » Quel affront ! Oublie-t-il que je suis un soldat en mission ? Le câble répète ce qu'il m'a dit :

Estimons décision scandaleuse au moment où mouvements doivent lutter contre déportation.

*Demandons utilisation simultanée parachutage
et virement Suisse prévu par télégramme[1].*

Il se termine par une ultime insolence : « Demandons motif décision. »

« C'est par un réseau anglais, me dit ironiquement
Frenay, que j'enverrai un autre télégramme pour
exiger les 2 millions immédiatement ! » Je saisis la
provocation, mais ne bronche pas.

Comme à chacune de nos rencontres, Frenay me
fixe un prochain rendez-vous dans un lieu différent,
dans un quartier excentré d'un Lyon inconnu de
moi[2].

La liaison que *Rex a demandée aux chefs de
conserver avec moi tourne à la partie de catch :
espèrent-ils m'avoir à l'usure ?

Le style de Jean-Pierre Lévy est différent. Simple,
direct, bon enfant, il place nos relations sur le plan
de la camaraderie. Son but est pourtant identique :
me dépouiller du « magot ».

Après que je lui ai répété le refus de *Rex, il lâche
benoîtement : « Êtes-vous libre à dîner ? » Flatté par
l'attention d'un grand chef, j'accepte. Je n'ai qu'à
m'en féliciter, car non seulement le repas servi dans

1. J'ai retrouvé ce télégramme : « Pouvons organiser de suite
avec déserteurs déportation réduits pour guérillas immédiates
— Avons besoin plusieurs millions mensuels armements et vivres —
Faire savoir urgence si pouvons compter ferme parachutages aux
endroits que désignerons. »
2. Henri Frenay me fixa en réalité rendez-vous tous les jours
suivants. Sans doute espérait-il que je céderais aux menaces.
J'ignore si je fus courageux, mais pour rien au monde je n'aurais
trahi mon patron.

le bistrot où il m'emmène est délicieux, mais, de bout en bout, il se montre aimable et prévenant. Il m'interroge sur mes origines, mon parcours, ma mission en France, puis m'explique, sur un tout autre ton que Frenay et d'Astier, la situation des réfractaires, dont il est persuadé que je ne comprends pas tout le tragique.

Je le détrompe et l'informe que, malgré mon refus, je partage son indignation et m'interroge sur les raisons pour lesquelles Londres ne les aide pas plus efficacement. Ce n'est pas *Rex que je mets en cause, à la différence des résistants, mais les bureaux. Pourquoi ne veut-on pas sauver de la déportation les jeunes réfractaires, des camarades de mon âge ?

D'après les récits des responsables des mouvements et de tous mes camarades, j'ai le sentiment que la France, au moins en zone sud, est au bord de l'insurrection. Une sorte de fièvre est perceptible à tous les niveaux de la Résistance.

Un doute chemine cependant dans ma tête : Frenay n'a-t-il pas raison d'exiger ses 2 millions ? Ne suis-je pas passible de « refus d'obéissance » si je mets la Résistance en péril ? *Rex m'a confirmé les versements au Vercors ; pourquoi n'en fait-il pas de même pour les réfractaires ?

Je me doute qu'à cause de la lenteur des transmissions, *Rex ignorait le début des maquis au moment où il a rédigé ses instructions, il y a quelques jours. N'aurait-il pas changé d'avis s'il avait connu l'exacte évolution de la situation ? Si je suis d'accord avec les arguments de Lévy, mon devoir n'est-il pas de prendre une décision, qui, en l'absence de *Rex, relève de mes attributions ?

Je vis cette période de conflits déchiré entre des devoirs opposés et vécus dans le doute.

Samedi 6 mars 1943

Enfin chez nous

Je confie à Cheveigné deux télégrammes pour *Rex. Je commence par les bonnes nouvelles : « Ai retrouvé Mec.W [Montaut] — Puis-je l'utiliser pour WT ? » Puis j'ajoute : « Pal.W [Briant] libéré [de son arrestation, le 26 décembre, sur la ligne de démarcation] je dis libéré reprend travail ZO. »

Je réserve les mauvaises nouvelles pour la fin : « Mouvements et AS me prient de transmettre leur refus et revoir si décision budget janvier maintenue. »

Dans le second câble, j'informe *Rex que j'ai commencé la prise de contact avec Gallia (réseau de renseignements pour les mouvements) et lui demande si le BCRA a des instructions pour lui et s'il peut utiliser provisoirement le réseau WT, pour lequel je réclame des dates d'émission supplémentaires.

Enfin, je lui signale que le réseau Brandy a une dizaine de places pour le prochain départ et lui demande des noms. En retour, Cheveigné me remet deux câbles de *Rex. Le premier réclame d'envoyer le modèle de papiers ou de tampons que doivent avoir les Français de vingt et un à trente et un ans prouvant qu'ils ont été recensés et un tampon original permettant de franchir la ligne de démarcation.

L'autre câble, de même nature, demande d'envoyer tout renseignement sur les nouvelles formalités

relatives aux cartes d'identité et de ravitaillement.
Train-train habituel.

Heureusement, durant cette triste période, j'ai
une occasion de me réjouir : *Germain a trouvé un
local pour nous servir de bureau. Je regrette que *Rex
ne soit pas là pour assister à ce que je considère
comme un triomphe.

Situé montée des Capucins, derrière la place des
Terreaux, non loin de la rue des Augustins, il possède
deux issues, dans des rues opposées. Avec l'augmentation du trafic radio, la multiplication des rendez-
vous et le nombre croissant de boîtes à relever et
de contacts avec *Mado, *Germain est débordé. Les
tâches du secrétariat s'accroissent, comme toujours,
plus vite que le personnel, et nous sommes constamment en retard d'un agent ou d'un local.

*Mado s'installe dans ce nouveau bureau. Je peux
ainsi lui dicter directement télégrammes et rapports
sans subir la lenteur des communications imposées
par la sécurité.

Dimanche 7 mars 1943

La radio marche

Deux câbles sont arrivés hier. Dans le premier, *Rex
me demande d'aviser *Frédéric de verser 500 000 francs
à Louis Saillant, le dirigeant de la CGT en zone
nord. Il me demande en outre si les lettres du Général aux personnalités politiques ont été acheminées :
« Cas difficulté consulter *Bip [Bidault]. »

°Frédéric m'a remis quelques lettres du Général à des personnalités. Malheureusement, leurs noms ne sont pas mentionnés. J'ai interrogé Bidault à ce sujet, mais, peu sûr des destinataires, il m'a conseillé d'attendre l'arrivée de °Rex pour les distribuer.

Le second câble m'informe de ne pas m'occuper du départ du syndicaliste Georges Buisson, qui sera acheminé en Angleterre par d'autres voies. °Rex m'interroge aussi pour vérifier une information parvenue à Londres indiquant que les récents billets français de 1 000 et 5 000 francs devaient porter un nouveau cachet.

Fassin m'a apporté des précisions sur les départs. Il a prévu trois opérations pour enlever des hommes politiques et des syndicalistes. Je câble ces informations à °Rex et lui signale que j'attends encore la réponse de Louis Marin. Enfin, j'ai rencontré le maire de Lyon, Georges Villiers, qui attend la réponse de Dautry, mais son départ paraît improbable.

Dans un autre câble, j'indique au patron : « Montagnards poursuivent activités avec succès mais réclament argent, armes et munitions en vue action immédiate. » Je lui demande enfin si je dois lancer la construction dans le Vercors de la station émettrice à grande puissance prévue avant son départ.

Lundi 8 mars 1943

Le trafic continue

J'informe °Rex que °Salm m'a chargé de l'avertir que ses occupations ne lui laissent aucun temps pour s'occuper des contacts qu'il lui a demandé de prendre en vue du Conseil de la Résistance et que mes visites — je l'ai rencontré trois fois en tout et pour tout — mettent en danger sa famille.

J'explique que *Salm n'ayant effectué aucun contact je m'en suis occupé personnellement. J'ai en effet pris langue avec les représentants des syndicats que je connais : Charles Laurent, désigné par la CGT, et Gaston Tessier, par le syndicat chrétien. Ce dernier me demande si Marcel Poimbœuf, leur représentant envoyé à Londres, peut être « enlevé » durant la lune d'avril.

Enfin, je contacte *Villiers, que je connais. Il m'indique que les socialistes ont désigné André Le Troquer pour les représenter au Conseil de la Résistance.

Mardi 9 mars 1943

Des ordres pour la zone nord

Depuis le départ de *Rex, je rencontre tous les jours Cheveigné. Je le félicite pour la rapidité des transmissions, dont tout le mérite lui revient.

Depuis la mise en route d'André Montaut, il est heureusement déchargé des opérations de Fassin. Néanmoins, je suis conscient que les contacts presque quotidiens avec *Rex, c'est lui : « Tu m'as dit qu'il fallait faire une démonstration auprès du patron. Tu me prends pour une nouille ? »

Effectivement, lorsque, après le déjeuner, je décode chez moi les deux nouveaux télégrammes qu'il me remet, je lui sais encore plus gré de relever le défi.

Le premier est un texte adressé à *Frédéric pour

l'organisation d'un service aérien en zone nord. Analogue au SOAM, organisé par Fassin en zone sud, il doit relever de *Rex « via Frédéric avec Pal [Ayral] homologue de Sif [Fassin] comme chef Kim [Schmidt] et Rod[1] comme adjoints ayant chacun secteur territorial propre ». *Rex estime que l'implantation d'un organisme strictement FFL facilitera le plan établi avec les autorités britanniques.

Par retour, je rassure *Rex sur la situation financière — « argent versé aux mouvements suivant vos instructions » — et lui demande si je peux attribuer un budget mensuel de 40 000 francs au syndicat chrétien de zone nord. Je lui annonce en outre le départ, par la nouvelle opération de mars, des nouvelles formalités pour les cartes d'identité et d'alimentation.

Enfin, je lui transmets une plainte du syndicat chrétien demandant instamment que Morandat arrête ses émissions à la BBC et à Brazzaville, « discours tenus compromettant gravement sécurité militants travaillant ici ».

Jeudi 11 mars 1943

Catastrophe imprévue

Je suis heureux que Montaut se soit inséré si rapidement dans le circuit, car c'est un radio remarquable : il accomplit enfin la mission pour laquelle il a été préparé durant un an.

Le câble de *Rex que je décode est d'une tout autre tonalité :

1. Pierre Deshayes.

> *Apprenons que Frédéric arrêté Paris avec plu-*
> *sieurs membres : Ceux de la Libération — Aviser*
> *Marc[1], [...] Pal [Ayral], je dis Pal et Dufour[2], je*
> *dis Dufour si ce dernier à Lyon. Amitiés.*

Le dernier mot apparaît depuis quelques jours dans les télégrammes de Londres. Il m'est d'une maigre consolation après cette catastrophe.

Dans un nouveau câble, j'annonce l'envoi des tampons et des renseignements sur les nouvelles formalités, en précisant qu'aucun nouveau cachet n'est prévu pour les billets de 1 000 et 5 000 francs. Par ailleurs, j'annonce que Louis Marin refuse de partir, comme Frenay l'a prévu, et que Bothereau, le chef syndicaliste, partira par la lune d'avril.

Je signale pour finir à *Rex que la CGT m'a demandé l'enlèvement de Buisson :

> *Si accord veuillez passer phrase BBC « Le soleil*
> *se lève chaque jour » — Si pas accord BBC pas-*
> *sera « La nuit vient tous les soirs ».*

Vendredi 12 mars 1943

Le bureau de Copeau

À notre rendez-vous matinal, *Germain m'apporte un billet de Copeau me convoquant ce soir, à 8 heures, à une réunion au 7 rue de l'Hôtel-de-Ville[3] : « Extrême urgence ! Présence indispensable. »

---

1. Antoine de Graaff, alias *Grammont.
2. Maurice Ripoche.
3. Aujourd'hui rue Édouard-Herriot.

Depuis le départ de *Rex, je participe à divers conciliabules, qui me conduisent dans les bureaux clandestins des uns et des autres : organisation de parachutages, télégrammes, réclamations d'argent, etc. L'urgence de tous les résistants depuis le départ de *Rex concerne les liaisons avec Londres et les demandes de fonds.

Je rejoins cette réunion le cœur léger : en dépit des pressions et des menaces, je n'ai plus d'argent à distribuer.

À 8 heures précises, je monte au cinquième et dernier étage de la rue de l'Hôtel-de-Ville. Selon le code convenu, je sonne quatre coups brefs. Une dame vient m'ouvrir et me fait entrer dans une salle à manger enfumée. Je reconnais Georges Altman, Raymond Aubrac, Pascal Copeau et Yves Farge entourés d'inconnus. Combien sont-ils ? Une dizaine ou plus. C'est une des réunions les plus nombreuses à laquelle je participe. Je ne suis guère rassuré. Le pire est le bruit : tout le monde parle en même temps.

L'appartement occupe tout l'étage, et l'immeuble, sans concierge, abrite des bureaux mêlés à quelques appartements ; comment les locataires du dessous vont-ils interpréter ce tapage ? Et en bas, dans la rue, au milieu du silence de la nuit, les passants ne vont-ils pas donner l'alerte ?

Copeau réclame le silence et s'adresse à moi : « Nous t'avons convoqué parce que la situation est grave. » Bien que je sois le plus jeune, je ne suis guère impressionné par ce préambule : depuis trois semaines, c'est le slogan des résistants, et je viens de faire mes classes avec les chefs. De plus, Copeau et Farge sont des amis.

« En Savoie, poursuit Copeau, il y a plus d'un millier de jeunes réfractaires dans la nature. Ils ont quitté leurs familles sans rien et vivent dehors par une température rigoureuse, sans ravitaillement, et surtout sans armes. Il faut que les Anglais interviennent immédiatement pour éviter une catastrophe. Il serait criminel d'abandonner nos camarades. Tu dois envoyer un câble à *Rex pour réclamer des parachutages immédiats de couvertures et d'armes. Demain matin, tu nous apporteras des cartes d'alimentation et des tampons pour établir de fausses cartes d'identité, et surtout beaucoup d'argent. »

Je découvre qu'en présence de ses camarades, Copeau emploie un ton bien différent de celui de nos conversations personnelles, empreintes d'humour et de cordialité. Même Farge n'est plus le même. Quand il prend la parole, il se fait à son tour accusateur. D'autres inconnus interviennent, mais tout tient en trois mots : argent, armes, immédiatement.

Je suis décontenancé par cette réunion, qui prend l'allure d'un tribunal révolutionnaire. Seul « représentant » de Londres, que puis-je répondre ? « Je ne peux demander directement aux Anglais d'effectuer un parachutage. Vous savez qu'ils exigent de respecter une procédure. *Sif [Fassin] ou *Kim [Schmidt] doivent vérifier la qualité des terrains, les faire homologuer par les Anglais et diriger eux-mêmes les opérations de parachutage. Je vais leur en parler. Nous examinerons ensemble ce qu'il est possible de faire. Pour les tampons, je vais demander au service des faux papiers ce qu'il peut vous fournir. Quant à l'argent, je viens de distribuer 800 000 francs pour les réfractaires : je n'ai plus rien. »

À peine ai-je achevé que des vociférations s'élèvent de toutes parts. La violence est telle que je me sens lapidé moralement. Copeau tente d'apaiser le tumulte.

Farge prend alors la parole : « Vous remplacez *Rex. Vous avez le devoir et le pouvoir de faire face à toutes les situations. *Rex nous l'a dit avant son départ. Vous êtes un homme d'initiative et un officier des FFL, nous avons besoin de vous ; vous devez nous aider ; ou bien vous n'avez ni imagination ni courage. Quant à moi, je ne vous reverrai jamais ! » Bien que j'entende des propos semblables depuis plusieurs jours, je suis très affecté qu'ils viennent cette fois de lui.

Apercevant une carte Michelin étalée sur la table, je profite d'un moment d'accalmie pour demander à Farge : « Pouvez-vous me donner les coordonnées des terrains de parachutage ? » Il s'assoit et, aidé d'Aubrac et de Copeau, relève les coordonnées.

Le silence qui s'ensuit est impressionnant. Il me communique les renseignements, et Copeau me fixe un nouveau rendez-vous : « Demain, ici, à midi, avec les tampons et l'argent. N'oublie pas que tu n'es pas en France pour gérer une caisse d'épargne. »

Je ne promets rien pour l'argent, mais réclame deux jours pour les faux papiers. Nouveau brouhaha. Nous tombons finalement d'accord pour nous revoir le 15. Après avoir serré les mains alentour, je dégringole l'escalier. La réunion a duré plus d'une heure.

Je file rue des Augustins, toute proche, pour coder les informations de Copeau et les communiquer à Montaut afin de les transmettre ce soir même : « Alain à Max — Soulèvement commence région Évian — Grenoble nécessite larguer urgence quantité armes. » J'indique les phrases à lancer à la BBC pour avertir du parachutage : « La lettre morse du balisage sera P, je dis P. »

Si tout se passe bien, *Rex aura le câble demain midi, et les Anglais pourront effectuer les parachutages le soir même. Comme je suis arrivé trop tard rue des Augustins pour ressortir avant le couvre-feu, je me jette tout habillé sur un des lits de l'appartement après avoir codé les câbles.

Samedi 13 mars 1943
Cas de conscience

À 5 heures, le réveil de Montaut me fait sursauter. Je passe rue Sala pour me débarbouiller et prendre l'argent puis cours rejoindre *Germain.

Afin de mettre en route la procédure avec Londres, je dois rencontrer Fassin ou Schmidt. Sont-ils à Lyon ? La période de lune étant commencée, il y a peu de chance qu'ils s'y trouvent. À tout hasard, je leur fixe rendez-vous pour demain soir.

Que faire puisque le retour de *Rex est programmé pour les jours suivants ? Quelles bornes y a-t-il à mes initiatives ? Si l'opération du patron se déroule en temps voulu, il doit attendre son départ sur un aérodrome éloigné de Londres. Mes télégrammes le joindront-ils ? Serait-ce un drame de reporter les parachutages à la prochaine lune ? Le temps perdu ne risque-t-il pas d'être fatal aux réfractaires ?

Je suis déchiré. Je refuse l'argument des résistants : je ne remplace pas *Rex, j'assure la liaison avec lui, nuance ! Et je suis bien conscient que Copeau et les autres tentent de m'influencer. Mais puis-je leur donner tort ? J'ai l'âge des réfractaires. Si j'étais demeuré en France, j'aurais certainement rejoint le maquis moi aussi. Farge a raison : tous ces jeunes sont mes frères dans le malheur, et c'est mon devoir de les aider, de les sauver.

En dépit de mon empathie, je ne peux toutefois oublier que j'obéis à *Rex. Au terme de mes hésitations, je tranche pourtant en faveur des réfractaires. Quelles qu'en soient les conséquences, je décide de les financer à la mesure de « mes » moyens.

Pour obtenir les faux tampons, je griffonne un billet que je cours mettre immédiatement dans la boîte du service des faux papiers, non loin de la place des Terreaux. Je réclame de me livrer tout le stock disponible de faux tampons et de cartes d'alimentation.

Quant à l'argent, je décide de passer aux actes et de verser à Farge, quelles qu'en soient les conséquences, 1 250 000 francs sur ma réserve.

Dimanche 14 mars 1943

Entracte financier

Tandis que les transmissions radio connaissent une embellie, mes relations avec les chefs se détériorent. Chaque jour, ils se font plus pressants. Heureusement, *Rex m'adresse deux télégrammes avec de nouvelles instructions. Il a révisé, enfin, sa politique et m'autorise à distribuer à d'Astier de La Vigerie et à Henri Frenay 1 million de francs chacun pour les réfractaires.

Bien que j'exécute les ordres du patron avec soulagement, je suis pris d'une nouvelle inquiétude : cette somme va vider la caisse d'un coup ; *Rex l'a-t-il oublié ?

Lorsque je remets son million à Frenay, celui-ci, loin de me remercier, éructe : « Je vous ai dit que votre conduite était scandaleuse. Vous en paierez les conséquences ! » Me fixant droit dans les yeux, il ajoute : « Quel est votre grade ? » Je suis interloqué. À l'exception du général Delestraint, personne, même pas *Rex, ne m'a posé cette question, taboue dans la Résistance. Après une courte hésitation, car je perçois une menace, je réponds : « Sous-lieutenant. » Il ne fait aucun commentaire, mais je comprends : il nourrit un dossier.

Peut-être croit-il que ses menaces m'ont intimidé. J'ignore ce qui s'est passé à Londres, mais, connaissant un peu les coulisses, je suis persuadé qu'il y a une bonne raison à la lenteur du déblocage des fonds.

Lundi 15 mars 1943

La police au rendez-vous

La Résistance fonctionne grâce à deux éléments alternatifs : l'imprudence corrigée par le miracle. Aujourd'hui, c'est le miracle.

À 10 heures, ce matin, le service des faux papiers livre à *Germain un gros paquet de tampons et de fausses cartes d'alimentation. J'y joins les liasses de billets promises et fourre le tout dans la poche intérieure de mon imperméable.

Cheveigné, à qui j'apporte les télégrammes de Bidault, se moque de moi : « Tu as l'air en cloque ! » Ça ne me fait pas rire, car c'est la preuve que j'ai l'air suspect, détail qui suffit parfois à provoquer des arrestations.

À midi, la rue de l'Hôtel-de-Ville est déserte. J'entre au numéro 7. Je monte rapidement l'escalier, pressé de me débarrasser de ma livraison. Essoufflé, les yeux baissés, je monte plus lentement les dernières marches lorsque, du cinquième étage, j'entends un bruit léger, produit par un objet qui s'agite au-dessus de moi. Levant les yeux, j'aperçois les mèches d'un balai O'Cédar sortant d'une petite fenêtre. Derrière les franges tourbillonnantes, je distingue deux yeux immenses, agrandis par l'épouvante. En un éclair, je flaire un piège.

Je fais demi-tour et, sur la pointe des pieds, m'agrippant à la rampe, redescends à toutes jambes. Au rez-de-chaussée, je découvre par la porte d'entrée ouverte une traction avant noire stationnée le long du trottoir opposé, heureusement vide. Je suis pourtant certain de n'avoir rien vu quelques instants auparavant. Étais-je distrait ?

J'accélère le pas vers la sortie, prêt à me jeter dans la rue en courant, regrettant de ne pas avoir mon revolver. Sur le trottoir, personne, comme à mon arrivée ; la rue semble vide de tout danger.

Je longe rapidement les immeubles mitoyens de la rue de l'Hôtel-de-Ville et m'engouffre dans la rue de l'Arbre-Sec, qui donne dans celle de la République, une grande artère très animée. Il est midi passé. Les employés de bureau rejoignent cafés et restaurants alentour.

Commençant à respirer, je me fonds dans la foule. À peine ai-je fait cent mètres que je vois arriver Yves Farge et Georges Altman, qui se rendent au rendez-vous d'où je viens. En m'apercevant, Farge s'avance vers moi et me serre la main : « Comme vous êtes pâle ! »

Dans un souffle, je réponds : « Accompagnez-moi naturellement. » Sans demander d'explication, ils font demi-tour et me suivent derrière le bâtiment de la chambre de commerce, où nous empruntons, au hasard, un lacis de petites rues. J'ai hâte de vérifier notre sécurité.

Après avoir enchaîné deux rues transversales, nous retournons brusquement sur nos pas : personne. Je retrouve mon souffle pour leur raconter mon aventure.

« Nous devons retourner rue de la République, décide Farge. Nous nous posterons à l'entrée des différentes rues qui conduisent rue de l'Hôtel-de-Ville afin d'empêcher les camarades de se faire piéger[1]. »

Nous attendons longtemps, mais personne ne vient. Farge nous entraîne vers la place des Terreaux, où il doit déjeuner avec Copeau. Ce dernier ne sait rien de plus que moi : il a rebroussé chemin après avoir aperçu la Citroën. Lui aussi a essayé d'avertir nos camarades du danger, mais aucun n'est venu. Finalement, il estime qu'ils devaient être trois dans l'appartement : Aubrac, *Mechin et *Ravanel[2].

Une question le hante : qui a livré son adresse, connue des seuls participants à la réunion du 12, tous cadres des mouvements ? L'un d'eux a-t-il été arrêté ? A-t-il parlé ? Nous décidons de redoubler de prudence les jours suivants et de nous rencontrer quotidiennement pour échanger nos informations.

---

1. Yves Farge a raconté cet épisode dans ses Mémoires, *Rebelles, soldats et citoyens. Carnet d'un commissaire de la République*, Grasset, 1946.
2. Serge Asher.

Mardi 16 mars 1943

*Instructions de *Rex*

Cheveigné m'apporte deux télégrammes du patron. Craignant le pire, je déchiffre le premier aussi rapidement que possible : il est d'accord sur tout, y compris « pour suppléments demandés fonds seulement consacrés à lutte contre relève ».

Seule ombre au tableau, il me demande de rappeler aux radios que « leurs émissions ne doivent pas, je dis pas, excéder une demi-heure ». Bien qu'il signe « Amitiés », je suis hors de moi.

Je remets à Montaut pour expédition immédiate un billet de Paris que j'ai reçu hier, rédigé par un inconnu : *Morlaix[1], l'adjoint de *Frédéric. Il m'informe que *Dufour, également inconnu de moi, a été arrêté en même temps que *Frédéric, mais ajoute : « Espérons pouvoir faire évader *Frédéric si affaire reste mains police française. »

En fin de journée, *Germain me remet les télégrammes que Cheveigné lui a fait porter : *Rex me prescrit de demander à tous les mouvements d'apporter leur assistance aux patriotes de Savoie en leur fournissant des cadres.

La suite est moins euphorisante :

Secundo. *Donner consignes à population appelée à garder voie et points stratégiques de collaborer*

1. Pierre Meunier.

avec groupes armés en pratiquant sabotage et en aidant ravitaillement — Tertio. Sur nos instances 6 bombardiers RAF ont tenté vainement nuit du 14 au 15 de parachuter armes et vivres sur terrain.

Pourquoi les réfractaires n'étaient-ils pas au rendez-vous ? Alors même que je n'osais espérer une aide aussi massive et rapide, j'ai là une nouvelle preuve de l'inefficacité des mouvements.

Quarto. Étant donné grosses difficultés obtenir aide efficace s'efforcer ne pas amplifier action Savoie — Quinto. Armée secrète ni Montagnards ne doivent intervenir pour instant dans autres secteurs — Sexto. Poursuivre action contre déportation en continuant à cacher tous militaires menacés — Fournir tous crédits à ce titre, je dis à ce titre, à mouvements et organisations ouvrières.

*Rex approuve donc mes largesses à Copeau et ses amis. Du coup, je me sens coupable d'avoir hésité à aider mes camarades en perdition. Autre bonne nouvelle :

Avons obtenu environ 6 000 cartes identité alimentation et recensement à parvenir prochainement — Sans lancer d'ordre grève générale susciter partout où possible mouvements grèves. Accentuer sabotage contre organes et moyens déportation — Châtiments exemplaires Français complices — Fin.

Pourquoi le patron n'a-t-il pas écrit « Amitiés » ? Il ignore sans doute que, depuis son départ, c'est mon viatique. Heureusement, il y a un autre câble :

> *Envoyer Claudie chez moi pour donner bonnes
> nouvelles et annoncer mon retour prochain —
> Même message pour Madame Vidal [Delestraint].*

Un dernier télégramme achève de me rassurer :

> *Concernant accélération déportations vous
> conseillons mesures prudence individuelles pour
> tous membres actifs menacés départ — Menons
> à Londres importantes négociations pour vous
> aider — Télégraphierons résultats fin semaine.
> Amitiés.*

Nous sommes enfin pris au sérieux. J'ai l'impression d'avoir retrouvé mon patron : tous les agents du BCRA étant des garçons âgés de vingt et un ans à vingt-cinq ans, son état-major risquerait être décimé d'un seul coup.

Jeudi 18 mars 1943

Attaque en règle

Normalement, ma rencontre avec les chefs doit bien se passer : je leur apporte l'argent que *Rex a libéré pour eux. J'espère qu'ils ne remarqueront pas l'autre partie du télégramme de *Rex, qui leur enjoint, de la part des Britanniques, de ne pas encourager les réfractaires à rejoindre les maquis.

J'aurais préféré glisser dans leur boîte le texte de *Rex, mais, avant son départ, il m'a prescrit de leur remettre en main propre les instructions importantes.

Comme je m'y attendais, la réaction de Frenay est d'abord meilleure : pour lui, seul compte l'argent débloqué. Feignant de ne voir que le désaveu que °Rex m'a infligé, il sourit paternellement : « Vous voyez : j'avais raison. À la guerre, il faut savoir transgresser certains ordres... Vous êtes encore bien jeune ! »

Tout va bien, mais je dois ajouter les réserves que °Rex leur impose à tous. À la commisération avec laquelle il me regarde, je comprends qu'il ne me considère pas comme un interlocuteur digne de lui. Il ne peut s'abaisser à discuter avec moi. Heureusement que je suis en civil, sans quoi il m'aurait certainement fait mettre au garde-à-vous.

« D'abord, s'écrie Frenay, je n'ai pas d'ordre à recevoir de Londres et encore moins des Anglais. L'Armée secrète, c'est moi qui l'ai constituée. Elle n'obéira à personne d'autre. Nous sommes nés tout seuls. Le Général nous a ignorés. Nous ne sommes pas des mendiants, encore moins des mercenaires. Votre argent, vous pouvez le garder. Nous nous débrouillerons seuls, et vous le regretterez. »

Lorsque j'annonce les six mille cartes d'alimentation expédiées par Londres, il ricane à nouveau : « Dites-leur que c'est une insulte aux combattants. Nous avons droit aux moyens de faire la guerre : il nous faut vingt mille cartes, au minimum. »

Une nouvelle fois, je plains °Rex d'avoir besoin d'un tel interlocuteur.

Mon second « client » est d'Astier de La Vigerie, qui me conduit à l'extérieur de Lyon pour son rendez-vous : que de temps perdu inutilement. Il empoche l'argent élégamment, mais, dès mon second commentaire, explose froidement : « Voilà où conduit la vassalisation de la Résistance par nos alliés. Les

bureaucrates de Londres font la loi. Ils nous conduisent au suicide. »

Me regardant d'un air condescendant, il ajoute :
« La manœuvre est claire : liquider les mouvements.
N'est-ce pas ce qu'ils veulent ? » Je connais la formule, que répètent à l'envi tous les responsables, y
compris Copeau.

Je n'en suis pas moins indigné quand je pense à
mes camarades d'Afrique et à tous ceux déjà arrêtés
ou morts au service des mouvements : notre passion
pour la France, notre solitude, la condamnation de
Vichy, les chagrins de l'exil, l'arrestation récente de
quatre radios, le suicide du capitaine °Georges...
Nous ne méritons pas ça.

Interdit de justifier les raisons de ma révolte, je
m'efforce de garder le sourire : « Pardonnez-moi,
mais je crois que vous exagérez. » D'Astier se contente
de m'annoncer qu'il me communiquera un câble
demain à expédier d'urgence.

Jean-Pierre Lévy, que je rencontre en dernier, me
propose de dîner avec lui : il souhaite le maximum
de détails. Sans doute est-ce la raison pour laquelle
je le vois toujours après les autres : sa gentillesse me
réconforte. Il n'y a pas que des brutes parmi les chefs.

Vendredi 19 mars 1943

Rien ne va plus

Je trouve ce matin dans ma boîte une demande de
rendez-vous de Copeau. Je pense qu'il va m'apporter le télégramme annoncé par d'Astier.

Lorsque je le rejoins le long des quais de la Saône,

il a les traits tirés : « C'est la catastrophe ! Aubrac, *Mechin et *Ravanel étaient bien dans l'appartement quand tu es arrivé, la police également. Une vingtaine de personnes sont en prison, dont le frère de *Léo [Morandat] et la secrétaire de *Mechin. Pire : les Boches ont trouvé toutes les archives de l'AS qui se trouvaient chez elle. Préviens tes courriers de ne plus utiliser leur boîte et change les tiennes, qui sont certainement brûlées. Envoie d'urgence un câble à Londres pour avertir *Rex et *Vidal [Delestraint]. »

Y a-t-il un lien avec l'échec du parachutage sur le maquis que je lui annonce ? « Les personnes qui avaient organisé le parachutage ont été arrêtées, me répond-il. Je sais maintenant l'origine du drame : le courrier que j'ai envoyé pour avertir les équipes de préparer l'opération s'est endormi à la gare. Il a été arrêté après le couvre-feu. Il n'avait pas ses papiers en règle, et ils ont trouvé les plans que nous avions faits avec la carte Michelin. Il a parlé. L'équipe de terrain n'a pu être prévenue. La police a également trouvé sur lui l'adresse de la rue de l'Hôtel-de-Ville. Tu as eu de la chance ! »

Il ajoute : « *Bernard [d'Astier] m'a montré ton télégramme. Comment Londres ose-t-il nous demander de décourager les réfractaires ? Les vrais ennemis de la Résistance, ce ne sont pas les Boches, c'est vous ! »

En guise de réponse, je me contente de rire. « Tu as tort de rire. On réglera nos comptes après la Libération. Tu as intérêt à changer de camp. » En dépit de mon admiration pour la culture et l'intelligence de Copeau, quand il évoque la Résistance, il n'est pas sérieux. Ma sympathie pour le personnage dédramatise ses menaces.

Rentré chez moi, j'adresse un télégramme à *Rex

pour l'informer sur-le-champ du désastre. Bien que je ne prenne pas les menaces de Copeau au sérieux, je termine mes quatre câbles et expédie une mise en garde dont je suis conscient qu'elle excède mes fonctions : l'impuissance des Alliés à s'opposer par la force à la déportation contribue à « faire baisser proportion considérable je dis considérable sentiments gaullistes ». J'ajoute : « Population plus que jamais résistante mais déçue par inaction alliée après espoir promesse annoncée depuis deux ans par BBC. »

C'est la première fois que j'exprime aussi directement à *Rex mes critiques. Sans doute est-ce la raison, pour la première fois également, que je crois bon de lui exprimer mes sentiments : « Respects. »

Samedi 20 mars 1943

Le retour du patron

Un billet de Fassin m'avertit que je dois attendre *Rex après le déjeuner à la sortie de la gare des Brotteaux. Je suis surpris parce que *Rex n'a jamais utilisé cette gare pour arriver à Lyon.

Son retour, après plus d'un mois d'absence, me procure un sentiment mitigé. Je suis à la fois heureux — c'est la fin de ma solitude — et anxieux de son jugement sur mon travail durant son absence. Comment l'a-t-il perçu de Londres ?

Pendant que je l'attends, je récapitule les étapes de mon activité : multiples contacts avec les responsables des mouvements, des partis et des syndicats, fonctionnement des transmissions, problèmes des réfractaires, initiatives dans la distribution de l'argent, catastrophe de la rue de l'Hôtel-de-Ville, etc.

Une même question revient, lancinante : Ai-je été digne de sa confiance ? J'en suis là de mes réflexions lorsque je l'aperçois parmi les voyageurs. Il est coiffé d'un béret et vêtu de la canadienne qu'il utilise pour se rendre sur les terrains de départ.

Je le suis quelques instants avant de le rejoindre dans le bistrot de son choix. Pendant qu'il s'assoit, j'arrive devant lui. En dépit d'une nuit courte et mouvementée, il a les traits reposés, comme lors de notre première rencontre. Je le regarde intensément.

Mes craintes s'évanouissent d'un coup, tant je suis bouleversé de le voir assis devant moi : « J'avais hâte de vous revoir ; c'était dur sans vous. » Comprend-il le sens de ma déclaration ? Il sourit et semble heureux, lui aussi, de me retrouver. Dans ces instants privilégiés vécus en sa compagnie, il me semble percevoir dans son regard une sorte de tendresse paternelle.

Ses premiers mots sont d'ailleurs ceux d'un père : « Dans l'existence que nous avons choisie, il faut être prêt à tout. » Il ajoute aussitôt : « En tout cas, je suis satisfait de votre travail. » Et puis : « Quoi de neuf ? »

La sérénité qu'il affiche me laisse coi, surtout après mon câble d'hier lui annonçant la catastrophe de la rue de l'Hôtel-de-Ville. Ne sachant par où commencer. Je baisse la voix : « Ça va mal ! »

— Avez-vous de ses nouvelles ? »

Je comprends le quiproquo : il m'interroge sur *Frédéric et fait allusion au télégramme dans lequel j'annonçais la possibilité de le faire évader. Je le détrompe : « Je parle de l'Armée secrète à Lyon. »

Comme il me regarde avec surprise, je lui demande : « Vous n'avez pas reçu mes derniers câbles ?

— Non. J'étais sur l'aérodrome et sans nouvelles de vous depuis le 18. »

Je comprends sa sérénité : il ignore tout. J'énumère les douze arrestations à Lyon, parmi lesquelles le chef d'état-major, *Mechin, son adjoint Aubrac, *Ravanel, chef des groupes francs, et la saisie de toutes les archives de l'Armée secrète.

Sans répondre, il se lève. Nous sortons. A-t-il besoin d'exercice pour accuser le coup ? Il demeure silencieux. Changeant de sujet, je lui commente les réactions vindicatives des chefs à ses instructions : il hausse les épaules. Je crois bon de lui signaler l'indignation qu'a soulevée la non-augmentation du budget.

Impassible, *Rex ne fait aucun commentaire, m'interrogeant seulement sur quelques détails. Je constate qu'il avait relativisé mes télégrammes, attribuant sans doute à ma jeunesse ce qu'il considérait comme des excès de langage. Il me demande : « Ne seriez-vous pas sous influence ? »

Mortifié par l'allusion, je lui réponds : « Peut-être, mais je suis sûr que la situation est grave. La déportation des jeunes travailleurs est une tragédie, et la police nous traque comme des bêtes. Les réfractaires peuvent fournir des troupes aux mouvements à condition que ceux-ci aient les moyens de les faire vivre et de les armer ! ».

Pour la première fois, j'élève la voix en sa présence. Il s'arrête net et me dit avec une complicité affectueuse : « Vous croyez ?

— J'en suis sûr ! La chasse à l'homme est ouverte. Je souhaite seulement que nous en réchappions ! »

Je suis persuadé de lui décrire le sentiment de tous les résistants. Malgré la déférence que je lui témoigne depuis toujours, je suis moi-même surpris par mon ton péremptoire. Jamais je ne lui ai parlé de la sorte.

« Et comment ça va avec les chefs ? » me demande-t-il alors que nous marchons lentement côte à côte vers le Rhône. « Même si le choc a été parfois rude, votre exemple m'a permis de ne pas céder aux menaces. » Il se tait.

Sollicité par son silence, je hasarde une réflexion complètement hors sujet, mais qui me tenaille depuis mon arrivée en France : « Il est difficile de comprendre, pour un garçon engagé en juin 1940, la méfiance et les critiques des chefs à l'égard du Général. Comment est-ce possible ? »

Il s'arrête. Je comprends à son regard que ma question le surprend : « Mais parce que vous êtes un soldat des Forces françaises libres. Les chefs des mouvements sont des citoyens jaloux de leur liberté de jugement et protégeant farouchement leur indépendance politique. Ils ne doivent rien au Général, puisqu'il n'a rien fait pour eux avant 1942. De surcroît, il prétend posséder une légitimité pour diriger l'ensemble des résistances face aux Alliés, alors que les chefs veulent partager immédiatement le pouvoir, sinon l'exercer seuls. »

Il marque une pause puis ajoute : « Malheureusement, ils n'en sont pas capables. Ils n'ont aucune idée de ce qu'est un débat administratif ou gouvernemental. Les qualités d'un rebelle ne sont pas celles d'un homme d'État. »

Nous continuons notre marche en silence. Je m'apaise et lui rends compte du train-train quotidien : demandes de rendez-vous ; date du prochain

Comité directeur, qu'Henri Frenay souhaite réunir au plus tôt pour régler ses « comptes » ; dîner avec Georges Bidault ce soir même, à 8 heures ; montant des fonds distribués.

Quand j'ai terminé ma litanie, la lumière de cette soirée printanière enveloppe le fleuve. *Rex, comme il en est coutumier, s'arrête un instant au bord du parapet et contemple la ville. Saurai-je un jour ce qu'il discerne dans les tourbillons, les immeubles bordant le Rhône, le ciel changeant ?

Le long du quai, derrière nous, les tramways ferraillent à vive allure. En cet instant, tout est comme avant. J'ai l'impression fugace qu'il ne m'a jamais quitté.

Nous repartons en direction de la place Raspail. Comme il garde le silence, je lui pose tout de go une question qui me hante : « Le Débarquement, c'est pour bientôt ?

— Certainement pas. Actuellement, le problème c'est Giraud. Les Américains s'opposent à de Gaulle, dont ils ne veulent à aucun prix. J'ai déjeuné hier avec le Général[1] : il est découragé. Il m'a interrogé pour savoir s'il n'était pas un obstacle à la réconciliation des Français. J'ai cherché à le convaincre qu'il incarnait l'unique légitimité politique actuellement et le seul espoir de la République.

— Et l'Afrique du Nord ?

— J'ai assuré au Général que je ferais tout ce qui

1. En attente de partir sur un aérodrome, les dirigeants de la Résistance étaient laissés libres, en France comme en Angleterre, de passer la journée à Lyon ou à Londres. Ils partaient tôt le matin et rentraient le soir vers 7 heures.

est en mon pouvoir pour éliminer les agents de Giraud en métropole et pour qu'aucun résistant ne manque à son appel. J'espère l'avoir convaincu qu'il vaincra grâce à la légitimité que lui confère la France résistante, dont il est le chef incontestable. »

*Rex ajoute alors avec une ferveur inconnue de moi : « Nous devons tout faire pour l'aider à triompher ! » Puis il se tourne vers moi, les yeux brillants : « Vous verrez *Alain, avec le Général, une fois de plus, la République vaincra[1]. »

Nous arrivons au bas de son immeuble. Il n'est pas 6 heures ; nous aurons le temps de travailler avant le dîner.

Je le quitte pour rejoindre *Germain, qui m'attend dans la rue avoisinante avec la valise de *Rex et les papiers arrivés durant son absence. Quelques minutes plus tard, je le rejoins dans sa chambre.

Il pose sa valise sur le lit. Quand il l'ouvre, un papier de soie apparaît, protégeant une sorte de tissu bleu. Il le saisit et se tourne vers moi : « J'ai pensé que vous en auriez besoin pour vous protéger du froid toujours vif à Lyon. »

Je déplie le papier : c'est une écharpe en cachemire bicolore, bleu marine d'un côté, bleu ciel de l'autre, mes couleurs préférées[2]. De ma vie je n'ai reçu un

---

1. Comme je l'ai déjà dit (cf. *supra*, p. 387), les paroles de Jean Moulin que j'ai reproduites dans ce livre sont véridiques quant au sens, à défaut de l'exactitude des mots. Pour quelques phrases courtes comme celle-ci, je suis sûr — autant qu'un témoin puisse l'être — du mot à mot.
2. Je l'ai toujours conservée. Aujourd'hui encore, quoique en mauvais état, elle garde le souvenir de cet instant.

cadeau aussi somptueux, ni aussi émouvant. Plus que l'objet, c'est le bonheur de découvrir que, durant son séjour encombré, il a pensé à moi et pris le temps de choisir un cadeau pour marquer son attention à ma santé.

J'ai envie de l'embrasser pour le remercier de tout : son présent, son retour, l'homme qu'il est. Mais *Rex n'est pas quelqu'un que l'on embrasse. En dépit de son sourire et de sa gentillesse, son regard creuse un abîme entre nous.

Il ne laisse d'ailleurs aucun temps aux effusions et enchaîne : « Voici les instructions de Londres. Rapportez-les décodées demain matin. » La récréation est terminée.

J'ai préparé plusieurs listes : la répartition des 8 millions du budget ; les affaires exécutées selon ses instructions câblées ; les problèmes en suspens ; les questions ou sollicitations des uns et des autres ; les rendez-vous et les réunions. J'ai apporté en outre une liste de mes initiatives budgétaires, ainsi que deux dossiers contenant journaux clandestins et documents reçus.

Avant tout, je lui remets une lettre de *Morlaix, arrivée de Paris il y a quelques jours, avec la mention « urgent ». C'est l'adjoint de *Frédéric, et j'ai lu son texte.

À la suite de l'arrestation de ce dernier, *Morlaix explique que *Brumaire et *Passy lui ont demandé, sous prétexte qu'il était brûlé, de se mettre au vert. Par la suite, ils ont refusé de le rencontrer.

Grâce à ses amis de Ceux de la Libération, *Morlaix a appris que *Brumaire menait une campagne de dénigrement systématique contre *Rex. Il l'accuse d'être un ambitieux sans scrupule cherchant à imposer une politique personnelle, pour laquelle il n'a aucun mandat du Général, et incite les chefs des mouvements de zone nord à s'opposer à ses initiatives.

*Morlaix relate en outre une conversation qu'il a eue avec *Brumaire lui-même aux *Deux Magots* lors de leur première rencontre. Ce dernier lui a expliqué son projet de création d'un grand parti autour du général de Gaulle, intégrant les débris des anciens partis, à l'exception du parti communiste et des nationalistes d'extrême droite. Il estime catastrophique la création du Conseil de la Résistance, parce qu'elle tire du néant les anciens partis et brise la séparation des deux zones, qu'il juge indispensable à cause de leurs structures différentes.

*Morlaix s'en montre d'autant plus choqué que *Brumaire et *Passy ont pour mission de participer à la création rapide de cet organisme. Enfin, il annonce une prochaine réunion des chefs des mouvements à l'initiative de *Brumaire afin de créer un comité de coordination zone nord, en opposition complète aux ordres du Général.

À mesure de sa lecture, je vois le visage de *Rex se durcir : « Je m'y attendais, dit-il. Ils me le paieront. » C'est son unique commentaire.

*Rex parcourt rapidement les autres papiers, les annote en marge ou me les remet et me donne des instructions orales. Enfin, il me rend l'ensemble en me priant de rapporter demain ceux qu'il a annotés.

Dans sa chambre, nous avons repris nos places habituelles, lui sur la chaise devant la petite table, tournant le dos à la fenêtre, moi, à ses côtés, dans le fauteuil Voltaire.

*Rex déplace légèrement son siège pour me faire face : « Je suis désigné pour représenter le Général en France dans les deux zones et pour constituer le Conseil de la Résistance, qui siégera à Paris. Je vais donc m'installer là-bas avec vous. Vous devez partir le plus tôt possible afin d'organiser les hébergements et créer un secrétariat identique à celui que vous avez monté à Lyon. Les liaisons et les transmissions radio doivent y fonctionner immédiatement. »

Comme j'objecte que je ne connais personne dans la capitale, il réplique : « C'est mieux ainsi. J'ai choisi *Grammont pour vous succéder ici. Mettez-le au courant dès demain.

— Puis-je emmener mon équipe à Paris ?

— Bien sûr ! Tous les états-majors vont y déménager. Il ne restera ici qu'une antenne de liaison. *Grammont n'a besoin que d'une dactylo. Pour la WT de la zone sud, passez la direction à *Salm.W [Cheveigné]. J'ai demandé au BCRA de m'envoyer un spécialiste des codes, qui s'occupera également de la préparation des courriers. Vous aurez ainsi plus de temps pour mon secrétariat, qui va vous demander de plus en plus de travail. Pour commencer, vous emporterez là-bas les demandes qu'on vous adresse et le double de mes rapports et de ceux de Londres, ainsi que tous les télégrammes. »

Je m'apprête à partir quand il reprend : « J'allais oublier. Le BCRA a changé mon nom de mission : désormais, c'est *Boss. L'indicatif du nouveau code que vous trouverez dans les papiers est LX. »

Après un rapide calcul, je lui demande : « Puis-je avoir quatre jours pour tout préparer ?

— D'accord, mais pas davantage. J'arrive le 30 : tout doit être prêt. »

Je suis si troublé par ce bouleversement complet de ma vie, succédant à son cadeau tellement inattendu, que je ne parviens pas à me concentrer.

En quelques mois, j'ai réussi à organiser un secrétariat qui fonctionne tant bien que mal et un réseau de transmission mené de main de maître par Cheveigné. Je vais devoir recommencer de zéro à Paris, où je ne connais personne. J'ai quatre jours pour déménager et pour tout faire fonctionner.

J'essaie de me figurer comment, en si peu de temps, je vais pouvoir communiquer mes contacts à *Grammont et le mettre au fait des affaires en cours, tout en continuant à accompagner *Rex aux réunions...

Je décide finalement d'initier *Grammont sans délai en lui demandant de me remplacer dès demain auprès de *Rex pour quelques réunions. Je récupérerai ainsi un temps précieux pour préparer le départ de mon équipe.

*Rex ne me laisse pas le temps d'épiloguer. Il veut connaître ses rendez-vous, plus nombreux encore qu'à l'habitude : après plus d'un mois, tout le monde veut le voir, à commencer par les officiers de liaison, Fassin et Schmidt, les représentants des partis, les responsables des services, Bastid, *Villiers, Farge, et d'abord, évidemment, les chefs des mouvements.

« Organisez des rencontres individuelles avec eux », m'ordonne *Rex.

Je lui explique que Frenay a prévu un comité directeur le 23, dans trois jours. Afin de préparer la

séance, j'ai pris rendez-vous avec *Bernex[1], secré-
taire du nouveau comité. « Qui est-ce ? » me demande
*Rex, méfiant. Je lui explique qu'il a remplacé
*Lebailly au secrétariat du Comité directeur des
MUR.

« Êtes-vous sûr de lui ?

— C'est *Lebailly qui me l'a présenté. C'est un
homme de Combat. Vous jugerez par vous-même :
nous avons rendez-vous avec lui au parc de la
Tête-d'Or demain matin, à 9 heures. C'est avec lui
que vous préparerez l'ordre du jour de la réunion. »

Une nouvelle fois, je suis surpris par le ton assuré
de ma réponse concernant le service. Après mon
acte de foi sur la question des réfractaires, je manifeste bien involontairement une attitude nouvelle à
son égard. Elle résulte de mon indépendance durant
un mois : j'ai changé.

Ses rendez-vous de demain après-midi ne néces-
sitent aucun papier compromettant. Je lui propose
qu'il se fasse accompagner par *Grammont : j'aurai
ainsi ma journée de libre afin de préparer le déménagement à Paris. Il acquiesce.

Quand je le quitte, emportant les papiers compromettants pour les déposer chez moi, il me rappelle :
« À 7 heures et demie au *Coq au vin*. »

J'arrive le premier au restaurant, proche de chez
moi, suivi de peu par Bidault, qui apporte ses bulletins et un rapport sur le déroulement des événements
en Savoie. Il m'en donne quelques détails quand
*Rex entre. Ils ne se sont pas vus depuis un mois.

---

1. Jacques Baumel.

Bidault se lève et lui serre longuement la main, le visage épanoui. Au premier étage, le soir, le restaurant est désert. Nous commandons rapidement le dîner.

Rex interroge Bidault sur le STO et l'évolution de la situation des réfractaires depuis son départ, mais surtout sur le comportement des chefs des mouvements. Peut-être souhaite-t-il vérifier l'exactitude de mes télégrammes et de mon compte rendu de l'après-midi.

En termes mieux choisis, Bidault décrit la tension qui règne parmi les résistants depuis son départ, en particulier au sein des états-majors. Il explique que, pour la première fois, les mouvements possèdent, grâce au STO, des troupes jeunes obligées à l'illégalité et au combat afin d'éviter de partir en Allemagne. Selon lui, c'est la fin de la « drôle de résistance », des palabres et des plans chimériques. La revanche commence sur le sol de France.

En l'écoutant, je retrouve l'ambiance que j'aime des dîners en leur compagnie, au cours desquels j'ai tant appris sur la politique, le pouvoir, la vie.

Bidault croit lui aussi à une insurrection violente, mais localisée dans les montagnes où se retranchent les réfractaires. La Savoie en semble le fer de lance. Il raconte que Frenay et d'Astier l'ont rabroué quand il leur a fait remarquer qu'il s'agissait d'une mutation de la Résistance. Ils ne semblent pas comprendre — ou ne veulent pas admettre — que les réfractaires ne sont pas des résistants, c'est-à-dire des patriotes, antiallemands ou antifascistes, mais des jeunes, apolitiques, qui refusent de partir en Allemagne par confort ou par peur.

Selon Bidault, il s'agit d'une masse incontrôlable, qu'il faut organiser, encadrer, entraîner militairement et orienter politiquement : « Ça sera sans doute difficile. » °Rex écoute et ne pose aucune question.

« Depuis des mois, reprend Bidault, les chefs se montrent incapables de recruter des troupes nombreuses et décidées. Ils veulent récupérer cette horde imprévue pour imposer leur stratégie à de Gaulle. Ils préparent une insurrection générale, persuadés que le Débarquement est pour demain. »

Inutile de préciser que je me délecte d'entendre une « autorité » telle que Bidault reprendre, parfois mot pour mot, l'essentiel de mes télégrammes et de mes explications.

« Est-ce la stratégie des Alliés ? » demande Bidault. Il attend visiblement des explications sur la situation à Londres. J'ai souvent constaté que leur complicité avait des limites : celles fixées par les silences de °Rex.

Sa réponse est identique à celle qu'il m'a donnée dans l'après-midi : « L'insurrection n'est pas à l'ordre du jour. Ne le dites surtout à personne, mais le Débarquement n'est pas pour cette année. Il faut calmer les résistants sans les décourager. Les Alliés ne sont pas prêts et n'ont pas les moyens de nous aider actuellement. Je l'ai télégraphié à °Alain, qui a dû vous transmettre mes instructions. »

Bidault confirme, ajoutant que j'avais réglé toutes les questions en suspens depuis son départ : « Il a été parfait ! » Après le compliment du patron, c'est le « sacre de Reims »...

°Rex explique qu'il a rencontré à plusieurs reprises les chefs d'état-major alliés afin de les convaincre d'utiliser le potentiel militaire des réfractaires pour intervenir, lors du Débarquement, sur les arrières de l'armée allemande : « Le général °Vidal [Delestraint] s'est joint à moi. En l'écoutant, les

Alliés ont été ébranlés et ont consenti à réexaminer leur calendrier de Débarquement[1]. »

Malheureusement, faute d'avions, tous consacrés aux bombardements de l'Allemagne, ils n'ont aucun moyen d'armer les réfractaires. À la demande de *Rex, le général de Gaulle a écrit, le 10 mars, une lettre à Churchill à ce sujet, mais ce dernier n'a pas encore répondu.

« J'attends la réponse, mais ne suis guère optimiste. L'état-major allié est partagé. Certes, il est surpris et intéressé stratégiquement par cette masse disponible. Leur prévention à l'égard de la Résistance semble tombée, mais il faut que les mouvements fassent leurs preuves immédiatement et cessent leurs initiatives intempestives, qui peuvent conduire à la catastrophe. Ce sera long : le vrai problème est de durer. »

J'ai beau déjà connaître ces nouvelles, elles me désolent plus que je ne saurais dire.

*Rex annonce que le général Delestraint a été nommé chef de l'Armée secrète : « Il a retrouvé là-bas un de ses camarades américains. L'écoute des Alliés a été chaleureuse. Grâce à Delestraint, la Résistance est devenue crédible auprès de l'état-major allié. »

*Rex raconte ensuite qu'avant de rencontrer de Gaulle il a eu un long entretien avec Philip : « Il m'a communiqué quelques textes du Général, en particulier la conférence de presse du 9 février 1943, au cours de laquelle il a proposé à Giraud la création d'une Assemblée consultative en énumérant les délégués qu'il envisageait de désigner : seuls les repré-

---

1. J'ai retrouvé dans les comptes rendus de ces rencontres cette interrogation des chefs alliés.

sentants des mouvements étaient absents ! C'est la
première chose que j'ai fait remarquer au Général.
Heureusement, il a vite pris conscience de la nécessité des mouvements dans sa bataille contre Giraud :
ils sont la source de sa légitimité. Évidemment, il
conteste cette évidence : pour lui, sa légitimité est
fondée sur l'appel du 18 Juin et sur la France combattante. »

*Rex a acquis à Londres la certitude que le Général
n'accepterait jamais de se mettre sous les ordres
de Giraud, comme l'y invitent les Américains, sous
prétexte qu'il est son « supérieur hiérarchique : « Les
Alliés ignorent que de Gaulle est seul et représente
la France rebelle. Ce n'est pas une question de
grade. »

Il ajoute : « Les Américains ne reconnaissent que
la légitimité issue d'une élection : aux Nations unies,
la France est absente tandis que le Guatemala y
possède un siège. »

Quant au Conseil de la Résistance, *Rex explique
que le Général a accepté le projet. Giraud s'accroche
au pouvoir, soutenu par les cadres administratifs,
l'armée d'armistice et les Américains. Le véritable
obstacle est Roosevelt, dont l'emprise sur Churchill
est absolue à cause du financement que peuvent lui
apporter l'industrie et l'armée américaines.

Durant le dîner, je remarque que *Rex ne souffle
mot des doutes du Général qu'il m'a confiés. J'en
éprouve une certaine fierté.

Bidault enregistre toutes ces informations inédites, tout en demeurant dubitatif, surtout à l'égard
du Conseil de la Résistance : « Vous aurez du mal à
convaincre les chefs. Depuis votre départ, ils sont
remontés contre vous et le Général. *Charvet [Frenay]
regrette d'avoir accepté de se soumettre aux institu-

tions de la France combattante. Lui et *Bernard [d'Astier] ont compris, heureusement un peu tard, le parti qu'ils auraient pu tirer de la passe difficile traversée par le Général et de l'importance de la légitimité représentée par les mouvements auprès des Alliés. Ils auraient pu monnayer leur soutien à meilleur prix. Aujourd'hui, ils sont conscients de leur erreur.

— Il faudra pourtant qu'ils se soumettent. J'ai des instructions précises, et je suis bien décidé à les leur imposer. J'ai été nommé président du Conseil de la Résistance afin d'intégrer les résistances dans les institutions de la France combattante. Je n'y manquerai pas. »

Avant de nous séparer, *Rex explique les raisons de son installation à Paris, puis, regardant Bidault : « Bien entendu, je compte sur vous là-bas.

— Ça tombe bien, je suis en passe d'être destitué de mes fonctions au lycée du Parc. »

✧

J'ai hâte de rentrer chez moi pour achever le travail de la journée. La surcharge des dernières semaines impose à mes collaborateurs des nuits de plus en plus courtes. Pour Cheveigné, depuis des mois, Montaut, depuis peu, elles sont entrecoupées de longues émissions radio exigeant une tension nerveuse à la limite du supportable.

Je raccompagne *Rex, qui, songeur, garde le silence. « La difficulté des missions en France, me dit-il après un moment, est de se faire entendre par les hommes de la France combattante. Ils ne comprennent rien à la situation sur le terrain, parce que les services de Londres n'en ont aucune expérience. Leurs rares agents qui se débattent ici avec les problèmes quotidiens oublient tout dès leur arrivée en Angleterre. Vus de Londres, les événements de France deviennent incompréhensibles : ainsi vos derniers télégrammes m'ont-ils paru insensés. » Il ajoute : « Après cette soirée, j'ai compris que vous traduisiez fidèlement ce que vivaient les résistants. »

Instant inoubliable dans cette nuit apaisée : le patron, que j'admire, reconnaît naturellement une erreur de jugement. Je constate à quel point je suis marqué par ma formation catholique, qui exige l'aveu des fautes.

Je consacre une partie de la nuit à décoder les nouvelles instructions.

Quel incroyable changement par rapport à celles que m'avait confiées ⃰Frédéric ! Lorsque je les avais déchiffrées, à l'époque, le comité imaginé à Londres m'avait paru inutilement compliqué en comparaison du projet de ⃰Rex. Celles-ci sont la mise en forme institutionnelle de son schéma et commencent par annuler « les instructions précédentes » et notamment celles datées de février 1943.

Le projet d'un « regroupement des forces de combat en vue de l'action et simultanément d'un élargissement des assises morales et politiques de la Résistance française groupées autour du général de Gaulle » est parfaitement défini.

L'article premier concerne la désignation de ⃰Rex comme seul représentant du général de Gaulle et du Comité national français pour l'ensemble du territoire métropolitain. Cette promotion me paraît naturelle : elle définit le champ d'action de *Rex depuis sa première désignation, il y a plus d'un an.

Le paragraphe 3 me semble difficilement compréhensible, parce que dangereux : pourquoi avoir désigné *Passy, *Brumaire et *Rex pour « mener à bien l'établissement du Conseil de la Résistance [...] (dans la mesure où ils se trouvent sur le territoire métropolitain, en état d'agir, et chacun dans le domaine de sa mission) » ? Cette formulation compliquée me semble être la source de conflits en puissance. Comment de Gaulle a-t-il pu pervertir ainsi la tâche de *Rex ?

En revanche, une hypothèse est formulée qui me semble être une condition décente :

> En cas d'urgence, ou dans l'hypothèse où les liaisons avec le général de Gaulle et le Comité national seraient coupées, le Conseil de la Résistance a la charge de donner les directives destinées à traduire en actes les principes énoncés ci-dessus.

La nature de cet organisme nouveau est définie au paragraphe 8 :

> Le Conseil de la Résistance forme l'embryon d'une représentation nationale réduite, conseil politique du général de Gaulle à son arrivée en France.

Il est prévu à ce moment-là de le « grossir » d'éléments représentatifs supplémentaires.

Je découvre enfin au paragraphe 9 un *desideratum* impérieux de *Rex : la création d'une « Commission permanente », dont le nombre de membres est fixé à cinq. Je sais, pour l'avoir entendu maintes fois répéter, que seule la Résistance doit diriger la Résistance. L'action lui appartient, même si ce nouvel organisme du Conseil décide des choix politiques.

J'avais déjà lu cette restriction dans son premier rapport du 14 décembre 1942, lorsqu'il proposait à Philip la création d'un comité politique. Il précisait que cette représentation devait « 2. Se tenir en dehors de l'action, celle-ci étant l'affaire des mouvements de résistance ».

Il n'a cessé de le répéter cet hiver, en toute occasion et dans ses différents projets de « Conseil de la Résistance » : à l'heure de l'exécution, sa préoccupation demeure inchangée : c'est la Résistance qui dirige la Résistance[1].

Quant à l'application de ces instructions, les agissements de *Brumaire, révélés par *Morlaix, ne laissent guère présager un succès facile.

Préoccupé par le déménagement de mon équipe à Paris, j'expédie mécaniquement le décodage.

En y réfléchissant, ce transfert semble plus simple que je ne le craignais. Les problèmes seront identiques à ceux que je connais : avant tout hébergement, locaux de travail, liaisons, boîtes aux lettres.

---

1. Sur le document signé par le général de Gaulle, une note de Jacques Bingen précise : « La présente note annule les instructions de février 1943 et ses annexes ; toutefois l'esprit de la dernière annexe n'est pas modifié, notamment dans les principes de politique générale et en ce qui concerne la préparation administrative et les notes I et II. Mais les suggestions faites au sujet de la composition du Comité de direction et des Comités de coordination tombent d'elles-mêmes du fait de la disparition de ces organismes. »

Mon inquiétude se focalise sur les transmissions radio. Je ne peux prendre le risque d'emmener là-bas Cheveigné, le meilleur radio de zone sud. Heureusement, à Paris, il y a François Briant. C'est suffisant pour écouler le trafic de *Rex : ses télégrammes sont courts, et leur nombre dépasse rarement trois ou quatre par jour.

J'ignore si je devrai assurer, comme à Lyon, le service d'autres « clients » (Bidault, CGE, mouvements). Quoi qu'il en soit, je suis certain de trouver un arrangement avec *Rex. Reste à choisir les camarades qui resteront à Lyon avec *Grammont. Le choix est facile. Hélène, la femme de Joseph Van Dievort, habitant Lyon, il est naturel qu'elle demeure sur place et que j'affecte son mari à la liaison avec Paris.

J'emmène avec moi *Mado, *Germain, Georges Archimbaud et Laurent Girard et affecte l'intrépide Suzette à la liaison quotidienne avec Paris. Jean-Louis Théobald, le camarade parisien de Suzette qu'elle a finalement recruté sous le pseudo de *Terrier, nous retrouvera sur place. Je fixe mon départ pour la nuit du 24 au 25. Mes camarades partiront donc au soir du 23, afin d'être à pied d'œuvre lors de mon arrivée.

Dimanche 21 mars 1943
Plans de déménagement

Après un sommeil des plus courts, je rencontre *Germain à 6 heures et demie. Je lui explique que nous déménageons et lui demande d'avertir *Mado et de prévenir *Grammont et Hélène Van Dievort que je les rencontrerai au bureau à 10 heures pour leur expliquer leurs nouvelles fonctions. Je lui demande également de montrer à Hélène toutes les boîtes et de l'emmener à ses rendez-vous afin de la présenter à ses correspondants.

À 7 heures, je sonne chez *Rex. Il vient m'ouvrir en pyjama : visiblement, je le réveille.

Les révélations de Bidault et la lettre de *Morlaix ont dû le faire réfléchir toute la nuit à la stratégie à adopter devant une situation pour le moins explosive. J'ai déjà observé qu'il ne prend ses décisions qu'après consultations puis mûre réflexion solitaire.

Pendant qu'il fait sa toilette, je lui rends compte succinctement de la presse clandestine et des journaux.

Je lui explique ensuite mon plan de déménagement. J'attire son attention sur les transmissions radio alors qu'il noue sa cravate devant la petite glace au-dessus du lavabo. Il se retourne et me dit : « Vous avez carte blanche pour organiser le secrétariat, les liaisons et les transmissions comme vous l'entendez. Vous êtes responsable de tout, et je veux que ça marche. »

Il enchaîne en m'interrogeant sur ses rendez-vous de la journée. Décidément, le voyage à Londres ne l'a pas changé : libéral, mais inflexible. Parfois je me demande si quelqu'un l'a déjà fait plier dans sa vie antérieure.

Depuis toujours, mes relations personnelles avec les êtres sont avant tout affectives : je les aime ou je ne les aime pas ; le reste est secondaire. L'armée elle-même n'a pas modifié cette attitude d'adolescent romanesque. Avec le patron, c'est autre chose. Comme Jeanne d'Arc et de Gaulle — naguère Maurras et Napoléon —, il appartient à mon Olympe.

*Rex semble préoccupé ; je vois bien qu'il m'écoute distraitement. Mlle Labonne étant sortie très tôt, je prépare son petit déjeuner pendant qu'il s'habille. Je fais chauffer l'eau de son faux café et place biscottes et confiture sur un plateau, que je pose sur la table.

Avant de s'installer, il saisit une feuille pliée en deux et me la tend : « Lisez. » Debout près de moi, il m'observe.

C'est une courte lettre « de *Rex à *Passy et *Brumaire » : « Informé de vos initiatives intempestives concernant l'organisation de la zone occupée, je vous ordonne, dès réception de cette lettre, de rompre tout contact avec les chefs des mouvements et de mettre un terme à vos initiatives. Je serai à Paris le 31 mars et vous rencontrerai aussitôt. Je vous demande d'obéir à l'ordre que je vous donne en qualité de commissaire du Comité national français. À bientôt. »

*Rex m'a habitué à des opérations coup de poing, mais jamais je n'ai ressenti un tel choc : je reste sans voix.

*Brumaire ne m'est rien : *Rex peut le piétiner. En revanche, comment oublier que *Passy, le colonel *Passy, est mon chef ? Depuis que *Rex a modifié ma mission, je vis dans la crainte de ce supérieur presque inconnu, mais maître tout-puissant du BCRA.

Quand j'ai fini ma lecture, *Rex m'interroge : « Alors ? » Mon regard lui suffit ; il ajoute : « Elle ne vous convient pas ? »

J'hésite. Comment lui exprimer mon désaccord ? Je n'ai jamais manifesté la moindre réserve à l'égard de ses initiatives. Cette fois, la brutalité du ton, cet ordre sans réplique me font craindre que ce mes-

sage ne soit une erreur. Hésitant, je me hasarde :
« Peut-être est-ce un peu trop... » Il ne me laisse
pas achever, m'arrache le feuillet des mains et le
froisse rageusement.

Il s'assoit et griffonne rapidement un nouveau
texte, qu'il me tend : « Et maintenant ? » La lettre
commence par « Mes chers amis ». Il annonce son
arrivée le 31 et demande de l'attendre avant de
prendre quelque décision que ce soit concernant la
mise en place des nouvelles instructions.

Ses derniers mots — « À vous, amicalement » —
achèvent de me rassurer : « C'est parfait : tout est
dit sans rien briser.

— Faites-la parvenir aujourd'hui à Paris. C'est
urgent. »

Sans un mot de plus, il brûle son premier
brouillon et jette les cendres dans le lavabo.

Nous prenons le tramway pour le parc de la Tête-
d'Or, où *Bernex nous attend[1]. Je laisse *Rex près de
la roseraie et vais chercher *Bernex.

Après les présentations, je me rends au bureau,
où j'ai convoqué *Grammont pour continuer le passage des consignes : codage, comptabilité, archives,
etc. *Mado doit faire de même avec Hélène.

En chemin, je réfléchis à une information que *Rex
m'a révélée indirectement : il est devenu commissaire du comité de Londres ! Tout en admirant sa

---

1. Ce rendez-vous est raconté exactement par Jacques Baumel
(*Bernex) dans *Résister. Histoire secrète des années d'Occupation*
[1999], LGF, coll. « Le Livre de poche », 2003. Il ne se trompe que
d'une année : il la fixe en 1942, alors qu'il était à Marseille et n'est
arrivé à Lyon qu'à l'automne de 1942.

modestie, je comprends mieux le ton cassant de son premier billet à *Passy et *Brumaire. Comme je l'ai quelquefois pensé, cette nomination prouve qu'il dut être ministre avant guerre.

Arrivé au bureau, j'explique à *Grammont le rôle que *Rex lui réserve et lui brosse un tableau de la Résistance dont il ignore tout : mouvements, syndicats, partis, services, radios. Puis j'énumère les principaux responsables avec lesquels je suis en contact pour organiser les rendez-vous du patron, préparer les réunions, la distribution d'argent, etc.

Je lui explique mon travail quotidien auprès de *Rex à partir de 7 heures du matin jusque tard après le dîner. Je détaille le fonctionnement des boîtes, les lieux de rendez-vous et d'émission, etc., et lui signale l'inconvénient des convocations impromptues qu'il impose pour l'accompagner à des réunions exigeant des papiers compromettants.

Je donne l'ordre à *Mado d'envoyer des rendez-vous à tous les responsables afin que je leur présente *Grammont avant mon départ et décide d'y consacrer la journée du 23.

C'est un plaisir que de travailler avec ce garçon à l'intelligence rapide. Cela augure bien de notre collaboration future.

Lundi 22 mars 1943

Derniers préparatifs

Après avoir couru toute la matinée de rendez-vous en rendez-vous, je retrouve aujourd'hui pour déjeuner Pierre Kaan, que je n'ai pas revu depuis plusieurs semaines. J'ai pris goût à nos conversations, qui, depuis le premier jour, ont une liberté de ton qui facilite les confidences. J'ai été immédiatement conquis par son humour, son intelligence, sa culture. Il me donne l'impression que j'existe autrement qu'en tant que secrétaire de *Rex.

Aujourd'hui, il me confie un rapport sur son séjour à Paris et me demande de le remettre à *Rex. Il ajoute quelques commentaires, qu'il me prie de lui transmettre également, et me demande de lui fixer un rendez-vous. Je l'assure que le patron le rencontrera avant son départ.

Il me dit ne se faire guère d'illusions sur le sort des rapports : jamais lus par leur destinataire et, dans le meilleur des cas, diffusés par bribes. Je lui objecte que ce n'est pas le style de *Rex, qui examine tous les papiers, même ceux dont je lui lis des extraits ou qu'effectivement je résume.

Son séjour en zone nord n'a pas amélioré son opinion sur la résistance des chefs. Selon lui, les mouvements y sont encore embryonnaires et morcelés en noyaux autonomes. En raison des rivalités et des ambitions des chefs, ils ne se combattent pas, comme en zone sud : ils s'ignorent.

Dans son rapport, il fait le constat qu'à côté des mouvements squelettiques, réduits à des cadres, existent d'innombrables individualités isolées, sans contact avec les mouvements, mais capables de rendre les plus grands services. Il souhaite que *Rex encourage la formation d'un mouvement directement relié à la France libre et consacré à l'action immédiate.

Encore plus intéressante pour moi, au beau milieu de la bataille du Conseil de la Résistance, est la sévérité de Kaan à l'égard de l'activité des anciens partis sous leur forme traditionnelle. Aucune révision des doctrines n'a été entreprise.

Même les partis de gauche ont l'intention de se regrouper sur un programme commun, nostalgique du Front populaire. Quant au parti communiste, il s'efforce de se substituer à la France libre : « Le but avoué du Front national est de grouper toute la résistance gaulliste autour du PC. »

Kaan met en garde *Rex contre le chantage exercé par les communistes et leurs exploits militaires, dont il doute : « Pour assurer leur prestige et leur influence, les communistes se livrent à une réclame d'autant plus facile que leurs affirmations sont incontrôlables. Ils mettent à leur actif d'emblée tout ce qui est attentats, sabotages, résistance armée, et ils exploitent sans scrupule la répression comme s'ils étaient seuls à la subir. Ils finissent par créer ainsi un dogme de la supériorité, une légende de l'efficacité et de la valeur du seul mouvement communiste, que l'on accepte sans contrôle, sans preuve. En fait, sur ce point, nous n'avons vu aucun signe de cette légendaire toute-puissance du PC. »

Il rejoint là l'analyse de *Rex. Il estime tout comme Bidault et d'autres responsables de la zone libre que les exploits de l'Armée rouge entraînent une influence grandissante du parti communiste, mais pas une pénétration profonde des conceptions communistes en France.

Quant à l'opinion publique, telle qu'il l'a observée à Paris, elle est « unie par une haine vivace de l'oppression boche ». J'admire la clarté de ses vues. On est loin de *Frédéric et de ses considérations fumeuses. À travers ce que Kaan me confie, tout devient limpide.

Curieusement, les solutions qu'il propose en vue

de créer un mouvement unifié relié à la France libre et fondé sur la doctrine du général de Gaulle sont analogues à celles suggérées par Georges Bidault ou François de Menthon : utopiques ?

L'après-midi, je m'active aux derniers préparatifs. Je veux que Suzette parte la première, puisqu'elle est la seule Parisienne. Je la presse amicalement, car je compte sur elle pour nous loger, trouver des boîtes, peut-être du personnel, bref, continuer à Paris ce qu'elle et ses parents font pour moi à Lyon depuis mon arrivée.

« Je ne promets rien. Voyez Théobald : il peut vous aider lui aussi. »

Lorsque je rencontre ce dernier, il me dit : « Quelqu'un peut vous être utile tout de suite, ma tante Scholtz, qui possède un magasin place de la Trinité. Je lui ai demandé de vous aider par tous les moyens. »

Je finis la journée au bureau pour examiner avec °Mado les archives dont j'aurai besoin à Paris. Ce sont essentiellement les instructions et télégrammes de Londres et les rapports de °Rex.

°Mado, dont je n'attends rien pour les logements, me révèle qu'elle a des parents à L'Haÿ-les-Roses, en banlieue, qui pourraient l'héberger et peut-être même lui permettre d'y travailler. C'est loin de Paris, mais elle m'assure qu'elle se débrouillera.

Je revois °Germain pour organiser l'acheminement des archives et de mon revolver. Je lui recommande d'emmener Archimbaud et Girard. Je revois également °Grammont pour lui expliquer que, si je ne lui donne pas l'appartement de la rue des Augustins, c'est parce qu'il sera utilisé par André Montaut et les courriers de Paris, parfois aussi par moi-même, si je suis obligé de dormir à Lyon. Cela fait beaucoup de monde, et d'insécurité, et nous ne devons pas multiplier les risques.

Je rencontre ensuite Cheveigné, auprès de qui je renouvelle mon inquiétude d'être sans radio à Paris. Je lui répète que j'espère obtenir d'Ayral qu'il fasse acheminer mes câbles par Briant. « Mais ça prendra quelques jours, lui dis-je. En attendant, pourras-tu expédier les télégrammes que je t'adresserai de Paris ?

— Si tes courriers sont ponctuels, les télégrammes pourront passer avec un jour de retard. On a connu pire ! »

Rassuré, je lui demande : « Ne connais-tu pas quelqu'un que tu pourrais former et m'envoyer là-bas ?

— Si, il y a un gars à qui j'ai appris les procédures britanniques. C'est un radio de la marine. Il peut partir dans quelques jours. Il s'appelle Fernand Baudry, alias *Tamar. Pour ce qui concerne le matériel, je lui donnerai un des postes qui sont arrivés, mais il faudra régler le problème des cristaux. Je crains qu'avec ceux réglés pour la zone sud, il n'obtienne pas le contact avec la *Home Station*. Demandes-en à Londres en spécifiant "pour Paris". »

Son optimisme est communicatif : pour moi, le problème de la radio est résolu.

✧

Dans la soirée, je reçois copie d'un long télégramme envoyé à de Gaulle par Robert Lacoste. Je suis particulièrement intéressé par les indications de ce représentant objectif.

Au-delà de l'enthousiasme factuel des hommes des mouvements, il rend compte de la réalité :

> 1. *Groupes réfugiés dans les montagnes assez dispersés mais ne se rendent pas. Maintiennent leur refus se rendre en Allemagne. Support populaire excellent. Désappointement causé par l'absence d'opérations militaires britanniques sur le sol français.*

Heureusement, les garçons qui ont renoncé à partir en Allemagne semblent déterminés :

> 3. *Les hommes laissés sont endurcis et décidés ayant appris par expérience, nécessité d'une meilleure organisation de résistance (communication, mouvements, etc.) maintenant pleinement appréciée et prise en main.*

Enfin, j'ai une information précise sur les parachutages que j'ai réclamés à Londres : après deux premiers échecs, le télégramme annonce qu'« une nouvelle opération a réussi » : enfin !

Mardi 23 mars 1943

Après un mois : le choc

J'ai choisi *Chez Georges* pour le dîner en compagnie de Bidault et *Rex : je l'ai dit, son immensité en fait à nos yeux le restaurant le plus sûr de Lyon.

Près des tables du fond, il n'y a jamais personne. *Rex se montre soucieux de ces conversations dans des lieux publics, dont un mot saisi au vol par un voisin mal intentionné peut conduire au désastre. Surtout, comme dans tous les restaurants de *Rex, il n'y a aucun résistant.

Arrivé cinq minutes avant l'heure, j'ai le temps d'observer la clientèle, qui s'augmente durant les vacances d'une flopée d'enfants.

Bidault est le premier. Je lui raconte mon départ à Paris quand *Rex arrive à son tour. Il a son visage des mauvais jours. Comme à l'habitude, nous choisissons notre dîner afin de nous débarrasser du serveur. Dès qu'il est hors de vue *Rex explose : « Quel énergumène : il est complètement obtus ! »

Bidault semble amusé par sa violence contenue : « Vous parlez de *Charvet, je suppose. »

*Rex nous raconte la séance irréelle qu'il vient de vivre. Henri Frenay a attaqué immédiatement sur le problème des réfractaires : « Jamais il n'a fait preuve d'autant d'agressivité, sans doute parce qu'il se faisait, sur ce point, le porte-parole des autres chefs. Son mot le plus indulgent pour me condamner, ainsi que le Général, est "trahison" ! »

À la surprise de *Rex, Emmanuel d'Astier de la Vigerie et Jean-Pierre Lévy ont fait bloc avec lui : « J'étais devant un tribunal populaire. » Bidault sourit.

« Une fois l'orage passé, j'ai abordé les choses sérieuses, fait les comptes avec eux et chiffré les besoins. C'est vrai qu'ils n'ont pas les moyens d'aider les réfractaires. J'ai promis d'augmenter les budgets et les armes et de tout faire pour éviter un carnage. Mais j'espère qu'ils ont compris que les Anglais sont sur Berlin et ne peuvent ajouter un seul avion à la dizaine qui survole les pays occupés. »

Bidault et moi écoutons en silence. « Finalement, tout est rentré dans l'ordre. Mais je ne me fais aucune illusion sur la campagne qu'ils mènent auprès du Général pour se débarrasser de moi. »

La deuxième partie de la réunion avec les chefs était consacrée au Conseil de la Résistance. Frenay ayant annoncé qu'il refusait d'y siéger, *Rex a proposé que Bidault l'y remplace pour représenter Combat : « *Charvet s'y est opposé furieusement. Bien qu'il soit versatile, son veto me semble sans appel. Il veut que le siège de Combat demeure vide. »

Bidault ne semble ni étonné ni chagriné : « De toute façon, cela me paraît impossible de représenter Combat puisque je suis en désaccord avec ses relations à de Gaulle. Personnellement, je préférerais que ce soit *Lorrain. On connaît ses *a priori*, mais il est ouvert, et les échanges avec lui sont toujours fructueux. J'espère que vous aurez moins de difficultés avec les chefs de la zone nord. »

Sans répondre, *Rex poursuit son récit : « Heureusement, le général *Vidal [Delestraint] était absent. Il n'a pas été question des problèmes de l'Armée secrète. J'ai promis que la prochaine séance y serait consacrée : je crains le pire. »

Bidault revient à la situation en France, qui l'inquiète compte tenu des événements de la rue de l'Hôtel-de-Ville. Il indique que la Gestapo devient très active en zone sud : « Je crains que la saisie des archives de l'AS ne lui donne des moyens beaucoup plus efficaces. Peut-être ne l'avez-vous pas encore remarqué, mais la vie clandestine est plus menacée depuis votre départ. Je suis inquiet pour votre sécurité. L'extension de votre mission fait de vous l'ennemi public numéro un. »

*Rex écoute attentivement. Bidault conclut : « Peut-

être devriez-vous modifier votre existence et expédier un câble à Londres pour le leur signaler. »
Comme le patron lui indique qu'il souhaiterait que
cette information soit présentée par un résistant,
Bidault me donne rendez-vous : « Je vous remettrai
le texte demain matin[1]. »

Nous nous séparons sur ces mots.

Je rentre directement rue Sala coder les câbles que
*Rex m'a remis : Montaut a une vacation aux pre-
mières heures du matin.

Comme souvent, j'y découvre ce que *Rex n'a pas
dit :

> *[...] situation plus grave que pensais — Obligé
> calmer dirigeants qui croient action alliée immi-
> nente — Trois classes déjà parties et déportation
> se poursuit rythme effrayant — Si livraison mas-
> sive armes pas commencée immédiatement impos-
> sible compter bref délai sur résistance française.*

Comme exemple de la traque de la police et de
la Gestapo, il annonce : « Mon courrier personnel
Claudie arrêté. » Je lui avais annoncé que, trois
jours avant son arrivée, *Claudie n'était pas venu à
notre rendez-vous quotidien et que ni sa famille ni
celle de Delestraint n'avaient eu de ses nouvelles[2].

---

1. C'était un brouillon. Le 31 mars, Georges Bidault envoya le
câble suivant : « Vu état actuel répression Max hors d'état tenir
en France plus de quelques mois. Probable qu'il ne faudra pas un
an pour détruire entièrement organisation Résistance. »
2. Ayant quitté Lyon quatre jours après le retour de Jean Moulin,
je n'ai plus jamais entendu parler de Jean Choquet (*Claudie). Ce

Le deuxième télégramme est plus curieux : il ne souffle mot de la conduite de *Brumaire et de *Passy, ni de son jugement péjoratif à leur égard. Il réclame simplement leur retour à Londres à la lune d'avril, sous prétexte que leur présence est indispensable pour que l'état-major du BCRA « soit au complet » et que *Passy et *Brumaire soient à leur poste pour poursuivre les négociations avec les Anglais afin d'obtenir l'aide indispensable.

Quant au troisième télégramme, il me surprend :

> *Documents saisis chez Mechin ne semblent pas devoir toucher organisation AS.*

Comment peut-il défendre une telle contre-vérité et transformer les comptes rendus de Copeau ? Il m'a détaillé le contenu des valises saisies chez la secrétaire de *Mechin, chef d'état-major : elles contenaient tous les rapports de Frenay à Londres, aux Américains et aux chefs de régions. Les problèmes des mouvements y étaient exposés en détail ainsi que l'organisation de l'AS, avec les noms et la quantité des troupes.

Ce n'est pas la première fois que j'observe que la politique exige une présentation des faits qui n'est pas toujours celle de la vérité. Mais pourquoi *Rex se livre-t-il à cette manipulation ? En y réfléchissant, je comprends que les premiers informés des télégrammes sont les Anglais. Après les conversations de Delestraint avec le chef d'état-major allié,

---

n'est que lorsque j'ai rédigé mes ouvrages sur Moulin, au cours des années 1980-1990, que j'ai constaté sa disparition. Je ne sais si Moulin l'avait retrouvé. J'ai découvert une note indiquant qu'il avait été à nouveau arrêté en 1944 et qu'il avait disparu.

au cours desquelles il l'a convaincu de la force poten-
tielle des cinquante mille paramilitaires en puissance,
comment lui annoncer trois jours plus tard que l'AS
de zone sud est totalement désorganisée par la
Gestapo et sur le point d'être anéantie ?

Mercredi 24 mars 1943

Adieux à Lyon

Je trouve les deux câbles promis par Bidault dans
ma boîte avant de me rendre à mon premier rendez-
vous du matin avec *Rex. Il me demande de venir le
voir ce soir à 6 heures rue Sala pour les dernières
consignes.

Je n'ai pas trop de toute la journée pour préparer
mon départ. En milieu de matinée, je passe voir
M. Moret pour lui dire ma reconnaissance pour ce
que sa femme et lui ont fait depuis mon arrivée.
A-t-il des nouvelles de Mme Moret ? « Elle semble
pour l'instant protégée par les relations de son père
avec Pétain », me dit-il.

Je ne pose pas de question : sans eux, ma mission
aurait été un échec. « Ne me remerciez pas : c'est
pour la cause. » Décidément, c'est le mot de passe,
même de ceux qui proclament ne pas être des résistants.

Après l'avoir quitté, je file voir Mme Bedat-Gerbaut.
Je monte chez elle à l'heure du déjeuner, où je suis
sûr que ses leçons sont achevées. Elle aussi refuse
mes remerciements : « Ma récompense est de pouvoir continuer à aider la Résistance. Vous savez que
votre successeur est le bienvenu, autant qu'il le sou-

haite. » Je l'ai déjà dit à *Grammont, tant je suis sûr du dévouement de cette femme au courage modeste.

Mon équipe a quitté Lyon hier soir. Je déjeune avec *Grammont, à qui je fournis une dernière fois les détails de mon réseau de restaurants et de lieux de rendez-vous. Après ses premiers contacts, il me pose quelques questions.

Je garde pour la fin les difficultés du patron avec les chefs, un roman qu'il aura tout le temps de compléter au jour le jour... Après le déjeuner, nous enchaînons sur les derniers rendez-vous de présentation aux responsables des mouvements et du CGE.

Nous allons ensemble montée des Capucins, où Hélène travaille déjà.

À 6 heures, je suis rue Sala, dans le bureau de France d'abord.

*Rex me donne ses ordres ultimes : l'attendre à la gare de Lyon le 30 au soir, au train de 6 heures ; trouver une chambre pour la nuit ; fixer rendez-vous à *Morlaix et *Champion[1] pour dîner tous les quatre ; organiser un rendez-vous avec *Passy et *Brumaire au bois de Boulogne le 31 au matin.

« Bon voyage ! » sont ses derniers mots avant que je rentre chez moi, à cent mètres de là, pour finir mes bagages. Ce n'est pas le voyage qui m'inquiète, mais la suite.

---

1. Pierre Meunier et Robert Chambeiron.

IV

PARIS

XV

LA DANSE DES SERPENTS

24 mars-12 avril 1943

Mercredi 24 mars 1943

Revoir Paris

Dès mon affectation à Paris, j'ai fait réserver par *Germain une couchette de wagon-lit. Le voyage de nuit nous offre la meilleure sécurité depuis la suppression des *Ausweis* (« laissez-passer ») : au départ du train, la remise de la carte d'identité au conducteur évite, en principe, toute vérification durant le voyage. Les Allemands effectuent leur contrôle vers 1 heure du matin à Chalon-sur-Saône, mais n'opèrent pas de fouille systématique des compartiments.

De toute façon, je n'emporte avec moi aucun document, et ma valise ne contient que des vêtements et quelques livres. Ma couverture de journaliste à *Paris-Soir* me semble suffisante pour justifier mon voyage.

Cependant, je ne puis dormir. C'est la première fois que je voyage en wagon-lit, et chaque arrêt du train avive mon inquiétude. Cette dernière atteint son paroxysme lors de l'arrêt prolongé en gare de Chalon, marquant l'ancienne frontière entre France libre et France occupée : les bruits de bottes dans le couloir, les portes qui claquent, les voix fortes à l'accent rauque trahissent toute la brutalité des Allemands.

Lorsque je les entends se rapprocher, je tire instinctivement les couvertures sur mon visage, transformant ce fragile tissu en abri imaginaire. J'imagine la porte ouverte brusquement, la lumière éblouissante, tandis que des soldats m'arrachent violemment à ma couchette.

Durant mes divagations, les va-et-vient continuent, lents ou précipités ; l'arrêt s'éternise. Enfin le calme se rétablit. Insensiblement, le train s'ébranle et glisse, d'abord silencieusement, puis accélère progressivement jusqu'à retrouver la musique rythmée des rails : celle de la liberté.

Mille questions m'assaillent au sujet de mon installation à Paris. Comment maîtriser cette ville immense que je connais à peine ? Lyon me semble déjà tellement vaste quand il me faut la sillonner en tout sens.

En dépit des inconvénients de la capitale, je m'abandonne à un sentiment que je n'ai avoué à personne : vivre à Paris, rêve secret de mon adolescence ; explorer la ville mythique de mes lectures : la rue d'Amsterdam de *Sapho* d'Alphonse Daudet, le jardin des Champs-Élysées de Proust, la tombe de Chopin au Père-Lachaise, le fantôme de la Commune, les voluptés de Baudelaire, l'amour maudit de Verlaine et Rimbaud...

De mon premier séjour, à l'âge de cinq ans, je conserve trois souvenirs, tous dans le métro, que j'ai adoré immédiatement et où je traînais ma gouvernante : la chaleur, l'odeur forte du souterrain, enfin, sur les quais, les distributeurs automatiques de bonbons. Je pleurais tellement chaque fois qu'on s'en éloignait, que mes parents m'avaient confié aux soins de cette femme patiente, qui me baladait d'un bout à l'autre du réseau. J'adorais le passage des tunnels aux lignes aériennes, qui me projetait brusquement face à la tour Eiffel avec des cris de joie accompagnant mes battements de mains.

En 1931, j'avais onze ans. J'avais remplacé le métro par l'Exposition coloniale. Je passais mes journées dans un exotisme de contes de fées. Aucun de mes livres d'enfant ne m'avait apporté un tel dépaysement. Le soir, après avoir dîné face au temple d'Angkor avec mes parents, j'explorais l'empire colonial : j'étais hypnotisé.

Pour finir, mon dernier voyage, au printemps de 1940, m'avait fait découvrir les théâtres et, mieux encore, le 1 rue du Boccador, l'hôtel particulier situé au coin de l'avenue Montaigne qui abritait les bureaux de *L'Action française*. L'Acropole n'était pas plus sacrée pour les Athéniens que, pour moi, cet édifice mystérieux, où je me rendais souvent dans l'espoir secret de rencontrer Daudet ou Maurras au hasard des couloirs ou des escaliers.

Jeudi 25 mars 1943

Un acte solennel

À mesure que le train approche, mon impatience grandit. Mes lointains souvenirs effacent les récits humiliants du Paris occupé que j'ai lus à Londres. Les mirages de mon adolescence sont plus forts.

Il est presque 10 heures du matin quand le train entre en gare de Lyon. J'ai organisé mon premier rendez-vous avec *Germain à midi dans un café proche de l'Étoile (le premier, à gauche, en descendant les Champs-Élysées).

J'ai voulu marquer mon retour par un acte solennel : m'incliner sur la tombe du Soldat inconnu au nom de tous mes camarades de juin 1940, dont quelques-uns l'ont rejoint dans l'anonymat d'une mort glorieuse.

Ayant prévu de m'y rendre à pied, je dépose ma valise à la consigne et sors de la gare. Il fait frais, mais le printemps enveloppe la ville d'une lumière irisée. À peine dehors, je suis saisi par le spectacle des vélos-taxis qui attendent dans la cour et que je découvre pour la première fois.

Je suis choqué de voir des couples s'installer, lourdement chargés de bagages, dans ce frêle esquif. Le cycliste, en général maigrichon, pèse de tout son poids sur les pédales pour ébranler la remorque.

À pied, je rejoins les quais. La route est jalonnée de feux éteints, devenus inutiles dans la ville désertée par les automobiles. C'est une surprise tant mes souvenirs résonnent de klaxons énervés auxquels répondaient les trompes mélodieuses des grands autobus. De temps à autre, au loin, apparaît une voiture ou un camion allemand. Quelques rares personnes font la queue aux arrêts d'autobus. Quel contraste avec Londres !

Je découvre bientôt l'emprise des barbares : plantés aux carrefours, le foisonnement des poteaux indicateurs, peints de lettres noires sur fond jaune ou blanc. Le pire m'attend en découvrant la préfecture surmontée d'un drapeau à croix gammée, flottant sur les toits.

J'aperçois soudain un grouillement d'uniformes sur le parvis de Notre-Dame : les Allemands, maîtres des lieux. En zone sud, à Lyon, même après l'invasion, leur présence est discrète. Leurs sanctuaires (hôtels, cafés, immeubles réquisitionnés) sont entourés de simples barrières blanches. Seuls, dans les gares, on voit entre deux convois des groupes de soldats stationner sur les quais.

Après avoir longé le Louvre, les Tuileries et la place de la Concorde, j'aborde enfin l'avenue des Champs-Élysées, une des grandes joies de mon dernier voyage : nous la remontions avec mes parents à vive allure en zigzaguant parmi les rares voitures. Aujourd'hui, elle est déserte !

J'ai une folle envie de marcher au milieu de la chaussée pour profiter de la perspective de l'Arc de triomphe, mais la sécurité m'interdit de me faire remarquer.

Au terme de mon pèlerinage m'attend le plus cruel des spectacles : autour de la tombe vénérée, des soldats allemands se promènent en riant, tandis que d'autres se photographient joyeusement devant la dalle. J'ai honte d'être le seul Français vivant.

Le soleil commence à chauffer la ville. Je contemple le bas-relief de *La Marseillaise* qui illustrait la couverture de la revue *La France libre*. Je ne l'avais jamais observé de près. Les Allemands, qui déambulent à ses pieds, l'ignorent évidemment. Stimulé par cette vision, je traverse la place et rejoins les Champs-Élysées, en quête du premier café « sur la gauche » : il est midi moins cinq.

En dépit du spectacle humiliant auquel je viens d'assister, ma longue marche m'a détendu. De plus, je suis heureux à l'idée de revoir *Germain et de commencer ma nouvelle vie.

En approchant du café, je vois venir à moi, serrés l'un contre l'autre, un vieillard accompagné d'un jeune enfant. Leur pardessus est orné de l'étoile jaune. Je n'en ai jamais vu : elle n'existe pas en zone sud. Ce que j'ai pu lire en Angleterre ou en France sur son origine et son exploitation par les nazis ne m'a rien appris de la flétrissure que je ressens à cet instant : le choc de cette vision me plonge dans une honte insupportable.

Ainsi les attaques contre les Juifs, auxquelles je participais avant la guerre, sont-elles l'origine de ce spectacle dégradant d'êtres humains marqués comme du bétail, désignés au mépris de la foule. Subitement, mon fanatisme aveugle m'accable : c'est donc ça l'antisémitisme !

Entre mes harangues d'adolescent exalté — « fusiller Blum dans le dos » — et la réalité d'un meurtre, il n'y avait dans mon esprit aucun lien. Je comprends à cet instant que ces formules peuvent tuer. Quelle folie m'aveuglait donc pour que, depuis deux ans, la lecture de ces informations n'ait éveillé en moi le plus petit soupçon ni, dois-je l'avouer, le moindre intérêt sur le crime dont j'étais complice ?

Une idée folle me traverse l'esprit : embrasser ce vieillard qui approche et lui demander pardon. Le poids de mon passé m'écrase ; que faire pour effacer l'abjection dont j'ai brusquement conscience d'avoir été le complice ?

À cet instant, j'aperçois *Germain sortir du café et s'avancer vers moi en souriant : « Bonjour, patron. » Il ajoute aussitôt : « Comme vous êtes pâle. Rien de grave, j'espère ? » Il pense évidemment à notre sécurité, aux menaces invisibles qui nous environnent. Je le rassure : « Non, tout va bien. C'est la fatigue : je n'ai pas dormi. »

Sa présence me ramène à la réalité : je ne suis pas à Paris pour soigner mes états d'âme. *Rex arrive le 31, et tout doit être prêt pour le recevoir. Assurément,

la Résistance n'est pas le lieu propice à la culture
des remords.

*Germain m'explique l'organisation qu'il a mise
en place : *Mado est logée chez son beau-frère à
L'Haÿ-les-Roses. La maison étant vide dans la journée, elle peut y travailler provisoirement. Suzette a
réintégré le domicile de ses parents, 160, boulevard
Malesherbes. Archimbaud, Girard et Van Dievort ont
trouvé un logement.

Quant à moi, Suzette m'a installé chez une de ses
amies d'enfance, mariée à un avocat. Ce ménage
brûle de servir la Résistance. Ils possèdent un vaste
appartement place des Ternes. Je peux y demeurer
le temps nécessaire à mon installation.

Le résultat le plus spectaculaire revient à *Germain :
il a installé sa boîte centrale place de la Trinité, chez
Mme Scholtz, la tante de Théobald. Je m'étonne :
« Pourquoi dans un magasin ? Ce n'est pas très
prudent.

— Il n'y a pas d'autre solution à Paris.

— Pourquoi ?

— Parce que les immeubles n'ont pas de boîtes
aux lettres et que le courrier est déposé chez les
concierges. Je n'ai pas confiance. »

J'ignorais cette singularité des immeubles parisiens. J'en mesure tous les dangers. Lors de la tenue
de réunions, par exemple, cela oblige à déjouer une
surveillance supplémentaire, les allées et venues provoquées par un appartement étant repérées immédiatement. Notre sécurité sera plus fragile qu'à Lyon.

« Heureusement, Paris, c'est grand », ajoute
*Germain, laconique. Je suis fier de son inlassable

dévouement et de son intelligence pratique. Arrivé depuis deux jours, ne connaissant personne, il s'est débrouillé comme il le fait depuis huit mois à Lyon, silencieux et redoutablement efficace.

« Je vous ai apporté un plan du métro, seul moyen de circuler rapidement. » Il me désigne la station Trinité, proche de sa boîte. « Il faut essayer de grouper nos rendez-vous aux alentours, sinon nous ne tiendrons pas : il y a tant d'escaliers à monter et descendre. »

Je lui confie quelques lettres à porter à différentes adresses que j'ai obtenues avant de quitter Lyon. Il me remet un billet de Jean Ayral, que je n'ai pas revu depuis notre parachutage commun, fixant mes premiers rendez-vous. Je dois correspondre quotidiennement avec lui : il est devenu le chef du Bureau des opérations aériennes de zone nord, et c'est par lui que je recevrai les instructions, le courrier et l'argent de Londres.

Par ailleurs, j'ai besoin d'un contact immédiat avec François Briant, son radio, pour établir des transmissions rapides avec Londres.

*Germain me transmet également un rendez-vous avec Suzette place des Ternes, à midi et demi.

Lorsque je l'y rejoins, elle me conduit non loin de là pour inspecter la chambre qu'elle a trouvée et où *Germain viendra déposer ma valise. Suzette me présente à une jeune femme qui m'accueille chaleureusement. Dans son vaste appartement, elle m'a réservé une chambre avec salle de bains, un luxe oublié depuis longtemps.

Je suis ébloui par ce confort de sybarite. Après m'avoir invité à dîner, mon hôtesse ajoute aimablement : « Vous êtes ici chez vous. » Je sais qu'elle dit vrai.

En la quittant, je vais déjeuner, non loin de là, dans une brasserie de la place des Ternes. Auparavant, j'achète une brassée de journaux parisiens, curieux de découvrir cette presse interdite en zone sud.

Le menu présenté par le garçon me semble étonnant de qualité, mais peut-être les mots sont-ils, comme souvent, des leurres. Je commande mon repas et me plonge dans la lecture de *L'Œuvre* ; du moins j'essaye. Aussitôt le journal déployé, mon esprit divague. Le souvenir de l'étoile jaune envahit tout.

J'ai eu raison de ne pas inviter Suzette : j'ai besoin d'être seul pour réfléchir méthodiquement aux causes de ma honte du matin et à l'engagement maurrassien de ma jeunesse. Pourquoi ce remords ? Je devrais d'abord écrire : pourquoi ce choc, puisque ce que j'ai vu m'est connu depuis longtemps ?

Nous en parlions souvent à Londres avec Briant, mais ni l'un ni l'autre n'étions choqués par cette indignité, dont nous n'imaginions pas la réalité. Ce n'est pas si ancien : huit mois ! Pourquoi ce qui m'avait semblé « exotique » à l'époque m'apparaît-il aujourd'hui comme un crime insupportable ?

Ma tête n'est que confusion : tant d'arguments nouveaux se mêlent aux souvenirs d'autrefois. Michel Jacob, mon camarade de l'adolescence, mon ami Raymond Aron, de la France libre, Pierre Kaan, un de mes camarades d'aujourd'hui. Je ne peux les imaginer stigmatisés par cette étoile sans éprouver un sentiment d'horreur.

Une étrange pensée me vient : si le hasard leur impose de porter l'étoile jaune, je partagerai cette infamie et la porterai moi aussi. Tout, plutôt que d'assister lâchement à l'abaissement des êtres chers.

Je finis par comprendre que si cette vision matinale m'est tellement insupportable c'est parce qu'elle fait de moi un bourreau : elle trahit l'humanisme, la fraternité entre les hommes, que je me vante de pratiquer dans le christianisme. Comment ai-je pu devenir antisémite ? Aujourd'hui, malgré moi, ma conscience a choisi son camp.

Après déjeuner, une sorte d'allégresse m'habite. Dans cette brasserie inconnue, j'ai l'impression de m'être débarrassé à jamais du fardeau de mon éducation.

Inconscient des distances, je déambule boulevard Haussmann pour rendre visite à Mme Scholtz, place de la Trinité. Face à l'église, elle possède un immense magasin où elle vend du mobilier de bureau. Je lui explique que son neveu m'a prié de la voir dès mon arrivée à Paris. Je n'y connais personne, et j'ai besoin de tout pour monter mon secrétariat : « Je ne sais si je pourrai vous aider, mais je ferai mon possible. »

En réalité, comme Mme Bedat-Gerbaut, elle est prête à tout. J'en profite pour pousser mon avantage : Connaît-elle des personnes qui accepteraient de nous héberger ? « Mon appartement est à votre disposition. Il est à deux pas d'ici, rue Blanche. » Je pense immédiatement à *Rex ; elle m'invite à aller le visiter.

En la quittant, c'est avec un moral regonflé que je rentre chez mes nouveaux hôtes. Ils m'ont invité à dîner et ont mis les petits plats dans les grands. Lui est un jeune avocat. Mobilisé en 1939, il a eu la chance de ne pas avoir été fait prisonnier et a repris son cabinet à Paris.

Il travaille pour l'OCM[1]. Avec sa femme, il est à la disposition de Suzette pour lui venir en aide. Je les remercie de me loger : « C'est très rare, parce que les gens ont peur.

— Vraiment ? Pourtant, quand les Boches sont à Paris, chaque Français a le devoir de les chasser. »

Je ne sais pourquoi, au cours de la conversation, j'évoque les attentats des résistants. Ils me disent y être opposés, estimant que le prix à payer est exorbitant. L'idée des communistes, consistant à accentuer la haine contre l'occupant, leur semble fallacieuse : « Leur présence suffit à les faire haïr. »

Je leur raconte mon expérience de l'Arc de triomphe, et la violence inouïe de ma haine devant une réalité que je ne connaissais que par des photos : « Quelle humiliation !

— Vous n'avez encore rien vu. L'outrage le plus insupportable est de voir des Françaises se promener à leur bras.

— Et il n'y a pas que des prostituées. »

Ils me demandent des nouvelles de la zone sud, où ils ne sont pas retournés depuis la défaite. J'explique que les Boches y sont invisibles, qu'il y a très peu de réquisitions et qu'on ne voit pas de troupes compactes au centre-ville. Ici, tout commence avec le drapeau allemand, qui est partout : « L'arrivée à Paris a été un choc ! »

Je les interroge à mon tour pour connaître la vie des Parisiens. C'est la femme qui répond : « Au centre de Paris, c'est comme avant guerre ! À l'exception

---

1. Organisation civile et militaire, un des mouvements de résistance de la zone nord.

des automobiles, la vie est aussi brillante qu'autrefois. » Son mari ajoute : « Peut-être plus brillante même. L'argent du marché noir coule à flots ; commerçants et industriels font fortune. Les salons ont rouvert, et les soirées sont opulentes. Comme il y a moins de films et pas de chauffage dans les appartements, les gens vont se réchauffer au théâtre. Il y a d'ailleurs d'excellents spectacles. »

La conversation dérive sur les livres. « La censure ne laisse rien passer, et puis les grandes voix se sont tues : Gide, Claudel, Martin du Gard. Seul Mauriac persévère. Quant à la presse, bien qu'elle soit rédigée en français, elle est allemande. »

Comme mes hôtes précédents en zone sud, ils ne posent aucune question sur mon travail. Lorsque je les salue avant de rejoindre ma chambre, ils répètent en chœur : « N'oubliez pas : vous êtes chez vous. »

À bout de forces, je n'ouvre même pas ma valise. Je me déshabille en hâte et me jette au lit.

Vendredi 26 mars 1943

Chère Suzette

J'achève ma toilette, vers 7 heures, lorsque la voix de mon hôtesse retentit derrière la porte : « Votre petit déjeuner est prêt. Mon mari serait heureux de faire plus ample connaissance. » Quelques instants plus tard, je suis assis en face de lui. Sa femme nous laisse seuls.

Ce jeune homme au regard direct est à peine plus âgé que moi. Il m'assure de la fierté qu'il ressent à aider la Résistance et me répète que je suis chez moi. Mais son visage s'assombrit : « Malheureusement, votre présence tombe mal. Ma femme est enceinte. Elle a oublié de vous dire hier que sa mère arrivait ce matin pour l'aider. Elle est très fatiguée. Je suis inquiet de la laisser seule. » Avant même d'entendre la suite, j'ai compris : il me met poliment à la porte.

Comme tous mes camarades du BCRA, j'ai déjà connu en zone sud cette expérience désolante. Dès que nos hôtes ont connaissance du danger physique que nous représentons, nous devenons des épouvantails, et ils nous chassent gentiment.

Mes hôtes d'aujourd'hui sont poussés par un élan sincère de solidarité patriotique, qu'ils manifestent en voulant aider la Résistance. Mais rien n'est plus fragile à l'épreuve que les bons sentiments. Avant mon arrivée, ce jeune couple ne « réalisait » pas le danger que je représentais. Depuis mon installation, ils sont saisis de panique à l'idée d'être compromis dans une aventure mortelle.

Je le constate à la mine défaite et à l'agitation de sa femme, revenue entre-temps. « En plus, ajoute-t-elle, j'ai oublié qu'aujourd'hui c'était le jour de la femme de ménage. Je vous serais reconnaissante de partir avant 8 heures afin que je puisse faire votre lit. »

J'affiche une feinte sérénité : après tout, je leur dois tout de même une nuit de répit. Ils demeurent amicalement disposés et me confirment que Suzette pourra user de leur appartement pour les besoins de la cause. « Dès le départ de ma mère, sa chambre sera à votre disposition. » Qu'ajouter, si ce n'est les remercier ?

À 8 heures, je retrouve *Germain place des Ternes et lui raconte ma déconvenue : « Ne vous en faites pas, patron. J'ai quelque chose pour vous. »

Effectivement, quand j'arrive boulevard Malesherbes, dans le vaste appartement des Moret dont il
m'a communiqué l'adresse, *Germain y a déjà apporté
ma valise.

Suzette m'y attend. Elle me présente au concierge
comme un camarade de Lyon passant ses vacances
à Paris. Nous sommes d'une génération voisine :
c'est donc plausible. Pourtant, quand il me voit, je
remarque son incrédulité. Pour lui, cette éclatante
jeune fille profite de l'absence de ses parents et
du désordre de l'Occupation pour inviter un jeune
homme inconnu à dormir chez elle. Son sourire
complice montre qu'il n'est pas dupe.

En m'installant, je comprends les regrets des
parents de Suzette, qui vivent entassés à Lyon. Je
mesure aussi leur abnégation à tous les trois : je ne
les ai jamais entendus se plaindre de l'inconfort
de leur exil lyonnais, ni rechigner à l'exécution des
besognes les plus humbles. Depuis ma première
visite, ils devancent mes exigences, comme s'ils n'en
faisaient jamais assez.

Le sourire du concierge confirme en l'amplifiant
le sentiment de sécurité que j'éprouve en compagnie de Suzette. Tout le monde nous prend pour un
couple d'amoureux. En dépit de cet avantage, je
comprends aussi que ce confort comporte un
inconvénient : celui d'habiter avec Suzette, plus en
danger que moi par son activité (transport d'argent,
de documents, de postes radio, etc.). Tous les jours,
en traversant la ligne de démarcation, elle est à la
merci du moindre contrôle.

Je dois déménager au plus vite.

Samedi 27 mars 1943

Le mirage du passé

Mon premier rendez-vous à Paris est avec Jean Ayral. Il n'a pas changé depuis notre parachutage au-dessus de Montluçon : toujours la même allure d'étudiant athlétique et juvénile.

Heureux de me revoir, il m'emmène déjeuner dans un bistrot de la rue du Bac. Je lui explique ma perplexité de devoir tout recommencer à zéro dans cette ville démesurée. Il répond au plus pressé : « J'ai deux filles épatantes, *Violaine et Claire[1]. Elles s'occupent de trouver des locaux de toute nature pour mon service. Donne-leur la liste de tes besoins. Quant à toi, je te conseille de trouver ta piaule toi-même. Comme ça, elle sera inconnue de tous. »

Je l'interroge sur ses relations avec les mouvements de zone nord : « Les chefs sont insupportables ; les "gens de Londres", comme ils disent, sont leur bête noire. En province, pour le travail, ça dépend des hommes. Dans l'ensemble, c'est bordélique : ils ne viennent pas aux rendez-vous et n'accomplissent pas les tâches qu'on leur demande. Bref, on ne peut compter sur personne. De plus, si tu veux aller en tôle, avec eux tu prends un raccourci.

— Je connais déjà.

— Et pourtant, ça marche quand même ! On le doit à des innocents increvables : une poignée de filles et de garçons prêts à tous les sacrifices. Pour le reste,

1. Jacqueline d'Alincourt et Claire Chevrillon.

c'est comme en zone sud : trémolos, promesses, néant... »

Je lui explique mon problème de transmission et lui demande un rendez-vous avec Briant pour écouler le trafic de *Rex. Il me raconte alors les déboires de notre camarade avec son poste au début : il fonctionnait parfaitement à Clermont-Ferrand, mais était devenu muet à Paris, jusqu'au jour où Londres a expédié de nouveaux cristaux.

« Je dois le rencontrer demain, dans la matinée. Il est très occupé en ce moment par une masse de câbles en retard. Est-ce que le 6 avril te convient ? » Après mon accord, il fixe le rendez-vous sous la tour Eiffel.

Au détour de la conversation, il m'apprend qu'il n'a jamais reçu les trois postes parachutés par le BCRA pour lui en zone sud et que je lui avais expédiés à Paris, par l'intermédiaire de Van Dievort. Celui-ci les avait pourtant déposés à l'adresse indiquée. Lorsque Ayral était venu les réclamer, le dépositaire nia les avoir reçus et Ayral m'avait écrit un billet rageur.

Philosophe, il hausse les épaules : « Après la guerre, j'écrirai "Les Mystères de la Résistance". Mais, ce n'est pas le plus tragique. »

Je reviens aux mouvements de zone nord. Leur fonctionnement me semble plus inconnu, après huit mois en zone sud, que le jour de mon départ de Londres. Ce que m'ont révélé *Morlaix ou *Rex ne me rassure guère.

*Rex m'a indiqué que, présidant le Conseil de la Résistance, il fera le va-et-vient entre Lyon et Paris. Périodiquement, je serai donc seul face aux chefs. Vais-je revivre les humiliations — que je raconte à Ayral, amusé — de Lyon durant l'absence du patron ? Sont-ils aussi hostiles à *Rex et à de Gaulle ?

« Pour supporter les résistants, me dit-il, il faut oublier que nous sommes des soldats. Eux sont des patriotes à l'état sauvage. Heureusement, j'ai tout de même réussi à former une bonne équipe.

— C'est aussi mon cas. Ceux-là sont sans reproche, mais ils ne sont qu'une douzaine !

— N'oublie jamais que les quarante millions d'autres ont choisi Pétain comme chef pour stopper la guerre et remettre leurs pantoufles. »

Il me prodigue quelques conseils sur la sécurité à Paris — zones à éviter (en général, les jardins sont sûrs), précautions dans les transports (le métro est commode, mais dangereux, à cause des fouilles inopinées), etc. — puis revient aux mouvements.

« Les communistes se distinguent du lot. Seuls les FTP sont prudents, à tel point qu'ils ne révèlent jamais leurs boîtes. On ne peut les rencontrer que tous les huit jours. Comme ils refusent la vérification de leurs "terrains" ou de leurs emplacements radio, je n'ai jamais rien réussi pour eux. 'Passy est furieux parce qu'il y tient beaucoup. En les fréquentant, il a compris. Je te souhaite bien du plaisir ! »

En me quittant, Ayral ajoute : « Surtout, n'oublie pas : double six sous la tour Eiffel ! » Et il part en courant presque, riant aux éclats.

Ma journée achevée, je profite, pour flâner, de mes derniers instants de liberté avant l'arrivée du patron.

Je descends la rue du faubourg Saint-Honoré. Les vitrines qui enchantaient ma mère conservent un éclat. En dépit de la pénurie, je suis impressionné par l'élégance des Parisiens, et surtout des Parisiennes.

Il est vrai qu'après la grisaille lyonnaise, tout paraît lumineux.

Une foule compacte emplit les cafés des Champs-Élysées et du quartier de l'Opéra. Dans le contraste radical avec ce que j'ai connu ces derniers mois, je perçois un mélange de frivolité et d'effronterie à l'égard des Boches. Ces derniers sillonnent les rues en groupes et s'entassent avec nous dans le métro. Ils envahissent les terrasses des cafés, les cinémas, les restaurants, qui leur sont réservés. Partout, ils sont chez eux.

À Lyon, je pouvais croire qu'ils étaient de passage ; ici, nul doute, ils sont chez eux. Plus encore que leur présence, ce sont leurs panneaux de signalisation en bois peint qui me choquent : ils imposent l'ordre teuton à la capitale.

Mardi 30 mars 1943

Pierre Kaan, mon ami

Cinq jours après mon arrivée, je déjeune avec Kaan. Après mon départ de Lyon, il a rencontré *Rex, qui lui a demandé de s'installer à Paris. Il souhaite en faire le secrétaire du CGE et du Comité de coordination nord. Il lui a recommandé de maintenir ses contacts avec ses amis professeurs ou écrivains disponibles pour l'action.

« Il m'a également demandé de maintenir un contact quotidien avec vous », précise-t-il. Rien ne peut me réjouir autant que cette relation de travail.

Kaan a déjà rencontré quelques responsables des mouvements parisiens : « La partie va être rude. Ils

sont tous remontés contre *Rex, à commencer par
*Passy et *Brumaire. En réalité, c'est à l'emprise du
Général sur la Résistance qu'ils en ont. Ils sont per-
suadés que, sans eux, de Gaulle n'existerait pas !

— *Rex en a vu d'autre.

— Certes, mais cette fois l'enjeu est risqué : à
Londres, le Général est isolé face aux Américains,
aux Alliés et aux vichystes ; en France, il est à la
merci des mouvements et des partis. À Alger, il est
interdit. La bataille pour le pouvoir sera rude. »

J'essaie de le convaincre du contraire : depuis que
de Gaulle a refusé la démission de *Rex et lui a
manifesté sa confiance par l'octroi des pleins pouvoirs, j'ai la certitude qu'il est intouchable. Quels
que soient les obstacles, il atteint toujours les objectifs qu'il s'est fixés.

Kaan ne semble pas convaincu : « Ici, les chefs
ont une autre forme d'indocilité. N'ayant pas effectué la fusion des mouvements, ils sont plus indépendants et ne doivent rien au Général.

— *Rex les mettra au pas. »

Après la politique, nous abordons les liaisons
quotidiennes. Il m'indique qu'étant donné la jeunesse de mon équipe, le Quartier latin lui semble
un endroit idéal. Il habite lui-même non loin de
l'Observatoire et vit entre le boulevard Saint-Michel,
Saint-Germain-des-Prés et Montparnasse, où je ne
suis pas encore allé.

Je lui explique qu'à partir de ma boîte de la Trinité,
j'ai fixé le centre de mes opérations dans les quartiers
alentour. Il insiste pour que je déménage : « Votre
âge rend la rive gauche beaucoup plus sûre pour
votre équipe : vous vous fondrez dans la masse des
étudiants. Pensez-y. »

Un jeune homme accompagnant un homme plus

âgé au Luxembourg fait évidemment penser à un
étudiant et son professeur. Ce n'est pas l'opinion de
*Germain quand je lui rapporte cette conversation.
Lui se sent à l'aise à Saint-Lazare, protégé par l'effer-
vescence des « travailleurs » perpétuellement affai-
rés : « Vous savez, moi, les beaux quartiers... »

Le Quartier latin en est-il un ? Je l'ignore.

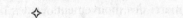

En milieu d'après-midi, j'attends *Rex à la gare de
Lyon. Après l'avoir aperçu au milieu de la foule se
pressant vers la sortie, je le suis à la consigne, où il
dépose sa valise. Il me remet le ticket ; *Germain
viendra la chercher pour l'apporter au magasin de
Mme Scholtz.

Conscient de la fatigue de son voyage, je lui propose de prendre un vélo-taxi. Il refuse, préférant le
métro, où nous serons perdus au milieu de la cohue.

« Avez-vous fait bon voyage ? » Cette question
conventionnelle me paraît naturelle. Pourtant, avant
son séjour à Londres, jamais je ne me serais autorisé une telle familiarité. Nos relations se sont
modifiées : il est plus disponible, et moi plus libre à
son égard. S'il reste évidemment le patron et que je
ne le considère nullement comme un ami, il est un
peu pour moi un proche parent, et c'est nouveau.

Au milieu de la foule, où toute allusion à la
Résistance est proscrite, c'est le temps de l'art. Je
me suis habitué à ces intermèdes plus ou moins
longs selon les trajets. J'ai découvert, au fil des jours,
un territoire inconnu, même si beaucoup de choses
m'échappent encore.

*Rex tient un paquet de journaux à la main, ainsi
qu'un petit livre à la couverture multicolore : *ABC*

de la peinture, de Paul Sérusier. « Les écrits des peintres sont inestimables. Même quand ils esquissent une théorie, c'est le fruit de leur expérience. Sérusier a vécu à Pont-Aven, et Gauguin lui doit tout. Personne ne le dit, mais ça crève les yeux. »

Parvenus à la Trinité, chez Mme Scholtz, le rituel lyonnais reprend instantanément. Je lui rends compte de la mise en place du secrétariat : liaisons, problème des transmissions radio, premiers contacts avec le BOA et Kaan, dactylographie, codage, etc. En quatre jours, tout le monde est casé, et l'équipe est opérationnelle.

À dire vrai, j'y suis pour peu de chose : curieusement, chacun a trouvé à se loger dans la capitale comme s'il y avait toujours vécu. La liaison Paris-Lyon est établie dans les deux sens : à l'heure où Suzette part de Paris, Van Dievort quitte Lyon tous les soirs. Hier, il a rapatrié l'argent de *Rex, dont dépend l'activité des mouvements.

Je suis conscient des risques que nous avons pris avec ce transport et que nous continuons de prendre en gardant ce véritable trésor de guerre. Mais, dans la Résistance, y a-t-il d'autre solution que de prendre des risques ?

J'ai fait déposer trois millions pour les dépenses immédiates chez un retraité, ami de Mme Scholtz. Seules les transmissions radio ne sont pas encore réglées : j'attends avec impatience mon rendez-vous du 6 avril avec Briant.

J'explique à *Rex qu'à Lyon Cheveigné est prêt à recevoir les télégrammes apportés par Suzette, mais qu'ils ne sont que deux radios pour toute la zone sud, l'autre étant Montaut. Combien de retard auront les câbles que je lui enverrai ? Deux jours ? Je lui ai prescrit de donner la priorité absolue aux télégrammes de *Rex. Ceux de Georges Bidault, de portée plus générale, pourront attendre un peu.

Je signale à *Rex une autre difficulté : Paris est beaucoup plus étendu que Lyon. *Rex coupe mes lamentations : « C'est votre affaire ! » Je suis rassuré : rien n'a changé.

Je lui fais ma première revue de presse parisienne, puis il rédige quelques plis à porter d'urgence, tandis que je lui signale que je n'ai aucune boîte parce qu'elles sont contrôlées par les concierges. C'est une difficulté dont j'essaierai de reparler avec Mme Scholtz. *Rex n'écoute pas. Seul l'intéresse son rendez-vous avec *Brumaire et *Passy, que je lui communique pour demain matin, au bois de Boulogne.

En me quittant, il me donne rendez-vous ce soir, à 7 heures, au *Café des Sports*, au coin de l'avenue de la Grande-Armée et de la place de la porte Maillot.

À l'heure dite, j'entre au café. Quelques instants plus tard, *Rex arrive en compagnie de deux personnes : *Morlaix et *Champion.

J'ai entendu parler d'eux après l'arrestation de *Frédéric. *Morlaix paraît légèrement plus jeune que *Rex ; *Champion est plus proche de mon âge. Ce contraste n'est pas le seul : le premier est aussi grand que le second est petit.

Après s'être installé, *Rex me présente : « Le fidèle *Alain. » Le moindre compliment de sa part a une extrême importance pour moi ; mais là, quelle fierté ! Se tournant vers moi, il ajoute : « Je vous ai déjà parlé des adjoints de *Frédéric. »

Tous deux m'accueillent chaleureusement. *Morlaix

insiste : « *Rex nous a parlé de vous. Je suis sûr que nous formerons une bonne équipe. »

Au cours du repas, *Morlaix raconte ses démêlés avec *Passy et *Brumaire. Dès l'arrestation de *Frédéric, *Passy a coupé toute relation avec *Morlaix et lui a demandé de se mettre au vert ; ce qu'il a refusé. *Brumaire a annoncé la création immédiate d'un Comité de coordination regroupant les cinq mouvements de zone nord. « Les mouvements, a-t-il déclaré, ne veulent à aucun prix des partis politiques ni du Conseil de la Résistance. *Rex devra lâcher du lest : la Résistance n'est pas une armée que l'on fait marcher au pas. »

*Rex ne se montre nullement impressionné par les manœuvres de *Brumaire, qu'il a suivies de Londres. Avec l'appui de Jacques Bingen et d'André Philip, il a tenté de les contrarier. Des propos de *Morlaix, la révélation importante est la création du Comité de coordination. *Rex s'en émeut : « Il veut émasculer le Conseil de la Résistance ! »

Avant de nous séparer, nous échangeons nos boîtes avec *Morlaix.

Je raccompagne *Rex chez Mme Scholtz, au 31 rue Blanche. Pendant le trajet, il ne desserre pas les dents. À la sortie du métro Trinité, nous nous séparons : « Venez demain matin à 8 heures. Bonsoir. »

Dans la nuit, il s'éloigne vers son domicile de hasard.

Mercredi 31 mars 1943

Rencontre au sommet

Avant mon rendez-vous avec *Rex, je vois *Germain, qui n'a relevé presque aucun papier. Il a rendez-vous dans la matinée avec *Léopold. Nous décidons de nous revoir dans l'après-midi à l'Arc de triomphe.

En le quittant, j'achète quelques journaux et monte chez *Rex. Il m'ouvre lui-même, Mme Scholtz étant sortie. Elle lui a laissé sa salle de bains et préparé son petit déjeuner dans la salle à manger.

Contrairement à nos habitudes, je sens qu'il a envie d'être seul. Il me donne à nouveau rendez-vous au *Café des Sports*, où nous devons retrouver *Morlaix et *Champion vers 1 heure. « Je serai peut-être en retard », dit-il ; c'est la première fois qu'il prend la précaution de m'en avertir.

Au café, j'arrive le premier. *Morlaix et *Champion me rejoignent quelques instants plus tard. *Rex est effectivement en retard.

J'en profite pour faire mieux connaissance. D'après ce que j'ai compris hier, ce sont des Parisiens. Ils peuvent donc me donner des conseils sur les problèmes de la Résistance à Paris : logements, boîtes, mouvements, sécurité, etc.

Selon eux, il faut éviter les sites touristiques, où les Allemands grouillent : le haut des Champs-Élysées, l'Opéra, le Trocadéro, Montmartre, etc. En revanche, le bois de Boulogne, les Tuileries et le Palais-Royal sont parfaits.

« Et la rive gauche ?

— Ce n'est pas notre quartier, mais il y a peu d'Allemands. Peut-être qu'ils ne veulent pas provoquer les étudiants ! »

Pour les transports, ils prennent le métro, comme tout le monde : « C'est indispensable et relativement sûr si l'on ne parle pas et ne transporte rien de compromettant. Il y a parfois des contrôles de police dans les couloirs des stations, spécialement à Châtelet. »

Pour le reste, les consignes sont les mêmes qu'en zone sud.

Lorsque *Rex arrive, il est tendu à l'extrême, plus encore qu'à Lyon après certaines réunions houleuses. Là-bas, j'en connaissais les causes ; mais ici, que s'est-il passé ?

Il a rencontré *Passy et *Brumaire : « Ensemble, ils sont pires que je ne l'imaginais. *Brumaire mène le jeu : c'est un serpent. *Passy s'efforce de jouer un rôle occulte. En réalité, c'est un naïf qui s'enveloppe de mystère pour se protéger. Ils ont saboté les instructions du Général. *Passy est le vrai coupable puisque *Brumaire est son subordonné. »

S'adressant à *Morlaix : « Ils se croient ultragaullistes alors qu'ils sont rebelles au Général. Quant aux propos que vous m'avez rapportés, ils les nient en bloc. Nous avons rendez-vous demain matin pour une confrontation. »

*Morlaix répète les propos de *Brumaire que j'ai lus dans sa lettre et qu'il a rappelés hier. Tandis que *Champion écoute, comme moi, en silence, *Rex griffonne un billet qu'il me demande de porter le soir même à *Passy.

Nous sortons. En remontant l'avenue de la Grande-Armée, *Rex et *Morlaix marchent devant ; je suis à quelques pas derrière en compagnie de *Champion. Je trouve ce dernier très sympathique. Nous appartenons à la même génération et son comportement à l'égard de *Rex ressemble au mien : il ne souffle mot.

Je poursuis mes questions sur les problèmes particuliers de la clandestinité à Paris. En réalité, il les ignore : comme *Morlaix, il n'est pas clandestin et exerce une profession officielle. Tous les deux appartiennent au ministère des Finances.

Nous nous séparons place de l'Étoile. *Rex me demande de l'accompagner chez Mme Scholtz. Il préfère marcher que de prendre le métro. La conversation du déjeuner ne l'a visiblement pas apaisé. Nous évitons les Champs-Élysées et descendons l'avenue de Friedland puis le boulevard Haussmann, déserts à cette heure.

Je lui ai réservé une surprise : « J'ai peut-être un appartement pour vous. Un atelier d'artiste près de l'Observatoire. » Hier, en raccompagnant Pierre Kaan chez lui, je suis en effet passé devant l'Observatoire et, au 12 rue Cassini, j'ai vu une pancarte : « Vaste atelier à louer 3e étage. S'adresser au concierge. » Je dois y retourner demain pour le visiter.

*Rex plaisante : « Vous finirez agent immobilier. » Subitement, il se détend. L'idée de vivre dans un lieu correspondant à son identité fictive doit l'amuser. Mais est-ce fictif ? Peut-être est-il véritablement un artiste ? Sa familiarité avec l'art moderne me le laisse croire parfois, même si son autorité, sa détermination, sa connaissance complice du milieu politique semblent bien éloignés d'une quelconque vie de bohème. Et puis de Gaulle aurait-il confié la responsabilité de diriger la Résistance à un peintre ?

*Rex parle à nouveau. Il imagine, à Montparnasse,

sa nouvelle vie de « rapin », comme il dit, parmi de séduisants modèles et faisant la fête. Il me confie que Rubens avait été ambassadeur. Est-ce une piste ? Est-il diplomate ?

Après un moment de détente, il revient aux difficultés du moment. Je comprends mal les raisons de son exaspération : n'a-t-il pas obtenu les pleins pouvoirs ? Cette réflexion révèle surtout mon innocence politique : un ordre de mission accorde un pouvoir, il ne fabrique pas une autorité. Les jours à venir risquent d'être plus tumultueux encore que ceux qu'il a vécus.

Cherchant à le tranquilliser, je lui dis : « Quel chemin parcouru depuis l'année dernière ! Vous avez fédéré la Résistance civile et unifié la Résistance militaire. » Sa réponse est lapidaire : « Oui, mais le passé est mort : seul l'avenir est en chantier. »

Avant de me quitter, il me remet un câble : « Urgent, comme d'habitude. » Comme c'est le premier à partir de Paris, je veux que ce soit une démonstration. Aussitôt chez moi, je le code avant de le remettre à *Germain pour partir ce soir à Lyon.

Le câble contient une information que j'ignorais : il informe le Général que les mouvements désirent envoyer un représentant en Afrique du Nord, au sein d'une mission de Gaulle : « Ce représentant serait Nef [Frenay] qui partirait Londres soit Lysander soit par opération Brandy — réponse urgente[1]. »

Il me donne rendez-vous demain chez Mme Scholtz.

---

1. Ce câble, daté du 31 mars, arriva le 5 avril à Londres. Dans les années 1980, je l'ai découvert aux Archives nationales. Il prouve que Jean Moulin, non seulement ne s'est pas opposé au départ d'Henri Frenay, mais l'a proposé. André Dewavrin (*Passy) et Pierre Brossolette (*Brumaire) n'étaient pas encore partis à Londres.

Jeudi 1ᵉʳ avril 1943

Deuxième round

Après l'avoir quitté, je retourne rue Cassini : la concierge me fait visiter l'atelier, dont la baie ouvre sur les arbres de l'Observatoire. C'est une vaste pièce, dont une partie sert de salle à manger et l'autre de living. Un escalier s'élève à côté, desservant la mezzanine. Celle-ci sert de chambre à coucher et surplombe le coin repas. La salle de bains se trouve au-dessus de la cuisine.

*Rex pourra installer son chevalet et son matériel de peinture dans un angle du living. L'ensemble, de style Art déco, est élégant et pratique : l'appartement occupant tout l'étage, il n'y a aucun voisin. Nous pourrons enfin travailler sans crainte d'être entendus. Je suis heureux d'avoir trouvé ce lieu discret, original et inconnu de tous : *Rex, en sécurité, oubliera peut-être ses soucis.

Dans la suite de la matinée, je retrouve *Germain, qui établit peu à peu les liaisons avec les services et les secrétariats des mouvements. Mon esprit est ailleurs : je suis préoccupé par le nouveau rendez-vous entre *Rex, *Passy et *Brumaire. Ils ont réclamé une confrontation avec *Morlaix au sujet de son rapport sur leurs critiques à l'égard du patron.

À midi, j'arrive au rendez-vous, fixé au pied de l'Arc de triomphe, côté avenue Kléber. *Champion attend déjà. Nous commençons à échanger nos rendez-vous lorsque *Morlaix nous rejoint à grands pas.

Il rayonne : « *Rex a mangé du lion ! Il les a piétinés. *Passy était livide et *Brumaire pleurait de rage. *Passy a perdu de sa superbe : il a compris que le titre de commissaire national que *Rex leur a jeté au visage était une menace pour son poste. Je ne l'ai jamais vu dans un tel état. »

*Morlaix poursuit en nous régalant de détails. *Rex a dit à *Passy en le regardant dans les yeux : « Vous étiez avec moi lorsque le Général a signé ses instructions : ce sont des ordres. C'est vous le chef de mission ! Vous aviez le devoir de les appliquer et de les faire appliquer par *Brumaire, qui est votre subordonné. »

*Brumaire a essayé de convaincre *Rex que le Conseil de la Résistance est une erreur qui ruinera les chances de redressement politique de la France après la Libération. « C'est du journalisme de pacotille ! » a rétorqué *Rex, piqué au vif. *Brumaire s'est rebiffé, clamant que sa conception était prophétique et non de la « routine de fonctionnaire ».

« Taisez-vous, lui a ordonné *Rex. Vous êtes ici pour exécuter les ordres du Général et non pour discutailler et organiser des embuscades contre son représentant. En tout cas, je ne vous laisserai pas pourrir la situation. J'ai demandé votre rappel à Londres. En attendant, croyez que je veillerai à ce que vous exécutiez mes ordres. »

*Morlaix ajoute : « Je les ai quittés suintant de haine. S'ils avaient pu tuer *Rex, ils l'auraient fait. Malgré tout, il est resté maître du terrain. » Après un silence, il reprend : « Je n'ai jamais vu *Rex dans un tel état. À un moment, il a crié en se tapant sur

les fesses : "Voilà ce que j'en fais de votre politique !"
Je n'en revenais pas : un homme que j'ai toujours
connu maître de lui ! »

À cet instant, j'aperçois *Rex qui débouche de
l'avenue des Ternes et se dirige vers nous. Comme
d'habitude, il marche vite. Il demande à *Morlaix et
*Champion de nous précéder au *Café des Sports*, où
nous déjeunerons ensemble.

Tandis qu'ils s'éloignent, nous demeurons face à
face. Son visage se ferme : « Ça s'est mal passé. "Il"
ne changera jamais : brillant, arrogant, mais incapable de comprendre une situation et de traduire
ses idées en actes. » Après quoi, il me regarde
sévèrement : « J'ai eu tort de vous écouter. J'aurais
dû expédier ma lettre[1]. »

Reprenant son calme et baissant la voix, il ajoute :
« Pour eux, la politesse est un aveu de faiblesse. Ils
ne respectent que la force : il faut cogner pour les
faire obéir. Ne l'oubliez jamais ; c'est une loi de la
politique. Vous êtes un tendre, vous croyez aux sentiments. La vie vous sera cruelle. »

Heureusement cette rebuffade, que je ressens
comme une gifle, est noyée dans sa rancune à l'égard
du chef du BCRA — mon chef ! — et de son acolyte,
qu'il évoque de nouveau, envahi de colère, tandis
que nous descendons l'avenue. J'ai l'impression que
la violence de sa réaction lui sert de point d'appui
pour entamer le prochain round.

Le déjeuner est naturellement consacré à la rencontre du matin. *Rex cherche à évaluer les dégâts

1. Cf. *supra*, chapitre XIV, pp. 717-718.

que les deux « missionnaires » sont capables de provoquer avant leur départ puis lors de leur arrivée à Londres.

J'ai déjà vécu auprès de lui des tensions extrêmes et des crises, mais celle-ci est différente. Qu'y a-t-il donc entre *Brumaire et lui ? Se connaissaient-ils autrefois ? Étaient-ils déjà « en guerre » avant la guerre ?

Comme au cours des affrontements avec les chefs des mouvements, *Rex revient sur certains détails, se répétant le récit de l'affrontement comme pour s'assurer de ne rien oublier.

Pendant le repas, *Morlaix révèle qu'Henri Frenay a envoyé *Lebailly et *Lorrain en zone nord afin de prêcher la révolte contre *Rex : « Ils affirment que vous n'avez aucun mandat pour commander la Résistance et que, de toute manière, la Résistance possède une légitimité égale à celle du Général et ne lui obéira pas. »

*Rex se rembrunit. *Morlaix poursuit : « Ils ont endoctriné *Médéric[1], qui me l'a répété, mais également *Francis, *Sermois[2], *Marty[3], qui sont très remontés. »

*Rex tente d'évaluer les dégâts : « Les chefs de la zone sud sont impopulaires ici. En particulier, l'autoritarisme de *Charvet [Frenay] hérisse les résistants. Qu'ils ne comptent pas se réconcilier sur mon dos ! » Un silence s'ensuit qu'aucun de nous n'ose rompre.

Après un moment, il reprend : « Cette nouvelle trahison a un avantage : les choses sont claires,

1. Gilbert Védy.
2. Jacques-Henri Simon.
3. Jean Cavaillès.

c'est la guerre ! La seule riposte est de constituer et de réunir rapidement le Conseil de la Résistance, qui les fera plier. Après, on verra. »

En parlant, il semble découvrir un effet bénéfique imprévu du Conseil : non seulement le Général sera investi d'une légitimité démocratique, mais la mission de son représentant sera facilitée. « De toute façon, il n'y a pas d'autre solution que la victoire. »

*Rex se tait, visiblement concentré sur les diverses possibilités d'une contre-attaque. *Morlaix poursuit son idée : « Demain, devant le Comité de coordination, vous devriez condamner ces initiatives, en particulier celle de *Brumaire, qui a supprimé la Commission permanente.

— La politique est la politique : je dois respecter les règles. Je ne peux désavouer un représentant du Général sous peine d'accroître le désordre. *Brumaire a remporté la première manche ; à moi de gagner la seconde. Dans un gouvernement, on ne se bat pas contre son camp. S'il a trahi sa mission, je ne l'imiterai pas. Face à la Résistance, je dois accepter la situation telle qu'il la transmet. »

*Morlaix semble interdit. *Rex le comprend, qui ajoute : « Rassurez-vous, je n'ai pas abandonné le projet de Commission permanente. Mais il faut d'abord que *Brumaire rentre à Londres. Le Général a fixé un calendrier : d'abord et avant tout la réunion du Conseil, dont il tirera la légitimité lui permettant de s'imposer aux Alliés. Je vais le réunir en priorité. »

Il répète : « Après, on verra. Le fonctionnement de cet organisme décidera de l'avenir. Je suis sûr que, tôt ou tard, l'évolution de la Résistance obligera les chefs à constituer un bureau, peu importe sous quel nom. »

La suite du déjeuner est plus paisible. J'ai déjà

remarqué qu'une fois qu'il a compris la solution d'une crise, la tension diminue. *Rex passe aux relations avec les partis politiques. *Morlaix propose de lui faire rencontrer le représentant du parti communiste qui, lui aussi, est hostile au Conseil de la Résistance. Il va falloir le convaincre d'y participer pour détruire l'effet d'emballement produit par *Brumaire.

*Rex réplique : « Les communistes ont payé le prix fort pour être réintégrés dans la vie politique, mais la démocratie n'est le monopole d'aucun parti. Nous ne sommes pas en Russie. D'ailleurs, Fernand Grenier m'a donné à Londres son accord de principe sur le Conseil[1]. »

*Morlaix ne répond pas directement et conseille à *Rex de rencontrer *Colbert[2], le représentant du Front national, avant la séance de demain. *Brumaire l'a déjà désigné pour faire partie du Comité de coordination.

*Rex refuse : « Le Front national n'a rien à faire au Conseil : ce n'est pas un authentique mouvement de résistance, mais une création du parti communiste. » Morlaix corrige aussitôt : « Ce n'est pas exact : le FN est un mouvement de résistance, dont les FTP sont le groupe paramilitaire. »

Je suis étonné par l'âpreté de cette discussion en entendant *Rex lui répondre : « Ce n'est pas ce que m'a dit *Gaston en zone sud. Il m'a toujours affirmé que les FTP, d'ailleurs inexistants là-bas, étaient le groupe paramilitaire du PC. En revanche, d'autres mouvements, comme Défense de la France, n'ont

1. C'est ce que prouve le compte rendu de leur rencontre rédigé par Jacques Bingen.
2. Pierre Villon.

pas été pris en compte par *Brumaire dans "son" comité. Je dois rencontrer leurs représentants pour examiner leurs réclamations. »

Pour ne pas envenimer la discussion, *Morlaix revient au problème du Comité de coordination créé par *Brumaire. Il explique à *Rex qu'il lui paraît préférable de ne pas le réunir, afin de ne pas le légitimer, et de désigner les membres de la Commission permanente.

« Le Comité de coordination, répond *Rex, s'est constitué contre les instructions du Général et contre mon gré. Bien que ce soit une erreur, c'est un fait que je dois accepter. Il n'y a pas à épiloguer. En revanche, vous devez persuader les mouvements, en toute occasion, que le but final est la fusion des comités des zones sud et nord en une Commission permanente, laquelle défendra seule le pouvoir légitime de diriger la Résistance. »

*Rex conclut : « N'oubliez surtout pas : vis-à-vis des mouvements, pas de polémique ; silence sur *Brumaire et *Passy. »

Vendredi 2 avril 1943

Un peintre nommé Jacques Martel

Après notre rendez-vous matinal, je propose à *Rex de visiter « son » atelier. La concierge, occupée, nous confie les clefs. Je n'ai fait au patron aucune description afin de ménager la surprise.

Il partage immédiatement mon coup de foudre, parenthèse heureuse au milieu des soucis : « Dans un tel atelier, je pourrai faire votre portrait... en pied,

naturellement ! » Il veut signer le contrat de loca-
tion en fin d'après-midi et souhaite y coucher dès
demain. Il regarde sa montre : « Nous avons le
temps. Accompagnez-moi : je dois d'abord choisir
mon matériel. » C'est un autre homme.

En route pour Sennelier, le fabricant de couleurs
et marchand de matériel pour peintres qui a ouvert
avant guerre un nouveau magasin rue de la Grande-
Chaumière, au cœur de Montparnasse. Il me désigne l'atelier de dessin et de peinture : « C'est ici que
tous les grands peintres du XXe siècle ont dessiné
leurs nus, en particulier Modigliani, le plus désin-
carné et le plus érotique. »

Brusquement, il traverse la rue et nous entrons
dans ce lieu mythique. Il demande à la dame qui
vend les tickets la permission de jeter un coup d'œil
dans l'atelier pour voir si l'un de ses amis s'y trouve.
J'entre pour la première fois dans un atelier d'artiste.
Un modèle pose debout ; n'ayant jamais vu de femme
nue, je rougis immédiatement et ose à peine la
regarder.

Si j'avais été seul, ma curiosité aurait sans doute
triomphé, mais en présence du patron... Contrastant avec mon trouble, les dessinateurs, préoccupés
d'exactitude, me paraissent exempts de lubricité.
*Rex m'entraîne vers la sortie : « Je ne suis pas sûr
que ce soit le lieu idoine pour la préparation de
l'insurrection. »

Chez Sennelier, je reprends mes esprits, émerveillé
par les crayons de couleur, les pastels, les tubes de
peinture, les palettes en bois, etc. Il choisit un cahier
à dessins, quelques feuilles de papier Canson, des
pinceaux, une boîte de couleurs, des toiles de différentes dimensions et un chevalet de campagne.

« Vous les déposerez à l'atelier », me dit-il, puis il

me quitte, tandis que je transporte une partie de ses achats rue Cassini.

Parenthèse surprenante dans le toboggan tragique : j'ai découvert un homme que je devine depuis des mois au cours de moments privilégiés. Ce matin, il me paraît possédé par la joie d'organiser une vie imaginaire et de rendre crédible sa couverture. N'est-ce pas ainsi que les enfants sont heureux : en rêvant ?

Mais est-ce un rêve ? Le plaisir de cet après-midi n'est-il pas plutôt la preuve qu'il est vraiment peintre ? Sa connaissance du matériel, de la qualité des pinceaux ou des papiers ne le prouve-t-elle pas ? En tout cas, aujourd'hui, j'ai la preuve qu'il est « en manque » de peinture.

Ce soir, nous dînons avec Georges Bidault dans un bistrot derrière la place Saint-Sulpice. Il vient d'arriver à Paris pour installer son service.

En attendant *Rex, il me confie son inquiétude à l'égard des transmissions radio : « Avez-vous des opérateurs à Paris ? » Je lui explique mon organisation provisoire, en attendant le prochain rendez-vous avec Briant.

« J'espère que le trafic va s'améliorer. L'information n'a d'intérêt que par son actualité. J'ai beaucoup souffert à Lyon des retards considérables qui rendaient caduque une partie de mon travail. » Je l'assure de mes efforts pour obtenir de Londres les moyens appropriés et créer, en zone nord, un réseau à son usage.

Lorsque *Rex arrive, la conversation change de cours : le problème de la représentation des partis au sein du Conseil est de nouveau à l'ordre du jour.

Sous une forme ou sous une autre, le débat n'a jamais cessé depuis le mois de novembre.

La création du Conseil et la représentation des partis en son sein sont acquises depuis le voyage de *Rex à Londres ; reste à désigner les représentants. *Brumaire, dès son arrivée à Paris, a tenté de tout torpiller. Alors que le Général avait prescrit sa mise en œuvre rapide, il a essayé de dissuader *Rex de remettre en selle les vieux partis disparus. Seuls à ses yeux les communistes et les socialistes — à la rigueur — pouvaient y prétendre. Il a proposé de remplacer les autres par des représentants de « familles spirituelles », d'où la création du Comité de coordination rendant invalide la Commission permanente[1].

« Comme toujours, dit Bidault, l'analyse de *Brumaire est brillante, mais ne tient aucun compte de la réalité. » *Rex répète ce que j'ai maintes fois entendu : « Soutien du Général par des représentants élus de partis connus : ce sont eux qui doivent accueillir les Alliés à Paris, sinon les événements d'Afrique du Nord se répéteront en France. »

Il explique à Bidault que le Conseil de la Résistance est la seule institution de la Résistance à pouvoir prétendre à une triple légitimité : sociale et ouvrière par les syndicats, politique par les anciens partis, patriotique par la coalition des mouvements.

*Rex hausse à nouveau le ton : « *Brumaire prétend fonder l'avenir politique de la France sur la seule Résistance. C'était possible et souhaitable il y a quelques mois, puisque les mouvements étaient

---

1. J'ai retrouvé aux Archives nationales ce long rapport de Pierre Brossolette (*Brumaire), dans lequel il tente de convaincre de Gaulle de l'erreur de son choix.

seuls à prendre des risques et à préparer la revanche. Mais aujourd'hui, ce serait une folie que de fonder autour du Général un grand parti attrape-tout.

— Qu'en pense de Gaulle, justement ?

— Je puis vous assurer qu'il n'est pas d'accord. Sa volonté est de rassembler les Français pour la victoire et pour la République. "Après, m'a-t-il dit, nous aurons gagné un repos mérité." »

Les deux hommes examinent les représentants qui pourraient siéger au Conseil. Pour les mouvements, les chefs sont leurs porte-parole naturels. Il en va de même pour les hommes désignés par le parti communiste, les socialistes et les syndicats. La situation des anciens partis est différente puisqu'ils ne participent pas en tant que tels à la Résistance et que leurs comités sont dissous, les cadres éparpillés et les troupes, sauf pour les socialistes et les communistes, inexistantes.

*Rex souhaite obtenir l'aval de quelques noms prestigieux ayant rallié la Résistance, tout en conservant la confiance d'une fraction au moins de leurs électeurs.

Le parti socialiste clandestin présente une difficulté spécifique : deux comités le représentent au sein de la Résistance : l'un en zone nord, présidé par *Revel[1] ; le second en zone sud, par *Villiers. Lequel siégera au Conseil ?

Pour les radicaux, *Rex a interrogé Paul Bastid : « Lui au moins n'a pas cessé de résister depuis le *Massilia*. » Il lui accorde sa préférence pour incarner un parti qui ne s'est pratiquement pas manifesté en tant que tel, et dont Herriot, son drapeau, a refusé à plusieurs reprises de rejoindre de Gaulle.

1. Henri Ribière.

Mais Bastid a conseillé de choisir un homme politique plus connu.

*Rex souhaite que les francs-maçons, persécutés, aient un siège au Conseil. Il a interrogé *Morlaix afin de trouver un de leurs représentants, mais sa réponse laisse peu d'espoir : « Après la vague d'arrestations autour de *Frédéric, ce sera difficile. » *Rex avait cité Marc Rucart, qui avait l'avantage de les représenter en même temps que les radicaux.

Il a demandé à Bidault de représenter les démocrates populaires, après l'impossibilité de joindre Champetier de Ribes. En revanche, l'Alliance démocratique et la Fédération républicaine font problème : Paul Reynaud a été déporté et son successeur, Pierre-Étienne Flandin, est compromis par sa présidence du gouvernement de Vichy. Dans ce groupe minuscule, existe-t-il un seul résistant ? Rex se propose d'interroger Bastid.

Quant à la Fédération républicaine, Louis Marin en est le représentant légitime puisqu'il a répondu « non » à Pétain et manifesté publiquement son opposition dans les rues de Vichy. Toutefois, lui aussi a refusé de rejoindre de Gaulle, qui le réclame depuis des mois. Malgré tout, *Rex ne désespère pas de le convaincre de représenter son parti. Il me charge de le joindre pour organiser un rendez-vous.

Restent les représentants des deux grands syndicats. Pour la CFTC, Gaston Tessier est le candidat naturel, mais celui de la CGT, Léon Jouhaux, a été arrêté en novembre 1942 et déporté. Qui prendra sa place ? Louis Saillant, en zone nord, est favori. Toutefois, la centrale syndicale exige deux représentants.

*Rex est catégorique : « C'est hors de question. Après la réunification, je ne vais pas légitimer

l'ancienne scission. De toute manière, il y a une
règle : un délégué par groupe. »

Samedi 3 avril 1943

Épisode de la guerre froide

La première réunion du Comité de coordination
zone nord, sous la présidence de *Rex, est fixée à
9 heures, ce matin, rue de la Pompe, non loin de la
station de métro.

*Rex m'a demandé de venir le chercher chez
Mme Scholtz, rue Blanche, à 7 heures. Il a préparé sa
valise, que je dois porter dans la journée rue Cassini,
et laissé un mot de remerciement avant de quitter
les lieux.

Lorsque nous arrivons rue de la Pompe, la plupart des chefs des mouvements occupent le grand
salon d'un vaste appartement. Au fond de la pièce,
à gauche de la cheminée, j'aperçois *Brumaire et le
colonel *Passy. *Rex, qui semble ne connaître personne d'autre, se dirige vers eux et leur serre la main :
« Vous connaissez *Alain, mon secrétaire. » Le visage
des deux hommes se fige : je sens qu'ils me tendent
la main à regret.

*Rex demande à *Passy de lui présenter les parti-
cipants au Comité. À chacun d'eux, il adresse un
mot de bienvenue puis, indiquant mes fonctions,
les invite à me confier leurs boîtes afin d'établir une
liaison permanente.

À l'exception de *Médéric, petit et trapu, qui tranche par sa jovialité — il est le seul à m'adresser un
« Bienvenu parmi nous » —, je sens les autres pres-

que scandalisés de recevoir un « gamin » parmi eux. *Maxime, le chef de l'OCM, et *Schelley[1], représentant le SOE britannique, se contentent de me saluer de la tête.

Les présentations terminées, *Rex me donne rendez-vous à 1 heure à la brasserie *Ruc*, près de la gare Saint-Lazare. J'observe qu'à Paris il n'y a aucun répit pour *Rex : depuis son arrivée, tous ses rendez-vous sont des affrontements. Celui de ce matin n'échappe pas à ce qui semble être la règle de la zone nord.

Je suis le premier au rendez-vous, suivi de *Morlaix et *Champion. En arrivant, *Rex s'excuse de son retard et, avant même de consulter le menu, nous confie : « J'espère que le service va rappeler *Brumaire et *Passy. C'est urgent pour débloquer la situation. »

D'après ce que je comprends, Libération ne représente rien militairement, Ceux de la Résistance et Ceux de la Libération ont quelques forces militaires dans certains départements, mais n'ont, comme l'OCM, aucun journal, tandis que le Front national est un mouvement en train de se faire, qui brandit en toute occasion les FTP comme sa force militaire, alors qu'ils relèvent du parti communiste. Et puis il y a les absents, comme Défense de la France, qui semble posséder un journal à grand tirage et qui a créé un mouvement militaire autour de lui, ou Résistance, qui, en plus d'un journal très actif, possède une force militaire.

*Morlaix interroge *Rex : « Pourquoi avoir accepté

1. Maxime Blocq-Mascart et Forest Yeo-Thomas.

de présider cet organisme qui n'est pas prévu dans le programme du Général ?

— Je vous l'ai dit et je le répète : il est inadmissible que des agents envoyés par Londres et s'exprimant au nom du Général ne tiennent pas un discours unique. Je suis obligé de prendre la situation telle qu'ils l'ont créée et d'attendre leur départ, que j'espère proche, pour la modifier. »

Pour *Morlaix, ce comité de coordination zone nord devrait ne pas exister, puisqu'il est question de créer un Comité directeur interzone. *Rex, agacé par son obstination, répète : « Je ne peux rien changer tant qu'ils sont là. Le comité interzone verra le jour dès que les zones sud et nord se seront rencontrées sous ma présidence. Ce sera un peu plus long que prévu, mais j'y arriverai. »

Dimanche 4 avril 1943
Rex dans ses meubles

Pour la première fois, je me présente chez *Rex, rue Cassini. Visiblement, il est fatigué par le rendez-vous d'hier avec les chefs de mouvement. En dépit d'une atmosphère infiniment plus luxueuse qu'à Lyon, nous reprenons nos habitudes : il fait sa toilette pendant que, de sa chambre, je lui lis quelques extraits de presse. Puis, quand il est prêt, nous nous installons à la table du living, et je lui sers son petit déjeuner, que j'ai préparé.

Je prends conscience de la différence de standing : ici, dans ses meubles, il est vraiment le patron. Je me permets de lui faire remarquer le changement :

« Ne vous fiez pas aux apparences. D'une certaine manière, ce sera plus difficile qu'à Lyon. *Brumaire est passé par là, et il y a trop longtemps que les chefs de la zone nord travaillent seuls. Mon unique espoir est de parvenir à les réunir plus tard avec les chefs de la zone sud dans la Commission permanente. »

Il me donne rendez-vous pour dîner à 7 heures.

Lundi 5 avril 1943

Nouveau départ

Rue Cassini, *Rex me fixe les dernières consignes avant son départ ce soir pour Lyon. Il me répète qu'il a l'intention d'effectuer la navette entre les deux zones.

Je dois venir le voir là-bas tous les deux jours et, en cas d'urgence, le rejoindre immédiatement. Afin de franchir la ligne sans prendre le moindre risque, je dois apprendre par cœur les rendez-vous et les questions les plus dangereuses. Pour les informations anodines, je lui apporterai les documents.

À Lyon, je devrai, dès mon arrivée dans la matinée, me rendre au bureau pour consulter les derniers documents venant de Londres ayant quelque relation avec la zone nord : télégrammes, lettres, instructions, rapports. Les questions des mouvements de zone sud ne me concernent plus.

À 11 heures, je le rejoindrai place Raspail, où, après avoir travaillé, nous irons déjeuner ensemble jusqu'à 1 heure. Je pourrai rentrer à Paris après déjeuner : « Je veux que vous soyez au courant de mes relations avec Londres et des questions en cours qui concernent la zone nord. À Paris, vous m'attendrez à mon retour avec les nouvelles pièces, et vous m'apporterez, lorsque j'en aurai besoin, les derniers courriers de zone sud. »

Après l'avoir quitté, je retourne chez Mme Scholtz, où j'ai déposé provisoirement l'argent de la Résistance. Mon premier « client » est Louis Saillant, de la CGT, à qui je dois remettre 1,2 million de francs. C'est la première fois que je distribue de l'argent à Paris.

Incertain des habitudes de la Résistance dans la capitale, je lui fixe rendez-vous dans un grand café de la rue Saint-Lazare en lui demandant de tenir le journal *Signal*. Pour l'argent, j'utilise la même méthode qu'à Lyon : je me promène avec un livre et quelques journaux à la main, dans l'un desquels j'ai enveloppé la somme.

Malheureusement, je n'ai pas précisé à Saillant que le rendez-vous serait à l'intérieur du café. Arrivé en avance, il m'attend à la terrasse, son journal posé sur la table. Instantanément, je pense à poser le mien, contenant l'enveloppe, à côté du sien, dont je me saisis aussitôt pour lui faire bien comprendre la manœuvre.

La seule chose que Saillant me demande est un rendez-vous avec *Rex. Je lui explique qu'il part aujourd'hui et qu'il reviendra à Paris dans une huitaine de jours. Comme il insiste, je lui fixe un rendez-vous dès le retour du patron, le 11 avril.

❖

Après mes deux échecs pour me loger, mon premier travail est de trouver un lit en sécurité. Ayral m'a communiqué l'adresse d'un agent immobilier avenue Mozart. Dans ce Paris, tout est à louer à des prix ridicules : 300 à 400 francs pour de grands studios dans les meilleurs quartiers. Je recherche un endroit retiré. Il me fait visiter un studio dans la petite rue des Marronniers, non loin de la station de métro Passy.

La pièce est spacieuse et lumineuse. Les fenêtres donnent sur les jardins des immeubles environnants. Je le loue aussitôt. Depuis Bescat, jamais je n'ai logé dans un appartement aussi agréable, d'autant qu'il y a une salle de bains, un luxe inconnu à Lyon.

Afin de protéger le secret de mon adresse, j'ai donné rendez-vous à *Germain dans un café de l'avenue Mozart pour qu'il apporte ma valise.

Alors que je la défais, j'ai la surprise d'entendre, dans l'immeuble d'en face, dont je suis séparé par un vaste jardin, un pianiste jouer, fenêtre ouverte, la sonate *Au clair de lune*, un des premiers morceaux que j'ai appris. Brusquement, je suis transporté à Saint-Elme, dans la pièce exiguë où Aristide Martz, mon professeur, donnait ses cours : j'avais dix ans.

Quand la sonate s'achève, je quitte à regret ces lieux déjà familiers. À première vue, ma sécurité est assurée.

Je rejoins *Rex à Saint-Germain-des-Prés et l'accompagne dans la soirée à la gare de Lyon. Il voyage avec une serviette contenant des cahiers de croquis, une boîte de pastels, des crayons de couleur, un pyjama et ses affaires de toilette.

Afin de préparer le dénouement de la crise militaire provoquée par Frenay, il doit présider à Lyon, demain et le 7 avril, le Comité directeur des MUR. Sur le quai, il me fait ses dernières recommandations, à voix basse : « Rencontrez quotidiennement *Dupin [Kaan] et *Morlaix, et voyez *Passy... s'il vous convoque. » Il me rappelle mon rendez-vous avec lui, le 8, à Lyon.

J'ai trois jours de répit pour achever mon installation et mes premiers contacts.

Fatigué, je prends le métro en sens inverse et, après un dîner rapide, rejoins mon nouveau logis. Je tombe sur mon lit et plonge immédiatement dans l'univers pacifié des nuits sans rêves.

Mardi 6 avril 1943

Sous la tour Eiffel

À 8 heures, je retrouve *Germain à la sortie du métro Rue de la Pompe. Comme d'habitude, il me rend compte des contacts qu'il a déjà établis (avons-nous fait autre chose depuis toujours ?) : « Ça commence à marcher ! » Il me signale que l'OCM est le mieux organisé des mouvements, et le plus ponctuel : « Ce sont aussi les plus prétentieux : je me demande pour qui ils se prennent. »

Je complète la liste avec les dernières adresses que j'ai recueillies. En moins de deux semaines, j'ai pris contact avec presque tous les résistants et une partie des politiques. Restent les militaires, que je rencontrerai au retour de *Rex. Après ma présentation aux cadres de la zone nord, j'ai organisé les contacts avec leurs secrétariats et présenté *Germain à leurs courriers. De ce point de vue, tout est en ordre.

Le seul problème, crucial, est l'absence matérielle de boîtes aux lettres découverte dès mon arrivée. J'en ai parlé aux responsables afin d'obtenir d'eux des relais dans des magasins. Tous m'ont fait des promesses, qui, comme en zone sud, se révèlent sans résultat.

Lorsqu'ils m'indiquent des boîtes chez des concierges ou même dans des appartements, je suis inquiet : ces solutions me semblent dangereuses, sinon désespérées. Je n'ai pas le temps d'épiloguer, car j'ai de l'argent à verser aujourd'hui. Comme hier, je vais me fournir chez Mme Sholtz, où je prends un million à partager en quatre.

Le premier représentant que je rencontre est celui de Ceux de la Résistance, *Lefort*[1]. Il me semble plus aimable que Louis Saillant quand je le retrouve dans le bistrot de la rue Saint-Lazare. Assis côte à côte, nous posons nos journaux sur la table. Le mien contient les 200 000 francs qu'il a demandés.

Bavard, il me paraît bien peu résistant. Sa première question — « D'où venez-vous ? » — me laisse coi. Personne ne me l'a jamais posée. Plus étonnant encore, je m'entends lui répondre : « Et vous ? » Je n'ai jamais parlé ainsi à quiconque, surtout pas à un chef de mouvement. Mais en est-il un ?

Il ne relève pas la grossièreté et semble heureux de répondre. J'apprends qu'il est diplomate et que son mouvement a été fondé en 1942. Après l'arrestation de ses premiers chefs, il a décidé de le restructurer et en est devenu le chef. « C'est un mouvement paramilitaire. Nous faisons la guerre aux Allemands. Ce dont nous avons besoin, c'est d'armes. »

Je lui affirme, avec une incroyable légèreté, que les

---

1. Jacques Lecompte-Boinet.

Anglais vont pouvoir armer son mouvement maintenant que *Rex est le chef de la zone nord. Je veux qu'il comprenne que c'est *Rex qui commande et que, grâce à lui, il aura ce dont il a besoin.

En le quittant, je me demande pourquoi j'ai perdu la réserve dont je ne me départissais jamais en zone sud. Je mets cela sur le compte de la découverte que la plupart de ces mouvements n'ont jamais eu de liaison avec Londres.

Une demi-heure plus tard, je rencontre Charles Laurent, le représentant de Libération-Nord, dans un café proche du *Bon Marché*. Les 400 000 francs que je lui apporte me paraissent peu de chose en comparaison des sommes versées en zone sud, mais pour lui cela semble si extraordinaire qu'il me demande, les yeux brillants, quand nous nous reverrons.

Il me tarde de retrouver mon camarade Jean Ayral, à qui je dois remettre les deux dernières enveloppes pour le BOA (300 000 francs) et le mouvement de Tours.

Sous la tour Eiffel, à l'heure dite, je l'aperçois qui m'attend seul. En m'approchant, je découvre ses traits tirés, qui amaigrissent son visage juvénile. Quand il me serre la main, je remarque aussitôt ses yeux éperdus. Dans la Résistance, je connais ce regard singulier, signal d'une catastrophe.

Il m'entraîne à l'écart des promeneurs dans les jardins avoisinants, puis me dit à voix basse : « Briant ! » Je n'ai pas besoin d'écouter la suite pour savoir qu'il s'est fait arrêter.

Il n'en sait pas plus. Il l'a appris ce matin par

*Gilbert[1], l'agent de liaison de Briant, seul témoin encore en liberté. Mais Ayral est persuadé que ce garçon travaille pour la Gestapo. Est-ce lui qui a livré Briant et *Pal.Z[2], son élève, ou la Gestapo a-t-elle repéré leurs émissions puis retourné *Gilbert ?

« Son récit est confus, précise Ayral. Je suis pour l'exécuter immédiatement, mais Schmidt refuse. Il prétend que nous n'avons pas de preuve. *Gilbert appartient à Ceux de la Libération : fais gaffe lors de tes rendez-vous avec eux. »

Ayral a changé de boîte et me communique la nouvelle avant de me quitter pour retrouver Schmidt et décider du sort de *Gilbert. Auparavant, je m'assieds avec lui sur un banc en posant entre nous mes journaux, dans lesquels j'ai mis les enveloppes. Il se relève aussitôt avec ses paquets. L'entretien a duré quelques minutes à peine. Quand il me regarde une dernière fois avant de s'en aller, j'éprouve la complicité tragique des camarades du BCRA.

De nouveau, je suis seul au milieu de paisibles promeneurs, de voitures d'enfants et de jeux innocents. Je marche au hasard parmi ces figurants d'une autre époque. La déchirure soudaine provoquée par l'arrestation de Briant est d'autant plus béante que je m'apprêtais à dîner avec lui et à reprendre, après les affres de sa première arrestation, notre liaison d'autrefois.

Où est-il en ce moment ? Dans mon cœur, son souvenir explose en images décousues. C'est mon plus ancien camarade de la France libre, devenu mon plus cher ami. Si je suis ici ce soir, c'est grâce à lui. Tant d'autres choses nous lient : les livres qu'il m'a

---

1. Louis Goron.
2. Raymond Petite.

fait découvrir, son humour toujours en alerte, Dieu même, auquel son exemple m'arrime avec peine.

Je revois son visage serein, horrifié parfois par certains de mes propos, qu'il condamnait d'une sévérité affectueuse. Est-il torturé ? Déjà mort ? Le reverrai-je ?

Courant vers mon prochain rendez-vous, je repense à une phrase d'Ayral : « Les résistants sont d'abord des types sur qui nous ne pouvons pas compter. » Constat terrible, qui résume le quotidien des officiers de liaison.

En partant ce soir pour Lyon, je sais que la structure essentielle de mes liaisons, du secrétariat et des logements est en place. Après l'arrestation de Briant, j'ai prévu de coucher à Lyon afin d'examiner avec Cheveigné les problèmes du trafic. J'espère pouvoir organiser à Paris ne serait-ce que l'embryon d'un réseau grâce à Fernand[1], un radio recruté et formé par lui, qui doit s'y installer avec un poste.

Mercredi 7 avril 1943
Insoumission de la zone sud

Suivant les instructions de *Rex, je retrouve Hélène au bureau à 10 heures. *Grammont est à ses rendez-vous. Elle me communique le dossier des câbles, instructions et papiers me concernant.

Je découvre que les câbles reçus s'accumulent sans être déchiffrés, ce qui est le cas d'un certain nombre d'entre eux destinés à Paris. Londres ayant oublié de donner à *Rex la clef de son nouveau code, les télé-

---

1. Fernand Baudry.

grammes qui lui sont adressés demeurent indéchiffrables depuis son retour.

À midi, je rejoins le patron chez lui. Il sort du
Comité de coordination zone sud et est dans un état
d'extrême tension. Comme je suis là pour les affaires de la zone nord, je n'ai droit à aucun commentaire.

« Est-ce que ça marche ? » me demande-t-il. Sa
question ouvrant sur beaucoup de sujets, je réponds
d'un « Oui ! » triomphant et expose l'organisation
du secrétariat et la mise en route des contacts. Mais
le clairon de la victoire n'a pas l'effet escompté :
« Et les transmissions ?

— Malheureusement, *Pal.W [Briant] a été arrêté.
Je reste ici cet après-midi pour examiner avec
*Salm.W [Cheveigné] l'installation à Paris d'un jeune
radio.

— Et alors ?

— Je suis dépendant de *Salm.W, le temps de mettre en route le réseau parisien avec le reste du matériel de *Pal [Ayral]. »

Je suis étonné du calme de ma réponse. Dans une
telle situation, dont j'ai conscience qu'elle est désastreuse, comment aurais-je réagi il y a six mois ?

La netteté de mon propos fait sans doute comprendre à *Rex que je m'efforce de faire en sorte
que « ça marche » et que tout commentaire critique
est inutile. Du moins est-ce ainsi que j'interprète la
manière amicale avec laquelle il me considère :
« Quoi de neuf à Paris ?

— J'ai rencontré *Passy, qui a fixé la réunion
d'état-major au 12 avril. Elle aura lieu rue de la
Faisanderie, à 9 heures du matin.

— Comment vous a-t-il traité ? »

Ignore-t-il les relations d'un jeune sous-lieutenant

avec son colonel, chef des services secrets ? « Mais...
très correctement. » J'ai envie de rire, mais n'étant
pas sûr que *Rex apprécierait, je m'abstiens, et lui
indique la liste des participants dictée par *Passy.

Pour le reste, je l'informe que Kaan souhaite le
rencontrer, ainsi que *Sermois, *Maxime[1] et *Revel.
*Morlaix m'a demandé de leur distribuer leurs bud-
gets, ainsi que celui de Ceux de la Libération et des
subsides pour aider les militants des groupes de
*Frédéric qui ont échappé à l'arrestation en entrant
dans la clandestinité. Je lui indique mes versements
à la CGT ainsi qu'au BOA.

*Rex fixe les dates de rendez-vous avec les uns et
les autres et me donne son accord pour les demandes de *Morlaix. Pour finir, il m'enjoint de le retrouver à dîner en compagnie de Bidault, à 7 heures.

Je me réjouis de les accompagner, comme autrefois, au restaurant. Au cours de ces allers-retours,
les dîners avec Bidault sont des moments de détente,
même quand les sujets ne s'y prêtent guère. Ce soir,
*Rex raconte les réunions du Comité directeur qu'il
a présidées ces derniers jours.

Il a constaté dès la première séance que l'hostilité
des dirigeants de la zone sud s'est accrue à la
mesure des absences, leur laissant de plus en plus
d'autonomie. Ils ont découvert durant son séjour de
plus d'un mois à Londres qu'ils pouvaient se passer
de lui. Du coup, ils ne se sentent tenus par aucune
obligation.

*Rex détaille ensuite la séance d'hier consacrée
aux nouvelles fonctions de Delestraint pour toute la
France. Après qu'il leur eut annoncé la nomination
du général au poste de commandant en chef de

---

1. Maxime Blocq-Mascart.

l'Armée secrète des deux zones, ce dernier a exposé ses conversations de Londres avec l'état-major allié et ses résultats : promesses de livraisons d'armes ; coopération de l'Armée secrète aux opérations alliées ; mise à l'étude d'un Débarquement anticipé. Sur ce dernier point, Delestraint attend les conclusions de Londres pour modifier la préparation des opérations.

Le général a expliqué comment les Alliés envisageaient l'utilisation de l'Armée secrète au moment du Débarquement : un vaste réseau de groupes francs se livrant à des opérations ponctuelles de sabotage et à des attaques-surprises. Il en a déduit qu'il fallait « réduire » son armée à une force de cinquante mille hommes ayant des objectifs précis, destinés, le jour J, à aider ponctuellement les Alliés.

Frenay, dans ses nouvelles fonctions de représentant militaire, a répondu à Delestraint — mais était-ce une réponse ? Il l'a d'abord critiqué d'avoir attendu quinze jours, après son retour, pour faire connaître les projets militaires des Anglais et des Américains à l'égard de la Résistance française. Puis ce fut le début de la polémique, Frenay ne reconnaissant pas à Delestraint la compétence pour préparer une organisation militaire avec des forces qu'il ne connaît pas.

Une discussion interminable a commencé pour fixer les relations entre le chef de l'Armée secrète et le Comité directeur des MUR.

« C'est alors, explique *Rex, que *Charvet [Frenay] a indiqué qu'on ne pouvait extraire l'Armée secrète des mouvements, dont elle fait partie. Au maximum, il accepterait de donner au général une force militaire de dix mille hommes. Tout le reste serait réservé à la marche des mouvements (recrutement, fabrication et distribution des journaux, etc., et, bien sûr, les sabotages exigés par l'évolution de la guerre). »

Frenay s'est ensuite ouvertement moqué de Delestraint et l'a attaqué pour sa naïveté de ne l'avoir pas consulté sur la réalité de l'Armée secrète, que lui seul connaissait pour l'avoir créée.

« *Charvet, poursuit *Rex, a prétendu que *Vidal [Delestraint] était à ses ordres, comme l'exige la loi en France, qui met les généraux sous le commandement des préfets. *Vidal a rétorqué qu'il ne dépendait directement que du général de Gaulle, chef du gouvernement, ajoutant que l'Armée secrète était pleinement à ses ordres et qu'il venait seulement informer le Comité. »

« C'est alors, ajoute *Rex, que *Charvet s'est mis à traiter *Vidal de tous les noms. Résultat : *Vidal a déclaré qu'il ne viendrait plus se faire injurier périodiquement devant le Comité, qu'il avait été nommé commandant en chef de l'AS par le général de Gaulle, que sa nomination ne comportait aucune subordination à un quelconque Comité et qu'il n'acceptait que le contrôle et l'autorité politiques du Comité national français et, dans une certaine mesure, du Conseil de la Résistance[1] ».

En écoutant ce récit, j'observe que, depuis le retour du patron, les positions se sont durcies : l'objectif

---

1. Le récit de cette séance est rapporté dans les souvenirs des anciens chefs comme ayant eu lieu le 23 mars, au retour de Londres de Jean Moulin. En réalité, il y eut trois séances : le 23 mars, pour exposer les problèmes du manque d'armes, des maquis et du Conseil de la Résistance ; le 6 avril, en présence du général Delestraint, et le 7 avril, après le refus de ce dernier de revenir se faire insulter, qui donna lieu à une mise au point entre Henri Frenay et Jean Moulin, avec rédaction d'un procès-verbal à soumettre au général Delestraint.

de Frenay est clairement d'abolir l'autorité de Delestraint sur l'Armée secrète et celle de *Rex sur les mouvements. Je constate aussi qu'à la suite de cette séance, *Rex s'est rallié à la solution proposée depuis plusieurs mois par *Francis : expédier définitivement Frenay à Londres.

Après diverses conversations avec le général Delestraint pour régler le problème de l'Armée secrète, *Rex a tenté de reprendre le contrôle en proposant de scinder l'AS en deux formations distinctes : l'une, d'action lointaine, commandée par Delestraint et destinée aux opérations du Débarquement le jour J ; l'autre, consacrée à l'action immédiate et groupant les maquis et des « îlots » dirigés par Frenay.

« Je ne comprends pas qu'on cède quarante mille hommes à *Charvet pour n'en laisser que dix mille à *Vidal et à l'Armée secrète », l'interrompt Bidault. Cette sortie gêne visiblement *Rex, car j'observe, peut-être pour la première fois, qu'il lui répond avec agressivité : « Il n'y a pas d'autres solution. Tant que *Charvet est en France, la situation est bloquée. De nous deux, l'un doit disparaître. Mais je n'oublie pas que, s'il part à Londres, c'est pour me faire rappeler. Tant que je n'aurai pas réuni le Conseil de la Résistance, je resterai ici. Après, j'appartiens au Général. »

Bidault n'a pas l'air convaincu, ce qui m'étonne. « Il semble, d'après ce que je comprends, que *Charvet a eu le dernier mot, puisque *Vidal ne commande plus que dix mille hommes. Pour moi, c'est une tragédie. » Je sens *Rex excédé par l'incompréhension de Bidault. « Je vous répète qu'actuellement le problème est le départ de *Charvet. Après ce sera l'heure de vérité. »

À la fin de ce long dîner, je file à la gare prendre le train de 10 heures moins 20.

Vendredi 9 avril 1943

Retour du patron

Lorsque *Rex arrive, tôt ce matin, à la gare de Lyon, nous allons nous asseoir dans un café voisin, où il me demande, une fois de plus : « Avez-vous déchiffré les textes des télégrammes que *Grammont vous a expédiés ? »

Je ne peux que lui répéter que, sans la nouvelle clef, je ne peux rien décoder. « Le BCRA est vraiment nul ! Ça fait maintenant trois semaines que je suis sans informations de Philip, alors même que la situation est dramatique. »

Il me demande de télégraphier immédiatement pour réclamer, une fois de plus, la réexpédition des câbles indéchiffrables dans son ancien code et l'envoi de la nouvelle clef. Ce paquet de télégrammes muets le tourmente d'autant plus que les difficultés qu'il rencontre avec *Passy et *Brumaire lui font craindre le pire : « Ils sont capables de tout ! »

*Rex a réclamé à plusieurs reprises l'envoi de collaborateurs pour Delestraint et lui-même. Peut-être les câbles contiennent-ils des informations précises au sujet de la venue de ceux-ci : *Morinaud[1], Pélabon, *Saint-Jacques[2], Jacques Bingen et *Sauvier[3] ?[4]

---

1. Pierre Marchal.
2. Maurice Duclos.
3. Claude Bouchinet-Serreulles.
4. J'ai retrouvé les télégrammes d'André Dewavrin (*Passy) expédiés de Paris, dans lesquels il s'oppose à la venue d'André Pélabon, Pierre Marchal (*Morinaud) et Maurice Duclos (*Saint-Jacques).

Au fil des jours, grâce à la position que j'occupe, j'ai pu rencontrer les états-majors de la Résistance. En fait de troupes, je ne connais que la douzaine de filles et de garçons que j'ai recrutés pour le secrétariat, mais je constate que les résistants, décimés par les arrestations, sont très peu nombreux. Les listes que j'expédie à Londres ont beau faire état de quatre-vingt mille hommes pour la zone sud et à peu près autant pour la zone nord, j'ai l'impression qu'ils sont beaucoup moins. J'espère qu'il en restera encore au jour de la bataille et que quelques-uns d'entre eux pourront se battre.

De plus, les troupes rassemblées manquent de cadres. Et quant à leur mobilité, il va de soi que les Allemands interdiront toute circulation le jour J et qu'il leur sera facile d'arrêter les trains, comme on me l'a appris en Angleterre. Je suis convaincu que cette armée servira surtout à occuper les services publics, les mairies et les préfectures des grandes villes, et surtout de Paris et Lyon. Finalement, les troupes que nous essayons de rassembler pour combattre les Boches serviront surtout, *après* le départ de ceux-ci, à liquider les cadres de Vichy.

Moi qui voulais me battre, j'aurais mieux fait de partir en Afrique, où mes camarades font une vraie guerre, avec canons, mitrailleuses et fusils.

Dimanche 11 avril 1943

Delestraint à Paris

Après avoir épluché le courrier que je lui apporte, *Rex me demande de prévoir un logement pour le général Delestraint, qui arrive en fin d'après-midi à Paris. Ayant déjà plusieurs rendez-vous pour distribuer des sommes importantes, je l'avertis qu'il est trop tard pour les décommander : « Je ferai le nécessaire pour le loger, mais je ne pourrai le conduire moi-même à son appartement. Après l'avoir accueilli gare de Lyon, je le confierai à *Germain.

— L'important est qu'il soit logé. »

Dans mon petit domaine, il n'intervient jamais. J'ai toute liberté pour l'exécution : seul importe le résultat. Je me garde toutefois de lui avouer que j'ignore comment dénicher une chambre dans un si bref délai.

Au cours de mon rendez-vous quotidien avec *Violaine, responsable des logements du service d'Ayral, je lui transmets ma demande. Elle me rassure : elle a une amie à Neuilly, propriétaire d'un hôtel particulier, qui a accepté d'héberger des résistants. Tout sera prêt à l'heure dite.

En fin d'après-midi, je me rends gare de Lyon, à l'arrivée du train, en compagnie de *Germain. Je repère vite le général parmi les voyageurs. Son élégance désuète, la grosse Légion d'honneur dont il orne sa boutonnière, sa silhouette cambrée lui donnent une allure, hélas, trop remarquable parmi la médiocrité vestimentaire des voyageurs.

Craignant qu'il ne s'abandonne à quelque formule de politesse intempestive, je reste sur mes gardes.

Afin de l'obliger à se cantonner dans des banalités de bon aloi, je lui pose aussitôt quelques questions oiseuses sur son voyage : fatigue du trajet, beauté des paysages, menu du wagon-restaurant, etc.

L'entraînant à l'écart, je le confie à *Germain et le prie de me pardonner de ne pouvoir l'accompagner : *Germain le conduira en métro, puis l'abandonnera non loin de son domicile. Puis je file à mon prochain rendez-vous, à *La Closerie des Lilas*.

Après dîner, je revois *Germain, qui me rend compte de la conduite du général. Après l'avoir laissé, il l'a vu entrer dans l'hôtel. Tout va bien.

Lundi 12 avril 1943

Mésaventures du chef de l'Armée secrète

À 7 heures, je sonne chez *Rex, rue Cassini. Quand il m'ouvre, je reconnais son visage des mauvais jours. Comme il doit présider le Comité de coordination militaire à 9 heures, je ne m'inquiète pas : les soucis sont au menu.

Je lui rends compte de nouveaux rendez-vous : tout le monde veut le voir depuis son retour. Puis nous quittons l'atelier, et il m'entraîne vivement au jardin du Luxembourg, désert à cette heure.

Il se tourne vers moi : « Qu'avez-vous fait du général *Vidal [Delestraint] ? » Interloqué, je relate notre rencontre à la gare de Lyon et son départ en compagnie de *Germain. « Savez-vous ce qui s'est passé ensuite ?

— Naturellement : *Germain l'a conduit à Neuilly et, par sécurité, après lui avoir remis sa valise, il l'a abandonné non loin du domicile, dont le général avait l'adresse.

— Écoutez la suite : votre hôtesse lui a ouvert la porte, l'a fait entrer au salon où un thé lui a été servi. Après l'avoir invité à s'asseoir, elle a commencé une conversation sur la pluie et le beau temps tout en lui offrant cake et confitures. Après une heure d'insipidités, le général, constatant qu'on ne le conduisait pas à sa chambre, n'a pas osé poser de question de peur de s'être trompé d'adresse. Il s'est levé et a pris congé. Craignant d'être reconnu dans les "beaux quartiers", il est retourné à la gare de Lyon et a choisi le premier hôtel venu, sans remarquer que c'était un hôtel de passe. La nuit, effrayé par les allées et venues incessantes ainsi que par les bruits intermittents et bruyants des lavabos et des bidets, il s'est couché tout habillé sur son lit. Mort d'inquiétude, il n'a pas fermé l'œil. Quand je l'ai vu ce matin, il était encore sous le choc de son équipée parisienne. »

Quand *Rex évoque les déboires de cet homme respectable, égaré dans un lieu de perdition et qui, par pudeur, s'est couché tout habillé, j'aperçois sur ses lèvres l'ébauche d'un sourire vite réprimé. Me méprenant sur sa réaction, je m'imagine qu'il apprécie le comique de la situation et m'abandonne à un fou rire irrépressible.

*Rex m'arrête et me fixe durement : « Vous avez tort de rire. Je n'admettrai pas de nouvelle faute de votre part. Recommencez, et je vous expédie à Londres. »

Sur l'instant, je suis dégrisé. Bien qu'intraitable dans le travail et parcimonieux dans ses compliments, il ne m'a jamais adressé le moindre reproche, encore moins sur ce ton de procureur. Brutalement conscient de mon impardonnable légèreté, je balbutie des excuses : « À l'avenir, j'accompagnerai personnellement le général selon vos ordres. »

C'est évidemment inapproprié, mais que dire d'autre ? Je suis écrasé par ma faute puérile et ne peux supporter le regard réprobateur de *Rex. Pour masquer mon désarroi, j'enchaîne sur le premier rendez-vous, à 9 heures : nous devons assister à la réunion organisée par *Passy.

Quand j'ai fini, il me demande de prendre contact avec Delestraint au début de la réunion afin de lui procurer un hébergement décent. Bien que sa voix soit redevenue habituelle, une question m'obsède : Oubliera-t-il ?

*Rex et moi prenons le métro, destination Porte Dauphine puis la rue de la Faisanderie, où se tient la première réunion de l'état-major des mouvements de zone nord. Durant le long trajet, le patron ne dit mot. Connaissant bien ses silences de banquise, j'espère seulement que la séance qui l'attend lui fera oublier notre algarade.

Nous arrivons chez Claire Davinroy, une amie de *Passy, qui héberge la réunion dans son appartement. Je m'étonne du grand nombre de participants à cette réunion « secrète ». Une fois de plus, je regrette que *Rex n'accepte pas que je sois armé. Il y a des mois que je n'ai pas tiré, mais je suis sûr de ne pas déchoir. Mes deux ans d'entraînement avaient révélé une certaine dextérité. En tout cas, il me semble que ce serait mieux que d'attendre la Gestapo comme du bétail.

*Rex me présente à chacun, selon un rite connu :

établir des liaisons régulières. Pour la première fois, je rencontre *Joseph[1], représentant les FTP, dont Ayral m'a souvent parlé, et le colonel *Langlois[2], chef militaire de l'OCM, qui me donne rendez-vous demain avenue Henri-Martin.

Quand je présente mes excuses au général Delestraint, il se montre souriant, comme d'habitude, et n'évoque rien de sa mésaventure. Il me fixe rendez-vous dans l'après-midi.

La séance débute : présentations, mots de bienvenue de *Rex et du général, organisation des débats. Après quelques mots d'introduction de *Passy, Delestraint expose la stratégie de l'état-major allié dans la préparation du Débarquement.

Dans l'immédiat, deux événements sont à l'ordre du jour : les maquis et les attentats. Pour les premiers, les Britanniques ne possèdent pas l'intendance indispensable à leur survie : manque de ravitaillement, d'armes, d'avions. Delestraint répète les consignes que *Rex m'a adressées de Londres à destination des mouvements : ne pas encourager la formation des maquis. Quant aux attentats, si les Alliés sont d'accord sur le principe, ils exigent de les intégrer dans une stratégie européenne et de limiter leur rôle au harcèlement de l'armée allemande au moment du Débarquement. En un mot, ils veulent les planifier et en contrôler l'exécution : interdiction aux résistants de déclencher des actions en l'absence d'ordres de Londres.

Écoutant Delestraint, j'ai le sentiment d'être au cœur de la guerre. Inutile de préciser que ça m'intéresse autrement plus que les réunions où l'on dis-

1. Georges Beaufils.
2. Alfred Touny.

cute politique, institutions futures ou épuration administrative.

Les FTP refusent les instructions des Alliés concernant les attentats individuels. Ils affirment que seul ce qu'ils nomment l'« action immédiate » est capable de mobiliser les résistants en entretenant l'insécurité chez les Allemands. Connaissant le terrain mieux que quiconque, ils disent n'avoir d'ordre à recevoir de personne. Conclusion : en dépit de leur volonté d'union, les FTP poursuivront leurs actions isolées.

*Rex intervient en s'adressant à leur représentant. La guerre n'est pas une suite d'opérations individuelles. Il entend faire respecter les consignes de l'état-major allié et répète les ordres de Delestraint : sabotages, attentats, oui ; mais en accord avec les Alliés.

« La Résistance est une coalition, dit-il. La guerre ne peut être gagnée que par la discipline, surtout dans la clandestinité. Les chefs commandent, les troupes obéissent[1]. » Je suis choqué d'entendre les communistes s'indigner de ces propos et maintenir leur refus d'obéissance.

*Brumaire prend la parole pour offrir son arbitrage : afin d'éviter un conflit ouvert, il propose de laisser toute latitude aux FTP pour les actions immédiates. Je n'ai pas besoin d'attendre les commentaires de *Rex pour savoir ce qu'il pense à cet instant. Il me suffit de déchiffrer son visage buté et d'observer son regard qui a perdu l'éclat velouté que j'aime tant.

J'observe une immobilité noire que je connais

---

1. Dans ses Mémoires, André Dewavrin (*Passy) donne une version identique de cet échange quant au sens, mais différente dans les mots.

trop bien et que je crains. *Rex reproche une fois de
plus à *Brumaire de jouer contre son camp en se
désolidarisant de la politique du Général. Une discussion désordonnée s'ensuit, puis la séance prend
fin sur la volonté réitérée des FTP de rester maîtres
de leur stratégie et de leurs troupes. Toutefois, ils
avertissent Delestraint qu'avant de communiquer
leur position définitive à de Gaulle, ils consulteront
les instances du parti.

Avant de lever la séance, Delestraint propose un
rendez-vous de travail à *Langlois et indique aux
FTP qu'il attendra de connaître leur décision avant
de poursuivre les échanges sur la constitution de
l'Armée secrète.

La réunion achevée, je m'approche de *Colbert
pour l'échange de nos boîtes. J'attends que *Rex termine son entretien avec *Passy et *Brumaire, auxquels il propose un rendez-vous avant leur départ
pour Londres, prévu après-demain.

*Rex et moi devons rencontrer *Morlaix et
*Champion à la sortie du métro Porte Dauphine.

Après avoir quitté l'immeuble, je marche en
silence aux côtés du patron le long de la rue de la
Faisanderie. Je respecte son mutisme. Au bout
d'un moment, un monologue m'est destiné : « Pour
conquérir les mouvements, *Brumaire poursuit sa
politique démagogique : après avoir trahi les directives du Général, il continue avec celles des Alliés.
Le plus grave est que *Passy le suit comme un aveugle. » Sans commentaire.

Nous retrouvons *Morlaix porte Dauphine et
prenons le métro jusqu'au rond-point des Champs-

Élysées, où nous déjeunons à la *Brasserie du Rond-Point*.

*Rex interroge *Morlaix sur la possibilité de convaincre les communistes d'obéir aux ordres de l'état-major allié. Ce dernier n'est pas sûr du résultat, mais promet d'essayer. *Rex insiste : « Il faut que vous rencontriez le représentant du parti. Vous devez l'avertir qu'il n'aura pas le dernier mot dans cette affaire. En France, la stratégie des Alliés aura toujours le pas sur celle des Russes. »

Il donne rendez-vous à *Morlaix après-demain 14 avril afin de le présenter au Comité de coordination, puis nous nous quittons.

Quand nous nous retrouvons seuls, *Rex me dit : « Ce matin, je vous ai demandé de verser 1 million chaque mois à *Joseph pour les FTP. Ne lui versez rien avant que je vous en donne l'ordre.

— Je lui ai déjà annoncé le premier versement pour la fin du mois.

— Dites-lui ce que vous voulez : que l'argent n'est pas arrivé. Quand ils auront obéi, je vous avertirai. »

XVI

LE CONSEIL DE LA RÉSISTANCE, ENFIN

15 avril-30 mai 1943

Jeudi 15 avril 1943
La décrue

Ce soir, nous dînons avec Bidault. Est-ce la présence de celui qui est devenu aussi un ami ? Je retrouve *Rex tel que je l'ai toujours connu avant son départ pour Londres : souriant et disponible[1]. Pendant que nous dînons, *Passy et *Brumaire sont sur le terrain, dans l'attente de leur enlèvement. *Rex espère la réussite de l'opération et leur départ définitif.

*Rex rappelle l'escamotage par *Brumaire de la

---

1. J'ai découvert en écrivant sa biographie que cette allégresse avait aussi d'autres raisons. Il passa la semaine à courir les galeries parisiennes avec Colette Pons, la directrice de sa galerie niçoise. J'ai retrouvé dans les archives de cette dernière une lettre de Jean Moulin du 24 avril 1943 évoquant le plaisir que lui avaient procuré ces visites. Je l'avais moi-même constaté un jour où Moulin m'avait donné rendez-vous pour travailler dans un appartement près du métro Villiers. Pierre Meunier (*Morlaix) et Robert Chambeiron (*Champion) s'y trouvaient, ainsi que Colette Pons, que je ne connaissais pas encore. Je revois la scène : lorsqu'on me fit entrer au salon, Jean Moulin parlait entouré de ses amis. Il avait rajeuni et riait comme un jeune homme.

Commission permanente, grief que je croyais oublié. L'important n'est-il pas le Conseil de la Résistance ? Dès lors que le général Delestraint est désigné comme chef de l'AS et *Rex président du Conseil, les dimensions militaire et politique de la Résistance sont sous contrôle : n'est-ce pas l'essentiel ?

En réalité, aux yeux de *Rex, non seulement cette commission doit être le « directoire » de la seule Résistance, mais, en tant qu'organisme national, elle est censée effacer la séparation des deux zones imposées par les Allemands.

*Brumaire sait que Paris sera le lieu stratégique où se jouera la bataille de la légitimité républicaine. « C'est là que les vainqueurs descendent les Champs-Élysées, explique *Rex. Le Général est convaincu que le Débarquement aura lieu à l'ouest, et non dans le Midi. *Brumaire, en créant le comité de coordination de zone nord, espère se faire désigner à sa tête, avec pour corollaire qu'en tant que représentant du Général, c'est lui qui l'accueillera à Paris[1].

— Je suis confiant, répond Bidault. La nécessité d'un exécutif des résistances par le biais de la Commission finira par s'imposer, même sous un autre nom[2]. »

1. André Manuel m'a souvent raconté que, dans une lettre de Pierre Brossolette (*Brumaire) envoyée de France à André Dewavrin (*Passy) à l'automne de 1943, qu'il avait lue par hasard, Brossolette évoquait sa descente des Champs-Élysées aux côtés du Général.
2. Cette commission fut effectivement constituée sous le nom de « Bureau » en septembre 1943 et fut présidée par Georges Bidault.

Vendredi 16 avril 1943

Aller-retour à Lyon

Fassin m'annonce l'arrivée de *Coulanges[1] en zone libre dans une opération d'atterrissage près de Clermont-Ferrand. En me quittant hier soir, *Rex m'a demandé d'aller l'accueillir. Toujours sans nouvelles de Londres, il attend avec impatience la venue de ce proche collaborateur d'André Philip.

Comme je n'ai pas prévu cet aller-retour, je confie à *Germain mes rendez-vous de la journée afin de les reporter à demain et quitte Paris pour Lyon par le train de nuit. Je dois y rencontrer *Grammont, qui me fournira le contact avec *Coulanges, dont j'ignore tout.

Lorsque je le rejoins à mon ancien bureau, montée des Capucins, *Grammont se montre inquiet de mon arrivée impromptue. Il est vrai que je le préviens habituellement à l'avance par Van Dievort ou Suzette. Je lui explique que j'ai besoin de rencontrer *Coulanges immédiatement.

*Grammont m'apprend que ce dernier n'arrivera qu'en fin d'après-midi à Lyon. « Tu tombes bien, ajoute-t-il : je ne sais pas où le loger et j'ai des rendez-vous toute la journée. J'espère que tu trouveras une solution pour l'accueillir. » Il me communique le lieu de rendez-vous que lui a donné Fassin et dit en outre : « Si tu es libre à déjeuner, on peut se retrouver à 1 heure, place des Terreaux. »

Pour loger *Coulanges, je songe d'abord à la rue des Augustins, dont j'ai conservé l'« exclusivité »

1. Francis-Louis Closon.

pour mon équipe. Mais *Coulanges est un étranger, peut-être même un jeune imprudent, ignorant tout de la France occupée. Je ne vais tout de même pas brûler mon seul relais lyonnais.

Réfléchissant à une autre solution, je pense à Mme Martin, rue de la Charité, la providence des clandestins de marque. Depuis le déménagement de *Rex, j'y ai conservé sa chambre, que je loue au mois.

Quand je sonne à sa porte, me revient en un éclair la première visite que j'y fis à *Rex, le matin du vendredi 31 juillet 1942 : ma timidité, mon inquiétude d'avoir été choisi par *Rex contre la volonté du BCRA ; mon souhait de rejoindre Bidault, mon véritable patron.

Mme Martin ouvre et me reconnaît : « Monsieur *Alain ! Je suis si heureuse de vous revoir. » Cette femme a toutes les qualités des militants que je rencontre partout depuis un an : dévouée, discrète, toujours prête à servir.

« J'ai un ami qui arrive ce soir. Puis-je vous l'amener ?

— Mais certainement. » Ses yeux brillent du plaisir de se rendre utile.

« Nous viendrons après dîner. »

À midi, je rejoins *Grammont place des Terreaux.

Il n'y a pas trois semaines que j'ai quitté Lyon, mais, dans la Résistance, tout va très vite : des camarades ont retrouvé la liberté, comme Aubrac, d'autres l'ont perdue, comme Briant (les radios sont toujours les plus exposés à cause du manque de lieux d'émission). Ce sont mes camarades, mais nous arrivons tous à la même conclusion : les résistants sont arrêtés par grappes à cause de leur imprudence au carré.

En dépit de mon départ hâtif, *Grammont a repris tous mes contacts. Heureusement pour lui, les services de Londres en France, de plus en plus nombreux, ont déménagé à Paris. Il arrive à exécuter son travail sans courrier, ce que je peinais à faire avec six agents. Du fait de la présence prolongée de *Rex à Paris, nombre de rendez-vous quotidiens ont disparu, de même qu'une grande partie des réunions auxquelles il participait et dont la préparation et l'organisation incombaient au secrétariat.

Il m'explique que l'essentiel du travail s'exécute maintenant au bureau en compagnie d'Hélène, sa secrétaire. La radio fonctionne de façon satisfaisante. Grâce à Brandy, le réseau de *Simon, Cheveigné a établi un vaste maillage d'emplacements avec *Goujon[1], lequel, grâce à sa moto, le transporte rapidement de l'un à l'autre. Le seul point noir, pour *Grammont, est l'attente du nouveau code de *Rex, qu'il espère voir arriver en même temps que *Coulanges.

Je l'interroge sur les chefs des mouvements : « C'est de pire en pire. Lorsque je vois la haine qui anime *Charvet [Frenay], je me demande si *Rex pourra le faire obéir un jour.

— Ne t'en fais pas, il les aura.

— Je souhaite que tu aies raison. »

Ce soir, à 7 heures, je rejoins *Marquis[2], adjoint de Fassin et officier de liaison avec Combat, au restaurant en compagnie de *Coulanges. J'aurais reconnu

1. André Jarrot.
2. Paul Rivière.

ce dernier même au milieu de la foule de la rue de la République : sa chemise, son costume, ses chaussures, tout annonce un étranger.

Avec son langage châtié, cet homme d'une trentaine d'années n'est visiblement pas un résistant. Même ceux qui lui ressemblent le plus, Paul Bastid ou François de Menthon, ont un je-ne-sais-quoi dans l'allure qui les confond avec le commun des Français. Leurs différences sont sociales — ils appartiennent à une autre classe —, mais ils n'ont pas l'allure insolente des agents de Londres, hommes de liberté, qui nous distingue des autochtones.

Je m'installe à leur table : « André Philip vous a-t-il remis une lettre pour *Rex ?

— Je vous apporte tout un courrier de Philip, mais aussi de Jacques Bingen et des services politiques. »

Au bout d'un moment, je pose la question brûlante qui nous hante tous : « De Gaulle va-t-il bientôt partir à Alger ? » *Coulanges paraît surpris de ma question. « Les négociations sont plutôt satisfaisantes, puisque Giraud condamne le régime de Vichy et le serment de Pétain en même temps qu'il fait acte d'allégeance à la République. Philip a travaillé avec le Général pour lui expédier une lettre programme, pour l'instant sans réponse. Cependant, Eisenhower, le commandant en chef américain, a refusé l'arrivée de De Gaulle pour des raisons militaires.

— Alors, c'est fichu ? Le Général n'ira jamais à Alger ?

— Mais non, voyons : ce n'est qu'une péripétie. »

Après dîner, je présente *Coulanges à Mme Martin, qui paraît enchantée d'avoir pour locataire un homme si « comme il faut ».

Après l'avoir quitté, je cours prendre mon wagon-lit réservé.

Le passage de la ligne de démarcation, en gare de Chalon, me réveille. Comme la première fois, je guette, non sans inquiétude, les allées et venues bruyantes des Allemands dans le couloir. Après une attente interminable, le bruit décroît, puis, au milieu du silence rétabli, le train s'ébranle enfin. Est-ce la fatigue, l'habitude ? je me rendors.

Dès mon arrivée à Paris, je rejoins mon abri de la rue des Marronniers. Après un bain réparateur, je dépouille le courrier de Londres. Découvrant les notes de Philip, sa lettre et celle d'un inconnu, *Cléante[1], je mesure la place exceptionnelle de *Rex au cœur de la France libre. Ces documents donnent en outre certaines précisions qui m'éclairent sur les opinions politiques de mon patron.

Il y a aussi, malheureusement, la confirmation par Philip du refus de Churchill d'aider les maquis :

> *1. On ne dispose pas encore d'avions en nombre suffisant. Pour faire les parachutages massifs demandés, il faut distraire les avions actuellement engagés dans l'offensive aérienne contre l'Allemagne.*
>
> *2. Comme une action immédiate ne peut être encore envisagée, on craindrait que de tels envois ne constituent un encouragement à une insurrection prématurée.*

---

1. Pseudo de Jacques Bingen que j'ignorais, car je ne le connaissais que par son nom véritable.

D'où la confirmation des directives rapportées par *Rex : accord pour le sabotage industriel et administratif de la déportation et pour la dispersion des maquis, mais refus d'encourager une résistance armée.

Sur le plan politique :

> *2° Encouragement à la dispersion des jeunes gens, appels et organisation de la solidarité à leur égard. Nous allons accroître à ce sujet les moyens financiers mis à votre disposition.*
> *3° Refus d'encourager une révolte à main armée qui, insuffisamment aidée de l'extérieur, ne pourrait aboutir qu'à une catastrophe.*

Bien que ce ne soit pas nouveau pour moi, je mesure pour la première fois, en ces quelques lignes ramassées, l'enjeu des propos de Vourc'h et d'Aron, qui m'avaient tant choqué avant mon parachutage en France.

Conclusion de Philip :

> *Votre séjour à Londres vous a convaincu de l'impossibilité où nous sommes d'aborder publiquement de telles questions sans nous faire accuser aussitôt de menées fascistes, de volonté de dictature sur la France d'après-guerre.*

Qu'aurait pensé de cette lettre Raymond Aron ? Si étrange que cela paraisse, je repense souvent à notre dernière conversation, avant mon départ de Londres, qui m'avait consterné. Volontaire de juin 1940, il souffrait visiblement de ne pas voir de Gaulle, ciment des premiers soldats. Où que ce soit, en effet, mes camarades et moi communiions autour du

« Grand Charles », cet homme qui avait fait de nous des soldats ; mieux, qui avait traduit en formules saisissantes la passion patriotique qui nous avait jetés en Grande-Bretagne.

La fin de la lettre de Philip est consacrée à la seule actualité qui nous obsède : il annonce qu'il accompagnera le Général à Alger et ajoute que l'union s'accomplira dans une sorte de dyarchie entre de Gaulle et Giraud.

Plus rassurantes encore sont les conditions posées par Philip à tout accord :

> *1. Le général de Gaulle ne peut pas être mis dans une situation d'infériorité pratique vis-à-vis de qui que ce soit.*
>
> *2. L'action en France doit rester entre ses mains.*
>
> *3. Les hommes symboliques de la politique de collaboration avec l'ennemi doivent être éliminés de tous les postes de commande.*
>
> *S'il n'était pas possible d'obtenir satisfaction sur ces trois points, je remettrais à la disposition de la résistance intérieure le mandat qu'elle m'a confié et ne continuerais ma collaboration à un organisme unifié que sur un ordre exprès.*

Depuis 1940, nos chefs, de Gaulle en tête, ne nous ont jamais déçus. D'autres notes de Londres m'éclairent sur cette machinerie mystérieuse que les volontaires de 1940 désignent, selon le moment, France libre ou simplement Londres.

Le dernier document est une lettre personnelle, qui commence par « Mon cher Max ». C'est la première fois qu'un papier de Londres utilise ce pseudo, qui n'appartient, comme celui de *Régis, qu'au monde de la Résistance et qu'aux quelques camarades du

BCRA que *Rex a choisis comme collaborateurs. Quel bureaucrate inconnu se permet une telle familiarité ?

La suite est pire :

> *Nous vivons encore dans cette maison ici [BCRA] sur la lancée des visites de M. [*Max] et Ch. [*Chevalier = *Vidal], que nos pensées accompagnent constamment et qui continuent d'inspirer notre travail.*

En lisant, je suis partagé entre la fierté pour le rôle donné à mon patron et l'agacement devant cette admiration d'un inconnu qui dépasse, je ne le perçois que trop, une simple collaboration de travail.

L'auteur de la note rabat de surcroît mon optimisme sur le départ du Général pour Alger : « À la dernière minute, le voyage du général de Gaulle est ajourné pour des "considérations" d'opportunité de la situation militaire. »

Plus loin, *Cléante annonce que *Passy refuse les collaborateurs réclamés depuis des mois par *Rex. Suit un commentaire sur l'ensemble des réclamations de *Rex et des résistants : « Hélas, nous sommes impuissants à décrocher la lune. » Il termine par ces mots : « À vous, toute mon admiration et mon amitié, à vos ordres. »

Une nouvelle bouffée de jalousie m'envahit : Qui est-il pour se permettre de s'adresser ainsi à *Rex ? Je le ressens comme un outrage personnel. Ne suis-je pas le seul, moi, jeune homme écervelé, et qui le sers si mal, à savoir en quoi il est admirable, par ses attentions, son courage et son autorité ?

Samedi 17 avril 1943

Fin du voyage

Rue Cassini, je remets à *Rex la grosse enveloppe dans laquelle j'ai rangé les instructions. Il s'installe dans un des fauteuils du living, moi sur le canapé. Je demeure silencieux tandis qu'il s'absorbe dans la lecture des directives. J'en profite pour lire la presse afin de lui en faire un compte rendu.

Quelque chose dans son regard a changé, que j'ai peine à définir. Depuis Londres, il m'interroge fréquemment sur tel ou tel de mes interlocuteurs de la journée ou sur la façon dont je juge la Résistance. Plus souvent encore, il rit de mes naïvetés ou tente d'en savoir davantage.

« Comment avez-vous trouvé *Coulanges, me dit-il.

— C'est un homme de Londres. »

L'étonnement se marque sur son visage : « Mais moi aussi ! »

Je me récrie : « Ah non ! » Bien sûr, je parle sans réfléchir : « C'est une expression que nous utilisions dans les camps, avec mes camarades de juin 1940 : nous étions des "soldats", eux des "bureaucrates". Comme *Coulanges, ils sont très vieux.

— Vous me trouvez vieux, moi aussi ?

— Non ! Vous, vous êtes… le patron. »

C'est la première fois que je prononce ce mot devant lui. Il rit de bon cœur. Je poursuis : « Vous êtes très jeune d'esprit : la vie vous amuse. »

Il se fait grave : « Mais la Résistance est une tragédie.

— C'est vrai, mais par votre exemple, votre allant, vous nous libérez de notre exil.

— Rappelez-vous ce que je vous ai dit le soir de notre rencontre : la liberté passe par le sacrifice de soi pour... je crois que, ce soir-là, j'avais prononcé le mot "République". »

Il m'étonnera toujours : après ces mois écoulés, il se souvient de notre conversation. Il revient à sa question : « Alors, *Coulanges ? » Je relate des bribes de la conversation : « Je crois que ce sera un collaborateur efficace pour le CGE. D'une certaine manière, il en a le style, au moins le langage. »

*Rex m'écoute attentivement. J'achève : « C'est un homme loyal ; il vous obéira. » Visiblement, il attend la suite : « Les nouvelles qu'il rapporte sur le départ du Général pour Alger sont consternantes : interdiction d'Eisenhower. »

Comme je lui fais part de mes états d'âme à l'égard du Général, il me dit : « De Gaulle vaincra : c'est un remarquable stratège. Nous avons de la chance d'avoir un tel chef. » La confiance du patron efface l'inquiétude que je partage avec mes camarades depuis le Débarquement allié en Afrique du Nord.

Il veut travailler seul sur les documents. Je pars vers mes rendez-vous.

En me quittant ce matin, *Rex m'a demandé de le retrouver à 6 heures. J'ignore pourquoi. Lorsque j'arrive ce soir, je trouve Pierre Kaan, qui m'attend avec un inconnu qu'il me présente sous le nom de Killian, un jeune acteur très actif dans la Résistance.

Sur ces entrefaites, *Rex arrive. Il interroge Killian sur le projet dont Kaan lui a parlé. Le théâtre dans lequel il joue est un foyer de résistance, et Kaan souhaiterait le mettre à la disposition de *Rex pour y tenir des réunions ou, si ce n'est pas possible, à tout le moins y entreposer des archives. Qui soupçonnerait de jeunes artistes passionnés de théâtre de comploter contre le Reich ?

Soudain, *Rex plaisante : « Dans vos pièces, vous pourriez utiliser nos talents. » Il enchaîne avec un geste de la main : « Par exemple, *Alain pourrait jouer le rôle d'un jeune premier... » Puis, me regardant : « Bien entendu, de caractère ! » Il rit de cette idée qui semble l'amuser : son secrétaire transformé en acteur.

Après m'avoir donné rendez-vous dans une heure pour dîner, *Rex part avec Kaan. Je bavarde avec Killian de son métier. Puis, comme avec tous les résistants, je l'interroge sur les possibilités de trouver une chambre. Il regarde l'heure : « Venez avec moi, il y a quelque chose dans mon immeuble. »

Tout en marchant, je le questionne sur le théâtre, le public : « En ce moment, c'est prodigieux ; il n'y a jamais eu autant de monde dans tous les théâtres, pour toutes les pièces. » Il ajoute : « La guerre, c'est bon pour le théâtre. Tant qu'on n'aura pas de fuel, on ira au théâtre. »

Au cinquième étage de l'immeuble dans lequel il vit, 75, boulevard du Montparnasse, en face de la gare, il me montre un studio avec une chambre. Je lui demande l'adresse du gérant pour le louer parce que je suis à la rue.

Non seulement la chambre est extraordinaire, mais je suis à dix minutes de l'appartement que j'ai trouvé pour *Rex. Il y a des jours où la chance est là.

Lundi 19 avril 1943

Les FTP contre les Alliés

À l'heure du déjeuner, je retrouve *Rex derrière le palais des Glaces, en bas des Champs-Élysées. Je n'y ai jamais rencontré d'autres résistants, et l'endroit me semble sûr : à l'exception d'innocents patineurs, près de l'entrée, côté Grand Palais, il n'y a jamais personne.

À Paris comme à Lyon, *Rex spécialise ses lieux de rendez-vous : celui-ci est réservé à ses proches collaborateurs. Arrivé le premier, je le vois déboucher du rond-point flanqué de *Morlaix et *Champion. À en juger par leurs gestes, la conservation est animée.

Lorsque nous nous rejoignons, le patron semble tendu. Je lui communique ses rendez-vous de l'après-midi, puis, tous les quatre, nous nous dirigeons vers la place de la Concorde ; *Rex et *Morlaix devant, *Champion et moi à quelques pas derrière, d'où nous entendons leur conversation.

*Morlaix achève le compte rendu de ses rencontres avec André Mercier et Charles Tillon, qu'il résume d'une phrase : « Ils refusent d'obéir aux directives de l'état-major allié. »

En dépit de cet échec ou à cause de lui, *Morlaix minimise l'importance de l'objectif fixé par *Rex : « Il est important de ne pas braquer les communistes sur une question mineure. L'action immédiate n'est pas une erreur en soi. » Il ajoute : « Il faut combattre les Boches partout et par tous les moyens. Dans la Résistance, les communistes sont les seuls à se battre tous les jours. Les mouvements, vous le savez mieux que moi, en sont incapables ! » Selon

lui, les FTP sont l'unique organisation militaire de
qualité ; au lieu de s'en méfier, les mouvements
devraient s'en inspirer et se grouper autour d'eux.

« Après tout, ajoute-t-il en regardant *Rex, vous
devez être satisfait du résultat que vous avez obtenu :
en dépit de leur supériorité militaire, les FTP acceptent de mettre leurs troupes au service d'un état-major
"étranger" et d'obéir aux ordres de *Vidal [Delestraint],
représentant militaire du Général. » Politiquement,
c'est une victoire incontestable pour *Rex.

Intarissable, *Morlaix plaide une nouvelle fois :
« Il serait équitable de leur laisser la liberté de
combattre comme ils l'entendent. Pourquoi même
ne pas les imiter sur ce terrain ? » *Morlaix a prononcé ces derniers mots avec une assurance, une
passion et surtout un ton que je ne lui ai jamais
connus face au patron. Est-ce le mot de trop ?

*Rex s'arrête brusquement et le saisit par la man-
che. Surpris, *Champion et moi nous retrouvons à
leurs côtés. *Rex regarde *Morlaix droit dans les
yeux : « J'ai pour mission d'appliquer des directives,
qui ne sont pas seulement celles du Général, mais
de l'état-major allié, dont j'ai rencontré les chefs.
J'ai transmis aux FTP ce que j'ai le devoir de leur
prescrire. Ils obéiront. Sinon, tant pis pour eux. Le
Général ne mendie aucune voix. Vous connaissez
ma position : avec les communistes d'accord, mais
jusqu'à un certain point seulement[1]. »

Depuis mon arrivée, c'est la première fois que

---

1. En 1977, après l'émission de télévision « Les Dossiers de
l'écran », à laquelle je participais en compagnie d'Henri Frenay,
c'est le souvenir de cette réplique au mot près — qui m'avait
frappé par la précision qu'elle apportait sur les opinions de Jean
Moulin — qui avait déterminé ma volonté de répondre aux accusations de l'ancien chef de Combat, estimant que Moulin était un

j'entends *Rex parler de la sorte à *Morlaix, qui a le rare privilège de l'avoir connu avant la guerre. Je reconnais ce ton sans réplique, celui-là même avec lequel il m'a rappelé à l'ordre il y a quelques jours et qui m'a glacé. Lorsqu'il s'exprime de la sorte, rarement, heureusement, cela signifie la clôture de toute discussion.

C'est bien ainsi que l'entend *Morlaix, qui ne répond rien. Sans un mot, nous repartons tous les quatre vers la Concorde.

D'habitude, *Morlaix se contente de rendre compte des missions que *Rex lui a demandé d'accomplir auprès de tel responsable politique de la zone nord ou de tel chef de mouvement. *Rex l'interroge minutieusement afin de connaître les antécédents, l'influence et les opinions des uns et des autres sur le problème du jour : la formation du Conseil de la Résistance. Jamais il n'évoque avec lui les problèmes techniques de nos services ni les relations avec Londres, traités avec ses seuls collaborateurs du BCRA. Quant aux questions politiques, elles sont réservées à Georges Bidault.

Après le déjeuner à la brasserie *Weber*, rue Royale, je les quitte pour mes rendez-vous de la journée. *Médéric veut me voir d'extrême urgence à 6 heures, place de la Trinité.

En arrivant sous le porche de l'église, en face du magasin de Mme Scholtz, je reconnais la personne

---

« cryptocommuniste ». Cette phrase ainsi que la décision de Moulin de ne pas verser leur mensualité aux FTP furent à l'origine de mon engagement dans la recherche de toute la vérité sur la mission de Jean Moulin.

qui accompagne *Médéric : *Lenormand[1], un autre
chef de Ceux de la Libération. Ils ressemblent tous
deux au couple *Morlaix-*Champion : *Médéric est
aussi petit et enveloppé que *Lenormand est mince
et grand. Seuls les rôles sont inversés : le premier
parle en chef et le second écoute.

Il souhaite me rendre compte d'une opération de
justice pour laquelle, après coup, il veut obtenir
l'accord de *Rex : l'assassinat de Louis Goron, alias
*Gilbert, qui avait livré François Briant à la Gestapo.
J'ignore quelle sera la réaction de *Rex. Pour ma part,
je ne sais comment leur exprimer mon immense
gratitude : justice est faite.

Il me raconte ce que j'ignore. Goron avait été
choisi pour assurer la liaison avec Briant. Ce dernier avait été arrêté en pleine émission en compagnie de *Pal.Z et de Goron, qui était son courrier.
Jean Ayral (*Pal) soupçonnait Goron d'avoir accepté
de travailler pour les Allemands. Depuis l'arrestation de Briant, Goron leur avait livré au moins sept
résistants. À la demande d'Ayral, un corps franc des
mouvements avait été chargé de la besogne, mais
s'était finalement dégonflé.

Pour en finir avec le danger dévastateur, *Médéric
a décidé d'opérer lui-même. Avec *Lenormand, ils
sont allés chercher le garçon chez ses parents et
l'ont conduit en voiture dans la forêt de Meudon,
où *Médéric l'a abattu de deux coups de revolver :
l'un dans la poitrine, l'autre dans la tempe. Ils ont
camouflé son cadavre dans un fourré. Le dimanche
suivant, les chiens de promeneurs l'ont découvert,
et les journaux ont reproduit brièvement la nouvelle.

En écoutant leur récit, j'envie, moi qui code des

1. Roger Coquoin.

télégrammes pour Londres, ces deux hommes qui ont accompli un véritable acte de guerre.

Jeudi 22 avril 1943

*Tout le monde veut voir *Rex*

Comme d'habitude, je verse quelques sommes d'argent et rencontre des résistants qui veulent « à tout prix » voir *Rex : il passe ses journées à rencontrer les chefs de la Résistance ou les hommes politiques qui le souhaitent.

J'ai observé que c'est le jour où il vient de partir pour Lyon que, soudain, tout le monde a besoin de le voir « immédiatement ». Ce qui complique ma tâche est que j'ignore presque toujours la durée de son absence et ne prends donc aucun rendez-vous.

Avec *Morlaix et Pierre Kaan, je suis plus inquiet : dès que *Rex est parti, ils me prouvent que tout va mal et que je dois lui faire comprendre qu'il doit revenir sans délai. C'est une fois de plus ce que m'expliquent les deux hommes que j'ai rencontrés séparément ce matin.

Hésitant à mettre par écrit les problèmes qui agitent les mouvements de zone nord, ils m'ont confié de longs messages oraux pour *Rex. Leur vision de la Résistance n'est pas identique. *Morlaix reflète l'esprit des chefs, dont il prend souvent le parti, plaidant pour la politique d'union avec le Front national. Kaan, lui, est secrétaire du Comité de coordination, mais aussi du CGE, dont les membres et les travaux ne sont pas connus de *Morlaix. Son point de vue est plus proche de celui de *Rex.

Samedi 24 avril 1943

Décodage de la vérité

Depuis des jours, des télégrammes de Londres s'accumulent sans que nous puissions les décoder. Nous attendons toujours la clef du code que le BCRA doit nous envoyer.

Quand j'arrive à Lyon, je trouve une bonne nouvelle : Londres vient d'adresser la clef (LX) et la grille des télégrammes de trois semaines. Aussitôt, nous décodons, en compagnie d'Hélène, les câbles accumulés.

À 11 heures, je file chez *Rex, place Raspail, lui apporter les câbles concernant la zone nord. La plupart d'entre eux sont des textes de routine : renseignements sur les parachutages, listes de départs de personnalités, mises en garde à l'égard d'agents brûlés ou arrêtés des réseaux de renseignements, messages à transmettre à d'autres réseaux, etc.

Pour ce train-train administratif, un retard de quelques jours est sans grande conséquence. Mais concernant la mission de *Rex, tous les câbles sont urgents, en particulier quelques-uns dont je découvre qu'ils questionnent *Rex sur l'activité de Combat en Suisse.

L'affaire semble suffisamment importante pour que de Gaulle ait écrit lui-même d'urgence à *Rex pour qu'il lui explique une information en sa possession : Dulles, chef des services secrets américains à Berne, aurait rencontré un représentant de Combat et lui aurait proposé de financer son mouvement, d'imprimer son journal et de lui procurer des armes en échange de renseignements militaires.

La connaissance de la conduite des Américains en Suisse est un atout majeur, vis-à-vis des Alliés, entre les mains du Général. Inquiet du silence qui a suivi les questions du Général, le service a expédié de nouveaux câbles à *Rex réclamant une réponse, câbles également demeurés sans réponse.

Aujourd'hui ce sont eux que j'apporte décodés à *Rex. Après les avoir lus, il se montre d'abord incrédule — « *Charvet [Frenay] ne m'en a jamais rien dit » —, puis il explose : « Quel tartuffe ! Depuis mon retour, le 20 mars, nous nous sommes maintes fois et longuement rencontrés : pas un mot ! »

Il réfléchit un moment, puis reprend : « Je comprends mieux son effronterie à l'égard de *Vidal [Delestraint] et son refus de siéger au Conseil de la Résistance : il n'est plus seul. Grâce aux Américains, il est prêt à jouer son va-tout et à faire sécession. »

Il ajoute : « Je lui dirai la semaine prochaine ma façon de penser[1] ! »

1. Jean Moulin rédigea un télégramme daté du lendemain qui répondait à tous les télégrammes enfin décodés. On peut lire, dans le rapport hebdomadaire rédigé le 3 mai par la section du capitaine Lagier (*Bienvenue) : « [L'organisation de l'Armée secrète en zone nord] est en bonne voie mais par contre en zone sud il n'en va pas de même par suite de l'affaire de Nef [Frenay]. » Effectivement, Moulin écrit : « [...] situation très grave en zone sud. [...] Nef a envoyé émissaire personnel en zone nord pour amener mouvements à prendre même attitude indépendance à l'égard général de Gaulle et ses services [...]. » Moulin signale l'envoi du général Davet en Suisse, « avec mission établir liaison avec Américains et obtenir aide financière et technique. [...] Nef aurait gardé Américain passage avion direct Algérie pour liaison Eisenhower et Giraud — Question confiance se pose. »

Je cours chez Mme Martin pour prendre *Coulanges
et le conduire dans une maison amie, sur la colline
de Sainte-Foye[1].

Même si ça me coûte du temps, je suis toujours
curieux d'assister aux entretiens de *Rex avec de
nouveaux interlocuteurs. *Rex manifeste ouvertement
avec *Coulanges la chaleur naturelle qui l'habite.

Le patron a étudié avec soin les notes qu'il lui a
apportées. Il questionne *Coulanges sur quelques
points de détail, puis l'interroge sur le voyage du
Général à Alger. *Coulanges explique que le départ
de De Gaulle était programmé pour la fin du mois
d'avril, lorsque l'interdiction signée d'Eisenhower
est tombée.

*Rex l'interrompt : « Les Américains ont-ils peur
du Général ?

— Ils ont raison : de Gaulle ne fera qu'une bouchée de Giraud ! »

*Coulanges explique que les Alliés craignent sur-
tout sa popularité auprès de la population algé-
rienne : « N'en doutez pas, lorsque le général de
Gaulle paraîtra, la foule l'acclamera. Et puis de
Gaulle, vous le connaissez mieux que moi : c'est un
roc. »

Je me risque à questionner *Rex : « Les Américains
ne peuvent-ils devenir les maîtres de la France, avec
l'argent qu'ils distribuent ? » J'ai entendu mes camarades évoquer le grand train que mènent à Paris certains agents de l'OSS (*Office of Strategic Services*).

---

1. J'ai retrouvé ce renseignement dont je n'avais aucun souvenir dans le livre de Francis-Louis Closon (*Coulanges), *Le Temps
des passions. De Jean Moulin à la Libération. 1943-1944*, Presses
de la cité, 1974. Je le situais dans un appartement que Paul Bastid
nous avait procuré au-dessus de chez lui.

« Ils sont certes puissants, répond *Rex, mais comptez sur moi, ils n'auront pas le dernier mot. »

Il en profite pour demander à *Coulanges des explications sur la connaissance que Londres a de cette affaire. C'est Pierre de Leusse, l'ancien représentant de Vichy à Berne, qui a alerté le Général. À cause de son passé, il devait se racheter en faisant du zèle. De Gaulle craignait que les Américains ne raflent l'Armée secrète et les maquis.

Regardant *Rex, il ajoute : « Il vous soutiendra de toutes ses forces dans cet affrontement.

— Mais les Américains ont l'argent, et la France libre n'en a pas !

— De Gaulle a mieux que l'argent, il vous a, vous : il est sûr que vous triompherez des mouvements.

— Vous le remercierez, mais j'ai besoin d'une aide matérielle. Je me battrai de toutes mes forces, mais ne m'abandonnez pas. »

Le ton singulier de cette dernière phrase m'apparaît comme une sorte d'appel désespéré. Est-ce bien *Rex qui prononce de tels mots et sur un tel ton ? Il revient à ses soucis : « L'attitude de *Brumaire n'en est que plus criminelle ! » Le mot est fort, mais vis-à-vis de cet homme et de Frenay, *Rex est sans retenue[1].

Comme d'habitude, je rentre par le train de nuit.

---

1. Il est vrai que Pierre Brossolette (*Brumaire) n'était pas en reste dans ses critiques à l'égard de Jean Moulin, comme me le confièrent après son départ des responsables des mouvements Libération, Ceux de la Résistance et Ceux de la Libération.

Dimanche 25 avril 1943

Pâques à Notre-Dame

Pour la troisième fois, je fête Pâques en exil, solitaire, loin de mes amis et de ma famille. L'absence de François Briant, aujourd'hui, est plus cruelle encore.

J'avais quatorze ans quand j'ai visité Notre-Dame pour la première fois, mais je n'ai jamais assisté à un office religieux dans ses murs. La foule endimanchée, soudée par la présence sensible de Dieu, m'enveloppe d'une émotion indicible. La présence clairsemée d'Allemands ne modifie rien. Les chœurs d'enfants, l'ordonnance brillante de la cérémonie participent intensément à la résurrection de mon passé d'enfant de chœur à Saint-Elme.

La paix intérieure que je ressens est liée au sentiment de sécurité, inséparable de cette foule ardente qui me protège. Ce matin, la Gestapo est impuissante face à la volonté de Dieu.

Je dois déjeuner avec Pierre Kaan après l'office. Comme j'ai un peu de temps libre, je flâne chez les bouquinistes, le long des quais. Sans doute Kaan a-t-il suivi un chemin analogue au mien pour me rejoindre : il arrive un livre à la main. « J'ai pensé à vous en voyant ce livre de Julien Benda. Je connais votre admiration pour lui. » Je regarde le titre : *Belphégor*, que je n'ai pas lu.

De tous les résistants que j'ai connus en France, Kaan est le seul qui ait franchi le seuil de mon intimité. À l'exception de ma véritable identité, que je ne lui ai pas révélée, il connaît tout de mon parcours social, religieux et politique. C'est dire la confiance immédiate de nos relations. Même avec Bidault ou Copeau, les deux résistants qui se sont installés dans ma vie au-delà de mes fonctions, je ne suis pas aussi libre.

Kaan m'avait écouté attentivement lorsque j'avais parlé de Benda, bête noire de Maurras et de Daudet. À Londres, j'avais trouvé chez *Foyle's*, un exemplaire de *La Trahison des clercs*, que j'avais lu d'une traite, émerveillé par la pureté de son style et la limpidité de ses démonstrations.

« Vous allez être content, me dit-il. Benda écrit dans *Les Lettres françaises*. C'est un des nôtres. »

Kaan, que *Rex a installé au secrétariat du Comité de coordination, attend avec impatience le retour du patron : « Demandez-lui de rentrer avec vous. Il faut absolument qu'il reprenne en main le comité. *Morlaix n'en a pas l'envergure. Dites-le-lui lors de votre prochaine rencontre : il faut qu'il ait un remplaçant à Paris. Je pense qu'un envoyé de Londres serait idéal pour cette fonction. »

D'habitude, les hommes de Londres sont considérés comme des planqués par les résistants. Où est donc l'avantage ? « Ne confondez pas polémique et réalité. Remarquez comme les résistants qui ont fait le voyage de Londres reviennent avec une aura qui les transforme en interlocuteurs teigneux pour *Rex : ils connaissent les coulisses du pouvoir. »

Kaan m'explique que *Morlaix est un résistant ordinaire et que les critiques de *Brumaire ont ruiné son autorité. Sans entrer dans les détails, je lui explique les difficultés de *Rex à obtenir de Londres des collaborateurs. Il m'écoute, puis me dit : « *Rex ne pourra supporter longtemps le va-et-vient entre Lyon et Paris. C'est épuisant et de plus en plus dangereux. »

Sa remarque est grave. Comme nous tous, *Rex est un homme seul. J'imagine que sa famille ne peut comprendre la vie qu'il mène. Je l'interroge : « Me permettez-vous de répéter à *Rex vos remarques ? » Pour rien au monde, je ne voudrais trahir la confiance de mon nouvel ami.

Il semble étonné : « Ce n'est pas un secret ; dites-lui mon inquiétude. »

Lundi 26 avril 1943

Jour férié à Paris

Le mois d'avril lumineux accentue l'impression de vacances : boutiques fermées, parisiens endimanchés, flâneurs désœuvrés. J'ai remarqué que les quais, avec leurs bouquinistes, sont le baromètre des jours fériés. Aujourd'hui, ils font le plein.

J'ai reçu un billet de Copeau me donnant rendez-vous au restaurant *Le Dragon*, rue du Dragon. Je connais deux ou trois autres petits restaurants dans cette rue, mais pas celui-ci. Tous reçoivent une clientèle sympathique d'artistes et d'intellectuels, mélangée à des boutiquiers du quartier. L'atmosphère me rappelle les bouchons lyonnais, Maurice de Cheveigné et l'opulente Colette.

C'est la première fois que je revois Copeau. Il n'y a qu'un mois, jour pour jour, que je suis à Paris, mais j'ai l'impression d'avoir quitté Lyon depuis bien longtemps. Quand je le retrouve, au premier étage, il me semble revoir un ami d'enfance.

Je suis ébloui par son nom, ses relations littéraires prestigieuses, sa connaissance de l'Allemagne nazie, les nuits de Berlin insoupçonnées : personne ne m'en a parlé comme lui. Par-dessus tout, il est drôle, irrésistiblement.

Il existe toutefois entre nous une barrière invisible : c'est un résistant, et non un Français libre. Malgré tout, il est différent des autres résistants : comparé à *Lorrain ou à *Claudius, c'est un joyeux drille. Il n'empêche que je reste sur mes gardes. J'ai compris que certaines de ses déclarations ne s'adressaient pas à moi, mais à *Rex. Ne suis-je pas au cœur du dispositif, même si je suis sans autorité ? De plus, les résistants savent que je sais... Heureusement, mon adolescence solitaire m'a formé au secret.

J'ai raison de me méfier, puisque Copeau attaque à découvert, selon son habitude : « Tu devrais dire à ton patron qu'il corrige son autoritarisme. Il ne faut pas qu'il s'imagine qu'il va mettre la Résistance à sa botte. » Il m'explique que l'ensemble des mouvements, y compris ceux de la zone nord, sont opposés au « capitaine » Frenay, mais que cela ne veut nullement dire que *Rex peut réduire les mouvements en esclavage aux ordres de De Gaulle.

Il me questionne longuement sur les causes du mauvais fonctionnement de la radio, avant d'ajouter : « Il faut que tu organises un réseau qui nous mette en relation directe avec le BCRA. » Brusquement, je me retrouve plongé au milieu d'une bataille qui n'est pas la mienne.

Je lui réponds : « Nous n'avons ni les postes, ni les opérateurs promis.

— Tu viens de recevoir neuf postes.

— Peut-être, mais c'est pour le SOAM et le BOA.

— Dorénavant, c'est nous qui dirigerons ces organismes. Ils sont constitués avec les hommes des mouvements et sont prêts à recevoir les saboteurs ou les radios dont nous avons besoin. Il n'y a aucune raison qu'ils soient sous le seul contrôle de *Rex. »

J'ai l'habitude de ses coups de gueule sur d'autres sujets. Je me réfugie comme à mon habitude derrière les formules dilatoires : « Les agents du BCRA font partie d'une organisation militaire dirigée par les Anglais. Ceux-ci exigent de former eux-mêmes les techniciens. N'oublie pas qu'ils sont maîtres de tout : finances, radios, armes. Je serais très étonné qu'ils acceptent de livrer la direction de leurs agents et de leur matériel à des inconnus. »

Je me garde de prononcer le nom de *Rex. Il rétorque : « Je comprends pourquoi il t'a choisi : tu es aussi retors que lui. » Puis, faisant aussitôt diversion, ajoute : « Es-tu allé au théâtre récemment ?

— Non, pas depuis mon arrivée.

— Il faut conserver le temps du plaisir, sinon on se perd de vue et on crève. En tout cas, tu ne dois pas rater la Comédie-Française. »

Quel drôle de garçon, attachant et dangereux à la fois. Il est bien question pour moi de la Comédie-Française !

Mercredi 28 avril 1943
Quand il vous plaira

Les quelques chefs de mouvement et hommes politiques que je rencontre, veulent tous parler à *Rex.

Le colonel *Langlois, de l'OCM, se fait menaçant : « Qui représente-t-il puisque je ne peux le rencontrer ? Connaît-il seulement le nom de notre mouvement ? »

Craignant ce ton, je m'efforce de paraître le plus aimable possible et lui offre de rencontrer *Rex n'importe quel jour, à n'importe quelle heure. Il me regarde surpris. Je le fixe droit dans les yeux : « Quand il vous plaira. »

Jeudi 29 avril 1943

Revoir le patron

Mon rendez-vous avec *Germain, à 8 heures, est un choc : il m'annonce l'arrestation de Jean Ayral hier matin, ainsi que son évasion en fin de matinée et sa nuit dans un grenier. Il veut me voir et me donne sa nouvelle adresse.

J'ai hâte de le rencontrer, mais, auparavant, je dois en informer *Rex, qui arrive de Lyon à 10 heures.

En quittant la gare avec lui, je profite d'un instant où la foule est moins pressante autour de nous pour lui annoncer, à voix basse, l'arrestation de mon camarade. Je peux juger à son silence, durant le parcours, l'importance des plans qu'il essaie de rebâtir pour la direction des officiers d'opération.

Arrivés rue Cassini, je lui indique les mots urgents (de tout le monde) et les rendez-vous que j'ai pris, dont les principaux, à mes yeux, sont le déjeuner avec le colonel *Langlois et le dîner avec Georges Bidault.

Après avoir fait sa toilette, *Rex répond à chaque message, soit par un billet adressé à tel ou tel, soit en me demandant de répondre à sa place ou en me confiant un message verbal.

Je lui reparle de l'arrestation d'Ayral, hier, qui nous concerne tous, et lui détaille les circonstances de son évasion courageuse quelques heures après : sa présence d'esprit, la bousculade des sentinelles, la dégringolade de l'escalier, la porte à tourniquet. « C'est digne d'un Français libre, répond *Rex. Malheureusement, il est brûlé et doit repartir "là-bas". »

Avant de commencer à rédiger sa lettre, il me considère : « Connaissez-vous bien *Pal ? » Est-ce la fixité de son regard à cet instant ? Je l'interprète, peut-être à tort, comme un doute sur cette histoire rocambolesque et réagis passionnément : « *Pal est un frère. Nous avons été parachutés ensemble. J'en réponds comme de moi. »

Sans un mot, *Rex rédige la lettre. Il le félicite pour son exploit et lui exprime ses regrets de l'inviter à rentrer à Londres. Quand il a achevé, il me tend la feuille : « Remettez-la-lui avec mes félicitations pour son courage exemplaire. C'est un modèle pour nous tous. »

Je pense à Jean, au choc de l'annonce de son renvoi à Londres. *Rex ne commet-il pas une injustice ? Sa décision est un coup dur pour le BOA, qui perd son chef et ne compte plus que trois agents : *Kim, *Bel[1] et *Rod[2].

Sans que j'aie eu le temps de réfléchir, *Rex m'annonce que *Kim devient le nouveau chef du BOA et me demande d'organiser un rendez-vous avec lui : « Recommandez-lui la plus extrême prudence. J'ai besoin de lui. » Je me garde de tout commentaire et enchaîne avec les autres messages.

---

1. Michel Pichard.
2. Pierre Deshayes.

Ce soir, nous dînons place de la Sorbonne avec Bidault. Curieusement, lorsque *Rex arrive après nous, la manière chaleureuse dont il serre la main de Bidault, les mots « j'avais besoin de vous revoir » me frappent : est-il plus seul encore que je ne le crois pour manifester le bonheur de dîner avec un de ses collaborateurs ?

Depuis son voyage à Londres et la nomination du général Delestraint, j'ai l'impression confuse que *Rex joue sa mission dans ses rencontres avec Frenay et les mouvements de zone sud. La Résistance, qui a pris conscience de son importance politique depuis le refus des Américains de recevoir de Gaulle en Afrique du Nord, existe maintenant avec plénitude. Elle s'est développée durant plus de deux ans sans de Gaulle. Elle occupe toute la France, tandis qu'il est en exil. Et je sais depuis longtemps que les chefs ne le considèrent que comme leur « représentant » vis-à-vis de l'étranger.

L'absence de *Rex durant plus d'un mois et la fusion des trois mouvements en un seul ont dressé Frenay et d'Astier de la Vigerie contre lui. Ils exigent désormais d'avoir accès directement à de Gaulle, dont ils s'estiment, d'une certaine manière, les égaux.

Pendant que *Rex, à Londres, voyait son pouvoir renforcé (représentant du Général pour toute la France, président du Conseil de la Résistance et ministre du CNF), les résistants de zone sud, eux, découvraient leur force et refusaient toute soumission à un simple représentant de Londres. Depuis le débarquement en Afrique du Nord, ils ont parfaitement compris l'obligation dans laquelle se trouve le

Général d'apparaître auprès des Alliés comme le chef de toutes les résistances en France.

Du coup, ils réclament le désaisissement de *Rex de sa fonction de président du Comité directeur et l'établissement de leur représentation à Londres afin de négocier à égalité avec de Gaulle les besoins, l'organisation et le commandement de la Résistance en France.

Dès son retour, *Rex a pris conscience de ce changement, dont, paradoxalement, il est responsable puisqu'il a réussi en quelques mois à transformer les mouvements de zone sud en une force unique. Depuis lors, toutes les discussions qu'il a avec les chefs de cette zone entraînés par Frenay tournent autour du même sujet : Qui est le véritable chef de la Résistance ?

Si je n'avais pas encore saisi tous les détails de cette affaire complexe, ce dîner me révèle la rupture totale que vit *Rex. En l'écoutant, je discerne qu'il a compris que Frenay et lui ne peuvent plus continuer à diriger la Résistance : le compte rendu qu'il fait à Bidault révèle l'ampleur du divorce.

Depuis le 23 mars, date de la première réunion du Comité de coordination, jusqu'à la dernière, le 28 avril, un mois a passé. À chaque séance — il y en a eu trois importantes, auxquelles s'ajoutent les conversations privées —, *Rex a buté sur des revendications nouvelles. Même si les tensions se poursuivent entre les chefs, leur objectif commun est clairement d'être représentés à Londres et de traiter de tous les problèmes de la Résistance directement avec de Gaulle.

Le fait que la résistance de la zone sud est la seule organisée lui donne un poids incomparable puisqu'elle est la seule à être au moins un peu connue des Alliés. Ses chefs ont parfaitement compris le danger que représente le projet de *Rex de Conseil de la Résistance, qui leur conférerait une place mineure en zone sud : après les cinq mouvements installés à Paris, et surtout à côté des cinq représentants des partis politiques.

*Rex nous raconte que Frenay lui a intenté un véritable procès lors de la séance d'hier du comité. À l'évidence, il a trouvé une liaison plus facile avec Londres que celle de *Rex, et surtout des fonds plus importants et plus réguliers. Frenay reprendrait-il le contrôle de la Résistance après des mois d'emprise de *Rex ?

« Des accusations d'ambitions personnelles ont été portées contre moi, s'enflamme *Rex. Je leur ai fait connaître que toutes les fonctions que j'ai occupées m'ont été confiées sans que j'en fasse la demande. J'ai aussi tenu à ce que le procès-verbal de la séance inscrive que, sur les cinq accusations proférées par *Charvet [Frenay], quatre sont inexactes. »

*Rex a ensuite déclaré au Comité directeur que l'extension des pouvoirs du général Delestraint sur les deux zones était une décision personnelle du général de Gaulle et que, devant une telle décision, il fallait « être au garde-à-vous, comme à Bir Hakeim ». Cette réplique a évidemment suscité l'opposition immédiate de Frenay : « Le Général a fait une erreur que nous ne sommes pas obligés d'endosser. »

Pour clore cette mémorable séance, *Rex a lu le passage d'une lettre que le Général lui avait adressée le 22 octobre 1942 : « Le Comité de coordination agira sous l'autorité du Comité national [de Londres][1]. » Rex précise à l'intention de Bidault que

1. J'ai retrouvé le procès-verbal de cette séance du 28 avril 1943, dans lequel je lis, après la dernière phrase de Moulin : « Passage qui provoque de violentes protestations parmi les membres du CD. »

« cela a provoqué les plus vives protestations des membres du Comité ».

Je sens *Rex fatigué par ce surprenant compte rendu, certainement le plus long que j'aie entendu sur une séance du Comité directeur, que Bidault a écouté de bout en bout silencieusement.

La dernière phrase de *Rex me semble particulièrement inquiétante. La conclusion que j'en tire est simple : j'ai l'impression que sa mission auprès du Comité directeur est achevée. Depuis le départ d'Emmanuel d'Astier de La Vigerie et Jean-Pierre Lévy, la rupture entre Frenay et *Rex est consommée. J'ignore le pouvoir de Frenay à Londres. Va-t-on l'y conserver, comme le souhaitent *Rex et d'autres, ou le renvoyer après quelques réunions, avec ses acolytes ? Si on les réexpédie tous les trois en France, il me semble évident que *Rex devra changer de mission et partir à Londres. Pour la première fois, je m'interroge sur ce que je vais devenir sans lui.

Tout à ma mélancolie, après l'avoir raccompagné rue Cassini, je rentre à pied à Montparnasse. Je découvre que je suis incapable d'envisager mon avenir sans lui.

Vendredi 30 avril 1943

Deux télégrammes de la zone sud

Van Dievort me fait parvenir deux télégrammes de *Rex que j'archive précieusement.

Le premier indique qu'il estime avoir achevé la

composition du Conseil de la Résistance[1]. Je lis ce texte avec passion, car une étape est franchie : « [...] en confiant, conformément à mon projet primitif, l'exécutif au Comité de coordination des mouvements et non pas à la Commission permanente — Les mouvements m'ont donné leur accord complet. »

Cette dernière phrase ne correspond pas exactement à la réalité, puisque la création du Comité de coordination à Paris imposée par *Brumaire a obligé *Rex à modifier son projet en supprimant la Commission permanente. Par ailleurs, je le trouve bien optimiste d'écrire qu'il a obtenu l'« accord complet » des mouvements.

Le second télégramme réclame que le BCRA tienne ses promesses au sujet du personnel qu'il a promis de lui expédier depuis plus d'un mois — *Morinaud, Pélabon, *Sauvier, *Cléante... : « absolument nécessaire faire ici politique et présence ». Que dire de plus pour convaincre ?

Heureusement, parmi les papiers reçus, se trouvent « les observations générales » de la préfecture de Haute-Savoie, qui me semblent pleines de promesses dans leur conclusion : « De tout cœur avec "ceux du maquis", nerveuse et inquiète dans l'attente de grands événements d'ordre militaire, telle semble l'opinion publique de mon département à la fin de ce mois d'avril. »

---

1. Théoriquement c'était vrai, mais, pratiquement, Jean Moulin dut attendre encore trois semaines avant de pouvoir le réunir.

Dimanche 2 mai 1943

Un déjeuner de travail

J'ai reçu un billet de *Coulanges. Il m'invite à déjeuner chez *Ruc*, en face de la Comédie-Française.

Lorsque je le retrouve, je constate un changement dans son allure. Il semble avoir retrouvé son assurance en réintégrant son cadre parisien. Dans ce restaurant de l'avenue de l'Opéra, il est chez lui, moins voyant en tout cas que certains clients à la mode, sans parler de l'exubérance des Parisiennes, qui, dans cette époque de pénurie, exhibent chapeaux, ombrelles et sacs-valises ultravoyants.

Il me remercie des facilités que je lui ai procurées dans ses contacts et me demande d'organiser ses prochains rendez-vous à Paris, en particulier avec les membres du CGE. Au cours de la conversation, il me révèle qu'une de ses anciennes collègues souhaite aider les résistants.

J'ai appris à me méfier de ces propositions miroitantes, dont j'ai constaté les fiascos répétés. Je ne le lui fais toutefois pas répéter : « Ça tombe à pic, lui dis-je, je cherche un bureau pour ma secrétaire. Croyez-vous qu'elle pourrait m'en trouver un ?

— Je suis sûr qu'elle sera comblée de vous aider. Venez en fin de journée au 26 rue Vavin, quatrième étage. Demandez Mlle Dourne. »

Nous passons aux choses sérieuses : les mouvements et leurs chefs, hantise des agents politiques à leur arrivée de Londres. Plus inhabituelles sont ses questions sur mes camarades du BCRA en mission en France. Ma réponse tient en une réplique : « Nous sommes tous des volontaires de juin 1940. » Je souligne intentionnellement, car je suis certain qu'il n'en est pas un.

*Coulanges change de cible : « Et les résistants ? » Nettement plus à mon aise, je lui réponds avec assurance : « Nos équipes personnelles sont constituées de filles et de garçons d'un dévouement sans limites. Malgré tout, ce ne sont pas des Français libres, sans doute parce qu'ils ne sont pas soldats. Ils vivent avec leurs familles, au milieu de leurs amis, dans des maisons ou des appartements qu'ils n'ont jamais quittés. Aucun ne connaît la solitude de l'exil. »

Je prends un malin plaisir à répéter : « Ils n'étaient pas à Londres en juin 1940. »

Au cours de nos conversations, j'ai compris que *Coulanges occupait un poste influent auprès d'André Philip. Mon seul avantage sur lui est la date de mon engagement : aux yeux de mes camarades, cela vaut tous les grades et toutes les décorations.

Lorsque, ce soir, j'arrive en avance devant le 28 rue Vavin, je suis surpris par sa façade tapissée de carreaux de faïence blancs. Je grimpe à l'étage. *Coulanges m'accueille en compagnie de Mlle Dourne.

Comme je renouvelle ma demande à cette dernière, elle me répond en souriant : « Vous pouvez travailler dans mon appartement. Je le quitte le matin vers 8 heures et demie et reviens le soir à 7 heures. Vous êtes chez vous toute la journée. »

Grâce à cette inconnue, j'ai enfin un bureau en plein Paris. À cet instant, je me sens vraiment le « patron » de ma petite équipe. Dès demain, *Mado pourra s'y installer avec sa grosse Remington, des feuilles blanches et du papier carbone[1].

Lundi 3 mai 1943

Distribution des budgets

*Rex, reparti pour la zone sud, m'a prescrit quelques distributions de budgets, notamment à la CGT et à deux nouveaux groupes, le Syndicat chrétien et Défense de la France.

Après la CGT, à qui je donne la plus grosse somme (1,2 million de francs), je suis curieux de rencontrer le responsable du Syndicat chrétien, qui me fixe rendez-vous à son bureau, situé dans l'immense local du quai Branly.

L'incroyable confiance aboutissant à donner son adresse, ne serait-ce que celle de son lieu de travail, est une des différences, que je remarque non sans inquiétude, avec la zone sud. Là-bas, à l'exception des responsables du CGE, rencontrés à leurs domiciles — cela m'avait semblé naturel au début de ma mission et une folie ensuite —, tous les résistants me donnaient rendez-vous au coin des rues ou sur les quais. À Paris, il en va autrement.

L'accueil de ce dirigeant me semble très confiant : non seulement il me reçoit dans son bureau, mais il me fait asseoir et me questionne... sur la Résistance.

---

1. Complétant mon dispositif, je trouvai, non loin de là, des résistants « dormants » — dont j'ai oublié le nom — pour conserver nos archives. Seuls Laure Diebold (*Mado) et moi connaissions leur adresse. Nous restâmes plusieurs mois dans ce lieu exceptionnel par son emplacement.

Curieusement, cet homme engagé ignore presque tout des mouvements.

Les 40 000 francs me valent des remerciements chaleureux : « Je serais heureux de vous revoir quand vous le souhaiterez. » D'une certaine manière, cet accueil singulièrement amical m'inquiète : le représentant de la CGT, auquel j'avais remis plus de 1 million, m'avait à peine dit bonjour, puis quitté si vite que c'est à croire qu'il redoutait que je lui reprenne son argent !

Ma curiosité va aussi au mouvement Défense de la France, que je découvre également aujourd'hui.

Quand j'arrive au lieu de rendez-vous, je suis surpris d'y trouver toute l'équipe dirigeante, installée au fond d'un café. Assis tous les trois, ils m'attendent en devisant. Leur jeunesse me met en confiance lorsqu'ils m'invitent à m'asseoir sur la banquette.

Je suis en train de choisir quelque chose à boire lorsque, par-dessus la carte, je vois entrer au loin trois hommes qui m'ont tout l'air de la Gestapo. Je me lève et dis à mes nouveaux camarades : « Partons immédiatement. »

Sans un mot, ils m'imitent. À mi-chemin de la sortie, nous croisons les trois hommes, qui nous laissent passer, je devrais dire échapper. Arrivés en haut des Champs-Élysées, je leur murmure : « Dispersons-nous. Je vous envoie un nouveau rendez-vous. »

Sans leur serrer la main, je me dirige vers la chaussée afin de traverser vers l'avenue de Friedland. Après une marche assez rapide, je me retourne : personne ne me suit. Je reviens sur mes pas et m'engage dans la rue Arsène-Houssaye, entre les Champs et

Friedland. Après un moment, je vérifie que je suis seul. Ouf !

Heureusement, mes autres rendez-vous effacent vite le souvenir de cette pénible rencontre[1].

Vendredi 7 mai 1943

*Regard de *Rex sur son action*

Tous les papiers que *Rex désire avoir à Paris me sont apportés par Van Dievort, *via* le train de 9 heures et demie, dont je suis familier. *Germain me les remet avant le couvre-feu.

Ce soir, en rentrant chez moi, je sélectionne en priorité dans cette masse de papiers le rapport de *Rex. En dépit de sa date, d'aujourd'hui, ce long rapport d'une dizaine de pages a dû être rédigé il y a deux ou trois jours.

J'y apprends beaucoup de choses sur les opinions du patron. Si je connais l'essentiel de ce qu'il pense de *Brumaire, je découvre son jugement sur *Passy, vis-à-vis duquel il m'a toujours paru modéré.

*Rex lui reproche avec raison d'avoir laissé *Brumaire, pourtant son subordonné, modifier les ordres du Général. Cependant, une bonne part du rapport de *Rex est constituée par d'interminables explications sur sa propre conduite, auxquelles s'ajoutent ses réactions à l'égard de l'OCM, son adversaire irréconciliable.

Si j'avais pu lui donner mon avis, je lui aurais

---

1. Malgré tout, j'en fus profondément affecté. Aujourd'hui encore, je me souviens avec précision de ce rendez-vous parmi tous ceux que j'ai pu avoir au cours de ma mission.

conseillé de traiter ce sujet mineur en quelques lignes, au lieu de cinq pages — le tiers de son rapport !

Samedi 8 mai 1943

Le Conseil de la Résistance soutient de Gaulle

À la gare de Lyon, j'observe l'arrivée de *Rex avant de le rejoindre dans un café à la sortie de la gare. Il a les traits tirés, après une nuit passée assis dans son compartiment, fût-il de première classe.

Je ne pose aucune question, mais pourquoi ne voyage-t-il pas comme moi, dans un wagon-lit ? Après que je lui ai signalé ses principaux rendez-vous, nous descendons, pressés par la foule, vers le métro.

Il m'interroge à haute voix sur les expositions à Paris et me livre l'intérêt provoqué à Lyon par certains artistes modernes et contemporains dont les noms et les œuvres me sont inconnus. La plupart du temps, j'écoute en perdant pied rapidement, faute d'images pour me repérer.

Pour la première fois, il évoque les expositions qu'il souhaite visiter à Paris. Je ne suis encore jamais entré dans une galerie et, surtout, n'ai guère de temps à gaspiller dans ce qui m'apparaît comme une farce pour des « oreilles » ennemies. Selon *Rex, je me trompe : « Pour authentifier vos fonctions, visitez des galeries lorsque vous êtes dans le quartier des Beaux-Arts. »

Perçoit-il ma réprobation muette ? Il ajoute : « Achetez *Comœdia*. Vous y trouverez des comptes rendus d'expositions. Ça vous permettra de "faire semblant". » Il est vrai qu'à Lyon ces conversations sur des sujets fictifs faisaient partie de la couverture enseignée en Angleterre pour protéger notre clandestinité. Elles ne m'avaient pas étonné et m'avaient même diverti.

Aujourd'hui, même si cette fiction reste sans doute protectrice, je n'ai pas une minute à lui consacrer au cours de journées déjà trop courtes. Paris est une ville démesurée, et nous sommes tous épuisés par les heures de métro et de galopades aux quatre coins de la capitale.

J'accepte toutefois son conseil sans broncher.

Lorsque nous arrivons rue Cassini, *Rex m'interroge une fois de plus : « Combien de temps vous faut-il pour faire parvenir un câble à Philip ? » Le poste de Paris ne fonctionnant toujours pas, le seul contact avec Londres est Cheveigné, à Lyon.

« Si vous me le donnez maintenant, il sera ce soir à Lyon. *Salm.W [Cheveigné] pourra l'expédier demain dans la journée. J'ignore les délais requis à Londres entre la *Home Station*, le BCRA et André Philip : au mieux un ou deux jours, au pire plus d'une semaine.

— Tant que ça ? »

Tout en se rasant, il me demande à brûle-pourpoint : « Que pensez-vous du Conseil de la Résistance ? » Quelle importance peut avoir mon opinion ? Je n'ai garde d'oublier que je suis son secrétaire, autant dire rien dans la Résistance. Je lui explique qu'un détail me heurte, comme mes camarades de la France libre : « En quoi les anciens partis politiques disqualifiés aux yeux des Français peuvent-ils apporter une caution à de Gaulle ?

— Vous avez raison quant au jugement des Français sur les partis, mais il s'agit ici d'offrir une caution aux Alliés. Pour eux, Blum, Herriot, Reynaud sont des démocrates et représentent la France. Ils ne sont pas discrédités par la défaite. En prison, ils en sont les victimes. »

Après son déjeuner, il rédige, sur une page, un texte adressé à de Gaulle. Avant de me le confier, il le relit sans ajouter de correction. J'observe sa longueur inusitée : « Je l'expédierai en deux ou trois câbles d'égale longueur pour qu'il y ait moins d'erreurs de transmission. »

En me quittant, il me rappelle notre prochain rendez-vous, à midi et demi.

Après avoir quitté le patron, je me précipite rue Vavin pour coder son texte et le faire dactylographier par *Mado.

Il annonce d'abord, en huit lignes, la constitution du Conseil de la Résistance et l'organisation d'une réunion prochaine. Il réclame un message du Général devant constituer un programme politique, dont il expose les grandes lignes, suggérant d'insister sur deux thèmes principaux : « [...] nécessité constituer IVe République qui ne sera pas calquée sur IIIe et dans laquelle partis politiques devront former blocs idéologiques très larges. »

*Rex n'oublie pas le présent, pour lequel il demande au Général de « souligner difficultés requérant intérieur efforts, sacrifices, discipline ».

Puis, s'adressant au Général à l'occasion de son

départ en Algérie, *Rex déclare que tous les mouvements, partis et syndicats lui renouvellent leur « attachement total aux principes qu'ils incarnent et dont ne sauraient abandonner parcelle sans heurter violemment opinion française ».

En leur nom, *Rex martèle :

> *Subordination de Gaulle à Giraud ne sera jamais admise par peuple de France qui demande installation rapide gouvernement provisoire Alger sous présidence de Gaulle avec Giraud comme chef militaire.*

La force de ce texte réside pour moi dans la dernière ligne :

> *Quelle que soit l'issue des négociations de Gaulle demeurera pour tous le seul chef Résistance française.*

*Rex me demande de le reproduire à seize exemplaires et de l'adresser aux futurs membres du Conseil.

L'annonce par la BBC du prochain départ du Général pour Alger a incité *Rex à expédier son texte sans attendre l'accord des intéressés. Inquiet, il s'en est ouvert à Bidault, qui lui a donné raison : « L'avenir de la République mérite bien un faux[1]. »

---

1. La publication de ce texte, découpé en trois télégrammes, dès son arrivée à Londres, le 14 mai, fut déterminante. Elle permit à de Gaulle de fixer son voyage en Algérie. Jean-Louis Crémieux-Brilhac conteste cette version. On lira avec intérêt les

À l'heure dite, je lui apporte son rapport daté du 7 mai, enveloppé dans un journal, que je dépose sur la table avec d'autres journaux. Il me demande d'aller chercher *Coulanges, qui attend au métro Villiers. Quand je reviens avec lui, les journaux sont toujours sur la table[1].

*Rex me fait signe de m'asseoir sur la banquette à côté de lui. *Coulanges s'installe en face, devant les journaux.

Au tour d'horizon effectué à Lyon *Rex ajoute quelques précisions sur les chefs des mouvements de la zone nord. Il explique leurs divergences politiques

---

pages 540 à 544 de son livre *La France libre* (*op. cit.*). Si la politique de Jean Moulin, depuis le mois de novembre 1942, avait trouvé sa conclusion par d'autres voies que celle des télégrammes du 8 mai 1943, il n'en demeure pas moins que ces derniers présentaient de Gaulle comme le chef de toutes les résistances françaises et que c'était là le résultat de la politique choisie par Moulin à partir du débarquement américain en Afrique du Nord, le 8 novembre 1942. Au moment où de Gaulle se débattait dans une situation difficile, la stratégie soutenue par la Résistance française, à l'initiative de Moulin, consistait à exiger la présidence politique pour de Gaulle à Alger et le commandement militaire pour Giraud. On est assuré aujourd'hui que la dernière conversation entre Moulin et le Général, le 19 mars 1943, sur la reconnaissance de la France résistante, aboutit au résultat espéré auprès du Général le 14 mai 1943 à partir de la réception du télégramme de Moulin, qui installait la France résistante à ses côtés, sans réserve. Le Général écrivit : « Le télégramme de Paris transmis à Alger et publié par les postes de radio américains, britanniques et français libres produisit un effet décisif, non seulement en raison de ce qu'il affirmait, mais aussi et surtout parce qu'il donnait la preuve que la Résistance française avait su faire son unité » (Charles de Gaulle, *Mémoires*, Gallimard, coll. « Bibliothèque de la Pléiade », 2000, p. 364).
1. Dans ses Mémoires, Francis-Louis Closon (*Coulanges) raconte que Jean Moulin les lui a communiqués sous la table.

avec ceux de la zone sud, qui tiennent à leur spécificité et à leur goût pour les opérations militaires en
tout genre, plutôt qu'à des spéculations sur l'avenir
politique de la France.

*Coulanges aborde le problème de De Gaulle, qui
est de prendre pied en Afrique du Nord pour créer
un gouvernement provisoire de la France : « La
Résistance métropolitaine, dit-il, est pour lui un
atout majeur dans sa négociation avec Giraud.

— En fait, les négociations avec les mouvements,
et surtout les partis, ne sont pas achevées quant au
choix des représentants.

— Il est urgent qu'elles aboutissent. De Gaulle a
besoin d'un blanc-seing des résistances — mouvements, partis et syndicats. »

*Rex acquiesce, mais n'ajoute rien. Il se contente
de lui souhaiter bon voyage.

Lundi 10 mai 1943

Mes craintes sont-elles exagérées ?

Ce soir, je rejoins Pierre Kaan au restaurant.
Comme souvent, il m'invite à dîner, manière pratique de traiter les affaires en cours, tout en gagnant
du temps.

J'admire son esprit inventif de vieux Parisien, qui
me permet de découvrir des restaurants pittoresques
et peu coûteux, évidemment tous de marché noir.
Ce soir, je suis comblé : il m'a fixé rendez-vous au
Catalan, rue des Grands-Augustins : « Il vous plaira.
Le Tout-Paris artistique et littéraire s'y retrouve. »

Effectivement, après nous être installés à une table

près de la porte et avoir commandé le repas, un vieux monsieur entre — Kaan me souffle son nom à l'oreille : Picasso. J'écarquille les yeux devant cet homme insignifiant, dont le nom m'est connu grâce à *Rex.

Petit, l'œil vif, habillé en bourgeois négligé, il tient accrochée à sa boutonnière la laisse de son chien, un lévrier à poils longs, qui le suit. Il est accompagné d'une femme que Kaan me désigne comme son égérie : Dora Maar. Elle a les yeux fixes et les traits figés d'une femme contrariée. Ses lèvres pâles et roses accentuent l'étrangeté de son visage.

Ils s'installent au fond de la salle, où des amis les attendent. Kaan nomme Jean Cocteau et Michel Leiris. « Il donne ses rendez-vous ici parce qu'il possède un grand atelier au bout de la rue, près des quais. »

Notre table est à l'écart. Le bruit des conversations engloutit nos propos. Ici, tout le monde connaît tout le monde. Jamais un Allemand n'y est venu. Kaan n'en dit pas plus : nous sommes en sécurité.

Après avoir examiné quelques problèmes techniques, organisation de réunions, distribution de fonds, réclamations des uns ou des autres, je lui pose la question brûlante : « Que pensez-vous du Conseil de la Résistance ?

— Les chefs sont tous contre, mais *Rex n'a pas d'états d'âme. Ça va marcher. »

Je lui rappelle que *Brumaire a supprimé la Commission permanente, à laquelle *Rex était attaché. Il paraît surpris par mon ton assuré : « Ce n'est qu'un épisode. Au cours d'une bataille, il faut savoir reculer afin de mieux préparer l'offensive. *Rex accepte provisoirement la situation créée par *Brumaire, mais son projet demeure intact. Il m'a fait part de ses intentions lors de son dernier séjour. Il créera la Commission permanente envers et contre tout, quitte à modifier son appellation. Croyez-moi, il est très fort. C'est un pragmatique et un exceptionnel stratège. Et puis c'est un pur. Les chefs pagailleurs ne sont pas de taille. »

Grâce au Conseil de la Résistance, les trois mouvements de la zone sud se retrouvent aux côtés des treize autres représentants de la Résistance. Du coup, ceux qui prétendent depuis des mois l'incarner à eux seuls sont confrontés à la réalité : ils ne représentent que le quart des résistances.

Comme la motion, les textes politiques seront votés par tous, et les chefs des trois mouvements seront neutralisés. Ayant rassemblé les forces diverses de la Résistance en un seul organisme, *Rex pourra maintenir l'autorité du Général en jouant des ambitions des uns et des autres.

Les mathématiques ont toujours raison.

Jeudi 13 mai 1943

De Foch à Donatello

*Rex a rendez-vous à midi, avec *Marty, dans les jardins du Trocadéro. Il doit me présenter pour organiser une liaison permanente.

Il m'a fixé rendez-vous en fin de matinée au pied de la statue équestre du maréchal Foch, édifiée sur le rond-point de la place. En l'attendant, je tourne autour du socle, faussement attentif à ce monument sans intérêt à mes yeux. Après un moment, j'aperçois au loin la silhouette de *Rex, sa démarche vive et rythmée. Approchant, il lève la tête vers la statue et la pointe du doigt : « Avez-vous observé attentivement cette œuvre de Bourdelle ? »

Je ne réponds pas, désarçonné par son entrée en matière. Ses monologues sur l'art sont d'habitude réservés aux rues encombrées ou aux transports, partout où peuvent traîner des oreilles indiscrètes. Le rond-point étant désert, tout comme la place immense autour de nous, je découvre que, depuis mon installation à Paris, il s'abandonne de plus en plus à ce qui ressemble à une passion obsédante.

Il poursuit : « Il a copié une statue de Donatello, à Padoue, la première à avoir été fondue en Italie au début de la Renaissance. Elle représente un chef de bande, *Il Gattamelata*, qu'il a transformé en héros. Il est tête nue sur son cheval, comme le modèle antique de l'empereur Marc Aurèle, qui orne la place du Capitole à Rome. »

Ignorant tout de Donatello et de la statue du Capitole, je n'ai rien remarqué en l'attendant, obsédé que je suis par des regards d'une autre nature. En fait de couvre-chef, je scrutais les képis et les casquettes aux abords de la place.

*Rex revient à Donatello, dont il m'explique l'œuvre : « C'est un des inventeurs de la Renaissance, l'annonciateur de Michel-Ange par la passion tragique que révèlent plusieurs de ses œuvres. » Il ajoute que le maître-autel qu'il a sculpté à Padoue est revêtu de bas-reliefs en bronze qui comptent parmi les œuvres les plus inventives de toute l'histoire de la sculpture : « Nous irons voir ses œuvres à Padoue. Passionné comme vous l'êtes, je suis sûr que vous serez captivé par Donatello. »

Ce n'est pas la première fois que le patron évoque un avenir de voyages baigné par l'art. Cette fois, je n'ai plus de doute : c'est un artiste. Je croyais qu'il était peintre. Ce matin, il me semble plutôt sculpteur. Quant à l'évocation d'un avenir avec moi, souhaite-t-il me conserver comme secrétaire après la Libération ? Dans un bureau ? J'aime tant bouger que j'en reste perplexe.

Arrivés en avance au rendez-vous, nous nous dirigeons vers l'esplanade. Sans transition, il s'exclame : « Les Français ne changeront jamais ! Même dans les situations désespérées, ils sont incapables de s'unir. Les Allemands sont à Marseille, Pétain à Vichy, Giraud à Alger, de Gaulle banni à Londres, et les mouvements se comportent comme si nous avions déjà gagné pour établir leur pouvoir. »

Donatello est loin. Comme souvent, je le sens exaspéré par les discussions oiseuses, alors que la France est blessée à mort. Aujourd'hui, connaissant l'indiscipline des chefs et la situation précaire du Général, j'éprouve l'envie de lui manifester mon attachement affectueux : « Heureusement que vous êtes là pour les mater ! »

Il relève le mot : « Dans une démocratie, on ne mate personne. Il s'agit de convaincre. Si nous voulons rétablir la République, il faut en respecter les principes dans notre action. Ma fonction est d'imposer des institutions et une autorité. Si ce n'est pas moi, ce sera un autre : personne n'est irremplaçable. Les problèmes doivent être réglés, quoi qu'il en coûte. »

J'oublie ma timidité, révolté par ce que j'estime une erreur de jugement sur lui : « Je suis sûr du contraire : si vous n'étiez pas là, tout s'effondrerait, et le Général serait perdu. Vous êtes la seule personne capable de faire obéir les chefs. Je souhaite qu'à la Libération vous deveniez président du

Conseil. Votre présence sera indispensable pour vaincre l'anarchie. »

Il s'arrête. Je reconnais le regard amusé qu'il m'adresse chaque fois que je m'abandonne à ma spontanéité : « Après la Libération, je me consacrerai à la peinture. Vous oubliez que je suis peintre. »

Parle-t-il sérieusement ? M'a-t-il livré le secret que je cherche à percer depuis tant de mois ? Il semble réfléchir : « Si l'on devait m'offrir un poste au gouvernement, je préférerais, à tout prendre, le ministère des Beaux-Arts, si l'on en créait un. » Désignant les statues dorées alignées des deux côtés de l'esplanade, il ajoute : « Ma première décision sera de faire enlever ces horreurs ! Je commanderai à Bourdelle et Maillol des sculptures dignes de Paris. »

Il rit sans retenue. Comment cet homme, qui tient entre ses mains le destin de De Gaulle et de la France, peut-il envisager de tout abandonner après avoir, par son intelligence et son autorité, accompli sa mission ? Décidément, cet inconnu me surprendra toujours.

En avançant entre les rangées de statues, je ne comprends d'ailleurs pas pourquoi il souhaite les faire enlever. Où voit-il de la laideur ? Les formes sensuelles de ces femmes ondulantes ne me paraissent nullement déplaisantes. J'apprécie de surcroît leur dorure contrastant avec les murs de pierre blanche du Trocadéro. Bien entendu, je me garde de le lui dire.

Nous descendons en silence les escaliers conduisant aux jardins, où nous attend *Marty. Nous apercevant, celui-ci vient vers *Rex, qui me présente, et engage aussitôt la conversation.

Ce nouveau venu m'apparaît d'emblée sévère et tendu. Il ne sourit pas. Quelle différence avec Pierre

Kaan, universitaire comme lui et dont il est l'ami !
Ce dernier m'a expliqué que c'était un professeur
célèbre, bel esprit et admirable risque-tout. Je sais
aussi qu'il a succédé à la tête de Libération à *Francis,
dont il désapprouve l'action, et que *Rex l'a rencontré
à Londres.

Il s'exprime sans ambages. La politique intérieure
de la Résistance n'est pour lui que vains bavardages : « La Résistance est d'abord un instrument
de guerre. J'ai organisé un groupe de sabotage, et
j'ai besoin de matériel et de fonds. » *Rex lui donne
son accord pour le financer et lui fournir de l'aide.

J'observe que le patron n'est pas mécontent d'entendre un résistant historique (c'est un des fondateurs
de Libération-Sud) expliquer sa déception en observant l'inaction des mouvements. Compte tenu de
l'incapacité militaire, l'organisation à Londres d'une
armée secrète lui semble dérisoire : « Nous serons
tous arrêtés. Les Allemands n'attendront pas que cette
armée soit prête. Ils la détruiront au fur et à mesure.
Ce qu'il faut, c'est faire sauter les barrages, les voies
ferrées, les aéroports. Immédiatement. »

Je suis en complet accord avec cet homme :
détruire le matériel allemand, faire sauter les convois,
tuer du Boche ; c'était l'objectif des Français libres,
l'espoir même qui m'a conduit en France.

*Rex nous quitte. *Marty me donne sa boîte : 35,
avenue de l'Observatoire, à cent mètres de l'atelier
de *Rex ! Il m'explique qu'il fixe ses rendez-vous au
jardin du Luxembourg, là où *Rex aime à se promener. Bien que cette coïncidence me paraisse inquiétante, je m'abstiens de toute remarque.

Lorsque nous nous séparons, je remarque qu'il
n'a pas souri une seule fois. Sa célébrité est-elle un

prétexte pour afficher cette sorte d'exil, à la frontière du mépris ?

Samedi 15 mai 1943

Additif au rapport du 7 mai

Lorsque j'arrive chez Rex ce matin, il a déjà déjeuné. Il achève un texte qui doit partir avec *Coulanges, auquel je dois le faire parvenir d'urgence.

Avant de le donner à taper à *Mado, je lis rapidement cet appendice à son courrier du 7 mai.

La situation a l'air de se détériorer avec Frenay, qui remet en question l'accord intervenu lors de la réunion du 6 mai sur l'Armée secrète. *Rex signale une fois de plus que « la situation devient intolérable ».

Les membres de Liberté, cofondateurs de Combat, marquent leur exaspération au sujet de la conduite de Frenay lors de leur réunion du CGE à Paris. Il ne rencontre plus les « anciens » de son mouvement depuis qu'il a supprimé le comité directeur. Ces hommes, exaspérés par sa politique, ont l'intention de créer un nouveau groupement en zone sud, qui se rattacherait directement à la France combattante ou bien à « la résurrection du mouvement Liberté avec la même tendance ».

Dans une deuxième partie, *Rex annonce que Frenay a reçu 10 millions de francs des Américains. Ne possédant plus aucune liquidité, il adresse un SOS à Londres en répétant une fois encore : « La responsabilité que prend la France combattante est très grave. »

Voilà plus d'un mois que *Rex est rentré d'Angleterre et qu'il répète cette même doléance sans succès. Pourquoi ? Je me demande si *Brumaire et *Passy ne font pas tout ce qu'ils peuvent pour s'opposer aux demandes de *Rex depuis leur retour à Londres. En le maintenant aussi isolé, sans moyens humains, n'arriveront-ils pas à leurs fins : liquider *Rex ?

Le développement soudain de la Résistance, provoqué par les lois de Vichy sur le STO, a changé la donne : l'argent pour les maquis commence d'arriver, mais il faut autour de *Rex plus de collaborateurs. Or personne n'est annoncé, et le silence accueille les demandes répétées du patron. Je constate chaque jour qu'il ne peut continuer seul à faire face à tous les problèmes. Je redoute un complot silencieux visant à le réduire. Mais comment le lui dire ?

Dimanche 16 mai 1943

*Face à face *Barrès-*Rex*

À la fin d'avril, *Rex avait reçu une demande de rendez-vous de *Barrès[1]. Je ne connaissais le personnage qu'à travers les jugements peu amènes de Copeau, qui n'a jamais manqué une occasion d'incendier ce camelot du roi, homme de main de Frenay.

Quand j'eus apporté son billet à *Rex, celui-ci s'était récrié : « Quel culot ! Depuis des mois, il travaille contre de Gaulle au sein d'un réseau anglais. Il a rallié *Charvet [Frenay] à Noël pour l'encourager à la dissidence. L'"affaire suisse", c'est lui. Au moment où il a pratiquement perdu cette bataille, je ne vais

---

1. Pierre Guilain de Bénouville.

tout de même pas officialiser son rôle néfaste en discutant avec lui ! Pas de rendez-vous. »

Je lui soumis d'autres lettres. Après m'avoir indiqué les réponses, il revint à *Barrès : « *Charvet va profiter de mon refus pour créer un incident : répondez-lui que je le verrai le 16 mai. Organisez le rendez-vous en fin de matinée. N'oubliez pas mon déjeuner avec l'équipe de Défense de la France et la réunion du Comité de coordination l'après-midi. »

Je répondis à *Barrès pour lui donner rendez-vous au pied de la statue de Clemenceau, sur les Champs-Élysées, à 11 heures, avec *Signal* comme signe de ralliement.

Depuis mon arrivée à Paris, j'ai observé que personne ne lit cette revue dans la rue. Seuls les résistants la tiennent ostensiblement à la main ! Je m'étonne que les Allemands ne l'aient pas encore identifiée comme un « brassard ».

Ce matin, *Rex m'a prévenu qu'il a pris un autre rendez-vous juste avant celui de *Barrès et loin du Petit Palais. Il me prescrit d'aller le chercher aux Champs-Élysées et de le conduire, à midi, au *Cyclamen*, près du métro Villiers.

À l'heure dite, j'aperçois un petit homme chauve qui se dirige d'un pas décidé vers la statue de Clemenceau ; il tient *Signal* à la main. S'attendant à rencontrer *Rex, il marque sa surprise en m'apercevant. Comme il hésite à m'aborder, je m'avance, tenant ostensiblement la même revue. « Monsieur *Barrès ? » Il reste muet. « *Rex a un rendez-vous de dernière minute et m'a envoyé vous chercher pour vous conduire auprès de lui. »

Les yeux bleus de *Barrès noircissent : « C'est toujours le règne du mépris. J'arrive de l'étranger ; je
traverse la France pour me rendre à un rendez-vous
fixé depuis quinze jours ; après une nuit en train, je
suis exact au lieu dit. *Rex, qui n'est qu'à quelques
stations de métro, me pose un lapin. Ça doit cesser ! Il
va apprendre à nous respecter. »

Surpris par sa voix cassée et haut perchée, je ne
réponds rien. Je suis là pour écouter, non pour discuter. Les chefs des mouvements m'ont imposé une
attitude stoïque face à l'injure. Plus je fréquente les
responsables de Combat, plus je constate un style
commun : volonté de puissance, mépris des « gens
de Londres », menaces permanentes. Sans m'émouvoir, je propose à *Barrès de prendre un vélo-taxi à
la station du rond-point des Champs-Élysées.

Juge-t-il mon silence provocant ? Il reprend : « *Rex
est inconscient. Comment peut-il se faire remplacer
par un tout jeune homme ? C'est un manquement
aux règles de sécurité. Il sera responsable de l'arrestation de toute la Résistance. C'est peut-être ce qu'il
cherche ? »

À l'étroit dans le vélo-taxi, il égrène les revendications habituelles des mouvements : manque de radios,
d'armes, d'argent, drame des maquis abandonnés,
impuissance de « Londres », etc. En dépit de son
excitation, parfois comique à cause de sa voix bizarre,
*Barrès affiche un style d'injure qui m'est plutôt sym-
pathique : celui, oublié, des Camelots du roi.

J'ai envie de lui confier mes origines et de l'interroger sur les anciens camelots passés à la Résistance.
Malheureusement, il est intarissable. Le cycliste
devant nous pédale dur pour remonter les Champs-
Élysées et entend tout. Je ne suis guère rassuré par
sa philippique claironnante.

Ses vociférations ne prennent fin que lorsque nous arrivons en avance à Villiers. Je lui demande d'attendre sur un banc pendant que je vais chercher *Rex. La hargne de *Barrès n'est visiblement pas entamée par sa mise en jambes avec moi. La rencontre s'annonce explosive.

Je préviens *Rex de l'état de son « client ». Nullement ému, il me demande de venir le chercher à 2 heures et demie à la brasserie *Ruc*, où il déjeune avec l'équipe de Défense de la France. Il m'indique les documents dont il aura besoin pour la réunion du Comité de coordination de l'après-midi et me quitte pour rejoindre *Barrès.

Ayant bloqué ma journée pour le patron, je n'ai d'autre rendez-vous que celui de ce soir avec *Germain. Après avoir été chercher les documents au temple protestant de la rue de Rivoli, qui est devenu un de mes centres les plus importants, j'ai presque deux heures devant moi.

Déjeuner ou flâner ? Durant ces heures vacantes, je suis envahi par l'étrangeté du désœuvrement. J'achète un faux sandwich dans un café voisin et rejoins le parc Monceau.

Installé au soleil dans un fauteuil en fonte, je m'abandonne à la rêverie. Depuis le retour de *Rex, je sais que le Débarquement n'aura pas lieu cette année. Pendant que je traîne au soleil, mes camarades de Delville Camp et de Camberley combattent dangereusement quelque part en Afrique. Ne les ai-je pas trahis en les abandonnant pour l'illusion d'un combat immédiat ?

Je pense aussi à Domino. Blanquat m'a transmis

son adresse et son numéro de téléphone à Paris. Elle vit dans le XXᵉ arrondissement, où je ne suis jamais allé et où, semble-t-il, il n'existe aucune activité des mouvements. J'ai soudain envie de lui téléphoner : curiosité malsaine ? espoir fou ?

J'y renonce. Les joies simples du printemps n'existent plus pour moi. Je me lève et me dirige lentement vers l'avenue des Ternes. Ma liberté est un leurre : mon travail constitue mon seul rempart aux corruptions de la nostalgie.

Je retrouve *Rex devant la rotonde du parc Monceau pour l'accompagner à sa réunion, où je lui remettrai les documents qu'il m'a demandés. Il paraît détendu. « Regardez, me dit-il avec enthousiasme, cette rotonde encastrée dans les grilles du parc. Elle fait partie des octrois que Ledoux a édifiés aux portes de Paris. Elles étaient bâties par paires, et, malheureusement, elles ont presque toutes été détruites. Celles qui sont conservées sont la quintessence de l'art néoclassique du XVIIIᵉ siècle. Lorsque vous irez place Denfert-Rochereau, ne manquez pas d'admirer les deux bâtiments intacts qui encadrent l'avenue. Ils vous permettront d'imaginer ce que fut l'ensemble. »

Je n'ai jamais entendu le nom de Ledoux auparavant, pas plus que je n'ai prêté attention, jusqu'alors, à sa rotonde.

Je lui demande rituellement s'il a des câbles à expédier. Sans me répondre, il lâche : « *Barrès est plus effronté encore que je ne l'imaginais. Il est venu me demander — je devrais dire exiger — d'accélérer son départ pour Londres afin de plaider la cause des Américains auprès du Général. Comme tous les membres de Combat, sa force est tout entière dans l'arrogance. »

Nous marchons, mais *Rex s'arrête : « Comment peut-il s'imaginer que je vais m'entremettre dans son entreprise de trahison ? Cet homme a toujours combattu de Gaulle, et il veut maintenant le rencontrer pour le convaincre de se dépouiller de son contrôle sur la Résistance en France ! Quel cynisme, ou quelle naïveté ! Je veillerai personnellement à ce qu'il ne rejoigne jamais Londres. »

Lundi 17 mai 1943

*Deux représentants pour
le Conseil de la Résistance*

Depuis son retour à Paris, *Rex multiplie les négociations avec les mouvements, les partis et les syndicats. Le grand jour approche, maintenant qu'il a réduit les obstacles majeurs.

Presque tous les représentants sont désignés, à l'exception de ceux de l'Alliance démocratique et de la Fédération républicaine, bien que leurs partis en aient accepté le principe. *Rex me demande d'organiser un rendez-vous avec Joseph Laniel pour le premier et Louis Marin pour le second.

Dès l'armistice, Laniel a participé au travail du groupe clandestin créé à Lyon par Paul Bastid. C'est par son intermédiaire que j'organise le rendez-vous avec *Rex, à la sortie du métro Rue du Bac, au carrefour des boulevards Raspail et Saint-Germain. Ils traversent tous deux le boulevard Saint-Germain et entrent dans le premier bistrot de la rue du Bac.

Après explication de *Rex, Laniel donne son adhésion sans réserve au projet de Conseil et accepte d'y représenter son parti.

Le dernier rendez-vous est avec Louis Marin. Bien qu'il ait décliné à plusieurs reprises l'offre du Général d'aller à Londres, il a accepté le principe du Conseil de la Résistance. Mais, il y a quelques jours, il a refusé *in extremis* d'y siéger, sous prétexte qu'il était trop vieux, et a recommandé le marquis de Moustiers pour le remplacer.

Malheureusement, *Rex ignore la façon de le joindre. On le dit en Belgique. Aurons-nous le temps de le trouver et de le faire venir à Paris pour la réunion ? C'est un représentant d'autant plus précieux qu'il a été l'un des rares membres des partis à avoir voté contre Pétain en juillet 1940.

Mardi 18 mai 1943

« La Résistance ? »

Depuis l'arrivée de ce printemps exceptionnel, *Rex donne ses rendez-vous dans des jardins : Tuileries, Luxembourg, parc Monceau. Aujourd'hui, nous nous retrouvons au rond-point des Champs-Élysées.

Il m'entraîne rapidement dans les allées conduisant au Grand Palais, où seules quelques femmes assises surveillent les jeux des enfants. De l'autre côté de l'avenue, des soldats allemands en permission remontent en riant vers l'Arc de triomphe.

La plupart des papiers que j'apporte à *Rex sont des protestations contre le commandant de l'Armée secrète, le général Delestraint, ou la création du Conseil de la Résistance.

Et le peuple français ? Depuis mon arrivée, je suis accablé par son état de léthargie. Au centre de Paris s'ajoutent une frivolité et un luxe provocants. Même si la Résistance n'est pas ce qu'elle croit ou devrait être, elle reste la seule opposition à Vichy et aux Allemands. Elle est l'honneur de la France. Je me risque à le dire à *Rex.

Il me regarde, incrédule : « La Résistance ? Je vais vous dire comment elle finira. Après la Libération, le gouvernement lui rendra hommage en organisant une exposition géante au Grand Palais. On y verra des graphiques révélant le nombre de militants, les tirages de la presse, les attentats et les morts ; des collections de journaux clandestins formeront des panneaux impressionnants ; enfin, des documents et de rares photos retraceront son histoire. Il y aura également une stèle gravée avec la liste des morts, qui disparaîtra sous les monceaux de fleurs. Le Grand Palais sera pavoisé de drapeaux tricolores. Le jour de l'inauguration, l'exposition sera envahie par une foule mondaine, qui découvrira avec frivolité ce passé inconnu, quand ce ne sera pas, pour quelques-uns d'entre eux, honni. Pendant ce temps, des sociétaires de la Comédie-Française réciteront du Péguy, après quoi seront psalmodiés les noms des martyrs. À l'entrée de l'exposition, on verra une statue monumentale de *Charvet, en plâtre. Représenté debout, la main droite tendue vers les visiteurs et la gauche levée, pointant un doigt en direction de l'Élysée ! »

Je ne peux m'empêcher de rire à la vision du « pauvre capitaine » (comme dit Copeau) en plâtre...

Après avoir quitté *Rex au rond-point, je repense à cette boutade et m'étonne d'avoir défendu avec passion la Résistance. Comme les autres *Free French*, je ne confonds pas la Résistance et la France libre. De même, il existe pour nous deux résistances : celle des militants et celle des chefs. L'une est faite des équipes de filles et de garçons qui nous entourent et qui accomplissent, avec bonne humeur et dévouement, les tâches les plus ingrates. À l'inverse, nous nous moquons des chefs, qui ne ressemblent en rien à nos supérieurs dans l'armée que nous admirons. Il est vrai qu'il s'agit d'une frange minime de la Résistance.

Curieusement, *Rex, en dépit de son irritation permanente, est plus indulgent à leur égard, cependant qu'il réserve sa sévérité aux services de la France libre, dont il dépend techniquement.

Jeudi 20 mai 1943

Delestraint écrit à de Gaulle

Bien que le terme « gentil » soit mal adapté à un général, c'est pour moi la caractéristique de Delestraint. Après le pataquès affreux de son arrivée à Paris, il ne m'en a nullement voulu et a toujours marqué une certaine gentillesse à mon égard. Je le vois de temps à autre : pour des rendez-vous avec *Rex ou le départ de courriers qu'il me remet.

Aujourd'hui, il me confie une lettre pour le général de Gaulle et me demande de la montrer à *Rex afin qu'il constate l'état d'avancement de son travail, ainsi que les problèmes qu'il rencontre.

Au début de la lettre, il confirme au Général l'accord étroit avec *Rex que j'observe depuis le début : « Max, avec qui je marche la main dans la main, vous a mis au courant des graves difficultés que nous créent l'attitude et les agissements de F. [Frenay]. »

Les cinq lignes qu'il lui consacre me semblent peu de chose par rapport à la farouche opposition de Frenay, qui refuse d'abandonner le commandement de l'Armée secrète au chef désigné : « J'ai trouvé tout ici, écrit le général de la zone sud, dans le plus grand désarroi : mesures inopportunes prises par F., divergences de vues portées sur la place publique, mon autorité complètement sapée et, conséquences inéluctables, nombreuses arrestations dans les EM [états-majors], police secrète et Gestapo prenant comme objectif l'AS. »

D'une phrase, il condamne cette attitude : « [...] je n'ai que faire des politiquarts [*sic*] et gens sans discipline. »

Delestraint termine sa lettre par une affirmation qui résume sa vie : « Je ne fais pas de politique sauf la vôtre : celle de la France, et risquant ma peau tous les jours, personne ne peut contester que je ne songe qu'à une chose : à me battre. »

Sur ce plan, je l'admire sans réserve. Mais le peu que je connais de lui me faisait craindre le pire : est-ce sa gentillesse à mon égard ou le fait d'être si « général » au milieu des risques surgis de tous les horizons et de tous les milieux ?

Ce n'est pas l'avis de *Rex, qui se bat en toute occasion pour l'imposer. À personne je n'oserais avouer ma vérité.

Vendredi 21 mai 1943

Un dîner studieux

Nous retrouvons Bidault à la brasserie de la Sorbonne. Avec *Rex, il doit mettre au point la motion qu'il compte faire voter par le Conseil. Ce texte décisif en faveur de la légitimité du Général justifie à lui seul l'existence de cet organisme.

Bidault le présente au nom du Parti démocrate populaire, dont il est le représentant. *Rex lui a communiqué il y a quelques jours un canevas qu'il devait mettre en forme.

La première partie de la motion rend hommage à tous les combattants : les Alliés, l'armée d'armistice, le colonel Leclerc, les Forces françaises combattantes, l'armée de Giraud. Ensuite, elle félicite de Gaulle et Giraud de leur prochaine rencontre à Alger afin de réaliser l'unité des forces dressées contre l'ennemi. La Résistance exige (selon le slogan de *Rex) que l'armée française ressuscitée soit confiée à Giraud et le gouvernement à de Gaulle.

Assis au fond de la salle, *Rex prend connaissance du texte apporté par Bidault : « Excellent, comme toujours ! À la pensée, vous ajoutez le style. » Feuille à la main, il relit certains passages et s'arrête sur la fin de la première page : « Si vous le permettez, cher ami, je vous suggère un ajout afin de renforcer l'autorité du Conseil, en indiquant qu'il exprime l'opinion française qui lutte sur le sol de la métropole occupée. »

Il poursuit sa relecture : « Après l'affirmation d'un "gouvernement unique et fort", il faudrait répéter la condamnation d'"une dualité de direction" ainsi que l'exigence d'un gouvernement provisoire. »

Il continue : « Lorsque le Conseil demande que le gouvernement soit confié à de Gaulle, je vous suggère d'insister : "C'est le devoir du Conseil de l'affirmer avec netteté." Également, à la fin de la phrase "Préparer la renaissance de la patrie détruite", il me semblerait judicieux d'ajouter "comme des libertés républicaines déchirées". Enfin, avant d'énumérer les membres du Conseil, il serait approprié de souligner la nécessité de cette solution conforme à la volonté de la France. Ne craignez pas de la répéter dans la dernière phrase. »

Bidault griffonne les corrections sur l'exemplaire qu'il a conservé. En quelques minutes, il les transcrit au propre, puis les lit à *Rex, qui les approuve. Bidault m'indique qu'il m'en remettra un double dactylographié demain.

Samedi 22 mai 1943

Présence du Général

Ce matin, j'ai rendez-vous avec *Rex au *Cluny*, au coin des boulevards Saint-Germain et Saint-Michel. C'est un de ses cafés de prédilection pour le travail.

Parmi les lettres que j'apporte, il y a deux mauvaises nouvelles : l'une révèle que Laniel a voté en faveur de Pétain en juillet 1940. *Rex l'ignorait. Il ne comprend pas que personne ne l'ait averti : « Quel cadeau pour les communistes ! Pourquoi ne m'a-t-on pas mis en garde ? Bastid m'a assuré qu'il était le seul présentable à l'Alliance démocratique. Que doivent être les autres ? »

L'autre message annonce que Moustiers vit en effet en Belgique et qu'il refuse de se déplacer. « Évidemment, dit *Rex, quand il y a du danger... Il faudra attendre la Libération pour assister à la bousculade ! »

J'ai gardé pour la fin le message tant attendu du général de Gaulle. Parachuté hier, il m'a été remis par Schmidt ce matin, et je n'ai pas eu le temps de le lire. La mauvaise humeur de *Rex se dissipe. Le manifeste de De Gaulle est rédigé sur son papier à lettres à l'en-tête du 4 Carlton Garden. Il est constitué de deux feuilles de quatre pages, où s'étale son écriture molle et penchée.

Durant la lecture, son attention est extrême. « C'est parfait, dit-il. Comme toujours, il va à l'essentiel. » Puis, semblant se raviser : « Peut-être aurait-il pu insister sur la réforme des partis. » Finalement, il rayonne et répète : « C'est parfait ! »

À la fin de sa deuxième lecture, *Rex me regarde, même si je sens que ce n'est pas à moi qu'il s'adresse : « Grâce à ce message, la Résistance entendra la voix de son maître. »

Chaque fois qu'il reçoit des nouvelles personnelles de Londres, surtout du Général, il éprouve le sentiment réconfortant de ne plus être seul dans sa lutte pour constituer un tout avec les morceaux épars des résistances. Pour une fois, ce ne sont pas seulement des directives anonymes, mais le Général lui-même qui lui apporte son appui sans réserve.

Rex me confie le texte : « Apportez-le-moi à la réunion du 25. »

Rentré chez moi, je ne résiste pas à la curiosité de lire le message de De Gaulle. Évidemment, tout y est : « La formation du Conseil de la Résistance, organe essentiel de la France qui combat, est un événement capital. »

Je suis heureux de cet hommage à *Rex qui en est l'inventeur et le réalisateur. Comme toujours, j'admire la prose du Général :

> *L'unité des buts et des sentiments entre la masse de la nation et ceux de ses fils qui combattent dehors, se traduit par « l'unité dans l'action ».*

Et de Gaulle de répéter ce que *Rex s'efforce de mettre en œuvre depuis des mois : la Résistance « forme un tout cohérent, organisé, concentré », ajoutant : « Notre intérêt immédiat, notre grandeur de demain, peut-être même notre indépendance sont à ce prix. »

Quant au futur, de Gaulle est catégorique : le Conseil doit apparaître comme « une sorte de première représentation des désirs et des sentiments de tous ceux qui, à l'intérieur, auront participé à la lutte ».

Je suis séduit par ce texte du Général, si présent au combat que nous menons. J'en retiens surtout deux mots, qui représentent notre but à tous : « colossale révolution ».

Ayant suivi au jour le jour l'évolution du projet de *Rex, j'admire la conclusion du Général, sa manière de récupérer la caution de ces chefs qui dénoncent chaque jour sa politique « annexionniste » et refusent en fait son autorité.

C'est une leçon de tactique politique, qui le sacre chef authentique de la Résistance. Par un formidable tour de passe-passe, il leur assigne une place majeure dans des institutions qu'ils refusent de créer...

Dimanche 23 mai 1943

Changement de programme

À la fin de notre séance de travail matinale, *Rex me confie les télégrammes faisant le compte rendu de la réunion du Conseil de la Résistance... qui se tiendra après-demain, 25 mai. Ils sont accompagnés de la liste des participants ainsi que de l'annonce de la motion votée à l'unanimité par le Conseil. Il me demande de les coder immédiatement, mais d'attendre son ordre pour les expédier dès la fin de la réunion.

Étonné, je me permets respectueusement de lui faire remarquer : « Mais si les participants réclament une modification de la motion ? » Il me considère, étonné : « Ils la voteront telle quelle. »

En réalité, *Rex n'a pas encore rassemblé tout le monde : après le refus définitif de Louis Marin, il lui faut encore trouver un représentant pour la Fédération républicaine. Il lui reste deux jours pour cela.

À sa demande, j'ai établi un contact quotidien avec *Argonne[1], militant du Front national, qui se fait fort de trouver ce représentant grâce au père d'un des courriers de *Bel[2], le banquier Pierre Lebon.

Lorsque, au cours du déjeuner, *Rex évoque ce problème avec *Morlaix, celui-ci minimise l'importance de la présence de ce représentant : « Le Conseil peut se réunir sans lui. Après tout, la Fédération républicaine n'a jamais milité dans la Résistance. En tout cas, cela ne modifie pas la signification politique du

1. Jacques Debû-Bridel.
2. Michel Pichard.

Conseil puisque Louis Marin est d'accord pour signer votre motion. »

*Rex n'est pas de cet avis : « Cette séance doit consacrer la légitimité républicaine du Général. C'est la première réunion d'une assemblée représentative de la France résistante, la première également depuis la trahison de l'Assemblée nationale, le 10 juillet 1940. C'est une date fondatrice pour la IVe République. Tous les représentants des anciens partis doivent être physiquement présents, comme le seront ceux des mouvements et des syndicats. »

Il ajoute : « Depuis Vichy, nous ne leur avons rien demandé. Aujourd'hui, ils doivent faire leurs preuves. Avant-guerre, la politique a souffert, entre autres, de l'absentéisme et des votes par procuration. Si nous voulons refaire une République militante, il nous faut être intraitables sur son fonctionnement. Les ouvriers sont tous les jours à l'usine, pourquoi les parlementaires ne sont-ils pas à l'Assemblée ? »

*Morlaix paraît effrayé : « C'est impossible en deux jours.

— Eh bien, je retarderai la réunion s'il le faut.

— Mais tout est prévu pour après-demain : nous ne pouvons pas décommander seize personnes et les convoquer à nouveau quelques jours plus tard ! »

Je doute, comme *Morlaix, que nous puissions trouver le remplaçant du marquis de Moustiers dans un délai aussi court. Comme lui, je suis effrayé par la multiplicité des rendez-vous nécessaires pour décommander seize clandestins en deux jours.

*Rex ne semble pas avoir entendu l'objection de *Morlaix. Après avoir réfléchi, il prend sa décision : « Avertissez tout le monde : la réunion est déplacée au 27 mai, à 2 heures de l'après-midi, même lieu. Faites le nécessaire avec *Alain. »

La méthode de *Rex est toujours la même : exposer des arguments dans le but de convaincre. Mais quel que soit le résultat, il décide seul et commande. Une fois encore, *Morlaix comprend qu'il est inutile d'insister : *Rex est le patron. Et pas seulement le mien.

Nous quittons *Morlaix et entrons dans le premier café que nous rencontrons. Sans un mot, *Rex rédige plusieurs billets sur le petit bloc de papier qui ne le quitte pas. « Combien de temps pour obtenir une réponse ? »

J'hésite : tout dépend de l'emploi du temps du destinataire. « En général, deux ou trois jours. » Il écrit : « Très urgent » sur les billets. « Je leur propose des rendez-vous urgents. Relevez vos boîtes trois fois par jour. Je vous verrai ce soir. »

Tandis qu'il me donne ses ordres, je vois une fois de plus se lézarder l'emploi du temps de mes journées. Depuis mon arrivée à Paris, je tente de les construire en économisant mes déplacements. J'ai demandé à *Rex de supprimer, dans la mesure du possible, les rendez-vous de midi où, parfois, il ne vient pas. En vain. Les jours passant, Paris grandit démesurément.

Dans la clandestinité, plus encore que dans la vie, le hasard facilite parfois les choses. Il y a quelques jours, j'ai reçu de Copeau une invitation à dîner ce soir, avant-veille de la réunion prévue du Conseil. Je me réjouis à double titre : le revoir et l'avertir directement du report de la séance.

Je me doute que ce camarade, curieux de tout, souhaitera connaître en avant-première le déroulement de la séance. Il y a longtemps que j'ai compris sa tactique. En dépit de mes sentiments à son endroit, je n'ai jamais répondu à ses questions indiscrètes, mais il en faudrait plus pour le décourager. Parce que nous sommes des militaires en mission, je n'ai aucune difficulté, avec mes camarades du BCRA, à ne dire mot de mon travail. C'est encore plus facile avec les responsables que je rencontre à titre de secrétaire de *Rex.

Je lui annonce le report de la séance. « Une fois de plus, répond-il, *Rex abuse de son pouvoir. Je ne suis pas venu à Paris pour m'amuser. À Lyon, je suis saturé. »

J'essaie de le consoler : « À quelque chose malheur est bon. Ça va te permettre de changer d'air. Ce n'est pas négligeable pour la sécurité.

— Ça m'aurait étonné que tu ne défendes pas ton patron. Quoi que tu en penses, il se conduit envers les résistants avec une désinvolture inacceptable. Tu ne peux pas comprendre parce que tu n'en es pas un. » Pour moi, c'est un compliment, mais je ne réponds rien.

Quand je lui explique la cause du report, il se calme : « Lorsqu'il s'agit de ton patron, tu es un avocat persuasif. Je le lui dirai. » Sans transition, il enchaîne sur le programme des théâtres : « Il y a deux pièces que tu dois voir : *La Célestine*, de Fernando de Rojas, au Théâtre Montparnasse, et *La Reine morte*, de Montherlant, à la Comédie-Française. »

Copeau marque un temps avant de lâcher : « C'est dommage que Montherlant soit d'une telle arrogance. C'est un personnage odieux. En dépit de son talent et de son amour des garçons. » J'ignorais cette qualité secrète du grand écrivain. Copeau s'étonne : « C'est aussi notoire que Gide, mais au moins ce der-

nier a le courage de s'en vanter. Ne serait-ce que
pour ça, il restera une figure emblématique de la
littérature : il assume les risques de sa liberté. »

Il marque un nouveau temps, comme pour accentuer son effet : « J'ai toujours regretté que Martin
du Gard n'ait pas ce courage non plus. » Alors lui
aussi ! Dans ces moments-là, j'ai honte d'être un petit
provincial. Copeau, ce grand garçon jovial, sait vraiment tout.

Comme d'habitude, nous évoquons l'évolution de
la guerre. Les Russes ont infligé un désastre aux
Allemands. Plus que tous, ils sont notre fierté et
notre espérance, tandis que les Américains et les
Français piétinent devant Bizerte. Pour moi,
Stalingrad est le Verdun de cette guerre. Que ferait-
on sans les Russes ? Même sans Débarquement, la
victoire est là !

Copeau paraît surpris : « Pour un officier, je te
trouve bien optimiste. Hitler fera tuer son armée
jusqu'au dernier soldat. Les Allemands sont un peuple courageux, ils obéiront. La guerre ne finira pas
avant longtemps.

— Nous achèverons ceux que les Russes auront
laissé échapper. Je me suis engagé pour tuer du
Boche : cette fois-ci, nous les exterminerons.

— Ne dis pas n'importe quoi ; tu parles comme
un nazi. Les Allemands sont un grand peuple. Ils
sont tombés aux mains de forcenés, mais c'est avec
eux que l'Europe se fera. C'est le seul moyen d'établir
une paix durable. Si nous ne faisons pas l'Europe, la
France deviendra une province américaine ou russe. »

L'Europe avec les Boches ? Jamais ! Comment cet
homme politique peut-il dire de telles énormités ?
Mais Copeau demeure pour moi l'ami de Martin du
Gard, de Gide et de mon adolescence émerveillée.

Je ne réponds rien et le questionne sur la littérature sous l'Occupation.

Lundi 24 mai 1943
De Gaulle au rendez-vous

Je me rends avec *Rex au Comité de coordination, dont la séance s'ouvre à 10 heures. Je lui remets les documents qu'il doit y présenter, après quoi il me donne rendez-vous à midi et demi, environ.

J'ai deux heures à tuer, et un peu plus, tant je suis certain que *Rex aura du retard. La difficulté est de guetter sa sortie de l'immeuble sans pour autant rester immobile à l'attendre : en plein Paris, je ne peux m'attarder longtemps à la même place, surtout dans une rue déserte et sans bistrot.

Aujourd'hui, le temps me paraît bien long. Finalement *Rex sort avec une vingtaine de minutes de retard. Il traverse la chaussée, puis, après avoir tourné dans la première rue, me remet un journal contenant les textes que je lui ai apportés.

Si j'en juge par ses quelques mots, tout s'est bien passé. Je sens qu'il commence à entrevoir les fruits de son travail avec les mouvements de zone nord : « Le départ prochain de *Charvet devrait unifier, en France, la volonté de combattre les Allemands, prioritairement aux autres problèmes de la Libération. »

Selon lui, la réunion du Conseil de la résistance devrait achever une période et en ouvrir une autre. Il est sûr du résultat.

Mercredi 26 mai 1943

Dernières instructions

Après quelques inquiétudes, *Argonne est finalement désigné pour remplacer le marquis de Moustiers.
Je suis surpris qu'un membre du Front national
(dirigé par les communistes) devienne, au Conseil,
le représentant d'un parti d'extrême droite. L'urgence
empêche *Rex de s'attarder à ce problème : la coalition des extrêmes n'est-elle pas un des paradoxes de
la Résistance ?

*Rex m'invite à dîner avec *Morlaix et *Champion
dans un restaurant de Saint-Germain-des-Prés afin
de préparer la séance de demain. Théoriquement,
c'est un travail de routine. En réalité, jamais une
réunion n'a rassemblé un aussi grand nombre de
représentants clandestins de la Résistance que celle
de demain. Qui plus est, ils sont tous dangereux :
hommes politiques et représentants des syndicats
non clandestins, mais connus et surveillés, mêlés à
des résistants de la première heure...

*Rex m'indique que la séance se tiendra au 47 rue
du Four. Il a prévu des rendez-vous à la sortie des
stations de métro les plus proches, soit avec un représentant isolé, soit par groupes de deux. En l'écoutant, je jurerais qu'il a fait ça toute sa vie.

Il prescrit à chacun de nous de prendre en
charge cinq représentants. *Rex arrivera le premier,
à 2 heures, afin d'accueillir tout le monde dans
l'appartement. *Morlaix, *Champion et moi irons
chercher les arrivants aux différentes stations de
métro pour les conduire devant la porte d'entrée
de l'immeuble, sans leur annoncer le numéro de la

rue. Nous ne devons leur révéler l'étage qu'au dernier moment.

Mes camarades se chargeront des chefs des mouvements de zone nord, qu'ils connaissent, tandis que *Rex me confie ceux de la zone sud, ainsi que Gaston Tessier, de la CFTC, et Joseph Laniel, de l'Alliance démocratique, que j'ai déjà rencontrés.

Lorsque tout le monde sera entré, *Morlaix et *Champion se tiendront devant la station Saint-Sulpice, et moi à la croisée des rues du Four, de Rennes et Madame.

Jeudi 27 mai 1943

Une séance pas comme les autres

Avant 2 heures, je rejoins *Rex au coin de la rue du Dragon et de la rue du Four. Je lui remets les documents dont il aura besoin, notamment le message autographe du Général.

Tandis que le patron rejoint le 48, *Champion et *Morlaix vont séparément chercher *Colbert, au métro Saint-Germain-des-Prés, et les chefs des mouvements de zone nord, au métro Saint-Sulpice. De mon côté, je vais prendre successivement *Lorrain à la station Sèvres-Babylone, Copeau et le représentant de Franc-Tireur à Saint-Sulpice, puis retourne à Sèvres-Babylone pour Tessier et Laniel.

Je me poste ensuite à la sortie de la station Croix-Rouge fermée[1] afin d'observer tout mouvement suspect dans la rue du Four et prévenir *Rex par

1. Fermée en 1939, à cause de la guerre, la station ne fut jamais rouverte, car trop proche de Sèvres-Babylone.

téléphone en cas de danger[1]. J'aperçois au loin *Morlaix et *Champion qui montent la garde au coin de la rue de Rennes, à côté du métro Saint-Sulpice.

À cette heure, la rue du Four est déserte ; il est donc facile d'observer le moindre mouvement. Faire le guet, c'est-à-dire stationner durablement au coin d'une rue déserte, est toutefois risqué, car suspect. Imprudence hélas fréquente chez la plupart des résistants, puisque, en dépit des consignes, les retards aux rendez-vous sont la règle.

Je fais mine de m'intéresser aux magasins alentour, dont les vitrines renvoient les images de la rue, je change de place, traverse le carrefour jusqu'à la rue du Dragon, puis reviens rue du Cherche-Midi. Le silence du quartier ne me rassure guère.

Isolé sur les trottoirs, je suis de plus en plus tendu, m'imaginant des menaces invisibles : les commerçants ne m'épient-ils pas ? Je pense à une reproduction de De Chirico, que *Rex m'a montrée il y a quelque temps, avec ce commentaire : « Il a réussi à saturer ses villes d'une présence invisible et menaçante. Dans ses paysages, il n'y a place pour rien d'autre que la peur. Il a préfiguré le Paris de la clandestinité. » Aujourd'hui, c'est ressemblant.

Le temps commence à s'étirer. Je consulte ma montre : 3 heures seulement ! J'observe les va-et-vient de *Morlaix et *Champion à l'autre bout de la rue. Une idée saugrenue me vient : et si la Gestapo entrait dans le tableau de Chirico ? Je doute soudain de l'efficacité de nos mesures de sécurité : même en téléphonant de la cabine située près de moi, les hommes

---

1. Il y avait une cabine à la station Croix-Rouge, au coin de la rue du Cherche-Midi et de la rue de Sèvres, remplacée aujourd'hui par le *Centaure* de César.

du Conseil auraient-ils le temps ou la possibilité de fuir de l'entresol où se tient la séance ?

*Morlaix a signalé à *Rex que la cuisine ouvrait sur le toit d'une cour intérieure, d'où l'on pouvait s'enfuir. Mais il n'y a pas d'issue sur une autre rue. Comme toujours, nos mesures de sécurité sont en trompe l'œil.

J'en suis là de mes sombres cogitations lorsque Le Troquer, reconnaissable à son bras mutilé à la Grande Guerre, sort du 48. Je le suis du regard remonter tranquillement vers la rue du Dragon et disparaître. Puis c'est au tour de *Lenormand de partir vers la rue de Rennes. Il est suivi par *Lefort, qui se dirige vers Sèvres, annonce d'une procession sans fin.

Un ou deux hommes dans la rue toujours déserte, ce n'est rien. Pourtant, je perçois ces départs discrets comme de véritables mouvements de foule : ne vont-ils pas attirer l'attention du voisinage ? Je sens la catastrophe approcher. *Rex m'a demandé de l'attendre au carrefour, sans me fixer d'heure. Cela fait deux heures que je fais le pied de grue. Je suis de plus en plus nerveux.

*Rex sort le dernier, traverse la rue pour venir à moi et m'entraîne rue du Cherche-Midi. Il rayonne : « Tout va bien. Vous pouvez expédier les télégrammes et les courriers. Venez me rejoindre à 7 heures à la galerie d'art qui se trouve quai des Orfèvres, dans l'île de la Cité. »

Il m'abandonne et, après avoir regardé une vitrine d'antiquaire, se dirige rapidement vers Saint-Germain-des-Prés.

✧

J'ai fixé à *Germain un rendez-vous à partir de 3 heures dans un café face à l'hôtel *Lutetia* occupé par les Allemands. Au milieu de la foule sortant du métro, je me sens enfin en sécurité. Il est 4 heures passées.

Comme d'habitude, *Germain attend, observant placidement le grouillement humain alentour. Je lui demande de transmettre « OK » aux opérateurs radio, signal convenu pour expédier les câbles[1].

Un peu avant 7 heures, je rejoins *Rex quai des Orfèvres. Pour la première fois de ma vie, je pénètre dans une galerie d'art. *Rex est au milieu de la salle, en conversation animée avec un homme plus jeune que lui.

Il s'appelle Maurice Panier : « Je vous présente *Alain, un jeune amateur. » Je n'ai pas le temps de jouir de cette nouvelle qualité. Le regard malicieux de *Rex ne me quitte pas : « J'aimerais avoir votre opinion sur cette exposition ? » Après tant de leçons sur l'art moderne, je suis confronté à Vassily Kandinsky, l'un des artistes qu'il évoque parfois, avec passion. La galerie expose un ensemble de ses gouaches. Ce sont les premières œuvres d'un artiste moderne que je vois.

Pendant qu'il poursuit une conversation animée, je fais le tour de la galerie. Les pièces de tous formats sont constituées de formes géométriques assemblées en constructions hasardeuses et revêtues de couleurs vives. L'ensemble me paraît enfantin.

N'étant jamais entré dans un musée, je ne connais rien à la peinture. Je n'ai vu que des reproductions en noir et blanc de Raphaël, Michel-Ange ou Titien,

---

1. Comme je n'ai pas pensé à modifier la date de ces télégrammes, les historiens et leurs lecteurs peuvent constater qu'ils fixent le jour de la réunion au 25 mai 1943.

associées à la sculpture gréco-latine. Évidemment, Kandinsky c'est autre chose. Mais quoi au juste ?

Je reviens vers *Rex : « Alors ? » me demande-t-il, les yeux brillants. J'ai si peur de le décevoir en lui disant la vérité que je réponds à côté : « C'est plaisant.

— Vous n'avez pas l'air convaincu », rétorque-t-il en riant.

Je rougis. Ne pouvant lui mentir, je préfère me taire. Il met fin à mon embarras : « Ne vous inquiétez pas, je vous expliquerai. »

Il se tourne vers Panier : « Réfléchissez au prêt de votre exposition pour un mois. » Je ne comprends pas sa requête. Que veut-il faire de ces gouaches[1] ? À moins que je ne me sois trompé : il n'est pas peintre, mais marchand de tableaux. Est-ce digne de lui ? Je ne sais pourquoi je suis choqué par cette hypothèse, qui me semble une déchéance.

Nous sortons. Je remarque le gros livre à couverture blanche et aux lettres noires qu'il emporte en quittant la galerie. Dehors, il fait une chaude soirée printanière. Nous suivons le quai des Orfèvres pour rejoindre le métro Saint-Michel.

J'ai rarement vu *Rex aussi détendu. Cela me rappelle notre première soirée à Lyon. « Kandinsky est un vieux peintre russe. C'est l'inventeur de l'art abstrait. Il a quitté la Russie après la Révolution pour s'installer à Munich, puis à Paris, où il vit encore. D'autres peintres sont venus à l'abstraction par d'autres voies, comme Piet Mondrian, qui fut d'abord cubiste. Kandinsky a transfiguré la réalité en signes abstraits. Il a le mérite d'être le premier. »

---

1. Je ne connus qu'après la guerre, par Colette Pons, sa « couverture » de marchand de tableaux à Nice, qui éclaire cette demande sibylline.

Je ne comprends rien à son exposé. Il s'arrête pour contempler le miroitement de la Seine sous le Pont-Neuf. Posant l'ouvrage sur le parapet, il me dit : « J'ai trouvé ce livre pour vous. C'est la meilleure introduction à l'art d'aujourd'hui. » Je lis le titre : *Histoire de l'art moderne*, de Christian Zervos[1].

« Grâce aux illustrations, vous comprendrez mieux ce que je vous explique depuis des mois. » J'ignorais qu'il existe des ouvrages sur un tel art. La seule histoire de l'art que je connaisse faisait partie, à Saint-Elme, du programme de troisième. Elle se composait de quatre fascicules de Louis Hourticque, édités par Hachette. Durant les longues études du soir, j'en regardais souvent les images en noir et blanc.

Feuilletant rapidement le gros livre de Zervos, Rex s'arrête sur quelques tableaux de Kandinsky, dont certains sont proches des gouaches exposées. Privés de couleurs, je les trouve nuls, me gardant toutefois de le lui dire.

Devine-t-il mes réflexions ? Il cherche des reproductions de De Chirico, puis revient aux premières pages : « Voici Cézanne, dont je vous ai souvent parlé. Examinez attentivement ses œuvres. C'est le plus important, même si l'on peut aimer d'autres "impressionnistes". Il a fondé l'art moderne. Nous lui devons tout. »

Je me sens malheureux de ne pouvoir partager son plaisir : les quelques œuvres qu'il me montre rapidement me semblent des ébauches maladroites plutôt que d'authentiques tableaux, comme ceux d'Ingres ou de David. Les paysages de Cézanne caricaturant la nature, les natures mortes de Braque

---

1. J'ai conservé cet ouvrage, que je feuillette parfois avec la nostalgie des jours passés, qui la transforme en bonheur, avec Moulin.

vacillantes au bord des tables, les œuvres à peine esquissées de Matisse ont quelque chose de puéril.

Quant à Picasso, dont il fait si grand cas, c'est un dément qui se moque du monde. Je préfère de beaucoup les dessins que *Rex exécute parfois sur les nappes des restaurants ou, mieux encore, ceux de mon père[1].

Je suis plus touché par l'attention de *Rex de m'offrir cet ouvrage que par les œuvres burlesques qu'il reproduit. Je l'interprète comme le point final à l'affaire Delestraint, qui me taraude.

En descendant les interminables escaliers de la station Saint-Michel, *Rex poursuit ses explications. Quelle meilleure protection, ce soir, que cette innocente conversation sur l'art moderne ? « Les surréalistes ont introduit l'inconscient et le rêve dans l'art. De Chirico, l'inventeur de génie, reste le plus déconcertant et le plus contesté. C'est souvent le cas des inventeurs. »

Dans le wagon, nous restons debout au milieu d'une foule clairsemée. Il revient à Kandinsky, m'expliquant que l'abstraction est née en même temps qu'un autre mouvement, le cubisme. « C'est la plus grande révolution picturale de l'histoire. C'est Picasso, un Espagnol qui vit à Paris, qui l'a consacrée. Même s'il s'inspire des Français, Braque (qui en est l'inventeur), Léger et d'autres, il est le plus célèbre des peintres modernes. Ils vivaient tous à Paris avant

---

1. Avant la Grande Guerre, mon père avait commencé des études d'architecte et, pour se distraire, exécutait des dessins de paysages, de natures mortes ou de nus.

1914. Après la guerre, ce rassemblement de talents a reçu une étiquette, l'école de Paris. »

J'écoute *Rex attentivement, d'autant que certains de ces noms me sont, grâce à lui, devenus familiers depuis un an, mais sans que j'aie pu les associer à la moindre image de leurs œuvres.

Après avoir changé à Barbès-Rochechouart, nous descendons à la station Anvers. Traversant le square en direction de l'avenue Trudaine, nous entrons dans le restaurant *Aux ducs de Bourgogne*, situé 2, place d'Anvers, à l'angle de la rue Gérando. Il n'est pas 8 heures, il n'y a personne.

*Rex choisit une table au fond, s'assoit sur la banquette et me désigne la chaise en face de lui. À travers la vitre, je vois de temps à autre de rares passants déambuler. Il me tend la carte : « Je vous invite à fêter ce grand jour. »

C'est la seule allusion à la première séance du Conseil de la Résistance, dont il ne dit mot. Il consulte le menu et, après m'avoir recommandé une spécialité de la maison, passe la commande.

Il revient à l'art : « Je ne sais quand je reverrai ma collection sur les murs. Elle est au garde-meuble. Ce n'est guère pratique pour contempler les œuvres, et puis ce n'est pas un lieu honorable pour des tableaux. » À la manière dont il en parle, je comprends qu'il l'a revue récemment : il y a quelque nostalgie dans sa confidence.

Je hasarde : « Il y a longtemps que vous collectionnez des tableaux ?

— Depuis que j'ai les moyens d'en acheter. Quand j'habitais Paris, je me promenais souvent rue de Seine et aux alentours, où se trouvent les galeries d'avant-garde. Vous avez dû les remarquer à l'occasion de vos rendez-vous. Pour la plupart, elles sont encore ouvertes, à l'exception de celle de Pierre Lœb, qui a dû s'exiler. C'est dommage : c'était le plus courageux. Vous savez sans doute qu'en Allemagne on a détruit les œuvres d'art moderne condamnées comme dégénérées. Kandinsky, qui a travaillé à Munich, est une de leurs cibles. »

Lorsque Rex m'invite à déjeuner ou à dîner, c'est toujours pour travailler, mais, ce soir, il ne semble pas pressé de me donner ses instructions.

Je reviens à la charge : « Possédez-vous des tableaux "anciens" ?

— Ce n'est pas dans mes moyens. De toute manière, la peinture ancienne est destinée aux musées. Leçon inépuisable pour les artistes, plaisir inusable pour les amateurs, elle ne témoigne pas de notre culture. Les grands artistes de l'art moderne nous aident à déchiffrer le monde dans lequel nous vivons. À Paris, nous avons la chance d'être les contemporains de Braque, Kandinsky, Matisse, Mondrian, Picasso. Si nous voulons comprendre notre époque, il faut regarder leurs œuvres. »

Ses propos me laissent perplexe : quel plaisir peut-on éprouver à avoir chez soi des œuvres bâclées ? En quoi permettent-elles de comprendre son temps ? Je me retiens de poser la question.

Rex reprend : « À dire vrai, j'ai acheté un jour une œuvre "ancienne", une sanguine de Renoir représentant une femme nue, chef-d'œuvre de sensualité. Je n'ai pu résister à cette compagnie évocatrice. C'est ma seule incartade. Je l'avais trouvée rue de Seine, à la galerie Rousso, qui est fermée depuis la défaite. La propriétaire avait un goût très sûr pour les impressionnistes. »

Après un silence, il ajoute : « Quand le Jeu de paume rouvrira, je vous le ferai visiter. Je vous montrerai la peinture impressionniste. Ce sera notre manière de fêter la Libération. »

Bien que la victoire soit une certitude pour nous, je n'y pense jamais. Ce soir, je suis fier d'être associé à ses projets d'avenir. « Malheureusement, nous n'avons pas de musée d'art moderne. Les administrateurs sont des pompiers qui ont peur des expériences révolutionnaires. Pourtant, il n'y a pas qu'en politique que la révolution change la vie des hommes ! »

Ces derniers mots me donnent du courage pour revenir à un peintre qu'il admire et que je trouve consternant : « Oui, mais Picasso ? » Il me regarde de cet air attendri et amusé qui parfois révèle, au-delà de toute hiérarchie, ce que je crois être une complicité entre nous : « C'est à Picasso et à Braque que nous devons cette explosion de la réalité des formes au profit d'une recomposition utopique par l'esprit. Parmi d'autres éléments, la découverte de l'art nègre en a été le détonateur. À l'opposé de l'idéal grec, image photographique de l'homme, le cubisme désosse la réalité pour recomposer des formes imaginaires qui doivent tout à l'instinct. Les masques et les fétiches africains sont annonciateurs de la rupture fracassante des arts avec notre passé. »

Rex ajoute : « Il y a quelques échantillons d'art nègre dans le Zervos. Regardez-les, vous comprendrez. »

Après dîner, nous remontons à Anvers, et il m'abandonne au coin de la place du Théâtre-de-l'Atelier[1] et

1. Aujourd'hui place Charles-Dullin.

de la rue d'Orsel, où il a déniché un nouvel atelier d'artiste : « À demain, 7 heures. Nous devons préparer mon départ après-demain. Dormez bien. » En un instant, il a changé de ton, de regard même : il est redevenu le patron.

Il est tard ; le couvre-feu n'est pas loin, et je dois encore rencontrer *Germain avant de rentrer chez moi. Dans la nuit, je presse le pas vers le métro.

Avant de me coucher, je veux revoir ces « fétiches » dont *Rex fait grand cas. Bien que j'aie aimé l'Exposition coloniale de 1931, je ne me souviens pas de ce genre de sculptures. Effectivement, ces objets sauvages me séduisent passionnément. J'ignore où je pourrais en voir « en vrai ». Mais je ne comprends pas la relation entre ces formes fantastiques d'invention et les barbouillages hideux de Picasso. Pourquoi le patron est-il enthousiaste et catégorique ?

En me mettant au lit, j'ai une idée : je poserai la question à Pierre Kaan, qui, le premier, m'a montré Picasso en chair et en os. Peut-être pourra-t-il m'expliquer son œuvre.

Vendredi 28 mai 1943

La routine

À 7 heures, j'arrive chez *Rex, rue d'Orsel, avec les journaux et le courrier. Je regrette qu'il déserte parfois la rue Cassini pour ce lieu obscur, au deuxième étage d'un immeuble triste à cause de ses parements de brique[1].

Il l'a découvert il y a une quinzaine de jours et, par prudence, y couche parfois. Par la laideur du mobilier, il évoque *La Bohème*, découverte au Grand-Théâtre de Bordeaux lorsque j'avais quatorze ans. *Rex y a disposé quelques toiles et installé un chevalet accompagné de carnets de dessins et de boîtes de couleurs disposées sur la table.

Quelle tristesse en comparaison de la rue Cassini ! De surcroît, pour moi qui habite désormais à Montparnasse, ce n'est guère pratique. Heureusement que ses rendez-vous se tiennent pour l'essentiel rive gauche.

*Rex fixe son départ pour Lyon le 30, après-demain.

Samedi 29 mai 1943

Explication pour Londres

J'apporte ce matin deux câbles de Londres au sujet du départ de Frenay. Les deux donnent des ordres qui doivent être exécutés par « première opération lune juin ».

Ces câbles confirment « la surprise » de l'inexécution de ces ordres alors que sa venue avait fait l'objet des câbles des 7 et 15 mai avec répétition à *Luc[2]

---

1. J'ai gardé le souvenir d'un immeuble d'ateliers d'artistes. Me rendant sur place pour revoir les lieux, alors que j'achevais la rédaction de cet ouvrage, je me suis rendu compte qu'il existe deux immeubles contigus, aux 47 et 47 *bis*, rue d'Orsel, dont les parements en pierre de taille sont encadrés de panneaux en brique. Les appartements-ateliers semblent avoir été transformés en bureaux.
2. Bruno Larat.

(officier d'opération), qui avait reçu deux autres câbles, les 27 avril et 12 mai. Londres réclame aujourd'hui d'accuser réception « urgence » de ces câbles.

*Rex est mécontent de ce désordre. Au mois d'avril, il y avait eu le changement de code, dont Londres avait oublié de lui donner la clef. Depuis le début de mai, ce sont les opérations qui ne sont pas exécutées sur le terrain où attend Frenay.

*Rex est d'autant plus mécontent qu'il avait fait télégraphier lui-même le 24 mai pour exiger ce départ : « Insiste très vivement pour que nouvelle opération soit faite via Sif [Fassin] je dis Sif avant fin lune pour enlèvement Nef [Frenay]. » Il ne comprend pas ces derniers échecs.

Parmi les autres informations de Londres, il apprend que Ceux de la Résistance demandent 1 million de francs, dont 400 000 d'urgence, accompagnés de faux papiers. L'ordre lui est donné d'avancer cette somme. Il recevra en juin les fonds et les faux papiers demandés.

Enfin, Londres réclame d'envoyer la nouvelle feuille semestrielle des cartes d'alimentation.

Dimanche 30 mai 1943

Les alibis de la Résistance

Comme à chacun de ses départs, j'accompagne *Rex gare de Lyon[1]. Sur le quai, il répète ses recomman-

---

1. Plusieurs personnes prétendent avoir accompagné Moulin à la gare ce jour-là. C'est inexact : mes fonctions exigeaient que je sois celui qui l'accompagne jusqu'au train lors de ses départs et qui l'accueille à la gare au retour. Nous étions seuls pour des raisons de sécurité.

dations habituelles : « Gardez le contact avec moi tous les jours. Descendez à Lyon deux fois par semaine. En cas d'urgence, venez immédiatement. »

Il s'installe dans le compartiment. Autour de nous, les voyageurs baissent les glaces des voitures dans le brouhaha des adieux. Il se penche vers moi et s'écrie : « N'attendez pas le départ. Tenez-moi au courant des expositions que vous visiterez ! »

V

CALUIRE

XVII

*REX SEUL CONTRE TOUS
1er-23 juin 1943

Mardi 1er juin 1943

Au Catalan *avec Pierre Kaan*

Avec Kaan, *Le Catalan* est devenu notre cantine. J'ai pris goût à l'exotisme des clients : Dominguez, le peintre dont on dit qu'il est l'amant de l'insatiable « Marie-Laure » ; le surprenant « baron » Mollet, ancien secrétaire d'Apollinaire, et puis Picasso, la grande vedette.

Bien que ne connaissant personne, je suis devenu un familier de ce lieu unique. Kaan me désigne chacun par son identité : tics, œuvres, amis. Bien qu'ici la Résistance semble étrangère, c'est pour régler sa marche que nous nous rencontrons tous les deux.

Comme il m'interroge sur le retour de *Rex — il est parti avant-hier —, j'avoue mon ignorance. « Demandez-lui la prochaine fois. Il doit passer plus de temps ici, car c'est ici qu'a eu lieu la première réunion du Conseil de la Résistance. Elle a installé un privilège sur l'ensemble de la Résistance que personne ne veut abandonner.

— Quel privilège ?

— Vous ne croyez pas, j'espère, que les chefs des

mouvements de zone sud viennent simplement visiter Paris. Ils entendent créer un Comité directeur des mouvements opposé au Conseil de la Résistance. »

Je suis conscient de ces manœuvres, mais j'ai toujours cru que *Rex parviendrait à s'y opposer. Comme j'explique mes pensées à Kaan, il se moque de moi : « Vous imaginez-vous vraiment que huit chefs de la Résistance se réunissent à Paris pour discuter de leurs vacances ? *Rex doit déjà les convaincre de réduire leur nombre à cinq pour devenir le Comité directeur du Conseil. *Charvet [Frenay] n'a qu'un but : rejoindre Londres afin de faire sauter *Rex avant la première réunion des deux comités directeurs. »

En l'écoutant, je comprends brusquement la complexité de la situation que, naïvement, je croyais dénouée par la première séance du Conseil de la Résistance, le 27 mai. En réalité, celle-ci a permis de masquer le but ultime de certains résistants : liquider *Rex.

La question en suspens est celle du poids réel du patron à Londres. « Je ne connais *Rex que depuis trois mois, dit Kaan, mais j'observe en zone nord un fort courant contre lui mené par *Brumaire. Le Général a eu besoin de *Rex pour créer le Conseil de la Résistance. Cela s'est fait par un simple télégramme, le 8 mai. Mais il semble qu'aujourd'hui il ne corresponde plus à ce que le Général attend. »

Tout à coup, l'avenir paraît s'assombrir pour *Rex : N'est-il pas « fini », pour de Gaulle ? Lorsque Frenay arrivera à Londres, les trois fondateurs de la Résistance de la zone sud seront présents. De quel poids pèsera alors le patron ?

Kaan interrompt mes réflexions : « Pour comprendre les conséquences de la situation de *Rex, vous devez oublier les sentiments que vous lui portez. Ils ne correspondent en rien à sa position dans la France libre. Je devrais même dire avec de Gaulle, puisqu'il n'existe que par lui. »

J'en veux à Kaan d'ébranler mes certitudes, moi qui crois depuis toujours que *Rex est invulnérable. Mais aujourd'hui, l'est-il vraiment ?

Mercredi 2 juin 1943

*À Lyon avec *Rex*

Avec le temps, mes voyages à Lyon sont devenus une de mes tâches obligées. Pourtant, la réunion du Conseil de la Résistance à Paris a modifié le rythme de mon travail : toute la Résistance est à Paris, et tout le monde veut rencontrer *Rex dès son retour. Or la date de ce retour est la seule question à laquelle je suis incapable de répondre.

Trois jours après son départ, chaque résistant parisien découvre qu'il a quelque chose de décisif à lui confier. En outre, ses départs de Paris à Lyon provoquent l'animosité de plusieurs chefs de zone sud : « À quoi sert-il ? On ne peut jamais le voir ! »

Il semble que Paris soit redevenue la capitale de la France et que tous les problèmes doivent y être traités. C'est ainsi, en tous les cas, que les représentants des syndicats, des anciens partis et des mouvements de résistance vivent la situation.

Au secrétariat de *Grammont, je lis parmi les papiers un télégramme de *Rex :

> *Mars [Delestraint] et moi avons formellement*
> *demandé il y a trois mois personnel pour AMST*
> *[Armée secrète] notamment Morinaud, St Jacques*
> *et Pelabon — aucune décision n'a été prise ce*
> *qui rend la situation dramatique — insistons*
> *personnellement auprès du général de Gaulle*
> *sur responsabilité très grave prise par France*
> *Combattante en s'abstenant de fournir cadres*
> *nécessaires.*

Parmi les papiers dont je demande une copie pour Paris se trouve le compte rendu du comité directeur de zone sud que *Rex a présidé le 31 mai.

Dès le début de la séance, il revient sur un projet de Frenay — qui attend à ce moment sur un terrain son départ pour Londres. Lors du précédent comité directeur, ce projet n'avait pas été mis aux voix. *Rex propose de le réexaminer. Je souris en lisant le début, qui marque le style inimitable du patron.

*Rex demande que la séance ne soit pas consacrée uniquement à résoudre les conflits entre les membres du Comité directeur et le représentant de « Charles » ou entre les différents représentants du Comité, mais également à « donner son avis sur les très graves questions engageant l'avenir de la Résistance ». L'absence des trois fondateurs des mouvements l'inspire visiblement.

✧

À 11 heures je sonne chez *Rex. Je l'interroge immédiatement pour obtenir la réponse attendue par tous : « Quand revenez-vous à Paris ? »

Il me regarde surpris : « Mais je viens d'en partir ! N'ont-ils pas l'habitude de traiter leurs affaires entre eux. » Que dire ? Je me hasarde : « Vous avez créé il y a quelques jours un organisme central, le Conseil de la Résistance, dont tous les représentants attendent beaucoup : les syndicats, parce que vous les avez mis au pouvoir ; les anciens partis, parce qu'ils souhaitent partager la direction de la Résistance ; les résistants, parce qu'ils veulent prendre le pouvoir pour le garder. »

*Rex semble agacé par ces remarques, sans fondement à ses yeux. « Mais ce sont les résistants qui ont voulu cette situation sans issue. Ils ont refusé de créer un "Comité directeur" destiné à diriger l'action de la Résistance au sein du Conseil. »

Je m'entête : « C'est précisément ce qu'ils ne supportent pas. Ils ont découvert après la première réunion du Conseil que tout devait se faire avec eux à Paris. »

*Rex ne répond pas, sans doute préoccupé par le contrôle des mouvements de la zone sud, les manœuvres des deux chefs à Londres et le départ prochain de Frenay, dont il ne dit mot.

De nouveau dans le train vers Paris l'après-midi, je pense aux messages oraux que j'emporte pour les uns et les autres. Mais sur la question que tout de monde me pose, je suis aussi ignorant qu'en arrivant. Je m'accuse de faiblesse. Certes, c'est moi qui lui ai posé les questions, mais, quand il m'a rabroué, j'ai cessé de l'interroger, me persuadant qu'il ne répondrait pas : sans doute ignore-t-il lui-même la date de son retour.

Ma seule certitude est celle de l'expérience : jusqu'à présent ses absences ont duré une huitaine de jours. Il devrait donc rentrer vers le 8 ou le 10 juin. C'est ce que je répondrai.

Samedi 5 juin 1943

Les hostilités reprennent

Après avoir annoncé mon retour à Lyon par le biais de Van Dievort et être passé au secrétariat, j'arrive place Raspail, comme d'habitude, à 11 heures.

Je soumets à *Rex le courrier puis lui transmets de vive voix ce que *Morlaix, Kaan et quelques autres responsables des mouvements refusent d'écrire. Kaan m'a demandé de communiquer au patron la dernière toquade de *Maxime, chef de l'OCM. Il a déjeuné avec lui et recueilli ses critiques féroces à l'égard du CGE, dont il refuse la composition actuelle, faite de résistants de la zone sud, tous « fonctionnaires ».

À l'occasion de la remise de son budget, *Maxime m'a moi-même gratifié d'une longue diatribe contre *Rex. Il conteste la pertinence des projets qu'il a présentés, qui n'expriment pas, selon lui, ceux des résistants. Il a même écrit à *Brumaire pour lui demander de revenir de Londres afin de prendre la tête du comité de coordination de la zone nord. Enfin, il dénonce comme une erreur le fait d'avoir offert à la CGT un siège au Conseil de la Résistance.

L'agressivité de *Maxime envers *Rex inquiète Kaan. Avec ce dernier, nous communions dans l'antipathie pour ce personnage suffisant et vindicatif. Son hostilité envers *Rex reflète la cabale qui gagne les mouvements. Frenay l'a suscitée par l'envoi de *Lorrain et *Lebailly à Paris, où ils ont mené campagne contre *Rex, le CGE, le Conseil de la Résistance et même de Gaulle. Ils veulent inciter les chefs de la zone nord à proclamer l'autonomie des mouvements par rapport à Londres au cours de la réunion des comités directeurs des deux zones qui doit se tenir prochainement à Paris.

Conforté par cet appui, *Maxime s'est fait le porte-parole de la volonté d'indépendance des mouvements des deux zones. Il envisage, avec ses amis, de créer de nouvelles institutions, « vraiment représentatives » de la Résistance.

Ces campagnes, amplifiées encore par *Sermois, ont porté leurs fruits. Les mouvements accusent désormais *Rex d'être un homme de la IIIe République, un politicien ambitieux manœuvrant secrètement pour rétablir le régime déchu. J'entends cette accusation pour la première fois. *Rex serait-il donc un ancien ministre ? En zone sud, il est « seulement », si j'ose dire, l'« homme du Général » ; en zone nord, c'est celui du passé.

Kaan m'a chargé d'informer *Rex de ces problèmes et de lui demander des instructions pour contre-attaquer. Le patron ne semble nullement ému : « Pour le CGE, les nominations de Michel Debré et du bâtonnier Charpentier, tous deux de la zone nord, devraient donner satisfaction à *Maxime. Il est naturel que cette zone ait droit à la parole. Pour le reste, c'est un novice : tous les ambitieux combattent les hommes du pouvoir qu'ils veulent conquérir. Il en est ainsi parce qu'il existe plus d'ambitieux que de postes à pourvoir. »

Il ajoute : « Vous pouvez rassurer *Dupin [Kaan]. »

J'observe que, selon les circonstances et les interlocuteurs, *Rex peut être indifférent ou au contraire exaspéré par les mouvements. Philosophe, il commente : « En démocratie, le débat est au cœur de la politique. Mais il faut savoir conclure et réaliser. Je crains pour l'avenir. Ils ne savent pas conclure et ne sont donc pas des hommes politiques. Vous verrez : après la Libération, ils continueront de se battre pour l'Armée secrète et contre le Général. »

Le patron me confie un long rapport qu'il a rédigé hier. Il enverra l'original d'un terrain de la zone sud et souhaite qu'une copie soit acheminée par la zone nord. Cela accroîtra ses chances d'être lu à Londres. « Codez-le, et faites-le porter à *Kim [Schmidt] pour sa prochaine opération. »

*Rex revient à *Maxime : « Dites à *Dupin de mettre *Morlaix au courant de l'affaire *Maxime. Rencontrez également Menthon pour l'informer de la campagne contre le CGE. Demandez-lui de rassurer les mouvements. »

Je pose une question qui me hante depuis longtemps : « Ne craignez-vous pas les dégâts que *Charvet [Frenay] est susceptible de causer à Londres ?

— Le Général l'a jugé. Il est peu probable qu'il revienne en France. »

*Rex a l'air sûr de lui. J'espère qu'il ne se trompe pas.

Avant mon train de 9 heures, je dois dîner rapidement avec Pascal Copeau, qui m'a envoyé une invitation à Paris. Pour lui, je suis prêt à décommander tous mes rendez-vous !

Je ne sais quelle dangereuse fascination exerce sur moi ce grand garçon débonnaire et caustique, qui fait pourtant partie de la résistance des chefs et n'épargne ni *Rex ni de Gaulle dans ses critiques. Il se gêne encore moins pour me rabrouer quand il estime que je m'égare.

Heureusement, entre nous il y a la Résistance :

Copeau est le seul qui me fasse voyager dans la France des clandestins. Parfois, il se moque de moi : « Comment peux-tu parler de la Résistance ? Tu ne connais que les états-majors. Eux gagnent les guerres, mais ce sont les soldats qui se font tuer. Évidemment, en Angleterre, tu ne risquais rien ! » Ses yeux se colorent d'un éclat mystificateur qui me retient de me lever et de partir.

Ce soir, il se fait plus sérieux : « Pourquoi les gens de Londres nous laissent-ils tomber ? Ignorent-ils que c'est nous, le peuple, qui ferons la révolution. À moins que les bureaucrates ne conspirent à notre anéantissement ! »

Pour être entendu de lui, je dois me contenir : « La France libre dépend des Anglais en tout : argent, matériel, armes, personnel, avions. Depuis mon arrivée, je me bats pour obtenir des postes radio et des opérateurs. En vain. Et puis, la Résistance est plus dangereuse que tu ne le crois [il rit mais écoute]. Nous sommes ici pour vous aider, mais nous n'en avons pas les moyens. D'ailleurs, *Charvet et *Bernard [d'Astier] n'ont rien obtenu non plus ! »

Il m'interrompt : « Je t'aime bien parce que tu es vrai. Ta vie ne sera pas facile ! » Comment a-t-il deviné que, jusqu'à la défaite, quoique comptant parmi les privilégiés, la vie me fut cruelle ?

Dimanche 6 juin 1943

Rex raconte le CNR

Dès mon retour à Paris, je trouve le rapport de *Rex apporté par Van Dievort. C'est ainsi que je prends connaissance du déroulement de la première réunion du CNR, dont *Rex n'a soufflé mot et à laquelle j'avais participé à ma manière, dans la rue, en compagnie de *Morlaix et *Champion.

Tandis que je faisais le guet, pas une fois je n'ai imaginé les péripéties à l'intérieur de l'appartement, tant j'étais obsédé par les risques encourus par tous. Seule comptait pour moi la sécurité de *Rex et qu'il en sorte vivant. Les questions politiques n'étaient pas de mon ressort.

Je suis curieux d'un détail, sur lequel je n'ai pas eu le courage de l'interroger : A-t-il eu conscience de vivre une journée historique ? Il n'y a jamais fait allusion. Ce soir, je connais enfin son opinion.

J'avais déjà reçu un commentaire à chaud de Bidault quelques jours après le départ de *Rex. Il m'avait révélé la passe d'armes entre *Colbert et le patron et le vote de la motion enlevé à l'arraché par *Rex, sous prétexte que la séance avait trop duré pour la sécurité de tous : « Il a voulu faire voter la motion immédiatement après la lecture que j'en ai donnée. Comme d'habitude, il craignait que la discussion ne s'éternise et ne risque de tout remettre en question. Dans ces circonstances, la peur est un argument irréfutable. »

Un détail me préoccupe : il n'y avait pas de secrétaire à la réunion, et personne n'a pris de notes pour établir le procès-verbal. Habitué aux contestations des chefs de la Résistance, je me demande si *Rex n'a pas pris le risque de voir remis en cause certains acquis, voire le vote de confiance final ?

À mesure que j'avance dans la lecture de ce long rapport, je découvre les attaques des chefs de la zone sud, en particulier celles de d'Astier de la Vigerie, de Londres, qui se déshonore en accusant *Rex de ne pas distribuer aux mouvements l'argent de la France combattante, sous-entendant qu'il en conserve une partie pour son usage personnel.

Je suis humilié pour le patron : son rapport est un plaidoyer qui démontre, chiffres à l'appui, sa rigueur financière. Je suis d'autant plus indigné que, responsable personnellement de cet argent, j'en tiens la comptabilité quotidienne[1], que *Rex fait expédier chaque mois à Londres.

Dans son rapport, auquel il joint le double des pièces comptables envoyées[2], *Rex prouve, sans contestation possible, la rigueur de sa gestion.

Mardi 8 juin 1943

Un document secret

J'ai hâte de rencontrer *Rex pour lui remettre la copie d'une lettre de *Sermois adressée au général de Gaulle le 1er juin, que j'ai reçue de Pierre Kaan. Elle me brûle les doigts tant elle accuse le patron.

« Lors de mon voyage à Londres, écrit Sermois, j'avais l'impression que, "partisan d'une rénovation totale", vous désiriez vous appuyer sur divers milieux de la Résistance. Certains camarades s'étonnent de voir que l'activité de votre représentant ne corres-

1. André Dewavrin en a publié une partie dans l'annexe du tome III de ses Mémoires (*Colonel « Passy ». Souvenirs. Missions secrètes en France — novembre 1942-juin 1943,* Plon, 1951). En dépit de mes recherches dans les archives, je n'ai pas retrouvé la totalité de ces documents précieux. J'espère qu'un autre historien sera plus heureux que moi.
2. Je n'ai pas retrouvé ces pièces aux Archives nationales, où seules sont conservées celles de décembre 1942 à mai 1943.

pond pas avec ce que j'aurais cru pouvoir leur affirmer. » Conclusion : « Il serait préférable d'avertir la Résistance du rôle plus modeste qu'on attend d'elle. »

À ma grande surprise, cette lettre laisse *Rex indifférent : « Vous avez lu dans mon dernier rapport à Philip la minutie de mes réponses : en démocratie, il n'y a jamais que des majorités. Je ne vais pas adresser au Général un texte qu'il va recevoir par d'autres voies. Il répondra ce qu'il voudra. Vous pouvez constater qu'il conduit la France libre comme il l'entend. »

Je ne lui cache pas ma surprise devant sa passivité. Il réplique : « Ne dites pas n'importe quoi. Je viens de présenter dans mon rapport la situation réelle de la Résistance, et non les explications délirantes de *Bernard [d'Astier] et *Charvet [Frenay]. Entre *Sermois et moi, le Général choisira. »

Pour le reste, rapide comme toujours, *Rex répond aux uns et aux autres, tandis que, durant le déjeuner, il m'interroge sur l'attitude de ceux dont il sait qu'ils sont ses adversaires.

Mercredi 9 juin 1943

Télégramme inquiétant

Dès mon retour à Paris, j'exécute le programme dicté par *Rex. Puis, à 1 heure, je déjeune avec Paul Schmidt.

Les mois que nous avons passés ensemble, en zone libre puis en zone occupée, ont forgé entre nous une réelle intimité. Des trois officiers de liaison de zone

nord, c'est avec lui que mes relations sont les plus
« suivies ».

Schmidt représente mon lien permanent avec la
masse des résistants que je ne connais pas. Ce qu'il
me confie de ses accrochages avec les uns et les autres
me révèle une Résistance que j'ignore. L'inverse est
vrai aussi : les envoyés de Londres ne connaissent
pas les difficultés que rencontre *Rex pour exercer
son autorité sur les chefs des mouvements.

Aujourd'hui, j'interroge Schmidt sur un détail qui
m'intéresse : celui des différences entre les deux
zones telles qu'il les éprouve dans son travail.

Il me répond sans détour : « La zone nord est plus
ouverte parce que l'organisation des mouvements
est moins planifiée que dans la zone sud. Au nord,
ils commencent seulement à se regrouper et à organiser leurs troupes avec les éléments qu'ils ont rassemblés par hasard. Les difficultés financières qu'ils
connaissent depuis deux ans et leur développement
solitaire dans une zone étroitement contrôlée par
les Boches, les ont marqués différemment qu'en zone
sud. Par ailleurs, chaque mouvement défend une
originalité de recrutement. De ce fait, ils demeurent
séparés. La seule chose qui les intéresse, ce sont les
armes pour se battre. De ce fait, les relations sont
plus faciles parce qu'ils croient que Londres peut
transformer leur vie. »

Schmidt m'interroge ensuite sur mes propres difficultés. « C'est très grand, Paris ! Et puis, j'y suis
seul : *Rex est toujours parti. Ça m'inquiète parce
que les résistants veulent le rencontrer et qu'il ne
sait jamais quand il rentrera. »

Schmidt me rassure au moins sur un point : « Ici,
les mouvements sont heureux d'avoir des gens qui
travaillent pour eux et avec eux. Par rapport à la

zone sud, l'accueil qu'ils nous réservent est incroyable ! Ils veulent vraiment lutter contre les Boches. C'est la nuit et le jour avec la zone sud, où les mouvements veulent d'abord exister "contre" Londres. Ça m'étonnerait que tu ne ressentes pas cette différence. »

Il est vrai que, depuis deux mois et demi que je suis en zone nord, je sens que l'atmosphère a changé pour nous, que les résistants sont plus « gentils », à l'exception toutefois de ceux de l'OCM, qui manifestent dès le premier jour une hostilité « à la Frenay ».

Jeudi 10 juin 1943

Le général Delestraint arrêté

Parmi les papiers consultés ce matin au secrétariat de Lyon, j'en relève un qui me scandalise : *Rex propose à Londres de lui expédier Joseph Darnand, dégoûté de Vichy et « disposé à rallier unité combattante FFC ». Pour moi, Darnand est un traître que rien ne doit sauver.

Parmi les textes apportés à *Rex, je lui montre un télégramme expédié par le BCRA en zone nord, concernant son prochain budget :

Veuillez exposer votre budget pour juin [...] en indiquant grandes lignes — Dites si désirez bien cinquante millions titre relève — Si connaissons principaux postes votre budget pourrons convaincre plus facilement Treasury.

En lisant le câble, *Rex ne peut s'empêcher d'assassiner celui qu'il croit être à l'origine de cette demande : « J'ignore où *Bernard est le moins nuisible. »

Parmi les autres documents que j'apporte, figure une modification des directives au sujet du maquis du Vercors, dont la situation est considérée comme compromise :

> Le commandant et le chef de l'État-Major des groupes du Vercors ont dû disparaître. Il faut laisser pendant un certain temps le Vercors en sommeil, et pour cela cesser de verser des subsides aux éléments qui y sont stationnés.

Cette annonce, après seulement quatre mois d'existence du maquis, m'effraye. Je ne peux m'empêcher de penser aux sommes considérables distribuées par *Bessonneau — plus de trois millions de francs en quelques mois — et accepte difficilement la conclusion : « Toute communication radio directe du Vercors avec Londres doit cesser. »

Enfin, j'apporte un projet du CGE sur les procès des collaborateurs après la Libération. C'est un sujet dont nous parlons rarement avec mes camarades, comme si notre silence méprisant suffisait à les anéantir. En le remettant à *Rex avec les commentaires de François de Menthon, je m'abandonne à la haine que nous partageons tous : « La justice n'aura rien à faire. À la Libération, nous les tuerons tous. »

Rex me regarde sévèrement : « Ne parlez pas ainsi : le dernier des tortionnaires a droit à la justice. N'oubliez jamais notre différence avec les nazis. » Il ajoute : « Parfois votre jeunesse vous égare. Le problème de la Libération sera celui de la réconciliation des Français. Nous aurons besoin de tout le monde pour reconstruire la France. Certes, il faudra faire des exemples en condamnant les chefs et les bourreaux notoires, mais pour le reste nous devrons pardonner : ce sera le plus dur. »

Le patron me déconcerte toujours. À quoi bon nous battre aujourd'hui si ce n'est pas pour nous venger demain ?

Comme d'habitude, je conserve pour la fin les documents les plus importants. C'est le cas d'une motion que *Morlaix m'a confiée et qu'il a fait adopter par le comité de coordination qu'il a présidé en l'absence de *Rex.

*Morlaix m'avait demandé de câbler ce texte directement au CFLN[1] à Alger. J'avais refusé, car je n'expédie jamais rien à Londres ou à Alger sans l'accord de *Rex. Du coup, *Morlaix, mécontent, m'a rendu responsable du mauvais fonctionnement des liaisons.

Lorsque *Rex en prend connaissance, il le juge d'une autre manière : « Il s'est laissé berner par les communistes. Il accepte le texte que j'ai refusé au cours de la première séance du Conseil. Il est vrai qu'il n'y assistait pas, mais il connaît leur tactique habituelle : dévorer leurs alliés. Nous avons besoin d'eux, mais raison de plus pour être vigilants et déjouer leurs manœuvres. »

Il ajoute : « Dites à *Morlaix qu'il doit faire voter par le comité de coordination un texte conforme à celui du CNR. Je refuse d'expédier celui-ci. Ici, en zone sud, les mouvements ont voté le texte que je lui avais confié. Les deux doivent être identiques. Transmettez-lui ce que je vous dis avant la séance de demain. S'ils veulent une épreuve de force, ils l'auront. »

---

1. Comité français de la Libération nationale.

*Rex rédige une longue lettre à Kaan lui indiquant les raisons de son refus et lui demandant de veiller à ce que *Morlaix fasse voter le texte qu'il propose[1].

Il me confie également un billet pour *Morlaix, dans lequel il confirme le message oral que je dois lui transmettre : « Quand je donne un ordre, j'entends être obéi. » Je ne suis pas la seule victime de son goût de la perfection. J'en éprouve un certain plaisir.

Comme au retour de tous mes voyages, *Germain m'attend gare de Lyon. C'est toujours un réconfort d'apercevoir au loin sa silhouette débonnaire dont émane une force paisible.

Aujourd'hui, cette impression est trompeuse. La nouvelle qu'il m'apporte est tragique : le général Delestraint a été arrêté hier, au métro La Muette, en compagnie de *Galibier, son officier d'état-major, et de *Terrier, mon agent de liaison avec le général[2]. Je l'avais choisi parce que je le jugeais à toute épreuve. Il m'apportait les documents de l'Armée secrète, et je lui transmettais les rendez-vous ou les ordres de *Rex.

*Germain me raconte ce qu'il sait de ces arrestations. Depuis hier matin, date d'un rendez-vous de

1. Cette lettre, que *Rex fit taper pendant le déjeuner, est éclairante pour comprendre la fonction des collaborateurs de Jean Moulin. Ces instructions étaient adressées à Pierre Kaan, secrétaire du comité de coordination zone nord, afin qu'il informe Pierre Meunier (*Morlaix) qu'il devait remplacer Moulin à la présidence du comité. Il indiquait en post-scriptum que c'est moi qui en ferais de vive voix le commentaire, trop dangereux à écrire.
2. Nous crûmes à l'époque qu'ils avaient été arrêtés ensemble. En réalité, Joseph Gastaldo (*Galibier) et Jean-Louis Théobald (*Terrier) le furent quelque temps plus tard au métro Rue de la Pompe.

Delestraint avec *Langlois, le général n'est pas venu et personne ne l'a revu. Parmi les autres rendez-vous manqués, il y en avait un avec *Joseph, preuve irréfutable d'une catastrophe.

Quant à *Terrier, il n'est venu à aucun de ses rendez-vous avec *Germain. Plus grave encore pour le secrétariat, Suzette, mon agent quotidien avec Lyon, a elle aussi disparu. C'est la preuve d'une cascade d'arrestations.

*Germain n'en sait pas plus : ni ce qui s'est passé, ni combien de camarades sont arrêtés. Un détail m'inquiète : je ne comprends pas le lien entre ces arrestations et celle de Suzette. Elle n'a aucune relation de travail avec les autres.

Vendredi 11 juin 1943

*Lettre de *Rex*

Plusieurs urgences ce matin : avant tout, prévenir Rex de la catastrophe militaire. Je rencontre Van Dievort, qui part à Lyon, et lui explique qu'il doit voir *Rex demain matin, avant son départ pour le week-end, afin de lui faire connaître l'arrestation de Delestraint. Je lui donne rendez-vous très tôt dimanche matin pour avoir la réponse du patron, puis je file à mon rendez-vous avec *Morlaix.

Je dois régler avec lui le problème du texte des communistes qu'il a fait voter. Je lui répète un point que *Rex m'a demandé de lui faire comprendre : il insiste sur les considérations qui ont motivé le texte, qui ne sont pas personnelles, mais émanent de chacun des trois mouvements de zone sud.

À 7 heures, je rencontre Kaan à son nouveau bistrot, près du Panthéon. Je lui signale l'arrestation de Delestraint et lui demande le silence tant que *Rex n'est pas au courant.

Je lui communique ensuite la longue lettre de *Rex, que je lui laisse lire pendant que je parcours le menu :

> *Mon cher ami,*
>
> *À la veille du CC de demain vendredi, je m'empresse de vous adresser un certain nombre d'indications sur des sujets à mettre à l'ordre du jour.*
>
> *Télégramme à de Gaulle et à Giraud : J'ai soumis ce texte au CC zone sud qui m'a chargé de faire connaître à son homologue zone nord qu'il n'était plus d'accord.*
>
> *Le CC zone sud estime que la résistance « gaulliste » doit maintenir sa position « gaulliste ». Que des nécessités politiques et extérieures du moment amènent le général de Gaulle à composer et à accepter certaines formules transactionnelles, c'est son devoir d'homme d'État. La résistance intérieure, qui veut maintenir sa pureté et son indépendance, doit, elle, maintenir sa ligne, sous peine de faillir à tous ses engagements.*
>
> *Tous les mouvements ont signé un programme minimum. Ce programme ne prévoit qu'un chef politique : de Gaulle.*
>
> *C'est pourquoi les mouvements unis de la zone sud estiment qu'il convient 1°) de n'adresser qu'un seul télégramme à leur chef politique de Gaulle 2°) d'insister auprès de lui pour qu'il affirme plus encore les principes qui sont ceux de la Résistance française.*

Vous trouverez ci-après le texte de ce câble que le CC zone sud serait très heureux de voir accepter par le CC zone nord.

« À *Général de Gaulle*

» *Les CC zone nord et sud des mouvements de résistance sont profondément heureux apprendre constitution gouvernement unique en terre française top. Se félicitent des résultats qu'avez obtenus top. Vous renouvellent confiance totale pour affirmer plus encore principes pour lesquels sont groupés derrière vous top. Vous prient transmettre expression chaleureuse félicitations à général Giraud. Fin. »*

Il faut que Marmet [*Morlaix] insiste sur les considérations qui ont motivé ce nouveau texte et qui sont non pas des considérations qui me sont personnelles mais qui émanent de chacun des trois mouvements zone sud.

[...] Mes amitiés à Marmet et bien cordialement vôtre.

ALIX [*Rex]

N.B. Toussaint [*Alain] me dit que Chennevières [*Marty] se plaint de ce que j'aurais évité de le rencontrer. Je ne comprends absolument pas, non seulement je n'ai pas évité mais j'ai cherché le contact avec lui, mais sans aucun succès. Dites-lui[1]. »

1. Lettre de Jean Moulin à Pierre Kaan, de Lyon, le 10 juin 1943, que m'a communiquée Mme Pierre Kaan.

Le fait que je n'aie pu communiquer cette lettre à Kaan avant la séance de ce matin exige qu'il voie avec *Morlaix chacun des membres du comité afin de modifier leur avis et leur texte, selon le souhait de *Rex.

Commentant la lettre que *Rex lui adresse, j'explique à Kaan la volonté du patron de faire parler les deux comités d'une même voix. Il doit se souvenir qu'à la fin du Conseil de la Résistance, les communistes avaient souhaité le maintien de la dualité du pouvoir des généraux, de Gaulle et Giraud. *Rex soutient à l'inverse que « le CC de zone sud estime que la résistance "gaulliste" doit, elle, maintenir sa ligne, sous peine de faillir à tous ses engagements ».

Les deux comités doivent adresser à leur chef un seul télégramme lui demandant d'« insister auprès de lui [de Gaulle] pour qu'il affirme plus encore les principes qui sont ceux de la Résistance française ».

Je dois aussi préparer avec Kaan la manifestation du 14 Juillet. Les trois mouvements de zone sud sont opposés à des rassemblements accompagnés d'actions violentes. Ils préconisent quatre manifestations « normales », accompagnées de *La Marseillaise* et du *Chant du départ*.

Je lui explique enfin les raisons du déplacement de la réunion des deux comités de coordination du 21 au 24 juin : prolongation du séjour de *Rex en zone sud.

Dimanche 13 juin 1943

Lyon, ville fantôme

À 7 heures, je rencontre *Germain à la gare de Lyon, qui m'apporte un télégramme de Philip pour *Rex : « Veuillez faire nécessaire en vue enlèvement de Parodi [...] dont j'ai besoin à Alger pour poste important. »

Je vois ensuite Van Dievort, qui rentre bredouille de Lyon : il a cherché en vain *Grammont, dont il ne possède que l'adresse du bureau, montée des Capucins. Je crains le pire. Les arrestations se sont-elles propagées à Lyon ?

Le général Delestraint et ses collaborateurs ayant des liaisons directes avec l'état-major de zone sud, tout est à craindre. Il est d'autant plus urgent de prévenir *Rex qu'en l'absence de *Grammont à Lyon ma seule possibilité de le joindre est de me rendre à sa chambre de la place Raspail, dont je suis seul à connaître l'adresse.

Nous sommes le dimanche de Pentecôte. J'essaie de me rassurer en me disant que Van Dievort a manqué *Grammont parce que ce dernier a pris quelques jours de congés. *Rex ne m'a-t-il pas averti de ne pas venir à Lyon avant lundi soir parce que lui-même fuirait les dangers de Lyon ?

Je décide toutefois de tenter ma chance et prends le train de 8 heures. J'arrive à Lyon dans l'après-midi et me rends aussitôt rue des Augustins. J'en ai conservé une clef et suis sûr de pouvoir y coucher. Mais, depuis l'arrestation de Suzette, est-ce prudent ? Je n'ai nulle autre retraite où dormir, puisque les hôtels nous sont interdits. Bien que vaguement

inquiet pour ma sécurité, c'est surtout à celle de
*Rex que je pense.

André Montaut m'accueille avec sa gentillesse coutumière. Il attend une communication radio avec
Londres dans les minutes qui viennent. Heureux de
me revoir, il me révèle que les membres du secrétariat ont déserté Lyon, jusqu'à mardi matin. Je
l'invite à dîner à 7 heures à la brasserie de la place
de la Mairie.

En attendant, j'ai un problème à régler avec
Cheveigné. Il m'a annoncé il y a quelques jours qu'il
« rentrait » à Londres. Je lui ai répondu en souli-
gnant la nécessité d'organiser sa succession. Je dépose
un billet dans sa boîte, lui proposant de déjeuner
ensemble demain lundi.

Je dépose également une invitation à dîner lundi
dans celle de Copeau. Il est inappréciable pour me
faire découvrir les chausse-trapes préparées contre
mon patron. S'il n'est pas en vacances, je suis sûr
qu'il viendra.

À 7 heures, je retrouve Montaut place de la Mairie.
J'admire une fois de plus le hasard romanesque que
l'existence a le pouvoir d'inventer : je dîne avec ce
camarade qui était à Pau il y a peu et qui y avait
revu ma mère. Il est le seul autour de moi à appartenir à l'histoire de ma famille, dont je ne peux le
dissocier.

Je retrouve en lui une présence protectrice : le
secret du *Léopold II* nous unit à jamais. Sur la route
du départ, il était habité par la même joie de vivre
qu'à la section Saulnier, puis à Inchmery, enfin dans

les écoles de radio anglaises, jusqu'au soir où il disparut sans un mot.

Nous nous interrogeons sur le destin de nos camarades d'Angleterre : au-delà de Bir Hakeim, qui représente toute l'Afrique à nos yeux, nous ne pouvons rien imaginer de leurs vies et de leurs aventures. Invinciblement, nous revenons à notre quotidien, aux batailles de la WT.

Je lui annonce qu'il en devient le chef pour la zone sud. Il me regarde, étonné : « Je deviens le chef d'une armée dont je suis la seule troupe. » Nous rions. Comme nous tous, il se plaint de la *Home Station*. Je lui confie mon espoir de voir Cheveigné régler enfin ce problème à Londres. Il sourit : « Je ne crois pas qu'ils l'écouteront là-bas plus qu'ils ne le font ici. Après tout, un résistant ne vit que par ses rêves. » Je constate qu'il a rapidement compris ! Mais, comme Cheveigné, il en faut plus pour le décourager.

« Comment trouves-tu la Résistance à Lyon ? » Il me regarde en riant : « J'espère que c'est mieux à Paris ! » Les agents du BCRA sont reliés par une connivence invisible : ils n'ont pas besoin de parler pour se comprendre.

Je lui annonce mon retour rue des Augustins avant le couvre-feu et file sur le quai de l'Hôtel-Dieu, d'où l'on aperçoit la fenêtre de la chambre de *Rex. Je décide de ne pas monter directement chez lui, pour le cas où la Gestapo s'y trouverait, et d'attendre pour le rejoindre qu'une lumière s'allume dans sa chambre.

Pour ne pas attirer l'attention, je tourne d'une rive à l'autre autour du fleuve, tout en regardant de temps à autre vers sa fenêtre. Tandis que le jour s'assombrit lentement, le salon où vit Mlle Labonne s'éclaire, mais la chambre de *Rex demeure dans l'obscurité.

Peut-être rentrera-t-il plus tard, contrairement à son habitude ?

Le temps s'écoule, et je suis de plus en plus impatient. L'impossible s'est-il produit ? Je continue mon manège jusqu'aux alentours de 11 heures moins le quart. D'habitude, le dimanche, *Rex rentre chez lui entre 10 et 11 heures. Pourquoi n'est-il pas là ? J'ai un mauvais pressentiment, mais mon imagination a une limite, le couvre-feu, qui m'oblige à rentrer rue des Augustins.

Lundi 14 juin 1943

Les heures du lundi

Ne connaissant toujours pas la cause des arrestations de Paris, je me sens partout en danger. De plus, je connais trop de résistants à Lyon et me garde de me rendre dans les cafés, restaurants et lieux de rendez-vous habituels. La ville restera hostile jusqu'à la découverte de la vérité.

Dans l'appartement, je suis protégé. Avec Montaut, nous prolongeons notre petit déjeuner. Nous évoquons Pau, le ski, la montagne ; évidemment il parle des filles, mais je m'aperçois que ce ne sont pas les mêmes que celles avec lesquelles Domino et moi jouions au tennis. Il n'a aucune chance de l'avoir rencontrée. À 11 heures, il a une vacation : je l'abandonne pour rejoindre Cheveigné au restaurant.

Comme d'habitude, celui-ci m'attend au fond de la salle. Bien que nous correspondions presque quotidiennement pour traiter des questions de radio, je ne l'ai pas revu depuis mon installation à Paris. Il n'a pas changé. Cette expression concerne en général le physique d'un ami, mais, à nos âges et dans ces circonstances, elle vise le caractère, qui, à l'épreuve du danger quotidien, peut se modifier.

Son insouciance, son espièglerie et son insolence me rassurent : il est indemne. « Toujours dans les hautes sphères ? » Son rire manifeste une joie de vivre indestructible. En l'écoutant, j'ai l'impression de ne l'avoir jamais quitté. Je le regarde intensément tant je suis heureux que nous nous retrouvions comme « avant ». Il a horreur des effusions ou de tout ce qui ressemble à l'expression d'un sentiment passionné : « Toi non plus, tu n'as pas changé, si du moins c'est ce que tu penses de moi ! »

Nous enchaînons : il m'envie d'habiter Paris, qui est sa ville. C'est le seul détail que je connaisse de son passé. Nous masquons tous notre enfance, notre famille, nos études. Derrière la muraille de notre pudeur et craignant ses moqueries, je n'ose lui avouer l'émerveillement provincial que m'a procuré la découverte de la capitale, où tout m'est une nouveauté.

Il m'annonce son départ pour Londres d'un jour à l'autre. Demain soir peut-être[1].

Le problème de sa succession est facile à résoudre : seul un radio formé dans les écoles anglaises peut lui succéder. Nous n'avons pas le choix : c'est Montaut, encore près de moi, l'ultime camarade du *Léopold II* [2]. Nous remarquons ensemble les coups de dés du hasard : excellent radio, « perdu » durant dix mois, je l'ai retrouvé au moment même où nous avions besoin de quelqu'un pour diriger la WT.

---

1. Maurice de Cheveigné s'envola dans la nuit du 15 au 16 juin.
2. Il fut arrêté un mois plus tard, le 10 juillet 1943, et personne ne le revit jamais.

Je demande à Cheveigné de lui transférer les consignes, les documents et surtout son réseau de postes installés à la campagne grâce à Montet, et par lequel il assure des transmissions enfin régulières. Il m'explique le développement de son réseau. Je lui répète qu'en tant que victime de la *Home Station*, il est le meilleur connaisseur de nos difficultés. Il pourra intervenir efficacement auprès du BCRA pour faire envoyer du matériel et surtout des opérateurs.

« Tu aimes rêver ! » Que veut-il dire ? « Tu sais bien qu'au BCRA c'est le même bordel qu'ici. C'est pour ça que ça ne marchera jamais ! » Je suis révolté par son pessimisme, mais prends le parti d'en rire, parce qu'il a raison.

En sortant, nous longeons les quais en remontant vers la place Bellecour. Cela fera bientôt un an que nous nous sommes retrouvés devant la librairie Flammarion. Nous allons nous séparer, mais pour combien de temps ? Peut-être pour toujours ? Nous marchons en silence.

Lui : « À quoi tu penses ?

— Tu le sais bien.

— Tu ne changeras jamais ! »

Il part en riant vers le parc de la Tête-d'Or[1].

Il fait un temps de bonheur. Seul à nouveau, je ne peux me débarrasser d'une crainte irraisonnée. Un homme, stationnant au coin d'une rue, est un flic en civil ; un autre, lisant son journal à la terrasse d'un café, me surveille ; une femme, sur un banc avec son enfant, ne peut être qu'une indicatrice...

---

1. Je ne le revis qu'en décembre 1943, à Paris, au cours d'une nouvelle mission qu'il accomplissait en France.

Repris par le délire que j'ai connu l'après-midi de la réunion du Conseil de la Résistance, je décide de rentrer rue des Augustins, où je suis en sécurité. Montaut étant sorti, j'ai du temps jusqu'au dîner.

Soudain, un vide immense m'entoure : silence et inaction. Depuis combien de temps n'ai-je pas connu cette disponibilité aux limites de l'ennui ? Je feuillette quelques livres qui traînent sur la commode et me plonge dans *Le Diable au corps*, que je n'ai pas lu. Cette histoire d'un amour de guerre qui finit mal m'enchante par la rapidité du style et l'impétuosité juvénile des relations amoureuses. Soudain, tout s'obscurcit : Domino ! Ce roman est mon histoire, que Carquoy m'a révélée il y a quelques mois à Toulouse. Pendant que j'étais au front, elle a rencontré un garçon, en dépit de mon don total quoique puéril, et celui-ci l'a engrossée. Il est vrai que nous n'étions pas fiancés.

À 7 heures, je file retrouver Copeau. Viendra-t-il ? Quand j'arrive, il est déjà là : « Depuis que tu es à Paris, je ne te vois plus. Tu méprises les provinciaux ? Tu as tort, la France c'est eux, hélas ! » Il rit.

Sa présence est stimulante : même quand il ne fait rien, il rayonne. À ses côtés, je me juge un paresseux récidiviste. Ses premiers mots : « Quelles sont les pièces de théâtre que tu as vues ? » Heureusement que je connais son humour. Malgré tout, sa question m'agace et me rappelle l'insistance de mon patron pour que j'aille voir les expositions de peinture.

Puis il me demande tout à trac : « Les mouvements de zone nord t'ont séduit, avoue-le ! » Je n'ai pas de mal à le convaincre du contraire, car je n'ai établi à Paris aucune relation avec quiconque : tous me paraissent prétentieux. J'ajoute : ·« À l'exception de Gaston Tessier, de la CFTC, qui est un charmant vieillard avec qui j'ai eu de longues conversations quai Branly, et de *Médéric, volcanique et bon enfant. Les autres me harcèlent sans répit et passent leur temps à se plaindre. Heureusement, il y a aussi *Kim [Schmidt].

— Tu as raison, c'est le meilleur. Mais quel caillou, et puis il est pas un peu fasciste, ton copain ?

— Mais non, il est PPF ! »

Il s'esclaffe : « Je constate que tu fais partie de ceux qui croient que Doriot est encore communiste[1] !» J'aime son rire désarmant : celui des enfants qui jouent.

Tout à coup, il me contemple comme un magnétiseur : « J'ai découvert quelque chose d'énorme : *Charvet [Frenay] complote avec les Américains contre *Rex et la Résistance ! » Croyant qu'il évoque l'affaire suisse, je le regarde d'un air entendu : « Je sais, *Rex s'en plaint souvent.

— Je te parle d'une nouvelle affaire ; l'autre n'est rien en comparaison. Personne n'est au courant. J'attends le départ de *Charvet pour en parler à *Rex. Je crois qu'il va le massacrer ! »

Il y a quelques jours, il a trouvé une lettre de Frenay déposée dans sa boîte par erreur : « Elle était destinée à *Lorrain. Ce n'est peut-être pas brillant, mais je l'ai lue. » Son regard pétille. « Tu ne dis rien ? » Silence gêné.

Il reprend : « Il annonçait que Dulles avait obtenu

---

1. Le Parti populaire français avait été fondé par Jacques Doriot, ancien secrétaire général du parti communiste. Converti au fascisme, il devint, en 1940, un collaborateur passionné des Allemands et mourut en Allemagne au cours d'un bombardement.

des fonds illimités pour les résistances et que c'était lui qui serait chargé de les distribuer ; et tout ça sans dire un mot de *Rex, ce qui veut dire qu'il prend sa place. » Je ne dis toujours rien, sentant que ce n'est qu'un prélude.

Le plus important est la fin de la lettre, adressée à *Lorrain seul, que Copeau a apprise par cœur et qu'il me récite : « Ceci est maintenant la partie pour toi seulement. Je demande par ce courrier à *Barrès d'écrire à Dunoyer pour qu'il câble au Comité de la Libération nationale qu'il se mette à ses ordres et sollicite de servir de liaison entre le CE d'Alger et celui de Paris. Le CD sera mis devant le fait accompli et n'aura qu'à s'incliner. »

Depuis un an, j'observe jour après jour la saga Frenay, mais j'étais loin d'imaginer un tel machiavélisme, surtout au moment où de Gaulle est en difficulté à Alger. Copeau le juge aussitôt : « Il ne suffit pas d'être courageux pour réussir, il faut un minimum de cervelle ! » Cédant à son regard malicieux, je ris.

Passant du coq à l'âne, il m'annonce sa venue prochaine à Paris : « Cette fois, tu n'y couperas pas. Je t'emmène au théâtre. »

Je quitte Copeau à 9 heures et file monter la garde sur le quai de l'Hôtel-Dieu. Je recommence mon manège, tandis que le crépuscule s'installe, enveloppant lentement la ville. Comme la veille, la fenêtre du salon de Mlle Labonne s'allume. Peu à peu, dans les appartements environnants du troisième étage puis du premier, des lampes brillent et s'éteignent, au gré de la vie des locataires. Seule la

fenêtre de *Rex demeure obstinément dans l'obscurité.

Mon cœur se serre. Je pense à Bidault, que je n'ai
pu revoir à Paris avant mon départ brusqué. En raison de la confiance que lui manifeste *Rex, lui seul
me semble avoir l'autorité nécessaire pour prendre des décisions face à une situation tragique. Si
l'arrestation de *Rex se confirme, je dois repartir à
Paris par le prochain train et avertir Bidault dès
demain matin. Avec un peu de chance, je pourrai le
rencontrer dans la journée. À aucun prix la résistance des chefs ne doit sentir de flottement dans le
commandement.

Je dérive longtemps au milieu d'un drame qui me
dévore, lorsque soudain la fenêtre de *Rex s'éclaire.
Le cauchemar prend fin : l'avenir est intact. Je voudrais enjamber le fleuve, entrer par la fenêtre et crier
à *Rex combien j'ai craint pour lui, qui donne un
sens à ma vie.

Je traverse rapidement le pont de la Guillotière et
monte quatre à quatre au deuxième étage. Je sonne
les trois coups habituels et attends le cœur battant.
Après un temps qui me semble interminable, la porte
s'ouvre, et *Rex paraît, en bras de chemise, la cravate
dénouée.

Je voudrais l'embrasser, mais son visage se fige
en m'apercevant : jamais je ne me suis présenté
chez lui sans rendez-vous préalable. Il comprend
en un éclair que seule une catastrophe a pu me
contraindre de violer la consigne. Je m'apprête à
parler lorsqu'il pose un doigt sur ses lèvres. Il élève
la voix pour être entendu de sa logeuse : « Vous
êtes en retard, mon cher *Alain, je vous ai attendu
jusqu'à maintenant. Nous devons préparer l'exposition. Je me demandais ce que vous pouviez faire.

Descendons au café pour parler des derniers préparatifs. »

J'attends dans la petite entrée, où il me rejoint vite,
ayant noué sa cravate, enfilé sa veste et pris son
chapeau. Nous descendons rapidement. Pendant
que nous marchons square Raspail, je souffle :
« *Vidal… » *Rex a compris. « Il n'est venu à aucun
rendez-vous. » Il articule : « Quand ? »

— Depuis le 9 juin.

— Pourquoi ne m'avez-vous rien dit lors de notre
rencontre du 10 ? » Sa voix a l'accent d'un reproche.

« Je l'ai appris le soir de mon retour. Le lendemain, j'ai eu la confirmation par le colonel *Langlois
et *Joseph, qui devaient le rencontrer. Personne ne
l'a revu depuis.

— Que savez-vous d'autre ?

— Rien. Personne à Paris ou dans les mouvements
et les services, à part *Galibier, *Terrier et Suzette,
arrêtés eux aussi, ne semble avoir été inquiété. Aucun
local n'a été perquisitionné. »

Il marche lentement, en silence. Je vois à peine
son visage dans la pénombre du square. Soudain, il
s'arrête : « Redoublez de prudence. Vous rentrerez
à Paris demain après-midi. Avant cela, venez déjeuner avec moi au *Coq au vin*, à midi. Je vous donnerai mes instructions. Bonsoir. »

Il fait demi-tour dans la nuit et me quitte brusquement.

Mardi 15 juin 1943

Déjeuner au Coq au vin

*Grammont est réapparu : il avait effectivement pris des congés. J'occupe ma matinée avec lui au bureau des Capucins. Je le mets au courant des événements parisiens[1] et organise avec lui le remplacement de Suzette. Je l'informe qu'après le départ pour Londres de Cheveigné, c'est Montaut qui dirigera la WT.

Il me montre, avant leur expédition, les lettres que *Rex vient d'écrire à de Gaulle et au ministre de l'Intérieur à la suite de ma révélation :

> *Mon Général,*
> *Notre guerre, à nous aussi, est rude.*
> *J'ai le triste devoir de vous annoncer l'arres-*

---

1. Dans un témoignage donné à l'automne au BCRA et répété par la suite, Antoine de Graaff (*Grammont) prétendit être venu à Paris afin de se rendre compte par lui-même des événements parisiens. Lors de la publication de ce témoignage en avril 1980 (*Jean Moulin. Témoignage de T. de Graaff*, secrétariat d'État aux Anciens Combattants, p. 20), je lui ai adressé une lettre de mise au point, dans laquelle j'écrivais : « Le rédacteur du fascicule se trompe en vous désignant comme l'adjoint direct de Moulin. Vous étiez le chef du secrétariat de Lyon. Autre erreur : vous n'êtes jamais venu à Paris "pour vous rendre compte de la situation en zone nord à la suite de l'arrestation de Delestraint. Le général Delestraint a été arrêté le 9 juin 1943, Théobald [*Terrier] et Suzette à sa suite. N'ayant plus d'agent de liaison pour avertir Moulin, je suis venu à Lyon le 12 juin. Moulin étant absent, je ne l'ai retrouvé place Raspail que le 14. J'ai déjeuné le lendemain avec lui au *Coq au vin* et suis rentré à Paris par le train de l'après-midi. Ce fut notre dernière rencontre. Ni Meunier [*Morlaix], adjoint de Moulin pour la zone nord, ni Chambeiron [*Champion], son collaborateur, ni Germain, ni moi-même, par qui passaient nécessairement toutes les liaisons, ne vous ont jamais rencontré à Paris. Par contre, vous êtes venu chercher Moulin le 15 juin après notre déjeuner et, tous les deux, vous m'avez accompagné à l'arrêt du tramway » (lettre de Daniel Cordier à Tony de Graaff, 16 juin 1980).

tation par la Gestapo, à Paris, de notre cher Vidal [Delestraint].

Les circonstances ? Une souricière dans laquelle il est tombé avec quelques-uns de ses nouveaux collaborateurs.

Les causes ?

Tout d'abord la campagne violente menée contre lui et contre moi par Charvet qui a, à la lettre, porté le conflit sur la place publique et qui a, de ce fait, singulièrement attiré l'attention sur nous. (Tous les papiers de Charvet sont, vous ne l'ignorez pas, régulièrement pris par la Gestapo. Il y a quelques jours encore, celle-ci a mis la main, dans la propre chambre de Charvet, sur tous les comptes rendus du Comité directeur des MU.)

Ensuite, et là permettez-moi d'exhaler ma mauvaise humeur, l'abandon dans lequel Londres nous a laissés en ce qui concerne l'AS.

Il y a trois mois, lorsque je me trouvais auprès de vos services, j'ai réclamé pour l'AS trois officiers susceptibles de constituer l'armature de l'EM [état-major] de Vidal. Malgré des rappels incessants, je n'ai pu obtenir satisfaction.

Vidal, alors que Charvet lui dressait les pires embûches, a dû reprendre l'AS à zéro et travailler tout seul pour remonter un instrument sérieux.

Il s'est trop exposé, il a trop payé de sa personne. Il lui fallait les collaborateurs que nous avions demandés. Il y a trois semaines, je vous ai adressé à ce sujet un câble appelant votre attention sur le tragique de la situation et sur la responsabilité grave que prenait la France combattante en refusant de nous envoyer le personnel demandé.

Aura-t-il fallu que le pire arrive pour que des mesures soient prises ?

Étant donné la situation présente ici, il n'y a plus qu'une issue : nous envoyer d'urgence, c'est-à-dire cette lune, 1° un officier général ou un officier supérieur qui prenne la succession de Vidal, 2° les trois officiers que nous avons jusqu'à ce jour réclamés en vain.

J'ai tenu secrète l'arrestation de Vidal. Il n'y a pas une minute à perdre. Tout peut encore être réparé.

Mais il faut que personne à Londres et à Alger ne soit au courant et surtout pas les chefs des mouvements.

Le nouveau chef de l'AS ne doit être désormais connu ici que de son chef d'EM et de moi-même.

Dans cette affaire, plusieurs de mes meilleurs collaborateurs civils ont été pris. J'ai pu, une fois encore, m'en sortir.

Vous pourrez compter sur toute mon ardeur et toute ma foi pour réparer le mal qui a été fait. Je dispose personnellement, maintenant, de deux secrétariats bien organisés dans chacune des zones et j'ai enfin trouvé ici les deux suppléants qui désormais me doublent dans l'une et l'autre zone.

C'est l'AS qu'il faut sauver. Je vous en supplie, mon Général, faites ce que j'ai l'honneur de vous demander.

Votre profondément dévoué.

REX

Je m'excuse de la forme de cette lettre, que je vous écris in extremis avant le départ du courrier.

Cette lettre terrible me frappe par son autorité et ses accusations : *Rex se bat seul, et Londres l'abandonne[1]. J'accuse *Brumaire et *Passy, maître du BCRA, de s'opposer à l'envoi de tout collaborateur nécessaire à *Rex. Opposés à sa politique, ils ne souhaitent pas sa réussite ; surtout *Passy, certainement ulcéré par l'attitude de *Rex à l'égard de *Brumaire. N'est-ce pas la raison pour laquelle le patron n'obtient pas, depuis trois mois et après maintes réclamations, la venue de *Saint-Jacques, *Morinaud et Pélabon, dont il a besoin pour contrôler l'Armée secrète ?

L'arrestation du général Delestraint est un coup très dur pour sa politique militaire, au moment où les événements d'Alger, pour le peu que nous en savons, mettent de Gaulle en difficulté. Quelle meilleure preuve de la solitude tragique de *Rex qu'il ait dû attendre cinq jours pour connaître l'arrestation de Delestraint !

C'est un de mes arguments pour condamner la longueur de son séjour en zone sud, qui est pour moi incompréhensible.

Je découvre ensuite le billet que *Rex a ajouté pour *Passy, dont le ton tranche sensiblement avec celui de la lettre au Général :

> *Je vous envoie ci-joint deux plis, un pour le Général, le second pour PH [Philip].*
> *Je les envoie ouverts pour que vous n'ayez pas la peine de les passer au cabinet noir. Et ensuite pour que vous soyez au courant.*

1. Personne ne se souvenait de cette lettre manuscrite, que j'ai découverte avec émotion aux environs de 1995 dans les archives d'André Pélabon : c'est la dernière lettre de Jean Moulin à de Gaulle. Datée du 15 juin 1943, elle demeure son testament gaulliste.

Mais je vous demande de garder pour vous seul le contenu des deux lettres portant la mention « strictement personnelle ».

Je suis très mécontent qu'on n'ait pas envoyé M, P et St J.

Vous avez pris là (je parle des gens de Londres) une terrible responsabilité.

Maintenant, il faut réparer, c'est-à-dire, agir et agir vite.

Tout est dit, bien sûr, mais à Londres, *Passy est le maître de la mission *Rex. Sa connaissance de la situation en France, d'où il revient, renforce un pouvoir qui met *Rex à sa merci, sinon en danger.

Parmi les télégrammes reçus, deux me concernent. Le premier contient enfin l'annonce de l'arrivée d'un officier sur les cinq réclamés par *Rex depuis des mois :

*Informons Luc[1] que comptons acheminer Sophie [*Clovis] je répète Sophie et Nard[2] par opération Hudson ZNO top. Par même opération vous adresserons courrier et quatre-vingt-deux je répète quatre-vingt-deux millions francs top.*

Sur un point au moins, *Rex a été entendu : l'argent arrive enfin pour l'aider à contrôler les maquis et l'ensemble de la Résistance.

Le second câble est pour moi une curiosité : c'est le refus par Londres de recevoir Darnand, dont, il y a quelques jours, la proposition par *Rex de l'envoyer là-bas m'avait scandalisé : « Votre propo-

1. Bruno Larat.
2. Pierre Péry.

sition Darnand je répète Darnand moralement inacceptable. »

À midi, je monte à l'entresol du *Coq au vin*. Je suis à peine assis que *Rex est devant moi. Depuis toujours, il est le plus ponctuel de mes rendez-vous quotidiens, sauf quand il ne vient pas.

À cette heure, nous sommes seuls. Dos à la fenêtre, il observe la petite salle, prêt à faire face au danger. Bien qu'il soit à contre-jour, je remarque ses traits tirés. Même à Paris, où les trois semaines de préparation du CNR ont été épuisantes, il ne m'a jamais paru aussi las. Hier soir, pourtant, dans l'obscurité, je l'ai cru reposé. Ce matin, il a maigri d'un coup : sans doute n'a-t-il pas dormi depuis notre entrevue ?

Un détail le préoccupe. Delestraint avait rendez-vous à Paris avec *Didot[1]. Or *Rex vient d'apprendre — sans m'indiquer sa source — que *Didot est revenu à Lyon ce matin et qu'il tente de reprendre contact avec des résistants. Pourquoi n'a-t-il pas été arrêté en même temps que le général, avec lequel il avait rendez-vous ? Ce détail l'intrigue.

Pour vérifier le déroulement des événements, *Rex les retrace : si *Didot a rencontré Delestraint au métro Passy, c'est que le général est tombé « après » leur rencontre. « Il n'y a que deux hypothèses, dit-il comme à lui seul : ou bien *Didot s'est enfui avant d'être arrêté avec Delestraint, ou bien il s'est évadé après leur arrestation commune. »

Puis, s'adressant à moi : « Il faut être prudent. À

1. René Hardy.

Paris, demandez à tout le monde de n'accepter aucun rendez-vous avec lui tant que nous n'aurons pas éclairci cette affaire. Dites à *Morlaix et *Dupin [Kaan] de ne pas l'ébruiter. Exigez la discrétion de tous. »

*Rex poursuit : « L'arrestation de *Vidal [Delestraint] arrive au pire moment. *Charvet [Frenay] attend son départ pour Londres, où il va demander ma révocation. Le chef de Combat doit ignorer cette arrestation. » Puis, en me regardant : « En attendant la désignation par le Général d'un nouveau commandant en chef, je vais désigner un intérimaire. J'espère que la lettre que je lui ai écrite arrivera à Alger avant *Charvet. »

J'écoute attentivement *Rex esquisser sa stratégie : le danger à Lyon vient de *Barrès, qui remplace Frenay au Comité directeur pour les affaires militaires. Maintenant que Delestraint n'est plus là pour s'opposer aux prétentions de Combat, *Barrès sera soutenu par les mouvements, dont l'objectif commun est la reprise du commandement de l'Armée secrète. D'autant que *Thomas[1], chef d'état-major, est déjà dans la place.

*Rex espère qu'Aubrac s'opposera à la manœuvre. Heureusement, c'est un agent de Londres qui contrôle la distribution des armes et du matériel de sabotage. « Le danger vient de l'influence croissante des officiers de l'armée d'armistice, dont *Vidal avait besoin pour encadrer l'AS. Les hommes de Giraud ont déjà tenté une opération de débauchage appuyée par les Américains. L'arrestation de *Vidal risque de déstabiliser le Général, en dépit du soutien du Conseil de la Résistance. »

*Rex envisage plusieurs solutions : « À France

1. Henri Aubry.

d'abord, il y a bien des officiers supérieurs, mais ils sont en mauvais termes avec les mouvements. C'est peut-être une provocation de les nommer à la tête de l'AS, même par intérim[1]. »

Je me garde d'interrompre le silence qui suit. *Rex s'avise que son plan comporte un défaut : « Les mouvements peuvent refuser ce que je leur propose. » Après un temps, il ajoute : « Dans ce cas, c'est moi qui prendrais le commandement. » Il me regarde. Je sais différencier ce regard qui m'efface de celui qui m'interroge. En l'occurrence, il s'agit du premier.

Puis il s'attarde sur la situation de l'état-major de l'AS à Paris, qu'il juge plus efficace que celui de zone sud, malgré la mauvaise humeur de l'OCM. « Le colonel *Langlois a la situation en main. C'est un militaire de bonne race. En dépit de la grogne de *Sermois et *Maxime, il obéira. »

En revanche, *Rex est conscient que les organisations en zone nord sont embryonnaires : « Les mouvements n'ont pas encore accompli la fusion de leurs éléments militaires, et ils ont peur de la vérité sur la minceur de leurs effectifs. La comptabilité des personnes est la difficulté majeure des vrais clandestins. »

Il en vient aux consignes : « Organisez avec *Dupin [Kaan] la première séance de la réunion interzone des comités de coordination, que je présiderai comme prévu le 24 juin. Puis, avec *Langlois, préparez une réunion de l'état-major zone nord pour le 25. » Contrairement à son habitude, il répète : « Surtout, prévenez tout le monde à Paris de refuser tout rendez-vous avec *Didot. »

---

1. C'est pourtant la solution à laquelle il se rallia, faute de mieux, en désignant le colonel Émile Schwarsfeld.

Après un moment, il ajoute : « Rappelez à *Dupin de préparer la réunion du Conseil de la Résistance pour le 14 juillet. À cette occasion, il doit rencontrer individuellement les participants pour leur en expliquer l'enjeu[1]. »

Les communistes et *Colbert ont réclamé cette nouvelle séance. Ils veulent imposer leur politique de neutralité à l'égard d'Alger. En dépit de la certitude de *Rex, tout le monde ignore l'issue de la confrontation entre de Gaulle et Giraud : en fins tacticiens, les communistes refusent de s'engager avant de la connaître.

« Dites à *Dupin, reprend *Rex, que, le 27 mai, j'ai brusqué la fin de la discussion sur ce point. Vous avez constaté qu'ils ont tenté de faire adopter leur thèse par le seul comité de coordination zone nord. Je regrette que *Morlaix se soit prêté à l'opération. Il faut que *Dupin entre en campagne pour expliquer qu'il ne s'agit pas d'un pari. Même si Giraud triomphe provisoirement, c'est le Général qui demeure le chef de la Résistance. Il doit devenir et deviendra, seul, le chef du gouvernement de la Libération. »

Soudain radouci, il ajoute : « J'espère que vous en êtes convaincu. » À son intonation, je sais qu'il n'attend pas de réponse. Il enchaîne : « Envers et contre tous, j'imposerai cette politique, qui est le sens même de la Résistance. »

Est-ce le moment de lui révéler le « secret » de Copeau ? Dans la situation actuelle de *Rex, ce serait une trahison de ne rien lui dire.

Après que je lui en ai fait un récit fidèle, il ne semble pas ému par cette manœuvre qui me révolte. Il

---

1. Il s'agissait notamment d'examiner la motion présentée par les communistes concernant le CNR.

répond à mon indignation : « En politique, le problème majeur, c'est de neutraliser ses adversaires. Depuis le début, Frenay s'oppose à la politique du Général. Comme cet homme louvoie en permanence, le choix d'aujourd'hui était prévisible. Le général jugera. »

Je suis surpris par son détachement à l'égard de cette nouvelle affaire suisse. Est-ce la fatigue ? Le résultat d'une longue expérience politique ? Ou bien est-il persuadé que sa volonté d'imposer de Gaulle à la Résistance effacera tous les obstacles ?

Je lui communique un nouveau télégramme du BCRA concernant le départ de Frenay à Londres :

> *Nuits courtes juin limitent rayon d'action et rendent opérations zone sud peu probables — Venue à Londres de Nef [Frenay] [...] étant indispensable vous signalons nécessité opération Lysander zone nord — Kim [Schmidt] je dis Kim et ses amis déjà prévenus mais à activer.*

Après le dessert suivi du café, il se tait. Trompé par ce silence prolongé, je crois qu'il a achevé de me donner ses ordres. J'en profite pour lui confier mes alarmes sur sa fatigue : « Après les prochaines réunions à Paris, vous devriez prendre quelques vacances.

— Voyons *Alain, comment pouvez-vous penser à une chose pareille ? Des vacances ! Alors que le Général est en danger, que la Résistance est au bord de l'insoumission et que les trois chefs vont se retrouver à Londres pour exiger ma destitution. C'est au contraire l'heure du rassemblement pour faire face. Et puis, dans une semaine, nous serons peut-être tous arrêtés[1]... »

Je reconnais l'agacement qu'il manifeste chaque fois que je m'autorise une remarque personnelle sur sa fatigue ou la surcharge de sa mission. Pourquoi ne l'accepte-t-il pas simplement comme la marque du souci affectueux de sa santé ? Pourquoi envisage-t-il notre arrestation à tous, alors qu'il est le seul qui se retrouvera sur les Champs-Élysées à côté de De Gaulle ?

Il se lève. Je le suis dans la rue. Il est 1 heure. Il est temps pour moi de rejoindre Perrache. *Rex m'accompagne à l'arrêt du tramway, sur le terre-plein de la place Vaubecourt. Le soleil, indifférent à nos querelles, annonce un été torride.

*Rex me fait ses ultimes recommandations : « Soyez très prudent ! » Et, pour la troisième fois : « Pour *Didot, n'oubliez pas de prévenir tout le monde. » À la lumière du jour, ses traits accusent une fatigue plus spectaculaire encore qu'au restaurant. Je ne peux m'empêcher de le sentir seul, abandonné, traqué au milieu d'une ville menaçante.

De toutes mes forces, je cherche un mot pour abolir cette impression tragique. Je voudrais conjurer le sort, lui dire combien sa petite équipe est prête à tout pour l'épauler. J'hésite sur les mots tandis que le tramway arrive à vive allure. *Rex est déjà ailleurs.

Je ne peux que répéter : « Vous devriez vous reposer ! » Je distingue une lueur de reproche dans ses yeux, puis il me serre amicalement la main :

---

1. C'est une des phrases de Jean Moulin dont j'ai encore le mot à mot à l'oreille (cf. aussi *supra*, pp. 387 et 704).

« N'oubliez pas, le 23, au train de 6 heures, gare de Lyon. »

Je monte rapidement dans la remorque vide qui s'arrête devant nous. Le tramway repart vers Perrache. Ballotté en tous sens, je m'accroche à la rambarde en me dirigeant vers l'arrière. À travers la vitre, j'aperçois *Rex sur le terre-plein où l'a rejoint *Grammont. Il lève le bras pour désigner un point invisible de l'espace, tout en lui expliquant quelque chose.

Je suis consterné de ne pas avoir trouvé les mots pour l'atteindre et briser sa solitude. *Rex n'est plus qu'une silhouette à l'horizon. Quand le tramway tourne vers Perrache, il disparaît brusquement à ma vue.

Mercredi 16 juin 1943

Confidences à Pierre Kaan

Rentré à Paris hier, je ne peux effacer la pensée obsédante d'un *Rex muré dans la solitude. Ce soir, à dîner, je m'ouvre à Kaan, le seul en qui j'ai confiance pour exprimer mes sentiments.

Il se montre catégorique : « Je ne comprends pas qu'il demeure encore à Lyon après l'arrestation de *Vidal à Paris. » Je lui explique son besoin de surveiller le départ de Frenay, mais surtout la nécessité de son contrôle personnel sur l'armée secrète de la zone sud. Après l'arrestation du général, il craint une désagrégation de l'autorité de De Gaulle sur les mouvements. Heureusement que Frenay n'a pas appris la nouvelle, sans quoi il aurait certainement annulé son départ afin d'assurer lui-même le commandement de l'AS et de s'opposer aux mesures de *Rex[1].

Plus que tout, j'ai besoin de confier à un ami l'état alarmant dans lequel se trouve *Rex. Depuis des semaines, il demeure à Lyon. Cette fois, il y sera resté plus de vingt jours, alors que la zone nord est devenue dominante du fait de la « réoccupation » de la capitale par la Résistance. Depuis la dernière séance du Conseil de la Résistance, il n'y a plus de chef pour faire face à la situation. Les représentants des mouvements et des états-majors ont tous rencontré *Rex au moins une fois. À mes yeux, quelque chose ne fonctionne pas.

Kaan est formel : « Les chefs des mouvements de zone nord sont engagés dans des modes d'action plus efficaces que ceux de zone sud. Le départ de *Charvet en Angleterre, que tout le monde souhaite définitif, est un incident qui donne plus d'autorité au CNR. En revanche, *Rex doit être conscient que, malgré la première réunion, le 27 mai, qui a affirmé — un peu contrainte — l'union de la Résistance autour du Général, la réalité du pouvoir est la conduite de la Résistance. La réunion des deux comités de coordination, le 24 juin, risque d'être une révolution. »

Sans doute ma vision de *Rex a-t-elle quelque chose d'enfantin, puisque je ne doute pas un instant qu'il triomphera. Toutefois, la force avec laquelle Kaan

---

1. Dans ses souvenirs (*La nuit finira*, Robert Laffont, 1973, pp. 333-334), Henri Frenay écrit : « Mais voici, le 12 juin, dans le courrier un mot laconique : *Vidal et *Galibier arrêtés le 9 juin à Paris. Il s'agit du général Delestraint et du commandant Gastaldo. » Pour ma part, j'ai peine à croire qu'il ait été au courant de l'arrestation de Delestraint avant son départ et qu'il n'ait pas laissé au moins des consignes à ce sujet à ses remplaçants.

condamne son attitude à l'égard de la zone nord m'étonne de la part de celui que j'ai toujours considéré comme un de ses fidèles collaborateurs : « Je n'existe que par lui et suis, sans doute, le plus sensible de ses collaborateurs à son absence et à ses réponses. Mais je ne comprends pas qu'après avoir consacré l'unité de la Résistance à Paris, il soit parti deux jours plus tard, pratiquement sans offrir à personne de projet politique. Le parti communiste veut prendre la direction de la Résistance. On connaît le texte qu'il veut faire voter le 14 juillet : *Rex ne dit rien. Nous n'allons pas quand même accepter que deux partisans communistes dirigent les quatorze membres de la Résistance ? »

Je le sens exaspéré par l'absence du patron et regrette de ne pas en avoir parlé davantage avec lui.

Samedi 19 juin 1943
Nouveau courrier de Londres[1]

Revenu à Lyon, je consulte, avant mon rendez-vous avec *Rex à 11 heures, les papiers arrivés il y a deux jours de Londres. Lisant le texte du 12 juin 1943 adressé par Georges Boris, commissaire à l'Intérieur en remplacement de Philip, je suis gêné par les premières pages expliquant naïvement les réactions de Lévy et d'Astier aux instructions de *Rex au général de Gaulle : « Ils ont eu communication

---

1. Mon séjour à Lyon du 13 au 15 juin est le dernier dont je me souvienne en détail. Pourtant, entre le 15 et le 23 juin, j'ai dû y revenir au moins deux fois. De ces jours, il ne demeure dans ma mémoire que ces instructions de Londres du 12, que j'ai lues sur place.

du contenu des instructions et se sont déclarés d'accord sur l'ensemble. »

Comment peut-on soumettre à des « étrangers » un document aussi secret ? Du coup, je comprends mieux un des câbles de *Rex que j'ai lu auparavant :

> *Bien reçu instructions douze juin — Proteste énergiquement contre communication mes rapports à autres chefs officiels France combattante — même observation pour instructions qui me sont adressées.*

Heureusement, les chefs continuent leur bataille. D'Astier de la Vigerie, opposé à *Rex et qui a même demandé son rappel[1], a été par la suite « très choqué des procédés de n° 3 [Frenay] qu'il paraît décidé à contrer vigoureusement ». L'opposition caractérielle entre Frenay et d'Astier est une des justifications les plus sûres de l'autorité de *Rex sur leur comité directeur.

Les instructions à *Rex indiquent que de Gaulle manifeste sa confiance en d'Astier et une volonté de collaborer « aussi étroitement que possible », ajoutant : « Vous devriez pouvoir travailler ensemble en bonne harmonie. » Toutefois, Londres lui signale que *Bernard [d'Astier] a été « assez mécontent » de ses accusations de « collusion avec *Nef [Frenay] » et d'ambition politique.

Après un long examen des positions de *Rex à l'égard des différents mouvements, Londres examine le problème financier pour l'avertir que « la créa-

---

1. Au cours des années 1980, j'ai découvert dans une note de Jacques Bingen une preuve de la volonté d'Emmanuel d'Astier de La Vigerie de liquider Jean Moulin.

tion du Comité de la Libération [à Alger] va dans ce domaine accroître nos difficultés ». Cela justifie la demande de « rapports circonstanciés » sur le sujet.

Quant au Conseil de la Résistance, le rapport signale : « Nous avons été très heureux des bonnes nouvelles bien que la résolution rédigée par *Rex sur les limites du pouvoir du Général à Alger nous ait valu bien des critiques de nos Alliés car elle fut peut-être maladroitement exploitée. » Ce qui m'intéresse, c'est la conclusion : « Il n'en reste pas moins qu'elle fut utile et nous vous en félicitons vivement. »

Malheureusement, le câble envoyé par *Rex est partiellement indéchiffrable et les noms des délégués ne sont pas parvenus. Quand je pense au soin que j'ai mis à ce codage, j'accuse la radio anglaise de ne pas savoir écouter correctement notre meilleur opérateur, Maurice de Cheveigné.

Le plus scandaleux dans ce rapport concerne les « collaborateurs pour vous assister » : « Cette question n'avance pas [...]. Ne la perdons pas de vue, comprenons vos difficultés et vos besoins. » Combien de câbles ont été expédiés par *Rex depuis son retour réclamant de la manière la plus dramatique l'envoi de collaborateurs ! Je suis indigné par ces deux lignes.

Il est impossible que Londres n'ait pas conscience de la terrible solitude de *Rex face à des problèmes de plus en plus graves qu'il ne peut résoudre seul. Je ne peux m'empêcher d'y voir un complot.

Parmi d'autres remarques, l'une me révolte plus que toutes les autres, avant de me faire rire : « Les mouvements se déclarent à même de fournir des opérateurs [radio] ; il importe que Rex profite de ces bonnes volontés. » Je me revois il y a un an lorsque, à Lyon, les mouvements lui avaient fait une déclaration identique le jour de mon installation, avant de manifester une impuissance chronique...

Dimanche 20 juin 1943

*Préparation du retour de *Rex*

Déjeunant avec Pierre Kaan pour organiser la prochaine réunion à Paris des deux comités de coordination, je lui explique l'espoir du patron de convaincre les chefs des mouvements de reconsidérer leur hostilité à l'égard de la Commission permanente.

*Rex souhaite faire adopter la forme de direction qu'il a proposée à Londres, en leur rappelant ce qu'ils ne semblent pas avoir compris. Il a toujours répété, depuis son rapport de décembre 1942, que la direction de la Résistance appartient aux seuls mouvements. Ce sont donc eux, et eux seuls, qui constituent le Comité directeur du Conseil de la Résistance.

Depuis qu'il a proposé de réunir les deux comités de coordination à Paris, *Rex se propose de les intégrer au CNR sous la forme d'un exécutif du Conseil, remplaçant la Commission permanente qu'il avait prévue. Il est bien conscient que la manœuvre est délicate, surtout après le départ de Frenay à Londres.

*Rex a convaincu les « seconds » de la zone sud du bien-fondé de cette institution, qui favorisera la direction de la Résistance par les seuls mouvements en reléguant les partis dans le domaine politique. Il espère obtenir le même consentement des mouvements de zone nord.

Je répète mot à mot à Kaan les propos de *Rex :
« De plus entêtés qu'eux ont fini par céder ! N'oubliez
pas que l'avantage d'une démocratie est que la majorité devient exécutoire. »

Je lui communique ensuite les ordres de *Rex pour
contrer les communistes. Il garde le silence, puis se
confie : « J'exécuterai ses ordres à la lettre. Mais
*Rex me semble entreprendre simultanément deux
opérations délicates. Alors que ses adversaires
sont distincts, il risque de se retrouver face à une
coalition. »

En dépit de mon amitié pour Kaan, je bondis
pour défendre le patron : « Vous ignorez de quoi il
est capable ! » Surpris, il acquiesce tout en marquant sa réserve : « Bien sûr ! Mais ce n'est pas
évident. »

Nous passons aux tâches concrètes de l'organisation de la réunion du 24, à laquelle doivent participer neuf personnes. Kaan me montre le texte qu'il
vient d'envoyer aux membres des comités de coordination. Il m'explique que le représentant du CGE
a insisté pour faire un exposé ce jour-là, ce qui fait
une double séance.

Cela me paraît trop long : « Je ne suis pas d'accord ;
ce sont deux sujets différents. L'urgence est de tenir
la première réunion officielle des deux groupes sous
la présidence de *Rex afin de constituer un seul
comité. Il doit s'imposer en présidant les deux
comités et en fixant l'ordre du jour. »

Lundi 21 juin 1943

Que dire au patron ?

Les longues journées de ce solstice d'été rendent Paris plus séduisant. Seul, je dîne tôt, car j'ai du travail à exécuter chez moi. Je veux réfléchir avant le retour de *Rex à ce que je dois lui dire à propos du travail que j'exécute.

Le besoin de lui expliquer ce que je pense est apparu il y a trois mois, après son retour de Londres. Durant son absence, j'avais dû faire face à la résistance de la zone sud : période mouvementée, durant laquelle la fusion des mouvements, lancée au moment du départ de *Rex, établissait, sans qu'il le sache, de nouvelles relations avec lui.

Le soir de son retour, quelque chose avait changé dans nos relations de travail. Plus d'un mois de solitude avait modifié ma conduite. Mon admiration pour *Rex conditionnait toujours ma soumission à ses ordres, mais, pour la première fois, je lui avouais mes désaccords sur certaines des mesures qu'il envisageait. De son côté, il avait renforcé ses exigences de travail et sanctionnait toute défaillance dans le rôle qu'il m'avait octroyé.

À Paris, j'avais compris que la grande ville de la zone nord était redevenue la capitale du pays. Ses voyages fréquents en zone sud amenaient tout le monde à poser la question : Pourquoi *Rex ne demeurait-il pas à Paris pour répondre aux problèmes de toutes les résistances qu'il y avait réunies ?

À Paris, les plus violents à son égard sont *Maxime et son adjoint *Sermois. Après vingt-deux jours d'absence du patron, ils ont écrit à *Brumaire afin de lui demander de revenir prendre la tête de la Résistance en zone nord.

*Rex connaît mal les chefs des mouvements de zone nord du fait de ses trop brefs séjours. Quant aux chefs politiques ou syndicalistes, il n'en a rencontré que quelques-uns, lors de la réunion du Conseil de la Résistance. Depuis des jours, une question tourne, identique, dans ma tête : Pourquoi passe-t-il tant de temps en zone sud alors que tout est à faire ici, à commencer par la mise en route de l'Armée secrète, dont *Passy a déjà choisi quelques cadres, et l'organisation de la réunion d'un nouveau Conseil de la Résistance le 14 juillet ?

Afin de le convaincre, j'ai essayé d'établir la liste des demandes de résistants, qui, à l'exception de l'OCM, se montrent aimables avec moi. Tous, syndicats, politiques ou résistants, veulent s'entretenir avec lui. Que leur répondre, si ce n'est que des problèmes urgents le retiennent en zone sud ? J'ai honte de leur avouer la vérité : j'ignore tout des raisons de son absence prolongée.

Cette fois, je suis bien décidé à m'en ouvrir au patron et à lui faire comprendre qu'il ne peut s'absenter de Paris aussi longtemps. Quelle que soit la forme de mon exposé et surtout le moment où je lui parlerai, je le ferai.

Cette décision met fin à mon dîner, et je rentre chez moi pour travailler.

Mardi 22 juin 1943

Caluire entre dans l'histoire

Au rendez-vous de ce matin, *Germain m'apporte un billet de Pierre Kaan m'annonçant pour l'après-midi une lettre urgente de sa part au patron avant son retour.

En fin d'après-midi, à 6 heures et demie, j'attends *Germain sur le quai du métro Châtelet, direction Saint-Michel. Toutes les demi-heures, je rencontre mes camarades dans des stations différentes, échelonnées sur la ligne. C'est la méthode la plus efficace que j'aie trouvée pour voir le plus de monde en toute sécurité : elle allie vitesse et sécurité.

Pour assurer les derniers préparatifs de la réunion du 24, j'ai rendez-vous à 7 heures et demie à Odéon avec Kaan et Farge, avec lesquels je dois dîner. Entre-temps, je dois retrouver *Morlaix à 7 heures à Saint-Michel.

Assis sur un banc, j'attends donc *Germain. C'est un moment difficile de la journée, c'est généralement l'heure où arrive le courrier de *Rex expédié de Lyon le matin et dans lequel tout est urgent... alors que ma journée est finie et que ma soirée est consacrée au déchiffrage des télégrammes ou au triage et à la lecture du courrier de Paris.

Une rame s'arrête. *Germain en descend le premier et court à ma rencontre. Il est blême : « Le patron ! » Je comprends avant qu'il ajoute : « Arrêté. »

Tel un boxeur sonné, je vacille, recule et me laisse tomber sur le banc. *Germain s'assoit à côté de moi : « *Léopold [Van Dievort] arrive de Lyon. La Gestapo a arrêté plusieurs personnes, dont Aubrac et *Thomas, au cours d'une réunion en banlieue. Nul ne sait le nombre des participants. D'autres personnes ont été arrêtées hier soir, et plusieurs locaux ont été perquisitionnés par les Boches. Le successeur de *Rex m'a remis ce billet. »

Une écriture inconnue l'a rédigé à la hâte :

> *Le porteur vous annoncera la catastrophe. Soyez très prudent dans vos contacts. Prévenez tout le monde. J'assure l'intérim et viendrai à Paris prochainement. Signé Sophie [*Clovis].*

Tout continue. Pour la Résistance peut-être, mais pour moi, c'est fini. Ma tête explose. *Rex ! Je ne peux le croire, et en même temps je le pressentais. Hébété, je pense à tout et ne comprends plus rien, si ce n'est que je suis orphelin.

*Germain se tait. Après un long moment, je le questionne : « Avez-vous d'autres détails ?

— C'est tout ce que m'a dit *Léopold. Il repart demain matin et attend votre réponse. »

Depuis mon parachutage, je sais que notre sécurité apparente est trompeuse. Les arrestations ne m'étonnent plus ; mon tour viendra. J'ai tenu onze mois sans accroc, une performance dans ma fonction, au carrefour de toutes les imprudences et de tous les dangers.

Depuis mon arrivée, j'ai été le témoin de tant de catastrophes dans les services, les états-majors, les mouvements. Des courriers, des secrétaires, parfois des cadres avec qui j'étais en contact quotidien ont soudainement été effacés.

Un jour, une femme, un homme, avec qui s'est noué un lien de complicité ne vient pas au rendez-vous : c'est fini. Souvent, il faut attendre plusieurs jours pour apprendre ce que nous savons déjà : ils sont entre les mains de la Gestapo.

*Germain, les courriers et moi-même avons souvent frôlé la catastrophe ; chaque fois un miracle nous a sauvés, à l'exception de Suzette et *Terrier, arrêtés le 9 juin sans que j'en sache rien. Mais dans mon credo, le patron était invulnérable. En outre, il était le plus prudent d'entre nous.

Les métros se succèdent. Je reste prostré sur le banc de la station Châtelet : les Boches s'en sont pris à l'homme qui incarne la liberté. J'ai envie de partir à Lyon afin d'organiser son évasion. Nous attaquerons la prison : je suis sûr que nous l'arracherons à la Gestapo.

*Germain demeure silencieux. Le temps s'écoule, et je suis toujours assis. Mon rendez-vous avec *Morlaix à 7 heures approche. Lorsque le métro arrive, je me lève d'un bond, donne rendez-vous à *Germain à 10 heures, ce soir, au métro Raspail, et monte dans le wagon bondé.

À Saint-Michel, j'aperçois *Morlaix et *Champion qui m'attendent au pied du grand escalier. Au moment où la porte s'ouvre, *Morlaix est penché vers *Champion et lui confie quelque chose qui les fait rire. Comme ce rire me fait mal ! Je les envie d'ignorer encore la vérité.

Je cours vers eux, comme *Germain l'a fait vers moi il y a quelques instants. « Nous étions inquiets de ton retard. » À voix basse, je prononce avec difficulté les deux mots fatidiques : « *Rex... Arrêté. »

Jusque-là, c'était une douleur intime : *Germain ne connaît pas le patron. Avec eux, c'est différent. Il était un lien permanent entre nous, non seulement à cause des rendez-vous et des repas, mais aussi parce que, lorsqu'il était absent, il demeurait vivant par les ordres qu'il leur adressait par mon entremise.

Je ressens le besoin de rester en leur compagnie
afin de me sentir plus près de lui. Pour la première
fois, je déserte mon devoir : mon prochain rendez-
vous avec Kaan et Farge à Odéon.

Emportés par la foule, nous remontons en silence
le grand escalier de la station et allons dîner à *L'Alsace
à Paris*[1], la brasserie de la place Saint-André-des-Arts.
Notre seule idée est de préparer son évasion. Malheureusement, nous ignorons les conditions de son
arrestation, tout autant que ses conséquences sur la
sécurité de tous.

*Grammont a-t-il été arrêté lui aussi ? Qu'en est-il
des mouvements ? Nous espérons que *Sophie, lui
aussi, prépare l'évasion. *Morlaix évoque un commissaire de police, Porte, qui connaissait *Rex avant la
guerre : « Je vais l'envoyer à Lyon faire une enquête
et préparer l'évasion. Même si les mouvements l'ont
déjà organisée, il sera d'un grand secours[2]. »

Je saisis l'occasion : « Je l'accompagnerai ; il ne
connaît personne là-bas, pas plus que *Sophie. » Puis,
me ravisant : « Allons-y plutôt tous les trois : nous ne
serons pas de trop pour secouer l'apathie des mouvements. »

Je ne peux oublier leur passivité après chaque
arrestation. Arrivant d'Angleterre, j'avais été révolté
que rien ne fût tenté pour préparer l'évasion des
résistants capturés, notamment après l'arrestation
de l'état-major de l'Armée secrète.

---

1. Aujourd'hui *Chez Clément*.
2. Charles Henri Porte était commissaire de police à Chartres
quand Jean Moulin y était préfet. Il conserva son poste après le
départ de Moulin.

Il m'a fallu du temps pour en comprendre la raison : le BCRA nous avait fait croire à l'efficacité de la Résistance armée. La réalité est tout autre : les mouvements sont incapables de mobiliser des hommes déterminés, même peu nombreux, en vue d'opérations de choc[1].

Étant seul à connaître l'adresse de *Rex à Lyon, j'envisage mon départ par le prochain train : j'arriverai demain. *Morlaix coupe mon élan : « Mais pour quoi faire ? » Il a raison : la chambre de *Rex, le bureau des Capucins, peut-être même l'appartement de la rue des Augustins risquent d'être brûlés.

*Morlaix m'explique posément que je dois rester à Paris à cause de mes fonctions. Il insiste : « La manière de venger *Rex est de renforcer la Résistance. Chacun doit poursuivre sa tâche à son poste. » Il ajoute : « Et puis c'est toi qui possèdes la liaison radio et l'argent. Tu n'as pas le droit de t'abandonner à tes sentiments, même s'ils t'honorent. *Rex ne l'aurait pas accepté. »

*Morlaix a raison. Je dois faire fonctionner le secrétariat. Évidemment, c'est sa volonté : je ne dois prendre aucun risque. Tout doit fonctionner jusqu'à l'arrivée de son successeur. Prisonnier de ma tâche, je renonce à Lyon la rage au ventre.

Je griffonne un billet à *Sophie : « Tout va bien. Je maintiens les liaisons et attends vos ordres. » Ce mot, écrit machinalement, est le premier acte qui transforme l'arrestation de *Rex en réalité : l'autorité a changé de nom.

*Morlaix me fixe rendez-vous demain midi au coin

---

1. L'évasion de Raymond Aubrac, organisée et dirigée par sa femme, à l'automne de 1943, en est une illustration, tout en démontrant qu'il suffisait de la vouloir.

de la rue Royale et de la rue du Faubourg-Saint-Honoré pour me présenter au commissaire Porte. Ce plan fait renaître l'espoir.

Après avoir rencontré à nouveau *Germain à la limite du couvre-feu et lui avoir apporté ma réponse à *Sophie, je rentre seul chez moi par le boulevard du Montparnasse. Je suis repris par la révolte. Envisager l'évasion de *Rex m'a permis d'apprivoiser l'insupportable réalité : les Boches n'ont pas mis un point final à la mission du patron. Au contraire, nous reprenons l'initiative.

Une idée m'attriste cependant : après son évasion, dont je ne doute pas, *Rex, « brûlé », ne pourra demeurer en France, et je me retrouverai seul, comme ce soir. Que va devenir la Résistance sans lui ? Trouvera-t-on un homme qui, par son autorité, son intelligence politique et sa fidélité à de Gaulle, sera capable de s'imposer aux chefs récalcitrants et de fédérer les résistances ?

Au fil des mois, j'ai compris que la mission de *Rex est née en même temps que la Résistance : c'est sa force à l'égard des chefs. Il connaît la réalité de la défaite et a participé à la construction de la Résistance, dont j'ignore tout.

Qui, en France, pourrait lui succéder avec une telle légitimité ? Bien que je ne connaisse personne au commissariat à l'Intérieur à Londres, je suis sûr qu'il en est de même là-bas. D'ailleurs, selon *Coulanges, les responsables s'y combattent dans une course aux préséances. Le choix du commandant de l'Armée secrète m'a révélé, s'il en était besoin, l'étendue de leurs désaccords et de leurs ambitions.

Quant aux mouvements, quoi qu'ils en disent, ils ont besoin d'un arbitre et, surtout, d'un chef.

À part Georges Bidault, son fidèle confident, je ne vois pas qui pourrait occuper cette fonction. Sa connaissance du milieu, sa fidélité à *Rex et son gaullisme sans faille me semblent le désigner d'office. Depuis un an, je suis témoin de leur accord et de leur confiance réciproque. Certes, Bidault ignore tout du fonctionnement des services dirigés par les agents du BCRA, mais il a obtenu un « signe » : il est le seul « résistant » à posséder un code et un radio lui permettant de correspondre directement avec Londres.

À mesure que j'y pense, cette hypothèse s'impose à moi. Le paradoxe de la situation ne m'en saute pas moins aux yeux : un an après mon arrivée, je vais être au service de celui auquel le BCRA m'avait d'abord destiné...

Dans quelle prison se trouve *Rex ? A-t-il été identifié ? Si les Allemands le croient peintre, son rôle secondaire dans la Résistance lui offre peut-être une chance de ne pas être torturé. Peut-être même, en jouant la comédie, sera-t-il relâché, comme certains de nos camarades à l'égard desquels la Gestapo n'a recueilli aucune preuve : Briant, après sa première arrestation sur la ligne de démarcation, Aubrac et *Mechin après l'affaire de la rue de l'Hôtel-de-Ville.

Dans le cas contraire, si *Rex révèle ses titres de ministre du Comité national de Londres, représentant personnel du général de Gaulle et président du Conseil de la Résistance, je suis certain qu'il ne sera pas martyrisé, mais emprisonné, avec tous les égards dus à un chef, monnaie d'échange toujours possible.

D'après le peu d'informations que nous avons obtenues à la suite de l'arrestation de Delestraint, il a été reconnu comme général et n'a pas été torturé. Les Allemands ont manifesté la même déférence vis-à-vis de Gamelin, Blum et Herriot, déportés d'honneur. Sans doute *Rex sera-t-il envoyé en Allemagne rejoindre ces précieux otages. Peut-être même fera-t-il l'objet d'un échange immédiat avec des officiers supérieurs allemands : pourquoi pas Rudolf Hess, détenu en Angleterre ?

Je marche dans les rues désertes ; je divague. Brusquement, mon optimisme bascule : n'est-il pas trop tard ? Je suis de nouveau empli de rage et de désespoir : mon impuissance me terrifie.

En restant à Paris, est-ce que je ne le trahis pas, lui qui est tout pour moi. Il est en danger de mort, et je reste là, dans la douceur de cette soirée de juin au cœur de la plus belle ville du monde ! Serai-je donc toujours éloigné des champs de bataille, du risque noble de la bataille ?

Peu à peu, je sombre dans le pessimisme. Le projet d'évasion est une extravagance qui met inutilement la Résistance en danger. Les Allemands sont invincibles. Nous attaquerons sa prison avec les meilleurs de nos camarades, et les Boches, sur leurs gardes, nous feront prisonniers ou nous extermineront. Certains d'entre nous avoueront. Moi-même peut-être. Je doute de tout, je déraille, je suis désespéré.

Brusquement, les conseils de *Morlaix me reviennent : oui, je suis le seul à Paris à représenter ce que les mouvements du Nord nomment parfois la « délégation ». Je contrôle tous les courriers, la liaison avec Lyon, les transmissions avec Londres, les codes et, surtout — *Morlaix a raison —, le magot. Chaque jour, je distribue les budgets et j'exécute les ordres de Londres pour des réseaux du BCRA en péril.

Ces moyens que *Rex a mis entre mes mains, j'en assure seul le fonctionnement, comme durant son absence à Londres. Je dois donc me hisser au niveau de sa confiance. Toute autre initiative que l'accomplissement de ma tâche quotidienne serait une trahison.

Rentré chez moi, je me déshabille à la hâte. À bout de forces, je rejoins dans le sommeil le monde fragile et inaltérable de la liberté.

Mercredi 23 juin 1943

Le travail est un jour comme les autres

Lorsque je retrouve *Germain ce matin, il me remet une note que Kaan a déposée dans ma boîte :

> *Dupin à Toussaint [*Alain], 23 juin 43.*
> *Mon cher ami,*
> *Nous avons vivement regretté votre absence, Bessonneau [Farge] et moi hier soir. Je vous ai attendu jusqu'à 7 h 35 et j'espère que votre absence n'est pas mauvais signe.*
> *Je vous adresse d'autre part les renseignements complémentaires concernant Montfermeil. J'attire votre attention sur cette affaire qui paraît grave.*
> *Il serait indispensable que nous vous voyions avant l'arrivée d'Alix [*Rex]. Je suppose que Mado me donnera rendez-vous avec vous : sinon, je*

pourrai vous voir demain soir en déjeunant ensem-
ble au restaurant russe, où j'ai rendez-vous avec
Carré[1], soit à 2 heures à l'endroit qui vous sera
indiqué oralement.

Amitiés.

C'est lui que je voulais voir pour partager le chagrin que je ressens. Il me faudra attendre 2 heures
cet après-midi. Auparavant, je dois honorer tous les
rendez-vous quotidiens d'une journée ordinaire :
remise de sommes d'argent plus ou moins grosses,
mise en contact des uns avec les autres, dénonciation
d'affaires provinciales entre résistants, désaccords,
hostilités, sans parler des demandes de rendez-vous
de plus en plus pressantes...

À midi, au coin de la rue Royale et de la rue du
faubourg Saint-Honoré, *Morlaix me présente au
commissaire Porte, qui a travaillé sous les ordres de
*Rex durant cinq ans. Bavard, il raconte des détails
sur tout et paraît sûr de lui. À l'entendre, c'est une
question de jours avant que *Rex soit libre.

Pourquoi ai-je l'impression inverse ? En l'écoutant, je doute de sa capacité à quoi que ce soit, à plus
forte raison de faire évader *Rex puisqu'il ignore tout
de la Gestapo. Toutefois, je lui verse les 100 000 francs
demandés par *Morlaix et lui communique l'adresse
de *Grammont à Lyon, à qui je vais annoncer son
arrivée. Je lui communique aussi ma boîte en réclamant des nouvelles rapides.

1. Paul Leistenschneider.

Je le préviens en tout cas qu'il n'obtiendra rien des résistants à Lyon. Je n'ajoute pas ce que je pense : parce qu'ils sont trop heureux de son arrestation. Grâce aux Boches, la Résistance est enfin libre. Cette analyse inconsciente me fait peur parce qu'elle est une certitude : pourquoi la Résistance ferait-elle le moindre effort pour libérer l'homme dont les chefs, à Londres, exigent le renvoi depuis des semaines ?

Malgré tout, j'ai honte de ces idées sans fondement, sauf d'être empêché par mon travail quotidien de toute initiative pour sauver le patron.

Le peu de temps qui me sépare de mon prochain rendez-vous avec Kaan me permet de me ressaisir et de corriger cette vision apocalyptique. Porte est gonflé à bloc : il veut faire évader le patron. Ce n'est pas n'importe quoi son titre de commissaire de police. Et sa détermination : pourquoi ne pas le croire ?

J'avais fixé un rendez-vous à Kaan à 2 heures au bord du bassin du jardin du Luxembourg. C'est un des lieux qui me semblent les plus sûrs à Paris. Curieux sentiment de confiance à propos de la Résistance, avec celui que je ne connais que depuis quelques mois, mais qui a pris une place considérable dans ma vie. Lui et Bidault sont les seuls avec qui je peux « parler » de *Rex.

Quand je le vois arriver, j'ai le sentiment étrange que c'est la première fois que j'annonce cette terrible nouvelle, alors que, depuis hier soir, elle est l'objet de tous mes rendez-vous. C'est d'autant plus curieux qu'il n'était pas intime avec lui.

Mon regard avoue-t-il plus que ma voix ? J'ai à peine le temps de dire « Rex » qu'il a compris : « Mon pauvre ami ! »

Je lui raconte ce que j'ai fait depuis hier soir : comment je l'ai appris ; le dîner avec *Morlaix et Champion pour essayer de le faire évader ; la rencontre, ce matin, avec le commissaire Porte, parti pour Lyon avec tous mes espoirs.

Je lui avoue accepter la certitude que la mission de *Rex en France est finie. Une fois libéré, il devra se réfugier à Londres. Je lui annonce le nom de son successeur, *Sophie. Étonné, Kaan est le premier à me demander : « Une femme ? » Je démens et ajoute qu'il annonce son arrivée « prochaine ». Kaan suggère de décommander la première réunion commune des mouvements, prévue demain.

Sa proposition fait apparaître une fatale coïncidence : la tenue de cette réunion et la disparition de *Rex. Le hasard livre aux résistants ce qu'ils souhaitent depuis des mois : leur liberté vis-à-vis du patron. Je comprends d'un coup que je dois tout faire pour l'empêcher de se tenir.

Après avoir fixé avec Kaan notre prochain rendez-vous, demain soir, pour dîner, je poursuis ma journée avec ce nouvel objectif en tête. Mais comment faire, d'ici à demain, pour décommander tout le monde, surtout les hommes de la zone sud ?

Je rédige en toute hâte huit lettres, dont je confie la moitié à *Germain, et file déposer moi-même les quatre autres.

❖

Ce soir, je dîne avec Bidault, que je vais prendre au *Café Royal*, à l'angle du boulevard Saint-Germain et de la rue de Rennes[1].

En le voyant, je suis au bord des larmes. Sa présence souligne irréversiblement l'absence tragique de *Rex. Sa réaction est à la mesure de mon chagrin : « J'espère que Dieu l'assistera dans son calvaire et qu'il ne se suicidera pas pour protéger notre liberté et notre vie à tous. »

Je suis atterré par ces mots : mon patron si fort, si maître de lui ; comment pourrait-il s'abandonner à l'irrémédiable ? Hélas, comme l'impossible est toujours possible, la Résistance continuera, en dépit de la mort de *Rex. Bidault lit-il dans mes pensées ? « Il a déjà été arrêté en 1940. Il connaît la torture. Il fera tout pour nous protéger[2]. »

Cette révélation est pour moi un moment extraordinaire : ainsi, j'avais raison. Il avait déjà affronté le danger et était demeuré aux limites de la mort ce qu'il était dans la vie : intraitable avec l'honneur.

Bien que Bidault n'ait aucun projet, je me confirme en l'écoutant qu'il est la seule personne à pouvoir lui succéder, et le lui dis.

Il se récrie : « Il est plus irremplaçable que vous ne le croyez. Je suis incapable d'affronter les fauves contre lesquels il se bat. De toute manière, cela ne dépend pas de nous. Je descends ce soir à Lyon

1. À l'emplacement de l'ancien drugstore Saint-Germain, aujourd'hui boutique Armani.
2. Georges Bidault a raconté notre rencontre ce soir-là dans ses Mémoires : « Le lendemain je rencontre A. (Alain) C. (Cordier), le secrétaire qui était dévoué corps et âme à son chef [...]. A.C., le visage défait, me dit d'une voix brisée : "Notre dieu est mort" — Pour le croyant qu'il était, c'était une image, mais d'un malheur qui a dévasté sa vie » (*D'une Résistance à l'autre*, Les Presses du siècle, 1965).

pour comprendre la tragédie et rencontrer *Sophie, dont vous me parlez et que je ne connais pas. Je vous écrirai. »

En me quittant, il m'embrasse. C'est la première fois qu'un résistant me manifeste une telle affection. Notre longue complicité, le souvenir de *Rex, mon attachement au patron lui font mesurer l'ampleur de mon abandon. Grâce à lui, je ne suis plus seul pour apprivoiser la catastrophe.

Afin d'être fidèle à mon patron, je vais accomplir simplement mon devoir : expédier les affaires courantes. Cette tâche sans gloire masquera au regard des autres la tragédie de ma vie, rivée à la solitude depuis l'effondrement de la France, en juin 1940.

ET APRÈS ?

Jusqu'à la Libération, j'ai ignoré le véritable nom de *Rex, que personne n'avait jamais prononcé devant moi. Revenu en France au début d'octobre 1944, je téléphonai à Pierre Meunier (*Morlaix). Il proposa que nous nous retrouvions à déjeuner avec Robert Chambeiron (*Champion). Lorsqu'ils arrivèrent au rendez-vous, ils étaient accompagnés d'une femme inconnue, à laquelle ils me présentèrent : « *Alain fut le secrétaire de Jean pendant la Résistance. » Elle répondit d'un mot aimable, et nous partîmes vers le restaurant de l'autre côté de la place. La dame marchait devant avec Chambeiron. Meunier et moi suivions à quelques pas derrière. Curieux de cette présence inconnue, je demandai à mon camarade : « Qui est cette dame ?

— C'est la sœur de Jean.

— Mais qui est Jean ? »

Étonné par ma question, Meunier s'arrêta et me regarda : « Voyons, c'était ton patron, Jean Moulin. »

Je découvris ainsi de la manière la plus inattendue le nom de l'homme que j'avais cru célèbre. Je l'avais imaginé occupant les plus hautes fonctions de la politique, de la diplomatie ou parfois de la peinture. La réponse de Meunier fixait son état : c'était un inconnu. Ma déception fut à la mesure de mon espoir, immense.

J'avais toujours pensé que la révélation du nom de *Rex justifierait à elle seule le culte secret que j'avais établi autour de sa mémoire. Peut-être mon lecteur sera-t-il surpris par cet aveu : c'est parce qu'il était un inconnu que je m'étais employé à ce que notre relation demeurât secrète. Jusqu'au soir où les attaques indignes d'Henri Frenay contre sa mémoire m'obligèrent à révéler, à partir de 1977, la vérité de ce lointain passé.

Cela me conduisit à écrire plusieurs ouvrages sur le personnage historique que fut Jean Moulin et à entreprendre la rédaction de ce livre, que j'achève ici et dans lequel je n'ai eu d'autre ambition que celle de révéler l'homme que j'ai connu.

Conversion pseudos/noms

*Alain : Daniel Cordier.
*Argonne : Jacques Debû-Bridel.
*Barrès : Pierre de Bénouville.
*Bar.W : Xavier Rouxin.
*Bel : Michel Pichard.
*Bernard : Emmanuel d'Astier de La Vigerie.
*Bernex : Jacques Baumel.
*Bessonneau : Yves Farge.
*Biche : Jean Boyer.
*Bienvenue : Raymond Lagier.
*Bip : Georges Bidault.
*Bip.W : Daniel Cordier.
*Boris : Lucien Mas.
*Brémond : André Boyer.
*Brumaire : Pierre Brossolette.
*Brun : Jacques Brunschwig-Bordier.
*Carré : Paul Leistenschneider.
*Champdieu : Georges Cotton.
*Champion : Robert Chambeiron.
*Charvet : Henri Frenay.
*Claire : Claire Chevrillon.
*Claude : Marcus Ghenzer.
*Claudie : Jean Choquet.
*Claudine : Anne-Marie Bauer.
*Claudius : Eugène Claudius-Petit.
*Cléante : Jacques Bingen.

°Clovis : Claude Bouchinet-Serreulles.
°Colbert : Pierre Villon.
°Coulanges : Francis-Louis Closon.
°Crib : René Simonin.
°Danvers : Gaston Defferre.
°Didot : René Hardy.
°Dufour : Maurice Ripoche.
°Dupin : Pierre Kaan.
°Francis : Christian Pineau.
°Frédéric : Henri Manhès.
°Frit : Hervé Monjaret.
°Frit.W : Georges Denviollet.
°Froment : Boris Fourcaud.
°Galibier : Joseph Gastaldo.
°Gaston : Georges Marrane.
°Germain : Hugues Limonti.
°Gilbert : Louis Goron.
°Goujon : André Jarrot.
°Grammont : Antoine de Graaff.
°Joseph : Georges Beaufils.
°Kim : Paul Schmidt.
°Kim.W : Gérard Brault.
°Langlois (colonel) : Alfred Touny.
°Lebailly : Jean-Guy Bernard.
°Lefort : Jacques Lecompte-Boinet.
°Lenoir : Jean-Pierre Lévy.
°Lenormand : Roger Coquoin.
°Léo : Yvon Morandat.
°Léopold : Joseph Van Dievort.
°Léo.W : Jean Holley.
°Lorrain : Claude Bourdet.
°Luc : Bruno Larat.
°Mado : Laure Diebold.
°Marnier : André Manuel.
°Marquis : Paul Rivière.
°Martell : Christian Montet.
°Marty : Jean Cavaillès.
°Maxime : Maxime Blocq-Mascart.
°Mec : René-Georges Weil.
°Mechin : François Morin.

*Mec.W : André Montaut.
*Médéric (Jacques) : Gilbert Védy.
*Morinaud : Pierre Marchal.
*Morlaix : Pierre Meunier.
*Nard : Pierre Péry.
*Nestor : Jean Loncle.
*Pal : Jean Ayral.
*Pal.W : François Briant.
*Pal.Z : Raymond Petite.
*Panier : Jean Fleury.
*Passy : André Dewavrin.
*Ravanel : Serge Asher.
*Rémy : Gilbert Renault.
*Revel : Henri Ribière.
*Rex : Jean Moulin.
*Rod : Pierre Deshayes.
*Rondeau : Philippe Roques.
*Saint-Jacques : Maurice Duclos.
*Salard : Pascal Copeau.
*Salm : Jacques Soulas.
*Salm.W : Maurice de Cheveigné.
*Schelley : Forest Yeo-Thomas.
*Sermois : Jacques-Henri Simon.
*Sif : Raymond Fassin.
*Sif.B : Daniel Boutoule.
*Sif.C : Jean Simon.
*Sif.W : Hervé Monjaret.
*Simon : Maurice Montet.
*Suzette : Suzanne Olivier-Lebon.
*Terrier (Jean-Jacques) : Jean-Louis Théobald.
*Thomas : Henri Aubry.
*Tourne : Eugène Thomas.
*Veni (colonel) : Vincent (colonel).
*Vidal : Charles Delestraint (général).
*Villiers : Daniel Mayer.
*Violaine : Jacqueline d'Alincourt.
*Violette : Pierre Viénot.

Conversion noms/pseudos

Alincourt (d'), Jacqueline : *Violaine.
Asher, Serge : *Ravanel.
Astier de La Vigerie (d'), Emmanuel : *Bernard.
Aubry, Henri : *Thomas.
Ayral, Jean : *Pal.
Bauer, Anne-Marie : *Claudine.
Baumel, Jacques : *Bernex ; autre pseudo : *Raspail.
Beaufils, Georges : *Joseph ; autre pseudo : *Drumont (colonel).
Bénouville (de), Pierre : *Barrès.
Bernard, Jean-Guy : *Lebailly.
Bidault, Georges : *Bip ; autres pseudos : *Pelletier, *Roussin.
Bingen, Jacques : *Cléante.
Blocq-Mascart, Maxime : *Maxime.
Bouchinet-Serreulles, Claude : *Clovis ; autres pseudos : *Sauvier, *Sophie.
Bourdet, Claude : *Lorrain.
Boutoule, Daniel : *Sif.B.
Boyer, André : *Brémond.
Boyer, Jean : *Biche.
Brault, Gérard : *Kim.W.
Briant, François : *Pal.W.
Brossolette, Pierre : *Brumaire ; autre pseudo : *Marat.
Brunschwig-Bordier, Jacques : *Brun.
Cavaillès, Jean : *Marty ; autre pseudo : *Chennevières.
Chambeiron, Robert : *Champion.
Cheveigné (de), Maurice : *Salm.W.

Chevrillon, Claire : *Claire.
Choquet, Jean : *Claudie.
Claudius-Petit, Eugène : *Claudius.
Closon, Francis-Louis : *Coulanges.
Copeau, Pascal : *Salard.
Coquoin, Roger : *Lenormand.
Cordier, Daniel : *Alain ; autres pseudos : *Bip.W, *BX10, *Michel, *Talleyrand, *Toussaint.
Cotton, Georges : *Champdieu.
Debû-Bridel, Jacques : *Argonne.
Defferre, Gaston : *Danvers.
Delestraint, Charles (général) : *Vidal ; autres pseudos : *Chevalier, *Mars.
Denviollet, Georges : *Frit.W.
Deshayes, Pierre : *Rod.
Dewavrin, André : *Passy ; autre pseudo : *Arquebuse.
Diebold, Laure : *Mado.
Duclos, Maurice : *Saint-Jacques.
Farge, Yves : *Bessonneau.
Fassin, Raymond : *Sif.
Fleury, Jean : *Panier.
Fourcaud, Boris : *Froment ; autre pseudo : *Lucas.
Frenay, Henri : *Charvet ; autre pseudo : *Nef.
Gastaldo, Joseph : *Galibier.
Ghenzer, Marcus : *Claude.
Goron, Louis : *Gilbert.
Graaff (de), Antoine : *Grammont ; autre pseudo : *Marc.
Hardy, René : *Didot.
Holley, Jean : *Léo.W.
Jarrot, André : *Goujon.
Kaan, Pierre : *Dupin.
Lagier, Raymond : *Bienvenue.
Larat, Bruno : *Luc.
Lecompte-Boinet, Jacques : *Lefort.
Leistenschneider, Paul : *Carré.
Lévy, Jean-Pierre : *Lenoir.
Limonti, Hugues : *Germain.
Loncle, Jean : *Nestor.
Manhès, Henri : *Frédéric ; autre pseudo : *d'Assas.
Manuel, André : *Marnier.

Marchal, Pierre : *Morinaud.
Marrane, Georges : *Gaston.
Mas, Lucien : *Boris.
Mayer, Daniel : *Villiers.
Meunier, Pierre : *Morlaix ; autre pseudo : *Marmet.
Monjaret, Hervé : *Sif.W ; autre pseudo : *Frit.
Montaut, André : *Mec.W.
Montet, Christian : *Martell.
Montet, Maurice : *Simon.
Morandat, Yvon : *Léo.
Morin, François : *Mechin.
Moulin, Jean : *Rex ; autres pseudos : *Alix, *Boss, *EX.20, *Max, *Régis, *Richelieu.
Olivier-Lebon, Suzanne : *Suzette.
Péry, Pierre : *Nard.
Petite, Raymond : *Pal.Z.
Pichard, Michel : *Bel.
Pineau, Christian : *Francis.
Renault, Gilbert : *Rémy.
Ribière, Henri : *Revel.
Ripoche, Maurice : *Dufour.
Rivière, Paul : *Marquis.
Roques, Philippe : *Rondeau.
Rouxin, Xavier : *Bar.W.
Schmidt, Paul : *Kim.
Simon, Jacques-Henri : *Sermois.
Simon, Jean : *Sif.C.
Simonin, René : *Crib ; autre pseudo : *Éric.
Soulas, Jacques : *Salm ; autre pseudo : *Dandy.
Théobald, Jean-Louis : *Terrier, Jean-Jacques.
Thomas, Eugène : *Tourne.
Touny, Alfred : *Langlois (colonel).
Van Dievort, Joseph : *Léopold.
Védy, Gilbert : *Médéric (Jacques).
Viénot, Pierre : *Violette.
Villon, Pierre : *Colbert.
Vincent (colonel) : *Veni (colonel).
Weil, René-Georges : capitaine *Georges ; autre pseudo : *Mec.
Yeo-Thomas, Forest : *Schelley.

Remerciements

Pour rédiger ce témoignage, j'ai choisi une forme dont je ne soupçonnais pas la difficulté, sans doute à cause de l'habitude d'avoir, depuis toujours, tenu un journal. Je ne mesurais pas deux défauts : la lenteur du récit et les répétitions, qui sont celles de la vie. De plus, ce travail s'est échelonné sur une longue durée, de 1994 à 2008.

Je dois à quelques amis chers qu'il ait pu parvenir à son terme : Jean-Pierre Azéma et François Bédarida, qui m'ont fait comprendre l'importance des témoignages ; la masse de mes anciens camarades d'Angleterre de 1940-1942, qui m'ont fourni d'innombrables renseignements et photos ; Dominique Schnapper, Françoise Choay, Stéphane Hessel, Jean-Louis Crémieux-Brilhac, Henri Beaugé et Georgik Braunschweig, qui m'ont relu les premiers et prodigué de précieux conseils.

Si le texte final n'est pas illisible, c'est grâce à trois personnes, qui, par étape, ont su lui donner plus de rigueur : Lise Laclavetine et Jean-Marie Laclavetine d'abord, puis Olivier Salvatori, qui lui a imprimé sa forme finale par un travail d'orfèvre.

Enfin, je ne peux oublier Patricia Falchero, ma secrétaire, qui fut toujours présente à mes côtés pour retranscrire inlassablement mes gribouillis.

Les mots sont insignifiants pour les remercier tous de leur intervention, de leur patience et de leur savoir.

VII. Volontaires du BCRA, 10 août 1941-17 juin 1942   296

III. LYON

XII. De Gaulle, la fin ?
6 novembre-13 décembre 1942

IV. PARIS

V. CALUIRE

DU MÊME AUTEUR

Aux Éditions Gallimard

JEAN MOULIN, La République des catacombes. *Coll. La Suite des Temps*, 1999 (Folio Histoire n°s 184 et 185, édition revue et augmentée).

ALIAS CARACALLA. *Coll. Témoins*, 2009.

DE L'HISTOIRE À L'HISTOIRE, 2011.

LES FEUX DE SAINT-ELME, 2014.

COLLECTION FOLIO